भूतनाथ

देवकीनन्दन खत्री

प्रभाकर
प्रकाशन

ISBN: 978-93-95242-95-0
eISBN: 978-93-95242-96-7

प्रकाशक: प्रभाकर प्रकाशन
प्लॉट नं.-55, मेन मदर डेयरी रोड
पांडव नगर, ईस्ट दिल्ली-110092
फोन: 011-40395855

ई-मेल: sales@pharosbooks.in
वेबसाइट: www.prabhakarprakashan.com

प्रथम संस्करण: 2022

भूतनाथ
देवकीनन्दन खत्री

पहला भाग

1

मेरे पिता ने तो मेरा नाम गदाधरसिंह रखा था और बहुत दिनों तक मैं इसी नाम से प्रसिद्ध भी था परन्तु समय पड़ने पर मैंने अपना नाम भूतनाथ रख लिया था और इस समय यही नाम बहुत प्रसिद्ध हो रहा है। आज मैं श्रीमान् महाराज सुरेन्द्रसिंह जी की आज्ञानुसार अपनी जीवनी लिखने बैठा हूँ, परन्तु मैं इस जीवनी को वास्तव में जीवनी के ढंग और नियम पर न लिख कर उपन्यास के ढंग पर लिखूँगा, क्योंकि यद्यपि लोगों का कथन यही है, "तेरी जीवनी से लोगों को नसीहत होगी" परन्तु ऐबों और भयानक घटनाओं से भरी हुई मेरी नीरस जीवनी कदाचित् लोगों को रुचिकर न हो, इस ख़याल से जीवनी का रास्ता छोड़ इस लेख को उपन्यास के रूप में लाकर रस पैदा करना ही मुझे आवश्यक जान पड़ा, प्रेमी पाठक महाशय यही समझें कि किसी दूसरे ही आदमी ने भूतनाथ का हाल लिखा है, स्वयं भूतनाथ ने नहीं, अथवा इसका लेखक कोई और ही है।

जेठ का महीना और शुक्ल-पक्ष की चतुर्दशी का दिन है। यद्यपि रात पहर-भर से कुछ ज़्यादा हो चुकी है और आँखों में ठंडक पहुँचाने वाले चन्द्रदेव भी दर्शन दे रहे हैं परन्तु दिन भर की धूप और लू की बदौलत गरम भई हुई ज़मीन, मकानों की छतें और दीवार अभी तक अच्छी तरह ठंडी नहीं हुई, अब भी कभी-कभी सहारा दे देने वाले हवा के झपटे में गर्मी पड़ती है और बदन से पसीना निकल रहा है, बाग़ में सैर करने वाले शौकीनों को भी पंखे की ज़रूरत है, और जंगल में भटकने वाले मुसाफ़िरों को भी पेड़ों की आड़ बुरी मालूम पड़ती है।

ऐसे समय में मिर्ज़ापुर से बाईस कोस दक्खिन की तरफ़ हट कर छोटी-सी पहाड़ी के ऊपर जिस पर बड़े-बड़े घने पेड़ों की कमी तो नहीं है। मगर इस समय पत्तों की कमी के सबब से जिसकी ख़ूबसूरती नष्ट हो गई है, एक पत्थर की चट्टान पर हम ढाल-तलवार तथा तीर-कमान लगाए हुए दो आदमियों को बैठे देखते हैं जिनमें से एक औरत और दूसरा मर्द है। औरत की उम्र चौदह या पन्द्रह वर्ष की होगी मगर मर्द की उम्र बीस वर्ष से कम मालूम नहीं होती। यद्यपि इन दोनों की पोशाक मामूली सादी और बिलकुल ही साधारण ढंग की है मगर सूरत-शक्ल से यही जान पड़ता है कि ये दोनों साधारण व्यक्ति नहीं हैं बल्कि किसी अमीर बहादुर और क्षत्रीय खानदान के होनहार हैं। जिस तरह मर्द चपकन, पायजामा, कमरबंद और मुड़ासे से अपनी सूरत मर्दाने ढंग की बना रखी है। यकायक सरसरी निगाह देखकर कोई यह नहीं कह सकता कि यह औरत है, मगर हम ख़ूब जानते हैं कि यह कमसिन औरत नौजवान लड़की है जिसकी ख़ूबसूरती

मर्दानी पोशाक पहिरने पर ही यकताई का दावा करती है, मगर जिसकी शर्मीली आँखें कह देती हैं कि इसमें ढिठाई और दबंगता बिलकुल नहीं है, चेहरे पर गर्द पड़ी है, सुस्त होकर पत्थर की चट्टान पर बैठ गए हैं, तथा रात्रि का समय भी है, इसलिए यहाँ पर इन दोनों की ख़ूबसूरती तथा नखशिख का वर्णन करके हम श्रृंगार रस पैदा करना उचित नहीं समझकर केवल इतना ही कह देना काफी समझते हैं कि ये दोनों सौ-दो सौ ख़ूबसूरतों में ख़ूबसूरत हैं। इन दोनों की अवस्था इनकी बातचीत से जानी जाएगी अस्तु आइए और छिपकर सुनिए कि इन दोनों में क्या बातें हो रही हैं।

औरत : वास्तव में हम लोग बहुत दूर निकल आए।

मर्द : अब हमें किसी का डर भी नहीं है।

औरत : है तो ऐसा ही परन्तु घोड़ों की तरफ़ से जरा-सा खुटक होता है, क्योंकि हम दोनों के मरे हुए घोड़े अगर कोई जान-पहिचान का आदमी देख लगा तो ज़रूर इसी प्रांत में हम लोगों को खोजेगा।

मर्द : फिर भी कोई चिंता नहीं, क्योंकि उन घोड़ों को भी हम लोग कम-से-कम दो कोस पीछे छोड़ आए हैं।

औरत : बेचारे घोड़े अगर मर न जाते तो हम लोग और भी कुछ दूर आगे निकल गए होते।

मर्द : यह गर्मी का ज़माना, इतने कड़ाके की धूप और इस तेज़ी के साथ इतना लंबा सफ़र करने पर भी घोड़े जिंदा रह जाएँ तो बड़े ताज्जुब की बात है!!

औरत : ठीक है, अच्छा यह बताइए कि अब हम लोगों को क्या करना होगा?

मर्द : इसके सिवाय और किसी बात की ज़रूरत नहीं है कि हम लोग किसी दूसरे राज्य की सरहद में जा पहुँचे। ऐसा हो जाने पर फिर हमें किसी का डर न रहेगा, क्योंकि हम लोग किसी का खून करके नहीं भागे हैं, न किसी की चोरी की है, और न किसी के साथ अन्याय या अधर्म करके भागे हैं, बल्कि एक अन्यायी हकीम के हाथ से अपना धर्म बचाने के लिए भागे हैं। ऐसी अवस्था में किसी न्यायी राजा के राज्य में पहुँच जाते ही हमारा कल्याण होगा।

औरत : निःसन्देह ऐसा ही है, फिर आपने क्या विचार किया, किसके राज्य में जाने का इरादा है?

मर्द : मुझे तो राजा सुरेन्द्रसिंह का राज्य बहुत ही पसन्द है, वह राजा धर्मात्मा और न्यायी है तथा उनका राज्य भी बहुत दूर नहीं है, यहाँ से केवल तीन ही चार कोस और आगे निकल चलने पर उनकी सरहद में पहुँच जाएँगे।

औरत : वाह वाह! तो इससे बढ़कर और क्या बात हो सकती है! आप यहाँ क्यों अटके हुए हैं? आगे बढ़ कर चलिए, जहाँ इतनी तकलीफ़ उठाई वहाँ थोड़ी ही सही।

मर्द : मैं भी इसी ख़याल में हूँ मगर अपने नौकरों का इंतज़ार कर रहा हूँ क्योंकि उन्हें अपने से मिलने के लिए यही ठिकाना बताया हुआ है।

औरत : जब राजा सुरेन्द्रसिंह की सरहद इतनी नज़दीक है और रास्ता आपका देखा हुआ है तो ऐसी अवस्था में यहाँ ठहरकर नौकरों का इंतज़ार करना मेरी राय में तो ठीक नहीं है।

मर्द : तुम्हारा कहना कठिन है और नौगढ़ का रास्ता भी मेरा देखा हुआ है परन्तु रात का समय है और इस तरफ़ का जंगल बहुत ही घना और भयानक है तथा रास्ता भी पथरीला और पेचीदा है, संभव है कि रास्ता भूल जाऊँ और किसी दूसरी ही तरफ़ जा निकलूँ। यदि मैं अकेला होता तो कोई गम न था मगर तुमको साथ लेकर रात्रि के समय भयानक जानवरों से भरे हुए ऐसे घने जंगल में घुसना उचित नहीं जान पड़ता। मगर देखो तो सही (गर्दन उठाकर और गौर से नीचे की तरफ़ देखकर वे शायद हमारे ही आदमी तो आ रहे हैं मगर गिनती में कम मालूम होते हैं।

औरत : **(गौर से देखकर)** ये तो केवल तीन ही चार आदमी हैं, शायद कोई और हों।

मर्द : देखो ये लोग भी इसी पहाड़ी के ऊपर चले आ रहे हैं, अगर ये कोई और हैं तो यहाँ आकर तुम्हें देख लेना अच्छा न होगा! इसलिए मैं जरा आगे बढ़कर देखता हूँ कि कौन है।

इतना कहकर वह नौजवान उठ खड़ा हुआ ओर उसी तरफ़ बढ़ा जिधर से वे लोग आ रहे थे। कुछ ही दूर आगे बढ़ने और पहाड़ी से नीचे उतरने पर उन लोगों का सामना हो गया। यद्यपि रात का समय था और केवल चाँदनी ही का सहारा था, तथापि सामना होते ही एक ने दूसरे को पहचान लिया। हमारे नौजवान को मालूम हो गया कि ये हमारे दुश्मन के आदमी हैं और उन लोगों को निश्चय हो गया कि हमारे मालिक को इसी नौजवान के गिरफ्तारी की ज़रूरत है।

ये लोग जो दूर से गिनती में तीन-चार मालूम पड़ते थे वास्तव में छः आदमी थे जो हर तरह से मज़बूत और लड़ाई के दुरुस्त थे। ढाल-तलवार के अलावे सभी के कमर में खंजर और हाथ में नेजा था, उन सभी में से एक ने आगे बढ़कर नौजवान से कहा, "बड़ी खुशी की बात है कि आप स्वयम् हम लोगों के सामने चले आए। कल से हम लोग आपकी खोज में परेशान हो रहे हैं बल्कि सच तो यों है कि ईश्वर ही ने हम लोगों को यहाँ तक पहुँचा दिया और यहाँ आपका सामना हो गया। क्षमा कीजिएगा, आप हमारे अफसर और हाकिम रह चुके हैं इसलिए हम लोग आपके साथ बेअदबी नहीं करना चाहते मगर क्या करें मालिक के हुक्म से लाचार हैं, जिसका नमक खाते हैं। इस बात को हम लोग खूब जानते हैं कि आप बिलकुल बेकसूर है और आप पर व्यर्थ ही जुल्म किया जा रहा है, परन्तु...

नौजवान : ठीक है, ठीक है, मेरे प्यारे गुलाबसिंह! मैं तुम्हें अभी तक वैसा ही समझता हूँ और प्यार करता हूँ क्योंकि तुम वास्तव में नेक हो और मुझसे मुहब्बत रखते

हो। तुम बेशक् मुझे गिरफ्तार करने के लिए आये हो और मालिक के नमक का हक़ अदा किया चाहते हो, अस्तु मैं खुशी से तुम्हें आज्ञा देता हूँ कि तुम मुझे गिरफ्तार करके अपने मालिक के पास ले चलो, परन्तु क्षत्रियों का धर्म निबाहने के लिए मैं गिरफ्तार न होकर तुमसे लड़ाई अवश्य करूँगा, इसी तरह तुम्हें भी मेरा मुलाहिज़ा न करना चाहिए।

गुलाबसिंह : ठीक है, बेशक् ऐसा ही चाहिए, परन्तु **(कुछ सोच कर)** मेरा हाथ आपके ऊपर कदापि न उठेगा! मुझे अपने जालिम मालिक की तरफ़ से बदनामी उठाना मंजूर है परन्तु आप ऐसे बहादुर और धर्मात्मा के आगे लज्ज़ित होना स्वीकार नहीं है। हाँ मैं अपने साथियों को ऐसा करने के लिए मज़बूर न करूँगा, ये लोग जो चाहें करें।

यह सुनते ही गुलाबसिंह के साथियों में से एक आदमी बोल उठा, "नहीं नहीं, कदापि नहीं, हम लोग आपके विरुद्ध कोई काम नहीं कर सकते और आपकी ही आज्ञा पालन अपना धर्म समझते हैं। सज्जनों और धर्मात्माओं की आज्ञा पालने का नतीज़ा कभी बुरा नहीं होता!"

इसके साथ ही गुलाबसिंह के बाकी साथी भी बोल उठे, "बेशक् ऐसा ही है, बेशक् ऐसा ही है!"

गुलाबसिंह : **(प्रसन्नता से)** ईश्वर की कृपा है कि मेरे साथी लोग भी मेरी इच्छानुसार चलने के लिए तैयार हैं। **(नौजवान से)** अब आप ही आज्ञा कीजिए कि हम लोग क्या करें? क्योंकि अब भी मैं अपने को आपका दास ही समझता हूँ।

नौजवान : मेरे प्यारे गुलाबसिंह, शाबाश! इसमें सन्देह नहीं कि तुम्हारे ऐसे नेक और बहादुर आदमी का साथ बड़े भाग्य से होता है। मैं तुम्हें अपने आधीन पाकर बहुत ही प्रसन्न था और अब भी यही इच्छा रहती है कि ईश्वर तुम्हें मेरा साथी बनाये, मगर क्या करूँ, लाचार हूँ, क्योंकि आज मेरा वह समय नहीं है। आज मुसीबत के फंदे में फँस जाने से में इस योग्य नहीं रहा कि तुम्हारे ऐसे बहादुरों का साथ...**(लंबी साँस लेकर)** अस्तु ईश्वर की मर्ज़ी, जो कुछ वह करता है अच्छा ही करता है, कदाचित् इसमें भी मेरी कुछ भलाई ही होगी। **(कुछ सोच कर)** मैं तुम्हें क्या बताऊँ कि क्या करो तुम्हारे मालिक ने बेशक् धोखा खाया कि मेरी गिरफ्तारी के लिए तुम्हें भेजा, इतने दिनों तक साथ रहने पर भी उसने तुम्हें और मुझे नहीं पहिचाना। मुझे इस समय कुछ भी नहीं सूझता कि तुम्हें क्या नसीहत करूँ और किस तरह उस दुष्ट का नमक खाने से तुम्हें रोकूँ!

गुलाबसिंह : **(कुछ सोच कर)** खैर कोई चिंता नहीं, जो होगा देखा जाएगा। इस समय मैं आपका साथ कदापि न छोड़ूँगा और इस मुसीबत में आपको अकेले भी न रहने दूँगा, जो कुछ आप पर बीतेगी उसे मैं भी सहूँगा। **(अपने साथियों से)** भाइयो, अब तुम लोग जहाँ चाहे जाओ और जो मुनासिब समझो करो, मैं तो आज से इनको दु:ख-सुख का साथी बनता हूँ। यद्यपि ये **(नौजवान)** उम्र में मुझसे बहुत छोटा है परन्तु में इन्हें अपना पिता समझता हूँ और पिता ही की तरह इन्हें मानता हूँ, अस्तु जो कुछ पुत्र का धर्म है मैं उसे

निबाहूँगा। मैं इनको गिरफ्तार करने की आशा पाकर बहुत प्रसन्न था और यही सोचे हुए था कि इस बहाने से इन्हें ढूँढ़ निकालूँगा और सामना होने पर इनकी सेवा स्वीकार करूँगा।

गुलाबसिंह की बातें सुनकर उसके साथियों ने जवाब दिया, "ठीक है, जो कुछ उचित था आपने किया परन्तु आप हम लोगों का तिरस्कार क्यों कर रहे हैं? क्या हम लोग आपकी सेवा करने योग्य नहीं हैं? या हम लोगों को आप बेईमान समझते हैं?"

गुलाबसिंह : नहीं-नहीं, ऐसा कदापि नहीं है, मगर बात यह है कि जो कोई मुसीबत में पड़ा हो उसका साथ देने वाले को भी मुसीबत झेलनी पड़ती है, अस्तु मुझ पर तो जो कुछ बीतेगी उसे झेल लूँगा, तुम लोगों को जान-बूझकर क्यों मुसीबत में डालूँ! इसी ख़याल से कहता हूँ कि जहाँ जी में आवे जाओ और जो कुछ मुनासिब समझो करो।

गुलाबसिंह के साथी : नहीं-नहीं, ऐसा कदापि न होगा और हम लोग आपका साथ कभी न छोड़ेंगे। आप आज्ञा दें कि अब हम लोग क्या करें।

गुलाबसिंह : (**कुछ सोच कर**) अच्छा, अगर तुम लोग हमारा साथ देना ही चाहते हो तो जो कुछ हम चाहते हैं उसे करो। यही से इसी समय चले जाओ। (**नौजवान की तरफ़ बता कर**) इनके मकान में जिसे राजा साहब ने जब्त कर लिया है रात के समय जिस तरह संभव हो घुसकर जहाँ तक दौलत हाथ लगे और उठा सको निकाल कर ले आओ और पिपलिया घाटी में जहाँ का पता तुम लोगों को मालूम है हमसे मिलो, अगर वहाँ, हमसे मुलाकात न हो तो टिक कर हमारा इंतज़ार करो।

गुलाबसिंह की बात सुनकर उसके साथियों ने "जो आज्ञा" कह कर सलाम किया और वहाँ से चले गाए। उनके जाने के बाद गुलाबसिंह ने नौजवान से कहा, "इस समय इन लोगों को विदा कर देना ही मैंने उचित जाना। यद्यपि ये लोग मेरे साथ रहने में प्रसन्नता प्रकट करते हैं परन्तु कुछ टेढ़ा काम लेकर जाँच कर लेना ज़रूरी है।"

नौजवान : ठीक है तुम्हारे ऐसे होशियार आदमी के लिए यह कोई नई बात नहीं है।

गुलाबसिंह : अच्छा अब यह बताइए कि आपको मुझ पर विश्वास है या नहीं? या इस विषय में आपको कुछ जाँच करने की आवश्यकता है?

नौजवान : नहीं-नहीं, मुझे कुछ जाँच करने की ज़रूरत नहीं है, मुझे तुम पर पूरा-पूरा विश्वास और भरोसा है, मैं तुमसे मिल कर बहुत ही प्रसन्न हुआ, ऐसी अवस्था में यकायक सामना हो जाने पर मुझे किसी तरह का खुटका नहीं हुआ था।

गुलाबसिंह : ईश्वर आपका मंगल करे, अब कृपा कर यह बताइए कि आप मुझे अकेले क्यों दिखाई देते हैं और अब आपका इरादा क्या है?

नौजवान : मैं अकेला नहीं हूँ, मेरी स्त्री भी मेरे साथ है (**हाथ का इशारा करके**) इस पहाड़ी के ऊपर उसे अकेला छोड़ आया हूँ। हम दोनों आदमी वहाँ बैठे अपने नौकरों का इंतज़ार कर रहे थे कि यकायक तुम लोगों पर निगाह पड़ी, अस्तु उसे उसी जगह

छोड़ कर तुम लोगों का पता लगाने के लिए मैं नीचे उतर आया था, अब तुम मेरे साथ वहाँ चलो और उससे मिलो, वह तुम्हें देखकर बहुत ही प्रसन्न होगी। इस आफत में भी वह तुम्हें बराबर याद करती रही।

गुलाबसिंह : चलिए, शीघ्र चलिए।

गुलाबसिंह को साथ लेकर नौजवान उस तरफ़ रवाना हुआ जहाँ अपनी स्त्री को अकेला छोड़ आया था।

गुलाबसिंह क्षत्री खानदान का एक बहादुर और ताकतवर आदमी था, वह बहुत ही नेक, रहमदिल और धर्म का सच्चा पक्षपाती था, साथ-ही-साथ वह बदमाशों की चालबाजियों को खूब समझता था और अच्छे लोगों में से बेईमानों और दग़ाबाज़ों को छाँट निकालने में भी विचित्र कारीगर था। वह उस नौजवान और उसकी स्त्री से सच्ची मुहब्बत और हमदर्दी रखता था, जिसका बहुत बड़ा सबब यह था कि उस स्त्री के पिता ने बहुत संकट के समय में गुलाबसिंह की सच्ची सहायता की थी और गुलाबसिंह को लड़के की तरह मानता था।

इस जगह पर हम इस नौजवान और इसकी सुशीला स्त्री का नाम खोल देना उचित समझते हैं। मगर इस बात को अभी न खोलेंगे कि दोनों कौन हैं और इनके इस तरह बेसरोसामान भागने का सबब क्या है।

नौजवान का नाम प्रभाकर सिंह और स्त्री का नाम इंदुमति। प्रभाकर सिंह की शादी इंदुमति के साथ भये हुए आज एक वर्ष और सात महीने हो चुके हैं।

प्रभाकर सिंह और गुलाबसिंह बातचीत करते हुए इंदुमति की तरफ़ रवाना हुए और बहुत जल्द वहाँ जा पहुँचे इंदुमति चिंता-निमग्न बैठी हुई अपने पति का इंतज़ार कर रही थी। पति को देखकर वह प्रसन्नता के साथ उठ बैठी और जब उसने गुलाबसिंह को पहिचाना तो बहुत खुश होकर बोली-

इंदुमति : मैं पहिले ही कहती थी कि गुलाबसिंह को हम लोगों के विषय में बड़ी चिंता होगी और वे ज़रूर हमारी सुध लेंगे।

गुलाबसिंह : बेशक् ऐसा ही है। इसीलिए जिस समय राजा साहब ने आप लोगों की गिरफ्तारी का काम मेरे सुपुर्द किया तो मैं बहुत ही प्रसन्न हुआ और...

गुलाबसिंह : अपनी बात पूरी न करने पाये थे कि लगभग चालीस-पचास गज की दूरी पर से सीटी बजने की आवाज़ आई जिसे सुनते ही तीनों चौंक पड़े और उसी तरफ़ देखने लगे। बेचारी इन्दु को दुश्मन का ख़याल आया गया और वह डरी हुई आवाज़ में बोली, "यहाँ तक भाग आने पर भी हम लोगों का खुटका न गया, इसी से मैं कहती थी कि जहाँ तक जल्द हो सके नौगढ़ की सरहद में हमें पहुँच जाना चाहिए!"

गुलाबसिंह : **(इन्दु से)** डरो मत, हम दोनों क्षत्रियों के रहते किसकी मजाल है कि तुम्हें किसी तरह की तकलीफ़ पहुँचा सके। इसके अतिरिक्त इस बात को भी समझारखो

कि आज दिन सिवाय उस बेईमान राजा के और कोई तुम्हारा दुश्मन नहीं है और उसकी तरफ़ से इस काम के लिए मैं ही भेजा गया हूँ, ऐसी अवस्था में किसी वास्तविक दुश्मन का ध्यान लगाना वृथा है, हाँ चोर-डाकू में से यदि कोई हो तो मैं कह सकता।

इंदुमति : खैर पेड़ों की आड़ में तो हो जाइए।

गुलाबसिंह : हाँ इसके लिए कोई हर्ज नहीं।

इतने ही में पुन: सीटी की आवाज़ आई, मगर अबकी दफ़े की आवाज़ कुछ अजीब ढंग की थी। मालूम न होता था कि कोई बँधे हुए इशारे के साथ झिरनी को आवाज़ देकर सीटी बुला रहा है। इस आवाज़ को सुनकर गुलाबसिंह हँस पड़ा और इन्दु तथा प्रभाकर सिंह की तरफ़ देख के बोला, "बस मालूम हो गया, डरने की कोई ज़रूरत नहीं क्योंकि यह मेरे एक दोस्त की बजाई हुई सीटी है, मैं अभी ज़रूरी बातों से छुट्टी पाकर थोड़ी ही देर में आप लोगों से कहने वाला था कि यहाँ मेरे एक दोस्त का मकान है जिससे मिलकर आप बहुत प्रसन्न होंगे, और उनसे आपको सहायता भी पूरी-पूरी मिल सकती है। मैं अब इस सीटी का जवाब देता हूँ। बहुत अच्छा जो अकस्मात् वे खुद यहाँ आ पहुँचे। मालूम होता है कि मेरा यहाँ आना उन्हें मालूम हो गया!"

इतना कहकर गुलाबसिंह ने भी कुछ अजीब ढंग की सीटी बजाई अर्थात् उस सीटी का जवाब दिया।

प्रभाकर सिंह : भला अपने इस अनूठे दोस्त का नाम तो बता दो?

गुलाबसिंह : आजकल इन्होंने अपना नाम भूतनाथ रख छोड़ा है।

प्रभाकर सिंह : **(कुछ सोच कर)** यह नाम तो कई दफ़े मेरे कानों में पड़ चुका है और एक दफ़े ऐसा भी सुन चुका हूँ कि इस नाम का एक आदमी बड़ा ही भयानक है जिसके रहन-सहन का किसी को कुछ पता नहीं चलता।

गुलाबसिंह : ठीक है, आपने ऐसा ही सुना होगा, परन्तु यह केवल दुष्टों और पापियों के लिए भयानक है।

गुलाबसिंह इससे ज़्यादा कुछ कहने न पाया था कि सीटी बजाने वाला अर्थात् भूतनाथ वहाँ आ पहुँचा। प्रभाकर सिंह को सलाम करने के बाद भूतनाथ गुलाबसिंह के गले मिला और इसके बाद चारों आदमी पत्थर की चट्टानों पर बैठकर इस तरह बातचीत करने लगे : –

गुलाबसिंह : **(भूतनाथ से)** यहाँ यकायक आपका इस तरह आ पहुँचना बड़े आश्चर्य की बात है!

भूतनाथ : आश्चर्य काहे का है! यहाँ तो मेरा ठिकाना ही ठहरा, या यों कहिए कि यह दिन-रात का मेरा रास्ता ही है।

गुलाबसिंह : ठीक है, मगर फिर भी आपका घर यही से आधे घंटे की दूरी पर होगा ऐसी अवस्था में क्या ज़रूरी है कि आप दिन-रात इसी पहाड़ी पर दिखाई दें?

भूतनाथ : **(हँसकर)** हाँ सो तो सच है, मगर आप जो यही आ पहुँचे तो फिर क्या किया जाय, आखिर मुलाकात करना भी तो ज़रूरी ठहरा!

गुलाबसिंह : **(हँसी के साथ)** बस तो सीधे यही क्यों नहीं कहते कि मेरा यहाँ आना आपको मालूम हो गया।

भूतनाथ : बेशक् आपका आना मुझे मालूम हो गया बल्कि और भी कई बातें मालूम हुई हैं जिनसे आप लोगों को होशियार कर देना ज़रूरी है। **(प्रभाकर सिंह की तरफ़ देखकर)** अभी तक दुश्मनों से आपका पीछा नहीं छूटा, खाली गुलाबसिंह ही आपकी गिरफ्तारी के लिए नहीं भेजे गये बल्कि इनको भेजने के बाद आपके राजा साहब ने और भी बहुत से आदमी आप लोगों को पकड़ने के लिये भेजे जो इस समय इस पहाड़ी के इधर-उधर आ गये हैं और आपके आदमियों को भी उन लोगों ने गिरफ्तार कर लिया है जिनका शायद आप इंतज़ार करते होंगे।

प्रभाकर सिंह : **(ताज्जुब में आकर)** आपकी जुबानी बहुत-सी बातें मालूम हुई! मुझे इन सबकी कुछ भी ख़बर न थी। आप तो इस तरह बयान कर रहे हैं जैसे कोई जादूगर आइने के अंदर ज़माने भर की हालत देख-देखकर सभा में बयान करता हो!

गुलाबसिंह : यही तो इनमें एक अनूठी बात है जिससे बड़े-बड़े नामी ऐयार दंग रहा करते हैं। इनसे किसी भेद का छिपा रहना बहुत ही कठिन है। **(भूतनाथ से)** अच्छा तो मेरे प्यारे दोस्त, मैं प्रभाकर सिंह और इंदुमति को आपके सुपुर्द करता हूँ। जिससे इनका कल्याण हो सो कीजिए। यह बात आपसे छिपी हुई नहीं है कि में इन्हें कैसा मानता हूँ।

भूतनाथ : मैं सब जानता हूँ और इसीलिए यहाँ आया भी हूँ, परन्तु अब विशेष बातचीत करने का मौका नहीं, आप ठहरिए और मेरे पीछे आइए।

प्रभाकर सिंह : **(उठते हुए)** मुझे अपने लिए कुछ भी फिक्र नहीं है, केवल बेचारी इन्दु के लिए मुझे नामर्दों की तरह भागने की और अदने-अदने आदमियों से छिपकर चलने...

भूतनाथ : **(बात काटकर)** मैं ख़ूब जानता हूँ, मगर क्या कीजिएगा, समय पर सब कुछ करना पड़ता है, आँख रहते भी टटोलना पड़ता है!

सब कोई उठकर भूतनाथ के पीछे-पीछे रवाना हुए।

जो कुछ हाल हम ऊपर बयान कर चुके हैं इसमें कई घंटे गुजर गये।

पिछले पहर की रात बीत रही है, चारों तरफ़ सन्नाटा छाया हुआ है, इन चारों के पैरों के तले दबने वाले सूखे पत्तों की चरमराहट के सिवाय और किसी तरह की आवाज़ सुनाई नहीं देती। भूतनाथ इन तीनों को साथ लिए हुए एक अनूठे और अनजान रास्ते से बात-ही-बात में पहाड़ी के नीचे उतर आया और इसके बाद दक्षिण की तरफ़ जाने लगा।

जंगल-ही-जंगल लगभग आधा कोस के जाने के बाद ये लोग पुनः एक पहाड़ के नीचे पहुँचे। इस जगह का जंगल बहुत ही घना तथा रास्ता घूमघुमौवा और पथरीला था। भूतनाथ इस तरह घूमता और चक्कर देता हुआ पेचीली पगडंडियों पर जाने लगा कि कोई अनजान आदमी उसकी नकल नहीं कर सकता था, अथवा यों समझना चाहिए कि एक-दो दफ़े का जानकार आदमी भी धोखे में आकर भटक सकता था, किसी अनजान का जाना तो बहुत ही कठिन बात है।

कुछ ऊपर चढ़ने के बाद घूमता-फिरता भूतनाथ एक ऐसी जगह पहुँचा जहाँ पत्थरों के बड़े-बड़े ढोकों के अंदर छिपी हुई एक गुफा थी। इन तीनों को लेते हुए भूतनाथ उस गुफा के अंदर घुसा। आगे-आगे भूतनाथ, उसके पीछे गुलाबसिंह, उसके बाद इंदुमति और सबसे पीछे प्रभाकर सिंह जाने लगे। कुछ दूर गुफा के अंदर जाने के बाद भूतनाथ ने अपने ऐयारी के बटुए में से समान निकाल कर मोमबत्ती जलाई और उसकी रोशनी के सहारे अपने साथियों को ले जाने-लगा। लगभग पचीस गज के जाने के बाद एक चौमुहानी मिली अर्थात् जहाँ से एक रास्ता सीधी तरफ़ चला गया था, दूसरा बाईं तरफ़, और तीसरी सुरंग दाहिनी तरफ़ चली गई थी, तथा चौथा रास्ता वह था जिधर से ये लोग आये थे। यहाँ तक तो रास्ता खुलासा था मगर आने का रास्ता बहुत ही बारीक और तंग था जिसमें दो आदमी बराबर से मिलकर नहीं चल सकते थे।

यहाँ पर आकर भूतनाथ अटक गया और मोमबत्ती की रोशनी में आगे की दोनों सुरंगों को बताकर अपने साथियों से बोला, "हमारे मकान में जाने वाले को इस दाहिनी तरफ़ वाली सुरंग में घुसना चाहिए। सामने अथवा बाईं तरफ़ वाली सुरंग में जाने वाला किसी तरह जीता नहीं बच सकता है।"

इतना कहकर भूतनाथ दाहिनी तरफ़ वाली सुरंग में घुसा और कुछ दूर जाने के बाद उसने मोमबत्ती बुझा दी।

लगभग दो सौ कदम चले जाने के बाद यह सुरंग खतम हुई और उसका दूसरा मुहाना नज़र आया। सबके पहले भूतनाथ सुरंग से बाहर हुआ, उसके बाद गुलाबसिंह और उसके पीछे इंदुमति रवाना हुई, मगर प्रभाकर सिंह न निकले तीन आदमी घूम कर उनका इंतज़ार करने लगे कि शायद पीछे रह गए हों मगर कुछ देर इंतज़ार करने पर भी वे नज़र न आये। इंदुमति का कलेजा उछलने लगा, उसकी दाहिनी भुजा फड़क उठी और आँखों में आँसू डबडबा आये। भूतनाथ ने इंदुमति और गुलाबसिंह को कहा, "तुम जरा इसी जगह दम लो, मैं सुरंग में घुस कर प्रभाकर सिंह का पता लगाता हूँ।" इतना कहकर भूतनाथ पुनः उसी सुरंग में घुस गया।

2

प्रभाकर सिंह पीछे-पीछे चले आते थे, यकायक कैसे और कहाँ गायब हो गये? क्या उस सुरंग में कोई दुश्मन छिपा हुआ था जिसने उन्हें पकड़ लिया? या उन्होंने खुद हमें

धोखा देकर हमारा साथ छोड़ दिया? इत्यादि तरह-तरह की बातें सोचती हुई इन्दु बहुत ही परेशान हुई, मगर इस आशा ने कि अभी-अभी भूतनाथ उनका पता लगा के सुरंग से लौटाता ही होगा, उसे बहुत कुछ सँभाला और वह एकदम सुरंग की तरफ़ टकटकी लगाये खड़ी देखती रही, परन्तु थोड़ी ही देर में उसकी यह आशा भी जाती रही जब उसने भूतनाथ को अकेले ही लौटते देखा और दुःख के साथ भूतनाथ ने बयान किया कि "उनसे मुलाकात नहीं हुई! मेरी समझ में नहीं आता कि क्या भेद है और उन्होंने हमारा साथ क्यों छोड़ा? क्योंकि अगर किसी छिपे हुए दुश्मन ने हमला किया होता तो कुछ मुँह से आवाज़ तो आई होती या चिल्लाते तो सही!"

गुलाबसिंह : नहीं भूतनाथ, ऐसा तो नहीं हो सकता। प्रभाकर सिंह पर हम भागने का इल्ज़ाम तो नहीं लगा सकते।

भूतनाथ : जी तो मेरा भी नहीं चाहता कि उनके विषय में मैं ऐसा कहूँ परन्तु घटना ऐसी विचित्र हो गई कि मैं किसी तरफ़ अपनी राय पक्की कर नहीं सकता। हाँ इंदुमति कदाचित् इस विषय में कुछ कह सकती हों!

इतना कह कर भूतनाथ ने इन्दु की तरफ़ देखा मगर इन्दु ने कुछ जवाब न दिया, सिर झुकाये ज़मीन को देखती रही, मानो उसने कुछ सुना ही नहीं! अबकी दफ़े गुलाबसिंह ने उसे संबोधन किया जिससे वह चौंकी और एकदम फूट-फूट कर रोने और कहने लगी, "बस मेरे लिए दुनिया इतनी ही थी। मालूम हो गया कि मेरा बदकिस्मती मेरा साथ न छोड़ेगी। मैं व्यर्थ ही आशा में पड़ कर दुखी हुई और उन्हें भी दुःख दिया। मेरे ही लिए उन्हें इतना कष्ट भोगना पड़ा और मुझ अभागिन के ही कारण उन्हें जंगल की ख़ाक छाननी पड़ी। हाय, क्या अब मैं पुनः इस दुनिया में रहकर उनके दर्शन कर सकती हूँ? क्यों न इसी समय अपने दुखांत नाटक का अंतिम पर्दा गिरा कर निश्चिन्त हो जाऊँ?"

इत्यादि इसी ढंग की बातें करती हुई इन्दु प्रलापवास्था को लाँघकर बेहोश हो गई और ज़मीन पर गिर पड़ी।

गुलाबसिंह और भूतनाथ को उसके विषय में बड़ी चिंता हुई और वे लोग उसे होश में लाकर समझाने-बुझाने तथा शान्त करने की चिंता करने लगे।

भूतनाथ का यह स्थान कुछ विचित्र ढंग का था। इसमें भूतनाथ की कोई कारीगरी न थी, इसे प्रकृति ही ने कुछ अनूठा और सुन्दर बनाया हुआ था। इसके विषय में अगर भूतनाथ की कुछ कारीगरी थी तो केवल इतनी ही कि उसने इसे खोज निकाला था, जिसका रास्ता बहुत ही कठिन और भयानक था। जिस जगह इंदुमति, भूतनाथ और गुलाबसिंह खड़े हैं वहाँ से दिन के समय यदि आप आँख उठाकर चारों तरफ़ देखिए तो आपको मालूम होगा कि लगभग चौदह या पन्द्रह बिगहे के चौरस ज़मीन, चारों तरफ़ के ऊँचे-ऊँचे और सरसब्ज पहाड़ों से सुन्दर और सुहावने सरोवर के जल की तरह घिरी हुई है। जिस तरह चारों तरफ़ के पहाड़ों पर खुशरंग फूल-पत्ती की बहुतायत दिखाई दे रही

है उसी तरह यह ज़मीन भी नरम घास की बदौलत सब्ज मखमली फर्श का नमूना बन रही है और जगह-जगह पर पहाड़ से गिरे हुए छोटे-छोटे चश्मे भी बह रहे हैं। यद्यपि आजकल पहाड़ों के लिये सरसब्जी का मौसम नहीं है मगर यहाँ पर कुछ ऐसी कुदरती तरावट है कि जिसके सबब से पतझड़ के मौसम का कुछ पता नहीं लगता, यों समझ सकते हैं कि बरसात के मौसम में आजकल से कहीं बढ़-चढ़कर खुबी, ख़ूबसूरती और सरसब्जी नज़र आती होगी।

इस स्थान में किसी तरह की इमारत बनी हुई न थी मगर चारों तरफ़ के पहाड़ों में सुन्दर और सुहावनी गुफाओं और कंदराओं की इतनी बहुतायत थी कि हज़ारों आदमी बड़ी खुशी और आराम के साथ यही गुजारा कर सकते थे। इन्हीं गुफाओं में भूतनाथ तथा उसके तीस-चालीस संगी-साथियों का डेरा था और इन्हीं गुफाओं में उसके ज़रूरत की सब चीज़ें और हर्बे इत्यादि रहा करते थे, तथा उसके पास जो कुछ दौलत थी वह भी कही इन्हीं जगहों में होगी, जिसका ठीक-ठीक पता उसके साथियों को भी न था। भूतनाथ का कथन-ऐसे-ऐसे कई स्थान उसके कब्जे में हैं और इस बात का कोई निश्चय नहीं है कि कब या कितने दिनों तक यह किस स्थान में अपना डेरा रखता या रखेगा।

सुबह की सफेदी अच्छी तरह फैल चुकी थी अब भूतनाथ और गुलाबसिंह के उद्योग से इंदुमति होश में आई। यद्यपि वह खुद इस खोह के बाहर होकर प्रभाकर सिंह की खोज में जान तक देने के लिए तैयार थी और ऐसा करने के लिए वह जिद भी कर रही थी मगर भूतनाथ और गुलाबसिंह ने उसे बहुत समझा-बुझाकर ऐसा करने से बाज रखा और वादा किया कि बहुत जल्दी उनका पता लगाकर उनके दुश्मनों नीचा दिखायेंगे।

ये सब बातें हो ही रही थीं कि भूतनाथ के आदमी गुफाओं और पदराओं में से निकलकर वहाँ आ पहुँचे जिन्हें भूतनाथ ने अपनी ऐयारी भाषा में कुछ समझा-बुझा कर बिदा किया। इसके बाद एक स्वच्छ और प्रशस्त गुफा में जो उसके डेरे के बगल में थी इंदुमति को डेरा दिलाकर और गुलाबसिंह को उसके पास छोड़कर वह भी उन दोनों से बिदा हुआ और अपने एक शागिर्द को साथ लेकर उसी सुरंग की राह अपनी इस दिलचस्प पहाड़ी के बाहर हो गया।

जब भूतनाथ सुरंग के बाहर हुआ तो सूर्य भगवान उदय हो चुके थे। उसे ज़रूरी कामों अथवा नहाने-धोने, खाने-पीने की कुछ भी फिक्र न थी, वह केवल प्रभाकर सिंह का पता लगाने की धुन में था।

यह वह ज़माना था जब चुनार की गद्दी पर महाराज शिवदत्त को बैठे दो वर्ष का समय बीत चुका था। उसकी ऐयाशी की चर्चा घर-घर में फैल रही थी और बहुत से नालायक तथा लुच्चे शोहदे उसकी जात से फायदा उठा रहे थे। उधर जमानिया में दारोगा साहब की बदौलत तरह-तरह के साजिशें हो रही थीं और उनकी कमेटी का दौरदौरा ख़ूब अच्छी तरह तरक्की कर रहा था। अस्तु इस समय खड़े होकर सोचते हुए भूतनाथ का ध्यान एक दफ़े जमानिया की तरफ़ और फिर दूसरी दफ़े चुनारगढ़ की तरफ़ गया।

सुरंग से बाहर निकल एक घने पेड़ के नीचे भूतनाथ बैठ गया और उसने अपने शागिर्द से, जिसका नाम भोलासिंह था, कहा-

भूतनाथ : भोलासिंह, मुझे इस बात का शक होता है कि किसी दुश्मन ने इस खोह का रास्ता देख लिया और मौका पाकर उसने प्रभाकर सिंह को पकड़ लिया।

भोलासिंह : मगर गुरुजी, मेरे चित्त में तो यह बात नहीं बैठती। क्या प्रभाकर सिंह इतने कमज़ोर थे कि आपके पीछे आते समय एक आदमी ने उन्हें पकड़ लिया और उनके मुँह से आवाज़ तक न निकली? इसके अतिरिक्त यह तो संभव ही न था कि बहुत से आदमी आपके पीछे-पीछे आते और आपको आहट भी न मिलती।

भूतनाथ : तुम्हारा कहना ठीक है और इन्हीं बातों को सोचकर मैं कह रहा हूँ कि दुश्मन के आने का शक होता है, यह नहीं कहता कि निश्चय होता है अस्तु जो कुछ हो, मैं प्रभाकर सिंह का पता लगाने के लिए जाता हूँ और तुमको इसी जगह छोड़कर ताकीद कर जाता हूँ कि जब तक मैं लौट कर न आऊँ तब तक सूरत बदले हुए यही पर रहो और चारों तरफ़ घूम-फिर कर टोह लो कि किसी दुश्मन ने इस सुरंग का पता तो नहीं लगा लिया है। अगर ऐसा हुआ होगा तो कोई-न-कोई यहाँ आता-जाता तुम्हें ज़रूर दिखाई देगा। यदि कोई ज़रूरत पड़े तो तुम निःसन्देह अपने डेरे पर **(सुरंग के अंदर)** चले जाना, मैं इसके लिए तुम्हें मना नहीं करता मगर जो कुछ मेरा मतलब है उसे तुम ज़रूर अच्छी तरह समझ गए होंगे।

भोलासिंह : जी हाँ मैं अच्छी तरह समझ गया, जहाँ तक हो सकेगा मैं इस काम को होशियारी के साथ करूँगा, आप जहाँ इच्छा हो जाइए और इस तरफ़ से बेफिक्र रहिए।

भूतनाथ : अच्छा तो अब मैं जाता हूँ।

इतना कहकर भूतनाथ भोलासिंह से विदा लिया और उसी घूमघुमौवे रास्ते से होता हुआ पहाड़ी के नीचे उतर आया, और इधर भोलासिंह देहाती ब्राह्मण की सूरत बना जंगल में इधर-उधर घूमने लगा।

ठीक दोपहर का समय था। धूप ख़ूब कड़ाके की पड़ रही थी और गर्म-गर्म लू के झपेटे बदन को झुलसा रहे थे। ऐसे समय में भूतनाथ का शागिर्द भोलासिंह गर्मी से परेशान होकर एक घने पेड़ के नीचे बैठा आराम कर रहा था। यह स्थान यद्यपि उस सुरंग से लगभग दो-ढाई सौ दम की दूरी पर होगा परन्तु यहाँ से घूमघुमौवे रास्ते और जंगली पेड़ों तथा लताओं की झाड़ियों के कारण बहुत ध्यान देने पर भी उस सुरंग का मुहाना दिखाई नहीं देता था। भोलासिंह बैठा कुछ सोच रहा था कि यकायक उसके कान में कुछ आदमियों के बोलने की आहट मालूम हुई।

हमारे पाठकों में से जो महाशय जंगल की हवा खा चुके या पहाड़ों की सैर कर चुके हैं उन्हें यह बात ज़रूर मालूम होगी कि जंगल में सन्नाटे के समय मुसाफ़िरों के बातचीत करते हुए चलने की आहट बहुत दूर-दूर तक के लोगों को मिल जाती है, यहाँ तक कि

आध कोस की दूरी पर यदि दो-चार आदमी बातचीत करते हुए जाते हों तो ऐसा मालूम होगा कि थोड़ी दूर पर आदमी बातें कर रहे हैं परन्तु शब्द साफ-साफ सुनाई न देंगे, साथ ही इस बात का पता लगाना भी जरा कठिन होगा कि ये बातचीत करते हुए जाने वाले आदमी किधर और कितनी दूर होंगे। अस्तु जब भोलासिंह को कुछ आदमियों के बोलने की आहट मालूम हुई तो ठीक-ठीक पता लगाने और जाँच करने की नीयत से वह उस पेड़ के ऊपर चढ़ गया और चारों तरफ़ गौर से देखने लगा मगर कुछ पता न लगा और न कोई आदमी ही दिखाई पड़ा। लाचार वह पेड़ के नीचे उतर आया और उसी आहट की सीध पर खूब गौर करता हुआ उत्तर की तरफ़ चल पड़ा जिधर के जंगली पेड़ बहुत घने और गुंजान थे।

कुछ दूर तक चले जाने पर भी भोलासिंह को किसी आदमी का तो पता न लगा मगर एक छोटे से पेड़ के नीचे बेहोश प्रभाकर सिंह पड़े ज़रूर दिखाई दिए यद्यपि उसने आज रात के समय प्रभाकर सिंह को देखा न था क्योंकि उस घाटी में जहाँ भूतनाथ का डेरा था पहुँचने के पहिले ही वह गायब हो चुके थे, परन्तु प्रभाकर सिंह एक अमीर बहादुर और नामी आदमी थे इसलिए भोलासिंह उन्हें पहिचानता ज़रूर था और कई दफ़े ऐयारी की धुन में शहर में घूमते हुए उसने प्रभाकर सिंह को देखा भी था। इसके अतिरिक्त आज भूतनाथ ने उसे यह भी बता दिया था कि जिस समय प्रभाकर सिंह हमारे साथ से गायब हुए हैं उस समय उनकी पोशाक फलाने ढंग की थी तथा उनके पास अमुक हर्बे थे। इन सब कारणों से भोलासिंह को उनके पहिचानने में किसी तरह की कोई दिक्कत नहीं हुई और वह उन्हें ऐसी अवस्था में पड़े हुए देखते ही चौंक पड़ा। वह उनके पास बैठ गया और गौर से देखने लगा कि क्या उन्हें किसी तरह की चोट आई है या कोई आदमी जान से मार कर छोड़ गया है। किसी तरह की चोट का पता तो न लगा मगर इतना मालूम हो गया कि मरे नहीं हैं बल्कि बेहोश पड़े हैं।

भोलासिंह ने अपने ऐयारी के बटुए में से लखलखा निकाला और सुँघाने लगा थोड़ी ही देर में प्रभाकर सिंह होश में आ गए ओर उन्होंने अपने सामने एक देहाती ब्राह्मण को बैठा देखा।

प्रभाकर सिंह : आप कौन हैं? कृपा कर अपना परिचय दीजिए। मैं आपका बड़ा ही कृतज्ञ हूँ क्योंकि आज निःसन्देह आपने मेरी जान बचाई।

भोलासिंह : मैं एक गरीब देहाती ब्राह्मण हूँ। इस राह से जा रहा था कि यकायक आपको इस तरह पड़े हुए देखा, फिर जो कुछ बन सका किया।

प्रभाकर सिंह : **(सिर हिलाकर)** नहीं, कदापि नहीं, आप ब्राह्मण भले ही हों परन्तु देहाती अँर गरीब नहीं हो सकते, आप ज़रूर कोई ऐयार हैं।

भोलासिंह : यह शक आपको कैसे हुआ?

प्रभाकर सिंह : यद्यपि मैं ऐयारी नहीं जानता परन्तु ऐसे मौके पर आपको पहिचान लेना कोई कठिन काम न था क्योंकि आपने बहुत उम्दा लखलखा सुँघाकर मेरी बेहोशी

दूर की है जिसकी खुशबू अभी तक मेरे दिमाग में गूँज रही है। क्या कोई आदमी जो ऐयारी नहीं जानता हो ऐसा लखलखा बना सकता है? आप ही बताइए!

भोलासिंह : आपका कहना ठीक है मगर मैं...

प्रभाकर सिंह : (**बात काटकर**) नहीं-नहीं, इसमें कुछ सोचने और बात बनाने की ज़रूरत नहीं है, मैं आपसे मिलकर बड़ा प्रसन्न हुआ क्योंकि मुझे निश्चय है कि आप ज़रूर मेरे दोस्त भूतनाथ के ऐयार हैं जिनसे सिवाय भलाई के बुराई की आशा हो ही नहीं सकती।

भोलासिंह : (**कुछ सोच कर**) बात तो बेशक् ऐसी ही है, मैं ज़रूर भूतनाथ का ऐयार हूँ और वे आपका पता लगाने के लिए गए हैं, मगर यह तो बताइए कि आप यकायक गायब क्यों हो गए और आपकी ऐसी दशा किसने की है?

प्रभाकर सिंह : मैं यह सब हाल तुमसे बयान करूँगा और यह भी बताऊँगा कि क्योंकर मेरी जान बच गई, मगर इस समय नहीं क्योंकि दुश्मनों के हाथ से तकलीफ़ उठाने के कारण मैं बहुत ही कमज़ोर हो रहा हूँ और अब मुझमें ज़्यादा बात करने की ताकत नहीं है, अस्तु जिस तरह हो सके मुझे अपने डेरे पर ले चलो, वहाँ सब कुछ सुन लेना और उसी समय इंदुमति तथा गुलाबसिंह को भी मेरा हाल मालूम हो जाएगा। यद्यपि मुझमें चलने की ताकत नहीं है मगर तुम्हारे मोढ़े का सहारा लेकर धीरे-धीरे वहाँ तक पहुँच ही जाऊँगा।

भोलासिंह : अच्छी बात है, मैं तो आपको अपनी पीठ पर लादकर भी ले जा सकता हूँ।

प्रभाकर सिंह : ठीक है मगर इसको कोई ज़रूरत नहीं है, अच्छा अब आप अपना नाम तो बता दो।

भोलासिंह : मेरा नाम भोलासिंह है।

इतना कहकर भोलासिंह उठ खड़ा हुआ और उसने हाथ का सहारा देकर प्रभाकर सिंह को उठाया। वह बहुत ही सुस्त और कमज़ोर मालूम हो रहे थे इसलिये भोलासिंह उन्हें टेकाता और सहारा देता हुआ बड़ी कठिनता से सुरंग के मुहाने पर ले आया। वहाँ पर प्रभाकर सिंह ने बैठकर कुछ देर तक सुस्ताने की इच्छा प्रकट की अस्तु उन्हें बैठाकर भोलासिंह भी उनके पास बैठ गया। इस समय दिन पहर भर के लगभग रह गया होगा। आह, यहाँ पर भोलासिंह ने बेढब धोखा खाया। यह जो प्रभाकर सिंह उसके साथ भूतनाथ की घाटी में जा रहे हैं वह वास्तव में प्रभाकर सिंह नहीं है बल्कि उनके दुश्मनों में से एक ऐयार है जिसका खुलासा आगे के किसी बयान में मालूम होगा, यह उसे तथा भूतनाथ और उसके ऐयारों को धोखा दिया चाहता है और इंदुमति पर कब्जा कर लेने की धुन में है यद्यपि भोलासिंह भी ऐयार और बुद्धिमान हैं मगर साथ ही इसके उसे भाँग का बहुत शौक है। सुबह, दोपहर और शाम तीनों वक्त छाने बिना उसका जी नहीं मानता।

इतने पर भी बस नहीं, कभी-कभी वह नशे को कमी समझ कर दो-चार दम गाँजे के भी लगा लिया करता है और यही सबब है कि वह कभी-कभी बेढब धोखा खा जाता है। मगर यह ऐयार भी बड़ा ही मक्कार है जो उसके साथ जा रहा है, देखना चाहिए दोनों में क्योंकर निपटती है। भोलासिंह तो खुश है कि हमने प्रभाकर सिंह को खोज निकाला, और वह ऐयार सोचता है कि अब इंदुमति पर कब्जा करना कौन बड़ी बात है?

कुछ देर के बाद दोनों आदमी उठ खड़े हुए और भोलासिंह उस नकली प्रभाकर सिंह को साथ लिए सुरंग के अंदर चला गया।

3

बेचारी इंदुमति बड़े ही संकट में पड़ गई है। प्रभाकर सिंह का इस तरह यकायक गायब हो जाना उसके लिए बड़ा ही दु:खदायी हुआ इस समय उसके आगे दुनिया अंधकार हो रही है। उसे कहीं भी किसी तरह का सहारा नहीं सूझता। उसकी समझ में कुछ भी नहीं आता कि अब उसका भविष्य कैसा होगा। उसे न तो तनोबदन की सुध है और न नहाने-धोने की फिक्र, वह सिर झुकाए अपने प्यारे पति की चिंता में डूबी हुई है। गुलाबसिंह उसके पास बैठे हुए तरह-तरह की बातों से उसे संतोष दिलाना चाहते हैं मगर किसी तरह भी उसके चित्त को शान्ति नहीं होती और वह अपने मन की दो-चार बातें कह कर चुप हो जाती है! हाँ जब-जब उसके कान में ये शब्द पड़ जाते हैं कि 'भूतनाथ का उद्योग कदापि वृथा नहीं हो सकता, वह ज़रूर प्रभाकर सिंह को खोज निकालेंगे और वह अपने साथ लेकर ही आयेंगे' तब-तब वह चौंक पड़ती है। आशा के फेर में पड़ कर उसका ध्यान सुरंग के मुहाने की तरफ़ जा पड़ता है और कुछ देर के लिए उधर की टकटकी बँध जाती है।

इस बीच में इन्दु ने कई दफ़े गुलाबसिंह से कहा, "तुम मुझे साथ लेकर इस सुरंग के बाहर निकलो, मैं खुद मर्दाना भेष बनाकर उसका पता लगाऊँगी।" मगर गुलाबसिंह ने ऐसा करना स्वीकार न किया जिससे उसका चित्त और भी दुखी हो गया और उसने रोते ही कलपते बची हुई रात और अगला दिन बिता दिया। अन्त में दिन बीत जाने पर संध्या के समय जब सूर्य अस्त हो रहे थे लाचार होकर गुलाबसिंह ने इन्दु से वादा किया कि अच्छा अगर कल तक भूतनाथ लौटकर न आ जाएँगे तो मैं तुम्हें साथ लेकर सुरंग के बाहर निकल चलूँगा और फिर जैसा तुम कहोगी वैसा ही करूँगा।

गुलाबसिंह के इस वादे से इन्दु को थोड़ी-सी ढाढ़स मिल गई और उसने साहस करके अपने को सँभाला। इसके बाद गुलाबसिंह से बोली कि 'इस समय तो मैं स्नान इत्यादि कुछ भी नहीं करूँगी, हाँ यदि तुम आज्ञा दो तो मैं थोड़ी देर के लिए नीचे उतर कर मैदान में टहलूँ और दिल बहलाऊँ'। गुलाबसिंह ने उसकी इस बात को भी गनीमत समझा और घूमने-फिरने की इजाज़त दे दी।

इंदुमति का घूमने-फिरने के लिए गुलाबसिंह से आज्ञा ले लेना केवल इसी अभिप्राय से न था कि वह अपना दिल बहलावे बल्कि उसका असल मतलब यह था कि वह अकेले में बैठकर या घूम-फिर कर इस विषय पर विचार करे कि अब उसे क्या करना चाहिए क्योंकि गुलाबसिंह की समझाने-बुझाने वाली बातों से दुखी हो गई थी। उसका हरदम पास बैठे रह कर दिलासा देना या ढाढ़स बँधाना उसे बहुत बुरा मालूम हुआ और इस बहाने से उसने अपना पीछा छुड़ाया।

उदास और पति की जुदाई से व्याकुल इंदुमति गुलाबसिंह के पास से उठी और धीरे-धीरे चलकर नीचे वाले सरसब्ज मैदान में पहुँचकर टहलने लगी। उधर गुलाबसिंह भी दिन भर का भूखा-प्यासा था। अतः कामों से निपटने और कुछ खाने-पीने की फिक्र में लगा।

धीरे-धीरे घूमती-फिरती इंदुमति उस सुरंग के मुहाने के पास आ पहुँची जो यहाँ आने-जाने का रास्ता था और पहाड़ी के साथ एक पत्थर की साफ चट्टान पर बैठकर सोचने लगी कि अब क्या करना चाहिए। उसका मुँह सुरंग की तरफ़ था और इस आशा से बराबर उसी तरफ़ देख रही थी कि प्रभाकर सिंह को लिए हुए भूतनाथ अब आता ही होगा। उसी समय नकली प्रभाकर सिंह को लिए हुए भोलासिंह वहाँ आ पहुँचा और सुरंग के बाहर निकलते ही इन्दु की निगाह उन पर पड़ी तथा उन दोनों ने भी इन्दु को देखा।

इस समय भोलासिंह अपनी असली सूरत में था और उसे भूतनाथ के साथ जाते हुए इन्दु ने देखा भी था इसलिए वह जानती थी कि वह भूतनाथ का ऐयार है अस्तु निगाह पड़ते ही उसे विश्वास हो गया कि भूतनाथ ने मेरे पति को भोलासिंह के साथ वहाँ भेज दिया है और पीछे-पीछे भूतनाथ खुद भी आता होगा।

नकली प्रभाकर सिंह और भोलासिंह सुरंग से निकल कर पाँच कदम आगे न बढ़े होंगे कि प्रभाकर सिंह को देखते ही इंदुमति पागलों की तरह दौड़ती हुई उनके पास पहुँची और उनके पैरों पर गिर पड़ी।

हाय, बेचारी इन्दु को क्या ख़बर थी कि यह वास्तव में मेरा पति नहीं बल्कि कोई मक्कार उसकी सूरत बना मुझे धोखा देने के लिए यहाँ आया है। उस पर भोलासिंह के साथ रहने से उसे इस बात पर शक करने का मौका भी न मिला। वह उसे अपना पति समझकर उसके पैरों पर गिर पड़ी और वियोग के दुःख को दूर करती हुई प्रसन्नता ने उसे गद्गद कर दिया। कंठ रुद्ध हो जाने के कारण वह कुछ बोल न सकी, केवल गरम-गरम आँसू गिराती रही। भोलासिंह भी चुपचाप खड़ा आश्चर्य के साथ उसकी इस अवस्था को देखता रहा।

नकली प्रभाकर ने इंदुमति से कुछ न कहकर भोलासिंह से कहा, "भाई भोलासिंह, अब तो मैं बिलकुल ही थक गया हूँ। मेरी कमज़ोरी अब मुझे एक कदम भी आगे नहीं चलने देती। इन्दु से मिलने का उत्साह मुझे यहाँ तक साहस देकर ले आया यही गनीमत

है, नहीं दुश्मनों के दिए हुए ज़हर की बदौलत बिलकुल ही कमज़ोर हो गया हूँ। इत्तिफाक की बात है कि इन्दु मुझे इसी जगह मिल गई। अब मैं कुछ देर तक सुस्ताए बिना एक कदम भी आगे नहीं चल सकता अस्तु तुम जाओ, गुलाबसिंह को भी खुशख़बरी देकर इसी जगह बुला लाओ तब तक मैं भी अच्छी तरह आराम कर लूँ।" डेरा सैकड़ों कदम की दूरी पर था, तमाम मैदान पार करने के बाद पहाड़ी पर चढ़कर वह गुफा थी जिसमें गुलाबसिंह का डेरा था, अस्तु वहाँ तक जाने और आने में घड़ी भर से भी ज़्यादा देर लग सकती थी तथापि भोलासिंह दौड़ा-दौड़ा जाकर गुलाबसिंह से मिला और उन्हें प्रभाकर सिंह के आने की खुशख़बरी सुनाई। उस समय गुलाबसिंह रसोई बनाने की फिक्र में थे मगर यह ख़बर सुनते ही उन्होंने सब काम छोड़ दिया और प्रभाकर सिंह से मिलने के लिए भोलासिंह के साथ चल पड़े।

जिस समय गुलाबसिंह को साथ लिए हुए भोलासिंह सुरंग के मुहाने पर पहुँचा तो वहाँ सन्नाटा छाया हुआ था। न तो प्रभाकर सिंह दिखाई पड़े और न इंदुमति ही नज़र आई। ऐसी अवस्था देख भोलासिंह सन्नाटे में आ गया और अब उसे मालूम हुआ कि उसने धोखा खाया। वह घबड़ाकर चारों तरफ़ देखने के बाद यह कहता हुआ ज़मीन पर बैठ गया-"हाय, मैंने बुरा धोखा खाया। प्रभाकर सिंह के साथ-ही-साथ इंदुमति को भी हाथ से खो बैठा।"

4

अब हम यहाँ पर कुछ हाल प्रभाकर सिंह का लिखना ज़रूरी समझते हैं। पहिले बयान में हम लिख आए हैं कि 'प्रभाकर सिंह इंदुमति और गुलाबसिंह को लेकर भूतनाथ अपनी घाटी में गया तो रास्ते में सुरंग के अंदर से यकायक प्रभाकर सिंह गायब हो गए।' अस्तु इसी जगह से हम प्रभाकर सिंह का हाल लिखना शुरू करते हैं।

जब भूतनाथ उन लोगों को साथ लिए हुए सुरंग में गया और कुछ दूर जाने के बाद चौमुहानी पर पहुँचा तो रास्ते का हाल बताकर कुछ आगे चलने के बाद भूतनाथ ने मोमबत्ती बुझा दी और उसे यही ख़याल रहा कि हमारे तीनों मेहमान हमारे पीछे-पीछे चले आ रहे हैं, मगर वास्तव में ऐसा न था। चौमुहानी से थोड़ी ही दूर आगे बढ़ने के बाद किसी ने प्रभाकर सिंह के दाहिने मोढ़े पर अपना हाथ रखा जो सबके पीछे-पीछे जा रहे थे। प्रभाकर सिंह ने चौंककर पीछे की तरफ़ देखा मगर अंधकार में कुछ भी दिखाई न दिया, हाँ एक हलकी-सी आवाज़ यह सुनाई पड़ी 'ठहरो, और जरा मेरी बात सुन कर तब आगे बढ़ो।' ठहरें या न ठहरें, भूतनाथ को रोकें अथवा चुप रहें इत्यादि सोचते हुए प्रभाकर सिंह कुछ ही देर रुके थे कि उनके कान में पुनः एक बारीक आवाज़ आई, "घबड़ाओ मत, जरा-सा रुककर सुनते जाओ कि अब तुम कैसी आफत में फँसना चाहते हो और उससे छुटकारा पाने की क्या तदबीर है!"

इन शब्दों ने प्रभाकर सिंह को और भी रोक लिया और वह कुछ ठिठके-से रहकर सोचने लगे कि क्या करना चाहिए। इतने ही में पिछली तरफ़ रोशनी मालूम हुई जो

उसी चौराहे पर थी जिसे यह लोग छोड़कर कुछ दूर आगे बढ़ आये थे। उस रोशनी में दो औरतें दिखाई पड़ीं और यह भी मालूम पड़ा कि जिसने प्रभाकर सिंह के मोड़ पर हाथ रख कर उन्हें रोका था वह भी एक औरत ही है जो अब कुछ पीछे हट इन्हें पुनः अपनी तरफ़ बुला रही है।

यद्यपि इस कार्रवाई में बहुत देर लगी तथापि इसी बीच में उस अनूठी और पेचीली सुरंग में गुलाबसिंह और इंदुमति को लिए भूतनाथ इतना आगे बढ़ गया कि न तो वह इन दोनों की बात ही सुन सका और न चौमुहानी वाली रोशनी ही पर उसकी निगाह पड़ी। कुछ वर्तमान और कुछ भविष्य को सोचते हुए प्रभाकर सिंह अटके और उन औरतों से जो कम-उम्र, नाजुक और सुन्दर थीं, डरना व्यर्थ समझ कर चौमुहानी की तरफ़ मुड़कर उस औरत की तरफ़ चले जिसने इन्हें रोका था।

इन तीनों औरतों का नखशिख बयान करने और इनकी ख़ूबसूरती के बारे में लिखने की यही कुछ ज़रूरत नहीं है। यहाँ इतना ही कहना काफी है जितना कह आये हैं अर्थात् तीनों कम उम्र की थीं, नाजुक थीं, सुन्दर थीं भड़कीली पोशाक पहिरे हुए थीं।

जब चौमुहानी पर पहुँचे तो उन दोनों औरतों में से एक ने जो पहिले ही से वहाँ खड़ी थी प्रभाकर सिंह का हाथ पकड़ लिया और कहा, "भूतनाथ ने ज़रूर आप को कहा होगा कि चौमुहानी से उसके घर का रास्ता छोड़कर बाकी दोनों तरफ़ जाना खतरनाक है, मगर नहीं, वह बिलकुल झूठा है। आप जरा इधर आइए और देखिए मैं आपको कैसा अनूठा तमाशा दिखाती हूँ।"

इतना कहकर दोनों बल्कि तीनों औरतें प्रभाकर सिंह को सुरंग के उस रास्ते में ले चलीं जिधर जाने के लिए भूतनाथ ने मना किया था। हम नहीं कह सकते कि क्या सोच-समझकर प्रभाकर सिंह ने इन औरतों की बात मान ली और भूतनाथ की नसीहत पर कुछ भी ध्यान न दिया अथवा भूतनाथ का साथ छोड़ दिया। क्या संभव है कि वे इन तीनों औरतों को पहिले से पहिचानते हों?

लगभग पन्द्रह या बीस कदम जाने के बाद उस तीसरी औरत ने जिसके हाथ में रोशनी थी नख़रे के साथ हाथ से मोमबत्ती गिरा दी जिससे अंधकार हो गया। उसने यही जाहिर किया कि यह बात धोखे में उससे हो गई। उसके बाद उस औरत ने इनका हाथ भी छोड़ दिया। प्रभाकर सिंह अटक कर कुछ सोचने लगे और बोले-"जो हुआ सो हुआ, अब रोशनी करो तो मैं तुम्हारे साथ आगे बढ़ूँगा नहीं तो पीछे की तरफ़ मुड़ जाऊँगा।" मगर उनकी इस बात का किसी ने भी जवाब न दिया। आश्चर्य के साथ प्रभाकर सिंह ने पुनः पुकारा मगर फिर जवाब न मिला, मानो वहाँ कोई था ही नहीं।

आश्चर्य और चिंता के शिकार प्रभाकर सिंह कुछ देर तक खड़े सोचने के बाद अफ़सोस करते हुए पीछे की तरफ़ लौटे मगर अपने ठिकाने पर पहुँच सके। आठ ही दस कदम पीछे हटे थे कि दीवार से टकराकर खड़े हो गए और सोचने लगे-"हैं, यह

क्या मामला है! अभी-अभी तो हम लोग इधर से आ रहे हैं, फिर यह दीवार कैसा? रास्ता क्योंकर बंद हो गया? क्या अब इस तरफ़ का रास्ता बंद हो ही गया!" इत्यादि।

वास्तव में पीछे फिरने का रास्ता बंद हो गया मगर अँधेरे में इस बात का पता नहीं लग सकता था कि यह कोई दीवार बीच में आ पड़ी है या किसी तरह के तख्ते या दरवाज़े ने बगल से निकल कर रास्ता बंद कर दिया है अथवा क्या है! जो हो, प्रभाकर सिंह को निश्चय हो गया कि अब पीछे की तरफ़ लौटना असंभव है अस्तु यही अच्छा होगा कि आगे की तरफ़ बढ़े, शायद कहीं उजाले की सूरत दिखाई दे तब जान बचे, आह! मैं इन औरतों को ऐसा नहीं समझता था और इस बात का स्वप्न में भी गुमान नहीं होता था कि ये मेरे साथ दगा करेंगी।

लाचार प्रभाकर सिंह अँधेरे में अपने दोनों हाथों को फैलकर टटोलते हुए आगे की तरफ़ बढ़े मगर बहुत धीरे-धीरे जाने लगे जिसमें किसी तरह का धोखा न हो। रास्ता पेचीला और ऊँचा था तथा आगे की तरफ़ से तंग भी होता जाता था। अढ़ाई-तीन सौ कदम जाने के बाद रास्ता इतना तंग हो गया कि एक आदमी से ज़्यादा के चलने की जगह न रही। कुछ आगे बढ़ने पर रास्ता खत्म हुआ और एक बंद दरवाज़े पर हाथ पड़ा। धक्का देने से वह दरवाज़ा खुल गया और प्रभाकर सिंह जो उनके सामने की तरफ़ बढ़ती हुई मालूम पड़ती थी। लगभग पच्चीस-तीस कदम जाने के बाद प्रभाकर सिंह खोह के बाहर निकल और तब उन्होंने अपने को एक सरसब्ज पहाड़ की ऊँचाई पर किसी गुफा के बाहर खड़ा पाया।

इस समय सवेरा हो चुका था और पूरब तरफ़ पहाड़ की चोटी के पीछे सूरज की लालिमा दिखाई दे रही थी। प्रभाकर सिंह ने अपने को एक ऐसे स्थान में पाया जिसे एक सुन्दर और सुहावनी घाटी कह सकते हैं। यह घाटी त्रिकोण अर्थात् तीन तरफ़ से पहाड़ के अंदर दबी हुई थी और ज़मीन के बीचोंबीच में एक सुन्दर बंगला बना हुआ था जो इस जगह से जहाँ प्रभाकर सिंह वहाँ पहुँचने के लिए रास्ता तलाश करने लगे मगर सुभीते से उतर जाने के लायक कोई पगडंडी नज़र न आई, तथापि प्रभाकर सिंह हतोत्साह न हुआ और किसी-न-किसी तरह से उद्योग करके नीचे की तरफ़ उतरने ही लगे। वह सोच रहे थे कि देखें हमारा दिन कैसा कटता है, किस ग्रह दशा के फेर में पड़ते हैं, किसका सामना पड़ता है और खाने-पीने के लिए क्या चीज़ मिलती है अथवा यहाँ से निकलने का रास्ता ही क्योंकर मिलता है। उस बंगले तक पहुँचने में प्रभाकर सिंह को दो घंटे से ज़्यादा देर लगी। पहाड़ी की चोटियों पर धूप अच्छी तरह फैल चुकी थी मगर बंगले के पास अभी धूप का नाम-निशान नहीं था।

बंगले के दरवाज़े पर दो जवान लड़के पहरा दे रहे थे जिन्होंने प्रभाकर सिंह को रोका और पूछा, "तुम यहाँ क्योंकर आए?"

इसके जवाब में प्रभाकर सिंह ने क्रोध में आकर कहा, "जिस तरह हम आए हैं वह ज़रूर तुम्हें मालूम होगा और ज़रूर वे तीनों कमबख़्त औरतें भी इसी बंगले के भीतर

होंगी जिन्होंने मुझे धोखा देकर गुमराह किया है। तुम जाओ, उन्हें इत्तिला दो कि प्रभाकर सिंह आ पहुँचे।"

उन दोनों पहरेवालों ने प्रभाकर सिंह की बात का कुछ भी जवाब न दिया। प्रभाकर सिंह गुस्से में आकर कुछ कहना ही चाहते थे कि उनकी निगाह एक मौलसिरी के पेड़ के ऊपरी हिस्से पर जा पड़ी जो इसी बंगले के पूरब और दक्षिण के कोने पर बड़ी ख़ूबसूरती के साथ खड़ा था। इस बंगले के चारों कोनों पर चार मौलसिरी के बड़े-बड़े दरख़्त थे जो इस समय ख़ूब ही हरे-भरे थे और उनके फूलों से वहाँ की ज़मीन ढक रही थी तथा खुशबू से प्रभाकर सिंह का दिमाग मुअत्तर हो रहा था।

जिस मौलसिरी के पेड़ के ऊपर प्रभाकर सिंह की निगाह पड़ी उसके ऊपरी हिस्से में रेशमी डोर के साथ हिंडोला लटक रहा था जो झुकी हुई डालियों की आड़ में छिपा हुआ था मगर जब हवा के झपेटों से उसकी डालियाँ हिलतीं और इधर-उधर हटती थीं तो उस हिंडोले पर एक सुन्दर औरत बैठी हुई दिखाई देती थी और इसी पर प्रभाकर सिंह की निगाह पड़ी थी। गौर से देखने पर प्रभाकर सिंह को इंदुमति का गुमान हुआ और ये दौड़ कर उस पेड़ के नीचे जा खड़े हुए।

प्रभाकर सिंह ने सर उठाकर पुनः उस औरत को देखा-इस आशा से कि यह इंदुमति है या नहीं, इस बात का निश्चय कर लें, मगर प्रभाकर सिंह का ख़याल गलत निकला क्योंकि वह वास्तव में इंदुमति न थी, हाँ, इंदुमति से उसकी सूरत रुपये में बारह आना ज़रूर मिलती-जुलती थी यहाँ तक कि यदि यह औरत केवल अपने दोनों होठ और अपनी ठुड्डी हाथ से ढक कर प्रभाकर सिंह की तरफ़ देखती होती तो दोपहरी की चमचमाती हुई रोशनी में और दस हाथ की दूरी से भी वे इसे न पहिचान सकते और यही कहते कि ज़रूर मेरी इंदुमति है।

इस समय वह औरत भी प्रभाकर सिंह की तरफ़ देख रही थी। जब वे उस पेड़ के नीचे आए तब उसने हाथ के इशारे से उन्हें भाग जाने को कहा जिसके जवाब में प्रभाकर सिंह ने कहा, "तुम इस बात का गुमान भी करो कि तुम्हारा हाल जाने बिना मैं यहाँ से चला जाऊँगा।"

औरत : **(अपने माथे पर हाथ रख कर)** बात तो अब यह है कि आप अब यहाँ से जा नहीं सकते और न आपको निकल जाने का रास्ता ही मिल सकता है।

प्रभाकर सिंह : तुम्हारे इस कहने से तो निश्चय होता है कि तुम्हारी जुबानी मुझे यहाँ का सच्चा-सच्चा हाल मालूम हो जाएगा और मैं अपने दुश्मनों से बदला ले सकूँगा।

औरत : नहीं क्योंकि एक तो मुझे यहाँ का पूरा-पूरा हाल मालूम नहीं, दूसरे अगर कुछ मालूम भी है तो उसके कहने का मौका मिलना कठिन है, क्योंकि अगर कुछ कहने की कोशिश करूँगी तो मेरी ही तरह से आप भी क़ैद कर लिए जाएँगे।

प्रभाकर सिंह : तो तुम क़ैदी हो?

औरत : (**आँचल से आँसू पोंछकर**) जी हाँ!!

प्रभाकर सिंह : तुम्हें यहाँ कौन ले आया?

औरत : मेरी बदकिस्मती!

प्रभाकर सिंह : तुम्हारा क्या नाम है?

औरत : तारा

प्रभाकर सिंह : (**ताज्जुब से**) तुम्हारे बाप का क्या नाम है?

औरत : (**रोकर**) वही जो आपकी इंदुमति के बाप का नाम है!! अफ़सोस, आपने मुझे अभी तक नहीं पहिचाना!

इतना कहके वह और भी खुलकर रोने लगी जिससे प्रभाकर सिंह का दिल बेचैन हो गया और उन्होंने पहिचान लिया कि यह बेशक् उनकी साली है। वह चाहते थे कि पेड़ पर चढ़कर उसे नीचे उतारें और अच्छी तरह बात करें मगर इसी बीच में कई आदमियों ने आकर उन्हें घेर लिया। बंगले के दरवाज़े पर पहरा देने वाले दोनों नौजवान लड़कों ने प्रभाकर सिंह को जब उस औरत से बातचीत करते देखा तब तेज़ी के साथ वहाँ से चले गए और थोड़ी ही देर में कई आदमियों ने आकर उनको घेर लिया।

5

संध्या का समय था जब नकली प्रभाकर सिंह इंदुमति को बहकाकर और धोखा देकर भूतनाथ की विचित्र घाटी से उसी सुरंग की राह ले भागा जिधर से वे लोग गए थे। उस समय इंदुमति की वैसी ही सूरत थी जैसी कि हम पहिले बयान में लिख आए हैं अर्थात् मर्दानी सूरत में तीर-कमान और ढाल-तलवार लगाए हुए थी। संभव था कि नकली प्रभाकर सिंह को उसके पहिचानने में धोखा होता परन्तु नहीं, उसको इंदुमति से कुछ ऐसा संबंध था कि उसने उसके पहिचानने में जरा भी धोखा नहीं खाया बल्कि इंदुमति को हर तरह से धोखे में डाल दिया। इंदुमति ने प्रभाकर सिंह को वैसे ही ढंग और पोशाक में पाया जैसा छोड़ा था परन्तु यदि वह विकल दुखित और घबड़ाई हुई न होती तो उनके लिए नकली प्रभाकर सिंह को पहिचान लेना कुछ कठिन न था।

सुरंग के बाहर होने बाद आसमान की तरफ़ देखकर इंदुमति को इस बात का ख़याल आया कि रात हो रही है। वह सोचने लगी कि इस भयानक जंगल में क्योंकर पार होंगे और रात-भर कहाँ पर आराम से बिता सकेंगे, साथ ही उसे यकायक इसी तरह पर गुलाबसिंह को छोड़ना और भूतनाथ की घाटी से निकल भागना भी ताज्जुब में डाल रहा था। पूछने पर भी प्रभाकर सिंह ने उसको ठीक-ठीक सबब नहीं बताया था, हाँ बताने का वादा किया, मगर इससे उसकी बेचैनी दूर नहीं हुई थी। उसका जी तरह-तरह के

खुटकों में पड़ा हुआ था और यह जानने के लिए वह बेचैन हो रही थी कि गुलाबसिंह ने उनका क्या नुकसान किया था जो उसको भी छोड़ दिया गया।

सुरंग के मुहाने से थोड़ी दूर आगे जाने बाद इंदुमति ने प्रभाकर सिंह से कहा, "आपकी चाल इतनी तेज़ है कि मैं आपका साथ नहीं दे सकती।"

नकली प्रभाकर : **(धीमी चाल करके)** अच्छा लो मैं धीरे-धीरे चलता हूँ मगर जहाँ तक जल्दी हो सके यहाँ से निकल ही चलना चाहिए।

इंदुमति : आखिर इसका सबब क्या है, कुछ बताओ भी तो सही?

नकली प्रभाकर : अभी नहीं, थोड़ी देर के बाद इसका सबब बताऊँगा।

इंदुमति : यही कहते-कहते तो यहाँ तक आ पहुँचे। अच्छा यही बताओ कि हम लोगों को कहाँ जाना होगा और कितना बड़ा सफ़र करना पड़ेगा?

नकली प्रभाकर : कुछ नहीं, थोड़ी ही दूर और चलना है। इसके बाद सवारी तैयार मिलेगी जिस पर चढ़कर हम लोग निकल जाएँगे।

सवारी का नाम सुन इंदुमति चौंकी और उसके दिल में तरह-तरह की बातें पैदा होने लगी। कई सायत सोचने के बाद उसने पुनः नकली प्रभाकर सिंह से पूछा, "ऐसे मुसीबत के ज़माने में यकायक आपको सवारी कैसे मिल गई?"

नकली प्रभाकर : इसका जवाब भी आगे चलकर देंगे।

प्रभाकर सिंह की इस बात ने इंदुमति को और भी तरद्दुद में डाल दिया। वह चलते-चलते रुककर खड़ी हो गई और इस बीच में नकली प्रभाकर सिंह जो आगे जा रहा था कई कदम आगे निकल गया।

हम नहीं कह सकते कि अब यकायक इंदुमति के जी में क्या आया कि वह प्रभाकर सिंह के साथ जाते-जाते एकदम रुक ही नहीं गई बल्कि जब प्रभाकर सिंह अपनी तेज़ी और जल्दबाज़ी में पीछे की सुध न करके इंदुमति से कुछ आगे बढ़ गया तो दाहिनी तरफ़ हटकर एक गुंजान पेड़ पर चढ़ गई और छिपकर इंतज़ार करने लगी कि देखें अब ज़माना क्या दिखाता है।

नकली प्रभाकर सिंह लगभग दो-सौ कदम से भी ज़्यादे आगे बढ़ गया तब उसे मालूम हुआ कि उसके पीछे इंदुमति नहीं है। वह घबराकर पीछे की तरफ़ लौटा और "इंदुमति, इंदुमति" कह कर कुछ ऊँचे स्वर से पुकारने लगा।

इंदुमति पेड़ पर चढ़कर छिपी हुई उसकी आवाज़ सुन रही थी मगर उसे ख़ूब याद था कि उसे प्यारे पति ने आवश्यकता पड़ने पर कभी उसे इंदुमति कहकर नहीं पुकारा। यह एक ऐसी बात थी जो केवल उन दोनों पति-पत्नी ही से संबंध रखती थी, कोई तीसरा आदमी इसके जानने का अधिकारी न था।

नकली प्रभाकर सिंह इंदुमति को पुकारता हुआ उससे ज़्यादा पीछे हट गया जहाँ इन्दु छिपी हुई थी और इस बीच में उसने तीन दफ़े जफील (**सीटी**) भी बुलाई, साथ ही इसके यह भी उसके मुँह से निकल पड़ा, "कमबख़्त ठिकाने पहुँचकर गायब हो गई!" यह बात इंदुमति ने भी सुन ली।

जफील की आवाज़ से वहाँ कई आदमी और भी आ पहुँचे तथा नकली प्रभाकर सिंह के साथी बन गये जिन्हें देख इंदुमति को विश्वास हो गया कि जो कुछ उसने यहाँ आकर सोचा था वही ठीक निकला, वास्तव में उसने पूरा धोखा खाया, और अब वह बेतरह दुश्मनों के काबू में पड़ी हुई है।

इंदुमति को खोजने वाले अब कई आदमी हो गये और वे इधर-उधर फैलकर पेड़ों की आड़ तथा झुरमुट में उसे खोजने लगे।

तिथि के अनुसार गत की पहिली कालिमा (**अँधेरी**) बीत चुकी थी और चन्द्रदेव उदय होकर धीरे-धीरे ऊँचे उठने लगे थे जिससे इन्दु घबरा गई और मन में सोचने लगी कि यहाँ तो बड़ा अँधेरा हुआ जाता है, एक छिपे हुए इन्दु को यह अपना-सा किया जाता है! अब मैं क्या करूँ?"

प्रभाकर सिंह के साथ ही साथ ज़माने ने भी उसे बहुत कुछ सिखला दिया था। तलवार चलाना और तीर का निशाना लगाना वह बख़ूबी जानती थी, बल्कि तीरंदाजी में उसे एक तरह का घमंड था और इस समय उसके पास यह सामान मौजूद भी था। जैसा कि हम ऊपर इशारा कर चुके हैं कि 'इस समय इसकी पोशाक और सूरत वैसी ही थी जैसी कि हम पहिले बयान में दिखा चुके हैं।'

जब कई दुश्मनों ने इंदुमति को घेर लिया और चाँदनी भी फैल कर वहाँ की हर एक चीज़ को दिखाने लगी तब उसे विश्वास हो गया कि अब वह किसी तरह छिपी नहीं रह सकती, लोग ज़रूर उसे देख लेंगे और गिरफ्तार कर लेंगे। अतएव उसने कमान पर तीर चढ़ाया और संभलकर बैठ गई, सोच लिया कि जब तक तरकश में एक भी तीर मौजूद रहेगा किसी को अपने पास भटकने न दूँगी।

इसी बीच में मौका पाकर उसने नकली प्रभाकर सिंह को अपने तीर का निशाना बनाया। इन्दु के हाथ से निकला हुआ तीर नकली प्रभाकर सिंह के पैर में लगा और वह, "हाय" करके बैठ गया। उसके साथी उसके चारों तरफ़ जमा हो गए और बोले, "बेशक् वह इसी जगह कहीं है और यह तीर उसी ने मारा है। अब उसे हम ज़रूर पकड़ लेंगे। तीर पूरब तरफ़ से आया है!"

एक और तीर आया और वह एक आदमी की पीठ को छेद कर छाती की तरफ़ से पार निकल गया।

अब तो उन लोगों में खलबली पड़ गई और खोजने की हिम्मत जाती रही बल्कि जान बचाने की फिक्र पड़ गई, मगर इस ख़याल से कि तीर पूरब तरफ़ से आया है और

मारने वाला भी उसी तरफ़ किसी पेड़ पर छिपा हुआ होगा, दोनों व्यक्तियों को छोड़कर बाकी के लोग इन्दु की तरफ़ झपटे और चाँदनी की मदद पाकर बहुत जल्दी उस पेड़ को घेर लिया जिस पर इन्दु छिपी हुई थी।

अब इन्दु ने अपने को जाहिर कर दिया और जरा ऊँची आवाज़ में उसने दुश्मनों से कहा, "हाँ, हाँ बेशक् मैं इसी पेड़ पर हूँ, मगर याद रखो कि तुम लोगों को अपने पास आने न दूँगी बल्कि देखते ही देखते इस दुनिया को उठा दूँगी।"

इतना कहकर उसने पेड़ के नीचे के और भी एक आदमी को तीर से घायल किया। इसी समय ऊपर की तरफ़ से आवाज़ आई, "शाबाश इन्दु, शाबाश! इन लोगों की बातचीत से मैं पहिचान गया कि तू इंदुमति है!"

यह बोलने वाला भी उसी पेड़ पर था जिस पर इन्दु थी मगर उससे ऊपर की ऊँची डाल पर बैठा हुआ जिसकी आवाज़ सुन कर इंदुमति घबड़ा गई और सोचने लगी कि यह कोई दुश्मन तो नहीं है! उसने पूछा, "तू कौन है और यहाँ कब से बैठा हुआ है?"

जवाब : मैं तुमसे थोड़ी देर पहिले यही आया हूँ बल्कि यों कहना चाहिए कि दूर से तुम लोगों को आते देखकर इस पेड़ पर चढ़ बैठा था, मैं तुम्हारा पक्षपाती हूँ और मेरा नाम भूतनाथ है। तुम तीर-कमान मुझको दो, मैं अभी तुम्हारे दुश्मनों को जहन्नुम में पहुँचा देता हूँ।

इंदुमति : बस-बस-बस, मैं ऐसी बेवकूफ नहीं हूँ कि इस समय तुम्हारी बातों पर विश्वास कर लूँ जो अपना तीर-कमान, जिससे मैं अपनी रक्षा कर सकती हूँ। तुम्हारे हवाले करके अपने को तुम्हारी दया पर छोड़ दूँ। यद्यपि मैं औरत हूँ और मेरी कमान कड़ी नहीं है तथा मेरे फेंके तीर दूर तक नहीं जाते, तथापि मेरा निशाना नहीं चूक सकता और मैं नज़दीक के दुश्मनों को बचकर नहीं जाने दे सकती। खैर तुम जो कोई भी हो समझ रखा कि इस समय मैं तुम्हारी बातों पर विश्वास न करूँगी और तुम्हें कदापि नीचे न उतरने दूँगी, जरा भी हिलोगे तो मैं तीर मारकर तुम्हें दूसरी दुनिया में पहुँचा दूँगी।

इतने ही में नीचे कोलाहल बढ़ा और इंदुमति ने तीर मारकर और एक आदमी को गिरा दिया। फिर ऊपर से आवाज़ आई-"शाबाश इन्दु शाबाश! तू मुझे नीचे उतरने दे, फिर देख मैं तेरे दुश्मनों से कैसा बदला लेता हूँ!"

इंदुमति : कदापि नहीं, मैं अपने दुश्मनों से आप समझ लूँगी।

आवाज़ : और जब तुम्हारे तीर खत्म हो जाएँगे तब तुम क्या करोगी?

इंदुमति : मेरे तीरों की गिनती दुश्मनों की गिनती से बहुत ज़्यादा है, तुम इसकी चिंता मत करो और चुपचाप बैठे रहो।

आवाज़ : नहीं इन्दु नहीं, तुम्हें मालूम नहीं है कि तुम्हारे दुश्मन यहाँ बहुत ज़्यादा हैं। थोड़ी देर में वे सब इकट्ठे हो जाएँगे और तब तुम्हारे तीरों की गिनती कुछ काम न करेगी।

इंदुमति : ऐसी अवस्था में तुम्हीं क्या कर सकते हो जो एक औरत का मुकाबला करके नीचे नहीं उतर सकते! ख़बरदार! व्यर्थ की बकवास करके मेरा समय नष्ट न करो!! फिर नीचे कोलाहल बड़ा और इंदुमति के तीर ने पुनः एक आदमी का काम तमाम किया। इन्दु के ऊपर की तरफ़ बैठा हुआ आदमी नीचे उतरने लगा और बोला, "ख़बरदार इन्दु, मुझ पर तीर न चलाइए और सच जानियो कि मैं भूतनाथ हूँ और अब नीचे उतरे बिना नहीं रह सकता!"

इंदुमति : मैं ज़रूर तीर मारूँगी और भूतनाथ के नाम का मुलाहिज़ा न करूँगी। इतना कहकर इन्दु ने उसकी तरफ़ तीर सीधा किया मगर घबड़ाकर दिल में सोचने लगी कि कहीं वह भूतनाथ ही न हो। उसी समय किसी हर्बे की चमक उसकी आँखों में पड़ी और उसकी तेज़ अक्ल ने तुरन्त समझ लिया कि यह बरछी है जिससे कुछ आगे बढ़कर वह ज़रूर मुझ पर हमला करेगा, अस्तु दिल कड़ा करके इन्दु ने उस पर तीर चला ही दिया जो कि उसके मोढ़े में लगा, मगर इस चोट को सहकर और कुछ नीचे उतरकर उसने इन्दु पर बरछी का वार किया, साथ ही इन्दु का दूसरा तीर पहुँचा जो कि न मालूम कही लगा कि वह लुढ़क कर ज़मीन पर आ रहा और बेहोश हो गया। परन्तु उसकी बरछी का वार भी खाली नहीं गया। इन्दु के जंघे में चोट आई। खून का तरारा बह चला और दर्द से वह बेचैन हो गई। कुशल हुआ कि वह बखूबी इन्दु के पास नहीं पहुँचा था। अंदाज़ से कुछ दूर ही था इसलिए बरछी की चोट भी पूरी न बैठी, और कुछ और नज़दीक आ गया होता तो इन्दु भी पेड़ पर न ठहर सकती, ज़रूर नीचे गिर पड़ती।

इन्दु जनाना थी मगर उसका दिल मर्दाना था। यद्यपि इस समय वह दुश्मनों से घिरी हुई थी और बचने की आशा बहुत कम थी तथापि उसने अपने दिल को ख़ूब सँभाला और दुश्मनों को अपने पास भटकने न दिया। पेड़ पर से जिस आदमी ने इन्दु को जख्मी किया था, इन्दु के हाथ से जख्मी होकर उसके गिरने के साथ ही नीचे वालों में खलबली मच गई। सभी ने गौर के साथ उसे देखना और पहिचानना चाहा। एक ने कहा, "यह तो भूतनाथ है!" दूसरे ने कहा, "फिर इन्दु ने इस क्यों मारा!"

इत्यादि बातें होने लगी जो इन्दु के दिल में तरह-तरह का खुटका पैदा करने वाली थीं मगर उसने उसकी कुछ भी परवाह न की और दुश्मनों पर तीर का वार करने लगी। ग्यारह दुश्मनों में से सात को उसने जख्मी किया जिसमें उसके बारह तीर खर्च हुए मगर चार-पाँच दुश्मनों ने बड़ी चालाकी से अपने को बचाया और सर पर ढाल रख के इन्दु को पकड़ने के लिए पेड़ पर चढ़ने लगे। इन्दु ने पुनः तीर मारना आरम्भ किया मगर उसका कोई अच्छा नतीज़ा न निकला क्योंकि उसके चलाए हुए तीर अब ढाल पर टक्कर खाकर बेकार हो जाते थे।

अब इन्दु का कलेजा धड़कने लगा। वह जख्मी हो चुकी थी और उसका तरकस भी खाली हो चला था, पेड़ पर चढ़ने वाले बड़े ही कट्टर और लड़ाके आदमी थे अतएव उन्होंने इन्दु के तीरों की कुछ भी परवाह न की और उसके पास पहुँचकर उसे गिरफ्तार

करने पर ही तुल गए। ऐसी हालत देख इन्दु ने भी अपने को उनके हाथ में फँसने की बनिस्बत जान दे देना अच्छा समझा। वह लुढ़ककर पेड़ के नीचे गिर पड़ी और सख्त चोट खाकर बेहोश हो गई।

6

जब इन्दु होश में आई और उसने आँखें खोलीं तो अपने को एक सुन्दर मसहरी पर पड़े पाया और मय सामान कई लौडियों की खिदमत के लिए हाज़िर देखकर ताज्जुब करने लगी।

आँख खुलने पर इन्दु ने एक ऐसी औरत को भी अपने सामने इज्ज़त के साथ बैठे देखा जिसे अब हकीमिन जी के नाम से संबोधन करती थी और जिसके विषय में जाना गया कि वह इंदुमति का इलाज कर रही है।

निःसन्देह इंदुमति को गहरी चोट लगी थी और उसे करवट बदलना भी बहुत कठिन हो रहा था। उसे इस बात का बड़ा ही दुःख था कि वह जीती बच गई और दुश्मनों के हाथ में फँस गई, परन्तु उस समय जितनी औरतें वहाँ मौजूद थीं, सभी ख़ूबसूरत, कमसिन, खुशदिल, हँसमुख और हमदर्द मालूम होती थीं। सभी को इस बात की फिक्र थी कि इंदुमति शीघ्र अच्छी हो जाय और उसे किसी तरह की तकलीफ़ न रहे। सभी प्यार के साथ उसकी खिदमत करती थीं, दिल बहलाने की बातें करती थीं, और कई उसके पास बैठी सर पर हाथ फेरती हुई प्रेम से पूछतीं कि 'कहो बहन, मिजाज़ कैसा है? अब तुम किसी बात की चिंता न करो, यह घर तुम्हारे दुश्मनों का नहीं है बल्कि दोस्तों का है जो कि बहुत जल्द तुम्हें मालूम हो जाएगा कि दुश्मनों के हाथों से तुम किस तरह छुड़ा ली गई। जरा तुम्हारी तबीयत अच्छी हो जाय तो मैं सब रामकहानी कह सुनाऊँगी, तुम किसी तरह की चिंता न करो'! इत्यादि!

इन बातों से मालूम होता था कि ये सब-की-सब लौंडी ही न थी बल्कि अच्छे खानदान की लड़कियों थीं और दो-एक तो ऐसी थीं जो बराबरी का **(बल्कि उससे भी बढ़कर होने का)** दावा रखती थीं।

यह सब कुछ था परन्तु इंदुमति को इस बात ठीक पता नहीं लगता था कि वह वास्तव में दुश्मनों की मेहमान है या दोस्तों की। यद्यपि उसकी हर तरह से खिदमत होती थीं, उसकी खातिरदारी की जाती थी, उसे भरोसा दिलाया जाता था और जिससे वह खुश हो, वह करने के लिए सब तैयार रहती थीं, यह सब कुछ था मगर फिर भी उसके दिल को भरोसा नहीं होता था।

इसी तरह समय बीतता गया और इन्दु की तबीयत सँभलती गई। उसे होश में आये आज तीसरा दिन है, दर्द में भी बहुत कमी है और वह दस-बीस कदम टहल भी सकती है। आज ही उसने कुछ थोड़ा-बहुत भोजन भी लिया है और इस फिक्र में तकिए का

सहारा लगाए बैठी है कि आज किसी-न-किसी तरह इस बात का निश्चय ज़रूर करूँगी कि वास्तव में मैं किसके कब्जे में हूँ।

उसकी खातिर करने वालियों में दो औरतें ऐसी थीं जिनपर इन्दु का भरोसा हो गया था और जिन्हें इन्दु सबसे बढ़कर उच्च कुल की नेक और होनहार समझती थी। एक का नाम कला और दूसरी का नाम बिमला था। सबसे ज़्यादे ये ही दोनों इन्दु के साथ रहा करती थीं।

रात, पहर भर से कुछ ज़्यादे जा चुकी थी। चिंता निमग्न इन्दु अपनी चारपाई पर लेटी हुई तरह-तरह की बातें सोच रही थीं। उसी के पास दो चारपाइयाँ और बिछी हुई थीं जो कला और बिमला के सोने के लिए थीं। कला अपनी चारपाई पर नहीं बल्कि इन्दु के पास उसकी चारपाई का ढासना लगाये बैठी हुई थी मगर बिमला अभी तक यहाँ आई न थी। कई सायत तक सन्नाटा रहने के बाद इन्दु ने बातचीत शुरू की।

इंदुमति : कला, कुछ समझ नहीं आता कि तू मुझसे यहाँ का भेद क्यों छिपाती है और साफ-साफ क्यों नहीं कहती कि यह किसका मकान है?

कला : बहिन, मैं जो तुमसे कह चुकी कि यह तुम्हारे दुश्मन का मकान नहीं है बल्कि तुम्हारे दोस्त का है तो फिर क्यों तरद्दुद करती हो?

इंदुमति : तो क्या मैं अपने दोस्त का नाम नहीं सुन सकती? आखिर नाम छिपाने का सबब ही क्या है?

कला : छिपाने का सबब केवल इतना ही है कि यहाँ का हाल सुनकर जितना तुम्हें आनन्द होगा उतना ही बल्कि उससे ज़्यादे दुःख होगा और हकीमिन जी का हुक्म है कि अभी तुम्हें कोई ऐसी बात न कही जाय जिससे रंज हो।

इंदुमति : यह कोई बात नहीं है, अगर है तो हकीमिनजी का केवल नख़रा है और तुम लोगों का बहाना।

कला : अगर तुम ऐसा ही समझती हो तो लो आज मैं वह सब हाल कह दूँगी, मगर शर्त यह है कि सिवाय बिमला के और किसी को भी मालूम न हो कि मैंने तुमसे कुछ कहा था।

इंदुमति : नहीं-नहीं, मैं कसम खाकर कहती हूँ कि अपनी जुबान से किसी से भी कुछ न कहूँगी।

कला : अच्छा तो कुछ रात बीत जाने दो और बिमला को भी आ जाने दो। इतने ही में बिमला ने भी चौखट के अंदर पैर रखा!

इंदुमति : लो बिमला भी आ गई।

कला : अच्छा हुआ मगर जरा सन्नाटा हो जाने दो!

बिमला : **(कला के पास बैठ कर)** क्या बात है?

कला : **(धीरे से)** ये यहाँ का हाल जानने के लिए बेताब हो रही हैं।

बिमला : इनका बेताब होना उचित ही है मगर **(इन्दु की** तरफ़ **देख के)** आप तंदुरुस्त हो जातीं तब इसे पूछतीं तो अच्छा था नहीं तो...

इंदुमति : यही हठ तो और भी उत्कंठित करती है।

बिमला : सुनने से आपको जितनी खुशी होगी उससे ज़्यादे रंज होगा।

इंदुमति : बला से, जो होगा देखा जाएगा! मगर **(उदासी से)** तुमसे तो मुझे ऐसी आशा नहीं थी कि...

बिमला : **(इन्दु का हाथ प्रेम से दबाकर)** बहिन, मैं तुमसे कोई बात नहीं छिपाऊँगी, कहूँगी और ज़रूर कहूँगी।

इंदुमति : तो फिर कहो।

बिमला : अच्छा सुनो मगर किसी के सामने इस बात को कभी दोहराना मत।

इंदुमति : कदापि नहीं।

बिमला : अच्छा खैर...यह बताओ कि तुम्हें अपना मायका **(बाप का घर)** छोड़े कितने दिन हुए?

इंदुमति : **(कुछ सोच के)** लगभग एक वर्ष और सात महीने के हुए होंगे, शादी भई और मायका छूटा। तब से आज तक दुःख-ही-दुःख उठाती रही। मैं अपनी माँ और मौसेरी बहिनों को फूट-फूट कर रोती हुई छोड़ कर पति के साथ रवाना हुई थी, वह दिन कभी भूलने वाला नहीं।

इतना सुनते ही कला और बिमला की आँखों में आँसू आ गये।

बिमला : **(आँसू पोंछकर)** मुझे भी वह दिन नहीं भूलने का!

इंदुमति : **(आश्चर्य से)** बहिन, तुम्हें वह दिन कैसे याद है, तुम वहाँ कहाँ थीं?

बिमला : मैं थी और ज़रूर थी, बल्कि हम दोनों बहनें **(कला की** तरफ़ **इशारा करके)** वहाँ थीं।

इंदुमति : सो कैसे, कुछ कहो भी तो।

बिमला : बस इतना ही तो असल भेद है, सब बातें इसी से संबंध रखती हैं। **(धीरे से)** तुम्हारी वे दोनों मौसेरी बहिनें हम दोनों कला और बिमला के नाम से आज साल-भर से यहाँ निवास करती हैं। यद्यपि देखने में हर तरह से सुख भोग रही हैं मगर वास्तव में हमारे दुःख का कोई पारावार नहीं!

इंदुमति : **(बड़े ही आश्चर्य से)** यह तो तुम ऐसी बात कहती हो कि जिसका स्वप्न में भी गुमान नहीं हो सकता! यद्यपि तुम दोनों की उम्र वही होगी, चाल-ढाल, बातचीत सब उसी ढंग की है, मगर सूरत-शक्ल में ज़मीन-आसमान का फर्क है, ओह! नहीं, यह कैसे हो सकता है। मुझे कैसे विश्वास हो सकता है?

बिमला : **(मुस्कराकर)** हम दोनों की सूरत-शक्ल में भी किसी तरह का फर्क नहीं पड़ा। मैं सहज ही में विश्वास दिला दूँगी कि जो कुछ कहती हूँ वह बाल-बाल सच है। अच्छा ठहरो, मैं तुम्हें अभी बता देती हूँ।

इतना कहकर बिमला उठी और उसने इस कमरे के कुल दरवाज़े बंद कर दिए। इन्दु जबसे यहाँ आई है तबसे इसी कमरे में है, उसे इसके बाहर का हाल कुछ भी मालूम नहीं हैं, वह नहीं जानती कि इस कमरे के बाहर कोठरी है या दालान, बारहदरी है या सायबान, पहाड़ है या बियाबान। होश में आने के बाद उसमें अभी बाहर निकलने की ताकत ही नहीं आई। हाँ, इसके भीतर की तरफ़ दो कोठरी, एक पायखाना और एक नहाने का घर है, इन्हें इन्दु ज़रूर जानती है क्योंकि इन कोठरियों से उसे वास्ता पड़ चुका है। बिमला इन्दु के पास से उठकर दरवाज़ा बंद करने के बाद उसी नहाने वाली कोठरी में चली गई और थोड़ी ही देर में लौटकर मुस्कराती हुई इन्दु के पास आई और बोली, "अब तुम मुझे गौर से देखो और पहचानो कि मैं कौन हूँ!"

यद्यपि इन्दु बीमार, कमज़ोर और हतोत्साह थी तथापि विमला की नवीन सूरत देखते ही चौंकी और उठकर गले से लिपट गई।

बिमला : बस समझ लो कि इसी तरह कला भी सूरत बदले हुए हैं। हम दोनों बहनें एक साथ एक ही अनुष्ठान साधन के लिए सूरत बदल कर ग्रहदशा के दिन काट रही है। जब तक कमबख़्त भूतनाथ से बदला न ले लेंगी तब तक...

इंदुमति : **(बिमला को छोड़ कर)** अहा! मुझे कब आशा थी कि इस तरह अपनी बहिन जमना, सरस्वती को देखूँगी, मगर भूतनाथ...

कला : **(बिमला से)** बस बहिन, अब बातें पीछे करना पहिले अपनी सूरत बदलो और उस झिल्ली को चढ़ाकर बिमला बन जाओ, दरवाज़े खोल दो और आराम से बातें करो।

बिमला उठी और पुन: उसी कमरे में जाकर अपनी सूरत पहिले जैसी बनाकर लौट आई। काम केवल इतना ही था कि एक अद्‌भुत झिल्ली जो अपने चेहरे से उतारी थी फिर चढ़ाकर जैसी-की-तैसी बन बैठी। कला ने कमरे के दरवाज़े खोल दिए और आराम के साथ बैठकर फिर तीनों बातचीत करने लगीं।

इंदुमति : बहिन, तुमसे मिलकर मैं बहुत प्रसन्न हुई, अब तुम अपना हाल कह जाओ और यह बताओ कि यह मकान किसका है, मेरी मौसी का या मेरी माँ का!

बिमला : दोनों में किसी का भी नहीं।

इंदुमति : **(ताज्जुब से)** तो क्या तुम दोनों लावारिस हो गई? कोई तुम्हारा मालिक नहीं रहा?

बिमला : रहा और नहीं भी रहा!

इंदुमति : सो कैसी बात? यह मैं जानती हूँ कि दयारामजी के मरने से तुम दोनों विधवा हो गई क्योंकि भाग्यवश दोनों बहिनें एक ही साथ ब्याही गई थीं फिर भी हम लोगों के माँ-बाप ऐसे गए-गुज़रे नहीं कि हम लोग लावारिस समझी जायें।

बिमला : **(अपनी आँखों से आँसू पोंछकर)** नहीं लावारिस तो नहीं हैं मगर अभागी और दैव की सताई हुई ज़रूर है। हम दोनों बहिनों को मालूम हो गया कि हमारे निर्दोष पति को गदाधरसिंह ने मारा है और बस यही जान लेना हमारी इस ग्रहदशा का कारण है।

इंदुमति : **(चौंककर)** हैं! कौन गदाधरसिंह?

बिमला : वही जो हमारे ससुर का ऐयार और हमारे पति का दिलीदोस्त कहलाता है।

इंदुमति : **(बड़े ही आश्चर्य से)** यह बात तबीयत में नहीं जमती। ऐयारी के फन से यह बिलकुल ही विरुद्ध है। ऐयार चाहे कैसा ही बेईमान क्यों न हो मगर मालिक के साथ ऐसा फरेब कभी नहीं करेगा और गदाधरसिंह तो एक नेक ऐयार गिना जाता है, एक दफ़े मैंने भी उसकी सूरत देखी है।

बिमला : बहिन, बेशक् ऐसा ही है। यद्यपि अभी किसी को इस बात की ख़बर नहीं है, यहाँ तक कि मेरे माँ-बाप और ससुर को भी इस बात का विश्वास नहीं हो सकता मगर मुझे तो जो कुछ पता लगा है वह यही है और बहुत ठीक भी है।

कना : और इतना भी मैं कहूँगी कि मेरे ससुर को भी इस बात का शक ज़रूर हो गया, ख़ास करके तबसे जबसे गदाधरसिंह ने अपना काम या हमारे यही का रहना एक प्रकार से छोड़ दिया है, यद्यपि हमारे ससुर इस विचार को प्रकट नहीं करते।

बिमला इस समय वही गदाधरसिंह तुम्हारा रक्षक बना है और भूतनाथ के नाम से तुम्हारे साथ दोस्ती दिखलाता है, मगर हम दोनों कब उस पर विश्वास करने लगीं!

इंदुमति : **(चौंककर)** हैं!! क्या वही गदाधरसिंह भूतनाथ बना है?

बिमला : हाँ वही भूतनाथ है जिसके फँदे से बचाकर मैं तुमको यहाँ ले आई।

कला : बहिन, हम दोनों वे बातें जानती हैं जो अभी दुनिया में किसी को मालूम नहीं हैं या अगर मालूम है भी तो केवल दो ही चार आदमियों को।

बिमला : मैं भी भूतनाथ को वह मज़ा चखाऊँगी कि उसे नानी याद आ जाएगी और वह समझ जाएगा कि दुनिया में औरतें कहाँ तक क्या कर सकती हैं।

इंदुमति : तुम्हारी बातों ने तो मुझे पागल बना दिया! मैं वे बातें सुन रही हूँ जिसके सुनने की आशा न थी। तो तुम यह भी कहोगी कि गुलाबसिंह ने भी हम लोगों के साथ दगा की और जान-बूझकर हम दोनों को भूतनाथ के हवाले कर दिया?

बिमला : कौन गुलाबसिंह?

इंदुमति : वही गुलाबसिंह, भानुमति वाला।

बिमला : **(कुछ सोचकर)** इस विषय में मैं कुछ नहीं कह सकती, क्योंकि अभी तक मैंने तुम्हारी जुबानी तुम्हारा हाल कुछ भी नहीं सुना। मैं नहीं जानती कि तुम क्योंकर घर से निकलीं, तुम पर क्या आफतें आई, और गुलाबसिंह ने तुम्हारे साथ क्या सलूक किया। तथापि गुलाबसिंह पर शक करने की इच्छा नहीं होती क्योंकि वह बड़ा नेक और ईमानदार आदमी है तथा हमारे घर के कई एहसान भी उसके ऊपर हैं यदि वह मानें। यों तो आदमी का ईमान बिगड़ते कुछ देर नहीं लगती क्योंकि आदमी का शैतान हरदम आदमी के साथ रहता है।

इंदुमति : ठीक है, अच्छा मैं भी अपना हाल कह सुनाऊँगी मगर पहिले यह सुन लूँ कि क्योंकर यहाँ आई हो क्योंकर तुमने मुझे दुश्मनों के हाथ से बचाया है।

बिमला : हाँ-हाँ, मैं कहती हूँ सुनो। अच्छा यह बताओ कि तुम उन दुश्मनों को जानती हो जिनके हाथ में फँसी थीं?

इंदुमति : नहीं, बिलकुल नहीं।

बिमला : वे महाराज शिवदत्त के आदमी थे!

इंदुमति : ओफ ओह, जिसके ख़ौफ़ से हम लोग भागे हुए थे! मगर अभी तुम कह चुकी हो कि मैंने तुम्हें भूतनाथ के हाथ से बचाया है।

बिमला : हाँ, बेशक् वैसा भी कह सकते हैं क्योंकि भूतनाथ तो हम लोगों का सबसे बड़ा दुश्मन ठहरा, मगर इधर तुम शिवदत्त ही के आदमियों के हाथ में फँसी थीं। इत्तिफाक से हम लोग भी उसी समय वहाँ जा पहुँचे और लड़-भिड़ कर उन लोगों के हाथ से तुम्हें छुड़ा लाए। बस यही तो मुख्तसर हाल है।

इंदुमति : **(आश्चर्य से)** तुममें इतनी ताकत कहाँ से आ गई कि उन लोगों से लड़ कर मुझे छुड़ा लाई?

बिमला : **(मुस्कराती हुई)** हाँ इस समय मुझमें इतनी ताकत है। मेरे पास दो ऐयार हैं तथा बीस-पच्चीस सिपाही भी रखती हूँ।

इंदुमति : तो ये सब तुम्हारे बाप या ससुर के नौकर होंगे? ज़रूरत पड़ने पर तुम्हें उनसे इजाज़त लेनी पड़ती होगी?

बिमला : **(एक लंबी साँस लेकर)** नहीं बहिन, ऐसा नहीं है। हम दोनों अपने घर और ससुराल से मंज़िलों दूर पड़े हुए हैं। हम लोगों की किसी को कुछ ख़बर ही नहीं

बल्कि यों कहना कुछ अनुचित न होगा कि अपने नातेदारों के ख़याल से हम दोनों बहिनें मर चुकी हैं और किसी को खोजने या पता लगाने की भी ज़रूरत नहीं।

इंदुमति : **(आश्चर्य से)** तुम्हारी बातें तो बड़ी ही विचित्र हो रही हैं। अच्छा तो तुम यहाँ किसके भरोसे पर बैठी हो और तुम्हारा मददगार कौन है?

बिमला : यह बहुत ही गुप्त बात है, तुम भी किसी से इसका जिक्र न करना। मैं यहाँ इन्द्रदेव के भरोसे पर हूँ। वही मेरे मददगार हैं और यह उन्हीं का स्थान है। वही मेरे बाप हैं, वही मेरे ससुर हैं, और इस समय वहीं मेरे पूज्य इष्टदेव हैं!

इंदुमति : कौन इन्द्रदेव?

बिमला : वही तिलिस्मी इन्द्रदेव! मेरे ससुर के सच्चे मित्र!!

इंदुमति : **(सिर हिलाकर)** आश्चर्य! आश्चर्य!! और तुम्हारे ससुर को इस बात की ख़बर नहीं है।

बिमला : हाँ बिलकुल नहीं है।

इंदुमति : यह कैसी बात है?

बिमला : ऐसी ही बात है। मैं जो कह चुकी कि उन लोगों के ख़याल से हम दोनों इस दुनिया में नहीं है।

इंदुमति : आखिर उन्हें इस बात का विश्वास कैसे हुआ कि जमना और सरस्वती मर गई?

बिमला : सो मैं नहीं जानती क्योंकि यह कार्रवाई इन्द्रदेव जी की है, मैं सूर्यमासी **(इन्द्रदेव की स्त्री)** के यहाँ न्योते में आई थी, उसी जगह उन्होंने **(इन्द्रदेव ने)** मुझे गुप्त भाव से बताया कि भूतनाथ ने मेरे पति के साथ कैसा सलूक किया। मालूम होते ही मेरे तन-बदन में आग-सी लग गई और मैंने उसी समय उनके सामने प्रतिज्ञा की कि 'भूतनाथ से इसका बदला ज़रूर लूँगी।' **(एक लंबी साँस लेकर)** गुस्से से प्रतिज्ञा तो कर गई मगर अब विचारा तो कहाँ मैं और कहाँ भूतनाथ। पहाड़ और राई का मुकाबला कैसा? ऐसा ख़याल आते ही मैं इन्द्रदेव के पैरों पर गिर पड़ी और बोली कि 'मेरी इस प्रतिज्ञा की लाज आपकी है, बिना आपकी मदद के मेरी प्रतिज्ञा पूरी नहीं हो सकती और वैसी अवस्था में मुझे आपके सामने ही प्राण दे देना पड़ेगा' इत्यादि।

इन्द्रदेव को भी इस अनुचित घटना का बड़ा दुःख था परन्तु मेरी उस अवस्था ने उन्हें और दुःखित कर दिया तथा मेरी प्रार्थना पर उन्होंने ध्यान ही नहीं दिया बल्कि मेरी प्रतिज्ञा पूरी करना उन्होंने आवश्यक और धर्म समझ लिया। बस फिर क्या था, मेरे मन की भई! जैसा कि मैं चाहती थी उससे बढ़कर उन्होंने मुझे मदद दी और सच तो यह

है कि उनसे बढ़कर इस दुनिया में मुझे कोई मदद दे ही नहीं सकता। खैर मैं खुलासा फिर कभी सुनाऊँगी, मुख्तसर यह है कि उन्होंने हर प्रकार की मदद करने का बंदोबस्त करके हम दोनों को समझाया कि अब किसी तरह की ज़िंदगी हम दोनों को अख्तियार करनी चाहिए।

सबसे पहिले इन्द्रदेव जी ने यही बताया कि 'प्रकट में तुम दोनों बहिनों को इस दुनिया से उठ जाना चाहिए अर्थात् तुम्हारे रिश्तेदारों के साथ-ही-साथ और सभी को यह मालूम हो जाना चाहिए कि जमना और सरस्वती मर गई। यह बात मुझे पसन्द आई। आखिर इन्द्रदेव ने हम दोनों की सूरत बदलकर रहने और अपना काम करने का बंदोबस्त करके न मालूम हमारे रिश्तेदारों को कैसे क्या समझा दिया और क्योंकर विश्वास दिला दिया कि सब कोई हमारी तरफ़ से निश्चिन्त हो गए। उनकी इच्छानुसार बहुत ही गुप्त भाव से हम दोनों यहाँ कला और बिमला के नाम से रहती हैं। जो लोग हमारे साथ हैं वे सब इन्द्रदेव जी के आदमी हैं मगर उनको भी यह नहीं मालूम है कि हम दोनों वास्तव में जमना और सरस्वती हैं!'

इंदुमति : **(आश्चर्य से)** क्या तुम्हारे घर में जितने आदमी हैं उनमें से किसी को भी तुम्हारा सच्चा हाल मालूम नहीं है?

बिमला : किसी को भी नहीं।

इंदुमति : तो फिर मेरे बारे में तुमने लोगों को क्या समझाया है?

बिमला : मैंने यहाँ किसी को भी नहीं कहा कि तुम मेरी रिश्तेदार हो, केवल यही कहा कि तुम्हें भूतनाथ तथा शिवदत्त के हाथ से बचाना हमारा धर्म है। अस्तु अब उचित यही है कि हमारी तरह तुम भी अपनी सूरत बदल कर यहाँ रहो और अपने दुश्मनों से बदला लो, हम लोगों का बाकी हालचाल तुम्हें आप ही धीरे-धीरे मालूम हो जाएगा।

इंदुमति : ठीक है, और जैसा तुम कहती हो मैं वैसा ही करूँगी, मगर **(सिर झुका कर)** मेरे पति का मुझसे...

बिमला : **(बात काटकर)** नहीं-नहीं, उनके बारे में तुम कुछ भी चिंता मत करो, आज मैं उनको तुम्हें ज़रूर दिखा दूँगी और फिर ऐसा बंदोबस्त करूँगी कि तुम दोनों एक साथ...

इंदुमति : **(प्रसन्न होकर)** इससे बढ़ कर मेरे लिए और कोई दूसरी बात नहीं हो सकती, मगर यह तो बताओ कि इस समय वे कहाँ हैं?

बिमला : **(मुस्कराती हुई)** इस समय वे मेरे ही घर में हैं और मेरे कब्जे में हैं।

इंदुमति : **(घबड़ाकर)** यह कैसी बात? अगर यहाँ हैं तो मुझे दिखाओ।

बिमला : मैं दिखाऊँगी, मगर जरा रुकावट के साथ।

इंदुमति : सो क्यों?

बिमला : **(कुछ सोच कर)** अच्छा चलो पहिले मैं तुम्हें उनके दर्शन करा दूँ फिर सलाह-विचार करके जैसा होगा देखा जाएगा। मगर इस सूरत में मैं तुम्हें उनके सामने न ले जाऊँगी।

इंदुमति : सो क्यों?

बिमला : तुम अपनी सूरत बदलो और इस बात का वादा करो कि जब मैं उनके सामने तुम्हें ले जाऊँ तो चुपचाप देख लेने के सिवाय उनके सामने एक शब्द भी मुँह से निकालोगी।

इंदुमति : आखिर इसका सबब क्या है?

बिमला : सबब पीछे बताऊँगी।

इंदुमति : अच्छा तो फिर जो कुछ तुम कहती हो मुझे मंजूर है।

"अच्छा लो मैं बंदोबस्त करती हूँ।" यह कहकर बिमला उठी और कुछ देर के लिए कमरे के बाहर चली गई। जब लौटी तो उसके हाथ में एक छोटी-सी संदूकड़ी थी। उसी में से सामान निकालकर उसने इंदुमति की सूरत बदली और वैसी ही एक झिल्ली उसके चेहरे पर भी चढ़ाई जैसी आप पहिरे हुए थी। जब हर तरह से सूरत दुरुस्त हो गई तब हाथ का सहारा देकर उसने इन्दु को उठाया और कमरे के बाहर ले गई।

कमरे के बाहर एक दालान था जिसके एक बगल में तो ऊपर की मंज़िल में चढ़ जाने के लिए सीढ़ियाँ थीं तथा उसी के बगल में नीचे उतर जाने की रास्ता था और दालान के दूसरी तरफ़ बगल में सुरंग का मुहाना था मगर उसमें मज़बूत दरवाज़ा लगा हुआ था। इन्दु को उसी सुरंग में बिमला के साथ जाना पड़ा।

सुरंग बहुत छोटी थी, तीस-पैंतीस कदम जाने के बाद उसका दूसरा मुहाना मिल गया जहाँ से सुबह की सफेदी निकल आने के कारण मैदान की सूरत दिखाई दे रही थी। जब इंदुमति वहाँ हद पर पहुँची तब उसकी आँखों के सामने वही सुन्दर घाटी या मैदान तथा बंगला था जिसका हाल हम इस भाग के चौथे बयान में लिख आए हैं या यों कहिए कि जहाँ पर एक पेड़ के साथ लटकते हुए हिंडोले पर प्रभाकर सिंह ने तारा को बैठा देखा था।

वही त्रिकोण घाटी और वही सुन्दर बंगला जिसके चारों कोनों पर मौलसिरी **(मालश्री)** के पेड़ थे, इंदुमति की आँखों के सामने था जिन्हें वह बड़े गौर से देख रही थी बल्कि यों कहना चाहिए कि वहाँ की सुंदरता और कुदरती गुलबूटों ने इन्दु की निगाह पड़ने के साथ ही लुभा लिया और इसके साथ ही प्रभाकर सिंह की याद ने आँसू बनकर निगाह के आगे पर्दा डाल दिया।

आँखें साफ करके वह हर एक चीज़ को गौर से देखने लगी। इसी बीच एक चट्टान पर बैठे हुए प्रभाकर सिंह पर उसकी निगाह पड़ी जिनके चारों तरफ़ कुदरती सुन्दर पौधे और खुशरंग फूलों के पेड़ बहुतायत से थे जो उदास आदमी के दिल को भी अपनी तरफ़ खींच लेते थे और जिन पर सूर्य भगवान की ताज़ी-ताज़ी किरणें पड़ रही थीं।

आह, प्रभाकर सिंह को देखकर इंदुमति की कैसी अवस्था हो गई यह लिखना हमारी सामर्थ्य के बाहर है। वह कुछ देर तक एकटक उनकी तरफ़ देखती रही। न तो वहाँ से नीचे की तरफ़ उतरने का कोई रास्ता था और न वह यही जानती थी कि वहाँ तक क्योंकर पहुँच सकेगी, अस्तु वह बेचैन होकर घूमी और यही कहती हुई बिमला के गले से लिपट गई कि 'बहिन, तुम बेशक् तिलिस्म की रानी हो गई हो'!

बिमला : बहिन, घबड़ा मत, जरा गौर से देखो तो...

इंदुमति : (**बिमला को छोड़कर**) तो क्या जो कुछ मैं देख रही हूँ केवल भ्रम हैं?

बिमला : नहीं, ऐसा नहीं है।

इंदुमति : तो फिर यह स्थान किसका है?

बिमला : इस समय तो मेरा ही है।

इंदुमति : तो क्या ये भी तुम्हारे ही मेहमान हैं?

बिमला : बेशक्।

इंदुमति : कब से?

बिमला : कई दिनों से, या यों कहो कि जबसे तुम आई हो उससे भी पहिले...

इंदुमति : (**आश्चर्य, दुःख और क्लेश से**) तब तुमने इनसे मुझे मिलाया क्यों नहीं बल्कि हाल तक नहीं कहा, ऐसा क्यों?

बिमला : इसके कहने का मौका ही कब मिला! आज ही तो इस योग्य हुई हो कि कुछ बातें कर सकूँ इसके अतिरिक्त तुम्हारी मुलाकात के बाधक वे स्वयं भी हो रहे हैं। जिस तरह तुम मेरा साथ दिया चाहती हो उस तरह वे मेरा साथ नहीं दिया चाहते, जिस तरह तुमसे मुझे उम्मीद है उस तरह उनसे नहीं, जिस तरह तुम मेरा पक्ष कर सकती हो और करोगी उस तरह वे नहीं करते बल्कि आश्चर्य यह है कि वे भूतनाथ के पक्षपाती हैं और इसी बात का उन्हें हठ है, फिर तुम ही सोचो कि मैं क्योंकर...

इंदुमति : (**ज़ोर देकर**) नहीं बहिन! ऐसी भला क्या बात है, उन्हें सच्चे मामले की ख़बर न होगी!

बिमला : सब कुछ ख़बर है, इसी वास्ते मैं उन्हें यहाँ लाई थी और भूतनाथ के कब्जे से पहिले ही दिन, जब तुम लोग सुरंग में घुसे थे छुड़ाने का उद्योग किया था परन्तु

खेद यह है कि वे **(प्रभाकर सिंह)** तो मेरे कब्जे में आ गए और तुम आगे निकल गई जिससे तुम्हें इतना कष्ट भी भोगना पड़ा।

इंदुमति : **(आश्चर्य से)** सो कैसी बात? तुम्हीं ने उन्हें मुझसे जुदा किया था?

बिमला : हाँ ऐसा ही है। **(हाथ का इशारा करके)** बस इसी घाटी के बगल ही में उस तरफ़ भूतनाथ का स्थान है, रास्ता भी करीब-करीब मिलता-जुलता है। भूतनाथ की घाटी में जाने के लिए जो रास्ता या सुरंग है उसी में से एक रास्ता हमारे यहीं भी जाने के लिए है। इसके अतिरिक्त यहाँ आने के लिए एक रास्ता और भी है जिससे प्रायः हम लोग आया-जाया करते हैं। जिस समय तुम लोग भूतनाथ के साथ सुरंग में घुसे थे उस समय मैं देख रही थी।

इंदुमति : फिर तुमने कैसे उन्हें बुला लिया?

इसके जवाब में बिमला ने खुलासा हाल जिस तरह प्रभाकर सिंह को सुरंग के अंदर धोखा देकर अपने कब्जे में ले आई थी बयान किया जो कि हम चौथे बयान में लिख चुके हैं।

अब हमारे पाठक समझ गए होंगे कि भूतनाथ के पीछे-पीछे सुरंग के अंदर चलने वाले प्रभाकर सिंह को जिन्होंने धोखा देकर गायब किया वे बिमला और कला यही दोनों बहिनें थीं और यह काम उन्होंने नेकनीयती के साथ किया था ऐसा ही इंदुमति का विश्वास है।

खुलासा हाल सुनकर इंदुमति कुछ देर तक चुप रही फिर बोली-

इंदुमति : अच्छा यह बताओ कि मेरे आने की उन्हें ख़बर भी है या नहीं?

बिमला : कुछ-कुछ ख़बर है! तुम्हारे लिए वे बहुत ही बेचैन हैं, कलपते हैं, रोते हैं, मगर फिर भी भूतनाथ का पक्ष नहीं छोड़ते।

इंदुमति : तुमने अपने को उन पर प्रकट कर दिया?

बिमला : हाँ, भेद छिपा रखने की कसम खिलाकर मैंने उन्हें बतला दिया कि हम दोनों बहिनें जमना और सरस्वती हैं जिसे जान कर वे बहुत ही प्रसन्न हुए मगर इस बात पर उन्हें विश्वास नहीं हुआ कि भूतनाथ मेरे पति के घातक हैं, गुलाबसिंह भूतनाथ का दोस्त है और गुलाबसिंह पर उन्हें पूरा विश्वास है।

इंदुमति : अच्छा तुम मुझे उनके सामने ले चलो, देखें वे क्योंकर राजी नहीं होते और कैसे तुम्हारा साथ नहीं देते।

बिमला : मुझे इसमें कोई उज्र नहीं है मगर तुम हरएक बात को अच्छी तरह सोच-विचार लो।

इंदुमति : **(ज़ोर देकर)** कोई परवाह नहीं, तुम वहाँ चलो, **(कुछ सोचकर)** मगर मैं अपनी असली सूरत में उनके सामने जाऊँगी!

बिमला : जैसी तुम्हारी मर्ज़ी, चलो पीछे की तरफ़ लौटो, एक सुरंग के रास्ते पहिले **(उँगली का इशारा करके)** उस बीच वाले बंगले में पहुँचना होगा तब उनके पास जा सकोगी।

7

प्रभाकर सिंह को इस घाटी में आए यद्यपि आज लगभग एक सप्ताह हो गया मगर दिली तकलीफ़ के सिवाय और किसी बात की उन्हें तकलीफ़ नहीं हुई। नहाने-धोने, खाने-पीने, सोने-पहिरने इत्यादि सभी तरह का आराम था परन्तु इन्दु के लिए वे बहुत ही बेचैन और दुखी हो रहे थे। जिस समय वे उस घाटी में आये थे उस समय वे बल्कि उसके दो-तीन घंटे बाद तक वे बड़े ही फेर और तरहर में पड़े रहे क्योंकि कला और बिमला ने उनके साथ बड़ी दिल्लगी की थी, मगर इसके बाद उनकी घबराहट कम हो गई जब कला और बिमला ने उन्हें बता दिया कि वे दोनों वास्तव में जमना और सरस्वती हैं।

पेड़ के साथ लटकते हुए हिंडोले पर बैठने वाली औरत ने उन्हें थोड़ी देर के लिए बड़े ही धोखे में डाला। जब उन्हें पेड़ पर चढ़ने का इरादा किया तो वहाँ पहरा देने वाले दोनों नौजवान लड़कों ने गड़बड़ मचा दिया। दौड़ते हुए और कई आदमियों को बुला लाए जिन्होंने प्रभाकर सिंह को घेर लिया मगर किसी तरह की तकलीफ़ नहीं दी और न कोई कड़ी बात ही कही।

दोनों नौजवान लड़कों के हल्ला मचाने पर जितने आदमी वहाँ इकट्ठे हो गए थे वे सब कद में छोटे बल्कि उन्हीं दोनों नौजवान सिपाहियों के बराबर थे जिन्हें देख प्रभाकर सिंह ताज्जुब करने लगे और विचारने लगे कि क्या वे लोग वास्तव में मर्द हैं?

पहिले तो क्रोध के मारे प्रभाकर सिंह की आँखें लाल हो गई मगर जब कुछ सोचने-विचारने पर उन्हें मालूम हो गया कि ये सब मर्द नहीं औरतें हैं तब उनका गुस्सा कुछ शान्त हुआ और उन सभों की इच्छानुसार वे उस बंगले के अंदर चले गए जिसमें छोटे-बड़े सब मिलाकर ग्यारह कमरे थे।

बीच वाले बड़े कमरे में साफ और सुथरा फर्श बिछा हुआ था। वहाँ पहुँचने के साथ ही बिमला पर उनकी निगाह पड़ी और वे पहिचान गए कि मुझे भुलावा देकर यहाँ लाने वालियों में से यह भी एक औरत है जो बड़ी ढिठाई के साथ इस अनूठे ढंग पर इस्तकबाल कर रही है।

प्रभाकर सिंह ने बिमला से कहा, "मालूम होता है कि यह मकान आप ही का है!"

बिमला : जी हाँ समझ लीजिए कि आप ही का है।

प्रभाकर सिंह : अच्छा तो मैं पूछता हूँ कि तुमने मेरे साथ ऐसा खोटा बर्त्ताव क्यों किया?

बिमला : मैंने आपके साथ कोई बुरा बर्ताव नहीं किया बल्कि सच तो यों है कि आपको एक भयानक खोटे बेईमान और झूठे ऐयार के पंजे से बचाने का उद्योग किया जो कि सिवाय बुराई के कभी कोई भलाई का काम आपके साथ नहीं कर सकता था। अफ़सोस, आपको तो हम उसके फंदे से निकाल लाए मगर बेचारी इन्दु फँसी रह गई जिसे बचाने के लिए हम लोग तन-मन-धन सभी अर्पण कर देंगे।

प्रभाकर सिंह : इसमें कोई सन्देह नहीं कि इन्दु के लिए मुझे बहुत बड़ी चिंता है और मैं यह नहीं चाहता कि वह किसी अवस्था में भी मुझसे अलग हो, मगर मैं इस बात का कभी विश्वास नहीं कर सकता कि भूतनाथ हम लोगों के साथ खोटा बर्त्ताव करेगा। मैं गुलाबसिंह की बात पर दृढ़ विश्वास रखता हूँ जिसने उसकी बड़ी तारीफ़ मुझसे की थी।

बिमला : नहीं, ऐसा नहीं है, वह...

प्रभाकर सिंह : (**बात काटकर**) तुम्हारी बात मान लेना सहज नहीं है जिसने खुद मेरे साथ बुराई की! (**क्रोध की मुद्रा से**) बेशक् तुमने मेरे साथ दुश्मनी की कि इन्दु को मुझसे जुदा करके एक आफत में डाल दिया! क्या जाने इस समय उस पर क्या बीत रही होगी!! हाँ, कहीं है वह जिसे मैं अपनी साली समझता था और जिसकी बात मान कर मैंने यह कष्ट उठाया! क्या अब वह अपना मुँह न दिखलावेंगी?

बिमला : आप क्रोध न करें, आपकी साली ज़रूर आपके सामने आवेगी और उसके साथ-साथ मैं भी इस बात को साबित कर दूँगी कि हम लोग आपके साथ दुश्मनी नहीं करते। इन्दु हमारी बहुत ही प्यारी बहिन है और उसे हम लोग हद से ज़्यादे प्यार करते हैं, जिस तरह...

प्रभाकर सिंह : (**सिर हिलाकर**) नहीं-नहीं, अगर तुम इन्दु को प्यार करती होतीं तो उसे इस तरह मुझसे अलग करके संकट में न डालतीं। कुछ देर के लिए यह भी मान लिया जाय कि भूतनाथ हमारा दुश्मन है, गुलाबसिंह ने हमसे जो कुछ कहा वह झूठ था, और तुमने वास्तव में हमें एक दुश्मन के हाथ से बचाना चाहा, मगर फिर भी यह कहना पड़ेगा कि वहाँ से बचा लाने के लिए वह ढंग अच्छा न था जो तुमने किया। अच्छा होता यदि तुम मुझे यहाँ ले आने के बदले में उस जगह केवल इतना ही कह देतीं कि 'देखो ख़बरदार हो जाओ, भूतनाथ का विश्वास मत करो, इन्दु को लेकर निकल भागो और फलानी राह से मेरे पास चले आओ'। बस अगर तुम ऐसा करतीं तो मैं तुम्हारी इज्ज़त करता।

बिमला : ठीक है मगर मुझे विश्वास नहीं था कि आप यकायक मेरी बात मान जाएँगे।

"यह सब तुम्हारी बनावटी बातें हैं।" इतना कहकर प्रभाकर सिंह एक उचित स्थान पर बैठ गए और बिमला भी उनके सामने बैठ गई।

प्रभाकर सिंह : (**कई सायत तक कुछ सोचने के बाद**) खैर पहिले यह बताओ कि जमना कहाँ है जिसके कारण मैं यहाँ तक आया?

बिमला : वे भी इसी जगह कहीं है, डर के मारे आपके सामने नहीं आतीं। उन्होंने मुझे यह कहकर आपके पास भेजा है कि 'जीजाजी से मेरा प्रणाम कहो और यह कहो कि मैं यही बड़े संकट में पड़ी हुई ग्रहदशा के दिन काट रही हूँ। किसी कारणवश हर वक्त अपनी सूरत बदले रहती हूँ। दुश्मन पड़ोस में है जिसका हरदम डर ही लगा रहता है, अस्तु यदि आप मेरी रक्षा करने और मेरा भेद छिपाये रहने की प्रतिज्ञा करे तो मैं। आपके सामने आऊँ नहीं तो...'

प्रभाकर सिंह : (**आश्चर्य से**) वाह वाह वाह!! (**कुछ देर तक सोच कर**) खैर जो कुछ हो, जमना को मैं इज्ज़त के साथ प्यार करता हूँ, वह मेरी बहुत ही नेक साली है।

यद्यपि उसका यहाँ होना मेरे लिए एक ताज्जुब की बात है तथापि उसे देखकर मैं बहुत प्रसन्न होऊँगा। यदि यह उसी का मकान है तो मैं विशेष चिंता भी न करूँगा। तुम शीघ्र जाकर उसे कह दो कि मेरे सबब से तुम्हें किसी तरह की तकलीफ़ नहीं हो सकती, तुम्हारे भेद तुम्हारी इच्छानुसार मैं ज़रूर छिपाऊँगा।

प्रभाकर सिंह की बात समाप्त होते ही प्रसन्नता के साथ बिमला ने अपने चेहरे पर से झिल्ली उतार कर अलग रख दी और प्रभाकर सिंह के पैरों पर गिर पड़ी।

प्रभाकर सिंह : (**बिमला को पैरों पर से उठाकर**) जमना! अहा, क्या तुम वास्तव में जमना हो?

बिमला : जी हाँ, मैं वास्तव में जमना हूँ, इसमें आप कुछ ही देर सन्देह न करें। ज़्यादे देर तक तरद्दुद में न डाल कर मैं अभी आपका भ्रम दूर कर देती हूँ! अपने जमना होने के सबूत में मैं आपको उस दिन की चिकोटी याद दिलाती हूँ जिस दिन मेरे यहाँ सत्यनारायण की कथा थी और जिसका हाल सिवाय आपके और किसी को मालूम नहीं है।

प्रभाकर सिंह : (**प्रसन्न होकर**) बेशक्, बेशक्, अब मुझे कुछ सन्देह नहीं रहा, परन्तु आश्चर्य! आश्चर्य!! तुम्हारे ससुर ने हाल ही में अपने हाथ ले मुझे चिट्ठी लिखी थी कि जमना और सरस्वती दोनों मर गई हैं! मैंने यह हाल अभी तक तुम्हारी बहिन इन्दु से नहीं कहा क्योंकि इस संकट के ज़माने में इस ख़बर को सुनाकर उन्हें और भी दुःख देना मैंने उचित नहीं जाना। मगर अब मुझे कहना पड़ा कि तुम्हारे ससुर ने मुझे झूठ लिखा, न मालूम क्यों?

बिमला : नहीं-नहीं, उन्होंने झूठ नहीं लिखा, उन्हें यही मालूम है कि जमना-सरस्वती दोनों मर गई, मगर वास्तव में हम दोनों जीती हैं।

प्रभाकर सिंह : यह तो तुम और भी आश्चर्य की बात सुनाती हो!

बिमला : आपके लिए बेशक् आश्चर्य की बात है। इसी से तो मैंने आपसे प्रतिज्ञा करा ली कि मेरे भेद आप छिपाये रहें, जिनमें से एक यह भी बात है कि हमारा जीते रहना किसी को मालूम न होने पाये।

इतना कहकर बिमला ने ताली बजाई। उसी समय तेज़ी के साथ सरस्वती (**कला**) एक दरवाज़ा खोल कर कमरे के अंदर आई और प्रभाकर सिंह के पैरों पर गिर पड़ी। प्रभाकर सिंह ने प्रेम से उसे उठाया और कहा, "आह! मैं इस समय तुम दोनों को देखकर बहुत ही प्रसन्न हुआ क्योंकि सुरंग में तुम दोनों को देखना विश्वास के योग्य न था। अब यह मालूम होना चाहिए कि तुम लोग यहाँ क्यों, किसके भरोसे पर और किस नीयत से रहती हो, तथा बाहर मौलसिरी (**मालश्री**) के पेड़ पर मैंने किसे देखा? नहीं-नहीं, वह इस सरस्वती के सिवाय कोई और न थी, मैं पहिचान गया, इसी की सूरत इन्दु से विशेष मिलती है!

बिमला : बेशक वह सरस्वती ही थी, क्षण-भर के लिए इसने आपके साथ दिल्लगी की थी।

कला : (**मुस्कराती हुई**) मगर जो कुछ मैं किया चाहती थी वह न कर सकी।

प्रभाकर सिंह : वह क्या?

कला : बस अब उसका कहना ठीक नहीं।

प्रभाकर सिंह : अच्छा यह बताओ कि तुम लोग यहाँ छिपकर क्यों रहती थीं?

बिमला : इसलिए कि कमबख़्त भूतनाथ से बदला लेकर कलेजा कुछ ठंडा करें। आपको नहीं मालूम कि वह मेरे पति का घातक है। उसने अपने हाथ में उन्हें मारकर हम दोनों बहिनों को विधवा बना दिया!!

प्रभाकर सिंह : (**आश्चर्य से**) यह तुम क्या कह रही हो?

बिमला : बेशक् ऐसा ही है। आपने उस कमीने को पहिचाना नहीं! वह वास्तव में गदाधरसिंह है, सूरत बदले हुए चारों तरफ़ घूम रहा है। आजकल वह अपनी नौकरी पर अर्थात् मेरे ससुर के यहाँ नहीं रहता।

प्रभाकर सिंह : यह तो मुझे भी मालूम है, गदाधरसिंह लापता हो रहा है और किसी को उसका ठीक हाल मालूम नहीं है, मगर यह बात मेरे दिल में नहीं बैठती कि भूतनाथ वास्तव में वही गदाधरसिंह है।

बिमला : मैं जो कहती हूँ बेशक् ऐसा ही है।

प्रभाकर सिंह : (**सिर हिलाकर**) शायद हो। (**कुछ सोचकर**) खैर पहिले मैं इन्दु को उसके यहाँ से हटाऊँगा और तब साफ-साफ उससे पूछेगा कि बताओ तुम गदाधरसिंह हो या नहीं? मगर फिर भी इसका सबूत मिलना कठिन होगा कि दयाराम को उसी ने मारा है।

बिमला : नहीं-नहीं, आप ऐसा कदापि न करें नहीं तो हमारा सब उद्योग मिट्टी में मिल जाएगा।

प्रभाकर सिंह : नहीं, मैं ज़रूर पूछूँगा और यदि तुम्हारा कहना ठीक निकला तो मैं स्वयं उससे लड़ेगा।

बिमला : **(उदासी से)** ओह! तब तो आप और भी अँधेर करेंगे!!

प्रभाकर सिंह : नहीं, इस विषय में मैं तुमसे राय न लूँगा।

बिमला : तब आप अपनी प्रतिज्ञा भंग करेंगे।

प्रभाकर सिंह : ऐसा ही न होने पावेगा **(कुछ सोच कर)** खैर यह तो पीछे देखा जाएगा पहिले इन्दु की फिक्र करनी चाहिए। यद्यपि गुलाबसिंह उसके साथ है अभी यकायक उसे किसी तरह की तकलीफ़ नहीं हो सकती।

बिमला : मैं उसके लिए बंदोबस्त कर चुकी हूँ, आप बेफिक्र रहें।

प्रभाकर सिंह : भला मैं बेफिक्र क्योंकर रह सकता हूँ? मुझे यहाँ से जाने दो, भूतनाथ के घर जाकर सहज ही में यदि तुम चाहती हो तो उसे यहाँ तुम्हारे पास ले आऊँगा!

बिमला : जी नहीं, ऐसा करने से मेरा भेद खुल जाएगा। वह बड़ा ही काइयाँ है, बात-ही-बात में आपसे पता लगा लेगा कि उसकी घाटी के साथ एक और स्थान है जहाँ कोई रहता है। अभी उसे यह मालूम नहीं।

प्रभाकर सिंह : नहीं-नहीं, मैं किसी तरह तुम्हारा भेद खुलने न दूँगा।

बिमला : अस्तु इस समय तो आप रहने दीजिए, पहिले ज़रूरी कामों से निपटिए, स्नान, ध्यान, पूजा-पाठ कीजिए, भोजन इत्यादि से छुट्टी पाइए, फिर जैसी राय होगी देखा जाएगा। मैं कुछ इन्दु बहिन की दुश्मन तो हूँ नहीं जो उसे तकलीफ़ होने दूँगी बल्कि आपसे ज़्यादे मुझे खुटका लगा हुआ है। अगर वह यहाँ न आई तो मैंने किया ही क्या!

प्रभाकर सिंह : खैर जैसी तुम्हारी मर्ज़ी, थोड़ी देर के लिए ज़्यादे ज़ोर देने की भी अभी ज़रूरत नहीं।

बिमला : अच्छा तो अब आप कुछ देर के लिए हम दोनों को छुट्टी दीजिए, मैं आपके लिए खाने-पीने का इंतज़ाम करूँ, तब तक आप इस **(उँगली का इशारा करके)** कोठरी में जाइए और फिर बंगले के बाहर जाकर पैमान और कुदरती बाग़ में जहाँ चाहिए घूमिए-फिरिए, मैं बहुत जल्दी हाज़िर होऊँगी, मगर आप इस बात का ख़ूब ख़याल रखिएगा कि अब हम दोनों को जमना और सरस्वती के नाम से संबोधित न कीजिएगा और न हम दोनों घड़ी-पड़ी जमना और सरस्वती की सूरत में आपको दिखाई देंगी। हम दोनों का नाम बिमला और कला बस यही ठीक है।

इसके बाद और भी कुछ समझा-बुझाकर कला को साथ लिए हुए बिमला कमरे के बाहर चली गई।

प्रभाकर सिंह भी उठ खड़े हुए और कुछ सोचते हुए उस कमरे में टहलने लगे। वे सोचने लगे-क्या जमना का कहना सच है? क्या भूतनाथ वास्तव में गदाधरसिंह ही है? फिर मैंने उसे पहिचाना क्यों नहीं? संभव है कि रात का समय होने के कारण मुझे धोखा हुआ हो या उसी ने कुछ सूरत बदली हुई हो! मेरा ध्यान भी तो इस तरफ़ नहीं था कि गौर से उसे देखता और पहिचानने की कोशिश करता, लेकिन अगर वह वास्तव में गदाधरसिंह है तो निःसन्देह खोटा है और कोई भारी घात करने के लिए उसने यह ढंग पकड़ा है। ऐयार भी तो पहले दर्ज़े का है, वह जो न कर सके थोड़ा है, मगर ऐसा तो नहीं हो सकता कि उसने दयाराम को मारा हो। अच्छा उसने रणधीरसिंह का घर क्यों छोड़ दिया जिनका ऐयार था और जो बड़ी खातिर से उसे रखते थे? संभव है कि दयाराम के मारे जाने पर उसने उदास होकर अपना काम छोड़ दिया हो, या यह भी हो सकता है कि दयाराम के दुश्मन और खूनी का पता लगाने ही के लिए उसने अपना रहन-सहन का रंग-ढंग बदल दिया हो। अगर ऐसा है तो रणधीरसिंह जी इस बात को जानते होंगे। गुलाबसिंह ने वह भेद मुझ पर क्यों नहीं खोला? हो सकता है कि उन्हें यह सब मालूम न हो या वे धोखे में आ गए हों, परन्तु नहीं, गदाधरसिंह तो ऐसा आदमी नहीं था, अस्तु जो हो, बिना विचारे और अच्छी तरह तहकीकात किए किसी पक्ष को मज़बूती के साथ पकड़ लेना उचित नहीं है। इसके अलावे यह भी तो मालूम करना चाहिए कि जमना और सरस्वती इस तरह स्वतंत्र क्यों हो रही हैं और उन्होंने अपने को मुर्दा क्यों मशहूर कर दिया तथा यह अनूठा स्थान इन्हें कैसे मिल गया और यहाँ किसका सहारा पाकर ये दोनों रहती हैं। भूतनाथ से दुश्मनी रखना और बदला लेने का व्रत धारण करना कुछ हँसी-खेल नहीं है और इस तरह रहने से रुपये-पैसे की भी कम ज़रूरत नहीं है। आखिर यह है क्या मामला! यह तो हमने पूछा ही नहीं कि यह स्थान किसका है और तुम लोग आजकल किसकी होकर रहती हो। खैर अब पूछ लेंगे। कोई-न-कोई भारी आदमी इनका साथी ज़रूरी है, उसे भी भूतनाथ से दुश्मनी है। क्या इन दोनों पर व्यभिचार का दोष भी लगाया जा सकता है? कैसे कहें 'हाँ' या 'नहीं' ऐसे खोटे दिल की तो ये दोनों थी? नहीं, मगर ये सती और साधवी हैं तो इनका मददगार भी कोई इन्हीं का रिश्तेदार ज़रूर होगा, मगर वह भी कोई साधारण व्यक्ति न होगा जिसका यह अनूठा स्थान है। यह भी तो है कि यदि ये व्यभिचारिणी होती तो मुझे यहाँ न लातीं और इन्दु को भी लाने की चेष्टा न करती...मगर अभी यह भी क्योंकर कह सकते हैं कि इन्दु को यहाँ लाने की चेष्टा कर रही हैं! अच्छा जो होगा देखा जाएगा, चलो पहिले मैदान में घूम आवे तब फिर उन दोनों के आने पर बातचीत से सब मामले की थाह लेंगे।"

प्रभाकर सिंह दरवाज़ा खोल कर उस कोठरी में घुस गए जिसकी तरफ़ बिमला ने इशारा किया था। उसके अंदर नहाने तथा संध्या-पूजा करने का पूरा-पूरा सामान करीने से

रखा हुआ था, बल्कि एक छोटी-सी आलमारी में कुछ ज़रूरी कपड़े और भोजन करने के अच्छे-अच्छे पदार्थ भी मौजूद थे। प्रभाकर सिंह ने अपनी ढाल-तलवार एक खूँटी से लटका दी और तीर-कमान भी एक चौकी पर रख कर कपड़े का कुछ बोझ हलका किया और जल से भरा हुआ लोटा उठा कर कोठरी के बाहर निकले। कई कदम आगे गए होंगे कि कुछ सोच कर लौटे और उस कोठरी में जाकर अपनी तलवार खूँटी पर से उतार लाये और बंगले के बाहर निकले।

दिन पहर भर से ज़्यादे चढ़ चुका था और धूप में गर्मी ज़्यादे आ चुकी थी मगर उस सुन्दर घाटी में जिसमें पहाड़ी से सटा हुए एक छोटा-साथ चश्मा भी बह रहा था, जंगली गुलबूटे और सुन्दर पेड़ों की बहुतायत होने के कारण हवा बुरी नहीं मालूम होती थी। प्रभाकर सिंह पूरब तरफ़ मैदान की हद तक चले गए और नहर लाँघ कर पहाड़ी के कुछ ऊपर बढ़ गए जहाँ पेड़ों का एक बहुत अच्छा छोटा-सा झुरमुट था। जब कुछ देर बाद वही से लौटे तो नहाने और संध्या-पूजा के लिए इन्हें वह चश्मा ही प्यारा मालूम हुआ अस्तु वे उसके किनारे एक सुन्दर चट्टान पर बैठ गए। घंटे-डेढ़-घंटे के अंदर ही प्रभाकर सिंह सब ज़रूरी कामों से निश्चिन्त हो गए तथा अपने कपड़े भी धोकर सुखा लिए। इसके बाद उस बंगले में पहुँचे और इस आशा में थे कि जमना और सरस्वती यहाँ आ गई होंगी मगर एक लौंडी के सिवाय वहाँ और किसी को भी न देखा जिसकी जुबानी मालूम हुआ कि 'उनके आने में अभी घंटे भर की देर है, तब तक आप कुछ जल-पान खा लीजिए जिसका सामान उस नहाने वाली कोठरी में मौजूद है।'

"अच्छा" कहकर प्रभाकर सिंह ने उस लौंडी को तो बिदा कर दिया और आप एक किनारे फर्श पर तकिए का सहारा लेकर लेट गए और कुछ चिंता करने लगे।

घंटे भर क्या कई घंटे बीत गये पर जमना और सरस्वती न आई और प्रभाकर सिंह तरह-तरह की चिंता में डूबे रहे, यहाँ तक कि उन्होंने कुछ जलपान भी न किया। जब थोड़ा-सा दिन बाकी रह गया तब वह घबड़ाकर बंगले के बाहर निकले और मैदान में घूमने लगे। अभी उन्हें घूमते हुए कुछ ज़्यादे देर नहीं हुई थी कि एक लौंडी बँगले के अंदर से निकली और दौड़ती हुई प्रभाकर सिंह के पास आई तथा एक चिट्ठी उनके हाथ में देकर जवाब का इंतज़ार किए बिना ही वापस चली गई।

प्रभाकर सिंह ने चिट्ठी खोलकर पड़ी, यह लिखा हुआ था-

"श्रीमान् जीजाजी,

मैं एक बड़े ही तरद्दुद में पड़ गई हूँ, मुझे मालूम हुआ कि इन्दु बहिन बुरी आफत में हैं...अस्तु मैं उन्हीं की फिक्र में जाती हूँ, लौट कर आपसे सब समाचार कहूँगी। आशा है कि तब तक आप सबके साथ यहाँ रहेंगे।

बिमला।"

इस चिट्ठी ने प्रभाकर सिंह को बड़े ही तरद्दुद में डाल दिया और तरह-तरह की चिंता करते हुए वह उस मैदान में टहलने लगे। उन्हें कुछ भी सुध न रही कि किस तरफ़ जा रहे हैं और किधर जाना चाहिए। उत्तर तरफ़ का मैदान समाप्त करके वे पहाड़ी के नीचे पहुँचे और कई सायत तक रुके रहने के बाद एक पगडंडी देख ऊपर की तरफ़ चलने लगे।

लगभग तीस या चालीस कदम के ऊपर गये होंगे कि एक छोटा-सा काठ का दरवाज़ा नज़र आया कि जिस पर साधारण जंज़ीर बढ़ी हुई थी।

वे इस दरवाज़े को देखकर चौंके और चारों तरफ़ निगाह दौड़ाकर सोचने लगे, "हैं! यह दरवाज़ा कैसा? मैं तो बिना इरादा किए ही यकायक यही आ पहुँचा। मालूम होता है कि यह कोई सुरंग है। मगर इसके मुँह पर किसी तरह की हिफ़ाजत क्यों नहीं है? यह दरवाज़ा तो एक लात भी नहीं सह सकता। शायद इसके अंदर किसी तरह की रुकावट हो जैसी कि उस सुरंग के अंदर थी जिसकी राह से मैं यहाँ आया था? खैर इसके अंदर चल के देखना तो चाहिए कि क्या है। कदाचित् इस क़ैदखाने के बाहर ही निकल जाऊँ, बेशक् यह स्थान सुन्दर और सुहावना होने पर भी मेरे लिए क़ैदखाना ही है। यदि इस राह से मैं बाहर निकल गया तो बड़ा ही अच्छा होगा, मैं इन्दु को ज़रूर बचा लूँगा जिसे इस आफत के ज़माने में भी मैंने अपने से अलग नहीं किया था। अच्छा जो हो, मैं इस सुरंग के अंदर ज़रूर चलूँगा मगर इस तरह निहत्थे जाना तो उचित नहीं पहिले बंगले के अंदर चलकर अपनी पूरी पोशाक पहिरना और अपने हरबे लगा लेना चाहिए, न मालूम इसके अंदर चल कर कैसा मौका पड़े न भी मौका पड़े तो क्या? कदाचित् इस घाटी के बाहर ही हो जाएँ तो अपने हर्बे क्यों छोड़ जायें?"

इस तरह सोच-विचार कर प्रभाकर सिंह वही से लौटे और तेज़ी के साथ बँगले के अंदर चले गये। बात-की-बात में अपनी पूरी पोशाक पहिर और हर्बे लगाकर वे बाहर निकले और मैदान तय करके फिर उसी सुरंग के मुहाने पर जा पहुँचे।

दरवाज़ा खोलने में किसी तरह की कठिनाई न थी अतएव वे सहज ही मैं दरवाज़ा खोल उस सुरंग के अंदर चले गये। सुरंग बहुत चौड़ी-ऊँची न थी, केवल एक आदमी खुले ढंग से उसमें चल सकता था, अगर सामने से कोई दूसरा आदमी आता हुआ मिल जाय तो बड़ी मुश्किल से दोनों एक-दूसरे को निकालकर अपनी-अपनी राह में सकते थे। हाँ, लंबाई में यह सुरंग बहुत छोटी न थी बल्कि चार-साढ़े-चार सौ कदम लंबी थी। सुरंग में पूरा अंधकार था और साथ ही इसके वह भयानक भी मालूम होती थी, मगर प्रभाकर सिंह ने इसकी कोई परवाह न की और हाथ फैलाएँ आगे की तरफ़ बढ़े चले गए। जैसे-जैसे आगे जाते थे सुरंग तंग होती जाती थी।

जब प्रभाकर सिंह सुरंग खतम कर चुके तो आगे रास्ता बंद पाया, लकड़ी या लोहे का कोई दरवाज़ा नहीं लगा हुआ था जिसे बंद कहा जाय बल्कि अनगढ़ पत्थरों से ही वह रास्ता बंद था। प्रभाकर सिंह ने बहुत अच्छी तरह टटोलने और गौर करने पर यही

निश्चय किया कि बस अब आगे जाने का रास्ता नहीं है, मालूम होता है कि सुरंग बनाने वालों ने इसी जगह तक बनाकर छोड़ दिया है और यह सुरंग अधूरी रह गई।

इस विचार पर भी प्रभाकर सिंह का दिल न जमा, उन्होंने सोचा कि ज़रूर इसमें कोई बात है और यह सुरंग व्यर्थ नहीं बनाई गई होगी। उन्होंने फिर अच्छी तरह आगे की तरफ़ टटोलना शुरू किया। मालूम होता था कि आगे छोटे-बड़े कई अनगढ़ पत्थरों का ढेर लगा हुआ है। इस बीच में दो-तीन पत्थर कुछ हिलते हुए भी मालूम पड़े जिन्हें प्रभाकर सिंह ने बलपूर्वक उखाड़ना चाहा। पत्थर तो सहज ही मैं उखड़ आया और जब उन्होंने उसे उठाकर अलग रखा तो छोटे-छोटे दो छेद मालूम पड़े जिनमें से उस पार की चीज़ें दिखाई दे रही थीं और यह भी मालूम होता था कि अभी कुछ दिन बाकी है। अब उन्हें और भी विश्वास हो गया कि अगर इसी तरह और दो-तीन पत्थर अपने ठिकाने से हटा दिए जाएँ तो ज़रूर रास्ता निकल आएगा अस्तु उन्होंने फिर ज़ोर करना शुरू किया।

तीन पत्थर और भी अपने ठिकाने से हटाए गए और अब छोटे-छोटे कई सूराख दिखाई देने लगे मगर इस बात का निश्चय नहीं हुआ कि कोई दरवाज़ा भी निकल आवेगा। उन सूराखों से प्रभाकर सिंह ने गौर से दूसरी तरफ़ देखना शुरू किया। एक बहुत ही सुंदर घाटी नज़र पड़ी और कई आदमी भी इधर-उधर चलते-फिरते नज़र आये।

यह वही घाटी थी जिसमें भूतनाथ रहता था, जहाँ जाते हुए यकायक प्रभाकर सिंह गायब हो गए थे, और जहाँ इस समय गुलाबसिंह और इंदुमति मौजूद हैं। प्रभाकर सिंह ने उस घाटी को देखा नहीं था इसलिए बड़े गौर से उसकी सुंदरता को देखने लगे। उन्हें इस बात की क्या ख़बर थी कि यह भूतनाथ का स्थान है और इस समय इसी में इंदुमति विराज रही है तभी इस समय उनके देखते-ही-देखते वह एक भारी आफत में फँसना चाहती है।

प्रभाकर सिंह बराबर उद्योग कर रहे थे कि कदाचित् पत्थरों के हिलाने-हटाने से कोई दरवाज़ा निकल आये और साथ ही इसके घड़ी-घड़ी उन सूराखों की राह से उस पार की तरफ़ देख भी लेते थे। इस बीच में उनकी निगाह यकायक इंदुमति पर पड़ी जो पहाड़ की ऊँचाई पर से धीरे-धीरे नीचे की तरफ़ उतर रही थी। बस फिर क्या था! उनका हाथ पत्थरों को हटाने के काम से रुक गया और वे बड़े गौर से उसकी तरफ़ देखने लगे, साथ ही इसके उन्हें इस बात का विश्वास हो गया कि यही भूतनाथ का वह स्थान है जहाँ हम इंदुमति के साथ आने वाले थे।

थोड़ी ही देर में इन्दु भी नीचे उतर आई और धीरे-धीरे कुदरती बगीचे में टहलती हुई उस तरफ़ बड़ी जिधर प्रभाकर सिंह थे और अंत में एक पत्थर की चट्टान पर बैठ गई जो प्रभाकर सिंह से लगभग पचास-साठ कदम की दूरी पर होगी।

अब प्रभाकर सिंह उससे मिलने के लिए बहुत ही बेचैन हुए मगर क्या कर सकते थे, लाचार थे, तथापि उन्होंने उसे पुकारना शुरू किया। अभी दो ही आवाज़ दी थी कि

उनकी निगाह और भी दो आदमियों पर पड़ी जो इन्दु से थोड़ी दूर पर एक मुहाने या सुरंग के अंदर से निकले थे और इन्दु की तरफ़ बढ़ रहे थे, उन्हें देखते ही इन्दु भी घबराकर उनकी तरफ़ लपकी और पास पहुँचकर एक आदमी के पैरों पर गिर पड़ी जो शक्ल-सूरत में बिलकुल ही प्रभाकर सिंह से मिलता था या यों कहिए कि वह सचमुच एक दूसरा प्रभाकर सिंह था।

प्रभाकर सिंह के कलेजे में एक बिजली-सी चमक गई, अपनी-सी सूरत बने हुए एक ऐयार का वहाँ पहुँचना और इन्दु का उसके पैरों पर गिर पड़ना उनके लिए कैसा दुखदाई हुआ इसे पाठक स्वयं विचार सकते है। केवल इतना ही नहीं उनके देखते-ही-देखते नकली प्रभाकर सिंह ने अपने साथी को विदा कर दिया और इसके बाद वह इंदुमति को कुछ समझाकर अपने साथ ले भागा।

प्रभाकर सिंह चुटीले साँप की तरह पेंच खाकर रह गए, कर ही क्या सकते थे? क्योंकि वही तक इनका पहुँचना बिलकुल ही असंभव था।

उन्होंने पत्थरों को हटाकर रास्ता निकालने का फिर एक दफ़े उद्योग किया और जब नतीज़ा न निकला तो पेचोताब खाते हुए वहाँ से लौट पड़े। अब सुरंग के बाहर हुए तो देखा कि सूर्य भगवान अस्त हो चुके है और अंधकार चारों तरफ़ से घिरा आ रहा है अस्तु तरह-तरह की बातें सोचते और विचारते हुए प्रभाकर सिंह बंगले की तरफ़ लौटे और जब वहाँ पहुँचे तो देखा कि हर एक स्थान में मौके-मौके से रोशनी आ रही है।

प्रभाकर सिंह उसी कमरे में पहुँचे जिसमें बिमला से मुलाकात हुई थी और फर्श पर तकिए के सहारे बैठकर चिंता करने लगे। वे सोचने लगे-

“वह कौन आदमी होगा जिसने आज इन्दु को इस तरह धोखे में डाला? इन्दु की बुद्धि पर भी कैसा परदा पड़ गया कि उसने उसे बिलकुल नहीं पहिचाना! पर वह पहिचानती ही क्योंकर एक तो वह स्वयं घबड़ाई हुई थी दूसरे संध्या होने के कारण कुछ अंधकार-सा भी हो रहा था, तीसरे वह ठीक-ठीक मेरी सूरत बनकर वहाँ पहुँचा भी था, मुझमें और उसमें कुछ भी फर्क नहीं था, कमबख़्त पोशाक भी इसी ढंग की पहिने हुए था, न मालूम इसका पता उसे कैसे लगा! नहीं, यह कोई आश्चर्य की बात नहीं है क्योंकि इस समय भी मेरी पोशाक वैसी ही है जैसी हमेशा रहती थी, इससे मालूम होता है कि वह आदमी मेरे लिए कोई नया नहीं हो सकता। अस्तु जो हो मगर इस समय इन्दु मेरे हाथ से निकल गई। न मालूम अब उस बेचारी पर क्या आफत आवेगी! हाय, यह सब खराबी बिमला की बदौलत हुई, न वह मुझको बहका के यहाँ लाती और न यह नौबत पहुँचती। हाँ, यह भी संभव है कि यह कार्रवाई बिमला ही ने की हो क्योंकि अभी कई घंटे बीते हैं कि उसने मुझे लिखा भी था कि इन्दु किसी आफत में फँसना है, उसकी मदद को जाती हूँ। शायद उसका मतलब इसी आफत से हो! क्या यह भी हो सकता है कि बिमला ही ने यह ढंग रचा हो और उसी ने किसी आदमी को मेरी सूरत

बनाकर इन्दु को निकाल लाने के लिए भेजा हो! नहीं, अगर ऐसा होता तो वह यह न लिखती कि 'इन्दु बहिन बुरी आफत में पड़ना है।' हाँ, यह हो सकता है कि इस होने वाली घटना का पहिले से उसे पता लगा हो और इसी दुष्ट के कब्जे से इन्दु को छुड़ाने के लिए वह गई हो। जो हो, कौन कह सकता है कि इन्दु किन मुसीबत में गिरफ्तार हो गई! अफ़सोस इस बात का है कि मेरी आँखों के सामने यह सब कुछ हो गया और मैं कुछ न कर सका।"

इसी तरह की बात प्रभाकर सिंह को सोचते कई घंटे बीत गए मगर इस बीच में कोई शान्ति दिलाने वाला वहाँ न पहुँचा। कई नौजवान लड़के जो बंगले के बाहर पहरे पर दिखाई दिए थे इस समय उनका भी पता न था। दिनभर उन्होंने कुछ भोजन नहीं किया था मगर भोजन करने की उन्हें कोई चिंता भी न थी, वे केवल इंदुमति की अवस्था और अपनी बेबसी पर विचार कर रहे थे, हाँ, कभी-कभी इस बात पर भी उनका ध्यान जाता कि देखो अभी तक किसी ने भी मेरी सुध न ली और न खाने-पीने के लिए ही किसी ने पूछा!

चिंता करते-करते उनकी आँखें लग गई और नींद में भी वे इंदुमति के विषय में तरह-तरह के भयानक स्वप्न देखते रहे। आधी रात जा चुकी जब एक लौंडी ने आकर उन्हें जगाया!

प्रभाकर सिंह : (**लौंडी से**) क्या है?

लौंडी : मैं आपके लिए भोजन की सामग्री लाई हूँ।

प्रभाकर सिंह : कहाँ है?

लौंडी : (**उँगली से इशारा करके**) उस कमरे से।

प्रभाकर सिंह : मैं भोजन न करूँगा, जो कुछ लाई हो उठा ले जाओ।

लौंडी : मैं ही नहीं कला जी भी आई हैं जो कि उस कमरे में बैठी आपका इंतज़ार कर रही हैं।

कला का नाम सुनते ही प्रभाकर सिंह उठ बैठे और उस कमरे में गए जिसकी तरफ़ लौंडी ने इशारा किया था। यह वही कमरा था जिसको दिन के समय प्रभाकर सिंह देख चुके थे और जिसमें नहाने-धोने का सामान तथा जलपान के लिए भी कुछ रखा हुआ था। कमरे के अंदर पैर रखते ही कला पर उनकी निगाह पड़ी जो एक कंबल पर बैठी हुई थी। प्रभाकर सिंह को देखते ही वह उठ खड़ी हुई और उसने बड़े आग्रह से उन्हें यह कंबल पर बैठाया जिसके आगे भोजन की सामग्री रखी हुई थी। बैठने के साथ ही प्रभाकर सिंह ने कहा-

प्रभाकर सिंह : कला, आज तुम लोगों की बदौलत मुझे बड़ा ही दुःख हुआ।

कला : (**बैठकर**) सो क्या?

प्रभाकर सिंह : **(चिढ़े हुए ढंग से)** मेरी आँखों के सामने से इन्दु हर ली गई और मैं कुछ न कर सका!!

कला : ठीक है, आपने किसी सुरंग से यह हाल देखा होगा।

प्रभाकर सिंह : सो तुमने कैसे जाना?

कला : यहाँ दो सुरंगें ऐसी हैं जिनके अंदर से भूतनाथ की घाटी बखूबी दिखाई देती है। उनमें से एक के अंदर के सुराख पत्थर के ढोकों से मामूली ढंग से बंद किए हुए हैं और दूसरी के सूराख खुले हुए हैं जिनकी राह से हम लोग बराबर भूतनाथ के घर का रंग-ढंग देखा करती हैं।

प्रभाकर सिंह : ठीक है, इतिफाक से मैं उसी सुरंग के अंदर पहुँच गया था जिसमें देखने के सूराख पत्थर के ढोकों से बंद किए हुए थे।

कला : जी हाँ, मगर हम लोगों को आपसे पहिले इस बात की ख़बर लग चुकी थी।

प्रभाकर सिंह : तब तुम लोगों ने क्या किया?

कला : यही किया कि इन्दु बहिन को उस आफत से छुड़ा लिया।

प्रभाकर सिंह : **(प्रसन्नता से)** तो इन्दु कहाँ है?

कला : एक सुरक्षित और स्वतंत्र स्थान में। अब आप भोजन करते जाइए और बातें किए जाइए, नहीं तो मैं कुछ न कहूँगी, क्योंकि आप-दिन-भर के भूखे हैं बल्कि ताज्जुब नहीं कि दो दिन के ही भूखे हों। यहाँ जो कुछ खाने-पीने का सामान पड़ा हुआ था उसके देखने से मालूम हुआ कि आपने दिन को भी कुछ नहीं खाया था।

मज़बूर होकर प्रभाकर सिंह ने भोजन करना आरंभ किया और साथ-ही-साथ बातचीत भी करने लगे।

प्रभाकर सिंह : अच्छा तो मैं इन्दु को देखना चाहता हूँ।

कला : जी नहीं, अभी देखने का उद्योग न कीजिए, कल जैसा होगा देखा जाएगा क्योंकि इस समय उसकी तबीयत खराब है, दुश्मनों के हाथ से चोट खा चुकी है, यद्यपि उसने बड़े साहस का काम किया और अपने तीरों से कई दुश्मनों को मार गिराया। इस ख़बर ने भी प्रभाकर सिंह को तरद्दुद में डाल दिया। वे इन्दु को देखना चाहते थे और कला समझाती जाती थी कि अभी ऐसा करना अनुचित होगा और वैद्य की भी यही राय है।

बड़ी मुश्किल से कला ने प्रभाकर सिंह को भोजन कराया और कल पुनः मिलने का वादा करके वहाँ से चली गई। प्रभाकर सिंह को इस बात का पता न लगा कि यह किस राह से आई थी और किस राह से चली गई।

क्या हम कह सकते हैं कि प्रभाकर सिंह इन्दु की तरफ़ से बेफिक्र हो गए? नहीं कदापि नहीं! उन्हें कुछ ढाढ़स हो जाने पर भी कला की बातों पर पूरा विश्वास न हुआ। उनका दिल इस बात को कबूल नहीं करता था कि यदि कला और बिमला दूर से या किसी छिपे ढंग से इन्दु को दिखला देती तो कोई हर्ज होता। बात तो यह है कि कला तथा बिमला का इस तरह गुप्त रीति से आना-जाना और रास्ते का पता न देना भी उन्हें बुरा मालूम होता था और उन लोगों पर विश्वास नहीं जमने देता था। हाँ, इस समय इतना ज़रूर हुआ कि उनकी विचार-प्रणाली का पक्ष कुछ बदल गया और वे पुरानी चिंता के साथ-ही-साथ किसी और चिंता में भी निमग्न होने लगे।

कई घंटे तक कुछ सोचने-विचारने के बाद वे उठ खड़े हुए और दालानों, कमरों तथा कोठरियों में घूमने-फिरने और टोह लगाने के साथ-ही-साथ दीवारों, आला और आलमारियों पर भी निगाहें डालने लगे। पिछली रात का समय, इनके सिवाय कोई दूसरा आदमी बँगले के अंदर न होने के कारण सन्नाटा छाया हुआ था, मगर जहाँ तक देखने में आता था कमरों और कोठरियों में रोशनी ज़रूर हो रही थी।

कमरों और कोठरियों में छोटी-बड़ी आलमारियाँ देखने में आई जिनमें से कई में तो ताला लगा हुआ था, कई बिना ताले की थीं और कई में किवाड़ के पल्ले भी न थे। इन्हीं कोठरियों में से एक कोठरी ऐसी भी थी जिसमें अंधकार था अर्थात् चिराग नहीं जलता था अतएव प्रभाकर सिंह ने चाहा कि इस कोठरी को भी अच्छी तरह देख लें। उसके पास वाली कोठरी में एक फर्शी शमादान जल रहा था जिसे उन्होंने उठा लिया मगर जब उस कोठरी के दरवाज़े के पास पहुँचे तो अंदर से कुछ खटके की आवाज़ आई। वे ठमक गये और उस तरफ़ ध्यान देकर सुनने लगे। आदमी के पैरों की चाप-सी मालूम हुई जिससे गुमान हुआ कि कोई आदमी इसके अंदर ज़रूर है, मगर फिर कुछ मालूम न हुआ और प्रभाकर सिंह शमादान लिए हुए कोठरी के अंदर चले गए।

और कोठरियों की तरह यह भी साफ-सुथरी थी तथा ज़मीन पर एक मामूली फर्श बिछा हुआ था। हाँ, छोटी-छोटी आलमारियाँ इसमें बहुत ज़्यादे थीं जिनमें से एक खुली हुई थी और उसका ताला ताली समेत उसकी कुंडी के साथ अड़ा हुआ था। वह सिर्फ़ एक ही ताली न थी बल्कि तालियों का एक गुच्छा ही था।

ये शमादान लिए हुए उस आलमारी के पास चले गये और उसका पल्ला अच्छी तरह खोल दिया। उसमें तीन दर बने हुए थे जिनमें से एक में हाथ की लिखी हुई किताबें थीं, दूसरे में काग़ज़-पत्र के छोटे-बड़े कई मुट्ठे थे, और तीसरे में लोहे की कई बड़ी-बड़ी तालियाँ थीं और सबके साथ एक-एक पुर्जा बँधा हुआ था, उन्होंने एक ताली उठायी और उसके साथ का पुर्जा खोल कर पढ़ा और फिर ज्यों-का-त्यों उसी तरह ठीक करके रख दिया, इसके बाद दूसरी ताली का पुर्जा पढ़ा और उसी तरह रख देने के बाद फिर क्रमशः सभी तालियों के साथ वाले पुर्जे पढ़ डाले और अंत में एक ताली पुर्जे सहित उठाकर अपनी जेब में रख ली।

तालियों की जाँच करने के बाद उन काग़ज़ के मुट्ठों पर हाथ डाला और घंटे-भर तक अच्छी तरह देखने-जाँचने के बाद उसमें से भी तीन मुट्ठे लेकर अपने पास रख लिए और फिर किताबों की जाँच शुरू की। इसमें उनका समय बहुत ज़्यादे लगा मगर इनमें से कोई किताब उन्होंने ली नहीं।

उस आलमारी की तरफ़ से निश्चिन्त होने के बाद फिर उन्होंने किसी और आलमारी को जाँचने या खोलने का इरादा नहीं किया। वे वहाँ से लौटे और शमादान जहाँ से उठाया था वही रख कर अपने उसी कमरे में चले आये जहाँ आराम कर चुके थे। वहाँ भीद वे ज़्यादे देर तक नहीं ठहरे सिर्फ़ अपने कपड़ों और हर्बों की दुरुस्ती करके बंगले के बाहर निकले। आसमान की तरफ़ देखा तो मालूम हुआ कि रात बहुत कम बाकी है और आसमान पर पूरब तरफ़ सफेदी फैलना ही चाहती है।

"कुछ देर तक और ठहर जाना मुनासिब है," यह सोचकर वे इधर-उधर घूमने और टहलने लगे। जब रोशनी अच्छी तरह फैल चुकी तब दक्खिन और पश्चिम कोण की तरफ़ रवाना हुए। जब मैदान खतम कर चुके और पहाड़ी के नीचे पहुँचे तो उन्हें एक हलकी-सी पगडंडी दिखाई पड़ी जो कि बहुत ध्यान देने से पगडंडी मालूम होती थी, हाँ, इतना कह सकते हैं कि उस राह से पहाड़ी के ऊपर कुछ दूर तक चढ़ने में सुभीता हो सकता था अस्तु प्रभाकर सिंह पहाड़ी के ऊपर चढ़ने लगे। लगभग पचास कदम चढ़ जाने के बाद उन्हें एक छोटी-सी गुफा दिखाई दी जिसके अंदर वे बेधड़क चले गए और फिर कई दिनों तक वहाँ से लौट कर बाहर न आए।

8

आज प्रभाकर सिंह उस छोटी-सी गुफा के बाहर आए है और साधारण रीति पर वे प्रसन्न मालूम होते हैं। हम यह नहीं कह सकते कि वे इतने दिनों तक निराहार या भूखे रह गए होंगे क्योंकि उनके चेहरे से किसी तरह की कमज़ोरी नहीं मालूम होती। जिस समय वे गुफा के बाहर निकले सूर्य भगवान उदय हो चुके थे। उन्होंने बँगले के अंदर जाना कदाचित् उचित न जाना या इसकी कोई आवश्यकता न समझी हो अस्तु वे उस सुन्दर घाटी में प्रसन्नता के साथ चारों तरफ़ टहलने लगे। नहीं-नहीं, हम यह भी नहीं कह सकते कि वे वास्तव में प्रसन्न थे क्योंकि बीच-बीच में उनके चेहरे पर गहरी उदासी छा जाती थी और वे एक लंबी साँस लेकर रह जाते थे। संभव है कि यह उदासी इंदुमति की जुदाई से संबंध रखती हो और वह प्रसन्नता किसी ऐसे लाभ के कारण हो जिसे उन्होंने उस गुफा के अंदर पाया हो। तो क्या उन्हें उस गुफा के अंदर कोई चीज़ मिली थी या उस गुफा की राह से वे इस घाटी के बाहर हो गए थे अथवा उन्हें किसी तिलिस्म का दरवाज़ा मिल गया जिसमें उन्होंने कई दिन बिता दिए? जो हो, बात कोई अनूठी ज़रूर है और घटना कुछ आश्चर्यजनक अवश्य है।

बहुत देर तक इधर-उधर घूमने के बाद वे एक पत्थर की सुन्दर चट्टान पर बैठ गाए और साथ ही किसी गंभीर चिंता में निमग्न हो गए। इसी समय इन्हें इंदुमति ने पहाड़ी के ऊपर से देखा था मगर इस बात की प्रभाकर सिंह को कुछ ख़बर न थी।

बहुत देर तक चट्टान पर बैठे कुछ सोचने-विचारने के बाद उन्होंने सर उठाया और इस नियत से बंगले की तरफ़ देखा कि चलें उसके अंदर चलकर किसी और विष की टोह लगावें, परन्तु उसी समय बँगले के अंदर से आती हुई तीन औरतों पर उनकी निगाह पड़ी जिनमें से इंदुमति, दूसरी बिमला और तीसरी कला थी।

इंदुमति को देखते ही वे प्रसन्न होकर उठ खड़े हुए, इधर इंदुमति भी इन्हें देखते ही दीवानी-सी होकर दौड़ी और प्रभाकर सिंह के पैरों पर गिर पड़ी।

प्रभाकर सिंह : **(इन्दु को उठा कर)** अहा इस समय तुझे देख मैं कितना प्रसन्न हुआ यह कहने के लिए मेरे पास केवल एक ही जुबान है अस्तु मैं कुछ कह नहीं सकता।

इंदुमति : नाथ, मुझे आपने धोखे में डाला! **(मुस्कराती हुई)** मुझे तो इस बात का गुमान भी न था कि आप मेरे साथ चलते हुए रास्ते में किसी चुलबुली औरत को देखकर अपने आपे से बाहर हो जाएँगे और मेरा साथ छोड़ कर उसके साथ दौड़ पड़ेंगे। क्या इस विपत्ति के समय में मुझे अपने साथ लाकर ऐसा बर्त्ताव करना आपका उचित था? क्या आप की उन प्रतिज्ञाओं का यही नमूना था!

प्रभाकर सिंह : **(हँसते हुए)** वाह, तुम अपनी बहिन को और अपने ही मुँह से चुलबुली बनाओ! क्या मैं किसी चुड़ैल के पीछे दौड़ा था? तुम्हारी बहिन इस बिमला ही ने तो मुझे रोका और कहा कि ज़रूरी बात कहनी है। मैंने समझा कि यह अपनी है ज़रूर कुछ भलाई की बातें कहेंगी, अस्तु इनके फेर में पड़ गया ओर तुम्हें खो बैठा। तुम्हारे साथ गुलाबसिंह मौजूद ही थे और इधर बिमला से मैं कुछ सुनना चाहता था। ऐसी अवस्था में यह कब आशा हो सकती थी कि साधारण मामले पर इतना पहाड़ टूट पड़ेगा सच तो यह है कि तुम्हारी बहिन ने मुझे धोखा दिया जिसका मुझे बहुत रंज है और मैं उसके लिए इनसे बहुत बुरा बदला लेता मगर आज इन्होंने तुमसे मुझे मिला दिया इसीलिए मैं इनका कसूर माफ़ करता हूँ मगर इस बात की शिकायत ज़रूर करूँगा कि मुझे यहाँ फँसा इन्होंने भूखों मार डाला, खाने तक को न पूछा। आओ-आओ बैठ जाओ, सब कोई बैठ कर बातें करें।

बिमला : वाह! बहुत अच्छी कही, आपने तो मानो अनशन व्रत ग्रहण किया था! साफ-साफ क्यों नहीं कहते कि किसी की फिक्र और तरद्दुद के कारण खाना-पीना कुछ अच्छा ही नहीं लगता था।

कला : **(मुस्कराती हुई)** रात-रात भर जाग के कोने-कोने की तलाशी लिया करते थे कहीं छेद-सुराख और आले-अलमारी में से इंदुमति निकल आवे।

प्रभाकर सिंह : **(चौंककर, कला से)** सो क्या?

विमला : बस इतना ही तो! खैर इन बातों को जाने दीजिए यह बताइए कि आप मुझसे संतुष्ट हुए कि नहीं? अथवा आपको इस बात का निश्चय हुआ या नहीं कि हम लोगों ने जो कुछ किया वह नेकनीयती के साथ था?

प्रभाकर सिंह : चाहे यह बात ठीक हो, चाहे तुम हर तरह से निर्दोष हो, चाहे तुम दोनों बहिनों पर किसी तरह का ऐब का धब्बा लगाना कठिन अथवा असंभव ही क्यों न हो, परन्तु इतना तो मैं ज़रूर कहूँगा कि तुम्हारी यह कर्रवाई बदनीयती के साथ नहीं तो बेवकूफी के साथ ज़रूर हुई। संभव था कि जिस दुश्मन पर फतह पाके तुम इंदुमति को छुड़ा लाई, वह और जबर्दस्त होता या तुम पर फतह पा जाता तो फिर इंदुमति पर कैसी मुसीबत गुजरती! मेरी समझ में नहीं आता कि इस अनुचित और टेढ़ी बात से तुम्हें या हमें क्या फायदा पहुँचा, हाँ, इंदुमति जख्मी, हुई यह मुनाफा ज़रूर हुआ जिस तरह तुमने मुझे बहकाया था उस तरह वहाँ यही समझा दिया होता कि इंदुमति को साथ लेकर वहाँ से हट जाना मुनासिब है तो...

बिमला : **(बात काटकर)** नहीं-नहीं, यदि मैं ऐसा करती तो आप मुझ पर कदापि विश्वास न करते और भूतनाथ तथा गुलाबसिंह का साथ न छोड़ते, साथ ही इसके यह भी असंभव था कि वहाँ पर मैं सविस्तार अपना हाल कहकर आपको समझाती, भूतनाथ के ऐबों को दिखाती अथवा उचित-अनुचित बहस करती, बल्कि...

इंदुमति : **(बात काटकर, प्रभाकर सिंह से)** खैर इन सब बातों से क्या फायदा, जो कुछ हुआ सौ हुआ अब आगे के लिए सोचना चाहिए कि हम लोगों का कर्त्तव्य क्या है और क्या करना उचित होगा। मैं। इतना ज़रूर कहूँगी कि हमारी ये दोनों ज़माने के हाथों से सताई हुई बहिनें इस योग्य नहीं हैं कि इन पर बदनीयती का धब्बा लगाया जाय। हाँ यदि कुछ भूल समझी जाय तो वह बड़े-बड़े बुद्धिमान लोगों से भी हो जाया करती है। साथ ही इसके यह भी मानना पड़ेगा कि ग्रहदशा के फेर में पड़े हुए कई आदमी एक साथ मिलकर मुसीबत के दिन काटना चाहें तो सहज में काट सकते हैं बनिस्बत इसके कि वे सब अलग-अलग होकर कोई कार्रवाई करें, आप यह सुन ही चुके हैं कि ये दोनों (कला और बिमला) किस तरह ज़माने अथवा भूतनाथ के हाथों से सताई जा चुकी हैं अस्तु हम लोगों का एक साथ रहना लाभदायक होगा।

प्रभाकर सिंह : **(इन्दु से)** तुम्हारा कहना कुछ-कुछ ज़रूर ठीक है, मैं इस बात को पसन्द करता हूँ कि तुम यही रहो जब तक कि मैं अपने दुश्मनों पर फतह पाकर स्वतंत्र और निश्चिन्त न हो जाऊँ। मुझे इस बात की ज़रूर खुशी है कि तुम्हारे लिए एक अच्छा ठिकाना निकल आया है। मगर मैं हाथ-पैर जोड़कर नहीं रह सकता।

इंदुमति : मगर आपको इन दोनों की मदद ज़रूर करनी चाहिए।

प्रभाकर सिंह : इसके लिए मैं दिलोजान से तैयार हूँ, मगर अभी मैं भूतनाथ के साथ दुश्मनी न करूँगा जब तक कि अच्छी तरह जाँच न लूँ और अपने दोस्त गुलाबसिंह से राय न मिला लूँ।

बिमला : **(कुछ घबराहट के साथ)** तो क्या आप हम लोगों के बारे में गुलाबसिंह से कुछ जिक्र करेंगे?

प्रभाकर सिंह : बेशक!

बिमला : तब तो आप चौपट ही करेंगे क्योंकि गुलाबसिंह भूतनाथ का दोस्त है और उससे हमारा हाल ज़रूर कह देना, ऐसी अवस्था में मेरे मनसूबों पर बिलकुल ही पाला पड़ जाएगा बल्कि ताज्जुब नहीं कि सहज ही मैं इस दुनिया से... **(लंबी साँस लेकर)** ओफ! यदि मैं आपसे भलाई की आशा न करूँ तो दुनिया में किससे कर सकती हूँ? वह कौन-सा दरख्त है जिसके साये तले मैं बैठ सकती हूँ और वह कौन-सा मकान है जिसमें स्वतंत्र रूप से रह कर ज़िंदगी बिता सकती हूँ? एक इन्द्रदेव जिन्होंने अपना हाथ मेरे सिर पर रखा है, और दूसरे आप जिनसे मैं भलाई की उम्मीद कर सकती हूँ। यदि आप ही मेरी प्रतिज्ञा भंग करने के कारण हो जाएँगे तो हमारी रक्षा करने वाला और हमारे सतीत्व को बचाने वाला, हमारे धर्म का प्रतिपालन करने वाला और कुम्हलाई हुई शुभ मनोरथलता में जीवन संचार करने वाला और कौन होगा? मैं कसम खाकर कह सकती हूँ कि भूतनाथ कदापि आपके साथ भलाई न करेगा चाहे गुलाबसिंह आपका दिली दोस्त हो और चाहे भूतनाथ गुलाबसिंह को इष्टदेव के तुल्य मानता हो, साथ ही इसके मैं डंके की चोट पर कह सकती हूँ कि यदि आप मुझे धर्म-पथ से विचलित हुई पावें, यदि आपको मेरे निर्मल चल में किसी तरह का धब्बा दिखाई दे, और यदि जाँच करने पर मैं झूठी साबित होऊँ तो आपको अख्तियार है और होगा कि मेरे साथ ऐसा बुरा सलूक करें जो कि अनपढ़, उजड्ड और अधर्मी दुश्मन के किए भी न हो सके। बेशक् आप मुझे...

इतना कहते-कहते बिमला का गला भर आया और उसकी आँखों से आँसू की धारा बह चली।

प्रभाकर सिंह : **(बात काटकर दिलासे के ढंग से)** बस-बस बिमला बस, मुझे विश्वास हो गया कि तू सच्ची है और दिल का गुबार निकालने के लिए तेरी प्रतिज्ञा सराहने के योग्य है। मैं शपथपूर्वक कहता हूँ कि तेरे भेदों को तुझसे ज़्यादा छिपाऊँगा और तेरी इच्छा के विरुद्ध कभी किसी पर प्रकट न करूँगा चाहे वह मेरा कैसा ही प्यार क्यों न हो, साथ ही इसके विश्वास दिलाता हूँ कि तू मुझसे स्वप्न में भी बुराई की आशा न रखियो। मगर हाँ, मैं भूतनाथ की जाँच ज़रूर करूँगा कि वह कितने पानी में है।

बिमला : **(खुशी से प्रभाकर सिंह को प्रणाम करके)** बस मैं इतना ही सुनना चाहती थी, आपकी इतनी प्रतिज्ञा मेरे लिए बहुत है। आप शौक से भूतनाथ की बल्कि साथ ही इसके मेरी भी जाँच कीजिए मैं इसके लिए कदापि न रोकूँगी, मगर मैं खुद जानती हूँ कि

भूतनाथ परले सिर का बेईमान, दगाबाज़ और खुदगर्ज ऐयार है और ऐयारी के नाम में धब्बा लगाने वाला है। मैं आपको एक चीज़ दूँगी जो समय पड़ने पर आपको बचावेगी, वह चीज़ मुझे इन्द्रदेव ने दी है और वह आप ऐसे बहादुर के पास रहने योग्य है। यदि आपकी इच्छा के विरुद्ध न हो तो मैं इन्द्रदेव से भी आपकी मुलाकात कराऊँगी।

प्रभाकर सिंह : मैं बड़ी खुशी से इन्द्रदेव से मिलने के लिए तैयार हूँ, उनसे मिलकर मुझे कितनी खुशी होगी मैं बयान नहीं कर सकता। वे निःसन्देह महात्मा हैं और मुझे उनसे मिलने की सख्त ज़रूरत है! मैं यह भी जानता हूँ कि वह मुझ पर कृपादृष्टि रखते हैं और ऐसे समय में मेरी भी पूरी सहायता कर सकते हैं।

बिमला : निःसन्देह ऐसा ही है। आप इस घाटी में तीन दिन के लिए मेरी मेहमानी कबूल करें, इन तीन दिनों में कई अद्भुत चीज़ें आपको दिखाऊँगी और इन्द्रदेव जी से भी मुलाकात कराऊँगी क्योंकि कल वे यहाँ ज़रूर आवेंगे।

कला : (**मुस्कराती हुई दिल्लगी के साथ**) मगर ऐसा न कीजिएगा कि उस रात की तरह ये तीन दिन भी आप इस स्थान की तलाशी में ही बिता दें और हर रोज़ सुबह को एक नई घाटी से बाहर निकला करें।

प्रभाकर सिंह : मैं पहिले ही आवाज़ देने पर समझ गया था कि तुमने उस रात की कार्रवाई देख ली है, इसे दोहराने की कोई ज़रूरत न थी! अगर खुशी से तुम अपना घर न दिखाओगी तो मैं बेशक् इसी तरह जबर्दस्ती देखने का उद्योग करूँगा।

कला : जबर्दस्ती से कि चोरी से!

इतना कहकर कला खिलखिलाकर हँस पड़ी और तब तक कुछ देर तक इन सभों में इधर-उधर की बात होती रहीं, इसके बाद धूप ज़्यादा निकल आने के कारण सब कोई उठ कर बँगले के अंदर चले गए और वहाँ भी कई घंटे तक हँसी-दिल्लगी तथा ताने और उलाहने की बातें होती रही। इस बीच में इन्दु ने अपनी दर्दनाक कहानी कह सुनाई और प्रभाकर सिंह ने भी अपनी बेबसी में जो कुछ देखा-सुना था इससे बयान किया।

दो पहर से ज़्यादे दिन चढ़ चुका था जब बिमला सभी को लिए हुए अपने महल में आई। इतनी देर तक खुशी में किसी को भी नहाने-धोने अथवा खाने की सुध न रही।

9

तीन दिन नहीं बल्कि पाँच दिन तक मेहमानी का आनन्द लूट कर आज प्रभाकर सिंह उस अद्भुत खोह के बाहर निकले हैं। इन पाँच दिनों के अंदर उन्होंने क्या-क्या बेला-सुना, किस-किस स्थान की सैर की, किस-किस से मिले-जुले, सो हम यहाँ पर कुछ भी न कहेंगे सिवाय इसके कि वे इंदुमति को बिमला और कला के पास छोड़ गए हैं और इस काम से बहुत प्रसन्न भी हैं। साथ ही यह भी कह देना उचित जान पड़ता है कि अब उनके विचारों में बहुत बड़ा परिवर्तन हो गया है।

दिन पहर भर से कुछ कम बाकी है। प्रभाकर सिंह सिर झुकाए कुछ सोचते हुए पहाड़ के किनारे भूतनाथ की घाटी की तरफ़ धीरे-धीरे चले जा रहे हैं। वे जानते हैं कि भूतनाथ की घाटी का दरवाज़ा अब दूर नहीं है तथा उन्हें यह भी गुमान है कि भूतनाथ या गुलाबसिंह ताज्जुब जैसा कि बाहर ही मिल जाएँ। इसलिए वे धीरे-धीरे कदम उठाते हैं, इधर-उधर चौकन्ने होकर देखते हैं और कभी-कभी पत्थर की किसी सुन्दर चट्टान पर बैठ जाते हैं।

प्रभाकर सिंह का सोचना बहुत ठीक निकला। वे एक पत्थर की चट्टान पर बैठकर कुछ सोच रहे थे कि भूतनाथ ने उन्हें देख लिया और तेज़ी के साथ लपक कर इनके पास आया, मगर इन्हें सुस्त और उदास देखकर उसे ताज्जुब और दुःख हुआ क्योंकि जिस तपाक् के साथ वह प्रभाकर सिंह से मिलना चाहता था उस तपाक् के साथ प्रभाकर सिंह उससे नहीं मिले, न तो उसका इस्तकबाल किया और न उसे आवभगत के साथ लिया। हाँ, इतना ज़रूर किया कि भूतनाथ को देख उठ खड़े हुए और एक लंबी साँस लेकर बोले, "बस भूतनाथ! तुमसे मुलाकात हो गई अब केवल गुलाबसिंह से मिलने की अभिलाषा है! इसके बाद फिर कोई भी मुझे प्रभाकर सिंह की सूरत में नहीं देख सकेगा!!"

भूतनाथ : (**आश्चर्य से**) क्यों-क्यों, सो क्यों?

प्रभाकर सिंह : तुम जानते हो कि इस दुनिया में मेरा कोई भी नहीं है, इंदुमति थी सो वह भी ऐसे ठिकाने पहुँच गई, जहाँ कोई भी जाकर उससे मिल भी नहीं सकता।

भूतनाथ : नहीं-नहीं प्रभाकर सिंह, ये शब्द बहादुरों के मुँह से निकलने योग्य नहीं हैं! क्या इंदुमति का कुछ हाल आपको मालूम हुआ?

प्रभाकर सिंह : कुछ क्या बल्कि बहुत।

भूतनाथ : किस रीति से?

प्रभाकर सिंह : आश्चर्यजनक रीति से।

भूतनाथ : किसकी जुबानी?

प्रभाकर सिंह : एक निर्जीव मूरत की जबानी।

भूतनाथ : बस इस पहेल से तो काम नहीं चलता, खुलासा कहिए नहीं तो...

प्रभाकर सिंह : अच्छा बैठो और सुनो।

दोनों बैठ गए और तब भूतनाथ ने प्रभाकर से पूछा-

भूतनाथ : अच्छा अब कहिए कि क्या हुआ और किसी जुबानी आपको इंदुमति का हाल मालूम हुआ?

प्रभाकर सिंह : मैं कह चुका हूँ कि एक निर्जीव मूरत की जुबानी मुझे बहुत कुछ हाल मालूम हुआ जिसे सुनकर तुम ताज्जुब करोगे। सुनो और आश्चर्य करो कि तुम्हारे

पड़ोस में कैसा एक विचित्र स्थान है! **(रुककर)** नहीं नहीं, यह मेरी भूल है कि मैं ऐसा कहता हूँ नि:सन्देह उस विचित्र स्थान का हाल सबसे ज़्यादे तुम्हीं को मालूम होगा, मैं तो नया मुसाफ़िर हूँ।

भूतनाथ : आखिर किस स्थान के विषय में आप कह रहे हैं? कुछ समझाइए भी तो।

प्रभाकर सिंह : **(हाथ का इशारा करके)** बस इसी तरफ़ थोड़ी ही दूर पर एक शिवालय है जिसके अंदर शिवजी की नहीं बल्कि किसी तपस्वी ऋषि की मूर्ति है जो कि पूरे आदमी के कद की...

भूतनाथ : हाँ-हाँ ठीक है इस तरफ़ के जंगली लोग उसे अगस्तमुनि की मूर्ति कहते हैं, खूब लंबी-लंबी जटा है और मूर्ति के आगे एक छोटा-सा कुंड है जिसमें हरदम जल भरा रहता है न मालूम वह जल कहाँ से आता है चाहे जितना भी खर्च करो कम होता ही नहीं। वह स्थान 'अगस्ताश्रम' के नाम से पुकारा जाता है।

प्रभाकर सिंह : बस-बस, वही स्थान है।

भूतनाथ : फिर, उससे क्या मतलब?

प्रभाकर सिंह : उसी मूर्ति की जुबानी मुझे कई बातें मालूम होती हैं, तुम्हें तो मालूम ही होगा कि उसमें बात करने की शक्ति है।

भूतनाथ. **(दिल्लगी के तौर पर हँसकर)** बहुत ख़ासे! यह आपसे किसने कह दिया कि भूतनाथ ऐसा पागल हो गया है कि जो कुछ उसे कहोगे वह विश्वास कर लेगा!

प्रभाकर सिंह : तो क्या मैं गप्प उड़ा रहा हूँ?

भूतनाथ : अगर गप्प नहीं तो दिल्लगी ही सही!

प्रभाकर सिंह : नहीं कदापि नहीं, मुझे आश्चर्य होता है कि तुम यहीं के रहने वाले होकर उस मूर्ति का हाल कुछ नहीं जानते और यदि मैं कुछ कहता भी हूँ तो दिल्लगी उड़ाते हो! अस्तु जाने दो अब मैं इस विषय में कुछ भी नहीं कहूँगा हाँ, तुम चाहो तो साबित कर दूँगा कि वह मूर्ति बोलती है और त्रिकालदर्शी है। अच्छा जाओ गुलाबसिंह को जल्द भेजो कि मैं उससे मिल कर विदा होऊँ।

भूतनाथ : तो आप मेरे स्थान पर ही क्यों नहीं चलते? उस जगह आपको बहुत आराम मिलेगा, गुलाबसिंह से मुलाकात भी होगी और साथ ही इसके मेरा भ्रम भी दूर हो जाएगा।

प्रभाकर सिंह : नहीं, अब मैं वहाँ न जाऊँगा। मैं उसी शिवालय में चल कर बैठता हूँ तुम गुलाबसिंह को उसी जगह भेज दो मैं मिल लूँगा, बस अब इस विषय में जिद न करो।

भूतनाथ : प्रभाकर सिंह जी, मैं खूब जानता हूँ कि आप क्षत्रिय हैं और सच्चे बहादुर हैं, आपकी वीरता मौरूसी है, खानदानी है, नि:सन्देह आपके बड़े लोग जैसे वीर पुरुष

होते आए हैं वैसे ही आप भी हैं, मगर आश्चर्य है कि आप मुझे कुछ ऐयारी ढंग की बातें करके धोखे में डालना चाहते हैं...अच्छा-अच्छा-मेरी बातों से यदि आपकी भृकुटी चढ़ती है तो जाने दीजिए, मैं कुछ न कहूँगा, जाता हूँ और गुलाबसिंह को बुलाए लाता हूँ।

इतना कहकर भूतनाथ ने जफील बजाई जिसकी आवाज़ सुनकर उसके तीन शागिर्द बात-की-बात में वहाँ आ पहुँचे। भूतनाथ उन्हें इशारे में कुछ समझा कर विदा हुआ और अपनी घाटी की तरफ़ चला गया। प्रभाकर सिंह को मालूम हो गया कि भूतनाथ इन तीनों ऐयारों को मेरी निगरानी के लिए छोड़ गया है।

कुछ सोच-विचारकर प्रभाकर सिंह उठ खड़े हुए और धीरे-धीरे ईशरान कोण की तरफ़ जाने लगे। एक घड़ी बराबर चले जाने के बाद वह उस शिवालय के पास पहुँचे जिसका जिक्र अभी थोड़ी देर हुई भूतनाथ से कर चुके थे और जिसका नाम भूतनाथ ने अगस्तमुनि का आश्रम बतलाया था।

यह स्थान बहुत ही सुन्दर और सुहावना था और पहाड़ की तराई में कुछ ऊँचे की तरफ़ बढ़कर बना हुआ था। इस जगह दूर-दूर तक बेल के पेड़ बहुतायत के साथ लगे हुए थे और बेलपत्र की छाया से यह जगह बहुत ठंडी जान पड़ती थी। मंदिर यद्यपि बहुत बड़ा न था मगर एक ख़ूबसूरत छोटी-सी चारदीवारी से घिरा हुआ था। आगे की तरफ़ एक मामूली सभामंडप और बीच में मूर्ति के आगे एक छोटा-सा कुंड बना हुआ था जिसमें पानी हरदम भरा रहता था। वह कुंड यद्यपि बहुत छोटा अर्थात् डेढ़ हाथ चौड़ा तथा लंबा और उसी अंदाज़ का गहरा था मगर उसके साफ और निर्मल जल से सैकड़ों आदमियों का काम चल सकता था। किसी पहाड़ी सोते का मुँह उसके अंदर ज़रूर था जिसमें से जल बराबर आता और बह कर ऊपर की तरफ़ से निकलता जाता था। इस कुंड के विषय में लोग तरह-तरह की गप्पें उड़ाया करते थे जिसके लिखने की यहाँ कोई आवश्यकता नहीं। प्रभाकर सिंह आकर इस मंदिर के सभामंडप में बैठ गए और भूतनाथ तथा गुलाबसिंह का इंतज़ार करने लगे। उन्होंने देखा कि भूतनाथ के शागिर्द ऐयारों ने उनका पीछा नहीं छोड़ा है बल्कि इधर-उधर चलते-फिरते दिखाई दे रहे हैं।

संध्या हुआ ही चाहती थी जब गुलाबसिंह को लिए भूतनाथ वहाँ आ पहुँचा जहाँ प्रभाकर सिंह बैठे उन दोनों का इंतज़ार कर रहे थे। प्रभाकर सिंह को देखकर गुलाबसिंह ने प्रसन्नता प्रकट की और दो-चार मामूली बातचीत के बाद कहा-

"भूतनाथ की जुबानी आपका हाल सुन कर मुझे बड़ा ही आश्चर्य हुआ। आपने भूतनाथ को यह समझाने की कोशिश की थी कि यह अगस्तमुनि की मूर्ति बोलती है और इसकी जुबानी आपको इंदुमति का बहुत कुछ हाल मालूम हुआ है।"

प्रभाकर सिंह : निःसन्देह! मेरा कहना केवल आश्चर्य बढ़ाने के लिए नहीं है बल्कि इस विषय पर विश्वास दिलाने के लिए है, अब तुम आ गए हो तो अपने कानों से सुन लेना कि मूर्ति क्या कहती है, मुझे यह बात अकस्मात् मालूम हुई। मैं नहीं जानता था

कि इस मूर्ति में ऐसे गुण भरे हुए हैं, मगर अफ़सोस इस बात का है कि यह मूर्ति रोज़ नहीं बोलती और न हर वक्त किसी के सवाल का जवाब देती है। इसके बोलने का ख़ास-ख़ास दिन मुकर्रर है, जिसका ठीक हाल मुझे मालूम नहीं है मगर इतना मैं जान गया हूँ कि बातचीत करते समय यह मूर्ति अंत में खुद बता देती है कि अब आगे किस दिन और किस समय बोलेगी। इसकी जुबानी सुनकर मैं कहता हूँ कि आज ग्यारह घड़ी रात जाने के बाद यह मूर्ति पुनः बोलेगी और इसके बाद पुनः रविवार के दिन बातचीत करेगी। आह, ईश्वर की लीला का किसी को भी अंत नहीं मिलता! मेरी अक्ल हैरान है और कुछ भी समझ में नहीं आता कि क्या मामला है?

गुलाबसिंह : निःसन्देह यह आश्चर्य की बात है! खैर अब जो कुछ होगा हम लोग देख ही सुन लेंगे परन्तु यह तो बताइए कि आप इस मूर्ति की जुबानी क्या-क्या सुन चुके हैं?

प्रभाकर सिंह : सो मैं अभी कुछ नहीं कहूँगा, थोड़ी ही देर की तो बात है सब्र करो, समय आना ही चाहता है, जो कुछ पूछना हो खुद इस मूर्ति से पूछ लेना। तब तक मैं ज़रूरी कामों से निपटकर संध्योपासना में लगता हूँ, अगर उचित समझें तो आप लोग भी निपट लीजिए।

भूतनाथ : मैं आपके लिए खाने-पीने की सामग्री लेता आया हूँ।

10

रात लगभग ग्यारह घड़ी के जा चुकी है। भूतनाथ, गुलाबसिंह और प्रभाकर सिंह उत्कंठा के साथ उस (**अगस्तमुनि की**) मूर्ति की तरफ़ देख रहे हैं। एक आले पर मोमबत्ती जल रही है जिसकी रोशनी से उस मंदिर के अंदर की सभी चीज़ें दिखाई दे रही हैं। भूतनाथ और गुलाबसिंह का कलेजा उछल रहा है कि देखें अब यह मूर्ति क्या बोलती है।

यकायक कुछ गाने की आवाज़ आई, ऐसा मालूम हुआ मानो मूर्ति गा रही है, सब कोई बड़े गौर से सुनने लगे : -

।।बिरह।।

सबहि दिन नाहिं बराबर जात।
कबहूँ कला बला पुनि कबहूँ कबहूँ करि पछितात।
कबहूँ राजा रैक पुनि कबहुँ ससि उड़ान दिखलात।।
पै करनी अपनी सब चाखैं, फल बोये को खात।
अनरथ करम छिपे नहि कबहूँ अन्त सबै खुल जात।।
सबहि दिन नाहिं बराबर जात।

इसके बाद मूर्ति इस तरह बोलने लगी-

"आहा! आज मैं अपने सामने किस-किस को बैठा देख रहा हूँ? महात्मा प्रभाकर सिंह! धर्मात्मा गुलाबसिंह! मैं अभी धर्मात्मा कैसे कहूँ क्या संभव है कि भविष्य में भी यह धर्मात्मा बना रहेगा?"

"खैर जो कुछ होगा देखा जाएगा। हाँ, यह तीसरा आदमी मेरे सामने कौन था! वही गदाधरसिंह जिसने एकदम से अपनी काया पलट कर दी और एक सुन्दर नाम को छोड़ के भूतनाथ नाम से प्रसिद्ध होना पसन्द किया! आह, दुनिया में किसी पर विश्वास और भरोसा न करना चाहिए और न किसी की मित्रता पर किसी को घमंड करना चाहिए। क्या दयाराम के स्वप्न में भी इस बात का गुमान रहा होगा कि मैं अपने दोस्त गदाधरसिंह के हाथ से मारा जाऊँगा, दोस्त ही नहीं बल्कि गुलाम और ऐयार गदाधरसिंह!"

मूर्ति की यह बात सुनकर भूतनाथ का कलेजा दहल उठा और गुलाबसिंह तथा प्रभाकर सिंह आश्चर्य के साथ भूतनाथ का मुँह देखने लगे। मूर्ति ने फिर इस तरह कहना शुरू किया–

"अफ़सोस! अपनी चूक का प्रायश्चित करना उचित न था कि ढंग बदल कर पुनः पाप में लिप्त होना। भूतनाथ, क्या तुम समझते हो कि इस दुष्कर्म का अच्छा फल पाओगे? क्या तुम समझते हो कि गुप्त रहकर पृथ्वी का आनन्द लूटोगे क्या तुम समझते हो कि बेईमान दारोगा से मिलकर स्वर्ग की सम्पत्ति लूटोगे और मायारानी की बदौलत कोई अनमोल पदार्थ बन जाओगे? नहीं-नहीं, कदापि नहीं! गदाधरसिंह, तुम्हारी किस्मत में दुःख भोगना लिखा है अस्तु भोगो, जो जी में आवे करो मगर गुलाबसिंह, तुम ऐसे दुष्ट का साथ क्यों दिया चाहते हो जो बिना कदम लगाए आसमान पर चढ़ जाने का हौसला करता है, खुद गिरेगा और तुम्हें भी गिरावेगा, और प्रभाकर सिंह, तुम अब अपनी आँखों के आँसू पोंछ डालो, इंदुमति को बिलकुल भूल जाओ, अपने कातर हृदय को ढाढ़स देकर वीरता का स्मरण करो, दुनिया में कुछ नाम पैदा करो। यदि तुम धर्म-पथ पर दृढ़ता के साथ चलोगे तो मैं बराबर तुम्हारी सहायता करता रहूँगा। मैं तुम्हें सलाह देता हूँ कि तुम अवश्य उस पथ का अवलंबन करो जो मैं तुमसे उस दिन कह चुका हूँ, ख़बरदार, अपने भेद के मालिक आप बने रहो और किसी दूसरे को उसमें हिस्सेदार मत बनाओ। क्या तुम्हें मुझसे और कुछ पूछना है?"

इतना कहकर मूर्ति चुप हो गई और प्रभाकर सिंह ने उससे यह सवाल किया:

प्रभाकर सिंह : मुझे यह पूछना है कि मैं किसी को अपना साथी बनाऊँ या न बनाऊँ?

मूर्ति : "बनाओ और अवश्य बनाओ। पहिली बरसात के दिन एक आदमी से तुम्हारी मुलाकात होगी, उसे तुम अपना साथी बनाओगे तो शुभ होगा। अच्छा और कुछ पूछोगे?"

भूतनाथ : अब मैं कुछ पूछूँगा।

मूर्ति : पूछो क्या पूछते हो?

भूतनाथ : पहिले यह बताओ कि अब तुम किस दिन और किस समय बोलोगे?

मूर्ति : यदि तुम्हारी नीयत खराब न हुई और तुमने कोई उत्पात न मचाया तो इसी अमावस वाले दिन सोलह घड़ी रात बीत जाने के बाद हम पुनः खोलेंगे।

गुलाबसिंह : हमें भी कुछ पूछना है।

मूर्ति तुम्हारी बातों का जवाब आज नहीं मिल सकता, हाँ यदि तुम चाहो तो आज के अट्ठारहवें दिन इसी समय यहाँ आ सकते हो परन्तु अकेले।

गुलाबसिंह : अच्छा तो अब यह बताइए कि हम भूतनाथ के मेहमान बने रहें या...

मूर्ति : नहीं, अगर अपनी भलाई चाहते हो तो दो पहर के अंदर भूतनाथ का साथ छोड़ दो और प्रभाकर सिंह की आज्ञानुसार काम करो। बस अब कुछ मत पूछो।

इसके बाद मूर्ति ने बोलना बंद कर दिया। भूतनाथ, गुलाबसिंह और प्रभाकर सिंह ने कई तरह के सवाल किए मगर मूर्ति ने कुछ जवाब न दिया अस्तु तीनों आदमी मंदिर के बाहर निकले और सभा-मंडप में बैठकर यों बातचीत करने लगे : -

गुलाबसिंह : क्यों भूतनाथ, यह तो हमें एक नई बात मालूम हुई है। मैं स्वप्न मैं भी नहीं जान सकता था कि दयाराम जी को तुमने मारा होगा! अफ़सोस!!

भूतनाथ : गुलाबसिंह, आश्चर्य की बात है कि तुम इतने बड़े होशियार होकर इस पत्थर की मूर्ति की बातों में फँस गए और जो कुछ उसने कहा उसे सच समझने लगे! इतना तक नहीं विचारा कि यह असंभव बात वास्तव में क्या है? नि:सन्देह यह धोखे की टट्टी है और इसमें कोई अनूठा रहस्य है बल्कि यों कहना चाहिए कि यह कोई तिलस्म है और इसका परिचालक **(इस समय जो भी हो)** ज़रूर हमारा दुश्मन है।

गुलाबसिंह : नहीं-नहीं भूतनाथ, अब तुम हमें धोखे में डालने की कोशिश मत करो और न अब हम लोग तुम्हारी बातों पर विश्वास ही कर सकते है। ऐसी आश्चर्यमय और अनूठी घटना का प्रभाव जैसा हम लोगों के ऊपर पड़ा उसे हमीं लोग जान सकते हैं। भूतनाथ खैर, तुम जाना, जो जी में आये करो और जहाँ चाहा चले जाओ, मैं तुम्हें अपने पास रहने के लिए ज़ोर नहीं देता, मगर तुम दोस्त हो अस्तु निश्चिन्त रहो, मैं तुम्हें किसी तरह की तकलीफ़ न दूँगा।

इसके बाद इन तीनों में किसी तरह की बातचीत न हुई, गुलाबसिंह और प्रभाकर सिंह पूरब की तरफ़ रवाना हुए और भूतनाथ ने पश्चिम की तरफ़ का रास्ता लिया।

11

ऊपर लिखी वारदात के तीसरे दिन उसी अगस्ताश्रम के पास आधी रात के समय हम एक आदमी को टहलते हुए देखते हैं। हम नहीं कह सकते कि यह कौन तथा किस

रंग-ढंग का आदमी है, हाँ, इसके कद की ऊँचाई से साफ मालूम होता है कि यह औरत नहीं है बल्कि मर्द है मगर यह नहीं मालूम पड़ता कि अपनी पोशाक के अंदर यह किस ठाठ से है अर्थात् यह आदमी जिसने स्याह लबादे से अपने को अच्छी तरह छिपा रखा है सिपाहियों और बहादुरों की तरह के हर्ज-हथियारों से सजा हुआ है या चोरों की तरह संधियों और हत्थियों वगैरह से। जो हो, हमें इसके ब्योरे से इस समय कोई मतलब नहीं, हमें सिर्फ़ इतना ही कहना है कि यह यद्यपि टहल कर अपना समय बिता रहा है मगर इसमें कोई शक नहीं कि अपने को हर तरह से छिपाए रखने की भी कोशिश कर रहा है। दिन का मुकाबला करने वाली चाँदनी यद्यपि अच्छी तरह छिटकी हुई है मगर उस अंधकार को दूर करने की शक्ति उसमें नहीं है जो इस समय पेड़ों के झुरमुट के अंदर पैदा हो रहा है और जिससे उस टहलने वाले व्यक्ति को अच्छी सहायता मिल रही है। अगस्ताश्रम की तरफ़ घड़ी-घड़ी अटक कर देखने और आहट लेने से यह भी मालूम होता है कि वह किसी आने वाले की राह देख रहा है।

इसे टहलते हुए घंटा भर से ज़्यादे हो गया और तब इसने दो आदमियों को आते और अगस्ताश्रम की तरफ़ जाते देखा ये दोनों कद के छोटे तथा ढाल-तलवार तथा तीर-कमान से सुसज्जित थे मगर इनकी पोशाक के बारे में हम इस समय किसी तरह की निंदा या प्रशंसा नहीं कर सकते।

मालूम होता है कि वह टहलने वाला स्याहपोश इन्हीं दोनों आदमियों का इंतज़ार कर रहा था क्योंकि जैसे ही वे दोनों अगस्ताश्रम की चारदीवारी के अंदर घुसे वैसे ही इसने उनका पीछा किया। उनके कुछ ही देर बाद यह स्याहपोश भी चारदीवारी के अंदर जा पहुँचा मगर वही उन दोनों पर निगाह न पड़ी। पहिले इसने मंदिर के चारों तरफ़ की परिक्रमा की और उन दोनों को ढूँढ़ा और जब पता न लगा तब मंदिर के अंदर पैर रखा मगर वहाँ भी कोई न था।

हम पहिले कह आए हैं कि यह मंदिर बहुत छोटा और साधारण था अतएव इसके अंदर किसी को खोजने में विलंब करना बेशक् पागलपन समझा जा सकता है मगर उस स्याहपोश ने इसका कुछ भी विचार न किया और ख़ूब अच्छी तरह खोज डाला यहाँ तक कि उस छोटे-से कुंड में भी तलवार डाल कर जाँच लिया जिसमें हरदम पानी भरा रहता था।

उस स्याहपोश को बड़ा जी ताज्जुब हुआ और आश्चर्य के साथ सोचने लगा-"वे दोनों आदमी कहीं गायब हो गए! इस छोटे-से मंदिर में किसी तरह छिप नहीं सकते, इसके अतिरिक्त वहाँ विशेष अंधकार भी नहीं है क्योंकि सभा मंडप में चंद्रमा की चाँदनी जो आड़ होकर पहुँच रही है उसकी चमक से मंदिर के अंदर का अंधकार भी इस योग्य नहीं रह गया है कि अपनी स्याह चादर के अंदर भी किसी को छिपा सके, अस्तु यही कहना पड़ता है कि यहाँ की ज़मीन उन दोनों को खा गई। जो हो, इसमें कोई सन्देह नहीं कि यह मंदिर मेरे दुश्मन का मुँह है। खैर कोई चिंता नहीं, अब मैं बाहर चलता हूँ क्योंकि गर्मी से जी व्याकुल हो रहा है तिस पर भारी पोशाक ने और भी तंग कर रखा है।"

इस तरह की बातें सोचता और कुछ बुदबुदाता हुआ वह आदमी मंदिर के बाहर निकला और फिर उसी जगह पेड़ों की झुरमुट और आड़ में जा पहुँचा जहाँ हम इसे पहले टहलते हुए देख चुके हैं। इस समय यहाँ एक आदमी और खड़ा है जिसके चेहरे पर नकाब पड़ी हुई थी और जिसे देखते ही उस स्याहपोश ने पूछा, "केम?" इसके जवाब में उसने कहा, "चहा।"

जवाब सुनते ही स्याहपोश ने अपने ऊपर से स्याह लबादा उतार कर उसके हवाले किया और कहा, "अब मैं इसे नहीं ओढ़ सकता क्योंकि इस गर्मी में तकलीफ़ होने के सिवाय अब इसकी ज़रूरत भी न रही, मैं भूतनाथ की सूरत में अच्छा हूँ मुझे कोई पहिचानने वाला नहीं। केवल गुलाबसिंह और प्रभाकर सिंह के ख़याल से ओढ़ लिया था सो उनके मिलने की अब कोई उम्मीद नहीं रही!"

दूसरे नकाबपोश ने यह लबादा ले लिया और जवाब में कहा, "मेरे लिए अब क्या आज्ञा होती है?"

पाठक अब समझ गए हों कि यह स्याहपोश वास्तव में अनाथ है अस्तु उसने अपने साथी नकाबपोश से कहा, "तुम्हारी यहाँ कोई ज़रूरत नहीं रही, तुम जाओ जो कुछ मैं पहिले हुक्म दे चुका हूँ उसी के अनुसार काम करो, मैं अब यहाँ से जल्दी नहीं टल सकता क्योंकि इस मंदिर ने मुझे अपने जाल में फँसा लिया है।

नकाबपोश चला गया और भूतनाथ फिर उसी अंधकार में टहलने लगा। कुछ देर बाद उस मंदिर में अंदर से दो आदमी बाहर निकले और दक्खिन की तरफ़ चल पड़े। हम नहीं कह सकते कि ये वे ही थे जो पहिले मंदिर में जाकर गायब हो गए थे अथवा कोई दूसरे।

भूतनाथ ने उन दोनों का पीछा किया मगर बड़ी कठिनता से अपने को छिपाता और उन्हें देखता हुआ जाने लगा क्योंकि चाँदनी उसके काम में बाधा डाल रही थी। लगभग आध कोस जाने के बाद वे दोनों एक ऐसी जगह पहुँचे जहाँ की ज़मीन पत्थर के बड़े-बड़े ढोकों से कुछ भयानक-सी हो रही थी उसी जगही खोह का एक मुहाना भी था जिसे भूतनाथ ने सहज ही में समझ लिया और यह इरादा कर लिया कि इन दोनों को यहाँ पर खोह के अंदर घुसने के पहिले ही रोक लेना चाहिए, ताज्जुब नहीं कि खोह के अंदर जाने पर ये फिर मेरे हाथ न लगें।

वे दोनों आदमी खोह के मुहाने पर पहुँच कर रुके और आपस में कुछ बातें करने लगे। उसी समय भूतनाथ उनके पास जाकर खड़ा हो गया और यह देखकर कि उसके चेहरे पर नकाब पड़ी हुई है बोला, "तुम दोनों कौन हो?"

एक : तुम्हें इससे मतलब?

भूतनाथ : मतलब यही है कि यह स्थान हमारी हुकूमत के अंदर है और हम जानना चाहते हैं कि तुम दोनों कौन हो और तुम्हारे उस अगस्ताश्रम के मंदिर जाने-आने का कारण क्या है?

एक : न तो इस सरज़मीन के तुम मालिक ही हो और न ही तुम्हें कुछ पूछने का कोई अधिकार ही है। जिस तरह एक बेईमान और नमक हराम ऐयार बेईज्जती के साथ अपनी ज़िंदगी बिता सकता है उसी तरह तुम भी अपनी ज़िंदगी के दिन बिताने के सिवाय और कुछ नहीं कर सकते। हम ख़ूब जानते हैं कि तुम्हारा नाम गदाधरसिंह है और अब अपनी असलियत को छिपाते हुए तुम भूतनाथ के नाम से प्रसिद्ध हुआ चाहते हो!

भूतनाथ : **(गुस्से से पेच खाकर)** मालूम होता है कि तुम दोनों की शामत आई है जिससे मेरी बातों के साफ-साफ जवाब न देकर जली-कटी बातें करते और मुझे गदाधरसिंह के नाम से संबोधन करते हो। मैं नहीं जानता कि गदाधरसिंह किस चिड़िया का नाम है पर, संभव है कि यह कोई भेद की बात हो, इसलिए मैं गदाधरसिंह के बारे में कुछ नहीं पूछता और एक दफ़े तुम्हारी इस ढिठाई को माफ़ करके फिर कहता हुए कि तुम दोनों आदमी अपना परिचय दो नहीं तो...

एक : नहीं तो क्या, तुम हमारा कर ही क्या सकते हो? पहिले तुम अपनी जान बचाने का बंदोबस्त तो कर लो। हम लोग तुम्हारी झूठी बातों से धोखा नहीं खा सकते, बस चले जाओ और अपना काम करो, हम लोगों का पीछा करके तुम अच्छा नतीज़ा नहीं निकाल सकते।

भूतनाथ खिलखिलाकर हँस पड़ा और उसने फिर पूछा।

भूतनाथ : मैं समझता हूँ कि तुम दोनों मर्द नहीं बल्कि औरत हो। खैर इससे भी कोई मतलब नहीं। मैं वह आदमी नहीं हूँ जो किसी तरह का मुलाहिज़ा कर जाऊँ, इस तलवार को देख लो और जल्द बताओ कि तुम कौन हो!

इतना कहकर भूतनाथ ने म्यान से तलवार निकाल ली मगर उन दोनों का दिल फिर भी न हिला और एक ने पुनः कड़क कर भूतनाथ से कहा-"चल दूर हो मेरे सामने से। तेरी निर्लज्ज तलवार से हम डर नहीं सकते! समझ ले कि तू इस ढिठाई की सज़ा पावेगा और पछतावेगा।"

इसके जवाब में भूतनाथ ने हाथ बढ़ाकर एक की कलाई पकड़ ली, मगर साथ ही इसके दूसरे नकाबपोश ने भूतनाथ पर छुरी का वार किया जिसके लिए शायद वह पहिले ही से तैयार था। वह छुरी यद्यपि बहुत बड़ी न थी मगर अनाम उसकी चोट खाकर संभल न सका। छुरी भूतनाथ के बगल में चार अँगुल धँस गई और साथ ही भूतनाथ यह कहता हुआ ज़मीन पर गिर पड़ा-"ओफ, यह जहरीली छुरी...।"

12

दिन पहर-भर से ज़्यादे चढ़ चुका था जल्द भूतनाथ की बेहोशी दूर हुई और वह चैतन्य होकर ताज्जुब के साथ चारों तरफ़ निगाहें दौड़ाने लगा। उसने अपने को एक ऐसा क़ैदखाने में पाया जिसमें से उसकी हिम्मत और जवाँमर्दी उसे बाहर नहीं कर सकती थी।

यद्यपि वह क़ैदखाना बहुत छोटा और अंधकार से खाली था मगर तीन तरफ़ से उसकी दीवारें बहुत मज़बूत और संगीन था तथा चौथी तरफ़ लोहे का मज़बूत जंगला लगा हुआ था जिसमें आने के लिए छोटा दरवाज़ा भी था जो इस समय बहुत बड़े ताले से बंद था। इस क़ैदखाने के अंदर बैठा-बैठा भूतनाथ अपने सामने के दृश्य बहुत अच्छी तरह देख सकता था। थोड़ी देर इधर-उधर निगाह दौड़ाने के बाद यह उठ खड़ा हुआ और जंगले के पास आकर बड़े गौर से देखने लगा। उसके सामने वही सुन्दर ज़मीन और खुशनुमा घाटी थी जिसका हाल हम ऊपर बयान कर चुके है, जो कला और बिमला के कब्जे में है, अथवा जहाँ की सैर अभी-अभी प्रभाकर सिंह कर जाए है। बीच वाले सुन्दर कमरे को भूतनाथ बड़े गौर के साथ देख रहा था क्योंकि वह क़ैदखाना जिसमें भूतनाथ क़ैद था पहाड़ की ऊँचाई पर बना हुआ था जहाँ से इस घाटी का हर एक हिस्सा साफ-साफ दिखाई दे रहा था। उसकी चालाक और चंचल निगाहें इस बात की जाँच कर रही थीं कि वह किस जगह पर क़ैद है और उसको क़ैद करने वाला कौन है।

इस घाटी में न कभी वह आया था इसे कभी देखा था और न इसका हाल ही कुछ जानता था, अतएव उसे किसी तरह का गुमान भी न हुआ कि यह उसके पड़ोस की घाटी है अथवा उसके पास ही में उसका निजी मकान है? जहाँ वह रहता है।

थोड़ी देर तक बड़ी गौर से इधर-उधर देखने के बाद भूतनाथ हताश होकर बैठ गया और तरह-तरह की बातें सोचने लगा। उसे इस बात का बहुत ही दुःख था कि उसके हरबे छीन लिए गए थे और उसका ऐयारी का बटुआ भी उसके पास न था मगर उसके उस जख्म में कोई विशेष तकलीफ़ न थी जिसकी बदौलत वह बेहोश होकर क़ैदखाने की हवा खा रहा था।

दोपहर की टनटनाती धूप भूतनाथ की आँखों के सामने चमक रही थी। भूख तो कोई बात नहीं मगर प्यास के मारे उसका गला चटका जाता था। वह सोच रहा था कि उसे दाना-पानी देने के लिए भी कोई आवेगा या वह भूखा ही पिंजरे में बंद रहेगा क्योंकि अभी तक किसी आदमी की सूरत उसे दिखाई न पड़ी थी।

थोड़ी देर और बीत जाने के बाद एक औरत वहाँ आई जिसके पास भूतनाथ के लिए खाने-पीने का सामान था। उसने वह सामान बड़ी होशियारी से जंगले के अंदर ख़ास रास्ते से जो इसी काम के वास्ते बना हुआ था रख दिया और कहा, "लो गदाधरसिंह, तुम्हारे लिए खाने-पीने का सामान आ गया है। इसे खाओ और मौत का इंतज़ार करो।"

भूतनाथ : (**पानी का लोटा उठाकर**) हाँ, ठीक है, बस मेरे लिए यही काफी है, मैं सिर्फ़ पानी ही पीकर मौत का इंतज़ार करूँगा क्योंकि जब तक मैं जंगल-मैदान और स्नान इत्यादि कर्म न कर लूँ भोजन नहीं कर सकता।

औरत : खैर तुम्हारी खुशी, मेरा जो काम था उसे मैं पूरा कर चुकी। मगर मैं अपनी तरफ़ से यह पूछती हूँ कि तुम के दिन तक इस तरह गुजारा कर सकोगे? (**कुछ सोचकर**)

नहीं, मेरा यह सवाल करना ही वृथा है क्योंकि मैं ख़ूब जानती हूँ, कि दो-तीन दिन के अंदर ही तुम्हारा फैसला हो जाएगा और तुम इस दुनिया से उठा दिए जाओगे।

भूतनाथ : अगर ऐसा ही है तो यह दो-तीन दिन का विलंब भी क्यों?

औरत : इसलिए कि तुम्हारी मौत का ढंग निश्चय कर लिया जाय।

भूतनाथ : ढंग कैसा मैं नहीं समझा!

औरत : मतलब यह है कि तुम एकदम से नहीं मार डाले जाओगे बल्कि तरह-तरह की तकलीफ़ देकर तुम्हारी जान ली जाएगी, अस्तु यह निश्चय किया जा रहा है कि किस तरह की तकलीफ़ तुम्हारे लिए उचित है।

भूतनाथ : ये बातें कौन तजवीज़ कर रहा है?

औरत : हमारे मालिक लोग।

भूतनाथ : मालूम होता है कि तुम्हारे मालिक लोग मर्द नहीं हैं हीजड़े है या औरत। ऐसे विचार मर्दों के नहीं होते!

औरत : बेशक् ऐसा ही है, हमारे मालिक औरत हैं।

भूतनाथ : (**आश्चर्य से**) औरत है!

औरत : हाँ औरत।

भूतनाथ : मगर मैंने किसी औरत के साथ कभी दुश्मनी नहीं कि बल्कि कोई मर्द भी ऐसा न मिलेगा जो मुझे अपना दुश्मन बतावे और कहे कि गदाधरसिंह ने मुझे बर्बाद कर दिया।

औरत : जो हो, इस विषय में मैं नहीं कह सकती, आखिर कोई बात होगी ही तो!!

भूतनाथ : क्या तुम बता सकती हो कि तुम्हारी मालकिन का नाम क्या है अथवा वह कौन है? तुम यकीन रखो कि इसके बदले में मैं तुम्हें इतनी दौलत दूँगा की कभी तुमने आँखों से न देखी होगी।

औरत : मैं ऐसा नहीं कर सकती कि तुम्हें इस क़ैद से छुड़ा दूँ और तब तुम मुझे बेअंदाज़ दौलत देकर मालामाल कर दो, इसके अतिरिक्त इस क़ैदखाने की ताली खुद मालकिन के कब्जे में है।

भूतनाथ : नहीं, नहीं, मैं यह नहीं कहता, तुम मुझे इस क़ैदखाने से बाहर कर दो।

औरत : अगर ऐसा नहीं है तो तुम मुझे किस काम के लिए और कहाँ से दौलत दे सकते हो!

भूतनाथ : मेरे मकान में जो कुछ दौलत है उसका तो कोई ठिकाना ही नहीं, मगर मेरे पास ही हरदम बटुए में दो-चार लाख रुपए की जमा मौजूद रहती है। तुम कह सकती हो कि इस समय तो तुम्हारे पास तुम्हारा बटुआ भी नहीं है...

औरत : हाँ-हाँ, मैं यही कहने वाली थी, बल्कि यह भी समझ रखना चाहिए कि इस समय वह बटुआ जिसके कब्जे में होगा उसने वह रकम भी ज़रूर निकाल ली होगी।

भूतनाथ : **(बनावटी हँसी के साथ)** नहीं नहीं, इसका तो तुम गुमान ही न करो कि वह रकम निकाली गई होगी, क्योंकि उसके कोई जवाहिरात की डिबिया नहीं है या कोई ऐसी चीज़ नहीं है जिसे कोई देखते ही दौलत समझ ले, बल्कि उस बटुए में कोई ऐसी चीज़ है जिसे मेरे सिवाय कोई बता नहीं सकता कि यह दौलत है और जो किसी अनजान की निगाह में बिलकुल रद्दी चीज़ है, बल्कि यों समझो कि जहाँ वह दौलत रखी हुई है वहाँ की ताली उस बटुए में है जिसका कलई मेरे सिवाय कोई खोल नहीं सकता और न मेरे बताए बिना कोई पा ही सकता है। वह दौलत जो लगभग चार-पाँच लाख रुपये की होगी मैं सिर्फ़ इतने ही काम के बदले में दे देना चाहता हूँ कि मेरा बटुआ मुझे ला दिया जाय और बता दिया जाय यह स्थान किसका है और मैं किसका क़ैदी हूँ। मैं समझता हूँ कि मैं ज़रूर मार ही डाला जाऊँगा, अस्तु ऐसी अवस्था में अगर वह दौलत किसी नेक, रहमदिल और गरीब के काम आ जाय तो इससे बढ़कर खुशी की बात और क्या हो सकती है।

अहा, दुनिया में रुपया भी एक अजीब चीज़ है इसकी आँच को सह जाना हँसी-खेल नहीं है। इसे देखकर जिसके मुँह में पानी न भर आये समझ लो कि वह पूरा महात्मा है, पूरा तपस्वी है और सचमुच का देवता है। इस कमबख़्त की बदौलत बड़े-बड़े घर सत्यानाश हो जाते हैं, भाई-भाई में बिगाड़ हो जाता है, दोस्तों की दोस्ती में बट्टा लग जाता है, जोरू और खसम का रिश्ता कच्चे धागे से भी ज़्यादे कमज़ोर होकर टूट जाता है, और ईमानदारी की साफ और सफेद चादर में ऐसा धब्बा लग जाता है जो किसी तरह छुड़ाए नहीं छुटता, इसे देखकर जो धोखे में न पड़ा, इसे देखकर जिसका ईमान न टला, और इसे जिसने हाथ-पैर का मैल समझा, बेशक् कहना पड़ेगा कि उस पर ईश्वर की कृपा है और वही मुक्ति का वास्तविक पात्र है।

इसकी आँच के सामने एक लौंडी का दिल भला कब तक कड़ा रह सकता था? यद्यपि उस औरत ने अपने चेहरे के उतार-चढ़ाव को बहुत सँभाला फिर भी भूतनाथ जान ही गया कि यह लालच के फँदे में फँस गई।

भूतनाथ : सच तो यों है कि उस दौलत को मैं बहुत ही सस्ते दाम में बल्कि मुफ्त मोल बेच रहा हूँ, अब भी अगर तुम न खरीदो तो मैं ज़ोर देकर कहूँगा कि तुमसे बढ़कर बदनसीब इस दुनिया में दूसरा कोई नहीं है। क्या वह दौलत कम है? क्या उसे पाकर फिर भी किसी को नौकरी की ज़रूरत रह सकती है? क्या उसकी बदौलत सुख का सामान इकट्ठा होने में किसी तरह की त्रुटि हो सकती है? बिलकुल नहीं-फिर सोच-विचार करना क्यों और विलंब कैसा? केवल हमारा ऐयारी का बटुआ ला देना और बता देना कि मैं किसका क़ैदी हूँ और इस स्थान का मालिक कौन है। सिर्फ़ इतने ही के बदले में अभी-अभी वह रकम तुम्हें मिल सकती है सो भी ऐसी कि उसे कोई छीन भी न सकेगा।

औरत : तुम यकीन जानो कि मैं एक अमीर की लौंडी हूँ। मेरी मालकिन बेअंदाज़ दौलत लुटाने वाली है, और उसकी बदौलत मुझे किसी बात की परवाह नहीं है...

भूतनाथ : (**बात काटकर**) मगर लौंडीपन का तौक गले में ज़रूर पड़ा हुआ है। स्वतंत्र नहीं, लापरवाह और बेफिक्र नहीं।

औरत : हाँ, यह सच है मगर उनकी नौकरी मुझे गढ़ाती नहीं और वे मुझसे बहिनापे का-सा बर्त्ताव करती हैं, मगर फिर भी तुम खुशी से दोगे तो मैं उस दौलत को ज़रूर ले लूँगी लेकिन सिर्फ़ ऐसी अवस्था में जब कि मुझ पर नमकहरामी का धब्बा न लग सके।

ग्रंथकर्ता : सत्यवचन! नमकहराम!! भला ऐसी भी कोई बात है!!

भूतनाथ : नहीं नहीं, तुम पर नमकहरामी का धब्बा नहीं लग सकेगा और तुम्हारी मालकिन का भी कुछ नुकसान नहीं होगा क्योंकि मैं इस क़ैदखाने से छूटकर भाग नहीं जाना चाहता, केवल इतना ही जानना चाहता हूँ कि मैं किसकी क़ैद में हूँ और अपना बटुआ केवल इतने ही के लिए माँगता हूँ कि उस खजाने की ताली निकालकर तुम्हें दे दूँ और तुम्हें बता दूँ कि वह खजाना कहाँ है।

औरत : अच्छा पहिले मैं बटुआ लाकर तुम्हें दे दूँ तब पीछे बता दूँगी कि तुम किसके क़ैदी हो, सब्र करो और दिन बीत जाने दो, देखो वह दूसरी लौंडी आती है, अब मैं विदा होती हूँ।

इतना कहकर वह लौंडी भूतनाथ के दिल मैं खुशी और उम्मीद का पौधा जमाकर चली गई।

भूतनाथ बड़ा ही कट्टर और दुख-सुख बर्दाश्त करने वाला ऐयार था। कठिन से कठिन समय आ पड़ने पर भी उसकी हिम्मत टूटती न थी और वह अपनी कार्रवाई से बाज़ नहीं आता था।

खाने-पीने का सामान जो कुछ उसके सामने आ गया था उसमें से पानी के सिवाय बाकी सब कुछ ज्यों-का-त्यों पड़ा रह गया। भूतनाथ को सिर्फ़ इस बात का इंतज़ार था कि दिन बीते, अँधेरा हो और वह लौंडी आवे, इस बीच में बारी-बारी से आठ-दस लौंडियाँ उसके पास आई, उन्होंने तरह-तरह की बातें कीं और खाने के लिए समझाया बल्कि यह तक कहा कि तुम्हारे मैदान जाने और नहाने का भी सामान किया जा सकता है मगर भूतनाथ ने कुछ भी न माना बल्कि उनकी बातों का जवाब तक न दिया और वे सब निराश होकर लौटती गई।

दिन बीत गया, संध्या हुई और अंधकार ने अपना दखल जमाना शुरू किया। दो घंटे रात जाते-जाते तक निशादेवी का शून्यमय राज्य हो गया। उस क़ैदखाने के पास जिसमें भूतनाथ बंद था। पेड़ों की बहुतायत होने के कारण इतना अंधकार था कि किसी का आना-जाना दूर से मालूम नहीं हो सकता था।

भूतनाथ जंगले का सीखचा पकड़े हुए खड़ा कुछ सोच रहा था कि वही लौंडी जिसके ऊपर भूतनाथ का मोहिनी मंत्र चल चुका था और जो लालच के सुनहरे जंगले के सुराख से हाथ बढ़ाकर धीरे से बोली, "लो गदाधरसिंह, यह तुम्हारा बटुआ हाज़िर है। इसके लिए मुझे बहुत तकलीफ़ उठानी पड़ी।"

भूतनाथ : बेशक्, हमारा और तुम्हारा दोनों का काम चल गया। **(संभलकर, क्योंकि उसके मुँह से हमारा नाम निकल गया यह शब्द भी खुशी के मारे निकल आये थे जो कि वह निकालना नहीं चाहता था)** मेरा काम तो सिर्फ़ इतना ही कि मुझे अपने क़ैद करने वालों का पता लग जाएगा मगर तुम अब हर तरह से प्रसन्न और स्वतंत्र हो जाओगी।

इतना कहकर भूतनाथ ने बटुआ उसके हाथ से ले लिया और कहा, "क्या इसमें मेरा सामान ज्यों-का-त्यों पड़ा हुआ है?"

लौंडी : बेशक्।

भूतनाथ : तब मैं रोशनी करके देखूँ और वह ताली निकालें?

लौंडी : नहीं नहीं, रोशनी करने का मौका नहीं है, जो कुछ तुम्हें करना है अँधेरे ही में करो और जो कुछ निकालना है उसे टटोलकर निकालो, मैं तुम्हें फिर भी विश्वास दिलाती हूँ कि तुम्हारी सब चीज़ें इसमें ज्यों-की-त्यों रखी हैं।

भूतनाथ : खैर कोई चिंता नहीं, मैं सब काम अँधेरे ही में कर सकूँगा, अगर मेरी चीज़ें ज्यों-की-त्यों रखी हैं और इधर-उधर नहीं की गई तो मुझे रोशनी की कोई भी ज़रूरत नहीं है। अच्छा अब वह असल काम हो जाना चाहिए अर्थात् मुझे मालूम हो जाना चाहिए कि मैं किसका क़ैदी हूँ।

लौंडी : हाँ मैं बताती हूँ **(कुछ सोच कर)** मगर मैं फिर सोचती हूँ कि यह काम मेरे लिए बिलकुल ही अनुचित होगा, मालिक का नाम तुम्हें बता देना निःसन्देह मालिक के साथ दुश्मनी करना है।

भूतनाथ : यह सोचना तुम्हारी बुद्धिमानी नहीं है बल्कि बेवकूफी है, हाँ यदि मैं स्वतंत्र होता और मैदान में तुमसे मुलाकात हुई होती तो तुम्हारा यह सोचना कुछ उचित भी हो सकता था। तुम देख रही हो कि मैं किस अवस्था मैं हूँ और मेरी तकदीर मैं क्या लिखा हुआ है। फिर भी इस समय कर ही क्या सकता हूँ सोचो तो...

लौंडी : हाँ, एक तौर पर तुम्हारा कहना भी ठीक है, अच्छा में बताए देती हूँ कि तुम्हारा दुश्मन कौन है और तुम्हें किसने क़ैद किया।

भूतनाथ : बस मैं इतना ही सुनना चाहता हूँ।

लौंडी : तुम्हें उसी ने क़ैद किया है जिसके पति को तुमने बेईमानी और नमकहरामी करके बड़ी निर्दयता के साथ बेकसूर मारा है। दयाराम को मार कर तुम इस दुनिया में सुखी नहीं हो सके और न भविष्य में तुम्हारे सुखी होने की आशा है।

भूतनाथ : **(चौंक कर ताज्जुब के साथ)** है, क्या दयाराम की दोनों स्त्रियाँ जीती है? और उनकी इस बात का विश्वास है कि दयाराम को मैंने ही मार डाला है।

लौंडी : हाँ, वे दोनों जीती हैं, और उन्हें इस बात का विश्वास है।

भूतनाथ : मगर यह बात सच नहीं है, अपने प्यारे मित्र दयाराम को मैंने नहीं मारा बल्कि किसी दूसरे ही ने मारा है।

लौंडी : खैर इन बातों से तो मुझे कोई संबंध नहीं, मैं तो लौंडी ठहरी, जो कुछ सुनती हूँ वही जानती हूँ!!

भूतनाथ : अच्छा-अच्छा, मुझे इन बातों से कुछ फायदा भी नहीं है, बस विश्वास इसी बात का हो जाना चाहिए कि तुम सच कहती हो और वास्तव में दयाराम की दोनों स्त्रियाँ जीती हैं। मुझे खूब याद है कि उनके मर जाने की ख़बर बड़ी सच्चाई के साथ उड़ी थी और उनके क्रियाकर्म में बहुत ज़्यादा रुपया खर्च किया गया था जिसे मैं निजीतौर पर बहुत अच्छी तरह जानता हूँ। इस बारे मैं तुम मुझे क्योंकर धोखा दे सकती हो!!

लौंडी : तुम जो चाहो समझो और कहो, मैं तुमसे बहस करने के लिए नहीं आई हूँ और न ही रहस्यों को जानती हूँ, बात जो सच है वही कह दी है।

भूतनाथ : मगर मुझे विश्वास नहीं आता।

लौंडी : विश्वास नहीं आता तो जाने दो।

भूतनाथ : ऐसी अवस्था में मैं इनाम भी नहीं दे सकता।

लौंडी : मुझे इसकी कोई परवाह नहीं है।

भूतनाथ : अच्छा तो जाओ अपना काम देखो।

लौंडी : बटुआ मुझे वापस कर दो, जहाँ से मैं लाई हूँ वही रख आऊँ और बदनामी से बचूँ।

भूतनाथ उस लौंडी से बातें भी करता जाता था और अपने बटुए में से जिसे लौंडी ने ला दिया था अँधेरे मैं टटोल-टटोल कर कुछ निकालता भी जाता था जिसकी ख़बर उस लौंडी को कुछ भी न थी और न अंधकार के कारण वह कुछ देख ही सकती थी। अस्तु लौंडी की बात का भूतनाथ ने पुनः यों उत्तर दिया-

भूतनाथ : बदनामी से तो तुम किसी तरह बच सकती हो, अगर मैं यह बटुआ तुम्हें वापस न दूँ तो तुम क्या करोगी?

लौंडी : मैं खूब चिल्लाऊँगी कि किसी लौंडी ने यह बटुआ लाकर भूतनाथ को दिया है।

भूतनाथ : लेकिन लोगों के इकट्ठा हो जाने पर मैं यही कह दूँगा कि इसी लौंडी ने लाकर दिया है।

लौंडी : मगर इस बात का किसी को विश्वास न होगा।

भूतनाथ : (**हँस कर**) मालूम होता है कि तुम विश्वासपात्र समझी जाती हो, खैर तुम नहीं तो कोई दूसरी तुम्हारी साथिन पकड़ी जाएगी।

लौंडी : जो होगा देखा जाएगा।

भूतनाथ : मगर नहीं, ये मैं ऐसा बेईमान नहीं हूँ, लो यह बटुआ देता हूँ, जहाँ से तुम लाई हो रख आओ। क्या कहूँ, मुझे तुम्हारी बातों पर विश्वास ही नहीं होता, नहीं तो मैं यह खजाना ज़रूर तुम्हें दे देता।

इतना कह कर भूतनाथ ने वह बटुआ लौंडी की तरफ़ बढ़ाया। उसने जिस तरह दिया था उसी तरह ले लिया और यह कहती वही से चली गई, "बुरे लोगों से बातचीत करना भी बुरा ही है, इस काम के लिए मुझे ज़िंदगी-भर पछताना पड़ेगा।"

जब लौंडी कुछ दूर चली गई तो भूतनाथ ने धीरे-से यह जवाब दिया जिसे वह खुद ही सुन सकता था-"तुम्हारे लिए चाहे जो हो मगर मेरा काम निकल ही गया। अब मैं इस पेचीले मामले की गुत्थी अच्छी तरह सुलझा लूँगा।"

भूतनाथ ने बात करते-करते उस बटुए में से जो कई चीज़ें निकाल ली थीं उनमें कुछ शीशियाँ भी थीं जिनमें किसी तरह का अर्क था। एक शीशी का अर्क किसी ढंग से भूतनाथ ने क़ैदखाने के कई सींखचों की जड़ में लगाया और उसके कुछ देर बाद दूसरी शीशी का अर्क भी उसी जगह पर लगाया जिससे उतनी जगह का लोहा गल कर मोमबत्ती की तरह हो गया और भूतनाथ ने उसे बड़ी आसानी से हटाकर अपने निकलने लायक रास्ता बना लिया। बात-की-बात में भूतनाथ क़ैद खाने के बाहर हो गया और मैदान की हवा खाने लगा।

भूतनाथ क़ैदखाने के बाहर हो गया सही, मगर उसके लिए इस घाटी से बाहर हो जाना बड़ा ही कठिन था। एक तो अँधेरी रात दूसरे पहाड़ की ढालवीं और अनगढ़ ढोकों वाली पथरीली ज़मीन, तिस पर पगडंडी और रास्ते का कुछ पता नहीं। मगर खैर जो होगा देखा जाएगा, भूतनाथ को इन बातों की कुछ परवाह न थी।

अब हम थोड़ा-सा हाल उस लौंडी का बयान करेंगे जो भूतनाथ के हाथ से बटुआ वापस लेकर चली गई थी।

उसे अपने किये पर बड़ा ही पछतावा था। उसे इस बात का बड़ा ही दुःख था कि उसने भूतनाथ से अपने मालिकों का नाम बता दिया जो अपने को बहुत ही छिपाकर इस घाटी में रहती थीं। अब वह इस बात को खूब समझने लगी कि अगर भूतनाथ किसी तरह छूटकर निकल गया तो मेरे इस कर्म का बहुत ही बुरा नतीज़ा निकलेगा और भेद खुल जाने के कारण मेरे मालिकों को सख्त तकलीफ़ उठानी पड़ेगी। वह यही सोचती जा रही थी कि मैंने बहुत ही बुरा किया जो लालच में पड़ कर अपने बेकसूर मालिकों

के साथ ऐसी बेईमानी का बर्त्ताव किया! अब क्या किया जाय और मैं इस पाप का क्या प्रायश्चित करूँ?

साथ ही इसके उसने यह भी सोचा कि भूतनाथ का यह बटुआ कुछ हल्का मालूम पड़ता है। इसमें अब वह वजन नहीं है जो पहिले था जब मैं लाई थी। मालूम होता है, भूतनाथ ने अँधेरे में टटोलकर अपने मतलब की चीज़ निकाल ली। अपने हाथ की रखी हुई चीज़ निकालने के लिए बुद्धिमान आदमी को रोशनी की ज़रूरत नहीं पड़ती। भूतनाथ ने बड़ी चालाकी की, अपना काम कर लिया और मुझे बेवकूफ बना कर विदा किया! में ही ऐसी कमबख़्त थी जो उसके फँदे में आ गई, अब मुझे ज़रूर अपने इस पाप का प्रायश्चित्त करना पड़ेगा!!

इसी तरह की बातें सोचती वह लौंडी वही से चली गई।

13

रात आधी से ज़्यादे बीत जाने पर भी कला, बिमला और इंदुमति की आँखों में नींद नहीं है। न मालूम किस गंभीर विषय पर ये तीनों विचार कर रही हैं! संभव है कि भूतनाथ के विषय ही में कुछ विचार कर रही हों, अस्तु जो कुछ हो इनकी बातचीत सुनने से मालूम हो जाएगा।

इंदुमति : (**बिमला की तरफ़ देखकर**) बहिन, जब इस बात का निश्चय हो गया कि तुम्हारे पति को गदाधरसिंह (**भूतनाथ**) ने मार डाला है तब उसके लिए बहुत बड़े जाल फैलाने और सोच-विचार करने की ज़रूरत ही क्या है? जब वह कमबख़्त तुम्हारे कब्जे में आ गया तो उसे मार कर सहज ही में बखेड़ा तय करो!

बिमला : (**ऊँची साँस लेकर**) हाय बहिन, तुम क्या कहती हो? इस कमीने को यों-ही सहज में मार डालने से क्या मेरे दिल की आग बुझ जाएगी? क्या कहा जाएगा कि मैंने इसे मार कर अपना बदला ले लिया? किसी को मार डालना और बात है और बदला लेना और बात है। इसने मेरे दिल को जो कुछ सदमा पहुँचाया है उससे सौ गुना ज़्यादे दुःख और इसे हो तब मैं समझूँ कि मैंने कुछ बदला लिया।

इंदुमति : बहिन, तुम खुद कह चुकी हो कि यह बहुत बुरी बला है अस्तु यदि यह तुम्हारे कब्जे से निकल गया या तुम्हारे असल भेद की इसे ख़बर हो गई तो बहुत बुरा हो जाएगा।

बिमला : बल्कि अनर्थ हो जाएगा। तुम्हारा कहना बहुत कठिन है, मगर उसे हमारा भेद कुछ भी मालूम नहीं हो सकता और न यहाँ से निकल कर कहाँ ही भाग सकता है।

इंदुमति : ईश्वर करे ऐसा ही हो मगर...

कला : कल इन्द्रदेव जी यहाँ आएँगे, उनसे राय करके कोई-न-कोई कार्रवाई बहुत जल्दी हो जाएगी।

बिमला : मैं सोच रही हूँ कि तब तक उसकी (**पड़ोस वाली**) घाटी पर कब्जा कर लिया जाय, उसका सदर दरवाज़ा जिधर से वे लोग आते-जाते हैं बंद कर दिया जाय, उसके आदमी सब मार डाले जायें और उसका माल-असबाब सब लूट लिया जाय और इन बातों की ख़बर भूतनाथ को भी दे दी जाएँ।

इंदुमति : बहुत अच्छी बात है।

बिमला : और इतना काम मैं सहज ही में कर सकूँगी।

इंदुमति : सो कैसे?

बिमला : तुम देखती रहो, सब काम तुम्हारे सामने ही तो होगा।

इंदुमति : हाँ, कल ही इस काम को करके छुट्टी पा लेना चाहिए जिससे इन्द्रदेव जी जाएँ तो उनके दिल को भी ढाढ़स पहुँचे।

बिमला : कल नहीं आज बल्कि इसी समय उस घाटी का रास्ता बंद कर दिया जाय जिसमें लोग भाग कर बाहर न चले जाएँ।

कला : ऐसा हो जाय तो बहुत अच्छी बात है, मगर दूसरे के घर में तुम इस तरह की कार्रवाई...

बिमला : (**मुस्कराकर**) नहीं बहिन, तुम व्यर्थ इतना सोच कर रही हो। बात यह है कि जिस तरह यह स्थान और घाटी जिसमें हम लोग रहती हैं इन्द्रदेव जी के अधिकार में है, उसी तरह वह घाटी भी जिसमें भूतनाथ रहता है इस घाटी का एक हिस्सा होने के कारण इन्द्रदेव जी के अधिकार में है। यह दोनों घाटी एक ही हैं, या यों कहो कि एक ही मान का यह जनाना हिस्सा और वह मर्दाना हिस्सा है और इसलिए इन दोनों जगहों का पूरा-पूरा भेद इन्द्रदेव जी को मालूम है और उन्होंने जो कुछ भी मुझे बताया है मैं जानती हूँ, इस बात की ख़बर भूतनाथ को कुछ भी नहीं है। यह घाटी जिसमें मैं रहती हूँ हमेशा बंद रहती थी मगर उस घाटी का दरवाज़ा बराबर न जाने क्यों खुला ही रहता था, शायद इसका सबब यह हो कि उस घाटी में कोई जोखिम की चीज़ नहीं है और न कोई अच्छी इमारत ही है, अस्तु भूतनाथ यह भी नहीं जानता कि उस घाटी का दरवाज़ा कहाँ है तथा क्योंकर खुलता और बंद होता है या इस स्थान का कोई मालिक भी है या नहीं। भूतनाथ को घूमते-फिरते इत्तिफाक से या और किसी वजह से वह घाटी मिल गई और उसने उसे अपना घर बना लिया और जब यह ख़बर इन्द्रदेव जी को और मुझको मालूम हुई तब उन्होंने मेरी इच्छानुसार यह स्थान मुझे देकर यहाँ के बहुत से भेद बता दिए। बस अब मैं समझती हूँ कि तुम्हें मेरी बातों का तत्व मालूम हो गया होगा।

इंदुमति : हाँ अब मैं समझ गई, ऐसी अवस्था में तुम जो चाहो सो कर सकती हो।

बिमला : अच्छा तो मैं जाती हूँ और जो कुछ सोचा है उस काम को ठीक करती हूँ।

इतना कहकर बिमला उठ खड़ी हुई और इंदुमति तथा कला को उसी जगह बैठे रहने की ताक़ीद कर घर के बाहर निकलने लगी, मगर इन्दु ने साथ जाने के लिए जिद की और बहुत कुछ समझाने पर भी न मानी, लाचार बिमला इन्दु को साथ ले गई और कला को उसी जगह छोड़ गई।

भूतनाथ का साथ छोड़कर प्रभाकर सिंह के इस घाटी आने का हाल हमारे पाठक भूले न होंगे। उन्हें याद होगा कि भूतनाथ की घाटी के अंदर जाने वाली सुरंग के बीच में एक चौमुहानी थी जहाँ पहुँचकर प्रभाकर सिंह ने भूतनाथ और इंदुमति का साथ छोड़ा था और कला तथा बिमला के साथ दूसरी राह पर चल पड़े थे। आज इंदुमति को साथ लिए बिमला पुनः उसी जगह जाती है।

उस सुरंग के अंदर वाली चौमुहानी से एक रास्ता तो भूतनाथ की घाटी के लिए था, दूसरा रास्ता सुरंग के बाहर निकल जाने के लिए था, और तीसरा तथा चौथा रास्ता (**या सुरंग**) कला और बिमला के घाटी में आने के लिए था। एक रास्ता तो ठीक उस घाटी में आता था जिधर से प्रभाकर सिंह आए थे और दूसरा रास्ता बिमला के महल में जाता था।

बिमला के घर आने वाले दोनों रास्ते एक रंग-ढंग के बने हुए थे और इनके अंदर के तिलिस्मी दरवाज़े भी एक ही तरह के साथ गिनती में एक बराबर थे, अस्तु एक सुरंग का हाल पढ़कर पाठक समझ जाएँगे कि दूसरी तरफ़ वाली सुरंग की अवस्था भी वैसी ही है जो बिमला के घर को जाती है।

उस सुरंग की चौमुहानी पर पहुँचकर जब बिमला की घाटी से आने वाली सुरंग की तरफ़ बढ़िए तो कई कदम जाने के बाद एक (**कम ऊँची**) दहलीज़ मिलेगी जिसके अंदर पैर रख कर ज्यों-ज्यों आगे बढ़िए त्यों-त्यों वह दहलीज़ ऊँची होती जाएगी, यहाँ तक कि बीस-पच्चीस कदम आगे जाते-जाते वह दहलीज़ ऊँची होकर सुरंग की छत के साथ मिल जाएगी और फिर पीछे को लौटने के लिए रास्ता न रहेगा। उसके पास ही दाहिनी तरफ़ दीवार के अंदर एक पेंच है जिसे कायदे के साथ घूमाने पर वह दरवाज़ा खुल सकता है। अगर वह पेंच न घुमाया जाय और दहलीज़ के अंदर कोई न हो और जाने वाला आगे निकल गया हो, तो खुद-ब-खुद भी वह रास्ता बारह घंटे के बाद खुल जाएगा और वह दहलीज़ धीरे-धीरे नीची होकर करीब-करीब ज़मीन के बराबर अर्थात् ज्यों-की-त्यों हो जाएगी।

रास्ता कैसा पेचीदा और तंग है इसका हाल हम चौथे बयान में लिख जाए हैं पुनः लिखने की कोई आवश्यकता नहीं। लगभग तीन सौ कदम जाने के बाद एक और बंद दरवाज़ा मिलेगा जो किसी पेंच के सहारे पर खुलता और बंद होता है। पेंच घुमाकर खोल देने पर भी उसके दोनों पल्ले अलग नहीं होते, भिड़के रहते हैं। हाथ का धक्का दीजिए तो खुल जाएँगे और कुछ देर बाद आप-से-आप बंद भी हो जाएँगे मगर पुनः दूसरी बार केवल धक्का देने से वह दरवाज़ा न खुलेगा असल पेंच घुमाने की ज़रूरत पड़ेगी। दोनों दरवाज़ों के दोनों तरफ़ एक ही ढंग के तिलिस्मी पेंच दरवाज़ा खोलने और बंद करने के

लिए बने हुए थे और इसका हाल भूतनाथ को कुछ भी मालूम न था। इसके अतिरिक्त उस सुरंग का सदर दरवाज़ा भी (**जिसके अंदर घुसने के बाद चौमुहानी मिलती थी**) बंद हो सकता था और यह बात बिमला के अधीन थी। केवल इतना ही नहीं, उस चौमुहानी से भूतनाथ की घाटी की तरफ़ जाने वाली सुरंग में भी एक दरवाज़ा (**इन दोनों सुरंगों की** तरफ़) था और उसका हाल भी यद्यपि भूतनाथ को तो मालूम न था मगर बिमला उसे भी बंद कर सकती थी।

इन्दु को साथ लिए हुए बिमला उसी सुरंग में घुसी और उस सुरंग के भेद इन्दु को समझाती तथा दरवाज़ा खोलती और बंद करती हुई उस चौमुहानी पर पहुँची जिसका हाल ऊपर कई दफ़े लिखा जा चुका है और जहाँ प्रभाकर सिंह ने इन्दु का साथ छोड़ा था। वहाँ पहुँचकर कुछ देर के लिए बिमला अटकी और आहट लेने लगी कि भूतनाथ की घाटी में आने वाला कोई आदमी तो इस समय इस सुरंग में मौजूद नहीं है। जब सन्नाटा मालूम हुआ और किसी आदमी के वहाँ होने का गुमान न रहा तब वह भूतनाथ वाली घाटी की तरफ़ जो रास्ता गया था उस सुरंग में घुसी और दस-बारह कदम जाने के बाद दीवार के अंदर बने हुए किसी कल-पुरजे को घुमाकर उस सुरंग का रास्ता उसने बंद कर दिया। लोहे का एक मोटा तख़्ता दीवार के अंदर से निकला और रास्ता बंद करता हुआ दूसरी दीवार के अंदर कुछ घुस कर अटक गया।

इसके बाद बिमला सुरंग के सदर दरवाज़े पर दरवाज़े बंद करने के लिए पहुँची ही थी कि सुरंग के अंदर घूमते हुए भूतनाथ के शागिर्द भोलासिंह पर निगाह पड़ी और उसने भी इन दोनों औरतों को देख लिया। वह इन्दु को अच्छी तरह देख चुका था अस्तु निगाह पड़ते ही पहिचाना गया और आश्चर्य के साथ देखता हुआ बोला-"आह, मेरी रानी तुम यहाँ कहाँ? तुम्हारे लिए तो हमारे गुरुजी बहुत परेशान हैं!!"

इस जगह बख़ूबी उजाला था इसलिए इन्दु ने भोलासिंह को और भोलासिंह ने इन्दु को बख़ूबी पहिचान लिया। इन्दु पर क्या-क्या मुसीबतें गुजरीं और प्रभाकर सिंह कहाँ गए इन बातों की ख़बर भोलासिंह को कुछ भी न थी, इसलिए वह इस समय इन्दु को देखकर खुश हुआ और ताज्जुब करने लगा। इन्दु ने धीरे से बिमला को समझाया कि यह भूतनाथ का शागिर्द है।

इन्दु उसे पहिचानती थी सही मगर नाम कदाचित् नहीं जानती थी। वह उसकी बात का जवाब दिया ही चाहती थी कि बिमला न उँगली दबाकर उसे चुप रहने का इशारा किया और कुछ आगे बढ़कर कहा, "तुम्हारे गुरुजी ने इन्हें मौत के पंजे से छुड़ाया और इनकी बदौलत उसी आफत से मेरी भी जान बची है!"

भोलासिंह : गुरुजी कहाँ हैं?

बिमला : हमारे साथ आओ और उनसे मुलाकात करके सुनो कि उन्होंने इस बीच मैं कैसे-कैसे अनूठे काम किए हैं।

भोलासिंह : चलो-चलो, मैं बहुत जल्द उनसे मिलना चाहता हूँ।

बिमला ने इन्दु को अपने आगे किया और भोलासिंह को पीछे आने का इशारा करके अपनी घाटी की तरफ़ रवाना हुई।

बिमला इस सुरंग का सदर दरवाज़ा बंद न कर सकी, खैर इसकी उसकी ज़्यादे परवाह भी न थी। चौमुहानी से जो भूतनाथ की घाटी की तरफ़ रास्ता बन गया था उसी को बंद कर उसने संतोष लाभ कर लिया। बिमला के पीछे-पीछे चल कर भोलासिंह उस चौमुहाने तक पहुँचा मगर जब विमला अपनी घाटी की तरफ़ अर्थात् सामने वाली सुरंग में रवाना हुई तब भोलासिंह रुका और बोला, "इस तरफ़ तो हमारे गुरुजी कभी जाते न थे उन्होंने दूसरों को भी इधर जाने को मना कर दिया था। आज वे इधर कैसे गए!"

बिमला : हाँ पहिले उनका शायद ही ख़याल था मगर आज तो इसी मकान में बैठे हुए हैं।

भोलासिंह : क्या इसके अंदर कोई मकान है?

बिमला : हाँ, बहुत सुन्दर मकान है।

भोलासिंह : कितनी दूरी पर?

बिमला : बहुत थोड़ी दूर पर, तुम आओ तो सही।

"ये दोनों औरतें बेचारी भला मेरे साथ क्या दगा करेंगी!" यह सोच भोलासिंह आगे बढ़ा और इनके साथ सुरंग के अंदर घुस गया।

जो हाल प्रभाकर सिंह का इस सुरंग में हुआ था वही हाल इस समय भोलासिंह का हुआ अर्थात् पीछे की तरफ़ लौटने का रास्ता बंद हो गया और बिमला तथा इन्दु के आगे बढ़ जाने तथा चुप हो जाने के कारण वह ज़ोर-ज़ोर से पुकारने और टटोल-टटोल कर आगे की तरफ़ बढ़ने लगा।

प्रभाकर सिंह को इसके आगे का दरवाज़ा खुला हुआ मिला था मगर भोलासिंह को आगे का दरवाज़ा खुला हुआ न मिला। उसे दोनों दरवाज़ों के अंदर बंद करके बिमला और इन्दु अपने डेरे की तरफ़ निकल गई।

दूसरा भाग

1

रात बहुत कम बाकी थी जब बिमला और इंदुमति लौट कर घर में आई जहाँ कला को अकेली छोड़ गई थीं। यहाँ आते ही बिमला ने देखा कि उसकी प्यारी लौंडी चंदो ज़मीन पर पड़ी हुई मौत का इंतज़ार कर रही है। उसका दम टूटा ही चाहता है, आँखें बंद हैं, और अधखुले मुँह से रुक कर साँस आती-जाती है, बीच-बीच में हिचकी भी आ जाती है। कला झारी में गंगाजल लिए उसके मुँह में शायद टपकाना चाहती है।

यह अवस्था देखकर बिमला घबरा गई और ताज्जुब करने लगी कि उसकी इस थोड़ी सी गैरहाज़िरी में क्या हो गया और चंदो यकायक किसी बीमारी में फँस गई जो इस समय उसकी ज़िंदगी का चिराग इस तरह टिमटिमा रहा है बल्कि बुझना चाहता है। बिमला ने घबराकर कला से पूछा, "यह क्या मामला है और कमबख़्त को हो क्या गया है!!"

कला : मुझे इस बात का बड़ा ही दु:ख है कि चंदो अब इस संसार को छोड़ना ही चाहती है, अपने पाप का प्रायश्चित करने के लिए इस कमबख़्त ने ज़हर खा लिया है और जब रग-रग में ज़हर भी न गया है तब यहाँ आकर सब हाल कहा हैं मैंने ज़हर उतर जाने के लिए दवा इसे खिलाई है मगर कुछ फायदा होने का रंग नहीं है क्योंकि देर बहुत हो गई, कुछ और दवा पहुँचती तो अच्छा था।

बिमला : राम-राम, मगर यह इस कमबख़्त को सूझी क्या? और इसने कौन-सा पाप किया है जिसके लिए ऐसा प्रायश्चित करना पड़ा!

कला : बहिन, पाप तो इसने नि:सन्देह बहुत भारी किया है, जिसका प्रायश्चित इसके सिवा और कुछ यह कर ही नहीं सकती थी, परन्तु मुझे इसके मरने का दु:ख अवश्य है। जो काम इसने किया है उसके करने की आशा इससे कदापि नहीं हो सकती थी और जब इससे ऐसा काम हो गया तो किसी और लौंडी पर अब हम लोग इतना विश्वास भी नहीं कर सकतीं। हाँ, लालच में पड़कर इस चुड़ैल ने हम दोनों बहिनों का, असल हाल गदाधरसिंह को बतला दिया और कह दिया कि तुमसे बदला लेने के लिए यह सब खेल रचे गए हैं, और साथ ही भूतनाथ का बटुआ भी यहाँ से लेकर जाकर उसे दे दिया। परन्तु इतना करने पर भी जब भूतनाथ ने इसे सुखा ही टकरा दिया तब इसे तान उत्पन्न हुआ और ग्लानि में आकर ज़हर खा लिया। जब ज़हर अच्छी तरह तमाम बदन में भीन गया तब यह हम दोनों से मिलने और अपना पाप कहने के लिए यहाँ आयी थी, इसे यहाँ आये बहुत देर नहीं हुई।

बिमला : **(हाथ से अपना माथा ठोंक कर)** हाय हाय हाय, इस कमबख़्त ने तो बहुत ही बुरा किया! क्या जाने यह इससे और भी कुछ ज़्यादे कर गुजरी हो! जिस भेद को छिपाने के लिए तरह-तरह की तरकीबें की गई थीं उस भेद का आज इसने सहज ही में सत्यानाश कर दिया। हाय, अब भूतनाथ भी ज़रूर हमारे कब्जे से निकल गया होगा। जब उसे ऐयारी का बटुआ मिल गया तब वह उस क़ैदखाने के भी बाहर हो गया हो तो आश्चर्य नहीं। वह बड़ा ही धूर्त और मक्कार है जिसके फेर में पड़ कर चंदो ने हम लोगों को बर्बाद कर दिया और खुद भी दीन-दुनिया दोनों में से कहीं के लायक न रही!!

कला : बेशक् ऐसा ही है, यद्यपि इस बात की आशा नहीं हो सकती कि भूतनाथ इस घाटी के बाहर हो जाएगा तथापि उसका क़ैदखाने से बाहर निकल जाना ही कम घबराहट की बात नहीं है, और इससे भी ज़्यादे बुरी बात यह हुई कि हमारा भेद उसे मालूम हो गया। हाय, ऐसी रात में किसकी हिम्मत पड़ सकती है कि अकेले यही जाकर भूतनाथ का हाल मालूम करे? अगर वह छूट गया होगा तो ज़रूर उसी जगह कहीं छिपा होगा, ताज्जुब नहीं कि सूरज निकलने तक वह कोई आफत...

बिमला : मेरा भी यही ख़याल है **(चंदो के पास जाकर)** हाय, शैतान की बच्ची, तूने यह क्या किया! हाय, अगर तू जीती रहती तो तुझसे पूछती कि दुष्ट, तूने इतना ही किया कि कुछ और?

चंदो यद्यपि मौत के पंजे में फँसी हुई थी और उसकी जान बहुत जल्द निकलने वाली थी मगर वह कला और बिमला की बातें सुन रही थी, यद्यपि उसमें जवाब देने की ताकत न थी। उसने बिमला की आखिरी बात सुनकर आँखें खोल दीं, बिमला की तरफ़ देखा और इस प्रकार मुँह खोला मानो कुछ कहने के लिए बेचैन हो रही है, बहुत उद्योग कर रही है मगर उसमें इतनी शक्ति न रही, उसकी आँखें पुनः बंद हो गई और अब वह पूरी तरह से बेहोश हो गई। देखते-देखते दस-पाँच हिचकियाँ लेकर उसने बिमला और कला के सामने दम तोड़ दिया।

अब कला और बिमला को यह फिक्र पैदा हुई कि पहिले इसे ठिकाने पहुँचाया जाय या चलकर भूतनाथ की ख़बर ली जाय, मगर इंदुमति की राय हुई इन दोनों कामों के पहिले काल की हिफ़ाजत की जाय **(जो इस घाटी के बीच में था और जहाँ प्रभाकर सिंह पहिले-पहिले पहुँचे थे)** क्योंकि उसमें बहुत-सी ज़रूरी चीज़ें रखी हुई हैं और साथ ही उसकी जाँच करने से बहुत-से भेद भी मालूम हो सकते हैं।

इन्दु की इस राय को बिमला और कला ने बहुत पसन्द किया और तीनों औरतें हर्बों और ज़रूरी चीज़ों से अपने को सजाकर गुप्त राह से बँगले की तरफ़ रवाना हुई।

इस बँगले का हाल हम पहिले खुलासा तौर पर लिख चुके हैं, इसके दरवाज़े ऐसे न थे कि बंद कर देने पर कोई जबर्दस्ती या सहज ही में खोल सके तथा और बातों में भी वह एक छोटा-मोटा तिलिस्म या कारीगरी का खजाना ही समझा जाता था। यद्यपि

वह बँगला ऐसी हिफ़ाजत की जगह में था जहाँ बदमाशों का गुजर नहीं हो सकता था तथापि उसकी हिफ़ाजत के लिए कई लौंडियाँ मुकर्रर थी जो मर्दानी सूरत में पहरेदारी के कायदे से उसके चारों तरफ़ बराबर घूमा करती थीं।

कला, बिमला और इन्दु ने वहाँ पहुँचकर उस बँगले के दरवाज़े बंद करने शुरू कर दिये। पहिले बाहर से भीतर आने का रास्ता रोका, इसके बाद कई ज़रूरी चीज़ें उनमें से निकालने के बाद आलमारियों में ताले लगाये और तब भीतर के कमरे सब बंद कर दिये गये। इतना करके एक छोटे गुप्त रास्ते को बंद करती हुई बाहर निकली ही थीं कि एक; पहरेदार लौंडी के ज़ोर से चिल्लाने की आवाज़ आई।

तीनों औरतें कदम बढ़ाती हुई बँगले के सदर दरवाज़े पर पहुँची जहाँ नाममात्र के लिए पहरा रहा करता था या जिधर से पहरेदार लौंडी के चिल्लाने की आवाज़ आई थी। वह लौंडी मरदाने भेष में थी और घबराई हुई मालूम पड़ती थी। बिमला ने पूछा–"क्या मामला है, तूं क्यों चिल्लाई?"

लौंडी : मेरी रानी, देखो उस पहाड़ी की तरफ़ जिधर क़ैदखाना है और जहाँ भूतनाथ क़ैद है उस जगह आग की धूनी जल रही है। मालूम होता है मानो बहुत-से आदमियों ने आकर उस पहाड़ी पर दखल जमा लिया है। अगर ये आग की धूनियाँ आपकी तरफ़ से नहीं सुलगाई गई हैं तो ज़रूरी किसी आने बाली आफत की निशानी हैं और मुझे विश्वास हे कि आपने इसके लिए कोई हुक्म नहीं दिया होगा।

बिमला : (**ताज्जुब के साथ उस पहाड़ी की तरफ़ देखकर**) बेशक् यह नई बात है, मैंने ऐसा करने के लिए किसी को हुक्म नहीं दिया मगर घबराने की कोई बात नहीं है, जहाँ तक मैं समझती हुए यह भूतनाथ की कार्रवाई है क्योंकि चंदो की मदद से भूतनाथ क़ैद से छूट गया और हम लोग उसी के बंदोबस्त कर रही हैं।

लौंडी : (**ताज्जुब के साथ**) हैं, भूतनाथ क़ैदखाने से छूट गया! और चंदा बीबी की मदद से!!

बिमला : हाँ, ऐसी ही बात है, किसी दूसरे वक्त इसका खुलासा हाल तुम्हें मालूम होगा इस समय मैं उसी पहाड़ी पर जाती हूँ और भूतनाथ को गिरफ्तार करती हूँ।

कक्ष : मगर बहिन, मैं इस राय के विरुद्ध हूँ!

बिमला : क्यों?

कला : देखो, सोचो तो सही कि इस तरह कई जगहों पर आग सुलगाने या बालने से भूतनाथ का क्या मतलब है?

बिमला : (**कुछ सोचकर**) जहाँ तक मैं समझती हूँ इस कार्रवाई से भूतनाथ का यही मतलब होगा कि हम लोगों को धोखा देकर उस तरफ़ बुलावे और किसी जगह पा आड़ में छिपे रहकर हमारे ऊपर वार करे।

कला : बेशक्, क्योंकि आग के पास पहुँच कर हम लोग उसे ढूँढ न सकेंगे। दस्तूर की बात है कि जो कोई सुलगती हुई आग के पास रहता है वह सामने की किसी चीज़ को नहीं देख सकती। वहाँ तो कई जगह पर आग सुलग रही है, उस बीच में जाकर हम लोग किसी भी तरफ़ निगाह करके दुश्मन को नहीं देख सकेंगे।

बिमला : ठीक है मगर हम लोगों पर इस समय उसका कोई हर्बा काम नहीं कर सकता।

कला : तथापि हर तरह से बच के काम करना चाहिए, विशेष करके इसलिए कि इन्दु बहिन हमारे साथ हैं, यद्यपि ये यहाँ के सब भेदों को जान गई हैं और हम लोगों का साथ हर तरह से दे सकती हैं।

इंदुमति : मेरे लिए कोई तरद्दुद न करो, मैं तुम लोगों के साथ बखूबी चल सकती हूँ मगर मैं यह पूछती हूँ कि ऐसा करने की ज़रूरत क्या है और इस काम में जल्दी किये बिना हर्ज ही क्या होता है? संभव है कि भूतनाथ ने वहाँ ऐयारी का कोई जाल फैलाया हो और इस रात के समय वह कुछ कर भी सके। थोड़ी-सी तो रात हो गई है, अच्छा होता अगर यह बिता दी जाती। प्रातःकाल हम लोग देखेंगे कि भूतनाथ कहाँ जाता और क्या करता है, यद्यपि वह स्वतंत्र हो गया है मगर इस घाटी के बाहर नहीं जा सकता और हमारे मकान तथा बँगले में भी उसकी गुजर नहीं हो सकती।

कला : मैं भी इस राय को पसन्द करती हूँ, चलो बँगले के ऊपर छत पर चल कर बैठें।

बिमला : अच्छा चलो।

इंदुमति : **(चलते हुए)** मगर ताज्जुब है कि इतनी जल्दी भूतनाथ को आग सुलगाने के लिए इतना सामान कैसे मिल गया!

कला : बहिन, यह कोई ताज्जुब की बात नहीं है! हम लोगों की ज़रूरत के लिए जंगल की लकड़ियाँ बहुत बटोरी गई थीं जिसके बहुत बड़े-बड़े दो-तीन ढेर वहाँ क़ैदखाने के पास ही में लगे हुए थे। मालूम होता है कि उन्हीं लकड़ियों से भूतनाथ ने काम लिया है।

इंदुमति : हाँ, तब तो उसे बहुत सुविधा मिल गयी होगी, मगर क्या तुम ख़याल कर सकती हो कि भूतनाथ की यह कार्रवाई किसी और मतलब से भी हुई है?

बिमला : मैं नहीं कह सकती, सम्भव है कि उसका और ही कोई मतलब हो। खैर देखा जाएगा।

इसी तरह की बातें करती तथा दरवाज़ों को खोलती और बंद करती हुई तीनों बहिनें बँगले की छत पर चढ़ गई और एक अच्छे ठिकाने बैठकर उस तरफ़ देखने और सुबह का इंतज़ार करने लगीं।

उस समय कला और बिमला से बहुत बड़ी भूल हो गई, क्योंकि वे तीनों अद्भुत बँगले की हिफ़ाजत के लिए जब आई तो उन्होंने रोशनी का कोई ख़ास बंदोबस्त नहीं किया, बँगले का इंतज़ाम करने के बाद वे तीनों बहिनें जब पहरे वाली लौंडी के चिल्लाने की आवाज़ सुनकर सदर दरवाज़े पर गई तब उनके पास किसी तरह की रोशनी मौजूद न थी और न इस काम के लिए रोशनी की ज़रूरत ही थी। परन्तु जब तक वे पहरा देने वाली लौंडी से बातचीत करतीं और पहाड़ी के ऊपर वाली रोशनी की तरफ़ देखती रही तब तक एक आदमी जो अपने को स्याह कपड़े से छिपाए हुए था आड़ देता हुआ सदर दरवाज़े के पास पहुँचा और न मालूम किस ढंग से उस बंगले के अंदर दाखिल हो गया क्योंकि वे तीनों बहिनें और पहरा देने वाली लौंडी पहाड़ी की रोशनी को ताज्जुब के साथ देखती हुई सदर दरवाज़े से कुछ आगे की तरफ़ बढ़ गई थीं और उन्हें इस बात का कुछ ख़याल न था कि दुश्मन बगल में आ पहुँचा और अपना काम किया चाहता है! खैर वे तीनों बँगले के अंदर घुसी तो दरवाज़ा बंद करती हुई छत पर चढ़ गई जैसा कि ऊपर लिखा जा चुका है।

वे तीनों बहिनें उन कई जंगल बलती आग की रोशनियों को गौर से देख रही थीं जो अब धीरे-धीरे ठंडी हो रही थी।

कला : अब आग बिलकुल ठंडी हो जाएगी।

बिमला : हाँ और इससे मालूम होता है कि भूतनाथ कहीं आगे की तरफ़ बढ़ गया।

"आगे की तरफ़ नहीं बढ़ गया बल्कि इस तरफ़ चला आया और विश्वास दिलाना चाहता है कि वह आपका दुश्मन बल्कि दोस्त है।"

यह आवाज़ छत के ऊपर जाने वाले दरवाज़े की तरफ़ से आई थी जो उन तीनों बहिनों के पास ही था।

इस आवाज़ ने उन तीनों को चौंका दिया, वे उठ खड़ी हुई और उस दरवाज़े के तरफ़ देखने लगीं। अब यहाँ पर वैसा अंधकार न था जैसा नीचे ख़ास करके पेड़ों की छाँह के सबब से था। चन्द्रदेव उदय हो चुके थे और उनकी चाँदनी पल-पल में बराबर बढ़ती चली जा रही थी अस्तु उन तीनों बहिनों ने साफ देख लिया कि दरवाज़े के अंदर एक पैर बाहर और दूसरा भीतर किए कोई आदमी स्याह लबादा ओढ़े रहा है।

बिमला : **(उस आदमी से)** तुम कौन हो?

आदमी : गदाधरसिंह।

विमला : **(निडर रहकर)** तुमने बड़ी चालाकी से अपने को क़ैद से छुड़ा लिया!

गदाधरसिंह : बात तो ऐसी ही है।

बिमला : मगर तुम भाग कर इस घाटी के बाहर नहीं जा सकते!

गदाधरसिंह : शायद ऐसा ही हो, मगर मुझे भागने की ज़रूरत ही क्या है?

बिमला : क्यों, अपनी जान बचाने के लिये तुम ज़रूर भागना चाहते होगे?

गदाधरसिंह : नहीं, मुझे अपनी जान का यहाँ कोई ख़ौफ़ नहीं है क्योंकि तुम्हारी एक नमकहराम लौंडी ने मुझे बता दिया है कि तुम मेरे प्यारे दोस्त दयाराम की स्त्री हो...

बिमला : **(बात काटकर)** जिस प्यारे दोस्त को तुमने अपने हाथ से हलाल किया!!

गदाधरसिंह : नहीं! नहीं, कदापि नहीं, जिसने यह बात तुमसे कही है यह बिलकुल झूठ है और उसने तुम लोगों को धोखे में डाल दिया है, यही समझाने और विश्वास दिलाने के लिए मैं यहाँ अटक गया हूँ और भागना पसन्द नहीं करता। मुझे विश्वास था कि तुम दोनों बहिनों का देहाँत हो चुका है जैसा कि दुनिया में प्रसिद्ध किया गया है, मगर अब तुम दोनों का हाल जानकर भी क्या मैं भागने की इच्छा करूँगा? नहीं, क्योंकि तुम दोनों को अब भी मैं उसी निगाह से देखता हूँ जैसे अपने प्यारे दोस्ते की ज़िंदगी में देखता था और यही सबब है कि मुझे तुम दोनों से किसी तरह का डर नहीं लगता।

बिमला : मगर नहीं, तुम्हें हम लोगों से डरना चाहिए, हम लोग तुम्हारे हितेच्छु कभी नहीं हो सकते क्योंकि हम लोगों ने जो कुछ सुना वह कदापि झूठ नहीं हो सकता।

गदाधरसिंह : **(दरवाज़े से बाहर निकल कर और बिमला के पास आकर)** मैं विश्वास दिला दूँगा कि मुझ पर झूठा इल्ज़ाम लगाया गया है।

बिमला : **(कई कदम पीछे हटकर और नफ़रत के साथ)** बस दूर रह मुझसे दुष्ट! मैं तेरी सूरत नहीं देखना चाहती!!

गदाधरसिंह : **(अपने ऊपर से स्याह कपड़ा हटाकर)** नहीं, तुम मेरी सूरत देखो और पहिचानो और सुनो कि मैं क्या चाहता हूँ।

बिमला : सिवाय बात बनाने के तू और क्या कहेगा? तू अपने माथे से कलंक का टीका किसी तरह नहीं धो सकता और न वह बहुत झूठी हो सकती है जो मैं सुन चुकी हूँ। दलीपशाह और शम्भू अभी तक दुनिया में मौजूद हैं और मैं भी ख़ास तौर पर इस बात को जानती हूँ।

गदाधरसिंह : मगर सच बात यह है कि लोगों ने तुम्हें धोखा दिया और असल भेद को छिपा रखा। खैर तुम अगर मुझ पर विश्वास नहीं करती तो मुझे ज़्यादे खुशामद करने की ज़रूरत नहीं, अब मैं सिर्फ़ दो-चार बातें पूछ कर चला जाऊँगा। एक तो यह कि तुम मुझे गिरफ्तार करके यहाँ लाई थीं, मगर मैं अपनी चालाकी से छूट गया। अब बताओ मेरे साथ क्या सलूक करोगी?

बिमला : अपने दिल का बुखार निकालने के लिए जो कुछ मुझसे बन पड़ेगा करूँगी, इसे तुम खुद सोच सकते हो।

गदाधरसिंह : पर मैं तो अब स्वतंत्र हूँ, अगर चाहूँ तो तुम तीनों को इसी जग खत्म कर रख दूँ, मगर नहीं मैं नमक का ख़याल करता हूँ ऐसा कदापि न करूँगा, हाँ? तुमसे बचने के लिए उद्योग ज़रूर करूँगा।

बिमला : कदाचित् ऐसा ही हो।

इतना कह बिमला ने कला की तरफ़ देखा।

गदाधरसिंह विमला से बातें कर रहा था मगर उसे इस बात की ख़बर न थी कि कला क्या कर रही है अथवा क्या किया चाहती है।

कला ने अपने बगल से एक छोटा-सा बीस का बना हुआ तमंचा निकाला और गदाधरसिंह (**भूतनाथ**) की तरफ़ उसका मुँह करके चलाया।

इस अद्‌भुत तमंचे में बेहोशी की बारूद भरी जाती थी और इसका तेज़ तथा जल्द बेहोश कर देने वाला धुआँ छूटने के साथ ही तेज़ी से कई बिगहे तक फैलकर लोगों को बेहोश कर देता था। यहाँ पर फैलने के लिए विशेष जगह तो थी नहीं इसलिए उस धुएँ के गुब्बार ने गदाधरसिंह को चारों तरफ़ से घेरकर एक तरह का अंधकार कर दिया।

"गदाधरसिंह धुएँ के असर से बेहोश हो जाएगा" यह सोच कर बिमला, कला और इंदुमति तीनों बहिनें भाग कर नीचे उतर जाने के लिए उठीं और नाक दबाए हुए सीढ़ी की तरफ़ बढ़ गईं।

गदाधरसिंह बेशक् इस धुएँ के असर से बेहोश हो जाता मगर उसने पहिले ही से अपने बचाव का बंदोबस्त कर लिया था अर्थात् ऐसी दवा खा ली थी कि कई घंटे तक उस पर बेहोशी का असर नहीं हो सकता था तथापि उस धुएँ ने एक दफ़े उसका सर घुमा दिया।

वे तीनों बहिनें वहाँ से भागीं तो सही मगर अफ़सोस, बिमला और इन्दु तो नीचे उतर गईं परन्तु कला को फुर्ती से गदाधरसिंह ने पकड़ कर कब्जे में कर लिया और हाल बिमला को नीचे उतरकर और कई कमरों में घूम-फिरकर छिप जाने के बाद मालूम हुआ जब चित्त स्थिर हो जाने पर उसने कला को अपने साथ न देखा।

2

दिन पहर भर से कुछ ज़्यादे हो चुका है। यद्यपि अभी दोपहर होने में बहुत देर है तो भी धूप की गर्मी इस तरह बढ़ रही है कि अभी से पहाड़ के पत्थर गर्म हो रहे हैं और उन पर पैर रखने की इच्छा नहीं होती, दो पहर दिन चढ़ जाने के बाद यदि ये पत्थर आग के अंगारों का मुकाबला करने लग जायें तो क्या आश्चर्य है!

पहाड़ के ऊपरी हिस्से पर एक छोटा-सा मैदान है जिसका फैलाव लगभग डेढ़ या दो बिगहे का होगा। इसके ऊपर की तरफ़ सिर उठा कर देखने से मालूम होता है कि

कुछ और चढ़ जाने से पहाड़ खतम हो जाएगा और फिर सरपट मौन दिखाई देगा पर वास्तव में ऐसा नहीं है।

इस छोटे मैदान में पत्थर के कई ढोंके मौजूद हैं जो मैदान की मामूली सफाई में बाधा डालते हैं और पत्थर के बड़े चट्टान भी बहुतायत से दिखाई दे रहे हैं जिनकी वजह से वह ज़मीन कुछ सुन्दर मालूम होती है मगर इस वक्त धूप की गर्मी के समय सभी बातें बुरी और भयानक जान पड़ रही हैं।

इस मैदान में केवल ढाक (**पलास**) के कई पेड़ दिखाई दे रहे हैं सो भी एक साथ नहीं जिनसे किसी तरह का आराम मिलने की आशा हो सके। इन्हीं पेड़ों में से एक के साथ हम बेचारी कला को कमन्द के सहारे बँधे हुए और उसके सामने गदाधरसिंह अर्थात् भूतनाथ को खड़े देख रह हैं, अब सुनिए कि इन दोनों में क्या बातें हो रही हैं।

गदाधरसिंह : रात के समय जब मैंने तुझे गिरफ्तार किया तब यही समझे हुए था कि कला और बिमला में से किसी एक को पकड़ पाया हूँ मगर अब मैं देखता हूँ कि तू कोई और ही औरत है!

कला : तो क्या उस समय तुमने वहाँ पर कला और बिमला को अच्छी तरह देखा या पहिचाना था?

गदाधरसिंह : नहीं, पहिचाना तो नहीं था मगर बातें ज़रूर की थीं और वे बातें भी ऐसे ढंग की थीं जिनसे उनका कला और बिमला ही होना साबित होता था।

कला : वह तुम्हारा भ्रम था, इस घाटी में कला और बिमला नहीं रहतीं।

गदाधरसिंह : (**हँसकर**) बहुत ख़ासे! अब थोड़ी देर में कह दोगी कि मैं कला और बिमला को जानती ही नहीं!

कला : नहीं ऐसा तो मैं नहीं कह सकती कि मैं दोनों को पहिचानती तक नहीं, मगर यह ज़रूर कहूँगी कि वे दोनों यहाँ नहीं रहतीं और हम लोगों को उनसे कोई वास्ता नहीं।

गदाधरसिंह : तो फिर तुम्हारी तरफ़ से इस ढंग की बातें क्यों की गई कि मानो तुम ही कला या बिमला हो?

कला : यह तो उनसे पूछो तो मालूम हो जिन्होंने तुमसे बातें की थी, मैंने. तो तुमसे एक बात भी नहीं की थी।

गदाधरसिंह : वे कौन थीं जो मुझसे बातें कर रही थीं?

कला : मेरी मालकिन।

गदाधरसिंह : आखिर उनका कुछ नाम-पता भी है या नहीं?

कला : यह बताने की तो कोई ज़रूरत नहीं।

गदाधरसिंह : तुझे झख मार कर बताना ही पड़ेगा और यह भी बताना पड़ेगा कि कला और बिमला कहाँ है? तेरा यह कहना मैं नहीं मान सकता कि कला-बिमला इस घाटी में नहीं रहतीं और तुम लोगों का उनसे कोई संबंध नहीं। आखिर तुमने मुझसे दुश्मनी क्यों की और मैं क्यों इस घाटी में क़ैद करके लाया गया? तुम लोगों का मैंने क्या बिगाड़ा था?

कला : हम लोगों को तुम्हारे साथ किसी तरह की दुश्मनी नहीं है मगर तुम्हारी गिरफ्तारी में हम लोग शरीक ज़रूर हैं और वह गिरफ्तारी कला और बिमला के हुक्म ही से हुई थी। ख़ूब जानती हूँ मैं कि यहाँ की एक लौंडी ने तुम्हें कला और बिमला की ख़बर दी थी और कहा था कि कला और बिमला ने तुम्हें गिरफ्तार किया है। बेशक् उसका यह कहना सच था मगर अफ़सोस, तुमने उसके साथ दगा किया। यह मैं इसीलिए कहती हूँ कि वह मेरी बहिन थी। अगर तुम उसके साथ दगा न करते तो वह ज़रूर तुम्हें पूरा-पूरा भेद बता देती। एक तौर पर उसने भंडा फोड़ ही दिया मगर तुम्हारी सच्चाई जानने के लिए बहुत कुछ बचा भी रखा, अगर तुम अपना वादा पूरा करते तो वह ज़रूर बचा हुआ भेद भी बता देती और यह भी कह देती कि कला और बिमला कहाँ रहती हैं। मेरे कहने का मतलब यही है कि तुम सब बातों को सच न समझना।

गदाधरसिंह : नहीं, बल्कि तुम्हारा मतलब यह है कि मुझे कुछ दो तो यहाँ का भेद बताऊँ।

कला : नहीं, ऐसा है तो नहीं मगर तुम जैसा चाहे ख़याल कर सकते हो।

गदाधरसिंह : **(मुस्कराकर)** ठीक है, अच्छा पहिले तुम मेरी उस बात का जवाब तो दो जो मैं पूछ चुका हूँ, पीछे और बातें की जाएँगी।

कला : कौन-सी बात का जवाब?

गदाधरसिंह : यही कि इस रात का मुझसे इस ढंग की बातें क्यों की गई जो कला और बिमला ही कर सकती है।

कला : मैं समझती हूँ कि तुम्हें ठीक तरह से पहिचान लेने ही के लिए उन्होंने इस ढंग की बातें की थीं क्योंकि हम लोगों को इस बात का निश्चय नहीं था कि वास्तव में तुम गदाधरसिंह ही तो हो और तुम्हारी गिरफ्तारी में धोखा नहीं हुआ।

गदाधरसिंह : **(मुस्कराते हुए)** बात बनाने में तुम भी बड़ी तेज़ हो, यद्यपि मैं तुम्हारी बातों पर विश्वास नहीं कर सकता मगर कह सकता हूँ कि शायद तुम्हारा कहना ठीक हो। अच्छा अब यह कहा कि तुम यही के भेद और कला तथा बिमला का हाल मुझे बता सकती हो या नहीं?

कला : नहीं।

गदाधरसिंह : इसलिए कि मैंने तुम्हारी बहिन के साथ दगा किया, यदि वास्तव में वह तुम्हारी बहिन थी!

कला : सिर्फ़ इसीलिए नहीं बल्कि इसलिए भी कि यह काम बड़ा ही नाज़ुक है ओर करने के बाद में। किसी तरह जीती नहीं रह सकती।

गदाधरसिंह : क्यों तुम्हें मारने वाला कौन है? यहाँ जितने हैं वे सभी तुम्हारे अपने है इसके अतिरिक्त किसी को मालूम ही क्योंकर हो सकता है कि तुमने मुझे बताया है।

कला : यह बात छिपी नहीं रह सकती, यह घाटी तिलिस्मी है और यहाँ के हर पेड़-पत्तों और पत्थरों के ढोकों के भी कान हैं, मेरी बहिन ने इस बात का कुछ ख़याल नहीं किया और इसीलिए आखिरकार जान से मारी गई।

गदाधरसिंह : **(आश्चर्य से)** क्या तुम्हारी बहिन मारी गई?

कला : हाँ, क्योंकि मालकिन को तुम्हारी और उसकी बातों का किसी तरह पता लग गया।

गदाधरसिंह : रात का समय था, संभव है किसी ने छिपकर सुन लिया हो। इसके अतिरिक्त और किसी तिलिस्मी बात का मैं कायल नहीं। इस समय दिन है चारों तरफ़ आँखें खोलकर देखो किसी की सूरत दिखाई नहीं देती अस्तु मेरी-तुम्हारी बातें कोई सुन नहीं सकता, तुम बेख़ौफ़ होकर यहाँ का हाल इस समय मुझे बता सकती हो।

कला : नहीं, कदापि नहीं।

गदाधरसिंह : **(कमर से खंजर निकाल कर और दिखाकर)** नहीं तो फिर इसी से तुम्हारी ख़बर ली जाएगी!

कला : जो हो बताने के बाद भी तो मैं किसी तरह बच नहीं सकती, फिर ऐसी अवस्था में क्यों अपने मालिक को नुकसान पहुँचा चाहे तिलिस्मी बातों का तुम्हें विश्वास न हो पर मैं समझती हूँ कि मेरे और तुम्हारे बीच जो-जो बातें हो रही हैं वह सब मेरी मालकिन सुन रही होंगी...

गदाधरसिंह : **(खिलखिलाकर हँसकर)** ठीक है, तुम्हारी बातें...

कला : बेशक् ऐसा ही है, अगर मैं इस घाटी के बाहर होती तो इस बात का ख़याल न होता और यही के भेद शायद बता देती।

गदाधरसिंह : **(मुस्कराते हुए)** यही सही, तुम मुझे इस घाटी के बाहर ले चलो और यहाँ के भेद बता दो तो मैं तुम्हें

कला : नहीं-नहीं, किसी तरह का वादा करने की कोई ज़रूरत नहीं है क्योंकि उस पर मुझे विश्वास न होगा, हाँ, यदि मुझे दलीपशाह के पास पहुँचा दो तो मैं यहाँ का पूरा-पूरा भेद तुम्हें बता सकती हूँ बल्कि हर तरह से तुम्हारी मदद भी कर सकती हूँ!

गदाधरसिंह : **(चौंककर)** दलीपशाह! दलीपशाह से और तुमसे क्या वास्ता?

कला : वे मेरे रिश्तेदार हैं और यहाँ से भाग कर मैं उनके यही अपनी जान बचा सकती हूँ।

गदाधरसिंह : अगर ऐसा ही है तो तुम स्वयं उनके पास क्यों नहीं चली जाती?

कला : पहिले तो मुझे यहाँ से भागने की कोई ज़रूरत ही नहीं, भागने का ख़याल तो सिर्फ़ इसी सबब से होगा कि तुम्हें यही के भेद बताऊँगी दूसरे यह कि आजकल न-जाने किस कारण से उन्होंने अपना मकान छोड़ दिया है और किसी दूसरी जगह जाकर छिप रहे हैं।

गदाधरसिंह : अगर किसी दूसरी जगह जाकर छिप रहे हैं तो भला मुझे क्योंकर उनका पता लगेगा?

कला : तुम्हें उनका पता ज़रूर मालूम होगा क्योंकि तुम उनके साहू और दोस्त भी हो।

गदाधरसिंह: यह बात तुम्हें क्योंकर मालूम हुई?

कला : भला मैं दलीपशाह के नाते की होकर यह नहीं जानूँगी कि तुम उनके कौन हो।

गदाधरसिंह : **(आश्चर्य के साथ कुछ सोचकर)** अगर तुम्हारी बात सच है तो तुम मेरी भी नातेदार होवोगी।

कला : ज़रूर ऐसा ही है, मगर यहाँ मैं इस बारे में कुछ भी न कहूँगी, दलीपशाह के मकान पर चलने ही से तुम्हें सब हाल मालूम हो जाएगा तथा और भी कई बातें ऐसी मालूम होंगी जिन्हें जान कर तुम खुश हो जाओगे इन्हीं बातों का ख़याल करके और तुम्हें अपना नज़दीकी नातेदार समझ के मैं चाहती हूँ कि तुम्हें इस घाटी के बाहर कर दूँ और खुद भी भाग जाऊँ नहीं तो यहाँ रह कर तुम्हारी जान किसी तरह बच नहीं सकती और बिना मेरी मदद के तुम घाटी के बाहर भी नहीं जा सकते।

गदाधरसिंह : **(सोचकर)** अगर ऐसा ही है तो तुम मेरी नातेदार होकर यहाँ क्यों रहती हो?

कला : यहाँ पर मैं इन सब बातों का कुछ भी जवाब न दूँगी।

कला की बातें सुन कर गदाधरसिंह सोच और तरद्दुद में पड़ गया। वह यहाँ का भेद जानने के लिए अवश्य ही कला को तकलीफ़ देता या गुस्से में आकर शायद मार ही डालता मगर कला की बातों ने उसे उलझन में डाल दिया और वह सोच में पड़ गया कि अब क्या करना चाहिए। वह जानता था बल्कि उसे विश्वास था कि बिना किसी मदद के वह इस घाटी के बाहर नहीं निकल सकता और यहाँ फँसे रहना भी उसके लिए अच्छा नहीं चाहे वह किसी तरह की ऐयारी करके कितना भी उपद्रव मचा ले,

अतएव वह बाहर निकल जाना बहुत पसन्द करता था और समझाते था कि इत्तिफाक ही ने इस समय उसे मददगार दिला दी है और अब इससे काम न लेना निरी बेवकूफी है। मगर कला की बातों ने उसे चक्कर में डाल दिया था। यद्यपि वह दलीपशाह का पता जानता था मगर कई कारणों से उसके पास या सामने जाना अथवा कला को ले जाना पसन्द नहीं करता था, उधर कला से उसकी इच्छानुसार बात करने की उसे सख्त ज़रूरत थी क्योंकि उसे इस बात का शक हो रहा था कि कला को दलीपशाह के पास ले जाने का वादा न करूँगा तो शायद यह मुझे इस खोह के बाहर भी न ले जाएगी। वह कला को धोखा देने और कोरा वादा करने के लिए तैयार था मगर वह चाहता था कि कला मुझसे वादा पूरा करने के लिए कसम न खिलावे, असली सूरत में कसम खाकर मुँह फेर लेने की आदत अभी तक उसमें नहीं पड़ी थी और वह अपने को बहादुर समझता था।

गदाधरसिंह के दिल में ये बातें भी पैदा हो रही थीं कि इस घाटी के मालिक का पता लगाना चाहिए और यहाँ के भेदों को जानना चाहिए परन्तु उसने सोचा कि यहाँ अकेला और बिना किसी मददगार के रहकर मैं कुछ भी न कर सकूँगा। यहाँ के रहने वाले बिलकुल ही सीधे-सादे नहीं मालूम होते और यद्यपि अभी तक यहाँ किसी मर्द की सूरत दिखाई न दी परन्तु औरतें भी यहाँ की ऐयारी ही जान पड़ती है। क्या यह औरत भी मुझसे ऐयारी के ढंग पर बातें कर रही हैं? संभव है कि ऐसा ही हो और मुझे इस घाटी के बाहर ले जाने के बहाने से यह किसी खोह या कन्दरा में फँसकर पुनः क़ैद करा दे। अभी तक तो मैंने इस बात की भी जाँच नहीं की कि इसकी सूरत असली है या बनावटी। खैर मैं अभी-अभी इस बात की भी जाँच कर लूँगा और इसके बाद जब इस घाटी के बाहर निकल जाने के लिए इसके साथ किसी खोह या सुरंग के अंदर घुसूँगा तो पूरा होशियार रहूँगा कि यह मुझसे दगा न करे, न इसे अपने आगे चलने दूँगा और न पीछे रहने दूँगा बल्कि इसका हाथ पकड़े रहूँगा या कमर में कमंद बाँध कर थामे रहूँगा। इस खोह के बाहर निकल जाने पर मैं सब कुछ कर सकूँगा क्योंकि तब वहाँ का रास्ता भी देखने में आ जाएगा, तब अपने दो-एक शागिर्दों को मदद के लिए साथ लेकर पुनः यहाँ आऊँगा और यहाँ रहने वालों से समझूँगा जिन्होंने मुझे गिरफ्तार किया था।

इत्यादि तरह-तरह की बातें गदाधरसिंह बहुत देर तक सोचता रहा और इसके बाद कला से बोला, "अच्छा मैं तुम्हें दलीपशाह के पास ले चलूँगा मगर तुम पानी से अपना मुँह धोकर मुझे विश्वास दिला कि तुम्हारी सूरत बदली हुई नहीं है या तुम ऐयार नहीं हो और मुझे कोई धोखा नहीं दिया चाहती।"

कला: हाँ-हाँ, मैं अपना चेहरा धोने के लिए तैयार हूँ, पानी दो।

गदाधरसिंह : (**अपने बटुए में से पानी की एक छोटी-सी बोतल निकाल कर और कला की ओर बढ़ाकर**) लो यह पानी तैयार है।

कला ने गदाधरसिंह के हाथ से पानी लेकर अपना चेहरा धो डाला। उसके चेहरे पर किसी तरह का रंग तो चढ़ा हुआ था ही नहीं जो धोने से दूर हो जाता बल्कि एक प्रकार की झिल्ली चढ़ी हुई थी जिस पर पानी का कुछ भी असर नहीं हो सकता था, अस्तु गदाधरसिंह को विश्वास हो गया कि इसकी सूरत बदली हुई नहीं है। भूतनाथ ने उसके हाथ-पैर खोल दिए और घाटी के बाहर चलने के लिए कहा।

गदाधरसिंह : क्या तुम दिन के समय मुझे यहाँ से बाहर ले जा सकती हो?

कला : हाँ, ले जा सकती हूँ।

गदाधरसिंह : मगर तुम्हारे संगी-साथी किसी जगह से छिपे हुए देख सकते हैं।

कला : अव्वल तो शायद ऐसा न होगा, दूसरे अगर कोई दूर से देखता भी होगा तो जब तक वह हमारे पास पहुँचेगा तब तक मैं तुम्हें लिए हुए इस घाटी के बाहर हो जाऊँगी, फिर मुझे बचा लेना तुम्हारा काम है।

गदाधरसिंह : **(जोश के साथ)** ओह, घाटी के बाहर हो जाने पर फिर तुम्हारा कोई क्या बिगाड़ सकता है!

कला : तो बस फिर जल्दी करो, मगर एक बात तो रह ही गई।

गदाधरसिंह : वह क्या?

कला : तुमने मुझसे इस बात की प्रतिज्ञा नहीं की कि दलीपशाह से मुलाकात करा दोगे।

गदाधरसिंह : मैं तो पहले ही वादा कर चुका हूँ कि तुम्हें दलीपशाह के पास ले चलूँगा।

कला : वादा और बात है, प्रतिज्ञा और बात है, मैं इस बारे में तुमसे कसम खिला के प्रतिज्ञा करा लेना चाहती हूँ, तुम क्षत्रिय हो अस्तु खंजर, जिसे दुर्गा समझते हो, हाथ में लेकर प्रतिज्ञा करो कि वादा पूरा करोगे।

गदाधरसिंह : **(कुछ देर तक सोचने के बाद खंजर हाथ में लेकर)** अच्छा लो मैं कसम खाकर प्रतिज्ञा करता हूँ कि तुम्हें दलीपशाह के घर पहुँचा दूँगा।

कला : हाँ, बस मेरी दिलजमयी हो गई।

इतना कहकर कला उठ खड़ी हुई और गदाधरसिंह को साथ लिए हुए पहाड़ी के नीचे उतरने लगी।

पाठकों को समझ रखना चाहिए कि इस सुन्दर घाटी से बाहर निकल जाने के लिए केवल एक ही रास्ता नहीं है बल्कि कई रास्ते हैं जिन्हें मौके-मौके से समयानुसार ये लोग अर्थात् कला और विमला काम में लाया करती हैं और इनका हाल किसी मौके पर

आगे चल कर मालूम होगा। इस समय हम केवल उसी रास्ते का हाल दिखाते हैं जिससे गदाधरसिंह कावे साथ लिए हुए कला बाहर जाने वाली है।

कला पहाड़ी के कोने की तरफ़ दबती हुई नीचे उतरने लगी। धूप बहुत तेज़ हो चुकी थी और गर्मी से उसे सख्त तकलीफ़ हो रही थी तथापि वह गौर से कुछ सोचती हुई पहाड़ी के नीचे उतरने लगी। जब करीब ज़मीन के पास पहुँच गई तो एक ऐसा स्थान मिला जहाँ जंगली झाड़ियाँ बहुतायत से थीं और वही पत्थर का एक छोटा बुर्ज भी था जिस पर बढ़ने के लिए उसके अंदर की तरफ़ छोटी-छोटी तीस या पैंतीस सीढ़ियाँ बनी हुई थीं। उस बुर्ज के ऊपर लोहे की चौरुखी झंडी लगी हुई थीं, अर्थात् लोहे के बनावटी बीस पर लोहे के ही तपरों की बनी चौरुखी झंडी इस ढंग से बनी हुई थी कि यह घुमाने से घूम सकती थी। एक झंडी का रंग सफेद, दूसरी का स्याह, तीसरी का लाल और चौथी झंडी का पीला था। इस समय पीले रंग वाली झंडी का रुख बँगले की तरफ़ घूमा हुआ था। वहाँ पार खड़ी होकर कला ने गदाधरसिंह से कहा, "बस इसी जगह बाहर निकल जाने के लिए एक सुरंग है और यह बुर्ज उसकी ताली है अर्थात् दरवाज़ा खोलने के लिए पहिले मुझे इस बुर्ज के ऊपर जाना होगा अस्तु तुम इसी जगह खड़े रहो, मैं क्षण-भर के लिए ऊपर जाती हूँ।"

गदाधरसिंह : **(कुछ सोचकर)** तो मुझे भी अपने साथ लेती चलो, मैं देखूँगा कि वहाँ तुम क्या करती हो।

कला : **(मुस्कराकर)** तो तुम इस रास्ते का भेद जानना चाहते हो?

गदाधरसिंह : हाँ बेशक् और इसीलिए तो मैंने तुमसे दलीपशाह के पास पहुँचा देने का वादा किया है।

कला : अब चलो।

गदाधरसिंह कला के साथ उस बुर्ज के अंदर घुस गया। उसने देखा कि कला ने ऊपर चढ़ कर उस झंडी के बाँस को जो बुर्ज के बीचोंबीच से छत फोड़ कर अंदर निकला हुआ था कि घुमा दिया। बस इसके अतिरिक्त उसने और कुछ भी नहीं किया आर बुर्ज के नीचे उतर आई। बाहर निकलने पर गदाधरसिंह ने देखा कि जिस रुख पर पीले रंग की झंडी थी, अब उस रुख पर लाल रंग की झंडी है। मगर इस काम से और इस सुरंग के दरवाज़े से क्या संबंध हो सकता है सो उसकी समझ में न आया। कुछ गौर करने पर यकायक ख़याल आया कि ये झंडियाँ यहाँ रहने वालों के लिए इशारे का काम करती हो तो कोई ताज्जुब की बात नहीं है। वह सोचने लगा कि निःसन्देह यह औरत बड़ी चालाक और धूर्त है, पहिले भी इसी ने मुझ पर वार किया था, बेहोशी की दवा से भरा हुआ तमंचा इसी ने तो मुझ पर चलाया था और इस समय भी इसी से मुझे पाला पड़ा है, देखना चाहिए यह क्या रंग लाती है। इस समय भी अगर यह मेरे साथ दगा करेगी तो मैं इसे दुरुस्त ही करके छोड़ूँगा इत्यादि।

गदाधरसिंह को सोच और विचार में पड़े हुए देखकर कला भी समझ गई कि वह मेरी ही विषय में चिंता कर रहा है और इसे इस झंडी के घुमाने पर शक हो गया और अस्तु उसने शीघ्रता से मुद्रा दिखाते हुए गदाधरसिंह से कहा, "बस आओ और जल्दी से खोह के अंदर घुसो क्योंकि पहिला दरवाज़ा खुल गया है।"

बुर्ज के नीचे उतर जाने के बाद गदाधरसिंह को साथ लिए हुए कला यहाँ से पश्चिम तरफ़ ढालवी ज़मीन पर चलने लगी और लगभग तीस या चालीस कदम चलने के बाद एक ऐसी जगह पहुँची जहाँ चार-पाँच पेड़ परिजात के लगे हुए थे और उनके बीच में जंगली लताओं से छिपा हुआ एक छोटा दरवाज़ा था। कला ने गदाधरसिंह की तरफ़ देख के कहा, "यही उस खोह का दरवाज़ा है जिस राह से हम लोगों का आना-जाना होता है, अब मैं इसके अंदर घुसती हूँ, तुम पीछे चले जाओ।"

गदाधरसिंह : जहाँ तक मेरा ख़याल है मैं यह कह सकता हूँ कि इस खोह के अंदर ज़रूर अंधकार होगा। कहीं ऐसा न हो कि तुम आगे चलकर गायब हो जाओ और मैं अँधेरे में तुम्हें टटोलता, पकारता और पत्थरों से ठोकरें खाता हुआ परेशानी में फँस जाऊँ, क्योंकि नित्य आने-जाने के कारण यह रास्ता तुम्हारे लिए खेल हो रहा है। इसके अतिरिक्त यह रास्ता एकदम सीधा कभी न होगा, ज़रूर रास्ते में गिर ही पड़ी होगी। या यों कहा जाय कि इसके बीच में दो-एक तिलिस्मी दरवाज़े ज़रूर लगे होंगे।

कला : नहीं-नहीं, तुम बेख़ौफ़ मेरे पीछे चले आओ, यह रास्ता बहुत साफ है।

गदाधरसिंह : नहीं, मैं ऐसा बेवकूफ नहीं हूँ, बेहतर होगा कि तुम अपनी कमर में मुझे कमंद बाँधने दो, मैं उसे पकड़े हुए तुम्हारे पीछे-पीछे चला चलूँगा।

कला : अगर तुम्हारी यही मर्ज़ी है तो मुझे मंजूर है।

आखिर ऐसा ही हुआ, गदाधरसिंह ने कला की कमर में कमन्द बाँधी और उसे आगे चलने के लिए कहा और उस कमन्द का दूसरा सिरा पकड़े हुए पीछे-पीछे आप रवाना हुआ। गदाधरसिंह को इस बात का बहुत ख़याल था कि सुरंग की राह से आने-जाने का रास्ता किसी तरह मालूम कर ले, मगर कला किसी दूसरी ही फिक्र में थी, वह यह नहीं चाहती थी कि इसी सुरंग के अंदर भूतनाथ अर्थात् गदाधरसिंह को फँसा कर मार डाले, इस समय उसे इस सुरंग से निकाल देना ही वह पसन्द करती थी, अस्तु वह धीरे-धीरे सुरंग के अंदर से रवाना हुई।

पंद्रह या बीस कदम आगे जाने के बाद सुरंग में एकदम अंधकार मिला इसलिए गदाधरसिंह को टटोल-टटोलकर चलने की ज़रूरत पड़ी मगर कला तेज़ी के साथ कदम बढ़ाए चली जा रही थी और एकतौर पर गदाधरसिंह को खैंचे लिए जाती थी।

कला : अब तुम जल्दी चलते क्यों नहीं? रास्ता बहुत चलना है और तुम्हारी सताई हुई प्यास के मारे मैं बेचैन हो रही हूँ, इस खोह के बाहर निकलकर तब पानी पीऊँगी,

और तुम्हारा यह हाल है कि चींटी की तरह कदम बढ़ाते हो, मेरे पीछे-पीछे आने में भी तुम्हारी यह दशा है, तुम कैसे ऐयार हो?

गदाधरसिंह : मालूम होता है कि मुझे आज तुमसे भी कुछ सीखना पड़ेगा, मेरी ऐयारी में जो कुछ कसर थी उसे अब कदाचित् तुम लोग ही पूरा करोगी।

कला : वास्तव में ऐसी ही बात है, देखो यहाँ एक दरवाज़ा आया है, जरा संभलकर चौखट लाँघना नहीं ठोकर खाओगे।

उसी समय किसी तरह के खटके की आवाज़ आई और मालूम हुआ किए दरवाज़ा खुल गया। गदाधरसिंह बहुत होशियारी से इस नीयत से हाथ बढ़ा कर टटोलता हुआ आगे बढ़ा कि दरवाज़े का पता लगावे और मालूम करे कि वह कैसा है या किसी तरह से खुलता है मगर चौखट लाँघ जाने पर भी जब इस बात का कुछ पता न लगा तब उसने चिढ़ कर कला से कहा, "क्या खाली चौखट ही थी या यहाँ तुमने दरवाज़ा खोला है?"

कला : इस बात के जानने की तुम्हें कोई ज़रूरत नहीं, मैंने तुमसे यह वादा नहीं किया है कि यहाँ के सब भेद बता दूँगी।

गदाधरसिंह : मैं यहाँ के भेद जानना नहीं चाहता मगर इस सुरंग का हाल तो तुम्हें बताना ही पड़ेगा।

कला : इस भरोसे मत रहना, मैं वादे के मुताबिक तुम्हें इस जगह से बाहर कर दूँगी और तुम प्रतिज्ञानुसार मुझे दलीपशाह के पास पहुँचा देना।

गदाधरसिंह : क्या तुम नहीं जानती कि अभी तक तुम मेरे कब्जे में हो और मैं जितना चाहे तुम्हें सता सकता हूँ?

कला : तुम्हारे ऐसे बेवकूफ ऐयार के मुँह से ऐसी बात निकले तो कोई ताज्जुब की बात नहीं! अजी तुम यही गनीमत समझो कि इस घाटी के अंदर हम लोगों ने तुम्हें किसी तरह का दुःख नहीं दिया क्योंकि हम लोग तुम्हारे साथ कोई और ही सलूक किया चाहती हैं और किसी दूसरे ढंग पर बदला लेने का इरादा है। यह तुम्हारी भूल है कि तुम मुझे अपने कब्जे में समझते हो, अगर अपनी खैरियत चाहते हो तो चुपचाप चले जाओ।

कला की ऐसी बातें सुनकर गदाधरसिंह झल्ला उठा और उसने क्रोध के साथ कमन्द खैंची। उसे आशा थी कि कला इसके साथ खिंचती चली आवेगी मगर ऐसा न हुआ और खाली कमन्द खिंचकर गदाधरसिंह के हाथ में आ गई, क्योंकि रास्ता चलते-चलते कला ने वह कमंद खोल डाली थी, इसलिए कि उसके हाथ खुले थे। गदाधरसिंह ने इस ख़याल से उसके हाथ नहीं बाँधे थे और कला ने भी ऐसा ही बहाना किया था कि सुरंग के अंदर कई कठिन दरवाज़े खोलने पड़ेंगे।

जिस समय खाली कमंद खिंचकर गदाधरसिंह के हाथ में आ गई उसका कलेजा दहल उठा और वह वास्तव में बेवकूफ-सा बनकर चुपचाप खड़ा रह गया मगर साथ

ही कला की आवाज़ आई–"कोई चिंता मत करो, चुपचाप कदम बढ़ाते चले आओ और समझ लो कि यहाँ भी तुम्हें बहुत कुछ सीखना पड़ेगा।"

खटके की आवाज़ आई और आहट से उसी समय यह भी मालूम हो गया कि जिस चौखट को लाँघकर वह आया था उसमें किसी तरह का दरवाज़ा था जो उसके इधर आ जाने के बाद आप-से-आप बंद हो गया। पीछे की तरफ़ हटकर और हाथ बढ़ाकर देखा तो अपना ख़याल सच पाया और विश्वास हो गया कि अब उसका पीछे की तरफ़ लौट जाना असंभव हो गया।

वहाँ की अवस्था और कला की बातों से गदाधरसिंह का गुस्सा बराबर बढ़ता ही गया और इस बात की उसे बहुत ही शर्म आई कि एक साधारण औरत ने उसे उल्लू बना दिया। मगर वह कर ही क्या सकता था, उन अनजान सुरंग और अंधकार में उसका क्या बस चल सकता था? परन्तु इतने पर भी उसने मज़बूर होकर कला के पीछे-पीछे टटोलते हुए जाना पसन्द नहीं किया।

कई सायत तक चुपचाप खड़े रहकर कुछ सोचने के बाद उसने अपने बटुए में से सामान निकाल कर रोशनी की और आँखें फाड़ कर चारों तरफ़ देखने लगा। उसने देखा कि यह सुरंग बहुत बड़ी चौड़ी और कुदरती ढंग पर बनी हुई है तथा ऊँचाई भी किसी तरह कम नहीं है, तीन आदमी एक साथ खड़े होकर उसमें बखूबी लंबी है क्योंकि आगे की तरफ़ बिलकुल अंधकार मालूम होता था। पीछे की तरफ़ देखा तो दरवाज़ा बंद पाया जिसमें किसी तरह की कुंडी, खटके या ताले का निशान नहीं मालूम होता था।

गदाधरसिंह हाथ में बत्ती लिए हुए आगे की तरफ़ कदम बढ़ाये रवाना हुआ। लगभग डेढ़ सौ कदम जाने के बाद उसे पुनः दूसरी चौखट लाँघने की ज़रूरत पड़ी। उसके पार हो जाने के बाद यह दरवाज़ा भी आप-से-आप बंद हो गया। उसने अपनी आँखों से देखा कि लोहे का बहुत बड़ा तख्ता एक तरफ़ से निकल कर रास्ता बंद करता हुआ दूसरी तरफ़ जाकर हाथ भर तक दीवार के अंदर घुस गया, क्योंकि वह पीछे फिर कर देखता हुआ आगे बढ़ा था। वह पुनः आगे की तरफ़ बढ़ा मगर अब क्रमशः सुरंग तंग और नीची मिलने लगी। उसे कला का कहीं पता न लगा जिसे गिरफ्तार करने के लिए वह दाँत पीस रहा था।

कई सौ कदम चले जाने के बाद पिछले दो दरवाज़ों की तरह उसे और भी तीन दरवाज़े सामने पड़े और सब वह एक ऐसे स्थान पर पहुँचा जहाँ दो तरफ़ को रास्ता फूट गया था। वहाँ पर वह अटक गया और सोचने लगा कि किस तरफ़ जाय। कुछ ही सायत बाद एक तरफ़ से आवाज़ आई, "अगर सुरंग के बाहर निकल जाने की इच्छा हो तो दाहिनी तरफ़ चला जा और अगर यही के रहने वालों की ऐयारी का इम्तिहान लेना हो और किसी को गिरफ्तार करने की प्रबल अभिलाषा हो तो बाई तरफ़ का रास्ता पकड़!"

गदाधरसिंह चौकन्ना होकर उस तरफ़ देखने लगा जिधर से आवाज़ आई थी मगर किसी आदमी की सूरत दिखाई न पड़ी। आवाज़ पर गौर करने से विश्वास हो गया कि यह उसी औरत (**कला**) की आवाज़ है जिसकी बदौलत वह यही तक आया था। आवाज़ किस तरफ़ से आई या आवाज़ देने वाला कहा है और वहाँ तक पहुँचने की क्या तरकीब हो सकती है इत्यादि बातों पर गौर करने के लिए भी गदाधर वहाँ न अटका और गुस्से के मारे पेचोताब खाता हुआ दाहिनी तरफ़ वाली सुरंग में रवाना हुआ। थोड़ी देर तक तेज़ी के साथ चलकर वह सुरंग से बाहर निकल आया और ऐसे स्थान पर पहुँचा जहाँ बहुत सुन्दर और सुहावने बेल और परिजात के पेड़ लगे हुए थे और हरी-हरी लताओं से सुरंग का मुँह ढका हुआ था।

जहाँ पर गदाधरसिंह खड़ा था उसके दाहिनी तरफ़ कई कदम की दूरी पर सुन्दर झरना था जो पहाड़ की ऊँचाई से गिरता हुआ तेज़ी के साथ बह रहा था। यद्यपि इस समय उसके जल की चौड़ाई चार या पाँच हाथ से ज़्यादा न थी मगर दोनों तरफ़ के कगारों पर ध्यान देने से विश्वास होता था कि मौसम पर ज़रूर चश्मा छोटी-मोटी नदी का रूप धारण कर लेता होगा।

गदाधरसिंह ने देखा कि उस चश्मे का जल मोती की तरह साफ और निखरा हुआ बह रहा है और उसके उस पार वहाँ औरत (**कला**) जिसने उसे धोखा दिया था हाथ में तीर-कमान लिए खड़ी उसकी तरफ़ देख रही है। वह अकेली नहीं है बल्कि और भी चार औरतें उसी की तरह हाथ में तीर-कमान लिए उसके पीछे हिफ़ाजत के ख़याल में खड़ी हैं। गदाधरसिंह क्रोध से भरा हुआ लाल आँखों से उस औरत (**कला**) की तरफ़ देखने लगा और कुछ बोलना ही चाहता था कि सामने से और भी दो आदमी आते हुए दिखाई दिए जिन्हें नज़दीक आने पर भी उसने नहीं पहिचाना मगर उसे ख़याल हुआ कि इन दोनों के ऐयारी के ढंग पर अपनी सूरतें बदली हुई हैं।

ये दोनों आदमी गुलाबसिंह और प्रभाकर सिंह थे जिनकी सूरत इस समय वास्तव में बदली हुई थीं। प्रभाकर सिंह ने निगाह पड़ते ही कला को पहचान लिया क्योंकि उसे बदली हुई सूरत में कला और बिमला को देख चुके थे, हाँ, कला ने प्रभाकर सिंह को नहीं पहचाना जो उस समय भी सुन्दर सिपाहियाना ठाठ में सजे हुए थे।

कला को इस जगह ऐसी अवस्था में देखकर उन्हें आश्चर्य हुआ और वे उससे कुछ पूछना ही चाहते थे कि उनकी निगाह गदाधरसिंह पर जा पड़ी जो चश्मे के उस पार पत्थर की चट्टान पर खड़ा इन लोगों की तरफ़ देख रहा था।

प्रभाकर सिंह ने इस ढंग पर अपनी सूरत बदली हुई थी कि उन्हें यकायक पहिचानना बड़ा कठिन था मगर एक बँधे हुए इशारे से उन्होंने कला पर अपने को प्रकट कर दिया और यह बतला दिया कि जो आदमी मेरे साथ है वह मेरा सच्चा ख़ैरख्वाह गुलाबसिंह है।

गुलाबसिंह का हाल कला को मालूम था क्योंकि वह उसकी तारीफ़ इंदुमति से सुन चुकी थी और जानती थी कि ये प्रभाकर सिंह के विश्वासपात्र हैं इसलिए इनसे कोई बात छिपाने की ज़रूरत नहीं है अस्तु पूछने पर उसने अपने साथ वाली औरतों को अलग करके सब हाल अपना और भूतनाथ का साफ-साफ बयान कर दिया जिसे सुनते ही प्रभाकर सिंह ओर गुलाबसिंह हँस पड़े।

प्रभाकर सिंह : वास्तव में तुम बेतरह इसके हाथ फँस गई थीं मगर ख़ूब ही चालाकी से अपने को बचाया!

गुलाबसिंह : (**प्रभाकर सिंह की** तरफ़ **देख के**) यद्यपि गदाधरसिंह इनका कसूरवार है और आजकल उसने अजीब तरह का ढंग पकड़ रखा है तथापि मैं कह सकता हूँ कि गदाधरसिंह ने इन्हें पहिचाना नहीं, अगर पहिचान लेता तो कदापि इनके साथ बेअदबी का बर्ताव न करता।

कला : (**गुलाबसिंह से**) आज जो चाहें कहें क्योंकि वह आपका दोस्त है मगर हम लोगों को उस पर कुछ भी विश्वास नहीं है। (**प्रभाकर सिंह से**) मालूम होता है कि हम लोगों का हाल आपने इनसे कह दिया है।

प्रभाकर सिंह : हाँ, बेशक् ऐसा ही है मगर तुम लोगों को इन पर विश्वास करना चाहिए क्योंकि ये मेरे सच्चे सहायक, हितैषी और दोस्त हैं। तुम लोगों को भी इनसे बड़ी मदद मिलेगी।

कला : ठीक है और मैं ज़रूर इन पर विश्वास करूँगी क्योंकि इनका पूरा-पूरा हाल बहिन इंदुमति से सुन चुकी हूँ, यद्यपि ये गदाधरसिंह के दोस्त हैं और हम लोग उनके साथ दुश्मनी का बर्ताव कर रहे हैं।

गुलाबसिंह : (**कला से**) यद्यपि गदाधरसिंह मेरा दोस्त है मगर (**प्रभाकर सिंह की** तरफ़ **बताकर**) इनके मुकाबले में मैं उस दोस्ती की कुछ भी कदर नहीं करता। इनके लिए मैं उसी को नहीं बल्कि दुनिया के हर एक पदार्थ को जिसे मैं प्यार करता हूँ छोड़ देने के लिए तैयार हूँ। अच्छा जाने दो इस समय पर इन बातों की ज़रूरत नहीं, पहिले उस (गदाधरसिंह) से बातें करके उसे विदा कर लो फिर हम लोगों से बातें होती रहेंगी। हाँ, यह तो बताओ कि जब तुमने इसे गिरफ्तार ही कर लिया था तो फिर मार क्यों नहीं डाला?

कला : हम लोग इसे मार डालना पसन्द नहीं करतीं बल्कि यह चाहती हैं कि जहाँ तक हो सके इसकी मिट्टी पलीद करें और इसे किसी लायक न छोड़े। यह किसी के सामने मुँह दिखाने के लायक न रहे बल्कि आदमी की सूरत देखकर भागता फिर, और इसके माथे पर कलंक का ऐसा टीका लगे कि किसी के छुड़ाए न छूटे सके और यह घबड़ाकर पछताता हुआ जंगल-जंगल छिपता फिरे।

गुलाबसिंह : बेशक् यह बहुत बड़ी सज़ा है, अच्छा तुम उससे बात करो।

गदाधरसिंह दूर खड़ा हुआ इन लोगों की तरफ़ बराबर देख रहा था मगर इन लोगों की बातें उसे कुछ भी सुनाई नहीं देती थीं और न वह हाव-भाव ही से कुछ समझ सकता था, ही इतना जानता था कि अब वह कला का कुछ भी नहीं बिगाड़ सकता।

कला : **(कुछ आगे बढ़ कर ऊँची आवाज़ में गदाधरसिंह से)** अब तो तुम इस घाटी के बाहर निकल आए, मैंने जो कुछ वादा किया था सो पूरा हो गया अब तुम मुझे दलीपशाह के पास ले चलकर अपना वादा पूरा करो।

गदाधरसिंह : **(कला की तरफ़ बढ़ कर)** बेशक् तुम्हारी ऐयारी मुझ पर चल गई और मैं बेवकूफ बन गया। मैं यह भी ख़ूब समझता हूँ कि दलीपशाह से मुलाकात करने की तुम्हें कोई ज़रूरत न थी, वह केवल बहाना था, और न अब तुम मेरे साथ दलीपशाह के पास जा ही सकती हो। अस्तु कोई चिंता नहीं, तुम मेरे हाथ से निकल गई और मैं तुम्हारे पंजे से छूट गया। अच्छा अब मैं जाता हूँ, मगर कहे जाता हूँ कि तुम लोग व्यर्थ ही मुझसे दुश्मनी करती हो। दयाराम जी के विषय में जो कुछ तुम लोगों ने सुना है या जो कुछ तुम लोगों का ख़याल है वह बिलकुल झूठ है, वह मेरे सच्चे प्रेमी थे और मैं अभी तक उनके लिए रो रहा हूँ, यदि जमना और सरस्वती वास्तव में जीती हैं और तुम लोग उनके साथ रहती हो तो जाकर कह देना कि गदाधरसिंह तुम लोगों के साथ दुश्मनी कदापि न करेगा, यद्यपि तुम्हारा हाल जानने के लिए वह तुम्हारे आदमियों को दुःख दे और सतावे तो हो सकता है मगर वह तुम दोनों को कदापि दुःख न देगा। तुम यदि इच्छा हो तो गदाधरसिंह को सता लो, उसे तुम्हारे लिए जान दे देने में भी कुछ उज्र न होगा।

इतना कहकर भूतनाथ वहाँ से पलट पड़ा और देखते-देखते नज़रों से गायब हो गया। गुलाबसिंह को बाहर ही छोड़कर प्रभाकर सिंह कला के साथ घाटी के अंदर चले गये और गुलाबसिंह से कह गये कि तुम इसी जगह ठहरकर मेरा इंतज़ार करो, इंदुमति तथा विमला से मिलकर आता हूँ तो चुनार की तरफ़ चलूँगा क्योंकि जब तक शिवदत्त से बदला न ले लूँगा तब तक मेरा मन स्थिर न होगा।

संध्या हो चुकी थी जब प्रभाकर सिंह लौट कर गुलाबसिंह के पास आए और दोनों आदमी धीरे-धीरे बातचीत करते हुए चुनारगढ़ की तरफ़ रवाना हुए।

इन दोनों को इस बात की कुछ भी ख़बर नहीं है कि भूतनाथ इनका पीछा किये चला आ रहा है और चाहता है कि इन दोनों को किसी तरह पहिचान ले। इन दोनों के ख़याल से भूतनाथ उसी समय कला के सामने ही चला गया था मगर वास्तव में वह थोड़ी दूर जाकर छिप रहा था और अब मौका पाकर इन दोनों के पीछे-पीछे छिपता हुआ रवाना हुआ।

3

क्या भूतनाथ को कोई अपना दोस्त कह सकता था? क्या भूतनाथ के दिल में किसी की मुहब्बत कायम रह सकती थी? क्या भूतनाथ किसी के एहसान का पाबंद रह सकता था? क्या भूतनाथ पर किसी का दबाव पड़ सकता था? क्या भूतनाथ पर कोई भरोसा रख सकता था? इसका जवाब देना बहुत कठिन है। जो गुलाबसिंह भूतनाथ को अपना दोस्त कहता था आज वही गुलाबसिंह भूतनाथ पर भरोसा नहीं करता और इसी तरह भूतनाथ भी उसे अपना दोस्त नहीं समझता। जिस प्रभाकर सिंह की मदद के लिए भूतनाथ कमर बाँध कर तैयार हुआ था आज उसी प्रभाकर सिंह पर ऐयारी का वार करके इंदुमति को सताने के लिए वह तैयार हो रहा है।

सूरत बदले हुए प्रभाकर सिंह और गुलाबसिंह को यद्यपि भूतनाथ ने पहिचाना न था मगर उसे किसी तरह का शक ज़रूर हो गया था और यही जाँच करने के लिए उसने इन दोनों का पीछा किया था।

रात पहर भर से ज़्यादे हो चुकी थी। गुलाबसिंह और प्रभाकर सिंह आपस में बातें करते हुए चुनारगढ़ की तरफ़ जा रहे थे। वे दोनों इस विचार में थे कि कोई गाँव या बस्ती आ जाय तो वहाँ थोड़ी देर के लिए आराम करें। कुछ दूर और जाने के बाद वे दोनों ऐसी जगह पहुँचे जहाँ जंगली पेड़ बहुत ही कम होने के कारण वह ज़मीन मैदान का नमूना बन रही थी और पगडंडी रास्ते से कुछ हट कर दाहिनी तरफ़ एक सुन्दर कुआँ भी था जिसे देख इन दोनों की इच्छा हुई कि इस कुएँ पर बैठकर कुछ देर आराम कर लें तब आगे बढ़े।

कुएँ के पास जाकर देखा कि एक आदमी गमछा बिछाए उसी जगह पर आराम कर रहा है और डोरी तथा लोटा उसके सिरहाने की तरफ़ पड़ा हुआ है।

गुलाबसिंह ने प्रभाकर सिंह की तरफ़ देखकर कहा, "कुछ देर के लिए यहीं आराम कीजिए, पानी पीजिए, और हाथ-मुँह धो ठंडे होकर सफ़र की हरारत मिटाइए इसके जवाब में प्रभाकर सिंह ने कहा, "पानी पीने के लिए हम लोगों के पास लोटा-डोरी तो है ही नहीं, आगे किसी ठिकाने पर चलें तो कुछ हो सकता है, बल्कि वही खाने-पीने का भी सुबीता होगा!"

इन दोनों की बातें सुनकर वह मुसाफ़िर जो कुएँ की जगत पर लेटा हुआ था उठ बैठा और बोला, "हाँ हाँ, आप क्षत्री जान पड़ते हैं और मैं भी गौड़ ब्राह्मण हूँ, अभी-अभी यह लोटा माँज कर मैंने रखा है आप पानी खींच लीजिए।"

"अति उत्तम" कह कर गुलाबसिंह ने लोटा-डोरी उठा ली और प्रभाकर सिंह उसी जगत पर बैठ गये।

गुलाबसिंह ने कुएँ से जल निकाला और दोनों दोस्तों ने हाथ-मुँह धोया। इसके बाद पुनः जल निकाल कर दोनों ने थोड़ा-थोड़ा पीया फिर लोटा माँज मुसाफ़िर के सिरहाने उसी जगह रख दिया।

गुलाबसिंह यद्यपि होशियार आदमी थे मगर इस जगह एक मामूली बात में भूल कर गये। उन्हें उचित था कि अपने हाथ से लोटा माँज कर तब जलपान करते या मुँह-हाथ धोते, मगर ऐसा न करने से दोनों ही को तकलीफ़ उठानी पड़ी।

वह आदमी जो कुएँ पर पहिले ही से आराम कर रहा था वास्तव में भूतनाथ था। वह इन दोनों की आहट लेता हुआ इनसे कुछ ही दूर आगे-आगे सफ़र कर रहा था बल्कि यों कहना चाहिए कि कभी आगे, कभी पीछे, कभी पास कभी दूर जब जैसा मौका पाता उसी तरह उन दोनों के साथ सफ़र कर रहा था और इस समय पहिले ही से यहाँ आकर इन लोगों को धोखा देने के लिए अटका हुआ था।

प्रभाकर सिंह : **(गुलाबसिंह से)** यह कुआँ है तो अच्छे मौके पर मगर इसका पानी अच्छा नहीं है।

गुलाबसिंह : हाँ पानी में कुछ बदबू मालूम पड़ती है, मगर यह बात पहिले न थी, मैं कई दफ़े इस कुएँ का पानी पी चुका हूँ, यहाँ चार-पाँच कोस के घेरे में यही एक कुआँ है।

इसके बाद दोनों आदमी कुछ देर तक मामूली बातचीत करते रहे क्योंकि अनजान मुसाफ़िर पास होने के ख़याल से मतलब की या भेद की कोई बात नहीं कर सकते थे। इसके बाद वे दोनों चादर बिछाकर लेट गये और बात-ही-बात में बेख़बर होकर खर्राटे लेने लगे। उस समय भूतनाथ अपनी जगह से उठा और दोनों के पास आकर गौर से देखने लगा कि अभी ये बेहोश हुए हैं या नहीं।

भूतनाथ ने अपने लोटे के अंदर बेहोशी की दवा लगा दी थी जिसका कुछ हिस्सा पानी में मिल घुलकर इनके पेट में उतर गया था और इसी दवा के महक इन दोनों की नाक में गई थी जिसका असल मतलब न समझ कर इन्होंने पानी की शिकायत की थी।

जब भूतनाथ ने देखा कि वे दोनों अच्छी तरह बेहोश हो गये तब अपने बटुए में से सामान निकालकर उसने रोशनी की, इसके बाद कुएँ में से पानी निकाला और रूमाल तर करके इन दोनों का चेहरा साफ किया। उस समय अच्छी तरह देखने से भूतनाथ का शक जाता रहा और उसने पहिचान लिया कि ये दोनों गुलाबसिंह और प्रभाकर सिंह हैं।

गुलाबसिंह ऐयार नहीं था मगर अकल का तेज़ होशियार आदमी था तथा ऐयारों के साथ दोस्ती रहने के कारण कुछ-कुछ ऐयारी का काम भी कर सकता था और इसी सबब से उसने अपनी और प्रभाकर सिंह की सूरत मामूली ढंग पर बदल ली थी।

भूतनाथ ने इन दोनों को अच्छी तरह पहिचान लेने के बाद गुलाबसिंह की सूरत पुनः उसी तरह की बना दी और प्रभाकर सिंह को पीठ पर लाद कर अपने घर का रास्ता लिया।

तेज़ी के साथ चलकर दो ही घंटे में वह अपनी घाटी के मुहाने पर जा पहुँचा जहाँ रहता था तथा जो कला और बिमला की घाटी के साथ सटी हुई थी। वहाँ उसके शागिर्द लोग उसका इंतज़ार कर रहे होंगे यह सोच भूतनाथ तेज़ी से कदम बढ़ाता हुआ उस सुरंग के अंदर घुसा।

सुरंग के अंदर घुसने के बाद उसी चौमुहानी पर पहुँचा जिसका जिक्र ऊपर कई दफ़े आ चुका है। इसके बाद यह अपनी घाटी की तरफ़ घूमा और उस सुरंग में घुसा मगर दो ही चार कदम आगे जाने के बाद दरवाज़ा बंद देख उसे बड़ा ही ताज्जुब हुआ, उसका दिमाग हिल गया और हिम्मती होने पर भी वह एक दफ़े काँप उठा।

प्रभाकर सिंह की गठरी उसने ज़मीन पर रख दी और बटुए में से सामान निकाल रोशनी करने के बाद अच्छी तरह गौर करके देखने लगा कि रास्ता क्योंकर बंद हो गया, मगर उसकी समझ में कुछ भी न आया। उसने सिर्फ़ इतना देखा कि लोहे का एक बहुत बड़ा तख्ता सामने खड़ा हुआ है जिसके कारण यह बिलकुल नहीं जान पड़ता कि उसका घर किस तरफ़ है। उसने दरवाज़ा खोलने की बहुत कोशिश की और बड़ी देर तक हैरान रहा मगर सब बेकार हुआ। यह सोच कर उसकी आँखों में तू! भर आये कि हाय उसके कई शागिर्द जो इस घाटी के अंदर हैं सब बेचारे भूख के मारे तड़प कर मर जाएँगे, क्योंकि इस रास्ते के सिवाय बाहर निकलने के लिए उन्हें कोई दूसरा रास्ता न मिलेगा।

प्रभाकर सिंह की गठरी लिए भूतनाथ घबड़ाया हुआ सुरंग के बाहर निकल आया और एक घने पेड़ के नीचे बैठकर सोचने लगा कि अब क्या करना चाहिए? इस समय यहाँ मेरा कोई शागिर्द या नौकर भी नहीं मिल सकता जिससे किसी तरह का काम निकाला जाय। जिस ख़याल से प्रभाकर सिंह को ले आया था वह काम भी न हुआ। हाय मेरे आदमी एकाएक जहन्नुम में मिल गये और मैं उनकी कुछ भी मदद न कर सका! मालूम होता है कि यहाँ कोई सच्चा जानकार आ पहुँचा जिसने इस घाटी पर कब्जा कर लिया। क्या दयाराम की दोनों स्त्रियाँ तो यहाँ नहीं आ पहुँची जो पड़ोस में रहती हैं? अगर ऐसा हो भी तो यह कोई आश्चर्य की बात नहीं है, क्योंकि बगल वाली घाटी जिसमें वे दोनों रहती हैं कोई तिलिस्म मालूम पड़ती है और यह घाटी उससे कुछ संबंध रखती हो तो आश्चर्य ही क्या है। मैं नहीं चाहता था कि उन दोनों को सताऊँ या किसी तरह की तकलीफ़ दूँ, मगर दोस्तों और शागिर्दों को छुड़ाने के लिए अब मुझे सभी कुछ करना पड़ेगा।

4

गुलाबसिंह की जब आँख खुली तो रात बीत चुकी थी और सुबह की सफेदी में पूरब तरफ़ लालिमा दिखाई देने लग गई थी। वह घबराकर उठ बैठा और इधर-उधर देखने लगा। जब प्रभाकर सिंह को वहाँ न पाया तब बोल उठा, "बेशक् मैं धोखा खा

गया। वह मुसाफ़िर न था बल्कि कोई ऐयार था जिसने लोटे में किसी तरह की दवा लगा दी होगी। क्या मैं कह सकता हूँ कि प्रभाकर सिंह को वही उठा ले गया होगा?"

इतना कह वह जगत के नीचे उतरा और घूम-घूमकर प्रभाकर सिंह की तलाश करने लगा। जब वे न मिले तो तरह-तरह की बातें मन में सोचता हुआ आगे की तरफ़ बढ़ा।

"बेशक् वह कोई ऐयार था जो प्रभाकर सिंह को उठाकर ले गया। ताज्जुब नहीं कि वह भूतनाथ हो। यद्यपि मुझे उससे ऐसी आशा न थी परन्तु आजकल वह जमना और सरस्वती के ख़याल से प्रभाकर सिंह को भी अपना दुश्मन समझने लग गया है। यह भी किसी को क्या उम्मीद थी कि जमना और सरस्वती जीती होंगी। खैर मुझे इस समय प्रभाकर सिंह के लिए कुछ बंदोबस्त करना चाहिए, बेहतर होगा यदि मैं स्वयं भूतनाथ के पास चला जाऊँ और उससे प्रभाकर सिंह को माँग लूँ। मगर नहीं, यद्यपि वह मेरा दोस्त है परन्तु इस समय वह दोस्ती पर कुछ भी ध्यान न देगा। अगर उसे ऐसा ही ख़याल होता तो प्रभाकर सिंह को ले जाता ही क्यों? मुझे भी इस समय उससे किसी तरह की उम्मीद न रखनी चाहिए, क्योंकि अब हम लोग दयाराम के ख़याल से जमना और सरस्वती के पक्षपाती हो गये हैं, अस्तु अब उसके लिए कोई दूसरा ही बंदोबस्त करना चाहिए। अगर उस खोह का रास्ता मुझे मालूम होता तो मैं जमना और सरस्वती को भी इस बात की ख़बर दे देता।

अब मुझे दलीपशाह के पास चलना चाहिए और उससे मदद माँगनी चाहिए, क्योंकि मैं अकेले भूतनाथ का मुकाबला नहीं कर सकता। दलीपशाह ज़रूर मेरी मदद करेगा, उस पर मेरा ज़ोर भी है और उसने मेरे साथ अपनी मुहब्बत भी दिखाई है, मगर पहिले अपने आदमियों को समझा देना चाहिए जो अभी तक हम लोगों का इंतज़ार कर रहे होंगे!"

इत्यादि तरह-तरह की बातें सोचता हुआ गुलाबसिंह आगे की तरह बढ़ा चला जाता था। लगभग एक या डेढ़ कोस गया होगा कि सामने से दो सिपाही ढाल-तलवार लगाए दो घोड़ों की बागडोर थामे आते हुए दिखाई पड़े। जब वे गुलाबसिंह के पास पहुँचे तो सलाम करके खड़े हो गए और गुलाबसिंह भी रुक गया।

गुलाबसिंह : तुम लोग कहीं जा रहे हो?

एक : आप ही की खोज में जा रहे हैं, क्योंकि रात भर इंतज़ार करके हम लोग...

गुलाबसिंह : **(बात काटकर)** बेशक् तुम लोग तरद्दुद में पड़ गए होंगे, मगर क्या करें लाचारी है, अच्छा यह कहो कि बाकी आदमी कहाँ हैं?

एक : अभी तक सब उसी जगह अटके हुए हैं।

गुलाबसिंह : अच्छा एक काम करो, तुम घोड़ा यहीं छोड़ दो और लौट जाओ, हमारे आदमियों को इत्तिला दो कि हमारे घर पर चले जाएँ, पुराने घर पर नहीं आजकल जहाँ हम रहते हैं उस घर पर चले जाएँ, और जब तक हम या प्रभाकर सिंह वहाँ न

आवे तब तक कहीं न जाएँ। मैं इस घोड़े पर सवार होकर किसी काम के लिए जाता हूँ। (**दूसरे सिपाही की** तरफ़ **देखकर**) तुम इस दूसरे घोड़े पर सवार हो लो और मेरे साथ-साथ चलो।

इतना कहकर गुलाबसिंह घोड़े पर सवार हो गया। "जो हुक्म" कहकर एक सिपाही तो पीछे की तरफ़ लौट गया और दूसरा घोड़े पर सवार होकर गुलाबसिंह के साथ रवाना हुआ।

5

ऊपर लिखी वारदात को गुज़रे आज कई दिन हो चुके हैं। इस बीच में कहीं और क्या-क्या नई बातें पैदा हुई उनका हाल तो पीछे मालूम होगा, इस समय हम पाठकों को कला और बिमला की उसी सुन्दर घाटी में ले चलते हैं जिसकी सैर वे पहिले भी कई दफ़े कर चुके हैं।

उस घाटी के बीचों-बीच में जो सुन्दर बँगला है उसी में चलिए और देखिए कि क्या हो रहा है।

रात घंटे भर से कुछ ज़्यादे जा चुकी है। बँगले के अंदर एक कमरे में साफ और सुथरा फर्श बिछा हुआ है और उस पर कुछ आदमी बैठे आपस में बातें कर रहे हैं। एक तो इन्द्रदेव हैं, दूसरी कला, तीसरी बिमला और चौथी इंदुमति है, जिसका नाम आजकल 'चंदा' रखा गया है। खैर सुनिए कि इनमें क्या-क्या बातें हो रही हैं।

बिमला : (**इन्द्रदेव से**) आपका कहना बहुत ठीक है, मैं भी भूतनाथ से इसी तरह पर बदला लेना पसन्द करती हूँ, तभी तो उसे यहाँ से निकल जाने का मौका दिया, नहीं तो यहाँ पर उसको मार डालना कोई कठिन काम न था।

इन्द्रदेव : ठीक है, किसी दुश्मन को मार डालने से मेरी तबीयत तो प्रसन्न नहीं होती। मैं समझता हूँ कि मरने वाले को कई सायत तक की मामूली तकलीफ़ तो होती है मगर मरने के बाद उसे कुछ भी ज्ञान नहीं रहता कि उसने किसके साथ कैसा सलूक किया था और उसने किस तरह पर उससे बदला लिया। प्राण का संबंध शरीर से नहीं छूटता, उसे कोई-न-कोई शरीर अवश्य ही धारण करना पड़ता है। एक शरीर को छोड़ा तो दूसरा धारण करना पड़ा। यह उसकी इच्छानुसार नहीं होता बल्कि सर्वशक्तिमान जगदीश्वर के रचे हुए मायामय जगत् का यह एक अकाट्य नियम ही है और इसी नियम के अनुसार ईश्वर भले-बुरे कर्मों का बदला मनुष्य को देता है। एक देह को छोड़कर जब जीव दूसरी देह में प्रवेश करता है तब अपने भले-बुरे कर्मों का फल दूसरी देह में भोगता है, मगर इसका उसे कुछ भी परिज्ञान नहीं होता और उस सुख-दुःख का कारण न समझकर वह सहज ही में उस कर्म-फल को अथवा सुख-दुःख को भोग लेता है या भोग करता है। वह इस बात को नहीं समझ सकता कि पूर्व जन्म में मैंने यह पाप किया था जिसका

बदला इस तरह पर मिल रहा है, बल्कि उसे वह एक मामूली बात समझता है, और दु:ख को दूर करने का उद्योग किया करता है, यही कारण है कि वह पुन: पाप-कर्म में प्रवृत्त हो जाता है। अगर मनुष्य जानता कि यह दु:ख उसके किस पाप-कर्म का फल है तो कदाचित् वह पुन: उस पाप-कर्म में प्रवृत्त होने का साहस न करता परन्तु उस महामाया की माया कुछ कही नहीं जाती और समझ में नहीं आता कि ऐसा क्यों होता है कदाचित् उस दयामय के दया भाव ही के कारण हो। इसी से मैं कहता हूँ कि दुश्मन को मार डालने से कोई फल नहीं होता। उसके पाप-कर्म का बदला ईश्वर तो उसे देगा ही परन्तु "मैं भी तो कुछ बदला दे दूँ" यही मेरी इच्छा रहती है। चाहे किसी मत के पक्षपाती लोग इसे भी ईश्वर की इच्छा ही कहें परन्तु मेरे चित्त को जो संतोष होता है वह विशेषता इसमें अधिक अवश्य है।

बिमला : नि:सन्देह ऐसा ही है।

इन्द्रदेव : दुश्मन बहुत दिनों तक जीता रहकर पाप का प्रायश्चित भोगता रहे सो अच्छा, जितने ही ज़्यादे दिनों तक वह पश्चात्ताप करे उतना ही अच्छा, उसके शरीर को जितना ही कष्ट भोगना पड़े उतना ही उत्तम वह अपने सच्चाई के साथ बदला देने वाले को प्रसन्न और हँसता हुआ देखकर जितना ही कुढ़े, जितना ही शर्मिन्दा हो और जितना दु:ख पा सके उतना ही शुभ समझना चाहिए। इसी विचार से मैं कहता हूँ कि भूतनाथ को मारो मत, बल्कि उसे जहाँ तक बने सताओ और दु:ख दो, भला वह समझे तो सही कि मेरे किस कर्म का यह क्या फल मिल रहा है!!

मगर एक बात और विचारने के योग्य है, वह यह कि इस तरह पर दुश्मन से बदला लेना कुछ सहज काम नहीं है, इसके लिए बड़े ही उद्योग, बड़े ही साहस और बड़े ही धैर्य की ज़रूरत है और इसके लिए अपने चित्त के भाव को बहुत ही छिपाना पड़ता है, सो ये बातें मनुष्य से जल्दी निभती नहीं, इसी से कई विद्वानों का मत है कि 'दुश्मन को जहाँ तक हो सके जल्द मिटा देना चाहिए, नहीं तो किसी विचार से तरह दे देने पर कहीं ऐसा न हो कि मौका पाकर वह बलवान हो जाय और तुम्हीं को अपने कब्जे में कर ले'। यह सच है परन्तु यदि ईश्वर सहायक हो और मनुष्य धैर्य के साथ निर्वाह कर सके तो इस बदले से वह पहिला ही बदला अच्छा है जिसे मैं ऊपर बयान कर चुका हूँ।

भूतनाथ के साथ इस तरह का बर्त्ताव करने से एक फायदा यह भी हो सकता है कि सच्चे और झूठे मामले की जाँच भी हो जाएगी। कदाचित् उसने तुम्हारे पति को धोखे ही से मारा हो जान-बूझकर न मारा हो, जैसा कि उसका कथन है! भूतनाथ ऐसा बुद्धिमान और धुरंधर यदि अपने कर्मों का प्रायश्चित पाकर सुधर जाय और अच्छी तरह राह पर लगे तो अच्छी ही बात है क्योंकि ऐसे बहादुर लोग दुनिया में कम पैदा होते हैं।

इन्द्रदेव की आखिरी बात कला और बिमला को पसन्द न आई मगर उन्होंने उनकी खातिर से यह ज़रूर कह दिया कि-'आपका कहना ठीक है'।

कला : खैर अब तो भूतनाथ को मालूम ही हो गया है कि जमना और सरस्वती जीती हैं, देखें हम लोगों के लिए क्या उद्योग करता है।

इन्द्रदेव : कोई चिंता नहीं, मालूम हो गया तो होने दो, तुम होशियारी के साथ इस घाटी के अंदर पड़ी रहो, किसी को यही का रास्ता मत बताओ और जब कभी इस घाटी के बाहर जाओ तो उन अद्भुत हर्बों को ज़रूर अपने साथ रखो जो मैंने तुम लोगों को दिये हैं।

बिमला : जो आज्ञा।

कला : यहाँ का रास्ता अभी तक तो सिवाय प्रभाकर सिंह के और किसी नए आदमी को मालूम नहीं हुआ, मगर इधर प्रभाकर सिंह जो की जुबानी यह जाना गया कि हम लोगों का कुछ हाल उन्होंने अपने दोस्त गुलाबसिंह को ज़रूर कह दिया है, मगर यहाँ का रास्ता, घाटी या इसका असल भेद उनको भी नहीं बताया है।

इन्द्रदेव : (**कुछ सोचकर**) प्रभाकर सिंह बुद्धिमान आदमी हैं, उन्होंने जो कुछ किया होगा उचित किया होगा, इसके विषय में तुम लोग चिंता मत करो। इसके अतिरिक्त गुलाबसिंह पर मैं भी विश्वास करता हूँ। वह निःसंदेह उनका सच्चा हितैषी है और साथ ही इसके साहसी और बहादुर भी हैं। यदि गुलाबसिंह को वे इस घाटी के अंदर भी ले आवे तो कोई चिंता की बात नहीं है। (**मुस्कराकर**) और बेटी, तुमने तो प्रभाकर सिंह को यहाँ का राज्य ही दे दिया, यहाँ के तिलिस्म की ताली ही दे दी है।

बिमला : सो आपकी आज्ञा से, मैंने अपनी तरफ़ से कुछ भी नहीं किया, परन्तु फिर भी आपकी पसन्द पाये बिना वे कुछ कर न सकेंगे। हाँ, एक बात कहना तो मैं भूल ही गई।

इन्द्रदेव : वह क्या?

बिमला : भूतनाथ की घाटी का रास्ता मैंने बंद कर दिया है, अब भूतनाथ अपने स्थान पर नहीं पहुँच सकता और उसके साथी और दोस्त लोग उसी के अंदर पड़े-पड़े सड़ा करेंगे।

यह कहकर बिमला ने अपनी बेईमान लौंडी चंदो की मौत और भूतनाथ की घाटी का दरवाज़ा बंद कर देने तक का हाल पूरा-पूरा इन्द्रदेव से बयान किया।

इन्द्रदेव : (**कुछ सोचकर**) मगर यह काम तो तुमने अच्छा नहीं किया! तुम लोगों को मैंने इस घाटी में इसलिए स्थान दिया था कि अपने दुश्मन भूतनाथ का हाल-चाल बराबर जाना करोगी? वह इस घाटी के पड़ोस में रहता है और यहाँ से उस घाटी का हाल बख़ूबी जाना जा सकता है, इसी सुबीते को देखकर मैंने तुम लोगों को यहाँ छोड़ा था, सो सुबीता तुमने अपने से बिगाड़ दिया। यद्यपि भूतनाथ के संगी-साथी इससे परेशान होकर मर जाएँगे मगर इससे भूतनाथ का कुछ नहीं बिगड़ेगा। वह इस स्थान को छोड़कर

दूसरी जगह चला जाएगा, फिर तुम्हें उसके काम-काज की भी कुछ ख़बर नहीं मिला करेगी। तुम ही सोचो कि यदि वह तुम्हारे किसी साथी या दोस्त को गिरफ्तार करता तो ज़रूर इस घाटी में ले आता और तुम्हें उसकी ख़बर लग जाती, तब तुम उसको छुड़ाने का उद्योग करतीं, मगर अब क्या होगा? अब तो अगर वह तुम्हारे किसी साथी को पकड़ेगा तो दूसरी जगह ले जाएगा और ऐसी अवस्था में तुम्हें कुछ भी पता न लगेगा।

बिमला : **(सिर झुकाकर)** बेशक यह बात तो है।

कला : निःसन्देह भूल हो गई!

इंदुमति : गहरी भूल हो गई। आखिर हम लोग औरत की जात, इतनी समझ कहाँ अब इस भूल का सुधार क्योंकर हो?

इन्द्रदेव : अब इस भूल का सुधार होना जरा कठिन है, भूतनाथ ज़रूर चौकन्ना हो गया होगा और अब वह अपने लिए दूसरा स्थान मुकर्रर करेगा। **(कुछ विचारकर)** मगर खैर एक दफ़े मैं इसके लिए उद्योग ज़रूर करूँगा, कदाचित् काम निकल जाय।

कला : क्या उद्योग कीजिएगा?

इन्द्रदेव : सो अभी से कैसे कहूँ? वहाँ जाने पर और मौका देखने पर जो कुछ बन जाय। यदि भूतनाथ इस घाटी में बना रहेगा तो बहुत काम निकलेगा।

बिमला : तो क्या आप अकेले भूतनाथ की तरफ़ या उस घाटी में जाएँगे?

इन्द्रदेव : हाँ, जा सकता हूँ क्योंकि वे लोग मेरा कुछ भी नहीं बिगाड़ सकते और न मुझे भूतनाथ की कुछ परवाह ही है, मगर मेरा इरादा है कि इस काम के लिए दलीपशाह को भी अपने साथ लेता जाऊँ।

इतना कहकर इन्द्रदेव उठ खड़े हुए और उस कमरे में चले गए जो यहाँ नहाने-धोने के लिए मुकर्रर था।

6

दिन तीन पहर से ज़्यादे बढ़ चुका है। इस समय हम भूतनाथ को एक घने जंगल में अपने तीन साथियों के साथ पेड़ के नीचे बैठे हुए देखते हैं। यह जंगल उस घाटी से बहुत दूर न था जिसमें भूतनाथ रहता था और जिसका रास्ता बिमला ने बंद कर दिया था।

भूतनाथ : **(अपने साथियों से)** मुझे इस बात का बड़ा ही दुःख है कि मेरे साथी लोग इस घाटी में कैदियों की तरह बंद होकर दुःख भोग रहे हैं। यद्यपि वहाँ पानी की कमी नहीं है और खाने के लिए भी इतना सामान है कि लोग महीनों तक निर्वाह कर सकें, मगर फिर कब तक! आखिर जब यह सामान चुक जाएगा तो फिर वे लोग क्या करेंगे?

एक : ठीक है मगर साथ ही इसके यह ख़याल भी तो होता है कि शायद हमारे दोस्तों को भी तकलीफ़ दी गई हो!

भूतनाथ : हो सकता है लेकिन इस विचार पर मैं विशेष भरोसा नहीं करता, क्योंकि दरवाज़ा बंद कर देना सिर्फ़ एक जानकार आदमी का काम है मगर हमारे साथियों से लड़ कर बीस या पच्चीस आदमी पार नहीं पा सकते।

दूसरा : है तो ऐसी ही बात, इसी से आशा होती है कि अभी तक वे सब जीते होंगे, अस्तु जिस तरह हो सके उन्हें बचाना चाहिए।

भूतनाथ : मैं इसी फिक्र में पड़ा हूँ और सोच रहा हूँ कि उनको बचाने के लिए क्या इंतज़ाम किया जाय।

एक : पहिले तो उसका पता लगाना चाहिए जिसने दरवाज़ा बंद कर दिया है।

भूतनाथ : हाँ और इस विषय में मुझे उन्हीं औरतों पर शक होता है, जो इस पड़ोस वाली घाटी में रहती हैं, जहाँ मैं क़ैद होकर गया था, और जहाँ सुनने में आया के जमना और सरस्वती अभी तक जीती-जागती हैं और मुझसे दयाराम का बदला लेने के लिए उद्योग कर रही हैं। वास्तव में यह घाटी बड़ी विचित्र है। नि:सन्देह वह तिलस्म है और अगर मेरा ख़याल ठीक है तो वहाँ की रहने वालियाँ आस-पड़ोसें की भी घाटियों का हाल जानती होंगी, बल्कि मेरी इस घाटी से भी संबंध रखती हो तो ताज्जुब नहीं!

तीसरा : आपका विचार बहुत ठीक है। अगर वास्तव में जमना और सरस्वती जीती हैं और उसी घाटी में रहती है तो नि:सन्देह यह काम उन्हीं का है और उन्हीं लोगों में से किसी को गिरफ्तार करने से हमारा काम निकल सकता है।

भूतनाथ : बेशक्, और मैं उन लोगों में से किसी को ज़रूर गिरफ्तार करूँगा।

एक : आप जब गिरफ्तार होकर वहाँ गए तो वहाँ की अवस्था देखकर और उन लोगों की बातें सुनकर जमना व सरस्वती के विषय में आपने क्या विश्वास किया?

भूतनाथ : मुझे विश्वास होता है कि ज़रूर वे दोनों जीती हैं।

दूसरा : तो यह घाटी उन लोगों को किसने रहने के लिए दी और इन लोगों का मददगार कौन है?

भूतनाथ : यही तो एक विचार करने की बात है। मेरे ख़याल से अगर इन्द्रदेव उन दोनों के पक्षपाती बने हों तो कोई ताज्जुब की बात नहीं क्योंकि दयाराम जी मेरे हाथ से मारे गये इस बात को दुनिया में मेरे सिवाय सिर्फ़ दो ही आदमी और जानते हैं, एक तो दलीपशाह दूसरा शम्भू। शम्भू तो इन्द्रदेव का शागिर्द ही ठहरा और दलीपशाह इन्द्रदेव का दिली दोस्त! यद्यपि दलीपशाह मेरा नातेदार है और उसने इस बात को छिपा रखने के लिए मुझसे कसम भी खाई है, मगर अब मालूम होता है कि उसने अपनी कसम तोड़

दी ओर इस भेद को खोल दिया। इस बात का सबसे बड़ा सबूत एक यह है कि जब मैं क़ैद होकर उस घाटी में गया था तो एक औरत ने ज़ोर देकर मुझसे बयान किया था कि तुमने दयाराम को मारा है और इसके सबूत में पेश करने के लिए दलीपशाह और शम्भू अभी तक जीते हैं। अस्तु मेरा यह विचार पक्का है कि निःसन्देह शम्भू और दलीपशाह ने भेद खोल दिया और सबसे पहिले उन्होंने ज़रूर अपने दोस्त इन्द्रदेव से वह हाल बयान किया होगा। ऐसी अवस्था में ताज्जुब नहीं कि इन्द्रदेव ही इन दोनों के पक्षपाती बने हों। एक : तो इन्द्रदेव को क्या आपसे कुछ दुश्मनी है?

भूतनाथ : नहीं इस बात का तो मुझे गुमान भी नहीं होता।

एक : और यदि इन्द्रदेव चाहे तो क्या आपको कुछ सता नहीं सकते? या आपको गिरफ्तार करके सज़ा नहीं दे सकते?

भूतनाथ बेशक् इन्द्रदेव जो कुछ चाहे कर नहीं सकते हैं, उनकी ताकत का कोई अंदाज़ा नहीं कर सकता, वे एक बहुत बड़े तिलिस्म के राजा समझे जाते हैं, मुझसे वे बहुत ज़्यादे जबर्दस्त हैं और ऐयाश में भी मैं उन्हें अपने से बढ़कर मानता हूँ। यद्यपि एक विषय में अपने को उनका कसूरवार मानता हूँ, मगर फिर भी कह सकता हूँ कि वे मेरे दोस्त है।

दूसरा : तो आप ऐसे दोस्त पर इस तरह का शक क्यों करते हैं?

भूतनाथ : दिल ही तो है, ख़याल ही तो है! जब आदमी किसी मुसीबत में गिरफ्तार होता है तो उसके सोच-विचार और शक का कोई हिसाब नहीं रहता। मैं। इस समय मुसीबत की ज़िंदगी बिता रहा हूँ। मुझसे दो-तीन काम बहुत बुरे हो गये हैं जिनमें एक दयाराम वाली वारदात है। इसमें मुझे बहुत ही बड़ा धोखा हुआ, मैंने कुछ जान-बूझकर अपने दोस्त को नहीं मारा, मगर खैर वह जो कुछ होना था हो गया, अब क्या मैं अपने को दुश्मन के हाथ सहज ही में सौंप दूँगा! यद्यपि इन्द्रदेव को में अद्भुत व्यक्ति मानता हूँ मगर मैं अपने को भी कुछ समझता हूँ, मुझे अपनी ऐयारी पर भी घमंड है, इसलिए में इन्द्रदेव से नहीं डरता और तुम लोगों से कहे देता हूँ कि दलीपशाह इन्द्रदेव का दोस्त है तो क्या हुआ मगर में उसे मारे बिना कभी न छोड़ूँगा, उस कमबख़्त से अपना बदला ज़रूर लूँगा। केवल उसी को नहीं मारूँगा बल्कि उसके खानदान में किसी को जीता न रहने दूँगा। मैं इस बात को जरा भी न सोचूँगा कि वह मेरा नातेदार है, क्योंकि खुद उसी ने इस बात पर ध्यान नहीं दिया और मेरी बर्बादी के पीछे लग गया। मुझे यह ख़बर लगी कि दलीपशाह ने जमानिया के दारोगा से भी दोस्ती पैदा कर ली है और उसकी तरफ़ से भी मुझे सताने के लिए तैयार है।

एक : ऐसी अवस्था में ज़रूर दलीपशाह का नाम-निशान मिटा देना चाहिए क्योंकि जब तक वह जीता रहेगा आप बेफिक्र नहीं हो सकते, साथ ही इसके शम्भू को भी मार डालना चाहिए। उन दोनों के मारे जाने पर आप इन्द्रदेव को अच्छी तरह समझा लेंगे और

विश्वास दिला देंगे कि आपके हाथों से दयाराम नहीं मारे गये और अगर दलीपशाह और शम्भू ने उनसे ऐसा कहा तो यह बात बिलकुल ही झूठ है।

भूतनाथ : ठीक है, मैं ज़रूर ऐसा ही करूँगा, लेकिन इतने पर भी काम न चलेगा और यह बात मशहूर ही होती दिखाई देगी तो लाचार होकर मुझे और भी अनर्थ करना पड़ेगा, नाता और रिश्ता भूल जाना पड़ेगा, दोस्ती और मुरौवत को तिलांजली दे देनी पड़ेगी, और जिन-जिन को यह बात मालूम हो गई है, उन सभी को इस दुनिया से उठा देना पड़ेगा। एक : जमना, सरस्वती, इंदुमति और प्रभाकर सिंह को भी?

भूतनाथ : बेशक्, बल्कि गुलाबसिंह को भी।

दूसरा : यह बड़े कड़े कलेजे का काम होगा!

भूतनाथ : मुझसे बढ़कर कठिन और बड़ा कलेजा किसका होगा जिसने लड़के-लड़की और स्त्री को भी त्याग दिया है? मगर अफ़सोस, इस समय मैं पाप पर पाप करने के लिए मज़बूर हो रहा हूँ।

एक : खैर यह बताइए कि सबसे पहले कौन काम किया जाएगा और इस समय आप हम लोगों को क्या हुक्म देते हैं?

भूतनाथ : सबसे पहले मैं अपने दोस्तों को छुड़ाऊँगा और इसके लिए उस पड़ोस की घाटी में रहने वाली औरतों में से किसी को गिरफ्तार करना चाहिए। खैर अब बताता हूँ कि तुम लोगों को क्या करना चाहिए। (**चौंककर**) देखो तो वह साधु कौन है! ऐसा गुमान होता है कि इसे मैंने कभी देखा है। यह तो हमारे उसी खोह की तरफ़ जा रहा है। पहिले इसी की सूधर लेनी चाहिए फिर बताएँगे कि तुम लोगों को क्या करना चाहिए। यह साधु जिस पर भूतनाथ की निगाह पड़ी बहुत ही बुड्ढा और तपस्वी जान पड़ता था। इसके सर और दाढ़ी के बाल बहुत ही घने और लंबे थे। लंबा कद, वृद्ध होने पर भी गठीला बदन और चेहरा रोआबदार मालूम होता था। कमर में क्या पहिरे हुए था इसका पता नहीं लगता था क्योंकि इसके बदन में बहुत लंबा गेरुए रंग का ढीला कुरता था जो घुटने से एक बित्ता नीचे तक पहुँच रहा था, मगर साथ ही इसके यह जान पड़ता था कि उसने अपने तमाम बदन में हलकी विभूति लगाई हुई है। इसके अतिरिक्त उसके पास और किसी तरह का सामान दिखाई न देता था अर्थात् कोई माला या सुमिरनी तक इसके पास न थी।

भूतनाथ अपने साथियों को इसी जगह रहने का हुक्म देकर धीरे-धीरे उस साधु के पीछे रवाना हुआ मगर इस लापरवाह साधु को इस बात का कुछ भी ख़याल न था कि उसके पीछे कोई आ रहा है।

थोड़ी ही देर में वह साधु उस खोह के मुहाने पर जा पहुँचा जिसमें भूतनाथ रहता था। जब खोह के अंदर घुसने लगा तब भूतनाथ भी लपककर उसके पास पहुँचा।

साधु : **(भूतनाथ को देखकर)** तुम कौन हो?

भूतनाथ : जी मेरा नाम गदाधरसिंह ऐयार है।

साधु : ठीक है, मैं तुम्हारा नाम सुन चुका हूँ, बहुत अच्छा हुआ कि तुमसे मुलाकात हो गई, मालूम होता है कि तुम्हीं ने इस घाटी में दखल जमा रखा है और जो लोग इसके अंदर हैं वे सब तुम्हारे ही संगी-साथी हैं?

भूतनाथ : जी हाँ, बात ऐसी ही है।

साधु : मैं इसी फिक्र में पड़ा हुआ था और सोच रहा था कि इस घाटी में किसने अपना दखल जमा लिया है। शायद तुम्हें यह बात मालूम नहीं है, खैर अब समझ लो कि इस घाटी में पचास वर्ष से रहता हूँ और यह यहाँ का हाल जितना मैं जानता हूँ किसी दूसरे को मालूम नहीं है। इधर कई वर्ष हुए हैं कि इस घाटी को छोड़कर तीर्थयात्रा के लिए चला गया था। मेरा विचार था कि फिर लौट कर यहाँ न आऊँ और इसीलिए इसका दरवाज़ा खुला छोड़ गया था, पर ईश्वर की प्रेरणा से मैं घूमता-फिरता फिर यही चला आया और जब इस घाटी के अंदर गया तो देखा कि इसमें किसी दूसरे की अमलदारी हो रही है। अस्तु मैं इसका दरवाज़ा बंद करता हुआ बाहर निकल आया और फिक्र में पड़ा कि इसके मालिक का पता लगाना चाहिए, क्योंकि इसके अंदर जितने आदमी दिखाई पड़े उनमें से कोई भी ऐसा नज़र न आया जिसे मैं यहाँ का मालिक समझूँ। इसीलिए मैं इसके अंदर किसी से मिला नहीं और न किसी ने मुझे देखा। खैर यह जान कर मुझे प्रसन्नता होगी कि तुम यही रहते हो, मैं बहुत ही प्रसन्न होता यदि तुम्हारी गृहस्थी या बाल-बच्चे भी यही दिखाई देते। मगर खैर जो कुछ है वही गनीमत है। मैं तुम्हें मुहब्बत की निगाह से देखता हूँ क्योंकि तुमसे मुझे एक गहरा संबंध है।

भूतनाथ : **(आश्चर्य से)** वह कौन-सा संबंध है?

साधु : सो कहने की कोई आवश्यकता नहीं क्योंकि भूलता हूँ जो तुम्हें संबंध रखने की बात कहता हूँ। जो साधु है और जिसने दुनिया से संबंध छोड़ दिया उसे फिर किसी से संबंध रखने की ज़रूरत ही क्या है, मगर खैर फिर कभी जब तुमसे मिलूँगा तब बताऊँगा कि मैं कौन हूँ, उस समय तुम मुझे मुहब्बत की निगाह से देखोगे और समझ जाओगे कि मैं तुम पर क्यों कृपा करता हूँ अस्तु जाने दो। अच्छा तुम खुशी से इस घाटी में रहो, मैं इसका दरवाज़ा खोल देता हूँ बल्कि यह भी बताए देता हूँ कि किस तरह यह दरवाज़ा खुलता और बंद होता है।

भूतनाथ : **(प्रसन्नता से)** ईश्वर ही ने मुझे आपसे मिलाया! मैं बड़े ही तरद्दुद में पड़ा हुआ था। अपने दोस्तों की तरफ़ से मुझे बड़ी ही फिक्र थी जो इस घाटी के अंदर इस समय क़ैद हो रहे हैं। मैं समझ रहा था कि मेरा कोई दुश्मन यहाँ आ पहुँचा जो इस घाटी का हाल अच्छी तरह जानता है और उसी ने मेरे साथ ऐसा बर्त्ताव किया है, मगर अब मेरा तरद्दुद जाता रहा और यह जान कर प्रसन्नता हुई कि इसके मालिक आप हैं,

मगर आप मुझे बेहतर खुटके में डाल रहे हैं जो आपने पूरा परिचय नहीं देते। मैं क्योंकर समझूँ कि आप मेरे बड़े और सरपरस्त हैं?

साधु : **(मुस्कराकर)** खैर तुम मुझे अपना सरपरस्त या मददगार न भी समझोगे तो इसमें मेरी या तुम्हारी किसी भी हानि नहीं है परन्तु फिर भी मैं वादा करता हूँ कि बहुत जल्द एक दफ़े पुनः तुमसे मिलूँगा और तब अपना ठीक-ठीक परिचय तुमको दूँगा, इस समय तुम मेरी फिक्र न करो और अपने दुश्मनों से बेफिक्र होकर इस घाटी में रहो। यहाँ थोड़ी-सी दौलत भी है जिसका पता तुम्हें मालूम न होगा, चलो वह भी मैं तुम्हें देता हूँ, जो कि तुम्हारे काम आवेगी, अब क्योंकि मुझे दौलत की कुछ ज़रूरत नहीं रही और यदि आवश्यकता पड़े भी तो मुझे किसी तरह की कमी नहीं है।

भूतनाथ : **(प्रसन्न होकर)** केवल धन्यवाद देकर मैं आपसे उऋण नहीं हो सकता आप मुझ पर बड़ी ही कृपा कर रहे हैं।

साधु : इस कृपा नहीं कहते, यह केवल प्रेम के कारण है, अस्तु अब तुम विलंब न करो और शीघ्रता से चलो, जो कुछ मुझे करना है उसे जल्द निपटा करके बद्रिकाश्रम की यात्रा करूँगा।

भूतनाथ के दिल में इस समय तरह-तरह के विचार उठ रहे थे। वह न मालूम किन-किन बातों को सोच रहा था मगर प्रकट में यही जान पड़ता कि वह बड़ी होशियारी के साथ सचेत बना हुआ खुशी-खुशी साधु के साथ सुरंग के अंदर जा रहा है। जब उस चौमुहानी पर पहुँचा जिसका जिक्र कई दफ़े हो चुका है तो भूतनाथ ने साधु से पूछा-

भूतनाथ : ये बाकी के दोनों रास्ते किधर को गये हैं और उधर क्या है?

साधु : इस घाटी के साथ ही और भी दो घाटियाँ हैं और उन्हीं में जाने के लिये ये दोनों रास्ते हैं मगर उन्हें मैंने बहुत ही अच्छी तरह से बंद कर दिया है क्योंकि उन घाटियों में रहने वालों के आने-जाने के लिए और भी कई रास्ते मौजूद हैं, अब इन रास्तों में से कोई आ-जा नहीं सकता, तुम इस तरफ़ से बिलकुल बेफिक्र रहो। मगर इस राह से उस तरफ़ जाने का उद्योग कभी न करना।

भूतनाथ : जी नहीं, मैं तो उस तरफ़ जाने का ख़याल कभी करता ही नहीं परन्तु आज उस तरफ़ वाली घाटी में बहुत से आदमी आकर बस गये हैं और वे सब मेरे साथ दुश्मनी करते हैं बस इसीलिए जरा ख़याल होता है।

साधु : **(लापरवाही के साथ)** खैर अगर उस घाटी में आकर कोई रहता भी होगा तो यहाँ अर्थात् इस घाटी में आकर तुम्हारे साथ कोई बुरा बर्त्ताव नहीं कर सकता। यों तो दुनिया में सभी जगह दोस्त और दुश्मन रहा करते हैं, उसका बंदोबस्त दूसरे ढंग पर कर सकते हो।

भूतनाथ : जैसी मर्ज़ी आपकी।

साधु : हाँ बेहतर यही है कि तुम बेफिक्री के साथ यहाँ रहकर अपने दुश्मनों का प्रबंध करो और मेरा इंतज़ार करो, मैं बहुत जल्द इसी घाटी में आकर तुमसे मिलूँगा। उसी समय मैं तुमको कुछ और भी लाभदायक वस्तुएँ दूँगा और कुछ उपदेश भी करूँगा।

इतना कहकर साधु आगे की तरफ़ बढ़े और बहुत जल्द उस दरवाज़े के पास जा पहुँचे जिसे बिमला ने बंद कर दिया था। जिस तरह से बिमला ने उस दरवाज़े को बंद किया था उसी तरह साधु ने उसे खोला और खोलने तथा बंद करने का ढंग भी भूतनाथ को बता दिया।

अब भूतनाथ सहस्त्र ही में साधु के साथ घाटी के अंदर जा पहुँचा और अपने साथियों से मिलकर बहुत प्रसन्न हुआ। बातचीत करने पर मालूम हुआ कि उसके साथी लोगों ने कई दफ़े इस घाटी के बाहर निकलने का उद्योग किया था मगर रास्ता बंद होने के कारण बाहर न जा सके और इस वजह से वे लोग बहुत घबरा रहे थे।

भूतनाथ ने अपने सब साथियों से बाबाजी की मेहरबानी का हाल बयान किया और उन सभों के महात्मा के पैरों पर गिराया।

भूतनाथ यद्यपि जानता था कि साधु महाशय मुझ पर बड़ी कृपा कर रहे हैं और उन्हें मुझसे किसी तरह का फायदा भी नज़र नहीं आता, तथापि वह अभी तक उन पर अच्छी तरह भरोसा करने का साहस नहीं रखता था, यह बात चाहे ऐयारी नियम के अनुसार कहिए चाहे भूतनाथ की प्रकृति के कारण समझिए, हाँ, इतना ज़रूर था कि बाबाजी की मेहरबानियों से भूतनाथ दबा जाता था और सोचता था कि यदि इन्होंने कोई खजाना मुझे दे दिया जैसा कि कह चुके हैं, तो मुझे मज़बूर होकर इन पर भरोसा करना पड़ेगा और समझना पड़ेगा कि ये वास्तव में मुझसे स्नेह रखते हैं और मेरे कोई अपने ही हैं।

साधु महाशय की आज्ञानुसार भूतनाथ ने उन्हें वे सब गुफाएँ दिखाई जिनमें वह अपने साथियों के साथ रहता था और बताया कि इस ढंग पर इस स्थान को हम लोग बरतते हैं, इसके बाद साधु महाशय उसे अपने साथ लिये पूरब तरफ़ की चट्टान पर चले गये जिधर छोटी-बड़ी कई गुफाएँ थीं।

साधु : देखो भूतनाथ, मैं जब यहाँ रहता था इसी तरफ़ की गुफाओं में गुजारा करता था और इस पड़ोस वाली घाटी में जिसे तुम अपने दुश्मनों का स्थान बता रहे हो, इन्द्रदेव रहता था जिसे तुम पहिचानते होंगे।

भूतनाथ : जी हाँ, मैं ख़ूब जानता हूँ।

साधु : उन दिनों इन्द्रदेव का दिमाग बहुत ही बड़ा-चढ़ा था और वह मुझसे दुश्मनी रखता था, क्योंकि जिस तरह वह एक तिलिस्म का दारोगा है उसी तरह मैं भी एक तिलिस्म का दारोगा हूँ, अस्तु वह चाहता था कि मेरे कब्जे में जो तिलिस्म है उसका भेद जान ले और उस पर कब्जा कर ले, मगर वह कुछ भी न कर सका और कई साल तक

यहाँ रहने पर भी वह यह न जान सका कि फलाना ब्रह्मचारी इस पड़ोस वाली घाटी में रहता है। इस समय मैं तुमसे ज़्यादा न कहूँगा और न ज़्यादे देर तक रहने की मुझे फुरसत ही है, तुम्हें बड़ा ही ताज्जुब होगा जब मैं अपना परिचय तुम्हें दूँगा और उस समय तुम भी मुझसे उतनी ही मुहब्बत करोगे जितना इस समय मैं तुमसे करता हूँ।

भूतनाथ : ठीक है, मैं परिचय देने के लिये इस समय जिद भी नहीं कर सकता क्योंकि आप बंड़े हैं। आपकी आज्ञानुसार मुझे चलना ही चाहिए, अच्छा यह तो बताएँ कि वह तिलिस्म जिसके आप दारोगा हैं अभी तक आपके कब्जे में है या नहीं?

साधु : हाँ अभी तक वह तिलिस्म मेरे ही कब्जे में है।

भूतनाथ : वह किस स्थान में है?

साधु : इसी घाटी में वह तिलिस्म है, मैं अगली दफ़े जब यहाँ आकर तुमसे मिलूँगा तो उसका कुछ हाल कहूँगा और अगर तुम इस घाटी में अपना कब्जा बनाये रहोगे और तुम्हारा चाल चलन अच्छी देखूँगा तो दिन तुमको उस तिलिस्म का दारोगा भी बना दूँगा क्योंकि अब मैं बहुत बुड्ढा हो गया हूँ और तिलिस्म के नियमानुसार अपने बाद के लिए किसी-न-किसी को दारोगा बना देना बहुत ज़रूरी है।

साधु महाशय की इस आखिरी बात को सुनकर भूतनाथ बहुत ही प्रसन्न हुआ। वह जानता था कि तिलिस्म का दारोगा बनना कोई मामूली बात नहीं है। उसके कब्जे में बेअंदाज़ दौलत रहती है और उसकी ताकत तिलिस्मी सामान की बदौलत मनुष्य की ताकत से कहीं बढ़-चढ़कर रहती है। उसी समय भूतनाथ का ख़याल एक दफ़े इन्द्रदेव की तरफ़ गया और उसने मन में कहा कि देखो तिलिस्मी दारोगा होने के कारण ही इन्द्रदेव कैसे चैन और आराम के साथ रहता है, दुश्मनों का उसे जरा भी डर नहीं है और वास्तव में उसके दुश्मन उसका कुछ भी बिगाड़ नहीं सकते। मगर अफ़सोस! भूतनाथ ने इस बात पर कुछ भी ध्यान नहीं दिया कि इन्द्रदेव कैसा नेक, ईमानदार और साधु आदमी है तथा उसमें सहनशीलता और क्षमा-शक्ति कितनी भरी हुई है, तिस पर भी वह दुश्मनों के हाथ कैसा सताया गया।

भूतनाथ : (**बहुत नरमी के साथ**) तो आप पुनः कब तक लौटकर यहाँ आवेंगे?

साधु : इस विषय में जो कुछ मेरे विचार हैं उसे प्रकट करना अभी मैं उचित नहीं समझता।

भूतनाथ : जैसी मर्ज़ी आपकी। आजकल मेरे वार्षिक दशा बहुत ही खराब हो रही है, रुपये-पैसे की तरफ़ से, बहुत ही तंग हो रहा हूँ।

साधु : तो इस समय जो खजाना मैं तुम्हें दे रहा हूँ वह तुम्हारे लिए कम नहीं है, यदि तुम उसे उचित ढंग पर खर्च करोगे तो वर्षों तक अमीर बने रहोगे और राज्य-सुख भोगोगे, आओ मेरे पीछे-पीछे चले आओ।

इतना कहकर साधु एक गुफा की तरफ़ बढ़ा और भूतनाथ खुशी-खुशी उसके पीछे रवाना हुआ।

खोह के अंदर बहुत अंधकार था मगर भूतनाथ बेधड़क साधु के पीछे-पीछे दूर तक चला गया। जब लगभग दो-तीन सौ कदम चला गया तो साधु ने कहा, "लड़के देख, मैं इस खोह के अंदर अंदाज़ से चला आकर सब काम कर सकता हूँ, मगर तुझे इस काम में तकलीफ़ होगी क्योंकि तेरे लिये यह पहिला मौका है, इसलिये मैं उचित समझता हूँ कि तू अपने ऐयारी के बटुए में से सामान निकाल कर रोशनी कर लें और अच्छी तरह से सब कुछ देख लें, फिर दूसरी दफ़े तेरे ऐसे होशियार आदमी को रोशनी की ज़रूरत न पड़ेगी।"

भूतनाथ ने ऐसा ही किया अर्थात् रोशनी करके अच्छी तरह से देखता हुआ साधु के पीछे-पीछे जाने लगा और ऐसा कहने से साधु पर उसका विश्वास भी ज़्यादे हो गया।

करीब-करीब पाँच सौ कदम चले जाने के बाद रास्ता बंद हो गया और साधु महाशय ने खड़े होकर भूतनाथ से कहा, "बस आगे जाने के लिये रास्ता नहीं है, देख वह बगल वाले में कैसा अच्छा नाग बना हुआ है जिसे देखकर डर मालूम होता है। यह वास्तव में लोहे का है। इसको पकड़ कर जब तू अपनी तरफ़ खैंचेगा तो यहाँ का दरवाज़ा खुल जाएगा, मगर इस बात से होशियार रहियो कि इसके सिर अथवा फन के ऊपर कभी हाथ न लगने पावे नहीं तो धोखा खाएगा।"

भूतनाथ : जो आज्ञा, पहिले आप अभी ही इसे खैंचे जिससे मैं अच्छी तरह समझ लूँ।

साधु : (**ज़ोर से हँसकर**) अभी तक तुझको मुझ पर भरोसा नहीं होता! मगर खैर कोई चिंता नहीं, ऐयारों के लिये यह ऐसा अनुचित नहीं है।

इतना कहकर साधु ने साँप की दुम पकड़ ली और अपनी पूरी ताकत के साथ खैंचा, दो हाथ के लगभग वह दुम खिंचकर आले के बाहर निकल आई, इसके साथ ही बगल में एक छोटा-सा दरवाज़ा खुला हुआ दिखाई दिया।

भूतनाथ को लिए हुए वह साधु उसके अंदर घुस गया और उसी समय वह दरवाज़ा आप-से-आप बन्द हो गया। उस समय साधु ने भूतनाथ से कहा, "देख गदाधरसिंह इधर भी उसी तरह का नाग बना हुआ है, बाहर निकलते समय इधर से भी उसी तरह दरवाज़ा खोलना पड़ेगा।"

भूतनाथ ने उसे अच्छी तरह देखा और फिर उस कोठरी की तरफ़ निगाह दौड़ाई जिसमें इस समय वह मौजूद था। उसने देखा कि वहाँ चाँदी के तितने ही बड़े-बड़े देग या हंडे रखे हुए हैं कि जिनके मुँह सोने के ढक्कनों से ढके हुए हैं, भूतनाथ ने साधु की आज्ञा पाकर उन हंडों का मुँह खोला और देखा कि उनमें अशर्फियाँ भरी हुई हैं।

इस समय भूतनाथ की खुशी का कोई ठिकाना नहीं था और उसने सोचा कि निःसन्देह ऐसे कई खजाने इस घाटी में होंगे मगर उनका पता जानने के लिए साधु से

इस समय जिद करना ठीक न होगा, अवश्य यह पुनः यहाँ आवेंगे और मुझ पर कृपा करेंगे। लौटते समय आज्ञा पाकर भूतनाथ ने अपने हाथ से वह दरवाज़ा बंद किया और साधु के पीछे-पीछे चलकर खोह के बाहर निकल आया। उस समय साधु ने कहा, "गदाधरसिंह अब मैं जाता हूँ, जब लौट कर पुनः यहाँ आऊँगा तो ऐसे-ऐसे कई खजाने तुझे दूँगा और तिलिस्म का दारोगा भी बनाऊँगा मगर मैं तुझे समझाए जाता हूँ कि इन्द्रदेव के साथ, दुश्मनी का ध्यान भी कभी अपने दिल में न लाइयो नहीं तो बर्बाद हो जाएगा। और दुःख भोगेगा। वह तुझसे बहुत ज़्यादा जबर्दस्त है। अच्छा अब मैं जाता हूँ, मेरे साथ आने की कोई ज़रूरत नहीं है।"

इतना कहकर साधु महाशय रवाना हो गये और आश्चर्य में भरे हुए भूतनाथ को उसी जगह छोड़ गये।

भूतनाथ बड़ी देर तक खड़ा-खड़ा इस बात को सोचता रहा कि यह साधु महाशय कौन हैं और मुझ पर इतनी कृपा करने का सबब क्या है? सोचते-सोचते उसका ख़याल देवदत्त ब्रह्मचारी की तरफ़ चला गया जिन्होंने उसे पाला था और ऐयारी सिखाकर इस लायक बना दिया था कि किसी राजा या रईस के यही रह कर इज्ज़त और हुर्मत पैदा करे।

भूतनाथ सोचने लगा कि ताज्जुब नहीं यदि यह मेरे गुरु महाराज देवदत्त ब्रह्मचारी हों जो बहुत दिनों से लापता हो रहे हैं। मुझे रणधीरसिंह जी के यहाँ नौकर रखा देने के बाद यह कह कर चले गये थे कि "अब मैं योगाभ्यास करने के लिए उत्तराखंड चला जाऊँगा, तुम मुझसे मिलने के लिये उद्योग मत करना।" या संभव है कि उनके भाई ज्ञानदत्त ब्रह्मचारी हों जिनकी प्राय गुरुजी तारीफ़ किया करते थे और कहते थे कि वे एक अद्‌भुत तिलिस्म के दारोगा भी हैं, जहाँ तक मेरा ख़याल है उन्हीं दोनों में से कोई-न-कोई ज़रूर हैं। ताज्जुब नहीं कि मैं कुछ दिनों में तिलिस्म का दारोगा बन जाऊँ। अब मैं इस घाटी को कदापि न छोड़ेगा और देखूँगा कि किस्मत क्या दिखाती है। अब प्रभाकर सिंह को भी लाकर इसी घाटी में रखना चाहिए। मगर वास्तव में आजकल मैं बड़े संकट में पड़ गया हूँ। मैं अपने मित्र इन्द्रदेव पर किस तरह सरस्वती बिना किसी मदद के मुझसे दुश्मनी करने के लिए तैयार हो रही हैं। खैर जो कुछ होगा देखा जाएगा अब प्रभाकर सिंह को शीघ्र इस घाटी में ले लाना चाहिए और उसके बाद इन्द्रदेव से मिलना चाहिए। उनसे मुलाकात होने पर बहुत-सी बातों का पता लग जाएगा, मैं इन्द्रदेव के सिवाय और किसी से डरने वाला भी नहीं हूँ। इत्यादि तरह-तरह की बातें सोचता हुआ भूतनाथ अपने दोस्तों और साथियों के पास चला गया और उनसे अपने कर्त्तव्य के विषय में बातचीत करने लगा, मगर साधु महाशय की कृपा से खजाना मिलने का हाल उसने उन लोगों से नहीं कहा।

7

जमानिया वाला दलीपशाह का मकान बहुत ही सुन्दर और अमीराना ढंग पर गुजारा करने लायक बना हुआ है। उसमें जनाना और मर्दाना किला इस ढंग से बना है कि भीतर

से दरवाज़ा खोलकर जब चाहे एक कर ले और अगर भीतर रास्ता बंद कर दिया जाय तो एक का दूसरे से कुछ भी संबंध न मालूम पड़े, यहाँ तक कि अगर मर्दाने मकान में कोई मेहमान आकर टिके तो उसे यकायक इस बात का पता भी न लगे कि जनाने लोग कहाँ रहते हैं और उस तरफ़ आने-जाने के लिये इस तरफ़ से कोई रास्ता भी है या नहीं।

इस मकान के सामने एक छोटा-सा सुन्दर नज़रबाग बना हुआ था और उसके सामने अर्थात् पूरब तरफ़ ऊँची दीवार और फाटक था। मकान के बाई तरफ़ लंबा खपरैल था जिसका एक सिरा तो मकान के साथ सटा हुआ था और दूसरा सिरा सामने अर्थात् फाटक वाली दीवार के साथ। उसके बीच में छोर बड़े कई दालान और कोठरियी बनी हुई थीं जिनमें दलीपशाह के खिदमतगार और सिपाही लोग रहा करते थे। इसी तरह मकान के दाहिनी तरफ़ इस सिरे से लेकर उस सिरे तक कुछ ऐसी इमारतें बनी हुई थीं जिनमें कई गृहस्थियों का गुजारा हो सकता था और उनमें दलीपशाह के शागिर्द ऐयार लोग रहा करते थे। इस ढंग पर वह नज़रबाग बीच में अर्थात् चारों तरफ़ से घिरा हुआ था। सरसरी-तौर पर ख़याल करने से भी साफ मालूम होता था कि दलीपशाह बहुत ही अमीराना ढंग पर रह कर ज़िंदगी के दिन बिता रहा है।

इस इमारत के बगल ही में दलीपशाह का एक बहुत बड़ा खुला बाग़ था जिसमें बड़े-बड़े आम, नींबू और अमरूद तथा इसी तरह के और भी बहुत किस्म के दरख्त लगे हुए थे।

दलीपशाह अपने मर्दाने मकान में एक सुन्दर सजे हुए कमरे के बाहर दालान में चौकी के ऊपर फर्श पर बैठे हुए अपने दोस्त इन्द्रदेव से बातचीत कर रहे हैं। इस जगह से सामने का नज़रबाग और उसके बाद फाटक अच्छी तरह दिखाई दे रहा है। आज इन्द्रदेव इनसे मिलने के लिये आये हुए हैं और इस समय इनके पास बैठे हुए कई ज़रूरी मामलों पर सलाह और बातचीत कर रहे हैं।

दलीपशाह : भाई साहब, गदाधरसिंह आपका दोस्त है इसलिए मैं लाचार होकर उसे अपना दोस्त मानता हूँ, मगर सच तो यों है कि उसके साथ रिश्तेदारी होने पर भी मैं उसे दिल से पसन्द नहीं करता।

इन्द्रदेव : हाँ, उसका चाल-चलन तो कुछ खराब ज़रूर है मगर आदमी बड़े ही जीवट का है और ऐयारी का ढंग बहुत अच्छा जानता है।

दलीपशाह : इस बात को मैं ज़रूर मानता हूँ बल्कि ज़ोर देकर कह सकता हूँ कि अगर वह ईमानदारी के साथ काम करता हुआ रणधीरसिंह जी के यहाँ कायदे से बना रहता तो एक दिन ऐयारों का सिरताज गिना जाता।

इन्द्रदेव : ठीक है मगर उसने रणधीरसिंह का साथ छोड़ तो नहीं दिया!

दलीपशाह : अब इसे छोड़ना नहीं तो क्या कहते हैं? दो-दो महीने तक गायब रहना और मालिक को मुँह तक नहीं दिखाना, क्या इसी को नौकरी कहते हैं? आप

ही कहिए कि अबकी कै महीने के बाद आया था? सिर्फ़ दो दिन रह कर चला गया। उससे तो उसकी स्त्री अच्छी है जो अपने मालिक अर्थात् रणधीरसिंह की स्त्री का साथ नहीं छोड़ती।

इन्द्रदेव : ठीक है मगर उसने रणधीरसिंह के यहाँ अपने बदले में अपना शागिर्द रख दिया है, इसके अतिरिक्त जब रणधीरसिंह जी को उसकी ज़रूरत पड़ती है तो उसी शागिर्द की मार्फत उसे बुलवा भेजते हैं। अभी हाल ही में देखिए उसने कैसी बहादुरी के काम किये।

दलीपशाह : अजी यह तो मैं खुद कह रहा हूँ कि वह ऐयार परले सिरे का है, मगर इस जगह बहस तो ईमानदारी की हो रही है।

इन्द्रदेव : **(दबी जुबान से)** हाँ, वह लालची तो ज़रूर है मगर अभी नई जवानी है, संभव है आगे चलकर सुधर जाय!

दलीपशाह : हँसकर जी हाँ, बात तो यह है कि वह कमबख़्त आपके सामने ढोंग रचता है और दयाराम जी के मामले पर उदासी दिखलाकर कहता है कि अब मैं दुनिया ही छोड़ दूँगा, मगर मैं इस बात को कभी नहीं मान सकता, हाँ उसका यह कहना शायद सच हो कि दयाराम जी के मामले में उसने धोखा खाया।

इन्द्रदेव : भाई, उसकी यह बात तो ज़रूर सच है, वह जान-बूझकर दयाराम को कदापि नहीं मार सकता है।

दलीपशाह : जी हाँ, मैं भी यही सोचता हूँ मगर आप देख लीजिएगा कि कुछ दिन के बाद वह हमारे और आपके ऊपर भी सफाई का हाथ ज़रूर फेरेगा। आपके ऊपर चाहे मेहरबानी भी कर जाये क्योंकि आपसे डरता है और उसे विश्वास है कि आप ऐयारी में किस तरह उससे कम नहीं हैं मगर मुझे तो कभी न छोड़ेगा।

इन्द्रदेव : अजी भविष्य में जैसा करेगा वैसा पावेगा, इस समय तो वह हमारा-आपका किसी का भी कसूरवार नहीं है!

दलीपशाह : **(खिलखिलाकर हँसने के बाद धीरे से)** तब क्यों आपने बेचारे के पीछे जमना और सरस्वती को लगा दिया है?

इन्द्रदेव : केवल उन दोनों का प्रण पूरा करने के लिये मैंने यह कार्रवाई कर दी है, नहीं तो तुम ही सोचो कि बेचारी लड़कियाँ उसका क्या बिगाड़ सकती हैं।

दलीपशाह : तो आप उन लड़कियों के साथ धोखेबाज़ी का काम करते हैं, सच्चे दिल से उनकी मदद नहीं करते!

इन्द्रदेव : **(दाँत से जुबान दबाने के बाद)** नहीं-नहीं, मैं ज़रूर उनकी मदद करता हूँ मगर मेरी इच्छा यही है कि गदाधरसिंह मारा न जाये और दोनों लड़कियों की अभिलाषा भी पूरी हो जाये।

दलीपशाह : यह एक अनूठी बात है, खरबूजा खा भी लें और वह काटा भी न जाये! मैं तो समझता हूँ वह एक दिन ज़रूर जमना और सरस्वती को मार डालेगा।

इन्द्रदेव : नहीं ऐसा तो न करेगा।

दलीपशाह : अजी आप तो निरे ही साधु हैं, इतने बड़े ऐयार होकर भी धोखा खाते हैं। मगर इसमें आपका कोई कसूर नहीं है, ईश्वर ने आपका दिल ही ऐसा नरम बनाया है कि किसी की बुराई पर ध्यान नहीं देते, मगर भाईजान, मैं तो उससे बराबर खटका रहता हूँ। इसमें आप यह न समझिए कि मैं उनका दुश्मन हूँ, आपकी तरह मैं भी यही चाहता हूँ कि वह किसी तरह अच्छे ढर्रे पर आ जाये मगर यह उम्मीद नहीं। अच्छा यह बताइए कि उन लोगों के विषय में आजकल क्या कार्रवाई हो रही है अर्थात् जमना और सरस्वती क्या कर रही हैं?

इन्द्रदेव : बस गदाधरसिंह के पीछे पड़ी हुई है, आज कई दिन हुए कि उसे गिरफ्तार भी कर लिया था मगर सिर्फ़ डरा-धमका के छोड़ दिया, क्योंकि मैंने अच्छी तरह समझा दिया है कि दुश्मन को सता के और दुःख दे के बदला लेना चाहिए न कि जान से मार के। वे बेचारियाँ तो मेरी बात मान जाएँगी मगर गदाधरसिंह की तरफ़ से मैं डरता हूँ, ऐसा न हो कि वह उन दोनों का सफाया कर दे।

दलीपशाह : (**मुस्कराकर**) मगर आप तो उसे नेक बना रहे हैं, उस पर भरोसा कर रहे हैं! अभी-अभी कह चुके हैं कि वह उन दोनों के साथ बुराई कभी न करेगा।

इन्द्रदेव : आशा तो ऐसी ही है जो मैं कह चुका हूँ, फिर भी डरता हूँ क्योंकि आजकल उसका रंग-ढंग और रहन-सहन ठीक नहीं है।

दलीपशाह : आप तो अच्छा दो तर्फी बात करते हैं!

इन्द्रदेव : ऐसा नहीं है मेरे दोस्त, मैं खूब समझता हूँ कि वह आजकल बिगड़ा हुआ है मगर मैं उसे सुधारना चाहता हूँ, मेरा ख़याल है कि वह दुःख भोगकर सुधर सकता है, मगर उसकी यातना की जाये तो ताज्जुब नहीं कि वह राह पर आ जाये।

दलीपशाह : तो क्या बेचारी जमना और सरस्वती ही के हाथ से उसकी यातना कराइएगा?

इन्द्रदेव : नहीं, वे बेचारियाँ भला क्या कर सकेंगी। मैं अब आपके पास इसीलिए आया हूँ कि इस काम में आपसे मदद लूँ।

दलीपशाह : वह क्या? मैं आपके लिए हर तरह से तैयार हूँ।

इन्द्रदेव : आप जानते ही हैं कि मैं अपना स्थान किसी तरह छोड़ नहीं सकता।

दलीपशाह : बेशक् ऐसा ही है।

इन्द्रदेव : इसलिए मैं चाहता था कि आप कुछ दिनों तक उन लड़कियों के साथ रहकर उनकी मदद करें मगर देखता हूँ कि आप बेतरह गदाधरसिंह पर टूटे हुए हैं। मैं यह नहीं चाहता कि वह जान से मारा जाय।

दलीपशाह : तो क्या आप समझते हैं कि मैं आपकी इच्छा के विपरीत चलूँगा?

इन्द्रदेव : नहीं–नहीं, ऐसा तो मुझे स्वप्न में भी गुमान नहीं हो सकता। हाँ यह सोचता हूँ कि मेरा कहना आपकी इच्छा के विरुद्ध कहीं न हो।

दलीपशाह : चाहे जो हो मगर मैं आपकी बात कभी न टालूँगा, इसके अतिरिक्त आप जानते हैं कि वह मेरा रिश्तेदार है, उसकी स्त्री शान्ता है तो मेरी साली, मगर मैं उसे बहिन की तरह मानता और प्यार करता हूँ, ऐसी अवस्था में मैं कब चाहूँगा कि गदाधरसिंह मारा जाये और उसकी स्त्री विधवा होकर मेरी आँखों के सामने आये! मगर बात जो असल है वह ज़रूर करने में आती है।

इन्द्रदेव : ठीक है मगर गदाधरसिंह खुद अपने पैर में कुल्हाड़ी मार रहा है। खैर जैसा करेगा वैसा पावेगा। हम लोग जहाँ तक हो सकेगा उसके सुधारने की कोशिश करेंगे, आगे जो ईश्वर की मर्ज़ी।

दलीपशाह : खैर मुझे आप क्या काम सुपुर्द करते हैं सो कहिए?

इन्द्रदेव : मैं चाहता हूँ कि आप कुछ दिनों तक जमना और सरस्वती के साथ रहकर उनकी मदद कीजिए, मगर इस तरह पर नहीं कि जो कुछ वे कहती जाएँ आप करते जाएँ।

दलीपशाह : तब किस तरह से?

इन्द्रदेव : इस तरह से कि दोनों जिस तरह चाहें स्वयं काम करके अपना हौसला पूरा करें और यही उनकी इच्छा भी है, मगर इस तरह पर नहीं कि जो कुछ वे कहती जाएँ या किसी मुसीबत में फँस जाएँ तब आप उनकी रक्षा करें।

दलीपशाह : यह तो बड़ा कठिन काम है!

इन्द्रदेव : बेशक् कठिन है और इसे सिवाय आपके दूसरा पूरा नहीं कर सकता।

दलीपशाह : **(कुछ सोचकर)** बहुत अच्छा, मैं तैयार हूँ।

इन्द्रदेव : तो बस आज ही आप मेरे साथ चलिए, मैं उन दोनों को आपके सुपुर्द कर दूँ और उस घाटी के भेद भी आपको बता दूँ तथा जो कुछ मैं कर आया हूँ उसे भी समझा दूँ।

दलीपशाह : जब आपकी इच्छा हो चलिए!। **(फाटक की तरफ़ ख़याल करके)** देखिए गुलाबसिंह चले आ रहे हैं, इन्हें चुनार से क्योंकर छुट्टी मिली!

इन्द्रदेव : इनका हाल आपको मालूम नहीं है पर मैं सुन चुका हूँ और इस समय आपसे कहने ही वाला था कि इंदुमति भी आजकल जमना और सरस्वती के पास पहुँची

हुई हैं, मगर अब कहने की कोई ज़रूरत नहीं, खुद गुलाबसिंह की जुबानी आप सब कुछ सुन लेंगे और शायद इसीलिए वह यहाँ आए भी हैं।

दलीपशाह : शिवदत्त भी नया राज्य पाकर आजकल अंधा हो रहा है।

इन्द्रदेव : बेशक् ऐसा ही है।

इतने ही में दरबान ने ऊपर आकर गुलाबसिंह के आने की इत्तिला की और इन्हें ले आने का हुक्म पाकर चला गया। थोड़ी ही देर में गुलाबसिंह वही आ पहुँचे और उन्होंने बड़े अदप के साथ इन्द्रदेव को सलाम किया और दलीपशाह से मिले।

इशारा पाकर गुलाबसिंह एक कुर्सी पर बैठ गए और इस तरह बातचीत होने लगी-

दलीपशाह : कहो भाई गुलाबसिंह जी, आज तो बहुत दिनों के बाद आपसे मुलाकात हुई है, सब कुशल तो है?

गुलाबसिंह : जी कुशलता तो नहीं है, और इसीलिए मुझे चुनारगढ़ से भागना पड़ा।

दलीपशाह : क्या महाराज शिवदत्त की नौकरी आपने छोड़ दी?

गुलाबसिंह : हाँ, मज़बूर होकर मुझे ऐसा करना पड़ा, क्योंकि मैं प्रभाकर सिंह के साथ किसी तरह का बुरा बर्त्ताव नहीं कर सकता था।

दलीपशाह : प्रभाकर सिंह भी तो उन्हीं के यही सेनापति का काम करते हैं?

गुलाबसिंह : हाँ, मगर महाराज ने उनके साथ बहुत ही बुरा बर्त्ताव किया, उनकी इंदुमति पर हजरत आशिक़ हो गए और बड़ी-बड़ी चालबाज़ियों से अपने महल में बुलवा लिया, मगर जब वह किसी तरह राजी न हुई और जान देने पर तैयार हो गई तब लाचार उसे महल के अंदर क़ैद करके रखा और प्रभाकर सिंह को मार डालने का बंदोबस्त करने लगे जिसमें निश्चिन्त होकर इंदुमति को काम में लावें, परंतु प्रभाकर सिंह को इस बात का पता लग गया और वे महल में घुसकर बड़ी बहादुरी से इंदुमति को छुड़ा लाए। तो भी शिवदत्त का मुकाबला नहीं कर सकते थे इसलिए अपनी स्त्री को साथ लेकर वहाँ से भाग खड़े हुए। इसके बाद शिवदत्त ने उनकी गिरफ्तारी के लिए मुझे मुकर्रर किया, मैंने इसी बात का गनीमत समझा और कई आदमियों को साथ लेकर उनकी खोज में निकला। आखिर उनसे मुलाकात हो गई और तब से उनकी ताबेदारी में रहने लगा क्योंकि उनके बुजुर्गों ने जो कुछ भलाई मेरे साथ की है उसे मैं भूल नहीं सकता। नौगढ़ की सरहद के पास ही उनसे मुलाकात हुई थी और अकस्मात् उसी जगह भूतनाथ भी मुझसे मिल गया। मैंने भूतनाथ से मदद माँगी और वह मदद देने के लिए तैयार होकर हम लोगों को अपना डेरे पर ले गया, मगर कई मामले ऐसे हो गए कि भूतनाथ दोस्ती का इस्तीफा देकर दुश्मन बन बैठा और उसे सबब से भी हमें तकलीफ़ ही उठानी पड़ी

इतना कहकर गुलाबसिंह ने इन्द्रदेव की तरफ़ देखा।

इन्द्रदेव : हाँ-हाँ गुलाबसिंह, तुम कहते जाओ रुको, मत, दलीपशाह से कोई बात छिपी हुई नहीं है।

गुलाबसिंह : (**हाथ जोड़कर**) जी नहीं, अब जो कुछ कहना बाकी है आप ही इन्हें समझा दें, मैं डरता हूँ कि कदाचित् मेरी जबान से ऐसी कोई बात निकल पड़े जिसे आप नापसंद करते हों तो...

इन्द्रदेव : (**मुस्कराकर**) अजी नहीं गुलाबसिंह, मैं तुम्हें अच्छी तरह जानता हूँ तुम बड़े ही नेक और सज्जन आदमी हो, जमना और सरस्वती ने जो कुछ भेद की बातें प्रभाकर सिंह से कहीं हैं सो मुझे मालूम हैं और प्रभाकर सिंह ने जो कुछ तुम्हें बताया है उसे भी मैं कदाचित् जानता हूँ, अस्तु तुम जो कहना चाहते हो बेधड़क कहते जाओ।

गुलाबसिंह : जो आज्ञा। अच्छा तो मैं संक्षेप में कह डालता हूँ, (**दलीपशाह से**) भूतनाथ जिस घाटी में रहता है उसके पास ही जमना और सरस्वती भी रहती हैं। वह किसी तरह प्रभाकर सिंह को अपने यहाँ ले गई मगर इसके बाद ही इंदुमति पुनः दुश्मनों के हाथ में फँस गई, उसे भी दोनों बहिनें छुड़ाकर अपने यहाँ ले गई। तब से इंदुमति उन्हीं के यहाँ रहती हैं। प्रभाकर सिंह उस खोह के बाहर आए और कई दिनों के बाद हम दोनों आदमी चुनारगढ़ की तरफ़ रवाना हुए इसलिए कि कुछ सिपाहियों का बंदोबस्त करके दुश्मन से बदला लें। मगर भूतनाथ जिसे जमना और सरस्वती ने गिरफ्तार करके नीचा दिखाया था हम लोगों का दुश्मन बन बैठा और धोखा देकर प्रभाकर सिंह को क़ैद कर अपने घर ले गया, कहीं रखा मुझे मालूम नहीं।

इसके बाद गुलाबसिंह ने वह किस्सा खुलासे-तौर पर दलीपशाह और इन्द्रदेव से बयान किया। इन्द्रदेव को प्रभाकर सिंह की गिरफ्तारी का हाल अभी तक मालूम नहीं हुआ था अस्तु उन्हें यह सुनकर बड़ा दुःख हुआ और उन्होंने दलीपशाह से कहा, "मेरे दोस्त, मुझे प्रभाकर सिंह के हाल पर अफ़सोस होता है। भूतनाथ ने भी यह काम अच्छा नहीं किया। खैर कोई चिंता नहीं, प्रभाकर सिंह को उसके कब्जे से निकाल लेना कोई बड़ी बात नहीं है। अब तुम सफ़र की तैयारी करो, और जमना तथा सरस्वती के साथ-ही-साथ प्रभाकर सिंह की मदद करो, मैं खुद तुम्हारे साथ चल कर प्रभाकर सिंह को क़ैद से छुट्टी दिलाऊँगा!" इतना कहकर इन्द्रदेव दलीराशाह को कमरे के अंदर ले गये और आधे घंटे तक एकांत में न मालूम क्या समझाते रहे, इसे बाद बाहर आए और बहुत देर तक गुलाबसिंह से बातचीत करते रहे।

8

भूतनाथ को जब अपनी घाटी में घुसने का रास्ता नहीं मिला तो वह प्रभाकर सिंह को एक दूसरे ही स्थान में ले जाकर रख आया था और अपने दो आदमी उनकी हिफ़ाजत के लिए छोड़ दिये थे। अब जब भूतनाथ महात्मा जी की कृपा से अपनी सुहावनी घाटी में

पहुँच गया, सुरंग का रास्ता उसके लिए साफ हो गया, दरवाज़ा खोलने और बंद करने की तरकीब मिल गई बल्कि उसके साथ-ही-साथ बेअंदाज़ दौलत का भी मालिक बन बैठा, तो उसका हौसला बनिस्बत पहिले के सौगुना बढ़ गया और उसने चाहा कि प्रभाकर सिंह को भी लाकर उसी घाटी में रख छोड़े अस्तु महात्मा जी को विदा करने के बाद दूसरे दिन वहाँ से रवाना हुआ और संध्या होते-होते तक प्रभाकर सिंह को इस घाटी में ले आया। प्रभाकर सिंह दवा के नशे में बेहोश थे और उनके हाथ में हथकड़ी तथा पैरों में बेड़ी पड़ी हुई थीं।

भूतनाथ ने उन्हें एक बहुत बड़ी साफ और सुन्दर चट्टान पर रख दिया, पैर की बेड़ी खोल दीं, और लखलखा सुँघाकर उनकी बेहोशी दूर की। जब प्रभाकर सिंह उठ कर बैठ गये तो इस तरह बातचीत होने लगी : -

प्रभाकर सिंह : (**चारों** तरफ़ **देखकर**) क्या अभी तक मेरी गिनती कैदियों ही में है? मैं पुनः बेहोश करके इस घाटी में क्यों लाया गया और तुम क्यों नहीं बताते कि किस तरह दुःख देने से तुम्हारा क्या मतलब है?

भूतनाथ : प्रभाकर सिंह, तुम ख़ूब जानते हो कि ऐयारों को जरा-जरा से काम के लिए बड़े-बड़े नाज़ुक और अमीर आदमियों को तकलीफ़ देनी पड़ती है। मैं सच कहता हूँ कि तुमसे मुझे किसी तरह की दुश्मनी न थी, बल्कि मैं हर तरह से तुम्हारी मदद के लिए तैयार हो गया था, अगर तुम धोखा देकर अपना ढंग न बदलते तो देखते कि मैं किस ख़ूबी और ख़ूबसूरती के साथ तुम्हारे दुश्मनों से तुम्हारा बदला लेता और तुम्हें हर तरह से बेफिक्र कर देता, मगर अफ़सोस, तुमने मेरे दुश्मनों से मिलकर मुझे धोखा दिया और गुलाबसिंह को भी जो मेरा दोस्त था बहका दिया!

प्रभाकर सिंह : मैंने तुम्हारे किस दुश्मन से मिलकर तुम्हारा क्या नुकसान किया सो साफ-साफ क्यों नहीं कहते?

भूतनाथ : क्या तुम नहीं जानते जो साफ-साफ कहने की ज़रूरत है? जमना और सरस्वती ने मुझे तकलीफ़ देने के लिए ही अवतार लिया है और तुम उनके पक्षपाती बन गये हो। वे तो भला औरत की जात हैं, नासमझ कहलाती हैं, पर तुम्हीं ने उनका भ्रम क्यों नहीं दूर कर दिया कि भूतनाथ ने दयाराम को कदापि न मारा होगा क्योंकि वह उनके साथ मुहब्बत रखता था और उनका दोस्त था!

प्रभाकर सिंह : (**हँसकर**) तुमको भी तो वे गिरफ्तार करके उस घाटी में ले गई थीं, फिर तुम्हीं ने क्यों नहीं उनका भ्रम दूर कर दिया? तुम ऐयार कहलाते हो, हर तरह से बात बनाना जानते हो!

भूतनाथ : मुझे तो कसूरवार ही समझती हैं, फिर भला मेरी बात क्यों मानने लगीं?

प्रभाकर सिंह : इसी तरह मैं भी तो उनका रिश्तेदार ठहरा, मैं उनकी इच्छा के विरुद्ध क्यों करने लगा? तुम जानो और वे जानें मुझे इन झगड़ों से मतलब ही क्या?

बेचारी औरत की जात अबला कहलाती है और तुम इतने बड़े नामी ऐयार हो फिर भी जरा से मामले के लिए मुझसे मदद माँगते हो और चाहते हो कि मैं तेरे लिए अपने एक ऐसे रिश्तेदार के साथ बेमुरौवती करूँ जो दया करने के लायक है! तुम्हें शर्म नहीं आती! अगर मैं खुद तुम्हारे साथ किसी तरह की करूँ तो ज़रूर मुझसे बदला लेना उचित था।

भूतनाथ : **(मुस्कराकर)** सत्य वचन! मालूम हुआ कि आप बड़े सच बोलने वाले हैं और सिवाय सच के कभी झूठ नहीं बोलते। अच्छा खैर इन बातों से कोई मतलब नहीं, मैं तुमसे बहस करना पसन्द नहीं करता। मैं जो कुछ पूछता हूँ उसका साफ-साफ जवाब दो नहीं तो तुम्हारे लिए अच्छा न होगा।

प्रभाकर सिंह : अब इस धमकी में तुम्हारी बातों का जवाब नहीं दे सकता, मुलायमियत से अगर पूछते तो शायद कुछ जवाब दे देता क्योंकि न तो तुम्हारे किसी अहसान का बोझ मेरी गर्दन पर है और न मैं तुमसे डरता ही हूँ।

भूतनाथ : ऐसी अवस्था में भी तुम मुझसे नहीं डरते? देख रहे हो कि तुम्हारे हर्बे छीन लिए गए, हथकड़ी तुम्हारे हाथों में पड़ी हुई हैं, और इस समय तुम हर तरह से मज़बूर और कमज़ोर हो!

"यह हथकड़ी तो कोई चीज़ नहीं है, मेरे ऐसे क्षत्री के लिए तुमने इसे पसन्द किया यह तुम्हारी भूल है!" इतना कहकर बहादुर प्रभाकर सिंह ने एक झटका ऐसा दिया कि हथकड़ी टूट कर उनके हाथों से अलग हो गई और साथ ही वे अपनी कमर से तलवार खैंच कर भूतनाथ के सामने खड़े हो गये और बोले, "बताओ क्या अब भी मैं तुम्हारा क़ैदी हूँ?"

प्रभाकर सिंह की कमर में एक ऐसी तलवार थी जो बदन के साथ पेटी की तरह लपेटकर बाँधी जा सकती थी, चमड़े की मुलायम म्यान उसके ऊपर पड़ी हुई थी और उसे प्रभाकर सिंह कपड़े के अंदर कमर में लपेटकर धोती और कमरबंद से छिपाए हुए थे। अभी तक उस पर भूतनाथ की निगाह नहीं गई थी, बल्कि उसे इस बात का कुछ गुमान भी न था। यह तिलिस्मी तलवार बिमला ने प्रभाकर सिंह को दी थी और बिमला ने इन्द्रदेव से पाई थी। इन्द्रदेव का बयान है कि उन्हें इसी तरह के कई हर्बे कुँवर गोपालसिंह ने अपने जमानिया के तिलिस्म में से निकाल कर दिये थे।

इस तलवार में भी करीब-करीब वही गुण थे जो उस तिलिस्मी खंजर और नेजे में था जिसका हाल हम चंद्रकांता सन्तति में लिख आये हैं, फर्क बस इतना था कि जिस तरह उन खंजरों में कब्जा दबाने से चमक पैदा होती थी उस तरह इसमें चमक नहीं पैदा होती थी और न इसके छूने से आदमी बेहोश ही होता था। मगर इसका जख्म लगने से बिजली के असर से आदमी बेहोश हो जाता था। उसकी तरह इसके जोड़ की भी एक खूबसूरत अँगूठी ज़रूर थी जो इस समय प्रभाकर सिंह की तर्जनी उँगली में पड़ी हुई थी। इस अँगूठी में यह भी गुण था कि अगर धोखे में उन्हीं हो इसका जख्म लग जाय तो उन्हें कुछ असर न हो।

प्रभाकर सिंह की हिम्मते-मरदानगी और ताकत देखकर भूतनाथ हैरान हो गया बल्कि यों कह सकते हैं कि घबरा गया, यद्यपि भूतनाथ भी मरदे-मैदान और लड़ाका था तथा यहाँ पास ही में उसके कई मददगार भी थे जो उसके आवाज़ देने के साथ ही पहुँच सकते थे मगर फिर भी थोड़ी देर के लिए उसके ऊपर प्रभाकर सिंह का रोब छा गया और वह खड़ा होकर उनका मुँह देखने लगा।

प्रभाकर सिंह : हाँ बताओ तो क्या मैं अब भी क़ैदी हूँ।

भूतनाथ : (**बनावटी मुस्कराहट के साथ**) हाँ बेशक् तुम ताकतवर और बहादुर हो, मगर समझ रखो कि ऐयारों का मुकाबला करना तुम्हारा काम नहीं है।

प्रभाकर सिंह : हाँ बेशक् इस बात को मैं मानता हूँ, मगर खैर जैसा मौका होगा देखा जाएगा, इस समय तुम्हारा क्या इरादा है सो साफ-साफ कह डालो, अगर लड़ना चाहते हो तो मैं लड़ने के लिए तैयार हूँ।

भूतनाथ : मुझे न तो तुम्हारे साथ किसी तरह की दुश्मनी ही है और न मैं व्यर्थ लड़ना ही चाहता हूँ हाँ, इतना ज़रूर चाहता हूँ कि जमना और सरस्वती का सच्चा-सच्चा हाल मुझे मालूम हो जाय। न-मालूम कि नालायक ने उन्हें समझा दिया है कि मैं अपने दोस्त दयाराम जी का घातक हूँ तथा इस बात पर उन्होंने विश्वास करके मेरे साथ दुश्मनी करने पर कमर बाँध ली है, और...

प्रभाकर सिंह : (**बात काटकर**) ओफ, इन पचड़ों को मैं सुनना पसन्द नहीं करता, इस बारे में मैं पहिले ही कह चुका हूँ कि तुम जानो और वे जानें, मैं तुम्हारा ताबेदार नहीं हूँ कि तुम्हारे लिए उनको समझाने जाऊँ।

भूतनाथ : (**क्रोध के साथ**) तुम अजब ढंग पर बातें कर रहे हो! तुम्हारा मिजाज़ तो आसमान पर चढ़ा हुआ है!!

प्रभाकर सिंह : बेशक् ऐसा ही है, तुम धोखा देकर मुझे गिरफ्तार कर लाए हो इसलिए मैं तुमसे बात करना भी पसन्द नहीं करता।

भूतनाथ : फिर ऐसा करने से तो नहीं चलता, तुम्हें झख मार कर मेरी बातों का जवाब देना पड़ेगा।

यह कहकर भूतनाथ ने भी म्यान से तलवार निकाली और पैंतरा बदलकर सामने खड़ा हो गया।

प्रभाकर सिंह : तुम्हारी तलवार बिलकुल बेकार है, कुछ भी काम नहीं देगी, चलाओ और देखो क्या होता है।

भूतनाथ : हाँ-हाँ, देखो यह तलवार कैसा मज़ा करती है, मैं तुम्हें जान से न मारूँगा बल्कि बेकार करके छोड़ दूँगा।

इतना कहके भूतनाथ ने प्रभाकर सिंह पर वार किया जिसे उन्होंने बड़ी चालाकी के साथ अपनी तलवार पर रोका।

प्रभाकर सिंह की तलवार पर पड़ने के साथ ही भूतनाथ की तलवार कटकर दो टुकड़े हो गई क्योंकि वह हर एक हर्बे को काट सकती थी। भूतनाथ ने टूटी हुई तलवार फेंक दी और कमर से खंजर निकालकर वार किया चाहता था कि प्रभाकर सिंह ने अपनी तलवार से उसे भी काटकर दो टुकड़े कर दिया। भूतनाथ को बड़ा ही ताज्जुब हुआ और वह सोचने लगा कि यह अनूठी तलवार किस लोहे की बनी हुई है जो दूसरे हर्बों को इतने सहज ही में काट डाला करती है!

थोड़ी ही दूर पर भूतनाथ के कई आदमी खड़े यह तमाशा देख रहे थे मगर मालिक का इशारा पाये बिना पास नहीं आ सकते थे। इस समय भूतनाथ ने इशारा किया और वे लोग जो गिनती में आठ थे वहाँ आ मौजूद हुए। यह कैफ़ियत देखकर प्रभाकर सिंह ने कहा, "भूतनाथ, मैं केवल तुम्हीं से नहीं बल्कि एक साथ इन सभों से लड़ने के लिए तैयार हूँ।"

यह बात भूतनाथ को बहुत बुरी मालूम हुई और अपने एक साथी के हाथ से तलवार लेकर उसने पुनः प्रभाकर सिंह पर वार किया और साथ-साथ अपने साथियों की मदद के लिए इशारा किया।

प्रभाकर सिंह बड़ा ही बहादुर आदमी था और लड़ाई के फन में तो वह लासानी था। अगर वह चाहता तो सहज ही में अपनी तिलिस्मी तलवार से जख्मी करके सभों को बेहोश कर देता, मगर नहीं, उसने कुछ देर तक लड़ कर सभों को दिखला दिया कि हमारे सामने तुम लोग कुछ भी नहीं हो! यद्यपि उसके बदन पर भी कई जख्म लगे, मगर उसने सभों के हर्बे बेकार कर दिये और अंत में भूतनाथ तथा उसके सभी साथी जख्मी होकर तलवार वाली बिजली के असर से बेहोश हो ज़मीन पर गिर पड़े। प्रभाकर सिंह धीरे-धीरे मस्तानी चाल से चलते हुए वहाँ से रवाना हुए, मगर जब सुरंग में आये और दरवाज़ा बंद पाया तब मज़बूर होकर उन्हें रुक जाना पड़ा।

प्रभाकर सिंह पुनः लौटकर वहाँ आये जहाँ भूतनाथ और उसके साथी लोग बेहोश पड़े हुए थे। तिलिस्मी तलवार के जोड़ की अँगूठी उन्होंने भूतनाथ के बदन से लगाई, उसी समय भूतनाथ की बेहोशी जाती रही। वह उठकर खड़ा हो गया और ताज्जुब के साथ प्रभाकर सिंह का मुँह देखने लगा।

भूतनाथ : मैं समझ गया कि तुम बहादुर आदमी हो और तुम्हारे हाथ की यह तलवार बड़ी ही अनूठी है जिसके सबब से तुम और भी जबर्दस्त हो रहे हो। (**मुस्कराकर**) सच कहना यह तलवार तुमने कहाँ से पाई! पहिले तो यह तुम्हारे पास न थी, अगर होती तो बेइज़्ज़ती के साथ तुम चुनारगढ़ से न भागते!

प्रभाकर सिंह : ठीक है मगर इससे तुम्हें क्या मतलब, चाहे कहीं से यह तलवार मुझे मिली हो।

भूतनाथ : **(मुलायमियत के साथ)** नहीं–नहीं प्रभाकर सिंह, बुरा मत मानो, मेरी बातों का जवाब देने से तुम कुछ छोटे नहीं हो जाओगे। बताओ तो सही क्या यह तलवार ज़हर में बुझाई हुई है? क्योंकि इसका जख्म लगने के साथ ही नशा चढ़ आता है।

प्रभाकर सिंह : कदाचित् ऐसा ही हो, मैं ठीक नहीं कह सकता!

भूतनाथ : देखो मेरे साथी लोग अभी तक बेहोश पड़े हुए हैं।

प्रभाकर सिंह : अभी बड़ी देर तक ये बेहोश पड़े रहेंगे मगर मरेंगे नहीं। तुम्हारी बेहोशी तो मैंने दूर कर दी है, खैर यह बताओ कि अब तुम मेरे साथ क्या किया चाहते हो?

भूतनाथ : कुछ भी नहीं, मैं जो कुछ कर चुका हूँ, उसके लिए आपसे माफ़ी माँगता हूँ और चाहता हूँ कि आइन्दा के लिए हमारे और आपके बीच सुलह हो जाय।

प्रभाकर सिंह : जैसा तुम बर्त्ताव करोगे मैं वैसा ही जवाब दूँगा, मुझे ख़ासतौर पर तुम्हारे साथ किसी तरह की दुश्मनी नहीं है।

भूतनाथ : अच्छा तो चलिए मैं आपको इस घाटी के बाहर कर आऊँ क्योंकि बिना मेरी मदद के आप यहाँ से बाहर नहीं जा सकते।

प्रभाकर सिंह : चलो।

भूतनाथ : मगर मैं देखता हूँ कि आप बहुत जख्मी हो रहे हैं और खून से आपका कपड़ा तरबतर हो रहा है, मुझे आज्ञा दीजिए तो आपके जख्मों को धोकर उन पर गीले कपड़े की पट्टी बाँध दूँ।

प्रभाकर सिंह : नहीं, इसकी कोई ज़रूरत नहीं है, घाटी के बाहर निकलकर मैं इसका उपाय कर लूँगा।

भूतनाथ : आखिर क्यों ऐसा किया जाय, जितनी देर होगी उतना ज़्यादे खून निकल जाएगा, आप इसके लिए जिद न करें। आप मुझ पर भरोसा करें और आज्ञा दें कि इन जख्मों पर पट्टी बाँध दूँ।

प्रभाकर सिंह : खैर जैसी तुम्हारी मर्ज़ी, मैं तैयार हूँ।

भूतनाथ तेज़ी के साथ उस गुफा में चला जिसमें उसका डेरा था और पीतल की गगरी पानी से भरी हुई और एक लोटा तथा कुछ कपड़ा पट्टी बाँधने के लिए लेकर प्रभाकर सिंह के पास लौट आया।

प्रभाकर सिंह ने कपड़े उतारे और भूतनाथ ने जख्मों को धोकर उन पर पट्टियाँ बाँधी। इसके बाद प्रभाकर सिंह कपड़ा पहिन कर चलने के लिए तैयार हो गए। भूतनाथ ने अपने आदमियों के विषय में प्रभाकर सिंह से पूछा कि इन सभों की बेहोशी खुद-ब-खुद जाती रहेगी या इसके लिए कोई इलाज करना होगा?

पहिले तो प्रभाकर सिंह के जी में आया कि अपने हाथ की अँगूठी छुआकर उन सभों की बेहोशी दूर कर दें मगर फिर कुछ सोच कर रुक गए और बोले, "नहीं इनकी बेहोशी आप-से-आप थोड़ी देर में जाती रहेगी, कुछ उद्योग करने की ज़रूरत नहीं।"

आगे-आगे भूतनाथ और पीछे-पीछे प्रभाकर सिंह वहाँ से रवाना हुए। सुरंग में घुसकर भूतनाथ ने वह दरवाज़ा खोला जो बंद था मगर प्रभाकर सिंह को यह नहीं मालूम हुआ कि वह दरवाज़ा किस ढंग से खोला गया।

घाटी के बाहर निकल जाने पर भी भूतनाथ बहुत दूर तक पहुँचाने के लिए प्रभाकर सिंह के साथ मीठी-मीठी बातें करता हुआ चला गया। लगभग आध कोस तक दोनों आदमी चले गये होंगे जब प्रभाकर सिंह का सर घूमने लगा और धीरे-धीरे बेहोश होकर वे ज़मीन पर गिर पड़े।

भूतनाथ बड़ा ही चालाक और काइयाँ था और उसने प्रभाकर सिंह को बुरा धोखा दिया। हमदर्दी दिखाकर जख्म धोने के बहाने से वह बेहोशी की दवा का बर्त्ताव कर गया। जो पानी वह अपनी गुफा में से लेकर आया था उसमें जहरीली दवा मिली हुई थी मगर, दवा ऐसी न थी जिससे जान जाती रहे बल्कि ऐसी थी कि खून के साथ मिलकर बेहोशी का असर पैदा करे।

जब प्रभाकर सिंह बेहोश हो गए तब भूतनाथ ने पहिले तो अँगूठी और तलवार पर कब्जा किया और बहुत ही खुश हुआ, इसके बाद प्रभाकर सिंह को गठरी में बाँध पीठ पर लाद अपनी घाटी की तरफ़ रवाना हुआ। बेचारे प्रभाकर सिंह पुनः भूतनाथ के फँदे में फँस गए, देखना चाहिए अब भूतनाथ उनके साथ क्या सलूक करता है!

9

अबकी दफ़े भूतनाथ ने प्रभाकर सिंह को बड़ी सख्ती के साथ क़ैद किया, पैरों में बड़ी और हाथों में दोहरी हथकड़ी डाल दी और उसी गुफा के अंदर रख दिया जिसमें स्वयं रहता था और उसके (**गुफा के**) बाहर आप चारपाई डाल रात को पहरा देने लगा। भूतनाथ ने बहुत कुछ दम-दिलासा देकर प्रभाकर सिंह से जमना और सरस्वती का हाल पूछा मगर उन्होंने उनका कुछ भी भेद न बताया, इस पर भी भूतनाथ ने प्रभाकर सिंह को किसी तरह का दुःख नहीं दिया, हाँ इस बात का ज़रूरी ख़याल रखा कि वे किसी तरह भाग न जाएँ।

इसी तरह प्रभाकर सिंह की हिफ़ाजत करते-करते बहुत दिन गुजर गए मगर भूतनाथ की इच्छानुसार कोई कार्रवाई नहीं हुई। भूतनाथ ने जमना और सरस्वती के विषय में भी पता लगाने के लिए बहुत उद्योग किया मगर कुछ नतीज़ा न निकला।

भूतनाथ ने अपने कई शागिर्दों को तरह-तरह का काम सुपुर्द करके चारों तरफ़ दौड़ाया और कइयों को उस सुरंग के इर्द-गिर्द घूमकर टोह लगाने के लिए मुकर्रर किया जिसकी राह से कला ने इस खोह के बाहर किया था।

भूतनाथ को अपने शागिर्द भोलासिंह की बड़ी फिक्र थी क्योंकि वह मुद्दत से गायब था और हज़ार कोशिश करने पर भी उसका कुछ पता नहीं लगता था। वह भूतनाथ का बहुत ही विश्वासी शागिर्द था और भूतनाथ उसे दिल से मानता था।

एक दिन दोपहर के समय भूतनाथ अपनी घाटी से बाहर निकला और सुरंग के मुहाने पर बाहर की तरह पेड़ों की ठंडी छाया में टहलने लगा। संभव है कि वह अपने किसी शागिर्द का इंतज़ार कर रहा हो। उसी समय दूर से आते हुए भोलासिंह पर उसकी निगाह पड़ी। वह बड़ी खुशी के साथ भोलासिंह की तरफ़ बढ़ा और भोलासिंह भी भूतनाथ को देखकर दौड़ता हुआ आया और उसके पैरों पर गिर पड़ा। भूतनाथ ने भोलासिंह को गले से लगा लिया और पूछा, "इतने दिन तक तुम कहाँ थे? मुझे तुम्हारे लिए बड़ी ही फिक्र थी और दिन-रात खटके में जी लगा रहता था!"

भोलासिंह : गुरुजी, मैं तो बड़ी आफत में फँस गया था, ईश्वर ही ने मुझे बचाया नहीं तो में बिलकुल ही निराश हो चुका था।

भूतनाथ : क्या तुम्हें किसी दुश्मन ने गिरफ्तार कर लिया था!

भोलासिंह : जी हाँ।

भूतनाथ : किसने?

भोलासिंह : दो औरतों ने, जिन्हें मैं बिलकुल ही नहीं पहिचानता।

भूतनाथ : मालूम होता है कि तुम्हें भी जमना और सरस्वती ने गिरफ्तार कर लिया था?

भोलासिंह : जमना और सरस्वती कौन?

भूतनाथ : हमारे प्यारे दोस्त और मालिक दयाराम की स्त्रियाँ जिनका जिक्र मैं कई दफ़े तुमसे कर चुका हूँ।

भोलासिंह : हाँ-हाँ, अब मुझे याद आया, मगर आपने तो कहा था कि वे मर गईं?

भूतनाथ : हाँ, मुझे ऐसा ही विश्वास था, मुझे क्या तमाम दुनिया यही जानती है कि दोनों मर गईं मगर अब मुझे मालूम हुआ कि वे दोनों जीती हैं और **(हाथ का इशारा करके)** इसी पड़ोस वाली घाटी में रहती हैं तथा उन्होंने अपने को कला और बिमला के नाम से मशहूर किया है, इसलिए कि मुझे सता कर अपना कलेजा ठंडा करें क्योंकि किसी ने दोनों को विश्वास दिलाया है कि दयाराम को भूतनाथ ही ने मार डाला है।

भोलासिंह : शिव शिव शिव! भला यह भी कोई बात है! अच्छा तो यह सब बातें आपको किस तरह मालूम हुईं?

भूतनाथ : मैं एक दफ़े उनके फँदे में पड़ गया था, वे मुझे गिरफ्तार करके अपनी घाटी में ले गईं और क़ैद कर दिया।

भोलासिंह : फिर आप छूटे किस तरह से?

भूतनाथ : वहाँ मैंने एक लौंडी को धोखा देकर अपना बटुआ जो छिन गया था मँगवा लिया। फिर क़ैदखाने से बाहर निकल जाना मेरे लिए कोई कठिन काम न था। इसके बाद मैंने उसी अँधेरी रात में पुनः एक लौंडी को गिरफ्तार किया और लालच दे कुछ पता लगाना चाहा मगर वह लालच में न पड़ी, तब मैंने अपने चाबुक से काम लिया, मुख्तसर यह कि वह मार खाते-खाते मर गई पर इससे ज़्यादे और कुछ भी न बताया कि जमना और सरस्वती यहाँ रहती हैं और उन्होंने अपना नाम कला और बिमला रखा है। इसके बाद एक ऐसा मौका हाथ आया कि मैंने कला को पकड़ लिया, मगर दिन के समय जब मैंने उसकी सूरत देखी तो मालूम हुआ कि जमना, सरस्वती दोनों में से कोई नहीं है क्योंकि नाम बदल दिया तो क्या हुआ मैं उन दोनों को अच्छी तरह पहिचानता हूँ, पहिले तो शक हुआ कि शायद ऐयारी ढंग पर इसने सूरत बदल ली है, मगर नहीं पानी से मुँह धुलवाने पर वह शक भी जाता रहा।

इतना कहकर भूतनाथ ने अपना खुलासा हाल उसी घाटी में गिरफ्तार होकर जाने और फिर बाहर निकलने का तथा प्रभाकर सिंह को गिरफ्तार करने का बयान किया और कहा, "मालूम होता है कि उन्हीं में से किसी ने तुम्हें गिरफ्तार कर लिया था, खैर खुलासा हाल कहो तो कुछ मालूम हो!"

भोलासिंह : जी हाँ, बेशक् उन्हीं लोगों ने मुझे गिरफ्तार कर लिया था। जब तक मैं उनके वहाँ क़ैद रहा तब तक रोज़ उन दोनों से मुलाकात होती रही, क्योंकि वह रोज़ ही मुझे समझाने-बुझाने के लिए आया करती थीं, मैंने यहाँ पर एक नया ही ढंग रचा, जिस पर कई दिनों तक तो उन्हें विश्वास ही न हुआ मगर अंत में उन्होंने मान लिया कि जो कुछ मैं कहता हूँ वह सब सच है। मैंने इन्हें यह भी समझाया कि में भूतनाथ का नौकर या शागिर्द नहीं हूँ बल्कि राजा सुरेन्द्रसिंह का ऐयार हूँ, जिनसे चुनार के राजा शिवदत्त से आजकल से लड़ाई हुआ हो चाही है। महाराज सुरेन्द्रसिंह ने सुना है कि गदाधरसिंह राजा शिवदत्त की मदद पर है इसलिए उन्होंने मुझे तथा अपने कई ऐयारों को गदाधरसिंह को गिरफ्तार करने के लिए भेजा है।

भूतनाथ : (**मुस्कराकर**) खूब समझाया, अच्छी सूझी!

भोलासिंह : जी हाँ, आखिर उन्हें मेरी बातों पर विश्वास हो गया और कई तरह के वादे करा के उन्होंने मुझे छोड़ दिया।

भूतनाथ : किस राह से तुम्हें बाहर निकाला?

भोलासिंह : सो मैं नहीं कह सकता, क्योंकि उस समय मेरी आँखों पर पट्टी बाँध दी गई थी, जब पट्टी खोली गई तो मैंने देखा कि वहाँ बहुत-से सुन्दर और सुहाने बेल तथा पारिजात के पेड़ लगे हुए हैं और दाहिनी तरफ़ कई कदम की दूरी पर साफ पानी का एक सुन्दर चश्मा भी बह रहा है...

भूतनाथ : **(बात काट के)** ठीक है, ठीक है, मैं समझ गया, मैं भी उसी सुरंग से बाहर निकाला गया था। परन्तु मैं समझता हूँ कि उसके अतिरिक्त और भी कोई रास्ता उस घाटी में जाने के लिए ज़रूर है, क्योंकि जब मैं गिरफ्तार हुआ था तो किसी दूसरे ही मुहाने पर था। उस समय मुझे छुरी का एक जख्म लगा था जो अभी तक तकलीफ़ दे रहा है।

भोलासिंह : संभव है, हो सकता है। इसमें आश्चर्य ही क्या है!

इसके बाद दोनों आदमी एक पत्थर की चट्टान पर बैठकर देर तक बातें करते रहे। भूतनाथ पर जो कुछ बीती थी उसने व्यौरेवार बयान किया और भोलासिंह ने जो कुछ कहा, बड़े गौर से सुना।

भोलासिंह भूतनाथ का बहुत ही विश्वासपात्र था इसलिए साधु महाशय की कृपा का हाल भूतनाथ ने यद्यपि अपने किसी शागिर्द या आदमी से बयान नहीं किया था मगर भोलासिंह से साफ और पूरा-पूरा बयान कर दिया चाहे अभी यह नहीं बताया कि उस खजाने का दरवाज़ा किस तरह खुलता और बंद होता है। हाँ, अंत में इतना ज़रूर कह दिया कि मैं तुम्हें उस खजाने वाले घर में ले चलूँगा और दिखाऊँगा कि यहाँ कितनी बेशुमार दौलत!

संध्या होते ही भोलासिंह को लेकर भूतनाथ अपनी अनूठी घाटी में चला गया। रास्ते में उस दरवाज़े का हाल और भेद भोलासिंह को बताया गया जिसे बिमला ने बंद कर दिया था और जिसे साधु महाशय की कृपा से भूतनाथ ने खोला था।

भोलासिंह जब उस घाटी के अंदर पहुँच गया तो भूतनाथ ने सबसे पहिले प्रभाकर सिंह से उसकी मुलाकात कराई। भोलासिंह को देखकर और यह सुनकर कि इसका नाम भोलासिंह है प्रभाकर सिंह चौंके और गौर से उसकी तरफ़ देखकर चुप ही रहे।

इसके बाद भोलासिंह को साथ लेकर भूतनाथ उस गुफा की तरफ़ रवाना हुआ जिसमें खजाना था, वह खजाना जो साधु महाशय की कृपा से मिला था। रोशनी न करके अँधेरे ही में भोलासिंह को सुरंग के अंदर अपने पीछे-पीछे आने के लिए भूतनाथ ने कहा और भोलासिंह भी बेख़ौफ़ कदम बढ़ाए चला गया। मगर अंत में जब भूतनाथ खजाने के दरवाज़े पर पहुँचा और वह दरवाज़ा खोल चुका था तब उसने ऐयारों के बटुए में से सामान निकाल कर रोशनी की और भोलासिंह की कोठरी के अंदर आने के लिए कहा।

भूतनाथ : देखो भोलासिंह, इस तरफ़ निगाह दौड़ाओ। ये सब चाँदी के देगा अशर्फियों से नकानक भरे हैं। इसमें से सिर्फ़ एक देग मैंने खाली किया है।

भोलासिंह : **(देगों या हंडों की तरफ़ देख के)** बेशक् यह बहुत दिनों तक काम देंगे।

भूतनाथ : बेशक्, साथ ही इसके यह भी सुन रखो कि वह साधु महाराज पुन: यहाँ आवेंगे तो ऐसे और भी कई खजाने मुझे देंगे!

भोलासिंह : ईश्वर की कृपा है आपके ऊपर! हाँ, यदि आप आज्ञा दीजिए तो मैं भी जरा इन अशर्फियों के दर्शन कर लूँ।

भूतनाथ : हाँ-हाँ, अपने हाथों से ही ढकना खोलते जाओ और देखते जाओ, बल्कि मैं यह भी हुक्म देता हूँ कि इस समय जितनी अशर्फियाँ तुमसे उठाते बने उठा लो और अपने घर ले जाकर बाल-बच्चों को दे आओ। तुम ख़ूब जानते हो कि मैं तुम्हें अपने लड़के की तरह मानता हूँ।

भोलासिंह : निःसन्देह ऐसा ही है मगर मैं इस समय आशर्फियाँ लेकर क्या करूँगा, आपकी बदौलत मुझे किसी बात की कमी तो है ही नहीं।

भूतनाथ : नहीं-नहीं-नहीं, तुम्हें ज़रूर लेना पड़ेगा।

भोलासिंह : (**कई देगों के ढकने उठाकर देखने के बाद**) मगर इनमें से तो कई हंडे खाली है, आप कहते हैं कि सिर्फ़ एक ही हंडे की अशर्फियाँ निकाली गई हैं।

भूतनाथ : (**ताज्जुब से**) क्या कई हंडे खाली पड़े हैं!

इतना कहकर भूतनाथ ने एक-एक करके हंडों को देखना शुरू किया मगर यह मालूम करके उसके आश्चर्य का ठिकाना न रहा कि उसका आधा खजाना एकदम से खाली हो गया है अर्थात् आधे हंडों में अशर्फियों लागे जगह एक कौड़ी भी नहीं है।

भूतनाथ : हैं, यह क्या हुआ! मैं ख़ूब जानता हूँ कि इन सब हंडों में अशर्फियाँ भरी हुई थीं। मैंने अपने हाथ से इन सभों को ढकना उठाया था और अपनी आँखों से देखा था...

भोलासिंह : (**बात काटकर**) बेशक्-बेशक् आपने देखा होगा मगर बड़े आश्चर्य की बात है कि इतनी हिफ़ाजत के साथ रहने पर भी अशर्फियाँ गायब हो गई। मैं कह तो नहीं सकता मगर हमारे साथियों में से किसी-न-किसी की नीयत...

भूतनाथ : ज़रूर खराब हो गई, मैंने अपनी ज़ुबान से इस खजाने का हाल अपने किसी साथी से भी नहीं कहा तिस पर यह हाल!

भोलासिंह : संभव है कि आपके पीछे-पीछे आकर किसी ने देख लिया हो और यह भेद मालूम कर लिया हो।

भूतनाथ : अगर ऐसा नहीं हुआ तो हुआ क्या? इसका पता लगाना चाहिए और जानना चाहिए कि हमारे साथियों में से किस-किस का दिल बेईमान हो गया है, क्योंकि इसमें तो कोई शक नहीं कि हमारे साथियों ही में से किसी ने यह चोरी की है।

भोलासिंह : मेरा ख़याल तो यह है कि कई आदमियों ने मिलकर चोरी की है।

भूतनाथ : हो सकता है, भला तुम ही कहो कि अब मैं कब अपने साथियों का विश्वास कर सकता हूँ।

भोलासिंह : कभी नहीं, मेरा विश्वास अब इन सभों के ऊपर से उठ गया है। हाय-हाय, इतना बड़ा खजाना और ऐसी नमकहरामी!

भूतनाथ : देखो तो सही मैं कैसा इन लोगों को छकाता हूँ।

भोलासिंह : आप जल्दी न कीजिए, एक-दो रोज़ और देख लीजिए।

भूतनाथ : कहीं ऐसा न हो कि एक-दो दिन ठहरने से यह भी जो बचा है जाता रहे।

इतना कहकर भूतनाथ कोठरी के बाहर निकल आया और दरवाज़ा बंद कर पेचोबात खाता हुआ सुरंग बाहर हो उस तरफ़ रवाना हुआ जिधर उसका डेरा था।

भूतनाथ को इन अशर्फियों के गायब होने का बड़ा ही दुःख हुआ। रात के समय उसने किसी को कुछ कहना मुनासिब न समझा और चुप ही रहा। मगर रात-भर उसे अच्छी तरह नींद न आई और क्रोध के मारे उसने कुछ भोजन भी नहीं किया। भोलासिंह कुछ देर के बाद उसके पास से हट गया और किसी दूसरी ही गुफा के बाहर बैठकर उसने रात बिताई, जब घंटे-भर रात बाकी रही तब वह घबड़ाया हुआ भूतनाथ के पास आया और देखा कि वह गहरी नींद में सो रहा है। भोलासिंह ने हाथ से हिलाकर भूतनाथ को सचेत किया। वह घबराकर उठ बैठा और बोला, "क्यों गया है!"

भोलासिंह : मालूम होता है कि आज फिर आपकी चोरी हुई!

भूतनाथ : सो कैसे?

भोलासिंह : मैंने कई आदमियों को उस खजाने वाले सुरंग के अंदर जाते ओर वहाँ से लदे हुए बाहर निकलते देखा है।

भूतनाथ फिर वे लोग कहाँ गये।

भोलासिंह : मालूम होता है कि सब घाटी के बाहर निकल गये, मैं उन लोगों को नीचे उतरकर उस सुरंग में जो बाहर निकलने का रास्ता है जाते देख लपका हुआ आपके पास आया हूँ अतः आप शीघ्र उठिए और उन लोगों का पीछा कीजिए।

भूतनाथ : घबराकर उठ बैठा और बोला, "जरा देख तो लो कि यहाँ से कौन-कौन गायब हैं?"

भोलासिंह : इस देखा-देखी मैं तो बहुत देर हो जाएगी और वे लोग दूर निकल जाएँगे।

भूतनाथ : अच्छा चलो पहिले बाहर ही चलें।

दोनों आदमी तेज़ी के साथ पहाड़ी के नीचे उतर आए और सुरंग में घुसकर उस घाटी के बाहर निकले। यहाँ बिलकुल ही सन्नाटा था। थोड़ी देर तक ये दोनों इधर-उधर घूमते रहे मगर जब कुछ पता न लगा तो लौटकर सुरंग के मुहाने पर चले आए और यों बातचीत करने लगे–

भोलासिंह : मालूम होता है कि वे लोग दूर निकल गये, किस तरफ़ गये हैं इसका पता लगाना जल्दी में नहीं हो सकता।

भूतनाथ : अच्छा तो तुम घाटी के अंदर जाओ और वहाँ जो लोग हैं उनका ख़याल रखो, मैं पुनः घूमकर टोल लगाता हूँ कि वे लोग कहाँ गये।

भोलासिंह : नहीं, आप ही घाटी के अंदर जाइए और मुझे उन लोगों का पता लगाने की आज्ञा दीजिए, क्योंकि जो लोग यहाँ से गए हैं वे अगर अपने ही आदमी हैं तो आखिर लौटकर यहाँ आवेंगे ज़रूर, ऐसी अवस्था में ज़्यादे देर तक पीछा करने की कोई ज़रूरत नहीं, इसके अतिरिक्त आप घाटी में जाकर इस बात का निश्चय कर सकते हैं कि वहाँ से कौन-कौन आदमी गायब हैं क्योंकि यह बात मुझे बिलकुल ही नहीं मालूम है कि आजकल किस-किस को आपने किस-किस काम पर मुस्तैद किया है तथा घाटी के अंदर कौन-कौन रहता है।

भूतनाथ : ठीक है, अच्छा मैं ही घाटी के अंदर जाकर पता लगाता हूँ कि कौन-कौन गायब है, अफ़सोस! सुरंग के अंदर दरवाज़ा खोलना-बंद करना मैंने अपने सब आदमियों को बता दिया है, अगर बताता नहीं तो काम भी नहीं चल सकता था क्योंकि नित्य ही लोग आते-जाते रहते हैं, मेरी गैरहाज़िरी में भी उन लोगों को आना-जाना पड़ता था।

भोलासिंह : ठीक है, बिना बताए काम नहीं चल सकता था।

भूतनाथ : इसके अतिरिक्त मैंने उन सभों को यह भी हुक्म दे रखा है कि नित्य ही प्रातःकाल सूर्योदय के पहिले बारी-बारी से दो-चार आदमी घाटी के बाहर निकलकर इधर-उधर घूमा-फिरा करें, अगर वे लोग जिन्हें तूने जाते देखा है लौटकर आवेंगे भी तो यही कहेंगे कि हम बालादवी के लिए बाहर गए थे, फिर उन्हें कायल करने और चोर सिद्ध करने के लिए क्या तरकीब हो सकती है?

भोलासिंह : ठीक ही तो है, फिर जानिए जो मुनासिब समझिएगा कीजिएगा मगर पहले जाकर देखिए तो सही कि कौन गायब है और उस खजाने को भी एक नज़र देख लीजिएगा कि बनिस्बत कल के कुछ और भी कम हुआ है या नहीं। ज़रूर कम हुआ होगा क्योंकि मैंने अपनी आँखों से उन लोगों की कार्रवाई देखी है।

"खैर मैं जाता हूँ" इतना कहकर भूतनाथ घाटी के अंदर चला गया, सबके पहिले उसने खजाने को देखना मुनासिब समझा और पहिले उसी तरफ़ गया जिधर खजाने वाली गुफा थी।

गुफा के अंदर घुसकर और खजाने वाली कोठरी का दरवाज़ा खोल जब भूतनाथ और अंदर गया और रोशनी करके गौर से उन हंडों को देखा तो मालूम हुआ कि और भी कई हंडे खाली हो गये हैं, भोलासिंह को लेकर जिस समय वह इस कोठरी में आया था उस समय जिन हंडों या देगों में भोलासिंह ने अशर्फियाँ देखी थीं और भूतनाथ ने भी देखी थीं उनमें से चार हंडे इस समय बिलकुल खाली दिखाई दे रहे थे। भूतनाथ ने मन में सोचा कि "भोलासिंह का कहना बहुत ठीक है, ज़रूर हमारे आदमियों ने रात

को चोरी की है, खैर अब मैं इन हरामखोरों से ज़रूर समझूँगा। मगर मामला बड़ा कठिन आ पड़ा है, अगर इन शैतानों को यहाँ से निकाल दूँ तब भी काम नहीं चल सकता है क्योंकि यहाँ का रास्ता इन लोगों का देखा हुआ है। अब तो कुछ डरते भी हैं, फिर दुश्मनी की नियत से यहाँ छिपकर आया करेंगे, और यदि मैं खुद इस घाटी को छोड़ दूँ और बचा हुआ खजाना लेकर दूसरी जगह जा रहूँ तो बाबाजी से मुलाकात करनी है। फिर इन सभों को निकाल देने से मैं निश्चित नहीं हो सकता क्योंकि ये सब दुश्मन हो जाएँगे और दुश्मनों से जा मिलेंगे, इससे यही बेहतर है इन सभों को जान से मारकर बखेड़ा तय किया जाय!"

इसी तरह की बातें सोचता हुआ भूतनाथ अपने डेरे की तरफ़ गया जहाँ प्रभाकर सिंह को क़ैद रखा था। वहाँ पहुँच कर देखा तो प्रभाकर सिंह भी गायब है।

क्रोध के मारे भूतनाथ की आँखें लाल हो गई, उसे विश्वास हो गया कि यह काम भी उसके आदमियों का ही है।

भूतनाथ ने अपनी गुफा के बाहर निकलकर इशारे की जफील बुलाई जिसके सुनते ही सब शागिर्द और ऐयार उसके पास आकर इकट्ठे हो गए जो इस समय वहाँ मौजूद थे। ये लोग गिनती में बारह थे जिनमें चार आदमी कुछ रात रहते ही बालादवी के लिए चले गए थे और बाकी आठ आदमी मौजूद थे जो इन समय भूतनाथ के सामने आये। कौन-कौन आदमी बाहर गया हुआ है यह पूछने के बाद भूतनाथ ने कहा-

भूतनाथ : (**सभों की तरफ़ देखकर**) बड़े ताज्जुब की बात है कि प्रभाकर सिंह इस गुफा के अंदर से गायब हो गये!

एक : यह तो आप ही जानिए, क्योंकि रात को आप ही उनके पहरे पर थे, हम लोगों में से तो कोई यहाँ था नहीं!

भूतनाथ : सो तो ठीक है मगर तुम्हीं सोचो कि यकायक यहाँ से उनका गायब हो जाना कैसी बात है!

दूसरा : बेशक् ताज्जुब की बात है।

भूतनाथ : इसके अतिरिक्त और भी एक बात सुनने लायक है (**उँगली से बता के**) इस गुफा के अंदर हमारा खजाना रहता है, उसमें से भी आज लाखों रुपये की जमा चोरी हो गई है, इसके पहिले भी एक दफ़ा चोरी हो चुकी है।

एक : यह तो आप ताज्जुब की बात सुनाते हैं! भला यहाँ चोर क्योंकर आ सकता है? इसके सिवाय उस गुफा में पचासों दफ़े हम लोग गए हैं मगर वहाँ खजाना वगैरह तो कभी नहीं देखा, न आप ही ने हम लोगों से कहा कि वहाँ खजाना रख आये हैं।

भूतनाथ : उस गुफा के भीतर एक दरवाज़ा है और उसके अंदर जो कोठरी है उसी में खजाना था। उस दिन जो साधु महाशय आए थे उन्हीं का वह खजाना था और वे ही

मुझ दे गए थे तथा वे उस कोठरी को खोलने-बंद करने की तरकीब भी बता गए थे, मगर अब हम जो देखते हैं तो वह खजाना आधा भी नहीं रह गया।

तीसरा : अब ये सब बातें तो आप जानिए, हमें तो कभी आपने इनकी इत्तिला नहीं दी थी इसलिए हम लोगों को उस तरफ़ कुछ ख़याल भी नहीं था।

भूतनाथ : तो क्या हम झूठ कहते हैं?

चौथा : यह तो हम लोग नहीं कह सकते मगर इसके जिम्मेदार भी हम लोग नहीं हैं।

भूतनाथ : फिर कौन इसका जिम्मेदार है?

चौथा : आप जिम्मेदार हैं या फिर जो चुरा ले गया है वह जिम्मेदार है! आप तो हम लोगों से इस तरह पूछते हैं जैसे कोई लौंडी या गुलाम से आँख दिखाकर पूछता है। हम लोग आपके पास शागिर्दी का काम करते हैं, ऐयारी सीखते हैं, आपके लिए दिन-रात दौड़ते परेशान होते हैं और हरदम हथेली पर जान लिए रहते हैं, मरने की भी परवाह नहीं करते, तिस पर आप हम लोगों को चोर समझते हैं और ऐसा बर्त्ताव करते हैं! यह हम लोगों के लिए एक नई बात है, आज के पहिले कभी आप ऐसे बेरुख नहीं हुए थे।

भूतनाथ : हाँ, बेशक् आज के पहिले हम तुम लोगों को ईमानदार समझते थे, यह तो आज मालूम हुआ कि तुम लोग ऐयार नहीं बल्कि चोर और बेईमान हो।

पाँचवाँ : देखिए जुबान सँभालिए, हम लोगों को ऐसी बातें सुनने की आदत नहीं है।

भूतनाथ : अगर आदत नहीं होती तो ऐसा काम नहीं करते।

छठा : **(क्रोध में भरकर)** सीधी तरह से यह क्यों नहीं कह देते कि यहाँ से चले जाओ। इस तरह इज्ज़त लेने और देने की ज़रूरत ही क्या है?

भूतनाथ : वाह-वाह, क्या अच्छी बात कही है। तमाम खजाना उठाकर हजम कर जाओ और इसके बदले में हम बस इतना ही कहकर रह जाएँ कि चले जाओ।

इस तरह की बातें हो रही थीं कि वे बाकी के चार आदमी भी आ गये जो बालादवी के लिए कुछ रात रहते घाटी के बाहर निकल गये थे। भूतनाथ ने उन सभों से भी इसी तरह की बातें कीं और अच्छी तरह डाँट बताई। उन लोगों ने भी इसकी जानकारी से इनकार किया और कहा कि हम लोगों को कुछ भी नहीं मालूम कि कहाँ आपका खजाना रहता है, कब कौन उठाकर ले गया तथा प्रभाकर सिंह को किसने यहाँ से भगा दिया।

भूतनाथ बड़ा ही लालची आदमी था, रुपये-से के लिए वह बहुत जल्द बेमुरौवत बन जाता था और खोटे-से-खोटा काम करने के लिए तैयार हो जाता था। बात तो यह है कि रुपये-पैसे के विषय में वह किसी का एतबार ही नहीं करता था। आज उसकी बहुत बड़ी रकम गायब हो गई थी और मारे क्रोध के वह जल-भुन कर खाक़ हो गया था। अपने आदमियों पर उसने इतने ज़्यादे सख्ती की और ऐसे बुरे शब्दों का प्रयोग किया

कि वे सब एकदम बिगड़ खड़े हुए क्योंकि लोग इस तरह की बेइज़्ज़ती बर्दाश्त नहीं कर सकते। इन आदमियों या शागिर्दों के अतिरिक्त भूतनाथ के पास और भी कई आदमी थे जो दूसरी जगह रहते थे तथा और कामों पर मुकर्रर कर दिए गए थे मगर इस घाटी के अंदर आजकल ये ही बारह आदमी रहते थे जो आज भूतनाथ की बातों से नाराज़ होकर बेदिल हो गए थे मगर भूतनाथ ने उन्हें सीधी तरह जाने भी नहीं दिया बल्कि तलवार खैंचकर सभों को सज़ा देने के लिए तैयार किया गया।

भूतनाथ की कमर में वही अनूठी तलवार थी जो उसने प्रभाकर सिंह से पाई थी, इस तलवार को वह बहुत प्यार करता था और उसे अपनी फतहमंदी का सितारा समझता था। उसके आदमियों को इस बात की कुछ भी ख़बर न थी कि इस तलवार में कौन-सा गुण हैं। अस्तु लाचार हो वे लोग भी खंजर और तलवारें खींच मुकाबला करने के लिए तैयार हो गये।

भूतनाथ अकेला ही सभों से लड़ने के लिए तैयार हो गया बल्कि बहुत देर तक लड़ा। भूतनाथ के बदन पर छोटे-छोटे कई जख्म लगे मगर भूतनाथ के हाथ की तलवार का जिसको जरा-सा भी चरका लगा वह बेकार हो गया और तुरन्त बेहोश होकर ज़मीन पर गिर गया। यह देख उन लोगों को बड़ा ही ताज्जुब हो रहा था। थोड़ी ही देर में कुल आदमी जख्मी होने के कारण बेहोश होकर ज़मीन पर गिर पड़े और भूतनाथ ने सभों की मुश्कें बाँधकर एक गुफा में क़ैद कर लिया।

इसके बाद भूतनाथ घाटी के बाहर निकला और भोलासिंह की खोज में चारों तरफ़ घूमने लगा मगर तमाम दिन बीत जाने पर भी भोलासिंह का कहीं पता न लगा।

संध्या होने पर भूतनाथ पुनः लौटकर अपनी घाटी में आया और यह देखने के लिए उस गुफा के अंदर गया जिसमें अपने शागिर्दों को क़ैद किया था कि उन सभों की बेहोशी अभी दूर हुई या नहीं, मगर अफ़सोस, भूतनाथ ने वह तमाशा देखा जो कभी उसके ख़याल में भी नहीं आ सकता था, अर्थात् उसके क़ैदी शागिर्दों में से वहाँ एक भी मौजूद न था, हाँ उनके बदले वह सब सामान वहाँ ज़मीन पर जमा दिखाई दे रहा था जिससे उनके हाथ-पैर बेकार कर दिये गये थे या उनकी मुश्कें बाँधी गई थी।

अपने शागिर्दों को क़ैदखाने में न देखकर भूतनाथ को बड़ा ही आश्चर्य हुआ और वह सोचने लगा कि वे सब क़ैदखाने में से निकलकर किस तरह भाग गये! मैं इनके हाथ-पैर बड़ी मज़बूती के साथ बाँध गया था जो बिना किसी की मदद के किसी तरह भी खुल नहीं सकते थे फिर ये लोग क्योंकर निकल गये? मालूम होता है कि उनका कोई-न-कोई मददगार यही ज़रूर आया चाहे वह मेरे शागिर्दों का दोस्त हो या मेरा दुश्मन। इधर कई दिनों से ऐसी बातें हो रही हैं कि मेरी समझ में कुछ भी नहीं आता है। क्या संभव है कि इन लोगों ने होश में आने के बाद आपस में मिल-जुलकर किसी तरह अपने हाथ-पैर खोल लिए हों? ही हो भी सकता है! अस्तु अब मुझे मानना पड़ेगा

कि मेरे दुश्मनों की गिनती बढ़ गई क्योंकि वे लोग भी अब मेरे साथ ज़रूर दुश्मनी की गिनती बढ़ाना अच्छा नहीं, मगर अफ़सोस तो यह है कि अब मैं अकेला क्या करूँगा? दो–चार साथी अगर और है भी तो अब उनका क्या भरोसा? ये लोग अब ज़रूर उनका भी भड़कावेंगे और उन लोगों को जब यह मालूम हो जाएगा कि मैं अपने शागिर्दों को इस तरह सज़ा दिया करता हूँ तो वे लोग भी मेरा साथ छोड़ देंगे, बल्कि ताज्जुब नहीं कि भविष्य में कोई भी मेरा साथी बनना पसन्द न करे, आह मैं मुफ्त परेशान उठा रहा हूँ, व्यर्थ का दुःख भोग रहा हूँ! अगर अपने मालिक के पास चुपचाप बैठा रहता तो, कहो क्या इस तरद्दुद में पड़ता, मगर अब तो मैं वहाँ भी जाना पसन्द नहीं करता क्योंकि दयाराम की दोनों स्त्रियाँ वहाँ मुझे और भी विशेष कष्ट देंगी। अफ़सोस, यह बात रणधीरसिंह जी ने मुझसे व्यर्थ ही छिपाई और कह दिया कि दयाराम की दोनों स्त्रियों का देहान्त हो गया। मगर जहाँ तक मैं ख़याल करता हूँ इसमें उनका कसूर कुछ भी नहीं जान पड़ता, संभव है कि मेरी तरह से वे भी धोखे में डाल दिए गए हों और अभी तक उन्हें इस बात की ख़बर भी न हो कि जमना और सरस्वती जीती हैं। मगर अब मुझे क्या करना चाहिए वह सोचने की बात है। मैं तो ऐसा गायब हो सकता हूँ कि हवा को भी मेरी ख़बर न लगे मगर इस घाटी को छोड़ना जरा कठिन हो रहा है क्योंकि अगर मैं यहाँ से चला जाऊँगा तो फिर साधु महाशय से मुलाकात न होगी ओर मैं उस दौलत को न पा सकूँगा जो उनकी बदौलत मिलने वाली है, मगर यहाँ पर रहना भी अब कठिन हो रहा है। अच्छा कुछ दिन के लिए उस स्थान को अब छोड़ ही देना चाहिए और जो कुछ बचा हुआ खजाना है उसे निकाल ले जाना चाहिए।

इस तरह की बातें सोचता हुआ भूतनाथ उस गुफा की तरह रवाना हुआ जिसमें उसका खजाना था। जब गुफा के अंदर जाने के बाद रोशनी लिए हुए खजाने वाली कोठरी में पहुँचा तो देखा कि अब उन हंडों में एक भी अशर्फी बाकी नहीं है, सब-की-सब गायब हो गई, बल्कि वे हंडे तक भी अब नहीं दिखाई देते जिनमें अशर्फियाँ रखी गई थीं। भूतनाथ का दिमाग हिल गया और वह अपना सिर पीट कर उसी जगह बैठ गया।

थोड़ी देर बाद भूतनाथ उठा और मोमबत्ती की रोशनी में उसने उस कोठरी को अच्छी तरह देखा, इसके बाद दरवाज़ा बंद करके निकल आया और गुफा की ज़मीन को बड़े गौर से देखता तथा यह सोचता हुआ पहाड़ी के नीचे उतर गया कि "अब यहाँ रहना उचित नहीं है।"

10

दोपहर का समय है मगर सूर्यदेव नहीं दिखाई देते। आसमान गहरे बादलों से भरा हुआ है। ठंडी-ठंडी हवा चल रही है और जान पड़ता है कि मूसलाधार पानी बरसा ही चाहता है।

भूतनाथ अपनी घाटी के बाहर निकल कर अकेला ही तैयार और जंगल की सैर कर रहा है। उसके दिल में हर तरह की बातें उठ रही हैं, तरह-तरह के विचार पैदा हो और मिट रहें हैं। कभी वह अटक कर इस तरह चारों तरफ़ देखने लग जाता है जैसे किसी के आने की आहट लेता हो और कभी अफील बजाकर उसके जवाब का इंतज़ार करता है।

इसी तरह वह बहुत देर तक घूमता रहा, आखिर एक पत्थर की चट्टान पर बैठ गया और कुछ सोचने लगा। थोड़ी देर बाद उसने पुनः जफील बुलाई और उसी समय उसका जवाब भी पाया। भूतनाथ उठ खड़ा हुआ और उसी तरफ़ रवाना हुआ जिधर से जफील की आवाज़ आई थी। थोड़ी दूर जाने पर उसने अपने एक शागिर्द को देखा जिसका नाम रामदास था। इसे भूतनाथ बहुत ही प्यार करता और अपने लड़के के समान मानता था। वास्तव में रामदास बहुत चालाक और धूर्त था भी। यद्यपि उसकी उमर बीस साल के ऊपर होगी मगर देखने में वह बारह या तेरह वर्ष से ज़्यादे का नहीं मालूम होता था। उसकी रेखा बिलकुल ही नहीं आई थी और उसकी सूरत में कुदरती तौर पर जनानापन मालूम होता और हाव-भाव में भी उससे किसी तरह की त्रुटि नहीं होती थी। इस समय उनकी पीठ पर एक गठरी लदी हुई थी जिसे देख भूतनाथ को आश्चर्य हुआ और उसने आगे बढ़कर पूछा, "कहो रामदास, खैरियत तो है? यह तुम किसे लाद लाये हो? मालूम होता है कोई अच्छा शिकार किया है?"

रामदास : (**कानी आँख से प्रणाम करके**) हाँ, चाचा, मैं बहुत अच्छा शिकार कर लाया हूँ!

भूतनाथ : (**प्रसन्न होकर**) अच्छा-अच्छा आओ इस पत्थर की चट्टान पर बैठ जाओ, देखो तुम्हारा शिकार कैसा है?

भूतनाथ ने गठरी उतारने में उसे मदद दी और दोनों आदमी एक पत्थर की चट्टान पर बैठ गये। भूतनाथ ने गठरी खोल कर देखा तो एक बेहोश औरत पर निगाह पड़ी। उसने पूछा, "यह कौन है?"

रामदास : यह जमना और सरस्वती की लौंडी है।

भूतनाथ. अच्छा, तुमने इसे कहाँ पाया?

रामदास : उसी घाटी के बाहर जिसमें वे दोनों रहती हैं। यह किसी काम के लिए बाहर आई थी और मैं आपकी आज्ञानुसार उसी जगह छिपकर पहरा दे रहा था, मौका मिलने पर मैंने इसे गिरफ्तार कर लिया और जबर्दस्ती बेहोश करके एक गुफा के अंदर छिपा आया जहाँ किसी को यकायक पता नहीं लग सकता था। इसके बाद मैं इसी की सूरत बनकर उस सुरंग के पास चला आया जो उस घाटी के अंदर जाने का रास्ता है और जहाँ मैंने इसे गिरफ्तार किया था। मेरी यह प्रबल इच्छा थी कि उस घाटी के अंदर जाऊँ मगर इस बात की कुछ भी ख़बर न थी कि यह औरत जिसे मैंने गिरफ्तार किया

है किस दर्ज़े की है या किस काम पर मुकर्रर है और इसका नाम क्या है, अस्तु इसके जानने के लिए मुझे कुछ पाखंड रचना पड़ा जिसमें एक दिन की देर तो हुई मगर ईश्वर की कृपा से मेरा काम बख़ूबी चल गया। मैंने सूरत बदलने के बाद इस लौंडी के कपड़े तो पहिर ही लिए थे जिस पर भी मैं चुटीला बनकर एक पत्थर की चट्टान पर बैठ गया और इंतज़ार करने लगा कि घाटी के अंदर से कोई आवे तो मैं उसके साथ भीतर पहुँच जाऊँ। थोड़ी देर बाद जमना और सरस्वती स्वयं घाटी के बाहर आई, उस समय मुझे यह नहीं मालूम हुआ कि यह जमना और सरस्वती हैं मगर जब घाटी के अंदर चला गया और तरह-तरह की बातें सुनने में आई तब मालूम हुआ कि यही जमना और सरस्वती हैं। यद्यपि ये दोनों कला और बिमला नाम से पुकारी जाती थीं मगर यह तो मैं आपसे सुन ही चुका था कि इन्होंने अपना नाम कला और बिमला रखा हुआ है इसलिए मुझे असल बात ज़ानने में कोई कठिनता न हुई। खैर जब सुरंग के बाहर मुझे कला और बिमला ने देखा तो पूछा, "अरी हरदेई, अभी तक इसी जगह बैठी हुई है?" मैंने धीरे से इसका जवाब दिया, "मैं पहाड़ी के ऊपर से गिरकर बहुत चुटीली हो रही हूँ, मुझमें दस कदम चलने की भी ताकत नहीं है बल्कि बात करने में भी तकलीफ़ मालूम होती है।" इसके बाद मैंने कई जगह छिले और कटे हुए जख्म दिखाए जो कि अपने हाथों से बनाये थे। मेरी अवस्था पर उन दोनों को बहुत अफ़सोस हुआ और वे दोनों मदद देकर मुझे अपनी घाटी के अंदर ले गई और दवा-इलाज करने लगीं। दो दिन तक मैं चारपाई पर पड़ा रहा और इस बीच मुझे बहुत-सी बात मालूम हो गई जिन्हें मैं बहुत ही संक्षेप के साथ इस समय बयान करूँगा। दो दिन के बाद मैं चंगा हो गया और उन सभों के साथ मिल-जुलकर काम करने लगा क्योंकि इस बीच में मतलब की सभी बातें मुझे मालूम हो चुकी थीं।

भूतनाथ : निःसन्देह तुमने बड़ी हिम्मत का काम किया, अच्छा तो कौन-कौन बातें वहाँ तुम्हें मालूम हुई?

रामदास पहिली बात तो यह मालूम हुई कि बेचारा भोलासिंह उन दोनों के हाथ से मारा गया। खुद कला और बिमला ने उसे मारा था, यद्यपि यह नहीं मालूम हुआ कि कब किस ठिकाने और किस तरह से उसे मारा मगर इसे कई सप्ताह हो गये।

भूतनाथ : **(आश्चर्य से)** क्या वह मारा गया?

रामदास : निःसन्देह मारा गया।

भूतनाथ : अभी तो कल-परसों वह मेरे साथ था!

रामदास : वह कोई दूसरा होगा जिसने भोलासिंह बनकर आपको धोखा दिया।

भूतनाथ : **(कुछ सोचकर)** बेशक् वह कोई दूसरा ही था, अब जो सोचता हूँ तो तुम्हारा कहना ठीक मालूम होता है। हाय मुझसे बड़ी भूल हो गई और मैंने अपने को बर्बाद कर दिया। मेरे साथी-शागिर्द लोग बेचारे अपने दिल में क्या कहते होंगे! वे लोग अगर मेरे साथ दुश्मनी करें तो इसमें उनका कोई कसूर नहीं।

रामदास : यह क्या बात हुई, भला कुछ मैं भी सुनूँ।

भूतनाथ : तुमसे कुछ छिपा न रहेगा, मैं सब कुछ तुमसे बयान करूँगा, पहले तुम अपना किस्सा कह जाओ।

रामदास : नहीं-नहीं, पहिले मैं आपका यह हाल सुन लूँगा तब कुछ कहूँगा। रामदास ने इस बात पर बहुत जिद किया, आखिर लाचार होकर भूतनाथ को अपना सब हाल बयान करना ही पड़ा जिसे सुनकर रामदास को बड़ा ही दुःख हुआ।

भूतनाथ : अच्छा और क्या तुम्हें मालूम हुआ?

रामदास : और यह मालूम हुआ कि जिस साधु महाशय का अभी-अभी आपने जिक्र किया है, जिन्होंने आपको खजाना दिया, वह कला और बिमला के पक्षपाती हैं। जो रंग-ढंग आपने उनके अभी बयान किये हैं ठीक उसी सूरत-शक्ल में मैंने उन्हें वहाँ देखा और यह कहते अपने कानों से सुना था कि-'भूतनाथ को मैंने खूब ही लालच में फँसा लिया है, अब वह इस घाटी को कदापि न छोड़ेगा और प्रभाकर सिंह को भी इसी जगह ले आवेगा, तब हम लोग उन्हें सहज ही में छुड़ा लेंगे'। इसके अतिरिक्त मुझे यह भी निश्चय हो गया कि वह साधु अपनी असली सूरत में नहीं है बल्कि कोई ऐयार है। मेरे सामने ही उसने बिमला से कहा था कि "अब मैं इसी सूरत में आया करूँगा।"

भूतनाथ : बेशक् वह कोई ऐयार था, मगर अशर्फियाँ किस तरह निकल गई इसका भी पता कुछ लगा?

रामदास : इस विषय में तो मैं कुछ भी नहीं कह सकता।

भूतनाथ : खैर इस बारे में फिर सोचेंगे, अच्छा और क्या देखा-सुना?

रामदास : और यह भी मालूम हुआ कि गुलाबसिंह आपकी शिकायत लेकर दलीपशाह के पास गये थे, उस समय भी उस बुड्ढे साधु को मैंने उन दोनों के साथ देखा था।

भूतनाथ : खैर तो अब मालूम हुआ कि दलीपशाह के सिर में भी खुजलाहट होने लगी।

रामदास : बात तो ऐसी ही है, यह आपका बगली दुश्मन ठीक नहीं। उससे होशियार रहना चाहिए।

भूतनाथ : बेशक् वह बड़ा ही दुष्ट है, आश्चर्य नहीं कि वही भोलासिंह बनकर मेरे पास आया हो।

रामदास : हो सकता है वही आया हो।

भूतनाथ : खैर उससे समझ लिया जाएगा। अच्छा यह बताओ कि कुछ इन्द्रदेव का हाल भी तुम्हें मालूम हुआ या नहीं? मुझे शक होता है कि इन्द्रदेव उन दोनों की मदद पर हैं, ताज्जुब नहीं कि वहाँ वे भी जाते हों।

रामदास : इन्द्रदेव को तो मैंने वहाँ नहीं देखा और न उनके विषय में कुछ सुना मगर वे तो आपके मित्र हैं फिर आपके विरुद्ध क्यों कोई कार्रवाई करेंगे?

भूतनाथ : हाँ, मैं भी यही ख़याल करता हूँ, खैर अब और बताओ क्या-क्या...

रामदास : प्रभाकर सिंह मेरे सामने ही वहाँ पहुँचे गये थे मगर मैं उनके विषय में कुछ विशेष हाल न जान सका क्योंकि और ज़्यादे दिन वहाँ रहने की हिम्मत न पड़ी। मुझे मालूम हो गया कि अब अगर और यहाँ रहूँगा तो मेरा भेद खुल जाएगा क्योंकि दलीपशाह ने दो-तीन दफ़े मुझे जाँच की निगाह से देखा, अस्तु लाचार हो मैं बहाना करके एक लौंडी के साथ जो सुरंग का दरवाज़ा खोलना और बंद करना जानती थी, घाटी के बाहर निकल आया।

भूतनाथ : तुम्हें सुरंग का दरवाज़ा खोलने और बंद करने की तरकीब मालूम हुई या नहीं?

रामदास : नहीं, लेकिन अगर दो-चार दिन और वहाँ रहता तो शायद मालूम हो जाती।

इतने ही में पानी बरसने लगा और हवा में भी तेज़ी आ गई।

रामदास : अब यहाँ से उठना चाहिए।

भूतनाथ : हाँ, चलो किसी आड़ की जगह में चलकर आराम करें। मेरी राय में तो अब इस घाटी में रहना मुनासिब न होगा, और साथ ही अब भविष्य के लिए बचे हुए आदमियों को आपस में कोई इशारा कायम कर लेना चाहिए जिसे मुलाकात होने पर हम लोग जाँच के ख़याल से बरता करें। जिसमें फिर कभी ऐसा धोखा न हो जैसा भोलासिंह के विषय में हुआ है। तुम्हारा इशारा अर्थात् एक आँख बंद करके प्रणाम करना तो बहुत ठीक है, तुम्हारे विषय में किसी तरह धोखा नहीं हो सकता।

रामदास : बहुत मुनासिब होगा, अब यह सोचना चाहिए कि हम लोग अपना डेरा कहाँ कायम करेंगे?

भूतनाथ : तुम ही बताओ।

रामदास : मेरी राय में तो लामाघाटी उत्तम होगी।

भूतनाथ : ख़ूब कहा, इस राय को मैं पसन्द करता हूँ!

इतना कह के भूतनाथ ने पुन: उस औरत की गठरी बाँधी जिसे रामदास ले आया था और अपनी पीठ पर लाद वहाँ से रवाना हुआ। रामदास भी उसके पीछे-पीछे चल पड़ा।

11

भूतनाथ के हाथ से छुटकारा पाकर प्रभाकर सिंह अपनी स्त्री से मिलने के लिये उस घाटी में चले गये जिसमें कला और बिमला रहती थीं। संध्या का समय था जब वे

उस घाटी में पहुँचकर कला, बिमला और इंदुमति से मिले। उस समय वे तीनों बँगले के सुन्दर मैदान में पत्थर की चट्टानों पर बैठी आपस में बातें कर रही थीं। प्रभाकर सिंह को देखकर वे तीनों बहुत प्रसन्न हुई, कई कदम आगे बढ़कर उनका इस्तकबाल किया तथा उसी जगह लाकर अपने पास बैठाया जहाँ वे सब बैठी हुई थीं।

बिमला : मैं भूतनाथ के हाथ से छुट्टी मिलने पर आपको मुबारकबाद देती हूँ। वास्तव में इन्द्रदेव जी ने इस विषय में बड़ी चालाकी की, नहीं तो हम लोगों से गहरी भूल हो गई थी कि भूतनाथ की घाटी का रास्ता बंद कर दिया था। उन्होंने साधु बनकर भूतनाथ को ऐसा धोखा दिया कि वह जन्म-भर याद रक्खेगा।

प्रभाकर सिंह : बेशक् ऐसी ही बात है, मुझे अभी थोड़ी देर हुई है यहाँ आते समय इन्द्रदेव जी रास्ते में मिले थे जो तुम्हारे पास होकर जा रहे थे, उन्होंने सब हाल मुझसे कहा था और उस समय भी वे उसी तरह साधु महात्मा बने हुए थे।

बिमला : जी हाँ, अब वे बराबर उसी सूरत में यहाँ आया करेंगे, उनका ख़याल है कि असली सूरत में आने-जाने से कभी भूतनाथ को ज़रूर पता लग जाएगा और भूतनाथ उनसे खटक जाएगा क्योंकि वह बड़ा ही चांगला है।

प्रभाकर सिंह : उनका ख़याल बहुत ही ठीक है, मुझसे भी ऐसा ही कहते थे। उन्होंने मुझसे यह भी पूछा था कि अब तुम्हारा क्या इरादा है, भूतनाथ का पीछा करोगे या नहीं? इसके जवाब में मैंने कहा कि भूतनाथ का पीछा करने की बनिस्बत मैं नौगढ़ के राजा से मिलकर चुनारगढ़ पर चढ़ाई करना अच्छा समझता हूँ क्योंकि राजा शिवदत्त से बदला लिए बिना मेरा जी ठिकाने न होगा और इस काम को मैं सबसे बढ़कर समझता हूँ। इन्द्रदेव जी ने मेरी यह बात स्वीकार कर ली और इस विषय में जो-जो बातें मैंने सोची थी उन्हें भी पसन्द किया।

इंदुमति : तो क्या अब आप नौगढ़ जाकर चुनार की लड़ाई में शरीक होंगे।

प्रभाकर सिंह : हाँ मैं ज़रूर ऐसा ही करूँगा, आजकल कुमारी चन्द्रकान्ता की बदौलत बीरेन्द्रसिंह से और शिवदत्त से ख़ूब खिंचाखिंची हो रही है, मेरे लिए इससे बढ़कर और कौन-सा मौका मिलेगा!

बिमला : आप स्वयं फौज़ तैयार करके चुनार पर चढ़ाई कर सकते हैं। इस काम में मैं आपकी मदद करूँगी वे सब अशर्फियाँ जो भूतनाथ को दिखाई गई थीं और पुनः ले ली गई मैं आपको दे सकती हूँ क्योंकि इन्द्रदेव जी ने सब मुझे दे दी हैं। आप जानते ही हैं कि उस घाटी में जाने के लिए कई रास्ते हैं, इसी तरह उस खजाने वाली कोठरी में भी जाने के लिए एक रास्ता यहाँ से है और इसी रास्ते से हम लोग उन अशर्फियों को उठा लाये थे।

प्रभाकर सिंह : मुझे मालूम है, यह हाल इन्द्रदेव जी से सुन चुका हूँ। मगर चुनार के विषय में मैं इस राय को पसन्द नहीं करता और न इस मामले में किसी से विशेष मदद

ही लूँगा। ही मेरे दोस्त गुलाबसिंह ज़रूर मेरा साथ देंगे मगर सुना है कि वे इस समय दलीपशाह के साथ कहीं गये है और दलीपशाह भी सुबह-शाम में यहाँ आने वाले हैं।

बिमला : भोलासिंह की सूरत बनाकर दलीपशाह जब से गए हैं तब से पुनः मुझसे नहीं मिले।

प्रभाकर सिंह : क्या हुआ अगर नहीं मिले तो, इन्द्रदेव जी जब से गए हैं तब से पुनः मुझसे नहीं मिले।

बिमला : मालूम होता है कि आपने इन्द्रदेव जी से अपने बारे में सब बातें तय कर ली हैं!

प्रभाकर सिंह : हाँ जो कुछ मुझे करना है कम-से-कम उसके विषय में तो मैंने सभी बातें तय कर ली हैं।

बिमला : तो आप ज़रूर नौगढ़ जाएँगे?

प्रभाकर सिंह : ज़रूर।

बिमला : दूसरे ढंग से बदला नहीं लेंगे?

प्रभाकर सिंह : नहीं।

इंदुमति : तब मैं कहाँ रहूँगी?

प्रभाकर सिंह : तुम्हारे बारे में यह निश्चय हुआ है कि तुम्हें मैं तब तक के लिए जमानिया में राजा साहब के यहाँ रख दूँ, क्योंकि इस समय वे ही मेरे बड़े और बुजुर्ग जो कुछ हैं सो हैं।

बिमला : (**चौंककर**) मगर ऐसा करने से तो मेरा भेद खुल जाएगा।

प्रभाकर सिंह : तुम्हारा भेद क्यों खुलेगा? मैं इन्द्रदेव जी से वादा कर चुका हूँ कि इन सब बातों का वहाँ कभी जिक्र तक न करूँगा, मेरी जुबानी तुम्हारा हाल उन्हें कभी मालूम न होगा, इन्दु को भी मैं ऐसा ही करने के लिए ताकीद करूँगा और तुम भी अच्छी तरह समझा देना। क्या मैं नहीं समझता कि तुम्हारा भेद खुल जाने से आ रस में कई आदमियों की खटपट हो जाएगी और बेदाग दोस्ती तथा मुहब्बत में बट्टा लग जाएगा।

बिमला : अगर भूतनाथ किसी तरह इन्दु को वही देख ले तो क्या होगा, क्योंकि वह अकसर जमानिया जाया करता है?

प्रभाकर सिंह : तब क्या होगा? भूतनाथ अपने मुँह से इन सब बातों का जिक्र कदापि न करेगा।

बिमला : मगर दुश्मनी तो ज़रूर करेगा, क्योंकि इस बात का डर हो जाएगा कि कहीं इन्दु इन सब बातों का भेद किसी से खोल न दे।

प्रभाकर सिंह : एक तो वह जमानिया विशेष जाता ही नहीं है दूसरे अगर कभी गया भी तो महल के अंदर उसकी गुजर नहीं होगी, तीसरे अगर वह किसी तरह इन्दु को देख भी लगा तो वहाँ कुछ गड़बड़ी करने की उसकी हिम्मत ही नहीं पड़ेगी। फिर इसके अतिरिक्त और मैं कर ही क्या सकता हूँ, मेरे लिए दूसरा कौन-सा घर है? हाँ अपने साथ नौगढ़ ले चलूँ तो हो सकता है, वहाँ भूतनाथ के जाने का डर नहीं है।

इंदुमति : मेरा ख़याल तो यही है कि जमानिया की बनिस्बत नौगढ़, में मैं ज़्यादा निडर रहूँगी।

बिमला : तो आप इन्हें इसी जगह हमारे पास क्यों नहीं छोड़ जाते?

प्रभाकर सिंह : यहाँ तुम लोग स्वयं ही तरद्दुद में पड़ी हुई हो, इसके सबब से और भी...

बिमला : नहीं नहीं, इनके सबब से किसी तरह की तकलीफ़ मुझे नहीं हो सकती है, और फिर अगर मैं ज़्यादे बखेड़ा देखूँगी तो इन्हें इन्द्रदेव जी के सुपुर्द कर दूँगी वे अपने घर ले जाएँगे।

प्रभाकर सिंह : यह सबसे ठीक है, इन्द्रदेव जी का घर हमारे लिए सबसे अच्छा है और उन्होंने ऐसा कहा भी था कि अगर तुम्हारी राय हो तो इन्दु को मेरे घर पर रख सकते हो।

बिमला : तो बस यही ठीक रखिए और इन्हें मेरे पास छोड़ जाइए।

प्रभाकर सिंह और कला, बिमला तथा इंदुमति में इस विषय पर बड़ी देर तक बहस होती रही और अंत में लाचार होकर प्रभाकर सिंह को बिमला की बात माननी पड़ी अर्थात् इंदुमति को बिमला ही के पास छोड़ देना पड़ा।

रात-भर प्रभाकर सिंह वहाँ रहे और प्रातःकाल सभों से मिल-जुलकर नौगढ़ की तरफ़ रवाना हुए।

12

गुलाबसिंह को साथ लेकर प्रभाकर सिंह नौगढ़ चले गये। वहाँ उन्हें फौज़ में एक ऊँचे दर्ज़े की नौकरी मिल गई और चुनार पर चढ़ाई होने से उन्होंने दिल का हौसला ख़ूब ही निकाला। वे मुद्दत तक लौटकर इंदुमति के पास न आये और न इस तरफ़ का कुछ हाल ही उन्हें मालूम हुआ।

जब चुनारगढ़ फतह हो गया, राजा शिवदत्त उदासीन होकर भाग गए, चन्द्रकान्ता कीं शादी हो गई और चुनार की गद्दी पर राजा बीरेन्द्रसिंह बैठ गये तब बहुत दिनों के बाद प्रभाकर सिंह को इस बात का मौका मिला कि वे जाकर इंदुमति से मुलाकात करें। प्रभाकर सिंह के दिल में तरह-तरह का खुटका पैदा हो रहा था और यह जानने के लिए

वे बहुत-ही उत्सुक हो रहे थे कि उनके पीछे कला, बिमला और इंदुमति पर क्या-क्या बीती, अस्तु वे गुलाबसिंह को साथ लिए हुए बहुत तेज़ी के साथ कूच और मुकाम करते एक दिन दोपहर के समय उस पहाड़ी के पास पहुँचे जिसके अंदर वह सुन्दर घाटी थी जिसमें कला और बिमला रहती थी। सोच रहे थे कि अब थोड़ी ही देर मैं उन लोगों से मुलाकात हुआ चाहती है जिनसे मिलने के लिए जी बेचैन हो रहा है।

आज कई वर्ष के बाद प्रभाकर सिंह इस घाटी के अंदर पैर रखेंगे। आज पहिले की तरह गर्मी या बरसात का मौसम नहीं है, बल्कि जाड़े के दिनों में प्रभाकर सिंह उस घाटी के अंदर जा रहे हैं, देखना चाहिए वहाँ का मौसम कैसा दिखाई देता है।

सुरंग का दरवाज़ा खोलना और बंद करना उन्हें बख़ूबी मालूम था, बल्कि इस घाटी के विषय में वे और भी बहुत-कुछ जान चुके थे अस्तु गुलाबसिंह को बाहर ही छोड़कर वे सुरंग के अंदर घुसे और दरवाज़ा खोलते और बंद करते हुए उस घाटी के अंदर चले गये। मगर उन्हें पहुँचने के साथ ही वहाँ कुछ उदासी-सी मालूम हुई। ताज्जुब के साथ चारों तरफ़ देखते हुए बँगले के अंदर गये और वहाँ बिलकुल ही सन्नाटा पाया। जिस बँगले को ये पहिले सजा हुआ देख चुके थे और जिसके अंदर पहिले तरह-तरह के सामान मौजूद थे आज वह बँगला बिलकुल ही खाली दिखाई दे रहा है। घबराहट की बात तो दूर रही वहाँ एक चटाई बैठने के लिये और एक लुटिया पानी पीने के लिए भी मौजूद न थी। यही हाल वहाँ की आलमारियों का भी था जिनमें से एक भी पहिले खाली नहीं दिखाई देती थी। आज वहाँ हर तरह से सन्नाटा छाया हुआ है और ऐसा मालूम होता है कि वर्षों से इस बँगले के अंदर किसी आदमी ने पैर नहीं रखा।

इस बँगले में से एक रास्ता उस मकान के अंदर जाने के लिए था जिसमें कला और बिमला ख़ासतौर पर रहती थीं अथवा जिस प्रकार में पहिले-पहल इंदुमति की बेहोशी दूर हुई थी। प्रभाकर सिंह हैरान और परेशान उस मकान में पहुँचे मगर देखा कि वहाँ की उदासी उस बँगले से भी ज़्यादे बड़ी-चढ़ी है और एक तिनका भी वहाँ दिखाई न देता।

"यह क्या मामला है, यहाँ ऐसा सन्नाटा क्यों छाया हुआ है? कला, बिमला और इंदुमति कहाँ चली गई? अगर कहीं किसी आपस वाले के घर में चली गई तो यहाँ इस तरह उजाड़कर जाने की क्या ज़रूरत थी? कहीं ऐसा तो नहीं हुआ कि वे तीनों भूतनाथ के कब्जे में पड़ गई हों और भूतनाथ ने ही इस मकान को ऐसा उजाड़ बना दिया हो!" इन सब बातों को सोचते हुए प्रभाकर सिंह उदास और दुखित चित्त से बहुत देर तक चारों तरफ़ घूमते रहे और तब यह निश्चय कर वहाँ से चल पड़े कि अब भूतनाथ की घाटी का हाल मालूम करना चाहिए और देखना चाहिए कि वह किस अवस्था में है।

पहिले प्रभाकर सिंह उस सुरंग में घुसे जिसमें से उन्होंने पहिले दिन भूतनाथ की घाटी में इंदुमति को एक अपनी ही सूरत वाले के साथ ठगे जाते हुए देखा था। सुरंग के अंत में पहुँच सूराख की राह से उन्होंने देखा कि भूतनाथ की घाटी में भी बिलकुल

सन्नाटा छाया हुआ है अर्थात् यह नहीं जान पड़ता कि इसमें कोई आदमी रहता है। कुछ देर तक देखने और गौर करने के बाद प्रभाकर सिंह सुरंग के बाहर निकल आये। तब उनकी हिम्मत न पड़ी कि एक सायत के लिए भी उस घाटी के अंदर ठहरें। उदास और दुखित चित्त से सोचते और गौर करते हुए वे वही से रवाना हुए और सुरंग की राह से कहीं निकलकर संध्या होने के पहिले ही उस ठिकाने पहुँचे जहाँ गुलाबसिंह को छोड़ गये थे। दूर ही से प्रभाकर सिंह की सूरत और चाल देखकर गुलाबसिंह समझ गए कि कुछ दाल में काला है, रंग अच्छा नहीं दिखाई देता। जब गुलाबसिंह के पास प्रभाकर सिंह पहुँचे तो सब हाल बयान किया और उदास होकर उनके पास बैठ गए। गुलाबसिंह को बड़ा ही ताज्जुब हुआ और वे सोचने लगे कि अब क्या करना चाहिए।

प्रभाकर सिंह के दिल पर क्या गुजरी होगी इसे पाठक स्वयं समझ सकते हैं। उनके लिए दुनिया ही उजाड़ हो गई थी और चुनारगढ़ की लड़ाई में जो कुछ बहादुरी कर आये थे वह सब व्यर्थ ही जान पड़ती थी। दोनों बहादुरों ने मुश्किल से उस जंगल में रात बिताई और सवेरा होने पर अच्छी तरह निश्चय करने के लिए भूतनाथ की घाटी में जाने का इरादा किया। दोनों आदमी वहाँ से रवाना हुए और कुछ देर के बाद उस सुरंग के मुहाने पर जा पहुँचे जिस राह से भूतनाथ अपनी घाटी में आया-जाया करता था। रास्ते तथा दरवाज़े का हाल प्रभाकर सिंह से कुछ छिपा न था अस्तु वे दोनों शीघ्र ही घाटी के अंदर जा पहुँचे और देखा कि वास्तव में यहाँ भी सब उजाड़ पड़ा हुआ है और लक्षणों से जान जाता था कि यहाँ वर्षों से कोई नहीं आया और न कोई रहता है। अब कहीं चलना चाहिए! तरह-तरह की बातें सोचते-विचारते प्रभाकर सिंह और गुलाबसिंह घाटी के बाहर निकल आये और एक पेड़ के नीचे बैठकर इस तरह बातचीत करने लगे-

गुलाबसिंह : आश्चर्य की बात तो यह है कि दोनों घाटियाँ एकदम से खाली हो गई। अब रणधीरसिंह के यहाँ चलकर पता लगाना चाहिए कि भूतनाथ का क्या हाल है, क्योंकि असल में भूतनाथ ही इस बखेड़े की जड़ है और ताज्जुब नहीं कि वे तीनों औरतें भूतनाथ के कब्जे में आ गई हों। वहाँ चलने से कुछ-न-कुछ पता ज़रूर लग जाएगा।

प्रभाकर सिंह : रणधीरसिंह जी के यहाँ तो मैं किसी तरह नहीं जा सकता। यद्यपि वे मेरे रिश्तेदार हैं मगर इस समय मैं उनके दामाद (**शिवदत्त**) से लड़कर आ रहा हूँ, इसलिए मुझे देखते ही वे आग ही जाएँगे क्योंकि उन्हें अपने दामाद और अपनी लड़की की अवस्था पर बहुत दु:ख हो रहा होगा।

गुलाबसिंह : ठीक है, ऐसा ज़रूर होगा, मगर मैं यह तो नहीं कहता कि आप सीधे रणधीरसिंह के पास चले चलिए, मेरा मतलब यह है कि हम लोग सौदागरों की सूरत में वहाँ जाकर किसी सराय में डेरा डालें तथा ऊपर-ही-ऊपर लोगों से मिल-जुलकर भूतनाथ का पता लगावें और जो कुछ हाल हो मालूम करें।

प्रभाकर सिंह : हाँ यह हो सकता है। अच्छा तो अब यहाँ ठहरना व्यर्थ है, चलो उठो, मैं समझता हूँ कि इन्द्रदेव जी से मुलाकात किये बिना दिल को तसल्ली न होगी।

गुलाबसिंह : ज़रूर, वहाँ भी चलना ही होगा, मगर पहिले भूतनाथ की ख़बर लेनी चाहिए।

इतना कहकर गुलाबसिंह उठ खड़े हुए, प्रभाकर सिंह ने भी उसका साथ दिया और दोनों आदमी मिर्ज़ापुर की तरफ़ रवाना हुए, इस बात का कुछ भी ख़याल न किया कि समय क्या है और रास्ता कैसा कठिन है।

13

प्रेमी पाठक महाशय, अभी तक भूतनाथ के विषय में जो कुछ हम लिख आये हैं उसे आप अनाथ के जीवनी की भूमिका ही समझें, भूतनाथ का मज़ेदार हाल जो अद्‌भुत घटनाओं से भरा हुआ है पढ़ने के लिए अभी आप थोड़ा-सा और सब्र कीजिए, अब उसका अनूठा किस्सा आया ही चाहता है, यद्यपि चन्द्रकान्ता सन्तति में प्रभाकर सिंह और इंदुमति का नाम नहीं आया है मगर भूतनाथ की जीवनी का इन दोनों व्यक्तियों से बहुत ही घना संबंध है और भूतनाथ की बराबरी या ढिठाई का ज़माना शुरू होने से बहुत दिन पहिले ही से भूतनाथ का इन दोनों से वास्ता पड़ चुका था और इन्हीं दोनों के सबब से इन्द्रदेव और दलीपशाह के ऊपर भी भूतनाथ की निगाह पड़ चुकी थी इसलिए हमें सबसे पहिले प्रभाकर सिंह और इंदुमति का परिचय देना पड़ा, तथापि आपको आगे चलकर प्रभाकर सिंह और इंदुमति की अवस्था पर आश्चर्य करना पड़ेगा।

यद्यपि इंदुमति का पता न लगने से प्रभाकर सिंह को बहुत दुःख हुआ परंतु इन्द्रदेव का ख़याल उन्हें ढाढ़स दे रहा था। वे समझते थे कि इंदुमति अपनी दोनों बहिनों के साथ ज़रूर इन्द्रदेव के यहाँ चली गई होगी, अस्तु सबमें पहिले इन्द्रदेव के यहाँ चलकर उसका पता लगाना चाहिए, इस बात का निश्चय कर गुलाबसिंह को साथ लिए हुए प्रभाकर सिंह इन्द्रदेव से मिलने के लिए रवाना हुए।

जमना और सरस्वती की जुबानी प्रभाकर सिंह को मालूम हो चुका था कि इन्द्रदेव वास्तव में किसी तिलिस्म के दारोगा हैं परंतु इन्द्रदेव ने अपने को ऐसा मशहूर नहीं किया था और न साधारण लोगों को उनके विषय में ऐसा ख़याल ही था। उसके मुलाकातियों में से भी बहुत कम आदमियों को यह बात मालूम थी कि इन्द्रदेव किसी तिलिस्म के दारोगा हैं और यदि कोई इस बात को जानता भी था तो उसे तिलिस्म के विषय में कुछ ज्ञान ही न था। अगर कोई इन्द्रदेव से तिलिस्म के विषय में कुछ पूछता भी तो इन्द्रदेव समझा देते कि यह सब दिल्लगी की बातें है। हाँ, दो-चार आदमियों को इस बात का पूरा-पूरा विश्वास था कि इन्द्रदेव किसी भारी तिलिस्म के दारोगा हैं, मगर अपनी जुबान से उन्हें भी पूरा-पूरा पता नहीं लगने देते थे। इसके अतिरिक्त इन्द्रदेव का रहन-सहन ऐसा

था कि किसी को उनके विषय में जानने की आवश्यकता ही नहीं पड़ती थी और न वे विशेष दुनियादारी के मामले में ही पड़ते थे, वह वास्तव में साधु और महात्मा की तरह अपनी ज़िंदगी बिताते थे मगर ढंग उनका अमीराना था। मतलब यह है कि सर्वसाधारण को इन्द्रदेव के विषय में पूरा-पूरा ज्ञान नहीं था, इतना ज़रूर मशहूर था कि इन्द्रदेव ऊँचे दर्ज़े के ऐयार है और उनके बुजुर्गों ने ऐयारी के फन में बहुत दौलत पैदा की है जिसकी बदौलत आज तक इन्द्रदेव बहुत रईस और अमीर बने हुए हैं।

यह सब कुछ था सही परंतु इन्द्रदेव के दो-चार दोस्त ऐसे भी थे जिन्हें इन्द्रदेव का पूरा-पूरा हाल मालूम था। मगर इन्द्रदेव की तरह वे लोग भी इस बात को मंत्र की भाँति छिपाए रहते थे।

इन्द्रदेव का रहने का स्थान कैसा था और वहाँ जाने के लिए कैसी-कैसी कठिनाइयाँ उठानी पड़ती थीं इसका हाल चन्द्रकान्ता सन्तति में लिखा जा चुका है यहाँ पुनः लिखने की आवश्यकता नहीं है, हाँ इतना कह देना आवश्यक जान पड़ता है कि जिन दिनों का हाल इस जगह लिखा जा रहा है उन दिनों इन्द्रदेव निश्चित रूप से उस तिलिस्मी घाटी में नहीं रहा करते थे बल्कि अपने लिए उन्होंने एक मकान तिलिस्मी घाटी के बाहर उसके पास ही एक पहाड़ी पर बनवाया हुआ था जिसका नाम "कैलाश" रखा था और इसी मकान में वह ज़्यादा रहा करते थे, हाँ, जब ज़माने के हाथों से वह ज़्यादे सताए गये और उन्होंने उदास होकर दुनिया ही को तुच्छ समझ लिया तब उन्होंने बाहर का रहना एकदम से बंद कर दिया जैसा कि चन्द्रकान्ता सन्तति में लिखा जा चुका है।

प्रभाकर सिंह जब इन्द्रदेव से मिलने गये तब उस "कैलाश भवन" में मुलाकात हुई। उन दिनों इन्द्रदेव बीमार थे, यद्यपि उनकी बीमारी ऐसी न थी कि चारपाई पर पड़े रहते परन्तु घर के बाहर निकलने योग्य भी वह न थे।

प्रभाकर सिंह और गुलाबसिंह से मिलकर इन्द्रदेव ने बड़ी प्रसन्नता प्रकट की और बड़ी खातिरदारी से इन दोनों को अपने यहाँ रखा। प्रभाकर सिंह और गुलाबसिंह ने भी इन्द्रदेव की बीमारी पर खेद प्रकट किया और इसी के साथ अपने आने का सबब भी प्रभाकर सिंह ने बयान किया जिसे सुनकर इन्द्रदेव की आँखें डबडबा आई और एकांत होने पर उन दोनों में से इस तरह बातचीत होने लगी, इस बातचीत में गुलाबसिंह शरीक नहीं थे।

इन्द्रदेव : प्रभाकर सिंह, तुम्हें यह सुनकर बहुत दुःख होगा कि तुम्हारी स्त्री इंदुमति हमारे यहाँ नहीं है तथा जमना और सरस्वती का भी कुछ पता नहीं लगता कि वे दोनों कहाँ गायब हो गई। अफ़सोस, उन दोनों ने मेरी शिक्षा पर कुछ ध्यान नहीं दिया और अपनी बेवकूफी से अपने को थोड़े ही दिनों में जाहिर कर दिया। अगर वे मेरी आज्ञानुसार अपने को छिपाए रहतीं और धीरे-धीरे कार्य करतीं तो धोखा न उठाती।

प्रभाकर सिंह : **(दुखित चित्त से)** निःसन्देह ऐसा ही है, उस घाटी में पहिले जब मुझसे मुलाकात हुई थी तब उन्होंने कहा था कि ऐसे स्थान में रहकर भी हम लोग अपने

को हर वक्त छिपाए रहती हैं, यहाँ तक कि अपनी लौंडियों को भी अपनी असली सूरत नहीं दिखातीं...

इन्द्रदेव : **(दुखित चित्त से)** बेशक् ऐसी ही बात थी और मैंने ऐसा ही प्रबंध कर दिया था कि उनके साथ रहने वाली लौंडियों को भी इस बात का ज्ञान न था कि ये दोनों वास्तव में जमना-सरस्वती हैं। वे सब उन दोनों को कला और विमला ही जानती थीं मगर इस बात को जमना ने बहुत जल्द चौपट कर दिया और लौंडियों पर भरोसा करके शीघ्र ही अपने को प्रकट कर दिया। अगर लौंडियों को यह भेद मालूम न हो गया होता तो भूतनाथ की समझ में खाक़ न आता कि वे दोनों कौन हैं और क्या चाहती हैं।

प्रभाकर सिंह : आपका कहना बहुत ठीक है।

इन्द्रदेव : बड़ों ने सच कहा है कि स्त्रियों के विचार में स्थिरता नहीं होती और वे किसी भेद को ज़्यादा दिनों तक छिपा नहीं सकतीं, कइयों का कथन तो यह है कि स्त्रियों की बुद्धि प्रलय करने वाली होती है। और मैं भी इसी बात का पक्षपाती हूँ।

प्रभाकर सिंह : अफ़सोस करने के सिवाय और मैं क्या कहूँ इन बखेड़ों में मैं तो व्यर्थ ही पीसा गया, मेरे हौंसले सब मटियामेट हो गये और मैं कहीं का भी न रहा। मैं क्या कहूँ कि कैसी उम्मीदें अपने साथ लेकर आपके पास आया था, मगर...

इन्द्रदेव : प्रभाकर सिंह, तुम एकदम से हताश न हो जाओ और उद्योग का पल्ला मत छोड़ो क्या कहूँ, मैं बहुत दिनों से बीमार पड़ा हुआ हूँ और इस योग्य नहीं कि स्वयं कुछ कर सकूँ तथापि मैंने अपने कई आदमी उन सभों की खोज में दौड़ा रखे हैं। दलीपशाह का भी बहुत दिनों से पता नहीं है, वे भी उन सभों के साथ ही गायब हैं।

प्रभाकर सिंह : और भूतनाथ?

इन्द्रदेव : भूतनाथ अपने मालिक के यहाँ स्थिर भाव से बैठा हुआ है। मुद्दत से वह कहीं आता-जाता नहीं है, रणधीरसिंह जी की जो कुछ उसकी तरफ़ से रंज हो गया था उसे भी भूतनाथ ने ठीक कर लिया। अब तो ऐसा मालूम होता है कि मानो भूतनाथ ने कभी रंग बदला ही न था। इधर साल-भर में चार-पाँच दफ़े भूतनाथ मुझसे मिलने के लिए आया था मगर जमना और सरस्वती के विषय में न तो मैंने ही कुछ जिक्र किया और न उसने ही कुछ छेड़ा, यद्यपि मालूम होता है कि भूतनाथ उसी विषय में छेड़छाड़ करने के लिए आया था मगर मैंने कुछ चर्चा उठाना मुनासिब न समझा।

प्रभाकर सिंह : अस्तु अब क्या करना चाहिए सो कहिए। मैं तो आपका बहुत भरोसा रख के यहाँ आया था परन्तु यह जानकर मुझे आश्चर्य हुआ कि आपने जमना, सरस्वती के लिए कुछ भी नहीं किया।

इन्द्रदेव : ऐसा मत कहो, मैंने उन सभों के लिए बहुत उद्योग किया मगर लाचार हूँ कि उद्योग का कोई अच्छा नतीज़ा न निकला, हाँ यह ज़रूर मानना पड़ेगा कि मैं स्वयं

अपने हाथ-पैर से कुछ न कर सका, इसका सबसे बड़ा सबब तो यह है कि मैं इस मामले में अपने को प्रकट करना उचित नहीं समझता। दूसरे बीमारी से भी लाचार हो रहा हूँ। खैर जो होना था सो तो हो गया। अब तुम आ गये हो तो उद्योग करो। ईश्वर तुम्हारी सहायता करेगा और मैं भी हर तरह से तुम्हारी मदद के लिए तैयार हूँ। मेरी यह प्रबल इच्छा है कि किसी तरह उन तीनों का पता लगे। यदि मुझे इस बात का निश्चय हो जाएगा कि उन तीनों से भूतनाथ ने कोई अनुचित व्यवहार किया है तो मैं निःसन्देह भूतनाथ से बदला लूँगा मगर जब तक इस बात का निश्चय न होगा मैं कदापि भूतनाथ से संबंध न तोड़ूँगा, हाँ, तुम्हें हर तरह से मदद बराबर देता रहूँगा।

प्रभाकर सिंह : अच्छा तो फिर मुझे शीघ्रता बताइए कि अब क्या करना चाहिए, अब मुझमें बैठे रहने की सामर्थ्य नहीं है।

इन्द्रदेव : जल्दी न करो, मैं सोच-विचारकर कल तुमसे कहूँगा कि अब क्या करना चाहिए, एक दिन के लिए और सब्र करो।

प्रभाकर सिंह : जो आज्ञा, परन्तु...

लाचार होकर प्रभाकर सिंह को इन्द्रदेव की बात माननी पड़ी परन्तु इस बात का उनको आश्चर्य बना ही रहा कि इन्द्रदेव ने जमना और सरस्वती के लिए इतनी सुस्ती क्यों की और वास्तव में जमना और सरस्वती गायब हो गई हैं या इसमें भी कोई भेद है।

14

अब हम कुछ हाल जमना, सरस्वती और इंदुमति का बयान करना उचित समझते हैं। जब महाराज शिवदत्त से बदला लेने का विचार करके प्रभाकर सिंह नौगढ़ की तरफ़ रवाना हो गये तो उनके चले जाने के बाद बहुत दिनों तक जमना और सरस्वती के कोई भी ऐसा मौका हाथ न आया कि भूतनाथ से कुछ छेड़छाड़ करें और न भूतनाथ ही ने उनके साथ कोई बदसलूकी की, हाँ यह ज़रूर होता रहा कि जमना और सरस्वती भूतनाथ की घाटी में ताक-झाँक करके इस बात की बराबर टोह लगाती रहीं कि भूतनाथ क्या करता है अथवा किस धुन में है।

थोड़े ही दिनों में उन दोनों को मालूम हो गया कि भूतनाथ अब इस घाटी में नहीं रहता, न-मालूम वह कहाँ चला गया उसने जगह बदल दी। बहुत दिनों तक उनकी लौंडियाँ और ऐयार इस विषय का पता लगाने के लिए इधर-उधर दौड़ती रहीं मगर मनोरथ-सफल न हो सकीं। कुछ दिन बीत जाने के बाद यह मालूम हुआ कि भूतनाथ अपने मालिक रणधीरसिंह के यहाँ चला गया तथा बराबर एक चित्त से उन्हीं का काम किया करता है और उन्हीं के यहाँ स्थिर भाव से रहता है। यह बात इन दोनों को अच्छी नहीं मालूम हुई और इन दोनों ने समझा कि अब भूतनाथ से बदला लेना कठिन हो गया तथा अब बिना प्रकट भये काम नहीं चलेगा। कई दफ़े उन दोनों ने

सोचा कि रणधीरसिंह के यहाँ चली जाए और जो कुछ मामला हो चुका है उसे साफ कह के भूतनाथ को सज़ा दिलावें, परन्तु इन्द्रदेव ने ऐसा करने से मना किया और समझाया कि अगर तुम वहाँ चली जाओगी तो रणधीरसिंह मुझसे इस बात के लिए रंज हो जाएँगे कि मैंने इतने दिनों तक तुम दोनों को छिपा रखा और झूठ ही मशहूर कर दिया कि जमना और सरस्वती मर गयीं, साथ ही इसके हमसे और भूतनाथ से भी खुल्लम-खुल्ला लड़ायी हो जाएगी। केवल इतना ही नहीं, यह भी सोच रखना चाहिए कि रणधीरसिंह भूतनाथ का कुछ बिगाड़ न सकेंगे, सिवाय इसके कि उसे अपने यहाँ से निकाल दें बल्कि ताज्जुब नहीं कि भूतनाथ रणधीरसिंह से रंज होकर उन्हें भी किसी तरह की तकलीफ़ पहुँचावे।

इन्द्रदेव का यह विचार भी बहुत ठीक था, इसलिए दोनों बहुत दिनों तक चुपचाप बैठी रह गयी और रणधीरसिंह के यहाँ भी न गई।

इसी तरह सोचते-विचारते और समय का इंतज़ार करते वर्षों बीत गये और इस बीच में जमना, सरस्वती और इंदुमति प्रायः घूमने-फिरने के लिए इस घाटी से बाहर निकलती रहीं।

एक दिन माघ के महीने में दोपहर के समय अपनी कई लौंडियों को साथ लिए हुए वे तीनों भेष बदले हुए उस घाटी के बाहर निकलीं और जंगल में चारों तरफ़ घूम-फिरकर दिल बहलाने लगीं। यकायक उनकी निगाह एक मरे हुए घोड़े पर पड़ी जिस पर अभी तक चारजामा कसा हुआ था। वे सब ताज्जुब में आकर उसके पास गईं और गौर से देखने लगीं। यह घोड़ा कई जगह से जख्मी हो रहा था जिससे गुमान होता था कि किसी लड़ाई में इसके सवार ने बहादुरी दिखाई और अंत में किसी सबब से यह भाग निकला है, संभव है कि इसका सवार लड़ाई में गिर गया हो। मगर इस बात पर भी बिमला का विचार नहीं जमा, वह यही सोचती थी कि ज़रूर यह अपने सवार को लेकर भागा है, अस्तु बिमला आँख फैलाकर चारों तरफ़ इस ख़याल से देखने लगी कि शायद इस घोड़े की तरह गिरा हुआ कोई आदमी भी कहीं दिखाई दे जाय।

बिमला, कला और इंदुमति घूम-घूमकर इसका पता लगाने लगीं और आखिर थोड़ी देर में एक आदमी पर उनकी निगाह पड़ी। ये सब तेज़ी के साथ घबराई हुई उसके पास गई और देखा कि प्रभाकर सिंह बेहोश पड़े हुए हैं, उनका कपड़ा खून से तरबतर हो रहा है, और उनके बदन में कई जगह तलवार के जख्म लगे हुए हैं तथा सर में भी एक भारी जख्म लगा हुआ है जिससे निकले हुए खून के छींटे चेहरे पर अच्छी तरह पड़े हुए हैं। लड़ाई के समय जो तलवार उनके हाथ में थी इस समय भी उसका कब्जा उनके हाथ ही में है। प्रभाकर सिंह को इस अवस्था में देखते ही इंदुमति एक दफ़े चिल्ला उठी और उसकी आँखों में आँसू भर आए, परन्तु तुरन्त ही उसने अपने दिल को सँभाल लिया तथा जमना और सरस्वती की तरफ़ देखा जिनकी आँखों में आँसू की धारा बह रही थी और खैर जो बड़े गौर से प्रभाकर सिंह के चेहरे पर निगाह जमाए हुए थी।

इंदुमति : **(जमना से)** बहिन, तुम इनके चेहरे की तरफ़ क्या देख रही हो? जो बातें देखने लायक हैं पहिले उन्हें देखो इसके बाद रोने-धोने का ख़याल करना।

जमनाः **(ताज्जुब से)** सो क्या है?

इंदुमति : पहिले तो यह देखो कि इनके पीठ में भी कोई जख्म लगा है या नहीं जिससे यह मालूम हो सके कि इन्होंने लड़ाई में पीठ तो नहीं दिखाई है, इसके बाद इस बात की जाँच करो कि इनमें कुछ दम है या नहीं। अगर इन्होंने लड़ाई में वीरता दिखाई और बहादुरी के साथ प्राण-त्याग किया है तो कोई चिंता नहीं, मैं बड़ी प्रसन्नता से इनके साथ सती होकर कर्त्तव्य पूरा करूँगी, और इनके हाथ की तलवार मुझे पूरा विश्वास दिलाती है कि उन्होंने लड़ाई में पीठ नहीं दिखाई।

जमनाः मेरा भी यही ख़याल है, और वीर पत्नियों के लिए रोना कैसा? उन्हें तो हरदम अपने पति के साथ जाने के लिए तैयार रहना चाहिए।

सरस्वती : **(प्रभाकर सिंह की नाक पर हाथ रखकर)** जीते है! जख्मी होने के सबब से बेहोश हो गये हैं!!

सरस्वती की बात सुनकर जमना और इंदुमति ने भी उन्हें अच्छी तरह देखा और निश्चय कर लिया कि प्रभाकर सिंह मरे नहीं हैं और इलाज करने से बहुत जल्द अच्छे हो जाएँगे। अब पुनः इंदुमति की आँखों से आँसू की धारा बहने लगी तथा जमना और सरस्वती ने उसे समझाया और दिलासा दिया। इसके बाद सब कोई मिल-जुलकर प्रभाकर सिंह को उठाकर घाटी के अंदर ले गई और बँगले के बाहर दालान में एक सुन्दर चारपाई पर लेटाकर उन्हें होश में लाने का उद्योग करने लगीं।

मुँह पर केवड़ा और बेदमुश्क छिड़कने तथा लखलखा सुँघाने से थोड़ी ही देर में प्रभाकर सिंह चैतन्य हो गए और जमना की तरफ़ देखकर बोले, “मैं कहाँ हूँ?”

जमना : आप घाटी में हैं जहाँ हम दोनों बहिनों तथा इंदुमति से मुलाकात हुई थी।

प्रभाकर सिंह : **(चारों तरफ़ देखकर)** ठीक है, मगर मैं यहाँ कैसे आया?

जमना : पहिले ये बताइए कि आपकी तबीयत कैसी है?

प्रभाकर सिंह : अब मैं अच्छा हूँ, होश में हूँ और सब कुछ समझ सकता हूँ। मगर आश्चर्य में हूँ कि यहाँ कैसे आया!

जमना : हम लोग घाटी के बाहर घूमने के लिए गई हुई थी जहाँ आपको बेहोश पड़े हुए देखकर उठा लाई। उस जगह एक घोड़ा भी मरा हुआ दिखाई दिया, कदाचित् वह आप ही का घोड़ा हो।

प्रभाकर सिंह : बेशक् वह मेरा ही घोड़ा होगा, जानवर होकर भी उसने मेरी बड़ी सहायता की और आश्चर्य है कि इतनी दूर तक उड़ाए हुए ले आया।

इंदुमति : क्या वह घोड़ा लड़ाई में से आपको भगा लाया था?

प्रभाकर सिंह : हाँ, लड़ाई ऐसा गहरी हो गई थी कि संध्या हो जाने पर भी दोनों तरफ़ की फौज़ें बराबर दिल तोड़कर उड़ती ही रह गईं यहाँ तक कि आधी रात हो जाने पर मैं और महाराज सुरेन्द्रसिंह का सेनापति तथा कुँअर बीरेन्द्रसिंह लड़ते हुए दुश्मन की फौज़ मैं घुस गए और मारते हुए उस जगह पहुँचे जहाँ कमबख़्त शिवदत्त खड़ा हुआ अपने सिपाहियों को लड़ने के ललकार रहा था। चाँद की रोशनी ख़ूब फैली हुई थी और बहुत से माहताब भी जल रहे थे इसलिए एक-दूसरे के पहिचानने में किसी तरह तकलीफ़ नहीं मालूम हो सकती थी। महाराज शिवदत्त मुझे अपने सामने देखकर झिझका और घोड़ा घुमाकर भागने लगा, मगर मैंने उसे भागने की मोहलत नहीं दी और एक हाथ तलवार का उसके सर पर ऐसा मारा कि वह घोड़े की पीठ पर से लुढ़क कर ज़मीन पर आ रहा। मुझे उस समय बहुत जख्म लग चुके थे और मैं सुबह से उस समय तक बराबर लड़ते रहने के कारण बहुत ही सुस्त हो रहा था, जिस पर महाराज शिवदत्त के गिरते ही बहुत-से दुश्मनों ने एक साथ मुझ पर हमला किया और चारों तरफ़ से घेरकर मारने लगे गर मैं हताश न हुआ, दुश्मनों के वार को रोकता और तलवार चलाता हुआ उस मंडली को चीरकर बाहर निकला। उस समय मेरा सर घूमने लगा और मैं दोनों हाथों से घोड़े का गला थाम उससे चिपट गया। फिर मुझे कुछ भी ख़बर न रही, मैं नहीं कह सकता कि इसके आगे क्या हुआ!

इंदुमति : **(प्रसन्न होकर)** बेशक् आपने बड़ी बहादुरी की। घोड़ा भी उस समय समझ गया कि अब आप बेहोश हो गए हैं और इसलिए आपको वहाँ से ले भागा।

प्रभाकर सिंह : बेशक् ऐसा ही हुआ होगा।

जमना : अब आप आज्ञा दीजिए तो कपड़े उतार कर आपके जख्म धोए जाएँ।

प्रभाकर सिंह : जरा और ठहर जाओ क्योंकि मैं उठकर मैदान जाने का इरादा कर रहा हूँ। जख्म मुझे बहुत गहरे नहीं लगे हैं, इन पर कुछ दवा लगाने की ज़रूरत न पड़ेगी, केवल धोकर साफ कर देना ही काफी होगा! मेरे लिए एक धोती और गमछे का बंदोबस्त करो और दो आदमी सहारा देकर उठाओ तथा मैदान की तरफ़ ले चलो।

जमना : बहुत अच्छा, ऐसा ही होगा।

इतना कहकर जमना ने एक लौंडी की तरफ़ देखा। वह सामान दुरुस्त करने के लिए वहाँ से चली गई और दूसरी लौंडी ने बाहर जाने के लिए जल का लोटा भरकर अलग रख दिया। प्रभाकर सिंह ने उठने का इरादा किया, जमना, सरस्वती और इन्दु ने सहारा देकर उन्हें उठाया बल्कि खड़ा कर दिया। जमना और इन्दु का हाथ थामे हुए प्रभाकर सिंह धीरे-धीरे वहाँ से मैदान की तरफ़ रवाना हुए तथा पीछे कई लौंडियाँ भी जाने लगीं। उस समय वहाँ हरदेई लौंडी भी मौजूद थी जिसका हाल ऊपर के बयान में लिख आए हैं। हरदेई ने जल से भरा हुआ लोटा उठा लिया और प्रभाकर सिंह के साथ जाने लगी।

कुछ दूर आगे जाने पर प्रभाकर सिंह ने कहा, "इस तरह चलने और घूमने से तबीयत साफ हो जाती है, तुम लोग अब ठहर जाओ मैं अब सिर्फ़ एक लौंडी के हाथ का सहारा लेकर और आगे जाऊँगा।" इतना कहकर प्रभाकर सिंह ने हरदेई की तरफ़ देखा और जमना तथा इन्दु का साथ छोड़ दिया। हरदेई जल का लोटा लिए आगे बढ़ आई और अपने दूसरे हाथ से प्रभाकर सिंह का हाथ थाम कर धीरे-धीरे आगे की तरफ़ बढ़ी।

जमना, सरस्वती और इंदुमति वहाँ से पीछे हटकर एक सुन्दर चट्टान पर बैठ गई और इंतज़ार करने लगी कि प्रभाकर सिंह मैदान में होकर लौटें और चश्मे पर जाएँ तो हम लोग भी उनके पास चलें मगर ऐसा न हो सका क्योंकि घंटे-भर से भी कम देर में सब कामों से छुट्टी पाकर हरदेई के हाथ का सहारा लिए हुए प्रभाकर सिंह धीरे-धीरे चलते हुए उस जगह आ पहुँचे जहाँ जमना, सरस्वती और इंदुमति बैठी हुई उनका इंतज़ार कर रही थीं। जख्मों के विषय में सवाल करने पर प्रभाकर सिंह ने उत्तर दिया कि नहर के जल से मैं सब जख्मों को साफ कर चुका हूँ अब उनके विषय में चिंता करने की कोई ज़रूरत नहीं है।

प्रभाकर सिंह भी उन तीनों के पास बैठ गये और लड़ाई के विषय में तरह-तरह की बातें करने लगे। जब संध्या होने में थोड़ी देर रह गई और हवा में सर्दी बढ़ने लगी तब सब कोई वहाँ से उठ कर बँगले के अंदर चले गये। एक कमरे के अंदर जाकर प्रभाकर सिंह चारपाई पर लेट रहे। थोड़ी देर तक वही सन्नाटा रहा क्योंकि ज़रूरी कामों से छुट्टी पाने तथा भोजन की तैयारी करने के लिए जमना और सरस्वती वहाँ से चली गई और केवल चारपाई की पाटी पकड़े हुए इंदुमति तथा पैर दबाती हुई हरदेई वहाँ रह गई। कुछ देर तक प्रभाकर सिंह और इंदुमति में मामूली ढंग पर धीरे-धीरे बातचीत होती रही इसके बाद प्रभाकर सिंह ने यह कहकर इंदुमति को विदा किया कि 'मैं भूख से बहुत दुखी हो रहा हूँ। जो कुछ तैयार हो थोड़ा-बहुत खाने के लिए जल्द लाओ'।

आज्ञानुसार इंदुमति वहाँ से उठकर कमरे के बाहर चली गई और तब प्रभाकर सिंह और हरदेई में धीरे-धीरे इस तरह की बातचीत होने लगी-

प्रभाकर सिंह : हाँ तुम्हें दरवाज़ा खोलने का ढंग अच्छी तरह मालूम हो चुका है?

हरदेई : जी हाँ, उसके लिए कोई चिंता न करें।

प्रभाकर सिंह : मैं तो इसी फिक्र में लगा हुआ था कि पहले किसी तरह दरवाज़ा खोलने की तरकीब मालूम कर लूँ तब दूसरा काम करूँ।

हरदेई : नहीं, अब आप अपनी कार्रवाई कीजिए, सुरंग का दरवाज़ा खोलना और बन्द करना अब मेरे लिए कोई कठिन काम नहीं है।

प्रभाकर सिंह : **(अपने जेब में से एक पुड़िया निकाल कर और हरदेई के हाथ में देकर)** अच्छा तो अब तुम इस दवा को भोजन के किसी पदार्थ में मिला देने का उद्योग करो, फिर मैं समझ लूँगा।

हरदेई : अब इंदुमति आ जाएँ तो मैं जाऊँ।

प्रभाकर सिंह : हाँ मेरी भी यही राय है।

थोड़ी देर बाद चाँदी की रकाबी में कुछ मेवा लिए हुए इंदुमति वहाँ आ पहुँची। उसके साथ एक लौंडी चाँदी के लोटे में जल और एक गिलास लिए हुए थी।

प्रभाकर सिंह ने मेवा खाकर जल पीया और इसी बीच में हरदेई किसी काम के बहाने से उठकर कमरे के बाहर चली गई।

15

रात आधी से कुछ ज़्यादे जा चुकी है। बँगले के अंदर जितने आदमी हैं सभी बेहोशी की नींद सो रहे हैं क्योंकि हरदेई ने जो बेहोशी की दवा खाने की वस्तुओं में मिला दी थी उसके सबब से सभी आदमी **(उस अन्न के खाने से)** बेहोश हो रहे हैं। हरदेई एक विश्वासी लौंडी थी और जमना तथा सरस्वती उसे जी-जान से मानती थीं इसलिए कोई आदमी उस पर शक नहीं कर सकता था, परन्तु इस समय हमारे पाठक बख़ूबी समझ गये होंगे कि यह हरदेई नहीं है बल्कि जिस तरह भूतनाथ प्रभाकर सिंह का रूप धारण किये हैं उसी तरह भूतनाथ का शागिर्द रामदास हरदेई की सूरत में काम कर रहा है, असली हरदेई को तो वह गिरफ्तार करके ले गया था। और सभों की तरह नकली प्रभाकर सिंह भी अपनी चारपाई पर बेहोश पड़े हुए हैं। हरदेई ने आकर प्रभाकर सिंह को लखलखा सुँघाया और जब वे होश में आ गए तो उनसे कहा, "अब उठिए, काम करने का समय आ गया।"

प्रभाकर सिंह : कितनी रात जा चुकी है?

हरदेई : आधी से ज़्यादे।

प्रभाकर सिंह : सभों के साथ मुझे भी वही अन्न खाना पड़ा, यद्यपि मैंने बहुत कम भोजन किया था तथापि बेहोशी का असर ज़्यादे रहा।

इतना कह प्रभाकर सिंह उठ खड़े हुए और सब तरफ़ घूम कर देखने लगे कि कहाँ कौन सोया हुआ है। जमना, सरस्वती, और इंदुमति तो उसी कमरे में फर्श के ऊपर सोई हुई थीं जिसमें प्रभाकर सिंह थे और बाकी की सब लौंडियाँ एक ऐयार दूसरे कमरे में पड़े हुए थे।

प्रभाकर सिंह ने जमना और सरस्वती की तरफ़ देखकर हरदेई से कहा, "पहिले तो मुझे यह देखना है कि इन लोगों ने किस ढंग पर अपना चेहरा रंगा हुआ है।"

हरदेई : मैं आपसे कह चुका हूँ कि इन लोगों ने एक प्रकार की झिल्ली चेहरे पर चढ़ाई हुई है जिस पर पानी का असर नहीं होता।

प्रभाकर सिंह : **(जमना और सरस्वती के चेहरे पर से झिल्ली उतारकर)** बेशक् यह अनूठी चीज़ है, इसे मैं अपने पास रखूँगा।

हरदेई : **(अथवा रामदास)** बेशक् यह चीज़ रखने योग्य है।

प्रभाकर सिंह : इन लोगों ने भी बड़ा ही उत्पात मचा रखा था, आज इनकी चालबाज़ियों का अंत हुआ। अब उन्हें शीघ्र ही दुनिया से उठा देना चाहिए नहीं तो एक-न-एक दिन इन दोनों की बदौलत बड़ा ही अनर्थ हो जाएगा और में किसी को अपना मुँह दिखाने लायक न रहूँगा। **(कुछ सोचकर)** मगर मुझे इनके गले पर छुरी न चलाई जाएगी, यद्यपि में इनकी जान लेने के लिए तैयार हूँ मगर लाचारी से।

हरदेई : यदि दया आती हो तो इन्हें किसी कुएँ में ढकेल कर निश्चिन्त हो जाइए। इस जंगल के पीछे की तरफ़ पहाड़ी के कुछ ऊपर चढ़ के एक कुआँ है जो इस काम के लिए बहुत ही मुनासिब होगा। मैं अच्छी तरह जाँच कर चुकां हूँ कि वह बहुत गहरा और अँधेरा है, उसमें गया हुआ आदमी फिर नहीं निकल सकता।

प्रभाकर सिंह : अच्छी बात है, दोनों को ले चलकर उसी कुएँ में डाल दो, मगर इंदुमति को मैं अपने घर अर्थात् लामाघाटी में ले जाऊँगा क्योंकि इसकी जुबानी बहुत-सी बातों का पता लगाना है।

हरदेई : मैं इस राय को पसन्द नहीं करता, मैं इंदुमति को भी उसी कुएँ में पहुँचाना मुनासिब समझता हूँ।

प्रभाकर सिंह : **(कुछ सोचकर)** अच्छा खैर इसे भी उसी में दाखिल करो।

इतना कह कर नकली प्रभाकर सिंह ने जमना को और रामदास ने सरस्वती को उठाकर पीठ पर लाद दिया और उस कुएँ पर चले गये जिसका पता रामदास ने दिया था।

यह कुआँ, बँगले के पश्चिम तरफ़ पहाड़ी के कुछ ऊपर चढ़कर पड़ता था। कुआँ बहुत प्रशस्त और गहरा था मगर इसका मुँह इतना छोटा था कि वहाँ के रहने वालों ने एक मामूली पत्थर की चट्टान से उसे ढाँक रखा था। कदाचित् रामदास को इसका पता अच्छी तरह लग चुका था इसलिए वह नकली प्रभाकर सिंह को लिए हुए बहुत जल्द वही जा पहुँचा। जमना और सरस्वती को ज़मीन पर रख दोनों ने मिलकर उस कुएँ का मुँह खोला और फिर उन दोनों औरतों को एक-एक करके उसके अंदर फेंक दिया। अफ़सोस! अफ़सोस! अफ़सोस! भूतनाथ को इस दुष्कर्म का क्या नतीज़ा भोगना पड़ेगा इस पर उसने कुछ भी ध्यान न दिया!

दोनों बेचारियों को कुएँ में ढकेल कर भूतनाथ ने ध्यान देकर और कान लगा कर सुना कि नीचे गिरने की आवाज़ आती है या नहीं, मगर किसी तरह भी आवाज़ उसके कान में न गई जिससे उसे बड़ा ही आश्चर्य हुआ।

उन दोनों को कुएँ में ढकेलने के बाद रामदास दौड़ा हुआ गया और इंदुमति को उठा लाया। भूतनाथ ने उसे भी कुएँ के अंदर ढकेल दिया और फिर पत्थर से उसका मुँह उसी तरह ढाँक दिया जैसा पहिले था।

इस काम से छुट्टी पाकर भूतनाथ और रामदास ने यह सोचा कि अब बाकी की औरतें जो इस घाटी में मौजूद हैं उन्हें भी मार कर बखेड़ा तय कर देना चाहिए क्योंकि इनमें से अगर एक भी जीती रह जाएगी तो भंडा फूटने का डर लगा ही रह जाएगा, अस्तु यह निश्चय किया गया कि उन सभों के लिए कोई दूसरा कुआँ खोजना चाहिए, क्योंकि जिस कुएँ में जमना और सरस्वती तथा इन्दु को डाला है उसके अंदर घुसकर देखना उचित है कि उसमें पानी है कि नहीं अथवा उसके अंदर का क्या हाल है।

आखिर ऐसा ही हुआ। उस कुएँ से थोड़ी दूर पहाड़ के ऊपर चढ़कर एक कुआँ और था जिसका मुँह बहुत चौड़ा था। भूतनाथ और रामदास दोनों आदमी सब बेहोश लौंडियों को बँगले के अंदर और बाहर से उठा लाए और एक-एक करके उस कुएँ के अंदर डाल दिया। आह, भूतनाथ का कैसा कड़ा कलेजा था और यह कैसा घृणित काम उसने किया! अब उस घाटी के अंदर कोई भी न रहा जो इन दोनों की ख़बर ले।

अब सवेरा हो गया बल्कि सूर्य भगवान भी उदयाचल से निकलकर अपनी आँखों से भूतनाथ और रामदास के कुकर्म देखने लगे।

भूतनाथ और रामदास उस कुएँ पर आये जिसमें जमना, सरस्वती और इंदुमति को ढकेल दिया था। भूतनाथ ने रामदास से कहा कि तू कमन्द के सहारे इस कुएँ के अंदर उतर जा और देख कि इसमें पानी है या नहीं।

भूतनाथ की आज्ञानुसार रामदास कमन्द थामकर उसके अंदर उतर गया। कमन्द का दूसरा सिरा भूतनाथ ने एक पत्थर से मज़बूती के साथ अड़ा दिया था। रामदास ने नीचे आकर आवाज़ दी-"गुरुजी, यह कुआँ इस लायक नहीं था कि इसके अंदर दुश्मनों को डाला जाता बल्कि यह तो स्वर्ग से भी बढ़ कर सुख देने वाला है। लीजिए अब कमन्द को छोड़ता हूँ खैंच लीजिए, क्योंकि अब मैं बाहर आने की इच्छा नहीं करता।"

रामदास की बात सुनकर भूतनाथ को बड़ा आश्चर्य हुआ और जब उसने कमन्द खैंच कर देखा तो वास्तव में उसे ढीला पाया।

16

धीरे-धीरे बिलकुल कमन्द खिंचकर भूतनाथ के हाथ में आ गया और तब वह बड़ी ही बेचैनी के साथ कुएँ के अंदर झाँककर देखने लगा मगर अंधकार के अतिरिक्त और कुछ दिखाई नहीं दिया।

रामदास भूतनाथ का बहुत ही प्यारा शागिर्द था और साथ ही इसके भूतनाथ को उस पर विश्वास भी परले सिरे का था। इस मौके पर हरदेई की सूरत में जो यह होनहार शागिर्द निःसन्देह किसी दिन मेरा ही स्वरूप हो जाएगा केवल इतना ही नहीं, जिस तरह भूतनाथ उसे लड़के के समान मानता था उसी तरह रामदास भी भूतनाथ को पिता-तुल्य मानता था, अस्तु ऐसे रामदास का इस तरह कुएँ के अंदर जाकर बेमुरौवत हो जाना कोई

मामूली बात न थी। इससे भूतनाथ को बड़ा ही सदमा हुआ और उसने ऐसा समझा कि मानो पला-पलाया और दुनिया में नाम पैदा करने वाला बराबर का लड़का जिसे निधिरूप समझता था हाथ से निकला जा रहा है। भूतनाथ इस सदमे को बर्दाश्त नहीं कर सकता था और उससे यह नहीं हो सकता था कि रामदास को ऐसी अवस्था में छोड़कर वहाँ से चला जाय।

कुछ देर तक सोचने और विचारने के बाद भूतनाथ ने कमन्द का एक सिरा पत्थर के साथ अड़ाया और तब खुद भी उसी के सहारे नीचे उतर गया।

भूतनाथ को विश्वास था कि कुएँ के नीचे या तो पानी होगा या बिलकुल सूखे में कला, बिमला और इंदुमति की लाश पावेगा और वहीं अपने प्यारे शागिर्द रामदास को भी देखेगा मगर ये सब कुछ भी बातें न थीं। न तो वह कुआँ सूखा था और न उसमें पानी ही दिखाई दिया। इसी तरह कला, बिमला, इंदुमति और रामदास का भी वहाँ नामोनिशान न था। कमर बराबर मुलायम और गुदगुदी घास कुएँ की तह में जमी हुई थी जिस पर खड़े होकर भूतनाथ ने सोचा कि कोई आदमी ऊपर से इस घास पर गिरकर चुटीला नहीं हो सकता, अतएव निश्चय है कि कला, बिमला और इंदुमति मरी न होगी, मगर आश्चर्य है कि यहाँ उनमें से एक भी नज़र नहीं आती और न रामदास ही का कुछ पता है।

उस कुएँ की तह में बिलकुल ही अंधकार था इसलिए अच्छी तरह देखने-ढूँढ़ने और जाँच करने के लिए भूतनाथ ने अपने ऐयारी के बटुए में से मोमबत्ती निकाल कर रोशनी की और बड़े गौर से चारों तरफ़ देखने लगा।

अंदर से वह कुआँ बहुत चौड़ा था और उसकी दीवारें संगीन थीं। जब कोई आदमी वहाँ नज़र न आया तब भूतनाथ ने उस घास के अंदर टटोलना और ढूँढ़ना शुरू किया मगर इससे भी कोई काम न चला। हाँ, दो बातें ज़रूर ताज्जुब की वहाँ दिखाई पड़ी। एक तो उस कुएँ की दीवार में से (**चारों तरफ़**) थोड़ा-थोड़ा पानी टपक कर तह में आ रहा था जिससे सिर्फ़ वहाँ की घास जो एक अजीब किस्म की थी बराबर तर और ताज़ा बनी रहती थी, दूसरे छोटे-छोटे दो दरवाज़े भी दीवार में दिखाई दिये जो एक-दूसरे के मुकाबले में थे। भूतनाथ बड़े ही आश्चर्य से उन दरवाज़ों को देख रहा था क्योंकि जब कुएँ में इधर-उधर घूमता तो कभी कोई दरवाज़ा (**उन दोनों में से**) बंद हो जाता और कोई खुल जाता। मगर जब वह कुछ देर तक एक ही ढंग पर कायम रह जाते अर्थात् जो खुल जाता वह खुला ही रह जाता और जो बंद होता वह बंद ही रह जाता। अस्तु भूतनाथ ने समझा कि इन दरवाज़ों के खुलने और बंद होने के लिए वहाँ की ज़मीन ही में कदाचित् कोई कमानी लगी हुई है वह बहुत देर तक इधर-उधर घूम कर इन दरवाज़ों के खुलने और बंद होने का तमाशा देखता रहा।

इसी बीच में एकाएक गाने की सुरीली आवाज़ भूतनाथ के कानों में पड़ी जो किसी औरत की मालूम पड़ रही थी और उन्हें दोनों में से एक दरवाज़े के अंदर से आ रही

थी तथा थोड़ी देर बाद ही पखा़वज तथा कई पाजेबों के बजने की आवाज़ आई जो सम और ताल से खाली न थी। कभी-कभी गाने की आवाज़ एक-दम बंद हो जाती और केवल पाजेब की आवाज़ सुनाई देती जिससे भास होता कि वे सब औरतें **(यों जो कोई हों)** पखा़वज की गत के साथ मिलकर नाच रही हैं।

अब भूतनाथ से ज़्यादे देर तक ठहरा न गया और वह हाथ में मोमबत्ती लिए हुए उस दरवाज़े के अंदर घुस गया जिसके अंदर से गाने तथा घुँघरू के बजने की आवाज़ आ रही थी।

दरवाज़े के अंदर पैर रखते ही भूतनाथ को मालूम हो गया कि यहाँ तो खा़सी लंबी-चौड़ी इमारत बनी हुई है और ताज्जुब नहीं कि कुछ और आगे बढ़ने से बड़े-बड़े दालान और कमरे भी दिखाई पड़े। वास्तव में बात भी ऐसी ही थी।

कुछ दूर आगे बढ़ते ही भूतनाथ ने उजाला पाया और देखा कि एक सुन्दर दालान में चार-पाँच औरतें हाथ में मशाल लिए खड़ी हैं और कई औरतें गा-बजा तथा कई नाच रही हैं। यद्यपि भूतनाथ के दिल में आगे बढ़कर देखने और उन लोगों को पहिचानने का उत्साह भरा हुआ था मगर साथ ही इसके वह डरता भी था कि आगे बढ़ने से कहीं मुझ पर कोई आफत न आवे।

भूतनाथ ने मोमबत्ती बुझाकर बटुए में रख ली और हाथ में खंजर लेकर दबे कदम धीरे-धीरे आगे बढ़ने लगा। ओफ! यह क्या भूतनाथ के लिए कोई कम आश्चर्य की बात है कि उन औरतों में भूतनाथ ने अपने प्यारे शागिर्द रामदास को भी नाचते हुए देखा और मालूम किया कि वह अपनी धुन में ऐसा मस्त हो रहा है कि उसे किसी बात की मानो परवाह ही नहीं है। सबसे ज़्यादे आश्चर्य की बात तो यह थी कि वह **(रामदास)** भूतनाथ को देखकर बहुत रंज हुआ और कड़े शब्दों की बौछार करते हुए उसने भूतनाथ को निकल जाने के लिए कहा।

तीसरा भाग

1

काशी शहर के बाहर उत्तर तरफ़ लाट भैरव का एक प्रसिद्ध स्थान है, पास ही में एक पक्का तालाब है और म्यान के इर्द-गिर्द कई पक्के कुएँ भी हैं। वही पक्का तालाब कपालमोचन तीर्थ के नाम से प्रसिद्ध है। काशी खंड में वहाँ स्नान करने का बड़ा ही महात्म्य लिखा है। इस तालाब के कोने पर (**कुछ हट के**) एक कुआँ है जिसकी जगत बहुत ऊँची है और ऊपर बैठने का स्थान भी बहुत प्रशस्त है तथा सीढ़ी के दोनों तरफ़ छोटे-छोटे दो दालान भी बने हैं जिनसे मुसाफ़िरों और यात्रियों का बहुत उपकार होता है तथा काशी के मनचले और आशिक़-मिजाज़ लोगों को सैर-सपाटे के समय (**यदि बरसात का मौसम हो तो**) रोटी-बाटी बनाने में भी अच्छी सहायता मिलती है।

इस तालाब या कुएँ के पास में सिवाय जंगल-मैदान के किसी गृहस्थ का कोई कच्चा या पक्का मकान नहीं। अगर यहाँ दस-पाँच आदमी आपस में लड़-भिड़ जाएँ तो पास के किसी अड़ोसी-पड़ोसी की सहायता भी नहीं मिल सकती।

इसी कुएँ पर संध्या होने से कुछ पहिले हम काशी के पाँच-सात खुशमिजाज़ आदमियों को बैठे हँसी-दिल्लगी करते तथा मृग-बूटी के इंतज़ाम में व्यस्त देख रहे हैं। कोई भंग धो रहा है, कोई पसीने का चिकना पत्थर धोकर जगह साफ करने की धुन में है, कोई टिकिया सुलगा रहा है और कोई गौरैया (**मिट्टी के हुक्के में पानी भर रहा है**), इत्यादि तरह-तरह के काम में सब लगे हुए हैं और साथ-ही-साथ अपनी बनारसी अधकचरी तथा अक्खड़ भाषा में हँसी-दिल्लगी भी करते जाते है। उनकी बातें भी सुनने के ही लायक हैं। यद्यपि इससे किसी तरह का उपकार तो नहीं हो सकता परन्तु मन-बहलाव ज़रूर है और इस प्रकार की जानकारी भी हो सकती है अस्तु सुनिए तो सही।

एक : (**जो भंग धो रहा था**) यार, देखो सारे दुकानदार ने मुफ्त ही चार पैसे ले लिए, हमें तो यह भंग दो पैसे की भी जमा नहीं दिखाई देती। यह देखो निचोड़ने पर मुट्ठी-भर के भी नहीं होती!

दूसरा : (**उचक के देख के**) ही यार, यह तो कुछ भी नहीं है। तू हूँ निर गौखे ही रहो, पहिले काहे नहीं कहा, सारे की टोपी उतार लेते और ऐसे गड्डो देते कि जनम-भर याद रखता।

तीसरा : ऐसे ही तो जमा मार के सरवा मुटा गया है। तोंद कैसी निकली हुई है सारे की!

चौथा : अच्छा अब कल समझेंगे चोंधर से।

पाँचवीं : कल आती दफ़े धीरे-से उसकी दौरी ही उलट देंगे, ज़्यादे बोलेगा तो लड़ जाएँगे और गुल करेंगे कि चार आना पैसा तो ले लिहिस है मगर भाँग देता ही नहीं।

छठा : **(जो भला आदमी और कुछ पैसे वाला ही मालूम होता है क्योंकि उसके गले में सोने की सिकरी पड़ी हुई थी)** नहीं-नहीं ऐसा न करना, कोई जान-पहिचान का देख लेगा और जाकर कह देगा तो मुफ्त की झाड़ सुननी पड़ेगी।

दूसरा : अरे रहो बाबू साहब, हम लोगन के साथ आया करो तो ऐसी भलमानसी घर छोड़ आया करो, हम लोग ऐसे दबा करें तो दिन-दुपहरिया लुट जाएँ!

(लेखक : कंगाल बाँकड़े भी ख़ूब ही लुटा करते होंगे!)

सातवाँ : **(सुलग गई हुई टिकिया हाथ में हिलाते हुए)** अरे यारो, ये बाबू साहब ठहरे महाजन आदमी, भला ई लोग लड़ना-भिड़ना का **(क्या)** जानें, चाहे कोई धोती उतार के ले जाय। ई **(यह)** हम ही लोगन **(लोगों)** के काम हो कि कोई आँख दिखावे तो कान उपार उखाड़ लेई। हमी लोगन की बदौलत बाबू साहब बचत भी जात हैं, नहीं तो गूदड़ सफ़रदा सरवा ऐसा रंग बाँधे लगा था कि बस कुछ पूछा ही नहीं, ओं रोज़ **(उस दिन)** चिथड़ू न होते तो गले की सिकरिए उतार लिए होता।

छठा : **(अर्थात् बाबू साहब)** यह बात तो ठीक है और जी में तो उसी रोज़ आ गया था कि अब आज से इस रास्ते को छोड़ दें और रंडी-मुंडी का नाम भी न लें बल्कि कसम खाने लिए भी तैयार हो गया था मगर क्या करें, 'नागर' की मुहब्बत ने ऐसा करने नहीं दिया, वह बेशक् मुझे प्यार करती है और मुझ पर आशिक़ है।

सातवाँ : **(मुस्कराते हुए)** बल्कि तुम पर मरती है! एक दिन हमसे कहती थी कि बाबू साहब हमें छोड़ देंगे तो हम ज़हर खा लेंगे!!

इसी तरह ये लोग बेतुकी और अक्खड़पन लिए हुए मिश्रित भाषा में बातचीत कर रहे थे कि यकायक विचित्र ढंग का एक नया मुसाफ़िर यहाँ आ पहुँचा और उसने कुएँ के ऊपर चढ़ते हुए इस सातवें आदमी की आखिरी बात बख़ूबी सुन ली। इस आदमी की उम्र का पता लगाना जरा कठिन है, तथापि बाबू साहब की निगाह में वह पैंतीस वर्ष का मालूम पड़ता था। कद जरा लंबा और चेहरा रोआबदार था, कपड़े की तरफ़ ध्यान देकर कोई नहीं कह सकता था कि यह किस देश का रहने वाला है। भीतर चाहे जैसी पोशाक हो मगर ऊपर एक स्याह अबा डाले हुए था और एक छोटी-सी गठरी हाथ में थी।

पहिले से जो लोग उस कुएँ पर बैठे हँसी-दिल्लगी कर रहे थे उनके दिल में आया कि इस नये मुसाफ़िर से कुछ छेड़छाड़ करें और यहाँ से भगा दें क्योंकि वास्तव में काशी के रहने वाले अक्खड़ मिजाज़ लोगों की आदते ऐसी होती है, जहाँ इस मिजाज़

के चार-पाँच आदमी इकट्ठे होते हैं वहाँ वे लोग अपने आगे किसी को कुछ समझते ही नहीं और दूसरे लोगों से बिना दिल्लगी किये नहीं रहते।

एक : (**नये मुसाफ़िर से**) कहाँ रहते हो साहब?

मुसाफ़िर : गयाजी।

दूसरा : यहाँ कब आये?

मुसाफ़िर : आज ही तो आये हैं।

दूसरा : तभी आप इस कुएँ पर आए हैं, अगर कोई जानकार होता तो यहाँ कभी न आता।

मुसाफ़िर : सो क्यों?

चौथा : यहाँ शैतान और जिन्न लोग रहते हैं, जो कोई नया मुसाफ़िर आता है उसे चपत लगाए बिना नहीं रहते।

मुसाफ़िर : ठीक है, तो तुम लोगों को भी उन्होंने चपत लगाया होगा?

दूसरा : (**चिढ़कर, ज़ोर से**) हम लोगों से वे लोग नहीं बोल सकते क्योंकि हम लोग यहाँ के रहने वाले हैं और उन सभों के दोस्त हैं!

मुसाफ़िर : बेशक् शैतान के दोस्त शैतान ही होते हैं!

चौथा : क्यों बे, मुँह सँभाल के नहीं बोलता!

मुसाफ़िर : अबे-तबे करोगे बच्चा तो ठीक करके रख देंगे! हमें कोई मामूली मुसाफ़िर न समझना!!

पाँचवाँ : (**ललकारकर**) मार सारे के, वे अढ़ैया चपत।

इतना कहकर पाँचवाँ आदमी उठा और मुक्का तान कर उस मुसाफ़िर की तरफ़ झपटा। मारना ही चाहता था कि मुसाफ़िर ने हाथ पकड़ लिया और ऐसा झटका दिया कि वह कुएँ के नीचे जा गिरा और बहुत चुटीला हो गया। यह कैफ़ियत देखते ही बाबू साहब तो डर के मारे कुएँ के नीचे उतर गए और किसी झाड़ी में जा जाकर छिप रहे मगर बाकी के सब आदमी उस मुसाफ़िर पर जा टूटे और एक ने अपनी कमर से एक छुरी भी निकाल ली। मगर मुसाफ़िर ने उन सभों की कुछ भी परवाह न की। बात-ही-बात में उसने और तीन आदमियों को कुएँ के नीचे ढकेल दिया और उसके बाद कमर से खंजर निकालकर मुकाबिले को तैयार हो गया। खंजर की चमक देखते ही सभों का मिजाज़ ठंडा हो गया और मेल-माकफत के ढंग की बातचीत करने लगे, मगर मुसाफ़िर का गुस्सा कम न हुआ और उसने लात तथा मुक्कों में खूब सभी की मरम्मत की, इसके बाद एक किनारे हटकर खड़ा हो गया और बोला, "कहो अब क्या इरादा है?"

मुसाफ़िर की हिम्मत और मर्दानगी देखकर सभों को बड़ा आश्चर्य हुआ। उनको इस बात का गुमान भी नहीं हो सकता था कि यह अकेला आदमी हम लोगों को इस तरह नीचा दिखा देगा। सभों ने समझा कि यह ज़रूरी कोई राक्षस या जिन्न है जो आदमी का रूप धर के हम लोगों को छकाने के लिए आया है, अस्तु किसी ने भी उसकी बातों का जवाब नहीं दिया बल्कि डरते हुए अपना सामान और कपड़ा-लता उठा कर भागने के लिए तैयार हो गये मगर मुसाफ़िर ने उन्हें ऐसा करने से रोका और कहा, "देखो तुम लोगों ने जान-बूझकर मुझसे छेड़खानी की और तकलीफ़ उठायी अस्तु अब शान्त होकर बैठो और अपना-अपना काम करो। तुम्हारे कई साथियों को सख्त चोट आ गई है सो उसे धोकर पट्टी बाँधो और कुछ देर आराम लेने दो, और हाँ, यह तो बताओ कि तुम्हारे वह सुन्दर-सलोने बाबू साहब कहाँ चले गये जिन पर बीवी नागर आशिक़ हो गई हैं?"

एक : न-मालूम कहाँ चला गया, ऐसा भग्गू आदमी...

दूसरा : जाने दो, अगर भाग गया तो हम्माम में जाय, उसी के सबब से तो हम लोग तकलीफ़ उठाते हैं।

मुसाफ़िर : नहीं-नहीं, भागो मत, अपने साथी को आने दो बल्कि खोजो कि वह कहाँ चला गया है। यह कोई भलमनसी की बात नहीं है कि उसे इस तरह छोड़कर सब कोई चले जाओ, हम तुम लोगों को भी कभी न जाने देंगे और ख़ास करके तुम्हारे सुन्दर सलोने से तो ज़रूर ही बातचीत करेंगे।

मुसाफ़िर की बातों ने उन लोगों को और भी परेशान कर दिया। उसका रोब इन सभों पर ऐसा छा गया था कि उसकी तरफ़ आँख उठाकर देख नहीं सकते थे और उसे आदमी नहीं बल्कि देवता या राक्षस समझने लग गये थे, अस्तु उसका रोकना इन लोगों को और भी बुरा मालूम हुआ और सभों ने डरते हुए हाथ जोड़ कर कहा, "बस अब कृपा कीजिए और हम लोगों को जाने दीजिए।"

मुसाफ़िर : नहीं-नहीं, यह कभी न होगा, पहले तुम अपने साथी को तो खोजो...

एक : अब हम उसे कहाँ खोजें?

मुसाफ़िर : चलो हम भी तुम लोगों के साथ मिलकर उसे खोजें। वह कहीं दूर न गया होगा, इसी जगह किसी झाड़ी में छिपा होगा। तुम लोग डरो मत, अब हमारी तरफ़ से तुम्हें किसी तरह की तकलीफ़ न पहुँचेगी।

यद्यपि मुसाफ़िर ने उन लोगों को बहुत दिलासा दिया और समझाया मगर उन लोगों का जी ठिकाने न हुआ और डर उनके दिल से न गया बल्कि इस बात का ख़याल हुआ कि यह मुसाफ़िर बाबू साहब को खोजने के बाद जिद करता है तो इसमें कोई भेद ज़रूर है, बेशक् बाबू साहब को खोज कर उन्हें तकलीफ़ देगा। मगर जो हो उन सभी को खोजना ही पड़ा।

उधर बाबू साहब उस कुएँ के पास ही एक झाड़ी में छिपे हुए सब देख-सुन रहे थे और डर के मारे उनका तमाम बदन काँप रहा था। जब उन्होंने देखा कि वह राक्षस सभों के लिए हुए उनकी खोज में कुएँ के नीचे उतरा है तब तो वह एकदम घबड़ा उठे और उनके मुँह से हज़ार कोशिश करके रोकने पर भी एक चीख की आवाज़ निकल ही पड़ी। आवाज़ सुनते ही वह मुसाफ़िर समझ गया कि इसी झाड़ी के अंदर बाबू साहब छिपे हुए हैं, झपटकर वहाँ जा पहुँचा और झाड़ी के अंदर से हाथ पकड़ के बाबू साहब को बाहर निकाला। मालूम होता था कि बाबू साहब को इस समय जड़ैया बुखार चढ़ आया है। उनका तमाम बदन तेज़ी के साथ काँप रहा था। बाबू साहब जल्दी से मुसाफ़िर के पैरों पर गिर पड़े और आँसू बहाते हुए बोले, "ईश्वर के लिए मुझे माफ़ करो, मैं बड़ा ही गरीब हूँ किसी के भले-बुरे से मुझे कुछ सरोकार नहीं, मैंने आपका कुछ भी नहीं बिगाड़ा है!"

मुसाफ़िर : डरो मत, मैंने तुम्हें किसी बुरी नीयत से नहीं ढूँढ़ा है, ये लोग तुम्हें वहाँ जंगल में छोड़कर भागे जाते थे, इसीलिए मैंने सभी को रोक लिया और कहा कि अपने साथी को खोज कर अपने साथ लिए जाओ। अब तुम बेख़ौफ़ होकर अपने दोस्तों के साथ अपनी प्यारी नागर के पास चले जाओ, मुझसे बिलकुल मत डरो।

मुसाफ़िर की बातों से बाबू साहब के कुछ ढाढ़स हुई, वे संभल कर उठ खड़े हुए और मुसाफ़िर से कुछ कहा ही चाहते थे कि पास की दूसरी झाड़ी में से एक दूसरा आदमी निकलकर झपटता हुआ उन सभों के पास आ पहुँचा और मुसाफ़िर की तरफ़ देख के बोला, "तुम क्यों इस बेचारे सीधे और डरपोक आदमी को तंग कर रहे हो, नहीं जानते कि तुम्हारा गुरु चन्द्रशेखर इसी जगह छिपा हुआ तुम्हारी शैतानी का तमाशा देख रहा है!"

उस आदमी की सूरत-शक्ल का अंदाज़ा नहीं मिल सकता था क्योंकि उसका तमाम बदन स्याह कपड़े से छिपा हुआ था और चेहरे पर भी स्याह नकाब पड़ी हुई थी, मगर वह मुसाफ़िर उसकी बात सुन कर बड़े गौर में पड़ गया और आश्चर्य के साथ उसकी तरफ़ देखने लगा।

मुसाफ़िर : तुम कौन हो, पहिले अपना परिचय दो तब मैं तुमसे कुछ बात करूँ।

नया आदमी : तुम्हारा मुँह इस योग्य नहीं है कि मुझ से बात करो और परिचय के लिए यही काफी है कि मेरा नाम चन्द्रशेखर है। लेकिन अगर इससे भी विशेष कुछ जानने की इच्छा हो तो मैं और भी कुछ कहने के लिए तैयार हूँ! आह, वह धोखा देने वाली चाँदनी रात! बात ही बात में चन्द्रमा बादलों में छिप गया और अंधकार हो जाने के कारण तरह-तरह की भयानक सूरतें दिखाई देने लगीं। उसी समय पहिले एक स्याह रंग का ऊँट दिखाई दिया जिसके सिर पर लंबे-लंबे सींघ बिजली की तरह चमक रहे थे।

मुसाफ़िर : **(डर के मारे काँपता और पीछे की तरफ़ हटता हुआ)** बस! बस! मैं समझ गया कि तुम कौन हो!!

चन्द्रशेखर : उसके बाद एक सफेद रंग का हाथी दिखाई दिया जिसके ऊपर नागर और मनोरमा मशाल लिए हुई थीं और ज़ोर-ज़ोर से श्यामलाल को पुकार रही थीं क्योंकि वे चाहती थीं कि किसी तरह खून से लिखी हुई किताब उनके हाथ लगे।

मुसाफ़िर : **(हाथ जोड़कर)** मैं कह चुका और फिर भी कहता हूँ कि बस करो, माफ़ करो, दया करो, मैं तुम्हें पहिचान गया, अगर तुम्हें कुछ कहना ही हो तो किनारे चलकर कहो जिसमें कोई तीसरा न सुनने पावे।

चन्द्रशेखर : नहीं-नहीं, मैं इसी जगह सबके सामने ही कहूँगा क्योंकि इन बाबू साब का इस मामले से बहुत ही घना संबंध है तथा इसके साथी लोग भी इसी जगह आकर इकट्ठे हो गये हैं और आश्चर्य भरी निगाहों से हम दोनों का तमाशा देख रहे हैं। हाँ तो मैं क्या कह रहा था? अच्छा, अब याद आया, उसी अँधेरी रात में एक बिल्ली भी आ पहुँची जो अपने मुँह से लंबी गर्दन वाला स्याह रंग का ऊँट दबाए हुए थी और ऊँट के माथे पर लिखा हुआ था-

"सर्वगुण सम्पन्न चांचला सेठ"

"बस बस बस!" कहता हुआ मुसाफ़िर पीछे की तरफ़ हटा और काँपता हुआ ज़मीन पर गिरने के साथ ही बेहोश हो गया।

इस नए आए हुए व्यक्ति तथा इस मुसाफ़िर की बातचीत से सभी को आश्चर्य तो हुआ ही था परन्तु मुसाफ़िर की अन्तिम अवस्था देखकर सभों को बड़ा विस्मय और आनन्द भी हुआ। इसके बाद जब मुसाफ़िर ख़ौफ़ से बेहोश हो गया और नये आदमी अर्थात् चन्द्रशेखर ने बाबू साहब तथा उनके साथियों को बहुत जल्द वहाँ से चले जाने के लिए कहा तब वे लोग इस तरह वहाँ से भागे जैसे बाज़ के झपट्टे से बची हुई चिड़ियाएँ भागती हैं, जब वे लोग तेज़ी के साथ चलकर घने मुहल्ले में पहुँचे तब उन लोगों का जी ठिकाने हुआ और उन्होंने समझा कि जान बची।

2

पाठक महाशय, अब हम कुछ हाल जमानिया का लिखना मुनासिब समझते हैं और उस समय का हाल लिखते हैं जब राजा गोपालसिंह की कमबख़्ती का ज़माना शुरू हो चुका था और जमानिया में तरह-तरह की घटनाएँ होने लग गई थीं।

जमानिया तथा दारोगा और जैपाल वगैरह के संबंध की बातें जो चन्द्रकान्ता सन्तति में लिखी जा चुकी हैं उन्हें हम इस ग्रंथ में बिना कारण लिखना उचित नहीं समझते, उनके अतिरिक्त और जो बातें हुई हैं उन्हें लिखने की इच्छा है, ही यदि मज़बूरी से कोर्ट ज़रूरत आ ही पड़ेगी तो बेशक् पिछली बातें संक्षेप के साथ दोहराई जाएँगी और राजा गोपालसिंह की शादी के पहिले का कुछ हाल लिखा जाएगा। इसका कारण यही है कि यह भूतनाथ चन्द्रकान्ता सन्तति का परिशिष्ट भाग समझा जाता है।

अपने संगी-साथियों को साथ लिए हुए बाबू साहब जो भागे तो सीधे अपने घर की तरफ़ नहीं गये बल्कि नागर रंडी के मकान पर चले गये क्योंकि बनिस्बत अपने घर के उन्हें उसी का घर प्यारा था और उसी को वे अपना हमदर्द और दोस्त समझते थे, जिस समय वे उस जगह पहुँचे तो सुना कि नागर अभी तक बैठी हुई उनका इंतज़ार कर रही है। बाबू साहब को देखते ही नागर उठ खड़ी हुई और बड़ी खातिरदारी के साथ उनका हाथ पकड़कर अपने पास एक ऊँची गद्दी पर बैठाया और मामूल के ख़िलाफ़ आज देर हो जाने का सबब पूछा, मगर बाबू साहब ऐसे बदहवास हो रहे थे कि उनके मुँह से कोई बात न निकलती थी। उनकी ऐसी अवस्था देख नागर को बड़ा ही आश्चर्य हुआ और उसने लाचार होकर उनके साथियों से उनकी परेशानी और बदहवासी का कारण पूछा।

बाबू साहब कौन हैं और उनका नाम क्या है इसका पता अभी तक नहीं मालूम हुआ। खैर इसके जानने की विशेष आवश्यकता भी नहीं जान पड़ती इसलिए अभी उन्हें बाबू साहब के नाम ही से संबोधित करने दीजिए, आगे चल कर देखा जाएगा।

बाबू साहब ने अपनी जुबान से अपनी परेशानी का हाल यद्यपि नागर से कुछ भी नहीं कहा मगर उनके साथियों की जुबानी उनका कुछ हाल नागर को मालूम हो गया और तब नागर ने दिलासा देते हुए बाबू साहब से कहा, "यह तो मामूली घटना थी।"

बाबू साहब : जी हाँ, मामूली घटना थी! अगर उस समय आप वहाँ होतीं तो मालूम हो जाना कि मामूली घटना कैसी होती है!

नागर : **(मुस्कराती हुई)** खैर किसी तरह मुँह से बोले तो सही!

बाबू साहब : पहिले यह तो बताओ कि नीचे का दरवाज़ा तो बंद है? कहीं कोई आ न जाय और हम लोगों की बातें न सुन लें।

नागर : आप जानते हैं कि आपके आने के साथ ही लौंडियाँ फाटक बंद कर दिया करती हैं। हमारे यहाँ सिवाय आपके दूसरे किसी ऐसे सरदार का आना-जाना तो है ही नहीं कि जिससे मुझे किसी तरह का लगाव या मुहब्बत हो, हाँ बाज़ार में बैठा करती हूँ इसलिए कभी-कभी कोई मारा पीटा आ ही जाया करता है, सो भी जब आप आते हैं तो उसी वक्त फाटक बंद कर दिया जाता है।

बाबू साहब इसका कुछ जवाब दिया ही चाहते थे कि एक आदमी यह कहता हुआ कमरे के अंदर दाखिल हुआ, "झूठ भी बोलना तो मुँह पर!"

इस आदमी की सूरत देखते ही बाबू साहब चौंक पड़े और घबराहट के साथ बोल उठे, "यही तो है!"

यह आदमी था जिसे बाबू साहब और उनके संगी-साथियों ने कपालमोचन के कुएँ पर देखा था और जिसके डर से अभी तक बाबू साहब की जान पर सदमा हो रहा था।

बाबू साहब की ऐसी हालत देखकर उस आदमी ने जो अभी-अभी आया था कहा, “डरो मत, मैं तुम्हारा दुश्मन नहीं हूँ बल्कि दोस्त हूँ!” इतना कह उस आदमी ने अपने हाथ की गठरी एक किनारे रख दी और मामूली कपड़े उतार कर इस तरह खूँटियों पर सजा दिये कि जैसे यह उसी का घर हो या इस घर पर उसका बहुत बड़ा अधिकार हो और नित्य ही वह यहाँ आता-जाता हो।

यह आदमी असल में भूतनाथ (**गदाधरसिंह**) था जिससे नागर की गहरी दोस्ती थी मगर बाबू साहब को इसकी कुछ भी ख़बर न थी और न कभी ऐसा ही इत्तिफाक हुआ था कि इस जगह पर इन दोनों का सामना हुआ हो। हाँ बाबू साहब ने गदाधरसिंह का नाम ज़रूर सुना था और यह भी सुना था कि वह मामूली आदमी नहीं है।

नागर ने जिस खातिरदारी और आवाभगत के साथ भूतनाथ का सम्मान किया और प्रेम दिखाया उसने बाबू साहब को मालूम हो गया कि नागर बनिस्बत मेरे इस आदमी को बहुत प्यार करती है।

खूँटियों पर कपड़े रखकर भूतनाथ बाबू साहब के पास बैठ गया और बोला, “भला मैंने आपको क्या तकलीफ़ दी है जो आप मुझसे इतना डरते हैं? एक ऐयार और खुशदिल आदमी को इतना डरपोक न होना चाहिए। आप मुझे शायद पहिचानते नहीं, मेरा नाम गदाधरसिंह है, आपने अगर मुझे देखा नहीं तो नाम ज़रूर ही सुना होगा।”

बाबू साहब : (**आश्चर्य और डर के साथ**) हाँ, मैंने आपका नाम सुना है और अच्छी तरह सुना है।

नागर : (**मुस्कराती हुई, बाबू साहब से**) आपके तो अब ये गहरे रिश्तेदार हो गये हैं फिर भी आप इन्हें न पहिचानेंगे।

बाबू साहब : (**कुछ शरमाते हुए**) हाँ-हाँ, मैं बख़ूबी जानता हूँ मगर पहिचानता नहीं था, अफ़सोस की बात है कि इतने दिनों तक इनसे कभी मुलाकात नहीं हुई।

नागर : (**बाबू साहब से**) आपसे इनसे कुछ नातेदारी भी तो है?

बाबू साहब : हाँ, मेरी मौसेरी बहिन रामदेई इनके साथ ब्याही है। आज अगर मुझे इस बात की चाबर होती कि आप ही मेरे बहनोई हैं तो मैं उस कुएँ पर इतना परेशान न होता बल्कि खुशी के साथ मुलाकात होती। (**भूतनाथ से**) हाँ, यह तो बताइए कि वह चन्द्रशेखर कौन था जिसके ख़ौफ़ से आप परेशान हो गये थे!

गदाधरसिंह : (**कुछ डर और संकोच के साथ**) वह मेरा बहुत पुराना दुश्मन है। मेरे हाथ से कई दफ़े जक उठा चुका और नीचा देख चुका है, अब वह मुझसे बदला लेने की धुन में लगा हुआ है। आज बड़े बेमौके मिल गया था क्योंकि मैं बेफिक्र था और वह हर तरह का सामान लेकर मेरी खोज में निकला था।

बाबू साहब : आखिर हम लोगों के चले आने के बाद क्या हुआ? आप से और उससे कैसी निपटी?

गदाधरसिंह : मैं इस मौके को बचा गया और लड़ता हुआ धोखा देकर निकल भाग! खैर फिर कभी देखा जाएगा, अबकी दफ़े उस साले को ऐसा छकाऊँगा कि वह भी याद करेगा।

चन्द्रशेखर का नाम सुनकर नागर चौक पड़ी और उसके चेहरे की रंगत बदल गई। मालूम होता था कि वह भूतनाथ से कुछ पूछने के लिए उतावली हो रही है मगर बाबू साहब के ख़याल से चुप है और चाहती है कि किसी तरह बाबू साहब यहाँ से चले जाएँ तो बात करे।

बाबू साहब : (**भूतनाथ से**) ठीक है वह बेशक् आपका दुश्मन है आज आठ-दस दिन हुए होंगे कि मुझसे बरना के किनारे एकान्त में मिला था। उस समय उसके साथ तीन-चार औरतें भी थीं जिनमें से एक का नाम बिमला था।

गदाधरसिंह : (**चौंककर**) बिमला?

बाबू साहब : हाँ बिमला, और एक मर्द भी उसके साथ था जिसे उसने एक दफ़े प्रभाकर सिंह के नाम से संबोधन किया था।

गदाधरसिंह : (**घबड़ाकर**) क्या तुम उस समय उसके सामने मौजूद थे?

बाबू साहब : जी नहीं, मैं उन सभों को वहाँ आते देख एक झाड़ी में छिप गया था।

गदाधरसिंह : तब तो तुमने और भी बहुत-सी बातें सुनी होंगी।

बाबू साहब : नहीं मैं कुछ विशेष बातें न सुन सका, हाँ, इतना ज़रूर मालूम हुआ कि वह मनोरमा से और जमानिया के राजा से मिलने का उद्योग कर रहा है।

गदाधरसिंह : (**कुछ सोचकर और बाबू साहब की तरफ़ खिसक कर**) बेशक् आपने और भी बहुत-सी बातें सुनी होंगी, और यह भी मालूम किया होगा कि वे औरतें वास्तव में कौन थीं।

बाबू साहब : सो मैं कुछ भी न जान सका कि वे औरतें कौन थीं या वहाँ पहुँचने से उन लोगों का क्या मतलब था।

गदाधरसिंह : खैर मैं थोड़ी देर के लिए आपकी बातें मान लेता हूँ।

नागर : (**बाबू साहब से**) मगर मैंने तो सुना था कि आपका और उन लोगों का सामना हो गया था और आप उसी समय उनके साथ कहीं चले भी गये थे।

बाबू साहब : (**घबड़ाने से होकर**) नहीं-नहीं, मेरा-उनका सामना बिलकुल नहीं हुआ बल्कि मैं उन लोगों को उसी जगह छोड़कर छिपता हुआ किसी तरह निकल भागा

और अपने घर चला आया क्योंकि मुझे उन लोगों की बातों से कोई संबंध नहीं था, फिर मुझे ज़रूरत ही क्या थी कि छिपकर उन लोगों की बात सुनता या उन लोगों के साथ कहीं जाता।

नागर : शायद ऐसा ही हो, मगर जिसने मुझे यह ख़बर दी थी उसे झूठ बोलने की आदत नहीं है।

बाबू साहब : तो उसने धोखा खाया होगा। अथवा किसी दूसरे को मौके पर देखा होगा।

नागर ने इस मौके पर जो कुछ बाबू साहब से कहा वह केवल धोखा देने की नियत से था और वह चाहती थी कि बातों के हेर-फेर में डालकर बाबू साहब से कुछ और पता लगा ले, अस्तु जो कुछ हो मगर इस ख़बर ने भूतनाथ को बहुत ही परेशान कर दिया और वह सर नीचा कर तरह-तरह की बातें सोचने लगा। उसे इस बात का निश्चय हो गया कि बाबू साहब ने जो कुछ कहा है वह बहुत कम है अथवा जान-बूझकर वे बातों को छिपा रहे हैं।

कुछ देर तक सिर झुकाकर सोचते-सोचते भूतनाथ को क्रोध चढ़ आया और उसने कुछ तीखी आवाज़ में बाबू साहब से कहा-

गदाधरसिंह : सुनिए रामलाल जी, इसमें कोई सन्देह नहीं कि आप मेरे नातेदार हैं और इस ख़याल से मुझे आपका मुलाहिज़ा करना चाहिए मगर ऐसी अवस्था में जब कि आप मुझसे झूठ बोलने और मुझे धोखा देने की कोशिश करते हैं अथवा यों कह सकते हैं कि आप मेरे दुश्मन से मिलकर उसके मददगार बनते हैं तो मैं आपका मुलाहिज़ा कुछ भी न करूँगा! हाँ यदि आप मुझसे सब-कुछ साफ-साफ कह दें तो फिर मैं भी...

रामलाल : (**अर्थात् बाबू साहब**) ठीक है अब मुझे मालूम हो गया कि उन औरतों से और प्रभाकर सिंह से आप डरते हैं, यदि यह बात सच है तो डरपोक और कमज़ोर होने पर भी मैं आपसे डरना पसन्द नहीं करता...

रामलाल ने अपनी बात पूरी भी नहीं की थी कि सीढ़ियों पर से जिसका दरवाज़ा इन लोगों के सामने ही था, तेज़ी के साथ एक नकाबपोश आया और एक लिफाफा भूतनाथ के सामने फेंककर यह कहता हुआ वहाँ से निकल गया-"बेशक् डरने की कोई ज़रूरत नहीं है, और ख़ासकर ऐसे आदमी से जो पूरा नमक हराम और बेईमान है तथा जिसने अपने मालिक और दोस्त दयाराम को अपने हाथ से जख्मी किया था, ईश्वर की कृपा थी कि वह बेचारा बच गया और जमानिया में बैठा हुआ भूतनाथ के इस्तकबाल की कोशिश कर रहा है।"

इस आवाज़ ने भूतनाथ को एकदम परेशान कर दिया। उसने लिफाफा खोल कर चिट्ठी पढ़ने का इंतज़ार न किया और खंजर के कब्जे पर हाथ रखता हुआ तेज़ी के

साथ दरवाज़े पर और फिर सीढ़ियों पर जा पहुँचा मगर किसी आदमी की सूरत उसे दिखाई न पड़ी। वह धड़धड़ाता हुआ सीढ़ियों के नीचे उतर आया और फाटक के बाहर निकलने पर उस नकाबपोश को कुछ ही दूरी पर जाते हुए देखा। भूतनाथ ने उसका पीछा किया मगर वह गलियों में घूम-फिरकर ऐसा गायब हुआ कि भूतनाथ को उसकी गंध तक न मिली और अंत में वह लाचार होकर नागर के मकान में लौट आया। आने पर उसने देखा कि बाबू साहब नहीं हैं, कहीं चले गये। तब उसने उस लिफाफे की खोज की जो नकाबपोश उसके सामने फेंक गया था और देखना चाहा कि उसमें क्या लिखा हुआ है।

लिफाफा वहाँ मौजूद न देखकर भूतनाथ ने नागर से पूछा, "क्या वह लिफाफा तुम्हारे पास है?"

नागर : हाँ, तुमको उस नकाबपोश के पीछे जाते देख मैं भी तुम्हारे पीछे-पीछे सीढ़ियाँ उतरकर फाटक तक चली गई थी। जब तुम दूर निकल गये तब मैं वापस लौट आई और देखा कि बाबू साहब उस लिफाफे को खोलकर चिट्ठी पढ़ रहे हैं, मुझको उसकी ऐसी नालायकी पर क्रोध चढ़ आया और मैंने उसके हाथ से वह चिट्ठी छीनकर बहुत-कुछ बुरा-भला कर जिस पर वह नाराज़ होकर यहाँ से चला गया।

भूतनाथ : यह बहुत बुरा हुआ कि यह चिट्ठी उसने पढ़ ली। फिर तुमने उसे जाने क्यों दिया? मैं उसे बिना ठीक किये कभी न रहता और बता देता कि इस तरह की बदमाशी का क्या नतीज़ा होता है।

नागर : खैर अगर भाग भी गया तो क्या हर्ज है, जब तुम उसे मज़ा देने पर तैयार ही हो जाओगे तो क्या वह तुम्हारे हाथ न आवेगा?

भूतनाथ : खैर वह चिट्ठी कहाँ है जरा दिखाओ तो सही।

नागर : **(खुला हुआ लिफाफा भूतनाथ के हाथ में देकर)** लो यह चिट्ठी है।

भूतनाथ : **(चिट्ठी पढ़कर)** क्या तुमने यह चिट्ठी पढ़ी है?

नागर : नहीं, मगर यह सुनने की इच्छा है कि इसमें क्या लिखा है?

भूतनाथ : **(पुनः उस चिट्ठी को अच्छी तरह पढ़ के और लिफाफे को गौर से देखकर)** अंदाज़ से मालूम होता है कि इस लिफाफे में केवल यही एक चिट्ठी नहीं बल्कि और भी कोई काग़ज़ था।

नागर : शायद ऐसा ही हो और बाबू साहब ने कोई काग़ज़ निकाल लिया हो तो मैं नहीं कह सकता।

भूतनाथ : खैर देखा जाएगा, मेरा द्रोही मुझसे बच के कहाँ जा सकता है। फिर भी आज मैं जिस नियत से तुम्हारे पास आया था वह न हो सका, अच्छा अब मैं जाता हूँ।

नागर : नहीं-नहीं, मैं तुम्हें इस समय जाने न दूँगी, मुझे बहुत-सी बातें तुमसे पूछनी और कहनी हैं, मुझे इस बात का दिन-रात खुटका बना रहता है कि कहीं तुम अपने दुश्मनों के फेर में न पड़ जाओ क्योंकि केवल तुम्हारे ही तक मेरी ज़िंदगी है, मुझे सिवाय तुम्हारे इस दुनिया में और किसी का भी भरोसा नहीं है, और तुम्हारे दुश्मनों की गिनती दिन पर दिन बढ़ती ही जाती है।

भूतनाथ : हाँ ठीक हे। (**कुछ सोचकर**) मगर इस समय मैं यहाँ पर नहीं रह सकता और...

नागर : कल मनोरमा जी भी तो तुमसे मिलने के लिए वहाँ आने वाली है।

भूतनाथ : खैर देखा जाएगा, बन पड़ेगा तो मैं कल फिर आ जाऊँगा।

इतना कहकर भूतनाथ खड़ा हुआ और सीढ़ियों के नीचे उतर कर देखते-देखते नज़रों से गायब हो गया।

भूतनाथ के चले जाने के बाद नागर आधे घंटे तक चुपचाप बैठी रही, इसके बाद उसने उठकर अपनी लौंडियों को बुलाया और कुछ बातचीत करने के ब़ाद एक लौंडी के साथ लिए हुए सीढ़ियों के नीचे उतरी।

चन्द्रकान्ता सन्तति में नागर के जिस मकान का हाल हम लिख आये हैं वह मकान इस समय नागर के कब्जे में नहीं है क्योंकि अभी तक जमानिया राज्य की वह हालत नहीं हुई थी और न इस इज्ज़त को अभी नागर पहुँची थी। इस समय नागर रंडियों की-सी अवस्था में है और उसके कब्जे में एक मामूली छोटा-सा मकान है, फिर भी मकान सुन्दर और मज़बूत है तथा उसके सामने एक छोटा-सा नज़रबाग भी है। यद्यपि अभी तक कम उम्र नागर की हैसियत बढ़ी नहीं है फिर भी उसकी चालाकियों का जाल अच्छी तरह फैल चुका है जिसका एक सिरा जमानिया राजधानी में जा पहुँचा है क्योंकि उस मनोरमा से इसकी दोस्ती अच्छी तरह हो चुकी है जिसने जमानिया की खराबी में सबसे बड़ा हिस्सा लिया हुआ था। नागर सीढ़ियों से नीचे उतर कर नज़रबाग में होती हुई सदर फाटक पर पहुँची और उसे बंद करके एक मज़बूत ताला उसकी कुंडी में लगा दिया। इसके बाद लौटकर मकान की सीढ़ियों पर चढ़ने वाला दरवाज़ा भी अच्छी तरह बंद करके अपने कमरे में चली आई। लौंडी को कमरे का फर्श साफ करने की आशा देकर नागर ऊपर छत पर चढ़ गई जहाँ एक बँगला था और इस समय उसके बाहर ताला लगा हुआ था जिसे खोलकर नागर बँगले के अंदर चली गई।

यह बँगला बहुत खुलासा और मामूली ढंग पर सजा हुआ था। ज़मीन पर साफ-सुथरा फर्श बिछा हुआ था, एक तरफ़ सुन्दर मसहरी थी तथा छोटे-बड़े कई तकिए फर्श पर पड़े थे। मगर यह कमरा खाली न था, इसमें इस समय मनोरमा बैठी हुई थी और जमानिया राजधानी का बेईमान दारोगा (**बिजली**) भी उसके साथ था। नागरें भी उन दोनों के पास जाकर बैठ गई।

3

अब हम अपने पाठकों को पुनः उस घाटी में ले चलते हैं जिसमें कला और बिमला रहती थीं और जिसमें भूतनाथ ने पहुँचकर बड़ी ही संगदिली का काम किया था अर्थात् कला, बिगला और इंदुमति के साथ-साथ कई लौंडियों को भी कुएँ में ढकेलकर अपनी ज़िंदगी का आईना गंदला किया था।

भूतनाथ यद्यपि अपने शागिर्द रामदास की मदद से उस घाटी में पहुँच गया था और अपनी इच्छानुसार उसने सब कुछ करके अपने दिल का गुबार निकाल लिया था मगर घाटी के बीच वाले उस बँगले के सिवाय वह वहाँ का और कोई स्थान नहीं देख सका जिसमें कला और बिमला रहती थीं जहाँ जख्मी इंदुमति का इलाज किया गया था, और न वहाँ का कोई भेद ही भूतनाथ को मालूम हुआ। वह केवल अपने दुश्मनों को मारकर उस घाटी के बाहर निकल आया और फिर कभी उसके अंदर नहीं गया। मगर प्रभाकर सिंह को उस घाटी का बहुत ज़्यादा हाल मालूम हो गया था। कुछ तो उन्होंने बीच वाले बँगले की तलाशी लेते समय कई तरह के काग़ज़ों-पुर्जों और किताबों को देखकर मालूम कर लिया था और कुछ कला, बिमला ने बताया था और बाकी का भेद इन्द्रदेव ने बताकर प्रभाकर सिंह को ख़ूब पक्का कर दिया था।

आज प्रातःकाल सूर्योदय के समय हम उस घाटी में प्रभाकर सिंह को एक पत्थर की चट्टान पर बैठे हुए देखते हैं। उनके बगल में ऐयारी का बटुआ लटक रहा है और हाथ में एक छोटी-सी किताब है जिसे वे बड़े गौर से देख रहे हैं। यह किताब हाथ की लिखी हुई है और इसके अक्षर बहुत ही बारीक हैं तथा इसमें कई तरह के नक्शे भी दिखाई दे रहे हैं जिन्हें वे बार-बार उलट कर देखते हैं और फिर कोई दूसरा मजमून पढ़ने लगते हैं।

इस काम में उन्हें कई घंटे बीत गये। जब धूप की तेज़ी ने उन्हें परेशान कर दिया तब वे वहाँ से उठ खड़े हुए तथा बड़े गौर से दक्षिण और पश्चिम कोण की तरफ़ देखने लगे और कुछ देर तक देखने के बाद उसी तरफ़ चल निकले। नीचे उतर कर मैदान खत्म करने के बाद जब दक्षिण और पश्चिम कोण वाली पहाड़ी के नीचे पहुँचे तब इधर-उधर बड़े गौर से देखकर उन्होंने एक पगडंडी का पता लगाया और उसी सीध पर चलते हुए पहाड़ी के ऊपर चढ़ने लगे। करीब-करीब साठ कदम चले जाने के बाद उन्हें एक छोटी-सी गुफा मिली और वे लापरवाही के साथ उस गुफा के अंदर चले गये।

यह गुफा बहुत बड़ी न थी और इसमें केवल दो आदमी एक साथ मिलकर चल सकते थे, फिर भी ऊँचाई इसकी ऐसी कम न थी कि इसके अंदर जाने वाले का सिर छत के साथ टकराए, अस्तु प्रभाकर सिंह धीरे-धीरे टटोलते हुए इसके अंदर जाने लगे। जब लगभग दो सौ कदम चले गये तब उन्हें एक छोटी-सी कोठरी मिली जिसके अंदर

जाने के लिए दरवाज़े की किस्म से किसी तरह की रुकावट न थी सिर्फ़ एक चौखट लाँघने ही के सबब से कह सकते हैं कि वे उस कोठरी के अंदर जा पहुँचे। अंधकार के सबब से प्रभाकर सिंह को कुछ दिखाई नहीं देता था इसलिए वे बैठकर वहाँ की ज़मीन हाथ से इस तरह टटोलने लगे मानो किसी ख़ास चीज़ को ढूँढ़ रहे हैं।

एक छोटा-सा चबूतरा कोठरी के बीचों-बीच मिला जो हाथ-भर चौड़ा और इसी कदर लंबा था। उसके बीच में किसी तरह का खटका था जिसे प्रभाकर सिंह ने दबाया और साथ ही इसके चबूतरे के ऊपर वाला किवाड़ के पल्ले की तरह खुल गया, मानो वह पत्थर का नहीं बल्कि किसी धातु या लकड़ी का बना हो।

अब प्रभाकर सिंह ने अपने बटुए में से मोमबत्ती निकाली और इसके बाद चकमक पत्थर निकालकर रोशनी की। प्रभाकर सिंह ने देखा कि ऊपर का भाग खुल जाने से उस चबूतरे के अंदर नीचे उतरने के लिए सीढ़ियाँ लगी दिखाई देती हैं। जिनमें से सिर्फ़ सामने वाले एक आले में गुलाब का बनावटी एक पेड़ बना हुआ था जिसमें बेहिसाब कलियाँ लगी हुई थीं और सिर्फ़ चार फूल खिले हुए थे। बाकी के तीनों आले खाली थे। प्रभाकर सिंह ने उस गुलाब के पेड़ और फूलों को बड़े गौर से देखा और यह जानने के लिए वह पेड़ किस चीज़ का बना हुआ है उसे हाथ से अच्छी तरह टटोला। मालूम हुआ कि वह पत्थर या किसी और मज़बूत चीज़ का बना हुआ है।

प्रभाकर सिंह उन खिले हुए चार फूलों को देखकर बहुत ही खुश हुए और इस तरह धीरे-धीरे बुदबुदाने लगे जैसे कोई अपने मन से दिल खोलकर बातें करता हो। उन्होंने ताजुब के साथ कहा, "हैं, यह चार फूल कैसे! खैर मेरा परिश्रम तो सफल हुआ चाहता है। इन्द्रदेव जी का ख़याल ठीक निकला कि वे तीनों औरतें (**जमना, सरस्वती और इन्दु**) ज़रूर उस तिलिस्म के अंदर चली गई होंगी। अब इन खिले फूलों को देखकर मुझे भी विश्वास होता है कि उन तीनों से तिलिस्म में मुलाकात होगी और मैं उन्हें खोज निकालूँगा, मगर इन्द्रदेव जी ने कहा था कि जितने आदमी इस तिलिस्म में जाएँगे इस पेड़ के उतने ही फूल खिले दिखाई देंगे इसके अतिरिक्त उस काग़ज़ में भी ऐसा ही लिखा है अस्तु, यह चौथा आदमी इस तिलिस्म में कौन जा पहुँचा? इस बात का मुझे विश्वास नहीं होता कि किसी लौंडी को भी वे तीनों अपने साथ ले गई होंगी? क्योंकि ऐसा करने के लिए इन्द्रदेव जी ने उन्हें सख्त मनाही कर दी थी। यह संभव है कि विशेष कारण से वे किसी लौंडी को अपने साथ ले भी गई हों, खैर जो होगा देखा जाएगा मगर ऐसा किया तो यह काम उन्होंने अच्छा नहीं किया।

इस तरह बहुत-सी बातें वे देर तक सोचते रहे, साथ ही इसके इस बात पर भी गौर करते रहे कि उन तीनों को तिलिस्म के अंदर जाने की ज़रूरत ही क्या पड़ी। प्रभाकर सिंह बेखटके उन सीढ़ियों के नीचे उतर गये। नीचे उतर जाने के बाद उन्हें पुनः एक सुरंग मिली जिसमें तीस या चालीस हाथ से ज़्यादे जाना न पड़ा, जब वे उस सुरंग को खत्म कर चुके तब उन्हें रोशनी दिखाई दी तथा सुरंग के बाहर निकलने पर एक छोटा-सा

बाग़ और कुछ इमारतों पर उनकी निगाह पड़ी। आसमान पर निगाह करने से ख़याल हुआ कि दोपहर ढल चुकी है और दिन का तीसरा पहर बीत रहा है।

इस बाग़ में मकान, बारहदरी, कमरे, दालान, चबूतरे या इसी तरह की इमारतों के अतिरिक्त और कुछ भी न था अर्थात् फूल के अच्छे दरख्त दिखाई नहीं देते थे या अगर कुछ थे भी तो केवल जंगली पेड़ जो कि यहाँ बहते हुए चश्मे के सबब से कदाचित् बराबर ही हरे-भरे बने रहते थे, ही केले के दरख्त यहाँ बहुतायत से दिखाई दे रहे थे और उनमें फल भी बहुत लगे हुए थे।

प्रभाकर सिंह थक गये थे इसलिए कुछ आराम करने की नीयत से नहर के किनारे एक चबूतरे पर बैठ गये और वहाँ की इमारतों को बड़े गौर से देखने लगे। कुछ देर बद उन्होंने अपने बटुए में से मेवा निकाला और उसे खाकर चश्मे का बिल्लौर की तरह साफ बहता हुआ जल पीकर संतोष किया।

प्रभाकर सिंह सिपाही और बहादुर आदमी थे, कोई ऐयार न थे, मगर आज हम इनके बगल में ऐयारी का बटुआ लटका हुआ देख रहे हैं इससे मालूम होता है कि इन्होंने समयानुकूल चलने के लिए कुछ ऐयारी ज़रूर सीखी है, मगर इनका उस्ताद कौन है सो अभी मालूम नहीं हुआ।

हम कह चुके हैं कि वह बाग़ नाममात्र को बाग़ था मगर इसमें इमारतों का हिस्सा बहुत ज़्यादे था। बाग़ के बीचोंबीच में एक गोल गुंबद था जिसके चारों तरफ़ छोटी-छोटी पाँच कोठरियाँ थीं और वह गुंबद इस समय प्रभाकर सिंह की आँखों के सामने था जिसे वह बड़े गौर से देख रहे थे। बाग़ के चारों तरफ़ चार बड़ी-बड़ी बारहदरियाँ थीं और उनके ऊपर उतने ही ख़ूबसूरत कमरे बने हुए थे जिसके दरवाज़े इस समय बंद थे, सिर्फ़ पूरब तरफ़ वाले कमरे के दरवाज़े में से एक दरवाज़ा खुला हुआ था और प्रभाकर सिंह को अच्छी तरह दिखाई दे रहा था।

प्रभाकर सिंह और कमरों तथा दालानों को छोड़ कर उसी बीच वाले गुंबद को बड़े गौर से देख रहे थे जिसके चारों तरफ़ वाली कोठरियों के दरवाज़े बंद मालूम होते थे। कुछ देर बाद प्रभाकर सिंह उठे और उस गुंबद के पास चले गये। एक कोठरी के दरवाज़े को हाथ से हटाया तो यह खुल गया अस्तु वह कोठरी के अंदर चले गये। इस कोठरी की ज़मीन संगमरमर की थी और बीच में स्याह पत्थर का एक सिंहासन था जिस पर हाथ रखते ही प्रभाकर सिंह का शरीर काँपा और वे चक्कर खाकर ज़मीन पर गिरने के साथ ही बेहोश हो गये तथा उसी समय उस कोठरी का दरवाज़ा भी बंद हो गया।

दिन बीत गया। आधी रात का समय था जब प्रभाकर सिंह की आँख खुली। अँधेरी रात होने के कारण वे कुछ स्थिर नहीं कर सकते थे कि वे कहाँ पर हैं, घबराहट में उन्होंने पहिले अपने हर्बों को टटोला और फिर ऐयारी का बटुआ खोला, ईश्वर को धन्यवाद दिया कि वे सब चीज़ें उनके पास मौजूद थीं। इसके बाद वे विचारने लगे

कि यह स्थान कैसा है तथा हमको अब क्या करना चाहिए। बहुत देर के बाद उन्हें मालूम हुआ कि वे किसी छोटे दालान में हैं और उनके सामने एक घना जंगल है। इस अंधकार के समय में उनकी हिम्मत न पड़ी कि उठकर तिलिस्म में इधर-उधर घूमे या किसी बात का पता लगावें। अस्तु उन्होंने चुपचाप उसी दालान में पड़े रह कर रात बिता दी।

रात बीत गई और सूर्य भगवान का पेशखेमा आसमान पर अच्छी तरह बन गया। प्रभाकर सिंह उठ खड़े हुए और यह जानने के लिए उस दालान में घूमने और दरोदीवार को अच्छी तरह देखने लगे कि वे क्योंकर इस स्थान में पहुँचे तथा उनके यहाँ जाने का जरिया क्या है, परन्तु इस बात का उन्हें कुछ भी पता न लगा। उस दालान के सामने जो जंगल था वह वास्तव में बहुत घना था और सिर्फ़ देखने से इस बात का पता नहीं लगता था कि वह कितना बड़ा है तथा उसके बाद किसी तरह की इमारत है या कोई पहाड़, साथ ही इसके उन्हें इस बात की फिक्र भी थी कि अगर कोई पानी का चश्मा दिखाई दे तो स्नान इत्यादि का काम चले।

जंगल में घूमकर क्या करें और किसको ढूँढ़ें इस विचार में वे बहुत देर तक सोचते और इधर-उधर घूमते रह गये, यहाँ तक कि सूर्य भगवान ने चौथाई आसमान का सफ़र तय कर लिया और धूप में कुछ गर्मी मालूम होने लगी। उसी समय प्रभाकर सिंह के कान में यह आवाज़ आई, "हाय, बहुत ही बुरे फँसे, यह मेरे कर्मों का फल है, ईश्वर न करे किसी..." बस इसके आगे की आवाज़ इतनी बारीक हो गई थी कि प्रभाकर सिंह उसे अच्छी तरह समझ न सके।

इस आवाज़ ने प्रभाकर सिंह को परेशान कर दिया और खुटके में डाल दिया। आवाज़ जंगल के बीच में से आई थी अतएव उसी आवाज़ की सीध पर चल पड़े और उस घने जंगल में ढूँढ़ने लगे कि वह दुखिया कौन और कहाँ है जिसके मुँह से ऐसी आवाज़ आई है।

प्रभाकर सिंह को ज़्यादा ढूँढ़ना न पड़ा। उस जंगल में थोड़ी ही दूर जाने पर उन्हें पानी का एक सुन्दर चश्मा दिखाई दिया और उसी चश्मे के किनारे उन्होंने एक औरत को देखा जो बदहवास और परेशान ज़मीन पर पड़ी हुई थी और न-मालूम किस तरह की तकलीफ़ की करवटें बदल रही थी। प्रभाकर सिंह बड़े गौर से उस औरत को देखने लगे क्योंकि वह कुछ जानी-पहचानी-सी मालूम पड़ी थी। उस औरत ने प्रभाकर सिंह को देख के हाथ जोड़ा और कहा, "मेरी जान बचाइए, मैं बेतरह इस आफत में फँस गई हूँ। मुझे उम्मीद थी कि अब कुछ ही देर में इस दुनिया से कूच कर जाऊँगी, परन्तु आपको देखने से विश्वास हो गया कि अभी थोड़ी ज़िंदगी बाकी है। आप बड़े गौर से देख रहे हैं, मालूम होता है कि आपने मुझे पहिचाना नहीं। मैं आपकी ताबेदार लौंडी हरदेई हूँ, आपकी स्त्री और सालियों की बहुत दिनों तक खिदमत कर चुकी हूँ।"

प्रभाकर सिंह : हाँ, अब मैंने तुझे पहिचाना, कला और बिमला के साथ मैंने तुझे देखा था मगर सामना बहुत कम हुआ इसलिए पहचानने में जरा कठिनाई हुई, अच्छा यह तो बता कि तीनों कहाँ हैं?

हरदेई : मैं उन्हीं की सताई होने पर भी उनकी ही खोज में यहाँ आई थी, एक दफ़े वे तीनों दिखाई देकर पुन: गायब हो गई–आह अब मुझसे बोला नहीं जाता।

प्रभाकर सिंह : तुझे किस बात की तकलीफ़ है?

हरदेई : मैं भूख से परेशान हो रही हूँ। आज कई दिन से मुझे कुछ भी खाने को नहीं मिला...बस...अब...प्राण निकला ही...

प्रभाकर सिंह : तुझे यहाँ आये कितने दिन हुए?

हरदेई : आज से सात...

बस इससे ज़्यादे हरदेई कुछ भी न बोल सकी अस्तु प्रभाकर सिंह ने अपने बटुए में से कुछ मेवा निकाल कर खाने के लिए दिया और हाथ का सहारा देकर उसे बैठाया।

मेवा देखकर हरदेई खुश हो गई, भोजन किया और नहर का जल पीकर संभल बैठी और बोली, "अब मेरा जी ठिकाने हुआ, अब मैं बख़ूबी बातचीत कर सकती हूँ।"

प्रभाकर सिंह : (**उसके पास बैठकर**) अच्छा अब बता कि तुझे यहाँ आये कितने दिन हुए और तूने कला, बिमला तथा इन्दु को कहाँ और किस अवस्था में देखा तथा क्योंकर उनका साथ छूटा। क्या तू भी उन तीनों के साथ ही इस तिलिस्म में आई थी?

हरदेई : नहीं, मैं तो बेसबब और बिना कसूर के मारी गई। मैंने आज तक अपने मालिकों के साथ कोई बुराई नहीं कि मगर न मालूम उन्होंने क्यों मुझे इस तरह की सज़ा दी! यद्यपि उन्होंने अपना धर्म बिगाड़ दिया था और जिस तरह सती-साध्वियों को चलना चाहिए उस तरह नहीं चलती थीं, अपनी सफेद और साफ चादर में बदनामी के कई धब्बे लगा चुकी थीं, मगर मैंने आपसे भी इस बात की कभी शिकायत नहीं की और उनका भेद किसी तरह प्रकट होने न दिया, फिर भी अंत में मैं ही कसूरवार समझी गई और मुझी को प्राणदंड दिया गया, परन्तु ईश्वर की कृपा से मैं जीती बच गई। अब मेरी समझ में नहीं आता कि मैं क्या करूँ और जो कुछ कहने को बातें हैं वह आपसे...

प्रभाकर सिंह : (**कुछ घबराकर**) तू क्या कह रही है! क्या कला और बिमला के सतीत्व में धब्बा लग चुका है? और क्या उन दोनों ने अपनी चाल-चलन खराब कर डाली है?

हरदेई : बेशक् ऐसी बात है। आज से नहीं बल्कि आपसे मुलाकात होने के पहिले ही से वे दोनों बिगड़ी हुई है और दो आदमियों से अनुचित प्रेम करके अपने धर्म को बिगाड़ चुकी हैं, बड़े अफ़सोस की बात है कि इंदुमति को भी उन्होंने अपनी पंक्ति में

मिला लिया है। ईश्वर ने इसी पाप का फल उन्हें दिया है। मेरी तरह वे भी इस तिलिस्म में क़ैद कर दी गई हैं और आश्चर्य नहीं कि वे भी इसी तरह की तकलीफ़ें उठा रही हो। बस इससे ज़्यादे और कुछ भी नहीं कहूँगी क्योंकि...

प्रभाकर सिंह : नहीं-नहीं, रुक मत। जो कुछ तू जानती है बेशक् कहे जा, मैं खुशी से सुनने के लिए तैयार हूँ।

हरदेई : अगर मैं ऐसा करूँगी तो फिर मेरी क्या दशा होगी, यही मैं सोच रही हूँ। हरदेई की बातों ने प्रभाकर सिंह के दिल में एक तरह का दर्द पैदा कर दिया। 'कला और बिमला बदकार हैं और उन्होंने इन्दु को भी खराब कर दिया' यह सुन कर उनका क्या हाल हुआ सो वे ही जानते होंगे। नेक और पतिव्रता इन्दु की कोई बदनामी करे यह बात प्रभाकर सिंह के दिल में नहीं जम सकती थी मगर कला और बिमला पर उन्हें पहले भी एक दफ़े शक हो चुका था। जब वे उस घाटी में थे तभी उनकी स्वतंत्रता देखकर उनका मन आशंकित हो गया था मगर जाँच करने पर उनका दिल साफ हो गया था। आज हरदेई ने उन्हें फिर उसी चिंता में डाल दिया, और साथ ही इसके इन्दु का भी आँचल गंदा सुनकर उनका कलेजा काँप उठा तथा वे सोचने लगे कि क्या यह बात सच हो सकती है?

केवल इतना ही नहीं, प्रभाकर सिंह के चित्त में चिंता और घृणा के साथ-ही-साथ क्रोध की भी उत्पत्ति हो गई और बहुत विचार करने के बाद उन्होंने सोचा कि यदि वास्तव में हरदेई का कहना सच है तो मुझे फिर उन दुष्टाओं के लिए परिश्रम करने की आवश्यकता ही क्या है, परन्तु सत्य की जाँच तो आवश्यक है इत्यादि सोचते हुए फिर उन्होंने हरदेई से पूछा-

प्रभाकर सिंह : हाँ तो जो कुछ असल मामला है तू बेख़ौफ़ होकर कहे जा, मैं प्रतिज्ञा करता हूँ कि तेरी रक्षा करूँगा और तुझे इस आफत से बचाऊँगा।

हरदेई : यदि आप वास्तव में प्रतिज्ञा करते हैं तो फिर मैं सब बातें साफ-साफ कह दूँगी।

प्रभाकर सिंह : बेशक् मैं प्रतिज्ञा करता हूँ मगर साथ ही इसके यह भी कहता हूँ कि अगर तेरी बात झूठ निकली तो तेरे लिए सबसे बुरी मौत का ढंग तजबीज करूँगा।

हरदेई : बेशक् मैं इसे मंजूर करती हूँ।

प्रभाकर सिंह : अच्छा तो जो कुछ ठीक-ठीक मामला है तू कह जा और बात कि वह सब कहाँ गई और क्या हुई और क्योंकर इस दशा को पहुँची।

हरदेई : अच्छा तो मैं कहती हूँ, सुनिए। कला और बिमला की चाल-चलन अच्छी नहीं है। आप स्वयं सोच सकते हैं कि जिन्हें ऐसी नौजवानी में इस तरह की स्वतंत्रता मिल गई हो और रहने तथा आनंद करने के लिए ऐसा स्वर्ग-तुल्य स्थान मिल गया

हो तथा दौलत की भी किसी तरह कमी न हो तो वे कहाँ तक अपने चित्त को रोक सकती हैं? खैर जो कुछ हो, कला और बिमला दोनों ही ने अपने लिए दो प्रेमी खोज निकाले और दोनों को औरतों के भेष में ठीक करके अपने यहाँ रख छोड़ा तथा नित्य नया आनन्द करने लगी, मगर साथ ही इसके भूतनाथ से बदला लेने का भी ध्यान उनके दिल में बना रहा और उन दोनों मर्दों से भी इस काम में बराबर मदद माँगती रहीं। वे दोनों मर्द कुछ दिन तक इस घाटी में रह आनन्द करते और फिर कुछ दिनों के लिए कहीं चले जाया करते थे।

प्रभाकर सिंह : **(बात काटकर)** उन दोनों का नाम क्या था?

हरदेई : सो मैं नहीं कह सकती क्योंकि कला और विमला ने बड़ी कारीगरी से उन दोनों का भेष बदल दिया, कभी-कभी मरदाने भेष में रहने पर भी उसकी सूरत दिखाई नहीं देती थी, इसलिए में उनके नाम और ग्राम के विषय में ठीक तौर पर कुछ भी नहीं कह सकती, हाँ इतना ज़रूर है कि अगर मुझे कुछ मदद मिले तो मैं उन दोनों का पता ज़रूर लगा सकती हूँ क्योंकि एकांत की अवस्था में छिप-लुक कर इन लोगों की बहुत-सी बातें सुन चुकी हूँ जिसका...

प्रभाकर सिंह : खैर इस बात को जाने दे फिर देखा जाएगा, अच्छा तब क्या हुआ?

हरदेई : बहुत दिनों तक कला और बिमला ने दोनों से संबंध रखा मगर जब इन्दु इस घाटी में लाई गई और आपका आना भी यहाँ हुआ तब वे दोनों कुछ दिन के लिए गायब कर दिये गये। मैं ठीक नहीं कह सकती कि वे कहीं चले गये या क्या हुए। मैं इस किस्से को बहुत मुख्तसर में बयान करती हूँ। फिर जब आप विजयगढ़ और चुनार की लड़ाई में चले गये और बहुत दिनों तक आपके आने की उम्मीद न रही तब पुनः वे दोनों इस घाटी में दिखाई देने लगे। संग और कुसंग का असर मनुष्य के ऊपर अवश्य पड़ा करता है। कुछ ही दिनों के बाद इंदुमति को मैंने उन दोनों में से एक के साथ मुहब्बत करते देखा और इसी कारण से कला, बिमला और इंदुमति में अंदर-अंदर कुछ खिंचाव भी आ गया था।

मैं समझती हूँ कि भूतनाथ को इस विषय का हाल ज़रूर मालूम होगा जिसने उन दोनों को रिश्वत देकर अपने साथ मिला लिया और उस घाटी में आने-जाने का रास्ता देख लिया। इसी बीच में मैंने आपको उस घाटी में देखा। पहिले तो मुझे विश्वास हो गया कि वास्तव में प्रभाकर सिंह ही लड़ाई में नामवरी हासिल करके यहाँ आ गये हैं परन्तु कुछ दिन के बाद मेरा ख़याल जाता रहा तौर निश्चय हो गया कि असल में आपकी सूरत बनाकर यहाँ आने वाला कोई दूसरा ही था।

मैं इस विषय में कला और बिमला को बार-बार टोका करती थी और कहा करती थी कि तुम लोगों के रहन-सहन का यह ढंग अच्छा नहीं है, एक-न-एक दिन इसका नतीज़ा बहुत ही बुरा निकलेगा, मगर वे दोनों इस बात का कुछ ख़याल नहीं करती थी

और मुझे यह कहकर टाल दिया करती थीं कि खैर जो कुछ भी हुआ सो हुआ अब ऐसा न होगा। मगर मुझे इस बात की कुछ भी ख़बर न थी कि मेरे रोक-टोक करने से उसके दिल में रंज बैठता जाता है। मैंने अपने काम में और भी कई लौंडियों को शरीक कर लिया मगर इसका नतीज़ा मेरे लिए अच्छा न निकला।

एक दिन वह आदमी जो आपकी सूरत बना हुआ था जब उस घाटी में आया तो उसके साथ और भी दस-बारह आदमी आये। जब वे लोग कला, बिमला और इंदुमति से मिले तो उनका रंग-ढंग देखकर मैं डर गई और एक किनारे हट कर उनका तमाशा देखने लगी। थोड़ी देर के बाद जब संध्या हुई तब कला, बिमला और इंदुमति उन सभों को साथ लिए हुए बँगले के अंदर चली गई अस्तु इसके बाद क्या-क्या हुआ सो मैं कुछ भी न जान सकी, लाचार मैं अपनी हमजोलियों के साथ जा मिली और भोजन इत्यादि को सामग्री जुटाने के काम में लगी।

पहर रात बीत जाने के बाद जब भोजन तैयार हुआ तब सभों ने मिल-जुल कर भोजन किया, तत्पश्चात् हम लोगों ने भी खाना खाया मगर भोजन करने के थोड़ी देर बाद हम लोगों का सिर घूमने लगा जिससे निश्चय हो गया कि आज के भोजन में बेहोशी की दवा मिलाई गई है। खैर जो हो, आधी रात जाते-जाते तक हम सब-की-सब बेहोश होकर दीन-दुनिया को भूल गई। प्रात:काल जब मेरी आँख खुली तो मैंने अपने-आपको इसी स्थान पर पड़े हुए पाया। घबड़ाकर उठ बैठी और आश्चर्य के साथ चारों तरफ़ देखने लगी, उस समय मेरे सिर में बेहिसाब दर्द हो रहा था।

तीन दिन और रात मैं घबड़ाई हुई इस जंगल में और **(हाथ का इशारा करके)** इस पास वाली इमारत और दालान में घूमती रही मगर न तो किसी से मुलाकात हुई और न यहाँ से निकल भागने के लिए कोई रास्ता ही दिखाई दिया। चौथे दिन भूख से बेचैन होकर मैं इसी जंगल में घूम रही थी कि यकायक इंदुमति कुछ दूरी पर दिखाई पड़ी जो कि आपके गले में हाथ डाले हुए धीरे-धीरे पूरब की तरफ़ जा रही थी। मैं नहीं कह सकती कि वह वास्तव में आप ही के गले में हाथ डाले हुए थी या किसी दूसरे ऐयार के गले में जो आपकी सूरत बना हुआ था।

उसी के पीछे मैंने कला और बिमला जी को जाते हुए देखा। मैं खुशी-खुशी लपकती उनकी तरफ़ बढ़ी मगर नतीज़ा कुछ भी न निकला। देखते-ही-देखते इसी जंगल और झाड़ियों में घूम-फिर वे सब-की-सब न जाने कहाँ गायब हो गई, तब से आज तक कई दिन हुए मैं उनकी खोज में परेशान हूँ, अंत में भूख के मारे बदहवास होकर इसी जगह गिर पड़ी और कई पहर तक तन-बदन की भी सुध न रही, जब होश में आई तब आपसे मुलाकात हुई। बस यही तो मुख्तसर हाल है।

हरदेई की बात सुनकर प्रभाकर सिंह के तो होश उड़ गये। वे ऐसे बेसुध हो गये कि उन्हें तनोबदन की सुध बिलकुल ही जाती रही। थोड़ी देर तक तो ऐसा मालूम होता

रहा कि वे प्रभाकर सिंह नहीं बल्कि कोई पत्थर की मूरत हैं, इसके बाद उन्होंने एक लंबी साँस ली और बड़े गौर से हरदेई के चेहरे की तरफ़ देखने लगे। कई क्षण बाद उन्होंने सिर नीचा कर लिया और किसी गहरे चिंता-सागर में डुबकिया लगाने लगे। हरदेई मन-ही-मन प्रसन्न होकर उनके चेहरे की तरफ़ देखने लगी जिसका रंग थोड़ी-थोड़ी देर पर गिरगिट के रंग की तरह बराबर बदल रहा था।

प्रभाकर सिंह के चेहरे पर कभी तो क्रोध, कभी दुःख, कभी चिंता, कभी घबराहट और कभी घृणा की निशानी दिखाई देने लगी। आह, प्रभाकर सिंह के जिस हृदय में इंदुमति का अगाध प्रेम भरा हुआ था उसमें इस समय भयानक रस का संचार हो रहा था। जो वीर हृदय सदैव करुण रस से परिपूरित रहता था वह क्षण मात्र के लिए अद्भुत रस का स्वाद लेकर रौद्र और तत्पश्चात् वीभत्स रस की इच्छा कर रहा है! जिस हृदय में इंदुमति पर निगाह पड़ते ही श्रृंगार रस की लहरें उठने लगती थीं वह अपनी भविष्य जीवनी पर हास्य करता हुआ अब सदैव के लिए शान्त हुआ चाहता है। आह, इंदुमति के विषय में स्वप्न में भी ऐसे शब्दों के सुनने की क्या प्रभाकर सिंह को आशा हो सकती थी? कदापि नहीं। यह प्रभाकर सिंह की भूल है कि हरदेई की जुबान से विष-भरी अघटित घटना को सुन अनुचित चिंता करने लग गये हैं। वह नहीं जानते कि यह हरदेई वास्तव में हरदेई नहीं है बल्कि कोई ऐयार है। परन्तु हमारे प्रेमी पाठक इस बात को ज़रूर समझ रहे होंगे कि यह भूतनाथ का शागिर्द रामदास है जिसकी मदद से भूतनाथ ने उस घाटी में पहुँचकर बड़ा ही अनुचित और घृणित व्यवहार किया था। निःसन्देह भूतनाथ ने जमना, सरस्वती और इंदुमति के साथ जो कुछ किया वह ऐयारी के नियम के बिलकुल ही बाहर था। ऐयारी का यह मतलब नहीं है कि वह बेकसूरों के खून से अपने जीवन के पवित्र चादर में धब्बा लगाए। यदि प्रभाकर सिंह उसकी कार्रवाई का हाल सच्चा-सच्चा सुनते तो न-मालूम उनकी क्या अवस्था हो जाती; परन्तु इस समय रामदास ने उन्हें बड़ा ही धोखा दिया और ऐसी बेढंगी बातें सुनाई कि उनका पवित्र हृदय काँप उठा और इंदुमति तथा कला और बिमला की तरफ़ से उन्हें एकदम घृणा उत्पन्न हो गई। तब क्या प्रभाकर सिंह ऐसे बेवकूफ थे कि एक मामूली ऐयार अथवा लौंडी के मुँह से ऐसी अनहोनी बात सुनकर उन्होंने उस पर कुछ विचार न किया और उसे सच्चा मान कर अपने आपे से बाहर हो गये? नहीं, प्रभाकर सिंह तो ऐसे न थे परन्तु प्रेम ने उनका हृदय ऐसा बना दिया था कि इन्दु के विषय में ऐसी बातें सुन कर वे अपने चित्त को सँभाल नहीं सकते थे। प्रेम का अगाध समुद्र थोड़ी ही-सी आँच लगने से सुख सकता है, और प्रेमी का मन-मुकुर जरा ही से ठेस लगने से चकनाचूर हो जाता है। अस्तु जो हो प्रभाकर सिंह के दिल की उस समय क्या अवस्था थी वे ही ठीक जानते होंगे या उनको देखकर रामदास कुछ-कुछ समझता होगा क्योंकि वह उनके सामने बैठा हुआ उनके चेहरे की तरफ़ बड़े गौर से देख रहा था।

नकली हरदेई अर्थात् रामदास के दिल की अवस्था भी अच्छी न थी। वह कहने के लिए तो सब कुछ कह गया परन्तु इसका परिणाम क्या होगा यह सोचकर उसका दिल

डावाँडोल होने लगा। यद्यपि इस तिलिस्म में फँसकर वह बर्बाद हो चुका था बल्कि थोड़ी देर पहिले तो मौत की भयानक सूरत अपनी आँखों के सामने देख रहा था परन्तु प्रभाकर सिंह पर निगाह पड़ते ही उसकी कायापलट हो गई और उसे विश्वास हो गया कि अब किसी-न-किसी तरह उसकी जान बच जाएगी। परन्तु इंदुमति को बदनाम करके उसका चित्त भी शान्त न रहा और थोड़ी ही देर बाद सोचने लगा कि मैंने यह काम अच्छा नहीं किया। यदि मैं कोई दूसरा ढंग निकालता तो कदाचित् यहाँ से छुटकारा मिल जाता परन्तु अब जल्दी छुटकारा मिलना मुश्किल है क्योंकि मेरी बात का निर्णय किये बिना प्रभाकर सिंह मुझे यहाँ से बाहर नहीं जाने देंगे। अफ़सोस भूतनाथ को मदद पहुँचाने के ख़याल से मैंने व्यर्थ ही इन्दु को बदनाम किया। इंदुमति निःसन्देह सती और साध्वी है, उस पर कलंक लगाने का नतीज़ा मुझे अच्छा न मिलेगा। अफ़सोस, खैर अब क्या करना चाहिए, जबान से जो बात निकल गई वह तो लौट नहीं सकती। तब? मुझे अपने बचाव के लिए शीघ्र ही कोई तरकीब सोचनी चाहिए। कहीं ऐसा न हो कि इंदुमति, कला और बिमला घूमती-फिरती इस समय यहाँ आ पहुँचे। यदि ऐसा हुआ तो बहुत ही बुरा होगा, मेरी कलई खुल जाएगी और मैं तुरन्त ही मारा जाऊँगा। यदि मैं उन सभी को बदनाम न किये होता तो इतना डर न था।

इसी तरह की बातें सोचते हुए रामदास का दिल बड़ी तेज़ी के साथ उछल रहा था। वह बड़ी बेचैनी से प्रभाकर सिंह की सूरत देख रहा था।

बहुत देर तक तरह-तरह की बातें सोचते हुए प्रभाकर सिंह ने पुनः नकली हरदेई से सवाल किया-

प्रभाकर सिंह : अच्छा यह तो बता कि कला और बिमला किसी विषय में किसी दिन तुझसे रंज भी हुई थीं?

हरदेई : **(मन में)** इस सवाल का क्या मतलब? **(प्रकट)** नहीं अगर कभी कुछ रंज हुई थीं तो केवल उसी विषय में जो आपसे बयान कर चुकी हूँ।

इस जवाब को सुनकर प्रभाकर सिंह चुप हो गये और फिर कुछ गौर करके बोले, "खैर कोई बात नहीं देखा जाएगा, यह जगत ही कर्म-प्रधान है, जो जैसा करेगा वैसा फल भोगेगा। यदि वे तीनों इस तिलिस्म के अंदर हैं तो मैं उन्हें ज़रूर खोज निकालूँगा, तू सब्र कर और मेरे साथ-साथ रह।"

इतना कहकर प्रभाकर सिंह ने फिर वही छोटी किताब निकाली और पढ़ने लगे जिसे इस तिलिस्म के अंदर घुसने के पहिले एक दफ़े पढ़ चुके थे।

प्रभाकर सिंह घंटे भर से ज़्यादे देर तक वह किताब पढ़ते रहे और तब तक रामदास बराबर उनके चेहरे की तरफ़ गौर से देखता रहा। जब वे उस किताब में अपने मतलब की बात अच्छी तरह देख चुके तब यह कहते हुए उठ खड़े हुए कि 'कोई चिंता नहीं, यहाँ हमारे लिए खाने-पीने का सामान बहुत कुछ मिल जाएगा और हम उन सभी को जल्द ही खोज निकालेंगे। **(नकली हरदेई से)** आ तू भी हमारे साथ चली आ'।

रामदास उस किताब के पढ़ने और इन शब्दों के कहने से समझ गया कि उस किताब में ज़रूर इस तिलिस्म का ही हाल लिखा हुआ है, अगर किसी तरह वह किताब मेरे हाथ लग जाय तो सहज ही मैं यहाँ से निकल भागूँ बल्कि और भी बहुत-सा काम निकालूँ।

रामदास अर्थात् नकली हरदेई को साथ लिए हुए प्रभाकर सिंह उसी जंगल में घुस गये और दक्षिण झुकते हुए पूरब की तरफ़ चल निकले। आधे घंटे तक बराबर चले जाने के बाद उन्हें एक बहुत ऊँची दीवार मिली जिसकी लंबाई का वे कुछ अंदाज़ नहीं कर सकते थे और न इसकी जाँच करने की उन्हें कोई ज़रूरत ही थी। इस दीवार में बहुत दूर तक ढूँढ़ने के बाद उन्हें एक छोटा-सा दरवाज़ा दिखाई दिया। वह दरवाज़ा लोहे का बना हुआ था मगर उसमें ताला या जंज़ीर वगैरह का कुछ निशान नहीं दिखाई देता था। रामदास का ध्यान किसी दूसरी तरफ़ था तथापि वह जानना चाहता था कि यह दरवाज़ा क्योंकर खुलता है, परन्तु प्रभाकर सिंह ने उसे खोलने के लिए जो कुछ कार्रवाई की वह देख न सका। यकायक दरवाज़ा खुल गया और प्रभाकर सिंह ने उसके अंदर कदम रखा तो रामदास को भी अपने साथ आने के लिए कहा।

प्रभाकर सिंह और रामदास दरवाज़े के अंदर जाकर कुछ ही दूर आगे बढ़े होंगे कि दरवाज़ा पुनः ज्यों-का-त्यों बंद हो गया। प्रभाकर सिंह एक ऐसे बाग़ में पहुँचे जहाँ केले और अनार के पेड़ बहुतायत के साथ लगे हुए थे और पानी का एक सुन्दर चश्मा भी बड़ी खूबसूरती के साथ चारों तरफ़ बह रहा था। इस बाग़ के अंदर एक छोटा-सा बंगला भी बना हुआ था, जिसमें कई कोठरियाँ थीं और इस बंगले के चारों तरफ़ संगमरमर के चार चबूतरे बने हुए थे। बस इस बाग़ में इसके अतिरिक्त और कुछ भी नहीं था। प्रभाकर सिंह ने वहाँ के पके हुए स्वादिष्ट केले और अनार से पेट भरा और चश्मे का जल पीकर कुछ शान्त हुए तथा नकली हरदेई से भी ऐसा ही करने के लिए कहा।

जब आदमी की तबीयत परेशान होती है तो थोड़ी-सी भी मेहनत बुरी मालूम होती हे और वह बहुत जल्द थक जाता है। प्रभाकर सिंह का चित्त बहुत ही व्यग्र हो रहा था और चिंता ने उदास और हताश भी कर दिया था अतएव आज थोड़ी ही मेहनत से थककर वे संगमरमर के चबूतरे पर आराम करने का नियत से लेट गये और साथ ही निद्रादेवी ने भी उन पर अपना अधिकार जमा लिया।

यहाँ प्रभाकर सिंह ने बहुत ही बुरा धोखा खाया। नकली हरदेई की बातों ने उन्हें अधमरा कर ही दिया था और इस दुनिया से वे एक तौर पर विरक्त हो चुके थे, कारण यही था कि उन्होंने नकली हरदेई को पहचाना न था, अगर इन बातों के हो जाने के बाद भी वे जाँच कर लेते तो कदाचित् संभल जाते परन्तु उन्होंने ऐसा नहीं किया और नकली हरदेई को वास्तव में हरदेई मानकर अपने भाग्य का सब दोष समझ लिया, यही सबब था कि यहाँ पर भी वे रामदास की तरफ़ से बिलकुल ही बेफिक्र बने रहे और चबूतरे पर लेटकर बेफिक्री के साथ खुर्राटे लेने लगे।

प्रभाकर सिंह को निद्रा के वशीभूत देखकर रामदास चौकन्ना हो गया। उसने ऐयारी के बटुए में से जिसे वह बड़ी सावधानी से छिपाए हुए था, बेहोशी की दवा निकाली और होशियारी से प्रभाकर सिंह को सुँघाया। जब उसे विश्वास हो गया कि अब ये बेहोश हो गये तब उनकी जेब में से वह किताब निकाल ली जिसमें इस तिलिस्म का हाल लिखा हुआ था और जिसे प्रभाकर सिंह दो दफ़े पढ़ चुके थे।

किताब निकालकर उसने बड़े गौर से थोड़ा-सा पढ़ा तब बड़ी प्रसन्नता के साथ सिर हिलाकर उठ खड़ा हुआ और दिल्लगी के ढंग पर बेहोश प्रभाकर सिंह को झुककर सलाम करता हुआ एक तरफ़ को चला गया।

बेहोशी का असर दूर हो जाने पर जब प्रभाकर सिंह की आँखें खुलीं तो वे घबड़ाकर उठ बैठे और बेचैनी से चारों तरफ़ देखने को। आसमान की तरफ़ निगाह दौड़ाई तो मालूम हुआ कि सूर्य भगवान का रथ अस्ताचल को प्राप्त कर चुका है परन्तु अभी अंधकार को मुँह दिखाने की हिम्मत नहीं पड़ती, वह केवल दूर ही से ताक-झाँक रहा है। हरदेई को जब देखना चाहा तो निगाहों की दौड़-धूप से उसका कुछ भी पता न लगा। तब वे लाचार होकर उठ बैठे और उसे इधर-उधर ढूँढ़ने लगे, परन्तु बहुत परिश्रम करने पर भी उसका पता न लगा। आखिर वे पुनः उस चबूतरे पर बैठकर तरह-तरह की बातें सोचने लगे।

"हरदेई कहीं चली गई। इस बाग़ में जहाँ तक संभव था अच्छी तरह खोज चुका मगर उसका कुछ भी पता न लगा। तब वह गई कहाँ? इस बाग़ के बाहर हो जाना तो उसके लिए बिलकुल ही असंभव है, तो क्या उसे किसी तरह की मदद मिल गई? मगर मदद भी मिली होती या कोई उसका दोस्त यहाँ आया होता तो भी बिना मेरी आज्ञा के यहाँ से चले जाना मुनासिब न था (**अपना सर पकड़ के**) ओफ, सर में बेहिसाब दर्द हो रहा है। मालूम होता है कि जैसे किसी ने बेहोशी की दवा का मुझ पर प्रयोग किया हो। ठीक है, बेशक यह सरदर्द उसी ढंग का है। तो यह हरदेई की सूरत में वह कोई ऐयार तो नहीं था जिसने मुझे धोखा दिया हो। (**घबराहट के साथ जेब टटोल के**) आह वह किताब तो जेब में है ही नहीं! क्या कोई ले गया? या हरदेई ले गई? (**पुनः उस किताब को अच्छी तरह खोजकर**) हैं, वह किताब निःसन्देह गायब हो गई और ताज्जुब नहीं कि वही किताब लेने की नियत से उसे ऐयार ने मुझे बेहोशी की दवा दी हो और इसी किताब की मद पाकर यहाँ से चला गया हो। अगर वास्तव में ऐसा हुआ तो बहुत ही बुरा हुआ और मैंने बेढब धोखा खाया। लेकिन अगर वह वास्तव में कोई ऐयार था तो कला, बिमला और इंदुमति वाली बात भी उसने झूठ ही कही होगी। ऐसी अवस्था में मैं उसका पता लगाए बिना नहीं रह सकता और इस काम में सुस्ती करना अपने हाथ से अपने पैर में कुल्हाड़ी मारना है।"

इत्यादि बातों को सोच कर प्रभाकर सिंह पुनः उठ खड़े हुए नकली हरदेई को खोजने लगे। अबकी दफ़े उनका खोजना बड़ी सावधानी के साथ था यहाँ तक कि एक-एक पेड़ के नीचे और खोज-खोज कर वे उसकी टोह लेने लगे। यकायक केलों के झुरमुट में उन्हें

कोई कपड़ा दिखाई दिया, जब उसके पास गये और अच्छी तरह देखा तो मालूम हुआ कि वह हरदेई का कपड़ा है। मुलाकात होने के समय वह यही कपड़ा पहिने हुए थी। और भी अच्छी तरह देखने पर मालूम हुआ कि वह साड़ी का एक भाग है और खून से तर हो रहा है। वहाँ ज़मीन और पेड़ों के निचले हिस्से पर भी खून के छींटे दिखाई दिये।

अब प्रभाकर सिंह का ख़याल बदल गया और वह सोचने लगा कि क्या यहाँ कोई हमारा दुश्मन आ पहुँचा और हरदेई उसके हाथ से मारी गई या जख्मी हुई! ताज्जुब नहीं कि वह हरदेई को गिरफ्तार भी कर ले गया हो। परन्तु यहाँ दूसरे आदमी का आना बिलकुल ही असंभव है? हाँ हो सकता है कि कला, बिमला और इन्दु यहाँ आ पहुँची हों और उन्होंने हरदेई को दुश्मन समझ के उसका काम तमाम कर दिया हो? ईश्वर ही जाने क्या मामला है, पर वह तिलिस्मी किताब मेरे कब्जे से निकल गई, यह बहुत ही बुरा हुआ।

इत्यादि बातें सोचते हुए प्रभाकर सिंह बहुत ही परेशान हो गये। वे और भी घूम-फिरकर हरदेई के विषय में कुछ पता लगाने का उद्योग करते परन्तु रात की अँधेरी घिर आने के कारण कुछ भी न कर सके। साथ ही इसके सर्दी भी मालूम होने लगी और आराम करने के लिए वे आड़ की जगह तलाश करने लगे।

आज की रात प्रभाकर सिंह ने उसी बाग़ के बीच वाले बँगले में बिताई और तरह-तरह की चिंता में रात-भर जागते रहे। तिलिस्मी किताब के चले जाने का दु:ख तो उन्हें था ही परन्तु इस बात का ख़याल उन्हें बहुत ज़्यादे था कि अगर वह किताब किसी दुश्मन के हाथ में पड़ गई होगी तो वह इस तिलिस्म में पहुँचकर बहुत कुछ नुकसान पहुँचा सकेगा और यहाँ की बहुत-सी अनमोल चीज़ें भी ले जाएगा।

यद्यपि वह किताब इस तिलिस्म की चाभी न थी और न उसमें यहाँ का पूरा-पूरा हाल ही लिखा हुआ था तथापि वह यहाँ के मुख्तसर हाल का गुटका ज़रूर थी और उसमें की बहुत-सी बातें इन्द्रदेव ने ज़रूरी समझ कर नोट करा दी थीं। प्रभाकर सिंह उसे कई दफ़े पढ़ चुके थे परन्तु फिर भी उसके पढ़ने की ज़रूरत थी। इस समय अपनी भूल से वे शर्मिन्दा हो रहे थे और सोचते थे कि इस विषय में इन्द्रदेव के सामने मुझे बेवकूफ बनाना पड़ेगा।

ज्यों-त्यों करके रात बीत गई। सवेरा होते ही प्रभाकर सिंह बँगले के बाहर निकले। मामूली कामों से छुट्टी पाकर चश्मे के जल से स्नान किया और संध्या-पूजा करके पुन: बँगले के अंदर चले गये। कई कोठरियों में घूमते-फिरते वे एक ऐसी कोठरी में पहुँचे जिसकी लंबाई-चौड़ाई यहाँ की सब कोठरियों से ज़्यादे थी। यहाँ चारों तरफ़ की दीवारों में बड़ी-बड़ी अलमारियाँ बनी हुई थीं और उन सभी के ऊपर नंबर लगे थे। सात नंबर की अलमारी उन्होंने किसी गुप्त रीति से खोली और उसके अंदर चले गये। नीचे उतर जाने के लार सीढ़ियाँ बनी हुई थीं अस्तु उसी राह से प्रभाकर सिंह नीचे उतर गये और

एक दालान में पहुँचे। बटुए में से मोमबत्ती निकालकर रोशनी की तो मालूम हुआ कि यह दालान लंबा-चौड़ा है और यहाँ की ज़मीन में बहुत-सी लोहे की नालियों बनी हुई हैं जो सड़क का काम देने वाली हैं तथा उन पर छोटे-छोटे बहुत-सी गाड़ियाँ रखी हुई हैं जिन पर सिर्फ़ एक आदमी के बैठने की जगह है। दालान के चारों तरफ़ दीवारों में बहुत-से रास्ते बने हुए हैं जिनमें से होकर वे लोहे की सड़कें न-मालूम कहाँ तक चली गई हैं।

गौर से देखने पर प्रभाकर सिंह को मालूम हुआ कि उन छोटी-छोटी गाड़ियों पर पीठ की तरफ़ नंबर लगे हुए हैं और उन नंबरों के नीचे कुछ लिखा हुआ भी है। प्रभाकर सिंह बड़ी उत्कंठा से पढ़ने लगे। एक गाड़ी पर लिखा हुआ था 'जमानिया दुर्ग' दूसरी पर लिखा हुआ था 'ख़ास बाग़' तीसरी पर लिखा हुआ था 'चुनार विक्रमी केंद्र' चौथी पर लिखा हुआ था 'केंद्र' इसी तरह किसी पर 'मुकुट' किसी पर 'सूर्य' और किसी पर 'सभा-मंडप' लिखा हुआ था, मतलब यह है कि सभी गाड़ियों पर कुछ-न-कुछ लिखा हुआ था। सवार होने के साथ ही वह गाड़ी चलने लगी। दालान के बाहर हो जाने पर मालूम हुआ कि वह किसी सुरंग के अंदर जा रही है। जैसे-जैसे वह गाड़ी आगे बढ़ती जाती थी तैसे-जैसे उसकी चाल भी तेज़ होती जाती थी और हवा के झपेटे में भी अच्छी तरह लग रहे थे, यहाँ तक कि उनके हाथ की मोमबत्ती बुझ गई और हवा के झपेटों से मज़बूर होकर उन्होंने अपनी दोनों आँखें बंद कर लीं।

आधे घंटे तक तेज़ी के साथ चले जाने के बाद गाड़ी एक ठिकाने पहुँचकर रुक गई। प्रभाकर सिंह ने आँखें खोलकर देखा तो उजाला मालूम हुआ। वे गाड़ी से नीचे उतर पड़े और गौर से चारों तरफ़ देखने लगे। वह स्थान ठीक उसी तरह का था जैसा कि कला और बिमला के रहने का स्थान था और उसे देखते ही प्रभाकर सिंह को शक हो गया कि हम पुनः उसी ठिकाने पहुँच गये जहाँ कला और बिमला और इन्दु मुलाकात हुई थी परन्तु वहाँ की ज़मीन पर पहुँचकर उनका ख़याल बदल गया और वे पुनः दूसरी निगाह से उस स्थान को देखने लगे।

यहाँ भी ठीक उसी ढंग का बँगला बना हुआ था। जैसा कि कला और बिमला के रहने वाली घाटी में था मगर इसके पास मौलसिरी (**मालश्री**) के पेड़ न थे। दक्षिण तरफ़ पहाड़ के ऊपर चढ़ जाने के लिए सीढ़ियाँ दिखाई दे रही थीं और जहाँ पर वह सीढ़ियाँ खत्म हुई थी वहाँ एक सुन्दर मंदिर बना हुआ था जिसके ऊपर का सुनहरा शिखर ध्वज और त्रिशूल सूर्य की रोशनी पड़ने से बड़ी तेज़ी के साथ चमक रहा था।

जब प्रभाकर सिंह गाड़ी से नीचे उतर पड़े तो वह गाड़ी पीछे की तरफ़ से तेज़ी के साथ चली गई जिस तेज़ी के साथ यहाँ आई थी। प्रभाकर सिंह चारों तरफ़ अच्छी तरह देखने के बाद दक्षिण तरफ़ वाली पहाड़ी के नीचे चले गये और सीढ़ियाँ चढ़ने लगे। जब तमाम सीढ़ियाँ खतम कर चुके तब उस मंदिर के अंदर जाने वाला फाटक मिला अस्तु प्रभाकर सिंह उस फाटक के अंदर चले गये।

इस पहाड़ी के ऊपर चढ़ने वाला इस मंदिर के अंदर जाने के सिवाय और कहीं भी नहीं जा सकता था क्योंकि मंदिर के चारों तरफ़ बहुत दूर तक फैली हुई ऊँची-ऊँची जालीदार चारदीवारी थी जिसके उत्तर तरफ़ सिर्फ़ एक फाटक था जो इन सीढ़ियों के साथ मिला हुआ था अर्थात् इस सिलसिले की कई सीढ़ियाँ फाटक के अंदर तक चली गई थी। सीढ़ियों के अगल-बगल से भी कोई रास्ता या मौका ऐसा न था जिसे लाँघ या कूदकर आदमी दूसरी तरफ़ निकल जा सके। यह पहाड़ बहुत बड़ा और ऊपर से प्रशस्त था बल्कि यह कह सकते हैं कि ऊपर से कोसों तक चौड़ा था परन्तु इस मंदिर में से न तो कोई उस तरफ़ जा सकता था और न उस तरफ़ से कोई इस मंदिर के अंदर आ सकता था।

प्रभाकर सिंह ने उस मंदिर और चारदीवारी को बड़े गौर से देखा। मंदिर के अंदर किसी देवता की मूर्ति न थी, केवल एक फव्वारा बीचोंबीच बना हुआ था और दीवारों पर तरह-तरह की सुन्दर तसवीरें लिखी हुई थीं। मंदिर के आगे सभामंडल में लोहे के बड़े-बड़े सन्दूक रखे हुए थे मगर उनमें ताले का स्थान बिलकुल खाली था अर्थात् यह नहीं जाना जाता था कि इसमें ताला लगाने की भी कोई जगह है या नहीं।

उन लोहे के सन्दूकों को भी अच्छी तरह देखते प्रभाकर सिंह मंदिर के बाहर निकले और खड़े होकर कुछ सोच ही रहे थे कि उस जालीदार चारदीवारी के बाहर मैदान में मंदिर की तरफ़ आती हुई कई औरतों पर निगाह पड़ी। प्रभाकर सिंह घबरा कर दीवार के पास चले गए और इसके सूराखों में से उन औरतों को देखने लगे। इस दीवार के सूराख बहुत बड़े-बड़े थे, यहाँ तक कि आदमी का हाथ बखूबी उन सूराखों के अंदर जा सकता था।

प्रभाकर सिंह ने देखा कि कला, बिमला और इंदुमति धीरे-धीरे इसी मंदिर की तरफ़ चली आ रही हैं और उन तीनों के चेहरे से हद दरजे की उदासी और परेशानी टपक रही है। उस समय प्रभाकर सिंह को हरदेई वाली बात भी याद आ गई मगर क्रोध आ जाने पर भी उनका दिल उन तीनों के पास गये बिना बहुत बेचैन होने लगा। तथा वे दीवार के पार जाकर उन सभों से मिल नहीं सकते थे तथापि सोचने लगे कि अब इन लोगों के साथ कैसा बर्त्ताव करना चाहिए? हरदेई की जुबानी जो कुछ सुना है उसे साफ-साफ कह देना चाहिए या धीरे-धीरे सवाल करके उन बातों की जाँच करनी चाहिए।

धीरे-धीरे चलकर वे तीनों औरतें भी मंदिर की दीवार के पास आ पहुँची और एक पत्थर की चट्टान पर बैठ कर इस तरह बातचीत करने लगीं।

इंदुमति : (**कला से**) बहिन, अभी तक समझ में नहीं आया कि हम लोग किस तरह इस तिलिस्म के अंदर आकर फँस गई।

कला : मेरी बुद्धि भी किसी बात पर नहीं जमती और न ख़याल ही को आगे बढ़ने का मौका मिलता है। अगर कोई दुश्मन भी हमारी घाटी में आ पहुँचा होता तो समझते कि यह सब उसी की कार्रवाई है मगर...

बिमला : भला यह कैसे कह सकते हैं कि कोई दुश्मन वहाँ नहीं आया? अगर नहीं आया तो यह मुसीबत किसके साथ आई? हाँ यह ज़रूर कहेंगे कि प्रकट में सिवाय प्रभाकर सिंह जी के और कोई आया हुआ मालूम नहीं हुआ और न इसी बात का पता लगा कि हमारी लौंडियों में से किसी की नीयत खराब हुई या नहीं।

इंदुमति : **(लंबी साँस लेकर)** हाय! इस बात का भी कुछ पता नहीं लगा कि उन पर **(प्रभाकर सिंह)** क्या बीती? एक तो लड़ाई में जख्मी होकर वे स्वयं कमज़ोर हो रहे थे, दूसरे यह नई आफत और आ पहुँची! ईश्वर ही कुशल करे!

बिमला : हाँ बहिन, मुझे भी जीजाजी के विषय में बड़ी चिंता लगी हुई है परन्तु साथ ही इसके मेरे दिल में इस बात का भी बड़ा ही खटका लगा हुआ है कि उन्होंने बदन खोलकर अपने जख्म जो घोर संग्राम में लगे थे हम लोगों को क्यों नहीं देखने दिये! इसके अतिरिक्त हम लोगों के भोजन में बेहोशी की दवा देने वाला कौन था? इस बात को जब मैं विचारती हूँ...**(चौंककर)** इस चारदीवारी के अंदर कौन है?

कला : अरे, यह तो जीजाजी मालूम पड़ते हैं!

बात करते-करते बिमला की निगाह मंदिर की चारदीवारी के अंदर जा पड़ी जहाँ प्रभाकर सिंह खड़े थे और नज़दीक होने के कारण इन सभों की बातें सुन रहे थे। दीवार के जालीदार सूराख बहुत बड़े होने के कारण इनका चेहरा बिमला को अच्छी तरह दिखाई दे गया था।

कला, बिमला और इन्दु लपककर प्रभाकर सिंह के पास आ गईं। प्रभाकर सिंह भी अपने दिल का भाव छिपाकर इन लोगों से बातचीत करने लगे।

प्रभाकर सिंह : तुम तीनों यहाँ पर किस तरह आ पहुँचीं? मैं तुम लोगों की खोज में बहुत दिनों से बेतरह परेशान हो रहा हूँ। लड़ाई से लौटकर जब मैं तुम्हारी घाटी में गया तो उसे बिलकुल ही उजाड़ देखकर मैं हैरान रह गया।

इंदुमति : यही बात मैं आपसे पूछने वाली थी मगर...

बिमला : ताज्जुब की बात है कि आप कहते हैं कि लड़ाई से लौटकर जब उस घाटी में आये तो उसे बिलकुल उजाड़ पाया। क्या लड़ाई से लौटने के बाद आप हम लोगों से नहीं मिले? और आपको घायल देखकर हम लोगों ने इलाज नहीं करना चाहा? या यह कहिए कि आपका जख्मी घोड़ा आपको लड़ाई में से बचाकर भागता हुआ क्या हमारी घाटी के बाहर तक नहीं आया था!

प्रभाकर सिंह : न-मालूम तुम क्या कह रही हो? मैं लड़ाई से भाग कर नहीं आया बल्कि प्रसन्नता के साथ महाराज सुरेन्द्रसिंह से विदा होकर तुम्हारी तरफ़ आया था।

इंदुमति : **(ऊँची साँस लेकर)** हाय, बड़ा ही अनर्थ हुआ! हम लोग बेढब धोखे में डाले गये? हाय, आपका जख्मों को छिपाना हमें खुटंके में डाल चुका था, परन्तु प्रेम! तेरा बुरा हो! तूने ही मुझे संभलने नहीं दिया।

प्रभाकर सिंह : **(मन में)** मालूम होता है कि हरदेई का कहना ठीक है और कोई दूसरा गैर आदमी मेरी सूरत बन कर इन लोगों के पास ज़रूर आया था, परन्तु इन्दु के भाव से यह नहीं जाना जाता कि इसने जान-बूझकर उसके साथ...अस्तु जो हो, संभव है कि यह अपने बचाव के लिए मुझे बनावटी भाव दिखा रही हो, हाँ यह निश्चय हो गया कि हरदेई एकदम झूठी नहीं है, कुछ-न-कुछ दाल में काला अवश्य है। **(प्रकट)** मेरी समझ में नहीं आता कि तुम क्या कह रही हो, खुलासा कहते तो मालूम हो और विचार किया जाय कि मामला क्या है? क्या तुम्हारे कहने का वास्तव में यही मतलब है कि मैं लड़ाई से लौटकर तुम लोगों से मिल चुका हूँ?

इंदुमति : बेशक् आपका जख्मी घोड़ा आपके शरीर को बचाता हुआ वहाँ तक ले आया था और हम लोग आपको जबकि आप बिलकुल बेहोश थे उठा कर घाटी के अंदर ले आए थे।

प्रभाकर सिंह : मगर ऐसा नहीं हुआ। हरदेई ने तुम लोगों का पर्दा खोलते समय यह भी कहा था कि कोई गैर आदमी प्रभाकर सिंह बन कर इस घाटी में आया था और बहुत दिनों तक इंदुमति ने उनके साथ...

इंदुमति : **(बात काटकर)** क्या यह बात हरदेई ने आपसे कही थी?

प्रभाकर सिंह : हाँ बेशक् साथ ही इसके **(बिमला की तरफ़ देख के)** तुम लोगों के गुप्त प्रेम का हाल भी हरदेई ने मुझसे कह दिया था।

कुमति : हाय! अब मैं क्या करूँ? **(आसमान की तरफ़ देख के)** हे सर्वशक्तिमान जगदीश! तू ही मेरा न्याय करने वाला है!

इतना कहते-कहते इंदुमति की आँखों से आँसुओं की धारा बहने लगी।

बिमला : मालूम होता है कि हरदेई ने मेरे साथ दुश्मनी की।

प्रभाकर सिंह : बेशक्।

बिमला : और उसी ने घाटी में आपसे मिल कर...

प्रभाकर सिंह : **(बात काटकर)** नहीं, वह मुझसे घाटी में नहीं मिली बल्कि तुम लोगों की सताई हुई हरदेई इसी तिलिस्म के अंदर मुझसे मिली थी। बेशक् उसने तुम लोगों का भंडा फोड़ के, तुम लोगों के साथ बड़ी दुश्मनी की, मगर वह ऐसा क्यों न करती? तुम लोगों ने भी तो उसके साथ बड़ी बेदर्दी का बर्त्ताव किया था।

प्रभाकर सिंह के मुँह से इतना सुनते ही कला, बिमला और इंदुमति ने अपना माथा ठोंका और इसके बाद इंदुमति ने एक लंबी साँस लेकर प्रभाकर सिंह से कहा। "अगर मुझमें सामर्थ्य होती तो मैं ज़रूर अपना कलेजा फाड़कर आपको दिखाती, हाँ ज़रूर दिखाती, नहीं-नहीं दिखाऊँगी, मेरे में इतनी सामर्थ्य है, परन्तु अफ़सोस! हम लोगों के पास इस समय कोई हर्बा नहीं है, और आप ऐसी जगह खड़े हैं जहाँ...

बिमला : अच्छा कोई चिंता नहीं जिसने धर्म को नहीं छोड़ा है ईश्वर आपका मददगार है! आप पहिले हम लोगों के पास आइए फिर जो कुछ होगा देखा जाएगा।

प्रभाकर सिंह : मैं भी यही चाहता हूँ परन्तु क्योंकर तुम लोगों के पास आ सकता हूँ, यह विचारने की बात है।

बिमला : आप यदि उस सामने वाली पहाड़ी के ऊपर चढ़ते तो ऊपर-ही-ऊपर यहाँ तक आ जाते जहाँ मैं खड़ी हूँ और अब भी आप ऐसा कर सकते हैं, या आज्ञा कीजिए तो हम लोग स्वयं उस राह से घूमकर आपके पास...

बिमला और कुछ कहना ही चाहती थी कि राक्षस की तरह की भयानक सूरत का एक आदमी हाथ में नंगी तलवार लिए हुए कला, बिमला और इंदुमति की तरफ़ आता प्रभाकर सिंह को दिखाई पड़ा क्योंकि वह तीनों के पीछे की तरफ़ से आ रहा था जिधर प्रभाकर सिंह का सामना पड़ता था।

प्रभाकर सिंह : (**ताज्जुब के साथ**) बिमला, क्या बता सकती हो कि वह आदमी कौन है जो तुम लोगों की तरफ़ आ रहा है?

बिमला, कला और इंदुमति ने घबड़ाकर पीछे की तरफ़ देखा और तीनों एकदम चिल्ला उठीं। बिमला ने चिल्लाते हुए आँसू गिराते हुए प्रभाकर सिंह से कहा, "बचाइए बचाइए, आप जल्दी यहाँ आकर हम लोगों की रक्षा कीजिए, यह दुष्ट हम लोगों के खून का प्यासा है।"

इतना कहकर वे वहाँ से भागने की चेष्टा करने लगीं परन्तु भागकर जा ही कहाँ सकती थीं। बात-ही-बात में वह दुष्ट इन तीनों के पास आ पहुँचा और अपनी जलती हुई क्रोध से भरी आँखों से बिमला की तरफ़ देखकर बोला : "क्यों कमबख़्त! अब बता कि तू मेरे हाथ से बचकर कहाँ जा सकती है? आज मैं तुम लोगों के खून से अपनी प्यासी तलवार को संतुष्ट करूँगा और..."

बस इससे ज़्यादे उसने क्या कहा सो प्रभाकर सिंह सुन न सके और न सुनने के लिए वे वहाँ खड़े रह सके। इस पहाड़ी के नीचे उतरकर और सामने वाले पहाड़ पर चढ़कर ऊपर उन लोगों के पास पहुँचने की नीयत से प्रभाकर सिंह दौड़े और तेज़ी के साथ सीढ़ियाँ उतरने लगे।

प्रभाकर सिंह का मन इस समय बहुत ही व्यग्र हो रहा था और वे सोचते जाते थे कि क्या वहाँ पहुँचते-पहुँचते तक मैं उन तीनों को जीती पाऊँगा और क्या वे दुष्ट मेरा मुकाबला करने के लिए वहाँ मुझे तैयार मिलेगा!

4

अब देखना चाहिए कि नागर से विदा होकर भूतनाथ कहाँ गया और उसने क्या कार्रवाई की।

नागर के मकान से उतरकर भूतनाथ सीधे दक्खिन की तरफ़ रवाना हुआ और रात-भर बराबर चलता गया। सुबह होते-होते तक वह एक पहाड़ के दालान में पहुँचा जिसके पास एक सुन्दर तालाब था। उस तालाब पर भूतनाथ ठहर गया और कुछ देर आराम करने के बाद ज़रूरी कामों से निपटने के फेर में पड़ा। जब स्नान-संध्या इत्यादि से छुट्टी पा चुका तो बटुए में से मेवा निकाल कर खाया, जल पिया और इसके बाद पहाड़ पर चढ़ने लगा।

यहाँ से पहाड़ों का सिलसिला बराबर बहुत दूर तक चला गया। भूतनाथ पहाड़ के ऊपर चढ़कर दोपहर दिन चढ़े तक बराबर चलता गया। इसी बीच में उसने कई बड़े-बड़े और भयानक जंगल पार किये और अंत में वह एक गुफा के मुहाने पर पहुँचा जहाँ साखू और शीशम के बड़े-बड़े पेड़ों से अंधकार हो रहा था। भूतनाथ वहाँ एक पत्थर की चट्टान पर बैठ गया और किसी का इंतज़ार करने लगा।

भूतनाथ को वहाँ बैठे हुए घंटे-भर से कुछ ज़्यादे देर हुई होगी कि उसका एक शागिर्द वहीं आ पहुँचा जो इस समय एक देहाती ज़मीदार की सूरत बना हुआ था। उसने भूतनाथ को, जो इस समय अपनी असली सूरत में था, देखते ही प्रणाम किया और बोला, "मैं श्यामदास हूँ, आपको खोजने के लिए काशी गया हुआ था।"

भूतनाथ सिंह : आओ हमारे पास बैठ जाओ और बोलो कि वहाँ तुमने क्या-क्या देखा और किन-किन बातों का पता लगाया।

श्यामदास : वहाँ बहुत कुछ टोह लेने पर मुझे मालूम हुआ कि प्रभाकर सिंह सही-सलामत लड़ाई पर से लौट आये और जब वे उस घाटी में गये तो जमना, सरस्वती और इंदुमति को न पाकर बहुत ही परेशान हुए। इसके बाद वे इन्द्रदेव के पास गये और अपने दोस्त गुलाबसिंह के साथ कई दिनों तक वहीं मेहमान रहे।

भूतनाथ सिंह : ठीक है यह ख़बर मुझे भी वहाँ लगी थी, मैं इन्द्रदेव को देखने के लिए वहाँ गया था क्योंकि आजकल वे बीमार पड़े हुए हैं। अच्छा तब क्या हुआ?

श्यामदास : इसके बाद मैं जमानिया गया, वहाँ मालूम हुआ कि कुँअर गोपाल सिंह की शादी के बारे में तरह-तरह की खिचड़ी पक रही है जिसका खुलासा हाल मैं फिर किसी समय आपसे बयान करूँगा। इसके अतिरिक्त आज पन्द्रह दिन से भैया राजा (**गोपालसिंह के चाचा**) कहीं गायब हो गये हैं। बाबाजी (**दारोगा**) वगैरह उनकी खोज में लगे हुए हैं, बहुत-से जासूस भी चारों तरफ़ भेजे गये हैं, मगर अभी तक उन या पता नहीं लगा।

भूतनाथ : ऐसी अवस्था में कुँअर गोपालसिंह तो बहुत ही परेशान और दुखी हो रहे होंगे!

श्यामदास : होना तो ऐसा ही चाहिए था मगर उनके चेहरे पर उदासी और तरद्दुद की कोई निशानी मालूम नहीं पड़ती और इस बात से लोगों को बड़ा ही ताज्जुब हो

रहा है। आज तीन-चार-दिन हुए होंगे कि कुँअर गोपालसिंह इन्द्रदेव से मिलने के लिए 'कैलाश' गये थे, दोपहर तक रहकर वह पुनः जमानिया लौट गये। सुनते हैं कि इन्द्रदेव भी दो-चार दिन में जमानिया जाने वाले हैं।

भूतनाथ : इन्द्रदेव के बारे में जो कुछ सुना करो उसका निश्चय मत माना करो, वह बड़े विचित्र आदमी हैं और यद्यपि मुझे विश्वास है कि वह मेरे साथ कभी कोई बुराई न करेंगे मगर फिर भी मैं उनसे डरता हूँ। दूसरी बातों को जाने दो उनके चेहरे से इस बात का भी शक नहीं लगता कि आज वह खुश हैं या नाखुश।

श्यामदास : इन्द्रदेव जी चाहे आपके दोस्त हों मगर इस बात का, शक ज़रूर है कि वे जमना और सरस्वती को मदद दे रहे हैं।

भूतनाथ : शक क्या मुझे तो इस बात का यकीन-सा हो रहा है परन्तु हज़ार कोशिश करने पर भी इसका मुझे कोई पक्का सबूत नहीं मिला। अभी तक मैं इस विषय का भेद जानने के लिए बराबर कोशिश कर रहा हूँ।

श्यामदास : ठीक है परन्तु मैं इसी बात को एक बहुत बड़ा सबूत समझता हूँ कि जमना और सरस्वती उस अद्‌भुत घाटी में रहती है जो एक छोटा-सा तिलिस्म समझा जा सकता है, क्या इन्द्रदेव के अतिरिक्त किसी दूसरे आदमी ने उन्हें ऐसी सुन्दर घाटी दी होगी? मुझे तो ऐसा विश्वास नहीं होता।

भूतनाथ : जो हो, मगर फिर भी यह एक अनुमान है, प्रमाण नहीं। खैर इस विषय पर इस समय बहस करने की कोई ज़रूरत नहीं, मैं आज किसी दूसरे ही तारकूट में पड़ा हुआ हूँ जिसके सबब से मेरी तबीयत भी बेचैन हो रही है।

श्यामदास : वह क्या?

भूतनाथ : तुम जानते हो कि तुम्हारा भाई रामदास की मदद से मैं जमना, सरस्वती, इंदुमति तथा उनकी लौंडियों को घाटी में एक कुएँ के अंदर ढकेल कर जहन्नुम में पहुँचा चुका हूँ।

श्यामदास : जी हाँ, उसी में मेरा भाई भी तो...

भूतनाथ : बेशक् मुझे रामदास के लिए बड़ी चिंता लगी हुई है मगर जिस अवस्था में मैं रामदास को देखकर लौटा हूँ उसे विचारने से ख़याल होता है कि जमना, सरस्वती और इंदुमति जीती बच गई हों तो कोई ताज्जुब नहीं।

श्यामदास : संभव है कि ऐसा ही हुआ हो, परन्तु जीती बच जाने पर भी मैं समझता हूँ कि वे सब कुछ दिन बाद भूख और प्यास की तकलीफ़ से मर गई होंगी।

भूतनाथ : नहीं ऐसा नहीं हुआ, अभी कल ही मैंने काशी में सुना है कि वे तीनों प्रभाकर सिंह के साथ बरना नदी के किनारे घूमती-फिरती देखी गई हैं।

श्यामदास : (**चौंककर**) हैं! अगर ऐसी बात है तो उन लोगों की तरह मेरा भाई भी बच कर निकल भागा होगा!!

भूतनाथ : होना तो ऐसा ही चाहिए था मगर रामदास अभी तक मुझसे नहीं मिला।

श्यामदास : तो आपको किसी जुबानी ऐसा सुना था?

इसके जवाब में भूतनाथ ने बाबू साहब, नागर तथा चन्द्रशेखर का कुछ हाल बयान किया और कहा–

भूतनाथ : जमना, सरस्वती और इंदुमति के विषय में मेरा ख़याल है कि रामलाल (**बाबू साहब**) भी कुछ जानता होगा, मगर उस समय डाँट-डपट बताने पर भी उसने मुझे कुछ नहीं कहा।

श्यामदास : अगर आप आज्ञा दें और बुरा न मानें क्योंकि वह आपका साला है तो मैं उसे अपने फँदे में फँसाकर असल भेद का पता लगा लूँ। मुझे विश्वास है कि अगर जमना और सरस्वती छूटकर आ गई हैं तो मेरा भाई भी उस आफत से ज़रूर बच गया होगा।

इतने में भूतनाथ की निगाह मैदान की तरफ़ जा पड़ी। एक आदमी को अपनी तरफ़ आते देखकर वह चौंका और बोला–

भूतनाथ : देखो-देखो, वह कौन आ रहा है!!

श्यामदास : (**मैदान की तरफ़ देखकर**) हाँ कोई आ रहा है! ईश्वर करे मेरा भाई रामदास ही हो!

भूतनाथ : मेरे पक्षपाती के सिवाय दूसरा कोई यहाँ कब आ सकता है?

देखते-ही-देखते वह आदमी भूतनाथ के पास आ पहुँचा और झुककर सलाम करने के बाद बोला, "मेरा नाम रामदास है, पहिचान के लिए मैं 'चंचल' शब्द का परिचय देता हूँ। ईश्वर की कृपा से मेरी जान बच गई और मैं राजी-खुशी आप की खिदमत में हाज़िर हो गया, खाली हाथ नहीं बल्कि अपने साथ एक ऐसी चीज़ लाया हूँ जिसे देखकर आप फड़क उठेंगे और बार-बार मेरी पीठ ठोकेंगे।"

भूतनाथ : (**प्रसन्न होकर**) वाह, वाह! तुम जो तारीफ़ काम करो वह थोड़ा है! तुम्हारे जैसा नेक, ईमानदार और धूर्त शागिर्द पाकर मैं दुनिया में अपने को धन्य मानता हूँ। आओ मेरे पास बैठ जाओ और कहो कि किस तरह तुम्हारी जान बची और मेरे लिए क्या तोहफा लाए हो?

रामदास परिचय लेने के बाद अपने भाई श्यामदास के गले मिला और भूतनाथ के पास बैठकर इस तरह बातचीत करने लगा–

रामदास : मेरी जान ऐसी दिल्लगी के साथ और ऐसे ढंग से बची है कि उसे याद करके मैं बार-बार खुश हुआ करता हूँ।

श्यामदास : मैंने अभी-अभी उस्ताद जी से यही बात कही थी कि अगर जमना, सरस्वती और इन्दु बचकर निकल आई हैं तो मेरा भाई भी ज़रूर बचकर निकल आया होगा।

रामदास : (**ताज्जुब के ढंग पर**) सो क्या! जमना, सरस्वती और इंदुमति छूट कर कैसे निकल आई?

भूतनाथ : कैसे छूट कर निकल आई सो तो मैं नहीं जानता इतना सुना है कि तीनों प्रभाकर सिंह के साथ काशी में बरना नदी के किनारे टहलती हुई देखी गई!

रामदास : कब देखी गई हैं?

भूतनाथ : आज आठ-दस दिन हुए होंगे।

रामदास : और उन्हें देखा किसने?

भूतनाथ : मेरे साले रामलाल ने।

रामदास : झूठ, बिलकुल झूठ! अगर आपने स्वयं अपनी आँखों से देखा होता तब भी मैं न मानता।

भूतनाथ : सो क्यों?

रामदास : अभी चौबीस घंटे भी नहीं हुए होंगे कि मैं उन्हें तिलिस्म के अंदर फँसी हुई छोड़कर आया हूँ।

भूतनाथ: किस तिलिस्म में?

रामदास : उसी तिलिस्म में, जिस कुएँ में आपने उन तीनों को फेंक दिया था। वह उसी घाटी वाले तिलिस्म का एक रास्ता है। उसके अंदर गया हुआ आदमी मरता नहीं बल्कि तिलिस्म के अंदर फँस जाता है, यही सबब है कि उन लोगों के साथ ही मैं भी उस तिलिस्म में जा फँसा। कुछ दिन बाद प्रभाकर सिंह उन तीनों की खोज में उस तिलिस्म के अंदर गये और वहाँ यकायक मुझसे मुलाकात हो गई। मुझे देखकर वे धोखे में पड़ गये क्योंकि ईश्वर की प्रेरणा से मैं उस समय भी हरदेई की सूरत में था। प्रभाकर सिंह ने मुझसे कई तरह के सवाल किए और मैंने उन्हें ख़ूब ही धोखे में डाला। उनके पास एक छोटी-सी किताब थी जिसमें उस तिलिस्म का हाल लिखा हुआ था। उसी किताब की मदद से वे तिलिस्म के अंदर गए थे। मैंने धोखा देकर यह किताब उनकी जेब में से निकाल ली और उसी की मदद से मुझे छुटकारा मिला। तिलिस्म के निकलते ही मैं सीधा आपसे मिलने के लिए इस तरफ़ रवाना हुआ और उन सभी को तिलिस्म के अंदर ही छोड़ दिया। (**बटुए में से किताब निकाल और भूतनाथ के हाथ में देकर**) देखिए यही वह तिलिस्मी किताब है, अब आप इसकी मदद से बख़ूबी उस तिलिस्म के अंदर जा सकते हैं।

भूतनाथ : **(किताब देखकर और दो-चार पन्ने उलट-पुलट कर रामदास की पीठ ठोंकता हुआ)** शाबाश, तुमने वह काम किया जो आज मेरे किए भी कदाचित् नहीं हो सकता था! वाह वाह वाह! अब मेरे बराबर कौन हो सकता है? अच्छा अब तुम हमारे साथ इस खोह के अंदर चलो और कुछ खा-पीकर निश्चिन्त होने के बाद मुझसे खुलासे-तौर पर कहो कि उस कुएँ में जाने के बाद क्या हुआ! निःसंदेह तुमने बड़ा काम किया, तुम्हारी जितनी तारीफ़ की जाय थोड़ी है! अच्छा यह तो बताओ कि यह तिलिस्मी किताब प्रभाकर सिंह को कहीं से मिली, क्या इस बात का भी कुछ पता लगा?

रामदास : इसके विषय में मैं कुछ भी नहीं जानता।

भूतनाथ : खैर इसके जाँच करने की कुछ विशेष ज़रूरत भी नहीं है।

रामदास : मैं समझता हूँ कि आप उस तिलिस्म के अंदर ज़रूर जाएँगे और जमना, सरस्वती तथा इंदुमति को अपने कब्जे में करेंगे।

भूतनाथ : ज़रूर, क्या इसमें भी कोई शक है। अभी घंटे-डेढ़-घंटे में हम और तुम यहाँ से रवाना हो जाएँगे और आधी रात बीतने के पहिले ही वहाँ जा पहुँचेंगे। अब तो हम लोग पास आ गये हैं सिर्फ़ तीन-चार घंटे का ही रास्ता है। आज के पहिले जमना और सरस्वती का इतना डर न था जितना अब है। अब उनके ख़याल से मैं काँप उठता हूँ क्योंकि पहिले तो सिवाय दयाराम के मारने के और किसी तरह का इल्ज़ाम वे मुझ पर नहीं लगा सकती थीं और उस बात का सबूत मिल भी नहीं सकता था क्योंकि मैंने ऐसा किया ही नहीं, परन्तु अब तो वे लोग कई तरह के इल्ज़ाम मुझ पर लगा सकती हैं और बेशक् इधर मैंने उन सभी के साथ बड़ी-बड़ी बुराइयाँ भी की हैं, ऐसी अवस्था में उनका बच जाना मेरे लिए बड़ा ही अनर्थकारक होगा। अस्तु जिस तरह हो सकेगा जमना, सरस्वती, इंदुमति, प्रभाकर सिंह और गुलाबसिंह को भी जान से मारकर बखेड़ा तय करूँगा। हाँ, गुलाबसिंह का पता है, वह कहाँ है और क्या कर रहा है? क्योंकि तुम्हारी जुबानी जो कुछ सुना है उससे मालूम होता है कि वह प्रभाकर सिंह के साथ तिलिस्म के अंदर नहीं गया।

रामदास : हाँ ठीक है, पर गुलाबसिंह का हाल मुझे कुछ भी मालूम नहीं हुआ। अच्छा मैं एक बात आपसे पूछना चाहता हूँ।

भूतनाथ : वह क्या?

रामदास : आपने अभी जो अपना हाल बयान किया है उसमें चन्द्रशेखर का हाल सुनने से मुझे बड़ा ही ताज्जुब हो रहा है। कृपा कर यह बताइए कि वह चन्द्रशेखर कौन है और आप उससे इतना क्यों डरते हैं? क्या उसे अपने कब्जे में करने की सामर्थ्य आप में नहीं है?

भूतनाथ : **(उसकी याद से काँपकर)** इस दुनिया में मेरा सबसे बड़ा दुश्मन वही है, ताज्जुब नहीं एक दिन उसी की बदौलत जीते-जागते रहने पर भी मुझे यह दुनिया छोड़नी

पड़े, वह बड़ा ही बेढब आदमी है, बड़ा ही भयानक आदमी है, तथा ऐयारी में वह कई दफ़े मुझे जक दे चुका है! आश्चर्य होता है कि उसके वदन पर कोई हर्वा असर नहीं करता! न-मालूम उसने किसी तरह का कवच पहिर रखा है या ईश्वर ने उसका बदन ही ऐसा बनाया है! उसके बदन पर मेरी दो तलवारें टूट चुकी हैं। उसकी तो सूरत ही देखकर मैं बदहवास हो जाता हूँ।

रामदास : **(आश्चर्य के साथ)** आखिर वह है कौन?

भूतनाथ : **(कुछ सोचकर)** अच्छा फिर कभी उसका हाल तुमसे कहेंगे, इस समय जो कुछ बातें दिमाग में पैदा हो रही हैं उन्हें पूरा करना चाहिए अर्थात् जमना सरस्वती और इंदुमति के बखेड़े से तो छुट्टी पा लें फिर चन्द्रशेखर को भी देख लिया जाएगा, आखिर वह अमृत पीकर थोड़े ही आया होगा।

इतना कहकर भूतनाथ उठ खड़ा हुआ और अपने दोनों शागिर्दों को साथ लिए हुए खोह के अंदर चला गया। इस समय रात घंटे भर से कुछ ज़्यादे जा चुकी थी।

5

दूसरी पहाड़ी पर चढ़कर ऊपर-ही-ऊपर जमना, सरस्वती और इंदुमति के पास पहुँचने पर जल्दी करने पर भी प्रभाकर सिंह को आधे घंटे से ज़्यादे देर लग गई। "क्या इतनी देर तक दुश्मन ठहर सकता है? क्या इतनी देर तक ये नाज़ुक औरतें ऐसे भयानक दुश्मन के हाथ से अपने को बचा सकती हैं? क्या इस निर्जन स्थान में कोई उन औरतों का मददगार पहुँच सकता है? नहीं, ऐसी बात तो नहीं हो सकती!" यही सब कुछ सोचते हुए प्रभाकर सिंह बड़ी तेज़ी के साथ रास्ता तय करके वहाँ पहुँचे जहाँ जमना, सरस्वती और इंदुमति को छोड़ गये थे। उन्हें यह आशा न थी कि उन तीनों से मुलाकात होगी, मगर नहीं, ईश्वर बड़ा की कारसाज़ है, उसने इस निर्जन स्थान में भी उन औरतों के लिए एक बहुत बड़ा मददगार भेज दिया जिसकी बदौलत प्रभाकर सिंह के पहुँचने तक वे तीनों दुश्मन के हाथ से बची रह गईं।

प्रभाकर सिंह ने वहाँ पहुँचकर देखा कि जमना, सरस्वती और इंदुमति दुश्मन के ख़ौफ़ से बदहवास होकर मैदान की तरफ़ भागी जा रही हैं और एक नौजवान बहादुर आदमी जिसके चेहरे पर नकाब पड़ी हुई है तलवार से उस दुश्मन का मुकाबला कर रहा है जो उन तीनों औरतों को मारने के लिए वहाँ आया था। यह तमाशा देख प्रभाकर सिंह तरद्दुद में पड़ गये और सोचने लगे कि हम उन भागती हुई औरतों को ढाढ़स देकर लौटा लावें या पहिले इस बहादुर की मदद करें जो इस समय हमारे दुश्मन का मुकाबला बड़ी बहादुर के साथ कर रहा है। उन दोनों बहादुरों की अद्‌भुत लड़ाई को देखकर प्रभाकर सिंह प्रसन्न हो गये। थोड़ी देर के लिए उनके दिल से तमाम कुलफत जाती रही, और वे एकटक उन दोनों की लड़ाई का तमाशा देखने लगे। शैतान जो

जमना इत्यादि को मारने आया था यद्यपि बहादुर था और लड़ाई में अपनी तमाम कारीगरी खर्च कर रहा था। मगर उस नकाबपोश के मुकाबले वह बहुत दबा हुआ मालूम पड़ने लगा, यहाँ तक कि उसका दम फूलने लगा और नकाबपोश के मोड़े पर बैठकर उसकी तलवार दो टुकड़े हो गई।

कुछ देर के लिए लड़ाई रुक गई और दोनों बहादुर हटकर खड़े हो गये। उस शैतान दुश्मन को जिसका नाम इस मौके के लिए हम बेताल रख देते हैं, विश्वास था कि तलवार टूट जाने पर नकाबपोश उस पर ज़रूर हमला करेगा, मगर नकाबपोश ने ऐसा न किया। वह हटकर खड़ा हो गया और बेताल से बोला, "कहो अब किस चीज़ से लड़ोगे? मैं उस आदमी पर हर्बा चलाना उचित नहीं समझता जिसका हाथ हथियार से खाली हो।"

इसका जवाब बेताल ने कुछ न दिया, उसी समय नकाबपोश में प्रभाकर सिंह की तरफ़ देखा और कहा, "मुझे तुम्हारी मदद की कोई ज़रूरत नहीं है, तुम (**हाथ का इशारा करके**) उन औरतों को सँभालो और ढाढ़स दो जो इस शैतान के डर से बदहवास होकर भागी जा रही हैं या दुश्मन का मुकाबला करो तो मैं उन्हें जाकर समझाऊँ और यही लौटा न ले आऊँ।"

प्रभाकर सिंह के लिए में यह ख़याल बिजली की तरह दौड़ गया कि मैं उन औरतों की तरफ़ जाता हूँ तो नकाबपोश मुझे नामर्द समझेगा और अगर स्वयं दुश्मन का मुकाबला करके नकाबपोश को औरतों की तरफ़ जाने के लिए कहता हूँ तो क्या जाने यह भी उन सभी का दुश्मन ही हो और उन औरतों के पास जाकर कोई बुराई का काम कर बैठे। इस ख़याल से क्षणमात्र के लिए प्रभाकर सिंह को चुप कर दिया, इसके बाद प्रभाकर सिंह ने कहा, "जो तुम कहो वही करूँ।"

नकाबपोश : बेहतर होगा कि तुम उन्हीं औरतों की तरफ़ जाओ!

"बहुत अच्छा" कह प्रभाकर सिंह बड़ी तेज़ी के साथ उनकी तरफ़ लपक पड़े जो भागती हुई अब कुछ-कुछ आँखों की ओट हो चली थीं। वे भागती चली जाती थीं और पीछे की तरफ़ फिर-फिर कर देखती जाती थी। दौड़ते-दौड़ते वे एक ऐसे स्थान पर पहुँचीं जिसके आगे एक दरवाज़ा बना हुआ था जो इस समय खुला था। इन औरतों को इतनी फुर्सत कहाँ कि दीवार की लंबाई-चौड़ाई की जाँच करतीं या दूसरी तरफ़ भागने की कोशिश करतीं? वे सीधी उस दरवाज़े के अंदर घुस गई, ख़ास करके इस ख़याल से भी कि अगर इसके अंदर दरवाज़ा बंद कर लेंगे तो दुश्मन से बचाव हो जाएगा।

उसी समय प्रभाकर सिंह भी नज़दीक पहुँच गये और इंदुमति की निगाह प्रभाकर सिंह के ऊपर जा पड़ी। प्रभाकर सिंह ने हाथ के इशारे से उसे रुक जाने के लिए कहा परन्तु उसी समय वह दरवाज़ा बंद हो गया जिसके अंदर जमना, सरस्वती और इंदुमति घुस गई थी। प्रभाकर सिंह को यह चिंता उत्पन्न हुई कि यह दरवाज़ा खुद बंद हो गया या इंदुमति ने जान-बूझकर बंद कर दिया।

थोड़ी ही देर में प्रभाकर सिंह उस दर; के पास पहुँचे और धक्का देकर उसे खोलना चाहा मगर दरवाज़ा न खुला। प्रभाकर सिंह ने चाहा कि आगे बढ़कर देखें कि यह दीवार कहाँ तक गई है परन्तु उसी समय सरस्वती की आवाज़ कान में पड़ने से वे रुक गए और ध्यान देकर सुनने लगे। यह आवाज़ उस दरवाज़े के पास दीवार के अंदर से आ रही थी मानो सरस्वती किसी दूसरे आदमी से बातचीत कर रही है, जैसा कि नीचे लिखा जाता है-

सरस्वती : हाय, यहाँ भी दुष्टों से हम लोगों का पिंड न छूटेगा! ये लोग इस तिलिस्म के अंदर आ क्योंकर गये यही ताज्जुब है!

जवाब : **(जो किसी जानकार आदमी के मुँह से निकली हुई आवाज़ मालूम पड़ती थी)** खैर अब तो आ ही गये, अब तुम लोगों के निकाले हम लोग नहीं निकल सकते और अब तुम लोग जान बचा ही कर क्या करोगी क्योंकि प्रभाकर सिंह की निगाह में तुम लोगों की कुछ भी इज्ज़त न रही, उन्हीं की नहीं बल्कि मुझे भी वह सब हाल मालूम हो गया। इस समय तुम लोग उसी पाप का फल भोग रहे हो! अफ़सोस, मुझे तुम लोगों से ऐसी आशा कदापि न थी! अगर मैं ऐसा जानता तो इस पवित्र घाटी को तुम लोगों के पापमय शरीर से कभी अपवित्र होने न देता।

प्रभाकर सिंह : **(ताज्जुब से मन में)** हैं? क्या यह आवाज़ इन्द्रदेव की है!

सरस्वती : मेरी समझ में नहीं आता कि तुम क्या कह रहे हो! क्या किसी दुष्ट ने हम लोगों को बदनाम किया है? क्या किसी कमीने ने हम लोगों पर कलंक का धब्बा लगाना चाहा है? नहीं कदापि नहीं, स्वप्न में भी ऐसा नहीं हो सकता! हम लोगों के पवित्र मनों को डावाँडोल करने वाला इस संसार में कोई भी नहीं है! मैं इसके लिए खुले दिल से कसम खा सकती हूँ।

जवाब: दुनिया में जितने बदकार आदमी होते हैं वे कसम खाने में बहुत तेज़ होते हैं! मुझसे तुम लोगों की यह चालाकी नहीं चल सकती। जो कुछ मैं इस समय कह रहा हूँ वह केवल किसी से सुनी-सुनाई बातों के कारण नहीं है बल्कि मुझे इस बात का बहुत ही पक्का सबूत मिल चुका है जिससे तुम कदापि इनकार नहीं कर सकती।

प्रभाकर सिंह : **(मन में)** बेशक् वह बात ठीक मालूम होती है जो हरदेई ने मुझ से कही थी।

सरस्वती : कैसा सबूत और कैसी बदनामी? भला मैं भी तो उसे सुनूँ।

जवाब : तुम तो ज़रूर ही सुनोगी, अभी नहीं तो और घंटे भर में सही। प्रभाकर सिंह के सामने ही मैं इस बात को खोलूँगा और इस कहावत को चरितार्थ करके दिखा दूँगा कि 'छिपत न दुष्कर पाप, कोटि जतन कीजे तऊ'।

सरस्वती : कोई चिंता नहीं, मैं भी अच्छी तरह उस आदमी का मुँह काला करूँगी जिसने हम लोगों को बदनाम किया है और अपने को अच्छी तरह निर्दोष साबित कर दिखाऊँगी।

आवाज़ : अगर तुम्हारे किये हो सकेगा तो ज़रूर ऐसा करना।

सरस्वती : हाँ-हाँ ज़रूर ही ऐसा करूँगी। मेरा दिल उसी समय खटका था जब प्रभाकर सिंह ने कुछ व्यंग्य के साथ बातें की थीं। मैं उस समय उनका मतलब कुछ नहीं समझ सकी थी मगर अब मालूम हो गया कि कोई महापुरुष हम लोगों को बदनाम करके अपना काम निकालना चाहते हैं।

जवाब : इस तरह की बातें तुम प्रभाकर सिंह को समझाना, मुझ पर इसका कुछ भी असर नहीं हो सकता, यदि मैं तुम्हारा नातेदार न होता तो मुझे इतना कहने की कुछ ज़रूरत भी न थी, मैं तुम लोगों का मुँह भी न देखता और अब भी ऐसा ही करूँगा। मैं नहीं चाहता कि अपना हाथ औरतों के खून से नापाक् करूँ। तथापि एक दफ़े प्रभाकर सिंह के सामने इन बातों को साबित ज़रूर करूँगा जिसमें कोई यह न कहे कि जमना, सरस्वती और इंदुमति पर किसी ने व्यर्थ ही कलंक लगा! अच्छा अब मैं जाता हूँ, फिर मिलूँगा।

सरस्वती : अच्छा-अच्छा देखा जाएगा, इन चालबाज़ियों से काम नहीं चलेगा।

बस इसके बाद किसी तरह की आवाज़ न आई, अस्तु कुछ देर तक और कान लगा कर ध्यान देने के बाद प्रभाकर सिंह पुनः उस दीवार के अंदर जाने का उद्योग करने लगे। इस ख़याल से कि देखें यह दीवार कही पर खतम हुई है वे दीवार के साथ-ही-साथ पूरब तरफ़ रवाना हुए। दीवार बहुत दूर तक नहीं गई थी, केवल चार या पाँच बिगहे के बाट मुड़ गई थी, अस्तु प्रभाकर सिंह भी घूमकर दूसरी तरफ़ चल पड़े। बीस-पच्चीस कदम आगे जाने के बाद उन्हें एक खुला दरवाज़ा मिला। प्रभाकर सिंह उस दरवाज़े के अंदर चले गए और दूर से जमना, सरस्वती और इंदुमति को एक पेड़ के नीचे बैठे देखा जो नीचे की तरफ़ सिर हुए आँखों से गरम-गरम आँसू गिरा रही थी। क्रोध में भरे हुए प्रभाकर सिंह उन तीनों के पास चले गये और सरस्वती की तरफ़ देखकर बोले, "वह कौन आदमी था जो अभी तुमसे बातें कर रहा था?"

सरस्वती : मुझे नहीं मालूम कि वह कौन था।

प्रभाकर सिंह : फिर तुमसे इस तरह की बात करने की उसे ज़रूरत ही क्या थी?

सरस्वती : सो भी मैं कुछ कह नहीं सकती।

प्रभाकर सिंह : हाँ ठीक है, मुझसे कहने की तुम्हें ज़रूरत ही क्या है! खैर जाने दो, मुझे भी विशेष सुनने की आवश्यकता नहीं है, तो मैं पहिले ही हरदेई की जुबानी तुम लोगों की बदकारियों का हाल सुनकर अपना दिल ठंडा कर चुका था, अब इस आदमी की बातें सुनकर और भी रहा-सहा शक जाता रहा, यद्यपि तुम लोग इस योग्य थीं कि इस दुनिया से उठा दी जातीं और यह पृथ्वी तुम्हारे असह्य बोझ से हल्की कर दी जाती, परन्तु नहीं, उस आदमी की तरह जो अभी तुमसे बातें कर रहा था मैं भी तुम लोगों के खून से अपना हाथ अपवित्र नहीं करना चाहता। खैर तुम दोनों बहिनों से तो मुझे कुछ

विशेष कहता नहीं है, रही इंदुमति सो इसे मैं इस समय से सदैव के लिए त्याग करता हूँ। शास्त्र में लिखा हुआ है कि किसी का त्याग कर देना मार डालने के ही बराबर है।

इंदुमति : **(रोती हुई हाथ जोड़कर)** प्राणनाथ! क्या तुम दुश्मनों की जुबानी गढ़ी-गढ़ाई बातें सुन कर मुझे त्याग कर दोगे!!

प्रभाकर : हाँ त्याग कर दूँगा, क्योंकि जो कुछ बातें तुम्हारे विषय में मैंने सुनी है उन्हें यह दूसरा सबूत मिल जाने के कारण मैं सत्य मानता हूँ। केवल इतना ही नहीं, तुम्हारी ही जुबान से उन बातों की पुष्टि हो चुकी है। अब इसकी भी कोई ज़रूरत नहीं कि तुम लोगों को इस तिलिस्म के बाहर ले जाने का उद्योग करूँ, अस्तु अब मैं जाता हूँ। **(छाती पर हाथ रखकर)** मैं इस वज्र की चोट को इसी छाती पर सहन करूँगा और फिर जो कुछ ईश्वर दिखावेगा देखूँगा, मुझे विश्वास हो गया कि बस मेरे लिए दुनिया इतनी ही थी।

इतना कहकर प्रभाकर सिंह वही से रवाना हो गए। इंदुमति रो-रोकर पुकारती ही रह गई मगर उन्होंने उसकी कुछ भी न सुनी। जिस खिड़की की राह वे इस दीवार के अंदर गये थे उसी राह से वे बाहर चले आये और उस तरफ़ रवाना हुए जहाँ नकाबपोश और बैताल को लड़ते हुए छोड़ आये थे।

वहाँ पहुँचकर प्रभाकर सिंह ने दोनों में से एक को भी न पाया, न तो बैताल ही पर निगाह पड़ी और न नकाबपोश ही की सूरत दिखाई दी। ताज्जुब के साथ प्रभाकर सिंह चारों तरफ़ देखने और सोचने लगे कि कहीं मैं जगह तो नहीं भूल गया या वे दोनों ही तो आपस में फैसला करके कहीं नहीं चले गये।

कुछ देर तक इधर-उधर ढूँढ़ने के बाद प्रभाकर सिंह एक पत्थर की चट्टान पर बैठ गये और झुकी हुई गर्दन को हाथ का सहारा दे कर तरह-तरह की बातें सोचने लगे। इन्हें इंदुमति को त्याग देने का बहुत ही रंज था और वे अपनी जल्दबाज़ी पर कुछ देर के बाद पछताने लग गये थे। वे अपने दिल में कहने लगे कि अफ़सोस, मैंने इस काम में जल्दबाज़ी की। यद्यपि इंदुमति की बदकारी का हाल सुनकर मेरे सिर से पैर तक आग लग गई थी। मगर मुझे उसका कुछ सबूत भी तो ढूँढ लेना चाहिए था। संभव है कि हरदेई इन सभों की दुश्मन बन गई हो और उसने हम लोगों को रंज पहुँचाने के ख़याल से ऐसी मनगढ़ंत कहानी कहकर और इंदुमति पर इल्ज़ाम लगाकर अपना कलेजा ठंडा किया हो। अगर वास्तव में यही बात हो तो कोई ताज्जुब नहीं क्योंकि हरदेई का उन तीनों के साथ न रहकर अलग ही तिलिस्म के अंदर दिखाई देना कोई मामूली बात नहीं है बल्कि इसका कोई ख़ास सबब ज़रूर है। अच्छा तो वह दूसरा आदमी कौन हो सकता है जिसने उस दीवार के अंदर सरस्वती से बातचीत की थी? संभव है कि बैताल की तरह वह भी इंदुमति, जमना और सरस्वती का दुश्मन हो और मुझे सुनाने और धोखे में डालने के लिए उसने यह ढंग रचा हो। हो सकता है, यह कोई आश्चर्य की बात नहीं है। साथ ही इसके यह भी तो सोचना चाहिए कि अगर जमना, सरस्वती को ऐसा ही बुरा

काम करना होता तो वे मुझे और इंदुमति को अपने घर क्यों लातीं और मेरे साथ ऐसा अच्छा सलूक क्यों करती? नहीं-नहीं, इंदुमति से मुझे ऐसी आशा नहीं हो सकती। वह इंदुमति जो लड़कपन से आज तक अपने विशुद्ध आचरण के कारण बराबर अच्छी और नेक गिनी गई है आज ऐसा कर्म करे यह कब संभव है? और हो भी तो क्या आश्चर्य है, आदमी के दिल को बदलते क्या देर लगती है? जो हो मगर मुझे ऐसी जल्दी न करनी चाहिए थी। और कुछ नहीं तो इंदुमति से हरदेई वाली बात खुलासे-तौर पर कहकर उसका जवाब भी तो सुन लेना उचित था। आह, मैंने जो कुछ किया वह कर्तव्य के विरुद्ध था। हरदेई ने ज़रूर मुझे धोखे में डाला, वह दगाबाज़ थी, अगर ऐसा न होता तो मेरे जेब से तिलिस्मी किताब चुराकर क्यों भाग जाती? परन्तु उसके भाग जाने का भी तो कोई सबूत नहीं है। उसका खून से भरा हुआ कपड़ा केलों के झुरमुट में मिला था जिसमें ख़याल हो सकता है कि वह दुश्मनों के हाथ पड़ गई। लेकिन अगर ऐसा ही था और दुश्मन उसके सर पर आ गया था तो उसने चिल्लाकर मुझे जगा क्यों न दिया! संभव है कि वह खून से भरा हुआ कपड़ा हरदेई ही के हाथ का रखा हो।

इस तरह की बातें थोड़ी देर तक प्रभाकर सिंह सोचते और दिल में तरह-तरह की बातें पैदा होने से बेचैन होते रहे, परन्तु इस बात का ठीक निश्चय नहीं कर सकते थे कि उन्होंने जो कुछ बर्त्ताव इंदुमति के साथ किया वह उचित था या अनुचित।

इस तरह की चिंता करते-करते संध्या हो गई। सूर्य भगवान इस दुनिया को छोड़ किसी दूसरी दुनिया को अपनी चमक-दमक से प्रफुल्लित करने के लिए चले गये। यह बात औरों को चाहे बुरी मालूम हो परन्तु खुले दिल से मुँह दिखाने वालों से आसमान के सितारों को बहुत भली मालूम हुई। अस्तु वे दुनिया के विचित्र मामले को लापरवाही के साथ देखने के लिए निकल आये और औरों के साथ ही प्रभाकर सिंह की अवस्था पर अफ़सोस करने लगे। प्रभाकर सिंह अपने विचारों में ऐसे डूबे हुए थे कि उनको इस बात की कुछ ख़बर ही न थी।

जब रात कुछ ज़्यादे बीत गई और सर्दी लगने लगी तब प्रभाकर सिंह चैतन्य हुए और आसमान की तरफ़ देखकर आश्चर्य करने लगे तथा अपने ही आप बोल उठे, "ओह बहुत देर हो गई। मैंने इस तरफ़ कुछ ध्यान ही नहीं दिया और न अपने लिए कुछ बंदोबस्त ही किया। अस्तु अब तो रात इसी जंगल मैदान में बिता देनी पड़ेगी।"

अपनी चिंता में निमग्न प्रभाकर सिंह को खाने-पीने की तथा और किसी ज़रूरी काम की फिक्र न रही वे पुनः उसी तरह सिर नीचा करके सोचने लग गये। ऐसी अवस्था में निद्रादेवी ने भी उनका साथ छोड़ दिया और उन्हें अपने ख़याल में डूबे रहने दिया। आधी रात बीत जाने के बाद अपनी बाईं तरफ़ कुछ उजाला देख प्रभाकर सिंह चौंक पड़े और उजाले की तरफ़ देखने लगे। यह रोशनी उसी दीवार के अंदर से आ रही थी जिसके अंदर जाकर प्रभाकर सिंह ने जमना, सरस्वती और इंदुमति से मुलाकात की थी और अनुचित अवस्था में उनका तिरस्कार किया था।

यह रोशनी मामूली नहीं थी बल्कि बहुत ज़्यादे और दिल में खुटका पैदा करने वाली थी। मालूम होता था कि कई मन लकड़ियाँ बटोरकर उसमें किसी ने आग लगा दी हो। प्रभाकर सिंह का दिल धड़कने लगा और वे घबराहट के साथ उस पल-पल में बढ़ती हुई रोशनी को बड़े गौर से देखते हुए उठ खड़े हुए।

प्रभाकर सिंह के दिल की इस समय क्या अवस्था थी इसका कहना बड़ा ही कठिन है। यद्यपि वे उस दीवार के अंदर जाकर उस रोशनी का कारण जानने के लिए उत्कंठित हो रहे थे परन्तु दिल की परेशानी और घबराहट ने मानो उनकी ताकत छीन ली थी और पैर उठाना भारी हो गया था। तथापि उन्होंने बड़ी कठिनता से अपने दिल को सँभाला और धीरे-धीरे कदम उठाकर उसी दीवार की तरफ़ आने लगे। जब उस दीवार के पास पहुँचे तो उसी खिड़की की राह उसके अंदर घुसे जिस राह से पहिले गये थे। इस समय वह रोशनी जो एक दफ़े बड़ी तेज़ी के साथ बढ़ चुकी थी धीरे-धीरे कम होने लगी थी।

जहाँ पर जमना, सरस्वती और इंदुमति से मुलाकात हुई थी वहाँ पहुँचकर प्रभाकर सिंह ने देखा कि एक बहुत बड़ी चिता सुलग रही है और बहुत ध्यान देने पर मालूम होता है कि उसके अंदर कोई लाश भी जल रही है जो अब अन्तिम अवस्था को पहुँचकर भस्म हुआ ही चाहती है। धुएँ में बदबू होने से भी इस बात की पुष्टि होती थी।

प्रभाकर सिंह का दिल बड़ी तेज़ी के साथ उछल रहा था और वे बेचैनी गैर घबराहट के साथ उस चिता को देख रहे थे कि यकायक उनकी आँखें डबडबा आई और गरम-गरम आँसू उनके गुलाबी गालों पर मोतियों की तरह लुढ़कने लगे। इससे भी उनके दिल की हालत न संभली और वे बड़े ज़ोर से पुकार उठे, "हाय इन्दे! क्या यह धधकती हुई अग्नि के अंदर तू ही तो नहीं है?" इतना कहकर प्रभाकर सिंह ज़मीन पर बैठ गए और सिर पर हाथ रखकर अपने दिल को काबू में लाने की कोशिश करने लगे।

घंटे भर तक अपने को सँभालने का उद्योग करने पर भी वे कृतकार्य न हुए और फिर उठ कर बड़ी बेदिली के साथ पुनः उसी चिता की तरफ़ देखने लगे जो अब लगभग निर्धूम हो रही थी परन्तु उसकी रोशनी दूर-दूर तक फैल रही थी।

यकायक प्रभाकर सिंह की निगाह किसी चीज़ पर पड़ी जो उस चिता से कुछ दूरी पर थी परन्तु आग की रोशनी के कारण अच्छी तरह दिखाई दे रही थी। प्रभाकर सिंह उसके पास चले गये और बिना कुछ सोचे-विचारे उसे उठाकर बड़े गौर से देखने लगे। यह कपड़े का एक टुकड़ा था जो हाथ भर से कुछ ज़्यादे बड़ा था। प्रभाकर सिंह ने पहिचाना कि यह इंदुमति की उसी साड़ी में का टुकड़ा है जिसे पहिरे हुए उसे आज उन्होंने उस जगह पर देखा था। इस टुकड़े ने उनके दिल को चकनाचूर कर दिया और उस समय तो उनकी अजीब हालत हो गई जब उसे टुकड़े के एक कोने में कुछ बँधा हुआ उन्होंने देखा। खोलने पर मालूम हुआ कि वह एक चिट्ठी है जिसकी लिखावट ठीक इंदुमति के हाथ की लिखावट की-सी है, परन्तु अफ़सोस कि इस रोशनी में तो वह पढ़ी

ही नहीं जाती और चिता की आँच अपने पास आने की इजाज़त नहीं देती। अब उस चिता में इतनी रोशनी भी नहीं रह गई थी कि दूर ही से इस लिखावट को पढ़ सकें।

इस समय कोई दुश्मन भी प्रभाकर सिंह की बेचैनी को देखता तो कदाचित् उनके साथ हमदर्दी का बर्त्ताव करता।

धीरे-धीरे चिता ठंडी हो गई मगर प्रभाकर सिंह ने उसका पीछा न छोड़ा, उस के पास ही बैठकर रात बिता दी। हाथ में वह काग़ज़ लिए हुए कई घंटे तक प्रभाकर सिंह सुबह की सफेदी का इंतज़ार करते रहे और जब पत्र पढ़ने योग्य चाँदनी हो गयी तब उसे बड़ी बेचैनी के साथ पढ़ने लगे। यह लिखा हुआ था–

"प्राणनाथ! बस हो चुका, दुनिया इतनी ही थी। मैं अब जाती हूँ और तुम्हें दयामय परमात्मा के सुपुर्द करती हूँ। मैं जब तक इस दुनिया में रही बहुत ही सुखी रही, तरह-तरह के दु:ख भोगने पर भी मुझे विशेष कष्ट न हुआ क्योंकि तुम्हारे प्रेम का सहारा हरदम मेरे साथ था। इसे अतिरिक्त आशालता की हरियाली जिसका सब कुछ संबंध तुम्हारे ही शरीर के साथ था, मुझे सदैव प्रसन्न रखती थी, परन्तु अब इस दुनिया में मेरे लिए कुछ नहीं रहा और मेरी वह आशालता भी बिलकुल ही सूख गई। तुम्हारे अतिरिक्त यदि और कुछ इस दुनिया में मुझे देना होता तो मैं अवश्य जीती रहती परन्तु नहीं, जब तुम्हीं ने मुझे त्याग दिया तो अब क्यों और किसके लिए जीऊँ मैं इसी विचार से बहुत संतुष्ट हूँ कि तुम्हें मेरे लिए दु:ख न होगा क्योंकि किसी दुष्ट की कृपा से तुम मुझसे रुष्ट हो चुके हो इसलिए तुमने मुझे त्याग दिया और तुम्हें मेरे मरने का कुछ भी दुख न होगा, परन्तु यदि कदाचित् किसी समय इस जालसाजी का भंडा फूट जाय और तुम्हारे विचार से मैं बेकसूर समझी जाऊँ तो यही प्रार्थना है कि तुम मेरे लिए कदापि दुखी न होना, बस..."

इस पत्र को पढ़कर प्रभाकर सिंह बहुत बेचैन हुए। मालूम होता था कि किसी ने अंदर घुस और हाथ से पकड़ के उनका कलेजा ऐंठ दिया है। यद्यपि उन्होंने इंदुमति का तिरस्कार कर दिया था परन्तु इस समय उनके दिल ने गवाही दे दी कि 'हाय, तूने व्यर्थ इंदुमति को त्याग दिया! वह वास्तव में निर्दोष थी इसी कारण तेरे उन शब्दों को बर्दाश्त न कर सकी जो उसके सतीत्व में धब्बा लगाने के लिए तूने कहे थे! हाय इन्दे! अब मुझे मालूम हो गया कि तू वास्तव में निर्दोष थी, आज नहीं तो कल इस बात का पता लग ही जाएगा।' इतना कहकर प्रभाकर सिंह ने पुन: उस चिता की तरफ़ देखा और कुछ सोचने के बाद गरम-गरम आँसू बहाते हुए वहाँ से रवाना हुए मगर उनकी भृकुटी, उनके फड़कते हुए होंठ और उनकी लाल-लाल आँखों से जाना जाता है कि इस समय किसी से बदला लेने का ध्यान उनके दिल में जोश मार रहा था।

उस दीवार के बाहर हो जाने के बाद प्रभाकर सिंह को यकायक यह ख़याल पैदा हुआ कि इंदुमति का हाल तो जो हुआ मालूम हो गया, परन्तु जमना और सरस्वती के विषय में कुछ मालूम न हुआ, संभव है कि वही उन लोगों ने भी इसी तरह कुछ

लिखकर रख दिया हो मुलाकात हो गई तो उनकी जुबानी इंदुमति की अन्तिम अवस्था का ठीक-ठाक हाल मालूम हो जाएगा। यह सोचकर प्रभाकर सिंह पुनः पलट पड़े और उस चिता के पास जाकर इधर-उधर देखने लगे परन्तु और किसी बात का पता न लगा, लाचार प्रभाकर सिंह लौटकर उस दीवार के बाहर निकल आये।

अब दिन घंटे-भर से ज़्यादे चढ़ चुका था। दीवार के बाहर निकलकर प्रभाकर सिंह कुछ सोचने लगे और इधर-उधर देखने के बाद कुछ सोच कर एक पेड़ के ऊपर चढ़ गये और दूर तक निगाह दौड़ा कर देखने लगे। यकायक उनकी निगाह हरदेई के ऊपर पड़ी जो उसी दीवार की तरफ़ बढ़ी जा रही थी जिसके अंदर जमना, सरस्वती और इंदुमति को प्रभाकर सिंह ने छोड़ा था। हरदेई को देखते ही प्रभाकर सिंह पेड़ के नीचे उतरे और बड़ी तेज़ी के साथ उसी तरफ़ जाने लगे।

यह हरदेई वही नकली हरदेई थी जो एक दफ़े प्रभाकर सिंह को धोखे में डाल चुकी थी अर्थात् भूतनाथ का शागिर्द रामदास इस समय भी हरदेई की सूरत बना हुआ भूतनाथ के साथ ही इस तिलिस्म के अंदर आया हुआ था और पुनः जमना, सरस्वती, इंदुमति और प्रभाकर सिंह को धोखे में डालकर अपना या अपने उस्ताद का कुछ काम निकालना चाहता था, मगर इस समय उसे यह ख़बर न थी कि प्रभाकर सिंह मुझे देख रहे हैं और न प्रभाकर सिंह से मिला ही चाहता था।

रामदास ने जब आशा के विरुद्ध प्रभाकर सिंह को अपनी तरफ़ आते देखा तो ताज्जुब में आकर चौक पड़ा तथा भाग जाना मुनासिब समझकर खड़ा हो गया और सोचने लगा कि अब क्या करना चाहिए।

प्रभाकर सिंह (**नकली हरदेई के पास पहुँचकर**) हरदेई, तू यहाँ कैसे आई?

हरदेई : मेरी किस्मत मुझे यहाँ ले आई। मैं तो उसी समय अपनी जान से हाथ धो चुकी थी जिस समय आपसे अलग हुई थी, मगर मेरी किस्मत में अभी कुछ और जीना बचा था इसलिए एक महापुरुष की मदद से बच गई।

प्रभाकर सिंह : आखिर तुम पर क्या आफत आई थी सो तो सुनूँ?

हरदेई : आप जब थकावट मिटाने के लिए चबूतरे पर लेट गये तो उसी समय आपकी आँख लग गई, मैं बड़ी देर तक चुपचाप बैठी-बैठी घबड़ा गई थी इसलिए उठ कर इधर-उधर टहलने लगी। घूमती-फिरती मैं कुछ दूर निकल गई, उसी समय यकायक पत्तों के झुरमुट में से एक आदमी निकल आया जो स्याह कपड़े और नकाब से अपने बदन और चेहरे को छिपाए हुए था। मैं उसे देखकर घबड़ा गई और दौड़ कर आपकी तरफ़ आने लगी मगर उसने झपटकर मुझे पकड़ लिया और एक मुक्का मेरी पीठ पर इस ज़ोर से मारा कि मैं तिलमिला कर बैठ गई। उसने मुझे जबरदस्ती कोई दवा सूँघ दी जिससे मैं बेहोश हो गई और तनोबदन की सुधि जाती रही। दूसरे दिन जब मैं होश में आई तो अपने को मैदान और जंगल में पड़े हुए पाया, तब से मैं आपको बराबर खोज रही हूँ।

प्रभाकर सिंह : (**हरदेई की बेतुकी बातों को ताज्जुब से सुनकर**) आखिर उसने तुझे इस तरह सता कर क्या फायदा उठाया?

हरदेई : (**कुछ घबड़ानी सी होकर**) सो तो मैं कुछ भी नहीं जानती।

प्रभाकर सिंह : उसने छुरी या खंजर से तुझे जख्मी तो नहीं किया?

हरदेई : जी नहीं।

प्रभाकर सिंह : मैं जब सोकर उठा तो तुझे ढूँढ़ने लगा। एक जगह केले के झुरमुट में तेरे कपड़े का टुकड़ा खून से भरा हुआ देखा था जिससे मुझे ख़याल हुआ कि हरदेई को किसी ने खंजर या छुरी से जख्मी किया है।

हरदेई : जी नहीं, मुझे तो इस बात की कुछ भी ख़बर नहीं।

प्रभाकर सिंह : और वह महात्मा पुरुष कौन थे जिन्होंने तुझे बचाया? अभी-अभी तो तू कह चुकी है कि 'बेहोशी के बाद जब मैं होश में आई तो अपने को मैदान और जंगल में पड़े हुए पाया' अस्तु कैसे समझा जा कि किसी महापुरुष ने तुझे बचाया?

नकली हरदेई के चेहरे पर घबराहट की निशानी छा गई और वह इस भाव को छिपाने के लिए मुड़ कर पीछे की तरफ़ देखने लगी मगर प्रभाकर सिंह इस ढंग को अच्छी तरह समझ गए और जरा तीखी आवाज़ में बोले, "बस मुझे ज़्यादे देर तक ठहरने की फुरसत नहीं है, मेरी बात का जवाब जल्दी-जल्दी देती जा!"

हरदेई : जी हाँ, जब मैं खुलासे-तौर पर अपना हाल कहूँगी तब आपको मालूम हो जाएगा कि वह महात्मा कौन था और अब कहाँ हैं जिसने मुझे बचाया था, मैंने संक्षेप में ही अपना हाल आपसे कहा था।

प्रभाकर सिंह : खैर तो वह खुलासा हाल कहने में देर क्या है! अच्छा जाने दे खुलासा हाल मैं भी सुन लूँगा, पहिले तेरी तलाशी लिया चाहता हूँ।

हरदेई : (**घबड़ाकर**) तलाशी कैसी और क्यों?

प्रभाकर सिंह : इसका जवाब मैं तलाशी लेने के बाद दूँगा।

हरदेई : आखिर मुझ पर आपको किस तरह का शक हुआ?

प्रभाकर सिंह : मुझे कई बातों का शक हुआ जो मैं अभी कहना नहीं चाहता। इतना कहते ही कहते प्रभाकर सिंह ने हरदेई का हाथ पकड़ लिया क्योंकि उसने रंग-ढंग से मालूम होता था कि वह भागना चाहती है। हरदेई ने पहिले तो चाहा कि झटका देकर अपने को प्रभाकर सिंह के कब्जे से छुड़ा ले मगर ऐसा न हो सका। प्रभाकर सिंह ने जब देखा कि यह धोखा देकर भाग जाने की फिक्र में है तब उन्हें बेहिसाब क्रोध चढ़ आया और एक मुक्का उसकी गरदन पर मार कर जबरदस्ती उन्होंने उसके ऊपर का कपड़े खैंच लिया।

रामदास यद्यपि ऐयार था मगर उसमें इतनी ताकत न थी कि वह प्रभाकर सिंह का मुकाबला कर सकता। प्रभाकर सिंह के हाथ का मुक्का खाकर वह बेचैन हो गया और उसकी आँखों के आगे अँधेरा छा गया, और फिर उसकी हिम्मत न पड़ी कि वह भाग जाने के लिए उद्योग करे। प्रभाकर सिंह को भी विश्वास हो गया कि यह हरदेई नहीं बल्कि कोई ऐयार है। मामूली कपड़ा उतार लेने के साथ ही प्रभाकर सिंह का बचा-बचाया शक भी जाता रहा, साथ ही इसके उन्होंने यह भी निश्चय कर लिया कि हमारी तिलिस्मी किताब ज़रूर इसी ऐयार ने चुराई है।

तिलिस्मी किताब पा जाने की उम्मीद में प्रभाकर सिंह ने जहाँ तक हो सका बड़ी होशियारी के साथ उसकी तलाशी ली और उसके ऐयारी के बटुए में भी, जिसे वह छिपाकर रखे हुए था, देखा मगर किताब हाथ न लगी। तलाशी में केवल ऐयारी का बटुआ, खंजर और एक कटार उसके पास से मिला जिसे प्रभाकर सिंह ने अपने कब्जे में कर लिया और पूछा, "बस अब तो तेरा भेद अच्छी तरह खुल गया। खैर यह बता कि तेरा क्या नाम है और मेरे साथ तूने इस तरह की दगाबाज़ी क्यों की?"

रामदास : क्या जो कुछ मैं बताऊँगा उस पर आप विश्वास कर लेंगे?

प्रभाकर : नहीं।

रामदास : फिर इसे पूछने से फायदा क्या?

प्रभाकर सिंह ने क्रोध-भरी आँखों से सिर से पैर तक उसे देखा और कहा, "बेशक् कोई फायदा नहीं मगर तूने मेरे साथ बड़ी दगाबाज़ी की और व्यर्थ ही बेचारी इंदुमति पर झूठा कलंक लगाकर उसे और साथ-ही-साथ इसके मुझे भी बर्बाद कर दिया।"

रामदास : बेशक् मैंने किया तो बहुत बुरा मगर मैं तो ऐयार हूँ, मालिक की भलाई के लिए उद्योग करना मेरा धर्म है। जो कुछ मुझसे बन पड़ा किया, अब आपके कब्जे में हूँ जो उचित और धर्म समझिए कीजिए।

प्रभाकर सिंह : **(क्रोध को दबाते हुए)** तू किसका ऐयार है?

रामदास : मैं पहिले ही कह चुका हूँ कि मेरी बातों पर आपको विश्वास न होगा, फिर इन सब बातों को पूछने से फायदा क्या है?

प्रभाकर सिंह का दिल पहिले ही से जख्मी हो रहा था, अब जो मालूम हुआ कि हरदेई वास्तव में हरदेई नहीं है बल्कि कोई ऐयार है और इसने धोखा देकर अपना काम निकालने के लिए इंदुमति, जमना और सरस्वती को बदनाम किया था तो उनके दुःख और क्रोध की सीमा न रही, तिस पर रामदास की ढिठाई ने उसकी अग्नि को और भड़का दिया, अस्तु वे उचित-अनुचित का कुछ भी विचार न कर सके। उन्होंने रामदास की कमर में एक लात ऐसी मारी कि वह संभल न सका और ज़मीन पर गिर पड़ा, इसके बाद लात और जूते ने उसकी ऐसी खातिरदारी की कि वह बेहोश हो गया और

उसके मुँह से खून भी बहने लगा। इतने पर भी प्रभाकर सिंह का क्रोध शान्त न हुआ और उसे कुछ और सज़ा दिया चाहते थे कि सामने से आवाज़ आई, "हाँ, हाँ, बस जाने दो, हो चुका, बहुत हुआ।"

प्रभाकर सिंह ने आँख उठाकर सामने की तरफ़ देखा तो एक वृद्ध महात्मा पर उनकी निगाह पड़ी जो तेज़ी के साथ प्रभाकर सिंह की तरफ़ बढ़े आ रहे थे।

6

वृद्ध महात्मा का ठाठ कुछ अजब ही ढंग का था, सिर से पैर तक तमाम बदन में भस्म लगे रहने के कारण इनके रंग का बयान करना चाहे कठिन हो परन्तु फिर भी इतना ज़रूर कहेंगे कि लगभग सत्तर वर्ष की अवस्था हो जाने पर भी उनके ख़ूबसूरत और सुडौल बदन में अभी तक कहीं झुर्री नहीं पड़ी थी और न उनके सीधेपन में कोई झुकाव आया था। बड़ी-बड़ी आँखों में अभी तक गुलाबी डोरियाँ दिखाई दे रही थीं और उनके कटाक्ष से जाना जाता था कि अभी तक उनकी रोशनी और ताकत में किसी तरह की कमी नहीं हुई है। रोआबदार चेहरा, चौड़ी छाती तथा मज़बूत और गठीले हाथ-पैरों की तरफ़ ध्यान देने से यही कहने को जी चाहता है कि यह शरीर तो छत्र और मुकुट धारण करने योग्य है न कि जटा और कंबल की कफनी के योग्य।

महात्मा के सिर पर लंबी जटा भी जो खुली हुई पीठ की तरफ़ लहरा रही थी। मोटे और मुलायम कंबल का झगा बदन में और लोहे का एक डंडा हाथ में था, बस इसके अतिरिक्त उनके पास और कुछ भी दिखाई नहीं देता था।

महात्मा को देखते ही प्रभाकर सिंह ने झुक के प्रणाम किया, बाबाजी ने भी पास आकर आशीर्वाद दिया और कहा, "प्रभाकर सिंह, बस जाने दो, बहादुर लोग ऐयारों को जान से नहीं मारते और ऐयार भी जान से मारने योग्य नहीं होते बल्कि क़ैद करने के योग्य होते हैं। तुम इस समय यद्यपि इस योग्य नहीं हो कि इसे क़ैद करके कहीं रख सको तथापि यदि कहो तो हम इसका प्रबंध कर दें क्योंकि यह तिलिस्म के अंदर हम इस बात को बख़ूबी कर सकते हैं।"

प्रभाकर सिंह : **(बात काटकर)** आपकी आज्ञा के विरुद्ध मैं कदापि न करूँगा। आप बड़े हैं, मेरा दिल गवाही देता है और कहता है कि यदि आप वास्तव में साधु न भी हों तो भी मेरे पूज्य और बड़े हैं। जो कुछ आज्ञा कीजिए मैं करने को तैयार हूँ, पर आपको कदाचित् यह न मालूम हुआ होगा कि इसने मुझे कैसी-कैसी तकलीफ़ें दी हैं और किस तरह मेरा सर्वनाश किया है, और इस समय भी वह कैसी ढिठाई के साथ बातें कर रहा है, अपना नाम तक नहीं बताता।

बाबा : मैं सब कुछ जानता हूँ, तुमने स्वयं भूलकर अपने को इसके हाथ फँसा दिया है, अगर वह किताब जिसमें इस तिलिस्म का कुछ थोड़ा-सा हाल लिखा हुआ था और

जो इन्द्रदेव ने तुमको दी थी, इसने तुम्हारी जेब से न निकाल ली होती तो यह कदापि यहाँ तक न पहुँच सकता, मगर अफ़सोस, तुमने पूरा धोखा खाया और यह किताब की भी बख़ूबी हिफ़ाजत न कर सके।

प्रभाकर सिंह : बेशक् ऐसा ही है, मुझसे बहुत बड़ी भूल हो गई। अभी तक मुझे इस बात का पता न लगा कि वास्तव में यह कौन है।

बाबा : हाँ तुम इसे नहीं जानते, हरदेई समझकर तुम इसके हाथ से बर्बाद हो गए, यह असल में गदाधरसिंह का शागिर्द रामदास है। इसी ने असली हरदेई को धोखा देकर गिरफ्तार कर लिया और स्वयं हरदेई की सूरत बन जमना और सरस्वती को धोखे में डाला, यह तिलिस्मी घाटी का रास्ता देख लिया और भूतनाथ को इस घाटी के अंदर लाकर जमना, सरस्वती और इंदुमति को आफत में फँसा दिया। भूतनाथ ने अपने हिसाब से तो उन तीनों को मार डाला था परन्तु ईश्वर ने उन्हें बचा लिया, सुनो हम इसका खुलासा हाल तुमसे बयान करते हैं।

इतना कहकर बाबाजी ने भूतनाथ और रामदास का पूरा-पूरा हाल जो हम ऊपर के बयानों में लिख आए हैं कह सुनाया अर्थात् जिस तरह रामदास ने हरदेई को गिरफ्तार किया, स्वयं हरदेई की सूरत बनकर कई दिनों तक जमना, सरस्वती के साथ रहा, घाटी में आने-जाने का रास्ता देखकर भूतनाथ को बताया, प्रभाकर सिंह की सूरत बनकर जिस तरह भूतनाथ इस घाटी के अंदर आया और जमना, सरस्वती, और इंदुमति तथा और लौंडियों को भी कुएँ के अंदर फेंककर बखेड़ा तय किया और अन्त में रामदास स्वयं जिस तरह कुएँ के अंदर जाकर खुद भी उसमें फँस गया आदि-आदि रत्ती-रत्ती हाल बयान किया, जिसे सुन कर प्रभाकर सिंह हैरान हो गये और ताज्जुब करने लगे।

प्रभाकर सिंह : **(आश्चर्य से)** यह सब हाल आपको कैसे मालूम हुआ?

बाबा : इसके पूछने की कोई ज़रूरत नहीं, जब हमको तुम पहिचान जाओगे तब स्वयं तुम्हें इसका सबब मालूम हो जाएगा। **(रामदास की तरफ़ देख के)** क्यों रामदास, जो कुछ हमने कहा वह सब सच है या नहीं?

रामदास : बेशक् आपने जो कुछ कहा सब सच है।

बाबा : **(रामदास से)** अब तो बताओ कि तुम्हारा गुरु भूतनाथ कहाँ है?

रामदास : मुझे नहीं मालूम।

बाबा : **(हँसकर)** अगर तुम्हें मालूम नहीं है तो मुझे ज़रूर मालूम है! **(प्रभाकर सिंह से)** अच्छा अब हम जाते हैं, ज़रूरत होगी तो फिर मुलाकात करेंगे। केवल इसीलिए तुम्हारे पास आए थे कि इस रामदास और भूतनाथ की चालबाज़ी से तुम्हें होशियार कर दें, जिसमें इन लोगों के बहकाने में पड़कर तुम जमना, सरस्वती और इंदुमति के साथ किसी तरह की बेमुरौबती न कर जाओ। मगर अफ़सोस हमारे पहुँचने के पहिले ही तुमने इन

लोगों को धोखे में पड़ कर इंदुमति और साथ ही उसके जमना-सरस्वती का तिरस्कार कर दिया और उन लोगों के साथ ऐसा बर्ताव किया जो तुम्हारे ऐसे बुद्धिमान के योग्य न था।

प्रभाकर सिंह : **(डबडबाई हुई आँखों से और एक लंबी साँस लेकर)** बेशक् मैंने बहुत बुरा धोखा खाया, मेरी किस्मत ने मुझे डुबा दिया और कहीं का न रखा! **(आसमान की तरफ़ देखकर)** हे सर्वशक्तिमान जगदीश्वर! क्या मैं इसीलिए इस दुनिया में आया था कि तरह-तरह की तकलीफ़ें उठाऊँ? जबसे मैंने होश सँभाला तब से आज तक साल-भर सुख से बैठना नसीब न हुआ। किस-किस दुःख को रोऊँ और किस-किस को याद करूँ! हाय, माता-पिता की अवस्था पर ध्यान देता हूँ तो कलेजा मुँह को आता है, अपनी दुर्दशा पर विचार करता हूँ तो दुनिया अंधकारमय दिखाई पड़ती है। तो फिर क्या मैं ऐसा ही बदकिस्मत बनाया गया हूँ? क्या यह मेरे कर्मों का फल है! कदाचित् ऐसा भी हो तो फिर दुनिया में जितने आदमी है सभी तो अपने-अपने कर्म का फल भोग रहे हैं। फिर मुझमें और अन्य अभागा में भेद ही किस बात का ठहरा? और जब अपने ही कर्मों का फल भोगना ही ठहरा तो तुम्हारा भरोसा ही करके क्या किया? अगर यह कहो कि इस भरोसे का फल किसी और समय मिलेगा तो यह भी कोई बात न ठहरी, जब मेरे समय पर तुम्हारा भरोसा काम न आया तो खेत सूखे पर वर्षा वाली कहावत सिद्ध हुई।

बाबाजी : **(बात काटकर)** बेटा, घबराओ मत और परमेश्वर का भरोसा मन छोड़ा, वह तुम्हारे सभी दुखों को दूर करेगा। उसकी कृपा के आगे कोई बात कठिन नहीं है। यदि वह दयालु होगा तो तुम्हें तुम्हारे माता-पिता से भी मिला देगा और तुम्हारी स्त्री इंदुमति भी पुनः तुम्हारी सेवा में दिखाई दे जाएगी। बस अब मैं जाता हूँ, ईश्वर तुम्हारा भला करे।

प्रभाकर सिंह : **(बाबाजी को रोककर)** कृपा कर और भी मेरी दो-एक बातों का जवाब देते जाइए।

बाबाजी : पूछो क्या पूछना चाहते हो!

प्रभाकर सिंह : जिस मनुष्य के विषय में यह कहा जा सकता है कि वह पंच तत्व में मिल गया भला उससे पुनः क्योंकर मुलाकात हो सकती है!

बाबाजी : ईश्वर की माया बड़ी प्रबल है, मैं यह नहीं कह सकता कि ऐसा अवश्य ही होगा परन्तु यह जरूर कहूँगा कि ईश्वर पर भरोसा रखने वाले के लिए कोई भी बात असंभव नहीं। अच्छा पूछा और क्या पूछते हो।

प्रभाकर सिंह : मैं यह जानना चाहता हूँ कि आज के बाद मैं आपसे मिलना चाहूँ तो क्योंकर मिल सकता हूँ?

बाबाजी : तुम अपनी इच्छानुसार मुझसे नहीं मिल सकते।

प्रभाकर सिंह : आपका परिचय जान सकता हूँ?

बाबाजी : नहीं।

इतना कहकर बाबाजी वहाँ से रवाना हो गये और देखते-देखते प्रभाकर सिंह की नज़रों से गायब हो गये।

बाबाजी के चले जाने के बाद कुछ देर तक प्रभाकर सिंह खड़े कुछ सोचते रहे, इसके बाद क्रोध भरी आँखों से रामदास की तरफ़ देखा और कहा, "रामदास, यद्यपि लोग कहते हैं कि ऐयारों को मारना न चाहिए बल्कि क़ैद कर रखना चाहिए परन्तु यह काम ऐयारों का और राजा लोगों का है। मैं न तो ऐयार हूँ और न राजा ही हूँ, इसके अतिरिक्त मेरे पास कोई ऐसी जगह भी नहीं है जहाँ तुझे क़ैद करे रखूँ अतएव मैं तुझ पर किसी तरह का रहम नहीं कर सकता। **(रामदास का खंजर उसके आगे फेंक कर)** ले अपना खंजर उठा ले और मेरा मुकाबला कर क्योंकि मैं उस आदमी पर वार करना पसन्द नहीं करता जिसके हाथ में किसी तरह का हर्बा नहीं है, साथ ही तूने मुझ पर जो जुल्म किया है मैं किसी तरह भी माफ़ी पाने लायक नहीं?

रामदास : **(खंजर उठाकर)** तो क्या मैं किसी तरह भी माफ़ी पाने लायक नहीं?

प्रभाकर सिंह : नहीं, अगर इंदुमति इस दुनिया से उठ न गई होती तो कदाचित् मैं तेरा अपराध क्षमा कर सकता, मगर इंदुमति का वियोग, जो केवल तेरी ही दुष्टता के कारण हुआ, मैं सह नहीं सकता।

रामदास : अगर तुम्हारी इंदुमति को तुमसे मिला दूँ तो?

प्रभाकर सिंह : अरे दुष्ट! क्या अब भी तू मुझे धोखा दे सकेगा? जिसकी चिता मैं अपनी आँखों से देख चुका हूँ उसके विषय में तू इस तरह की बातें करता है मानों ब्रह्मा तू ही है।

रामदास : नहीं-नहीं, आपने मेरा मतलब नहीं समझा।

प्रभाकर सिंह : तेरा मतलब मैं खूब समझ चुका, अब समझाने की ज़रूरत नहीं है, बस अब संभल जा और अपनी हिफ़ाजत कर।

इतना कहकर प्रभाकर सिंह ने म्यान से तलवार खींच ली और रामदास को ललकारा। रामदास ने जब देखा कि अब वह भाग कर भी अपने को प्रभाकर सिंह के हाथ से नहीं बचा सकता तब उसने खंजर सँभाल कर प्रभाकर सिंह का मुकाबला किया। प्रभाकर सिंह ऐसे बहादुर आदमी से मुकाबला करना रामदास का काम न था, दो ही चार हाथ के लेने-देने के बाद प्रभाकर सिंह की तलवार से रामदास दो टुकड़े होकर ज़मीन पर गिर पड़ा और वही की मिट्टी से अपनी तलवार साफ कर के प्रभाकर सिंह पुनः उसी दीवार की तरफ़ रवाना हुए जिसके अंदर इंदुमति की सुलगती हुई चिता देख चुके थे।

तरह-तरह की बातें सोचते हुए प्रभाकर सिंह धीरे-धीरे चलकर उसी चिता के पास पहुँचे जो अभी तक निर्धूम हो जाने पर भी बड़े अँगारों के कारण धधक् रही थी और जिसके बीच-बीच में हड्डियों के छोटे-छोटे टुकड़े दिखाई दे रहे थे।

7

यद्यपि सूर्य भगवान अभी उदय नहीं हुए थे तथापि उनके आने का समय निकट जान अंधकार ने पहिले ही से अपना दखल छोड़ना आरंभ कर दिया था और धीरे-धीरे भाग कर पहाड़ की कंदराओं और गुफाओं में अपने शरीर को सिकोड़ता या समेटता हुआ घुसा चला जा रहा था।

एक छोटे मैदान में जिसे चारों तरफ़ से ऊँचे-ऊँचे पहाड़ों ने घेर रखा है हम एक विचित्र तमाशा देख रहे हैं। वह मैदान चार या पाँच बिगहे से ज़्यादा न होगा जिसके बीचों-बीच में स्याह पत्थर का पुरले भर ऊँचा बहुत बड़ा और ख़ूबसूरत चबूतरा बना हुआ था, जिसके ऊपर जाने के लिए चारों तरफ़ सीढ़ियाँ बनी थीं। चबूतरे के ऊपर चढ़ जाने पर देखा कि एक बहुत ही सुन्दर हौज बना हुआ है जिसमें बिल्लौर की तरह साफ-सुथरा जल भरा हुआ था और उतरने के लिए संगमरमर की छोटी-छोटी सीढ़ियाँ बनी हुई थीं।

हौज के चारों कोनों पर चार हंस इस कारीगरी से बनाए और बैठाए हुए थे कि जिन्हें देखकर कोई भी न कह सकेगा कि ये हंस असली नहीं बल्कि नकली हैं। देखने वाला जब तक उन्हें अच्छी तरह टटोल न लेगा तब तक उसके दिल से असली हंस होने का शक न मिटेगा। इसी तरह हौज के अंदर उतरने वाली सीढ़ियों पर भी मोर और सारस इत्यादि कई जानवर दिखाई दे रहे थे और वे भी उन्हीं हंसों की तरह नकली, किसी धातु के बने हुए थे, मगर देखने में ठीक असली जान पड़ते थे। इनके अतिरिक्त उसी हौज के अंदर संगमरमर की सीढ़ी पर एक निहायत हसीन और ख़ूबसूरत औरत भी बेहोश पड़ी हुई दिखाई दे रही थी जिनके खुले हुए बाल सफेद पत्थर की चट्टान पर बिखरे हुए थे बल्कि बालों का कुछ भाग जल की हलकी लहरों के कारण हिलता हुआ बहुत ही भला मालूम होता था। पहिले तो मेरे दिल में आया कि मैं और जानवरों की तरह इस औरत को भी नकली और बनावटी समझूँ मगर उसकी ख़ूबसूरती और नज़ाकत को देखकर सहम गया। आह, क्या ही ख़ूबसूरत चेहरा, बड़ी-बड़ी मगर इस समय पलकों से ढकी हुई आँखें, चौड़ी पेशानी में सिंदूर की केवल एक बिंदी कैसी अच्छी मालूम होती थी कि हज़ार रोकने पर भी मुँह से निकल ही पड़ा कि 'यह ज़रूर स्वर्ग की देवी है।' चाहे उसके हाथों में सिवाय दस-बारह पतली स्याह चूड़ियों के और कुछ भी न हो। किसी अंग में किसी तरह का कोई भी गहना दिखाई देता न हो, परन्तु उसकी ख़ूबसूरती किसी गहने की मुहताज न थी। मैं खड़ा यही सोच रहा था कि यह औरत असली है या बनावटी और यह इरादा भी हो चुका था कि जिस तरह ऊपर वाले हंस को टटोल कर देख चुका हूँ उसी तरह नीचे की सीढ़ियों पर बैठे हुए जानवरों के साथ-ही-साथ इस औरत को भी टटोल कर देखूँ और निश्चय करूँ कि असली है या नकली कि इतने ही में उस औरत ने गर्दन हिलाई और अपना चेहरा जल की तरफ़ से घुमाकर सीढ़ी की तरफ़ करा। बस फिर क्या था, मेरी खुशी का कोई ठिकाना न रहा, मुझे विश्वास हो गया कि और जानवरों की तरह यह औरत बनावटी नहीं है। फिर मैं सोचने लगा कि इसे

किसी तरह जागना चाहिए अस्तु मैंने ज़ोर से कई तालियाँ बजाईं मगर इसका असर कुछ भी न हुआ। उस समय मुझे पुनः उसकी सच्चाई पर शक हुआ और मैं यह जाँचने के लिए कि देखूँ इस औरत की साँस चलती है या नहीं उसके पेट की तरफ़ गौर से देखने लगा जिसके आधे भाग का कपड़ा खिसक जाने के कारण खुला हुआ था, मगर साँस चलने की आहट मालूम न हुई! इतने ही में हवा का एक बहुत बड़ा झपेटा आया, मैंने तो समझा कि इस झपेटे के लगते ही वह जाग जाएगी और उसके बदन का कपड़ा भी जो लापरवाही के साथ हर तरह से ढीला पड़ा हुआ है ज़रूर खिसक जाएगा और उसका सुन्दर तथा सुडौल बदन मुझे अच्छी तरह देखने का मौका मिलेगा मगर अफ़सोस, ऐसा न हुआ। न तो उसकी निद्रा ही भंग हुई और न उसके बदन पर से कपड़ा ही खिसका।

मुझे बड़ा आश्चर्य हुआ और अंत में मैंने निश्चय कर लिया कि स्वयं हौज के अंदर उतरकर उस औरत की निद्रा भंग करूँगा, क्योंकि उसकी ख़ूबसूरती और उसके अंग की सुडौली मेरे दिल को बेतरह मसोस रही थी।

मैं दिल कड़ा करके हौज के अंदर उतरने लगी। एक सीढ़ी उतरा, दूसरी सीढ़ी उतरा, तीसरी सीढ़ी पर पैर रखा ही था कि मैं डर कर चौंक उठा और मेरे आश्चर्य का कोई ठिकाना न रहा। क्योंकि यकायक वे चारों हंस जो हौज के ऊपर खड़े थे और जिन्हें मैं अच्छी तरह देखभाल चुका था कि वे असली नहीं, बनावटी हैं, अपनी जगह छोड़ और गरदन ऊँची कर इधर-उधर और बड़ी बेचैनी के साथ मेरी तरफ़ देखने लगे मानो मेरा हौज के अंदर उतरना उन्हें बहुत बुरा मालूम हुआ। यह बात सिर्फ़ दस-बारह सायत तक रही, इसके बाद वे अपने बड़े-बड़े परों को फैलाकर बेतरह मुझ पर टूट पड़े जिसे देख मैं डर गया और अपना दाहिना हाथ (**जिसमें खंजर था**) आगे की तरफ़ बढ़ाए हुए पीछे हटकर चौथी सीढ़ी पर उतर गया।

हौज के अंदर चौथी सीढ़ी पर उतर जाना तो मेरे लिए बड़ा ही भयानक हुआ। हौज के अंदर सीढ़ियों पर जो बहुत-से बनावटी जानवर (**परिन्दे**) थे, वे भी ऊपर वाले हंस की तरह अपनी क्रोध वाली अवस्था दिखाते हुए फैलाकर इस तरह मुझ पर झपट पड़े मानो ये सब बात-ही-बात में मुझे नोच कर खा जाएँगे। केवल इतना ही नहीं वह औरत भी उठ कर बैठ गई और गरदन ऊँची करके क्रोध-भरी आँखों से मेरी तरफ़ देखने लगी। वह दृश्य बड़ा ही भयंकर था, जानवरों की बेतरह झपट पड़ने से मैं कदापि न डरता यदि वह वास्तव में सच्चे होते और मैं उन्हें अपने खंजर से काट सकता परन्तु मैं तो अच्छी तरह जाँच कर समझ चुका था कि वे सब असली नहीं है फिर भी जब उन्होंने हमला किया तब मैंने अपने खंजर से उन्हें रोकना चाहा, परन्तु खंजर ने भी उनके बदन पर कुछ असर न किया मानो उनका बदन फौलाद का बना हुआ हो। ऐसी अवस्था में उन सभों का एक साथ मिलकर हमला करना मुझे ज़रूर नुकसान पहुँचा सकता था अस्तु आश्चर्य के साथ-ही-साथ भय ने भी मुझ पर अपना असर जमा लिया। इसके अतिरिक्त उस औरत का एक अजीब ढंग से मेरी तरफ़ देखना और भी घबराहट पैदा करने लगा।

पहिले तो मैंने चाहा कि जिस तरह हो सके इस बावली के बाहर निकल जाऊँ मगर ऐसा न हो सका, लाचार पीछे की तरफ़ हट मैं और भी दो सीढ़ी नीचे उतर गया मगर वहाँ भी ठहरने की हिम्मत न पड़ी क्योंकि उन जानवरों का हमला और भी तेज़ हो गया तथा वह औरत भी इतनी ज़ोर से चिल्ला उठी कि मैं घबरा गया तथा और भी कई सीढ़ी नीचे उतरकर उस औरत के पास जा पहुँचा। बस उसी समय औरत ने मेरा पैर पकड़ लिया और एक ऐसा झटका दिया कि मैं जल के अंदर जा पड़ा और बेहोश हो गया। इसके बाद क्या हुआ इसकी मुझे कुछ भी ख़बर नहीं है। छोटी-छोटी चार पहाड़ियों के अंदर एक खुशनुमा बाग़ है। इसमें सुन्दर-सुन्दर बहुत-सी क्यारियाँ बनी हुई हैं, हर तरफ़ छोटी-छोटी नहरें जारी हैं और पेड़ों के ऊपर बैठकर बोलने वाली तरह-तरह की चिड़ियों की सुरीली आवाज़ों से वह सुबह का सुहावना समय और भी मज़ेदार मालूम हो रहा है।

इस बाग़ के पूरब तरफ़ बहुत बड़ी इमारत है जिसमें सैकड़ों आदमियों का खुशी से गुजारा हो सकता है, यह इमारत तिमंज़िली है, नीचे के हिस्से में एक बहुत बड़ा दीवानखाना है और दीवानखाने के दोनों तरफ़ बारहदरियाँ हैं। ऊपर की मंज़िलों में छोटे-बड़े बहुत-से ख़ूबसूरत दरवाज़े दिखाई दे रहे हैं, उसके अंदर क्या है सो तो इस समय नहीं कह सकते मगर अंदाज़ में मालूम होता है कि ऊपर भी कई कमरे, कोठरियाँ, दालान, शहनशीन और बारहदरियाँ ज़रूर होंगी।

नीचे वाला दीवानखाना मामूली नहीं बल्कि शाही ढंग का बना हुआ है। छः पहले चालीस खंभों पर इसकी छत कायम है। खंभे स्याह पत्थर के हैं और उन पर सोने से पच्चीकारी का काम किया हुआ है। बाहर के रुख पर बड़े-बड़े पाँच महराब हैं और उन महराबों पर भी निहायत ख़ूबसूरत पच्चीकारी का काम किया हुआ है। अंदर की तरफ़ अर्थात् पिछली दीवार पर भी जहाँ एक जड़ाऊ, सिंहासन रखा है जड़ाऊ तथा मीनाकारी का काम बना हुआ है जिसमें कारीगर ने जंगली सीन और शिकारगाह की तसवीरों पर कुछ ऐसा मसाला चढ़ाया हुआ है जिससे मालूम होता है कि ये दोनों दीवारें बिल्लौरी शीशे की बनी हुई हैं। सिंहासन पिछली दीवार के साथ मध्य में रखा हुआ है और उस सिंहासन से चार हाथ ऊपर एक ख़ूबसूरत दरीची (**खिड़की**) है जिसमें एक नफीस चिक पड़ी हुई है और उस चिक के अंदर कदाचित् कोई औरत बैठी हुई है, और आवाज़ से यही जान पड़ता है कि बेशक् वह औरत ही है। सिंहासन के ऊपर एक ख़ूबसूरत और बहादुर नौजवान खड़ा चिक की तरफ़ गरदन ऊँची करके ऊपर लिखी बातें बयान कर रहा है अर्थात् जो कुछ हम इस बयान में ऊपर लिख आए हैं यह सब इसी नौजवान ने ऊपर खिड़की की तरफ़ मुँह करके बयान किया है। जब उस जवान ने यह कहा कि 'इसके बाद क्या हुआ इसकी मुझे कुछ भी ख़बर नहीं, तब उस चिक के अंदर से यह बारीक आवाज़ आई-"आखिर तुम यहाँ तक क्योंकर पहुँचे?"

नौजवान : जब मेरी आँखें खुली और मैं होश में आया तो अपने को इसी बाग़ में एक रविश के ऊपर पड़े हुए पाया। उस समय वहाँ कई औरतें मौजूद थीं जिन्होंने मुझसे

तरह-तरह के सवाल किए और इसके बाद मुझे इस दीवानखाने में पहुँचाकर वह सब न-मालूम कहाँ चली गई।

चिक के अंदर से : अच्छा अब तुम क्या चाहते हो सो बताओ?

नौजवान : पहिले तो मैं यहाँ के मालिक का परिचय लिया चाहता हूँ।

चिक के अंदर से : समझ लो कि यहाँ की मालिक मैं ही हूँ!

नौजवान : मगर यह मालूम होना चाहिए कि आप कौन हैं?

चिक के अंदर से : मैं एक स्वतंत्र औरत हूँ, यहाँ की रानी कह कर मुझे संबोधन करते हैं।

नौजवान : आपका कोई मालिक या अफसर भी यहाँ नहीं है?

चिक के अंदर से : मैं एक राजा की लड़की हूँ, मेरा बाप मौजूद है और अपनी रियासत में है, मुझे उसमें इस तिलिस्म के अंदर क़ैद कर रखा है मगर मैं अपने को यहाँ स्वतंत्र समझती हूँ और खुश हूँ, दुःख इतना ही है कि इस तिलिस्म के बाहर मैं नहीं जा सकती।

नौजवान : आपके पिता ने आपको क़ैद कर रखा है?

चिक के अंदर से : इसलिए कि मैं शादी करना मंजूर नहीं करती और इसमें वह अपनी बेइज्ज़ती समझता है।

नौजवान : क्या आपका और आपके पिता का नाम मैं सुन सकता हूँ?

चिक के अंदर से : नहीं, पहिले मैं आपका नाम सुनना चाहती हूँ।

नौजवान : मेरा नाम प्रभाकर सिंह है।

चिक के अंदर से : हैं, क्या आप सच कहते हैं? मुझे विश्वास नहीं होता!!

प्रभाकर सिंह : बेशक् मैं सच कहता हूँ, झूठ बोलने की मुझे ज़रूरत ही क्या है?

चिक के अंदर से : और आपके पिता का नाम क्या है?

प्रभाकर सिंह : दिवाकरसिंह जी।

चिक के अंदर से : आह, क्या यह संभव है! फिर भी मैं कहती हूँ कि मुझे विश्वास नहीं होता!!

प्रभाकर सिंह : अगर आपको मेरी बातों पर विश्वास नहीं होता तो लाचारी है। मुझे कोई ऐसी तरकीब नहीं सूझती जिससे मैं आपको विश्वास दिला सकूँ।

चिक के अंदर से : हाँ मुझे एक तरकीब याद आई है।

प्रभाकर सिंह : वह क्या!

चिक के अंदर से : लड़कपन में गेंद खेलते समय आपको जो चोट लगी थी उसे मैं देखूँगी तो ज़रूर विश्वास कर लूँगी!

प्रभाकर सिंह : (**आश्चर्य से**) यह बात आपको कैसे मालूम हुई!

चिक के अंदर से : सो मैं पीछे बताऊँगी।

इतना सुनते ही प्रभाकर सिंह ने अपना कपड़ा उतार दिया और दाहिने मोढ़े के नीचे पीठ पर एक बड़े जख्म का निशान चिक की तरफ़ दिखाकर कहा, "यही वह निशान है।"

इसके जवाब में चिक का परदा उठ गया और बहुत ही हसीन औरत उस खिड़की में बैठी हुई प्रभाकर सिंह को दिखाई दी, उसे देखने के साथ ही प्रभाकर सिंह बदहवास से हो गये और उनके आश्चर्य का कोई ठिकाना न रहा।

8

अब हम थोड़ा हाल जमना, सरस्वती और इंदुमति का बयान करते हैं नकली हरदेई अर्थात् रामदास ने जमना, सरस्वती और इंदुमति की तरफ़ से प्रभाकर सिंह का दिल जिस तरह खट्टा कर दिया था उसे हमारे प्रेमी पाठक अच्छी तरह पढ़ ही चुके हैं, इसके बाद बाबाजी ने जब रामदास का असली भेद खोल कर सच्चा हाल प्रभाकर सिंह को बता दिया तब प्रभाकर सिंह चैतन्य हो गये और समझ गए कि जमना, सरस्वती और इंदुमति वास्तव में निर्दोष हैं और उनके बारे में जो कुछ हमने सोचा-समझा और किया वह सब अनुचित था अस्तु प्रभाकर सिंह को अपनी कार्रवाई पर बड़ा खेद हुआ। यह सब कुछ था परन्तु जमना, सरस्वती और इंदुमति के दिल पर जो गहरी चोट बैठ चुकी थी उसकी तकलीफ़ किसी तरह कम न हुई और न उन तीनों को इस बात का पता ही लगा कि किसी बाबाजी ने पहुँचकर हमारी तरफ़ से प्रभाकर सिंह का दिल साफ कर दिया।

अपने शागिर्द की मदद से प्रभाकर सिंह वाली तिलिस्मी किताब पाकर भूतनाथ वहाँ की बहुत-सी बातों से जानकार हो चुका था जो सिर्फ़ काम चलाने और ज़रूरी कार्रवाई करने के लिए इन्द्रदेव ने तैयार करके प्रभाकर सिंह को दे दी थी, परन्तु भूतनाथ ऐसे धूर्त और शैतान के लिए वही बहुत थी, उसी की मदद से भूतनाथ ने अपने कई शागिर्दों के साथ उस तिलिस्म के अंदर पहुँचकर जमना, सरस्वती और इंदुमति को बेतरह सताया और दुःख दिया जिसका हाल हम खुलासे-तौर पर नीचे लिखते हैं।

ग्रहदशा की सताई हुई जमना, सरस्वती और इंदुमति को जब भूतनाथ ने तिलिस्मी कूप में ढकेल दिया तो वहाँ उन्हें एक मदद से वे तिलिस्म के अंदर किसी कार्यवश स्वतंत्रता के साथ घूम रही थीं। वह मददगार कौन था और उस कुएँ के अंदर ढकेल देने के बाद उन लोगों की जान क्योंकर बची इसका हाल फिर किसी मौके पर बयान किया जाएगा, इस समय हम वहाँ से उन तीनों का हाल बयान करते हैं जहाँ से तिलिस्म के अंदर प्रभाकर सिंह ने उन तीनों को देखा था।

जमना, सरस्वती और इंदुमति का जो मददगार था वह बराबर अपने चेहरे पर नकाब डाले रहता था इससे उन तीनों ने उसकी सूरत नहीं देखी थी कि उसका मददगार किस सूरत का और कैसा आदमी है, यही सबब था कि जब भूतनाथ उस तिलिस्म के अंदर गया तो उसने भी जमना और सरस्वती के मददगार को नहीं पहिचाना, हाँ पहिचानने के लिए! उद्योग बराबर करता रहा।

एक दफ़े जमना ने मददगार से प्रार्थना भी की थी कि अपनी सूरत दिखा दे और अपना परिचय दे, परन्तु नकाबपोश ने उसकी प्रार्थना स्वीकार नहीं की थी, हाँ इतना ज़रूर कह दिया था कि तुम लोग मुझे अपने बाप के बराबर समझो और जब कभी संबोधन करने की ज़रूरत पड़े तो नारायण के नाम से संबोधन किया करो अस्तु अब हम भी आगे चलकर मौका पड़ने पर उसे नारायण ही के नाम से संबोधन किया करेंगे।

जब मंदिर की जालीदार दीवार के अंदर से प्रभाकर सिंह ने जमना, सरस्वती और इंदुमति को देखा था और कुछ रूखी-सूखी बातचीत भी की थी उस समय जो आदमी उन तीनों को मारने के लिए आया था और जिसे हम बैताल के नाम से संबोधन कर चुके हैं, वास्तव में भूतनाथ ही था। प्रभाकर सिंह को तो उसे हाथ से उन तीनों की रक्षा करने के लिए वहाँ तक पहुँचने में देर लगी परन्तु नारायण ने बहुत जल्द वही पहुँचकर उस शैतान के हाथ से उन तीनों को बचा लिया। नारायण जानते थे कि वह वास्तव में भूतनाथ है और जमना, सरस्वती तथा इंदुमति को भी शक हो चुका था कि वह भूतनाथ है क्योंकि उससे घंटे ही भर पहिले वह तीनों से मिल चुका था और अपना विचित्र ढंग दिखलाकर अच्छी तरह धमका चुका था। मगर उस समय उसे काम करने का मौका नहीं मिला था। यही सबब था कि उसकी सूरत देखते ही वे तीनों चिल्ला उठीं और बिमला (**जमना**) ने आँसू गिराते हुए चिल्लाकर प्रभाकर सिंह से कहा था-"बचाइए, आप जल्दी यहाँ आकर हम लोगों की रक्षा कीजिए, यहाँ दुष्ट हम लोगों के खून का प्यासा है!"

इसके बाद जब प्रभाकर सिंह दूसरी पहाड़ी पर चढ़कर ऊपर-ही-ऊपर वहाँ पहुँचे तो देखा कि बैताल अर्थात् भूतनाथ से एक नकाबपोश मुकाबला कर रहा है। यह नकाबपोश नारायण था। नारायण ने वहाँ पहुँचकर उन तीनों औरतों को भाग जाने का इशारा करके भूतनाथ का मुकाबला किया और बड़ी खूबी के साथ लड़ा। जब प्रभाकर सिंह वहाँ पहुँचे और नारायण के कहे मुताबिक जमना, सरस्वती और इंदुमति के पीछे चले तब पुनः भूतनाथ और नारायण से लड़ाई होने लगी। भूतनाथ का कोई हर्बा नारायण के बदन पर कारगर नहीं होता था बल्कि नारायण के मोह पर बैठकर भूतनाथ की तलवार टूट चुकी थी, अंत में नारायण के हाथ से जख्मी होकर भूतनाथ ने मुकाबले से मुँह फेर लिया। उसे विश्वास हो गया कि अगर थोड़ी दूर तक और मुकाबला करूँगा तो बेशक् मारा जाऊँगा, अस्तु वह धोखा देकर वहाँ से भाग खड़ा हुआ और नारायण ने भी उसका पीछा किया।

नारायण यद्यपि लड़ाई में भूतनाथ से ज़्यादा ताकतवर और होशियार था मगर दौड़ने में उनका मुकाबला किसी तरह नहीं कर सकता था इसलिए भूतनाथ को पकड़ न सका और वह भाग कर नारायण की आँखों की ओट हो गया।

प्रभाकर सिंह ने जमना, सरस्वती और इंदुमति का पीछा किया। वे तीनों दीवार के दूसरी तरफ़ चली गई मगर दरवाज़ा बंद हो जाने कारण प्रभाकर सिंह उसके अंदर न जा सके। उसी समय बाहर ही खड़े-खड़े सुना कि सरस्वती से और किसी गैर आदमी से बातचीत हो रही है। गैर आदमी जमना, सरस्वती और इंदुमति को बदकार साबित किया चाहता था और उसकी बातों में प्रभाकर सिंह के दिल की खटाई और भी बढ़ गई थी। मगर वास्तव में मामला दूसरा ही था। वह आदमी जो प्रभाकर सिंह को सुना-सुना कर सरस्वती से बातें कर रहा था असल में भूतनाथ का एक शागिर्द था और उसका मतलब यही था कि अपनी बातों से प्रभाकर सिंह का दिल जमना, सरस्वती और इंदुमति की तरफ़ से फेर दे, साथ ही इसके उस ऐयार ने यह भी चालाकी की थी कि अपनी असली सूरत में उन औरतों के पास न जाकर उसने एक ज़मींदार की सूरत बनाई थी और बातचीत करने के बाद बिना किसी तरह के तकलीफ़ दिए जमना, सरस्वती और इंदुमति के सामने से चला गया। इसके बाद प्रभाकर सिंह स्वयं जमना, सरस्वती और इंदुमति से जाकर मिले और जिस तरह से बातचीत करके इन्दु का परित्याग किया आप लोग पढ़ ही चुके हैं, अब हमें इस जगह केवल उन औरतों ही का हाल लिखना है।

जब प्रभाकर सिंह इंदुमति का त्याग कर उन तीनों के सामने से चले गए तब इंदुमति बहुत ही उदास हुई और देर तक बिलख-बिलखकर रोती रही। अंत में उसने जमना से कहा, "बहिन, अब मेरे लिए ज़िंदगी अपार हो गई, जब पति ने ही मुझे त्याग दिया तब इस पापमय शरीर को लेकर इस दुनिया में रहना और चारों तरफ़ मारे-मारे फिरना मुझे पसन्द नहीं, अस्तु मैं इस शरीर को इसी जगह त्याग कर बखेड़ा खत्म करूँगी।"

जमना : नहीं बहिन, तुम इस काम में जल्दी मत करो और इस तरह यकायक हताश भी मत हो जाओ। मालूम होता है कि किसी दुश्मन ने उन्हें भड़का दिया है और इसी से उनका मिजाज़ बदल गया है। मगर यह बात बहुत दिनों तक कायम नहीं रह सकती, धर्म हमारी सहायता करेगा और एक-न-एक दिन असल भेद खुल जाने से वे अपने किए पर पश्चात्ताप करेंगे।

इंदुमति : मगर बहिन, मैं कब तक उस दिन का इंतज़ार करूँगी?

जमना : इन बातों का फैसला बहुत जल्द हो जाएगा, हम लोगों को ज़्यादे इंतज़ार न करना पड़ेगा।

इंदुमति : खैर अगर तुम्हारी बात मान ली जाय तो भी उस दुश्मन के हाथ से बचे रहने की क्या तरकीब हो सकती है जो बार-बार हम लोगों का पीछा करके भी शान्त नहीं होता। अगर नारायण की मदद न होती तो वह...

इंदुमति इसके आगे कुछ कहने ही को थी कि उसके सामने से अपने मददगार नारायण को आते देखा। इस समय नारायण की पीठ पर एक गठरी थी जिसमें कोई आदमी बँधा था।

नारायण तेज़ी के साथ कदम बढ़ाता हुआ जमना, सरस्वती और इंदुमति के पास आया। गठरी ज़मीन पर रख कर तथा अपना परिचय देकर इंदुमति से बोला, "इन्दु, मुझे मालूम हो गया कि तेरे दुश्मनों ने तुझे, बल्कि जमना-सरस्वती को भी व्यर्थ बदनाम किया है और तुम लोगों की तरफ़ से प्रभाकर सिंह का दिल फेर दिया है। यह काम भूतनाथ के ख़ास ऐयार का है जिसने हरदेई की सूरत बनकर तुमको और प्रभाकर सिंह को धोखा दिया। आजकल में ज़रूर उसकी ख़बर लूँगा इस समय में तुम्हारे जिस दुश्मन से लड़ रहा था वह वास्तव में ही भूतनाथ था।"

इंदुमति : **(ताज्जुब से बात काटकर)** क्या वह भूतनाथ है? मगर इस तिलिस्म के अंदर वह क्योंकर आ पहुँचा?

नारायण : हाँ, वह भूतनाथ ही है। इन्द्रदेव ने प्रभाकर सिंह को हाथ की लिखी हुई एक छोटी-सी किताब दी थी, उसी किताब को पढ़कर प्रभाकर सिंह इस तिलिस्म के अंदर आये थे, भूतनाथ के उसी ऐयार ने जो हरदेई बना हुआ था धोखा देकर वह किताब प्रभाकर सिंह की जेब से निकाली और अपने गुरु भूतनाथ को दे आया। उसी किताब की मदद से भूतनाथ इस तिलिस्म के अंदर आ पहुँचा है और तुम तीनों को तथा प्रभाकर सिंह को मारने का उद्योग कर रहा है। खैर कोई चिंता नहीं जहाँ तक हो सकेगा मैं तुम लोगों की मदद करूँगा। अफ़सोस इसी बात का है कि इस समय मैं यहाँ अकेला हूँ मगर भूतनाथ अपने कई ऐयारों को साथ लेकर आया हुआ है और तुम लोगों की मदद करते हुए इस समय मुझे इतनी फुरसत नहीं है कि घर जाकर अपने आदमियों को ले आऊँ या इन्द्रदेव को ही इस मामले की ख़बर करूँ, अगर चार पहर की भी मोहलत मिल जाय तो मैं इन्द्रदेव को ख़बर पहुँचा सकता हूँ, वह अगर यहाँ आ जाएगा तो फिर किसी दुश्मन के लिए कुछ न हो सकेगा।

इंदुमति : तो हम लोगों को आप अपने साथ इन्द्रदेव के पास क्यों नहीं ले चलते?

नारायण : हाँ, तुम लोगों को मैं अपने साथ वहाँ ले जा सकता हूँ मगर प्रभाकर सिंह को मदद भी तो करनी है। अगर उन्हें इसी अवस्था में छोड़कर तुम लोगों को साथ लेकर चला जाऊँ तो भूतनाथ का ऐयार उन्हें ज़रूर मार डालेगा क्योंकि वह अभी तक हरदेई की सूरत में है और प्रभाकर सिंह उस पर विश्वास करते हैं।

जमना : तो उन्हें इस मामले की ख़बर कर देनी चाहिए।

नारायण : मैं इसी फिक्र में हूँ। तुम्हारे जिस दुश्मन से मैं लड़ रहा था वह अर्थात् भूतनाथ जख्मी होकर मेरे सामने से भाग गया, मैं उसी के पीछे दौड़ा हुआ चला गया था मगर उसे पकड़ न सका क्योंकि बीच में उसका एक शागिर्द पहुँच गया और उसने मेरा

मुकाबला किया। अन्त में वह मेरे हाथ से मारा गया, मैं उसी को इस गठरी में बाँधकर उठा लाया हूँ। अब इसी जगह चिता बना कर इसे फूँक दूँगा, इसके बाद तुम लोगों को यहाँ से ले चलूँगा और किसी अच्छे ठिकाने बैठाकर प्रभाकर सिंह के पास जाऊँगा। अब ज़्यादे देर तक बातचीत करना मैं मुनासिब नहीं समझाता क्योंकि काम बहुत करना है और समय कम है, तुम लोग मेरी मदद करो और जल्दी से लकड़ी बटोर कर चिता बनाओ।

बात-ही-बात में चिता तैयार हो गई और नारायण ने उस ऐयार की लाश को चिता पर रखकर आग लगा दी। थोड़ी देर तक इंदुमति खड़ी उस चिता की तरफ़ देखती और कुछ सोचती रही, इसके बाद नारायण से बोली, "आपके बगल में बटुआ लटक रहा है, इससे मालूम होता है कि आप भी कोई ऐयार हैं, अगर मेरा ख़याल ठीक है तो आपके पास लिखने का सामान भी ज़रूर होगा!"

नारायण : हाँ-हाँ, मेरे पास लिखने का सामान है, क्या तुमको चाहिए?

इंदुमति : जी हाँ, काग़ज़ का एक टुकड़ा और कलम-दवात चाहिए।

नारायण ने अपने बटुए में से काग़ज़ का टुकड़ा और स्याही से भरी हुई एक सोने की जड़ाऊ कलम निकाल कर इन्दु को दी, इन्दु ने उस काग़ज़ पर कुछ लिखा और अपने आँचल में से कपड़े का टुकड़ा फाड़कर उसमें उसी काग़ज़ को बाँध कर एक तरफ़ फेंक दिया। यही वह चिट्ठी थी जो प्रभाकर सिंह को उस चिता के पास मिली थी।

इंदुमति ने उस पुर्जे में क्या लिखा है सो इस समय इसने किसी से न बताया और न किसी से उसने पूछा है, हाँ कुछ देर बाद उसने यह भेद कला और बिमला पर खोल दिया।

जमना, सरस्वती और इन्दु को साथ लिए हुए नारायण वहाँ से रवाना हुए। वे उस तरफ़ नहीं गए जिस तरफ़ दीवार थी बल्कि उसके विपरीत दूसरी तरफ़ रवाना हुए। थोड़ी दूर जाने के बाद उन लोगों को जंगल मिला, वे लोग उस जंगल में चले गये। क्रमशः वह जंगल घना मिलता गया यहाँ तक कि लगभग दो कोस के जाते वे लोग एक ऐसी भयानक जगह में जा पहुँचे जहाँ बारीक-बारीक सैकड़ों पगडंडियाँ थीं और उनमें से अपने मतलब का रास्ता निकाल लेना बड़ा ही कठिन था मगर तीनों औरतों को लिए हुए नारायण अपने रास्ते पर इस तरह चले जाते थे मानो उन्हें सिवाय एक रास्ते या पगडंडी के कोई दूसरी पगडंडी दिखाई देती नहीं थी।

उस भयानक जंगल में थोड़ी दूर चले जाने के बाद उन्हें ढालवीं ज़मीन मिली और वे लोग पहाड़ी के नीचे उतरने लगे। जंगल पता होता गया और वे लोग क्रमशः मैदान की हवा खाते हुए नीचे की तरफ़ जाने लगे।

लगभग आधा घंटे और चले जाने के बाद वे लोग एक ख़ूबसूरत मकान के पास पहुँचे और बड़ी ऊँची चारदीवारी से घिरा हुआ था और अंदर जाने के लिए सिर्फ़ पूरब तरफ़ एक बहुत बड़ा लोहे का फाटक था।

वह मकान यद्यपि बाहर से देखने में ख़ूबसूरत और शानदार मालूम होता था मगर उसके अंदर एक सहन और दस-बारह कमरे तथा कोठरियों के सिवाय और कुछ भी न था। मकान क्या मानो कोई महाराजी धर्मशाला था।

मकान के चारों तरफ़ बाग़ था मगर इस समय उसकी अवस्था जंगल की-सी दिखाई दे रही थी। उसके चारों तरफ़ ऊँची चारदीवारी थी मगर वह भी कई जगह से मरम्मत के लायक हो रही थी।

तीनों औरतों को साथ लिए नारायण उस चारदीवारी के अंदर घुसे और इधर-उधर देखते हुए उस इमारत के अंदर चले गये जहाँ एक कमरे के अंदर जाकर वे जमना से बोले, "देखो जमना, यह बाग़ के अंदर जाने का दरवाज़ा है। इस मकान में जितने कमरे हैं उन सभी को कहीं-न-कहीं जाने का रास्ता समझना चाहिए। मैं तुम लोगों को जिस स्थान में ले जाना चाहता हूँ वहाँ का रास्ता यही है। मैं इस दरवाज़े का भेद तुमको दिखा और समझा देना चाहता हूँ जिसमें यहाँ से जाने-आने के लिए तुम किसी की मुहताज न रहो। भूतनाथ जिस किताब को पाकर फूल रहा है और जिसकी मदद से वह इस तिलिस्म के अंदर चला आया है उस किताब में इस इमारत का हाल कुछ भी नहीं लिखा है इसलिए समझ रखना कि भूतनाथ इसके अंदर आकर तुम लोगों को सता नहीं सकता। **(सामने की दीवार की तरफ़ इशारा करके)** देखो दीवार में जो वह अलमारी दिखाई देती है वही यहाँ से जाने का रास्ता है। इसमें एक ही पल्ला है और खैंचने के लिए एक मुट्ठा लगा हुआ है, इसी मुट्ठे को चाभी समझना चाहिए। और देखो उस अलमारी के ऊपर क्या लिखा हुआ है?" इतना कह कर नारायण ठहर गए और जमना का मुँह देखने लगे जो उन हरूफों को बड़े गौर से देख रही थी। इंदुमति आगे बढ़ गई और उसने उन अक्षरों को पढ़कर नारायण को सुनाया। यह लिखा हुआ था-

"दक्षिण श्रुषि वसु वाम, पुनरपि चन्द्रादित्य इमि

पुनि इमि गनहुँ सुजान, जौलों वेद न पूरहीं।"

नारायण : ठीक है, यही लिखा हुआ है, अच्छा बताओ इसका मतलब क्या है?

इंदुमति : मेरी समझ में तो कुछ नहीं आया, चाहे शब्दों का अर्थ कुछ निकाल सकूँ मगर यह लिखा क्या है सो आप जानिए।

नारायण : यह इस दरवाज़े को खोलने के विषय में लिखा है। इसका मतलब यह है कि इस मुट्ठे को **(जो दरवाज़े में लगा हुआ है)** सात दफ़े दाहिने, आठ दफ़े बायें, फिर एक दफ़े दाहिने और बारह दफ़े बाएँ घुमाओ, इस तरह चार दफ़े करो तो दरवाज़ा खुल जाएगा।

जमना: **(कुछ दूर तक उस लेख पर गौर करके)** ठीक है, इस लेख का यही मतलब है, मगर पढ़ने वाला यह कैसे जान सकेगा कि यह लेख इसी मुट्ठे को घुमाने के विषय में लिखा है?

नारायण : यह बात होशियार आदमी अपनी अकल से समझ सकता है, तिलिस्म बनाने वाले बिलकुल साफ-साफ तो लिखेंगे नहीं।

जमना : ठीक है।

नारायण : अच्छा तो अब आगे बढ़ो और अपने हाथ से दरवाज़ा खोलो।

नारायण की आज्ञानुसार जमना ने ऊपर लिखे ढंग से उस मुट्ठे को घुमाया। दरवाज़ा खुल गया और नीचे उतरने के लिए सीढ़ियाँ दिखाई दीं। सामने एक आला था और उसमें एक छोटा-सा पीतल का सन्दूक रखा हुआ था जिसमें किसी तरह का ताला लगा हुआ न था। नारायण ने वह सन्दूक खोल कर सभों को दिखाया कि इसमें रोशनी करने का काफी सामान मौजूद है अर्थात् कई मोमबत्तियाँ और चकमक पत्थर वगैरह उसमें मौजूद हैं।

एक मोमबत्ती जलाई गई और उसी की रोशनी के सहारे दरवाज़ा बंद करने के बाद सब कोई नीचे उतरे। जिस तरह दरवाज़ा खुलता था उसी ढंग से बंद भी होता था और यह बात दरवाज़े के पिछली तरफ़ लिखी हुई थी।

कई सीढ़ियाँ नीचे उतर जाने के बाद एक सुरंग मिली। ये चारों आदमी सुरंग के अंदर चले गये और जब सुरंग खत्म हुई तो सब कोई एक सरसब्ज मैदान में पहुँचे जहाँ दूर तक खुशनुमा पहाड़ी गुलबूटे लगे हुए थे और एक छोटा-सा सुन्दर मकान भी मौजूद था जिसके आगे छोटा-सा झरना बह रहा था और झरने के किनारे बहुत-से केले के दरख्त लगे हुए थे जिनमें कच्चे और पक्के सभी तरह के फल मौजूद थे।

नारायण ने जमना, सरस्वती और इंदुमति से कहा, "अब दो-तीन दिन तक तुम लोग इसी मकान में रहो तब तक मैं जाकर देखता हूँ कि नकली हरदेई और प्रभाकर सिंह में क्योंकर निपटी। नकली हरदेई की तरफ़ से उन्हें होशियार कर देना बहुत ज़रूरी है। **(एक छोटी-सी किताब जमना के हाथ में देकर)** लो इस किताब को तुम तीनों अच्छी तरह पढ़ जाओ और जहाँ तक हो सके ख़ूब याद कर लो। इसमें उससे ज़्यादे हाल लिखा है जो इन्द्रदेव ने तुम्हें बताया है या उस किताब में लिखा हुआ है जो प्रभाकर सिंह के हाथ से निकल कर भूतनाथ के कब्जे में चली गई है।" इतना कहकर नारायण वहाँ से चले गए।

9

जमानिया में आधी रात के समय तिलिस्मी दारोगा अपने मकान में बैठा किसी विषय पर विचार कर रहा है। उसके सामने कई तरह के काग़ज़ और चीट्ठियों के लिफाफे फैले हुए हैं, जिनमें से एक चिट्ठी को यह बार-बार उठाकर गौर से देखता और फिर ज़मीन पर रख कर कुछ सोचने लगता है। दारोगा के बगल में सटकर एक कमसिन ख़ूबसूरत और हसीन औरत बैठी हुई है। उसके कपड़े और गहने के ढंग तथा भाव से मालूम होता है कि वह बाबाजी (दारोगा) की स्त्री या गृहस्थ औरत नहीं है बल्कि कोई वेश्या है जो कि तिलिस्मी दारोगा अर्थात् बाबाजी से कोई घना संबंध रखती है।

एक चिट्ठी पर कुछ देर तक विचार करने के बाद दारोगा ने उस औरत की तरफ़ देखा और कहा–"बीबी मनोरमा, वास्तव में यह चिट्ठी गदाधरसिंह के हाथ की लिखी हुई है। यह चिट्ठी को देकर तुमने मुझ पर बड़ा अहसान किया, अब वह ज़रूर मेरे कब्जे में आ जाएगा। मैं उसे अपना साथी बनाने के लिए बहुत दिनों से उद्योग कर रहा हूँ, पर वह मेरे कब्जे में नहीं आता था, मगर अब उसे भागने की जगह न रहेगी।

मनोरमा : **(मुस्कराती हुई)** ठीक है, मगर मैं अफ़सोस के साथ कहती हूँ कि इस चिट्ठी को जो गदाधरसिंह के हाथ की लिखी हुई है बल्कि उसकी लिखी हुई और चिट्ठियों को भी जो आपके सामने पड़ी हुई हैं और जिन्हें मैं जबर्दस्ती नागर से ले आई हूँ आज ही वापस ले जाऊँगी क्योंकि नागर से तुरन्त ही वापस कर देने का वादा करके ये चिट्ठियाँ आपको दिखाने के लिए मैं ले आई थी।

दारोगा : **(कुछ उदास चेहरा बना के)** ऐसा करने से मेरा काम नहीं चलेगा।

मनोरमा : चाहे जो कुछ हो, आपने भी तो तुरंत वापस कर देने का वादा किया था।

दारोगा : ठीक है, मगर अब जो मैं देखता हूँ तो इन चिट्ठियों की बदौलत मेरा बहुत काम निकलता दिखाई देता है।

मनोरमा : तो क्या आप चाहते हैं कि मैं नागर से झूठी बनूँ और वह मुझे दगाबाज़ कह के दुश्मनी की निगाह से देखे जिसे मैं अपनी बहिन से भी ज़्यादा बढ़ कर मानती हूँ।

दारोगा : नहीं-नहीं, ऐसा क्यों होने लगा, जब तुम उसे बहिन से बढ़कर मानती हो और वह भी तुम्हें ऐसा ही मानती है तो क्या वह दो-तीन चिट्ठियाँ तुम्हारी खुशी के लिए नहीं दे सकती और तुम मेरी खुशी के लिए उन्हें मेरे पास नहीं छोड़ सकतीं?

मनोरमा : नहीं, ऐसा नहीं हो सकता। गदाधरसिंह और नागर में बहुत गहरी मुहब्बत का बर्त्ताव है, क्या उसे आप मेरे ही हाथ से खराब कराना चाहते हैं?

दारोगा : नहीं नहीं, मैं ऐसा नहीं चाहता। अगर तुम और नागर चाहोगी तो गदाधरसिंह को इन चिट्ठियों के बारे में कुछ भी ख़बर न होने पावेगी और उन दोनों को मुहब्बत का सिलसिला ज्यों-का-त्यों कायम रहेगा।

मनोरमा : क्या ख़ूब! आप भी कैसी भोली-भाली बातें करते हैं! इन्हीं चिट्ठियों को दिखाकर तो आप गदाधरसिंह को अपने कब्जे में किया चाहते हैं और फिर कहते हैं कि इन चिट्ठियों के बारे में गदाधरसिंह को कुछ भी ख़बर न होगी कि वे आपके कब्जे में आ गई है।

दारोगा : **(शर्मिन्दा होकर)** तुम जानती हो कि मैं तुम्हें कितना प्यार करता हूँ और किस तरह तुम्हारे लिए जान तक देने को तैयार हूँ?

मनोरमा : मैं ख़ूब जानती हूँ और इसीलिए आपकी खातिर इन चिट्ठियों को थोड़ी देर के लिए नागर से माँग लाई हूँ नहीं तो क्या गदाधरसिंह की शैतानी और उद्दंडता को

नहीं जानती! वह बात-ही-बात में बिगड़ खड़ा होगा और मुझको तथा नागर को जहन्नुम में मिला देगा, बल्कि मैं जहाँ तक समझती हूँ इन चिट्ठियों का भेद खुलने से वह आपका दुश्मन हो जाएगा।

दारोगा : नहीं, ऐसा नहीं है। इन चिट्ठियों का भेद खुलने से यद्यपि वह हम लोगों का दुश्मन हो जाएगा मगर वह हम लोगों को तब तक तकलीफ़ न दे सकेगा जब तक ये चिट्ठियाँ पुनः लौटकर उसके कब्जे में चली जाएँ। मगर ऐसा होना बिलकुल ही असंभव है। इन चिट्ठियों की नकल दिखाकर मैं उसे धमकाऊँगा सही मगर इन असल चिट्ठियों को ऐसी जगह रखूँगा कि उसके देवता को भी पता न लगने पावेगा।

मनोरमा : यह सब आपका ख़याल है। आपने सुना नहीं कि जब बिल्ली मज़बूर होती है तब कुत्ते के ऊपर हमला करती है! न-मालूम नागर के ऊपर गदाधरसिंह को कितना भरोसा है कि ये सब ख़बरें गदाधरसिंह ने नागर को लिखीं, नहीं तो भूतनाथ ऐसे होशियार आदमी को ऐसी भूल न करनी चाहिए थी। इन चिट्ठियों को पढ़ करके एक अदना आदमी भी समझ सकता है कि दयाराम का घातक गदाधरसिंह ही है और वहाँ अब उनकी जमना, सरस्वती नाम की दोनों स्त्रियों को मारना चाहता है। क्या ऐसी चिट्ठी का प्रकट हो जाना गदाधरसिंह के लिए कोई साधारण बात है? और ऐसा होने पर क्या वह नागर को जीता छोड़ देगा? कदापि नहीं। इसके अतिरिक्त अभी तो चिट्ठियों का सिलसिला जारी ही है और वह जमना तथा सरस्वती को मारने के लिए तिलिस्म के अंदर घुसा ही है, आगे चलकर देखिए कि कैसी-कैसी चिट्ठियाँ आती हैं और उनमें क्या-क्या ख़बरें वह लिखता है। सिर्फ़ इन्हीं दो-चार चिट्ठियों पर अभी आप क्यों इतना फूल रहे हैं?

दारोगा इसका जवाब कुछ दिया चाहता था कि दरवाज़े की तरफ़ से घंटी बजने की आवाज़ आई। उसके जवाब में दारोगा ने भी एक घंटी बजाई जो उसके पास पहिले ही से रखी हुई थी। एक लड़का लपकता हुआ दारोगा के सामने आया और बोला, "गदाधरसिंह आए हैं, दरवाज़े पर खड़े हैं।"

लड़के की बात सुनकर दारोगा ने मनोरमा की तरफ़ देखा और कहा, "आया तो है बड़े मौके पर!"

"मौके पर नहीं बल्कि बेमौके! इतना कहकर मनोरमा ने वे चिट्ठियाँ दारोगा के सामने से उठा लीं जो गदाधरसिंह के हाथ की लिखी हुई थीं या जिनके बारे में बड़ी देर से बहस हो रही थी, और यह कहकर उठ खड़ी हुई कि 'मैं दूसरे कमरे में जाती हूँ, उसे बुलाइए मगर मेरे यहाँ रहने की उसे ख़बर न होने पावे।'

10

गदाधरसिंह को लेने के लिए दारोगा खुद दरवाज़े तक गया और बड़े आवभगत के साथ अपनी बैठक में ले आया। मामूली बातचीत और कुशल-मंगल पूछने के बाद दोनों में इस तरह की बातचीत होने लगी-

दारोगा : मैंने आपके घर आदमी भेजा था मगर वहाँ मुलाकात न होने के कारण सूखा ही लौट आया और उसी की जुबानी मालूम हुआ कि आप कई दिनों से किसी कार्यवश बाहर गए हुए हैं।

गदाधरसिंह : ठीक है, मैं कई दिनों से अपने घर पर नहीं हूँ, मगर आपको आदमी भेजने की ज़रूरत क्यों पड़ी?

दारोगा : आप जानते हैं कि मैं जब किसी तरद्दुद में पड़ जाता हूँ तब सबसे पहिले आपको याद करता हूँ क्योंकि मेरे दोस्तों में सिवाय आपके कोई भी ऐसा लायक और हिम्मतवर नहीं हैं जो समय पड़ने पर मेरी मदद कर सके।

गदाधरसिंह : कहिए क्या काम है? आपके लिए हर वक्त तैयार रहता हूँ और आपसे भी बहुत उम्मीद रखता हूँ। मैं सच कहता हूँ कि आपकी दोस्ती का मुझे बहुत बड़ा घमंड है और यही सबब है कि मैं इस समय आपके पास आया हूँ, क्योंकि इधर महीनों से मैं सख्त मुसीबत में गिरफ्तार हो रहा हूँ, अगर मेरी इस मुसीबत का शीघ्र अंत न होगा तो मुझे इस दुनिया से एकदम अंतर्ध्यान हो जाना पड़ेगा।

दारोगा : आपने तो बड़े ही तरद्दुद की बात सुनाई! कहिए तो सही क्या मामला है?

गदाधरसिंह : नहीं पहिले आप ही कहिए कि मुझे क्यों याद किया था?

दारोगा : अच्छा पहिले मेरी ही राम कहानी सुन लीजिए, आप जानते ही हैं कि शहर के आसपास ही में कोई कमेटी है जिसके स्थान का और सभासदों का कुछ भी पता नहीं लगता।

गदाधरसिंह : **(मुस्कराकर)** मगर मेरा तो ख़याल है कि आप भी उस कमेटी के मेम्बर हैं।

दारोगा : हरे-हरे, आप अच्छी दिल्लगी करते हैं, भला जिस राजा की बदौलत में इस दर्ज़े को पहुँच रहा हूँ और इतना सुख भोग रहा हूँ, उसी के विपक्ष में हुई किसी कमेटी का मेंबर हो सकता हूँ? आज भी अगर मुझे उस कमेटी का पता लग जाए और सभासदों का नाम मालूम हो जाए तो मैं एक-एक को चुन कर कुत्ते की मौत मारूँ और कलेजा ठंडा करूँ!

गदाधरसिंह : **(मुस्कराता हुआ)** कदाचित् ऐसा ही हो, मगर इस विषय पर आप मुझसे बहस न कीजिए, अपना हाल कहिए। मैं उस कमेटी का हाल अच्छी तरह जानता हूँ।

दारोगा : **(जिसका चेहरा गदाधरसिंह की बातों से कुछ फीका पड़ गया था)** आप ही की तरह हमारे महाराज के छोटे भाई शंकरसिंह जी को भी उस कमेटी के विषय में मुझ पर शक पड़ गया है। उनका भी यही कथन है कि मैं उस कमेटी का मेम्बर हूँ।

गदाधरसिंह : ठीक है, शंकरसिंह जी बड़े ही होशियार और बुद्धिमान आदमी हैं, आपके महाराज की तरह बोदे और बेवकूफ नहीं हैं जिन्हें आप मदारी के बंदर की तरह जिस तरह चाहते हैं नचाया करते हैं।

दारोगा : बेशक् वे बहुत होशियार और तेज़ आदमी हैं मगर मुझे विश्वास हो गया है कि वे मेरी जड़ खोदने के लिए तैयार हैं। यद्यपि मैं अपने को चालाक और धूर्त लगाता हूँ मगर सच कहता हूँ कि शंकरसिंह जी का मुकाबला किसी तरह नहीं कर सकता। तिलिस्म के विषय में भी जितनी जानकारी उनको है उतनी हमारे महाराज को नहीं है। कुँवर गोपालसिंह जी को भी वह हद से ज़्यादे प्यार करते हैं। अभी थोड़े दिन का जिक्र है कि स्वयं मुझे लाल-लाल आँखें करके धमका चुके हैं और कह चुके हैं कि देख दारोगा, होशियार हो जा, अपने राजा के भरोसे पर भूला न रहियो। 'मैं बहुत जल्द साबित कर दूँगा कि तू उस कमेटी का मेंबर है और इसके बाद तुझे सूअर के गलीज में रखकर फुँकवा दूँगा। ख़बरदार, मेरे धमकाने का हाल भाई साहब से कदापि न कहियो नहीं तो दुर्दशा का दिन...'

गदाधरसिंह : इससे मालूम होता है कि आपकी उस गुप्त कमेटी का हाल उन्हें मुझसे ज़्यादा मालूम हो चुका है, ऐसी अवस्था में आपको चाहिए कि उन्हें इस दुनिया से उठाकर हमेशा के लिए निश्चिन्त हो जाइए नहीं तो उनका जीते रहना आपके लिए सुखदाई न रहेगा।

दारोगा : (**कुछ देर तक आश्चर्य से भूतनाथ का मुँह देखकर**) क्या यह बात आप हमदर्दी के साथ कह रहे हैं?

गदाधरसिंह : बेशक्, आपसे दिल्लगी नहीं करता।

दारोगा : अगर मैं ऐसा करने के लिए तैयार हो जाऊँ तो ज़रूरत पड़ने पर क्या आप मेरी मदद करेंगे?

गदाधरसिंह : ज़रूर मदद करूँगा मगर शर्त यह है कि आप अपना कोई भेद मुझसे छिपाया न करें।

दारोगा : मैं तो अपना कोई भेद आपसे नहीं छिपाता और भविष्य के लिए भी कहता हूँ कि न छिपाऊँगा।

गदाधरसिंह : बेशक् आप छिपाते हैं।

दारोगा : नमूने के तौर पर कोई बात कहिए?

गदाधरसिंह : पहिले तो इस कमेटी के विषय में ही देख लीजिए, आज तक आपने इस विषय में मुझसे कुछ कहा?

दारोगा : (**कुछ देर तक सिर नीचा करके और सोच के**) अच्छा मैं अपनी भूल स्वीकार करता हूँ और कसम खाकर एकरार करता हूँ कि इस कमेटी का भेद और स्थान तुमको बता दूँगा।

गदाधरसिंह : मैं भी कसम खाकर एकरार करता हूँ कि हर एक काम में आपकी मदद तब तक बराबर करता रहूँगा जब तक आप मेरे साथ या मेरे दोस्त इन्द्रदेव के साथ किसी तरह की दगाबाज़ी न करेंगे।

दारोगा : मैं आपके इस एकरार से बहुत ही प्रसन्न हुआ, मगर आश्चर्य की बात है कि आपने अपने साथ-ही-साथ इन्द्रदेव को शरीक कर लिया! मैं ख़ूब जानता हूँ कि आजकल इन्द्रदेव आपके साथ दोस्ती का बर्त्ताव नहीं करता। यद्यपि वह मेरा गुरुभाई है और मैं भी उसका भरोसा करता हूँ मगर बात तो वाजिब है वह कहने में आती है।

गदाधरसिंह : इन्द्रदेव की बातों को आप नहीं समझ सकते ख़ास करके मेरे संबंध में, यों तो आपने जो कुछ देखा या सुना हो मगर मैं इन्द्रदेव पर भरोसा रखता हूँ। मेरी और उनकी दोस्ती का अंत सिवाय मौत के और कोई नहीं कर सकता।

दारोगा : खैर, इस बहस से कोई मतलब नहीं, आप जानिए और वह जाने, मैं तो पहिले ही कह चुका हूँ कि वह मेरा गुरुभाई है मैं उसका भरोसा रखता हूँ। ऐसी अवस्था में भला मैं उसके साथ क्या दुश्मनी कर सकता हूँ। अच्छा अब आप अपने तरद्दुद का हाल बयान करिए कि आजकल आप किस मुसीबत में फँसे हैं।

गदाधरसिंह : मेरी मुसीबत के बढ़ाने वाले भी आपके शंकरसिंह ही हैं और कुछ-कुछ इन्द्रदेव ने भी चांड़ लगा रखी है, मगर मैं इसके लिए इन्द्रदेव को बदनाम नहीं कर सकता क्योंकि जिनकी वे मदद कर रहे हैं वे उनके ख़ास रिश्तेदार और आपस वाले लोग हैं।

दारोगा : अगर यह बात है तो आपको भी ज़रूर शंकरसिंह से दुश्मनी हो गई होगी?

गदाधरसिंह : निःसन्देह।

दारोगा : अच्छा खुलासा तो कहिए।

गदाधरसिंह : बात वही पुरानी है-दयाराम वाली।

दारोगा : **(आश्चर्य से)** क्या यह बात प्रसिद्ध हो गई कि आप दयाराम के घातक हैं?

गदाधरसिंह : अगर प्रसिद्ध हो नहीं गई तो अब कुछ दिन बाद प्रसिद्ध हो जाने में कुछ सन्देह भी नहीं रहा, क्योंकि दयाराम की दोनों स्त्रियाँ जिन्हें तमाम ज़माना मुर्दा समझे हुए था जीती-जागती पाई गई हैं और उन्हें इस बात का विश्वास है कि उनके पति को गदाधरसिंह ने मारा है यद्यपि यह बात बिलकुल निर्मूल है....

दारोगा : **(बात काटकर आश्चर्य से)** क्या वास्तव में दयाराम की दोनों स्त्रियाँ अभी तक जीती हैं? फिर उनके मरने की गप्प किसने और क्यों उड़ाई?

गदाधरसिंह : यह सब तिलिस्म इन्द्रदेव ही के बाँधे हुए हैं और अब उन दोनों की मदद भी इन्द्रदेव ही कुछ-कुछ कर रहे हैं, मगर बीच में शंकरसिंह का कूद पड़ना मेरे लिए बड़ा ही दुखदाई हो रहा है। इन्द्रदेव की मदद तो नाममात्र ही के लिए थी, मगर ये हजरत जी छोड़कर उन दोनों की मदद कर रहे हैं और मुझे जहन्नुम में मिलाने के लिए तैयार हैं। क्या करें, तिलिस्म के अंदर की बात है नहीं तो मैं दिखा देता कि गदाधरसिंह के साथ दुश्मनी करने का नतीज़ा कैसा होता है।

दारोगा : यह तो बड़ा ही नाज़ुक मामला निकला...

इसके बाद कुछ कहता-कहता दारोगा रुक गया क्योंकि उसे यह बात याद आ गई कि मनोरमा इसी जगह दूसरी कोठरी में छिपी हुई हम लोगों की बातें सुन रही है। संभव है कि दारोगा इसके आगे की बातचीत मनोरमा से छिपाना चाहता हो, अस्तु धीरे-से गदाधरसिंह से कुछ कह आँख का इशारा करने के बाद वह उठ खड़ा हुआ और गदाधरसिंह का हाथ पकड़े हुए दूसरे कमरे में चला गया।

11

जमना सरस्वती और इंदुमति तिलिस्म के अंदर (**जहाँ नारायण उन्हें रख गये थे**) बैठी हुई आपस में कुछ बातें कर रही हैं। यद्यपि रात आधी से कुछ ज़्यादे ढल चुकी है परन्तु चन्द्रमा की किरणों द्वारा फैली चाँदनी के कारण दूर-दूर तक की चीज़ें बख़ूबी दिखाई दे रही हैं और पहाड़ी छटा का एक अपूर्व आनन्द मिल रहा है। बातें करती हुई जमना की निगाह उस तरफ़ जा पड़ी जिधर से झरने का पानी बड़ी सफाई के साथ बहता हुआ जा रहा था और ऐसा मालूम होता था कि तिलिस्मी कारीगरी ने इस पानी के ऊपर भी चाँदी की कलई चढ़ा दी है। किसी आदमी की आहट पाकर जमना चौंकी और बोली, "बहिन, देखो तो सही वह क्या है? मैं तो समझती हूँ कि कोई आदमी है।"

इंदुमति : मुझे भी ऐसा ही मालूम होता है।

सरस्वती : यद्यपि किसी आदमी का यहाँ तक आ पहुँचना असंभव है परन्तु मैं यह भी नहीं कह सकती कि यह आदमी नहीं कोई जानवर है।

जमना : (**ज़ोर देकर**) बेशक् आदमी है!!

इंदुमति : देखो इसी तरफ़ चला आ रहा है, कुछ उधर आ जाने से अब साफ मालूम होता है कि आदमी है, जरा रुक कर दबकता और आहट लेता हुआ आ रहा है, इससे मालूम होता है कि हमारा दोस्त नहीं बल्कि दुश्मन है। देखो यह मेरी दाहिनी आँख फड़की, ईश्वर ही कुशल करे। (**रुककर**) बहिन, वह देखो इसके पीछे और भी एक आदमी मालूम पड़ता है।

सरस्वती : (**अच्छी तरह देखकर**) हाँ ठीक तो है, दूसरा आदमी भी साफ मालूम पड़ता है, आश्चर्य नहीं कि कोई और भी दिखाई दे बहिन, मुझे भी खुटका होता है और दिल गवाही देता ही है, अब इनके मुकाबले के लिए तैयार हो जाना चाहिए।

जमना : बेशक् ऐसा ही है, अब इनके मुकाबले के लिए तैयार हो जाना चाहिए।

इंदुमति : इनसे मुकाबला करना मुनासिब होगा या भाग कर अपने को छिपा लेना? लो अब तो वे लोग बहुत नज़दीक आ गये और मालूम होता है कि उन्होंने हम लोगों को देख भी लिया।

जमना : बेशक् उन लोगों ने हमें देख लिया, चलो हम लोग भाग कर मकान के अंदर चलें और दरवाज़ा बंद कर लें, मुकाबला करना ठीक न होगा।

इतना कहकर जमना मकान की तरफ़ तेज़ी के साथ चल पड़ी। सरस्वती तथा इंदुमति ने भी उसका साथ दिया।

यह मकान देखने में यद्यपि बहुत छोटा था मगर इसके अंदर गुंजाइश बहुत ज़्यादे थी और बनिस्बत ऊपर से इसका बहुत बड़ा हिस्सा ज़मीन में अंदर था। इसके रास्तों का पता लगाना अनजान आदमी के लिए कठिन ही नहीं बल्कि बिलकुल ही असंभव था। दो-चार आदमी तो क्या पचासों आदमी इसके अंदर छिपकर रह सकते थे जिनका पता सिवाय जानकार के कोई दूसरा नहीं लगा सकता था। इस मकान के अंदर कैसी-कैसी कोठरियाँ, कैसे-कैसे तहखाने और कैसी-कैसी सुरंगें या रास्ते थे इसे इस तिलिस्म से संबंध रखने वाला भी हर एक आदमी नहीं जान सकता था, परन्तु नारायण ने जो किताब जमना को दी थी उसमें वहाँ का कुल हाल अच्छी तरह लिखा हुआ था।

अब हम यह लिख सकते हैं कि वे दोनों आने वाले कौन थे जिन्हें देखकर जमना, सरस्वती और इंदुमति भागकर घर में चली गई थीं।

ये दोनों भूतनाथ और तिलिस्म दारोगा साहब थे। दारोगा भूतनाथ की मदद पर तैयार हो गया और उसने प्रतिज्ञा की थी कि तुम्हें तिलिस्म के अंदर ले चल कर जमना, सरस्वती और इंदुमति को गिरफ्तार करा दूँगा। इसी तरह भूतनाथ ने भी दारोगा से वादा किया था कि महाराज जमानिया के भाई शंकरसिंह के मारने में मैं तुम्हारी मदद करूँगा और यह कार्रवाई इस ढंग से की जाएगी कि किसी को इस बात का गुमान भी न होगा कि शंकरसिंह कब और कहाँ मारे गए या उन्हें किसने मारा इत्यादि। यही सबब था कि ये दोनों इस समय तिलिस्म के अंदर दिखाई दिए। यहाँ का बहुत कुछ हाल दारोगा को मालूम था मगर शंकरसिंह को यह आशा न थी कि दारोगा उनके साथ यहाँ तक बुरा बर्त्ताव कर गुज़रेगा, अस्तु वे दारोगा की तरफ़ से बिलकुल ही बेख़बर थे।

दारोगा और भूतनाथ दोनों आदमी सूरत बदलने के अतिरिक्त चेहरे पर नकाब भी डाले हुए थे इसलिए उन्हें कोई पहिचान नहीं सकता था।

जिस समय ये तीनों औरतें भाग कर मकान के अंदर चली गई उसके थोड़ी ही देर बाद भूतनाथ और दारोगा मकान के दरवाज़े पर आ पहुँचे। उन्होंने तीनों को भाग कर मकान के अंदर जाते हुए देख लिया था अस्तु तिलिस्मी ढंग से दरवाज़ा खोलने के लिए दारोगा साहब ने हाथ बढ़ाया ही था कि पीछे से किसी ने आवाज़ दी, "कौन है?"

दारोगा और भूतनाथ को इस बात का निश्चय नहीं था कि जमना, सरस्वती और इंदुमति तिलिस्म के अंदर किस ठिकाने पर हैं परन्तु भूतनाथ ने अपने कई शागिर्द इस तिलिस्म के अंदर पहुँचा दिये थे जो कि नारायण की कार्रवाई पर बराबर ध्यान रखते थे।

जब भूतनाथ और दारोगा तिलिस्म के अंदर आए तब भूतनाथ का एक शागिर्द उन्हें मिला जिसके माथे पर अपना ख़ास निशान देखकर भूतनाथ ने पहिचान लिया और उससे वहाँ का हाल पूछा। उस शागिर्द ने बता दिया कि जमना, सरस्वती और इंदुमति को नारायण ने फलाने मकान में रखा है, उसी के दिए निशान के अंदाज़े पर भूतनाथ और दारोगा वहाँ आए थे और उन्होंने जमना, सरस्वती तथा इंदुमति को अपनी आँखों से मकान के अंदर जाते देख लिया था। जब दारोगा ने मकान का दरवाज़ा खोलने के लिए हाथ बढ़ाया उसी समय पीछे से आवाज़ आई, "कौन है?" दारोगा ने अपना हाथ खैंच लिया और पीछे फिर कर देखा। एक आदमी पर निगाह पड़ी जिसने सिर से पैर तक अपने को स्याह लबादे से ढाँक रखा था। भूतनाथ हाथ में खंजर लिए हुए उस आदमी के पास चला गया और डपट कर बोला, "तू कौन है!"

उस आदमी ने भूतनाथ की बात का कुछ भी जवाब न दिया और पीछे की तरफ़ हटने लगा। भूतनाथ भी उसी के साथ उसकी तरफ़ आगे बढ़ता गया और उसने कई दफ़े डपटकर उस आदमी से तरह-तरह के सवाल किए और कटु वचन भी कहे परन्तु भूतनाथ कि किसी बात का भी उसने जवाब न दिया और बराबर पीछे की तरफ़ हटता चला गया। भूतनाथ भी उसके साथ-ही-साथ आगे बढ़ता गया, यहाँ तक कि एक झाड़ी के पास पहुँचकर वह आदमी रुक गया और उसने अपने दोनों हाथ लबादे के बाहर निकाले जिनमें से एक में ढाल और दूसरे में तलवार थी। यही पर घनी झाड़ी होने के कारण चन्द्रमा की चाँदनी नहीं पहुँचती थी अस्तु अपने लिए उत्तम स्थान समझकर उस आदमी ने जबान खोली और भूतनाथ से कहा, "हाँ। अब तुझको बताना पड़ेगा कि तू कौन है और तिलिस्म के अंदर क्योंकर आया?" पाठक, थोड़ी देर के लिए हम इस आदमी का नाम "भीम" रख देते हैं। भीम की बात सुनकर पहिले तो भूतनाथ चुप हो गया मगर फिर कुछ सोचकर बोला, "मैं तुम्हारी बात का जवाब क्योंकर दे सकता हूँ जबकि तुमने खुद मेरी बात का कुछ भी जवाब नहीं दिया?"

भीम : यद्यपि मैं वहाँ पर तुम्हारी बातों का कुछ भी जवाब नहीं दिया परन्तु अब तुम्हारे हर एक बात का जवाब देने के लिए तैयार हूँ मगर शर्त यह है कि तुम ठीक-ठीक ईमानदारी के साथ अपना परिचय दो।

भूतनाथ : बेशक् मैं ईमानदारी के साथ अपना परिचय दूँगा, मेरा नाम रंगनाथ ऐयार है, मैं मिर्ज़ापुर का रहने वाला हूँ।

भीम : **(खिलखिलाकर हँसने के बाद)** वाह-वाह! खूब ईमानदारी के साथ अपना परिचय दिया। रंगनाथ तो आजकल हमारे यहाँ मेहमान है, यह दूसरा रंगनाथ कहाँ से आया?

भूतनाथ : **(कुछ सकपकाना-सा होकर)** नहीं-नहीं, ऐसा नहीं हो सकता अगर कोई आदमी रंगनाथ के नाम का तुम्हारे पास आया है तो बेशक् उसने तुमको धोखा दिया, असल रंगनाथ मैं ही हूँ और मैं प्रभाकर सिंह को इस क़ैद से छुड़ाने के लिए यहाँ आया हूँ!

भीम : अगर तुम्हारा कहना सच है और रंगनाथ के नाम से किसी दूसरे आदमी ने मेरे यहाँ आकर मुझे धोखा दिया है तो तुम उसे ज़रूर पहिचान सकते हो, उसकी तसवीर मेरे पास है। तुम देखो और पहिचानो। उसका कथन है कि भूतनाथ इस तिलिस्म के अंदर आया है और कई आदमियों को धोखा दिया चाहता है।

भूतनाथ : **(बड़ी चाह के साथ)** मैं ज़रूर उनकी तसवीर देखूँगा और पहिचानूँगा। भीम ने अपनी जेब से निकाल कर एक पीतल की डिबिया भूतनाथ के हाथ में दी और कहा, "देखो हिफ़ाजत से खोलो, इसी के अंदर उसकी तसवीर है।"

भूतनाथ ने भीम के हाथ से डिबिया ले ली और दो कदम बढ़कर चन्द्रमा की चाँदनी में वह डिबिया खोलने लगा। डिबिया बड़ी मज़बूती के साथ बंद थी और हल्के हाथों से उसका खुलना कठिन था अस्तु गर्दन झुकाकर और दोनों हाथों से ज़ोर लगाकर भूतनाथ ने वह डिबिया खोली। उसके अंदर बहुत हल्की और गर्द के समान बारीक बुकनी भरी हुई थी जो झटके के साथ डिबिया खुलने के कारण उसमें से उछली और उड़कर भूतनाथ की आँख और नाक में पड़ गई। वह बहुत ही तेज़ बेहोशी की बुकनी थी जिसने भूतनाथ को बात करने की भी मोहलत न दी, वह तुरन्त ही चक्कर खाकर ज़मीन पर गिर पड़ा और बेहोश हो गया। भीम ने झपटकर अपनी डिबिया सँभाली और भूतनाथ के हाथ से लेकर अपनी जेब में रख ली, इसके बाद अपने लबादे में भूतनाथ की गठरी बाँधी और उसे पीठ पर लाद कर एक तरफ़ का रास्ता लिया।

अब उधर का हाल सुनिए। भीम के साथ जाकर भूतनाथ तो बहुत दूर निकल गया मगर दारोगा अपनी जगह से न हिला। उसने मकान का दरवाज़ा खोला और जमना, सरस्वती तथा इंदुमति को गिरफ्तार करने का उद्योग करने लगा दरवाज़ा खोलता हुआ वह एक दालान में पहुँचा, जिसके दोनों तरफ़ दो कोठरियाँ थीं और उन सभी कोठरियों के दरवाज़े किस तरह खुलते थे, इसका पता केवल देखने से नहीं लग सकता। किसी ख़ास तरकीब से दारोगा ने बाई तरफ़ वाली कोठरी का दरवाज़ा खोला और हाथ में नंगी तलवार लिए हुए उसके अंदर घुसा। यह छोटी-सी सुरंग थी जिसमें दस-बारह हाथ चल कर दारोगा एक बारहदरी में पहुँचा जहाँ बिलकुल ही अंधकार था, सिर्फ़ दो-तीन जगह किसी सूराख की राह से चन्द्रमा की रोशनी पड़ रही थी मगर उससे वही का अंधकार दूर न हो सकता था।

दारोगा को विश्वास था कि जमना, सरस्वती और इंदुमति ज़रूर इसी दालान में होंगी और उनके हाथ में किसी तरह का कोई हर्बा भी ज़रूर होगा, इसी ख़याल से उसकी हिम्मत न पड़ी कि वह इस अंधकार में आगे की तरफ़ बढ़े अस्तु वह चुपचाप खड़ा रहकर वहाँ की आहट लेने लगा। कुछ ही देर बाद किसी के धीरे-धीरे बोलने की आवाज़ उनके कान में आई और उसके बाद मालूम हुआ कि कई आदमी आपस में धीरे-धीरे बात कर रहे हैं। आवाज़ हल्की और नाजुक थी इसलिए दारोगा समझ गया कि ज़रूर यह जमना, सरस्वती और इंदुमति हैं। दारोगा ऐयार का छोटा-सा बटुआ अपने कपड़ों

के अंदर छिपाए हुआ था जिसमें से उसने टटोल कर एक छोटी डिबिया निकाली, उस डिबिया में कई तरह के खटके और पुरजे लगे हुए थे, दारोगा ने खटका दबाया जिससे वह डिबिया चमकने लगी और उसकी रोशनी ने वही के अंधकार को अच्छी तरह दूर कर दिया। अब दारोगा ने देख लिया कि उसके सामने दालान में तीन औरतें हाथ में खंजर लिए! खड़ी हैं।

जमना, सरस्वती और इंदुमति को दारोगा अच्छी तरह पहिचानता न था मगर सुनी-सुनाई बातों से वह अनुमान ज़रूर कर सकता था। इस मौके पर तो उसे यह मालूम ही था कि यहाँ पर जमना, सरस्वती और इंदुमति विराज रही हैं और वे तीनों औरतें अपनी असल सूरत में भी थीं इसलिए दारोगा को विश्वास हो गया कि जमना, सरस्वती और इंदुमति ये ही हैं। दारोगा ने उसी जगह खड़े रहकर जमना की तरफ़ देखा और कहा, "तुम लोग मुझसे व्यर्थ ही डर कर भाग रही हो मैं तुम्हारा दुश्मन नहीं हूँ और न तुम्हारे किसी दुश्मन का भेजा हुआ हूँ।"

जमना : फिर तुम कौन हो और हम लोगों का पीछा क्यों कर रहे हो?

दारोगा : मैं इस तिलिस्म का पहरेदार हूँ और प्रभाकर सिंह का भेजा हुआ तुम लोगों के पास आया हूँ। उनका हुक्म है कि तुम लोगों को अपने साथ ले जाकर उनके पास पहुँचा दूँ!

जमना : तुम्हारी बातों को हमें क्योंकर विश्वास हो? क्या उनके हाथ की कोई चिट्ठी भी लाए हो?

दारोगा : हाँ, मैं चिट्ठी लाया हूँ। उन्होंने खुद ही ख़याल करके एक चिट्ठी भी अपने हाथ से लिख कर दी है।

जमना : अगर ऐसा है तो लाओ, वह चिट्ठी मुझे दो, मैं पहिले उसे पढ़ लूँ तब तुम्हारी बातों पर विचार करूँ।

दारोगा : हाँ लो मैं चिट्ठी देता हूँ, यह रोशनी जो मेरे हाथ मैं है ज़्यादे देर तक ठहर नहीं सकती इसलिए पहिले मैं दूसरी रोशनी का इंतज़ार कर लूँ तब चिट्ठी तलाश कर लूँ।

इतना कहकर दारोगा ने वह डिबिया ज़मीन पर रख दी और उसी की रोशनी में उसने अपना बटुआ खोलकर एक खाकी रंग की मोमबत्ती निकाली और चकमक से आग पैदा करके उससे रोशनी करने के बाद वह डिबिया बंद करके अपने बटुए में रख ली। अब दालान भर में उसी मोमबत्ती की रोशनी फैली हुई थी। वह मोमबत्ती कुछ ख़ास तरकीब और कई दवाईयों के योग से तैयार की गई थी। उसका रंग खाकी था और बलने पर उसमें से बेहोशी पैदा करने वाला बहुत ज़्यादा धुआँ निकलता था। दारोगा ने यह सोचकर कि शायद आज की कार्रवाई में इस मोमबत्ती की ज़रूरत पड़े। पहिले से ही अपने बचाव का बंदोबस्त कर लिया था अर्थात् किसी तरह की दवा खा या सूँघ ली

थी मगर जमना, सरस्वती और इंदुमति अपने को इस धुएँ से बचा नहीं सकती थीं और न इस बात का उन्हें गुमान ही हुआ कि बेहिसाब धुआँ पैदा करने वाली इस मोमबत्ती में कोई ख़ास बात है।

दारोगा ने मोमबत्ती बाल कर ज़मीन पर जमा दी और उसकी रोशनी में प्रभाकर सिंह के हाथ की चिट्ठी खोजने के बहाने से अपना बटुआ टटोलने लगा।

कभी बटुए की तलाशी लेता, कभी अपने जेबों को टटोलता और कभी कमर में देखकर बनावटी ताज्जुब से हाथ पटकता और कहता कि 'न मालूम चिट्ठी कहाँ रख दी है! मेरे जैसा बेवकूफ भी कोई न होगा। भला ऐसी ज़रूरी चिट्ठी को इस तरह रखना चाहिए कि समय पर जल्दी मिल न सके!'

चिट्ठी की खोज और कपड़ों की तलाशी में दारोगा ने बहुत देर लगा दी और तब तक उस मोमबत्ती का धुआँ तमाम कमरे में फैल गया। बेचारी जमना, सरस्वती और इंदुमति चिट्ठी की चाह में बड़ी उत्कंठा से दारोगा की हरकतों को खड़ी-खड़ी देख रही थीं मगर उन लोगों को यह नहीं मालूम होता था कि इस धुएँ की बदौलत हम लोगों की हालत बदलती चली जा रही है। थोड़ी देर ही में वे तीनों बेचारी औरतें बेहोश होकर ज़मीन पर लेट गई और अब दारोगा ने बड़ी फतहमंदी और खुशी की निगाह से उन तीनों की तरफ़ देखा।

12

यह नहीं मालूम होता कि कृष्णपक्ष है या शुक्लपक्ष अथवा रात है या दिन क्योंकि हम जिस समय इस स्थान पर पहुँचते हैं वहाँ चिराग या इसी तरह की किसी रोशनी के सिवाय और किसी सच्चे उजाले या चाँदनी का गुजर नहीं हो सकता। हम यह भी नहीं कह सकते कि यह कोई तहखाना है या सुरंग, अंधकारमय कोई कोठरी है या बालाखाना, सिर्फ़ इतना ही देख रहे हैं कि एक मामूली कोठरी में जिसमें सिवाय एक मद्धिम चिराग के और किसी तरह की रोशनी नहीं है, जमना, सरस्वती और इंदुमति बैठी हुई गर्म-गर्म आँसू गिरा रही है जिसका विशेष पता उन्हीं हिचकियों से लग रहा है। उन तीनों के पैर बंधे हुए हैं और किसी मोटी रस्सी के सहारे वे एक लकड़ी के खंभे के साथ भी बँधी हुई हैं जिसमें पैर से चलना तो असंभव ही है खिसककर भी दो कदम इधर-उधर न जा सकें। उन तीनों के सामने बैठे हुए तिलिस्मी दारोगा पर निगाह पड़ने ही से विश्वास होता है कि इन तीनों पर इतनी सख्ती होने का कारण यही बेईमान दारोगा है।

पहिले क्या-क्या हो चुका है सो हम कुछ नहीं कह सकते परन्तु इस समय हम देखते हैं कि वे तीनों अपनी बेबसी और मज़बूरी पर ज़मीन की तरफ़ देखती हुई गर्म-गर्म आँसू गिरा रही हैं और इस अवस्था में कभी कोई सर उठा कर दारोगा की तरफ़ देख भी लेती है।

कुछ देर तक सन्नाटा रहने के बाद जमना ने एक लंबी साँस ली और सर उठा कर दारोगा की तरफ़ देख धीमी आवाज़ से कहा–"बहुत देर तक सोचने के बाद अब मैं आपको पहिचान गई और जान गई कि आप जमानिया राजा के कर्ता–धर्ता दारोगा साहब हैं।"

दारोगा : बेशक् मैं वही हूँ। इस समय अपने–आप को छिपाना नहीं चाहता इसलिए असली सूरत में तुम लोगों के सामने बैठा हुआ हूँ।

जमना : ठीक है, तो मैं समझती हूँ कि उस तिलिस्म के अंदर हम लोगों को बेहोश करके यहाँ ले आने वाले भी आप ही हैं।

दारोगा : बेशक्!

जमना : आखिर इसका कारण क्या है! हम लोगों ने आपका क्या बिगाड़ा है जो आप हमारे साथ इतनी सख्ती का बर्त्ताव कर रहे हैं?

दारोगा : मेरा तुम लोगों ने कुछ भी नहीं बिगाड़ा मगर मेरे दोस्त भूतनाथ को तुम लोग व्यर्थ सता रही हो इसलिए मुझे मज़बूर होकर तुम लोगों के साथ ऐसा बर्त्ताव करना पड़ा।

जमना : **(क्रोध में आकर कुछ तेज़ी से)** क्या भूतनाथ को हम लोग सता रही हैं! क्या वह हम लोगों को मिट्टी में मिला कर अभी तक बाज नहीं आता और बराबर जख्म लगाए नहीं जा रहा है!!

दारोगा : कदाचित् ऐसा ही हो परन्तु उसका कहना तो सही है कि तुम लोग व्यर्थ ही उसे कलंकित करके दुनिया में रहने के अयोग्य बनाने की चेष्टा कर रही हो।

जमना : आह! बड़े अफ़सोस की बात है कि आप अपने मुँह से ऐसे शब्द निकाल रहे हैं और अपने को उन बातों से पूरा–पूरा अनजान साबित किया चाहते हैं?

दारोगा : सो क्या? मुझे इन बातों से मतलब?

जमना : अगर कुछ संबंध नहीं है तो हम लोगों को वही से क्यों क़ैद कर लाए?

दारोगा : केवल अपने दोस्त की मदद कर रहा हूँ।

जमना : और आप इस बात को नहीं जानते कि हमारा पति इसी दुष्ट के हाथ से मारा गया है? और क्या आपकी मंडली में यह बात मशहूर नहीं है?

दारोगा : हाँ, दो–चार आदमी ऐसा कहते हैं। परन्तु, भूतनाथ का कथन है कि इसका कारण तुम ही हो, अर्थात् केवल तुम ही लोगों ने यह बात व्यर्थ मशहूर कर रखी है। मुझे स्वयं इस विषय में कुछ भी नहीं मालूम है।

जमना : **(ताने के ढंग पर)** बहुत सच्चे! अगर यह बात आपको मालूम नहीं है तो भूतनाथ आपका दोस्त भी नहीं है।

दारोगा : भूतनाथ मेरा दोस्त ज़रूर है और वह मुझसे कोई बात छिपा नहीं रखता! खैर थोड़ी देर के लिए अगर यह भी मान लिया जाय कि तुम्हारा ही कहना ठीक है तो मैं तुमसे पूछता हूँ कि तुम भूतनाथ को बदनाम करके क्या फायदा उठा सकती हो? भूतनाथ इस समय स्वतंत्र है किसी रियासत का ताबेदार नहीं जो उस पर नालिश कर सकोगी, फिर ऐसी अवस्था में उससे दुश्मनी करके तुम अपना ही नुकसान कर रही हो। इसके अतिरिक्त मैं खूब जानता हूँ कि भूतनाथ तुम्हारे पति का सच्चा और दिली दोस्त था और तुम्हारे पिता भी उसको ऐसा ही मानते थे, ऐसी अवस्था में यह कब संभव है कि स्वयं भूतनाथ अपने ही हाथों से तुम्हारे पति को मारे। ऐसा करके वह एक फायदा उठा सकता था? क्या तुमको विश्वास है कि भूतनाथ ने तुम्हारे पति को मारा? अच्छा तुम बताओ कि ऐसा करके उसने क्या फायदा उठाया?

जमना : हम लोगों ने एक तौर पर इस दुनिया ही को छोड़ा हुआ है और बिलकुल मर्दों की हालत में पहाड़ी खोह और कंदराओं में रहकर ज़िंदगी के दिन बिता रही हैं। इसलिए आजकल की दुनिया का हाल मालूम नहीं है अस्तु मैं नहीं कह सकती कि उसने मेरे पति को मार कर क्या फायदा उठाया, परन्तु इतना मैं ज़रूर जानती हूँ कि मेरे पति की मौत भूतनाथ के ही हाथ से हुई है।

दारोगा : यह बात तुमसे किसने कही?

जमना : सो मैं तुमसे नहीं कह सकती।

दारोगा : खैर न कहो तुम्हें अख्तियार है, मगर मैं फिर भी इतना ज़रूर कहूँगा कि तुम्हारा ख़याल गलत है। भूतनाथ ने तुम्हारे पति को कदापि नहीं मारा और कदाचित् धोखे में ऐसा हो गया हो तो धोखे की बात पर सिवाय अफ़सोस करने के और कुछ भी उचित नहीं है। कई दफ़े ऐसा होता है कि धोखे में माँ का पैर बच्चे के ऊपर पड़ जाता है, तो क्या इसका बदला बच्चे को माँ से लेना चाहिए? कभी नहीं। तुम खुद जानती हो कि भूतनाथ, जो वास्तव में गदाधरसिंह है, तुम्हारे पति की कैसी दोस्ती थी।

जमना : बेशक् मैं इस बात को जानती हूँ और यह भी मानती हूँ कि कदाचित् धोखे ही में भूतनाथ से वह काम हो गया हो, परन्तु आप ही बताइए कि क्या इस अधर्म को छिपाने के लिए भूतनाथ को हम लोगों का पीछा करना चाहिए?

दारोगा : हाँ, ये बेशक् उसकी भूल है, इसके लिए मैं उसे ताड़ना दूँगा परन्तु मैं तुम्हें सच्चे दिल और हमदर्दी के साथ राय देता हूँ कि तुम भूतनाथ के साथ दुश्मनी का ख़याल छोड़ दो नहीं तो पछताओगी और तुम्हारा सख़्त नुकसान होगा क्योंकि तुम भूतनाथ का मुकाबला नहीं कर सकती। तुम अबला और निर्बल ठहरीं और वह होशियार ऐयार। तिस पर उसके दोस्त भी बहुत गहरे लोग हैं।

जमना : मैं जानती हूँ कि उसके और हमारे बीच हाथी और चिऊंटी का-सा फर्क है और आप जैसे समर्थ लोग उसके दोस्त भी हैं, और इस बात को भी मानती हूँ कि

मैं उसका कुछ बिगाड़ नहीं सकती, परन्तु आप ही बताइए कि ऐसी अवस्था में वह हम अबलाओं से डरता ही क्यों हैं?

दारोगा : सिर्फ़ बदनामी के ख़याल से डरता है, क्योंकि अगर यह, झूठा कलंक उस पर लग जाएगा और वह दयाराम का घाती मशहूर हो जाएगा तो फिर वह दुनिया में किसी को मुँह न दिखा सकेगा; और अगर तुम उसे माफ़ कर दोगी तो वह खुशी से किसी रियासत में रहकर अपनी ज़िंदगी बिता सकेगा और जन्म-भर तुम्हारा मददगार भी बना रहेगा।

जमना : मुझे उसकी मदद की कोई ज़रूरत नहीं है और न मेरे दिल का बहुत बड़ा जख्म जो उसके हाथों से पहुँचा है आराम हो सकता है। समझ लीजिए कि अब चूहे और बिल्ली में दोस्ती कायम नहीं हो सकती।

दारोगा : यह समझना तुम्हारी नादानी है। मैं कह चुका हूँ कि ऐसा करने से तुम्हें सख्त तकलीफ़ पहुँचेगी।

जमना : बेशक् ऐसा ही है, तभी तो मैं क़ैद करके यहाँ लाई गई हूँ।

दारोगा : तुम खुद ही सोच लो कि यह कैसी बात है, अगर तुम मार ही डाली जाओगी तो फिर दुनिया में इसके लिए उससे बदला लेने वाला कौन रह जाएगा?

जमना : मेरे पीछे उसका पाप उससे बदला लेगा या इस बात के मशहूर हो जाने ही से वह दीन-दुनिया के लायक न रहेगा और यही उस बात का बदला समझा जाएगा। आपने उसकी मदद की है और इसलिए हम लोगों को यहाँ कैद कर लाए हैं तो बेशक् हम लोगों को मार कर अपने कलेजा ठंडा कर लीजिए, हम लोग तो खुद अपने को मुर्दा समझे हुए हैं, मगर इस बात को समझ रखिएगा कि हम लोगों के मारे जाने से उसकी बदनामी का झंडा जो बड़ी मज़बूती के साथ गाड़ा जा चुका है गिर न पड़ेगा और उस झंडे के उड़ने वाले तथा उससे बदला लेने वाले कई जबर्दस्त आदमी कायम रह जाएँगे!

दारोगा : यह तुम्हारा ख़याल-ही-ख़याल है, जिस तरह तुम उसकी केवल इच्छा मात्र से गिरफ्तार कर ली गई हो उसी तरह उसके और दुश्मन भी बात-ही-बात में गिरफ्तार हो जाएँगे।

जमना : इस बात को मैं नहीं मान सकती।

दारोगा : नहीं मानोगी तो मैं मना दूँगा। इसका काफी सबूत मेरे पास है।

जमना : हाँ, अगर मेरा दिल भर जाने के लायक कोई सबूत मिल जाएगा तो मैं ज़रूर मान जाऊँगी।

दारोगा : अच्छा-अच्छा, पहिले मैं तुमको इस बात का सबूत दे लूँगा तब तुमसे बात करूँगा।

इतना कहकर दारोगा अपनी जगह से उठ खड़ा हुआ और उस जगह गया जहाँ खंभे के साथ ये तीनों औरतें बँधी हुई थीं। उस खंभे में से जमना, सरस्वती और इंदुमति को खोला मगर उनकी हथकड़ी तथा बेड़ी नहीं उतारी, हाँ, बेड़ी की जंज़ीर जरा ढीली कर दी जिसमें वे धीरे-धीरे कुछ दूर तक चल सकें। इसके बाद उन तीनों को लिए सामने की दीवार के पास गया जहाँ एक छोटा-सा दरवाज़ा था और उसमें मज़बूत ताला लगा हुआ था। दारोगा ने कमर में से ताली निकाल कर दरवाज़ा खोला और उन तीनों के लिए हुए उसके अंदर घुसा। यह रास्ता सुरंग की तरह था जो कि दस-बारह कदम जाने के बाद खत्म हो जाता था अस्तु उसी अंधकारमय रास्ते में उन तीनों को लिए हुए दारोगा चला गया। जब रास्ता खत्म हुआ तब उसने एक खिड़की खोली जो कि ज़मीन से छाती बराबर ऊँची थी। उस खिड़की के खुलने से उजाला हो गया और तब दारोगा ने उन औरतों को नीचे की तरफ़ झाँक कर देखने के लिए कहा।

उस समय जमना, सरस्वती और इंदुमति को मालूम हुआ कि वे तीनों ज़मीन के अंदर किसी तहखाने में क़ैद नहीं हैं बल्कि उनका क़ैदखाना किसी मकान के ऊपरी हिस्से पर है।

खिड़की की राह से नीचे की तरफ़ झाँककर उन्होंने देखा कि एक छोटा-सा मामूली नज़रबाग है जिसके चारों तरफ़ की दीवारें बहुत ऊँची-ऊँची हैं। उस बाग़ में एक टूटे पेड़ के साथ हथकड़ी-बेड़ी से मज़बूर प्रभाकर सिंह बाँध हुए हैं। उन्हें देखते ही इंदुमति का कलेजा काँप गया और जमना तथा सरस्वती के रोंगटे खड़े हो गये। उस समय दारोगा ने जमना की तरफ़ देखकर कहा, "तुम लोगों ने अच्छी तरह देख लिया कि तुम्हारे प्यारे प्रभाकर सिंह, जो तुम लोगों के बाद भूतनाथ पर कलंक लगा सकते थे तुम लोगों के साथ ही गिरफ्तार कर लिए गए, बताओ अब तुम्हें किस पर भरोसा है?"

जमना : भरोसा तो हमें केवल ईश्वर पर ही है मगर फिर भी इतना ज़रूर कहूँगी, मेरे मददगार कोई और ही लोग हैं जिनका नाम तुम्हें किसी तरह भी मालूम नहीं हो सकता!

दारोगा : तुम्हारा यह कहना भी व्यर्थ है, मुझसे और भूतनाथ से कुछ भी छिपा नहीं है।

इतना कहकर दारोगा ने खिड़की बंद कर दी और वही पुनः अंधकार हो गया। इसके बाद उन तीनों को लिए हुए उसी पहिले स्थान पर चला आया और उसी खंभे के साथ पुनः तीनों को बाँधकर पैर की जंज़ीर कस दी।

प्रभाकर सिंह को क़ैद की हालत में देखकर वे तीनों बहुत ही परेशान हुई और उनके दिल में तरह-तरह की बातें पैदा होने लगी। दारोगा ने पुनः जमना की तरफ़ देखकर कहा, "मैं फिर कहता हूँ कि भूतनाथ से दुश्मनी रखकर तुम लोग इस दुनिया में सुखी नहीं रह सकतीं।"

जमना : **(ऊँची साँस लेकर)** अब मेरे लिए इस दुनिया में क्या रखा है! किस सुख के लिए मैं जीवन की लालसा कर सकती हूँ, दुनिया में अगर लालसा है तो केवल इस बात की कि भूतनाथ से बदला लूँ।

दारोगा : सो हो नहीं सकता और न भूतनाथ ने वास्तव में तुम्हारा कुछ बिगाड़ा ही है। तुम खुद सोच लो और समझ लो, मैं सच कहता हूँ कि भूतनाथ अब भी तुम्हारी खिदमत करने के लिए हाज़िर है। अगर तुम उसे अपना ताबेदार मान लोगी तो तीन दिनों में वह उद्योग करके तुम्हारे पति के घातक को भी खोज निकालेगा, नहीं तो अब तुम लोग उसके पंजे में आ ही चुकी हो। तुम लोग मुफ्त में अपनी जान दोगी, और अपने साथ बेकसूर इंदुमति और प्रभाकर सिंह को भी बर्बाद करोगी क्योंकि इन दोनों की जान का संबंध भी तुम्हारी जान के साथ है। मैं तुमको दो घंटे की मोहलत देता हूँ, तब तक तुम अपने भले-बुरे को अच्छी तरह सोच लो। दो घंटे के बाद जब मैं आऊँगा तो भूतनाथ भी मेरे साथ होगा, उस समय या तो तुम लोग भूतनाथ को अपना सच्चा दोस्त समझकर उसके निर्दोष होने का एक पत्र उसे लिख दोगी और या फिर दूसरी अवस्था में तुम तीनों ठंडे-ठंडे दूसरी दुनिया की तरफ़ रवाना हो जाओगी और प्रभाकर सिंह भी तुम तीनों के साथ-ही-साथ ख़बरदारी के लिए वहाँ रवाना कर दिये जाएँगे।

इतना कहकर दारोगा वहाँ से रवाना हो गया और जब वह बाहर हो गया तो पुनः उस जहन्नुमी क़ैदखाने का दरवाज़ा बंद हो गया और बाहर से भारी जंज़ीर की आवाज़ आई।

चौथा भाग

1

दारोगा के चले जाने के बाद थोड़ी देर तक वहाँ सन्नाटा रहा, इसके बाद उन तीनों में इस तरह बातचीत होने लगी–

जमना : देखो बहिन, ज़माने ने कैसा पलटा खाया है!

सरस्वती : बहिन, किस्मत ने तो बहुत दिनों से पलटा खाया हुआ है, यह कहो कि इतना दुःख देकर भी विधाता को चैन न पड़ा और अब वह अपनी निर्दय आँखों के सामने एकदम से ही हम लोगों का निपटारा किया चाहता है। दुनिया में लोग किस तरह कहा करते हैं कि धर्म की सदा जय रहता है?

जमना : हाय, अब मैं क्या करूँ? मेरी समझ में कुछ भी नहीं आता। **(इन्दुमति से)** बहिन, तुम चुप क्यों हो? तुम ही कुछ बताओ कि अब क्या किया जाय? इस क़ैदखाने से छुटकारा मिलना तो बड़ा कठिन जान पड़ता है।

इन्दुमति : बहिन, मैं क्या कहूँ? मेरी किस्मत तो बिलकुल ही फूटी हुई है, मैं इस योग्य कहाँ हूँ कि कुछ राय दूँ!

जमना : नहीं बहिन, तुम्हारी किस्मत फूटी हुई नहीं थी बल्कि मेरे साथ आ रहने ही से तुम्हारे भी किस्मत फूट गई, बदकिस्मत के साथ रहने वाला भी कुछ दिन में बदकिस्मत हो जाता है, मेरी ही संगत में तुम्हें भी बर्बाद कर दिया। आह, हम दोनों बहिनें वास्तव में...

सरस्वती : अब इन बातों के सोचने-विचारने का यह समय नहीं है, इस समय अपना कर्तव्य सोचना और बहुत जल्द निश्चय करना चाहिए कि जब थोड़ी देर में दारोगा आवेगा तो उसे क्या जवाब दिया जाएगा, हाय, हम लोगों की नादनी और जल्दबाज़ी हाँ के सबब से यह बुरा दिन देखना नसीब हुआ, नहीं तो बड़े मज़े में उस घाटी के अंदर हम लोग पड़े हुए थे, अगर थोड़े दिन और प्रकट न होते तो अच्छा था, शीघ्रता से उछल पड़े, यही बुरा हुआ।

जमना : **(ऊँची साँस लेकर)** खैर जो हुआ सो हुआ।

सरस्वती : मेरी राय में तो अब दारोगा की बात मान ही लेनी चाहिए।

जमना : वह ज़रूर कहेगा कि तुम एक चिट्ठी लिख दो कि भूतनाथ बेकसूर है इत्यादि इत्यादि।

सरस्वती : बेशक् ऐसा लिखने के लिये कहेगा, परन्तु यह बताओ कि इस क़ैद में पड़े सड़ने से ही लाभ क्या है? हाँ कुछ उम्मीद हो तो कहो।

जमना : उम्मीद तो कुछ भी नहीं है।

सरस्वती : बस फिर, जो कुछ दारोगा कहे सो लिख दो और भूतनाथ से सुलह करके बखेड़ा तय करो, अपने साथ क्यों बेचारी इन्दुमति और प्रभाकर सिंह जी को जहन्नम में मिला रही हो?

जमना : और अगर उसकी इच्छानुसार लिख देने पर भी वह बदल जाय अर्थात् अपना काम पूरा करके हम लोगों को मार डाले तब?

सरस्वती : तब क्या? जो होगा सो होगा, उसकी बात न मानने से तो निश्चय है कि वह हम लोगों को कभी जीता न छोड़ेगा, और लिख देने पर आशा होती है कि शायद वह अपने कुल का सच्चा निकले और हम लोगों पर रहम करे!

जमना : (**कुछ गहरी चिंता करके**) अच्छा निश्चय हो गया कि ऐसा ही किया जाएगा अर्थात् जो कुछ दारोगा कहेगा उसे मंजूर कर लेंगे।

सरस्वती : (**ऊपर की तरफ़ हाथ उठा कर**) हे ईश्वर, क्या हम लोगों के पाप का प्रायश्चित्त नहीं है? क्या हम लोग इस योग्य नहीं हैं कि तू हम लोगों पर दया करे? तू तो बड़ा दयालु कहलाता है। क्या इस समय हमारे लिये यहाँ कोई मददगार नहीं भेज सकता!

कुछ देर तक जमना और सरस्वती में इसी तरह की और भी बातें होती रहीं, इसके बाद समय पूरा हो जाने पर क़ैदखाने का दरवाज़ा खुला और तिलिस्मी दारोगा किताब बंद करता हुआ आकर उन तीनों के सामने खड़ा हो गया।

दारोगा : कहो क्या निश्चय किया?

जमना : हम लोगों को क्या निश्चय करना है, जो कुछ कहोगे करने के लिये तैयार है।

दारोगा : शाबाश, यही बुद्धिमानी है, अच्छा तो तुम अपने हाथ से एक चिट्ठी भूतनाथ के नाम की लिख दो जिसमें यह मजमून होना चाहिए-"मेरे प्यारे गदाधरसिंह,

बड़े अफ़सोस की बात है कि तुम अभी तक हमारे पति के घातक का पता लगा कर वादा पूरा न कर सके। मुझे पता लग चुका है कि दलीपशाह मेरे पति का घातक, है, इसके लिये मुझे कई सबूत मिल चुके हैं, अब तुम शीघ्र मेरे पास आओ तो मैं वह सबूत तुम्हें दिखाऊँ। आशा है कि उसके सहारे तुम जल्द असली बात का पता लगा लोगे।"

बस इसी मजमून का पत्र लिख दो और तुम दोनों बहिन उस पर अपना हस्ताक्षर भी कर दो, कलम-दवात और काग़ज़ मैं अपने साथ लेता आया हूँ।

जमना : **(कुछ बिगड़ कर)** वाह वाह, क्या ख़ूब! तुम तो ऐसी बात लिखाना चाहते हो जिससे कि मैं जीती रहकर भी किसके आगे मुँह न दिखा सकूँ। इससे तो साफ जाहिर होता है कि ये बातें लिखाने के बाद तुम हम लोगों को मार डालोगे। बेशक् ऐसी ही बात है। दलीपशाह बेचारे ने मेरा क्या बिगाड़ा है जो मैं उसे इस तरह हलाल करूँ?

दारोगा : ऐसा लिखने में तुम्हारा कोई नुकसान नहीं है, और बिना इस तरह पर लिखे तुम्हें छुटकारा भी नहीं मिल सकता।

जमना : चाहे जो हो, मगर मैं दलीपशाह के बारे में कदापि ऐसा न लिखूँगी, वह बेचारा बिलकुल निर्दोष है।

दारोगा : देखो नादानी मत करो और मुफ्त में अपने साथ इन्दुमति और प्रभाकर सिंह की भी जान मत लो।

जमना : अब जो किस्मत में लिखा है सो होगा मगर मैं ऐसा अंधेर नहीं कर सकती।

दारोगा : खैर जब तुम्हें यही धुन समाई हुई है तो देखो तुम्हारे साथ कैसा सलूक किया जाता है! अच्छा मैं जाता हूँ, थोड़ी देर में बंदोबस्त करके पुनः आऊँगा।

इतना कहकर दारोगा वहाँ से चला गया और आधे घंटे के बाद पुनः लौट आया, अबकी दफ़े और भी दो आदमी उसके साथ थे जिनके चेहरों पर स्याह नकाब और हाथ में नंगी तलवारें थीं।

दारोगा ने पुनः उसी सुरंग को दरवाज़ा खोला जिसमें जमना, सरस्वती और इन्दुमति को प्रभाकर सिंह के क़ैद की अवस्था दिखाने के लिए ले गया था, इसके बाद दोनों नकाबपोशों से कुछ कहा जिसके सुनते ही वे जमना, सरस्वती और इन्दुमति के पास चले गये और उन तीनों को खंभे से खोल उसी सुरंग में ले गये। वह खिड़की खोल दी गई थी जिसमें से पहिले दफ़े उन तीनों ने झाँक कर प्रभाकर सिंह को देखा था। दारोगा की आज्ञानुसार दोनों नकाबपोशों ने जमना, सरस्वती और इन्दुमति को उस खिड़की के पास खड़ा कर दिया और स्वयं नंगी तलवार लिए उनके पीछे खड़े हो गये। उस समय दारोगा ने पुनः उन तीनों से कहा, "एक दफ़े फिर नीचे की तरफ़ झाँक कर अपने प्रभाकर सिंह की दुर्दशा देखो। मैं उनके पास जाता हूँ और तुम्हारे देखते-ही-देखते उनका काम तमाम करता हूँ।"

इतना कह दारोगा वहाँ से चला गया और ये तीनों बड़ी ही बेचैनी के साथ नीचे की तरफ़ देखने और रक्षा के लिए ईश्वर से प्रार्थना करने लगी।

हथकड़ी-बेड़ी से मजबूर और पेड़ के साथ बँधे हुए प्रभाकर सिंह सिर झुकाए ज़मीन की तरफ़ देख रहे थे जिस समय हाथ में नंगी तलवार लिए दारोगा उनके पास पहुँचा।

2

जमना, सरस्वती और इन्दुमति डबडबाई हुई आँखों से झाँकती हुई देख रही थी कि प्रभाकर सिंह हथकड़ी-बेड़ी से मज़बूर पेड़ के साथ बँधे हुए हैं और दारोगा नंगी तलवार लिए उनके सामने खड़ा है, अब दारोगा और प्रभाकर सिंह में कुछ बातें होने लगीं जो कि उन दोनों की आकृति और हाव-भाव के मालूम होता है मगर दूर होने के कारण उनके शब्द जमना, सरस्वती और इन्दुमति की सुनाई नहीं देते थे, फिर कुछ देर बाद मालूम हुआ कि दारोगा उन्हें किसी काम के लिए मज़बूर किया चाहता है मगर प्रभाकर सिंह लापरवाही के साथ इनकार कर रहे हैं और दारोगा की धमकियों तथा क्रोध में आकर उसके दाँत पीसने पर कुछ भी ख़याल नहीं करते।

इसी समय इन्दुमति की निगाह एक मौलसिरी (**मालश्री**) के पेड़ के नीचे पड़ी जो बहुत ही बड़ा और छतनार था, तथा ऊपर मालती की लता चढ़े रहने के कारण जिसकी अवस्था घने कुंज की-सी हो रही थी, वह पेड़ वहाँ से थोड़ी दूर पर था जहाँ दारोगा खड़ा प्रभाकर सिंह से बातें कर रहा था।

इन्दु ने देखा कि उस कुँज के अंदर से के नकाबपोश झाँककर दारोगा और प्रभाकर सिंह की तरफ़ देख रहा है। इन्दु ने जमना और सरस्वती को उसी तरफ़ देखने का इशारा किया और वे भी बड़े गौर से उस नकाबपोश की तरफ़ देखने लगीं जिसका बदन धीरे-धीरे पत्तों के झुरमुट में से बाहर निकलता आ रहा था, यहाँ तक कि अब उसका आधा बदन और दाहिना हाथ जिसमें नंगी तलवार थी, नज़रों के सामने आ चुका था।

मौत के पंजे में फँसे हुए बेचारे प्रभाकर सिंह की अवस्था की तरफ़ से ध्यान हटाकर उन नकाबपोश की तरफ़ देखने का कारण है। इन्दुमति की और साथ ही उसके जमना, सरस्वती को भी विश्वास हो गया कि यह नकाबपोश जो पत्तों की आड़ में से ताक-झाँक कर रहा है ज़रूर दारोगा का दुश्मन है और प्रभाकर सिंह की मदद के लिए आया है। वास्तव में बात भी ऐसी ही थी। जिस समय अपनी बात न मानने के कारण झुँझलाकर दारोगा ने प्रभाकर सिंह को मारने के लिए तलवार वाला हाथ उठाया उसी समय वह नकाबपोश जो दूर न था दारोगा पर झपट पड़ा और उसके पीछे पहुँचकर उसने दारोगा का तलवार वाला उठा हुआ हाथ पकड़ लिया। दारोगा ने घबड़ाकर पीछे की तरफ़ देखा मगर चेहरे पर नकाब पड़े रहने के कारण इसे पहिचान न सका। झटका देकर हाथ छुड़ाना और घूम जाना चाहा मगर ऐसा भी न कर सका। मालूम होता था कि किसी फौलादी पंजे ने उसकी कलाई पकड़ ली है। कुछ देर तक दोनों की हालत एक तसवीर की-सी बनी रही और इसके बाद नकाबपोश ने डपटकर दारोगा से कहा, "क्यों बे कमबख़्त बेईमान, यहाँ के सीधे-सादे राजा ने क्या इसीलिए तुझे इतना अधिकार दे रखा है कि तू अपने स्वार्थ के लिए अंधा होकर उनके रिश्तेदारों और गरीबों पर हद दर्ज़े का जुल्म करे और उनकी जान तक ले लेना खिलवाड़ समझे? अफ़सोस, उस बेचारे

सीधे राजा को तेरी करतूतों की कुछ भी ख़बर नहीं है! वह तेरी खुशामद से अन्धा हो रहा है और नहीं जानता कि दिन तू इसी तरह उसके ऊपर भी बेईमानी और नमकहरामी का हाथ साफ करेगा, बल्कि यों कहना चाहिए कि एक दिन तू उसे और उसके खानदान को मिट्टी में मिला देगा और स्वयं राजा बन बैठेगा। **(कुछ रुक कर और दारोगा की तरफ़ कड़ी निगाह से घूर कर)** नहीं-नहीं, मैं तुझे ऐसा न करने दूँगा। **(दारोगा का हाथ झटककर और उसे एक लात मार कर)** तुफ़्र है तेरी औकात पर, निस्सन्देह तेरी पैदाइश में फर्क है और अवश्य तू हरामी का पिल्ला है।"

इस आदमी के चेहरे पर यद्यपि नकाब पड़ी हुई थी मगर सिर्फ़ आवाज़ ही सुनकर दारोगा ने इसे पहिचान लिया और डर तथा ताज्जुब की निगाहों से इसको देखने लगा। उधर खिड़की से झाँकती हुई जमना, सरस्वती और इन्दुमति ने भी पहिचान लिया कि यही बहादुर हमारा तिलिस्मी मददगार नारायण है।

नारायण की डपट और बातों ने दारोगा का कलेजा हिला दिया। डर के मारे उसका दिल बेतरह उछलने लगा क्योंकि उसके ख़याल ने नारायण ने नहीं बल्कि यमराज ने अपने पंजे में उसे दबा लिया था, उसमें इतनी ताकत न रह गई थी कि नारायण की बातों का जवाब देता या उसका मुकाबला करता और अगर ताकत होती भी तो उसके हाथ नारायण से मुकाबला करने के लिए तैयार न होते।

यहाँ पर हम अपने पाठकों को इस नारायण का कुछ परिचय दे देना उचित समझते हैं।

हमारे पाठक जमानिया के राजा गोपालसिंह को बख़ूबी जानते हैं तथा इन्दिरा के बयान में उनके पिता राजा गिरधरसिंह का भी कुछ जिक्र सुन चुके हैं। इस समय वही राजा गिरधरसिंह जमानिया का राज्य कर रहे हैं और यह कमबख़्त तिलिस्मी दारोगा उन्हीं का प्यारा मुसाहब है, तथा यह नकाबपोश जिसे हम नारायण के नाम से संबोधन कर चुके हैं राजा गिरधरसिंह के छोटे भाई शंकरसिंह हैं।

राजा गिरधरसिंह बिलकुल ही सीधे-सादे और सरल स्वभाव के आदमी हैं। छल-प्रपंच को यह लेश मात्र भी नहीं जानते तथा राज-काज के मामलों और बारीकियों को भी वे अच्छी तरह नहीं समझ सकते, परन्तु उनके छोटे भाई शंकरसिंह बड़े बुद्धिमान, तेज़, समझदार और बहादुर आदमी हैं। हिम्मत, उत्साह और जवाँमर्दी इनके रग-रग में भरी हुई है तथा दुष्टों को सज़ा देने और सज्जनों को प्रसन्न करने में भी वैसे ही दत्तचित्त रहते हैं जैसा कि राजा लोगों का धर्म है। उनकी रिआया का कथन है कि यदि शंकरसिंह जी हमारे जमानिया के राजा हुए होते तो बहुत ही अच्छा था परन्तु नियमानुसार बड़े भाई होने के कारण गिरधरसिंह जी हाँ जमानिया के राजा हुआ और वहाँ की प्रजा बल्कि स्वयं राजा गिरधरसिंह की इच्छा होने पर भी शंकरसिंह ने धर्म-विरुद्ध कार्य करना और बड़े भाई के रहते राजा बनना स्वीकार नहीं किया। फिर भी राजा हो जाने पर भी गिरधरसिंह

अपने छोटे भाई शंकरसिंह की इज़्ज़त करते हैं और एक तौर पर इनसे दबते ही रहते हैं तथा तिलिस्मी मामलों में भी ज़्यादे जानकारी शंकरसिंह ही को है।

वह तिलिस्मी दारोगा जिसका असल नाम यदुनाथ शर्मा था इस राज्य के गुरु तथा पुरोहित खानदान का लड़का था अर्थात् इसके बुजुर्ग लोग राजा साहब के बुजुर्गों के गुरु और पुरोहित होते आये हैं और सदैव से इन लोगों को मुसाहिब की इज़्ज़त मिलती आई है। आज भी उसी पुराने संबंध से राजा गिरधरसिंह इसे मानते और इसकी इज़्ज़त करते

मगर इस दारोगा के बुजुर्ग लोग चाहे जैसे भी ने और ईमानदार होते आए हों फिर भी यह बड़ी ही दुष्ट प्रकृति का आदमी है। लालच, बेईमानी, नमकहरामी, बदमाशी, ऐयाशी और दगाबाज़ी का तो इसे पुतला ही समझना चाहिए, मगर वह अपने भेद और भाव को ऐसा छिपाए और बनाए रहता है कि किसी को इसके ऊपर बदगुमान होने का जरा भी मौका नहीं मिलता। अपनी चापलूसियों से यह राजा गिरधरसिंह को अपना आशिक़ बनाए हुए था मगर शंकरसिंह इस पर विश्वास नहीं करते और हमेशा इसके भेदों की खोज में लगे रहते हैं, और इसी तरह दारोगा भी इनसे हमेशा चौकन्ना बना रहता है। शंकरसिंह को किसी तरह इस बात का भी पता लग गया कि दारोगा ने कोई गुप्त कमेटी बनाई हुई है। जिसके सभासद लोग इसी शहर के रहने वाले तथा इसी दरबार के बड़े-बड़े ओहदेदार लोग हैं। यद्यपि उसका ठीक-ठीक पता शंकरसिंह को अभी तक मालूम नहीं हुआ था, तथापि उन्होंने अपने बड़े भाई राजा साहब से इसका जिक्र कर दिया था जिस पर उन्होंने यह कह कर बात टाल दी थी कि यह ख़बर बेबुनियाद है, हमारा दारोगा ऐसा बेईमान नहीं है बल्कि जती और सती महात्मा आदमी हैं।

शंकरसिंह की तरह दारोगा भी इनसे चौकन्ना बना रहता और इनको अपना जानी दुश्मन समझता हुआ बराबर इस बात की धुन में लगा रहता था कि किसी तरह इन्हें इस दुनिया से उठा दिया जाय, मगर बात यह थी कि जमानिया के सभी आदमी बल्कि दारोगा वाली गुप्त कमेटी के मेंबर लोग भी शंकरसिंह को दिल से प्यार करते थे और इसलिए बेईमान दारोगा की इच्छा पूरी नहीं होती थी।

अब हम अपने किस्से की तरफ़ झुकते हैं।

शंकरसिंह ने दारोगा को कई कदम पीछे हटाकर उसका हाथ छोड़ दिया और कहा, "दारोगा साहब, यह तो बताइए कि इन बेचारे प्रभाकर सिंह ने आपका क्या बिगाड़ा है जो इनकी जान लेने के लिए तैयार हो रहे हैं?"

दारोगा ने तलवार ज़मीन पर फेंक दी और हाथ जोड़कर शंकरसिंह के सामने खड़ा होकर बोला, "यद्यपि आपके चेहरे पर नकाब पड़ी हुई है मगर मैं आपको पहिचान गया, मेरा दिल गवाही देता है कि आप मेरे मालिक भैया राजा हैं। अगर मेरा विचार ठीक है तो कृपा करके चेहरे पर से नकाब हटा दीजिए जिसमें मेरी दिलजमयी हो जाय और मैं जी खोल कर जो कुछ कहना है कहूँ, मेरी बातें सुनने के बाद आप मेरे विषय में फैसला करें।"

शंकरसिंह : **(नकाब उलट कर)** लो मुझे अच्छी तरह पहिचान लो कि मैं कौन हूँ। मैं तुम्हारी सभी बातें सुनने के लिए भी तैयार हूँ मगर पहिले उस बात का जवाब दो मैं कुछ पूछ चुका हूँ अर्थात् प्रभाकर सिंह ने तुम्हारा क्या बिगाड़ा है जो उन्हें कत्ल किया चाहते थे?

दारोगा : **(हाथ जोड़े हुए)** प्रभाकर सिंह ने मेरा तो कुछ नहीं बिगाड़ा है मगर हमारे महाराज के साथ और इस राज्य के साथ उन्होंने बहुत बुरा बर्त्ताव किया है। आपको कदाचित् मालूम नहीं है कि जमानिया तिलिस्म के अंदर घुसकर इन्होंने बहुत उपद्रव मचाया और बहुत कुछ नियम-विरुद्ध काम किया है, जिसकी सज़ा ही यह है कि ये कत्ल किये जाएँ। आप ख़ूब जानते हैं कि तिलिस्मी नियम कैसे कड़े हैं।

शंकरसिंह : तिलिस्मी नियमों को जो मैं जानता हूँ वह तुम क्या तुम्हारे बाप भी नहीं जानते होंगे और प्रभाकर सिंह ने तिलिस्म के अंदर जो कुछ खराबी की है उसे भी मैं ख़ूब जानता हूँ। यह कोई भी नहीं कह सकता कि प्रभाकर सिंह किसी बदनीयती से या अपने किसी फायदे के लिए तिलिस्म के अंदर आए हों। वास्तव में उन्हें तिलिस्म के अंदर लाने वाला या लाने का कारण भूतनाथ ही है जो तुम्हारा दोस्त है और जिसकी प्रसन्नता के लिए इस समय तुम अनुचित-से-अनुचित कार्य करने के लिए तैयार हो गये हो। अगर जमना, सरस्वती और इन्दुमति को भूतनाथ धोखा देकर तिलिस्म में फँसा न देता तो प्रभाकर सिंह भी कदापि तिलिस्म के अंदर न आते। कहो इसके विपरीत कोई बात साबित करने के लिए तुम्हारे पास क्या मसाला है?

दारोगा : आप बड़े हैं और मालिक हैं, मैं आपका गुलाम हूँ, अतएव मुझे उचित नहीं कि मैं आपसे बहस करूँ। मुझे इस बात की कुछ भी ख़बर नहीं है कि प्रभाकर सिंह इस तिलिस्म के अंदर क्यों आए? मुझे तो इस बात की ख़बर लगी कि प्रभाकर सिंह कई औरतों को साथ लेकर तिलिस्म के अंदर विचर रहे हैं अस्तु मैंने अपने मालिक की भलाई सोच कर इन्हें गिरफ्तार कर लिया...

शंकरसिंह : **(बात काटकर)** भला यह भी कोई समझाने की बात है? तुम्हें इनके विषय में क्योंकर ख़बर लगी? क्या तुम्हारे जासूस तिलिस्म के अंदर घूमा करते हैं? या तिलिस्म का कोई ख़ास शैतान तुम्हें रोज़-रोज़ की ख़बर सुना जाता है? या खुद तुम ही नियमित रूप से रोज़ तिलिस्म के अंदर घूम-घूम कर उसके दरोदीवार तथा पेड़-पत्तों की ख़बरदारी किया करते हो और ऐसा करने के लिए महाराज ने तुम्हें ताकीद की है?

दारोगा : **(कुछ लाजवाब-सा होकर)** मैं तो पहिले ही कह चुका हूँ कि आपसे बहस करने की मेरी नीयत नहीं है। और न ऐसा करना मेरे लिए उचित ही है।

शंकरसिंह : यह कोई बहस की बात नहीं है। मैं तो सिर्फ़ इतना तुमसे पूछता हूँ कि इनके विषय में तुम्हें किसने ख़बर दी और किसने कहा कि प्रभाकर सिंह तिलिस्म के अंदर ऊधम मचा रहे हैं।

दारोगा : **(कुछ घबड़ाना-सा होकर)** जी ई...ई...ई...मुझे कुछ यों-ही-सा खुटका हो गया, और मैं...

शंकरसिंह : **(रोककर)** बस बस, ख़बरदार, झूठ बोलना तुम्हारे हक में अच्छा न होगा, तुम ठीक-ठीक जवाब देने के लिए तैयार हो जाओ! **(प्रभाकर सिंह की तरफ़ देखकर)** अच्छा कृपा कर आप ही कह जाइए कि इसके फँदे में आप क्योंकर फँस गये?

मगर प्रभाकर सिंह ने इस बात का कुछ भी जवाब न दिया जिस पर शंकरसिंह ने फिर पूछा, "आप मेरी बातों का जवाब क्यों नहीं देते **(कुछ आगे बढ़कर)** आपका चुप रहना मुझे ताज्जुब में डालता है। **(और आगे बढ़कर और उनके चेहरे की तरफ़ गौर से देखकर)** क्या आपके चुप रहने की कोई ख़ास वजह है? है यह क्या? आपका शरीर काँपता क्यों है? बस ठीक-ठीक बता! मैं समझ गया, ओ बेईमान, तू कभी प्रभाकर सिंह नहीं है, सच बता तू कौन है? अच्छा मैं तेरे हाथ-पैर खोल देता हूँ!"

इतना कहकर शंकरसिंह ने नकली प्रभाकर सिंह के हाथ-पैर खोल दिये और कहा, "ले अब ठीक-ठीक बोल कि तू कौन है और प्रभाकर सिंह की सूरत बनाने की तुझे क्या ज़रूरत पड़ी यह क्या, तू दारोगा की तरफ़ क्यों देखते हैं? क्या इशारे ही इशारे में उससे सलाह करना चाहता है? ख़बरदार, जल्द बोल तू कौन है!"

जब शंकरसिंह ने देखा कि नकली प्रभाकर सिंह उनकी बातों का कुछ जवाब नहीं देते तब उन्होंने पीछे की तरफ़ घूमकर देखा और ज़ोर से चार दफ़े सीटी बजाई, सीटी की आवाज़ के साथ ही चार आदमी उसी झाड़ी के अंदर से निकलकर शंकरसिंह के पास चले आये जिसमें से स्वयं शंकरसिंह प्रकट हुए थे। शंकरसिंह की आज्ञा पा दो आदमी तो खड़े हो गये, एक आदमी नकली प्रभाकर सिंह के पास जा खड़ा हुआ, और एक आदमी पानी लेने के लिए कहीं चला गया जो बात-ही-बात में पानी से भरी हुई गगरी लेकर वहाँ मौजूद हुआ।

शंकरसिंह ने आज्ञा दी कि नकली प्रभाकर सिंह का चेहरा पानी से साफ किया जाय। उसी समय उसका चेहरा साफ किया गया और असली सूरत पर निगाह पड़ते ही आश्चर्य में आकर शंकरसिंह बोल उठे, "अख्याह! आप जैपाल सिंह सिंह हैं!!"

शंकरसिंह : **(दारोगा की तरफ़ देखकर)** जब अपने दोस्त जैपाल को तूने प्रभाकर सिंह बना रखा है तो इसमें कोई ख़ास बात ज़रूर है और निश्चय है कि तेरा तलवार का हाथ उठाना इसे मारने के लिए न था बल्कि किसी को धोखा देने के लिए था। **(कुछ सोचकर और इधर-उधर देखकर)** तुम जिसको धोखा दे रहे थे वह ज़रूर कहीं पास ही में होगा। ऊपर की दरीची में से जमना, सरस्वती और इन्दुमति बड़ी दिलचस्पी के साथ यह तमाशा देख रही थीं, इस बात का पता लग जाने पर उन्हें बड़ी प्रसन्नता हुई कि प्रभाकर सिंह वास्तव में प्रभाकर सिंह न थे बल्कि दारोगा का कोई दोस्त था और हम लोगों को धोखे में डालने के लिए यह ढंग रचा गया था अस्तु उन्होंने जब शंकरसिंह

को किसी खोज में चारों तरफ़ निगाह दौड़ाते देखा तो जमना ने हाथ उठाया। उसी समय शंकरसिंह की भी निगाह उन तीनों पर जा पड़ी, उन्होंने बड़ी खुशी के साथ अपना हाथ उठाकर जवाब दिया और तब यह भी कहा, "घबड़ाना नहीं, अब मैं आ पहुँचा हूँ।"

इसके बाद शंकरसिंह ने पुनः दारोगा की तरफ़ देखकर कहा, "देखते हो उस (**ऊपर की तरफ़ हाथ का इशारा करके**) दरीची में से कौन झाँक रहा है? भला इन तीनों औरतों ने तुम्हारा क्या बिगाड़ा है? तुम साफ-साफ क्यों नहीं कहते कि यह सब कार्रवाई केवल गदाधरसिंह की मदद के लिए की गई है! बोलो वास्तव में यही बात है या नहीं?"

दारोगा ने शंकरसिंह की बात का कुछ भी जवाब न दिया और सिर नीचा करके ज़मीन की तरफ़ देखने लगा। शंकरसिंह ने क्षणमात्र तक कुछ विचार किया और इसके बाद पुनः दारोगा से कहा, "अच्छा मैं इस समय तुम दोनों को छोड़ देता हूँ, इस मामले का फैसला भाई साहब (**महाराज**) के सामने ही किया जाएगा, और इस समय तुम मुझे अपने साथ जमना, सरस्वती और इन्दुमति के पास ले चलो जो उस दरीची में से झाँक कर तुम्हारी बेईमानी का तमाशा देख रही हैं।"

"चलिए मैं आपको ले चलता हूँ" कहकर दारोगा मकान की तरफ़ रवाना हुआ। शंकरसिंह उसके साथ-साथ चलने लगे।

वह दारोगा का मकान कुछ अजीब ढंग का बना हुआ था, देखने वाला यही कहेगा कि इस मकान का भी किसी तिलिस्म से संबंध है मगर ऐसी बात न थी। दारोगा ने सिर्फ़ अपनी ही कारीगरी और बुद्धिमानी से इस मकान को तैयार कराया था। इस मकान में कई दालान, कई कमरे, कई कोठरियाँ, कई तहखाने और कई सुरंगें बनी हुई थीं। एक-एक कमरे और कोठरी में जाने के लिए कई रास्ते थे। किसी अनजान आदमी को यदि अकेले उस मकान में छोड़ दिया जाए तो वह घूमता-ही-घूमता परेशान हो जाय और घबड़ा जाय तथा उसे बाहर निकलने के लिए रास्ते का पता न लगे। शंकरसिंह को आज से पहिले इस मकान में आने का कभी इत्तिफाक़ न पड़ा था, अस्तु वे इस मकान की कैफ़ियत को देखकर आश्चर्य करने लगे। जैसे-जैसे दारोगा उन्हें कोठरियों, कमरों और दालानों में घूमता था तैसे-जैसे उन्हें उसकी चालबाज़ी और बदनीयती का ख़याल बढ़ता जाता था। दारोगा यह नहीं चाहता था कि शंकरसिंह को जमना, सरस्वती और इन्दुमति के सामने ले जाय और इसीलिए वह उन्हें अंदाज़ से ज़्यादा घूमता और चक्कर दिलाता हुआ धीरे-धीरे ऊपर की तरफ़ लिए जा रहा था!

इसी तरह घूमते-फिरते वे एक ऐसे दरवाज़े के पास पहुँचे जिसमें बहुत बड़ा ताला लगा हुआ था और उसी की बगल में एक और भी छोटा-सा दरवाज़ा था जिसके दोनों पल्ले खुले हुए थे। वही पर दारोगा रुक गया और उसने शंकरसिंह की तरफ़ देखकर कहा, "जरा-सा आप यहाँ पर खड़े रहने की तकलीफ़ गंवारा कीजिए तो मैं जाकर इस दरवाज़े को खोलने के लिए ताली ले आऊँ क्योंकि वे तीनों औरतें इसी के अंदर हैं।"

इसके जवाब में शंकरसिंह न मालूम क्या सोच कर कुछ देर तक तो दारोगा का मुँह देखते रहे और तब बोले, "खैर कोई चिंता नहीं आप जाइए और ताली लेकर जल्द आइए।"

दारोगा फुरती के साथ उस दूसरे छोटे दरवाज़े के अंदर घुस गया और शंकरसिंह वहाँ खड़े रहकर उसके आने का इंतज़ार करने लगे। ज्यों-ज्यों दारोगा के आने में देर होती थी त्यों-त्यों शंकरसिंह का क्रोध बढ़ता जाता था और इस बात का भी शक हो रहा था कि वह हमें धोखा देकर यही से निकल भागा।

घंटे-भर तक शंकरसिंह चुपचाप वहाँ खड़े रह गए और दारोगा लौट कर नहीं आया, अंत में वे बहुत झुँझलाए और वहाँ से दारोगा की खोज में चल खड़े हुए। जिस छोटे दरवाज़े के अंदर दारोगा घुस गया था उसी दरवाज़े के अंदर शंकरसिंह भी चले गये मगर आने-जाने के लिए उन्हें कोई रास्ता नहीं मिला क्योंकि उस दरवाज़े के अंदर घुसने के बाद वे एक ऐसी कोठरी में पहुँचे जिसके दोनों बगल और भी दरवाज़े थे मगर वैसे भी इस समय बंद थे। शंकरसिंह झुँझलाते हुए कोठरी में से बाहर निकले और मकान के बाहर हो जाने के लिए उद्योग करने लगे।

मगर वास्तव में यह मकान भूलभुलैया था। शंकरसिंह को घूमते हुए कई घंटे बीत गये, यहाँ तक कि सूर्य भगवान अस्ताचल की तरफ़ चले गए और उस मकान के अंदर अंधकार ने धीरे-धीरे अपना दखल जमाना शुरू कर दिया।

घूमते-फिरते उन्हें कई बंद दरवाज़े भी मिले जिन्हें देखकर उन्होंने समझा कि यह दारोगा की शैतानी है, भागते समय उसने उन दरवाज़ों को बंद कर दिया जिनके जरिए से बाहर हो जाने की उम्मीद हो सकती थी अस्तु उन्होंने पुनः घूमना आरम्भ किया मगर जब कोठरियों और कमरों में पूरा अंधकार छा गया तब लाचार होकर एक ठिकाने बैठ गए और चिंता करने लगे कि अब क्या करना चाहिए।

3

जमना, सरस्वती और इन्दुमति उस दरीची में से झाँककर देख रही थी और इस आशा में थीं कि अब शंकरसिंह शीघ्र यहाँ आकर हम लोगों को इस क़ैद से छुटकारा देंगे। जब शंकरसिंह दारोगा को साथ लिए हुए उस मकान की तरफ़ बढ़े तब उन तीनों औरतों ने अपने विचार की पुष्टि समझी और जमुना के मुँह से निकल पड़ा "लो अब तो वे हमारी तरफ़ चले आ रहे हैं!"

हम ऊपर लिख आए हैं कि जमना, सरस्वती और इन्दुमति के पीछे दारोगा के दो आदमी नंगी तलवार लिए खड़े हो गये थे जबकि वे तीनों खिड़की के नीचे झाँक रही थी, अस्तु उन दोनों नकाबपोशों ने भी झाँककर नीचे की अवस्था देख ली थी। दारोगा का दिल चाहे कैसा ही मज़बूत हो परन्तु उन दोनों नकाबपोशों के कलेजे हिल गये और

उन दोनों ने निश्चय कर लिया कि अगर शंकरसिंह जी हम दोनों को यहाँ देख लेंगे तो निश्चय ही हम जान से मारे जाएँगे, यह विचार उनका मज़बूत ही होता चला गया और जब उन दोनों ने देखा कि दारोगा के साथ लिये हुए शंकरसिंह उसी तरफ़ चले आ रहे हैं तब तो वे दोनों एकदम से ही भाग खड़े हुए। जमना, सरस्वती और इन्दुमति को मालूम भी न हुआ कि हमारे निगहबान कब और कहाँ भाग गये। शंकरसिंह को अपनी तरफ़ आते देख प्रसन्नता के साथ घूमकर जब जमना ने इन्दुमति से कुछ कहने के लिए पीछे की तरफ़ देखा तब मालूम हुआ कि वे दोनों नकाबपोश गायब हो गये। तीनों को आश्चर्य हुआ मगर साथ ही यह भी विश्वास हो गया कि शंकरसिंह के डर से वे दोनों भाग गये।

कई क्षण आश्चर्य करने के बाद जमना ने इन्दुमति और सरस्वती की तरफ़ देखकर कहा–

जमना : क्या हम लोगों को इसी जगह पर खड़े रहना चाहिये?

सरस्वती : फिर और क्या किया जाएगा?

जमना : अगर उस कमरे में जहाँ हम लोग क़ैद थे चलें तो क्या हर्ज है? शायद हमारे नारायण जी उसी तरफ़ आवे।

इन्दुमति : इसका कौन ठिकाना है? देखो इधर भी तो एक दरवाज़ा है, शायद इसी राह से आवे, उसके अतिरिक्त उन्होंने इस ठिकाने हम लोगों को देख लिया है इसलिए उनका सबसे ज़्यादा विचार इसी स्थान पर आने का होगा, दूसरी जगह चले जाने से कदाचित् मुलाकात में देर हो!

सरस्वती : तुम्हारा विचार बहुत ठीक है।

जमना : बेशक् हम लोगों को इसी जगह अटकना चाहिए। (**रुककर और किसी आहट की तरफ़ ध्यान देकर**) मालूम नहीं क्या बात है, उन्हें आने में इतनी देर क्यों हुई!

इन्दुमति : बेशक् देर तो ज़रूर हुई, कहीं दारोगा को साथ लिए दूसरी तरफ़ तो नहीं चले गये।

सरस्वती : ईश्वर ही जाने!

इसी तरह के विचारों के साथ जमना, सरस्वती और इन्दुमति को इंतज़ार करते हुए कई घंटे बीत गये मगर शंकरसिंह उनके पास न आये। अंत में पहर-भर से ज़्यादे रात बीत जाने के बाद लाचार होकर वे तीनों वहाँ से हटीं और धीरे-धीरे से उस कमरे की तरफ़ रवाना हुई जिसमें क़ैद थी मगर उसी समय पीछे की तरफ़ से किवाड़ खुलने की आवाज़ आई और जब घूमकर पीछे की तरफ़ देखा तो दो नकाबपोशों पर निगाह पड़ी।

बात-ही-बात में वे दोनों नकाबपोश जमना, सरस्वती और इन्दुमति के पास जा पहुँचे। बिना कुछ कहे-सुने उन दोनों ने अपनी कमर से एक-एक चादर खोल कर उन

तीनों औरतों के ऊपर फेंक दी और चेहरे पर दो-तीन दफ़े लपेटकर हाथ से कुछ क्षण के लिए थाम लिया। उन चादरों में से एक तरह की बहुत तेज़ खुशबू आ रही थी जो बेहोशी पैदा करने वाली थी, अस्तु उसकी खुशबू से बहुत जल्द बेहोश होकर जमना, सरस्वती और इन्दुमति ज़मीन पर गिर पड़ी और जब कई पहर बीत जाने के बाद उनकी बेहोशी दूर हुई और उन्होंने आँखें खोलकर आश्चर्य से चारों तरफ़ देखा तो अपने को एक भयानक जंगल में पड़े और भूतनाथ को अपने सामने खड़े पाया। अनुमान से इस समय दिन एक पहर से ज़्यादा चढ़ चुका था।

4

आँख खुलने के साथ ही भूतनाथ को सामने देखकर जमना, सरस्वती और इन्दुमति चौंक पड़ी और घबराकर अपनी अवस्था की तरफ़ देखने लगीं। कपड़े से उन तीनों के हाथ-पैर बँधे हुए थे और कलम-दवात तथा काग़ज़ का एक सादा टुकड़ा जमना के सामने पड़ा हुआ था।

भूतनाथ : **(तीनों की तरफ़ देख के)** बस मुझे, विशेष कहने की कोई ज़रूरत नहीं जितना ही तुम लोगों का मुलाहिज़ा किया गया उतना ही तुम लोग शेर होती गई, अस्तु अब तुम लोगों के साथ अन्तिम व्यवहार किया जाता है। यह कलम-दवात और काग़ज़ का टुकड़ा तुम लोगों के सामने पड़ा हुआ है, तुम तीनों में से कोई एक इस काग़ज़ पर जो कुछ मैं कहूँ सीधी तरह लिख दो तब तो तुम लोगों को छोड़ दूँगा नहीं तो ख़ूब समझ रखना कि बेंत और कमचियों से मार-मार कर तुम लोगों की खाल उड़वा दूँगा और लड़ा कर तुम लोगों की आत्मा को उस तरफ़ रवाना कर दूँगा जहाँ को जाने वाला फिर इस सूरत में लौटकर नहीं आता...

जमना : बस-बस, अपना लंबा-चौड़ा व्याख्यान रहने दे, हम लोगों को तेरे हाथ से जान बचाने की अब कोई ज़रूरत नहीं।

सरस्वती : चाहे किसी तरह की मौत मिले हम लोगों को वह ज़रूर प्यारी होगी।

इन्दुमति : हम लोग इस दुनिया को छोड़ जाना ही पसन्द करती हैं, इस दुनिया से कूच कर जाएँगे मगर तुझे खुश करने के लिए पूरा सामान छोड़ जाएँगे।

जमना : इन लोगों के साथ वैसा ही सलूक कर जैसा कि तू बर्दाश्त कर सके, उतना ही मार जितना कि तेरा शरीर सह सके, और उसी जगह भेज जहाँ जाना तू पसन्द कर।

भूतनाथ : **(क्रोध से दाँत पीस कर)** मालूम होता है कि तुम लोगों का दिमाग खराब हो गया है, तुम लोगों को...

भूतनाथ और कुछ कहा ही चाहता था कि पीछे को तरफ़ से आवाज़ आई, "जरा ठहरना, जल्दी न करना।" भूतनाथ ने पीछे फिरकर देखा तो दारोगा साहब के प्यारे दोस्त

जैपाल पर निगाह पड़ी। थोड़ी दूर आगे बढ़कर जैपाल सिंह रुक गया और उसने हाथ का इशारा करके भूतनाथ को अपने पास बुलाया।

भूतनाथ ने समझा कि वह कोई ऐसा संदेश कहने के लिए आया है जो जमना, सरस्वती और इन्दुमति के सुनने लायक नहीं और इसीलिए वह इन लोगों के पास से हटाकर मुझे अलग बुला रहा है, अस्तु वह तेज़ी के साथ जैपाल सिंह सिंह के पास चला गया और बोला, "कहो क्या बात है?"

जैपाल सिंह : मैं दारोगा साहब का भेजा आपके पास गया हूँ।

भूतनाथ : क्या उनके पास कोई आदमी उस वक्त न था जो उन्होंने आपको परेशान किया?

जैपाल : आदमी तो बहुत थे मगर मामला कैसा नाज़ुक है इसे भी तो सोचिए!

भूतनाथ : बेशक् इस मौके पर दूसरे आदमी का अपना अच्छा न होता। जमना, सरस्वती और इन्दुमति पर किसी की भी निगाह न पड़नी चाहिए।

जैपाल सिंह : आप समझते हैं तो फिर ऐसा सवाल क्यों करते हैं?

भूतनाथ : (**मुस्कराता हुआ**) बेशक् मेरी भूल थी जो मैंने ऐसा पूछा, अच्छा बताइए आपका आना किस लिए हुआ? क्या कोई पत्र लाए हैं?

जैपाल सिंह : नहीं, पत्र तो नहीं लाया हूँ परन्तु जुबानी सन्देश के साथ-साथ एक डिबिया है जिसके विषय में दारोगा साहब ने कहा है कि इसे खोल कर जमना, सरस्वती और इन्दुमति को दिखा देना और अगर इस पर भी वे तुम्हारी बात न मानें तो उन्हें अवश्य कत्ल कर डालना। इसके अतिरिक्त यह भी कहा है कि 'संध्या समय मुझसे 'बसन्त बाग' में ज़रूर मिलना'।

इतना कहकर जैपाल सिंह ने अपनी कमर से चाँदी की एक डिबिया निकाली और भूतनाथ के हाथ में दी। डिबिया का ढकना बहुत सख्त बैठा हुआ था परन्तु भूतनाथ ने उसे ज़ोर करके खोला, देखा कि उसके अंदर मरहम की तरह जंगारी रंग का कोई जमाया हुआ पदार्थ है जिसके बीचों-बीच में रखा हुआ एक हीरे का टुकड़ा अपनी तड़प दिखा रहा है। यह मरहम निहायत ही खुशबूदार था। बिना नाक के साथ लगाए ही उसकी खुशबू से दिमाग मुअत्तर हो रहा था और खुशबू भी ऐसी प्यारी थी कि बिना सूँघे भूतनाथ से रहा न गया। उसने नाक के साथ डिबिया लगा कर उसको सूँघा और साथ ही चक्कर खाकर ज़मीन पर गिर के बेहोश हो गया।

भूतनाथ यदि नाक लगाकर उस मरहम को न भी सूँघता तो भी बेहोश हो जाता परन्तु कुछ समय के बाद, क्योंकि बेहोश करने वाली उस मरहम की खुशबू से उसका दिमाग मुअत्तर हो चुका था।

जमना, सरस्वती और इन्दुमति दूर से ही इस तमाशे को देख रही थी। बेहोश भूतनाथ को उसी जगह छोड़ जैपाल जमना, सरस्वती और इन्दुमति के पास गया और बोला, "मैं हूँ आदित्य मंडल!" यह अनूठा शब्द सुनते ही वे तीनों प्रसन्न हो गई, उनकी आँखें डबडबा आई और तीनों ने सर झुकाकर नकली जैपाल को प्रणाम किया। इस जैपाल ने फुरती के साथ उनके हाथ-पैर खोल दिये और तीनों को साथ लिए हुए घने जंगल में घुसकर बात-ही-बात में नज़रों से गायब हो गया।

इस वारदात को दो घंटे गुजर गये, भूतनाथ अभी तक बेहोश पड़ा हुआ है, यद्यपि दोपहर की करारी धूप बड़ी ही दुखदायी हो रही थी परन्तु भूतनाथ एक घने पेड़ के नीचे है जहाँ और भी दो घंटे धूप के आने की उम्मीद नहीं, पाठक महाशय, देखिए एक बार पुनः जमना, सरस्वती और इन्दुमति उसी स्थान की तरफ़ आ रही है, जहाँ उनकी बेहोशी दूर हुई थी जहाँ आँख खुलने के साथ ही उन्होंने अपने सामने भूतनाथ को मौजूद पाया था।

मगर ये जमना, सरस्वती और इन्दुमति अपनी खुशी से वहाँ नहीं आ रही हैं बल्कि जबरदस्ती के साथ लाई जा रही हैं। तीन आदमी मज़बूती के साथ पकड़े हुए उन्हें उसी स्थान पर ले आये तथा पहिले की तरह मज़बूती के साथ फिर उनके हाथ-पैर बाँध कर उसी तरह ज़मीन पर बैठा दिया। उसी समय एक चौथा आदमी भी आया जो अपनी पीठ पर बेहोश जैपाल को लादे हुए था। उसने भी भूतनाथ के पास पहुँचकर गठड़ी उतारी और जैपाल सिंह को ज़मीन पर सुला, जिधर से आया था उधर ही चला गया। ये तीनों आदमी भी जो जमना, सरस्वती और इन्दुमति को गिरफ्तार कर लाए वे अपना काम पूरा करके चले गये और फिर लौट कर न आये।

कुछ देर और बीतने के बाद भूतनाथ की बेहोशी दूर हुई, उसने करवट बदली और दो-चार दफ़े अंगड़ाई लेकर उठ खड़ा हुआ, थोड़ा विचार करते ही उसे विश्वास हो गया कि ज़रूर उसके साथ चालाकी खेली गई और जैपाल की सूरत बनकर ज़रूर कोई ऐयार आया जो उसको धोखा देकर बेहोश करने के बाद अपना काम कर गया, परन्तु उसी समय उसकी निगाह बेहोश जैपाल पर पड़ी और साथ ही इसके जमना, सरस्वती और इन्दुमति को भी उसने देखा जो हाथ-पैर बँधे रहने के कारण ज्यों-की-त्यों बैठी हुई लंबी साँसे ले रही थीं-अस्तु उसका विचार पलट गया और अब वह सोचने लगा कि 'नहीं, जैपाल ने मुझे कोई धोखा नहीं दिया, अगर वह कोई होता तो ज़रूर अपना काम कर यहाँ से चला जाता, मगर मैं देखता हूँ कि उसके साथ-साथ जमना, सरस्वती और इन्दुमति भी ज्यों-की-त्यों मौजूद हैं और मेरी अवस्था में भी किसी तरह का फर्क नहीं पड़ा है यहाँ तक कि ऐयारी का बटुवा भी कमर में मौजूद है, साथ ही इसके जैपाल सिंह भी इसी जगह बेहोश पड़ा हुआ है जिससे मालूम होता है कि जिस डिबिया को सूँघकर मैं बेहोश हो गया उसी खुशबू ने जैफल को भी बेहोश कर दिया है। (**कुछ सोचकर और चौंककर**) मगर आश्चर्य की बात है कि वह डिबिया दिखाई नहीं देती। शायद जैपाल ने

उठाकर अपने पास रख ली हो, अब इसे होश में लाया जाय तो पता लगे। इत्यादि बातें सोच कर भूतनाथ जैपाल के पास गया और अपने बटुए में से लखलखा निकाल कर उसे सुँघाने लगा मगर वह होश में न आया। भूतनाथ बोल उठा, "ओफ बड़ी कड़ी बेहोशी है! ईश्वर की ही कृपा थी कि मैं इतनी जल्दी होश में आ गया।"

दो-तीन बार लखलखा सुँघाने पर भी जब जैपाल होश में न आया तो भूतनाथ ने उसे छोड़ दिया और जमना, सरस्वती और इन्दुमति के पास जाकर क्रोध-भरी निगाहों से उनकी तरफ़ देख के बोला, "बस अब मैं ज़्यादे इंतज़ार नहीं कर सकता, साफ जवाब दो कि जो कुछ मैंने कहा था वह लिख देने के लिए तुम तैयार हो या नहीं।"

इसके जवाब में उन औरतों ने मुँह से कुछ नहीं कहा मगर हाथ से ज़रूर कुछ इशारा किया जिसे भूतनाथ कुछ समझ न सका। उसे विश्वास हो गया कि मेरे कहे मुताबिक ये औरतें कदापि न लिखेंगी। अस्तु उसने चिंता और क्रोध से व्याकुल होकर तलवार खैंच ली और यह कहकर कि अच्छा फिर जो कुछ होगा देखा जाएगा, एक ही बार में जमना का सर अलग कर दिया, इतने पर भी भूतनाथ को सब्र न हुआ और लगे हाथ सरस्वती और इन्दुमति को भी मार कर अपने हिसाब से निश्चिन्त और बेफिक्र हो गया।

हाय हाय, भूतनाथ ने कैसी संगदिली का काम किया! कैसी बेदर्दी के साथ इन बेचारियों पर तलवार का वार किया! उसका कलेजा कैसा पत्थर का-सा था कि ऐसा अँधेर करते समय जरा न हिला और मामूली ढंग पर बकरी या भेड़ समझकर उसने उन्हें लापरवाही के साथ मार डाला। आह भूतनाथ, तूने यह काम अच्छा नहीं किया, निःसन्देह इसका बहुत बुरा नतीज़ा तुझको भोगना पड़ेगा।

उस भयानक जंगल में इन लोगों को गाड़ने के लिए एक गड्ढा भी भूतनाथ ने पहिले से ही तजवीज़ कर रखा था जो उस स्थान से थोड़ी ही दूर पड़ता था। तीनों लाशों को उसी गहरे में फेंक कर भूतनाथ ने ऊपर से मिट्टी को कतवार वगैरह डाल कर अच्छी तरह ढँक दिया और अब जहाँ-जहाँ पर उनका खून गिरा था वहाँ की मिट्टी लग; कर उसका निशान भी मिटा दिया।

इन सब बातों से निश्चिंत होकर भूतनाथ पुनः जैपाल के पास आया। उसे उसी तरह बेहोश पाया, पुनः लखलखा सुँघाया मगर कुछ भी फायदा न हुआ। नब्ज पर हाथ रख कर देखा तो नब्ज बहुत बारीक और सुस्त चल रही थी जिससे भूतनाथ को गुमान हुआ कि कहीं इस बेहोशी के कारण यह मर ही न जाय, मगर ऐसा नहीं हुआ और कुछ देर दो-चार करवटें बदलकर जैपाल उठ बैठा। अपने सामने भूतनाथ को देख उसने सलाम किया। भूतनाथ ने उससे मिजाज़ का हाल पूछा मगर उसने कुछ जवाब न दिया। भूतनाथ ने समझा कि अभी इसका मिजाज़ ठिकाने नहीं हुआ, कुछ देर और ठहर जाने पर यह इस लायक हो जाएगा कि मेरी बातों का जवाब दे, अस्तु कुछ समय और ठहर जाने के बाद पुनः उसने उसके मिजाज़ का हाल पूछा, इस बार वह कुछ इशारा करके उठ खड़ा हुआ और आश्चर्य के साथ चारों तरफ़ देखने लगा। उसी समय दूर से कई सवारों के

आने की आहट मिली। कुछ ही देर बाद जिन्हें भूतनाथ ने भी देखा और तुरंत वहाँ से हट जाने का इरादा किया। जैपाल को इशारे में और जुबानी भी यह कहकर कि 'खैर तुम दारोगा साहब के पास लौट जाओ, मैं कल उनसे मिलूँगा' भूतनाथ ने एक तरफ़ का रास्ता लिया और उसका इशारा समझ जैपाल भी वहाँ से कहीं हट गया।

5

शंकरसिंह को धोखा देकर दारोगा निकल गया और उन्हें उसी भूल-भूलैये में उलझा हुआ छोड़ गया जिसका कारण यह था कि इनका वह किसी तरह भी मुकाबला नहीं कर सकता था और उसका भेद इन पर प्रकट हो जाने से उसे विश्वास हो गया कि ये अब मुझे सताए बिना न रहेंगे। यदि ये महाराज से इन बातों की शिकायत कर देंगे तो उनके दिल से तो मैं उतर ही जाऊँगा और ताज्जुब नहीं कि फिर मुझे जन्म-भर के लिए क़ैदखाने की अँधेरी कोठरी नसीब हो।

दारोगा कमबख़्त बड़ा ही बेरहम आदमी था, किसी की जान ले लेना तो उसके लिए एक अदनी बात थी, अस्तु बहुत कुछ सोच-विचार कर शंकरसिंह के विषय में भी उसने यही मुनासिब समझा कि इन्हें गुप्त रीति से मार कर बखेड़ा तय किया जाय क्योंकि तब किसी को इस मामले की ख़बर ही न होगी। यही सबब था कि वह अब शंकरसिंह की जान लेने की फिक्र करने लगा।

आखिर दारोगा अपने उस कमरे में गया जो उसका गुप्त घर था और जिसमें वह तरह-तरह की दवाइयाँ, ऐयारी का सामान, अजीब ढंग की पोशाकें, तरह-तरह के औज़ार और हर्बे तथा इसी तरह के और बहुत-से सामान रखा करता था। यद्यपि यह घबड़ाया हुआ था परन्तु फिर भी एकांत में आकर बैठ गया और सोचने लगा कि अब क्या करना चाहिए। बहुत जल्द उसने यह निश्चय कर लिया कि फलाने ढंग से शंकरसिंह को मार कर बखेड़ा तय कर डालना ही अब सबसे अच्छा है, फिर जो कुछ होगा देखा जाएगा। ऐसा निश्चय करने के साथ ही वह उठ खड़ा हुआ, जो कपड़े पहिने हुए था उन्हें उतारकर दूसरी स्याह पोशाक पहिनी और मामूली तौर पर अपना चेहरा रंग कर ऊपर से स्याह नकाब डाली। इसके बाद एक छुरा, एक खंजर और एक तमंचा तथा एक चोर लालटेन लेकर वह कमरे के बाहर निकला और अपने विचित्र मकान की कोठरियों में घूम-घूमकर शंकरसिंह को खोजने लगा। उसके दोनाली तमंचे में गोलियाँ भरी हुई थीं और रात पहर-भर से ज़्यादे आ चुकी थी।

शंकरसिंह घूमते-फिरते किस जगह तक पहुँचे होंगे या किस अवस्था में होंगे इसे वह नहीं कह सकता था, अस्तु उनका पता लगाने के लिए दारोगा विचित्र ढंग से उन्हें खोजने लगा। उस मकान की बहुत-सी कोठरियाँ और दालानों में कोई-न-कोई सूराख, दरीची, रोशनदान या बालाखाना ज़रूर था, जिसमें से झाँककर दारोगा उन कोठरियों और

कमरों की अवस्था दूर ही से देख रहा था। इस समय उसने निश्चय किया कि पहिले उन्हीं कोठरियों और कमरों में देखना चाहिए जिनमें मैं दूर से देख सकता हूँ, अगर वहाँ पता न लगेगा तब बाकी कोठरियों से घूम कर देखा जाएगा।

आखिर उस अंधकार के समय में भी घूम-फिर कर दारोगा ने थोड़ी ही देर की मेहनत से शंकरसिंह को खोज निकाला। ऊपर-ही-ऊपर वह एक ऐसे बालाखाने में पहुँचा जिसके नीचे की तरफ़ एक छोटा-सा चौखुँटा कमरा बना हुआ था, चोर लालटेन के जरिए से देखने पर मालूम हुआ कि इसी कमरे में शंकरसिंह ज़मीन के ऊपर बेहोश पड़े हुए हैं। दारोगा ने उनके चेहरे पर लालटेन की रोशनी डाली परन्तु शंकरसिंह की निद्रा भंग नहीं हुई, साथ ही इसके यह भी दिखाई दिया कि उनका दाहिना हाथ छाती के ऊपर है और वहाँ से निकला हुआ बहुत-सा खून चारों तरफ़ फैल रहा है। शंकरसिंह की ऐसी अवस्था देखते ही दारोगा चौंक पड़ा और बोल उठा, "मालूम होता है कि इन्होंने आत्महत्या कर ली! घूमते-घूमते जब निकल जाने के लिए कहीं रास्ता न मिला तब घबड़ाकर ऐसा किया होगा। खैर यह भी अच्छा हुआ, मुझे इनके खून से अपना हाथ रंगना न पड़ा।"

जिस जगह पर दारोगा खड़ा होकर शंकरसिंह को देख रहा था उसके दोनों बगल दो छोटे-छोटे दरवाज़े थे। एक दरवाज़ा जिसमें से होकर दारोगा यहाँ आया था खुला हुआ था मगर दूसरा बंद था। दारोगा ने उस बंद दरवाज़े को खोला। और अंदर जाकर एक सुरंग में पहुँचा जो दस-बारह हाथ से ज़्यादे लंबी न थी। सुरंग के अंत में भी एक दरवाज़ा था जिसे दारोगा ने खोला। यहाँ पर नीचे उतर जाने के लिए सीढ़ियाँ बनी हुई थीं। उन्हीं की राह से नीचे उतरकर दारोगा उस कमरे में पहुँचा जिसमें शंकरसिंह पड़े हुए थे। दारोगा को इस बात का निश्चय नहीं था कि वे मर गये या जीते हैं, इसलिए यकायक पास जाते वह डरा और दूर ही से कुछ सायत तक देखता रहा, इसके बाद हाथ में भरा हुआ तमंचा लिए आगे बढ़ा, कुछ देर लालटेन की रोशनी उसके चेहरे पर डाल कर गौर से देखता रहा। अंत में उसे निश्चय हो गया कि ये जीते नहीं बल्कि मरे हुए हैं, तब पास गया और नब्ज पर हाथ रख कर अपना शक मिटाने के बाद देखा कि दाहिने हाथ में छुरे का कब्जा है और छुरा कलेजे के अंदर घुसा हुआ है।

"अब इन्हें ठिकाने पहुँचाना चाहिए।" कहकर दारोगा वहाँ से लौट पड़ा और थोड़ी देर में और दो आदमियों को साथ लिए हुए शंकरसिंह की लाश के पास पहुँचा। इन दोनों के चेहरे पर भी नकाब पड़ी हुई थी, दारोगा की आज्ञानुसार दोनों नाकबपोशों ने शंकरसिंह की लाश उठाई अँर दारोगा के पीछे रवाना हुए। इस कमरे में तीन दरवाज़े थे, एक तो वह जिस राह से दारोगा आया था, दूसरा दरवाज़ा वह था जिस राह से शंकरसिंह आए थे, और तीसरा दरवाज़ा इस समय बंद था, उसी तीसरे दरवाज़े को खोलकर दारोगा उसके अंदर गया और लाश उठाए हुए दोनों नकाबपोश भी उसके पीछे-पीछे चले गए। यह भी पहिले कमरे की तरह का ही एक चौड़ा कमरा था पर उसके चारों तरफ़ दीवार में चार बड़ी-बड़ी आलमारियाँ थीं जिन्हें खोलने या बंद करने के लिए कोई ख़ास खटका बना

हुआ था। दारोगा ने एक अलमारी का पल्ला खोला, उसमें किसी तरह का कोई सामान न था और न वह वास्तव में अलमारी ही थी बल्कि उसके अंदर एक छोटी-सी कोठरी थी जिसमें मुश्किल से चार या पाँच आदमी खड़े हो सकते थे। कोठरी में से नीचे उतर जाने के लिए सीढ़ियाँ बनी हुई थीं। शंकरसिंह की लाश उठवाए हुए दारोगा नीचे तहखाने में उतर गया जो एक गोल कमरे के ढंग का बना हुआ था। इस कमरे के नीचे एक और तहखाना था जिसमें उतर जाने के लिए कमरे के बीचों-बीच में रास्ता बना हुआ था और उसका मुँह लकड़ी के तख्ते से ढका हुआ था। दारोगा ने तख्ता उठाया और शंकरसिंह की लाश उसके अंदर फेंक देने के लिए अपने दोनों आदमियों को कहा।

शंकरसिंह की लाश उसके अंदर फेंक दी गई, तख्ता गिरा कर तहखाने का मुँह ढँक दिया गया और तीनों आदमी नाक दबाए हुए जल्दी-जल्दी ऊपर की तरफ़ रवाना हुए क्योंकि तख्ता खोलने के साथ ही उसके अंदर से बदहवास कर देने वाली ऐसी सड़ी बदबू निकली कि जिससे वे तीनों ही आदमी परेशान हो गये थे।

अपने पीछे के सब दरवाज़े बंद करते हुए तीनों आदमी ऊपर चले आए जहाँ दारोगा ने अपने दोनों साथियों को विदा किया और तब अपने गुप्त क़ैदखाने में चला गया जहाँ पहिले ही से भूतनाथ बैठा हुआ उसका इंतज़ार कर रहा था। दारोगा वहाँ ठहरा नहीं बल्कि भूतनाथ को लेकर उसी तरफ़ पलट पड़ा जहाँ जमुना, सरस्वती और इन्दुमति शंकरसिंह के आने का इंतज़ार कर रही थीं और उन तीनों औरतों के साथ जो कुछ सलूक इन दोनों ने किया वह पहिले के बयान में लिखा जा चुका है, मतलब यह कि दारोगा ने जमना, सरस्वती और इन्दुमति को भूतनाथ के हवाले कर दिया।

6

आधी रात का समय है, चारों तरफ़ सन्नाटा छाया हुआ है, सिर्फ़ गली-कूचों में कभी-कभी पहरा देने वालों की आवाज़ 'जागते रहियो, होशियार रहियो' सुनाई दे जाती है। जमानिया तिलिस्म के दारोगा साहब भी, जिनका दिमाग तरह-तरह के तरसदों का शिकार हो रहा है बहुत देर तक जाग कर और सैकड़ों करवटें बदल कर अब सो गये हैं अगर थोड़ी-थोड़ी देर में उनका शरीर चौंक जाता और क्षण-भर के लिए निद्रा भंग हो जाती है।

जिस कमरे में दारोगा साहब सो रहे हैं वह बहुत ही ख़ूबसूरती के साथ बेशकीमत सामान से सजा हुआ है। चारों तरफ़ की दीवारों पर बहुत अच्छा रंगसाजी का काम किया हुआ है, दरवाज़ों पर किमख्वाब के पर्दे पड़े हुए हैं, मौके-मौके पर दीवारों के साथ बिल्लौरी दीवारगीरें लगी हुई हैं, तथा छत के साथ बेशकीमत कन्दीलें और झाड़ लटक रहे हैं, आलों पर सुन्दर जड़ाऊ गुलदस्ते सजाए हुए हैं जिनमें रखे हुए खुशबूदार फूल-पत्तों के गुच्छे तमाम कमरे की मुअत्तर कर रहे हैं। इस समय यहाँ रोशनी बहुत कम है क्योंकि सिर्फ़ दो ही तीन दीवारगीरों में काफूरी मोमबत्ती जल रही है।

कई घंटे तक बेआरामी की नींद लेने के बाद दारोगा चौंककर जाग पड़ा और उठकर चारपाई के ऊपर बैठ गया। उसे ऐसा मालूम हुआ मानो उसके पैर में किसी जानवर ने काट लिया परन्तु उठकर बैठ जाने पर उसके कमरे की अवस्था देखकर वह घबड़ा गया और आँखें फाड़ चारों तरफ़ देखने लगा। उसने देखा कि जिन दीवारगीरों में काफूरी बत्तियों जल रही थीं वे बुझी हुई हैं और सिर्फ़ बनी जल रही है मगर उस पर भी किसी ने स्याह चादर या इसी तरह की कोई चीज़ डाल दी है जिससे रोशनी बहुत गंदली हो रही है यहाँ तक कि कमरे की चीज़ें साफ नहीं दिखाई देती।

दारोगा के दिल में एक प्रकार का डर पैदा हो गया और उस समय तो उसका कलेजा और भी उछलने लग गया जब उसे कमरे के कोने में कोई स्याह रंग की मूरत धुँधली-सी दिखाई दी।

निःसन्देह पापियों का हृदय बड़ा ही छोटा, बहुत ही कमज़ोर और अत्यन्त डरपोक होता है। दारोगा कोई बहादुर आदमी नहीं था, बहादुर लोग ऐसे नीच कामों को पसन्द नहीं करते जिन्हें दारोगा ने अपना नित्यकर्म ही समझ रखा था। दारोगा केवल चालाकी और दगाबाज़ी से अपना काम निकालता था। यद्यपि किसी की जान लेने के विषय में वह बड़ा ही निर्दय था परन्तु इस काम में उसका दिल उन बहादुरों का-सा न था जो लड़ाई के मैदान में खुल्लम-खुल्ला लड़कर दुश्मनों का सिर काटते हैं बल्कि उसका दिल उन पापियों का-सा था जो केवल लाभ के लिए निर्दोष पुरुषों को अंधकार के समय छिपकर मारते हैं या ज़हर से किसी की जान लेकर छिपे फिरते हैं और डरते हैं कि हमारा यह भेद किसी पर खुल न जाय। इन दोनों दिलों में ज़मीन-आसमान का फर्क है, मगर इससे भी बढ़ कर उस आदमी का दिल पापमय और कमीना है जो अपने मालिक के साथ नमकहरामी और राजा के साथ दगाबाज़ी करता है। शंकरसिंह के साथ दगाबाज़ी करके और उनको ज़मीन के अंदर दफन करके दारोगा का दिल बहुत ही घबड़ाया और बेचैन हुआ। उसे दिन-रात की साठ घड़ियों में से कोई बेफिक्री की नसीब नहीं होती थी। शंकरसिंह की लाश को ज़मीन के अंदर पहुँचाने के बाद दूसरे दिन वह दरबार में राजा साहब के पास गया परन्तु उसके दिल में घंटे-भर भी उसे बैठने की इजाज़त न दी। राजा साहब के मुँह से एक दफ़े केवल इतना ही निकल गया, "आज भैया राजा नहीं दिखाई दिये, क्या मामला है!" बस दारोगा के हवास जाते रहे और वह सरदर्द तथा बीमारी का बहाना करके वहाँ से चलता बना। घर आने पर भी उसका दिल बड़े बेचैनी के साथ गुजरा ओर रात को जब वह खा-पीकर सोने के लिए अपने पलंग पर गया तो बड़ी मुश्किल से उसे नींद आई। दूसरा दिन भी उसका उसी तरह बेचैनी के साथ कगुजरा और वह राजा साहब के पास दरबार में न जा सका। सिर्फ़ अपनी बीमारी का संदेश कहला भेजा। वहाँ आज भी शंकरसिंह के न होने से बड़ी बेचैनी फैली हुई थी और सैकड़ों आदमी उनकी खोज में चारों तरफ़ भेजे जा चुके थे। रात्रि के समय आज भी दारोगा भी वही दशा रही अर्थात् बड़ी कठिनता से नींद आई और किसी कारण से जब उसकी आँख खुली तो उसने वही कैफ़ियत देखी जो हम ऊपर कह चुके हैं।

धुँधली-सी स्याह रंग की मूरत देखकर वह डर गया। अपने सिरहाने से उसने तलवार उठा ली और कुछ देर तक एकटक उसी मूरत की तरफ़ देखता रहा। अब वह मूरत हिलती दिखाई दी और फिर धीरे-धीरे दारोगा की तरफ़ बढ़ने लगी यहाँ तक कि चारपाई के पास आकर खड़ी हो गई। इस बीच में दारोगा ने कई दफ़े उठ कर चारपाई के नीचे खड़े होने की कोशिश की मगर कृतकार्य न हुआ, अर्थात् उसके पैरों ने उसे हिलने की इजाज़त न दी, मालूम हुआ कि जैसे पैरों में कुछ दम नहीं रह गया है। इस कैफ़ियत से दारोगा का डर और भी बढ़ गया तथा वह घबड़ाना-सा एकटक उस मूरत की एक तरफ़ देखने लगा क्योंकि उसे ऐसा मालूम हुआ मानो कोई आदमी सिर से पैर तक काला कपड़ा ओढ़े सामने खड़ा है।

कुछ सायत के बाद उस सूरत ने अपने चेहरे पर से स्याह कपड़ा हटा दिया, अब दारोगा को ठीक शंकरसिंह की सूरत दिखाई दी जिसे देखने के साथ ही वह चिल्ला उठा, उसके सर में चक्कर आने लगे और वह घूम कर चारपाई पर गिरने के साथ ही बेहोश हो गया।

अबकी दफ़े जब दारोगा होश में आया अर्थात् उसकी आँख खुली तो उसने देखा कि सवेरा हो चुका है और कमरे के अंदर कुदरती रोशनी पहुँचकर वहाँ की हर चीज़ को अच्छी तरह दिखा रही है मगर वह मूरत वहाँ नहीं दिखाई देती और न किसी दीवारगीर के ऊपर स्याह कपड़ा ही दिखाई पड़ता है। दीवारगीरों के ऊपर निगाह डालने से यह भी मालूम होता था कि सभी बत्तियाँ जो संध्या के समय जलाई गई थी। रात-भर जल कर बुझी हैं क्योंकि कोई काफूरी बत्ती का टुकड़ा इतना बड़ा नहीं दिखाई देता था जिससे यह समझा जाए कि वह थोड़ी देर तक जलने के बाद बुझा दी गई थी।

कमरे की ऐसी अवस्था देखकर दारोगा तरह-तरह की बातें सोचने लगा, "क्या मैंने कोई स्वप्न देखा है? नहीं नहीं, यह स्वप्न नहीं हो सकता। वह स्याह मूरत स्वप्न में नहीं देखी थी! ज़रूर वह कोई आदमी था, साथ ही इसके मैंने यह भी देखा था कि दीवारगीरों की मोमबत्तियाँ एक को छोड़ कर बाकी की सभी बुझा दी गई हैं, परन्तु अब उन बचे हुए टुकड़ों पर ध्यान देने से जाना जाता है कि सभी बत्तियों एक साथ रात-भर जली है, इससे विश्वास होता है कि मैंने ज़रूर कोई स्वप्न देखा है। मगर नहीं, देखो यह तलवार जो कि मेरे सिरहाने थी इस समय बगल में पड़ी हुई है क्योंकि मैंने उस स्याह मूरत को देखकर सिरहाने से उठा ली थी, तो क्या वास्तव में यह बात सच थी? लेकिन सच भी क्योंकर हो सकती है शंकरसिंह को मैं अपने हाथ से ज़मीन के अंदर दफन कर आया हूँ, अब वह मेरे सामने क्योंकर आ सकते हैं? तो क्या कोई ऐयार उनकी सूरत बनकर आया? नहीं, किसी ऐयार को यह बात मालूम ही कैसे हो सकती है जो वह मुझे डराने के लिए शंकरसिंह की सूरत बनकर आवेगा। तब क्या मेरे दोनों साथी ऐसा कर सकते हैं? नहीं, नहीं राम राम! उन बेचारों पर किसी तरह का शक करना अपने ही ऊपर शक करने के बराबर है, फिर क्या शंकरसिंह भूत बनकर मेरे कमरे में आए थे? छिः छिः

भला भूत-प्रेत का शक करने से हम लोगों का काम कैसे चल सकता है? भूत कोई पदार्थ नहीं है और ज़रूर वह स्वप्न था जो कि मैंने देखा।"

दारोगा चारपाई के ऊपर बैठा हुआ बड़ी देर तक इसी प्रकार की चिंताएँ करता रहा और आखिर उसने निश्चय कर लिया कि जो कुछ उसने देखा वह ज़रूर स्वप्न था। आखिर आँखें मलता हुआ दारोगा चारपाई से नीचे उतरा और धीरे-धीरे चल कमरे के बाहर आया जहाँ कई खिदमतगार खड़े उसके आने का इंतज़ार कर रहे थे। हाथ-मुँह धोने के बाद कुर्सी पर बैठा ही था कि राजा साहब का एक चोबदार आ पहुँचा जिसने उनसे कहा कि 'महाराज ने आपको याद किया है।'

दारोगा : (**चोबदार से**) क्यों क्यों? आज यह गैरकानूनी बात कैसी! खैरियत तो है?

चोबदार : सो तो मुझे कुछ मालूम नहीं सिर्फ़ यही हुक्म हुआ है कि आपको जल्द हाज़िर होने के लिए इत्तिला दी जाय। मगर हाँ, आज महाराज कुछ चिंतित् से ज़रूर दिखलाई देते हैं। सूर्योदय के पहिले ही स्नान तथा संध्योपासन से निवृत्त हो जाया करते थे परन्तु आज उन्होंने चारपाई से उठकर मुँह तक नहीं धोया है, चारपाई से उठकर सीधे 'मुक्ता भवन' में चले आए हैं और वही आपको भी याद किया है। आज्ञा है कि बिना कुछ विलंब किये शीघ्र उनके पास पहुँचें।

दारोगा : निःसन्देह कोई बात ज़रूर है?

चोबदार : जी हाँ, तभी तो यह अवस्था है।

चोबदार की बातें सुन दारोगा साहब और परेशान हुए। महाराज के पास जाने की इच्छा तो नहीं होती थी परन्तु लाचार थे, बिना वहाँ गये रह भी नहीं सकते थे। कई क्षण तक चिंता करने के बाद वे उठे और अपने तोशेखाने वाले कमरे में चले गये। कुछ देर बाद मरीज़ों की-सी सूरत बनाए हुए दारोगा साहब कमरे के बाहर निकले और चोबदार के साथ महाराज की तरफ़ रवाना हुए।

जमानिया के राजा गिरधरसिंह अपने मुक्ता-भवन में चाँदी की एक आराम-कुर्सी पर बैठे हुए दारोगा के आने का इंतज़ार कर रहे हैं। यह स्थान ख़ास महाराज के रहने का है, जनाना महल या दरबार अथवा ख़ास बाग के इसका कोई संबंध नहीं। हाँ, जनाना महल इस मकान के साथ ही सटा हुआ है तथा ख़ासबाग में जाने का एक रास्ता भी इस मकान में से है।

इस मकान के पीछे की तरफ़ एक छोटा-सा नज़रबाग तथा एक सुन्दर बारहदरी है। इसी बारहदरी में इस समय महाराज उदास और विषण्ण बदन बैठे न-मालूम किस विषय की चिंता कर रहे हैं। उनके पास किसी तरह की भीड़-भाड़ नहीं है। केवल ख़ास-ख़ास चार-पाँच आदमी और पाँच-सात खिदमतगार नज़र आते हैं और वे अब भी महाराज की उदासी के कारण उदास हो रहे हैं।

कुछ देर बाद दारोगा साहब आ पहुँचे। महाराज से कुछ हटकर एक कुर्सी रखी हुई थी जिस पर बैठने के लिए महाराज ने इशारा किया और दारोगा साहब बैठ गये। महाराज ने कहा, "आपको कुछ भैया राजा की ख़बर है?"

दारोगा : जी मुझे तो कुछ ख़बर नहीं, क्या उनका पता नहीं लगता?

महाराज : हाँ, दो दिन से पता नहीं लगता, मगर क्या आपको किसी ने ख़बर नहीं दी? आश्चर्य है कि आप हम लोगों की तरफ़ से इस तरह बेख़बर रहते हैं!

दारोगा : **(हाथ जोड़कर)** महाराज, मैं सरकार की तरफ़ से बेफिक्र नहीं रह सकता परन्तु यह एक साधारण-सी बात थी जिसके विषय में मैंने कुछ विचार नहीं किया। इसके अतिरिक्त मुझे किसी ने इस मामले की ख़बर भी नहीं दी। शायद इसका यह सबब हो कि मैं दो दिन से सख़्त बीमार हूँ, सर और पेट-दर्द ने मुझे अधमुआ कर डाला है। मगर महाराज, भैया राजा के लिए आपकी इतनी चिंता करनी नहीं चाहिए। आप जानते ही हैं कि वे प्राय: ही गायब रहा करते हैं और अब जाते हैं तो दस-दस, पंद्रह-पंद्रह दिन तक घर की ख़बर नहीं लेते...

महाराज : ठीक है मगर वे ऐसा कभी नहीं करते कि मुझसे आज्ञा लिए बिना या मुझे इत्तिला दिये बिना कहीं चले जाते हों। अगर कभी ऐसा मौका पड़ भी गया है कि दो-एक-दिन के लिए कहकर कहीं गये हैं और कई दिन लग गये हैं तो बाहर रहने पर भी नित्य अपने कुशल-मंगल का समाचार भेजते रहे हैं, परन्तु अबकी दफ़े गायब होना मामूल के ख़िलाफ़ है...

महाराज ने इतना ही कहा था कि बाहर से एक चोबदार आया और हाथ जोड़कर सामने खड़ा हो गया। जब महाराज ने उसकी तरफ़ देखा और इशारे में इजाज़त दी तथा उसने अर्ज किया कि इन्द्रदेव जी आए हैं और सरकार में हाज़िर हुआ चाहते हैं।

इस समय इन्द्रदेव के आने से महाराज खुश हुए और उन्हें बहुत जल्द से आने के लिए चोबदार से कहा। खिदमतगार ने महाराज की मर्ज़ी समझकर एक कुर्सी वहाँ लाकर रख दी और जब इन्द्रदेव हाज़िर हुए तो सलाम करने के बाद इशारा पाकर उसी कुर्सी पर बैठ गये।

मामूली कुशल-मंगल पूछने के बाद महाराज ने प्रश्न किया-

महाराज : अबकी तो बहुत दिनों बाद तुम्हारा आना हुआ!

इन्द्रदेव : जी हाँ, कई झंझटों में फँसे रहने के कारण मैं बहुत दिनों तक हाज़िर न हो सका, इधर कई दिनों से मेरे ससुर किसी कार्यवश मुझे बुला रहे हैं, कल उनका बहुत शिकायत भरा हुआ पत्र पहुँचा तो लाचार होकर आना पड़ा, सबसे पहिले महाराज का दर्शन करना फर्ज था इसलिए हाज़िर हुआ हूँ, परन्तु महाराज कुछ खिन्न से दिखाई पड़ते हैं जिससे आश्चर्य होता है...

महाराज : हाँ ठीक है, मैं ज़रूर उदास और दुखी हो रहा हूँ और इसका कारण यह है कि आज तीन दिन से भैया राजा का कहीं पता नहीं लगता। उनकी यह आदत नहीं थी कि मुझसे पूछे बिना एक दिन से ज़्यादा के लिए कहीं जाते।

इन्द्रदेव : निःसन्देह यह आश्चर्य की बात है, परन्तु महाराज, वे कुछ नादान बालक तो हैं ही नहीं, होशियार हैं, बुद्धिमान हैं, बहादुर तथा नीति-कुशल हैं, अतएव उनका गायब होना ज़रूर किसी ख़ास कारण से होगा।

महाराज : ख़याल तो मेरा भी ऐसा ही है परन्तु न-मालूम क्यों उनके लिए मेरा जी बहुत बेचैन हो रहा है।

इन्द्रदेव : यह केवल सच्चे प्रेम के कारण है।

महाराज : इसके अतिरिक्त एक बात और भी है।

इन्द्रदेव : वह क्या?

महाराज : तुम लड़के हो, दामोदरसिंह के लिहाज तथा तुम्हारी लियाकत, हमदर्दी और प्रेम के कारण मैं तुम्हें अपने लड़के के बराबर ही समझता हूँ, इसके अतिरिक्त मेरे लड़के के तुम मित्र भी हो इसलिए भी तुम लड़के के बराबर ही हुए अतएव तुमसे कोई बात छिपाना पसन्द नहीं करता। आज रात को जबकि मैं अपने सोने के कमरे में बेख़बर सो रहा था एक अजीब घटना देखने में आई।

इन्द्रदेव : **(आश्चर्य प्रकट करता हुआ)** वह क्या महाराज?

महाराज : **(कुछ सोचकर)** मैं चाहता हूँ कि गोपाल भी आ जाए तो मैं इस किस्से को बयान करूँ।

इन्द्रदेव : क्या चिंता है जरा देर के लिए ठहर जाइए, गोपालसिंह जी भी आते ही होंगे, मैं यहाँ ड्योढ़ी तक उनके साथ-ही-साथ आया था, किसी कार्यवश वे महल में चले गये और मुझसे कह गये कि तुम महाराज के पास चलो मैं अभी आता हूँ! **(चौंककर)** वह देखिए वे भी आ गए!

इतने में ही गोपालसिंह भी आ गए, उनके लिए भी कुर्सी लाई गई और वे महाराज को प्रणाम करके कुर्सी पर बैठ गये।

महाराज : **(गोपालसिंह से)** तुम तो जानती ही हो कि आज तीन दिन से भैया राजा गायब हैं।

गोपाल सिंह : **(हाथ जोड़ के)** जी हाँ, आज तीसरा दिन है। बिना इत्तिला दिये कहीं चले जाने की आदत तो चाचाजी में नहीं थी, यह बड़े आश्चर्य की बात है। उनका पता लगाने के लिए मैं बहुत उद्योग कर रहा हूँ। परन्तु अभी तक मेरी मेहनत का कोई नतीज़ा नहीं निकला।

महाराज : इसके अतिरिक्त मैं रात की एक अजीब घटना का बयान करने वाला हूँ जिसके लिए तुम्हारा इंतज़ार कर रहा था।

गोपाल सिंह : आज्ञा।

महाराज : रात को भैया राजा की चिंता में डूबा हुआ मैं समय के कुछ पहिले ही सोने के लिए अपने कमरे में चला गया था। बहुत देर तक पड़ा तरह-तरह की बातें सोचता रहा पर अंत में नींद आ गई और मैं बेख़बर सो गया। दो पहर रात बीत जाने के बाद मेरी आँख खुली तो सोने वाले कमरे में अंधकार पाया, सिर्फ़ पूरब तरफ़ वाली खिड़की खुली हुई थी और उसमें से आती हुई चन्द्रमा की चाँदनी फर्श के ऊपर पड़ रही थी जिससे कमरे के अंदर इतना उजाला हो रहा था कि नित्य मिलने-जुलने वाले आदमी को मैं पहिचान सकता था। उसी चाँदनी के पास खड़ा हुआ मुझे एक आदमी दिखाई पड़ा। मुझे आश्चर्य हुआ कि इस समय छिपकर मेरे कमरे में कौन आया, अस्तु मैं बगल से तलवार लेकर उठ खड़ा हुआ और धीरे-धीरे उस आदमी की तरफ़ बढ़ने लगा। मुझे अपनी तरफ़ बढ़ते देख वह आदमी चन्द्रमा की रोशनी में चला गया और इस ढंग से खड़ा हो गया कि चन्द्रमा की रोशनी बख़ूबी उसके चेहरे पर पड़ने लगी। मैंने साफ-साफ पहिचाना कि यह भैया राजा है।"

भैया राजा को देखकर मैं बहुत ही प्रसन्न हुआ, मगर जब उनके पास जाने लगा तो उन्होंने हाथ के इशारे से मुझे मना किया और जब मैंने इसका सबब पूछा तो उन्होंने अपनी उँगली से फर्श के ऊपर लिखकर जवाब दिया, चाँदनी में काले हरूफ अच्छी तरह पढ़े जाते थे, मैंने पढ़ा, यह लिखा हुआ था, "मैं जीता नहीं हूँ, मुझे दारोगा ने मार कर अपने मकान में गाड़ दिया है।"

बस इतना लिखकर वह खिड़की के बाहर कूद गये। मैं बड़ी देर तक खड़ा-खड़ा उन बड़े-बड़े हरूफों को देखता रहा, इसके बाद झाँककर खिड़की के बाहर देखा तो किसी की सूरत दिखाई नहीं पड़ी। मैं घबराया हुआ चारपाई पर जाकर लेट रहा और इस ख़याल से खिड़की की तरफ़ देखने लगा कि शायद वह सूरत पुनः दिखाई दे मगर फिर कुछ दिखाई न दिया और बहुत जल्द मुझे नींद आ गई। फिर जब आँख खुली तो सवेरा हो चुका था। जहाँ पर वे अक्षर लिखे गये थे वहाँ जाकर देखा तो फर्श पर एक अक्षर भी दिखाई न पड़ा मगर तभी से इस समय तक मेरे दिल की विचित्र अवस्था हो रही है।

इस किस्से को सुन कर सभी को बड़ा ही आश्चर्य हुआ मगर गोपालसिंह की निगाह दारोगा पर पड़ी तो उन्होंने देखा कि उसके चेहरे का रंग उड़ा हुआ है और बदन काँप रहा है। महाराज ने भी दारोगा की यह अवस्था देख आश्चर्य में आकर पूछा, "यह क्या, आपका शरीर इतना काँप क्यों रहा है?"

दारोगा : मैं निवेदन कर चुका हूँ कि दो-तीन दिन से बुखार ने मुझे पीड़ित कर रखा है, मैं यहाँ आने के योग्य नहीं था परन्तु महाराज की आज्ञा का उल्लंघन नहीं कर

सकता था इसीलिए किसी तरह उठता-बैठता चला आया, इस समय पुनः सर्दी मालूम हो रही है, जान पड़ता है फिर बुखार बढ़ेगा।

महाराज : ठीक है, अच्छा तो इस समय आप घर जाइए, जब आपकी तबीयत ही ठीक नहीं है तो मेरे इस तरह तरद्दुद में आप किस तरह शरीक हो जाते हैं।

दारोगा : **(हाथ जोड़ता हुआ)** जो आज्ञा, तो मैं बिदा होता हूँ, जी ठिकाने होने पर पुनः हाज़िर हो जाऊँगा मगर अपने जो कुछ रात का हाल बयान किया है उसे सुनकर तो मुझे बड़ा ही आश्चर्य हुआ। मैं वास्तव में इस समय कुछ भी निश्चय नहीं कर सकता कि यह क्या मामला है। आश्चर्य नहीं कि यह किसी ऐयार की ऐयारी हो और वह आपको अथवा भैया राजा को धोखे में डालने के इरादे से किसी विशेष घटना की भूमिका बाँध रहा हो अथवा किसी ढंग का स्वप्न आपने देखा हो जो कि...मैं क्या कहूँ कुछ समझ में नहीं आता। आश्चर्य तो यह है कि उसने बदनाम करने लिए मुझीं को चुना!

महाराज : आपको भला कोई क्या बदनाम करेगा! मुझे कब विश्वास हो सकता है कि आप हम ही लोगों की जान के ग्राहक हो जाएँगे! नहीं-नहीं-नहीं, मुझे ऐसा ख़याल कभी नहीं हो सकता, परन्तु यह मामला क्या है इसका पता ज़रूर लगाना चाहिए।

दारोगा : **(ज़ोर देने के ढंग पर)** ज़रूर इसका पता लगाया जाएगा, जरा मेरी तबीयत ठिकाने हो जाय तो मैं उद्योग करूँ।

महाराज : **(इन्द्रदेव से)** कहो बेटा, तुम इस बारे में क्या ख़याल करते हो!

इन्द्रदेव : महाराज, मैं इस विषय में यकायक अपनी राय नहीं दे सकता हूँ, पर दुनिया में भूत-प्रेत तथा आत्मा के विषय में जो कुछ कहानियाँ लोग कहते हैं मैं उन्हें अवश्य जानता हूँ, मुझे पूर्ण विश्वास है कि आदमी मरने के बाद नाश नहीं होता। इस पंचभौतिक स्थूल शरीर को छोड़ने के साथ ही आत्मा को जो अविनाशी और अमर है एक दूसरा सूक्ष्म शरीर मिल जाता है जिसे पाकर वह जीव इधर-उधर घूमा या उड़ा करता है अथवा अपने कर्मानुसार तब तक दुख-सुख का भोग करता है जब तक वह किसी ऊँचे पद को प्राप्त न करे अथवा पुनः पंचभौतिक शरीर में प्रवेश न करे अर्थात् जब तक उसका पुनर्जन्म नहीं होता तब तक उनकी वासनानुसार उसको तरह-तरह के तमाशे दिखाई दे सकते हैं और यदि मरते समय कोई प्रबल वासना उसके अंदर रह गई हो तो निश्चय रूप से किसी के शरीर में प्रवेश करके अथवा यों ही छाया की तरह वह लोगों को दिखाई भी दे जाता है अथवा इसी ढंग पर कभी अपनी थोड़ी-बहुत वासना भी पूरी कर लेता है। इस विषय में मेरे पिताजी ने मुझे बड़े-बड़े तमाशे दिखलाए हैं और बहुत-सी बातें सिखलाई भी हैं जिनको ख़याल में रखते हुए मैं निश्चय रूप से कह सकता हूँ कि ईश्वर ने करे यदि चाचाजी **(भैयाराज)** की अकाल मृत्यु हुई है और किसी ने धोखा देकर उन्हें मार डाला है तो उनकी आत्मा बदला लेने की नीयत से इस रूप में ज़रूर दिखाई दे सकती है जैसाकि आपने रात देखा। अगर वह वास्तव में भैया राजा जी की आत्मा है तो

कम-से-कम एक-दो दफ़े आपको और ज़रूर दिखाई देगी क्योंकि भूत-प्रेत जब दिखाई देता है तब केवल एक ही दफ़े नहीं दिखाई देता, और अगर वह भैया राजा की आत्मा नहीं किसी ऐयार की है तो मैं बहुत जल्द इसका पता लगाकर आपसे निवेदन करूँगा।

महाराज : (**आश्चर्य से**) क्या तुम भूत-प्रेतादि का होना मानते हो?

इन्द्रदेव : निःसन्देह! जैसाकि मैं अर्ज कर चुका हूँ उन पर मेरा दृढ़ विश्वास है और मैंने इस संबंध के बहुत से खेल देखे भी हैं, यही नहीं, यदि महाराज देखा चाहेंगे तो मैं इस विषय के अपूर्व तमाशे दिखा सकूँगा।

महाराज : तो मैं समझता हूँ कि तुम्हारे ख़याल से भैया राजा का मारा जाना संभव है।

इन्द्रदेव : जो संभव भी है, असंभव भी है दोनों बातों में से किसी पर मैं ज़ोर नहीं दे सकता, दो दिन की मोहलत मुझे मिले इसके बाद मैं निश्चय करके जवाब दूँगा। (**दारोगा की तरफ़ देखकर**) भाई साहब, आपकी तबीयत अब बहुत खराब होती जाती है, आप अब पधारिये।

महाराज : (**दारोगा से**) हाँ-हाँ, अब आप जाइए, फिर देखा जाएगा।

दारोगा उठ खड़ा हुआ और सलाम करके धीरे-धीरे बीमारों की-सी नकल करता हुआ वहाँ से रवाना हुआ। उसके चले जाने के बाद इन्द्रदेव ने महाराज से कहा, "महाराज, यदि पुनः आपको वह जीव दिखाई पड़े तो आप उससे बातचीत चाहे जिस तरह की करें परन्तु उसे छूने या पकड़ने का उद्योग न करें, यही मेरी प्रार्थना है।"

महाराज : क्यों?

इन्द्रदेव : संभव है कि वह कोई प्रेत हो और आपको धोखा देने के लिए भैया राज की सूरत बनकर आपके पास आया हो या पुनः भी आवे। जो लोग उपासक होते हैं और संध्योपासन से विमुख नहीं होते उनके शरीर को प्रेत स्पर्श नहीं कर सकता और ऐसी अवस्था में अपने को भी उसे स्पर्श करने का उद्योग न करना चाहिये। क्योंकि ऐसा करने से उसके पुनः आने आशा नहीं रहती।

महाराज : हाय, भैया राज के विषय में कोई भी निश्चय नहीं कर सकता और कोई भी पता नहीं लगा सकता! ज़रूर यह हमारे मन्द भाग्य की निशानी है...

इतना कहते-कहते उनकी आँखें डबडबा आई और आँसू की बूँदें टपाटप गिरने लगीं।

इन्द्रदेव : महाराज, आप हताश क्यों होते हैं! मैं कह चुका हूँ कि दो-तीन दिन के अंदर ही उनका ठीक-ठीक पता लगाकर आपको समाचार दूँगा, मुझे विश्वास है और मैं ज़ोर देकर कहता हूँ कि भैया राजा जीते हैं परन्तु किसी कष्ट में पड़ गये हैं।

महाराज : (**रूमाल से आँसू पोंछते हुए**) अच्छा मैं तुम्हारे भरोसे पर और भी दो-तीन दिन किसी तरह बिताऊँगा।

इन्द्रदेव ने महाराज को बहुत समझाया और हर तरह पर दिलजमई करा कर वहाँ से विदा हुए। जाते समय वे कुँवर गोपालसिंह को भी अपने साथ लेते गये।

7

जमानिया राजमहल में भी शंकरसिंह के गायब होने से बड़ा ही कोलाहल मच गया था। उन्हें लड़के-लड़कियाँ, औरत-मर्द सभी कोई मुहब्बत की निगाह से देखते थे और इसीलिए औरतों को भी उनके गायब होने का बड़ा ही दु:ख था परन्तु उनकी स्त्री के चेहरे पर विशेष दु:ख की कोई निशानी नहीं पाई जाती थी और इसका औरतों को बड़ा ही आश्चर्य था, यह नहीं कहा जा सकता कि शंकरसिंह की स्त्री रोती या कलपती न थी, नहीं, उनका रोना-धोना और बावेला मचाना बहुत बढ़ा-चढ़ा था, मगर लोगों का ख़याल यही था कि यह सब बनावटी है क्योंकि जब कोई औरत कभी धोखे या एकांत में उन्हें देख लेती तब उनके चेहरे पर कोई गम की निशानी नहीं पाती थी बल्कि कई दफ़े तो लोगों ने उन्हें एकांत में मुस्कराते हुए देखा था, इसीलिए औरतें ख़याल करती थीं कि शंकरसिंह के गायब होने का उनको कोई दु:ख नहीं है, परन्तु ऐसा क्यों है इसके विषय में निश्चय रूप से कोई भी कुछ हनीं कह सकती थी, हाँ ताक-झींक में सभी कोई लगे रहते थे और सभी औरतों की निगाह में वे चढ़ गई थीं।

राजा गिरधरसिंह की एक विधवा साली थी, वह यद्यपि बहुत नेक थी और सनातन धर्म से ऊपर उसका बहुत बड़ा विश्वास था तथा दिन-रात का बहुत बड़ा हिस्सा उसका पूजा-पाठ में ही बीतता भी था परन्तु उसमें एक दोष बहुत बड़ा था अर्थात् वह लोगों का ऐब ढूँढ़ने में बड़े ही निपुण थी और छोटी-सी बात को झूठ-सच के सहारे बड़ी ख़ूबी के साथ बढ़ाकर बयान करती थी। नाम उसका द्रौपदी था।

एक दिन आधी रात के समय राजा गिरधरसिंह की स्त्री अकेली अपने कमरे में पलंग पर लेटी हुई तरह-तरह की बातें सोच रही थी, चिंता के कारण निद्रादेवी ने उनका साथ छोड़ दिया और इसीलिए वे करवटें बदल-बदल कर समय बिता रही थी। कमरे के अंदर एक बहुत बड़ा फर्राशी पंखा चल रहा था जिसकी डोरी कमरे के बाहर बैठी हुई एक लौंडी के हाथ में थी।

करवटें बदलते-बदलते एक दफ़े राजरानी की निगाह दरवाज़े पर जा पड़ी, देखा कि बीबी द्रौपदी खड़ी एकटक उनकी तरफ़ देख रही हैं। हाथ के इशारे से उन्होंने बीबी द्रौपदी को कमरे के अंदर आने की इजाज़त दी और जब वे उनके पास आई तब पूछा, "क्या है जो तुम इस समय यहाँ ताक-झाँक लगा रही हो?"

द्रौपदी : कुछ नहीं यों-ही, मैं इस तरफ़ चली आई तो कमरे का दरवाज़ा खुला देखकर ठहर गई।

रानी : फिर भी कोई-न-कोई बात ज़रूर है, आओ मेरे पास बैठ जाओ।

द्रौपदी : (**रानी साहेबा के पास बैठकर**) अभी तक आपको नींद नहीं आई, क्या बात है?

रानी : मुझे तो तरह-तरह की चिंताओं ने दबा रखा है अस्तु नींद न आये तो कोई आश्चर्य की बात नहीं, परन्तु तुम अभी तक जाग और इधर-उधर घूम रही हो यह बेशक् आश्चर्य की बात है।

द्रौपदी : क्या आपकी चिंता से मुझे चिंता नहीं है? क्या मैं आपके सुख-दुःख की साथी नहीं हूँ?

रानी : क्यों नहीं, क्यों नहीं, ज़रूर हो।

द्रौपदी : तो बस फिर समझ लीजिए कि जिस चिंता के कारण आप अभी तक जाग रही हैं उसी चिंता ने मेरी नींद भी उड़ा दी है। हाँ भेद इतना है कि आप चुपचाप पड़ी सोचा करती हैं और मैं इधर-उधर धूम-फिर कर समय बिताती हूँ और इससे बहुत-सा काम भी चल जाता है, कई छिपे हुए भेद भी खुल जाते हैं।

रानी : (**आश्चर्य से**) क्या आज भी कोई भेद की बात तुम्हें मालूम हुई?

द्रौपदी : हाँ, आज एक अनूठी बात ज़रूर मेरे देखने में आई।

रानी : वह क्या?

द्रौपदी : नींद न आने के कारण मैं चारपाई पर न ठहर सकी और उठ कर इधर-उधर घूमने लगी, अकस्मात् छोटी भाभी (**भैया राजा की स्त्री**) के कमरे की तरफ़ जा निकली। देखा तो दरवाज़ा बंद था जिससे मुझको बड़ा आश्चर्य हुआ। कान लगाकर इस बात की आहट लगी कि देखें वे सोती हैं या जागती मगर कमरे के अंदर किसी मर्द की आवाज़ सुनकर चौंक पड़ी, मुझे बड़ा ही आश्चर्य हुआ कि उनके एकांत के कमरे में इस आधी रात के समय कौन मर्द आया और किस राह से आया!

रानी : (**बात काटकर**) मर्द की आवाज़!

द्रौपदी : जी हाँ, मर्द की आवाज़, पहिले तो मुझे बड़ा ही आश्चर्य हुआ मगर जब अच्छी तरह ध्यान देकर सुना तो शक जाता रहा क्योंकि उसे छोटी भाभी से बातें करते हुए मैंने सुना।

रानी : और वे बातें क्या थी?

द्रौपदी : सो तो मैं साफ-साफ न समझ सकी, हाँ कई छोटे-छोटे शब्द सुनने में आए और वे ये थे-"देखो मेरा भेद किसी पर खुलने न पावे", "तुम किसी तरह की चिंता न करना, मैं तुम्हारे पास बराबर आया-जाया करूँगा-" इत्यादि कई बातें मेरी समझ में आई। जब मैंने उस मर्द को यह कहते सुना कि 'कल मैं फिर इसी समय आऊँगा, तुम खिड़की खुली रखना' तब मुझे विश्वास हो गया कि ज़रूर वह बाहर से कमन्द

लगाकर खिड़की की राह से आया है। फिर मेरे जी में आया कि किसी तरह इस मर्द को देखना चाहिए। यह सोचते ही मैं वहाँ से चल पड़ी और घूमती हुई भंडार के पीछे वाले उस कमरे के पास चली गई जिसमें ठाकुर जी के जन्माष्टमी का सामान रहता है। वहाँ बरामदे में खड़े होकर देखें तो छोटी भाभी की खिड़की साफ-साफ दिखाई देती है।

रानी : हाँ, वहाँ से बखूबी दिखाई देती है, अच्छा तब क्या हुआ?

द्रौपदी : थोड़ी देर बाद मैंने एक आदमी को उस खिड़की की राह कमन्द लगाकर नीचे उतरते देखा। नीचे की ओर दो आदमी उसके साथी खड़े थे जिन्हें लेकर वह बाग़ में घुस गया, फिर न मालूम कहा गया और क्या हुआ। उसके बाद मैं घूमती-फिरती तुम्हारे पास चली आई।

बीबी द्रौपदी की अनहोनी बातें सुन रानी साहेबा उठकर बैठ गई और आश्चर्य के साथ द्रौपदी का मुँह देखने लगीं। कुछ देर के बाद वे फिर बोलीं-

रानी : यह तुम सच कह रही हो या किसी स्वप्न की बातें मुझे सुनाती हो? भला भैया राजा की स्त्री और किसी गैर आदमी से बातें करें, सो भी अकेले कमरे में और दरवाज़ा बंद करके! बेशक् वह कोई गैर आदमी था तभी तो कमन्द लगाकर चोरी से आया और गया।

द्रौपदी : (**रानी का पैर छूकर**) मैं तुम्हारी ही शपथ खाकर कहती हूँ कि मैंने एक शब्द भी तुमसे झूठ नहीं कहा।

रानी : अच्छा तो मैं महाराज से इसका जिक्र करूँ? मुझे झूठा तो नहीं बनना पड़ेगा?

द्रौपदी : अगर वह मर्द जो कह गया है कि कल मैं इसी समय फिर आऊँगा अपने बोल का सच्चा निकला तो तुमको कदापि झूठा न बनना पड़ेगा।

रानी : इसका क्या मतलब?

द्रौपदी : यही कि अगर कल वह न आया तो आज जो कुछ मैंने सुना है उसकी सच्चाई के लिए मैं किसकी गवाही दे सकूँगी!

रानी : (**कुछ सोचकर**) खैर देखा जायगा, तुम बाहर से किसी लौंडी को तो बुलाओ। सुनते ही द्रौपदी बाहर चली गई और एक लौंडी को बुला लाई, रानी साहेबा ने उसे आज्ञा दी कि तू महाराज के पास जाकर मेरी तरफ़ से निवेदन कर कि मैं इसी समय महाराज का दर्शन किया चाहती हूँ। अगर वे निद्रा में हों तो किसी अच्छे ढंग से उन्हें जगा दीजियो।"

'जो आज्ञा' कहकर लौंडी वहीं से चली गई और उसके बाद रानी साहेबा की आज्ञानुसार द्रौपदी भी अपने कमरे में चली गई।

थोड़ी देर बाद महाराज महल में आए और दो घंटे तक रानी साहेबा के पास बैठे, इस बीच में क्या बातें हुई सो कोई नहीं जानता। हाँ दूसरे दिन इस बात की तैयारी ज़रूर

हुई कि भैया राजा की स्त्री के पास जो आदमी आने वाला है उसकी बातें सुननी चाहिए और उसे गिरफ्तार भी करना चाहिए।

8

आधी रात का समय है चारों तरफ़ अंधकार छाया हुआ है। शहर के गली-कूचों में अच्छी तरह सन्नाटा हो रहा है और सिवाय पहरा देने वालों के और किसी आने-जाने वाले की सूरत दिखाई नहीं पड़ती। निश्चय है कि मकानों के अंदर रहने वाले भी गहरी नींद में पड़े हुए खुर्राटा भर रहे होंगे। मगर तिलिस्मी दारोगा की आँखों में नींद नहीं है। वह अपने ख़ास कमरे में एक गावत किये के सहारे बैठा हुआ तरह-तरह की चिंता कर रहा है। सामने एक मोमी शमादान जल रहा है और लिखे तथा सादे बहुत-से काग़ज़ फैल रहे हैं, कभी-कभी वह उठाकर किसी काग़ज़ को देख लेता है और फिर ज़मीन पर रख तकिये के सहारे लुढ़क जाता है। इसी समय दरबार ने आकर इत्तिला दी कि 'गदाधरसिंह आए हैं और आपसे मिलना चाहते हैं।'

"उन्हें मेरे पास ले आओ" कहकर दारोगा चैतन्य होकर बैठ गया, फैले हुए काग़ज़ों में से कई काग़ज़ उठा कर उसने गद्दी के नीचे दबा दिये और भूतनाथ के आने का इंतज़ार करने लगा।

थोड़ी देर में भूतनाथ भी आ पहुँचा जिसे देखते ही दारोगा साहब उठ खड़े हुए। साहब-सलामत के बाद बड़ी खातिर से भूतनाथ को अपने पास बैठाया और बातचीत करने लगे।

भूतनाथ : आपने मुझे 'बसन्त बाग' में बुलाया था मगर बुखार आ जाने के कारण मैं समय पर न आ सका, क्षमा कीजिएगा। कहिए क्या काम था?

दारोगा : **(आश्चर्य से)** मैंने तो आपको बसन्त बाग में नहीं बुलाया था!

भूतनाथ : तो क्या जैपाल ने अपनी तरफ़ से यह बात कही थी?

दारोगा : जैपाल ने! मगर जैपाल आपके पास क्यों गया?

भूतनाथ : **(मुस्कराता हुआ)** वही बेहोशी की दवा से भरी हुई अनूठी डिबिया सुँघाने के लिए! मगर यह आपको भला क्या सूझी? वह डिबिया किस मतलब से आपने भेजी थी?

दारोगा : **(आश्चर्य से)** आप क्या कह रहे हैं सो कुछ भी मेरी समझ में नहीं आता! न मैंने जैपाल को आपके पास भेजा था और न कोई डिबिया ही भेजी। यह कब की बात है?

भूतनाथ : यह अभी परसों का ही जिक्र मैं कर रहा हूँ जब यहाँ से जमना, सरस्वती और इन्दुमति को ले गया था।

दारोगा : नहीं कदापि नहीं!

भूतनाथ : **(घबराहट के साथ)** तब मालूम होता है किसी ऐयारी ने मुझे धोखे में डाला या खुद जैपाल ने मुझसे छेड़खानी आरम्भ की है।

दारोगा : पहिले आप अपना खुलासा हाल बयान कर जाइए तब मैं कुछ सो! और राय दूँ।

दारोगा की बात सुन भूतनाथ ने वह कुल हाल बयान कर दिया जो कि हम ऊपर लिख आये हैं अर्थात् जमना, सरस्वती और इन्दुमति को मारते समय यकायक जैपाल का जा पहुँचना और भूतनाथ को खून करने से रोक दारोगा की तरफ़ से संदेशा और बेहोशी की डिबिया देना जिसे सूँघकर भूतनाथ का बेहोश हो जाना और होश में आने के बाद जमना, सरस्वती और इन्दुमति को मार कर गड्ढे में दबा देना और फिर यकायक कई सवार आते हुए दिखाई देने के कारण खुद भाग जाना और जैपाल को भी भगा देना इत्यादि जिसे सुनकर दारोगा घबड़ा गया और काँपती हुई आवाज़ में भूतनाथ से बोला, "यह बड़ा गजब हुआ। किसी गहरे ऐयार ने तुम्हें धोखा दिया और ताज्जुब नहीं कि जमना, सरस्वती और इन्दुमति का भेद भी उसने मालूम कर लिया हो! **(ऊँची साँस लेकर)** हाय, मैं बड़ी मुसीबत में फँस गया हूँ! भूतनाथ, बेशक् तुम्हारी बदौलत मैं मुसीबत का शिकार हुआ चाहता हूँ। यहाँ जो कुछ दुर्घटना हो गई है वह तुम्हारी घटना से भी बढ़कर भयानक है! मालूम होता है कि हम और तुम दोनों ही किसी मुसीबत में फँसा चाहते हैं और निःसन्देह वह सब तुम्हारी ही बदौलत है!

दारोगा का यह कहना कि 'यह सब तुम्हारी ही बदौलत है' भूतनाथ को बहुत ही बुरा मालूम हुआ मगर अभी बिगड़ने का मौका न देखकर वह तरह दे गया और बोला, "भला कहिए तो सही, यहाँ क्या मामला हुआ?"

दारोगा : जब तुम जमना, सरस्वती और इन्दुमति को ले गये तो मैंने भैया राजा को मार डालना तय किया परन्तु जब मैंने उन्हें यह मकान में ढूँढ़ा तो एक ठिकाने मुर्दा पाया। उन्होंने अपने हाथ से कलेजे में छुरी मार कर जान दे दी थी। खैर मैं उन्हें उठाकर वहाँ से ले गया और एक ठिकाने ज़मीन के अंदर गाड़ कर निश्चिन्त हो गया। उसके बाद रात को मैंने भूत की सूरत में देखा और उसी रात हमारे महाराज को भी वे दिखाई दिये।

भूतनाथ : अरे यह तो आश्चर्य की बात आप कह रहे हैं!

दारोगा : हाँ मैं खुलासा कहता हूँ सुनो।

इतना कहकर दारोगा ने जो कुछ रात के समय खुद देखा था और महाराज ने उन्हें बुलाकर जो कुछ कहा था वह सब पूरा-पूरा बयान किया जिसे बड़े आश्चर्य के साथ भूतनाथ ने सुना और अन्त में कहा।

भूतनाथ : दारोगा साहब, कम-से-कम मुझे तो इस बात का विश्वास नहीं होता कि भैया राजा ने भूत होकर आप दोनों के साथ यह दिल्लगी की है।

दारोगा : तो क्या मैं झूठ कह रहा हूँ?

भूतनाथ : यह तो मैं नहीं कह सकता कि आप झूठ कह रहे हैं मगर...

दारोगा : मगर क्या?

भूतनाथ : अच्छा आप पहिले यह बताइए कि आपने भैया राजा को कहाँ गाड़ा था?

दारोगा : सो तो मैं नहीं बता सकता, क्योंकि यह बड़ा ही नाज़ुक मामला है।

भूतनाथ : ऐसा, मगर इससे तो मालूम होता है कि आप मुझसे कपट रखते हैं।

दारोगा : नहीं-नहीं, सो बात नहीं है, सिर्फ़ इतना ही है कि ऐसे नाज़ुक मामले को मैं किसी दूसरे पर प्रकट नहीं किया चाहता।

भूतनाथ : ठीक ही है, खैर जब मुझे गैर की पदवी मिली तो मुझे भी आपसे हर वक्त चौकन्ना ही रहना चाहिए। अच्छा तो अब आप जैपाल को बुलवाइए ताकि मैं अपने विषय के आपके सामने ही उससे बातचीत करूँ।

इसी समय आहट देता हुआ दरबान हाज़िर हुआ और बोला, "जैपाल सिंह जी आए हैं और हाज़िर हुआ चाहते हैं।"

दारोगा : लो जैपाल भी आ ही गया। अच्छा उसे जल्दी आने दो।

बात-ही-बात में जैपाल आ पहुँचा और दारोगा तथा भूतनाथ को सलाम कर बैठ गया।

भूतनाथ : (**जैपाल सिंह से**) कहो मिजाज़ तो अच्छा है?

जैपाल सिंह : ईश्वर की कृपा से अच्छा है।

भूतनाथ : उस दिन तो मुझे अच्छा धोखा दिया, डिबिया सुँघाकर सब चौपट ही कर चुके थे।

जैपाल सिंह : (**आश्चर्य से**) कैसी डिबिया!

भूतनाथ : वही जो दारोगा साहब की तरफ़ से तुम मेरे पास ले गये थे, जिसे सूँघ कर हम दोनों बेहोश हो गये।

जैपाल सिंह : मेरी समझ में नहीं आता कि आप क्या कह रहे हैं! मैं कोई डिबिया लेके आपके पास नहीं गया! (**दारोगा की** तरफ़ **देखकर**) ये क्या कह रहे हैं आपने कुछ समझा?

दारोगा : मैं सब-कुछ सुन चुका हूँ, इनको किसी ऐयार ने उल्लू बनाया है और उसकी जलन से हम लोगों पर निकाला चाहते हैं।

इतना कहकर दारोगा ने सब हाल बयान किया जो भूतनाथ ने जैपाल के विषय में उससे बयान किया था। जैपाल को सुनकर बड़ा ही दु:ख हुआ और झुँझला कर कहा, "उस कमबख़्त ऐयार को मेरी ही सूरत बना कर गदाधरसिंह को धोखा देना था! फिर जहाँ तक मैं समझता हूँ उसने इतना ही नहीं किया होगा कि गदाधरसिंह को सिर्फ़ बेहोश करके चला जाए, बल्कि उसने और भी कोई गहरी कार्रवाई ज़रूर की होगी।"

भूतनाथ : अब तो मुझे भी ऐसा ही ख़याल होता है।

इसके बाद बहुत देर तक उन तीनों में बातचीत हो रही और अंत में दारोगा साहिब ने चौबदार को हुक्म दिया कि अस्तबल में से तीन घोड़े तैयार करा कर बहुत जल्द मंगाये। थोड़ी ही देर में घोड़े भी आ गए और दारोगा साहब, जैपाल तथा भूतनाथ उन घोड़ों पर सवार होकर उत्तर की तरफ़ रवाना हुए। उस समय रात अनुमान घंटे भर के बाकी रह गई थी।

शहर से बाहर निकल जाने के बाद तीनों ने अपने-अपने घोड़ों की चाल बढ़ाई और बड़ी तेज़ी के साथ जंगल की तरफ़ जाने लगे, यहाँ तक कि सवेरा होते-होते तीनों आदमी वहाँ जा पहुँचे जहाँ भूतनाथ ने जमना, सरस्वती और इन्दुमति का खून किया था या जहाँ पर नकली जैपाल भूतनाथ से जाकर मिला था।

तीनों आदमी घोड़े से नीचे उतर पड़े और अपने-अपने घोड़े लंबी बागडोरों के सहारे पेड़ों के साथ बाँधकर चरने के लिए छोड़ दिये। इसके बाद भूतनाथ दारोगा और जैपाल को साथ लिए हुए उस जगह पहुँचा जहाँ उसने जमना, सरस्वती और इन्दुमति की लाश गड्ढे के अंदर डाल कर मिट्टी और कतवार से ढाँक दी थी। तीनों ने मेहनत कर मिट्टी हटाई और उसके अंदर से उन तीनों लाशों को निकाल कर बाहर किया। यद्यपि वे लाशें अभी तक सड़ी न थी तथापि फूल गई थीं और उनमें बू पैदा हो गई थी। उन तीनों लाशों के सर भी जो उन्हीं के साथ गाड़ दिए गये थे और अब लाशों के साथ बाहर निकल गये थे अपनी असली हालत में न थे अर्थात् चेहरे पर का रंग-रोगन जो ऐयारी के ढंग पर चढ़ाया हुआ था जगह-जगह से बिगड़ कर नीचे से असली रंग झलक मार रहा था जिसे देखते ही भूतनाथ चौंका और उसके मुँह से बेतहाशा ये शब्द निकल पड़े, "हाय, क्या गजब हो गया!!"

तीनों घोड़ों के तोशेदान में पानी की बोतल भरी हुई मौजूद थी जिसे भूतनाथ ने निकाला और उससे तीनों मुर्दों के चेहरे साफ करने के बाद एक लंबी साँस के साथ दारोगा की तरफ़ देखकर कहा, "ये ही जमना, सरस्वती और इन्दुमति तुमने मेरे हवाले की थी?"

दारोगा : **(घबराहट और आश्चर्य के साथ)** मैं खुद ताज्जुब कर रहा हूँ कि यह क्या मामला है! मैंने जो कुछ किया उसमें तो बराबर तुम भी शरीक ही थे।

भूतनाथ : हाय-हाय, मेरे इन होनहार नौजवान शागिर्दों को तुम्हें मेरे ही हाथ से मरवाना था!

दारोगा : इसमें मेरा क्या कसूर है है? मुझे तुम क्यों बदनाम करते हो?

भूतनाथ : तुम्हारा नहीं तो और किसका कसूर है? तुम्हीं ने तो जमना, सरस्वती और इन्दुमति को मेरे हवाले किया!!

दारोगा : अगर इस बारे में मैंने धोखा खाया तो तुमने क्यों नहीं पहिचान लिया कि वास्तव में जमना, सरस्वती और इन्दुमति नहीं है बल्कि तुम्हारे ही शागिर्द हैं। इसके अतिरिक्त इस बात को सोचो कि तुम्हारे इन शागिर्दों को जमना, सरस्वती और इन्दुमति बनने की क्या ज़रूरत थी? और अगर उन्होंने ऐसा किया भी था तो तुम पर यह भेद क्यों नहीं खोल दिया? या जिस समय तुम इनका सर काटने लगे थे उस समय ही तुमको क्यों नहीं कह दिया कि हम लोगों को मत मारो हम तुम्हारे शागिर्द हैं।

भूतनाथ : मेरी समझ में नहीं आता कि उन लोगों ने ऐसा क्यों नहीं किया, मगर संभव है कि इसमें भी कुछ तुम्हारी ही कारीगरी हो!!

दारोगा : बड़े अफ़सोस की बात है कि तुम इतने बड़े होशियार ऐयार होकर ऐसी बात जुबान से निकालते हो!

भूतनाथ : (**अपना माथा पीटकर**) हाय मैं क्या कहूँ और क्या करूँ! मैं तो बर्बाद हो गया हूँ! इन बेचारे नौजवान शागिर्दों का मुझे बड़ा ही भरोसा था। अच्छा खैर तुमने नहीं तो इस मामले में इस (**उँगली से इशारा करके**) जैपाल सिंह सिंह ने ज़रूर कोई कार्रवाई की है।

जैपाल सिंह : ठीक है, तुम्हें अपनी बेवकूफी की झुँझलाहट निकालने के लिए मैं तो मौजूद ही हूँ!

भूतनाथ ने जैपाल की बात का कुछ भी जवाब न दिया और इन लाशों के पास बैठ सर पर हाथ रख के कुछ सोचने लगा। इस समय उसकी आँखों से आँसू की बूँदें टपाटप गिर रही थीं।

बहुत देर तक सोचने और गौर करने के बाद भूतनाथ ने सर उठाया और रूमाल से आँखें पोंछने के बाद दारोगा की तरफ़ देखकर कहा, "हाँ, कुछ-कुछ बात समझ में आती है।

दारोगा : (**उत्कंठा के साथ**) सो क्या? जरा मैं भी सुनूँ!

भूतनाथ : सो अभी मैं कुछ भी न कहूँगा।

दारोगा : तब कब कहोगे?

भूतनाथ : जब मैं भैया राजा के लाश की जाँच करके देख लूँगा कि उसमें भी तो धोखा नहीं है।

भूतनाथ की बात ने दारोगा के दिल और दिमाग में खलबली पैदा कर दी और वह सोचने लगा कि ईश्वर न करे अगर उस लाश में भी कहीं इसी तरह का धोखा निकला तो बड़ा ही अँधेर हो जाएगा।

भूतनाथ ने दारोगा के चेहरे का रंग उड़ा हुआ और उसे कुछ सोचते हुए देखकर फिर कहा, "दारोगा साहब, आश्चर्य नहीं कि भैया राजा की लाश में भी इसी तरह का धोखा हो, और अगर वास्तव में ऐसा ही निकला तब मैं आपको बताऊँगा कि इस समय क्या सोचता था और क्या निश्चय किया। अब मैं अपने दिल पर पत्थर रखकर इन लाशों को गाड़ देता हूँ पर फिर देख लूँगा, जिसने मेरे साथ ऐसी चालाकी की है उसे मैं छठी का दूध न याद दिला दूँ तो मेरा नाम गदाधरसिंह नहीं!!

इतना कह कर भूतनाथ ने दारोगा और जैपाल की मदद लेकर उन लाशों को पुनः उसी गड्ढे में दबा दिया और ऊपर में अच्छी तरह मिट्टी वगैरह डाल कर दारोगा ने कहा, "अब चलिए मैं भी आपके साथ आपके घर चलता हूँ जहाँ मुझे आप भैया राजा की लाश दिखाइए।"

दारोगा : घर चलने में तो कोई हर्ज नहीं, आप उसे भी अपना ही घर समझकर खुशी से चल सकते हैं, मगर मैं फिर कहता हूँ कि आपको उस जगह नहीं ले जा सकता जहाँ भैया राजा को गाड़ा है।

भूतनाथ : जैपाल सिंह को आप उस जगह ले जा सकते हैं?

दारोगा : हाँ, क्योंकि जैपाल सिंह को मैं अपने गुप्त कार्यों में बराबर साथ रखता हूँ। मगर आपके लिए तरद्दुद न कीजिए, बेहतर होगा कि आप आज का दिन दूसरे काम में बिताइए और कल मेरे पास आइए, इसी बीच मैं भैया राजा की लाश को अच्छी तरह देख और जाँच लूँगा।

दारोगा की बात से भूतनाथ बहुत ही चिढ़ गया मगर उसने अपने दिल का भाव प्रकट न किया, फिर भी उसमें और दारोगा में जो दोस्ती थी आज एक मामूली पेंच पड़ जाने के कारण जाती रही और दोनों ही के दिल में एक तरह की गाँठ पड़ गई। भूतनाथ ने मान लिया कि इस धोखेबाज़ी के मामले में दारोगा ज़रूर शरीक है या यह बिलकुल ही दारोगा का काम है, और इसी तरह दारोगा समझने लगा कि भूतनाथ हमसे चालबाज़ी खेल कर अपना कोई काम निकलना चाहता है या ताज्जुब नहीं कि इसी कारण मेरे साथ दुश्मनी का बर्त्ताव करके मेरा भेद खोल दे। खैर वह सब जो कुछ भी हो इस समय तो भूतनाथ ने अपने दिली जोश को दबाकर दारोगा की बात मान ली और पैदल ही उत्तर की ओर रवाना हो गया। दारोगा और जैपाल भी घोड़े पर सवार होकर शहर की तरफ़ चले और खाली घोड़े की लगाम थामे हुए जैपाल उसे अपने घोड़े के साथ ले चला।

9

संध्या का समय है। सूर्य भगवान अस्त हो चुके हैं। हवा में किसी कदर खुनक है तो सही परन्तु वह भली मालूम होती है। ऐसे समय में हम नहीं कह सकते कि तिलिस्मी दारोगा साहब किस नीयत से अपने मकान के पीछे वाले नज़रबाग में टहल रहे हैं, मगर

उनकी ऐसी आदत न थी और इन्हें लोगों ने संध्या के समय दिल बहलाने के लिए किसी बाग़ में टहलते हुए बहुत कम ही देखा होगा। पर आज गैर मामूली तौर पर उसका टहलना बेसबब नहीं है, उसका घड़ी-घड़ी ठंडी साँसे खींचना और घबराहट के साथ इधर-उधर देखना कहे देता है कि इस समय वह किसी गंभीर चिंता के निमग्न हो रहा है, साथ ही इसके बीच-बीच में उसके बदन में कप तथा रोमांच के हो आने से यह भी विश्वास होता है कि वह किसी कारण से भयभीत हो रहा है। केवल इतना ही नहीं, एक दफ़े उसने बड़ी बेचैनी के साथ दाहिने हाथ से अपना माथा भी ठोंका जिससे जाना जाता है कि उसने ज़रूर कोई बुराई का काम किया है जिसके लिये अब पछताता और दिल में कहता है कि कहाँ की शामत आई थी जो मैंने यह काम किया!

इसी तरह के बहुत-से परेशानी और घबराहट के चिन्ह् प्रकट करता हुआ दारोगा बड़ी देर तक बेचैनी से कदम उठाता अपने बाग़ में टहलता और थोड़ी-थोड़ी देर में सर उठाकर फाटक की तरफ़ देखता रहा। लगभग आधे घंटे के बाद जैपाल सिंह पर उसकी निगाह पड़ी जो कदम बढ़ाए हुए उसी की तरफ़ आ रहा था। उसके नज़दीक पहुँचते ही दारोगा ने उससे कहा, "ओफ, तुमने जाने में बहुत विलंब कर दिया!"

जैपाल सिंह : (**गौर से दारोगा के चेहरे की तरफ़ देख के**) नहीं तो, मगर क्यों? और इस समय आप बहुत ही उदास और दुखित भी जान पड़ते हैं।

दारोगा : मेरे दोस्त, इस समय मेरी अवस्था बहुत ही बुरी हो रही है और मैं अपने किये पर बहुत पछता रहा हूँ। सच तो यह है कि आज मैं अपनी ज़िंदगी से निराश हो बैठा हूँ, जिसके अंधकारमय क़ैदखाने में तुम ही एक टिमटिमाते हुए चिराग हो, टिमटिमाते हुए मैं इसलिए कह रहा हूँ कि मेरी ज़िंदगी के साथ तुम्हारी जान का भी बहुत बड़ा संबंध

जैपाल सिंह : बेशक् ऐसा तो है ही।

दारोगा : और मुझे इस समय केवल एक तुम्हारा ही भरोसा रह गया।

जैपाल : आखिर मामला क्या है सो तो कहिए? क्या भैया राजा की लाश में कुछ धोखा निकला?

दारोगा : कुछ क्या बिलकुल ही धोखा निकला, जिसे मैंने भैया राजा की लाश समझ ज़मीन के अंदर गाड़ दिया था, वह वास्तव में मेरे ही एक ऐयार की लाश निकली और मैं कुछ नहीं कह सकता कि कब और किस ढंग से उनकी बदली हुई, क्योंकि मैं यह भी नहीं कह सकता कि वे भैया राजा वास्तव में भैया राजा थे या नहीं जिन्हें मैंने अपने मकान में पाकर फँसाया था!

जैपाल सिंह : और फिर यह भी कोई बात है कि आप ही का ऐयार भैया राजा बन कर आवे और आपको ही डॉट बताये!

दारोगा : हाँ, यह भी कदापि नहीं हो सकता!

जैपाल सिंह : मगर यह बात वास्तव में बुरी हुई! उधर जमना, सरस्वती, इन्दुमति के मामले में किसी ने धोखा दिया और इधर भैया राजा के बारे में...

दारोगा : मेरी कुछ समझ ही में नहीं आ रहा है किए यह बात क्योंकर हुई! क्या मेरा कोई दुश्मन मेरे घर में घुस आया और मेरे ही घर में से उन सभों को बदल कर ले गया? मगर यह भी एक असंभव-सी बात है, मेरे भुलभुलैया मकान की किसी दुश्मन को ख़बर ही क्या हो सकती है!

जैपाल सिंह : अब यह तो न कहिए, आपके मकान को एक ही रात में कुछ विश्वकर्मा ने तो बना ही नहीं दिया है, आखिर राज-मजदूरों ही ने तो बनाया है!

दारोगा : हाँ, यह तो ठीक कहते हो। खैर, परन्तु यह बताओ कि अब किस तरह जान बचे, किस तरह दुश्मन का पता लगे, और किस तरह इस मामले का सच्चा हाल मालूम हो?

जैपाल सिंह : यह कोई मामूली बात नहीं है, इसके लिए बहुत कुछ मेहनत करनी पड़ेगी तब कहीं दुश्मन का पता लगेगा। खैर इस काम को तो पीछे रखिए पहिले अपने को इल्ज़ाम से बचाने की फिक्र करिए, मेरा तो अब ख़याल हो रहा है कि महाराज ने जो सूरत देखी थी वह भूत न था बल्कि वास्तव में भैया राजा ही थे और आपको जहन्नुम में मिलाने के लिए वे कोई नाटक तैयार कर रहे हैं!

दारोगा : बेशक् ऐसा ही है और मुझे भी जो भूत दिखाई दिया था वे ज़रूर असली भैया राजा ही रहे होंगे।

जैपाल सिंह : बेशक् वह भी भैया राजा ही होंगे, अपना नाटक दिखाकर किसी अनूठे ढंग से प्रकट हुआ चाहते हैं।

दारोगा : फिर अब क्या किया जाय?

जैपाल सिंह : मैं क्या बताऊँ, आपसे ज़्यादे इस विषय में और कौन सोच सकता है? हाँ यह कह सकता हूँ कि मुझे जो कुछ आज्ञा दीजिए उसे करने के लिए मैं तैयार हूँ।

दारोगा : (**कुछ सोचकर**) चाहे जो कुछ भी हो मगर भैया राजा मुझे महाराज के सामने दोषी नहीं ठहरा सकते। यों उन्हें अख्तियार है चाहें स्वयं अपने हाथ से मेरा सर काट डालें मगर यह जबर्दस्ती के सिवाय इंसाफ का काम कदापि न कहला सकेगा, और हमारे महाराज जो इंसाफ के लिए जान देते हैं बेइन्साफी का काम कदापि न होने देंगे!

जैपाल सिंह : (**आश्चर्य से**) क्यों साहब, यह क्या बात आपने कही? भैया राजा अगर जीते हैं तो आपको दोषी क्यों न ठहरा सकेंगे?

दारोगा : भैया राजा को यह मालूम ही नहीं होगा कि मैंने उन्हें मुर्दा समझ कर बदनीयती के साथ ज़मीन के अंदर गाड़ दिया है।

जैपाल सिंह : हाँ ठीक है, वह बात उन्हें भला कैसे मालूम हो सकती है! मगर हाँ, इस बात का सवाल ज़रूर हो सकता है कि आखिर उस लाश को जो उन्हीं की सूरत की-सी थी आपने क्या किया? अगर आपकी नीयत ठीक थी तो आपने हल्ला क्यों न मचाया, प्रकट क्यों नहीं किया, और महाराज से यह हाल क्यों नहीं कहा, उस बात को छिपाया क्यों?

दारोगा : ओफ! यह दूसरी बात है, इसके लिए समय पर काफी जवाब हो सकता है। और इसके लिए मैं इनकार कर सकता हूँ कि वहाँ अर्थात् मेरे घर में कोई भी लाश नहीं पाई गई। भैया राजा स्वयं भाग के चले गये। दूसरे की तो बात ही दूर है खुद भैया राजा ही मुझे किसी तरह कायल नहीं कर सकते और न वे यही बता सकते हैं कि मैंने उन्हें उस भूलभुलैया जैसे मकान में फँसाकर हम चले गये और फिर लौटकर नहीं आये! सो खैर इसके लिए भी मैं कोई जवाब सोच लूँगा।

जैपाल सिंह : अगर यही बात है तो फिर आप इतना डरते क्यों हैं?

दारोगा : हाँ इतना ज़रूर है, मेरी हिम्मत टूटी जाती है और भैया राजा के नाममात्र से ही मेरा कलेजा उछलने लगता है।

जैपाल सिंह : जिसका सबब ज़रूर यही होगा कि आप किसी-न-किसी बात में ज़रूर लाजवाब हो जाएँगे, और नहीं तो सिर्फ़ उन्हीं बातों का जवाब देना आपके लिए कठिन हो जाएगा कि भैया राजा के असली मामले की महाराज को ख़बर क्यों नहीं की? यह क्यों नहीं जाहिर किया कि वे आपके बाग़ में आए थे और जमना, सरस्वती तथा इन्दुमति को आपकी क़ैद से छुड़ाने की उन्होंने फिक्र की थी-इत्यादि।

दारोगा : हाँ यह बात ज़रूर खुटके की है! **(कुछ सोचकर)** अगर तुम्हारी राय हो तो राजा साहब को मैं इस मामले की ख़बर कर दूँ और कुछ अपनी तरफ़ से भी समझा-बुझा दूँ। तुम जानते ही हो कि वे निरे भोलेनाथ हैं। **(रुककर और चौंककर)** हाँ एक बात तो मैंने तुमसे कही ही नहीं।

जैपाल सिंह : वह क्या?

दारोगा : मुझे ख़बर मिली है कि आज जनाने महल के पीछे वाले नज़रबाग में गुप्त रीति पर सख्त पहरे का इंतज़ाम हो रहा है, पहरा देने वाले इस तरह छिप कर पेड़ों की आड़ में बैठेंगे कि बाग़ के अंदर आने वाला कोई आदमी उन्हें देख न सकेगा पर वे बाग़ के अंदर आने वाले को बखूबी देख और गिरफ्तार कर सकेंगे।

जैपाल सिंह : यह ख़बर आपको किसने दी?

दारोगा : उन्हीं पहरे पर मुकर्रर किए गए हुए आदमियों में से एक ने यह ख़बर सुनाई है।

जैपाल सिंह : हाँ वे सब तो आपके हितैषी ही हैं, मगर यह भी कुछ मालूम हुआ कि ऐसा इंतज़ाम करने का सबब क्या है?

दारोगा : सो तो ठीक मालूम नहीं हुआ मगर अंदाज़ से हम समझते हैं कि जिस तर भैया राजा भूत बनकर मुझे और महाराज को दिखाई दिए हैं उसी तरह भूत बन कर शायद महल में भी गये होंगे और यकायक भूत की तरह गायब न हो सके होंगे। किसी ने भागते हुए देख लिया होगा और समझा होगा कि यह कोई आदमी है, या किसी तरह की कोई बात हुई होगी जिस पर महाराज ने यह समझ कर कि आज पुनः आवेगा गिरफ्तार करने के लिए ऐसा इंतज़ाम किया होगा।

जैपाल सिंह : हाँ, ज़रूर कोई ऐसी ही बात हुई होगी और ऐसी अवस्था में आपको ऐसा इंतज़ाम करना चाहिए कि जब वह आदमी गिरफ्तार हो **(ईश्वर करे वह भैया राजा ही हों)** तो उसे महाराज के पास पहुँचने के बदले गिरफ्तार करने वाले सीधे आप ही के पास पहुँचा दे। अगर वह वास्तव में भैया राजा निकले तो फिर कहना ही क्या है? आपके पौ बारह हैं!!

दारोगा : हाँ, यह तुमने अच्छी सलाह बताई और इस काम को मैं बख़ूबी कर भी सकूँगा। इस तरह अगर भैया राजा हाथ में आ गए तब तो मेरे सामने इस दुनिया में कोई नहीं, लेकिन अगर ऐसा न हुआ तो फिर अपने लिए बहुत कुछ चिंता करनी पड़ेगी, अच्छा हब मैं तुमसे थोड़ी-सी बातें और करूँगा मगर यहाँ नहीं।

इतना कहकर दारोगा ने जैपाल का हाथ पकड़ लिया और उसे अपने साथ लिए हुए मकान की तरफ़ चला।

10

जनाने महल के पीछे वाले नज़रबाग में आज दिन ही से गुप्त पहरे का इंतज़ाम हो रहा है। महारानी ने भैया राजा की स्त्री के विषय में जो कुछ महाराज को इत्तिला दी थी उसके लिए महाराज को बड़ी चिंता हो गई थी और उन्हें इस बात का बड़ा ही दुःख था कि उनके महल में कोई गैर आदमी आ घुसे और फिर अछूता चला जाय। उन्होंने अपने दिल में इस बात का पक्का इरादा कर लिया था कि चाहे जिस तरह भी हो उस आदमी को ज़रूर गिरफ्तार करना चाहिए जो महल के अंदर भैया राजा की स्त्री के पास गया था, संभव है कि उसके गिरफ्तार हो जाने से भैया राजा का भी कुछ पता चल जाय। अस्तु इस काम के लिए उन्होंने कोई दिलावर और होशियार आदमी पहरे पर मुकर्रर कर दिये तथा उन्हें ताकीद कर दिया कि वे बहुत ही गुप्त ढंग पर तथा पेड़ों और झाड़ियों की आड़ में छिपा कर पहरा दें तथा बाग़ या महल के अंदर आते समय तो किसी को न रोकें परन्तु लौट कर जाते समय अवश्य गिरफ्तार कर लें।

इसके अतिरिक्त महाराज ने खुद भी उसी बाग़ में एक ख़ास जगह पर रह कर रात बिताने का इरादा कर लिया था जिसकी ख़बर किसी को भी नहीं दी गई थी, यहाँ तक कि उस बाग़ में पहरा देने वालों से भी यह भेद छिपाया गया था।

यह तो महाराज का इंतज़ाम था, अब दारोगा साहब ने क्या किया सो भी सुनिए, दारोगा को पूरी-पूरी ख़बर लग गई कि बाग़ में पहरे पर कौन-कौन आदमी मुकर्रर किए गये हैं एवं उन्हें क्या समझाया गया है क्योंकि राजकर्मचारियों में से बहुत-से आदमी दारोगा से मिले हुए थे जिसका सबब यह था कि एक तो दारोगा रिश्वत के ढंग पर बहुत-सा रुपया उन लोगों को बाँटा करता था दूसरे जमानिया राज्य का बड़ा अफसर होने के कारण लोग उससे डरते भी थे। आज भी दारोगा ने अपने काम निकालने के लिए उन लोगों में बहुत-सा रुपया बाँटा और काम हो जाने के बाद और भी इनाम देने का वादा किया था। काम इन लोगों के जिम्मे यह सुपुर्द किया कि जब कोई आदमी उस बाग़ में गिरफ्तार हो तो उसे महाराज के पास न ले जाकर सीधे दारोगा के पास पहुँचा दें ओर महाराज से कह दें कि चोर भाग गया या गिरफ्तार ही नहीं हुआ यानी जैसा मौका हो वैसा बहाना कर दें। केवल इतना ही नहीं बल्कि दारोगा ने अपने कई आदमी भी रात के समय उस बाग़ में काम करने के लिए तैनात कर दिए जिस बात की ख़बर महाराज को कुछ भी न थी।

दिन बीत गया और रात हुई। नज़रबाग में पहरा देने वाले बड़ी मुस्तैदी के साथ नज़र दौड़ाने, टोह लेने और इधर-उधर घूमने लगे। आधी रात जाने तक तो किसी को किसी तरह का खटका न हुआ मगर इसके बाद पहरे वालों ने एक नकाबपोश को दीवार फाँदकर बाग़ के अंदर आते हुए देखा।

सभी पहरे वाले उसे देखते ही चैतन्य हो गए और सभी ने इस तौर पर उसका मुहाना रोकने की तैयारी कर ली जिसमें वह लौट कर किसी तरह भी भागने न पाए। सभी के देखते-देखते वह नकाबपोश जनाने महल की पिछली दीवार के पास जाकर खड़ा हो गया और उस खिड़की की तरफ़ देखने लगा जो भैया राजा के खार महल में पड़ती थी। थोड़ी देर तक वह उसी जगह खड़ा देखता रहा और इसके बाद उसने ऊपर की तरफ़ कमन्द फेंकी। जब कमन्द अड़ गई तो उसके सहारे वह ऊपर की तरफ़ चढ़ गया और आधे घंटे तक लौट कर नहीं आया। पहरे वालों ने चाहा कि वह कमन्द जिसके सहारे वह ऊपर की तरफ़ चढ़ गया था खींच ली जाय जिसमें वह इस रास्ते से उतर न सके और महल में ही गिरफ्तार कर लिया जाय परन्तु दारोगा साहब ने आदमियों ने उन लोगों को ऐसा करने से रोका और कहा कि अगर यह क़ैदी इस राह से नहीं लौटेगा और महल में गिरफ्तार हो जाएगा तो ज़रूर महाराज के पास भेज दिया जाएगा या खुद महाराज महल में पहुँचकर उसे अपने कब्जे में कर लेंगे, ऐसी अवस्था में हम लोगों के हाथ वह न आएगा और दारोगा साहब का काम भी न निकलेगा, अस्तु यही अच्छा होगा कि मुजरिम को इसी राह से उतरने दिया जाय।

महाराज के सिपाहियों ने इस बात को कबूल कर लिया और वह कमन्द ज्यों-का-त्यों छोड़ दिया गया। आधे घंटे के बाद वह आदमी उसी कमन्द के सहारे नीचे उतरा और तुरंत ही सब सिपाहियों ने उसे घेर लिया मगर गिरफ्तार न कर सके क्योंकि वह बड़ा ही

मज़बूत, दिलावर और फुर्तीला साबित हुआ। इसके अतिरिक्त महाराज का यह भी हुक्म था कि उसके ऊपर कोई हर्बा न चलाया जाय। अगर हर्बा चलाया जाता तब तो बेशक् इतने आदमियों की भीड़ में से निकल भागना उनके लिए कठिन हो जाता लेकिन बिना हर्बा चलाए उसको गिरफ्तार कर लेना भी कठिन हो गया। महाराज के सिपाहियों को किसी हर्बे से लड़ते हुए न देखकर उस बहादुर ने भी किसी सिपाही पर हर्बे का वार न किया और लड़ता-भिड़ता महल के नीचे से चलकर बाग़ के किनारे अर्थात् दीवार के पास पहुँच गया। वहाँ से उसके लिए दीवार फाँद कर निकल जाना कोई बड़ी बात न थी मगर उसने न-जाने क्यों बाहर निकल जाने का उद्योग न किया और लोमड़ी की तरह चक्कर काटता हुआ उन सिपाहियों के कब्जे से निकल पेड़ों की झुरमुट में जा घुसा जहाँ पहुँचते ही वह सभी की नज़रों से गायब हो गया।

महाराज के सिपाहियों ने उसे मशाल की रोशनी के सहारे खोजना शुरू किया और आधे घंटे के बाद एक चमेली की झाड़ी में उसे बेहोश पड़े हुए पाया। उसी समय दारोगा साहब के आदमियों ने उस पर कब्जा कर लिया और उठाकर बाग़ के बाहर ले गए जहाँ से उसे दारोगा साहब के पास पहुँचा दिया गया।

11

पाठकों को याद होगा कि प्रभाकर सिंह तिलिस्म के अंदर फँसे हुए हैं जहाँ उन्होंने एक अनूठे दीवानखाने की दरीची से एक हसीन औरत को देखा तथा इससे वे बहुत ही हैरान हुए और आश्चर्य करने लगे।

थोड़ी देर के बाद प्रभाकर सिंह का जी ठिकाने हुआ तब उन्होंने पुनः उस औरत से कहा, "क्या तुम्हारा नाम मालती है या मैं धोखा खाता हूँ?"

औरत : नहीं आप धोखा नहीं खाते और बेशक् मेरा नाम मालती है, किस्मत ने मुझे बेतरह यहाँ ला फँसाया है। यद्यपि मुझे यहाँ किसी तरह की तकलीफ़ नहीं है बल्कि मैं बहुत सुख के साथ अपने दिन बिता रही हूँ परन्तु अपने बंधु-बांधवों को न देखने से चित्त में दुःख अवश्य बना रहता है, इसके अतिरिक्त इस तिलस्म के अंदर रहते-रहते अब जी ऊब गया है और यहाँ के अलौकिक पदार्थ चित्त को प्रसन्न नहीं करते। पहिले मैं आपको अच्छी तरह पहिचाना नहीं था और इसीलिए अपना ठीक-ठीक परिचय भी न देकर बहकाने के लिए कह दिया था कि मैं एक राजा की लड़की हूँ इत्यादि परन्तु जब मैंने आपकी पीठ पर का निशान देख लिए तब साफ-साफ बयान कर दिया कि मैं मालती हूँ, इसके अतिरिक्त आपने स्वयं भी मुझे पहिचान लिया।

प्रभाकर सिंह : यह तो तुमने और भी आश्चर्य की बात सुनाई! खैर बताओ कि तुम यहाँ क्यों आई और इस तिलिस्म के अंदर फँसे रहने का कारण क्या है? मैं मुद्दत से तुम्हारी खोज में हूँ मगर हज़ार कोशिश करने पर भी तुम्हारा पता न लग पाया।

मालती : अब आप यहाँ आ गए हैं तो कोई बात आपसे छिपी न रहेगी धीरे-धीरे सब कुछ मालूम हो ही जाएगा, ठहरिए मैं आपके पास आती हूँ।

इतना कहकर मालती खिड़की से उठ गई और थोड़ी देर में किसी दूसरा राह से दीवानाखाने में प्रभाकर सिंह के पास पहुँच उनका हाथ पकड़ कर बोली, "चलिए अब महल में चलकर ही मुझसे और आपसे बात होगी। मैं इस समय जिस तरह बेहयाई के साथ आपसे मिलती और बातचीत करती हूँ उसके लिए क्षमा कीजिएगा। इस जगह मेरा कोई बड़ा या संबंधी नहीं जिसका कि मुझे लिहाज हो, इसके अतिरिक्त आप चाहे जो कुछ समझते हों परन्तु मैं आपको उसी भाव से देखती हूँ जिस भाव से कोई धर्मपत्नी अपने देवतुल्य पति को देखती है।"

प्रभाकर सिंह ने उसकी बातों का कुछ भी जवाब न दिया और चुपचाप उसके पीछे-पीछे चल खड़े हुए। मालती उनको लिए हुए दीवानखाने के दाहिने बगल वाली बारहदरी में चली गई जहाँ प्रभाकर सिंह ने देखा कि सामने ही दीवार के साथ सटा हुआ चाँदी का सिंहासन रखा हुआ है जिस पर कम-से-कम आठ-दस आदमियों के बैठने की जगह है और उस सिंहासन के चारों तरफ़ हाथ-भर ऊँची ख़ूबसूरत अड़ानी बनी हुई है और सिंहासन पर बैठे हुए आदमी के नीचे की तरफ़ लुढ़कने से बचाने के लिए काफी है। ऊपर की तरफ़ निगाह करके देखा तो इस बारहदरी की छत अंदाज़ से बहुत ज़्यादे ऊँची दिखाई दी और उस सिंहासन के ठीक ऊपर एक बहुत बड़ा सूराख भी नज़र पड़ा।

प्रभाकर सिंह को साथ लिए हुए मालती उस सिंहासन पर चढ़ गई और उस पर प्रभाकर सिंह को बैठाकर आप भी उनके पास बैठ गई। बैठने के साथ ही वह सिंहासन ऊपर की तरफ़ उठने लगा यहाँ तक कि उसका पैदा ऊपर वाली छत के बराबर जा लगा और ऐसा मालूम होने लगा कि वह सिंहासन ऊपर वाले कमरे के फर्श पर रखा हुआ है। समझ लेना चाहिए कि ऊपर वाले कमरे में जाने का यही रास्ता था।

ऊपर वाला कमरा बहुत ख़ूबसूरती के साथ सजा हुआ तो न था परन्तु उसकी बनावट बहुत ही सुन्दर थी और उसमें हर तरह की ज़रूरी सामान मौजूद था। ज़मीन पर फर्श लगा हुआ था और उसके ऊपर दो पलंग बिछे हुए थे। एक पलंग पर का बिछावन उम्दा था अरि दूसरे पर केवल एक गलीचा बिछा था। इस कमरे की चौड़ाई दस हाथ और लंबाई बीस हाथ के लगभग होगी। दीवारों में बहुत-सी खूँटियाँ लगी हुई थीं और उन पर तरह-तरह के जनाने कपड़े लटक रहे थे और ज़मीन पर संगमरमर की दो चौकियों के ऊपर कुछ खाने-पीने का सामान भी रखा हुआ था।

इस कमरे में बाग़ की तरफ़ झाँकने और देखने के लिए पाँच दरवाज़े थे और दो दरवाज़े भीतर की तरफ़ ऐसे थे जिनकी राह से महल के अंदर अथवा दूसरे कमरों में जा सकते थे।

मालती ने प्रभाकर सिंह को ले जाकर पलंग के ऊपर बैठाया और आप भी उनके पास बैठकर इस तरह बातचीत करने लगी–

प्रभाकर सिंह : क्या तुम अकेली ही इस मकान में रहती हो?

मालती : जी नहीं, कई लौंडियाँ और एक ब्राह्मण भी यहाँ मेरे साथ रहती हैं। वे इस समय अपने काम में लगी हुई हैं, मगर सिवाय इन औरतों के कोई मर्द यहाँ नहीं रहता।

प्रभाकर सिंह : तुमको किसने इस तिलिस्म के अंदर लाकर रखा है?

मालती : कुँवर गोपाल सिंह ने।

प्रभाकर सिंह : **(आश्चर्य और कुछ क्रोध के साथ)** कितने दिनों से?

मालती : कई वर्षों से, जबसे मैं अपने मकान से गायब हुई थी तभी से यहाँ पर हूँ, बीच में साल-भर दूसरी जगह थी।

प्रभाकर सिंह : किस नीयत से उन्होंने तुम्हें यहाँ लाकर रखा है?

मालती : अपनी स्त्री बनाने की नीयत से।

प्रभाकर सिंह : फिर क्या हुआ? आखिर तुम उनकी स्त्री बनी या नहीं?

मालती : **(लज्ज़ा से सिर नीचा करके)** जी हाँ, आखिर क्या करती!

प्रभाकर सिंह : कोई औलाद भी उनसे तुम्हें हुई?

मालती : जी हाँ, साल-भर का एक बच्चा है।

प्रभाकर सिंह : **(चारपाई पर से उठकर)** फिर मुझे इस तरह पर क्यों अपने पास बैठाती हो? तुम्हें ऐसा करना कदापि उचित नहीं है।

मालती : **(प्रभाकर सिंह का हाथ पकड़ के)** ऐसा करने में कोई हर्ज नहीं है क्योंकि मेरी पहली शादी आप ही के साथ हुई थी।

प्रभाकर सिंह : मेरे साथ तुम्हारी शादी नहीं हुई थी, हाँ, बारात लेकर तुम्हारे पिता के दरवाज़े तक मैं गया था, पर जब यह सुना गया कि तुम मकान के अंदर से गायब हो गई तब लौट आया क्योंकि उस समय तुम्हारे पिता के मकान में बड़ा ही हाहाकार मच गया था। उसी के दूसरे दिन बंदोबस्त हो जाने के कारण मेरी शादी इन्दुमति के साथ हो गई। **(एक लंबी साँस लेकर)** तुम्हारी बातों से मुझे ख़याल हुआ था कि तुम अभी तक कुँआरी ही हो मगर अब तुम्हारा ढंग देखकर तुम्हारे इस कथन पर मुझे बड़ा ही खेद होता है कि 'मैं आपको उसी भाव से देखती हूँ जिस भाव से कोई धर्मपत्नी अपने देवतुल्य पति को देखती हो।' जब तुम एक आदमी के साथ ब्याही जा चुकीं और उससे एक औलाद भी तुम्हें हो चुकी तब तुमको मेरे साथ अर्थात् किसी दूसरे पुरुष के साथ ऐसा बर्त्ताव न करना चाहिए, ऐसे धर्म विरुद्ध कार्य का नतीजा अच्छा नहीं होता।

मालती : **(प्रभाकर सिंह का हाथ छोड़कर)** आपकी आज्ञा मेरे लिए शिरोधार्य है परन्तु मैं भी यही कहती हूँ कि इस जबर्दस्ती की शादी को मैं धर्म-विवाह नहीं समझती, अब भी मैं यही चाहती हूँ कि आपके घर चल कर रहूँ और बहिन इन्दुमति की सेवा करूँ, मैं उनसे मिल चुकी हूँ और उनकी बातों से मुझे विश्वास हो चुका है कि यह बात उन्हें मंजूर है और वह मुझ पर सदैव कृपा रखेंगी।

इन्दुमति का नाम सुनकर प्रभाकर सिंह की आँखें डबडबा आई और उन्होंने एक लंबी साँस लेकर मालती से कहा, "इस मनमोदक में कोई भी स्वाद नहीं है। हाय, अब तो इन्दु भी इस दुनिया में नहीं रही, व्यर्थ ही उसने अपनी जान दे दी!"

मालती : **(आश्चर्य से)** हैं, यह आप क्या कह रहे हैं? आज ही रात को तो मुझसे और उनसे तीन घंटे तक बातें होती रही है।

प्रभाकर सिंह : क्या खूब, उसे मरे हुए दो दिन हो चुके हैं!!

मालती : **(चारपाई पर से उठकर मुस्कराती हुई)** जी नहीं, क्षमा कीजिएगा, आप धोखे में पड़ गए हैं। जमना, सरस्वती और इन्दुमति तीनों बहिनें कल ही से मेरे यहाँ मेहमान हैं और मैं आपको उनसे मिला सकती हूँ। पर आप मेरा तिरस्कार न करें, मैं फिर भी यही कहती हूँ कि मैं आपको अपना पति समझकर आपकी मदद कर रही हूँ और करूँगी, फिर भी मैं इतना ज़रूर कहूँगी कि आपने जो कुछ बर्त्ताव इन्दु बहिन के साथ किया वह आपको उचित न था।

मालती की बातें सुनकर प्रभाकर सिंह आश्चर्य से उसका मुँह देखने और सोचने लगे कि यह क्या कह रही है? जबकि मैं स्वयं इन्दु की धधकती हुई चिता देख चुका हूँ तब क्योंकर इसकी बात मान सकता हूँ? इसके अतिरिक्त जब वह हमारी और इन्दुमति की बातों को जानती थी तो मुझे पहिचानने में इसने धोखा क्यों खाया और पीठ पर का निशान देखने की ज़रूरत ही इसे क्यों पड़ी? मालूम होता है कि मेरे यहाँ तक पहुँचने का कारण भी यही है।

इत्यादि तरह-तरह की बातें सोचते हुए प्रभाकर सिंह ने पुनः मालती से कहा, "तुम्हारी बातों पर मुझे विश्वास नहीं होता।"

मालती : मैं आपसे कह चुकी हूँ कि वे तीनों कल ही से मेरे यहाँ मेहमान हैं और मैं उनसे आपकी मुलाकात करवा सकती हूँ, फिर आप शक क्यों करते हैं?

प्रभाकर सिंह : हाँ अगर ऐसा हो तो ज़रूर मैं तुम्हें सच्चा समझ सकता हूँ।

मालती : बेशक् ऐसा ही होगा।

प्रभाकर सिंह : तो अब विलंब क्या है? तुम मुझे उनके पास ले चलो।

मालती : मैं आपको उसके पास इसी समय ले चलती मगर इस बात से डरती हूँ कि कहीं इन्दुमति खफा न हो जाए क्योंकि आपकी बेमुरौवती और बुरे बर्त्ताव से बहुत

चिढ़ गई हैं, मुझसे आपका नाम लेकर कहती थीं कि मैं उनसे कदापि न मिलूँगी। ऐसी अवस्था में यही उचित जान पड़ता है कि पहिले उन्हें समझाकर आपसे मिलने के लिए राजी कर लूँ तब आपको उनके पास ले चलूँ।

प्रभाकर सिंह : (**कुछ सोचकर**) खैर, मुलाकात न सही दिखा देने में तो कोई हर्ज नहीं है!

मालती : अच्छा मैं उन्हें दूर से आपको दिखा दूँगी।

इतना कह मालती ने प्रभाकर सिंह को पलंग पर बैठने के लिए पुनः ज़ोर दिया और प्रभाकर सिंह भी यह विचार कर मालती के पास पलंग पर बैठ गए कि 'यह मौका जिद करने का नहीं है, इसकी बात मान लेने से ही इस समय अपना काम निकलेगा। मालती ने प्रभाकर सिंह की बड़ी खातिर की और प्रभाकर सिंह ने भी अपने दिल का भाव प्रकट न होने दिया। देर तक वे उनसे मीठी-मीठी बातें करते रहे, इसके बाद यह कहकर उठ खड़े हुए कि "अब दिन बहुत ज़्यादे चढ़ आया है, स्नान-संध्या इत्यादि का बंदोबस्त होना चाहिए।"

प्रभाकर सिंह की यह बात सुनकर मालती भी उठ खड़ी हुई और यह कहती हुई एक दरवाज़े से कमरे के बाहर हो गई कि "जरा-सा ठहरिए, मैं अभी इंतज़ाम करके आती हूँ तो आपको ले चलती हूँ।"

मालती कमरे के बाहर हो गई और प्रभाकर सिंह पलंग पर बैठकर देर तक उसके आने का इंतज़ार करते रहे। आधे घंटे के बाद लौटकर मालती पुनः प्रभाकर सिंह के पास गई और बोली, "चलिए सब सामान तैयार है।"

अबकी दफ़े मालती प्रभाकर सिंह को दूसरी ही राह से अर्थात् ऊपर-ही-ऊपर एक दूसरे मकान में ले गई और वहाँ से घुमाती हुई एक ऐसे बाग़ में पहुँची जो प्रभाकर सिंह के लिए बिलकुल नया था अर्थात् अभी तक इस बाग़ को उन्होंने देखा न था। बनिस्बत पहले बाग़ के जिसमें प्रभाकर सिंह आए थे इस बाग़ में फूल-पत्तों की अपेक्षा फल और मेवों के दरख्त बहुत ज़्यादे थे तथा अमरूद, सेब, अंगूर और बादाम वगैरह बहुतायत के साथ लगे हुए थे तथा बाग़ के बीच में एक सुन्दर-सी बावली भी थी जिसमें मीठा और बिल्लोर की तरह साफ जल भरा हुआ था। उसी बावली के ऊपर एक पत्थर की चौकी पर एक लोटा, गिलास, धोती, गमछा, आसन तथा संध्या-पूजा का पूरा सामान मौजूद था और खिदमत के लिए दो लौंडियाँ भी हाज़िर थीं।

इस बाग़ को अपने मतलब का देखकर प्रभाकर सिंह बहुत खुश हुए और कपड़े उतार कर एक पेड़ के नीचे रख देने के बाद अपने ज़रूरी कामों की फिक्र में लगे। एक हाथ में तलवार और दूसरे हाथ में जल का भरा हुआ लोटा लेकर वे बाग़ के पूरब तरफ़ बड़े और एक घनी झाड़ी में घुसकर नज़रों से ओझल हो गए।

प्रभाकर सिंह के चले जाने के बाद मालती और उसकी दोनों लौंडियों में इस तरह बातचीत होने लगी–

मालती : **(एक लौंडी से)** भोजन की चीज़ें सब तैयार हो गई या अभी कुछ बाकी है?

लौंडी : करीब-करीब सभी चीज़ें तैयार हो गई हैं, केवल तरकारी और दो-तीन तरह की चटनी बाकी है।

मालती : बेहोशी की दवा किस चीज़ में मिलाई गई है?

लौंडी : कचौरी और तरकारी में।

मालती : ठीक है, अगर चटनी में भी यह दवा मिला दी होती तो अच्छा था।

दूसरी लौंडी : आज्ञा हो तो अब मिला दिया जाए।

मालती : खैर, रहने दो, कोई चिंता नहीं, जो कुछ हुआ वही बहुत है।

लौंडी : मगर मुझे आश्चर्य इस बात का होता है कि अकेले प्रभाकर सिंह के लिए आप इतना बंदोबस्त क्यों कर रही हैं! क्या हम लोग इन्हें मिल-जुलकर बाँध नहीं सकतीं।

मालती : तुम्हें इनकी ताकत का हाल मालूम नहीं है, अगर मालूम होता तो ऐसा न कहती। इसके अतिरिक्त इन्हें तिलिस्म की बहुत-सी बातें भी मालूम हैं जिसके लिए इन्हें भुलावा देने की ज़रूरत है क्योंकि किसी तरह का शक हो जाने से ताज्जुब नहीं कि ये निकल भागें।

लौंडी : अगर यही बात है तो दारोगा साहब को चाहिए था कि दो-चार बहादुर सिपाही यहाँ भेज देते जिसमें गिरफ्तार करने के लिए ज़्यादे बखेड़ा न करना पड़ता।

मालती : दारोगा साहब ने हम लोगों को यहाँ भेज दिया यही बहुत है, नहीं तो तिलिस्म के अंदर किसी को भेजना यह बिलकुल ही नियम के विरुद्ध है, मुझे दारोगा साहब चाहते हैं और मुझ पर विश्वास रखते हैं इसीलिए मुझे यहाँ भेजा भी, और मैं तुम लोगों को यहाँ ले आई।

लौंडी : ठीक है, असल मतलब मेरी समझ में आ गया। मगर अब मैं यह सोचती हूँ कि अगर प्रभाकर सिंह ने तुम्हारे यहाँ की कोई चीज़ नहीं खाई और बेहोश न हुए तब तुम क्या करोगी?

मालती : तुम्हारा यह सोचना बिलकुल ही लड़कपन है, भला यहाँ रहकर के कै दिन भूखे रहेंगे? साथ ही इसके तुम यह भी जानती हो कि इस तिलिस्म से निकल भागना उनके लिए बिलकुल ही असंभव है, हाँ, इतना मैं ज़रूर कहूँगी कि वे सहज में ही हम लोगों का विश्वास कदापि न करेंगे परन्तु मैंने तो यहाँ तक निश्चय कर रखा है कि यदि इस कारीगरी से काम न निकला तो जिस समय ये घोर निद्रा में बेख़बर पड़े होंगे उस समय अपनी भुजाली और भुजा को काम में लाकर किस्मत को आजमाऊँगी।

दूसरी लौंडी : बेशक् ऐसा हो सकता है-मैं भी यही कहने वाली थी क्योंकि इस बाग़ में फलों और मेवों की बहुतायत होने से...

मालती : **(कुछ सोचकर)** हाँ बेशक् यह मुझसे भूल हुई कि मैं उन्हें इस बाग़ में ले आई और यहाँ आने का रास्ता भी दिखा दिया। यहाँ के फलों और मेवों से वे कई दिन तक गुजारा कर सकते हैं, अगर किसी दूसरे बाग़ में ले गई होती जहाँ फलों के दरख्त न होते तो ज़रूर भूख से व्याकुल हो करके मेरी बात मानते और सहज ही में मेरे यहाँ का भोजन भी करते। खैर कोई चिंता नहीं जो कुछ होगा देखा जाएगा, मैंने कई तरह से जाल फैलाए हुए हैं, किसी-न-किसी जाल में यह शिकार अवश्य ही फँसेगा।

मालती और दोनों लौंडियों में देर तक इसी तरह की बातें होती रहीं और वे सब प्रभाकर सिंह के आने का इंतज़ार करती रहीं।

एक घंटे से ज़्यादा समय बीत गया और प्रभाकर सिंह लौटकर न आए। इस बात से मालती और उसकी लौंडियों को आश्चर्य होने लगा, मगर मालती को यह भी विश्वास था कि जिस तरफ़ प्रभाकर सिंह गए हैं उस तरफ़ कोई ऐसा रास्ता नहीं है जिसके जरिए वे इस बाग़ से बाहर हो जाएँ और बाग़ की दीवार भी ऐसी ढंग की बनी हुई है कि उसके ऊपर कोई चढ़ नहीं सकता। यही सबब था कि मालती को धीरज बँधा हुआ था और उसने फिर भी कुछ देर तक और इंतज़ार करना मुनासिब समझा।

और अभी आधा घंटा बीत जाने के बाद प्रभाकर सिंह घोड़े पर सवार सामने से आते हुए दिखाई पड़े। हम ऊपर लिख आये हैं कि प्रभाकर सिंह कपड़े उतार कर मैदान के लिए गए थे परन्तु इस समय केवल घोड़े पर सवार ही नहीं बल्कि सुन्दर फौज़ी पोशाक पहिने हुए तथा कई तरह के हर्बे भी लगाए हुए वे दिखाई पड़े जो मालती और उसकी लौंडियों के लिए कम आश्चर्य की बात न थी और इसी कारण वे आश्चर्य के साथ सोचने लगीं कि क्या वास्तव में ये प्रभाकर सिंह ही हैं?

निःसन्देह वे प्रभाकर सिंह ही थे मगर मालती को तब तक इसका विश्वास न हुआ जब तक कि वे मालती के पास न आये और छेड़खानी के तौर पर खुद ही बातचीत करना आरम्भ न किया।

प्रभाकर सिंह : **(मालती के पास आकर मुस्कराते हुए)** कहो बीबी मालती, अब तो मुझे यहाँ से चले जाने की इजाज़त देती हो न?

मालती : **(कुछ घबड़ानी-सी होकर)** सो क्यों? अभी तो आप इन्दुमति से न मिलने वाले हैं?

प्रभाकर सिंह : नहीं, अब मुझे उससे मुलाकात करने की कोई ज़रूरत नहीं रही।

मालती : आखिर ऐसी घबराहट आपको क्या हो गई? और यह घोड़ा आपने कहाँ से पाया सो तो बताइये?

प्रभाकर सिंह : **(हँसकर)** जमानिया के दारोगा साहब यह घोड़ा तुम्हारे वास्ते लिए आ रहे थे मैंने छीन लिया और पोशाक भी उन्हीं के बदन से उतार ली! अच्छा बीबी मनोरमा, अब मैं आपको आशीर्वाद देता और जाता हूँ।

इतना कहते हुए प्रभाकर सिंह तेज़ी के साथ उसी तरफ़ लौट गए जिधर से आए थे। मालती को विश्वास न हुआ कि वे वास्तव में प्रभाकर सिंह थे, और इसी से यह घोड़ा इस बाग़ में क्योंकर आया, यह पोशाक इन्होंने कहाँ से पाई, और घोड़े पर सवार ये क्योंकर यहाँ से बाहर निकल जाएँगे इत्यादि बातों को सोचती हुई वह भी अपनी लौंडियों को साथ लिए उन्हीं के पीछे चल पड़ी।

12

महाराज के बाग़ में चोर गिरफ्तार तो हुआ मगर महाराज के पास न पहुँचाया जाकर सीधे दारोगा साहब के पास पहुँचा दिया गया। महाराज के सिपाहियों ने दारोगा साहब की यहाँ तक खातिर की कि उस चोर को पहिचानना तो दूर रहा, आँख से अच्छी तरह देखा भी नहीं और बड़े अफ़सोस के साथ महाराज से कह दिया कि चोर निकल भागा। बहुत उद्योग करने पर भी गिरफ्तार न हो सका। महाराज को इस बात का बहुत ही दुःख हुआ फिर भी उन्होंने पहरे का इंतज़ाम ज्यों-का-त्यों कायम रखा, इस ख़याल से कि कदाचित् एक-दो दिन बाद धोखा देकर पुनः वह चोर आवे।

उधर दारोगा अपने सोने वाले कमरे में चारपाई पर बैठा हुआ बड़ी बेचैनी के साथ इस बात का इंतज़ार कर रहा था कि महाराज के बाग़ में चोर गिरफ्तार हो और सीधे मेरे पास चला आवे क्योंकि उसे विश्वास हो गया था कि हो-न-हो वह चोर भैया राजा अर्थात् शंकरसिंह ही हैं, वह दरवाज़े की तरफ़ आँख लगाए बैठा अपने दिल से भैया राजा के बारे में बातें कर रहा था और साथ ही यह भी सोच रहा था कि 'आज निःसन्देह भैया राजा गिरफ्तार होकर मेरे पास लाए जाएँगे और अगर ऐसा हुआ तो मैं उसको बिना मारे कभी न रहूँगा, किसी तरह की मुरौवत न करूँगा, आँखें चार होने पर लज़्ज़ा तथा भय के पास फटकने न दूँगा। आज मैं पूरा बेमुरौवत, पूरा निर्लज्ज, पूरा बेदर्द और पूरा अत्याचारी बन जाऊँगा मगर उन्हें कदापि जीता न छोड़ेगा चाहे जो हो, इत्यादि इसी ढंग की बातें विचारता और ख़याली पुलाव पकाता हुआ वह दरवाज़े की तरफ़ देख रहा था कि यकायक दरवाज़ा खुला और तीन आदमी बेहोश भैया राजा को उठाए कमरे के अंदर दाखिल हुए। बड़ी फुर्ती के साथ दारोगा ने नकाब उठाकर चोर के चेहरे पर निगाह डाली और यह जानकर बहुत ही प्रसन्न हुआ कि वह चोर वास्तव में भैया राजा ही है।

बेहोश भैया राजा दारोगा साहब के सामने डाल दिये गये। पहिले तो दारोगा के दिल में आया कि भैया राजा को होश में लाने के पहिले ही कत्ल कर डाले जिसमें चार आँखें न होने पावे मगर फिर कुछ सोचकर रुक गया क्योंकि आज उसने पूरी बेहयाई पर कमर बाँध ली थी, और इसके अलावा कई भेद की बातें भी उनसे दरियाफ्त करनी थीं।

बेईमान दारोगा ने पहिले तो उन तीनों आदमियों की बड़ी तारीफ़ की और शाबाशी दी और इसके बाद आज्ञा दी कि भैया राजा को उठाकर दूसरे कमरे में पहुँचा दें जहाँ इसी तरह की निर्दयता के काम किये जाते थे और जो एक तरह पर क़ैदखाने का काम भी दिया करता था। यहाँ पहुँचाने के बाद भैया राजा की मुश्कें बाँधी गई और तीनों आदमियों को विदा कर दारोगा ने उन्हें लखलखा सुँघाया। होश में आने पर उसके क़ैदी ने घबड़ाकर चारों तरफ़ देखा और जब हाथ में नंगी तलवार लिए दारोगा पर उसकी निगाह पड़ी तो उसे और भी आश्चर्य हुआ। उसने बड़ी बेचैनी के साथ दारोगा की तरफ़ देखा और तब उससे पूछा, "मैं कहाँ पर हूँ और यह मकान किसका है?"

दारोगा : तुम मौत के पंजे में हो और यह मकान यमराज का है।

क़ैदी : **(पुनः अच्छी तरह चारों तरफ़ देखकर)** नहीं नहीं, मैं अच्छी तरह समझ गया कि यह घर आप ही का है, मगर आश्चर्य है कि आप मुझीं से दिल्लगी करते हैं!

दारोगा : इसमें दिल्लगी की क्या बात है? मान लो कि यह मेरा ही घर है मगर क्या तुम यह नहीं देखते कि मैं नंगी तलवार लिए तुम्हारा सर काटने को तैयार हूँ?

क़ैदी : हाँ देखता हूँ मगर यह मुझे कब विश्वास होने लगता है कि आप मेरे ही साथ ऐसा बर्त्ताव करेंगे!

दारोगा : मैं ज़रूर ऐसा करूँगा क्योंकि तुम्हारी बदौलत मैं बेतरह संकट में पड़ गया था।

क़ैदी : ठीक है लेकिन तब इससे यह जाहिर होता है कि तुम्हारी ही बदौलत इस समय मैं अपने को रस्सियों से जकड़ा हुआ देख रहा हूँ।

दारोगा : बेशक् ऐसा ही है। मैंने ही तुम्हें गिरफ्तार किया है, मैंने ही तुम्हारी मुश्कें कसवाई हैं, और मैं ही अब अपने हाथ से तुम्हारा सर काट हमेशा के लिए बेफिक्र हो जाना चाहता हूँ।

क़ैदी : **(क्रोध में आकर)** तो क्या तू मुझे मारेगा?

दारोगा : हाँ-हाँ, ज़रूर मारूँगा, कई दफ़े तो कह चुका अब कैसे कहूँ?

क़ैदी : अफ़सोस! मुझे इस बात की कुछ भी ख़बर न थी कि इस ख़ुदगरज़ बेमुरौवत और दुष्ट भाई का साथ देने से मुझे यह दिन देखना नसीब होगा। अगर ऐसी ख़बर होती तो तुझ बेईमान को कई दफ़े गहरी आफतों से कदापि न बचाता और अपनी धन-दौलत तेरे हवाले करके तेरे घर का भिखमंगा न बन जाता। अफ़सोस, अफ़सोस, मैं यह नहीं जानता था कि भाई की सूरत में एक दुष्ट चांडाल की आत्मा बसी हुई है, मगर खैर, कोई चिंता नहीं, मैं ऐसा कमज़ोर भी नहीं हूँ कि इन पतली डोरियों से बेबस रहकर तेरे नापाक हाथों से मारा जाऊँगा!!

इतना कहते-कहते उस क़ैदी को जोश चढ़ आया। उस बहादुर ने झटका देकर हाथ-पैर की रस्सियाँ तोड़ डालीं और ताल ठोंककर दारोगा साहब के सामने खड़ा होकर बोला, "हाँ, देखें तो सही तू किस तरह मुझे मारता है। तेरे हाथ में तलवार है और मैं खाली हाथ तेरे सामने खड़ा हूँ। देखना तो यह है कि तू मुझे मारता है या मैं ही तेरा खून चूस कर इस बेइज़्ज़ती का बदला चुका लेता हूँ!"

13

दिन दो पहर से कुछ ज़्यादे ढल चुका है, धूप में बहुत तेज़ी और गर्मी है। मुसाफ़िरों को इस समय राह चलना बहुत ही बुरा मालूम होगा मगर जंगल में रास्ता चलने वालों को इस धूप की गर्मी किसी तरह का नुकसान नहीं पहुँचा सकती। घने जंगलों का तो कहना ही क्या है जहाँ बड़े-बड़े साखू, शीशम और सलई के दरख़्तों की छाया में बैठने में बड़ा ही आनन्द मिलता है, ख़ास करके किसी नाले के किनारे पर जहाँ घने दरख़्त हों तो वहाँ के आनन्द का कहना ही क्या है। गर्मी के दिनों में ऐसा स्थान बहुत ही प्यारा मालूम होता है, परन्तु शेर भी ऐसा स्थान पसन्द करता है और प्राय: शिकार के लिए भी ऐसा ही स्थान चुना जाता है।

इस समय हम ऐसे ही घने जंगल में एक नाले के किनारे पत्थर की चट्टान पर दो आदमियों को बैठे आनन्द से बातचीत करते हुए देख रहे हैं। इसमें एक तो इन्द्रदेव हैं और दूसरे उनके प्यारे दोस्त बलभद्रसिंह। इस समय ये दोनों आदमी शिकारी पोशाक तथा हर्बों में अपने को सजाए हुए हैं और इन दोनों के शेर-दिल घोड़े भी पास ही में पेड़ों के साथ लंबी डोर में बँधे हुए नर्म घास चर रहे हैं। सुनना चाहिए कि इन दोनों में क्या बातें हो रही हैं।

इन्द्रदेव : आपका कहना बहुत ही ठीक है। गदाधरसिंह की चाल-चलन आजकल बहुत ही खराब हो रही है। ऐसे ही लोग ऐयारी के नाम को कलंकित करके अपने साथ-ही-साथ भले लोगों को भी बदनाम करते है। मैं उस खोटे समय को रोता हूँ जिस समय उसे अपनी जुबान से मैंने दोस्त कहा था, फिर भी चाहे उसके शरीर से मुझे कितना ही कष्ट पहुँचे परन्तु मैं अपनी तरफ़ से उसे कुछ भी कष्ट न पहुँचाऊँगा। केवल इतना ही नहीं बल्कि ज़िंदगी-भर इस बात का उद्योग करता रहूँगा कि उसकी चाल-चलन सुधरे और वह नेकनामी के साथ दुनिया में ज़िंदगी बिताने का प्रयत्न करे। बदनाम आदमी का दुनिया में करोड़पति होकर भी जीते रहना वृथा है, ज़िंदगी उस गरीब की ही सराहने योग्य है जिससे लोगों का उपकार हो और जिसे लोग भली जुबान से नेकनामी के साथ याद करते हों। मेरे प्यारे दोस्त, मैं सच कहता हूँ और तुमसे भी कुछ छिपा हुआ नहीं है कि बड़े-बड़े राजा-महाराजा और सौदागरों से भी मेरे पास बढ़कर दौलत है जिसे मैं इस ज़िंदगी में इस तरह भी खर्च नहीं कर सकता मगर मैं उस दौलत पर कुछ भी भरोसा नहीं करता और नेकनामी के सामने उसे कंकड़-पत्थर से भी तुच्छ समझता हूँ। इसका

एक सबब यह भी है कि यह दूसरे की थाली है जो ईमानदारी के साथ मेरे सुपुर्द की गई है और मैं उसे देवता के समान केवल पूजा ही करने के लायक समझता हूँ तथापि जो कुछ उसमें से मेरे लिए हिस्सा लगाया गया है वही इतना ज़्यादा और काफी है जैसाकि मैं ऊपर कह चुका हूँ, यह बात गदाधरसिंह को भी कुछ-कुछ मालूम है और मैं उसे कई दफ़े कह भी चुका हूँ कि-दो-चार लाख रुपये जब चाहो मुझसे ले लो और अपनी तृष्णा को तिलांजलि दे दो, परन्तु उसके दिल में यह बात बिलकुल ही नहीं बैठती। न-मालूम लालच ने उसे किस तरह अपने काबू में कर रखा है कि जिसके सबब से वह बड़े-बड़े उग्र पाप करने के लिए भी तैयार हो जाता है।

बलभद्रसिंह : मेरे प्यारे दोस्त, मुझमें इतनी सामर्थ्य नहीं कि तुम्हारे नेक मिजाज़ की तारीफ़ कर सकूँ। तुम ही ऐसे हो कि गदाधरसिंह के कसूरों को बराबर माफ़ किये चले जा रहे हो, दूसरा मामूली दर्ज़े का कोई आदमी तो उसका मुँह भी न देखता। फिर भी इतना मैं ज़रूर कहूँगा कि यद्यपि वह ऐयारी के फन में बहुत ही तेज़ है और उसे बहुत दूर की सूझा भी करती है परन्तु वह अपने कलंक को धोने की कोशिश करता हुआ और भी कलंकित होता जा रहा है। ताज्जुब नहीं कि वह कलंकों के मारे कुछ ही दिनों में सिर से पैर तक इन्द्र का रूप हो जाय।

इन्द्रदेव : बेशक् ऐसा हो सकता है, मैं जानता हूँ कि दयाराम के विषय में वह बिलकुल निर्दोष है और इसीलिए मैं उसे कई दफ़े समझा भी चुका हूँ कि तुम उस भेद को छिपाने के लिए कुछ उद्योग मत करो, मैं तुम्हारी वह भूल दुनिया में किसी पर प्रकट न होने दूँगा, परन्तु यह बात उसके दिल में बैठती ही नहीं, सच तो यों है कि उसे मेरी बातों पर विश्वास नहीं होता।

बलभद्रसिंह : यही बात है, वह सोचता है कि बिना जमना और सरस्वती को मारे वह बात छिप नहीं सकती इसलिए जमना और सरस्वती को मार कर ही मैं निश्चिन्त हो सकूँगा क्योंकि उसके बाद किसी को मुझ पर कलंक लगाने के लिए कोई सबूत न मिल सकेगा।

इन्द्रदेव : केवल जमना और सरस्वती को ही नहीं बल्कि वह प्रभाकर सिंह और इन्दुमति को भी मारने की फिक्र में है क्योंकि उसे विश्वास हो रहा है कि ये दोनों भी उस भेद को जान गए और जमना तथा सरस्वती की मदद कर रहे हैं और वास्तव में बात भी ऐसी ही है।

बलभद्रसिंह : मगर मैं समझता हूँ कि अब भूतनाथ इस काम में कृतकार्य नहीं हो सकेगा।

इन्द्रदेव : **(मुस्कराकर)** सो कैसे कहूँ! वह बड़ा ही धूर्त है, कौवे, गिद्ध और कुत्ते से अगर उसकी उपमा दी जाय तो हो सकता है। मैं अपने घर के रास्ते तक को उससे छिपाए रहता हूँ और जब कभी वह मुझसे मिलने के लिए आता है तो मैं बाहरी दरजे

में ही उससे मुलाकात करता हूँ (**हँसकर**) लेकिन यह मामला भी बड़ा ही विचित्र है, मैं यद्यपि उसके काम में बाधा डाल रहा हूँ मगर उससे दुश्मनी नहीं करता, और वह यद्यपि बराबर मेरे हाथों से छकाया जाता है फिर भी मुझ पर किसी तरह का शक नहीं करता। मगर मुझे इस बात का ज़रूर दुःख है कि मेरे गुरुभाई साहब जमानिया (तिलिस्म के दारोगा) ने भी आजकल उसी का रंग पकड़ा है और दोनों ख़ुदगरज़ों की दोस्ती बेतरह बढ़ रही है...

बलभद्र : (**बात काटकर**) भला ख़ुदगरज़ों की दोस्ती भी कहीं कायम रही है?

इन्द्रदेव : कभी नहीं। खुदगरज़ों की दोस्ती और पानी पर तैरते हुए बताशे की ज़िंदगी की कोई तायदाद नहीं, तथापि मुझे दारोगा साहब की तरफ़ से बड़ी ही रंज है, मैंने उनसे मिलना-जुलना भी एक तौर पर छोड़ दिया है यद्यपि अपने दिल का भाव प्रकट नहीं किया, साथ इसके इस बात का भी उद्योग कर रहा हूँ कि उसमें और गदाधरसिंह में दुश्मनी पैदा हो जाय।

बलभद्रसिंह : दुश्मनी पैदा होने में अब क्या कसर रह गई है? गदाधरसिंह का इस बात का विश्वास हो गया है कि जमना, सरस्वती और इन्दुमति के बारे में दारोगा ही ने उससे चालाकी खेली है।

इन्द्रदेव : बेशक् यही बात है और अब ईश्वर ने चाहा तो दारोगा की और उसकी दुश्मनी दिनोंदिन बढ़ती ही जाएगी।

बलभद्रसिंह : आपकी कार्रवाई ही ऐसी हो रही है, मगर भैया राजा के विषय में जो कुछ चाल चली जा रही है वह मुझे पसन्द नहीं है।

इन्द्रदेव : मुझे भी पसन्द नहीं है। मैंने उन्हें कहा था कि इस ढंग को छोड़ दें और एकदम से प्रकट होकर जो कुछ करना हो खुलेआम करें मगर उन्हें तो मसखरापन सूझ रहा है, देखो मैं आज तुम्हारे सामने ही उन्हें फिर समझाऊँगा।

बलभद्रसिंह : अगर वे न मानेंगे तो ताज्जुब नहीं कि एक दिन गदाधरसिंह या दारोगा साहब के हाथ में फँस जाएँ।

इन्द्रदेव : गदाधरसिंह को तो मैं साफ-साफ कह दूँगा कि भैया राजा के साथ दुश्मनी का बर्त्ताव न करे और मेरी यह बात शायद वह मान भी जाएगा।

बलभद्रसिंह : मगर गदाधरसिंह को अगर यह मालूम होगा कि भैया राजा को दारोगा के फँदे से तुम्हीं ने निकाला है कि तो ज़रूर उसे इस बात का भी शक हो जाएगा कि जमना, सरस्वती और इन्दुमति को भी दारोगा के जाल से तुम ही ने निकाल लिया होगा।

इन्द्रदेव : कोई परवाह नहीं, अगर उसे इस बात का शक हो भी जाएगा तो कोई चिंता नहीं, मेरे साथ गदाधरसिंह कदापि दुश्मनी का बर्त्ताव नहीं करेगा।

बलभद्रसिंह : इस बात को तो मैं भी मानता हूँ, दारोगा और गदाधरसिंह दोनों ही तुमसे डरते हैं और जानते हैं कि इन्द्रदेव को बिगड़ना किसी के लिए भी अच्छा न होगा, ही एक बात तो मैं आपसे कहना भूल ही गया!

इन्द्रदेव : वह क्या?

बलभद्रसिंह : वे दोनों कारीगर जिन्होंने दारोगा का अद्‌भुत मकान बनाया था और जिन्हें आजकल आपने अपने पास रख छोड़ा है, खुले मैदान बाज़ार में घूमा करते हैं, कहीं ऐसा न हो कि उन पर निगाह पड़ते ही दारोगा का ख़याल ठिकाने पहुँच जाय और वह समझ जाय कि इन्हीं दोनों की बदौलत हमारे मकान का भेद खुल गया है।

इन्द्रदेव : (**लंबी साँस लेकर**) अफ़सोस, वे दोनों कल रात को दारोगा के फँदे में फँस गए, जैसाकि तुम सोचते हो वही बात हुई अर्थात् दारोगा ने उन्हें देख लिया कि किसी को पता न लगा। मुझे उनके बारे में बड़ा ही दुःख है, यद्यपि मैंने अपने दो शागिर्द उनको छुड़ाने के लिए छोड़े हुए हैं मगर फिर भी उनकी खैरियत नज़र नहीं आती।

बलभद्रसिंह : यह तो बहुत ही बुरा हुआ। और एक बात की ख़बर आपको हुई है या नहीं?

इन्द्रदेव : वह क्या?

बलभद्रसिंह : मेरी लड़की लक्ष्मीदेवी की शादी जो कुँवर गोपालसिंह के साथ ठहरी हुई है वह दारोगा साहब को बिलकुल ही नापसन्द है, अगर प्रकट नहीं होते तो छिपाकर निशाना लगा रहे हैं।

इन्द्रदेव : मुझे इस बात का पता लग चुका है। अफ़सोस इस बात का है कि राजा गिरधरसिंह निरे मिट्टी के पुतली ही है ओर दारोगा साहब का रंग उन पर बेतरह चढ़ा हुआ है, मगर खैर कोई चिंता नहीं, गोपालसिंह को मैं इस विषय में खूब समझा चुका हूँ और वह कसम खाकर प्रतिज्ञा कर चुके हैं कि मेरी आज्ञा के विरुद्ध इस विषय में कोई काम न करेंगे। होनहार गोपालसिंह बात के धनी हैं और मुझे उन पर बड़ा भरोसा है।

बलभद्रसिंह : खैर आप जानिए, मुझे केवल ख़बर देने से मतलब था, और यह तो आप ठीक कहते हैं कि राजा साहब पर दारोगा का रंग चढ़ा हुआ है। अभी उसी दिन की बात है कि जिस दिन भैया राजा ने भूत होकर राजा साहब का दर्शन दिया था। आप ही कहते थे कि 'सुबह को राजा साहब ने दारोगा को बुलाकर रात का हाल कहा जिसके सुनते ही दारोगा के बदन में थरथरी पैदा हो गई, मगर राजा साहब को इसका कुछ ख़याल न हुआ' इत्यादि।

इन्द्रदेव : हाँ मैंने सब हाल तुमसे कहा ही था। इसी से तो मैं कहता हूँ कि राजा साहब बिलकुल बेकार हैं, मगर सीधे और धर्मात्मा हैं इसी से बचे जाते हैं। (**चौंककर**) देखो वह सामने से घोड़े पर सवार कौन आ रहा है! पहिचानते हो?

बलभद्रसिंह : **(गौर से देखकर)** नहीं, शायद नज़दीक आने से पहिचान सकूँ। नहीं-नहीं, मैंने इन्हें आज के पहिले शायद कभी भी नहीं देखा?

देखते-ही-देखते वह सवार इन दोनों के पास आ पहुँचा। दोनों ही से साहब-सलामत करने के बाद वह घोड़े पर से नीचे उतर पड़ा और एक पेड़ के साथ लंबी बागडोर के सहारे घोड़े को बाँधकर चरने के लिए ढीला छोड़ दिया।

इन्द्रदेव का इशारा पाकर वह सवार भी उनके, पास बैठ गया और उन तीनों में इस तरह बातचीत होने लगी-

इन्द्रदेव : **(सवार की तरफ़ देखकर)** कोई भी ऐयार इस समय आपको नहीं पहिचान सकता, ख़ूब ही सूरत बदली है! **(बलभद्रसिंह से)** क्यों भाई कैसी सूरत हो रही है? यह तुम्हारे रोज़ के मुलाकाती हैं और इशारा कर देने पर भी तुम इन्हें नहीं पहिचान सकते!

बलभद्रसिंह : **(आश्चर्य से आगंतुक की तरफ़ देखकर)** बेशक्, बिना चेहरा धोए इन्हें कोई भी नहीं पहिचान सकता।

इन्द्रदेव : **(मुस्कराकर)** यही तो बात है कि चेहरा धोने पर भी इनकी सूरत में कोई फर्क नहीं पड़ेगा। इस चेहरे पर किसी तरह का रंग-रोगन नहीं चढ़ाया हुआ है बल्कि यह एक प्रकार की बनावटी झिल्ली है जो चेहरे पर चढ़ाई हुई है, इस पर पानी का कुछ असर नहीं होता और इस तरह चमड़े के साथ चपक कर बैठती है कि जरा भी पता नहीं लगता।

आगंतुक **(इन्द्रदेव की तरफ़ इशारा करके बलभद्रसिंह से)** यह आपकी कारीगरी का नमूना है, वास्तव में यह बहुत ही अच्छी चीज़ है, सूरत बदलने में जरा भी परिश्रम नहीं करना पड़ता।

इन्द्रदेव : इसी तरह की दो झिल्लियाँ मैंने जमना और सरस्वती को दी हुई थीं, अफ़सोस कि वह इस समय गदाधरसिंह के पास होंगी जिनसे वह बड़ा ही उत्पात मचा सकता है। मुझे तो इस बात का डर ही लगा रहता है कि कहीं गदाधरसिंह उन झिल्लियों की बदौलत मुझीं को धोखा न दे।

आगंतुक : नहीं-नहीं, गदाधरसिंह आपको कदापि धोखा न देगा, उसकी प्रतिज्ञा है कि इन्द्रदेव मेरे टुकड़े-टुकड़े कर डालें तो भी मुझे मंजूर है परन्तु उनका मुकाबिला कदापि न करूँगा।

इन्द्रदेव : ठीक है, मैंने भी ऐसा सुना है, और आप यह भी जानते ही हैं कि मैं गदाधरसिंह के साथ कैसा बर्त्ताव करता हूँ। हज़ार कसूर करने पर भी उसे सज़ा देने की नीयत नहीं करता और यही चाहता रहता हूँ कि वह अच्छी पर चले और परमात्मा उसका भला करे।

बलभद्रसिंह : बेशक्, आप अपनी दोस्ती पर पूरा-पूरा हक निबाह रहे हैं। **(आगंतुक की तरफ़ इशारा करके)** अच्छा यह तो बताइए कि यह कौन साहब हैं और आपको खोजते हुए यहाँ किस तरह आ गए?

इन्द्रदेव : ये भैया राजा हैं, छिपकर रहना पसन्द नहीं करते और बराबर इधर-उधर घूमने की इच्छा करते हैं, इसीलिए सूरत बदलने वाली यह झिल्ली मैंने इन्हें दे रखी है। मैं यहाँ आते समय अपने शागिर्द को समझा आया था कि इस सूरत में भैया राजा अगर यहाँ आवे तो उन्हें फलानी जगह भेज देना, यह सबब है कि यहाँ तक आ पहुँचे।

आगंतुक : **(अथवा भैया राजा)** : बेशक् यही बात है, आपके शागिर्द लक्ष्मण ने मुझे यहाँ का पता दिया था, अच्छा तो बताइए कि अब मुझे क्या करना चाहिए।

इन्द्रदेव : मैं तो यही कहूँगा कि आप खुल्लम-खुल्ला जाकर अपने भाई राजा साहब से मिलें और इन खेल-तमाशों को जानें दें, नहीं तो एक-न-एक दिन दारोगा के फँदे में फँस जाएँगे।

आगंतुक : तो क्या तुम नहीं जानते कि हमारे भाई साहब दारोगा के कैसे गुलाम हो रहे हैं उस कमबख़्त के सामने भला मेरी बातों का उनके दिल पर कोई असर होगा? मेरे इस कथन करो क्या वे मान जाएँगे कि दारोगा ने मुझको मार डालने का इरादा किया था? मैं समझता हूँ कि वे मुझीं को झूठा बनावेंगे और दारोगा कोई-न-कोई बहाना करके निकल जाएगा।

इन्द्रदेव : अगर ऐसा हो तो कोई ताज्जुब नहीं है।

आगंतुक : वह तुम्हारा गुरुभाई है, तुम उसे समझाते क्यों नहीं! ऐसे आदमी को तो दुनिया से उठा ही देना चाहिए।

इन्द्रदेव : वह मेरा गुरुभाई है तो क्या हुआ, जैसा करेगा वैसा भोगेगा। मैं न तो उसका दोस्त बनता हूँ और न दुश्मन, अगर आप लोगों की मदद करने की ज़रूरत न आ पड़े तो मैं उसका मुँह देखना भी पसन्द नहीं करता, उसके घर में जाना तो दूसरी बात है।

बलभद्रसिंह : अब आप भैया राजा को उसके पंजे से न छुड़ाते तो इनकी जान जा ही चुकी थी।

इन्द्रदेव : अब भी अगर ये खुल्लम-खुल्ला अपने को प्रकट न कर देंगे तो इनके लिए मुझे चिंता बनी ही रहेगी। वह तो कहीं इतना अच्छा हुआ कि दारोगा और गदाधरसिंह में जो दोस्ती थी वह जाती रही, नहीं तो दोनों मिल कर बड़ा ही उपद्रव मचाते।

बलभद्रसिंह : गदाधरसिंह को विश्वास हो गया कि जमना, सरस्वती और इन्दुमति के विषय में दारोगा ने उसके साथ दगाबाज़ी की।

आगंतुक : मगर वास्तव में बात दूसरी ही थी। अच्छा यह तो बताइए कि प्रभाकर सिंह का क्या हाल है और वे अब कहाँ हैं?

इन्द्रदेव : ईश्वर की कृपा से प्रभाकर सिंह भी दारोगा के पंजे से निकल गए, उन्हें दारोगा ने तिलिस्म के अंदर ही फँसा लिया था मगर कल मैं उन्हें छुड़ा कर अपने घर ले आया, उनके छुड़ाने में भी बड़ी विचित्र दिल्लगी हुई।

आगंतुक : तो क्या?

इन्द्रदेव : यह किस्सा उन्हीं की जुबान से आप सुनेंगे तो मज़ा आवेगा, मैं स्वयं कुछ भी न कहूँगा।

आगंतुक : उनसे मुलाकात कब होगी?

इन्द्रदेव : जब आप चाहेंगे।

आगंतुक : अच्छा तो मैं तुम्हारे साथ ही तुम्हारे घर चलूँगा और प्रभाकर सिंह के साथ-साथ जमना, सरस्वती और इन्दुमति से भी मुलाकात करूँगा।

इन्द्रदेव : बहुत अच्छी बात है।

आगंतुक : अच्छा तो यह कहो कि जमानिया तिलिस्म का भेद तुमको क्योंकर मालूम हुआ? यह तो बहुत ही गुप्त है और सिवाय हम लोगों के दूसरा कोई भी उसको नहीं जान सकता क्योंकि नियमानुसार तिलिस्मी किताब हम ही लोगों के पास रहा करती है और आज भी हमारे भाई साहब के कब्जे में है।

इन्द्रदेव : (**मुस्कराकर**) इसके विषय में मैं कुछ भी न कहूँगा।

आगंतुक : मैं समझता हूँ कि दारोगा के गुरुजी ने वहाँ का कुछ हाल कहा होगा, क्योंकि वह तुम्हारे ही गुरु थे और वहाँ का बहुत ज़्यादे हाल जानते थे।

इन्द्रदेव : जो कुछ हो।

आगंतुक : खैर इस मामले को जाने दो और अब यह राय दो कि मैं क्या करूँ?

इन्द्रदेव : मुझे जो कुछ कहना था कह चुका।

आगंतुक : अच्छा एक दिल्लगी मुझे और कर लेने दो फिर जो कुछ तुम कहोगे मैं वही करूँगा।

इन्द्रदेव : वह क्या?

आगंतुक : इस समय कहने से मज़ा न मिलेगा, कल-परसों में आपसे आप मालूम हो जाएगा। अच्छा यह बताओ कि इस समय तुम्हारे साथ चलने से क्या प्रभाकर सिंह तथा इन्दुमति इत्यादि से मुलाकात हो सकेगी?

इन्द्रदेव : (**कुछ सोचकर**) मैं तो पहिले ही कह चुका हूँ कि आप जब चाहें मुलाकात कर सकते हैं।

आगंतुक : तो यहाँ से चलने में क्या विलंब है?

आगंतुक : कुछ भी नहीं, मैं चलने को तैयार हूँ।

इन्द्रदेव : बस तो जय गणेश करो।

आगंतुक : चलिए, **(बलभद्रसिंह की तरफ़ देखकर)** यदि कुछ हर्ज न हो आप मेरे साथ चलिए।

वे तीनो आदमी वहाँ से उठ खड़े हुए और अपने-अपने घोड़ों पर सवार हो तेज़ी के साथ चल पड़े।

बलभद्रसिंह और आगंतुक को साथ लिए हुए इन्द्रदेव अपने मकान की तरफ़ रवाना तो हुए मगर अफ़सोस, उन्हें इस बात की कुछ ख़बर नहीं है कि जिस आगंतुक को वह भैया राजा समझे हैं वह इन्दुमति का पता लगाने के लिए जमना और सरस्वती से पाई हुई झिल्ली अपने चेहरे पर लगाकर और इस प्रकार अपना भेष बदल कर इन्द्रदेव के घर गया था। वहाँ इन्द्रदेव के शागिर्द ने उसे भैया राजा समझा और इन्द्रदेव का संदेशा दिया कि वे फलाने जंगल में गये हैं और आपको भी उसी जगह बुलाया है। इसी संदेश को पाकर भूतनाथ वहाँ पहुँचा था जहाँ इन्द्रदेव और बलभद्रसिंह से मुलाकात हुई थी!

अस्तु धोखे में पड़े हुए इन्द्रदेव नकली भैया राजा और बलभद्रसिंह को लिए हुए अपने घर की तरफ़ रवाना हुए। इस जगह यह समझ रखना चाहिए और पहिले भी किसी जगह पर हम लिख आए हैं कि इन्द्रदेव का असली मकान तिलिस्मी इलाके के अंदर है जहाँ किसी अनजान आदमी का जाना बिलकुल ही असंभव है परन्तु उनका एक दूसरा मकान भी था जिसका नाम 'कैलाश' था और जिसका कुछ हाल हम इसके पहिले भी लिख आए हैं। इस समय अपने दोनों साथियों को लिए हुए इन्द्रदेव इसी मकान **(कैलाश)** की तरफ़ रवाना हुए क्योंकि जमना, सरस्वती, इन्दुमति और प्रभाकर सिंह को उन्होंने इसी मकान में छिपाकर रखा हुआ था।

दो घंटे तक तेज़ी के साथ सफ़र करके तीनों आदमी कैलाश भवन पहुँचे। इन्द्रदेव की बातचीत से भूतनाथ को यह मालूम हो गया था कि भैया राजा भी इन्द्रदेव के मकान में आने वाले हैं, इसीलिए इन्द्रदेव ने अपने शागिर्द से कह दिया था कि वे आवे तो उन्हें फलाने जंगल में हमारे पास भेज देना, और इसी कारण इन्द्रदेव के शागिर्द ने भूतनाथ को भैया राजा समझकर उसी जंगल में इन्द्रदेव के पास भेजा भी था। धोखा होने का सबब यही था कि भैया राजा को भी इन्द्रदेव ने वैसे ही झिल्ली चेहरे पर चढ़ाने के लिए दी थी जैसी जमना और सरस्वती को दी थी अथवा जो इस समय भूतनाथ अपने चेहरे पर चढ़ाए हुए था, अस्तु अब भूतनाथ को यह फिक्र हुई कि कहीं वादे के मुताबिक भैया राजा भी इस समय वहाँ न आ जाएँ, क्योंकि यदि ऐसा हुआ तो उसका भंडा फूट जाएगा और बना-बनाया काम चौपट हो जाएगा। इन सब बातों को सोच कर भूतनाथ ने इरादा कर लिया कि जहाँ तक जल्द हो सके प्रभाकर सिंह, जमना और सरस्वती को देखकर इन्द्रदेव के मकान से बाहर ही नहीं हो जाना चाहिए,

बल्कि जिस तरह संभव हो भैया राजा को गिरफ्तार भी कर लेना चाहिए, जिसमें सूरत बन कर अपना काम निकाला जा सके।

भूतनाथ और बलभद्रसिंह को साथ लिए हुए इन्द्रदेव मकान के अंदर गये और कई कमरों में घूमते-फिरते वहाँ पहुँचे जहाँ प्रभाकर सिंह बैठे हुए जमना, सरस्वती और इन्दुमति से मीठी-मीठी बातें कर रहे थे। आज बहुत दिनों के बाद हम इन बिछड़े हुओं को मिलकर बैठे और बातें करते देख रहे हैं, निःसन्देह इन सभों में शिकवे और शिकायत-भरी बातें हो रही होंगी, बदकिस्मती से जो तकलीफ़ें इन लोगों ने उठाई हैं उनके लिए एक-दूसरे की भूल साबित करके स्वयं बुद्धिमान बनने की कोशिश करते दारोगा को गालियाँ देता और भूतनाथ की शिकायत करता हुआ यह भी कहता होगा कि अभी तक भूतनाथ का डर हम लोगों के दिल में बना ही हुआ है, ईश्वर उस कमबख़्त से किसी तरह पीछा छुड़ाए या हमारी ऐसी मदद करे कि जिसमें हम लोग भूतनाथ को नीचा दिखावें, और हमें इस जगह पर इतनी फुरसत नहीं कि इन लोगों की बातचीत या हँसी-दिल्लगी का हाल खुलासे तौर पर लिख सकें क्योंकि भूतनाथ इन लोगों के सामने पहुँच कर भी जल्दी-से-जल्दी भाग निकलने की तैयारी कर रहा है और दिल में तरह-तरह की ऐयारियों का बाँधनू बाँधता हुआ भी डर रहा है कि कहीं असली भैया राजा यहीं न आ पहुँचे और इसीलिए हम भी इस दृश्य को संक्षेप में ही लिखना पसन्द करते हैं।

जमना, सरस्वती, इन्दुमति और प्रभाकर सिंह ने इन्द्रदेव के साथ आते हुए बलभद्रसिंह को तो पहिचाना परन्तु भैया राजा को न पहिचान सके, लेकिन इन्द्रदेव ने यहाँ पहुँचते ही उन सभों की तरफ़ देखकर कहा, "आप लोग इनको **(नकली भैया राजा की तरफ़ इशारा करके)** न पहिचान सके होंगे क्योंकि तिलिस्मी ढंग पर इसकी सूरत बदली हुई है इसलिए मैं इनका परिचय देता हुआ आप लोगों से कहता हूँ कि ये वे ही भैया राजा हैं जो मेरी मदद करते हुए आप लोगों को छुड़ाने के लिए दिलोजान से उद्योग कर रहे थे।"

जमना, सरस्वती, इन्दुमति और प्रभाकर सिंह इतना सुनते ही उठ कर खड़े हो गए और उन तीनों से साहब-सलामत करने के बाद सच्चे दिल से सभों का शुक्रिया अदा करने लगे। इसके बाद सब कोई उसी जगह फर्श पर बैठ गये और बातचीत करने लगे। मगर भूतनाथ के दिल की इस समय विचित्र हालत हो रही थी, वह मज़बूरी के साथ बातें तो कर रहा था मगर बार-बार यह सोचता जा रहा था कि भैया राजा के आने में देर क्यों हुई? ईश्वर करे उन पर कोई ऐसी आफत आ जाए कि अभी कुछ देर तक वे यहाँ न पहुँचने पावें।

भूतनाथ ने जाहिरदारी के साथ उन सभों से बातें करना शुरू किया।

भूतनाथ : **(प्रभाकर सिंह से)** ईश्वर ही ने आपकी रक्षा की नहीं तो आप बड़े ही झंझट में पड़ गये थे।

प्रभाकर सिंह : निःसन्देह ऐसा ही है, ईश्वर ही ने **(इन्द्रदेव की तरफ़ इशारा करके)** इन्हें मेरी सहायता के लिए खड़ा किया! मैं इनकी कृपा का कदापि बदला नहीं चुका सकता और न बदला चुकने की इच्छा ही रखता हूँ क्योंकि मेरे और इनके बीच में बराबर के लेन-देन अथवा रोज़गार का-सा व्यवहार नहीं है, बदला चुकाने का ख़याल तो एक प्रकार का रोज़गार ठहरा, और मैं इनको पिता के समान मानता हूँ अस्तु बड़ों का अहसान बच्चों पर हुआ ही करता है जिसका बदला चुकने का विचार करना भी मूर्खता है। इसी तरह मैं अपने एक मित्र के अहसान से भी दब जाता हूँ परन्तु मित्रता की सीमा का उल्लंघन करके व्यवहार या रोज़गार न समझा जाय इसलिए मैं उनके लिए भी बदला चुकाने का विचार नहीं कर सकता, फिर भी यह बात ज़रूर है कि आपको मेरे लिए कड़ी तकलीफ़ उठानी पड़ी और इसके लिए मैं...

भूतनाथ : **(बात काटकर)** आप व्याख्यान ही देने लग गये, मैं व्याख्यान सुनने के लिए नहीं आया हूँ और न यह जानने के लिए आया हूँ कि आप किस-किस का शुक्रिया अदा कर रहे हैं। मैं तो केवल आप लोगों को खुश देखकर खुश होने के लिए आया हूँ और यह पूछना चाहता हूँ कि यदि मेरे किए आप लोगों का उपकार हो सके तो आज्ञा करें, मैं आप लोगों के लिए दिलोजान से उद्योग करने को तैयार हूँ।

प्रभाकर सिंह : आपकी कृपा से अब मुझे किसी तरह तकलीफ़ नहीं रह गई और न किसी बात की लालसा ही है।

भूतनाथ : बड़ी खुशी की बात है कि अब आपको किसी तरह की लालसा नहीं रह गई। **(जमना इत्यादि की तरफ़ देखकर)** और मैं समझता हूँ कि ईश्वर की कृपा से अब आप लोगों के चित्त में भी शान्ति...

जमना : **(बात काटकर)** नहीं-नहीं, कदापि नहीं, मेरे चित्त में तब तक शान्ति नहीं हो सकती जब तक कि कमबख़्त भूतनाथ इस दुनिया में जीता-जागता मौजूद है।

भूतनाथ : **(अपने दिली जोश और गुस्से को दबाता हुआ)** ठीक है मेरा भी यही ख़याल है, मगर जबकि इन्द्रदेव ऐसे लासानी ऐयार और सामर्थी लोग तुम्हारे मददगार हो रहे हैं तब भूतनाथ की ज़िंदगी कब तक कायम रह सकती है और वह तुम्हारा कर ही क्या सकता है?

जमना इस बात का कुछ जवाब देना ही चाहती थी कि इन्द्रदेव ने इशारे में ही उसे कुछ कहा जिससे उसने अपने जोश को रोक लिया और कुछ सोचकर धीरे से जवाब दिया, “सो तो मैं कुछ नहीं कह सकती क्योंकि भूतनाथ चाचाजी **(इन्द्रदेव)** का दोस्त है।”

जमना की आखिरी बात सुनकर भैया राजा अर्थात् भूतनाथ ने इन्द्रदेव की तरफ़ देखा और कहा, “मगर मैं नहीं समझ सकता कि इतना कसूर करने पर भी आप भूतनाथ को क्योंकर माफ़ कर सकेंगे?”

इन्द्रदेव : **(बड़ी गंभीरता के साथ)** अगर अब भी भूतनाथ अपनी शैतानी से बाज़ आएगा और अपने किये पर पछतावेगा तो मेरे ऐसे आदमी की तो हकीकत ही क्या ईश्वर भी उसे माफ़ कर देगा।

भूतनाथ ने इसका कुछ जवाब न दिया और बात का रुख दूसरी तरफ़ फेरने की कोशिश करता हुआ बोला–

भूतनाथ : सो तो ठीक ही है, जो जैसा करेगा वैसा पाएगा, खैर जाने दीजिए भविष्य में जो होगा देखा जाएगा, इस समय तो हम लोग प्रसन्न हैं और ईश्वर को धन्यवाद देते हैं कि उसने बड़े संकट में तुम लोगों की रक्षा की, अब तुम लोग भूतनाथ को छकाने की कोशिश करो और मैं कमबख़्त दारोगा ने बदला लेने की फिक्र करता हूँ। **(इन्द्रदेव से)** मैं तुम्हारे पास से जाने के लिए जल्दी न करता यदि बेफिक्र होता और दारोगा से बदला लेने का ख़याल मेरे दिल में भरा हुआ न होता, तथापि मैं कल अवश्य मिलूँगा और तब बहुत-सी बातें भी कहूँगा।

इन्द्रदेव : आपकी जल्दी पर मुझे आश्चर्य होता है! **(मुस्कराकर)** कहिए तो मैं आपको आपके डेरे तक पहुँचा दूँ। क्योंकि अभी तक आपसे अच्छी तरह बातचीत नहीं हुई है।

भूतनाथ : **(घबराना-सा होकर मगर अपने भाव को छिपाकर)** नहीं-नहीं, इतनी तकलीफ़ करने की कोई ज़रूरत नहीं। इस समय मेरा कोई ठिकाना नहीं मैं कहाँ जाऊँ और क्या करूँगा क्योंकि अपने दिल में एक विचित्र ख़याल लिए जा रहा हूँ हाँ, कल मैं ज़रूर मिलूँगा और तभी अन्य बातें करूँगा।

इन्द्रदेव : जैसी मर्ज़ी।

भूतनाथ उठ खड़ा हुआ और जल्दी के साथ कदम बढ़ाता हुआ कैलाश भवन के बाहर निकला। इन्द्रदेव दरवाज़े तक उसके साथ आए और जब वह घोड़े पर सवार होकर चला गया तब धीरे-से यह कहते हुए घर के अंदर लौटे-"ईश्वर ही कुशल करे!"

14

भूतनाथ को इस बात की फिक्र लगी हुई थी कि भैया राजा इन्द्रदेव के घर आते ही हों और जिस तरह हो सके उन्हें फँसाना चाहिए मगर बेचारे भैया राजा को इस बात की कुछ भी ख़बर न थी।

भूतनाथ के चले जाने के थोड़ी ही देर बाद भैया राजा घोड़े पर सवार कैलाश-भवन के दरवाज़े पर पहुँचे। ख़बर पाते ही इन्द्रदेव घर के बाहर निकले जिन्हें देखते ही भैया राजा घोड़े पर से उतर कर बड़े तपाक् से इन्द्रदेव के गले मिलने के बाद बोले, "कहो भाई, सब खैरियत तो है? मेरे यहाँ आने में बहुत देर हो गई, क्षमा करना।"

इन्द्रदेव ने मुस्कराते हुए जवाब दिया, “ईश्वर की कृपा से सब कुशल है, चलिए घर के अंदर चलिए जहाँ बैठे हुए बहुत-से आदमी आपका आश्चर्य के साथ इंतज़ार कर रहे हैं।”

भैया राजा : (**इन्द्रदेव का हाथ पकड़े घर के अंदर ले जाते हुए**) आश्चर्य के साथ क्यों इंतज़ार कर रहे हैं?

इन्द्रदेव : सो भी अभी ही आपको मालूम हो जाएगा।

बात-ही-बात में ये दोनों वहाँ जा पहुँचे जहाँ जमना, सरस्वती, इन्दुमति और प्रभाकर सिंह बैठे हुए आपस में बातें कर रहे थे। इन्द्रदेव के साथ भैया राजा को (**जो कि इस समय अपनी असली सूरत में थे क्योंकि घर के अंदर घुसते ही उन्होंने चेहरे पर से तिलिस्मी झिल्ली उतार कर हाथ में ले ली थी**) आते हुए देखकर सब उठ खड़े हुए। जमना, सरस्वती और इन्दुमति ने सिर झुकाया, बलभद्रसिंह ने हाथ जोड़ा और प्रभाकर सिंह ने सलाम करके कहा, “आपके पुनः लौट कर आने से आश्चर्य होता है!”

भैया राजा : पुनः लौट कर आना कैसा?

प्रभाकर सिंह : अभी आपको यहाँ से गये आधे घंटे से कुछ ही ज़्यादे हुआ होगा!

भैया राजा : (**आश्चर्य से इन्द्रदेव की तरफ़ देखकर**) मालूम होता है कि कोई ऐयार मेरी सूरत में यहाँ आकर आपको धोखा दे गया!

इन्द्रदेव : बेशक् ऐसी ही बात है, आप बैठ जाएँ तो खुलासा हाल बयान करूँ।

भैया राजा : (**स्वयं बैठ जाने और सभों को बैठाने के बाद**) कहो तो सही मामला क्या है? तुमको धोखा देने की हिम्मत करना किसी मामूली ऐयार का काम नहीं है।

इन्द्रदेव : बात यह है कि मैं आज किसी ‘देवबंद’ के जंगल में गया था। यद्यपि आप कह गये थे कि मैं तीसरे पहर यहाँ आऊँगा और इसलिए मुझे यहाँ मौजूद रहना वाजिब था तथापि मैं अपने शागिर्द को इस बात की ताकीद करके कि आप जाएँ तो आपको मेरे पास देवबंद के जंगल में मिलने के लिए आए, मेरे शागिर्द ने उन्हें उसी जंगल में भेज दिया। इसके कुछ देर बाद आप ही की तरह एक आदमी घोड़े पर सवार और ठीक वैसी ही झिल्ली चेहरे पर लगाए हुए आया जैसी झिल्ली मैंने आपको अपने चेहरे पर लगाने के लिए दी थी, मेरे शागिर्द ने समझा कि ये भैया राजा ही हैं, इसलिए उसे भी ‘देवबंद’ के जंगल में मेरा पता बता कर मेरे पास भेज दिया। हम दोनों ही धोखे में पड़ गए और उसे भैया राजा समझ खुले दिल से बातचीत करने लगे क्योंकि चेहरे पर की झिल्ली ने मुझे उस पर शक करने का मौका न दिया, मैं समझे हुए था कि सिवाय आपके और किसी के पास यह झिल्ली नहीं है क्योंकि मैंने सिर्फ़ आप ही को यह झिल्ली दी थी। एक बात और भी है, इस झिल्ली को लगाकर चाहे आप ज़माने-भर को धोखा दे दें और कोई भी यह न समझे कि आपके चेहरे पर किसी प्रकार की झिल्ली लगी हुई है परन्तु मैं देखने

के साथ ही समझ जाऊँगा कि चेहरे पर तिलिस्मी झिल्ली लगी हुई है अस्तु दूर ही से मैंने उस झिल्ली को समझकर मान लिया कि भैया राजा आ गए, बलभद्रसिंह को भी यही कहकर उसका परिचय दिया, और बातचीत करने लगा। कुछ देर बाद उस ऐयार ने जमना, सरस्वती, इन्दुमति और प्रभाकर सिंह से मिलने की इच्छा प्रकट की और मैं उसे अपने साथ यहाँ पर ले आया, परन्तु, जब वह प्रभाकर सिंह तथा जमना, सरस्वती इत्यादि से बातचीत करने लगा तब उसकी बातों में कोई शब्द बेमौके आप पड़ने कारण मुझे शक पड़ गया और मैं सोचने लगा कि हो-न-हो यह कोई ऐयार है, मगर तब इसके पास यह झिल्ली कहाँ से आई! कुछ ही देर बाद मुझे याद आ गया कि इसी ढंग की दो झिल्लियाँ मैंने जमना और सरस्वती को दी हुई थीं जो कि आजकल भूतनाथ के कब्जे में होंगी। यह याद आने के साथ ही मैं चौंक पड़ा और उसे भूतनाथ की निगाह से देखने लगा। यद्यपि इसके पहिले बहुत-सी बातें जो भूतनाथ के सामने मुँह से निकलने योग्य न थीं निकाली जा चुकी थीं परन्तु भूतनाथ का ख़्याल आ जाने के साथ ही मैंने इशारे से सभों को उस ढंग की बात करने से रोक दिया। उस नकली भैया राजा को हम लोगों की बातों से यह निश्चय हो ही चुका था कि इस समय भैया राजा यहाँ आने वाले थे और इसी सबब से सभों ने उसे भैया राजा समझ लिया था अस्तु वह यह सोच वही से शीर्ष निकल जाने के लिए जल्दी करने लगा कि अगर कहीं भैया राजा यहाँ आ गए तो भंडा फूट जाएगा। वह अपनी खुशकिस्मती समझता होगा कि आपके यहाँ आने में देर हो गई। खैर मुख्तसर यह कि बहुत जल्दी मचाता हुआ यहाँ से चला गया और उसके थोड़ी देर बाद आप आ पहुँचे।

भैया राजा : **(कुछ देर तक सोचकर)** भूतनाथ को यह कैसे मालूम हुआ कि मैं तिलिस्मी झिल्ली लगाकर यहाँ आऊँगा?

इन्द्रदेव : संभव है कि उसे इस बात की ख़बर न हो तथा वह भैया राजा बनने के लिए यहाँ आया भी न हो, सिर्फ़ मामूली ढंग पर मुझसे मिलने के लिए ही आया हो।

भैया राजा : हाँ, यह हो सकता है, और जब लोगों ने बिना परिश्रम ही उसे भैया राजा मान लिया तो वह भी क्यों न भैया राजा बन कर अपना काम निकालता!

इन्द्रदेव : यही तो बात है।

भैया राजा : मगर यह बात बहुत बुरी हुई! अगर वह वास्तव में भूतनाथ था तो समझ रखिए कि बहुत बुरी तरह से हम लोगों का भंडा फूट गया और अब दारोगा को भी बहुत सहज ही में असली भेद मालूम हो जाएगा!

इन्द्रदेव : ज़रूर ऐसा होगा और अब मुझे जमना, सरस्वती, इन्दुमति और प्रभाकर सिंह की विशेष हिफ़ाजत करनी पड़ेगी।

भैया राजा : बेशक् और अगर तुम ऐसा न करोगे तो बेढब धोखा खाओगे और पछताओगे। भूतनाथ मामूली आदमी नहीं है। हाँ, यह तो बताओ कि जब उसे भूतनाथ समझ ही लिया तो गिरफ्तार क्यों नहीं किया?

इन्द्रदेव : (**मुस्कराकर**) इसका जवाब मैं क्या दूँ? आप मेरी प्रतिज्ञा तो जानते ही हैं कि अपने हाथ से उसे किसी तरह की तकलीफ़ न पहुँचाऊँगा क्योंकि अपनी जुबान से उसे 'मित्र' कह चुका हूँ।

भैया राजा : मैं तुम्हारी प्रतिज्ञा को जानता हूँ मगर तुम प्रभाकर सिंह इत्यादि किसी दूसरे के हाथ से उसका भंडा फोड़ सकते थे।

इन्द्रदेव : ठीक है, मगर मैं अपने मकान के अंदर किस तरह ऐसा कर सकता था! यों तो प्रभाकर सिंह तथा जमना और सरस्वती वगैरह सभी कोई उससे बदला लेने की कोशिश कर रहे हैं और मैं उन सभों की मदद भी कर रहा हूँ मगर फिर भी...

भैया राजा : तुम समर्थ हो और जो कुछ चाहे कर सकते हो मगर अब मेरी यह तिलिस्मी झिल्ली भी बेकार हो गई जिसके सबब से पुनः धोखा ही नहीं होगा बल्कि भूतनाथ भी देखते ही मुझे पहिचान लेगा।

इन्द्रदेव : नहीं, ऐसा न होगा, मैं इसके लिए दूसरा प्रबंध करूँगा और आपको दूसरे प्रकार की झिल्ली दूँगा। खैर यह तो बताइए कि जमानिया महल के अंदर आप अपनी स्त्री से मिलने के लिए गये थे या नहीं और अगर गए तो वहाँ क्या कैफ़ियत हुई तथा शागिर्द आपकी कुछ मदद कर सका या नहीं?

भैया राजा : तुम्हारे शागिर्द परमानन्द ने मेरी बड़ी मदद की और अभी तक भी मेरे ही काम में लगा हुआ है। पहिले दिन जब मैं अपनी स्त्री के पास गया तब जानबूझकर ऐसी कार्रवाई की कि महल की औरतों को इस बात का शक पड़ गया कि यहाँ कोई गैर आदमी आया अथवा आता है। धीरे-धीरे यह बात भाई साहब के कान तक पहुँची और चोर की अर्थात् मेरी गिरफ्तारी का प्रबंध किया गया तथा चारों तरफ़ पहरा बैठाया गया। दारोगा को विश्वास हो गया कि महल के अंदर भैया राजा ही छिपकर गया था और फिर भी जाएगा अस्तु उसने भी ऐसा प्रबंध किया कि अगर मैं गिरफ्तार होऊँ तो सीधे दारोगा के पास पहुँच जाऊँ।

इन्द्रदेव : (**मुस्कराते हुए**) यह कोई बड़ी बात नहीं क्योंकि वहाँ का सभी आदमी अदने से लेकर आला तक दारोगा का ताबेदार बना हुआ है।

भैया राजा : ठीक है। अस्तु मैंने परमानन्द से सलाह करके एक विचित्र कार्रवाई की और अपनी स्त्री को भी इस कार्रवाई से होशियार कर दिया जिससे समय पर वह किसी बात की चिंता न करे।

इन्द्रदेव : वह क्या कार्रवाई हुई?

भैया राजा : दारोगा के एक आदमी को जिसका नाम हरी था परमानन्द ने धोखा देकर गिरफ्तार किया और बेहोशी की हालत में उसे मेरी सूरत का बनाया, इसके बाद स्वयं वह (**परमानन्द**) मेरी सूरत बनकर हरी की गठरी पीठ पर लादे रात के समय मेरे

साथ महल वाले नज़रबाग के अंदर पहुँचा। यह काम बड़ी आसानी से हो गया क्योंकि वहाँ के पहरे पर जो लोग मुकर्रर किये गये थे उनमें मेरे पक्षपाती भी कई आदमी थे जिनसे परमानन्द ने पहले ही बातचीत करके केवल सब बातें ही नहीं तय कर रखी थी बल्कि मेरी तरफ़ से उन लोगों को बहुत कुछ इनाम दे दिया था। खैर, बेहोश हरी तो पेड़ों की एक झुरमुट में डाल दिया गया और मैं कमन्द लगा कर महल के ऊपर चढ़ गया। दारोगा के पक्षपातियों को यह कब मंजूर हो सकता था कि मैं ऊपर महल ही में गिरफ्तार होकर राजा साहब के पास पहुँचा दिया जाऊँ, वे लोग तो यही चाहते थे कि मैं बाग़ में गिरफ्तार होऊँ और सीधे दारोगा के पास पहुँचा दिया जाऊँ। अस्तु वे सब चुप रहे और मेरे लौट आने का इंतज़ार करने लगे। थोड़ी देर के बाद जब मैं पलटकर नीचे आया तब उन लोगों ने हल्ला मचाया और मुझे गिरफ्तार करने का उद्योग करने लगे। ऐसे समय में क्या करना होगा सो पहिले ही परमानन्द ने मुझे समझा रखा था और मैंने उसी के कहे मुताबिक काम भी किया। मुख़्तसर यह कि मैं उन सभों से लड़ता हुआ एक आड़ की जगह में चला गया जहाँ परमानन्द छिपा हुआ था और वही से परमानन्द बड़ी चालाकी से निकल कर मेरे बदले में उन लोगों से लड़ने लगा। दुश्मनों को इस बात का कुछ भी पता न लगा, मैं बड़ी आसानी के साथ बाग़ के बाहर निकल कर आड़ में हो गया और परमानन्द के आने का इंतज़ार करने लगा, इधर परमानन्द ने यह किया कि लड़ते-लड़ते भाग कर उस झाड़ी के अंदर घुसा और तब कहीं और निकल गया जिसमें बेहोश हरी को छोड़ आया था। दुश्मन लोग जब वहाँ पहुँचे तो हरी को देखकर खुश हो गए और उसी भैया राजा मान कर उठा ले गये, इसके बाद परमानन्द भी बाग़ के बाहर निकला और मेरे पास आ पहुँचा, इसके आगे क्या हुआ सो मैं नहीं कह सकता कि दारोगा ने मेरे धोखे में हरी को मार डाला या और कुछ किया।

भैया राजा की कथा सुनकर सब कोई हँसने लगे और तब देर तक दारोगा के बेवकूफ बनने की बातें करते रहे जिसके बाद पुनः भूतनाथ के विषय में बातें आरंभ हुई।

भैया राजा : अब तो भूतनाथ ने प्रभाकर सिंह तथा जमना इत्यादि को आपके यहाँ देख ही लिया है जिससे वह यह भी समझ ही गया होगा कि जमना, सरस्वती और इन्दुमति को उसके कब्जे से छुड़ाकर उसी के शागिर्दों को फँसाने वाले इन्द्रदेव ही थे...

इन्द्रदेव : **(बात काटकर)** नहीं-नहीं, इस बात का निश्चय उसे नहीं होगा, हाँ भ्रम बना रहे तो नहीं कह सकता, और अगर वह ऐसा मान भी ले तो मैं कुछ परवाह नहीं कर सकता क्योंकि उसके और दारोगा के बीच में अब सुलह नहीं हो सकती।

भैया राजा : सो ठीक है मगर...

इन्द्रदेव : इसके अतिरिक्त जमना, सरस्वती और इन्दुमति के लिए मैं दूसरा प्रबंध करूँगा, हाँ प्रभाकर सिंह ज़रूर अब स्वतंत्र होना चाहते हैं और इनका इरादा है किए स्वयं भी भूतनाथ का मुकाबला करें।

प्रभाकर सिंह : बेशक् मेरा यही इरादा है।

भैया राजा : **(इन्द्रदेव से)** कोई चिंता नहीं, इन्हें किसी तरह की मदद देकर छोड़ दो। तुमने इन्हें कुछ ऐयारी भी तो सिखाई है, देखना चाहिए उस मेहनत का क्या फल लाते हैं।

इन्द्रदेव : मेरी यही राय है, परन्तु यह तो बताइए कि आप अब क्या कीजिएगा? भूतनाथ पर आपका भेद खुल गया है, अब वह निःसन्देह आपका पीछा करेगा और चाहेगा कि आपकी सूरत बन कर अपना काम निकाले, इसलिए मैं तो यही राय दूँगा कि आप प्रकट हो जाइए, कहीं ऐसा न हो कि धोखे में आपको नुकसान पहुँच जाए।

भैया राजा : नहीं, मैं अभी प्रकट नहीं होऊँगा और न मुझे भूतनाथ का कोई ख़ौफ़ ही है, फिर भी मैं तुमसे कहूँगा कि मैंने अपने लिए क्या सोच रखा है और इसे बारे में राय भी लूँगा।

इसके बाद बहुत देर तक उन सभों में बातें होती रहीं जिसे इस जगह बयान करने की कोई ज़रूरत नहीं जान पड़ती। संध्या होने में कुछ ही देर बाकी थी जब भैया राजा घोड़े पर सवार हो इन्द्रदेव के कैलाश-भवन से निकले और बाहर की तरफ़ रवाना हुए। इस समय उनका चेहरा किसी और ही ढंग का बना हुआ था। देखना चाहिए कि अब इनसे और भूतनाथ से कैसी छनती है जो बड़ी देर से घात में बैठा हुआ इनके लौटने का इंतज़ार कर रहा था।

भैया राजा जब इन्द्रदेव के कैलाश-भवन से निकल कर रवाना हुए तो उन्हें इस बात का गुमान भी था कि भूतनाथ मेरी ताक में लगा हुआ है और आज ही हमला करेगा, अस्तु बेफिक्री के साथ धीरे-धीरे अपने नियत स्थान की तरफ़ जाने लगे। कैलाश-भवन से बाहर निकलने में भूतनाथ का और इनका कई घंटे का फासला पड़ चुका था जिससे इस बीच में भूतनाथ को कई तरह से कार्रवाइयाँ करने का मौका मिल गया और उसने बड़े विचित्र ढंग का जाल इनको फँसाने के लिए फैला डाला।

सूर्य भगवान अस्त हो रहे थे और उनकी चला-चली के कारण आसमान के पश्चिम तरफ़ यद्यपि गहरी लालिमा छा रही थी तथापि बादल के छोटे-बड़े टुकड़े पूरब की तरफ़ से उमड़ कर हवा की मदद पा आकाश में दौड़ लगाते हुए पश्चिम की तरफ़ इस तरह धावा कर रहे थे मानो उस गहरी लालिमा को बात-ही-बात में अपनी स्याह चादर के अंदर छिपा लेंगे और फिर इस बात का पता भी न लगने देंगे कि भगवान अस्ताचल को प्राप्त कर चुके या नहीं अथवा उनको इस अनित्य संसार के मुँह फेरे कितनी देर ही गई जिसे लोग नित्य कह कर भी मानते हैं और जिसमें स्वयं भगवान ही के अस्तित्व में बाधा डालने वाले तरह-तरह का रूप धारण किए हुए बहुत-से दल अपने कच्चे सूत का बनाया हुआ जाल पक्का समझ कर फैलाने की कोशिश कर रहे हैं तथा भविष्य में भी जाल बनाने के लिए धूल की रस्सियाँ बट रहे हैं और यह नहीं समझते कि उनकी यक निर्वीर्य रस्सियाँ उस सगुण के अटूट गुण **(डोरी)** के आगे कुछ भी हकीकत नहीं

रखतीं जिसमें गूँथे सैकड़ों-हज़ारों बल्कि लाखों ब्रह्माण्ड इस तरह ठीक रास्ते पर धूम रहे हैं कि सूत बराबर भी इधर-उधर हटने की हिम्मत नहीं कर सकते।

थोड़ी ही देर बाद हवा तेज़ी के साथ चलने लगी और धीरे-धीरे उसका ज़ोर बढ़ता ही गया। क्या पत्थरों के बड़े कुदरती ढेर अर्थात् पहाड़ अपनी छाती पर टक्कर लेकर उसका ज़ोर तोड़ नहीं सकते हैं? नहीं, बल्कि उनके इस काम से हवा को और मदद मिलती है और वह पहाड़ों से टक्कर खाकर और भी नाचने लगती है जिससे पथिकों के पथ में बेतरह बाधा पड़ जाती है और धूल से आँखें बंद हो जाने के कारण उन्हें एक कदम भी आगे चलना कठिन हो जाता है।

मौसम के यकायक इस तरह पर पलट जाने से भैया राजा को बड़ा की कष्ट हुआ और वे सोचने लगे-"अगर इस तरह शीघ्र ही मौसम के बिगड़ जाने की मुझे ख़बर होती तो कदापि कैलाश-भवन के बाहर पैर न निकालता।" मगर अब पलट कर पुनः इन्द्रदेव के घर जाना भी उन्हें उचित नहीं जान पड़ता था क्योंकि अपने ख़याल से वे आधा रास्ता तय कर चुके थे।

अब गहरे बादलों के छा जाने से बिलकुल अंधकार हो गया, यहाँ तक कि उसके चन्द्रमा की रोशनी का भी लेशमात्र पता नहीं लगता था जिसके भरोसे पर बिना रोशनी के कोई इंतज़ाम किये ही भैया राजा चल खड़े हुए थे और समझ चुके थे कि रास्ते में किसी तरह की बाधा न पड़ेगी, मगर अब वे कर ही क्या सकते थे। लाचार तरह-तरह की बातें सोचते हुए वे धीरे-धीरे जाने लगे परन्तु इस विचार में भी थे कि कहीं ठिकाना मिले तो थोड़ी देर के लिए ठहर जाएँ।

किसी कवि ने सच कहा है कि 'अँधेरी रात चोरों, ऐयारों, बदमाशों और लुच्चों की सहायक होती है'। अस्तु भूतनाथ को भी यह मुफ्त की सहायता मिल गई जिससे उसने सहज ही में अपने दिल का अरमान निकाल लिया।

धीरे-धीरे पानी बरसने लग गया और हवा की सहायता पाकर क्रमशः उसका ज़ोर बढ़ने लगा जिससे भैया राजा को चलने में और भी कठिनता हो गई। अंधकारमय रात, हवा का सन्नाटा, पानी का बरसना और पहाड़ी रास्ता जहाँ दिन को आदमी धोखा खाकर रास्ता भूल सकता है। ऐसे दुःखदायी समय का तो कहना ही क्या है! भैया राजा दुखित होकर एक पेड़ के नीचे खड़े हो गए और सोचने लगे कि अब क्या करना चाहिए। अगर कहीं फूस की कुटिया भी मिल जाती तो उसे हम आनन्द-भवन समझ लेते और इस समय प्राण बचा कर किसी तरह ग्रहदशा के कई घंटे बिता अपने घर का रास्ता लेते, परन्तु यह बीहड़ स्थान में आराम लेने के लिए कुटिया या झोपड़ी कहाँ, और अगर कहीं हो भी तो दिखाई देना उसका कठिन था, अस्तु लाचार उसी पेड़ के नीचे पानी की बौछार और हवा के थपेड़े खाते हुए भैया राजा कुछ देर तक खड़े रहकर तरह-तरह की बातें सोचते रहे। इसी बीच में उन्हें किसी सवार के आने की आहट मालूम हुई। कुछ दिखाई

न देने पर भी उन्होंने उस तरफ़ देखा और कान लगाकर उस आहट का अंदाज़ लेने लगे। मालूम होता था कि हवा और पानी से दुखी होकर वह सवार भी अपनी इच्छानुसार घोड़े को नहीं चला पाता मगर फिर भी बनिस्बत भैया राजा की तेज़ी के साथ ही चला आ रहा है, हाँ थोड़ी-थोड़ी दूर पर ठहर जाता है और जब बिजली चमकती है तो उसकी रोशनी में चारों तरफ़ देखकर फिर आगे बढ़ रहा है।

कुछ ही देर में वह सवार भी उसी पेड़ के पास आकर खड़ा हो गया जिसके नीचे भैया राजा ठहरे हुए थे। जब बिजली चमकी तो उसकी रोशनी में उसने भैया राजा को देखा और शीघ्रता से उसके पास आकर बोला, "मुझे इस बात का बड़ा ही दुःख है कि आपको आज के सफ़र में बेहिसाब तकलीफ़ उठानी पड़ी। अगर मुझे इनका कुछ भी अंदाज़ा मिला होता तो आज मैं आपको अपने घर से कदापि बिदा न करता!"

भैया राजा : कौन है, इन्द्रदेव?

इन्द्रदेव : जी हाँ, मैं इसीलिए दौड़ा चला आ रहा हूँ कि आपको वापस ले जाऊँ या फिर इसी रास्ते में कोई ऐसी जगह बता दूँ जहाँ आप आराम से कई घंटे रह कर इस बुरे मौसिम को टाल सकें, क्योंकि यह रास्ता मेरा अच्छी तरह देखा हुआ है और पास की पहाड़ियों की कई गुफा और कंदराओं को भी मैं अच्छी तरह जानता हूँ तथा एक ऐसे मकान का भी मुझे पता है जो यहाँ थोड़ी ही दूर पर उजाड़ पड़ा हुआ है और कई जगह से टूट-फूट जाने पर भी इस समय हम लोगों की बख़ूबी रक्षा कर सकता है।

भैया राजा : (**प्रसन्न होकर**) अगर ऐसी बात है तो शीघ्र उसी मकान की तरफ़ चलो। इस आँधी और पानी से मैं बेतरह दुखी हो रहा हूँ और सर्दी से काँप रहा हूँ।

सवार : (**अपने चारजामे के पास से एक दुशाला उठाकर और भैया राजा को देकर**) लीजिए इसे ओढ़ लीजिए, यह आपकी पूरी तरह से रक्षा करेगा, आप ही के लिए मैं इस घर से लिए आ रहा हूँ।

खुशी-खुशी भैया राजा ने वह दुशाला ले लिया और ओढ़ कर उस सवार के साथ चलने के लिए तैयार हो गये। सवार उनको लिए हुए उत्तर की तरफ़ रवाना हुआ और बहुत जल्दी एक चहारदीवारी के फाटक पर जा पहुँचा। इस समय इस स्थान का नक्शा खींचना बहुत ही कठिन होगा क्योंकि अंधकार के कारण कुछ भी मालूम नहीं होता कि यह चहारदीवारी कैसी है, हर तरह से दुरुस्त है या टूटी-फूटी है, अथवा इसपे अंदर बिलकुल ही उजाड़ खंडहर है या कुछ कोठरियाँ या दालान इत्यादि भी मौजूद हैं।

फाटक पर घोड़ा रोक कर सवार ने भैया राजा से कहा, "अब आप यहाँ पर उतर पड़िए, इस फाटक के अंदर चलने पर आपको बहुत आराम मिलेगा!"

भैया राजा : (**धीमे स्वर में**) अच्छा मैं उतरने की कोशिश करता हूँ, तुम्हारे इस दुशाले ने यद्यपि मुझे सर्दी से बचाया मगर मेरे दिमाग को खराब कर दिया। इसमें से

एक विचित्र प्रकार की सुगंध आ रही है जिससे बेहोशी की दवा का असर हो रहा है। मालूम होता है कि मैं बहुत जल्द बेहोश हुआ चाहता हूँ, घोड़े से उतरने की भी ताकत मुझमें नहीं है, लेकिन क्या तुम वास्तव में इन्द्रदेव हो? **(और धीरे से)** नहीं-नहीं, मुझे विश्वास नहीं होता कि तुम इन्द्रदेव हो। अफ़सोस...

सवार : आपका ख़याल बहुत दुरुस्त है, मैं वास्तव में इन्द्रदेव नहीं हूँ, ऐसी अवस्था में मैं आपसे अपना नाम छिपाना पसन्द नहीं कर सकता अस्तु ठीक-ठीक बता देता हूँ कि मैं गदाधरसिंह हूँ और आप अब मेरे कब्जे में आ चुके हैं।

भैया राजा : अफ़सोस, अफ़सोस, दिल को दिल ही...में...रह...

इतना कहते-कहते भैया राजा घोड़े पर से नीचे झुक पड़े। भूतनाथ ने, जो पहिले ही घोड़े पर से उतर चुका था, हाथ के सहारे से उन्हें सँभाला और अपने कब्जे में कर लिया। इसके बाद उसने जफील बजाई और उसकी आवाज़ सुनकर कुछ आदमी वहाँ आ पहुँचे और बस कोई मिल-जुलकर भैया राजा को खंडहर के अंदर ले गए।

15

भैया राजा को अब जिस स्थान में भूतनाथ ले गया वह यद्यपि खंडहर कहा जाता था परन्तु उसमें दो दालान और तीन-चार कोठरियाँ ऐसी थीं जिनकी मज़बूती में अभी तक किसी तरह का खलल नहीं आया था, तथा इस इमारत की चहारदीवारी भी अभी तक अपनी आधी हैसियत के साथ मौजूद थी जिसमें लगा हुआ बिना दरवाज़े का फाटक दिखाई दे रहा था।

भूतनाथ ने भैया राजा को एक कोठरी के अंदर ले जाकर लिटा दिया और शागिर्दों सहित स्वयं बाहर वाले दालान में बैठकर अपने अनूठे मामलों पर विचार करने लगा। कदाचित् उसने निश्चय कर लिया था कि जब आप-से-आप भैया राजा की बेहोशी दूर होगी तभी उनसे बातचीत करेगा क्योंकि इस समय उनकी बेहोशी दूर करने के लिए उसने कोई कार्रवाई नहीं की।

हम ऊपर लिख आए हैं कि भैया राजा की सूरत ऐयारी ढंग पर बदली हुई थी फिर भी भूतनाथ ने उन्हें अच्छी तरह पहिचान लिया। यद्यपि बेहोश करके भूतनाथ ने उन पर कब्जा कर लिया है परन्तु उनके हाथ-पैर खुले ही छोड़ दिये हैं।

तमाम रात बीत जाने के बाद जब भैया राजा की बेहोशी दूर हुई तो उन्होंने अपने को एक मामूली कोठरी में पड़े हुए पाया। वृद्धि बेहोश होने के पहिले ही उन्हें मालूम हो चुका था कि भूतनाथ ने ही धोखा देकर उन्हें अपने कब्जे में किया है इसलिए इस समय बेहोशी दूर होने के साथ ही उन्हें वह बात याद आ गई और वह आश्चर्य के साथ इधर-उधर आँखें दौड़ाकर भूतनाथ को खोजने लगे। भूतनाथ यह देखते ही फौरन उनके सामने आकर खड़ा हो गया और बोला, "शायद आप मुझे खोज रहे हैं?"

हम यह लिखना भूल गये हैं कि भूतनाथ ने उनके चेहरे पर से वह नवीन झिल्ली भी उतार ली थी।

भैया राजा : हाँ, बेशक् ऐसा ही है, और सबसे पहिले मैं तुमसे यही पूछा चाहता हूँ कि तुमने मुझे क़ैद करके भी खुला क्यों छोड़ रखा है तथा मेरे साथ दुश्मनी करने पर कमर क्यों बाँधी है?

भूतनाथ : खुला इसलिए छोड़ा है कि मुझे आपसे किसी तरह की दुश्मनी नहीं है और सिर्फ़ अपना एक छोटा-सा काम निकालने के लिए मैं आपको यहाँ ले आया हूँ।

भैया राजा : वह कौन-सा काम है जो मुझे सता कर तुम निकाल सकते हो?

भूतनाथ : नहीं-नहीं, मैं आपको जरा भी सताना नहीं चाहता बल्कि सिर्फ़ इतना ही चाहता हूँ कि आप किसी एक ठिकाने बैठे रहें और मैं आपकी सूरत बन कर आपका काम निकाल लूँ।

भैया राजा : **(कुछ सोचकर)** खैर कम-से-कम यह तो मालूम होना चाहिए कि वह काम कौन-सा है?

भूतनाथ : जमना, सरस्वती, इन्दुमति और प्रभाकर सिंह को इस दुनिया से उठा देना, यही एक काम है जिसके लिए मैं तरह-तरह की तकलीफ़ें उठा रहा हूँ और मुझे दारोगा ऐसे कमीने आदमी की खुशामद करनी पड़ती है।

भैया राजा : दारोगा तुम्हारा दोस्त है, वह अपनी जान पर खेल कर तुम्हारी मदद करता है, उसी से जमना, सरस्वती और इन्दुमति को तिलिस्म से निकाल कर तुम्हारे हवाले किया, उसी ने तुम्हारी इच्छानुसार सब कार्रवाईयाँ कीं, यहाँ तक कि तुम्हारे ही सबब ने मुझे मारने के लिए तैयार हो गया। फिर भी तुम उसे कमीना क्यों कहते हो?

भूतनाथ : आपका कहना ठीक है मगर मेरे काम के लिए उसने आपको मारना नहीं चाहा था बल्कि अपनी भलाई के लिए ऐसा किया था, और जो आदमी अपने मालिक को मारने में संकोच न करे उसे कमीना नहीं तो और क्या कहा जाय?

भैया राजा : **(मुस्कराकर)** इस इल्ज़ाम से तो तुम भी नहीं बच सकते, दयाराम के साथ जो कुछ सलूक तूने किया सो तो जाहिर ही है और सब उनकी औरतों के साथ जो कुछ किया चाहते हो वह भी मालूम हो गया। बात यह है कि तुम और दारोगा दोनों एक ही मिट्टी के बने हुए हो, तुमसे बढ़कर वह और उससे बढ़ कर तुम हो!

भैया राजा की बातें सुनकर भूतनाथ लाजवाब तो हो गया मगर क्रोध से उसकी आँखें सुर्ख हो आईं। कुछ देर चुप रहने के बाद वह बोला-

भूतनाथ : आप इस वक्त हर तरह से मेरे कब्जे में होकर भी ऐसी कड़वी बातें कहते हैं कि मुझे ताज्जुब होता है।

भैया राजा : बात जो कुछ थी वह मैंने सच-सच कह दी, अब चाहे तुम्हें कड़वी मालूम पड़े या मीठी। खैर इन बातों से कोई मतलब नहीं, तुम और दारोगा जैसे हो उसे मैं ख़ूब पहिचानता हूँ अब जो कुछ तुम्हारे जी में आवे करो और मेरी सूरत बनकर जो कुछ काम निकालना चाहते हो निकालो, देखूँ तुम अपने काम में क्योंकर कृतकार्य होते हो!

भूतनाथ : खैर जैसा होगा देखा जाएगा, अगर आप सीधी तरह से तीन-चार दिन तक मेरे कब्जे में रहना पसन्द करेंगे तो आपको बड़ी स्वतंत्रता के साथ रखूँगा, नहीं तो आपको हथकड़ी और बेड़ी की तकलीफ़ उठानी पड़ेगी।

भैया राजा : जैसा तुम कहोगे मैं वैसा ही करूँगा, मगर यह तो बता दो कि मुझे कहाँ क़ैद करोगे, इसी मकान में या किसी और जगह?

भूतनाथ : आज दिन-भर तो आपको इसी मकान में रहना पड़ेगा मगर रात होने पर मैं आपको दूसरे मकान में ले चलूँगा।

भैया राजा : बहुत अच्छा, तो अब मेरे नहाने-धोने का बंदोबस्त होना चाहिए, मैं समझता हूँ कि मैदान जाने के लिए आप मुझे इस चहारदीवारी से बाहर तो जाने ही न देंगे?

भूतनाथ : नहीं?

भैया राजा : अच्छा तो इस खंडहर की कोठरियों में घूमने की तो इजाज़त मिलेगी?

भूतनाथ : इस खंडहर के अंदर आप जो चाहे कर सकते हैं, कुआँ और पानी खींचने का सामान भी यहाँ मौजूद है।

इतना कहकर भूतनाथ चुप हो गया। भैया राजा अपनी जगह से उठ खड़े हुए और उस खंडहर में जो कुछ कोठरियाँ थीं उन्हें अच्छी तरह से घूम-घूमकर देखने लगे। भूतनाथ और उसे दो-तीन साथी भी भैया राजा के पीछे फिरते रहे। इसी तरह घूमते हुए भैया राजा एक ऐसी कोठरी में पहुँचे जिसमें अभी तक लोहे का दरवाज़ा मौजूद था। यहाँ पर उन्होंने भूतनाथ से कहा, "अगर आप आधे घंटे के लिए मुझे इस कोठरी में अकेले छोड़ दें तो बड़ी मेहरबानी होगी।" भूतनाथ ने भैया राजा की यह बात मंजूर कर ली और कहा, "आप जितनी देर तक चाहें इसमें बैठ सकते हैं, मगर मैं ख़ूब जानता हूँ कि अंदर से किवाड़ बंद करके आप बहुत देर तक इसमें आराम न कर सकेंगे।"

इतना कहकर वह भूतनाथ अपने दो साथियों को दरवाज़े के बाहर बैठने का इशारा करके वहाँ से चला गया और भैया राजा ने उस कोठरी के अंदर जाकर मामूली तौर पर उसका दरवाज़ा भिड़का दिया।

दो घंटे के बाद भूतनाथ अपने ज़रूरी कामों से छुट्टी पाकर उस कोठरी के दरवाज़े पर आया और भैया राजा को होशियार करने की नीयत से नाखून से दरवाज़े को खटखटाया। जब कुछ जवाब न मिला तो दरवाज़े को धक्का दिया, भूतनाथ का ख़याल

था कि दरवाज़ा अंदर से बंद होगा मगर ऐसा न था, धक्का देने के साथ ही दरवाज़ा खुल गया मगर भैया राजा पर निगाह न पड़ी जिसके कारण भूतनाथ कोठरी के अंदर चला गया और बड़े गौर से चारों तरफ़ देखने लगा।

यह कोठरी बहुत बड़ी न थी। इसकी दीवार और ज़मीन एक किस्म के सुर्ख पत्थर से बनी हुई थी, दीवारों में आले या अलमारी का कोई निशान तक न था। भूतनाथ को बहुत आश्चर्य हुआ कि ऐसी कोठरी में से भैया राजा यकायक क्योंकर गायब हो गये! बहुत कुछ सोचने-विचारने के बाद भूतनाथ ने कमर से खंजर निकाला और उसके कब्जे में हर तरफ़ की दीवार ठोंक-ठोंक कर टोह लेने लगे कि कहीं से दीवार पोली तो नहीं है।

भूतनाथ का यह काम पूरा नहीं होने पाया था कि यकायक कोठरी का दरवाज़ा बंद हो गया और अंदर बिलकुल अंधकार हो जाने के कारण भूतनाथ घबड़ा उठा। टटोलता हुआ दरवाज़े के पास आया और खोलने की कोशिश करने लगा। अंदर से भूतनाथ दरवाज़े की जंज़ीर पकड़ कर खींचता था और बाहर से उसके शागिर्द लोग धक्का देकर दरवाज़ा खोलना चाहते थे मगर किसी की भी मेहनत ठिकाने न लगी और अंत में भूतनाथ दुखी होकर ज़मीन पर बैठ कर तरह-तरह की बातें सोचने लगा। "क्या यह कोठरी किसी तिलिस्म से संबंध रखती है, या यह टूटा-फूटा मकान की तिलिस्म है? अगर ऐसा है तो ज़रूर भैया राजा को उसके भेद मालूम हैं। अफ़सोस, मुझसे बड़ी भूल हुई जो भैया राजा को इस खंडहर में ले आया। तो क्या अब मैं इस कोठरी में अकाल-मृत्यु का शिकार बनूँगा? नहीं नहीं, मेरे पास खंजर है जिससे इस कोठरी की दीवार में सूराख कर सकता हूँ, यद्यपि इस लोहे के दरवाज़े को खोलना असंभव है।"

इतना सोचकर भूतनाथ उठ खड़ा हुआ और खंजर से दीवार में सेंध लगाने की कोशिश करने लगा। मगर लगातार दो घंटे मेहनत करने के बाद उसे निश्चय हो गया कि यह काम किसी तरह भी पूरा न हो सकेगा क्योंकि कुछ पत्थर और ईंट के टुकड़े निकलने के बाद मालूम हुआ कि दीवार में लोहे की फौलादी चादर लगी हुई है जिस पर खंजर का कुछ असर नहीं हो सकता था। पुनः हताश होकर भूतनाथ ज़मीन पर बैठ गया और अपनी बेवकूफी पर अफ़सोस करने लगा।

बाहर भी उसके शागिर्दों ने अपने उस्ताद को इस क़ैद से छुड़ाने के लिए कोशिश करने में कोई बात उठा न रखी, दीवार तोड़ने की कोशिश की और छत तोड़ने के लिए भी बेहिसाब पसीना बहाया मगर सफल-मनोरथ न हुआ और अंत में लाचार होकर दरवाज़े के साथ मुँह लगाकर भूतनाथ से बातचीत करने लगे।

दुनिया में लालची, लोभी, पापी और ऐयाश आदमियों को अपनी जान बहुत प्यारी होती है। जिन्हें लालच नहीं है और जो दुनियादारी में अपने को नहीं फँसाए रहते उनको अपनी जान की कुछ भी परवाह नहीं रहती। मौत से डर उन्हीं को लगता है।' जिनके काम खोटे रहते हैं और जिनको मालूम होता है कि हमने अपनी ज़िंदगी में कोई काम अच्छा नहीं किया, न तो किसी के साथ उपकार किया और न किसी के आड़े वक्त में

काम आये। इसी तरह भूतनाथ की ज़िंदगी की बही में पापों की रोकड़ जैसे-जैसे बढ़ती जाती है तैसे-तैसे उसे अपनी जान प्यारी होती जाती है, इसके विपरीत दूसरों की जान को वह मच्छर और खटमल की जान के समान समझता है। एक पाप को छिपाने के लिए उसे दूसरे पाप की ज़रूरत पड़ी और दूसरे के लिए तीसरे की। अस्तु समझ लेना चाहिए कि इस कोठरी में बंद हर तरह से लाचार भूतनाथ कैसी बातें सोच रहा होगा।

दिन बीत गया और आधी रात भी गुजरने पर आ गई। उस समय भूतनाथ अपनी ज़िंदगी से एकदम हताश होकर उच्च स्वर में ईश्वर से प्रार्थना करने और कहने लगा-"हे जगन्नियनता, जगदाधार, जगदीश्वर, मेरे अपराधों को क्षमा कर क्योंकि तू दीनानाथ, दीनबंधु और दयालु है। मैं निश्चित रूप से प्रतिज्ञा करता हूँ कि भविष्य में किसी की आत्मा दुखी न करूँगा और न कोई ऐसा काम करूँगा कि जिससे लोग मुझे प्रायश्चित्ती कहें या मैं समाज में मुँह दिखाने के लायक न रहूँ। जो कुछ अपराध मैं कर चुका हूँ अब न तो उसको छिपाने की कोशिश करूँगा और न निरपराधिनी अबला जमना, सरस्वती और इन्दुमति के खून का ग्राहक ही बनूँगा तथा..."

भूतनाथ और कुछ कहना चाहता था कि उस कोठरी के एक कोने में से आवाज़ आयी, "ओ दुष्ट, चुप रह! क्या तू ईश्वर को भी धोखे में डालना चाहता है!"

इस आवाज़ ने भूतनाथ को चौंका दिया और वह आँखें फाड़-फाड़कर उस तरफ़ देखने लगा जिधर से आवाज़ आयी थी मगर अंधकार इतना ज़्यादा था कि उसकी तेज़ आँखें भी कुछ काम न कर सकीं। अफ़सोस कि इस वक्त ऐयारी का बटुआ भी उसके पास न था, नहीं तो वह ज़रूर सामान निकाल कर रोशनी करता और देखता कि उसकी बातों का जवाब देने वाला कौन है? भूतनाथ ने उठ कर टटोलना और उस तरफ़ जाना भी मुनासिब न समझा जिधर से आवाज़ आई थी अस्तु उसने गुप्त मनुष्य की बात का इस तरह उत्तर दिया-

भूतनाथ : नहीं, मैंने जो कुछ कहा है उसकी सच्चाई में किसी तरह भी फर्क नहीं पड़ सकता। मैं यहाँ तक तैयार हो चुका हूँ कि अपने ऐयारी के फन को भी तिलांजलि दे दूँगा और दुनिया से एकदम किनारे हो जाऊँगा।

गुप्त. : नेकी और नेकनीयती के साथ रहने वाले को दुनिया छोड़ने की कोई ज़रूरत नहीं। अच्छा तेरी इस समय की प्रार्थना स्वीकार की जाऊँगी अगर तू आजमाने में सच्चा ठहरेगा, देख मेरी तरफ़!!

इसी समय कोठरी में चाँदनी हो गया और साक्षात् शिव की तरह त्रिशूल और डमरू लिए एक अपूर्व मूर्ति के भूतनाथ को दर्शन हुए। भूतनाथ ने मुश्किल से देखा कि इस त्रिशूल में ये बेहिसाब रोशनी निकल रही है और वह रोशनी इतनी कड़ी और तेज़ है कि उसकी तरफ़ आँख नहीं ठहरती। शिवरूपी महात्मा ने आगे बढ़ कर भूतनाथ के बदन से वह त्रिशूल लगा दिया जिससे भूतनाथ काँप उठा और एकदम बेहोश होकर ज़मीन पर लेट गया।

16

भूतनाथ की बेहोशी जब दूर हुई तो उसने अपने को एक हरे-भरे सुन्दर बाग़ में नरम-नरम घास के ऊपर पड़े पाया। फूलों की मीठी-मीठी खुशबू उसके दिमाग को मुअत्तर कर रही थी और पश्चिम तरफ़ आसमान पर अस्त होते हुए सूर्य भगवान की लालिमा कह रही थी कि भूतनाथ अब उठ बैठो, अब यह गफलत की नींद सोने का समय नहीं है। भूतनाथ घबड़ाकर उठ बैठा और आश्चर्य की निगाह से चारों तरफ़ देखने लगा।

इस छोटे से बाग़ के तीन तरफ़ ऊँची दीवारें थीं और चौथी तरफ़ दोमंज़िला बहुत खूबसूरत एक मकान बना हुआ था। बाग़ के बीचों-बीच में एक छोटा-सा संगरमरमर का चबूतरा था जिस पर चार-पाँच औरतें बैठी हुई दिखाई दे रही थीं।

भूतनाथ की निगाह सब तरफ़ से घूमती हुई उस चबूतरे पर जा पड़ी जिस पर कई औरतें बैठी हुई थीं। भूतनाथ ने बारीक निगाह से उनकी तरफ़ देखा और बोल उठा, "इनको तो मैं पहिचान गया हूँ!" यह कहते ही उस चबूतरे के पास जा पहुँचा और देखा कि जमना, सरस्वती, इन्दुमति तथा हाथों में नंगी तलवार लिए और भी दो औरतें वहाँ बैठी हुई आपस में कुछ बातें कर रही थीं। यद्यपि थोड़ी ही देर पहिले ईश्वर की प्रार्थना करता हुआ भूतनाथ कसम खा चुका था कि किसी को दुःख न देगा, मगर इस समय एकांत में जमना, सरस्वती और इन्दुमति को देख उसके मुँह में पानी भर आया और वह अपनी प्रतिज्ञा को एकदम भूल गया।

जमना, सरस्वती और इन्दुमति ने भूतनाथ को देखा। चमक कर उठ खड़ी हुई और आश्चर्य करती हुई भूतनाथ से पूछने लगीं-

जमना : क्यों जी गदाधरसिंह, तुम यकायक यहाँ कैसे आ पहुँचे?

भूतनाथ : इस बात को तो मैं खुद ही नहीं जानता।

जमना : मगर मैंने तो सुना था कि तुम्हें भैया राजा ने क़ैद कर लिया है और तुमने ईश्वर को साक्षी देकर कसम खाई है कि अब किसी के साथ भी बुराई न करोगे।

भूतनाथ : **(दबी जुबान से)** हाँ, सो तो ठीक है, मगर तुमने सुना नहीं कि बुद्धिमानों का कथन है कि हज़ार कसम खाकर भी अगर दुश्मन को मार सके तो ज़रूर मारे।

सरस्वती : ठीक है, कम-हिम्मत, बुजदिल और नामर्द बुद्धिमानों का ज़रूर यही कौल है।

भूतनाथ : खैर, मैं तुम्हारी बातों का जवाब देना मुनासिब नहीं समझता क्योंकि मेरे मित्र और मालिक ही स्त्री हो और मैं तुमको भी मालिक ही के समान मानता हूँ।

जमना : **(मुस्कराकर)** ठीक है, तब ही तो तुमने मुझ पर सफाई का हाथ फेरा था और एकदम जहन्नुम में मिला देने के लिये तैयार हो गये थे!

भूतनाथ : इस विषय में तुम कोई भी सबूत नहीं दे सकती हो बल्कि मैं इस बात का सबूत दे सकता हूँ कि तुमने मुझे सताने के लिए कैसे-कैसे ढंग रचे थे जिनसे कि ईश्वर ही ने मुझे बचाया।

जमना : हाँ, इस बात से तो मैं किसी तरह भी नकार नहीं कर सकती क्योंकि तू मेरे पति का घातक है।

भूतनाथ : **(क्रोध के साथ)** बस यही बात तो मेरे कलेजे में खटकती है। अगर तुम अपनी जुबान से ऐसा न कहा करतीं और तुम्हें इस बात का शक न होता तो मुझे तुम्हारे साथ दुश्मनी करने की कोई ज़रूरत ही न थी। तुम ही मुझे दुनिया में मुफ्त बदनाम और बर्बाद किया चाहती हो और सिवाय तुम्हारे और कोई भी मेरे माथे में कलंक का टीका नहीं लगा सकता क्योंकि वास्तव में मैं तुम्हारे पति का घातक नहीं हूँ। तुम मुझे मुफ्त में बदनाम करती और इसी बदनामी को दूर करने के लिए मुझे मज़बूर होकर तुम्हारे साथ दुश्मनी करनी पड़ती है।

जमना : अगर तुम इस बात का सबूत दे दो कि तुम वास्तव में मेरे पति के घातक नहीं हो तो मैं आज ही से तुम्हारे साथ दुश्मनी करने का ख़याल एकदम छोड़ दूँ, मगर साथ ही इसके तुमको भी मेरे साथ का अपना बर्त्ताव बदल देना अर्थात् दुश्मनी का ध्यान छोड़ देना पड़ेगा।

भूतनाथ : मैं यह काम करने के लिए तैयार हूँ।

सरस्वती : बस तो सबूत देने में देर क्या है?

भूतनाथ : इतना ही कि मेरा ऐयारी का बटुआ मुझे मिल जाय।

जमना : तुम्हारे ऐयारी के बटुए में कोई ऐसी चीज़ नहीं है जिसे तुम अपनी सफाई के सबूत में पेश कर सको।

भूतनाथ : **(आश्चर्य से)** यह तुम्हें कैसे मालूम हुआ?

जमना : तुम्हारा बटुआ मेरे कब्जे में है, मैं उसे अच्छी तरह देख चुकी हूँ।

भूतनाथ : यह तो तुमने अच्छा नहीं किया!

जमना. **(मुस्कराकर)** तुम दूसरे का सर्वस्व नाश कर दो तो कोई हर्ज नहीं मगर कोई दूसरा तुम्हारा ऐयारी का बटुआ किसी तरह ले ले तो कहो 'बहुत बुरा किया'! जिन भैया राजा को तुमने धोखा देकर फँसाया था उन्होंने ही तुम्हारे बटुए पर कब्जा कर लिया था और अब वह मेरे पास मौजूद है।

जमना की बातें सुनते-सुनते भूतनाथ को क्रोध चढ़ आया और उसने बिना इस बात का विचार किये ही कि मैं कहाँ हूँ, किसके कब्जे में हूँ और क्या कर रहा हूँ, उन तीनों पर हमला किया अर्थात् खंजर निकालकर वार करने के लिए उन पर झपटा।

17

सुबह होने में अभी दो घंटे की देर है। कृष्णपक्ष की दशमी है इसलिए अँधेरी रात का पहर बीत गया है और इस समय मंद रोशनी फैलाते हुए चन्द्रमा आसमान पर दिखाई दे रहे हैं। काशी से तीन कोस की दूरी पर सारनथ नाम का एक स्थान है और वहाँ से दो-ढाई सौ घरों की एक ख़ासी बस्ती है। बस्ती के दाहिने किनारे एक साफ-सुथरी सड़क है जो कि पटने से होती हुई बराबर काशी तक चली गई है। इसी सड़क पर से एक रथ, जिसमें सुन्दर बैलों की जोड़ी लगी हुई है, धीरे-धीरे काशी की तरफ़ चला जा रहा है। मालूम होता है कि रथ बहुत दूर से आ रहा है क्योंकि उसका हाँकने वाला और इसके सवार सभी मीठी-मीठी नींद में मस्त हो रहे हैं, यद्यपि आदत और नियम के अनुसार बैल बेचारे सीधी राह चले जा रहे हैं मगर हाँकने वाले से इस बात की कुछ भी ख़बर नहीं है कि सवारी अब कहाँ आ पहुँची है और जिस मुकाम पर हम जाने वाले हैं वह कितनी दूर रह गया है।

रथ हाँकने वाले की उम्र कम-से-कम चालीस वर्ष की होगी। वह कद्दावर और हृष्ट-पुष्ट आदमी था, घनी दाढ़ी ऊपर की तरफ़ चढ़ी हुई थी और स्याह मूँछों ने उसका चेहरा रोआबदार बना रखा था। मोटा गज्जी का चेहरा अंगरचखा और चुस्त पायजामा पहिने हुए था जिसके ऊपर सुर्ख कपड़े का कमरबंद कसा हुआ था और उसमें एक वजनी तथा चौड़े पाड़ का तेगा लटक रहा था।

जब यह रथ सारनाथ की बस्ती के पास पहुँचा तो एक चौकीदार ने हाँकने वाले को आवाज़ देकर रोका और कहा, "ठहरो-ठहरो, बताओ यह रथ कहीं से आता है और कहीं जाएगा?"

हाँकने वाले की पिनिक टूटी और उसने बैलों की रास खींच कर कहा, "भाई, यह रथ काशी जाएगा। तुम कौन हो (**चारों तरफ़ देखकर**) और इस बस्ती का क्या नाम है?"

चौकीदार : इस बस्ती का नाम सारनाथ है और हम यहाँ के चौकीदार है।

हाँकने वाला : (**चौंककर**) वाह-वाह, तो हम सारनाथ पहुँच गए! तो अब काशी यहाँ से थोड़ी ही दूर होगी?

चौकीदार : बस तीन ही कोस तो।

हाँकने वाला : (**चन्द्रमा की तरफ़ देखकर**) रात भी थोड़ी ही रह गई है, अच्छा अब हम तेज़ हाँकते हैं जिसमें सवेरा होने के पहिले ही ठिकाने पहुँच जाएँ।

इतना कह कर उसने रथ हाँकने की चेष्टा की मगर चौकीदार ने रोका और कहा-

चौकीदार : ठहरो, पहिले यह बता दो कि इसमें सवार कौन कहाँ के रहने वाले और किस घराने के आदमी हैं?

हाँकने वाला : इससे तुम्हें क्या मतलब?

चौकीदार : मतलब नहीं तो पूछते क्यों हैं!

हाँकने वाला : हम यह नहीं बता सकते कि इसमें कौन है।

चौकीदार : **(ज़ोर से जफील बजा कर और कुछ ठहर कर)** बिना बताए तुम यहाँ से कदापि आगे जाने न पाओगे।

हाँकने वाला : आखिर रोकने का कुछ सबब भी बताओगे या यों-ही जबर्दस्ती करोगे।

चौकीदार : सबब तो हम नहीं कह सकते मगर इतना ज़रूर बता देंगे कि इस गाँव के मालिक की यही आज्ञा है कि रात के समय बिना जाँच किये कोई सवारी यहाँ से आगे न जाने पावे।

हाँकने वाला : इसमें जनानी सवारी है, इसलिए हम इसकी जाँच नहीं करने देंगे। इतना कह हाँकने वाले ने बैलों का चाबुक मारा और वहाँ से निकाल ले जाने की इच्छा थी, मगर इस बीच चौकीदार की बजाई जफील की आवाज़ सुन कई आदमियों ने आकर उस रथ को घेर लिया था। इनमें आगे के लोग तो यद्यपि बैलों के ख़ौफ़ से हट गये परन्तु सभों ने मिलक़र बैल और हाँकने वाले पर हमला किया और ज़ोर-ज़ोर से चिल्ला-चिल्ला कर लट्ठ चलाने लगे। हाँकने वाले ने मज़बूर होकर रथ को रोक लिया और हाथ में तेगा लेकर रथ के नीचे कूद दुश्मनों का मुकाबला बड़ी दिलावरी और बहादुरी के साथ करने लगा। थोड़ी ही देर में उन लोगों को मालूम हो गया कि रथ हाँकने वाला मामूली आदमी नहीं है क्योंकि बात-ही-बात में उसने कइयों के हाथ का लट्ठ बेकार कर दिया, कइयों की कलाई काट डाली, और कईयों को ऐसा जख्मी किया कि उनमें उठने की शक्ति न रही। परन्तु वह पहलवान भी बेतरह चुटीला हो गया, उसकी बाई कलाई लट्ठ की चोट से बेकार हो गई, उसके मोढ़े जख्मी हो गये, और उसके सिर पर एक लट्ठ पर ऐसा बैठा कि सिर फट जाने के कारण खून का तरारा बह चला। इतने पर भी वह हिम्मत न हारता मगर दुश्मनों के चिल्लाने से वहाँ और भी कई आदमी लाठी लेकर आ पहुँचे और चौकीदार तथा उसके पक्षपातियों की मदद करने लगे, जिसे देख पहलवान हताश हो गया। वह पैंतरा बदलता हुआ एक किनारे हो गया और तब लोगों को ऊँची आवाज़ में पुकार कर लड़ाई बंद करने के लिए कहा, परन्तु वहाँ पर कुछ ऐसा हुल्लड़ मच गया था कि उसकी आवाज़ बड़ी मुश्किल से लोगों ने सुनी और तब लड़ाई बंद हुई, इस बीच वह इधर-उधर चक्कर काटता हुआ अपने को बचाता रहा।

लड़ाई बंद हो जाने पर एक आदमी ने कुछ आगे बढ़कर रथ हाँकने वाले से कहा, "तुमने हमारे कई आदमियों का व्यर्थ जख्मी कर दिया है, तिस पर भी हम तुम्हारा कसूर माफ़ कर देंगे यदि अब भी तुम अपना और अपनी सवारी का ठीक-ठीक परिचय दे दो!"

हाँकने वाला : इस रथ पर औरतें सवार हैं इसलिए हम इनका नाम बताने से हिचकते हैं।

आदमी : आखिर इन औरतों का कोई मर्द तो होगा! तुम उन्हीं का नाम बताओ और मकान का पता दो तथा यह कहो कि रात के समय सफ़र करने का क्या कारण है?

हाँकने वाला : पटने के रईस सेठ ताराचन्द की स्त्री और लड़की इस रथ पर सवार हैं, कई कारणों से उन्होंने इन औरतों को अपने भाई के पास काशी भेजा है।

आदमी : इतने बड़े रईस की औरतों को इस तरह अकेले सफ़र करते देखकर हम लोगों को आश्चर्य मालूम होता है तथापि थोड़ी देर के लिए हम तुम्हारी बात सच मानते हैं। परन्तु जब तक सूर्य उदय न हो ले तब तक के लिए तुम्हें यही रुके रहना पड़ेगा।

हाँकने वाला : ऐसा क्यों?

आदमी : यहाँ का यही नियम है।

हाँकने वाला : यहाँ रुकने से तो हमारा बड़ा हर्ज होगा और ऊपर से हमारे दुश्मन सर पर आ जाएँगे जो हमारा पीछा कर रहे हैं और जिनके ख़ौफ़ से हम रातोंरात भागे जा रहे हैं।

चौकीदार : **(आगे बढ़कर)** इनकी यह बात मानने के लायक नहीं है, क्योंकि अगर इनको पीछा करने वाले दुश्मनों का ख़ौफ़ होता तो ये बड़ी होशियारी और तेज़ी के साथ रथ को भगा कर लिए जाते मगर मैंने अच्छी तरह देखा है कि रथ बहुत धीरे-धीरे जा रहा था और ये **(हाँकने वाले)** मीठी नींद सो रहे थे, या यों कह सकते हैं कि पिनिक ले रहे थे।

आदमी : **(चौकीदार को बोलने से रोककर)** खैर जाने दो, हम इस समय इन्हीं की बात मान लेते हैं और जवाब में यह कहते हैं कि अगर तुम्हारे दुश्मन पीछा करते हुए यहाँ आ जाएँगे तो हम लोग तुम्हारी मदद करेंगे और उनसे लड़ेंगे, परन्तु सवेरा होने के पहिले तुम्हें यहाँ से आगे न जाने देंगे।

हाँकने वाला : खैर, जब तुम ऐसा कहते हो तो हम रुक जाते हैं, मगर यह तो बताओ कि हमें रोक लेने से तुम्हें क्या फायदा होगा?

आदमी : सो तुम्हें पीछे मालूम हो जाएगा? इस समय हम इस बात का जवाब नहीं दे सकते।

हाँकने वाला : यह तो ख़ासी जबर्दस्ती है!

आदमी : जो समझो।

मज़बूर होकर रथ रोक लेना पड़ा मगर बहुत कहने पर भी हाँकने वाले ने रथ को नीचे नहीं उतारा, सड़क ही पर एक किनारे खड़ा कर दिया और बैलों को भी रथ से अलग

नहीं किया, उधर गाँव वालों ने **(जो लड़े थे)** धीरे-धीरे अपने आदमियों को सँभालना शुरू किया अर्थात् चुटीले और जख्मी आदमियों को जिस तरह बन पड़ा उठा-उठा कर ले जाने लगे। इस बीच में रथ हाँकने वालों ने रथ के परदे के अंदर सिर ने जाकर इसमें बैठी हुई सवारी से कुछ बातें कीं। वास्तव में रथ के अंदर तीन औरतें बैठी हुई थीं जिनमें से दो के हाथों में इस समय एक दोनाली तमंचा भरा हुआ मौजूद था तथा वे इसलिए तैयार बैठी थी कि अगर कोई जबर्दस्ती रथ का पर्दा हटावेगा तो उसे गोली मार देंगे।

बातचीत करने के बाद हाँकने वाला पुनः रथ के ऊपर अपने स्थान पर जा बैठा। यह बात उसके विपक्षियों को बहुत बुरी मालूम हुई अतएव उन्होंने उसे रोका और कहा, "जबकि तुमने इस बात का निश्चय कर लिया कि सवेरा होने तक रथ इसी जगह रुका रहेगा तब हाँकने वाली गद्दी पर जाकर बैठने की तुम्हें क्या ज़रूरत थी? मुनासिब तो यही था कि बैल खोल दिए जाते और तुम ज़मीन पर ही कंबल बिछाकर बैठते पर तुमने ऐसा नहीं किया खैर हमने भी ज़ोर नहीं दिया, मगर तुम्हारा अपनी जगह पर बैठना हमें शक दिलाता है कि तुम वादे के ख़िलाफ़ बेईमानी पर कमर बाँधे हो और भागने के लिए तैयार होकर मौके का इंतज़ार कर रहे हो।"

हाँकने वाला : नहीं-नहीं। मेरा ऐसा इरादा नहीं है, यहाँ पर बैठने से मुझे आराम मिलेगा और अफीम घोल कर पीने में सुभीता होगा, यही सोच कर मैं यहाँ आ बैठा हूँ। इस समय विपक्षियों के कई आदमी अपने जख्मी साथियों को सँभालने के फेर में पड़ गये थे और रथ का सामान खाली हो गया था, सिर्फ़ रुकावट के लिए दो-चार आदमी रथ के पास खड़े थे। यकायक रथ का पर्दा उठा और तमंचा छूँटने की आवाज़ आई, एक आदमी जख्मी होकर ज़मीन पर गिर पड़ा और बाकी में खलबली पड़ गई तथा डर के मारे सभी इधर-उधर हट गये। उसी समय मौका देखकर पहलवान ने बैलों को चाबुक मारा और रथ को तेज़ी के साथ भगा ले चला। इसी समय तमंचे की पुनः आवाज़ आई और विपक्षियों का दूसरा आदमी ज़मीन पर लुढ़क गया। ऐसी अवस्था में उन लोगों के लिए रथ का पीछा करना मुश्किल हो गया और रथ तेज़ी के साथ कुछ दूर निकल गया, मगर इस बात की ख़बर रथ हाँकने वाले को तथा उसकी सवारी को कुछ भी नहीं है कि एक चालाक आदमी रथ के पीछे रस्सा थाम कर लटक गया है और बड़ी आसानी से रथ के साथ-साथ चला जा रहा है। हाँकने वाले ने कई दफ़े पीछे फिर कर देखा मगर किसी को पीछा करते न पा निश्चिंत हो रहा। सवेरा होने के पहिले ही रथ काशी जा पहुँचा और तब हाँकने वाले ने रथ की तेज़ी कम कर दी। धीरे-धीरे चलकर रथ त्रिलोचन महादेव के पास पहुँचा और एक बड़े फाटक के अंदर चला गया जो इस समय खुला हुआ था। पीछे की तरफ़ जो आदमी लटका हुआ था वह भी उसके साथ ही फाटक के अंदर चला गया।

फाटक के अंदर छोटा-सा अस्तबल था जहाँ कई रथों के अतिरिक्त घोड़े और बैल भी बँधे हुए थे। जिस समय रथ फाटक के अंदर पहुँचा उस वक्त अस्तबल में कई आदमी

इधर-उधर टहल रहे थे। उस समय सुबह की सफेदी आसमान पर फैल चुकी थी और आदमियों की सूरत साफ-साफ पहिचानी जाती थी।

अस्तबल के अंदर वाले आदमियों ने रथ के पीछे लटकते हुए आदमी को देखकर हल्ला मचाया और उसके विषय में पहलवान से पूछना और पकड़ना चाहा जिससे वह आदमी चैतन्य हो गया और रथ का रस्सा छोड़ अस्तबल के बाहर भागा। दो आदमियों ने उसका पीछा किया मगर उसे पकड़ न सके और वह दोनों को धोखा देता हुआ बड़ी तेज़ी के साथ बाहर निकल कर नज़रों से ओझल हो गया।

उस आदमी के भाग जाने से जो कुछ खलबली पड़ गई थी उस पर ख़याल न करके रथ हाँकने वाले ने परदा उठाया और सवारी के उतरने के लिए कहा। एक-एक करके तीन औरतें रथ के नीचे उतरीं जिनमें से दो सरदार और एक मजदूरनी थी। रथ से नीचे उतरने के बाद मजदूरनी ने एक छोटी-सी गठरी और एक पीतल का डिब्बा जिसमें ताला लगा हुआ था रथ पर से उतारा और तब तीनों औरतें अस्तबल के पूरब और उत्तर कोने की तरफ़ रवाना हुई। उस कोने में एक छोटा-सा मगर मज़बूत दरवाज़ा था जिसके अंदर वे तीनों गई और अंदर से दरवाज़ा बंद कर लिया।

उस दरवाज़े के अंदर जाकर वे तीनों औरतें एक छोटी-सी गली में पहुँची जिसकी चौड़ाई दो हाथ और लंबाई दस-बारह हाथ से ज़्यादा न होगी। सामने ही एक रंगीन मकान का दरवाज़ा था जो इस समय भीतर से बंद था। बाहर लोहे की एक कड़ी लगी हुई थी जिसके खटकाने से दरवाज़ा खुल गया और वे तीनों औरतें उस मकान के अंदर चली गई, दरवाज़ा पुनः बंद हो गया।

यह मकान यद्यपि छोटा-सा मगर मज़बूत और अंदर से ख़ूबसूरत बना हुआ था। इसके अंदर कई दालान, कोठरियाँ और सजे कमरे थे तथा कुर्सी, पलंग इत्यादि के अतिरिक्त हर तरह के आराम की चीज़ें वहाँ मौजूद थीं।

जब वे तीनों औरतें मकान के अंदर चली गई और दरवाज़ा बंद हो गया तब सामने पन्द्रह या सोलह वर्ष का एक लड़का दिखाई दिया जिसने झुककर एक औरत को सलाम किया और पूछा, “मौसीजी, तुम्हारे आने में इतना अरसा क्यों लगा?” इसके जवाब में उस औरत ने कहा, “आराम से बैठूँगी तो सब हाल कहूँगी, बड़ी मुसीबत में फँस गई थी।” इतना कहकर वह औरत दोनों को साथ लिए हुए सीढ़ियाँ चढ़कर ऊपर की मंज़िल में चली गई और एक दालान में पहुँचकर, जिसमें साफ फर्श बिछा हुआ था और कई आराम कुर्सियाँ रखी हुई थीं, एक कुर्सी पर बैठ गई। दूसरी कुर्सी पर दूसरी औरत बैठ गई और मजदूरनी ने हाथ का असबाब उन दोनों के सामने रखकर दूसरी तरफ़ का रास्ता लिया। वह लड़का भी इशारा पाकर एक कुर्सी पर बैठ गया और बातें होने लगीं।

उन दोनों सरदार औरतों में से एक की उम्र बीस वर्ष की होगी जिसे उस लड़के ने मौसी कहकर संबोधन किया था और दूसरी की उम्र तीस वर्ष से ज़्यादा की होगी।

देखने में दोनों ही औरतें ख़ूबसूरत और भले घर की मालूम होती थीं। यद्यपि इस समय उन दोनों का बदन जेवरों से खाली था मगर देखने वाला कदापि यह न कहेगा कि इनके पास जेवर नहीं है या इन्हें जेवर पहिरने की आदत नहीं है क्योंकि बदन पर मौके-मौके से जेवरों के निशान मालूम पड़ते थे। कम उम्र औरत ने आरामकुर्सी पर बैठकर एक लंबी साँस ली और तब लड़के की तरफ़ देखकर कहा, "कैसी मुसीबतों को सहकर मैंने अपना काम निकाला, मगर सारनाथ पर आकर हम लोग बेतरह फँस गये!"

लड़का : सो क्या?

औरत : रथ धीरे-धीरे आ रहा था, हम लोग नींद में मस्त हो रहे थे, हाँकने वाला तेगासिंह भी बैठे-बैठे सो रहा था और बैल धीरे-धीरे सीधी सड़क पर चल रहे थे कि यकायक सारनाथ आ पहुँचे। अगर हम लोग नींद में गाफिल न होते और इस बात का ज्ञान होता कि अब सारनाथ पहुँचा चाहते हैं तो तेज़ी के साथ रथ हाँक कर वहाँ से निकल जाते और किसी के हाथ न लगते मगर नींद के झपेटों ने ऐसा न करने दिया। अस्तु जब वहाँ पहुँचे तो चौकीदार ने रोका और सीटी बजाकर बहुत-से आदमियों को इकट्ठा कर लिया। मैंने आवाज़ से पहिचान लिया कि तुम्हारा 'मोहना' भी उन्हीं लोगों में शरीक है जिसका सबसे ज़्यादा अंदेशा मुझे था।

लड़का : (**घबड़ाना-सा होकर**) फिर क्या हुआ?

औरत : (**जो कुछ सारनाथ पर हुआ था उसे बयान करके**) जब हम लोग वहाँ से निकल भागे और इस अस्तबल में आ पहुँचे तब मालूम हुआ कि दुश्मनों का एक आदमी रथ के पीछे लकड़ी या रस्सी थाम कर लटक गया था जो कि यहाँ अस्तबल के अंदर तक चला आया और जब लोगों ने देखा तो भाग निकला, कोई उसे पकड़ न सका।

लड़का : यह तो बहुत बुरा हुआ! जब वह दुष्ट सारनाथ में जाकर यह बयान करेगा कि रथ फलानी जगह गया है, तब वे लोग पता लगाने के लिए ज़रूर निकलेंगे और तब उन्हें इस बात का भी गुमान हो जाएगा कि इस रथ में तुम ही सवार थीं।

औरत : बेशक् ऐसा होगा, और मुझे भी इसी बात का खुटका लगा हुआ है इसी से तो सफ़र की सब मुसीबतों से बढ़कर मैंने इसे समझा और सबसे पहिले यही हाल तुमने बयान किया। तुम बुद्धिमान, होशियार और होनहार हो, अतएव सोच कर बताओ कि अब हम लोगों को क्या करना चाहिए।

लड़का : आपकी बुद्धि के मुकाबिले से मैं अपने को कुछ भी नहीं समझता तथापि सोच कर कुछ देर बाद मैं कहूँगा कि अब क्या करना ठीक रहेगा, अच्छा मुझे दिखाइए तो सही कि आप वहाँ से क्या-क्या चीज़ें लाई हैं?

औरत : हाँ-हाँ, तुम्हें अभी दिखाती हूँ, देखो।

यह कह कर उस औरत ने झुक के पीतल वाला डिब्बा उठाया और कमर में से ताली निकाल कर उसे खोला। लड़के ने झाँक कर अंदर देखा और झिझक कर पीछे हट गया।

औरत : **(मुस्कराकर)** वाह-वाह, तुम इतना डर गये? अगर तुमको अपने हाथ से यह काम करना पड़ता तो मालूम होता है कि मौका मिलने पर भी तुम न कर सकते।

लड़का : सो बात तो नहीं है, मुझे अगर यह काम करना पड़ता तो मैं कदापि संकोच न करता और न किसी तरह डरता ही। हाँ इस तरह बिगड़ी हुई खोपड़ी का डिब्बे के अंदर बंद करके ले जाना मेरे लिए बहुत कठिन था। इस काम से घृणा होती है और इसकी बिगड़ी हुई सूरत देखकर डर भी लगता है, बस इसे निकालो और फेंको।

औरत : **(हँसकर)** सिर्फ़ तुम्हें विश्वास दिलाने के लिए यह खोपड़ी ले आई हूँ। तुममें अभी लड़कपन का अंश मौजूद है इसलिए तुम डरते हो, मगर ध्यान रहे कि इस किस्म का काम बहुत जल्द तुम्हें करना भी पड़ेगा।

लड़का : **(जोश दिखाता हुआ)** एक नहीं दस दफ़े मैं ऐसा काम करने के लिए तैयार हूँ!

औरत : **(पीठ ठोंक कर)** शाबाश, इसकी आजमाइश दो ही चार दिन के अन्दर कर ली जाएगी। खैर देखो इस डिब्बे में और क्या चीज़ें हैं।

इतना कहकर उस औरत ने डिब्बे के अंदर से एक कटा हुआ सर निकाल कर बाहर रखा जो कई तह किये हुए कपड़े के ऊपर रखा हुआ था जो खून से तरबतर हो रहा था। इसके बाद उसने कपड़े पर लिखी और तह की हुई एक तसवीर निकाली और खोल कर लड़के को दिखाने तथा भेदों को समझाने लगी।

औरत : देखो, इस तसवीर को देखकर किसी के भी दिल में शक न रह जाएगा कि दयाराम के विषय में दलीपशाह और भूतनाथ दोनों ही ने धोखा खाया और वास्तव में वह आदमी दयाराम था ही नहीं जो भूतनाथ के हाथ से मारा गया। जिसने दयाराम को गिरफ्तार किया था उसे ज़रूर भूतनाथ ने मार डाला मगर उसके बदले उसका लड़का वह काम कर गुजरा जो उसका बाप किया चाहता था। भूतनाथ ने जो खून किया उसमें भी उसको धोखा हुआ, एक नहीं बल्कि दो दफ़े धोखा हुआ और उसके साथ-साथ इन्द्रदेव के आदमियों को भी धोखा हुआ जो किसी दूसरे ही को दयाराम समझकर उठा ले गये। पहिले पहिल भूतनाथ ने यह नहीं समझा था कि वह दयाराम को ही मारा। मगर अफ़सोस, दयाराम बेचारा अभी तक क़ैद में है और न तो भूतनाथ तथा इन्द्रदेव और न उसकी दोनों औरतों को ही इस बात की कुछ ख़बर है। **(तसवीर पर उँगली रखकर)** यह देखो उस कोठरी में दयाराम क़ैद है और दलीपशाह का धावा उस कोठरी पर हुआ जिसमें रामसिंह का भतीजा मुद्दत से बीमार पड़ा हुआ था, और देखो यह दरवाज़े पर रामसिंह सो रहा है, इसी जगह से इन दोनों को इन्द्रदेव के ऐयारों ने क़ैद कर लिया था, और यह देखा राजसिंह का लड़का अपने कमरे में बैठा न मालूम क्या लिख रहा है...

लड़का : **(बात काटकर)** मौसी, यह तो बताओ कि तसवीर किसके बनाई हुई है और तुमने कहाँ पाई?

औरत : **(तसवीर के नीचे की तरफ़ उँगली का इशारा करके)** यह देखो इस तसवीर के नीचे राजसिंह के लड़के ध्यानसिंह का हस्ताक्षर है और यह तसवीर उसी की बनाई हुई है, उसी के घर से मुझे यह मिली भी है।

लड़का : ध्यानसिंह को इस तसवीर के बनाने की क्या ज़रूरत पड़ी?

औरत : सो अभी ठीक-ठीक समझ में नहीं आया मगर देखो तो तसवीर के नीचे की तरफ़ **(उँगली से बताकर)** इन तीन सतरों को पढ़ने से क्या मालूम होता है?

लड़का : पढ़कर इसमें लिखा है-"बेशक् मेरे बाप ने दयाराम को पकड़ा था मगर वह अपनी सज़ा को पहुँच गया। भूतनाथ और दलीपशाह ने धोखा खाया। असल में दयाराम को जमानिया के दारोगा ने गिरफ्तार कर लिया। दयाराम अभी तक जीते हैं और जीते रहेंगे। दयाराम को अपने कब्जे में रखकर दारोगा अपना मतलब भूतनाथ से निकालने की इच्छा रखता है। भूतनाथ, संभलो और इस भेद को जानो। इस ख़बर के बदले में मैं तुमसे मित्रता की भिक्षा माँगता हूँ।"

औरत : समझ गये! इससे राजसिंह का मतलब कुछ गूढ़ मालूम होता है। यह तसवीर इसी आदमी के हाथ वह भूतनाथ के पास भेज चुका था जिसका सर मैं काट लाई हूँ। अगर यह भूतनाथ के पास पहुँच जाती तो फिर मेरा काम कुछ भी न बनता पर अब देखो मैं कैसा रंग लाती हूँ।

लड़का : तो यह तसवीर तुम जमना, सरस्वती को दोगी या इन्द्रदेव को?

औरत : दोनों में से किसी को भी नहीं, जो कुछ करना होगा मैं स्वयं करूँगी और अपने हाथ से दयाराम का उद्धार करूँगी। जमना और सरस्वती को इस दुनिया से उठा दूँगी, भूतनाथ को कब्जे में करूँगी और स्वयं जमना बनूँगी।

लड़का : समस्या कठिन है, कार्रवाई मुश्किल है, मगर आपकी हिम्मत बहुत बड़ी है।

औरत : सारनाथ वाले मेरे काम में बाधक और दुश्मन हो रहे हैं, उनके हाथ से अगर बच गई तो मैं सब कुछ कर सकूँगी।

लड़का : उनका बंदोबस्त मेरे जिम्मे, उन लोगों को मैं ठीक करूँगा, मगर आपका इस मकान में रहना ठीक नहीं है।

औरत : मेरा भी यही ख़याल है, आज ही मैं इस मकान को छोड़ दूँगी, और तुम क्या करोगे?

लड़का : मैं अभी इसी मकान में रहूँगा और सारनाथ वाले आपको खोजते हुए जब यहाँ पहुँचेंगे तो उन्हें गिरफ्तार करूँगा, अच्छा यह बताइए कि इस डिब्बे में और क्या चीज़ें?

औरत : (**डिब्बे में से काग़ज़ का यह मुट्ठा निकाल कर और लड़के के हाथ में देकर**) भूतनाथ के हाथ की लिखी हुई कई चिट्ठियाँ हैं जो कि नागर से मँगनी माँग लाई हूँ, इन्हें बहुत जल्द वापस करना होगा, और यह सब कुछ करते हुए भी दारोगा से भले बने रहना पड़ेगा।

लड़का : यह बहुत कठिन होगा।

औरत : कुछ भी कठिन नहीं है।

इसके बाद लड़का भूतनाथ के हाथ की लिखी हुई चिट्ठियाँ देखने और पढ़ने लगा। जब वह सब चिट्ठियों को पढ़ चुका तब बोला, "बेशक् अब तो मैं कह सकता हूँ कि आप भूतनाथ पर कब्जा कर लेंगी और इसके अतिरिक्त जो कुछ आपने सोचा है वह काम भी आपका हो जाएगा। अच्छा यह बताइए कि इस कटे हुए सर के लिये अब क्या करना चाहिए?"

औरत : थोड़े दिन तक तो इस सर को मैं इसी तरह कायम रखना चाहती हूँ क्योंकि मौका पड़ने पर शायद इसे दारोगा साहब को दिखाना पड़े, इसलिए इसे मसाले में लपेट कर तुम तहखाने में हिफ़ाजत से रख दो।

लड़का : बहुत अच्छा।

औरत : अब तुम जाकर पहिले इस काम से छुट्टी पाओ तब निश्चिंत होकर बातचीत करूँगी। (**दूसरी औरत की तरफ़ देखकर**) बहिन, अब तुम भी नहा-धोकर कुछ खाने-पीने का बंदोबस्त करो और मैं भी ज़रूरी कामों से निपटने के लिए जाती हूँ।

इतना कहकर वह औरत उठ कर खड़ी हो गई। लड़के ने वह कटा हुआ सर उठाया और एक तरफ़ का रास्ता लिया तथा वह दूसरी औरत खाने-पीने का बंदोबस्त करने कहाँ चली गई।

पाठक, हम अभी नहीं कह सकते कि यह औरत कौन है और इसका नाम क्या हे, अथवा इस दूसरी औरत और उदास लड़के से इसका क्या संबंध है, ही इस समय काम चलाने के लिए इसका कुछ नाम ज़रूर रखना चाहिए, अस्तु जब "निरंजनी" रखे देते हैं। दूसरी औरत और लड़के के चले जाने के बाद निरंजनी वह डिब्बा लिए हुए पास वाले कमरे में चली गई और भीतर से उसका दरवाज़ा बंद कर लिया। इस कमरे के अंदर दाहिनी तरफ़ एक दरवाज़ा और था जिसमें एक बहुत बड़ा मज़बूत ताला लगा हुआ था, देखने वाला यही समझेगा कि यह कोई कोठरी है मगर नहीं, वास्तव में यह एक क़ैदखाने का रास्ता है।

निरंजनी ने कमरे में से ताली निकाल कर ताला खोला तब उस दरवाज़े के अंदर जाकर एक दूसरे कमरे में पहुँची जो पहिले कमरे से बड़ा था और कई रोशनदानों की बदौलत इसमें रोशनी भी ज़्यादे थी। इस कमरे के बीचों-बीच में लोहे के मज़बूत और

मोटे छड़ों से एक कोठरी बनी हुई थी जिसमें तीन-तीन अंगुल के फासले पर छड़ लगे हुए थे और बीच में दो बंद चौड़े लोहे के लगे थे जिससे कि वे छड़ किसी तरह झुकाने से झफक नहीं सकते थे। छड़ी का एक सिरा ऊपर छत में घुसा हुआ था और दूसरा नीचे ज़मीन के अंदर। यह कोठरी इतनी बड़ी थी कि इसके अंदर दस-बारह आदमियों का बिस्तर (**बिछौना**) लग सकता था मगर इस समय हम इसके अंदर सिर्फ़ एक कमसिन औरत को देख रहे हैं, जिसकी उम्र ज़्यादे-से-ज़्यादे पंद्रह वर्ष की होगी। यह औरत यद्यपि ख़ूबसूरत कहने योग्य नहीं है परन्तु बदसूरत भी नहीं कही जा सकती। इसका रंग पक्का, चेहरा आदमी और भोला है, आँखें बड़ी-बड़ी मगर नाक मोटी है। इसके अंग हाथ-पैर वगैरह सुडौल तो हैं मगर रूखे से हो रहे हैं, इसी तरह चेहरा भी इसका उदास और मैला दिखाई देता है, मालूम होता है कि इसको महीनों से नहाने-धोने का मौका नहीं मिला है, इसकी धोती बहुत गंदी हो रही है और सर के बाल मैले तथा खुले हुए हैं।

इस लोहे के सलाखों वाली कोठरी में जिसमें वह औरत क़ैद है एक तरफ़ पीतल के घड़े में पानी रखा हुआ है, पास में एक लोटा और गिलास है, तथा बाँस की टोकरी में कुछ फल और खाने की दूसरी चीज़ें भी रक्खी हुई हैं। इन सब चीज़ों के अतिरिक्त दो कंबल भी ज़मीन पर पड़े हुए दिखाई देते हैं। इस कोठरी में एक छोटा-सा दरवाज़ा भी बना हुआ है जिसमें बहुत बड़ा ताला लगा है और उस दरवाज़े के आगे एक सुन्दर कुर्सी रखी हुई है। निरंजनी उसी कुर्सी के ऊपर जाकर बैठ गई और उस क़ैदी औरत की तरफ़ देखकर बोली, "मेरी प्यारी बहिन, कहो अच्छी तो हो?"

क़ैदी औरत : जी मैं बहुत अच्छी तरह हूँ और आपकी मेहरबानियों का शुक्रिया अदा करती हूँ।

निरंजनी : मुझे तुम्हारे क़ैद होने का बड़ा ही अफ़सोस है।

क़ैदी औरत : (**मुस्कराती हुई**) मेरा भी यही ख़याल है।

निरंजनी : (**कुछ शरमाकर**) क्या तुम इस क़ैदखाने से बाहर निकलना नहीं चाहती?

क़ैदी औरत : जी नहीं, मुझे इसमें बड़ा आराम है और मैं तुम्हें दरवाज़ा खोलने की तकलीफ़ नहीं दिया चाहती।

निरंजनी : मैं तो इस समय भी दरवाज़ा खोलने के लिए तैयार हूँ, (**एक ताली दिखाकर**) देखो यह ताली भी मौजूद है, मगर क्या करूँ वह तुम्हें स्वतंत्र करने की आज्ञा नहीं देती और तुम जानती हो कि मैं उनके वश में हूँ।

क़ैदी औरत : बेशक् ऐसा ही है, मगर तुम उसकी खुशामद क्यों करती हो, ताला खोल देने पर भी मैं इस कोठरी के बाहर नहीं निकलूँगी।

निरंजनी : सो क्यों?

क़ैदी औरत : इसलिए कि मैं आजकल पागल हो रही हूँ और विश्वास करती हूँ कि तुम लोगों की मदद के बिना ही स्वतंत्र हो जाऊँगी और तब वे मेरी प्यारी बहिन, सब से पहिले मैं तुम्हीं से बदला लूँगी और जमना बनने का तुम्हारा शौक पूरा कर दूँगी।

निरंजनी : (**चौंककर**) तुम्हें किसने कह दिया है कि मुझे जमना बनने का शौक है?

क़ैदी औरत : मेरे एक दोस्त ने यह भेद की बात मुझसे कही है जो अकसर इस क़ैदखाने में मेरे पास पहुँचा करता है।

निरंजनी : तुम तो पागलपने की बातें करती हो।

क़ैदी औरत : यह तो मैं खुद ही कह चुकी हूँ कि मैं आजकल पागल हो गई हूँ, तुमने यह कौन-सी नयी बात कहीं?

निरंजनी : (**कुछ गुस्से के ढंग पर**) तुम मुझे दर्ज़े की ढीठ हो गई हो।

क़ैदी औरत : सिर्फ़ इस ख़याल से कि तुम मेरा कुछ भी नहीं बिगाड़ सकतीं, मेरा दोस्त मेरी मदद करेगा और बहुत जल्द मुझे इस क़ैद से छुड़ावेगा।

निरंजनी : अरे बेवकूफ, यहाँ पर तो एक चींटी भी नहीं आ सकती।

क़ैदी औरत : यह तुम्हारी भूल है, देखो मैं तुम्हें दिखाती हूँ।

इतना कह कर उस क़ैदी औरत ने वह कंबल उठाया जो ज़मीन पर पड़ा हुआ था। उसके नीचे एक आदमी का चेहरा दिखाई दिया और वह धीरे-धीरे ज़मीन के अंदर से ऊपर निकलने लगा। मोढ़ा निकला, छाती निकली, पेट बाहर हुआ, कमर दिखाई देने लगी, रान, घटना और अंत में पैर भी बाहर निकल आए, और कुछ ही देर बाद एक पूरा नौजवान आदमी क़ैदी औरत के पास खड़ा दिखाई देने लगा। निरंजनी के तो होश उड़ गए और वह घबराकर उन दोनों की तरफ़ देखने लगी।

पाँचवाँ भाग

1

भूतनाथ ने क्रोध में आकर जमना, सरस्वती और इन्दुमति पर हमला तो किया मगर कुछ कर न सका क्योंकि वह बाग़, मकान और चबूतरा तिलिस्म से संबंध रखता था और इन्द्रदेव के कब्जे में था, अतएव कोई अनजान आदमी लापरवाही के साथ उस बाग़ और इमारत की सैर पूरी तरह से नहीं कर सकता था और न उस चबूतरे पर ही जा सकता था जिस पर जमना, सरस्वती और इन्दुमति बैठी हुई थीं, अस्तु नतीज़ा यह निकला कि भूतनाथ उस चबूतरे पर चढ़ने के साथ ही पछाड़ खाकर पीछे की तरफ़ ज़मीन पर गिर पड़ा और कुछ देर के लिए बेहोश हो गया। जब होश में आया तो उसने आश्चर्य के साथ उस चबूतरे की तरफ़ देखा परन्तु वे औरतें दिखाई न पड़ी क्योंकि भूतनाथ ने बेहोशी दूर होने के पहिले ही वे सब वहाँ से कहीं चली गई थीं।

भूतनाथ पुनः उस चबूतरे पर जाने की हिम्मत न कर सका और कुछ सोचता-विचारता बाग़ के उस हिस्से की तरफ़ रवाना हुआ जिधर इमारत थी और दो-चार आदमी भी टहलते दिखाई दे रहे थे। भूतनाथ घड़ी-घड़ी आश्चर्य के साथ यह सोचता था कि जमना ने यह क्योंकर कहा कि भैया राजा ने तुम्हारे ऐयारी के बटुए पर कब्जा कर लिया था और अब वह मेरे पास मौजूद है। यह क्योंकर संभव हो सकता है कि वह बटुआ मेरे शागिर्द के हाथ में भैया राजा के कब्जे में चला गया हो! बेशक् जमना ने मुझे धोखा देने के लिए ऐसा कहा होगा।

धीरे-धीरे भूतनाथ उस इमारत के पास जा पहुँचा और वही उसने देखा कि इमारत के आगे बहुत बड़ा सहन है जिस पर भैया राजा धीरे-धीरे टहल रहे हैं और हाथ में नंगी तलवारें लिए सात-आठ आदमी उसके पीछे-पीछे हैं। भूतनाथ पर निगाह पड़ते ही भैया राजा ने मुस्कराकर कहा, "भूतनाथ, अब तुम्हारा क्या इरादा है? मुझे इस बात का बहुत ही दुःख है कि तुम्हारी कसम सच्ची नहीं निकली।"

भूतनाथ : सो क्या? आपको कैसे मालूम हुआ कि मेरी कसम सच्ची नहीं निकली?"

भैया राजा : यही आजमाने के लिए तो जमना, सरस्वती और इन्दुमति तुम्हारे सामने बैठाई गई थीं। आखिर तुमने उन पर हमला किया ही तो? यह न सोचा कि मैं कहाँ और किसके कब्जे में हूँ। जब मेरे बाग़ में रह कर तुमने ऐसा किया तो यदि किसी दूसरी जगह वे दोनों तुम्हें मिल जातीं तो तुम उन्हें कब जीता छोड़ते!

भूतनाथ ने भैया राजा की इस बात का कुछ भी जवाब न दिया और शर्म से सर नीचा करके कुछ सोचने लगा। भैया राजा ने पुनः कहा, "गदाधरसिंह, शायद तुमको यह

मालूम नहीं कि इस बाग़ में पहुँचने के पहिले जिसने तुम्हारे कसम खाने पर तुम्हें ताड़ना दी थी वह मैं ही हूँ और जिसने अपनी ताड़ना पर तुम्हारे मुँह से ये शब्द निकलते हुए सुने थे कि-'नहीं, मैंने जो कुछ कहा है उसकी सच्चाई में किसी तरह भी फर्क नहीं पड़ सकता, मैं यहाँ तैयार हो चुका हूँ कि अपने ऐयारी के फन को भी तिलांजलि दे दूँगा और दुनिया से एकदम किनारे हो जाऊँगा'-वह भी मैं ही हूँ।"

भूतनाथ : (**आश्चर्य से भैया राजा का मुँह देखकर**) और वह त्रिशूल तथा डमरूधारी शिवरूपी महात्मा भी आप ही थे जिन्होंने मेरे बदन से त्रिशूल छुआ कर मुझे बेहोश कर दिया था?

भैया राजा : नहीं।

भूतनाथ : वह कौन था?

भैया राजा : यह मैं नहीं कह सकता।

भूतनाथ : और यह बाग़ किसका है?

भैया राजा : इसका भी जवाब तुम नहीं पा सकते।

भूतनाथ : (**सिर झुका कर देर तक कुछ सोचने के बाद दोनों घुटने ज़मीन पर टेक कर और हाथ जोड़ कर**) निःसन्देह मैं अपराधी हूँ! मेरे पापों का कोई प्रायश्चित नहीं। अपनी चादर का एक धब्बा मिटाने की कोशिश करते हुए मैंने अपनी तमाम चादर को गंदला कर डाला जिसका साफ होना अब बहुत कठिन है। मैं जानता हूँ कि मेरे प्यारे दोस्त और मुझ पर अत्यंत अनुग्रह करने वाले इन्द्रदेव से और आपसे दोस्ती है, नहीं-नहीं, आप दोनों अंतरंग मित्र है, और मुझे विश्वास है कि इन्द्रदेव ने जिस तरह मेरे अपराधों को क्षमा किया है और अपनी आँखों से मेरे कठोर प्रायश्चित्त को देखते हुए भी मुँह फेर लिया है तथा मेरे सब अपराधों पर मिट्टी डाल कर भी मुझे ठीक रास्ते पर चलाने की नीयत रखते हैं उसका नमूना दिखलाने वाला दुनिया में कोई भी नहीं होगा। हाँ, मुझ अभागे को इन्द्रदेव ने कई दफ़े समझाया कि 'दयाराम का कलंक तेरे सिर से दूर कर दूँगा' मगर मैंने इसका कुछ भी ख़याल न किया। हाँ खेद, अब मैं इस दुनिया में मुँह दिखाने योग्य न रहा, जो कुछ में अब कह रहा हूँ, यह भी मेरी बेहयाई है। (**अपनी डबडबाई हुई आँखों को पोंछकर**) में इस योग्य नहीं कि आपसे क्षमा माँगूँ! परन्तु आप इस योग्य है कि मुझे क्षमा करें और क्षमा करने के लिए इन्द्रदेव से भी मेरी सिफारिश करें।

इतना कह भूतनाथ भैया राजा के पैरों पर गिर पड़ा और उसकी आँखों से आँसू की धारा बह चली। भैया राजा ने उसे जल्दी से उठा कर छाती से लगा लिया परन्तु भूतनाथ ने ज़ोर करके अपने को छुड़ा लिया और हाथ जोड़कर कहा, "हाँ खेद, मैं इस योग्य नहीं हूँ कि आप मुझे भाई की तरह छाती से लगावें और दया करें, बल्कि मैं इस योग्य हूँ कि

आप मुझे अपने जूते के तले रौंदें और हज़ार लानत करें।"

भैया राजा : नहीं-नहीं गदाधरसिंह, तुम ऐसा ख़याल मत करो। इन्द्रदेव की तरह मैं भी तुम्हें माफ़ करता हूँ। तुम्हारी इस समय की अवस्था देखकर मुझे विश्वास होता है कि अब तुमसे कोई अपराध न होगा। ईश्वर तुम्हारा दिल सदैव के लिए नेक करें। अच्छा मैं तुम्हें इस समय एक दवा पिलाना चाहता हूँ। पिओगे?

भूतनाथ : आप मुझे अब ज़हर हलाहल भी देंगे तो खुशी से पी लूँगा क्योंकि मैं इसी के योग्य हूँ और दुनिया में मुँह दिखलाने की इच्छा नहीं रखता।

भैया राजा : ईश्वर तुम्हें नेकी दी। मैं तुम्हारे साथ कदापि बुराई नहीं कर सकता परन्तु ही इस समय जो दवा मैं तुम्हें पिलाऊँगा उससे तुम बेहोश ज़रूर हो जाओगे। इतना कहकर भैया राजा ने अपने एक आदमी की तरफ़ देखकर कुछ इशारा किया।

भूतनाथ : मुझे इसकी कोई भी परवाह नहीं है कि मैं आपकी दी हुई दवा पीकर बेहोश हो जाऊँगा या मर जाऊँगा और न मैं इसके विषय में आपसे कुछ पूछने की ही इच्छा रखता हूँ।

भैया राजा का इशारा पाकर वह आदमी किसी प्रकार की दवा से भरी हुई एक बोतल और चाँदी का छोटा-सा कटोरा ले आया और भैया राजा के हाथ में दिया, भैया राजा ने उस बोतल की दवा से कटोरा भरा और भूतनाथ के हाथ में दिया, भूतनाथ ने खुशी-खुशी कटोरा मुँह से लगाया और दवा पीकर पुनः वह कटोरा इस विचार से भैया राजा की तरफ़ बढ़ाया कि और दवा दीजिए मैं पीने के लिए तैयार हूँ, मगर भैया राजा ने यह कह कर कि 'बस अब और पीने की कोई ज़रूरत नहीं' कटोरा वापस लेने के लिए भूतनाथ की तरफ़ हाथ बढ़ाया। भूतनाथ ने उनके हाथ में जूठा कटोरा देना उचित न जान कर उनके आदमी के हाथ में दिया और पुनः हाथ जोड़ कर कहा, "मुझे क्षमा कीजिए और गुप्त हो जाने की आज्ञा दीजिए।"

भैया राजा : मैं यह नहीं चाहता कि तुम गायब हो जाओ, यह तुम्हारे लिए उचित नहीं है। मैं सच्चे दिल से तुम्हें सलाह देता हूँ कि तुम लोगों में मिले-जुले रहकर सभों का उपकार करो जिसमें ईश्वर तुम्हारे अपराधों को क्षमा कर दे।

भूतनाथ : जो आज्ञा।

इतना कहते-कहते भूतनाथ की आँखें बंद हो गई और वह बेहोश हो ज़मीन पर लेट गया। जब उसकी आँखें खुलीं तो उसने अपने को उसी कोठरी में पाया जिसमें त्रिशूल के छू जाने से बेहोश होकर इस बाग़ में आया था। कोठरी से बाहर निकलने पर उसने अपने ऐयारी के बटुए के सहित कई शागिर्दों को पाया जो उसके लिए चिंतित् और उदास उससे मिलने का इंतज़ार कर रहे थे।

2

दिन दो पहर से ज़्यादे ढल चुका है। धूप की गर्मी को हवा की तेज़ी यद्यपि कम कर रही है तथापि नाज़ुक-मिजाज़ों के बर्दाश्त के बाहर है। भूतनाथ अपनी असली सूरत

में मामूली ढंग पर शाहराह और सड़क छोड़कर जंगल-ही-जंगल जमानिया की तरफ़ जा रहा है, मगर उसके चेहरे पर उदासी, नाउम्मीदी और बेचैनी छाई हुई है, उसको अपने इधर-उधर या आगे पीछे की कुछ भी परवाह नहीं है, सर झुकाए हुए बराबर चला जा रहा है, हाँ कभी-कभी सर उठाकर इस ख़याल से देख लेता है कि रास्ता भटकने न पावे।

दो घंटे तक बराबर चले जाने के बाद उसे कुछ आदमियों के बातचीत की आहट मालूम हुई जिससे वह खड़ा हो गया और ध्यान देकर सुनने लगा कि किधर से आवाज़ आ रही है। कुछ ही सायत में उसे मालूम हो गया कि बात करने वाले उससे ज़्यादे दूरी पर नहीं हैं। भूतनाथ को उस आवाज़ पर कुछ शक मालूम हुआ और उन आदमियों को देखने तथा उनकी बातें सुनने की अपनी प्रबल इच्छा को रोक न सका अतएव वह ज़मीन पर बैठ गया और बहुत धीरे-धीरे पत्तियों की खड़खड़ाहट को बचाता हुआ उस तरफ़ जिधर से आवाज़ आ रही थी, यहाँ तक कि वह उन लोगों के इतना पास पहुँचा दिया गया कि वहाँ से उनकी बातचीत बख़ूबी सुन-समझ सकता था। उन आदमियों को इसकी कुछ भी आहट नहीं लगी कि कोर्ट आदमी उनकी बातें सुनने के लिए पास ही में आकर छिपा हुआ है अतएव भूतनाथ बड़ी बेफिक्री के साथ उनकी बातें करने वालों में दो मर्द और एक औरत है जिसकी उम्र बीस या पच्चीस वर्ष से ज़्यादा न होगी। यद्यपि वह मर्दों की तरह चपकन पायजामा पहिरे हुए हैं और सर पर मुंडासा भी उसने बाँध रखा है परन्तु उसी आवाज़ और भूतनाथ की चालाक निगाहों के सामने उसका मर्दानापन कायम न रहा। उसी जगह पर पेड़ों के सहारे तीन घोड़े बागडोर के साथ बँधे हुए थे। अब सुनिए कि उन लोगों में कैसी भेद-भरी बातें हो रही हैं।

एक : जमना और सरस्वती का यदि भेद मालूम हो जाय तो वे दोनों उद्योग करके उन्हें बहुत जल्द छुड़ा लें। हम लोगों की मेहनत उनका मुकाबला नहीं कर सकती क्योंकि इन्द्रदेव और प्रभाकर सिंह उन दोनों के पक्षपाती हैं।

दूसरा : अजी नहीं, इन्द्रदेव को जमना और सरस्वती से क्या मतलब? वह दारोगा साहब के गुरुभाई हैं, दारोगा साहब भूतनाथ की मदद करते हैं और भूतनाथ इन दोनों औरतों का जानी दुश्मन है, इसी से समझ रखना चाहिए कि इन्द्रदेव क्योंकर दारोगा साहब के ख़िलाफ़ कार्रवाई कर सकते हैं।

पहिला : तुम्हें कुछ बसंत की भी ख़बर है या यों-ही बकवास कर रहे हो! बेईमान दारोगा के सबब से क्या धर्मात्मा इन्द्रदेव रणधीर सिंह को मुलाहिज़ा तोड़ देंगे या दयाराम को जान-बूझ कर अपने हाथ से भाड़ में झोंक देंगे?

औरत : (**दूसरे की तरफ़ देखकर**) नहीं-नहीं, ऐसा कदापि नहीं हो सकता, तुमको इस बात की ख़बर ही नहीं है कि इन्द्रदेव ही की बदौलत आज तक जमना और सरस्वती की जान बचाई हुई है नहीं तो दारोगा साहब और भूतनाथ अब तक उन दोनों का खात्मा कर चुके होते। इन्द्रदेव हर तरह से उन दोनों की मदद कर रहे हैं और करेंगे।

दूसरा : **(आश्चर्य से)** ऐसी क्या बात है?

पहिला : बेशक् ऐसी ही बात है। इन्द्रदेव साधू और महात्मा आदमी हैं जो अभी तक दारोगा से गुरुभाई का रिश्ता और भूतनाथ से दोस्ती का नाता भी निभाए जाते हैं नहीं तो इन लोगों को जहन्नुम में पहुँचाना उनके लिए एक अदनी बात थी।

दूसरा : अगर यह बात है तो बेशक् पता लग जाने पर इन्द्रदेव की सहायता से जमना और सरस्वती अच्छा काम कर सकती हैं।

औरत : निःसन्देह! क्या तुम्हें मालूम नहीं कि जमना और सरस्वती ने भी इन्द्रदेव से ऐयारी सीखी है? मगर यह बात बहुत गुप्त है।

दूसरा : भला मुझे इस बात का पता क्योंकर लग सकता है, मगर आश्चर्य है कि तुम्हें यह बात कैसे मालूम हुई?

औरत : अकस्मात् ही मुझे यह बात मालूम हो गई।

दूसरा : क्योंकर?

औरत : उन दोनों को मैंने परसों भेष बदल कर घोड़े पर सवार काशी की तरफ़ जाते देखा था।

पहिला : जब भेष बदले हुए थीं तब तुम्हें कैसे मालूम हुआ कि ये दोनों वे ही हैं?

औरत : मैं उस समय घोड़े पर सवार मामूली तौर पर केवल मर्दाना कपड़ा पहिरे हुए रणधीरसिंह के यहाँ जा रही थी, यकायक रास्ते में मेरा और उन दोनों का मुकाबला हो गया। सरस्वती ने मुझे पहिचान लिया और नाम लेकर पुकारा। मैं उन दोनों को पहिचान न सकी परन्तु पुकारने पर और अपना नाम सुनकर रुक गई। उन दोनों ने बड़ी मुहब्बत से मुझे अपने पास बुलाया। मैं डरती हुई उनके पास गई, मगर तब जमना ने मुझसे कहा, "छन्नो, तू कहाँ जाती है? मैं तुझे पहिचान गई, तू हम दोनों को बिना बताए नहीं पहचान सकती। मेरा नाम जमना और इसका सरस्वती हैं, आफ ओह, बहुत दिनों के बाद तुझे देखा। तुझे देखकर मेरे दिल में इस समय वही लड़कपन की मुहब्बत पैदा हो गई हैं। मेरी प्यारी छन्नो, क्या आजकल तू मेरे ससुराल में नहीं रहती?"

पहिले तो मुझे उन दोनों के जमना और सरस्वती होने का विश्वास नहीं हुआ मगर जब उन्होंने लड़कपन की दो-एक बातें याद दिलाई तब मुझे विश्वास हो गया और मुहब्बत से मेरा जी भी उमड़ आया क्योंकि मैं बहुत दिनों तक उन दोनों के साथ रह चुकी हूँ। हम तीनों में बड़ी ही मुहब्बत रही। जब वे दोनों अपने ससुराल से गायब हो गई और उनके मरने की ख़बर मशहूर हुई तब मैंने भी रणधीरसिंह का घर छोड़ दिया था।

पहिला : यह तो बड़ी अजीब बात तुम सुना रही हो! अच्छा तब क्या हुआ?

औरत : मैं तुरंत घोड़े पर से उतर पड़ी और जमना के पैर के साथ लिपट गई। वे दोनों भी घोड़े पर से उतर पड़ी और मुझे गले से लगा लिया। वहाँ बिलकुल ही सन्नाटा था, सड़क के दोनों तरफ़ जंगल था और बड़े-बड़े साखू, आसन तथा सलई के पेड़ लगे हुए थे। हम तीनों सड़क के किनारे होकर पेड़ों की आड़ में चली गई ओर देर तक बातें करती रहीं। बस उसी समय मुझे मालूम हुआ कि उन दोनों ने भी इन्द्रदेव से ऐयारी सीखी है।

पहिला : यह तो तुमने बड़ी बेढब बात सुनाई। मुझे नहीं मालूम था कि उन दोनों से तुम्हारी मुहब्बत है।

औरत : सो भला कैसे मालूम होता, इस बात का कभी जिक्र तो आया नहीं था। दूसरा : अच्छा तो क्या तुमने दयाराम वाला सब भेद उनसे कह दिया?

औरत : अभी नहीं, मैं ऐसा पसन्द नहीं करती कि काम अधूरा रहने पर किसी से ऐसा कठिन मामला कहूँ।

पहिला : मगर क्या तुम उन दोनों से यह भेद कहोगी?

औरत : सो मैं अभी नहीं कह सकती।

दूसरा : मगर नहीं। उन दोनों को उसका भेद नहीं कहना चाहिए, नहीं तो हम लोगों का मेहनत करना ही व्यर्थ हो जाएगा। तुम्हारे कहने ही से हम लोग इस मामले में उद्योग करने के लिए तैयार हुए हैं। यद्यपि इसके साथ-ही-साथ लालच का पल्ला भी हम लोगों ने पकड़ा हुआ है तथापि ईमानदारी का ख़याल भी हम लोगों के दिल से दूर नहीं हो सकता। इसलिए कदाचित् तुम्हारा यह विचार हो कि यह भेद अथवा खुशख़बरी जमना, सरस्वती या इन्द्रदेव से कहो तो हम लोगों की सिफारिश के साथ इस ढंग से कहो कि उन लोगों को हम लोगों से मदद लेने की ज़रूरत पड़े। और यदि ऐसा न कर सको तो आज ही हम लोगों को साफ-साफ जवाब दे दो, जो कुछ मेहनत कर चुके हैं उसी पर संतोष करेंगे।

औरत : **(मुस्कराती हुई)** नहीं-नहीं, हताश मत होवो, यदि मुझे ऐसा ही करना होता तो तुम लोगों को अपना साथी क्यों बनाती? तुम इस बात का विश्वास रखो। क्योंकि इस मामले में मुझे रुपये-पैसे की कुछ भी लालच नहीं है। मैं तो जो कुछ कह रही हूँ और जो तकलीफ़ उठा रही हूँ, वह सब जमना, सरस्वती और दयाराम की मुहब्बत के कारण है। तुम लोगों को भी यही उचित हैं कि जिसमें काम जल्दी हो वही उपाय करो और इस बात का ख़याल न करो कि किसी भी दूसरे को यह पेट न मालूम हो अथवा किसी भी दूसरे का हाथ इस मामले में न लगे, क्योंकि केवल तुम्हीं दोनों के भरोसे पर रह जाना यह नीति के विरुद्ध है, संभव है कि तुम दोनों की मेहनत का कोई अच्छा नतीज़ा न निकले और देर हो जाने के कारण दयाराम की जान पर आ बने...।

दूसरा : **(कुछ बिगड़कर और बात काटकर)** इतने दिन बीत गए दयाराम की जान पर नौबत न आई और अब महीने-पन्द्रह दिन की देर होने से उनकी जान चली जाएगी! यह भी कैसा ख़याल है? हाँ यह कहो कि तुम्हारा दिल ही डगमगा रहा है और हम लोगों पर तुमको भरोसा नहीं होता। मगर इस बात का ख़ूब समझ रखना कि ऐयार होने के अतिरिक्त जिस शहर में दयाराम है हम दोनों भी उस शहर के रहने वाले हैं। घर-घर का भेद जो हम लोगों को मालूम हो सकता है वह किसी दूसरे को मालूम नहीं हो सकता।

औरत : इसी से तो मैं तुम्हें मेहनत करने के लिए कह रही हूँ और समझती हूँ कि इस काम को तुम जल्द कर सकोगे।

दूसरा : नहीं, अगर ऐसा समझती तो किसी दूसरे आदमी का पुछल्ला हमारे साथ न लगाती और यह भेद किसी दूसरे के कहने का ही इरादा न करतीं। क्या इस बात का ध्यान तुम्हें नहीं है कि ज़्यादे आदमियों की इस बात की ख़बर हो जाने से धीरे-धीरे यह बात दुश्मन के कान तक भी पहुँच सकती है और दुश्मन चौकन्ना हो सकता है।

औरत : **(मुस्कराकर)** अगर इस बात का ख़याल न होता तो मैं इस काम में जल्दी क्यों करती?

पहिला : असल तो यह है कि तुम दिल का भाव छिपाकर बातें करती हो, तुम्हें उचित यही है कि अपना इरादा साफ जाहिर कर दो।

औरत : मैं अपने दिल का भाव तुमसे जरा नहीं छिपाती, इसका शक तो तुम अपने दिल से दूर कर दो और इरादे की जो कहते हो सो इरादा तो मेरा वही होता है कि यह भेद जमना, सरस्वती और इन्द्रदेव से कह दूँ जिसमें वे उस काम की धुन में लगें और तुम उनकी मदद करो।

दूसरा : मगर हम दोनों को यह बात पसन्द नहीं है।

औरत : **(कुछ सोचकर)** खैर पसन्द नहीं है तो जाने दो, तुम ही दोनों इस काम को कर डालो और दयाराम को खोज निकालो, मैं किसी और से इसका जिक्र नहीं करूँगी।

पहिला : अच्छा तो दयाराम के विषय में जो-जो बातें तुम्हें मालूम हो चुकी हैं वह सब हमें सुनाओ।

औरत : यह मामला कल पर रहने दो। इतना तो मैं कह चुकी हूँ कि फलाने शहर में दयाराम पड़े हुए हैं, बाकी और जो कुछ भेद की बातें मुझे मालूम होने वाली हैं उनका आज निश्चय करके तब कल तुमसे कहूँगी, तुम दोनों कल पुनः इसी समय इसी जगह आकर मुझसे मिलना।

दोनों : बहुत अच्छा, कल ज़रूर आवेंगे।

इतनी बातें होने के बद तीनों वहाँ से उठ खड़े हुए और अपने-अपने घोड़ों पर सवार होकर चले जाने की फिक्र करने लगे। भूतनाथ बड़ी फुर्ती और चालाकी से खिसकता

हुआ एक घनी झाड़ी के अंदर जा छिपा और जब वे लोग वहाँ से चले गए तो उसने उस औरत को छोड़कर दोनों मर्दों का पीछा किया जो बड़ी खुशी-खुशी आपस में बातें करते हुए धीरे-धीरे पश्चिम की तरफ़ जा रहे थे।

3

भूतनाथ ने जो कुछ बातें छिपकर सुनीं वह उसके लिए बड़े ही ताज्जुब की थी। हम इस जगह पर यह नहीं कह सकते कि इन बातों को सुनकर भूतनाथ के दिल की क्या अवस्था हुई अथवा इससे उसके दिल पर क्या असर पड़ा, हाँ इतना ज़रूर मालूम होता है कि इस समय भूतनाथ का दिल उसके काबू में नहीं है और वह बहुत ही बेचैन हो रहा है।

भूतनाथ इस फिक्र में था कि किसी तरह इन दोनों को गिरफ्तार करना चाहिए परन्तु इस समय वह किसी तरह ऐयारी नहीं कर सकता था क्योंकि जिनको वह गिरफ्तार किया चाहता था वे घोड़े पर सवार जा रहे थे और भूतनाथ अपनी असली सूरत में था इसलिए कोई अच्छी कार्रवाई करना बहुत कठिन था परन्तु इस मौके को वह छोड़ भी नहीं सकता था।

कई सायत तक वह खड़ा सोचता और उन दोनों सवारों की तरफ़ देखता रहा। इस बीच में उस कोई बात याद आ गई, वह झट से एक पेड़ के नीचे बैठ गया और जो कुछ उसे करना था बड़ी तेज़ी और फुर्ती के साथ किया अर्थात् बटुए में से नकाब निकालकर अपने चेहरे पर लगाई, इसके बाद एक शीशी निकाली जिसमें बहुत-सी गोलियाँ भरी हुई थीं, उनमें से एक गोली निकाल कर अपने मुँह में रखी और दो चिट्ठियाँ जो लिफाफे में बंद थीं और दो चाँदी की डिबियाएँ निकाल कर जेब में रखने के बाद बटुआ बंद कर उन दोनों सवारों का पीछा किया जो आपस में बातें करते हुए धीरे-धीरे चले जा रहे थे।

थोड़ी ही देर में भूतनाथ उन दोनों सवारों के पास पहुँचा और सामने रोक कर दोनों को सलाम किया, साथ ही जेब में डिबिया और चिट्ठी निकाल कर एक-एक डिबिया और एक-एक चिट्ठी दोनों के हाथ में देते हुए कहा, "एक औरत ने जो अभी-अभी **(हाथ का इशारा करके)** उस तरफ़ जा रही है ये चीज़ें आपको देने के लिए मुझे भेजा है और कहा कि बातचीत करने की धुन में यह डिबिया और चिट्ठी आप लोगों को देना मैं बिलकुल ही भूल गई थी।"

दोनों सवारों ने ताज्जुब के साथ भूतनाथ के हाथ से डिबिया और चिट्ठी ले ली और पूछा, "तुम कौन हो और उन्हें कहाँ मिले? वे तो वहाँ हम लोगों के पास अकेली ही आई थी!"

भूतनाथ : इसका जवाब देना मैं उचित नहीं समझता। जो कुछ काम मेरे सुपुर्द किया गया उसे पूरा कर चुका और जाता हूँ।

एक सवार : ठहरो, ठहरो, इस डिबिया और चिट्ठी को देख तो लेने दो, शायद कुछ जवाब देने की ज़रूरत पड़े।

भूतनाथ : बहुत अच्छा मैं ठहरता हूँ, आप देख लीजिए।

इतना कहकर भूतनाथ एक किनारे खड़ा हो गया और उन दोनों का तमाशा देखने लगा। उन्होंने पहिले तो डिबिया खोली और देखा कि उसमें नरम मोम की तरह कोई खुशबूदार चीज़ भरी हुई है। डिबिया खुलने के साथ ही उसके अंदर की खुशबू ने उन लोगों का दिमाग मुअत्तर कर दिया, यहाँ तक कि उन डिबियों को अच्छी तरह सूँघे बिना उनसे रहा न गया। इसके बाद डिबियाँ बंद करके जेब में रखीं और चिट्ठी खोल कर पढ़ने लगे।

उन चिट्ठियों में कुछ अजीब कुढंगे हर्फ लिखे हुए थे जो बिलकुल ही समझ में नहीं आते थे। समझ लेना चाहिए कि वे चिट्ठियाँ खाली बारीक लकीरों ही से भरी हुई थीं और केवल लोगों को धोखा देने के लिए भूतनाथ के बटुए में पड़ी रहा करती थी। चिट्ठी पढ़ते-पढ़ते उन्हें देर हो गई मगर फिर भी वे दोनों कुछ समझ न सके, आखिर एक ने भूतनाथ की तरफ़ देख के कहा, "यह आखिर क्या है?"

भूतनाथ : सो मैं क्या जानूँ!

एक : उसने क्या कहकर तुम्हें हमारे पास भेजा है?

भूतनाथ : कुछ भी नहीं, जो कुछ होगा उसी चिट्ठी में लिखा होगा।

दूसरा : यह चिट्ठी तो पढ़ी ही नहीं जाती!

भूतनाथ : तो मैं क्या करूँ?

पहिला : मालूम होता है कि तू हमसे चालाकी खेलता है!

भूतनाथ : शायद ऐसा ही हो।

इतना कहकर भूतनाथ कई कदम पीछे हट गया और गौर से उन दोनों की तरफ़ देखने लगा।

भूतनाथ के ढंग और उसकी बातों ने उन दोनों को क्रोधित कर दिया और उन्हें इस बात का शक हो गया कि हो-न-हो यह कोई ऐयार है क्योंकि डिबिया के अंदर की खुशबूदार चीज़ के सूँघने से उनके ऊपर धीरे-धीरे बेहोशी का असर होता जा रहा था। बातचीत करते-करते यद्यपि दोनों बेकार हो चुके थे तथापि क्रोध में भर अपने को रोक न सके और घोड़ा बढ़ाकर भूतनाथ पर हमला किया। पैंतरा बदलकर भूतनाथ ने उनका वार बचा लिया और इधर-उधर घूम-फिर कर उन दोनों के चक्कर लगाने और शरीर हिलाने का मौका दिया। कुछ ही देर बाद वे अपने को सँभाल न सके और दोनों बेहोश होकर ज़मीन पर गिर पड़े।

सबसे पहिले भूतनाथ ने दोनों घोड़ों पर कब्जा किया और उन्हें किनारे ने जाकर बागडोर के सहारे एक पेड़ के साथ बाँध दिया, इसके बाद बारी-बारी से उन दोनों

आदमियों को उठाकर घोड़े के पास ले गया। धीरे-धीरे बड़ी होशियारी मुस्तैदी के साथ भूतनाथ ने उन दोनों को घोड़ों पर रख कर बागडोर से बाँधा और दोनों घोड़ों की लगाम थामे हुए अपने घर का रास्ता लिया। इस समय वह अपनी कार्रवाई पर दिल-ही-दिल में खुश होता हुआ सोच रहा था कि 'कल इन दोनों के बदले में मैं अपने किसी शागिर्द को लेकर उस औरत से मिलूँगा और देखूँगा कि किस्मत क्या रंग दिखाती है।'

4

दूसरे रोज़ दोपहर दिन चढ़ने के बाद वह औरत पुनः उसी जंगल में उसी ठिकाने पहुँची और उन दोनों आदमियों को अपने पहुँचने के पहिले ही से वहाँ एक चट्टान पर बैठे पाया। उसे देखने के साथ ही एक ने कहा, "हम लोग बहुत देर से आपका इंतज़ार कर रहे हैं।"

औरत : मेरे आने में कुछ देर तो हुई नहीं।

एक : ज़्यादे नहीं मगर कुछ देर ज़रूर हुई।

औरत : (एक पत्थर पर बैठती हुई) शायद ऐसा ही हो।

दूसरा : खैर, सुनाइए क्या हाल है?

औरत : बस वही, जो कुछ कल मैं तुम लोगों को कह चुकी हूँ उससे ज़्यादे कोई काम की बात मालूम न हुई, सिर्फ़ उतने ही से काम चलाना होगा।

पहिला : क्या आप निश्चित रूप से कह सकती हैं कि दयाराम फलानी जगह और फलाने की क़ैद में है?

औरत : जो कुछ मैंने कहा है उसमें किसी तरह का शक मत करो और विश्वास रखो कि दयाराम दारोगा साहब के कब्जे में है। चाहे दारोगा साहब ने उन्हें अपने घर में क़ैद रख छोड़ा हो या अपने किसी दोस्त के घर में, मगर वे हैं निश्चित रूप से दारोगा ही के कब्जे में।

एक : खैर, कोई चिंता नहीं, समझ लिया जाएगा, अच्छा इस विषय में कुछ कह सकती हो कि राजसिंह के यहाँ से निकल कर दारोगा के कब्जे में दयाराम क्योंकर जा फँसे?

औरत : इसका हाल मुझे कुछ भी नहीं मालूम है। राजसिंह के लड़के ध्यानसिंह ने जो चिट्ठी भूतनाथ को लिखी थी उसमें क़ैदखाने की तसवीर दिखाने के अतिरिक्त केवल इतना ही लिखा है कि-'बेशक् मेरे बाप ने दयाराम को पकड़ा था मगर वह अपनी सज़ा को पहुँच गया। भूतनाथ और दलीपशाह ने धोखा खाया। असल में दयाराम को जमानिया के दारोगा ने गिरफ्तार कर लिया। दयाराम अभी तक जीते हैं और जीते रहेंगे। दयाराम को अपने कब्जे में रख कर दारोगा अपना मतलब भूतनाथ से निकालने की इच्छा रखता

है। भूतनाथ, सँभालो और इस भेद को जानो। इस ख़बर के बदले में मैं तुमसे मित्रता की भिक्षा माँगता हूँ। बस इतना ही मजमून लिखा था।'

पहिला : (**मुस्कराता हुआ**) मानो अक्षर-अक्षर तुमने याद कर रखा है!

औरत : बेशक् ऐसा ही है, मैंने कोई शब्द कम या ज़्यादे नहीं कहा है।

दूसरा : (**मुस्कराता हुआ**) ध्यानसिंह अब गदाधरसिंह से दोस्ती करना चाहता है।

औरत : भूतनाथ का आजकल पता नहीं लगता, अगर ठिकाना मालूम होता तो वह चिट्ठी भूतनाथ के पास पहुँच गई होती और भूतनाथ ध्यानसिंह से मिलकर न मालूम क्या कर चुका होता।

पहिला : अब इस समय वह चिट्ठी किसके पास है?

औरत : सो तो मैं नहीं कह सकतीं क्योंकि मैं अपनी जान बचाकर सब काम किया चाहती हूँ। अच्छा अब तो रही-सही बात भी मैंने तुमसे कह दी अस्तु जिस तरह बन पड़े तुम दयाराम का पता लगाओ और टोह लेते हुए बीच-बीच में बराबर मुझसे मिलते भी रहो।

पहिला : तुम्हारा ठिकाना कहाँ रहेगा और हम लोग कहाँ पर तुमसे मिला करें। इस बात का जवाब उस औरत ने कुछ भी दिया बल्कि किसी गौर में पड़ कर आश्चर्य से उस आदमी का मुँह देखने लगी। सबब इसका यह था कि कल जिन दो आदमियों से इस औरत ने बातचीत की थी वे इसका पता अच्छी तरह जानते थे मगर इस समय इससे बातें करने वाले असल में वे दोनों नहीं है बल्कि आज वह भूतनाथ और उसके शागिर्द से बातचीत कर रही है। भूतनाथ को उसका ठिकाना मालूम न था इसलिए वह भूल कर ऐसा सवाल कर बैठ, जिससे वह औरत तुरंत समझ गई कि यह कोई दूसरा ऐयार है। वह इस भेद को खोला और कुछ कहा ही चाहती थी कि उसे एक ख़याल ने ऐसा करने से रोक दिया। उसके दिल में यह बात पैदा हो गई कि अगर वास्तव में कोई दूसरा ऐयार है तो मेरे चौंकने और जाहिर कर देने से मेरा दुश्मन बन जाएगा और शायद मुझे गिरफ्तार भी कर ले, मैं औरत की जात इस समय बिलकुल बेबस और अकेली हूँ और ये दो आदमी हैं। यह सोच कर वह चुप हो रही और अपना चेहरा इस ढंग का बना लिया मानों कुछ गौर कर रही है। कुछ देर बाद उसने उस आदमी से कहा, "अभी तक मेरा ठिकाना कोई निश्चित नहीं हुआ मगर हाँ कल तक यह बात भी तय हो जाएगी। तुम एक दफ़े और तकलीफ़ करो और परसों पुनः मुझसे इसी जगह मिलो, मैं अपने ठिकाने का हाल तुमसे कह दूँगी तथा और भी जो कुछ भेद इस बीच में मालूम होगा वह भी बयान करूँगी।" इतना कह वह औरत जाने के लिए तैयार हो गई और उसे मुस्तैद देखकर वे दोनों आदमी भी उठ खड़े हुए तथा अपने-अपने घोड़ों की तरफ़ बढ़े।

हमारे पाठक ज़रूर ही समझ गये होंगे कि उस औरत से बातें करने वाले दोनों आदमियों में से एक भूतनाथ और दूसरा उसका शागिर्द था। वहाँ से रवाना होने और कुछ दूर निकल जाने के बाद भूतनाथ और उसके शागिर्द से इस तरह दो-चार बातें हुई-

भूतनाथ : मेरे लिए इतना ही मालूम हो जाना काफी है कि दयाराम जीते-जागते और दारोगा के कब्जे में है तथा ध्यानसिंह मुझे खोजता और मुझसे दोस्ती किया चाहता है।

शागिर्द : बेशक् इतना काफी है। बातें तो कुछ और भी ज़रूरी मालूम होती मगर आखिर में एक सवाल जरा भूँड़ा पड़ जाने से वह समझ गई कि हम दोनों कोई दूसरे ही हैं।

भूतनाथ : बेशक् उस सवाल में मुझसे भूल हो गई और उसे शक पड़ गया। मैंने सिर्फ़ इस ख़याल से वह सवाल किया था कि उसका पता मालूम हो जाय तो मैं और भी कोई काम निकाल सकूँ और मगर खैर जितना मालूम हुआ उतना ही बहुत है। पहिले तो मेरे जी में आया कि उसे पकड़ लूँ परन्तु कई बातों को सोच कर रह गया।

शागिर्द : नहीं, उसको गिरफ्तार कर लेना ठीक न होता।

इसके बाद चलते-चलते उन दोनों में जो कुछ बातें हुई वे ऐसी न थीं कि लिखी जायें।

वह औरत जब वहाँ से रवाना हुई तो उसका चेहरा बहुत उदास और सुस्त था। उसे इस बात का बड़ा ही दुःख था कि उसका भेद किसी दूसरे ऐयार को मालूम हो गया। उसे भूतनाथ का डर बहुत ही ज़्यादे लगा रहता था। क्योंकि उसको विश्वास था कि अगर यह भेद भूतनाथ को मालूम हो जाएगा तो दयाराम की जान किसी तरह न बचेगी अस्तु वह तरह-तरह की बातें विचारती हुई जमना और सरस्वती से मिलने की नीयत करके इन्द्रदेव के मकान की तरफ़ तेज़ी के साथ रवाना हुई। उसे यह बात मालूम थी कि इन्द्रदेव आजकल 'कैलाश-भवन' में रहते हैं और जमना तथा सरस्वती से उसी मकान में मुलाकात होगी।

रात दो घंटे से ज़्यादे बीत गई होगी जब वह औरत कैलाश-भवन के दरवाज़े पर पहुँची। पहरेदार की जबानी इत्तिला कराने पर वह अंदर बुला ली गई और मामूली जाँच के बाद उस जगह पहुँचाई गई जहाँ जमना, सरस्वती और इन्दुमति रहती थीं। देखने के साथ ही जमना, सरस्वती ने उसे बड़े प्यार से अपने पास बैठाया और पूछा, "कुछ पढ़ती है?" जिसके जवाब में उसने कहा, "हाँ, महाभारत पढ़ने लगी हूँ!"

यह एक गुप्त इशारा था जो इसके पहिले वाली मुलाकात में जमना और सरस्वती ने इसे सिखाया था और कहा था कि 'मुलाकात होने पर मेरे सवाल के जवाब में जब तू ऐसा कहेगी तब मैं समझूँगी कि यह वास्तव में छन्नो' है। ऊपर के बयान में यह अपने दोनों साथियों से कह चुकी है कि जमना और सरस्वती से उसी मुलाकात हो चुकी है।

छन्नो : (जमना और सरस्वती से) कहो मिजाज़ तो अच्छा है?

सरस्वती : मेरा मिजाज़ अच्छा है या बुरा सो क्या तुमसे छिपा है!

छन्नो : छिपा तो नहीं है और मैं सब कुछ जानती भी हूँ परन्तु फिर और कुछ नहीं तो शारीरिक अवस्था का कुशल तो पूछना ही पड़ता है।

सरस्वती : मनुष्य की शारीरिक अवस्था भी आंतरिक अवस्था के ही अधसीन है। जिसकी अंतरात्मा प्रसन्न है उसका शरीर भी सबल और पुष्ट रहता है और जिसकी अंतरात्मा दुखी है उसका शरीर बिना रोग के भी सदैव रोगी रहता है। मेरी अंतरात्मा का हाल तुझसे छिपा नहीं है और जो कुछ छिपा था सो भी उस दिन मुलाकात होने पर मैंने तुझसे दिल खोल कर कह दिया। अब तो मेरी प्रसन्नता का कारण भी मेरे पास नहीं रह गया है जिससे इस बात की आशा हो कि मुझे भी किसी दिन प्रसन्न होने और दिल खोलकर हँसने का मौका मिलेगा सिवाय इसके कि दुश्मन पर फतह पाऊँ और उसे अर दुखी देख कुछ काल के लिए अपने को सुखी मानूँ।

छन्नो : नहीं-नहीं, ऐसा नहीं सोचना चाहिए, उस महामाया की माया का अन्त नहीं है, और न कोई बात उसके लिए कठिन है। अगर इतने दिन तक तुम दोनों को विधवा रख के वह आज सधवा बना दे तो यह भी उसके लिए कुछ दूर नहीं।

जमना : क्यों छन्नो, क्या तू हम लोगों से दिल्लगी करती है, या हम लोगों के पाप की कोई बात तूने सुनी है!

छन्नो : **(दाँत तले जबान को दबाकर)** राम राम राम! भला ऐसी भी कोई बात है कि मैं तुम दोनों को व्यभिचारिणी समझे सो इस तरह की गंदी दिल्लगी करूँ। ऐसा कभी ख़याल भी न करना। बात यह है कि मैं तुम दोनों को तुम्हारे पति के अभी तक जीते रहने की मुबारकबाद देती हुई खुशख़बरी सुनाने के लिए तैयार हूँ और इसीलिए इस ढंग से बातें कर रही हूँ।

दोनों : यह दूसरी दिल्लगी है!

छन्नो : मैं तुम्हारी ही कसम खाकर कहती हूँ कि तुमसे झूठ नहीं बोलती ओर यही सच्ची ख़बर सुनाने के लिए मैं तुम्हारे पास इस समय आई हूँ।

जमना : क्या तू ईश्वर और धर्म की ही कसम खाकर ऐसा कह सकती है?

छन्नो : कहती हूँ कि इसका पूरा-पूरा सबूत पाकर ही मैं तुम्हें ख़बर देने के लिए आई हूँ, परन्तु वह ख़बर सुना देने के बाद मैं नहीं कह सकती कि दुश्मनों के हाथ से जीती बचूँगी या नहीं क्योंकि जब मेरे दुश्मनों और उनके साथियों को यह बात मालूम हो जाएगी कि मैंने उनसे अलग होकर यह भेद तुमसे कह दिया है तब वे मुझे जान से मार डालने के लिए कोई बात उठा न रखेंगे। खैर मुझे अपने मरने की भी चिंता नहीं, अगर चिंता है तो केवल इतनी ही कि मैं अपनी ज़िंदगी में तुम दोनों को प्रसन्नता के साथ तुम्हारे पति के पास बैठी हुई देख लूँ।

छन्नो की बातों ने जमना और सरस्वती के दिल में प्रसन्नता के साथ-ही-साथ एक अजीब तरह की खलबली पैदा कर दी। मारे खुशी के रोमांच होकर उनका कंठ रुद्ध हो गया और बड़ी मुश्किल से अपने को सँभाल कर उन्होंने छन्नो की बात का जवाब दिया-

जमना : अगर वे जीते हैं तो कहाँ और किस अवस्था में हैं?

छन्नो : जमानिया के दारोगा ने उन्हें क़ैद कर रखा है मगर किस अवस्था में हैं सो नहीं कह सकती।

जमना : यह तुझे कैसे मालूम हुआ?

छन्नो : खुद मेरी मौसेरी बहिन निरंजनी ने इस बात का पता लगाया है। इस काम में भी उसके साथ थी और साथ देना चाहती थी मगर जब मैंने देखा कि निरंजनी का दिल बेईमान हो गया और वह दयाराम जी को खोज निकालने के साथ-ही-साथ स्वयं जमना या सरस्वती बनकर उनके साथ सुख किया चाहती है तब मैंने उसका साथ छोड़ दिया और तुम्हें यह बताने के लिए आई हूँ कि तुम अपनी रक्षा करने के साथ-ही-साथ स्वयं उन्हें निरंजनी के पहिले ही क़ैद से छुड़ा लो और इस तरह निरंजनी को अपने ऊपर अहसान जताने का भी मौका मत दो। इन्द्रदेव जी की मदद पाकर तुम दोनों जो कुछ कर सकती हो वह निरंजनी को कदापि नसीब नहीं हो सकता। तुम इन्द्रदेव जी को यहाँ बुलाओ या अपने साथ मुझे उनके पास ले चलो। मैं सब हाल उनके सामने ही बयान कर दूँगी जिसमें दोहराने की नौबत न आवे और काम में देर न हो।

इतना सुनते ही जमना और सरस्वती उठ खड़ी हुई और छन्नो का हाथ थामे हुए इन्द्रदेव के पास रवाना हुई जो इस समय संध्योपासना से निवृत्त होकर अपने एकांत में कमरे में बैठे हुए कुछ लिख रहे थे।

इन्द्रदेव इन तीनों को देखकर प्रसन्न हुए और बैठने का इशारा करके बोले, "मैं इस समय तुम तीनों को बुलाने वाला ही था। (**छन्नो की तरफ़ देखकर**) यह क्या दयाराम के अभी तक जीते रहने की ख़बर लेकर आई है?"

जमना : (**बड़े ही आश्चर्य के साथ**) जी हाँ, ऐसा ही है, आपको यह बात कैसे मालूम हुई?

इन्द्रदेव : अभी तुरंत ही मुझे इस बात की ख़बर लगी है और मालूम हुआ है कि वे अभी तक दारोगा की क़ैद में पड़े हुए हैं, परन्तु मैं यह नहीं कह सकता कि यह ख़बर कहाँ तक सच है!

छन्नो : बेशक् यह ख़बर सच है और मैं इसका पूरा-पूरा सबूत आपको दूँगी।

इन्द्रदेव : अगर यह ख़बर सच है तो इससे बढ़ कर कोई खुशी मेरे लिए नहीं हो सकती, बैठो और खुलासा हाल बयान करो।

जमना : क्या आपको आपके किसी शागिर्द ने यह ख़बर दी है?

इन्द्रदेव : हाँ, कल छन्नो एक जंगल में बैठी हुई दो ऐयारों से इसी विषय में बातचीत कर रही थी और मेरा एक शागिर्द उसी जगह छिपा सब बातें सुन रहा था एक तरफ़ भूतनाथ भी छिपा हुआ वह सब बातें सुन रहा था...

छन्नो : **(बात काटकर)** क्या भूतनाथ ने वे सब बातें सुन लीं और उसे भी दयाराम जी के जीते रहने की ख़बर लग गई?

इन्द्रदेव : हाँ, उसे सब बातें मालूम हो गई मगर कोई चिंता नहीं, अब तुम्हारे कहने से मुझे विश्वास हो गया और मैं होशियार हो गया हूँ। मेरे सामने उसकी कोई कार्रवाई चल न सकेगी चाहे वह नेकनीयती के साथ करे या बदनीयती के साथ। भैया राजा का कथन तो यही है कि अब भूतनाथ किसी प्रकार की बुराई न करेगा, उसकी नीयत साफ हो गई, परन्तु मुझे उस पर अभी तक विश्वास नहीं होता। **(छन्नो से)** तुम्हें यह सुनकर आश्चर्य मालूम होगा कि उस एकांत जंगल में तुम लोगों की बात सुनने के लिए मेरा शागिर्द क्योंकर जा पहुँचा!

छन्नो : बेशक् यह आश्चर्य की बात है।

इन्द्रदेव : तो मैं यह कहकर तुम्हारा आश्चर्य दूर करे देता हूँ कि मेरा शागिर्द आज महीने-भर से तुम्हारे और निरंजनी के पीछे लगा हुआ है। इसका सबब यह है कि जमना और सरस्वती ने राजसिंह के कुल का अपने हाथ से सत्यानाश करने का प्रण किया है जो दयाराम को गिरफ्तार कर ले गया था। यद्यपि यह बात मुझे पसन्द नहीं है तथापि इन दोनों की खातिर मुझे सब कुछ करना ही पड़ता है और इसीलिए आजकल मेरे दो शागिर्द राजसिंह के इलाके में और उसके घर के इर्द-गिर्द कई बातों की टोह लगाने के लिए घूमा करते हैं। किसी कारणवश राजसिंह के लड़के ध्यानसिंह को इस बात की ख़बर लग गई कि आजकल कई ऐयार उसके इलाके में घूम रहे हैं जिससे वह चैतन्य हो गया और डर के मारे उसने घर से निकलना तक भी बंद कर दिया। साथ ही इसके वह गदाधरसिंह को दोस्त बनाने की फिक्र करने लगा यह सोच कर कि वह जमना और सरस्वती का दुश्मन है। इसी बीच में तुम्हारी बहिन निरंजनी ने अपने ऐयारों के साथ वहाँ पहुँचकर उसकी लड़की को हर लिया और उसे क़ैद करके अपने घर ले गई। मेरे शागिर्द ने मुझे इस बात की इत्तिला दी और मैं स्वयं इस बात की जाँच में ले गया मगर जमना और सरस्वती को मैंने इस बात की ख़बर नहीं दी और उसके आगे का भेद मालूम करने लगा। काशी के जिस मकान में आजकल तुम और निरंजनी रहती हो वह मकान मेरा ही है। मेरे शागिर्द ने निरंजनी के एक ऐयार को गिरफ्तार कर लिया और खुद उसकी सूरत बन निरंजनी के साथ रहने लगा। उसी ने बातें बना कर और बहुत-कुछ ऊँच-नीच समझाकर मेरा मकान जिसमें मेरे नौकर-चाकर रहा करते थे और निरंजनी को इस बात की कुछ भी ख़बर न थी, खाली करा कर थोड़े किराये में निरंजनी को दिलवा दिया और तुम

लोगों ने उसी मकान में आकर डेरा डाला, तथा ध्यानसिंह की लड़की को भी निरंजनी ने उसी मकान में ले जाकर क़ैद किया। इसके बाद निरंजनी ने अपने ऐयारों की मदद से जिनमें मेरा शागिर्द भी शामिल था ध्यानसिंह के उस आदमी को मार डाला जो ध्यानसिंह की चिट्ठी लेकर भूतनाथ की खोज में जा रहा था। उस चिट्ठी के साथ दयाराम के क़ैद के विषय में एक नक्शा भी था। मेरे शागिर्द ने उस नक्शे और चिट्ठी को अच्छी तरह देखा और पढ़ा था। जब मेरे शागिर्द ने इस सब बातों की मुझे ख़बर दी तब मैंने गुप्त राह से वहाँ पहुँचकर उस लड़की को क़ैद से छुड़ाया। आज ही वह लड़की यहाँ लाई गई है। इस समय मैं जमना और सरस्वती से उसकी मुलाकात कराने वाला था, पर खैर इससे अब तुम समझ गई होगी कि मेरा वह शागिर्द अभी तक तुम लोगों के पीछे लगा हुआ है और इसी सबब से उसने उस जंगल में पहुँच कर तुम्हारी सब बातें सुन ली थीं।

इन्द्रदेव की बातें सुनकर छन्नो हैरान हो गई और उसने हाथ जोड़ कर इन्द्रदेव से कहा, "आप धन्य हैं! आपकी बुद्धिमानी का कोई हद-हिसाब नहीं। मैं तो यही समझे हुई थी कि मैं यह खुशख़बरी आपको सुनाऊँगी मगर अब मालूम हुआ कि आप इस विषय में मुझसे कहीं ज़्यादा जानकार हैं जिससे मुझे अब अपनी कार्रवाई पर शर्म आती है।"

इन्द्रदेव : नहीं-नहीं, इसमें शर्म की कोई बात नहीं, मैं इस बात से बहुत प्रसन्न हूँ कि तुमने नेकनीयती के साथ यहाँ आकर इन सब बातों की जमना और सरस्वती को इत्तिला दी और इसे सुनकर मुझे अपने शागिर्द की बातों पर और भी विश्वास हो गया। अच्छा अब कहो कि तुमने यहाँ आकर जमना और सरस्वती को क्या बातें सुनाई? इन्द्रदेव की बातें सुनकर जमना और सरस्वती बहुत ही प्रसन्न हुईं तथा छन्नो ने भी जो कुछ मालूम था सब हाल इन्द्रदेव से बयान किया और अब भविष्य में क्या करना चाहिए इस विषय में राय पूछी।

हमारे प्रेमी पाठक भी अब इस बात को समझ गये होंगे और न समझे हों तो अब समझ जाए कि निरंजनी ने जिस लड़की को उस लोहे वाले जंगल में क़ैद कर रख था वह ध्यानसिंह की ही लड़की थी और जो उस क़ैदखाने में उसका मददगार बनकर पहुँचा था **(अथवा ज़मीन के अंदर से निकला था)** वह इन्द्रदेव थे। इसके बाद उन सभों में फिर इस तरह बातचीत होने लगी-

सरस्वती : **(इन्द्रदेव से)** तो क्या वास्तव में अभी तक वे जीते हैं।

इन्द्रदेव : मालूम तो ऐसा ही होता है, ईश्वर करे यह बात सच निकले और मैं उन्हें छुड़ाकर तुम लोगों के पास ला सकूँ। **(छन्नो से)** इस भेद को अब तुम बहुत गुप्त रखना जिससे दारोगा के कान तक यह बात पहुँचने न पावे।

छन्नो : जी नहीं, अब मैं इस विषय में किसी से भी बातचीत न करूँगी।

इन्द्रदेव : और तुम अब कुछ दिनों तक हमारे इस मकान से बाहर भी न जाना।

छन्नो : जो आज्ञा।

इन्द्रदेव : अभी तक मैंने ध्यानसिंह की लड़की से कुछ विशेष बातचीत नहीं की है अस्तु उसे बुलवाता हूँ। तुम उससे बातचीत करो और मैं भी उससे पूछकर देखता हूँ कि इस विषय में और क्या-क्या बातें बताती हैं।

छन्नो : ज़रूर बुलवाना चाहिए। अच्छा यह तो बताइए कि निरंजनी का वह ऐयार जिसे आपके शागिर्द ने पकड़ लिया था अब कहाँ है?

इन्द्रदेव : वह मेरे कब्जे में है, उसे अभी तक इस बात का ज्ञान नहीं हुआ है कि उसे किसने गिरफ्तार किया या वह किसके मकान में है और भविष्य में भी उसे इस बात की ख़बर न होगी क्योंकि वह बेहोश करके किसी जंगल-मैदान में छोड़ दिया जाएगा जहाँ से वह तुम्हारी बहिन निरंजनी के पास पहुँच जाएगा। आज ही उसे भी रिहाई देने की मेरी इच्छा है।

इतना कहकर इन्द्रदेव उठे और बाहर जाकर उन्होंने अपने किसी आदमी को हुक्म दिया कि ध्यानसिंह की लड़की को यही ले आये। थोड़ी ही देर में वह लड़की वही आ पहुँची जहाँ जमना, सरस्वती, छन्नो और इन्द्रदेव बैठे बातें कर रहे थे।

इस लड़की की सूरत-शक्ल के विषय में कुछ थोड़ा-सा हम निरंजनी के बयान में लिख आए हैं, यहाँ पुनः लिखने की कोई ज़रूरत नहीं जान पड़ती। यहाँ केवल इतना ही लिख देना काफी होगा कि अभी तो उसके चेहरे पर से उदासी और घबराहट दूर नहीं हुई। इसका विशेष कारण तो यह जान पड़ता है कि वह बेचारे वहाँ भी क़ैद थी और यहाँ भी अपने को क़ैदी ही समझती थी।

इन्द्रदेव की आज्ञा पाकर वह लड़की जिसका नाम ज्वाला था बैठ गई। तब इन्द्रदेव ने उससे कहा, "बेटी, मैं तुझे कई दफ़े कह चुका हूँ कि तू अपने दिल से डर और उदासी को दूर कर दे, मेरे यहाँ तुझे किसी तरह की भी तकलीफ़ न होगी, मगर फिर भी न-मालूम क्यों तुझे मेरी बातों का विश्वास नहीं होता।"

ज्वाला : मुझे आपकी बातों का पूरा विश्वास है, मुझे आपका बहुत भरोसा है, आप मेरे बहुत आड़े वक्त में काम आए हैं और आपने मेरी रक्षा की है। मैंने निरंजनी के घर में जो-जो तकलीफ़ें उठाई हैं वह मेरा ही जी जानता है। अगर आप मेरी सहायता न करते तो न-मालूम मुझे और भी क्या-क्या तकलीफ़ें झेलनी पड़ती या मैं जीती भी रहती या नहीं, परन्तु अब मुझे सिवा अपने घर पहुँचने के और किसी बात की फिक्र नहीं है।

इन्द्रदेव : मैं तुझसे इस बात का भी वादा कर चुका हूँ कि तुझे बड़ी इज्ज़त के साथ तेरे घर पहुँचा दूँगा।

ज्वाला : निःसन्देह आपने वादा किया है, आपकी बात कदापि झूठ नहीं हो सकती, **(छन्नो की तरफ़ देख के)** पर इनको देख के में इस समय पुनः डर गई हूँ क्योंकि इन्हें निरंजनी के साथ देख चुकी हूँ। यद्यपि इनके हाथ से मुझे किसी तरह की तकलीफ़ नहीं

हुई बल्कि मार-पीट के समय इन्होंने मेरी सिफारिश ही की थी और मुझे बचाया भी था परन्तु फिर भी...

इन्द्रदेव : तेरा विचार ठीक है और ये उचित ही है मगर मैं तुझे ज़ोर देकर कहता हूँ कि इससे डरने की तुझे कोई ज़रूरत नहीं। इसके और निरंजनी के मिजाज़ में उल्टे-सीधे का फर्क है। निरंजनी की बुरी नीयत देखकर इसने निरंजनी का साथ छोड़ दिया और अब मेरे घर में **(जमना और सरस्वती की तरफ़ इशारा करके)** इन दोनों के पास चली आई है क्योंकि वह लड़कपन ही से इन दोनों के साथ प्रेम और सच्चाई के साथ रहती आई है। तू इन दोनों को नहीं पहिचानती और अभी मैं बताऊँगा भी नहीं कि ये दोनों कौन हैं पर इस बात के लिए तुझे दुःख न मानना चाहिए। इतना मैं तुझे ज़ोर देकर कहूँगा कि इन दोनों से भी तुझे डरना न चाहिए और इससे तो जिसका नाम छन्नो है, कदाचित् तुझे मालूम हो, सिवाय भलाई के बुराई के उम्मीद ही मत कर। इसे मैं आज से नहीं बल्कि बहुत दिनों से जानता हूँ, अगर ऐसा न होता तो इस पर विश्वास करके आज मैं इसे अपने घर से कदापि न आने देता।

ज्वाला : आपके कहने से मैं बिलकुल बेफिक्र हो गई परन्तु यह जानने की इच्छा ज़रूर है कि **(जमना और सरस्वती की तरफ़ इशारा करके)** ये दोनों कौन हैं और ये छन्नो यहाँ क्यों आई हैं?

इन्द्रदेव : मैं पहिले ही कह चुका हूँ कि इन दोनों का भेद अभी मैं तुझसे न कहूँगा, हाँ यदि तू कुछ दिन यहाँ रह गई तो तुझसे कुछ छिपा भी न रहेगा। छन्नो यहाँ दयाराम का समाचार लेकर आई है जिसका भेद जानने के लिए ही निरंजनी ने तुझे गिरफ्तार किया था। तुझे यह बात अभी मालूम न हुई होगी कि निरंजनी ने तेरे बाप के एक सिपाही को मार कर एक चिट्ठी, जिसके साथ और भी कई चीज़ें थीं, ले ली जो कि तेरे बाप ने भूतनाथ के पत्स उससे दोस्ती करने के इरादे से भेजी थी और उसी से दयाराम का पूरा हाल निरंजनी को मालूम हो गया है।

ज्वाला : यह हाल मुझे मालूम नहीं है, हाँ, दयाराम जी के विषय में मैं बहुत-कुछ निरंजनी को बता चुकी हूँ। मेरे पिताजी को बहुत दिनों तक इस बात की कुछ ख़बर न लगी कि उनके घर में से दयाराम को कौन चुरा ले गया। अभी हाल ही में इस बात का पता लगा है कि यह काम जमानिया के दारोगा ने किया है और अभी तक दयाराम जी उसी के घर में है। **(हाथ जोड़कर)** मेरे दादा की तरह निःसन्देह मेरा पिता भी इस मामले में दोषी है परन्तु मैं बिलकुल ही बेकसूर हूँ। यदि मैं किसी योग्य होती तो पिता के घर में कदापि न रहती और न उसके साथ ही अपनी भी बेइज्ज़ती कराती।

इन्द्रदेव : बेशक् यही बात है और अब भी तुझे यही राय दूँगा कि पिता के घर का नाम छोड़ दे क्योंकि तेरा पिता ताज्जुब नहीं कि किसी दिन अपने कर्मों का फल इसी जीवन में पा जाय, ऐसी अवस्था में तुझे वहाँ बड़ी तकलीफ़ होगी।

ज्वाला : तकलीफ़ क्या मैं बिलकुल ही बेइज्ज़त हो जाऊँगी और किसी काम के लायक न रहूँगी। अब तो मैंने आप ही को अपना पिता और ईश्वर दोनों ही मान लिया है। आप जो आज्ञा देंगे वही करूँगी। मैं अपने घर का यदि कुछ ख़याल करती हूँ तो केवल अपनी माँ की मुहब्बत से।

इन्द्रदेव : ठीक है और अगर ईश्वर चाहेगा तो तू अपनी माता से भी किसी अच्छे मौके पर मिला दी जाएगी। यदि तेरी माता को यह बात मालूम होगी कि तू इतने दिनों तक इन्द्रदेव के यहाँ रही है तो वह कदापि तुझसे असंतुष्ट न होगी और न तेरी इज्ज़त या चाल-चलन में किसी तरह का फर्क मानेगी।

ज्वाला : निःसन्देह ऐसा ही है, आपके यहाँ रहने में मेरा किसी प्रकार का नुकसान नहीं।

इन्द्रदेव : **(जमना, सरस्वती और छन्नो से)** अब तुम लोग इस लड़की को अपने साथ ले जाओ और इसे अपनी लड़की समझकर खातिर के साथ अपने साथ रखो। **(ज्वाला से)** इन तीनों के साथ तू बेफिक्री के साथ रह कर ईश्वर से शुभ दिन की प्राप्ति की प्रार्थना कर, साथ ही दयाराम के विषय में जो कुछ ये तीनों पूछें उसके बयान में किसी प्रकार का संकोच मत कीजियो।

ज्वाला : जो आज्ञा।

इसके बाद जब वहाँ से उठने की तैयारी हुई तब छन्नो ने इन्द्रदेव की तरफ़ देखकर कहा, "एक बात मैं आपसे कहना भूल गई।"

इन्द्रदेव : वह क्या?

छन्नो : आपको मालूम ही होगा कि भूतनाथ से और नागर से दोस्ती है।

इन्द्रदेव : हाँ, मैं इस बात को बख़ूबी जानता हूँ।

छन्नो : इसलिए भूतनाथ अपने हाल-चाल की चिट्ठी जिसमें बहुत-सी भेद की बातें रहती हैं बराबर नागर को लिखा करता है। निरंजनी अनाथ के हाथ की लिखी हुई बहुत-सी चिट्ठियाँ नागर से मँगनी माँग लाई है और उनसे भूतनाथ के भेद जान कर उस पर अपना रोआब जमाना चाहती है। अभी तक वे चिट्ठियाँ निरंजनी के पास ही मौजूद हैं।

इन्द्रदेव : अच्छा किया जो तूने यह हाल मुझे बता दिया, अगर हो सका तो इस विषय में भी कार्रवाई करूँगा। अच्छा अब तुम लोग जा कर आराम करो।

5

दयाराम को खोज निकालने की धुन से तीन आदमी अपने-अपने स्थान से बाहर निकले। निरंजनी को दारोगा साहब से नागर की बदौलत कुछ घनिष्ठ संबंध था और

नागर निरंजनी को बहुत प्यार करती थी अस्तु निरंजनी पहिले नागर ही के घर की तरफ़ रवाना हुई। भूतनाथ यद्यपि दारोगा से कुछ लड़ गया था परन्तु उसे इतना ज़रूर विश्वास था कि यदि मैं दारोगा के घर उसका दोस्त बनकर जाऊँगा तो वह मेरी खुशामद करने के लिए तैयार मिलेगा और चाहेगा कि मुझे किसी तरह अपना दोस्त बनावे, इसलिए वह दारोगा से मिलने के लिए अपनी असली सूरत में जमानिया की तरफ़ रवाना हुआ। इन्द्रदेव से दारोगा निःसन्देह डरता था और यह बात इन्द्रदेव को मालूम थीं परन्तु इन्द्रदेव को विश्वास था कि यदि मैं दयाराम के विषय में दारोगा से कुछ कहूँगा तो वह ज़रूर अनजान बन कर इनकार कर जाएगा और कहेगा कि उनके बारे में मैं कुछ नहीं जानता, इस ख़याल से इन्द्रदेव ने दारोगा को अपने घर ही बुला कर कुछ कार्रवाई करना मुनासिब समझा और अपने ररक सवार को चिट्ठी देकर दारोगा के पास रवाना किया जिसमें यह मजमून लिखा हुआ था-

"मेरे परम प्रिय गुरुभाई,

पत्र देखते ही हज़ार काम छोड़ कर मेरे पास चले आइए। मैं खुद आपसे मिलने के लिए आता परन्तु अपने स्वास्थ्य के बिगड़ जाने से बिलकुल लाचार हो रहा हूँ, नहीं तो आपको कष्ट न देता। यदि किसी कार्यवश महाराज भी आपको रोकें तो उनसे मेरी तरफ़ से क्षमा-प्रार्थना करना परन्तु आने में विलंब न करना।

आपका-इन्द्रदेव।"

इस पत्र को लेकर सवार तेज़ी के साथ जमानिया की तरफ़ रवाना हुआ और इन्द्रदेव दारोगा के आने का इंतज़ार करने लगे।

तीसरे दिन संध्या के समय दारोगा साहब इन्द्रदेव के घर पहुँचे और उन्होंने बड़ी खातिर से दारोगा को अपने कैलाश-भवन के एक सुन्दर कमरे से उतारा जो उस मकान या खंड से बिलकुल ही निराले में पड़ता था जिसमें इन्द्रदेव की गृहस्थी और जमना, सरस्वती तथा इन्दुमति वगैरह रहती थी।

खातिरदारी से छुट्टी पाने के बाद जब दोनों आदमी निश्चिन्ती से एकांत में बैठे तो इन्द्रदेव और दारोगा में इस तरह बातचीत होने लगी-

दारोगा : कहो क्या मामला है जो तुमने इस तरह यकायक जल्दी के साथ मुझे बुला भेजा? तुम्हारी चिट्ठी पाकर तो मैं बहुत ही घबड़ा गया था फिर भी ईश्वर को धन्यवाद है कि यहाँ आकर तुम्हें तन्दुरुस्त पाता हूँ।

इन्द्रदेव : नहीं, मैं तन्दुरुस्त नहीं हूँ। यद्यपि उस दिन की बनिस्बत जिस दिन मैंने आपको चिट्ठी लिखी थी आज कुछ अच्छा दिखाई देता हूँ और मुझमें चलने-फिरने तथा घोड़े पर चढ़ने की भी हिम्मत हो गई है परन्तु फिर भी मैं अपने को तन्दुरुस्त नहीं मानता और वैद्य की बात पर विश्वास करता हूँ जिसने मुझे संकोच छोड़ कर यह कह

दिया है कि इन्द्रदेव, अगर तुम पन्द्रह दिन तक जीते बच गए तो फिर तुम्हें इस बीमारी से किसी तरह का डर न रहेगा।

दारोगा : **(आश्चर्य और दु:ख के साथ)** हैं ऐसी बात है! आखिर तुम्हें बीमारी क्या है सो भी तो कुछ मालूम हो!

इन्द्रदेव : मुझे एक अजीब तरह की बीमारी हो गई है! मेरे पैरों में सख्त दर्द रहता है। कभी-कभी वह दर्द आठ-आठ दस-दस घंटे तक बंद रहता है और जब यकायक उभरता है तो अधमुआ करके छोड़ देता है। इसी तरह दिन में दो-तीन मरतबे कलेजे में दर्द होता है और उस समय तो मैं अपने जीवन से बिलकुल ही निराश हो जाता हूँ। खाना-पीना बिलकुल ही नष्टप्राय: हो रहा है, केवल मूँग की दाल खाने की आज्ञा वैद्यजी दे गए हैं!

दारोगा : बड़े दु:ख की बात सुना रहे हो!

इन्द्रदेव : आप जानते हैं कि मेरा कोई लड़का नहीं है और मैं एक भरी तिलिस्मी का दारोगा हूँ।

दारोगा : हाँ यह तो मैं बखूबी जानता हूँ।

इन्द्रदेव : यद्यपि मेरे घर लड़का होने की उम्मीद है सही परन्तु नहीं कह सकता कि लड़का होगा या लड़की अथवा दोनों की उम्मीद जाती रहेगी।

दारोगा : परमात्मा न करे ऐसा हो!

इन्द्रदेव : भविष्य के गर्भ में क्या है सो कोई नहीं जानता।

दारोगा : बेशक् ऐसा ही है।

इन्द्रदेव : अतएव मैं चाहता हूँ कि आपको तिलिस्म में ले चलकर वहाँ के कुछ भेद समझाने के साथ-ही-साथ एक वसीयतनामा और तिलिस्म की तालियों का गुच्छा आपके हवाले कर दूँ। ईश्वर की कृपा से यदि अच्छा रहा तो पन्द्रह-बीस दिन बाद तालियों का गुच्छा वापस ले लूँगा नहीं तो उस वसीयतनामे के पढ़ने से आपको तिलिस्म का सब हाल मालूम हो जाएगा, तथा और भी जो कुछ मैंने उस वसीयतनामे में लिख रखा है उसे आप बखूबी पूरा करेंगे, ऐसी आज्ञा केवल आप ही से रख सकता हूँ।

इन्द्रदेव की बीमारी का हाल सुन कर दारोगा साहब को दु:ख हुआ सही परन्तु इन्द्रदेव जिस तिलिस्म का दारोगा है वहाँ का भेद मालूम हो जाएगा और वहाँ की तालियाँ भी मिल जाएँगी इस आशा से वह दिल में बहुत ही खुश भी हुआ मगर इस खुशी को अपने चेहरे से जाहिर न होने दिया।

सराहना तो इन्द्रदेव की करनी चाहिए कि इतनी दुष्टता देखकर भी उससे जाहिरदारी तोड़ने का विचार नहीं करता। यद्यपि वह दारोगा को चार दिन के लिये क़ैद करके अपना

काम निकालना चाहता है मगर दारोगा को दुःख देना अथवा उससे जबर्दस्ती करना नहीं चाहता और न यही चाहता है कि दारोगा को उसके ऊपर किसी तरह का शक हो।

दारोगा ने दिल की प्रसन्नता के भाव को छिपाया और जाहिर में अपने चेहरे को रंजीदा बना कर इन्द्रदेव से कहा–

दारोगा : इन्द्रदेव, तुम्हारी इन बातों को सुन कर मेरा दिल डूबा जाता है। जो कुछ तुम कहोगे उसे मैं करूँगा ज़रूर परन्तु इन दुःखमय बातों को सुन कर मेरे कलेजे में चोट लगती है। इस दुनिया में मेरा मददगार सिवाय तुम्हारे और कोई भी नहीं है इसलिए तुम्हारी बात अगर सच निकली तो तुम्हारे बाद मेरी क्या दशा होगी यह तो जरा सोचो।

इन्द्रदेव : ईश्वर सब अच्छा ही करेगा। दुनिया में किसी के बिना किसी का काम अटका नहीं रहता है। अब भोजन करके आराम कीजिए, कल प्रातःकाल आपको साथ लेकर में तिलिस्म की तरफ़ रवाना हो जाऊँगा।

दारोगा : तुम्हारी बातों ने मेरी भूख-प्यास बिलकुल नष्ट कर दी है, अब मैं भोजन न करूँगा।

इन्द्रदेव : नहीं-नहीं ऐसा नहीं हो सकता।

इन्द्रदेव ने दारोगा के लिए भोजन इत्यादि का सामान ठीक कराया, दारोगा के साथ-ही-साथ इन्द्रदेव ने भी कुछ भोजन किया और तब दोनों आराम करने के लिए अलग-अलग कमरे में चले गये।

दूसरे दिन सुबह कोई दो घड़ी रात रहते इन्द्रदेव उठे और उन्होंने दारोगा साहब को नींद से होशियार किया। घंटे-भर के अंदर ही दोनों आदमी ज़रूरी कामों से निपट सफ़र करने के लिए तैयार हो गये। हुक्म के मुताबिक दो घोड़े तैयार करके हाज़िर किए गये जिन पर सवार होकर दारोगा तथा इन्द्रदेव घर से बाहर निकले तथा उत्तर की तरफ़ रवाना हुए। दोपहर दिन चढ़े तक ये दोनों आदमी मामूली चाल पर बराबर चले गये। इसके बाद इनको पहाड़ की तराई मिली और सुन्दर तथा साफ जल से भरा हुआ एक कुदरती तालाब भी नज़र आया। इन्द्रदेव ने दारोगा से कहा कि अब यहाँ पर उतर कर स्नान और कुछ भोजन कर लेना चाहिए। रात को मैंने अपने एक शागिर्द को आज्ञा दे दी थी कि वह यहाँ पर कुछ भोजन की सामग्री तैयार रखे, संभव है कि वह यहाँ आ चुका हो अथवा आता ही हो।

यद्यपि दारोगा वहाँ ठहरा नहीं चाहता था और तिलिस्म के अंदर शीघ्र पहुँचने के लिए उसका जी बेचैन हो रहा था तथापि इन्द्रदेव की इच्छानुसार उसे रुकना ही पड़ा। दोनों आदमी उस तालाब के पास चले गये और एक सायेदार पेड़ के नीचे पहुँच घोड़े पर से उतर पड़े। दोनों ने अपने-अपने घोड़े **(कुछ टहलाने और शान्त करने के बाद)** पेड़ से बाँध दिए और ज़रूरी कामों से निपटने की फिक्र करने लगे।

थोड़ी देर में सब कामों से निश्चिन्त होकर दोनों आदमी पुनः वहाँ पहुँचे जहाँ उनके घोड़े पेड़ से बँधे हुए थे और जीनपोश बिछाकर बैठ गए। उसी समय एक आदमी सर पर एक छोटी-सी दौरी रखे उनकी तरफ़ आता हुआ दिखाई दिया। इन्द्रदेव ने दारोगा से कहा, "लीजिए जलपान का सामान भी आ पहुँचा।"

उस आदमी ने पास पहुँचकर जलपान की दौरी उनके सामने रख दी और पानी का बंदोबस्त करके पेड़ की आड़ में चला गया तथा ये दोनों भोजन करने लगे। इन्द्रदेव ने बीमारी का पाखंड रच ही रखा था इसलिए केवल एक-दो फल खाकर रह गए, मगर दारोगा ने तरह-तरह की चीज़ों पर ख़ूब ही हाथ फेरा।

जलपान से छुट्टी पाकर जब दोनों आदमी निश्चिन्त हुए तब उनमें इस तरह बातचीत होने लगी-

इन्द्रदेव : बीमारी ने मुझे ऐसा कमज़ोर कर दिया है कि एक-दो फल खाना भी भारी हो रहा है, छाती में बोझ-सा हो गया और सर घूमने लगा।

दारोगा : अफ़सोस, तुम्हारी तन्दुरुस्ती बहुत खराब हो गई है।

इन्द्रदेव : **(लेटकर)** बैठना मुश्किल हो गया, सर का चक्कर बढ़ता जाता है।

दारोगा : सर तो मेरा भी घूम रहा है। **(कुछ ठहरकर)** ऐसा मालूम होता है कि खाने की चीज़ों में बेहोशी की दवा मिली हुई थी।

इन्द्रदेव : मुझे भी ऐसा ही शक होता है। किसी ऐयार ने मेरे आदमी को धोखा तो नहीं दिया? उस आदमी की जाँच करनी चाहिए जो खाने का सामान लाया है।

इतना कहकर इन्द्रदेव उठ बैठे और 'रामा-रामा' कह उस आदमी को पुकारने लगे। वह पास ही पेड़ की आड़ में था, पुकारने से सामने आकर खड़ा हो गया और बोला, "आपका रामा मेरी बदौलत जहन्नुम की सैर कर रहा है। मैं तुम्हारे दुश्मन का ऐयार हूँ और अब तुम दोनों को गिरफ्तार करके अपने मालिक के पास ले जाऊँगा।"

इतना कहकर वह कुछ दूर पीछे हट गया। उसकी बात सुन दारोगा के तो होश उड़ गए, उधर इन्द्रदेव ने जान-बूझ कर ज़मीन पर लेट के आँखें बंद कर लीं। दारोगा ने समझा कि वह बेहोश हो गए, क्रोध में आकर उठ खड़ा हुआ और तलवार खैंच कर उस ऐयार की तरफ़ बढ़ा मगर कुछ कर न सका, थोड़ी ही दूर जाकर ज़मीन पर गिर पड़ा और बेहोश हो गया। दारोगा के बेहोश देखकर वह आदमी इन्द्रदेव के पास आया और धीरे से बोला, "उठिए, दारोगा साहब बेहोश हो गए।"

इन्द्रदेव उठ खड़े हुए ओर अपने शागिर्द से बोले, "अब इन्हें हमारे मकान में ले जाकर क़ैद करो। जहाँ मैं तुम्हें बता चुका हूँ उस जगह पर इन्हें रखना और खाने-पीने का ख़याल रखना। इनको यह न मालूम होने पावे कि कहाँ पर और किसके यहाँ क़ैद है। इन्हें मैं घोड़े पर लाद देता हूँ, तुम भी उसी पर सवार हो जाओ, जंगल की

राह से धीरे-धीरे जाओ जिसमें रात्रि के समय घर पहुँचो। मैं किसी काम के लिए तिलिस्म में जाता हूँ।"

शागिर्द के साथ मिलकर इन्द्रदेव ने दारोगा को घोड़े पर लादा और शागिर्द को भी उसी पर चढ़ाकर घर की तरफ़ रवाना करने के बाद स्वयं उसी तरफ़ को चल पड़े जिधर जा रहे थे।

6

हम अपने पाठकों का ध्यान भूतनाथ उपन्यास के तीसरे भाग के पहिले और दूसरे बयान की तरफ़ ले जाते हैं जिसमें भूतनाथ से चन्द्रशेखर का मिलना, नागर के यहाँ बाबू साहब (**रामलाल**) की मौजूदगी में भूतनाथ का आना, बाबू साहब से तथा भूतनाथ से बातें होना, और उसी जगह पुनः किसी आदमी का पहुँच कर भूतनाथ के आगे लिफाफा फेंककर भाग जाना इत्यादि लिखा गया है।

उस बयान के पढ़ने से यह मालूम ही हो चुका होगा कि उस समय नानक की माँ रामदेई से भूतनाथ का संबंध हो चुका था और बाबू साहब (**रामलाल**) को भूतनाथ का साला कहा जाता था, मगर भूतनाथ और बाबू साहब का उन दिनों मुद्दत से सामना नहीं हुआ था और इसी से भूतनाथ के मामलों से बाबू साहब का बहुत कम वाकफियत थी। तथापि बाबू साहब लुक-छिपकर अपनी बहिन रामदेई से मिलने के लिए अकसर जाया करते थे और वह भी रुपये-पैसे से इनकी मदद खुले दिल के साथ किया करती थी।

बाबू साब यद्यपि डरपोक आदमी थे मगर ऐयार ज़रूर थे और दो-चार बदमाश गुटरों को भी अपने साथ रखा करते थे। इन्हीं दिनों इन्हें एक और भी गैबी मदद मिल गई थी जिसके कारण इनका दिमाग कुछ बढ़ने लग गया था जो आखिर यहाँ तक बढ़ा कि उस घटना के (**जिसका जिक्र ऊपर कर आये हैं**) थोड़े ही दिन बाद ये बहादुर बन गये, ऐयारी का दम भरने लगे और भूतनाथ के दुश्मन बन गए। अब सुनिए कि वह गैबी मदद क्या थी और उसके सबब से रामलाल की कैसी अवस्था बदली और चन्द्रशेखर के कारण भूतनाथ को कैसी परेशानी उठानी पड़ी।

भूतनाथ के दूसरे भाग के नौवें बयान में हम लिख आये हैं कि भूतनाथ ने अपने बारह शागिर्दों के साथ बहुत ही बुरा बर्त्ताव किया और उन्हें क़ैद करके एक गुफा में डाल दिया मगर जब बाहर से लौटकर पुनः उन सभों को देखने के लिए गया तो किसी को भी वहाँ न पाया।

असल में उन शागिर्दों को भी इन्द्रदेव ही ने घाटी के अंदर-ही-अंदर किसी गुप्त रास्ते से पहुँचकर छुड़ा दिया था मगर ऐसे ढंग से कि उन शागिर्दों को इस बात का कुछ भी गुमान न हुआ कि उनको छुड़ाने वाला कौन है, ही छुड़ाने वाले ने इतना ज़रूर कह दिया कि "मैं प्रभाकर सिंह की आज्ञा से तुम लोगों को छुड़ाता हूँ, अब मुनासिब है कि

तुम लोग भूतनाथ से अपना बदला लो और उस तलवार को भी छीन लो जिसके सबब से उसने तुम लोगों पर फतह पाई है। वह तलवार असल में प्रभाकर सिंह की है, उसका जख्म जरा-सा भी जिसको लग जाता है वह बेहोश हो जाता है। मगर उस पर उसका असर कुछ भी नहीं होता जिसके पास उसके जोड़ की अँगूठी होती है। वह अँगूठी भी जो लोहे की-सी है भूतनाथ की उँगली में तुम देखोगे। यह सब कुछ करना पर भूतनाथ को जान से मत मारना। नहीं तो हम तुम लोगों को भी जीता न छोड़ेंगे। हमने तुम लोगों को उसके फँदे से छुड़ा कर जो कुछ तुम सभों पर अहसान किया है उसका बदला यही चाहते हैं कि भूतनाथ को जान से मत मारना, तकलीफ़ जितनी तुम्हारे जी में आवे और जो तुमसे हो सके देना।" इस बात को उन लोगों ने बड़ी खुशी से मंजूर कर लिया था और अपने छुड़ाने वाले को दिल से धन्यवाद दिया था।

केवल इतना ही नहीं, चलती समय महात्मा-रूपी इन्द्रदेव ने उन ऐयारों को मदद को तौर पर कुछ अशर्फियाँ और जवाहिरात भी दिया और उनके सामने से देखते-ही-देखते कहीं गायब हो गये।

इस तरह पर भूतनाथ के पंजे से रिहाई पाकर वे ऐयार लोग उद्दंड हो गए और भूतनाथ को सताने की फिक्र करने लगे।

हम कई जगह लिख आए हैं कि "भूतनाथ ने अपने रहने के लिए कई स्थान बना रखे थे और सभी जगह वह थोड़ी दौलत भी रखता था।" उन सब स्थानों और खजानों का हाल उन शागिर्दों को मालूम था अस्तु सबसे पहिले उन लोगों ने भूतनाथ के खजानों पर धावा किया और जहाँ तक बन पड़ा उन्हें अपने कब्जे में कर लिया, इसके बाद अपने रहने के लिए एक सुयोग्य स्थान नियत करे और आपस में मिलने-जुलने का इशारा बाँध कर जुदा हुए और कोई नई कार्रवाई करने की फिक्र में लगे। उन लोगों ने बहुत जल्द भूतनाथ का पता लगा लिया, तब सूरत बदले हुए मौके से उसका पीछा करने लगे तथा इस बात की भी फिक्र में लगे कि भूतनाथ के बाकी शागिर्दों को भी अपना हाल सुनाकर भड़का, और अपना साथी बनावें। आखिर दो ही चार रोज़ के हेर-फेर में उन लोगों ने भूतनाथ के कई शागिर्दों को जो उन लोगों में से कई के रिश्तेदार भी थे तोड़ कर अपना साथी बना लिया जिसकी ख़बर भूतनाथ को कई दिनों तक न लगी। इनमें से दो शागिर्दों के नाम विजय और बहादुर थे। बहादुर भूतनाथ का बहुत ही विश्वासपात्र था अस्तु बहादुर के इस मंडली में मिलने के बाद सभी की राय के मुताबिक वह पुनः भूतनाथ के पास गया और समय का इंतज़ार करने लगा।

अपने विश्वासपात्र ऐयारों का साथ छूट जाने और बेइन्तहा दौलत कब्जे से निकल जाने के बाद जब भूतनाथ ने वह घाटी छोड़ी तो बहुत दुखी और उदास होकर पुनः अपने मालिक रणधीरसिंह के पास जाने और स्थिर भाव से वहाँ रहने का विचार किया। उनसे बहुत कुछ बातें बनाने और माफ़ी माँगने के बाद उन्हें प्रसन्न करके वह उनके पास रहने

लगा जिससे उसके बाकी शागिर्दों को यकायक उसे सताने और उससे बदला लेने का मौका न मिला, मगर वे लोग उसकी धुन में निरन्तर लगे ही रहे।

एक दिन भूतनाथ मिर्ज़ापुर से निकल कर अपनी स्त्री रामदेई से मिलने के लिए काशी की तरफ़ रवाना हुआ। उसे इस बात की कुछ भी ख़बर न थी कि उसके बागी शागिर्द भी उसकी धुन में लगे हुए हैं और सफ़र में वह जहाँ-जहाँ टिका या ठहरा करता था प्रायः उन सभी जगहों पर रूप बदल कर उन लोगों ने दखल जमाया हुआ है।

भूतनाथ जब काशी जाया करता था तो एक बाग़ में जो करीब-करीब सफ़र के मध्य में पड़ता था दो-चार घंटे के लिए ज़रूर ही ठहरा करता था बल्कि अकसर वहाँ रसोई भी बनाया करता था, क्योंकि उस बाग़ के पास ही में एक छोटा-सा बाज़ार भी था जहाँ सब सामान मिल सकता था। उस बाग़ के माली लोग लालचवश भूतनाथ की खिदमत किया करते थे और सीधा तथा बरतन-पानी इत्यादि सुभीते से जुटा दिया करते थे। वह बाग़ 'रामबाग़' नाम से मशहूर था।

वह बाग़ किसी रईस या ज़मींदार का न था बल्कि कई खटिक और मालियों का था जो उसका फल-फूल तथा मेवा और दरख्त वगैरह बेचकर फायदा उठाते थे और प्रायः उसमें रहा भी करते थे। भूतनाथ के दो शागिर्दों ने भी उसी में जाकर नौकरी की और रहने लगे। दोपहर का समय था जब सफ़र से थके हुए भूतनाथ ने आकर उस बाग़ में आराम किया और नहा-धोकर रसोई बनाने की फिक्र में लगा। मालियों ने बस सामान मुहैया कर दिया और भूतनाथ रसोई बनाकर भोजन करने के बाद वहाँ से रवाना हुआ। वहाँ के मालियों में से एक आदमी किसी काम का बहाना करके उसके साथ ही बातें करता हुआ उसी तरफ़ रवाना हुआ जिधर भूतनाथ जाता था।

थोड़ी दूर जाने के बाद भूतनाथ को नशा-सा चढ़ आया, ज़मीन घूमती हुई मालूम होने लगी और पैरों में लड़खड़ाहट पैदा हो गई। भूतनाथ ने घूम कर अपने साथ जाते हुए माली की तरफ़ देखा और कहा, "क्या आज तुम लोगों ने मेरे खाने के सामान में कोई नशीली चीज़ मिला दी है?"

माली : **(साथ से कुछ अलग हटकर)** जी हाँ, आज कुछ ऐसा ही मामला हुआ है। इस बाग़ के माली सब तो आपके खैरख्वाह और ताबेदार हैं, उन बेचारों पर किसी तरह का शक आपको न करना चाहिए, मगर मैं ज़रूर आपका दुश्मन हूँ और आप ही से बदला लेने की नीयत से मैंने क्षत्रिय होकर भी उन शूद्र मालियों की नौकरी की थी। आज मेरा मनोरथ सिद्ध हुआ और आपके भोजन की सामग्री में दवा मिलाने का मुझे मौका मिला। **(हँसकर)** आप बहुत दिनों से दूसरों के लिए जहरीले पेड़ लगा रहे थे जिसमें अब फल लगने शुरू हो गए हैं और वे फल अब आप ही को चखने पड़ेंगे।

भूतनाथ : **(क्रोध से उस माली की तरफ़ देखकर)** तू कौन है, मैं तेरा नाम सुना चाहता हूँ।

माली : हाँ, तुम बार-बार मेरे हाथों से सताये जाओगे इसलिए तुम्हें मेरा नाम ज़रूर याद कर लेना चाहिए जिसे मैं खुशी से बताने के लिए तैयार हूँ, मेरा नाम है 'चन्द्रशेखर'।

भूतनाथ : तुम किसके नौकर हो?

चन्द्रशेखर : अपने दिल के।

भूतनाथ : मेरे साथ दुश्मनी करने का कारण?

चन्द्रशेखर : तुम्हारी बदनीयती और बेईमानी।

भूतनाथ : तुम्हारा मैंने क्या बिगाड़ा है?

चन्द्रशेखर : इज्ज़त और हुर्मत।

भूतनाथ : **(चिढ़कर)** साफ-साफ और सीधी तरह से क्यों नहीं बातें करता।

चन्द्रशेखर : इसीलिए कि तुम सीधी तरह से सीधे होने वाले नहीं हो।

मारे गुस्से के भूतनाथ पेची बात खाने लगा और उसने जोश में आकर खंजर के कब्जे पर हाथ रखा मगर कुछ कर न सका। उसका क्रोध बेफायदे था और उसका गुस्सा व्यर्थ, क्योंकि अब उस पर बेहोशी का पूरा असर हो चुका था, नतीज़ा यह हुआ कि खंजर खेंचते ही वह बेहोश होकर ज़मीन पर गिर पड़ा।

आने-जाने वाले मुसाफ़िरों की निगाह से बचने का ख़याल करके चन्द्रशेखर उसी समय भूतनाथ को उठाकर सड़क से बहुत दूर एक नाले में ले गया जहाँ बिलकुल सन्नाटा था और किसी के आने की भी आशा न थी।

चन्द्रशेखर के पहिले तो उस अँगूठी और तलवार पर कब्जा किया जो भूतनाथ ने प्रभाकर सिंह से ली थी, इसके बाद उसका ऐयारी का बटुआ ले लिया, अंत में उसके कपड़े भी उतार लिए तथा और जो कुछ उसके पास था लेकर केवल लंगोट पहिरे छोड़ दिया और दूसरी तरफ़ का रास्ता लिया।

संध्या होने के बाद जब भूतनाथ होश में आया तो उसने अपने को बड़ी दुर्दशा में पाया। कपड़ों के चले जाने का दुःख तो साधारण था परन्तु अपनी बेइज्ज़ती होने और बटुए तथा तलवार के चले जाने का उसे बड़ा ही रंज हुआ। थोड़ी देर तक कुछ चिंता करने के बाद वह उठ खड़ा हुआ और क्रोध से होंठ चबाता हुआ अपने अड्डे की तरफ़ रवाना हुआ।

चन्द्रशेखर भूतनाथ के दुश्मन शागिर्दों का दोस्त तथा बहुत ही तेज़ और होशियार ऐयार था। इसका असली नाम कुछ दूसरा ही था परन्तु भूतनाथ के लिए इसने अपना बनावटी नाम चन्द्रशेखर रख लिया था। जब यह भूतनाथ को लूट कर अपने दोस्तों के पास गया तो बहुत ही खुश था क्योंकि भूतनाथ का ऐयारी का बटुआ उसके कब्जे में था और उसमें उसके मतलब की बहुत-सी चीज़ें हाथ लगी थीं। नागर की लिखी हुई

चिट्ठियाँ भी उनमें से मिली थीं जिनमें से कई भूतनाथ की चिट्ठी के जवाब में लिखी हुई थीं और जिनके पढ़ने से इस बात का पता लगता था कि उन दोनों में किस तरह पर किस मामले की बातें हो रही हैं, तथा भूतनाथ कैसे-कैसे दुर्घट मामलों के फेर में पड़ा हुआ है। यों तो वे लोग भूतनाथ के शागिर्द ही थे और उसे बहुत-से मामलों से जानकार थे परन्तु इन चिट्ठियों के पढ़ने से उन्हें और भी बहुत-सी बातें ऐसी मालूम हो गई जिनका उन्हें कुछ भी गुमान न था और जिनका प्रकट होना भूतनाथ के लिए बहुत ही बुरा था।

भूतनाथ को अपनी अवस्था पर बहुत ही दुःख हुआ और वह मारे क्रोध के बेतरह पेचोबात खाने लगा। उसे उस अनूठी तलवार तथा अपने ऐयारी के बटुए के चले जाने का बड़ा ही सदमा हुआ क्योंकि उसमें तरह-तरह की अनूठी चीज़ें भरी हुई थी। ख़ास करके नागर की चिट्ठियों का जाना उससे अपने हक में बहुत ही बुरा सगुन समझा और इस बात का निश्चय कर लिया कि यदि मेरा यह दुश्मन किसी तरह मेरे हाथ लगेगा तो उसे बिना जान से मारे कदापि न छोड़ेगा। यद्यपि उसे इस बात का निश्चय न था कि उसको सताने वाला चन्द्रशेखर कौन है तथापि देर तक सोचने के बाद उसने यही निश्चय किया कि उसके उन बिगड़ैल शागिर्दों ही में से कोई है जिन्हें उसने बहुत ही बेइज्ज़त किया था।

गुस्से में और होंठों को चबाता हुआ भूतनाथ वहाँ से उठा और जंगल-ही-जंगल लोगों की नज़रों से अपने को बचाता हुआ अपने अड्डे की तरफ़ रवाना हुआ और वहाँ पहुँचकर फिर से उसने अपना सामान दुरुस्त किया।

उन शागिर्दों के निकल जाने पर भी भूतनाथ के पास अभी कई शागिर्द हैं जो दिलोजान से भूतनाथ का काम करते हैं और हर तरह से उसका साथ देने के लिए तैयार रहते हैं परन्तु उनके विषय में भी भूतनाथ को खुटका बना ही रहता है और इस बात का बराबर डर रहता है कि कहीं उसके बागी शागिर्द लोग इन नेक शागिर्दों को भी भड़का कर बेदिल न कर दें। इस ख़याल से वह अपने खैरख्वाह शागिर्दों के साथ बहुत ही अच्छा और मेहरबानी का बर्त्ताव करता है और अपने को उन पर ऐसा नेक साबित करता है कि जिससे उनको इस बात का विश्वास न हो कि भूतनाथ ने अपने अमुक साथियों के साथ वास्तव में बुरा बर्त्ताव किया होगा।

भूतनाथ के बागी शागिर्दों ने उसे बड़ा ही तंग किया और कई मर्तबा उसकी बेइज्ज़ती की जिसमें वह एकदम घबरा गया और अपने बचाव की फिक्र करने लगा मगर उन शागिर्दों से वह अपने को किसी तरह छिपा नहीं सकता था और वे लोग बार-बार उसके पास धमकी की चिट्ठियाँ भेजा करते थे और अपने नाम की जगह 'सर्वगुण-संपन्न चाँचला सेठ' इत्यादि लिखा करते थे।

तीसरे भाग के दूसरे बयान में जैसा कि हम लिख आए हैं नागर के मकान से भूतनाथ के सामने बाबू साहब ने चन्द्रशेखर का हाल बयान करके कहा था कि मैंने उसे बरना के किनारे देखा था, उसके साथ बिमला और प्रभाकर सिंह भी थे। असल में बाबू

साहब ने वह बात झूठ नहीं कही थी। प्रभाकर सिंह तथा कला और बिमला का रूप उन्हीं शागिर्दों ने धरा था और बाबू साहब तथा नागर से मुलाकात करके भूतनाथ को कोई नया धोखा देना चाहते थे।

कुछ ही दिन बाद भूतनाथ के बागी शागिर्दों ने भूतनाथ के साले बाबू साहब को भी अपनी मंडली में मिला लिया, इस ख़याल से कि वह अपनी बहिन रामदेई से मिला-जुला करता है अतएव उनके जरिए से बहुत कुछ हाल-चाल मिला करेगा। इसके अतिरिक्त खुद बाबू साहब भी भूतनाथ से रंज रहा करते थे क्योंकि उनका नाता भूतनाथ के धर्मविरुद्ध होने के कारण लज़्ज़ा का था। संक्षेप में वह थोड़ा-सा हाल हमने केवल सिलसिला मिला देने के लिए लिख दिया, आगे चलकर मौके-मौके से हमारे पाठकों को इस बात का पता लगता रहेगा कि अपने बागी शागिर्दों के बदौलत भूतनाथ को कैसी-कैसी तकलीफ़ उठानी पड़ी।

7

जमानिया में दारोगा साहब का मकान कैसा है इसका कुछ हाल हमारे पाठकों को मालूम हो चुका है। जमना, सरस्वती और इन्दुमति उस मकान की हवा खा चुकी है और भैया राजा को भी दारोगा उस मकान का मज़ा खा चुका है। इस समय पुनः यह अपने पाठकों को उसी मकान में ले चलकर दिखाते हैं कि अब यहाँ क्या हो रहा है।

हाथ में छोटी-सी लालटेन और तालियों का बड़ा-सा गुच्छा लिए हुए आधी रात के समय हम एक आदमी को उस मकान में घूमते हुए देखते है। इस आदमी का तमाम बदन स्याह कपड़े से छिपा हुआ है और इसके चेहरे पर भी स्याह नकाब पड़ी हुई है। तालियों के गुच्छे में से वह तालियाँ लगा-लगाकर कोठरियाँ खोलता और देखता है कि उसके अंदर क्या है और फिर बंद कर देता है। इसी तरह पर घूम-फिरकर कोठरियाँ खोलता और देखता हुआ वह आदमी एक ऐसी कोठरी के दरवाज़े पर पहुँचा जिसके आगे मिट्टी का एक टूटा हुआ घड़ा और कुछ सूखी रोटियाँ पड़ी हुई थीं तथा मामूली ताले के अलावा एक और भी मोटी जंज़ीर लगी हुई और उसमें बहुत बड़ा ताला बंद था।

उस आदमी ने उस ताले, मिट्टी के घड़े और सूखी रोटियों को बड़े गौर से देखा और कुछ सोचता हुआ पहिले की तरह उसी ताली के गुच्छे में से एक ताली चुनकर उस कोठरी का भी ताला खोला मगर उस बड़े ताले की ताली उस गुच्छे में न दिखाई दी जो जंज़ीर में लगा हुआ था और न दूसरे तालों की तरह उस ताले पर कोई नंबर या निशान ही लगा हुआ पाया।

कुछ क्षण चिंता करने के बाद उस आदमी ने धीरे-से यह कह कर कि 'ज़रूर इसी में होगा' लालटेन ज़मीन पर रख दी और ऐयारी का बटुआ खोल कर उसमें से एक शीशी निकाली जिसमें किसी प्रकार का अर्क भरा हुआ था। इस अर्क से नकाबपोश ने

ताले वाली जंज़ीर का मध्य भाग अच्छी तरह किया और खड़े रहकर इस बात का इंतज़ार करने लगा कि जंज़ीर के दो टुकड़े हो जाएँ तो कोठरी के अंदर कदम रखे।

आधी घड़ी के अंदर ही जंज़ीर का लोहा उस जगह से जहाँ अर्क लगाया गया था, गल कर बह गया और एक हल्की आवाज़ देती हुई वह जंज़ीर बीच में से दो टुकड़े होकर जुदा हो गई। नकाबपोश ने लालटेन उठा ली और धीरे-से दरवाज़ा खोल कर कोठरी के अंदर कदम रक्खा।

भीतर से यह कमरा बहुत बड़ा और कई खिड़कियाँ बने रहने के कारण हवादार था, फिर भी अंधकार तो मानो उसके हिस्से ही पड़ा था। यद्यपि इस समय यह नकाबपोश लालटेन लिए हुए उस कमरे के अंदर चला गया है परन्तु उस लालटेन की रोशनी उस बड़े कमरे के अंधकार को किसी तरह भी दूर नहीं कर सकती थी, तथापि नकाबपोश ने इतना ज़रूर देखा कि एक आदमी ज़मीन पर बैठा हुआ उसी नकाबपोश अथवा दरवाज़े की तरफ़ देख रहा है क्योंकि नकाबपोश के अंदर जाने के पहिले ही इस बदनसीब क़ैदी को दरवाज़ा खुलने की आहट मिल चुकी थी और उसी समय से वह चैतन्य हो चुका था।

क़ैदी : (**नकाबपोश से**) क्या अभी कोई और बदख़बर सुनना बाकी है? मैं समझता हूँ कि अब तुम्हें ज़्यादा दिनों तक मुझे सताने की ज़रूरत न पड़ेगी क्योंकि इस क़ैद की बदौलत अब मेरा शरीर चलता नज़र नहीं आता। लेकिन आज तुम नकाब पहिरे चोरों की तरह गए हो, इसमें कोई भेद ज़रूर है।

नकाबपोश : मैं कोई बदख़बर सुनाने के लिए! नहीं आया बल्कि खुशख़बरी सुनाने के लिए आया हूँ, अब यह क़ैदखाना तुम्हारी जान का ग्राहक नहीं बन सकता, मैं वह नहीं जिसने तुम्हें इस मकान में क़ैद कर रखा है।

क़ैदी : अर्थात् जमानिया राज्य के कर्ता-धर्ता दारोगा साहब!

नकाबपोश : जी हाँ, मैं वह दारोगा नहीं हूँ।

क़ैदी : तब आप कौन हैं, क्या अपना नाम बता सकते है?

नकाबपोश : जी हाँ, अगर आपका नाम दयाराम है तो मैं अपना नाम ज़रूर बता सकता हूँ।

क़ैदी : निःसन्देह मेरा नाम दयाराम है।

नकाबपोश : मुझे क्योंकर विश्वास हो कि आपका यही नाम है?

क़ैदी : आपका नाम मुझे मालूम हो तो मैं कोई परिचय का शब्द ऐसा कह सकता हूँ जिसको सिर्फ़ मेरे दोस्त ही समझ सकते हैं।

नकाबपोश : ठीक है, अच्छा अगर मेरा नाम इन्द्रदेव हो तो आप कौन शब्द परिचय का दे सकते हैं?

क़ैदी : अगर आप वास्तव में इन्द्रदेव होंगे तो परिचय लेकर मैं 'भुवनमोहिनी' की बातें आपको सुना दूँगा।

नकाबपोश : तब तो 'कामेश्वर' का कहना बहुत सच होगा।

यद्यपि वह क़ैदी बहुत ही कमज़ोर और दुबला हो रहा था परन्तु नकाबपोश अर्थात् इन्द्रदेव की आखिरी बात सुनकर बैठा न रह सका, उठ खड़ा हुआ और दौड़ कर इन्द्रदेव के साथ लिपट गया तथा इन्द्रदेव ने भी उसे गले लगा लिया और देर तक न छोड़ा। जब दोनों अलग हुए तो यों बातचीत होने लगी-

दयाराम : चाचा, तुम तो मुझे एकदम भूल गए, ताज्जुब की बात है कि इतने दिनों तक तुमने मुझे याद क्यों नहीं किया?

इन्द्रदेव : मेरे प्यारे भतीजे, मेरे दिल से तुम्हारी याद कभी भूल नहीं सकती, और इसकी गवाही खुद तुम्हारा दिल दे सकता है, मगर अफ़सोस, हम लोगों को इसका गुमान भी नहीं था कि तुम अभी तक जीते-जागते हो। दुनिया को यही मालूम था कि दयाराम मारे गये और हम लोग दस-पाँच आदमियों को तो यह निश्चय था कि खुद भूतनाथ के हाथ तुम्हारी जान गई है क्योंकि यह मामला मेरे दोस्त दलीपशाह के सामने ही हुआ था अर्थात् मेरे शागिर्द ने राजसिंह के घर तुम्हारा पता लगाया था और मैंने अपने शागिर्द शम्भू के साथ दलीपशाह को राजसिंह के घर भेजा था, दलीपशाह वहाँ पहुँचे और राजसिंह को गिरफ्तार करके तथा तुमको उनकी क़ैद से छुड़ाकर अपने यहाँ ले आए। यह तो अब मालूम हुआ है कि दलीपशाह तुमको नहीं बल्कि राजसिंह के भतीजे के जो बहुत दिनों से बीमार था दयाराम समझ के उठा लाए थे। यकायक भूतनाथ पता लगाता हुआ वहाँ पहुँच गया जहाँ दलीपशाह राजसिंह को और उसके भतीजे को दयाराम समझकर ले गए थे। राजसिंह को वहाँ देखकर भूतनाथ को विश्वास हो गया कि दलीपशाह राजसिंह के साथ मिला हुआ है अस्तु भूतनाथ और दलीपशाह में लड़ाई हो गई, भूतनाथ ने राजसिंह को मार डाला और तब उसके भतीजे को भी मार डाला। तब दलीपशाह ने भूतनाथ से कहा कि 'हम इन्द्रदेव के कहने से दयाराम की खोज में निकले थे और पता लगाकर दयाराम को तथा उसके दुश्मन राजसिंह को यहाँ ले आए थे, तुमने राजसिंह को मार डाला सो तो अच्छा ही किया मगर अफ़सोस की बात है कि दयाराम को भी अपने हाथ से स्वर्ग पहुँचा दिया।' दलीपशाह को तो विश्वास ही था कि वह दयाराम है परन्तु भूतनाथ को भी दलीपशाह के कहने से तथा यहाँ की कई अन्य बातों से विश्वास हो गया कि यही दयाराम हैं और वास्तव में उसने उन्हें ही धोखे में मार डाला है। उसी दिन से हम लोग यही विश्वास करते चले आए कि वास्तव में दयाराम भूतनाथ के हाथ से मारे गये। यद्यपि वह भूतनाथ के लिए बहुत दुःखदाई हुई परन्तु लोगों में प्रसिद्ध होने न पाई, क्योंकि शम्भू दलीपशाह और मैं सिर्फ़ तीन आदमी इस बात को जानते थे सो भूतनाथ के माफ़ी माँगने तथा आज जी करने पर और यह समझ कर कि वास्तव में भूतनाथ बेकसूर है चुप हो रहे और इस भेद को प्रकट होने न दिया, सिर्फ़ मन-ही-मन

रोते और अफ़सोस करते रहे। बातें बहुत लंबी-चौड़ी हैं मगर यह मकान तथा क़ैदखाना इस योग्य नहीं है कि हम लोग यहाँ बेफिक्री के साथ बातें करें, असल बात यही है कि हम लोगों को स्वप्न में भी इस बात का गुमान नहीं था कि तुम्हें इस क़ैदखाने में एक दिन भालू की-सी सूरत में देखेंगे। क़ैद की सख्ती उठाने और बालों के बढ़ आने से वास्तव में तुम्हारी ऐसी ही सूरत हो रही है।

दयाराम : आपका कहना बहुत ठीक है, यह क़ैदखाना निश्चिंत से बातें करने लायक नहीं है और मुझे भी उन घटनाओं के सुनाने की जल्दी नहीं है जो मेरे पीछे हुई है और न अपनी राम कहानी सुनाने की ही जल्दी है, हाँ इतना ज़रूर पूछूँगा कि मेरे बाबा रणधीरसिंह तथा मेरी दोनों स्त्रियों का क्या हाल है?

इन्द्रदेव : वे दोनों कुशल से हैं, तुम्हारी दोनों स्त्रियाँ अभी तक मेरे मकान में मौजूद हैं परन्तु दुनिया में यही मशहूर है कि वे दोनों मर गई, और इस बात के मशहूर करने का कारण भी मैं ही हूँ, क्योंकि तुम्हारी स्त्रियों को भूतनाथ से बदला लेने का शौक पैदा हुआ और उसकी जिद मुझे माननी पड़ी। मैंने ख़याल किया कि यदि भूतनाथ को यह बात मालूम हो जाएगी कि वे दोनों उससे बदला लिया चाहती हैं तो वह ज़रूर उन दोनों को मार डालेगा अस्तु पहले ही से उन दोनों को मरा हुआ मशहूर कर देना उचित है। यह सब कुछ परन्तु मेरी इच्छानुसार वे दोनों बहुत दिनों तक अपने को छिपा न सकी, भूतनाथ को उनका जीते रहना मालूम हो गया और वह अभी तक उन दोनों को मारने की फिक्र में लगा हुआ है। इस विषय में भी बड़ी-बड़ी अनूठी घटनाएँ हो गई हैं जिन्हें सुनकर तुम आश्चर्य करोगे परन्तु मौका ठीक नहीं है। अब मैं नज़र इस कमरे को अच्छी तरह देखने के बाद तुम्हें साथ लेकर बाहर निकलना चाहता हूँ।

दयाराम : हाँ, देखिए कैसा भयानक क़ैदखाना है! यहाँ रहने वाला चाहे कितना ही चिल्लाए मगर उसकी आवाज़ किसी के कान में भी नहीं पहुँच सकती। यह देखिए यही दोनों कंबल मेरी किस्मत में सौंपे गए हैं। यह मिट्टी का घड़ा जो है चौथे या पाँचवें दिन भरा जाता है मगर इधर आठ दिन से इसमें पानी नहीं डाला गया। शायद अब इसमें एक या दो गिलास से ज़्यादा पानी न हो। देखिए यह मेरे भोजन की टोकरी है, जब इस घड़े में पानी डाला जाता है तभी इस टोकरी में पूरियों और तरकारी नमक-मिर्च रखने का दिन होता है। महीने के एक दफ़े नहाने के लिए जल मिलता है, यह कोने में मिट्टी का ढेर लगा दिया है बस इसी को बदन में मल कर मैं मानो भस्म-स्नान करता हूँ और यों ही संध्या भी कर लिया करता हूँ। यह इधर पायखाना बना हुआ है, पायखाना काहे को ख़ासा कुआँ है, यह भी इतना गहरा कि मिट्टी का ढोंका फेंकने से आवाज़ नहीं आती, यह टूटी हुई चारपाई पड़ी है, पहिले मैं इसी पर सोता था मगर जबसे यह टूट गयी तब से ज़मीन पर ही मखमली फर्श समझता हूँ।

इन्द्रदेव : इस मकान की हालत को मैं ख़ूब जानता हूँ, सिर्फ़ तुम्हारा सामान देखना था (**आँखों से आँसू पोंछकर**) हाँ दैव, हम लोगों ने कौन-सा ऐसा पाप किया था जिसका

इस तरह फल भोग रहे हैं? मनुष्य को उसके ही कर्मों का फल देना तेरा काम है या अपनी तरफ़ से भी दया करके कुछ देना जानता है! खैर, मैं तुझसे कुछ भी नहीं चाहता परन्तु तेरा भरोसा ज़रूर रखता हूँ।

दयाराम : चाचा, इसके लिए हम ईश्वर को किसी तरह का दोष नहीं दे सकते, उसका तो यह काम ही है कि लोगों को उनके कर्मों का फल भुगताया करे, उसमें ज़्यादे या कम करने से वह बेइंसाफ कहा जाएगा। अगर वह कर्म के अतिरिक्त के साथ भी कुछ उपकार करेगा तो औरों को भी उपकार करने का हक हो जाएगा, क्योंकि उसकी निगाह में भी उसके सभी बच्चे एक समान हैं, इसीलिए हम लोगों को एक तौर पर यही समझ लेना चाहिए कि हमारा कर्म ही हमारा ईश्वर है और इसीलिए कर्म और उद्योग में लगे रहना ही धर्म है, फल चाहे जो कुछ भी हो।

इतने ही में बाहर की तरफ़ से कुछ खटके की आवाज़ आई और दोनों ध्यान लगा कर दरवाज़े की तरफ़ देखने लगे।

दयाराम : शायद दारोगा आ पहुँचा।

इन्द्रदेव : नहीं, वह तो हमारी क़ैद में है मगर उसे यह नहीं मालूम कि मुझे इन्द्रदेव ने क़ैद कर रखा है। हाँ, भूतनाथ हो तो ताज्जुब नहीं, क्योंकि उसे भी तुम्हारे जीते रहने और यहाँ क़ैद भोगने की ख़बर लग चुकी है। साथ ही इसके जिस तरह मैं इस शैतान मकान के रग-रग से वाकिफ हूँ उसी तरह या अगर उतना नहीं तो उसी के करीब-करीब भूतनाथ भी जानकार है, मगर इतना ज़रूर है कि मैं दारोगा के सन्दूक में से तालियों का गुच्छा लेता आया हूँ जिससे सभी दरवाज़े खोल सकता हूँ मगर भूतनाथ के पास तालियाँ न होंगी।

दयाराम : ऐसी अवस्था में शीघ्र निकल चलना चाहिए। कहीं ऐसा न हो कि वह बाहर से इस कोठरी का दरवाज़ा बंद कर दे।

इन्द्रदेव : ऐसा नहीं हो सकता क्योंकि दरवाज़े में जड़े हुए ताले की ताली मेरे पास है और जंज़ीर को अभी मैं काटता हुआ आया हूँ। तथापि अब चलने में विलंब न करना चाहिए। मैं तुम्हारे ओढ़ने के लिए एक अबा और चेहरे पर लगाने के लिए नकाब लेता आया हूँ।

इतना कहकर इन्द्रदेव ने जेब से एक नकाब निकालकर दयाराम को दी और अपने ऊपर से स्याह अबा उतारकर उन्हें उड़ा दिया, क्योंकि वह दो अबा ओढ़े हुए थे। इसके बाद वे दोनों उस क़ैदखाने के बाहर चले। उसी समय बाहर से पुनः खटके की आवाज़ आयी मानो किसी ने ज़ोर से धक्का देकर किवाड़ का पला खोला है।

दयाराम को साथ लिए हुए इन्द्रदेव उस क़ैदखाने के बाहर हुए और जिस राह से दरवाज़ा खोलते हुए आए थे उसी राह से कोठरियों को पार करते और ताला बंद करते रवाना हुए क्योंकि जो ताले उन्होंने खोले थे वे नई तक खुले ही रह गये थे।

इन्द्रदेव और दयाराम ने सिर्फ़ चार या पाँच कोठरियाँ पार की होंगी कि सामने से एक आदमी स्याह अबा ओढ़े, स्याह नकाब लगाए तथा खंजर और रोशनी हाथ में लिए आता दिखाई दिया। वास्तव में यह भूतनाथ हई था। इन्द्रदेव पर निगाह पड़ते ही भूतनाथ ने कहा, "मैं समझता हूँ कि आप दारोगा सा रब ही होंगे क्योंकि सिवाय आपके किसी दूसरे का इस मकान में आना और इन तालों को खोलना बड़ा ही दुर्घट है।"

इन्द्रदेव : **(कई दफ़े खाँसकर भारी आवाज़ से)** आओ जी भूतनाथ, कहो अच्छे तो हो? वास्तव में मैं तुम्हारा दोस्त और खैरख्वाह दारोगा ही हूँ मगर सर्दी और खाँसी से मेरी तबीयत बहुत परेशान हो रही है। यह बड़े ही ताज्जुब की बात मैं देख रहा हूँ कि तुम मामूल के ख़िलाफ़ चोरों के तरह छिपे मेरे गुप्त स्थान में आधी रात के समय घूम रहे हो।

भूतनाथ : बेशक् आपके लिए यह ताज्जुब की और मेरी आदत के ख़याल से नई बात है परन्तु मेरे पास इसका काफी जवाब है जिसके सुनने से संतोष हो जाने के साथ-साथ आपका आश्चर्य भी जाता रहेगा। मगर मैं यह निश्चय कर लेने के बाद जवाब दूँगा कि आप वास्तव में दारोगा साहब ही तो हैं, क्या आप अपने चेहरे पर से नकाब नहीं हटा सकते?

इन्द्रदेव : **(अपने चेहरे से नकाब हटाकर)** हाँ, हाँ परदा किस बात का है, लो मैं चेहरा दिखा देता हूँ।

दारोगा को क़ैद करने के बाद दरोगा ही की सूरत बन कर इन्द्रदेव इस मकान में आए और दो दिन तक रहे थे। नौकरों को इस बात का गुमान भी नहीं हुआ था और इसीलिए उन लोगों ने वैसी ही खिदमत इन्द्रदेव की भी की थी जैसी दारोगा की करते थे इसीलिए इस समय भी वे उचित समझकर दारोगा ही की सूरत में थे सिर्फ़ नकाब चेहरे पर डाले हुए थे, अस्तु भूतनाथ को चेहरा देखते ही विश्वास हो गया कि यह वास्तव में दारोगा है मगर दयाराम को कुछ आश्चर्य ज़रूर हुआ परन्तु परिचय का शब्द इन्द्रदेव के मुँह से सुन चुके थे इसलिए उनका दिल मज़बूत बना रहा।

भूतनाथ : **(चेहरा देखने के बाद)** हाँ, अब मुझे विश्वास हो गया कि आप दारोगा साहब हैं अस्तु अब मैं अपने इस तरह यही आने का सबब बताता हूँ, मगर एक बात और पूछने की है।

इन्द्रदेव : वह क्या?

भूतनाथ : **(दयाराम की तरफ़ इशारा करके)** यह आपके साथ कौन हैं?

इन्द्रदेव : हमारा ही विश्वासी आदमी है, इसे ज़रूरत समझकर साथ लेता आया था।

भूतनाथ : अच्छा तो अब मैं अपने आने का कारण आपसे कहता हूँ, सुनिए। मैं आप ही के पास आया था मगर आपसे मुलाकात न होने के कारण इस तरह छिपकर

अपना काम करने की नीयत से आया हूँ। मुझे इस बात का ठीक पता लग चुका है कि मेरे दोस्त दयाराम जी आपके यहाँ क़ैद हैं।

इन्द्रदेव : (**हँसकर**) तुम्हारे मुँह से यह बात सुनकर मुझे आश्चर्य होता है क्योंकि तुमने खुद अपने हाथ से दयाराम की जान ली है!

भूतनाथ : यह आपको किसने कह दिया?

इन्द्रदेव : ज़माने की जानकारी ने। भला तुम ही बताओ कि जमना और सरस्वती ने क्यों तुम्हारा पीछा किया हुआ है और तुमने ही उन्हें मारने के लिए कौन-सी कार्रवाई उठा नहीं रखी है।

भूतनाथ : चिढ़कर आपको इन सब बातों के कहने का कोई हक़ नहीं है और न मुझे जवाब देने की कोई ज़रूरत है, जब इस बात का निश्चय हो ही चुका कि दयाराम आपके कब्जे में है तब मेरे ऊपर उनके मारने का इलज़ाम नहीं लग सकता।

इन्द्रदेव : खैर, तो मैं भी सीधी बातों में जवाब देता हूँ कि दयाराम यहाँ नहीं हैं और न मुझे उनकी कुछ ख़बर है।

भूतनाथ : आपका यह कहना बिलकुल ही झूठ है, मुझे जो कुछ ख़बर लग चुकी है उसमें किसी तरह भूल नहीं हो सकती।

इन्द्रदेव : मानने-न-मानने का तुम्हें अख्तियार है पर असल बात जो थी वह मैंने कह दी। हाँ अगर तुम्हारा कहना ठीक है और वास्तव में दयाराम जीते हैं तो इस ख़बर से मैं बहुत ही खुश हुआ। ईश्वर करे कि उनका पता लग जाय और कुशलपूर्वक वे अपने दोस्तों में हँसते-खेलते दिखाई दें, मगर फिर भी मुझे इस बात का डर बना ही रहेगा कि कहीं वे पुनः तुम्हारे कब्जे में न फँस जाएँ और इतने दिन की तकलीफ़ उठा कर अंत में तुम्हारे ही हाथ से मारे जाएँ।

भूतनाथ : (**चिढ़कर**) आप आवाज़ कसने से बाज नहीं आते और ख़ामाख़ाह मुझे बेईमान बता कर क्रोधित करते हैं।

इन्द्रदेव : तुम्हारे बेईमान होने में शक ही क्या है! दूसरे की बात तो दूर रहे तुमने ख़ास अपने उन शागिर्दों के साथ जो हर वक्त तुम्हारे लिए अपनी जान हथेली पर लिए रहते थे ऐसा बुरा बर्त्ताव किया है कि नालायक-से-नालायक और बेईमान आदमी भी नहीं करेगा। वे लोग भी तुम्हें ऐसा मज़ा चखाने कि जन्म-भर याद करोगे। मेरे पास वे लोग मदद माँगने के लिए आए थे मगर तुम्हारे मुलाहिजे से अभी तक उन्हें टालता रहा हूँ। यद्यपि नकली दारोगा यानी इन्द्रदेव की बातों से भूतनाथ को बेहिसाब क्रोध चढ़ आया था परन्तु अपने शागिर्दों की ख़बर सुनकर और बिगड़ने का मौका न जान कर वह अपने गुस्से को पी गया और नर्मी के साथ बोला-

भूतनाथ : नहीं-नहीं मेरे दोस्त, आपने जो कुछ सुना है या मेरे शागिर्दों ने जो कुछ ख़बर आपको दी वह बिलकुल गलत है। वास्तव में वे सब बड़े ही बेईमान और कमीने हैं। आपने बहुत ही अच्छा किया कि उनकी मदद नहीं की और मुफ्त में मुझसे दुश्मनी नहीं खरीदी। मुझ पर आपका बड़ा ही अहसान होगा यदि आप मुझे उन नालायकों का पता देंगे।

इन्द्रदेव : तुम्हारे कहने के पहिले ही मैं यह सोच रहा था कि इस मामले की तुम्हें ख़बर कर दूँ और इसीलिए उनसे टालमटोल करता चला जा रहा हूँ, मगर इधर बहुत दिनों से तुमसे मुलाकात ही नहीं हुई और न तुम्हारा कोई पता ही चला।

भूतनाथ : खैर, इस समय तो मैं मौजूद हूँ।

इन्द्रदेव : ठीक है पर इस समय मैं अपने काम में लगा हुआ हूँ और विशेष बातचीत नहीं कर सकता, हाँ अगर कल तुम मुझसे मिलो तो बेशक् मैं उनका सब हाल तुमसे कहूँगा मगर मुझे इस बात का बहुत ही दुःख है कि तुम मेरे मकान में इस तरह घुस कर मानो मेरी बेइज्ज़ती करते हो।

भूतनाथ : इसके लिए मैं आपसे माफ़ी माँगता हूँ, मैं तो केवल आपसे मिलने की नीयत करके यहाँ आया था।

इन्द्रदेव : खैर जो कुछ हुआ सो हुआ, अब बाहर चलो, मैं कल तुमसे बात करूँगा।

भूतनाथ ने बहुत कुछ पेचोताब खाया मगर अपने बिगड़ैल शागिर्दों का ख़याल करके चुप ही रहा, क्योंकि उसे अपने शागिर्दों का बड़ा ही डर लगा हुआ था और वह समझता था कि यदि वे लोग पकड़े नहीं जाएँगे तो मेरी जान किसी तरह बचने न पाएगी, इसमें उचित यही है कि दारोगा साहब से पहिले उन शागिर्दों का पता लगा लिया जाय और तब दयाराम के बारे में बातचीत की जाय। इन्हीं सब बातों को सोच वह इस समय तरह हो गया और अपने कसूर की माफ़ी माँग कर इन्द्रदेव के साथ-ही-साथ इस मकान से बाहर निकला।

भूतनाथ ने इन्द्रदेव से विदा माँग कर जंगल और मैदान का रास्ता लिया मगर दयाराम को साथ लिए इन्द्रदेव पहिले उस कमरे में गए जहाँ दारोगा साहब रात के समय रहा करते थे। वहाँ उन्होंने लोहे की एक आलमारी खोली और उसमें वह तालियों का झब्बा जिससे ऊपर वाले ताले खोले थे रख कर दयाराम को साथ लिए हुए मकान के बाहर चले गए। पहरे वालों ने मामूली ढंग पर उन्हें दारोगा समझकर रोक-टोक न की और चुपचाप अपने काम पर जहाँ-के-तहाँ मुस्तैद खड़े रहे।

कदम बढ़ाते हुए तेज़ी के साथ दोनों आदमी शह के बाहर निकल गए और तब एक तालाब के पास पहुँचे जहाँ इन्द्रदेव की आज्ञानुसार उनके आदमी दो घोड़े और एक

रथ लिए तैयार थे। इन्द्रदेव ने दयाराम से पूछा, “कहिए आप इस घोड़े पर सवार हो सकते हैं या नहीं?”

दयाराम : आपकी आज्ञा हो तो मैं सवार हो जाऊँ परन्तु कमज़ोर बहुत हो रहा हूँ शायद...

इन्द्रदेव : तो तकलीफ़ करने की कोई ज़रूरत नहीं, रथ तैयार है हाँ, इस पर हम लोग बखूबी सफ़र कर सकेंगे? हाँ यदि आप कुछ भोजन करना चाहें तो इसी रथ पर सामग्री तैयार है और तालाब का जल भी स्वच्छ है।

दयाराम : अब तो मैं आपकी कृपा से स्वतंत्र हो गया हूँ, ऐसी अवस्था में बिना स्नान और संध्योपासना से निवृत्त हुए तथा ईश्वर को धन्यवाद दिये मैं भोजन नहीं कर सकता, यदि आपकी आज्ञा हो तो यहाँ इन कामों से निवृत्त हो सकता हूँ परन्तु कपड़ों का अभाव...

इन्द्रदेव : **(बात काटकर)** नहीं नहीं, कपड़ों का अभाव क्यों होगा, इस समय का मुझे ध्यान था अस्तु मेरी आज्ञानुसार कपड़े भी इस रथ में ज़रूर आए होंगे।

इतना कहकर इन्द्रदेव ने कपड़ों की बात अपने आदमी से दरियाफ्त किया तो मालूम हुआ कि भोजन की सामग्री के साथ-ही-साथ कपड़े भी मामूली तौर पर आए हुए हैं। रात नाममात्र को बाकी थी और पूरब तरफ़ आसमान पर सफेदी झलक मारने लग गई थी, अस्तु इन्द्रदेव और दयाराम दोनों ही नहाने-धोने की फिक्र में लगे और घंटे-भर के अंदर ही सब कामों से छुट्टी पा रथ पर सवार हो पश्चिम की तरफ़ रवाना हो गए।

8

दिन को दोपहर के समय हम इन्द्रदेव को एक घने जंगल में बहते हुए नाले के किनारे गुंजान पेड़ के नीचे बैठे देखते हैं। पास में उनका एक शागिर्द खड़ा है और सामने ज़मीन पर बेहोश दारोगा लिटाया हुआ है। नाले के जल से कपड़ा गीला करके इन्द्रदेव दारोगा के सर पर बार-बार रखते और बीच-बीच में लखलखा भी सुँघाते जाते हैं। कुछ ही देर में दारोगा ने आँखें खोली और घबराकर अपने चारों तरफ़ देखने के बाद इन्द्रदेव पर ताज्जुब के साथ निगाह डाली। जब उसके हवास अच्छी तरह दुरुस्त हो गये तब उठ बैठा और इन्द्रदेव से बोला, “यह क्या मामला है, हम और तुम यहाँ पुनः क्योंकर इकट्ठे हुए?”

इन्द्रदेव : (अपने शागिर्द की तरफ़ इशारा करके) मेरे इस शागिर्द ने आज हम दोनों ही को दुश्मन के पंजे से छुड़ाया। कमबख़्त दुश्मन ने हम दोनों को क़ैद तो कर ही लिया था परन्तु एक साथ रखा भी नहीं, अगर हम लोग एक साथ रहते तो कुछ तो दिल बहलता। मेरे इस शागिर्द ने हकीकत में बड़ी होशियारी और चालाकी का काम किया कि इतना जल्द हम लोगों का पता लगा लिया और छुड़ा भी लिया।

दारोगा : ईश्वर ही ने हम लोगों की जान बचायी, नहीं तो मैं एकदम नाउम्मीद हो गया था, जान बचने की कुछ भी आशा न थी। खैर वह था कौन जिसने हम लोगों के साथ बुरा बर्त्ताव किया?

इन्द्रदेव : इस बात का तो निश्चय अभी तक नहीं हुआ है मगर दो-चार दिन में छिपा भी न रहेगा।

दारोगा : उसका नाम ज़रूर मालूम होना चाहिए जिसमें आइंदा उससे होशियार रहा जाय। मैं उस कमबख़्त से ज़रूर बदला लूँगा। तुम्हारे साथ रहने के कारण मैं इस तरह धोखे में आ गया नहीं तो एकाएक धोखा खाने वाला नहीं हूँ।

इन्द्रदेव : उसका पता लगाने के लिए पूरा उद्योग किया जाएगा। आप ख़ूब जानते हैं कि मैं कभी भी किसी के साथ बुराई नहीं करता तिस पर भी न-मालूम क्यों मेरे साथ ऐसा बर्त्ताव किया। हाँ, आपने अपने लिए बहुत दुश्मन ज़रूर बना रखे हैं और जहाँ तक मैं समझता हूँ, आप ही के संबंध में मुझे भी यह दुःख भोगना पड़ा। बीमारी की हालत में ईश्वर ही ने मेरी रक्षा की नहीं तो क़ैद की अवस्था में मेरी बीमारी का बढ़ जाना कोई आश्चर्य की बात न थी सो इसके बदले मैं बराबर तन्दुरुस्त ही होता गया। शायद इसका कारण यह हो कि मैंने तीन दिन तक सिवाय जल पीने के कुछ भी भोजन नहीं किया क्योंकि जो कुछ भोजन की सामग्री मिली वह मुझ बीमार के खाने योग्य न थी। मैं आपको फिर भी यही कहता हूँ कि आप अपनी चाल-चलन को बदल दीजिए। इस छोटी-सी ज़िंदगी में पापों का ढेर लगाते जाना और दिनोंदिन दुश्मनों की गिनती बढ़ाते रहना आप जैसे गृहस्थी-शून्य पुरुष को अच्छा नहीं लगता। कौन आपके आगे बाल-बच्चों का बाज़ार लगा हुआ है कि जिनके लिए आप इतना अर्थप्रिय हो रहे हैं-ताज्जुब नहीं कि इसके लिए आपको एक दिन हद दर्ज़े की तकलीफ़ उठानी पड़े।

दारोगा : तुम हमेशा ही मुझको इस तरह की नसीहतें दिया करते हो मगर मैं तो अपने ख़याल से कोई भी बुरा काम नहीं करता हूँ, हाँ मेरे साथ जो कोई दुश्मनी का बर्त्ताव करता है उसको मैं जवाब देने के लिए ज़रूर तैयार रहता हूँ।

इन्द्रदेव : खैर मैं आपसे बहस करना पसन्द नहीं करता, जो कुछ आप करते हैं वह मुझसे छिपा नहीं है।

दारोगा : अच्छा जो होगा देखा जाएगा, यह समय इस तरह की बातचीत का नहीं है, आप यह बताइए कि हम लोगों का पता आपके शागिर्द को क्योंकर लगा और उसने किस मकान से हम लोगों को छुड़ाया?

इन्द्रदेव : पता क्योंकर लगा इसकी कथा तो बहुत लंबी-चौड़ी है, ऐयार लोग जिस तरह पता लगाते हैं वह ढंग आपसे छिपा हुआ भी नहीं, हाँ इतना कहना ज़रूरी है कि जमानिया में जो 'हरि मन्दिर' के समीप पुरानी टूटी-फूटी इमारत है उसी के एक तहखाने के पास-ही-पास हम लोग क़ैद किए गये।

पुरानी इमारत का नाम सुनकर दारोगा थोड़ी देर के लिए गौर में पड़ गया और बहुत कुछ विचारने के बाद इन्द्रदेव से बोला-

दारोगा : हाँ, मैं कुछ-कुछ समझ गया, आशा है कि अब बहुत जल्द अपने दुश्मन का पता लगा लूँगा, अब कुछ सवारी का बंदोबस्त करना चाहिए जिसमें हम पहुँच सकें।

इन्द्रदेव : आपके और मेरे लिए यहाँ पास ही में कसे-कसाए दो घोड़े तैयार हैं।

इतना कहकर इन्द्रदेव ने अपने शागिर्द की तरफ़ देखा और कुछ इशारा किया। शागिर्द चला गया और कुछ ही देर में दो घोड़े जिनके साथ साईस भी थे ले आया और मामूली बातचीत करने के बाद एक घोड़े पर दारोगा सवार हुआ और साईस को साथ लिए हुए जमानिया की तरफ़ रवाना हुआ, उसके बाद इन्द्रदेव भी दूसरे घोड़े पर सवार हुए और अपने शागिर्द से बातचीत करते धीरे-धीरे कैलाश-भवन की तरफ़ चल पड़े।

9

रात पहर-भर से ज़्यादे जा चुकी है। दारोगा के मकान में हर तरफ़ सन्नाटा छाया हुआ है, सिवाय पहरे वाले सिपाहियों और दो-तीन खिदमतगारों के और कोई जागता हुआ दिखाई नहीं देता। दारोगा अपने एकांत के कमरे में बैठा हुआ कुछ लिख रहा है। लिखते-ही-लिखते वह यकायक किसी गंभीर चिंता में निमग्न हो जाता है देर तक उसकी यही हालत बनी रहती है। कभी-कभी वह घबड़ाकर उठ बैठता और कमरे में इधर-उधर टहलने लगता है! कभी अपने कलमदान में से बाहर की आई हुई चिट्ठियाँ निकालकर देखता और फिर उसी तरह रखकर पुनः लिखने लग जाता है। उसका चेहरा बड़ा ही उदास और चिंतित् जान पड़ता है। उसके सामने संगमरमर की एक चौकी पर मोमी शमादान जल रहा है और छत से लटकती हुई चार-पाँच बिल्लौरी हंडियों में भी मोमबत्ती की रोशनी हो रही है।

इसी तरह कभी लिखते, कभी पढ़ते और कभी टहलते हुए उसने दो घंटे का समय बिता दिया और अंत में पुनः अपनी गद्दी पर आकर गाव तकिए के सहारे लेट गया, उसी समय एक खिदमतगार ने हाज़िर होकर अर्ज किया कि गदाधरसिंह आए हैं।

दारोगा संभलकर उठ बैठा और बोला, 'भेज दो।' कुछ क्षण में भूतनाथ आ मौजूद हुआ। दारोगा ने बड़ी खातिरदारी से उसे अपने पास बैठाया और कुशल-मंगल पूछा। दो-चार मामूली प्रश्न और उत्तर के बाद इस तरह बातचीत होने लगी-

दारोगा : कहिए इधर कोई नई घटना भी देखने-सुनने में आई है या नहीं?

भूतनाथ : हमारे और आपके लिए नई घटनाओं की कमी नहीं है। जब से मैंने सुना है कि दयाराम जी आपकी क़ैद में हैं तब से मुझे क्षण-क्षण में नई घटना का अनुमान होता है। मैं नहीं कह सकता कि मेरे और आपके प्रारब्ध में क्या लिख हुआ है।

दारोगा : **(आश्चर्य के ढंग दिखाता हुआ)** दयाराम का पे क़ैद में होना कैसा?

भूतनाथ : हाँ, इस बात से रात को भी आपने इनकार किया था। मगर साथ ही इसके आपने यह भी वादा किया था कि अगर तुम कल मिलोगे तो तुम्हारे बिगड़ैल शागिर्दों का तुम्हें पता बता देंगे।

दारोगा : **(सच्चे आश्चर्य से)** यह मैंने तुमसे कब वादा किया था!

भूतनाथ : मैं आज ही की बीती हुई रात का जिक्र कर रहा हूँ। क्या आप नशे में तो नहीं थे या इस समय तो नशे में नहीं हैं।

दारोगा : मैं तो नशे में नहीं हूँ मगर तुम्हारे बारे में ऐसा ज़रूर शक कर सकता हूँ। कई दिन के बाद आज शाम को तो मैं घर आया हूँ, यहाँ के सभी आदमी, इस बात को जानते हैं बल्कि हमारे अड़ोस-पड़ोस वालों से भी यह बात छिपी हुई नहीं होगी और तुम कहते हो कि कल रात को हमसे मुलाकात हुई थी?

भूतनाथ : **(कुछ गौर और चिंता के बाद)** यह अजीब है, आपका कहना मैं झूठ नहीं मान सकता मगर यह भी आप सच समझिए कि कल मैं आपके यहाँ आया था और आपसे मुलाकात भी हुई थी। अगर वास्तव में वह आप नहीं थे तो ज़रूर आपकी सूरत में कोई आपका दुश्मन होगा।

दारोगा : मुझे भी शक होता है कि मेरे बाद कोई मेरा दुश्मन इस मकान में ज़रूर आया था क्योंकि मैं अपने कई तरह के सामानों में रद्दोबदल देखता हूँ। तुम्हारी जुबानी खुलासा हाल सुनूँगा तो शायद कुछ पता लगेगा।

भूतनाथ : सच्ची बात तो यह है कि कल मैं आपसे लड़ने या उलाहना देने के लिए यहाँ आया था क्योंकि मुझे इस बात की पक्की ख़बर लगी है कि दयाराम आपके यहाँ क़ैद है, परन्तु आपसे मुलाकात न होने के कारण मैं वापस चला गया और रात को तलाशी लेने की नीयत से चोरों की तरफ़ आपके मकान में पहुँच कर दयाराम की तलाश करने लगा। मैं विशेष ढूँढ़ने भी न पाया था कि दो नकाबपोशों से आपके मकान के ऊपरी हिस्से में मुलाकात हुई। कई तरह की बातचीत होने के बाद एक ने जब अपने चेहरे पर से नकाब हटाई तब आपकी सूरत दिखाई दी। केवल इतना ही नहीं उसने कई ढंग से अपने को दारोगा साबित करके मुझसे तरह-तरह की बातें कीं और आज मुझे बुलाया।

इतना कह भूतनाथ ने पूरा-पूरा हाल अपने रात में यहाँ आने का बयान किया जिसे सुनकर दारोगा बड़ी चिंता में पड़ गया और भय, चिंता तथा घबराहट के साथ भूतनाथ का मुँह देखने लगा। भूतनाथ ने पुनः दारोगा से पूछा, "क्या ये सब बातें आपसे कुछ भी संबंध नहीं रखती!"

दारोगा : कुछ नहीं, मैं तो यहाँ था ही नहीं, बातें क्या खाक होतीं मगर यह घटना बहुत ही बेढब हई मुझे यहाँ आये अभी ज़्यादे देर नहीं हुई तथापि जब मैं यहाँ आया तो

सोचता था कि कई दिनों के बाद मुझे देखकर मेरे नौकर-चाकर बहुत प्रसन्न होंगे और मुझसे मेरे गायब होने का सबब पूछेंगे मगर सो कुछ भी नहीं, इन लोगों ने इतना भी न पूछा कि कहाँ गये थे या आपका मिजाज़ कैसा है। मुझे बड़ा ही आश्चर्य हुआ और मैं उनसे तरह-तरह की बातें पूछने लगा जिससे मालूम हो कि मेरी कई दिन की गैरहाज़िरी में यहाँ क्या-क्या हुआ तथा कौन-कौन आदमी मुझे ढूँढ़ने के लिए आए थे, परन्तु मेरी बातों का जो कुछ जवाब मेरे आदमियों ने दिया उससे यही जाहिर होता था कि मानो मैं एक दिन के लिए भी घर से बाहर नहीं गया था। इन सब बातों से साबित होता है कि मुझे क़ैद कर लेने के बाद मेरा दुश्मन मेरी सूरत बन कर यहाँ आया था और कई दिन तक रहा भी था। मैंने अपने मुँह से अभी तक अपने आदमियों को यह नहीं कहा कि वास्तव में मैं यहाँ नहीं था, मुझे किसी ने क़ैद किया था, या मेरा दुश्मन मेरी सूरत बन कर यहाँ आया था, ही जबसे यहाँ आया हूँ अपने घर की अवस्था पर ज़रूर ध्यान दे रहा हूँ, दयाराम तो मेरे यहाँ है नहीं, यह ख़बर तुमने बिलकुल ही झूठी सुनी है, हाँ एक आदमी मेरे यहाँ क़ैद ज़रूर था जिसे वह घबड़ाकर ले गया जो मेरी सूरत बन कर आया था। इसके सिवाय और किसी तरह का मेरा नुकसान नहीं हुआ है।

भूतनाथ : **(आश्चर्य से)** आपको किसी ने क़ैद कर लिया था!

दारोगा : हाँ गदाधरसिंह, भला मैं तुमसे क्यों छिपा, तुम तो मेरे मेहरबान ठहरे और तुम्हारा मुझे बहुत भरोसा भी रहता है। किसी दुष्ट ने मुझे और इन्द्रदेव दोनों को क़ैद कर लिया था। तीन दिन के बाद इन्द्रदेव के शागिर्द ने हम लोगों को छुड़ाया। अब ख़याल होता है कि शायद इसीलिए उसने हमें क़ैद कर लिया था कि मेरे यहाँ से उस क़ैदी को ले जाय।

भूतनाथ : **(आश्चर्य से)** क्या आपको और इन्द्रदेव को दोनों ही को क़ैद कर ले गया था? यह तो बड़े आश्चर्य की बात है! इन्द्रदेव तो अजातशत्रु कहलाते हैं! उनका कोई दुश्मन ही नहीं कहा जाता, फिर उनके साथ यह कैसा बर्त्ताव इसके अतिरिक्त एक बात और है, आपके यहाँ से तो उस क़ैदी को छुड़ा ले जाना था मगर इन्द्रदेव से क्या मतलब था?

दारोगा : शायद उनसे भी कुछ मतलब हो, जब उनसे दरियाफ्त किया जाय तो मालूम हो। या शायद इसका यह सबब हो कि हम और वे उस समय एक साथ ही सफ़र कर रहे थे जब गिरफ्तार हुए, ऐसी अवस्था में वह उन्हें छोड़ अकेले मेरे साथ क्योंकर दगा कर सकता था?

भूतनाथ : हाँ ऐसा हो सकता है, मगर...

दारोगा : मगर क्या?

भूतनाथ : **(अपने दिल का असली विचार छिपाकर)** कुछ नहीं, ख़याल यही है कि दयाराम ज़रूर आपके यहाँ क़ैद हैं या वह दयाराम ही थे जिन्हें आपका दुश्मन यहाँ से छुड़ाकर ले गया है।

दारोगा : नहीं-नहीं भूतनाथ, ऐसा ख़याल मत करो, अगर तुम मेरे उस दुश्मन का पता लगाओगे जिसने हमें क़ैद किया था तो असल हाल तुमको खुद मालूम हो जाएगा।

भूतनाथ : हाँ है तो ऐसी ही बात। आपके उस दुश्मन का जिसने आपको क़ैद किया था पता लगाए बिना ठीक-ठीक हाल मालूम न होगा पर यद्यपि मैं बहुत जल्द उसका पता लगा सकता हूँ मगर मुझे क्यों गरज पड़ी है कि व्यर्थ इस मामले में हाथ डाल कर परेशान होऊँ। काम आपका निकलेगा। मेहनत मुझे करनी पड़ेगी।

दारोगा : क्या तुम मेरे दोस्त नहीं हो? क्या मैं तुम्हारा भरोसा नहीं कर सकता, या समय पड़ने पर मैं मदद करने से भाग सकता हूँ? न-मालूम तुम्हारा दिल ईश्वर ने कैसा बनाया है!

भूतनाथ : (**मुस्कराता हुआ**) आप जो कुछ चाहें और समझें ठीक है, मगर असल बात तो यही है कि आप मुझे सफाई का व्यवहार नहीं रखते। मैं कई दफ़े कई मामलों में देख चुका हूँ कि आप बिना कुछ गिरह रखे मुझसे भेद की बात नहीं करते!

दारोगा : यह तुम्हारा भ्रम है। तुम्हारी आदत है कि बिना कुछ समझे-बूझे या बिना असल मामले की जाँच किये शक कर बैठते हो और खफा हो जाते हो, मैं तुम्हें भाई की तरह मानता हूँ और वक्त पर मदद करने के लिए हमेशा तैयार रहता हूँ मगर फिर भी...

भूतनाथ : आपके इस कहने का मैं शुक्रिया अदा करता हूँ मगर लाचार हूँ कि बिना कुछ मामला पड़े...

दारोगा : (**बात काटकर**) मैं तो पहिले ही कह चुका हूँ कि तुम्हारा मिजाज़ शक्की है, जो कुछ इलज़ाम तुम मेरे ऊपर लगाते हो क्या उसका कोई सबूत भी तुम्हारे पास है?

भूतनाथ : हाँ है।

दारोगा : कहिए जरा मैं भी सुनूँ!

भूतनाथ : पिछली बातों को जाने दीजिए। एक बात तो इसी समय सामने मौजूद है कि आप उस क़ैदी का ठीक-ठीक हाल नहीं बताते जो आपके यहाँ से निकाल लिया गया है और दयाराम के भेद को छिपाते हैं यद्यपि मैं इस उलझन को अच्छी तरह सुलझा चुका हूँ और रत्ती-भर भेद मय सबूत के पा चुका हूँ।

दारोगा : तो क्या किसी ने तुम्हें यह निश्चय दिला दिया है कि दयाराम को मैंने क़ैद कर रखा है?

भूतनाथ : बेशक् ऐसा ही है, इस बात का इलज़ाम मैं आपको नहीं, देता कि दयाराम को रणधीरसिंह जी के यहाँ से आप गिरफ्तार कर लाए थे। नहीं वहाँ से तो उन्हें राजसिंह ले गया था, हाँ राजसिंह के यहाँ से आप चुरा लाए हैं और अब मेरा विश्वास यह है कि कल जो क़ैदी यहाँ से निकल गया है वह दयाराम ही थे। यह बात स्वयं राजसिंह के लड़के ध्यानसिंह ने मुझे लिखी है और उसके लिखने पर मैंने

जब तहकीकात की तब अच्छी तरह से निश्चय हो गया कि ध्यानसिंह का लिखना ठीक है। अभी परसों की बात है कि मैं स्वयं ध्यानसिंह से मिलने गया था। उसका कथन है कि तुम खुद राजसिंह से दयाराम को माँग कर ले आये थे और इसके बदले में उसने तुमसे मनमानी रकम ली थी।

दारोगा : ये सभी बातें झूठी और बनावटी हैं, अगर सचमुच ऐसा ही था तो ध्यानसिंह ने तभी तुमसे क्यों नहीं कहा?

भूतनाथ : इसके लिए तो उसने आपसे रकम ही वसूल की थी अस्तु इस भेद को छिपाना उसके लिए ज़रूरी था, साथ ही इसके वह मुझे दुश्मनी की निगाह से देखता था मगर अब जबकि उसे मुझसे ख़ास ज़रूरत आ पड़ी है तब सब कुछ कहने और सब भेद खोलने के लिए तैयार हुआ है।

दारोगा : कुछ नहीं, यह सब उसकी बदमाशी है। इन सब बातों का तुम कुछ ख़याल मत करो। तुम जरा ख़याल तो करो और सोचो तो सही कि जमना और सरस्वती के बारे में मैंने तुम्हारी कैसी मदद की थी। अगर मुझे तुमसे दुश्मनी ही करनी होती तो ऐसे गूढ़ मामले में मदद करने की मुझे क्या ज़रूरत थी? हाँ तुमने बेशक् अपने वादे का कुछ भी ख़याल नहीं किया और भैया राजा के विषय में मदद करने की प्रतिज्ञा करके भी कुछ न किया। खैर अब तुम्हें उचित है कि मेरे दुश्मन का पता लगाओ और निश्चय करो कि मेरे क़ैदी को यहाँ से कौन निकाल कर ले गया है तब तुम्हें आप ही मालूम हो जाएगा कि मैं सच्चा हूँ या झूठा।

भूतनाथ : बेशक् मैं आपकी खातिर आपके दुश्मन का पता लगाऊँगा और अगर आप सच्चे निकलेंगे तो हमेशा आपका मददगार बना रहूँगा। भैया राजा के विषय में आपके लिए अभी तक कोशिश कर रहा हूँ। यद्यपि इस काम में मुझे हद-दर्ज़े की तकलीफ़ उठानी पड़ी जो कि मैं अभी इसी समय आपसे बयान करने वाला हूँ परन्तु क्या करूँ मेरी आर्थिक अवस्था बहुत ही खराब हो रही है, रुपये की मुझे सख्त ज़रूरत आ पड़ी है, मेरे कई शागिर्द मुझसे रंज होकर भाग गये हैं और मेरी तमाम दौलत चुराकर ले गये हैं, मैं इस समय पूरा कंगाल हो रहा हूँ और रुपये के बिना मेरे सभी कामों में बड़ा हर्ज हो रहा है।

दारोगा : मेरे लिए तुम अभी तक भैया राजा के विषय में कोशिश कर रहे हो यह जान कर मुझे प्रसन्नता हुई। मैं इधर बहुत दिनों से तुम्हारा हाल जानने के लिए बेताब हो रहा हूँ, क्योंकि बहुत दिनों से मुलाकात न होने के कारण तरह-तरह की चिंता लगी रहती है। मैं ज़रूर सुनूँगा कि इस बीच में तुम पर क्या बीती और क्या-क्या हाल हुआ। इसके बाद दारोगा और भूतनाथ ने देर तक बातें होती रहीं जिनके लिखने की यहाँ कोई ज़रूरत नहीं जान पड़ती। इसके अतिरिक्त दारोगा ने रुपये-पैसे से भी भूतनाथ की पूरी मदद की।

10

दयाराम को क़ैद से छुड़ाने के बाद जब इन्द्रदेव कैलाश-भवन में पहुँचे तब उस समय आधी रात होने के कारण उनके मकान में सन्नाटा छाया हुआ था मगर एक कमरे में जिसमें जमना और सरस्वती रहती थीं सन्नाटा नहीं था, उसमें जमना, सरस्वती, इन्दुमति, प्रभाकर सिंह और भैया राजा बैठे जमानिया की अवस्था और अपने भाग्य पर तरह-तरह की बातें कर रहे थे तथा दयाराम के मामले में चिंता के साथ सोचते हुए इन्द्रदेव का इंतज़ार कर रहे थे। सबसे पहिले इन्द्रदेव अपने कमरे में गये और वहाँ अपने लोहे के सन्दूक में कुछ काग़ज़ वगैरह रखने के बाद वहाँ गये जहाँ उनकी स्त्री सूर्य रहा करती थी। उस समय वह घोर निद्रा में थी परन्तु इन्द्रदेव के वहाँ पहुँचते ही पैरों की चाप सुनकर जाग गई और चारपाई के नीचे उतर कर उसने अपने पति को प्रणाम करके चारपाई पर बैठ जाने का इशारा किया।

इन्द्रदेव चारपाई पर बैठ गए और उन्होंने अपने सफ़र तथा दयाराम के छुड़ाने का हाल बयान करके कहा कि अब इनका इरादा क्या है तथा सरयू को भी अब क्या करना चाहिए। इसके बाद आधे घंटे तक उन दोनों में भेद की बातें होती रहीं, अंत में सरयू को साथ लिए हुए वे उस कमरे में गये जिसमें जमना, सरस्वती, इन्दुमति, प्रभाकर सिंह और भैया राजा बैठे हुए इन्द्रदेव का इंतज़ार कर रहे थे।

इन्द्रदेव को देख सब उठ खड़े हुए और यथोचित् दंड-प्रणाम तथा साहब सलामत के बाद कुशल-मंगल पूछकर सब कोई बैठ गए और बातचीत करने लगे। इन्द्रदेव को अकेले देखकर जमना और सरस्वती वगैरह को बड़ा ही आश्चर्य हुआ क्योंकि उन्हें इसका पूरा-पूरा विश्वास था कि इन्द्रदेव ज़रूर दयाराम को साथ लेकर घर में आवेंगे परन्तु उन्होंने दयाराम के बदले में सरयू को उनके साथ देखा।

निराश हो जाने के कारण जमना और सरस्वती के चेहरे पर उदासी छा गई जिसे देखते ही इन्द्रदेव उसका कारण समझ गए और उन्होंने जमना तथा सरस्वती की तरफ़ देखकर कहा, "मैं तुम दोनों को इस बात की मुबारकबाद देता हूँ कि मेरा यह सफ़र ईश्वर की कृपा से व्यर्थ नहीं गया और जिस काम के लिए मैं गया था उसे पूरा कर आया।" इन्द्रदेव के मुँह से यह बात सुनकर दोनों प्रसन्न तो हुई मगर उनकी चिंता दूर न हुई। जमना ने कुछ धीमी आवाज़ में इन्द्रदेव को यह जवाब दिया, "परन्तु मैं तो आपको यहाँ अकेला ही देखती हूँ।"

इन्द्रदेव : हाँ अकेला देखती हो मगर कुछ चिंता की बात नहीं।

प्रभाकर सिंह : आपके कथन से तो यही जान पड़ता है कि आपने दयाराम जी को क़ैद से छुड़ा लिया, परंतु यहाँ आपको अकेले आए हुए देखकर हम लोगों की चिंता अथवा उत्कंठा यदि बढ़ जाय तो कोई आश्चर्य की बात नहीं है।

इन्द्रदेव : बेशक् ऐसा हो सकता है परन्तु मैं साफ-साफ कहे देता हूँ कि मैं दयाराम को एक दुष्ट की क़ैद से छुड़ा लाया। यहाँ अपने साथ न लाने का भी एक कारण है। मैं यह उचित समझता हूँ कि तुम लोग खुद चलकर उनसे मुलाकात कर लो, ऐसा करने से हम लोगों को सच्चा आनन्द आवेगा।

जमना : तो आप उन्हें कहाँ छोड़ आए हैं?

इन्द्रदेव : अपने असली और पुराने मकान में जो मेरा और मेरे बुजुर्गों का वास्तविक स्थान है।

भैया राजा : अगर आप उन्हें यहाँ ले आते तो क्या हर्ज था?

इन्द्रदेव : दुश्मनों के ख़याल से मैंने ऐसा नहीं किया, कमबख़्त दारोगा कोई मामूली आदमी नहीं है और भूतनाथ को भी इस मामले की ख़बर लग चुकी है तथा वह भी अपना जाल पूरी तरह फैला चुका है। नहीं कह सकते कि दयाराम के विषय में उसकी नीयत क्या है, केवल इतना ही नहीं, मेरे इस मकान में दारोगा या भूतनाथ का आ पहुँचना कोई आश्चर्य की बात नहीं है। परन्तु दयाराम की जिद यही है कि मैं अभी लोगों में अपने को प्रकट नहीं करूँगा बल्कि अभी किसी को इस बात का पता भी न लगने दूँगा कि वास्तव में दयाराम जीते हैं अथवा दारोगा की क़ैद से उन्हें रिहाई मिल गई।

प्रभाकर सिंह : ऐसा क्यों?

इन्द्रदेव : इसका सबब उनसे मुलाकात होने पर आप लोगों को मालूम हो जाएगा। पहिले आप लोग उनसे मुलाकात तो कीजिए और देखिए तो सही कि इस क़ैद की बदौलत उनकी सूरत क्या हो रही है। वह तिलिस्मी स्थान बहुत सुरक्षित है, वहाँ कोई हम लोगों का दुश्मन पहुँच नहीं सकता और न उन्हें वहाँ किसी तरह की तकलीफ़ हो ही सकती है। इसके अतिरिक्त तुम लोगों ने भी अभी तक हमारा वह स्थान देखा नहीं है, केवल सुनते ही आते हो कि इन्द्रदेव किसी तिलिस्म का दारोगा है, अब सब कोई चलो और देखो कि कैसा सुन्दर और सुहावना स्थान है, और वहाँ चलने के लिए आज से बढ़ कर अच्छा मौका भी कब मिलेगा।

सरस्वती : आप वहाँ कब चलेंगे?

इन्द्रदेव : अभी इसी समय मैं चलने के लिए तैयार हूँ बल्कि रथ और घोड़ों को तैयार करने का हुक्म भी दे चुका हूँ। आप लोगों को जो कुछ बातें करना है वहाँ पहुँच कर ही करेंगे।

प्रभाकर सिंह : बहुत अच्छी बात है।

इन्द्रदेव के तिलिस्मी स्थान को देखने की इन सभों को पहिले ही से इच्छा थी परन्तु लिहाज से भी कुछ कह नहीं सके है। आज वह जगह देखने में आवेगी और दयाराम से

भी मुलाकात होगी यह जान कर सभी कोई प्रसन्न हुए और वहाँ जाने की तैयारी करने लगे। उसी समय एक लौंडी ने आकर इत्तिला की कि सवारी हाज़िर है।

पहर-भर रात बाकी होगी जब जमना, सरस्वती, इन्दुमति और सरयू रथ पर और इन्द्रदेव, प्रभाकर सिंह तथा भैया राजा घोड़ों पर सवार तिलिस्म की तरफ़ रवाना हुए। इन्द्रदेव का तिलिस्म मकान कैसा था और वहाँ पहुँचने का रास्ता किस ढंग का था इसका हाल चन्द्रकान्ता सन्तति में बहुत खुलासे तौर पर लिखा गया है, आशा है कि हमारे प्रेमी पाठक उसे भूले न होंगे।

इन लोगों का सफ़र यद्यपि बहुत तेज़ी के साथ हुआ तथापि जब ये लोग उस पहाड़ी के नीचे पहुँचे जिसके ऊपर कुछ और रास्ता तय करने के बाद उस तिलिस्मी घाटी का मुहाना मिलता था तो दिन दो पहर से कुछ ज़्यादे ढल चुका था। ये लोग सवारी से नीचे उतरे और पहाड़ पर चढ़ने लगे। अभी तक इन लोगों में से किसी ने स्नान का भोजन नहीं किया था और दयाराम से मिलने की चाह में किसी को इस बात की फिक्र भी न थी मगर इन्द्रदेव ने ऐसा करना उचित न जाना क्योंकि उन्हें विश्वास था कि जब ये लोग दयाराम के सामने पहुँच जाएँगे तो मारे खुशी के और बातचीत की धुन में इन लोगों को खाने-पीने की कुछ भी सुध न रहेगी और न इसका मौका ही मिलेगा। अस्तु इन बातों का विचार कर पहाड़ी के कुछ ऊपर चढ़ने के बाद चश्मे के किनारे पहुँचकर इन्द्रदेव ने डेरा डाल दिया और सभों को निपटने और स्नान इत्यादि से छुट्टी पाकर कुछ जलपान करने के लिए कहा। इन्द्रदेव ने जलपान का इंतज़ाम घर से ही कर लिया था अर्थात् कुछ मेवा-मुरब्बा वगैरह अपने साथ रथ पर लेते आए थे। लाचार होकर सभी को इन्द्रदेव की आज्ञा माननी पड़ी।

घंटे-सवा-घंटे की देर में सब कोई ज़रूरी कामों से निपटने के बाद कुछ भोजन इत्यादि करके भी निश्चिंत हो गए। अब उन लोगों को पैदल ही सफ़र करना पड़ा परन्तु थकावट का चिह्न किसी के भी चेहरे पर दिखाई नहीं देता था और वे लोग दयाराम से मिलने की धुन में बराबर कदम बढ़ाए चले जा रहे थे। केवल इतना ही नहीं, सरयू और इन्द्रदेव को छोड़कर बाकी सभी को इस बात का शौक उमड़ रहा था कि देखें इन्द्रदेव का तिलिस्मी स्थान कैसा है।

घंटे-भर और सफ़र करने के बाट यह मंडली उस गुफा या सुरंग के मुहाने पर जा पहुँची जो इन्द्रदेव की घाटी में जाने का रास्ता या दरवाज़ा था। इस गुफा के दोनों तरफ़ दो चौड़े पत्थर रखे हुए थे जिन पर थोड़ी देर बैठ कर आराम करने के लिए इन्द्रदेव ने सभी को कहा। देर तक वहाँ आराम करने के बाद सभों ने इन्द्रदेव से कहा, "बस अब हम लोग आराम कर चुके, विशेष दो करना गड़ाता है।"

इन्द्रदेव तैयार हो गए, सभों को साथ लिए गुफा के अंदर घुसे। यह गुफा अंदर से बहुत खुलासा और प्रशस्त तो थी परन्तु इसके अंदर बिलकुल अंधकार था। इन्द्रदेव के

पीछे-पीछे एक-दूसरे का सहारा लिया क्रमशः सब कोई चलने लगे। लगभग सौ कदम जाने के बाद रास्ता घूमा और इन्द्रदेव के पीछे सब कोई बाईं तरफ़ को रवाना हुए। थोड़ी दूर और जाने के बाद इन्द्रदेव रुके क्योंकि यहाँ पर उन्हें कोई दरवाज़ा खोलना था और इसकी तरकीब बहुत ही गुप्त थी। लोगों को सिवाय एक खटके की आवाज़ सुनाई देने के और कुछ भी मालूम न हुआ। उस समय इन्द्रदेव वहाँ खड़े हो गए और धीरे-धीरे सभों को उस दरवाज़े के अंदर करके स्वयं सब के पीछे रह गये और तब पुनः सभों को दरवाज़ा बंद होने की आहट मालूम हुई। अब इन्द्रदेव ने मोमबत्ती जलाकर रोशनी की।

सब कोई बहुत देर तक अँधेरी गुफा में रहने और चलने के कारण घबड़ा गए थे, अब जो वहाँ रोशनी दिखाई दी तो सभों के जी-में-जी आया और आश्चर्य के साथ सब कोई इधर-उधर देखने लगे। यहाँ पर नीचे उतरने के लिए कुछ सीढ़ियाँ बनी हुई थीं। उसे खतम करके कुछ दूर और चलने के बाद सुरंग समाप्त हुई और सभों की निगाह एक ऐसे सुन्दर, सुहावने और रमणीक स्थान पर पड़ी कि जिसके देखते ही सबका दिल बाग-बाग हो गया, सभों ही के मुँह से वाह-वाह की आवाज़ आने लगी।

यह सुन्दर, सुहावना और दिलचस्प सुन्दर-सुन्दर गुलबूटों से भरा मैदान चारों तरफ़ की हरी-भरी ढालवीं पहाड़ियों से घिरा हुआ था। हरे-हरे तथा खुशबूदार फूलों से लदे हुए पेड़ तथा लताओं की खुशबू बहुतायत से निकल कर हवा में मन्द-मन्द मिलकर जिस तरह दिमाग को मुअत्तर कर रही थी उसी तरह रंग-बिरंगे की खुशनुमा चिड़ियों की आवाज़ तथा गूँजते और फूलों पर न्यौछावर होते हुए भौरों की पत्तियाँ कोनों और आँखें को भी बहुत ही भली और प्यारी मालूम होती थी। यहाँ जी चाहता था कि यहाँ से क्षण-भर भी हट कर कहीं न जाएँ और न इस स्वर्ग-तुल्य स्थान को देखने से मुँह मोड़। एक तरफ़ पहाड़ी की आधी ऊँचाई से सुन्दर झरना नीचे की तरफ़ गिर रहा था जिसके साफ-सुथरे बिल्लौर के-से जल की बदौलत उस मैदान के गुलबूटों और पौधों की सिंचाई बख़ूबी होती थी तथा और भी बहुत-से छोटे झरने पहाड़ी से बह रहे थे जिससे यहाँ की तरावट में किसी तरह की कमी नहीं आने पाती थी और यहाँ के पेड़ भी हर वक्त सरसब्ज और शादाब बने रहते थे। दूसरी तरफ़ पहाड़ी के ऊपर एक सुन्दर बँगला भी दिखाई दे रहा था और वह अपने चारों तरफ़ के गुलबूटों और पौधों से ऐसा मालूम पड़ता था मानो बसन्त ऋतु में कामदेव के भवन को बाग़-बगीचों ने चारों तरफ़ से घेर रखा हो।

उन पहाड़ियों पर चढ़ने और उतरने के लिए हर तरफ़ छोटी-बड़ी तथा मनभावन सीढ़ियाँ बनी हुई थीं और जगह-जगह पर बैठ कर आनन्द लेने के लिए रंग-बिरंगे पत्थरों के बड़े-बड़े चट्टान मौजूद थे जिनके इर्द-गिर्द मौके-मौके से खुशनुमा और कीमती गमले सजाए हुए थे।

वहाँ की ऐसी अवस्था देखकर सभों का चित्त-प्रसन्न हो गया मगर जमना और सरस्वती की आँखें यहाँ के गुलबूटों का आनन्द उतना ही नहीं ले रही थीं जितना दयाराम

को खोजने के लिए उतावली होकर खंजन की-सी चंचलता करती हुई चारों तरफ़ देख रही थीं।

सभों को साथ लिए हुए इन्द्रदेव अपने बंगले की तरफ़ रवाना हुए। सब कोई सीढ़ियाँ उतर कर उस सुन्दर मैदान में पहुँचे और फिर बगल की तरफ़ वाली पहाड़ी पर चढ़ने लगे। कुछ दूर ऊपर चढ़ने के बाद जमना और सरस्वती की निगाह यकायक किसी लताकुंज के नीचे एक चट्टान पर बैठे हुए दयाराम के ऊपर जा पड़ी जो इस समय सर झुकाए हुए कुछ सोच रहे थे। यद्यपि इस समय हंसमुख दयाराम का वह गोरा, सुन्दर और साफ चेहरा न था, न वह गोलमटोल तथा गठीला बदन ही था, दिल की उदासी और क़ैद की सख़्ती ने उनके चेहरे और तमाम बदन पर झुर्रियाँ डाल दी थी और अँधेरे में रहते-रहते उनका रंग पीला पड़ गया था, मुद्दत से हजामत न बनने के कारण उनकी दाढ़ी-मूँछ और सिर के बाल बेहिसाब बढ़ रहे थे जिससे उनका चेहरा भालू-का-सा और सूरत वहशियों या जंगलियों की-सी हो रही थी तथापि नज़र पड़ने के साथ ही जमना और सरस्वती का कलेजा धड़कने लगा। उनके दिल ने कहा कि बेशक् उनके प्यारे पति यही हैं। बहुत दिनों तक क़ैद में पड़े रहने के कारण यदि उनकी ऐसी सूरत हो गई हो तो कोई ताज्जुब की बात नहीं है, अस्तु उनकी ओर इशारा करके जमना और सरस्वती ने इन्द्रदेव की तरफ़ देखा।

इन्द्रदेव ने मुस्कराते हुए कहा, "हाँ, दयाराम यही हैं, शायद हम लोगों के इंतज़ार में ये बँगले से बाहर निकलकर यहाँ आ बैठे हैं, यह ज़रूर संभव था कि मैं इनके चेहरे और बदन की सफाई करा देता परन्तु तुम लोगों को इनकी अवस्था दिखाने की नीयत से ऐसा नहीं किया। इनके विषय में तुम लोग किसी तरह का शक न करो, यद्यपि आजकल का ज़माना बहुत बुरा हो रहा है-हर तरफ़ ऐयारियों और चालबाज़ियों का डंका बज रहा है परन्तु मेरे काम में और इनके दयाराम होने में किसी तरह का धोखा नहीं है। क़ैदखाने के अंदर ही मुझसे और इनसे गूढ़ तथा गुप्त बातें हो चुकी हैं और इसके बाद तो पहरों ही...देखो अब वे स्वयं उठकर हम लोगों की तरफ़ आने लगे।"

इन्द्रदेव की बातों ने सभों ही का ध्यान दयाराम की तरफ़ कर दिया और सभी कोई आश्चर्य और दुःख के साथ उनकी तरफ़ देखने लगे। जब यह देखा कि वे स्वयं उठकर उन लोगों की तरफ़ आने लगे तब सभों की चाल में तेज़ी आ गई और प्रसन्नता के साथ सब कोई कदम बढ़ाते हुए उनकी तरफ़ लपके।

हम नहीं कह सकते कि इस समय जमना और सरस्वती के दिल की क्या हालत थी। जब दयाराम नज़दीक आ पहुँचे तब जमना और सरस्वती झपटकर उनके पैर पर जा गिरी और गर्म आँसुओं की धार से उनके चरण को धोने लगी। इन्द्रदेव को दयाराम पिता के बराबर मानते और इज्ज़त करते थे इसलिए उन्होंने इस समय अपने हृदय के वेग को रोका और जमना तथा सरस्वती के साथ वह बर्त्ताव नहीं कर सके जो एकांत में अथवा केवल सखियों और दासियों के सामने करते। केवल इतना ही नहीं, उन दोनों को पैरों

पर से उठाने के लिए जब झुके तो कोई ऐसा शब्द धीरे-से बोल पड़े जिसे कोई दूसरा सुन न सका और जमना तथा सरस्वती को भी ज्ञान हो जाने के कारण उनके सादे बर्त्ताव पर कुछ दु:ख न हुआ।

वे दोनों उनके पैरों पर से उठकर हाथ जोड़े सामने खड़ी हो गई और इसके बाद सभी कोई हँसते और मुबारकबादी देते हुए उनसे मिले। मिलते समय जिसका जिस तरह का बर्त्ताव मुनासिब था उसने वैसा ही किया। दयाराम ने भैया राजा, इन्द्रदेव और सरयू को प्रणाम किया तथा प्रभाकर सिंह उनके गले मिले। इस समय किसी के मुँह से यह न निकला कि चलो बँगले में चलकर आराम से बैठें और तब निश्चिंती से बातचीत करें। खुशी के मारे सब उसी जगह ज़मीन पर बैठ गए और समयानुकूल तरह-तरह की बातें करने लगे।

प्रभाकर सिंह : (**दयाराम से**) हरे-हरे, यह बात क्या कोई स्वप्न में भी विचार सकता था कि आप दुनिया में जीते-जागते मौजूद हैं और एक दिन इस तरह पर हम लोग आपका दर्शन करेंगे।

भैया राजा : कदापि नहीं, तमाम ज़माने को इनके मरने का विश्वास हो चुका था। जो कुछ गम जिसके दिल में था वह धीरे-धीरे जाता रहा था, यहाँ तक कि एक ज़माना बीत जाने के कारण सर्वसाधारण के दिल से इनकी याद भी एक तरह से जाती रही, हाँ जो इनके बड़े ही प्रेमी थे केवल उन्हीं के दिल में कभी-कभी इनका ध्यान आ जाता हो तो कोई ताज्जुब की बात नहीं।

इन्द्रदेव : मुझे तो इनका मिलना एक आश्चर्य-सा जान पड़ता है, परमात्मा की भी क्या विचित्र माया है, जिस बात का कुछ ज्ञान न गुमान वह यकायक पैदा हो गई। ईश्वर की कृपा के अतिरिक्त मैं नहीं कह सकता कि और किसको इसके लिए धन्यवाद दूँ?

कुछ देर तक इसी प्रकार की बातें होती रहीं परन्तु जमना और सरस्वती के मुँह से एक शब्द भी नहीं निकला, हाँ आँखों से आँसुओं की धारा बराबर बहती रही। इसके बाद इन्द्रदेव सबको बँगले में ले गये। वही सभों के लिए अलग-अलग कमरों और कोठरियों तथा कपड़ों का उचित प्रबंध करने के बाद अपने हाथ से दयाराम की हजामत बनाई और स्नान वगैरह करा के कपड़े बदलवाए। इन सब कामों से छुट्टी पाते-पाते तक संध्या हो गई और तब सब कोई निश्चिन्त होकर एक कमरे में बैठे और बातचीत तथा हँसी-दिल्लगी करने लगे। आज यहाँ सभी का चित्त प्रसन्न था और सभी को दयाराम की कहानी सुनने का शौक हो रहा था।

सबसे पहिले जमना और सरस्वती ने अपनी तथा अपने साथ-ही-साथ इन्दुमति की दर्दनाक कहानी दयाराम से कह सुनायी और तब प्रभाकर सिंह ने अपना तथा भूतनाथ का बचा हुआ हाल बयान करके सभी कसर पूरी की। तत्पश्चात् भैया राजा का हाल इन्द्रदेव ने बयान किया। इसी के बीच भूतनाथ का हाल थोड़ा-थोड़ा सबकी जुबान से दयाराम ने सुना और अंत में सबने दयाराम का हाल पूछा।

दयाराम ने कहा, "मेरा किस्सा न तो अनूठा है। और न उसमें किसी अनूठी घटना का बयान हो सकता है सिवाय इसके कि वर्षों क़ैद में कैसे पड़े सड़ा किए और दुःख भोगते रहे। क़ैद में इतना मुझे ज़रूर मालूम हो गया कि जमानिया का दारोगा राजसिंह का मददगार है और उसी की सहायता से राजसिंह ने मुझे गिरफ्तार भी किया था। अंत में भूतनाथ पर कब्जा करने की नीयत से दारोगा मुझे अपने यहाँ ले आया और तब से मैं दारोगा का क़ैदखाना आबाद किये हुए था। मुझे अपने छूटने या छुड़ाने का कभी भी कोई अच्छा मौका नहीं मिला और न कोई मददगार ही दिखाई दिया। यदि आपको यकायक मेरा पता न लगता तो शायद मेरी ज़िंदगी उस क़ैदखाने में ही पूरी होती और अंत में मेरी लाश बिना संस्कार ही के ज़मीन में गाड़ दी जाती। आप लोगों की जबानी जो कुछ मैंने सुना उससे यही जान पड़ता है कि दारोगा के दिल में सदा ही से हम लोगों की दुश्मनी की जड़ें जमी हुई हैं और वह हम सभों ही के साथ खोटा बर्त्ताव करता चला आया है, परन्तु आप सदा ही उसका अपराध क्षमा करते चले आए और अपनी तरफ़ से किसी प्रकार का रंज भी उस पर प्रकट नहीं होने दे रहे हैं। ऐसा दिल और ऐसी बर्दाश्त शायद ही दुनिया में किसी को हो। केवल दारोगा ही के साथ नहीं बल्कि गदाधरसिंह के साथ भी आपने वैसा ही बर्त्ताव किया, जिस तरह भीष्म पितामह जी ने अपने प्रण की रक्षा की थी अर्थात् पिता के प्रसन्नतार्थ न तो उन्होंने शादी ही की और न तमाम शरीर बाणों से बिंध जाने पर भी उन्होंने शिखंडी पर शस्त्र या अस्त्र ही चलाया, उसी तरह आप भी अब तक अपने वचन की रक्षा करते चले आए और सैकड़ों आघात सह कर आपने उस पर किसी तरह का वार नहीं किया।"

प्रभाकर सिंह : बेशक् ऐसी ही बात है, इन्द्रदेव जी ने जो कुछ किया व दूसरा कोई नहीं कर सकता।

दयाराम : परन्तु अब जो मैं देखता हूँ तो उन दोनों स्त्रियों का तथा प्रभाकर सिंह और भैया राजा जी का यकायक प्रकट होना कोई मामूली बात नहीं। इससे उन दोनों का बड़ा ही अनिष्ट होगा। चाचाजी (**इन्द्रदेव**) के चुप रह जाने पर भी दुनिया उन्हें सत्यानाश कर डालेगी।

भैया राजा : इसमें भी क्या कोई शक है और इतना ही नहीं, उन दोनों का अनिष्ट होने के साथ-ही-साथ यह बात भी छिपी न रह जाएगी कि इन्द्रदेव जी ने हम लोगों के विषय में क्या-क्या कार्रवाई की है और उन दोनों के साथ कितना मुलाहिज़ा करते आए हैं।

इन्द्रदेव : मुझे अगर कुछ डर रहा है तो इसी बात का था। मैं नहीं चाहता कि मेरी इन कार्रवाइयों का सर्वसाधारण को पता लगे और न मैं यही चाहता हूँ कि दारोगा तथा भूतनाथ को यह मालूम हो कि मैंने उनके विषय में कोई काम किया है अथवा उनके भेदों को मैं जानता हूँ (**कुछ सोचकर**) परन्तु यह बात असंभव-सी जान पड़ती है।

दयाराम : बेशक् यह बात असंभव है लेकिन मैं अपने शरीर से कदापि आपका प्रण झूठा न होने दूँगा। जिस तरह भीष्म जी ने अपने पिता की प्रतिज्ञा रखी थी उसी तरह मैं सब दुःख सहन करने पर भी आपकी, जिन्हें मैं पिता से बढ़कर दोष न लगने दूँगा।

इन्द्रदेव : **(आश्चर्य से)** मगर यह कैसे हो सकेगा?

दयाराम : इसका होना कोई कठिन नहीं हैं तमाम ज़माना जान चुका है कि दयाराम मर गया। मेरे आत्मीय और संबंधियों के दिल से धीरे-धीरे मेरा रंज भी निकल चुका है, अस्तु अब मुझे इस बात की कोई ज़रूरत नहीं रह गई कि मैं खुले मैदान प्रकट होकर उन लोगों से मिलूँ और सभों को अपना तथा आपका हाल मालूम होने दूँ। बस इसी सुन्दर घाटी में कहीं थोड़ी-सी जगह दे दें जहाँ मैं अपनी स्त्रियों के साथ रहकर बची हुई ज़िंदगी ईश्वराधना में बिता दूँ।

इन्द्रदेव : शाबाश-शाबाश, इस हिम्मत को देखकर मैं तुम्हारी सराहना करता हूँ, परन्तु यह कैसे हो सकता है कि मैं अपने हाथ से तुम्हारे पैर में कुल्हाड़ी मारूँ और इतने दिनों तक क़ैद की तकलीफ़ उठाने के बाद रिहाई मिलने पर भी तुम्हें दुनिया की हवा खाने या दुनिया के सुख-दुःख से वंचित रखूँ?

दयाराम : नहीं-नहीं, इसके लिए आप जरा भी चिंता न करें। मैं शपथपूर्वक आपसे कहता हूँ कि मुझे इन बातों की अब कुछ भी लालसा नहीं है। कदाचित् कभी मेरे दिल में यह आ भी जाय कि यहाँ से बाहर निकलकर दुनिया की हवा खाऊँ और ज़माने की चाल-चलन को देखूँ तो यह बात भी आपकी कृपा से मेरे और मेरी स्त्रियों के लिए सहज हो जाएगी अर्थात् हम लोगों को आप थोड़ी-सी ऐयारी सिखा देंगे तो उसकी बदौलत दुनिया की सैर कभी-कभी कर लिया करूँगा। बात यह है कि ऐसा करने में मेरे दिल को जरा भी कष्ट न होगा, इसे आप सत्य समझें।

इन्द्रदेव : **(प्रेम के कारण डबडबाई हुई आँखों से दयाराम की तरफ़ देख के)** बेटा, तुम्हारी जहाँ तक प्रशंसा की जाए थोड़ी है। जबकि मेरी इज्ज़त, बात तथा प्रण की रक्षा करने वाला तुम्हारे जैसा सुपुत्र दुनिया में मौजूद है तब मुझे किस बात की परवाह हो सकती है? निःसन्देह मैं तुम्हें पाकर अपने को कृतकृत्य समझता हूँ। ईश्वर तुम्हें चिरायु करे। जमना और सरस्वती को दुनिया की आफतों से बचे रहने के लिए मैंने ऐयारी सिखाई है और तुम्हें भी अवश्य सिखाऊँगा बल्कि इसके संबंध की बड़ी अनूठी चीज़ें दूँगा जिससे तुम सदैव प्रसन्न रहोगे। बहुत नहीं तो थोड़े दिनों तक तो तुम इस स्थान में गुप्त रीति से रहो फिर जैसी ईश्वर की मर्ज़ी होगी देखा जाएगा। वह सर्वशक्तिमान जगदीश्वर सबकी इच्छा पूर्ण करने वाला है।

प्रभाकर सिंह : **(हाथ जोड़कर)** मेरी भी एक प्रार्थना है।

इन्द्रदेव : वह क्या?

प्रभाकर सिंह : मुझे और इन्दुमति को भी आपने ऐयारी सिखाई जिसके कारण यद्यपि मेरी हिम्मत और ताकत बहुत बड़ी हुई है परन्तु मैं भी दयाराम जी का अनुकरण किया चाहता हूँ। आप मुझे आज्ञा दें कि मैं इनके साथ इसी घाटी में रहा करूँ, सिवाय आपके मेरा तो इस दुनिया में अब कोई रोने वाला भी नहीं है।

इन्द्रदेव : तुम्हारा घर है, तुम खुशी के साथ जब तक चाहो यहाँ रह सकते हो। परन्तु दयाराम की तरह गुप्त होकर तुम्हें रहने की तो कोई आवश्यकता नहीं है। इन्दुमति को यहाँ रख कर मेरी बदनामी को बचाते हुए दुनिया में घूम-फिर कर लोगों का उपकार कर सकते हो परन्तु भूतनाथ और दारोगा से यदि अपने को बचा सको तो।

प्रभाकर सिंह : मुझ अकेले को इन दोनों का कोई डर नहीं है। खैर, जैसा होगा देखा जाएगा।

भैया राजा : परन्तु मैं दारोगा को किसी तरह भी माफ़ नहीं कर सकता, मैं उसका और भाई साहब का ज़रूर सामना करूँगा और देखूँगा कि उस दुष्ट दारोगा की चालबाज़ी कहाँ तक काम करती है।

इन्द्रदेव : बेशक् आपको जमानिया में जाकर अपना घर देखना चाहिए परन्तु इस बात को आप ज़रूर छिपाए रहिएगा कि मैंने आपकी कभी मदद की थी।

भैया राजा : हाँ, इस बात को मैं ज़रूर बचाऊँगा और आपका भेद प्रकट न होने दूँगा।

इसी तरह की बातें सभों में बड़ी देर तक होती रहीं। जब भोजन का समय हुआ सब कोई वहाँ से उठे और दूसरे कमरे में जाकर सभों ने भोजन किया। इन्द्रदेव ने आज नाना प्रकार के भोजन की सामग्री तैयार कराई थी जिसे देखकर सभों को बड़ा ही आश्चर्य हुआ कि घर से इतनी दूर इस गुप्त स्थान में इतना जल्दी ऐसा सामान क्योंकर तैयार कराया गया।

भोजन से निश्चिन्त होकर सब कोई आराम करने के लिए अपने-अपने कमरे में गये जिसका बंदोबस्त इन्द्रदेव ने पहले ही से कर रखा था। दयाराम जी के लिए तीन-चार कमरों और कोठरियों का बंदोबस्त हुआ था जिसमें तरह-तरह के आराम का सामान मौजूद था, दयाराम और उनकी स्त्रियों में दुःख उठाने पर मुदत के बाद मुलाकात हुई थी इसलिए उन लोगों को खुशी का तो कहना ही क्या है अस्तु इस संबंध में हम इससे ज़्यादे और कुछ भी कहना मुनासिब नहीं समझते कि आज की रात उन लोगों के प्रेम का उद्गार किसी तरह कम न हुआ, हँसी-दिल्लगी में, उन लोगों ने जो-जो तकलीफ़ें उठाई थीं, यह सब आज मानो स्वप्न के समान मालूम हो रही थी।

एक सप्ताह तक सभी ने उस घाटी में रहकर हँसी-खुशी से बिताया, इसके बाद दयाराम, जमना, सरस्वती, इन्दुमति और प्रभाकर सिंह को उसी जगह छोड़ कर बाकी सभों को साथ लिए इन्द्रदेव उस तिलिस्मी घाटी के बाहर हुए।

11

इन्द्रदेव के कैलाश-भवन में आज हम भूतनाथ को बड़ी बेचैनी-बेताबी और उदासी के साथ बैठे हुए देखते हैं। इन्द्रदेव इस समय अपने पूजा के कमरे में बैठे पार्थिव पूजन कर रहे हैं और बीच-बीच में जब मौका मिलता है तो भूतनाथ से दो-चार बातें भी कर लेते हैं। सिवाय इन्द्रदेव और भूतनाथ के तीसरा कोई आदमी इस कमरे में दिखाई नहीं देता। हम नहीं कह सकते कि भूतनाथ को यहाँ आए हुए कितनी देर हुई है तथा इन दोनों में क्या-क्या बातें हो चुकी हैं परन्तु अब जो कुछ बातें होने वाली हैं वे ज़रूर सुनने के योग्य हैं।

भूतनाथ : मेरी ज़िंदगी तो मुफ्त में ही बरबाद हो रही है, दिन-रात दुश्मनों ही के ख़याल में बीतता है। अपनी सफेद चादर में पड़े हुए एकमात्र धब्बे को ज्यों-ज्यों धोकर साफ करने की कोशिश करता हूँ त्यों-त्यों वह चादर गंदली ही होती जाती है और इसीलिए मेरी अंतरात्मा को सिवाय कष्ट के कुछ सुख का दर्शन भी नहीं होता।

इन्द्रदेव : तुम्हारे प्रारब्ध में जो कुछ बदा है उसे तुम भोग रहे हो, इसके सिवाय और मैं क्या कहूँ। केवल तुम ही दु:ख नहीं भोगते बल्कि अपनी बेवकूफी से अपने साथ-ही-साथ अपने दोस्तों और साथियों को भी दुखी करते हो। न-मालूम कै दफ़े मैं तुमको समझा चुका हूँ कि तुम इन सब बखेड़ों को छोड़ो और इस बात की धुन में न पड़ो कि दयाराम को मारने का कलंक जो तुम पर लगा है उसे मिटाकर साफ करोगे मगर तुम्हारे दिल में मेरी कोई बात बैठती ही नहीं। दयाराम वाली जिस बात को केवल चार आदमी जानते थे उसे अब तुम्हारी बेवकूफी से बीस आदमी जानने लग गये हैं। तुम इस मामले को तूल न देते तो हम लोगों के मुँही से कोई गैर आदमी कभी न सुनने पाता।

भूतनाथ : बेशक् मुझसे भूल हो गई।

इन्द्रदेव : अभी तक क्या हुआ है, अभी तो तुम दिनों-दिन भूलें करते ही जाओगे। दयाराम को मारने का कलंक कोई सच्चा कलंक नहीं था, वह काम वास्तव में तुमसे धोखे से हो गया, उस संबंध में अब जो कुछ तुम कर रहे हो, वह जान-बूझ के कर रहे हो और सन सब पातकों को फल तुम्हें अवश्य भोगना ही पड़ेगा। इस समय जो तुम अपने लड़के के गम में विकल हो रहे हो यह भी इन्हीं सब पापों का फल है। ऐसा कर्म करके भी तुम अपने वंश की वृद्धि चाहते हो!

भूतनाथ : **(अपनी आँखों से आँसू पोंछकर)** अफ़सोस, में कहीं का न रहा।

इन्द्रदेव : बेशक् ऐसा ही है। अब नहीं तो आगे चलकर तुम वास्तव मैं कहीं के भी न रहोगे। मैं तुमसे यह पूछता हूँ कि जमना और सरस्वती के साथ क्या तुम्हें ऐसा ही बर्त्ताव उचित था जो तुमने किया?

भूतनाथ : उन्होंने खुद मेरे साथ दुश्मनी की नींव डाली। मैं नहीं चाहता था कि उनके साथ किसी तरह का बुरा बर्त्ताव करूँ।

इन्द्रदेव : मगर थोड़ी देर के लिए मान लिया जाए कि वे दोनों तुम्हारे साथ दुश्मनी करने के लिए उतारू हुई मगर क्या कोई कह सकता है कि तुम्हारे ऐसे ऐयार का वे मुकाबिला कर सकती थी? कदापि नहीं, अगर तुम चाहते तो नेकनीयती के साथ उन्हें मालिक समझकर उनके प्रहारों को बचाते हुए नेक और खिदमती कामों से उन्हें खुश कर लेते। मगर नहीं, तुम्हें तो ऐयारी का घमंड चढ़ा हुआ था, तुम्हारे अदृष्ट ने तुम्हारा दिमाग आसमान पर चढ़ा दिया था, फिर ऐसा काम होता ही क्यों? उनकी नेकनीयती और उनके पतिव्रत धर्म ने उनकी रक्षा की और अंत में तुम उनका कुछ न बिगाड़ सके।

भूतनाथ : जिसकी मदद आप करेंगे उसका भला मैं क्या बिगाड़ सकता हूँ?

इन्द्रदेव : **(कुछ बिगड़े हुए ढंग से)** तुम्हारे पास क्या सबूत है कि मैं उनका मददगार बना था।

भूतनाथ : सबूत तो कुछ भी नहीं है परन्तु...

इन्द्रदेव : सिवाय मेरे कोई दूसरा उन्हें तुम्हारे दोस्त दारोगा के फँदे से छुड़ा नहीं सकता था, बस यही तो कहोगे या कुछ और?

भूतनाथ : विचार तो मेरा ऐसा ही है, आज मैं आप से साफ-साफ कहता हूँ कि बेशक् मैं इस मामले में अपराधी हूँ और इसके लिए पश्चात्ताप करता हूँ।

इन्द्रदेव : जब तुम्हारे किये कुछ हो ही नहीं सका तो अब ज़रूर ही पश्चात्ताप करोगे परन्तु इन्दुमति और प्रभाकर सिंह के बारे में शायद तुम पश्चात्ताप भी न करो।

भूतनाथ : आज आप मुझसे बहुत ही जली-कटी बातें कर रहे हैं, ऐसा तो कभी नहीं करते थे।

पूजा-विसर्जन करके इन्द्रदेव ने जवाब दिया-

इन्द्रदेव : तुम्हारा कहना ठीक है। तुम्हारे दुष्ट कर्मों को देखते-देखते अब मेरा चित्त बहुत ही दुखी हो चुका है। मैं अपनी जुबान से तुम्हें दोस्त कह चुका हूँ उसी का निर्वाह करता चला आया हूँ नहीं तो...

भूतनाथ : निःसन्देह आपने आज तक उस शब्द का ऐसा निर्वाह किया कि जैसा कोई नहीं कर सकता। आपका हौसला, आपकी हिम्मत और आपकी मर्दानगी सराहने योग्य है। अब मैं आपसे क्षमा माँगता हूँ। आप मेरे अपराध को क्षमा करें। आज मैं प्रतिज्ञा करता हूँ कि अबसे कदापि किसी पाप-कर्म में हाथ न डालूँगा।

इन्द्रदेव : तुम्हारी प्रतिज्ञा पर तो मैं विश्वास नहीं कर सकता परन्तु यह तुम स्वयं जानते हो कि मैं अपनी तरफ़ से तुम्हें दुःख की इच्छा कदापि नहीं रखता और इस हिसाब से कहना चाहिए कि मैं हमेशा ही तुम्हारा कसूर माफ़ करता चला आता हूँ।

भूतनाथ : निःसन्देह मुझे यह बात माननी पड़ेगी। मेरा दिल इस बात की गवाही देता है, मैं खुद समझता हूँ कि मेरे ऐसे को तबाह कर देने के लिए आपका इशारा काफी है, मगर नहीं, आप हमेशा ही मुझे समझाते और मेरे अपराधों को क्षमा करते चले आए हैं और इसी से आज मुझे पुनः आपके पास आने की हिम्मत हुई है नहीं तो वास्तव में मैं मुँह दिखाने लायक नहीं हूँ, पर आज मुझे एक ऐसी बात मालूम हुई जिसके प्रकट होने से मैं सदा के लिए बेगुनाह साबित हो जा सकता हूँ और साथ ही इसके मेरा और मेरे दोस्तों का उपकार भी हो सकता है।

इन्द्रदेव : वह क्या?

भूतनाथ : मुझे इस बात का ठीक-ठीक पता लग चुका है कि दयाराम जी अभी तक जीते हैं और जमानिया के कमबख़्त दारोगा ने उन्हें क़ैद कर रखा है। आप जानते हैं कि तिलिस्म से संबंध रखने के कारण दारोगा की ताकत कितनी बड़ी-चढ़ी है, अस्तु यदि आप मेरी कुछ मदद करें तो मैं दयाराम को उसके कब्जे से छुड़ा लूँ। दयाराम जी के छूट जाने पर हम लोगों में एक अजीब तरह की खुशी पैदा होगी और मेरे माथे से भी सदैव के लिए कलंक का टीका मिट जाएगा।

इन्द्रदेव : **(सिर हिलाकर)** इस असंभव बात को भला कौन मान सकता है? भला दयाराम से दारोगा से क्या संबंध है? मैं इस बात को कदापि नहीं मान सकता और न इस आकाश-कुसुम के फेर में पड़ता हूँ। इसके अतिरिक्त तुम जानते ही हो कि दारोगा मेरा गुरुभाई है, अतएव तुम्हारी तरह उसके ऊपर भी किसी तरह का प्रहार नहीं करना चाहता। तुम्हें यदि दयाराम के जीते रहने का विश्वास हो तो जो कुछ उद्योग करते बने करो मगर मुझसे किसी तरह पर मदद पाने की आशा मत करो।

भूतनाथ : **(उदास होकर)** क्या आपको दयाराम जी के छूटने से प्रसन्नता न होगी?

इन्द्रदेव : होगी और ज़रूर होगी परन्तु इसकी कोई आशा भी तो हो!

भूतनाथ : यदि आप मेरी मदद करें तो मैं अपनी बात सच करके दिखा दूँ।

इन्द्रदेव : नहीं, दारोगा के विरुद्ध किसी कार्रवाई की मुझसे तब तक आशा मत रखो जब तक मुझे इस बात का पूरा विश्वास न हो जाये!

भूतनाथ : मुझे जिस तरह मालूम हुआ है वह हाल सुनने ही से आपको मेरी बातों पर विश्वास हो जाएगा।

इन्द्रदेव : अजी वह निरंजनी और छन्नो वाली बात ही तो! मैं इस मामले को अच्छी तरह सुन चुका हूँ। वे दोनों तथा ध्यानसिंह तुम्हें धोखे में डालना चाहते हैं। दुश्मनों की बातों पर तुम न-मालूम क्योंकर विश्वास कर बैठते हो

भूतनाथ : **(आश्चर्य से)** यह बात आपको कैसे मालूम हुई?

इन्द्रदेव : मुझे सब कुछ मालूम है और जिस तरह तुमने जंगल में छिपकर छन्नो की बातें सुनी है वह भी मैं जानता हूँ, मुझसे कुछ छिपा नहीं है।

भूतनाथ : तो क्या आपके ख़याल में वे सब बातें झूठ हैं?

इन्द्रदेव : झूठ, बिलकुल झूठ!

भूतनाथ : मैं स्वयं ध्यानसिंह के पास गया था। वह तो बड़े जोश से अपनी बात की पुष्टि करता है।

इन्द्रदेव : भले ही किया करे।

भूतनाथ : मगर मुझे उसकी बातों पर पूरा-पूरा विश्वास होता है।

इन्द्रदेव : अगर विश्वास होता है तो उद्योग करके देख लो।

भूतनाथ : मगर आप इस काम में कुछ भी मदद न करेंगे?

इन्द्रदेव : कदापि नहीं, तुम्हारी मदद करके मैं स्वयं बदनाम हो सकता हूँ। यद्यपि हज़ार दुष्टता करने पर भी तुम्हें और दारोगा को मैं बराबर माफ़ करता चला आया हूँ परन्तु अब किसी काम में भी तुम दोनों की मदद मैं नहीं कर सकता। बात तो यह है कि अब तुम दोनों ही से मुझे घृणा हो गई है।

भूतनाथ : मैं तो कह चुका कि भविष्य में कभी ऐसा काम न करूँगा और जो कुछ कर चुका हूँ उसके लिए माफ़ी माँगता हूँ।

इन्द्रदेव : केवल इतना कहने ही से मैं सन्तुष्ट नहीं हो सकता। जब तक तुम दुनिया में नेक काम करके अपने बुरे कामों का प्रायश्चित न करोगे तब तक मैं तुमसे कोई वास्ता न रखूँगा। हाँ, इस बात से तुम ज़रूर बेफिक्र रहना कि मैं तुम्हारे साथ किसी तरह का बुरा बर्त्ताव अपनी जात से कदापि न करूँगा।

भूतनाथ : इसका तो मुझे ज़रूर भरोसा है और आपको भी शायद विश्वास होगा कि मैं आपका कैसा लिहाज करता हूँ। मेरी जात से आपको कभी भी तकलीफ़ नहीं पहुँच सकती और...

इन्द्रदेव : (**बात काटकर**) यह तो मैं समझता हूँ, परन्तु मेरे स्वजनों को जो तुम तकलीफ़ देते हो क्या उसका असर मेरे दिल पर नहीं होता है?

भूतनाथ : ज़रूर होता होगा, इस बात का तो मैं बेशक् कसूरवार हूँ। मगर आप देख लीजिएगा कि आइंदा मुझसे कभी ऐसी हरकत न होगी।

इन्द्रदेव : अच्छा, मैं तुम्हारी इस बात को भी आजमा कर देखूँगा।

भूतनाथ : जिस तरह आप चाहें आजमा लीजिए।

इन्द्रदेव : अच्छा अब तुम घर जाओ और दयाराम के विषय में उद्योग व्यर्थ समझो।

भूतनाथ : मैं उम्मीद करता हूँ इस विषय में उद्योग करने से आप मुझे रोकेंगे नहीं और मुझे मेरी हिम्मत-भर कोशिश करने देंगे।

इन्द्रदेव : नहीं-नहीं, यह कदापि न समझो कि मैं तुम्हें रोकता हूँ, हाँ, अपने दिल का विश्वास तुम पर प्रकट करता हूँ, आइंदा तुम्हारी खुशी।

भूतनाथ : अच्छा तो मैं जाता हूँ परन्तु एक बात पूछने की लालसा मेरे दिल में बनी ही रह जाएगी जिसका कहना था तो बहुत ज़रूरी परन्तु आपके डर से अब पूछने में संकोच होता है।

इंद्रदेव : संकोच की कोई बात नहीं है, मैं खुले दिल से तुम्हें इजाज़त देता हूँ कि जो कुछ तुम्हारे दिल में आवे कहो और पूछो। मैं पहिले कह चुका हूँ कि अपनी तरफ़ से तुम्हें सिवाय नसीहत करने के किसी तरह की तकलीफ़ कदापि न दूँगा, मगर साथ ही इसके यह बात भी ज़रूर है कि जब तक सीधी राह पर न आओगे और अपने पापों का प्रायश्चित न कर लोगे तब तक मैं किसी काम में तुम्हारी मदद न करूँगा, इसे ख़ूब समझे रहना।

भूतनाथ : (**कुछ सोचकर**) बस जब कि आपकी तरफ़ से कोरा जवाब ही मिल गया तब अब मुझे कुछ पूछने की ज़रूरत भी न रही।

इन्द्रदेव : (**मुस्कराते हुए**) तथापि मैं सुन तो लूँ कि तुम क्या कहने को थे और क्या पूछना चाहते थे?

भूतनाथ : आपसे तो मैं वादा ही कर चुका हूँ कि भविष्य में अब किसी तरह का अपराध न करूँगा और आपने भी मुझे विश्वास दिला दिया है कि अपनी तरफ़ से किसी तरह की तकलीफ़ न पहुँचने देंगे, परन्तु मैं अपने चन्द बेईमान शागिर्दों की तरफ़ से बहुत लाचार हो रहा हूँ जो कि मुझसे बाकी हो गये हैं और मेरी जान के पीछे लगे हुए है, ताज्जुब नहीं कि मैं उनके हाथ से मारा जाऊँ, अस्तु इसी विषय में आपसे मदद चाहता था। इस मामले को इन्द्रदेव तो जानते ही थे और उन्हीं की मदद से भूतनाथ के शागिर्दों की जान बची थी तथापि अनजान बनकर आश्चर्य का नाट्य करते हुए इन्द्रदेव ने भूतनाथ से पूछा-"क्यों ऐसा क्यों हुआ? तुम्हारे शागिर्द तो तुम्हारे बड़े भक्त थे!"

भूतनाथ : हाँ, था तो ऐसा ही मगर मुझसे उन लोगों के विषय में एक ऐसी भूल हो गई जिसके लिए मैं बहुत ही पछता रहा हूँ।

इतना कहकर भूतनाथ ने अपने शागिर्दों का हाल और उनके विषय में जो कुछ बेमुरौवती हो गयी थी सब सच-सच और साफ बयान कर दिया जिसे सुन कर इन्द्रदेव ने कहा, "मैं बहुत खुश हुआ कि तुमने यह किस्सा साफ-साफ बयान कर दिया। बेशक् वे लोग तुम्हें तकलीफ़ देंगे, यद्यपि मैं कह चुका हूँ कि तुम्हें किसी तरह मदद न करूँगा तथापि तुम्हारा मुरौवत से इतना वादा करता हूँ कि तुम्हारी जान की रक्षा करूँगा और

उन लोगों के हाथ से तुम्हारी जान पर नौबत न आने दूँगा, इससे तुम निश्चिंत रहो, मगर तुम्हें यह किसी तरह भी मालूम होने पाएगा कि मैंने कब और किस तरह पर तुम्हारी मदद की।"

भूतनाथ : आप समर्थ हैं, जो चाहे कर सकते हैं। अब मैं आपका भरोसा पाकर कुछ निश्चिन्त हो गया, अच्छा जाता हूँ, जय माया की।

इतना कहकर भूतनाथ वही से विदा हुआ, जाते समय इन्द्रदेव ने कहा, "कभी-कभी तुम मुझसे मिलते रहना ज़रूर।"

हमारे प्रेमी पाठक समझते होंगे कि चलो अब किस्सा खत्म हो गया और बखेड़ा निपट गया। जमना और सरस्वती को दयाराम मिल ही गये, प्रभाकर सिंह और इन्दुमति का संयोग हो ही गया, साथ ही इसके भूतनाथ ने भी यह प्रण कर लिया कि अब भविष्य में कोई बुरा काम न करेगा इत्यादि, परन्तु नहीं, जमना, सरस्वती, दयाराम, इन्दुमति और प्रभाकर सिंह वगैरह के लिए अभी सुख का ज़माना नहीं आया। उनका अदृष्ट अभी तक उनके सर पर नाच रहा है। जमानिया में गोपालसिंह जिस घटना के शिकार हुए थे और भूतनाथ को उस घटना से जैसा कुछ सरोकार था उसी तरह इन लोगों के भी उस घटना से घनिष्ठ संबंध था, इसलिए गोपालसिंह के साथ-ही-साथ इन सभों को बड़ी-बड़ी तकलीफ़ें उठानी पड़ी जैसा कि आगे चलकर आपको मालूम होगा।

12

भूतनाथ इन्द्रदेव से विदा हो सीधे जमानिया की तरफ़ रवाना हुआ। इस समय वह अपनी असली सूरत में था और सफ़र भी उसका पैदल ही था। कोस-दो-कोस से ज़्यादे न गया होगा कि सामने से एक नकाबपोश सवार आता हुआ दिखाई दिया। चेहरे पर नकाब पड़े रहने के सबब से यद्यपि भूतनाथ उसे पहिचान न सका परन्तु उस नकाबपोश ने भूतनाथ के पास आकर उसे रोका और कहा, "कहो गदाधरसिंह, इस समय कहाँ जा रहे हो?" इतना कहने के साथ-ही-साथ उसने जरा-सा नकाब हटाकर अपनी सूरत भी दिखा दी जिससे भूतनाथ पहिचान गया कि यह भैया राजा हैं। फिर भी भूतनाथ को विश्वास न हुआ और वह सलाम करके बोला-"केवल चेहरा देख विश्वास कर लेने की हिम्मत नहीं पड़ती अस्तु कोई भेद की बात कह के अपना परिचय दीजिए और आइन्दे के लिए भी कोई परिचय नियत कर लीजिए।"

भैया राजा : हाँ-हाँ, इस बात को मैं भी पसन्द करता हूँ और केवल उस दिन की बात याद दिलाकर तुम्हें अपना परिचय देता हूँ जिस दिन मैंने तुमको तिलिस्मी बाग़ में बेहोशी की दवा पिलाई थी और तुमने भविष्य में नेक राह पर चलने के लिए कसम खाई थी। दूसरों को तुम्हारे कसम खाने पर चाहे विश्वास न हो परन्तु मैं तुम्हारी उस दिन की प्रतिज्ञा पर विश्वास करता हूँ।

भूतनाथ : **(झुककर अदब से सलाम करने के बाद)** अब मुझे विश्वास हो गया। बेशक् आप मुझे जब चाहें आजमा कर देख लीजिए, मुझे अपनी प्रतिज्ञा पर सदैव दृढ़ पाएँगे।

भैया राजा : अच्छा यह बताओ कि इस समय तुम कहाँ से आ रहे हो और कहाँ जाते हो?

भूतनाथ : मैं इस समय इन्द्रदेव जी के यहाँ से आ रहा हूँ और दारोगा से मिलने के लिए जमानिया जाने का इरादा है।

भैया राजा : मैं एक ज़रूरी काम के लिए तुम्हें कई दिनों से खोज रहा था, इत्तिफाक ही से तुम इस समय मुझे मिल गये।

भूतनाथ : आज्ञा कीजिए, मैं दिलोजान से आपका काम करने के लिए तैयार हूँ। इस शरीर से अगर आपका कुछ काम निकले तो मैं अपने को बड़ा भाग्यवान समझूँगा।

भैया राजा : अच्छा यहाँ तो बातें करने का मौका नहीं है, चलो किसी जंगल-मैदान में चलकर निश्चिन्त से बैठें और बातें करें।

भूतनाथ : जो आज्ञा।

घोड़े पर सवार भैया राजा और रिकाब थामे हुए भूतनाथ दोनों आदमी वहाँ से रवाना हुए और डेढ़ घंटे के अंदर एक घने जंगल में पहुँचकर एक सुन्दर पत्थर की चट्टान पर बैठ गए और बातें करने लगे।

भैया राजा : आज क्या था कि तुम इन्द्रदेव के पास गये थे?

भूतनाथ : इस बात का पता लगा है कि दयाराम जी अभी तक जीते हैं और जमानिया के दारोगा ने उन्हें क़ैद कर रखा है, अस्तु उस विषय में इन्द्रदेव जी से मदद माँगने के लिए मैं गया था।

भैया राजा : तो फिर क्या हुआ?

भूतनाथ : उन्होंने मदद करने से सूखा जवाब दे दिया और कहा कि 'मुझे दयाराम के जीते रहने का विश्वास नहीं होता।'

भैया राजा : अफ़सोस, न-मालूम क्या समझकर इन्द्रदेव ने ऐसा किया? अच्छा तो अब तुम क्या करोगे?

भूतनाथ : इन्द्रदेव को चाहे विश्वास न हो परन्तु मुझे दयाराम के जीते रहने का विश्वास है अतएव जहाँ तक बन पड़ेगा मैं इस काम के लिए कोशिश ज़रूर करूँगा, आगे मेरी किस्मत।

भैया राजा : बेशक् कोशिश करनी चाहिए, मगर जिस दारोगा को खुश करने के लिए तुम मेरी जान लेने को तैयार हो गये थे उसे दारोगा के साथ तुम क्या करोगे सो मेरी समझ में नहीं आता, क्या उससे दोस्ती का नाता तोड़ दोगे?

भूतनाथ : दारोगा को खुश करने के लिए मैंने आपके साथ दुश्मनी नहीं की थी बल्कि अपना काम पूरा करने के लिए ऐसा किया था क्योंकि उस समय दारोगा मेरा काम कर रहा था और आपने मेरे काम में बाधा डाली थी। अब तो मैं अपना ढंग बदलने के लिए आपसे प्रतिज्ञा ही कर चुका हूँ इसलिए आपसे झूठ बोलना या किसी बात को छिपाना भी उचित नहीं अस्तु जो बात है वह साफ कह देता हूँ? मेरी और दारोगा की दोस्ती भला कब निभ सकती है? हाँ, मतलब साधने के लिए मैं दारोगा से कभी मिल जाऊँ तो कोई आश्चर्य नहीं है। हाँ, यह कहिए आप मुझ क्यों खोज रहे थे और अब अपने लिए क्या कार्रवाई सोची है। जिस तरह आप दो दफ़े हल में जाकर अपनी स्त्री से मिले हैं वह ढंग भी अच्छा नहीं है, इसमें आपकी स्त्री बदनाम हो जाएगी और दारोगा को उनके साथ बुराई करने का मौका मिल जाएगा क्योंकि आपके भाई साहब उस दुष्ट के वश में हो रहे हैं। इसके सिवाय मैं इस बात की इत्तिला भी आपको इसी समय दे देता हूँ कि आपकी स्त्री और कुँवर गोपालसिंह की माँ दोनों ही को मार डालने के लिए दारोगा प्रयत्न कर रहा है, अगर आप इसी तरह पर और कुछ दिन बिता देंगे तो अपनी स्त्री को जिंदा न पाएँगे।

भैया राजा : **(आश्चर्य और घबराहट से)** क्या ऐसी बात है?

भूतनाथ : बेशक् ऐसा ही है। मैं आपसे झूठ न बोलूँगा।

भैया राजा : अगर तुम्हारा कहना ठीक है तो मुझे अपना ढंग ज़रूर बदल देना पड़ेगा। अच्छा अब तुमसे यह कह लूँ कि तुम्हें क्यों खोज रहा था तब इस मामले में आगे तुमसे राय लूँ।

भूतनाथ : जो आज्ञा।

भैया राजा : तुम क्या उन शागिर्दों का हाल साफ-साफ मुझसे बयान कर सकते हो जो तुमसे बागी हो गये हैं?

“जी हाँ मैं आपसे सच-सच बयान कर देता हूँ।” इतना कहकर भूतनाथ ने उन शागिर्दों का सब ठीक-ठीक हाल भैया राजा से बयान कर दिया जिसे सुनने के बाद भैया राजा ने कहा, “उन शागिर्दों में से कोई तुम्हारा दुश्मन समझ कर मुझसे मिले थे और मदद माँगते थे। मैंने उनसे मदद का वादा किया परन्तु यह ख़याल करके कि अब तुम अपने लिए अच्छा रास्ता अख्तियार कर रहे हो और तुमको बाहरी खतरों से बचाना चाहिए मैं तुम्हें उनकी बाबत इत्तिला दिया चाहता हूँ।”

भूतनाथ : **(खुश होकर)** आखिरी मरतबे लोग कब आपसे मिले थे?

भैया राजा : कल शाम को मेरी उनसे मुलाकात हुई थी।

भूतनाथ : क्या आपको उन लोगों का ठिकाना भी मालूम हुआ है कि वे लोग कहाँ रहते हैं?

भैया राजा : हाँ मालूम हुआ है, एक दफ़े में उनके डेरे पर भी गया था।

इसके बाद घंटे भर एक भूतनाथ और भैया राजा की बातचीत होती रही जिसके लिखने की यहाँ ज़रूरत नहीं जान पड़ती, पर अभी उन लोगों की बातें समाप्त नहीं होने पाई थी कि सामने से आठ आदमी नकाबपोश लगाए घोड़ों पर सवार इनकी तरफ़ आते हुए दिखाई पड़े। दोनों संभल कर खड़े हो गये और उन सवारों की तरफ़ देखने लगे। नज़दीक पहुँचने पर उन लोगों ने तलवारें म्यान से निकाल लीं जिससे इन दोनों को विश्वास हो गया कि ये सवार हमारे दुश्मन हैं, अस्तु भूतनाथ और भैया राजा भी तलवार म्यान से निकालकर मुकाबला करने के लिए तैयार हो गये।

पास पहुँचते ही एक सवार ने भूतनाथ पर तलवार का वार किया। भूतनाथ पैतरा बदलकर वार खाली दे गया और तब बगल में होकर अपनी तलवार से सवार को घायल किया, भूतनाथ की तलवार दाहिने मोड़ पर बैठी जिससे उसका दाहिना हाथ बेकार हो गया और तलवार उसके हाथ से छिटक कर ज़मीन पर गिर पड़ी साथ ही एक दूसरे सवार ने भूतनाथ पर वार किया जिसे भूतनाथ ने अपनी तलवार पर रोका और उसी तलवार से उस सवार पर हमला किया। वह सवार भी उस वार को बचा गया मगर इस वार से उसका घोड़ा बेकार हो गया। इस समय बाकी के सवारों ने भी भूतनाथ पर हमला कर दिया और चारों तरफ़ से भूतनाथ को घेर लिया। भैया राजा अभी तक खड़े थे मगर जब उन्होंने भूतनाथ को घिरा हुआ देखा तो तलवार उठाकर उन सवारों पर टूट पड़े। भूतनाथ यद्यपि कई दुश्मनों से घिर गया था परन्तु उसकी फुर्ती, दिलावरी और होशियारी ने किसी को उस पर हावी न होने दिया अर्थात् सभों के वार बचाता हुआ बड़ी बहादुरी के साथ जवाब देता रहा और जब भैया राजा भी उसकी मदद पर तैयार हो गये तब थोड़ी ही देर में उन सवारों की हिम्मत जाती रही क्योंकि भैया राजा को भी उन सवारों ने वैसा ही बहादुर पाया जैसा भूतनाथ को।

थोड़ी देर की लड़ाई में दो सवार जान से मारे गये और चार जख्मी होकर ज़मीन पर सिसकने लगे, बाकी के दो सवारों ने पीठ दिखाकर मैदान का रास्ता लिया। यद्यपि भूतनाथ का इरादा हुआ कि जख्मी दुश्मनों के चेहरे पर से नकाब हटाकर उनकी सूरत देखे और पहिचाने कि वे कौन हैं मगर इस काम को उसने पीछे के लिए छोड़ दिया और उन्हीं जख्मी दुश्मनों के घोड़ों में से एक पर कूद के सवार हो भैया राजा को यह कहता हुआ कि-'आप इसी जगह ठहरिए और इनके चेहरे पर से नकाब हटाकर यह देखिए कि ये लोग कौन हैं-उन भागते हुए सवारों के पीछे दौड़ा। भैया राजा को यह बात पसन्द न आई इसलिए भूतनाथ को आवाज़ देकर रोकना चाहा मगर भूतनाथ ने कुछ भी न सुना और बड़ी तेज़ी के साथ उन भागने वालों का पीछा किया। इस समय दिन अनुमान पहर-भर के कुछ ज़्यादे बाकी था।

भैयाराज ने जब देखा कि भूतनाथ ने उनकी कुछ भी न सुनी और भागने वाले दुश्मनों के पीछे चला ही गया तब वे भी अपने घोड़े पर सवार होकर भूतनाथ के पीछे

रवाना हुए और थोड़ी ही कोशिश में भूतनाथ के पास जा पहुँचे क्योंकि भैया राजा का घोड़ा बहुत ही तेज़ और ताकतवर था।

घंटे-भर तक ये लोग बराबर भागने वालों का पीछा करते गये मगर उन दोनों को छू न सके, हाँ, पास ज़रूर पहुँच गये, यहाँ तक कि भागने वालों के और इनके बीच चालीस या पचास हाथ का फासला रह गया होगा। चारों के घोड़े पसीने से तरबतर और परेशान हो गये और उनके चाल की तेज़ी जाती रही।

कुछ देर बाद वे लोग पहाड़ी की तराई में जा पहुँचे। यहाँ पर ऊँचे-ऊँचे पहाड़ों का सिलसिला बहुत दूर तक चल गया था। कुछ दूर आगे बढ़ने पर यह मालूम होने लगा मानो ये लोग चारों तरफ़ पहाड़ों के बीच घिर गए हैं, पत्थरों के ग्रेडों और ढोकों के कारण घोड़े की चाल बहुत धीमी पड़ गई थी यद्यपि भूतनाथ और भैयाराज बराबर पीछा करते ही चले गये। दिन यद्यपि घंटे-भर से ज़्यादे बाकी था परन्तु ऊँचे-ऊँचे पहाड़ों के बीच में पड़ जाने के कारण इन लोगों को यही मालूम होता था कि अब संध्या हो गई।

पहाड़ों के बीच में चलते हुए दोनों भागने वाले कई दफ़े घूमघुमौवे रास्तों से चक्कर खाकर एक बहुत बड़े दर्रे के मुहाने पर जा पहुँचे और वहाँ भी न रुक कर बराबर के दर्रे के अंदर जाने लगे। जैसे-जैसे आगे जाते थे ऊपर से दोनों तरफ़ के पहाड़ आपस में मिलते जाते थे यहाँ तक कि उस पहाड़ी दर्रे ने बहुत ऊँचे खोह या गुफा की सूरत पकड़ ली और तब ये लोग मानो एक साधारण अंधकार में जाने लगे, और भी कुछ दूर जाने के बाद भूतनाथ और भैया राजा पूर्ण अंधकार में जा फँसे। उस समय दोनों ने अपने घोड़े को रोका और भूतनाथ ने भैया राजा से कहा-"अब तो हम लोग बहुत अंधकार और भयानक जगह में आ पहुँचे हैं। यदि सामने से पाँच-दस दुश्मन आकर हम पर हमला कर दें तो हम लोगों का देखना और उन लोगों के हमले का जवाब देना कठिन हो जाएगा।"

भूतनाथ : बेशक् हम लोग बहुत ही बेढब जगह पर आ पहुँचे। मैंने तो तुम्हें इनका पीछा करने से मना किया था मगर तुमने न-जाने क्या समझकर मेरी बात न मानी।

भूतनाथ : मुझे विश्वास हो गया कि ये लोग ज़रूर मेरे बागी शागिर्दों में से ही हैं और पीछा करने से आज ही मुझे इन लोगों का पता मालूम हो जाएगा।

भैया राजा : तुम्हारे बागी शागिर्दों का पता तो मैं खुद ही तुम्हें दिया चाहता था।

भूतनाथ : मैंने ख़याल किया कि उस तरह पता लगाने में बहुत दिन लग जाएँगे और ताज्जुब नहीं उन लोगों ने अपना सच्चा ठिकाना न दिखाकर आपको धोखे में डाला हो।

भैया राजा : मगर अब तो तुम उनका पीछा भी नहीं कर सकते और अगर पीछा करो तो भी उनका हाथ लगना असंभव है।

भूतनाथ : बेशक् असंभव है और रात हो जाने के कारण पीछे हटकर अपने ठिकाने पहुँचना और भी कठिन है। अच्छा मैं रोशनी करके देफे पुनः आगे बढ़ने की कोशिश करता हूँ।

भैया राजा : और अगर आगे चलकर अधिक दुश्मनों से मुकाबला हो गया तब क्या होगा?

भूतनाथ : अब जो कुछ प्रारब्ध में लिखा हुआ होगा सो होगा। अफ़सोस, इस समय मेरे पास वह अनूठी तलवार न हुई जो मैंने प्रभाकर सिंह की कमर में पाई थी, कमबख़्त दुश्मन ने मुझे बेहोश करके वह तलवार ले ली।

भैया राजा : यह तो दस्तूर की बात है कि जब आदमी लाचार होता है तो उसे प्रारब्ध या दैव याद पड़ता है, मुझे उस तलवार का हाल अच्छी तरह मालूम है जो तुमने प्रभाकर सिंह से पाई थी। खैर उसके लिए तुम चिंता मत करो, मेरी कमर में भी इस समय एक वैसी ही तलवार है।

भूतनाथ : **(आश्चर्य से और खुश होकर)** जो गुण उस तलवार में था वही आपकी तलवार में भी है? अब तो मेरी हिम्मत किसी तरह टूट नहीं सकती।

भैया राजा : बेशक् इसमें भी वही गुण हैं, समझ लो कि यह उसी जोड़ की तलवार है, मगर इससे यह न समझना कि यह तुम्हारी ही तलवार है या हमीं ने वह तुमसे छीन ली थी।

भूतनाथ : नहीं-नहीं, भला ऐसा भी क्यों समझूँगा, आप तो नाहक मुझे शर्मिन्दा करते हैं, अच्छा तो अब यह तलवार आप अपने हाथ में ले लीजिए और मैं अपने बटुए में से रोशनी का सामान निकालकर आगे बढ़ने की कोशिश करता हूँ।

भैया राजा : अच्छा मैं तलवार निकाल लेता हूँ। तुम रोशनी करो।

भूतनाथ ने अपने बटुए में से रोशनी का सामान निकाल कर मोमबत्ती जलाई और फिर दोनों आगे की तरफ़ बढ़े। उसे खोह की लंबाई-चौड़ाई इतनी बड़ी थी कि ये दोनों खुले तौर पर घोड़ों पर सवार बख़ूबी आगे बढ़ते चले गए।

आधे घंटे तक बराबर चले जाने के बाद ये दोनों आदमी खोह खतम करके मैदान में जा निकले और तब मालूम हुआ कि अभी सूर्य भगवान के अस्त होने में कुछ देर है। ये लोग अब एक बहुत बड़े मैदान में जिसमें बहुत-से जंगली दरख़्त भी लगे हुए थे आ पहुँचे जिसके चारों तरफ़ ऊँचे-ऊँचे पहाड़ और बीच में चौथाई कोस का मैदान था। जिस तरह जंगली कोल और भील अपने रहने के लिए जंगली पेड़ों को काटकर कुटिया बनाते हैं उसी तरह की कई झोपड़ियों मैदान में बनी हुई थीं और इधर-उधर पेड़ों के साथ बँधे सात-आठ घोड़े भी दिखाई दे रहे थे, मगर यहाँ किसी आदमी की सूरत इन दोनों को दिखाई न दी।

भूतनाथ और भैया राजा घोड़े से नीचे उतर पड़े और सोचने लगे कि अब क्या करना चाहिए। हम लोगों का यहाँ आना तो बिलकुल ही बेकार मालूम पड़ता है। अब रात भी हुआ ही चाहती हैं और ऐसी अवस्था में ताज्जुब नहीं कि किसी मुश्किल का सामना आ पड़े।

ये दोनों खड़े उन कुटियों की तरफ़ देखते हुए तरह-तरह की बातें सोच ही रहे थे कि यकायक आठ-दस आदमी झोपड़ियों के अंदर से निकल कर इन दोनों की तरफ़ बढ़ते हुए दिखाई पड़े। भैया राजा ने भूतनाथ से कहा, "गदाधरसिंह, तुमने बहुत ही नादानी का काम किया जो इन लोगों का पीछा किया। सिर्फ़ इन दो आदमियों को अब न-मालूम कितने दुश्मनों का सामना करना पड़े और क्या हो। देखो ये लोग लड़ने के लिए मुस्तैद होकर हमारी तरफ़ आ रहे हैं।"

13

अब हम थोड़ा हाल जमानिया का लिखना चाहते हैं क्योंकि वहाँ भैया राजा की स्त्री बेचारी बड़े ही धर्म-संकट में पड़ी हुई है। यद्यपि लोग उसे सदैव ही साध्वी सती और सुशील समझते रहे हैं परन्तु जब से भैया राजा ने गायब होकर अपना ढंग बदला है और छिप-छिपकर कई दफ़े अपनी स्त्री के पास आये हैं तब से उसकी प्रतिष्ठाहीन हो रही है। सभों की निगाह में वह खटकने लग गई है और घर के सभी कोई उस पर व्यभिचार का दोष दबी जुबान से लगाने लग गये हैं। प्राय: सभों ही का यह ख़याल हो रहा है कि इसके पास महल में छिप कर आने वाला कोई इसका धर्म-विरुद्ध दोस्त है। यह बेचारी पति की आज्ञानुसार इस भेद को छिपा तो रही है परन्तु अपने ऊपर कलंक लगते देख उसका चित्त बड़ा ही दुखी हो रहा है। जिन बड़े लोगों की निगाह में वह हमेशा ही सीता-सावित्री-सी बनी रहती थी आज वे ही लोग उन पर बदनामी का धब्बा लगाने लग गये हैं। यह सब उससे सहन नहीं होता परन्तु क्या करे मज़बूर है, उसके पति की आज्ञा ही नहीं है कि वह इस भेद को खोल दे और अपनी चादर पर कलंक का धब्बा मिटावे। कमबख़्त दारोगा को भी उसे सताने का यह अच्छा मौका मिल गया है। वह बराबर महाराज को समझा-बुझाकर उसकी तरफ़ से उनका दिल मैला करता रहता और उस बेचारी को बदकार साबित करता जाता है। अभी तक वह बेचारी सब कुछ सहती रही और पति की आज्ञा के विरुद्ध उसने काम नहीं किया परन्तु अब उससे सहा नहीं जाता और सहते नहीं बन पड़ता। इधर बहुत दिनों से उसके पास भैया राजा भी नहीं आये जो वह अपने दिल का हाल उनसे कहती या यही समझाती कि तुम्हारी यह चाल ठीक नहीं बन पड़ती और इससे लोगों की निगाह में तुम बेइज्ज़त हुआ चाहते हो। उसके पास एक-दो बहुत नेक बुद्धिमान और नमकहलाल लौंडिएँ हैं जिनकी जुबानी उसे सब तरफ़ का हाल मिला करता है और वह जान रही है कि मेरी बेइज्ज़ती दिनोंदिन बढ़ती चली जाती है, ताज्जुब नहीं कि किसी दिन महाराज मुझे खुल्लमखुल्ला दोषी कहकर मार डालने की आज्ञा दे दें। साथ ही इसके अब उसे पति की भी विशेष चिंता पड़ गई है क्योंकि बहुत दिनों से वे उसके पास नहीं आये हैं और न उनकी कुछ ख़बर ही मिली है। क्या करें, कहाँ जाएँ, किससे अपने दिल का हाल कहें और किस तरह अपने माथे से कलंक का टीका मिटाए, वह प्राय: इसी तरह की चिंता में डूबी रहती है।

इस समय भी उसे ऐसी ही अवस्था में देख रहे हैं। दोपहर का समय है, घर के सरदार लोग औरत-मर्द सभी कोई खा-पीकर अपने-अपने कमरे में आराम कर रहे हैं परन्तु वह बेचारी अपनी मलीन चारपाई पर बैठी हुई तलहत्थी पर बाल रखे इन्हीं सब चिंताओं में निमग्न है, तनोबदन की कुछ भी ख़बर नहीं है, कुछ भी नहीं मालूम कि मेरे पास कौन खड़ा है और क्या कह रहा है, परन्तु इसकी यह लौंडी कुछ देर से उसके पास खड़ी है और कुछ कहने की इच्छा से उसे दो-तीन बार संबोधन कर चुकी है। कुछ देर बाद उसने आप-ही-आप एक लंबी साँस लेकर सर उठाया और दरवाज़े की तरफ़ देखने की इच्छा की। उस समय उसकी निगाह लौंडी पर पड़ी और उसने ताज्जुब के साथ उससे पूछा, "बेला, तू कब से यहाँ खड़ी है?"

बेला : मैं तो बड़ी देर से यहाँ खड़ी हूँ, बल्कि तीन दफ़े आपको बुला भी चुकी हूँ।

भैया राजा की स्त्री : हैं, तीन दफ़े मुझे बुला चुकी है!

बेला : जी हाँ!

भैया राजा की स्त्री : क्या कुछ नई ख़बर लाई है?

बेला : जी हाँ, मैं आपके लिए कुछ खुशख़बरी लाई हूँ!

इतना कहकर बेला ने उसके हाथ में एक चिट्ठी दे दी। यह चिट्ठी भैया राजा की हाथ की लिखी हुई थी जिसकी लिखावट को उनकी स्त्री अच्छी तरह पहिचानती थी चिट्ठी देखते ही उसका कलेजा धड़कने लगा और उसने बड़ी उत्कंठा से उस चिट्ठी को पढ़ना आरम्भ किया यह लिखा हुआ था-

"प्राणवल्लभे,

मुझे इस बात का बड़ा ही दु:ख है कि इधर बहुत दिन बीत जाने पर भी तुमसे मिल न सका, तथापि आशा है तीन-चार दिन में किसी-न-किसी तरह तुमसे मुलाकात करूँगा। दारोगा ने मेरे साथ जैसा बर्त्ताव किया है उसे मैं कदापि भूल नहीं सकता, ईश्वर ही ने मेरी जान बचाई। मेरा इस तरह गायब होना मेरे दोस्तों को बुरा मालूम होता है, वे कहते हैं कि तुम्हारा यह ढंग बिलकुल ही अनुचित है और तुम्हारी भी यही राय है, परन्तु मैं देखना चाहता हूँ कि मेरे भाई साहब मेरे लिए क्या करते हैं और उनके दिल में मेरी कितनी मुहब्बत है? पर अभी तक तो मैंने कुछ भी नहीं देखा और तबीयत को कुछ भी चैन नहीं मिला अब भविष्य में देखा जाय कि क्या होता है। इधर मैं कई तरह की चिंता मत करना और कोई ऐसा बंदोबस्त करना जिससे महाराज का और तुम सभों का डेरा ख़ासबाग में पड़ जाये। वहाँ ही मुलाकात कर सकूँगा।

तुम्हारा-शंकर"

इस चिट्ठी को पढ़कर भैया राजा की स्त्री बहुत प्रसन्न हुई। उसके चित्त में एक बोझा-सा उतर गया और सोचने लगे कि अब मैं हर तरह से अपनी बदनामी को बचा

सकूँगी, जब मुझे कलंकित करने वाला कोई भी न रहेगा अगर हर तरह से मज़बूर हो जाऊँगी तो दुश्मनों का वार बचाने के लिए इसी चिट्ठी को ढाल बनाऊँगी अंत में उसने बेला से पूछा कि यह चिट्ठी तुम्हें किसने दी? जिसके जवाब में बेला ने कहा कि जिस आदमी ने यह चिट्ठी तुम्हारे पास पहुँचाने के लिए मुझे दी उसे मैं नहीं पहचानती। जब मैं तुम्हारे पूजा के लिए चन्दन खरीदने बाज़ार गई थी तब वह आदमी मिला था। इस चिट्ठी को हिफ़ाजत से तुम्हारे पास पहुँचाने की ताकीद करके वह न-मालूम कहाँ चला गया।

भैया राजा की स्त्री लौंडियों में यह बेला लौंडी बहुत ही विश्वासपात्र थी साथ ही इसके यह बुद्धिमान और चालाक भी ऐसी थी कि राजा के महल में कोई लौंडी न थी जो किसी बात में इसका मुकाबला कर सकती, इसके अतिरिक्त इसमें बहुत अनूठा गुण यह था कि यह छोटे-बड़े सभों ही को खुश रखती और ज़रूरत पड़ने पर सभों ही का थोड़ा-बहुत काम कर दिया करती। यही कारण था कि बेला का काम भी बहुत जल्द निकल जाया करता था और समय पड़ने पर सभी कोई इसकी मदद के लिए तैयार हो जागे।

बेला यद्यपि मजदूरनी थी मगर उसका दिल अमीराना था। खाना-पीना, पहिरना सभी बातों में उसकी सफाई बड़ी-बड़ी थी और यद्यपि उसे रुपये-पैसे की आदमनी बहुत ज़्यादे थी मगर वह बटोरना वह जमा करना नहीं जानती थी। जो कुछ उसके हाथ में आता सभी खर्च कर देती और इस सबग से वहाँ के सभी आदमी कुछ-न-कुछ उसके अहसान से दबे रहते थे। यह सब कुछ था मगर वह अपने मालिक-मालकिन की बहुत ही खैरख्वाह थी। भैया राजा ने छिपकर इस महल में आने-जाने का हाल बेला अच्छी तरह जानती थी। परन्तु इस भेद को वह भी उसी तरह छिपाए हुए थी जैसाकि उसकी मालकिन अर्थात् भैया राजा की स्त्री। जबकि भैया राजा का भेद बेला को मालूम था तब समझ रखिए कि दारोगा की शैतानी का हाल या जो कुछ दारोगा ने भैया राजा के साथ सलूक किया था वह भी बेला ज़रूर जानती थी। बेला की उम्र यद्यपि चालीस वर्ष के ऊपर होगी परन्तु वह काम-काज और दौड़-धूप से बड़ी मेहनती थी। आलस्य तो उसके हिस्से में था ही नहीं। बेला ने पुनः भैया राजा की स्त्री से कहा, "रानी, मैं और लोगों की तरह तुम्हें केवल दिलासा देना और समझाना-बुझाना पसन्द नहीं करती बल्कि होशियार कर देने के लिए और तुम्हें हमेशा चौकन्ना रहने के लिए बराबर ताकीद करते रहना पसन्द करती हूँ। यद्यपि भैया राजा की इस चिट्ठी का आ जाना तुम्हारे लिए बहुत ही अच्छा सगुन है और यह तुम्हारे लिए बहुत ही अच्छा मामला हो सकता है परन्तु फिर भी मैं कहती हूँ कि आजकल का ज़माना तुम्हारे लिए अच्छा नहीं है, भैया राजा जी न-मालूम क्या समझकर अभी तक छिपे हुए हैं और यहाँ आकर खुले मैदान कार्रवाई करना पसन्द नहीं करते। पर जहाँ तक मैं देखती और समझती हूँ उनके ऐसा करने से कमबख़्त दारोगा का ज़ोर बढ़ता जाता है। ताज्जुब नहीं कि एक दिन भैया राजा जी का सामना हो जाने पर वह उन्हीं को झूठा बनावे। मैंने यह भी सुना है कि वह आजकल तुम्हें मरवा डालने की धुन में लगा हुआ है और बदनाम करने की कार्रवाई तो रोज़ ही किया करता है।"

भैया राजा की स्त्री : बेला, तेरा कहना बहुत ठीक है। उनकी कार्रवाई से मैं अच्छी तरह बदनाम हो गई हूँ, दारोगा तो हम लोगों का दुश्मन ही है, उसका कहना ही क्या। परन्तु अब मैं इस भेद को खोल देना ही पसन्द करती हूँ यद्यपि उन्होंने चिट्ठी से भी ऐसा करने की इजाज़त नहीं दी है।

बेला : आखिर उन्होंने इसमें लिखा क्या है?

भैया राजा की स्त्री : (**चिट्ठी बेला के हाथ में देकर**) ले इसे तू खुद पढ़ ले!

बेला : (**चिट्ठी पढ़ के**) चाहे जो हो मगर मैं इसके इस विचार की पक्षपाती नहीं हूँ। लो इसे रखो बेशक्, इस चिट्ठी से तुम्हें बहुत सहायता मिलेगी। अब तो मैं इस भेद को खोल देना ही पसन्द करती हूँ। आज-कल में रानी साहेबा ज़रूर तुमसे इस विषय में बातचीत करेंगी, मुझे ऐसा अंदाज़ा मिल चुका है।

भैया राजा की स्त्री : खैर अगर वे इस विषय में मुझसे बातचीत करेंगी तो मैं जो कुछ कहना है साफ-साफ कह दूँगी। अच्छा यह बता कि इस चिट्ठी का जवाब लिखकर मैं उनके पास भेज सकती हूँ?

बेला : मैं भी यही चाहती थी कि उन्हें एक चिट्ठी लिखकर यहाँ के हाल-चाल की ख़बर कर दी जाए मगर लाचार हूँ कि इस चिट्ठी को लाने वाले ने जवाब का इंतज़ार नहीं किया और न कुछ जबानी ही कहा-सुना, बस चिट्ठी हाथ में देकर चलता बना। अब अगर जवाब जाय तो कहाँ और किसके हाथ जाए? उनका कुछ पता-ठिकाना भी तो मालूम नहीं है।

भैया राजा की स्त्री : फिर क्या किया जाये? (**बाहर की तरफ़ देखती हुई चौक कर**) ले देख भाभी (**रानी साहिबा**) तो स्वयं यहाँ आ रही हैं। आज वे बहुत जल्द सोकर उठ बैठी है।

बेला : मालूम होता है वे इस समय इस विषय में तुमसे बातचीत किया चाहती हैं, भरसक तो तुम तीन-चार दिन के लिए और बचा लो अर्थात् भेद खोलने से रुकी रहो, इस चिट्ठी में उन्होंने तीन-चार दिन में तुमसे मिलने के लिए लिखा है, इसके बाद जैसा होगा देखा जाएगा। अच्छा मैं बाहर जाती हूँ।

इतना कहकर बेला कमरे से बाहर निकल गई और रानी साहिबा कमरे के अंदर दाखिल हुई। भैया राजा की स्त्री को रानी साहिबा बहुरानी के नाम से संबोधन करती थीं इसलिए अब हम भी उसे बहुरानी के नाम से पुकारेंगे।

रानी साहिबा को देखते ही बहुरानी उठ खड़ी हुई और प्रणाम करने के बाद उन्हें अपने पलंग पर बैठा के स्वयं नीचे बैठने लगी मगर रानी साहिबा ने उसे ऐसा करने न दिया, प्यार से उसका हाथ पकड़ कर अपने पास बैठा लिया और इस तरह उन दोनों में बातचीत होने लगी।

इस जगह हम इतना कह देना ज़रूरी समझते हैं कि इन दिनों महल में प्राय: सभी आदमी बहुरानी पर दोषारोपण करते थे परन्तु रानी साहिबा उसे बहुत चाहती और प्यार करती थीं तथा उसका दिल बहुरानी को कलंकित करने का साहस नहीं करता था।

रानी : बहुरानी, तुम जानती हो कि मैं तुम्हें कितना चाहती और प्यार करती हूँ और यह भी तुमसे छिपा हुआ न होगा कि आजकल तुम्हारे विषय में लोगों का ख़याल कैसा हो रहा है, क्योंकि कई दफ़े किसी आदमी को कमन्द के सहारे तुम्हारे कमरे में आते-जाते कई लोगों ने देखा।

बहुरानी : मैं जानती हूँ कि महल में मुझे मानने और प्यार करने वाला अगर कोई है तो सिवाय आपके दूसरा नहीं। साथ ही इसके लोगों का दिल भी जिस तरह मेरी तरफ़ से फिर रहा है। उसे भी मैं ख़ूब समझती हूँ। यदि आपकी कृपा मेरे ऊपर न होती तो न-मालूम अब तक लोग मुझे किस दर्ज़े को पहुँचा चुके होते। यद्यपि इस विषय में आपने अभी तक मुझसे कुछ नहीं पूछा है तथापि में शपथपूर्वक सच-सच आपसे कहती हूँ कि मैं व्यभिचारिणी नहीं हूँ, पापिणी नहीं हूँ। और मुझ पर बदचलनी का धब्बा नहीं लग सकता। यद्यपि यह सच है कि मेरे पास एक आदमी कई दफ़े आ चुका है परन्तु वह आदमी ऐसा नहीं है कि मेरे पास आने लायक न हो अथवा उसके आने से मैं किसी तरह बदनाम हो सकूँ। वह भेद अब बहुत दिनों तक छिपा न रहेगा, पाँच-चार दिन के अंदर ही आप-से-आप खुल जाएगा और अब आपको मालूम होगा कि मैं कहाँ तक सच्ची हूँ।

रानी : **(आश्चर्य के साथ)** क्या तुम्हारे पास आने वाला कोई ऐसा आदमी है जिसे मैं जानती हूँ?

बहुरानी : बेशक् आप जानती हैं और उसे लड़के के समान मानती तथा प्यार करती हैं। चार-पाँच दिन के अंदर ही आप पर यह भेद खुल जाएगा।

रानी : ओफ, तुम्हारे इस कहने से मेरी उत्कंठा और भी बढ़ गई! चार-पाँच दिन तक सब्र करना मेरे लिए बड़ा ही कठिन है ख़ास करके ऐसी अवस्था मैं जबकि वह भेद तुम्हें मालूम है और तुम हर तरह से मेरी दिलजमयी कर सकती हो। अगर तुम मुझ पर भरोसा रखती हो और मेरी तरह तुम भी मुझे प्यार करती हो तो मुझसे तुम्हें छिपाने की ज़रूरत नहीं है। इस बात का मैं तुमसे वादा करती हूँ कि तुम्हारी इच्छा के विरुद्ध मैं यह भेद किसी पर प्रकट न करूँगी, जब तक तुम न कहोगी इसे दिल की तह में छिपाए रहूँगी। लो अब तुम यह बता दो कि यह मामला क्या है।

बहुरानी : **(कुछ सोचकर)** लाचार हूँ कि आपकी आज्ञा के विरुद्ध मैं जिद नहीं कर सकती परन्तु मैं चाहती यही थी कि अपने पति की आज्ञा का पालन करूँ और स्वयं इस भेद को अपने मुँह से न खो!।

रानी : **(बड़े आश्चर्य से)** तो क्या यहाँ तुम्हारे पास आने वाले भैया राजा ही हैं?

बहुरानी : जी हाँ। अब इस भेद का छिपाना मैं आप ही के सुपुर्द करती हूँ, यद्यपि मैं स्वयं इसके विरुद्ध हूँ और नहीं समझ सकती कि ऐसा करने में उन्होंने क्या फायदा समझ रखा है, अगर कुछ फायदा है तो यही कि व्यर्थ मैं बदनाम होती हूँ।

रानी : बेशक् उन्होंने यह काम अच्छा नहीं किया। तुम देखती हो कि उनके गम में उनके भाई की क्या दशा हो रही है! चन्द ही दिनों में कैसे दुबले हो गए हैं! भला यह भी कुछ तुम्हें मालूम है कि उनके गायब होने का कारण क्या है?

बहुरानी : हाँ मालूम है। दारोगा साहब उनका जीते रहना पसन्द नहीं करते और उन्हें मार डालने की फिक्र में लगे थे। एक दिन मौका पाकर दारोगा ने उन्हें अपने ख़याल से मार कर ज़मीन के अंदर अपने मकान में दफना दिया मगर उनके किसी दोस्त ने उन्हें वहाँ से निकाल कर उनके बदले में दूसरा आदमी वहाँ गाड़ दिया। ईश्वर की मर्ज़ी थी कि उनकी जान बच गई। दारोगा को इस बात की कुछ भी ख़बर नहीं, क्योंकि शायद ही उसने वह लाश निकालकर देखी हो या उसे कुछ सन्देह हुआ हो। यही सबब है कि वे भूत बन कर एक दफ़े भाईजी (**राजा साहब**) को दिखाई दिये थे और राजा साहब को उन्होंने लिख कर बता भी दिया था कि 'मुझे दारोगा ने मार डाला है।'

रानी : (**आश्चर्य और क्रोध से**) जो कुछ तुम कहती हो बेशक् सच होगा, मैं उस कमबख़्त दारोगा की बदमाशी को खूब जानती हूँ। मगर बड़े ही दुःख की बात है कि राजा साहब को उसने वश में कर रखा है और वे उसे पूरा योगी और महात्मा ही समझे बैठे हैं, सबूत देने पर भी वे दारोगा को बुरा न समझेंगे और बिना सबूत के तो दारोगा के विषय में किसी को जुबान हिलाने की ताकत ही कहाँ है। लेकिन अब जो यह सब हाल अगर राजा साहब से कह दूँ तो वे मुझे और तुझे कदापि न समझेंगे इसलिए इस भेद को अभी छिपाए रखना उचित है। खैर देखूँगी कि कमबख़्त दारोगा कहाँ तक साधु और महात्मा बनता है, दस-पाँच दिन के बाद मौका देखकर मैं गोपाल (**कुँवर गोपालसिंह**) से बातचीत करूँगी, वह बेचारा भी अपने बाप की बदौलत धोखे में पड़ा हुआ है, अच्छा यह तो बता कि आजकल भैया राजा कहाँ हैं और किस फिक्र में हैं क्या इन दिनों यहाँ आए थे?

बहुरानी : नहीं, तो वे उस दिन के बाद फिर कभी नहीं आए जिस दिन उनके आने के कारण पिछले नज़रबाग में कोलाहल मचा हुआ था। वह भी दारोगा का ही काम था! हाँ आज उनकी एक चिट्ठी आई।

रानी : क्या वह चिट्ठी मैं देख सकती हूँ?

बहुरानी : हाँ-हाँ देखें, (**चिट्ठी देकर**) आपसे भला मैं क्यों छिपाने लगी?

रानी : (**चिट्ठी पढ़कर**) खैर, इस चिट्ठी को पढ़ कर मुझे यह तो ढाढ़स हुई कि बेचारे भैया राजा अभी तक कुशलपूर्वक हैं, नहीं तो उनके विषय में कैसे-कैसे बुरे गुमान पैदा होते थे! बहुरानी, तू बेशक् सच्ची और साध्वी है, मुझसे कसूर हुआ कि मैंने

तुझ पर शक किया। पहिले-पहिल जब मुझे इस बात की ख़बर लगी कि तेरे पास कोई आदमी छिपकर आता है तो मारे गुस्से के मैं जल-भुन कर कबाब हो गई। बिना कुछ सोचे-विचारे महाराज को भी इस बात की ख़बर कर दी और उस समय तो मेरे रंज का कोई हद न रहा जब जाँच करने पर यह बात सच निकली, राजा साहब को भी इस बात का बड़ा ही दु:ख हुआ, मगर अब मैं अपनी भूल पर पछताती हूँ। इसमें कोई सन्देह नहीं है कि मैं तुमसे मुहब्बत रखती हूँ और यही सबब है कि अपने भूल साफ-साफ बता देती हूँ, छिपाने और बात बनाने की कोई ज़रूरत नहीं समझती। मगर अब मुझे इस बात की फिक्र पड़ गई कि महाराज का आईना रूपी दिल किस तरह साफ किया जाय जो कि तेरी तरफ़ से गंदला हो गया है और कमबख़्त दारोगा दिनोंदिन उसकी गंदगी और भी बढ़ा रहा है। इस भेद को खोल कर दारोगा पर जुर्म लगाना भी इस समय उचित नहीं जान पड़ता, कदाचित् वादे के मुताबिक भैया राजा यहाँ न आये तो हम लोग मुफ्त में झूठे और बेईमान ठहराए जाएँगे और दारोगा को इस बात का और भी मौका लग जाएगा कि हमारे सीधे-सादे महाराज को हम लोगों की तरफ़ से भी रंजीदा कर दे।

बहुरानी : आपका विचार बहुत ठीक है, पर मैं क्या कहूँ मेरी तो कुछ अकल ही काम नहीं करती। जो कुछ ठीक-ठीक बात थी वह मैंने आपसे साफ-साफ कह दी, अब जो आप मुनासिब समझें करें।

रानी : अच्छा यह चिट्ठी किसके हाथ आई है? इसका कुछ जवाब तूने दिया है या नहीं?

बहुरानी : बेला मेरे लिए चन्दन खरीदने बाज़ार गई थी, वहाँ ही एक आदमी ने उसे यह चिट्ठी देकर मेरे पास पहुँचाने की ताकीद की और बिना कुछ जवाब पाये जल्दी के साथ वहाँ से चला गया। मैं नहीं समझ सकती कि इसका जवाब उन्हें क्यों कर दिया जाय। खैर आप कोई ऐसा बंदोबस्त कर दें जिसमें हम लोगों का और महाराज का डेरा कुछ दिन के लिए ख़ासबाग में चला जाय फिर जो कुछ होगा देखा जाएगा।

रानी : यह कौन बड़ी बात है, आज ही मैं इसका बंदोबस्त करती हूँ और आशा है कि कल हम लोग ख़ासबाग ही में दिखाई देंगे। वहाँ अगर भैया राजा से मुलाकात होगी तो उन्हें समझना चाहिए कि 'दारोगा से बदला लेने के लिए तुम्हारा यह ढंग समयानुकूल नहीं है। तुम तो घर के सरदार ठहरे, तुम्हें तो खुल्लम-खुल्ला दारोगा का मुकाबला करना चाहिए।

बहुरानी : अबकी दफ़े अगर वहाँ मुलाकात हुई तो मैं ज़रूर आपका सामना कराऊँगी, आप उन्हीं की जुबानी सुनेंगी कि दारोगा ने उनके साथ कैसा बर्त्ताव किया था।

रानी : मैं बहुत खुश होऊँगी अगर तुम मुझे उनसे मिलवाओगी, कमबख़्त दारोगा को मैं अच्छी तरह पहिचान गई हूँ। जब तक इस कमबख़्त को सज़ा न दी जाएगी मेरे जी को चैन न पड़ेगा। आज दामोदर सिंह ने अपनी स्त्री को मेरे पास भेजा था और बहुत

ही गुप्त रखने की ताकीद करते हुए यह कहला भेजा है कि–'दारोगा से होशियार रहना, वह तुमको और बहुरानी को मार डालने की फिक्र में है और चाहता है कि बलभद्रसिंह की लड़की से गोपालसिंह की शादी न होने पावे।'

बहुरानी : मुझे भी उड़ती हुई यह ख़बर लगी है।

रानी : खैर जो कुछ होगा देखा जाएगा, जितने दिन की ज़िंदगी विधाता ने हम लोगों को दे रखी हे उतने दिन तो कोई मारने वाला नहीं है और इसके अलावे जो कोई जैसा करेगा वैसा फल पावेगा।

बहुरानी : ईश्वर हमारा सहायक है, आप किसी तरह की चिंता न करें। आप खासबाग में चलने की फिक्र करें फिर जैसा होगा देखा जाएगा।

रानी : कल हम लोग ज़रूर खासबाग में चले जाएँगे, कुछ सामान वगैरह लादने की ज़रूरत तो नहीं कि तरद्दुद करना पड़ेगा, जिस तरह यहाँ सब सामान दुरुस्त है उसी तरह वही भी किसी चीज़ की कमी नहीं है।

इसके बाद थोड़ी देर तक और भी इन दोनों में बातें होती रहीं तब अंत में रानी साहिबा बहुरानी को समझा–बुझाकर वहाँ से चली गई।

रानी साहिबा के इच्छानुसार महाराज ने भी ख़ासबाग में जाना स्वीकार किया और दूसरे दिन प्रात:काल ख़ासबाग ही में महाराज का दरबार हुआ। बहुरानी और रानी साहिबा भी ख़ासबाग में अपने–अपने ठिकाने जा बिराजी जहाँ वे सब प्राय: रहा करती थीं। उस दिन तो कुछ नहीं मगर दूसरे दिन सूर्य उदय होते ही रानी साहिबा और बहुरानी को यह ख़बर लगी कि आज चौक बाज़ार में दारोगा साहब ठीक चौमुहानी पर बेहोश पाये गये। एक कान कटा और मुँह में कालिख लगी हुई तथा गले में पुराने जूतों का हार पड़ा हुआ था। होश में आने के बाद उसी सूरत में महाराज के पास चले आ रहे हैं।

14

देखते–ही–देखते भैया राजा और भूतनाथ को कई दुश्मनों ने आकर घेर लिया और उन पर वार करना शुरू किया। मगर वाह रे भूतनाथ! जिस तरफ़ तलवार घुमाता हुआ टूट पड़ता था उस तरफ़ दुश्मनों के दिल भी टूट जाते थे। यद्यपि भूतनाथ के बदन पर कई जख्म लगे परन्तु पाँच आदमियों को उसने बेकार कर ज़मीन पर सुला दिया। भैया राजा की तो बात ही न्यारी थी, उनकी तिलिस्मी तलवार की बदौलत जो दुश्मन उनके सामने आया वही जख्मी और बेहोश होकर ज़मीन पर जा रहा और किसी को तनोबदन की ख़बर न रही, मगर भैया राजा का भी बदन जख्मी होने से बचा न रहा।

अब पुन: उस मैदान में केवल भूतनाथ और भैया राजा दिखाई देने लगे। यद्यपि इस समय उन्होंने अपने दुश्मनों पर फतह पाई थी मगर इन दोनों का शरीर भी थकावट से

चूर-चूर हो रहा था। एक तो सफ़र की हरारत दूसरे दुश्मनों से लड़ाई होने के कारण ये दोनों ऐसा थक गए कि अब तलवार क्या हाथ हिलाना कठिन-सा हो गया था, साथ ही इसके दिल में दुश्मनों की तरफ़ से बेफिक्री भी नहीं होती थी, यह सोचते थे कि शायद और दुश्मनों का सामना हो जाय तो मुश्किल होगी क्योंकि अब रात हो गई है जिसके कारण दुश्मनों का वार बचाना और कठिन हो जाएगा।

भैया राजा और भूतनाथ दोनों आदमी एक पेड़ के नीचे बैठ गए और तरह-तरह की बातें सोचने लगे।

भैया राजा : भूतनाथ, मैं इस समय तुमसे पुनः एक सवाल किया चाहता हूँ।

भूतनाथ : कहिए!

भैया राजा : तुम ठहरे दारोगा साहब के दोस्त, चाहे वह दोस्ती जाहिरदारी और ख़ुदगरज़ी ही के साथ क्यों न हो, मगर मैं हूँ दारोगा साहब का दुश्मन क्योंकि उसने मुझे मार डालने में किसी तरह की कसर नहीं उठा रखी थी और इस बात को तुम भी जानते हो क्योंकि उसके सहायक ही थे, या यों भी कह सकते हैं कि तुम्हारी ही मदद करते हुए दारोगा को मेरे साथ दुश्मनी करने की ज़रूरत आ पड़ी...

भूतनाथ : **(बात काटकर)** अब आप कृपा कर इन सब शर्मिन्दा करने वाली बातों को जाने दीजिए, मैंने जो कुछ किया वह आपसे छिपा नहीं है। मैं खुद कह चुका हूँ कि मुझ-सा पापी और पतित इस दुनिया में कोई दूसरा न होगा। भविष्यत् के लिए अपना रास्ता बदलने की कसम खाता हुआ मैं आपसे माफ़ी माँग चुका हूँ और आपने मुझे माफ़ी देकर अपना बना लिया है, अस्तु अब पुनः जब तक आप मुझे पाप करते हुए न देखें या सुनें तब तक आपको ऐसी बात...

भैया राजा : **(बात काटते हुए)** नहीं-नहीं भूतनाथ, मेरे इस कहने का यह मतलब नहीं है कि तुम्हें उन सब बातों की याद दिलाकर शर्मिन्दा करूँ, तुम मेरी बात तो पूरी तरह सुन लो! मैं कहता हूँ कि तुम अभी दारोगा से दोस्ती रखा चाहते हो और मैं उससे बदला लेने की फिक्र में हूँ, ऐसी अवस्था में अगर ऐसे समय दारोगा से मुलाकात हो जाय तो तुम उसके साथ कैसा सलूक करोगे? क्योंकि ताज्जुब नहीं कि यह कार्रवाई दारोगा की तरफ़ से की गई हो, यह सब उसी के आदमी हों, और यहीं खुद उससे भी मुलाकात हो जाय, मेरा दिल घड़ी-खड़ी इन्हीं बातों की तरफ़ से ढुलकता है।

भूतनाथ : जमना और सरस्वती के विषय में निःसन्देह दारोगा ने मेरी मदद की थी जिसके लिए मुझे उसका शुक्रगुजार होना चाहिए था मगर अब जबकि मैंने अपना रास्ता बदल दिया तो अपने पहिले के पापकर्म में साथ रहने वाली पापी साथियों के साथ भाईचारे का बर्त्ताव नहीं कर सकता। यद्यपि किसी कारण से मैं उसके साथ जाहिरदारी का बर्त्ताव का रहा हूँ सही, मगर अब तो मुझे उसकी भी ज़रूरत न रही क्योंकि अब न तो मुझे जमना, सरस्वती इत्यादि के साथ दुश्मनी करनी है और न उससे कुछ काम लेने

की ज़रूरत ही स्नान पड़ती है, मैंने तो अब अपने को दयामय परमात्मा के भरोसे छोड़ दिया है और आपकी शरण में आ गया हूँ, जो कुछ होनी हो सो हो, मैं आपका ताबेदार हूँ, आप जो आज्ञा देंगे वही करूँगा।

भैया राजा : खैर तुम्हारी तरफ़ से दिलजमई तो हो ही चुकी थी अब पुनः हो गई मगर अफ़सोस यह है कि इन्द्रदेव ने हज़ार दुखी होने पर भी अभी तक दारोगा के साथ कोई खोटा बर्त्ताव नहीं किया। मैं इन्द्रदेव के विरुद्ध कोई काम न कहें पा।

भूतनाथ : बेशक् ऐसा ही है, मुझे भी इन्द्रदेव का ख़याल है और साथ ही इसके दारोगा की जात से दयाराम का पताल गाना भी ज़रूरी है।

भैया राजा : (**चौंककर**) वह देखो सामने से रोशनी कैसी आ रही है?

भूतनाथ : कोई आदमी लालटेन लिए हुए इसी तरफ़ आ रहा है।

भैया राजा : क्या इसे अपना दुश्मन समझें?

भूतनाथ : मौके पर दोस्त की उम्मीद कब हो सकती है और अगर हो भी तो हमें अपनी तरफ़ से होशियार ही रहना चाहिए। उसका साथी कोई मालूम नहीं पड़ता, चलिए हम लोग आगे चलें।

यद्यपि ये दोनों आदमी बहुत सुस्त हो रहे थे तथापि हिम्मत करके उठ खड़े हुए और म्यान से तलवार निकाले हुए उस तरफ़ बढ़े जिधर वह आदमी लालटेन लिए आ रहा था। अँधेरा क्षण-क्षण में बढ़ता जाता था और इस आदमी के बदन की हरकत दिखाई नहीं पड़ती थी फिर भी वह तेज़ी के साथ कदम बढ़ाता हुआ बेख़ौफ़ इनके पास आ पहुँचा और बोला-

आदमी : भैया राजा जी, दुश्मनों के घर में भी अकसर दोस्त दिखाई दे जाया करते हैं, देखिए मेरे हाथ में सिवा इस लालटेन के और कोई हर्बा नहीं है, कहिए इस लालटेन का कोई 'मेघराज' का आप मुकाबला कर सकते हैं?

भैया राजा : (**उत्साह से भरी हुई आवाज़ में**) जब तक 'मेघराज' गरजेंगे नहीं तब तक मैं मुकाबिला करने के लिए तैयार हूँ। आओ मेरे प्यारे दोस्त, तुम ख़ूब आये और अच्छे मौके पर आये, शायद इस जगह तुम कुछ मेरी मदद कर सको।

मेघराज : बेशक् मैं आपकी मदद कर सकता हूँ, एक नहीं अगर आपके हज़ार दुश्मन भी यहाँ आ जाएँ तो मैं अकेला उनसे आपको बचा सकता हूँ।

इतना कहकर मेघराज ने अपना अंग झटकारा और उसके तमाम बदन से ख़ौफ़नाक चिनगारियाँ निकलने लगीं जिसे देखकर भूतनाथ हैरान हो गया बल्कि डरकर कई कदम पीछे की तरफ़ हट गया। इसके बाद मेघराज ने सिर्फ़ भूतनाथ को दिखाने की नीयत से लालटेन ऊँची की जिससे उसके तमाम बदन की अवस्था साफ-साफ दिखाई देने लगी। भूतनाथ ने देखा कि वह बहुत ही बारीक सुनहरी तार से बना हुआ सुन्दर कवच पहिरे

हुए हैं जिससे उसका सिर से पैर तक हर एक अंग बख़ूबी महफूज जान पड़ता है और वह कवच ऐसी ख़ूबी के साथ बना हुआ है कि हाथ-पैर और उँगलियाँ इत्यादि कुछ भी हिलाने से किसी तरह अंडस नहीं मालूम पड़ती। उसी ढंग के बनावट की एक टोपी भी उसके सर पर थी जिसके पिछली तरफ़ की झालर गरदन के नीचे तक लटक रही थी, जिससे उसकी गरदन पर भी कोई हर्बा काम नहीं कर सकता था। केवल इतना ही नहीं कि उसने इस कवच से अपने बदन को ही रक्षित कर रखा था, वह चाल-ढाल और रंग-ढंग से भी बहादुर मालूम होता था तथा बदन से कसरती और गठीला जान पड़ता था। मेघराज ने लालटेन नीचे करके पुनः भैया राजा से कहा-

मेघराज : मैं इत्तिफाक से ही यहाँ आ पहुँचा हूँ, मुझे इस बात की कुछ भी ख़बर न थी कि आपके दुश्मन यहाँ आए हुए हैं और उन्होंने आपको फँसाने के लिए यहाँ कोई कार्रवाई कर रखी है अथवा आप यहाँ आकर दुश्मनों से घिर गये हैं मुझे तो ईश्वर ने अकस्मात् ही यहाँ पहुँचा दिया। मैं उतरते समय पहाड़ के ऊपर से आप लोगों की लड़ाई देख रहा था और जल्द-से-जल्द आपके पास पहुँचने की कोशिश कर रहा था परन्तु रास्ता ऐसा ख़राब है कि हज़ार कोशिश करने पर भी समय पर आपके पास पहुँच न सका कि आपकी मदद करता, तथापि मैं जानता था कि आपके पास तिलिस्मी तलवार मौजूद है, सिर्फ़ इतने दुश्मन आपका कुछ नहीं बिगाड़ सकते और इस सबसे मुझे ढाढ़स बँधी थी। मैं परसों से इन लोगों को यहाँ आते-जाते देख रहा हूँ मगर कुछ समझ में नहीं आता था, और इस समय भी मैं इन्हीं लोगों को देखने आ रहा था, आपको शायद यह बात मालूम हुई होगी कि यह कार्रवाई आपके दारोगा साहब की है और यह सब आदमी भी उसी के हैं।

भैया राजा : **(आश्चर्य से)** हाँ! क्या यह सब आदमी दारोगा ही के हैं?

मेघराज : जी हाँ, ये सब उसी शैतान के आदमी हैं, बल्कि ताज्जुब नहीं कि वह खुद भी इन्हीं लोगों में कहीं बेहोश पड़ा हुआ हो। इस लालटेन से सभी की सूरत देखने पर मालूम होगा।

भैया राजा : तो देखना चाहिए वह यहाँ है या नहीं, तुम जानते ही हो कि जब तक मैं इन लोगों को होश में न लाऊँ तब तक ये सब स्वयं चैतन्य नहीं हो सकते।

मेघराज : हाँ, मैं इस बात को और आपकी तिलिस्मी तलवार की तासीर को ख़ूब जानता हूँ!

भैया राजा : अच्छा कुछ यह भी बता सकते हो कि हमारे दुश्मनों में से कोई और भी है या बस इतने ही थे जो इस समय यहाँ जख्मी और बेहोश पड़े हुए हैं।

मेघराज : मैं बिना तहकीकात किए नहीं कह सकता, खैर चलिए अपने बेहोश दुश्मनों की सूरत देखिए, यहाँ अगर कोई होगा भी तो हमारा क्या कर लेगा?

इतना कहकर लालटेन लिए हुए मेघराज आगे बढ़ा और उसके पीछे-पीछे भैया राजा तथा भूतनाथ चलने लगे। भूतनाथ को मेघराज के विषय में बड़ा आश्चर्य था और यह जानने के लिए उसका दिल बहुत ही बेचैन हो रहा था कि यह मेघराज कौन है? इस बात को वह ज़रूर समझ गया था कि भैया राजा उसे देखते ही पहिचान न सके इसलिए उसने बात के इशारे ही में अपना परिचय दिया और भैया राजा ने भी इशारा ही में परिचय देकर अपने को प्रकट किया। इसमें तो कोई शक नहीं कि यह भैया राजा का दोस्त है मगर कौन है सो मालूम नहीं होता।

लालटेन की रोशनी में भैया राजा ने सभी दुश्मनों की सूरतें देखीं और उनमें से कइयों को पहिचाना भी। उन्हीं के बीच में दारोगा साहब भी पाए गये जो कि भैया राजा की तिलिस्मी तलवार से जख्मी होकर बेहोश हो गये थे।

इस काम से निश्चिन्त होकर तीनों आदमी एक पत्थर की चट्टान पर बैठकर बातचीत करने और सोचने लगे कि अब क्या करना चाहिए। उस समय भूतनाथ ने मौका पाकर मेघराज के विषय में भैया राजा से पूछा कि "यह कौन है? यदि कोई हर्ज न हो तो आप मुझे इनका परिचय दीजिए।" इसके जवाब में भैया राजा ने भूतनाथ से कहा, "मैं लाचार हूँ कि इन **(मेघराज)** की इच्छा के विरुद्ध इनका परिचय तुम्हें नहीं दे सकता, ये अगर मुनासिब समझेंगे तो अपना परिचय खुद ही तुम्हें देंगे।"

भैया राजा का जवाब पाकर भूतनाथ चुप ही रहा और फिर उसे मेघराज के विषय में कुछ पूछने की हिम्मत न पड़ी।

भैया राजा : **(मेघराज से)** अब बेहोश दुश्मनों के बारे में आपकी क्या राय होती है? इसके साथ क्या सलूक करना चाहिए?

मेघराज : यह बात आपकी मर्ज़ी पर है, जो आप मुनासिब समझें करें।

भैया राजा : मैं तो यही चाहता हूँ कि इन सभी को कहीं पर क़ैद कर दूँ मगर मेरे पास कोई जगह इस योग्य नहीं हैं।

मेघराज : ठीक है परन्तु यह भी आप जानते हैं कि अपने यहाँ भी मैं इन सभी को नहीं रख सकता अस्तु बेहतर होगा कि इन सभों को कुछ सज़ा देकर छोड़ दिया जाय, दारोगा के लिए भी इस समय यही मुनासिब होगा।

भैया राजा : आप ठीक कहते हैं, इन सभों की नाक-तान काटकर छोड़ दिया जाय और दारोगा कमबख़्त का सिर्फ़ दाहिना कान थोड़ा-सा काटकर उसे जमानिया सदर बाज़ार के चौमुहाने पर रख दिया जाय जिसमें वहाँ के सभी आदमी अपने राजा के वजीर को ऐसी हालत में देखकर खुश हों। **(भूतनाथ की तरफ़ देखकर)** मैं तो यही मुनासिब समझता हूँ, कहिए आपकी क्या राय है?

भूतनाथ : सज़ा तो बहुत अच्छी तजवीज़ की गई है। जबकि आप इस दारोगा का सरे दरबार मुकाबला किया चाहते हैं तो अभी इसे कत्ल करने की ज़रूरत नहीं है। हुक्म दीजिए तो मैं काम शुरू करूँ?

भैया राजा : हाँ, अब देर करने की ज़रूरत नहीं है, इन सभों के कान-नाक काटकर दुरुस्त करो। इनके हर्बे भी ले लेने चाहिए।"

भैया राजा का हुक्म पाते ही भूतनाथ ने कार्रवाई शुरू कर दी, तलवार से सभों के नाक-कान काट डाले और अंत में दारोगा का भी थोड़ा-सा दाहिना कान काटने के बाद अपने ऐयारी के बटुए में से स्याही निकाल कर खूब अच्छी तरह उसका मुँह काला किया और कुछ रंग-रोगन भी लगाकर उसकी विचित्र-सी सूरत बना दी, इसके बाद एक घोड़े पर उसे कस-के कमन्द से अच्छी तरह बाँध दिया।

हम ऊपर लिख आए हैं कि इस मैदान में डाकुओं के कई घोड़े भी मौजूद थे, उन्हीं में से एक पर भूतनाथ ने दारोगा को कसा और भैया राजा से कहा, "अब यहाँ से चलते समय इसको अपने साथ ले चलेंगे और रात को मौका देखकर जमानिया के चौमुहाने पर छोड़ देंगे।"

भैया राजा : ठीक है, **(मेघराज से)** यहाँ आने का रास्ता तो बहुत ही टेढ़ा और खराब है, ताज्जुब नहीं किए लौटती समय हम लोग रास्ता भूल जाएँ। क्या यहाँ के रास्ते को बंद भी कर दिया जा सकता है?

मेघराज : जी नहीं, यह तो एक खुली घाटी है, सिर्फ़ यहाँ आने का रास्ता पेचीदा और भयानक होने के कारण कोई इस जगह आता नहीं, हाँ इतना ज़रूर है कि यह घाटी किसी तिलिस्मी घाटी के साथ मिली हुई है और तिलिस्म से भी कुछ संबंध रखती है। शायद दारोगा को यहाँ का हाल मालूम है, आपको नहीं यद्यपि यह सरज़मीन आप ही के राज्य में हैं।

भैया राजा : बेशक् यहाँ का हाल मुझे कुछ मालूम नहीं।

मेघराज : मेरा इरादा था कि मैं आज भर के लिए आप लोगों को यहाँ रोक लेता जिससे आपकी थकावट रात-भर आराम करने से अच्छी तरह मिट जाती है और भोजन भी कर लेते, मैं यहाँ बहुत जल्द आप लोगों के खाने-पीने का इंतज़ाम कर सकता हूँ।

भैया राजा : अगर ऐसा हो सके तो क्या ही अच्छी बात है, मैं भी यही चाहता हूँ कि कुछ भोजन और बेफिक्री के साथ आराम करने का इंतज़ाम हो जाता और इसके पहिले मैं स्नान भी कर लेता, मगर ख़ौफ़ यही है कि कहीं और भी दुश्मन लोग यहीं न आ जाएँ।

मेघराज : अब दुश्मनों के यहाँ आने का आपको ख़याल ही क्यों होता है। मेरी मौजूदगी में दो-चार सौ दुश्मन भी आपका कुछ बिगाड़ नहीं सकते और अगर यह समझिए कि और लोग आकर आपके इन दुश्मनों को छुड़ाकर ले जाएँगे तो इनके लिए

भी जो कुछ आप किया चाहते थे कर चुके, अब चाहे ये सब खुद-ब-खुद चले जाएँ या इन्हें कोई इनका दोस्त यहाँ आकर ले जाय। काम केवल इतना बाकी है कि दारोगा को जमानिया बाज़ार के चौमुहाने पर पहुँचा देना, सो इस काम में यदि विघ्न भी पड़ जाय तो आपका कोई हर्ज नहीं है।

भैया राजा : (**कुछ सोचकर**) अच्छा फिर जैसा आप कहें किया जाय।

मेघराज : बस यही ठीक होगा कि आप दोनों आदमी मेरे डेरे पर चलें और दारोगा को जो घोड़े पर लाद दिया गया है उतारकर एक गुफा में, जो मैं आपको बताऊँगा रख दें, फिर जाते समय पुन: घोड़े पर लाद दिया जाएगा।

इतना कहकर भूतनाथ को साथ ले मेघराज ने दारोगा को घोड़े पर से उतारा और गुफा में जो वहाँ से थोड़ी दूर पर थी रख कर उसका मुँह पत्थर से ढाँक दिया। उसी समय किसी चीज़ की रोशनी उस मैदान में घूमती हुई दिखाई दी जिसे देखते ही मेघराज चैतन्य हो गया। अपनी लालटेन का खटका उसने दबाया साथ ही एक मोटा शीशा लालटेन के मुँह पर आ गया जिसके कारण रोशनी तेज़ हो गई और दूर तक जाने लगी। मेघराज भी अपनी लालटेन की रोशनी इस तरह पहाड़ पर दौड़ाने और घुमाने लगा मानो उस पहिली रोशनी का जवाब देता हो। पहिले की आई हुई रोशनी उस सरज़मीन पर अजीब ढंग से घूमती थी और मेघराज अपनी लालटेन की रोशनी से उसका जवाब देता था। पास में खड़ा हुआ भूतनाथ बड़े आश्चर्य से यह तमाशे को देख रहा था।

भूतनाथ ने यह तो ज़रूर समझ लिया कि मेघराज रोशनी का जवाब रोशनी से दे रहा है। वह कोई मेघराज का साथी है जिसने यहाँ लालटेन की रोशनी पहुँचाई है, वह रोशनी के इशारे से बात करता है और मेघराज उसका जवाब देता है, परन्तु हज़ार अकल दौड़ाने पर भी भूतनाथ को इस बात का पता न लगा कि उन दोनों में रोशनी के इशारे से क्या बातें हो रही हैं या किस तरह के अक्षर बनाए जा रहे हैं। आधे घंटे से ज़्यादे देर तक मेघराज इस काम में लगा रहा, इसके बाद वह रोशनी गायब हो गई और मेघराज ने भी लालटेन से रोशनी देना बंद करके अपनी लालटेन का खटका दबाकर फिर पहिले की तरह दुरुस्त कर लिया।

मेघराज : (**भैया राजा से**) अच्छा तो अब आप दोनों आदमी मेरे पीछे चलें, मैं आपको अपने मकान पर ले चलूँ।

भैया राजा : मैं चलने के लिए तैयार हूँ मगर यह तो बताओ कि इस लालटेन की रोशनी से तुम किस आदमी के साथ बातचीत कर रहे थे और क्या बात की।

मेघराज : अभी इसका जवाब न दूँगा, समय पर स्वयं मालूम हो जाएगा।

भूतनाथ : उस वक्त मालूम हो जाएगा जबकि सुनने के लिए मैं आपके सामने न रहूँगा?

मेघराज : **(भूतनाथ से)** हाँ जी गदाधरसिंह, बेशक् यही बात है। तुम्हारे सामने अपना भेद प्रकट करते डर मालूम होता है। चाहे भैया राजा ने तुम पर भरोसा कर तुम्हें अपना लिया हो मगर अन्य आदमियों की इतनी हिम्मत कहाँ कि तुम पर भरोसा करें।

भूतनाथ : निःसन्देह मैं अपने कर्मों की बदौलत ऐसा ही जवाब सुनने के योग्य हूँ।

मेघराज : आप खफा न हों, मेरा मतलब यह नहीं कि मैं अपनी बातों से आपको रंज पहुँचाऊँ। आजकल ज़माने का ढंग कुछ ऐसा हो रहा है कि किसी को किसी पर भरोसा करने का साहस नहीं होता।

भूतनाथ : है तो ऐसा हाँ, खैर चलिए आप अपना काम कीजिए।

"मेरे पीछे-पीछे चले आइए" इतना कहकर मेघराज आगे बढ़ा और भैया राजा तथा भूतनाथ उसके पीछे-पीछे रवाना हुए। तमाम मैदान खत्म करने के बाद पहाड़ी के ऊपर चढ़ने की नौबत आई। रात का समय होने से यद्यपि चढ़ने में तकलीफ़ होती थी। मगर फिर भी लालटेन से सहारा पाते हुए ये दोनों आदमी बराबर चले गये और लगभग पौन-कोस रास्ता चलने के बाद एक गुफा के मुँह पर पहुँचे जिसमें आदमी खड़ा होकर बख़ूबी जा सकता था। दोनों आदमियों को साथ लिए हुए मेघराज उस गुफा के अंदर चला। रास्ता बहुत ही पेचीदा और घूम-घुमौआ था तथा चढ़ाई की तरह चला गया था। लगभग चौथाई कोस चले जाने के बाद ये तीनों आदमी बाहर मैदान में निकल और पुनः कुछ दूर चलने के बाद दूसरी गुफा के अंदर घुसे मगर उसमें ज़्यादे दूर जाना न पड़ा, कुछ दो-ढाई सौ कदम जाने के बाद एक बंद दरवाज़ा मिला जिसे मेघराज ने किसी गुप्त रीति से खोला और अपने दोनों साथियों को अंदर कर लेने के बाद पुनः दरवाज़ा बंद कर दिया। ध्यान लगाए रहने पर भी भूतनाथ को दरवाज़ा खोलने और बंद करने का ढंग मालूम न हो सका। अब ये तीनों आदमी एक ऐसे कमरे में पहुँचे जिसकी लंबाई बीस गज और चौड़ाई दस गज के करीब होगी। कमरे में सभी तरह का सामान, जिसकी ज़रूरत आदमी को रोज़ ही पड़ा करती है, मौजूद था। कमरे के एक तरफ़ सुन्दर फर्श बिछा हुआ था जिस पर दस-बारह आदमी बख़ूबी आराम कर सकते थे। सामने की तरफ़ तीन दरवाज़े थे जिनमें से इस समय एक दरवाज़ा खुला हुआ था जिसकी राह मेघराज अपने दोनों साथियों को कमरे के बाहर ले गया। अब ये तीनों आदमी एक छोटे-से बाग़ में पहुँचे जो जंगली गुलबूटों और क्यारियों के बदौलत बहुत ही भला मालूम पड़ता था। पूरब तरफ़ से उदय होकर चन्द्रदेव कुछ ऊँचे हो अपनी चाँदनी फैलाने लग गये थे जिससे उस बाग़ पर और भी जोबन चढ़ रहा था और दिखाई दे रहा था कि यह पहाड़ी बाग़ तीन तरफ़ से ऊँची-ऊँची पहाड़ियों से घिरा हुआ है। उन पहाड़ियों पर कई सुन्दर-सुन्दर मकान और बँगले बने हुए थे जिनमें से चार या पाँच बंगलों के आगे तेज़ और चाँद का मुकाबला करने वाली सफेद रोशनी हो रही थी जिससे वहाँ की सरसब्ज ज़मीन पर दूर-दूर तक की चीज़ें बहुत साफ दिखाई दे रही थीं और इस बाग़ पर भी उनका अक्स बहुत अच्छी तरह पड़

रहा था। भूतनाथ ने देखा कि इस बाग़ में चार-पाँच आदमी भी मौजूद थे जो न-मालूम किस काम में व्यग्र और दौड़-धूप कर रहे हैं।

बाग़ के बीचों-बीच संगमरमर का सुन्दर चबूतरा था और उस पर तरह-तरह की कई कुर्सियाँ रखी हुई थीं। मेघराज उसी चबूतरे पर चला गया और लालटेन रखकर अपने दोनों साथियों को बैठने के लिए कहा।

इस बाग़ में आने से यद्यपि भूतनाथ और भैया राजा की तबीयत बहुत प्रसन्न हुई मगर थकावट और भी ज़्यादे हो गई थी इसीलिए दोनों आदमी आरामकुर्सियों पर बैठ गये और पैर फैलाकर चाँदनी में चारों तरफ़ की कैफ़ियत देखने लगे। इस समय भूतनाथ के पेट में कुछ अजीब तरह की खिचड़ी पक रही थी और मेघराज का असल हाल जानने के लिए वह बहुत ही बेचैन हो रहा था।

यहाँ पहुँचकर मेघराज ने जफील बुलाई जिसे सुनकर बात-ही-बात में तीन आदमी वहाँ आ पहुँचे और इशारा पाकर हर तरह का सामान जुटाने लगे। भैया राजा और भूतनाथ ने स्नान किया, तब संध्योपासना से निवृत्त हो भोजन किया और फिर निश्चिन्त होकर बैठने के बाद आपस में बातचीत करने लगे। इस समय रात पहर-भर से ज़्यादे जा चुकी थी और चाँदनी भी अच्छी तरह फैल रही थी। सहसा एक आदमी जो हाथ में कोई चीज़ लिए हुए था इन लोगों के सामने लाया गया जिसे देखकर भूतनाथ चौंक पड़ा और घबराहट तथा ख़ौफ़ के साथ उसकी तरफ़ देखने लगा। इस आदमी के हाथ में यद्यपि हथकड़ी न थी मगर पैरों में बेड़ी पड़ी हुई थी।

मेघराज : **(भूतनाथ से)** कहो गदाधरसिंह इस आदमी को पहिचानते हो?

भूतनाथ : **(दुखित ढंग से)** बेशक् पहिचानता हूँ, इसका बाप राजसिंह मेरी ज़िंदगी का शैतान था, उसी की बदौलत मेरे ऐशो-आराम में फर्क पड़ा तथा मेरे धर्म और ईमान में बट्टा लगा, मेरे दोस्त दयाराम से मेरी जुदाई हुई और आज तक मैं दुर्दशाग्रस्त तरह-तरह की तकलीफ़ों को सहता हुआ मारा फिरता हूँ। इसका नाम ध्यानसिंह है। यदि आपकी आज्ञा हो तो इससे दो-चार बातें करूँ।

मेघराज : हाँ-हाँ, तुम इससे जो चाहे बात कर सकते हो।

भूतनाथ : **(ध्यानसिंह से)** कहो तुमने तो मुझे विश्वास दिलाया था कि दयाराम जी अभी तक जीते हैं और जमानिया के कमबख़्त दारोगा के कब्जे में हैं।

ध्यानसिंह : बेशक् मैंने आपसे ऐसा ही कहा था और अभी तक मैं अपनी राय पर कायम हूँ।

भूतनाथ : मगर तुम बिलकुल झूठे और बेईमान हो। अच्छा हुआ कि तुम इस समय मुझे इस हालत में यहाँ दिखाई दिये। मैं तुमसे मिलने ही वाला था।

ध्यानसिंह : आप जो कुछ समझें और कहें मैं अपनी बात का पूरा सबूत रखता हूँ। अगर मेरी मदद लेकर दयाराम जी को खोजते तो ज़रूर दारोगा के यहाँ...

भूतनाथ : यह सब फिजूल बातें हैं, मैं तुम पर किसी तरह भी भरोसा नहीं कर सकता। **(मेघराज से)** क्या इसे आपने गिरफ्तार किया है? इसके गिरफ्तार करने से दयाराम जी का कुछ पता लगा या केवल सज़ा देने ही के लिए गिरफ्तार किया गया है।

मेघराज : इसका जवाब मैं कुछ भी नहीं दे सकता। यद्यपि मैं भैया राजा की जुबानी सुन चुका हूँ कि तुमने प्रतिज्ञा की है कि भविष्य में अच्छी राह पर चलोगे और इन्होंने तुम पर भरोसा करके विश्वास भी कर लिया है परन्तु हम लोगों का दिल भैया राज़ा-सा नहीं है, हम लोग बिना जाँच किये किसी पर भरोसा नहीं करते।

मेघराज की बातों से यद्यपि भूतनाथ को क्रोध चढ़ आया मगर वह चुप हो रहा, कुछ भी न बोला। मेघराज ने भैया राजा को वहाँ से उठाया और बाग़ की एक रविश पर ले जाकर एकांत में खड़ा हो कुछ बातें की और इधर भूतनाथ भी तब तक ध्यानसिंह से कुछ बातें करता रहा। इन सभों में क्या-क्या बातें हुई इसके लिखने की यहाँ कोई ज़रूरत नहीं मालूम पड़ती। बातों से छुट्टी पाकर पुनः सब कोई उस चबूतरे पर इकट्ठा हो गए, ध्यानसिंह वहाँ से हटा दिया गया और तब भैया राजा ने मेघराज से कहा, "गदाधरसिंह की जुबानी मैंने सुना है कि दारोगा अब मेरी स्त्री को मार डालने के फिक्र में है इसलिए मैं चाहता हूँ कि वहाँ जाकर उनकी रक्षा करूँ और बन पड़े तो उसे वहाँ से निकाल लाऊँ।"

मेघराज : बेशक् आपको दारोगा से उनकी रक्षा करनी चाहिए और महाराज के सामने ही दारोगा से यह भी पूछना चाहिए कि उसने आपके साथ ऐसा गंदा सलूक क्यों किया? आपका छिपकर कार्रवाई करना मैं पसन्द नहीं करता।

भैया राजा : मेरे और दोस्तों की भी यही राय है अस्तु बेहोश दारोगा को जमानिया सदर बाज़ार के चौमुहाने पर पहुँचा देने के बाद मैं प्रकट हो जाऊँगा और देखूँगा कि भाई साहब के सामने ही मुझसे और दारोगा से क्योंकर निपटती है। अच्छा तो अब मुझे यहाँ से रवाना हो जाना चाहिए। अब हम लोगों की थकावट भी अच्छी तरह मिट गई है और हम लोग बख़ूबी सफ़र करने लायक हो गए हैं।

मेघराज : मैं तो यही चाहता था कि रात-भर आप लोग यहाँ आराम करके प्रातःकाल सफ़र करते।

भैया राजा : नहीं, अब मैं जहाँ तक शीघ्र जमानिया पहुँचूँ अच्छा है, तुम मुझे पुनः उसी जगह पहुँचा दो जहाँ से लाए हो!

मेघराज : बहुत ख़ूब, चलिए!

मेघराज ने भैया राजा और भूतनाथ को पुनः उसी जगह पहुँचा दिया जहाँ से लाया था। इन लोगों ने बेहोश दारोगा को गुफा के बाहर निकाला और मिल-जुलकर घोड़ों पर लादने के बाद बागडोर से अच्छी तरह कस दिया। बाकी बेहोश और जख्मी दुश्मनों को उसी जगह छोड़ दारोगा के लिए भूतनाथ और भैया राजा वहाँ से रवाना हुए। मेघराज भी तब तक भैया राजा के साथ गया जब तक कि वे लोग पेचीदे रास्ते को तय करके सीधे रास्ते पर न जा पहुँचे।

मेघराज के विषय में भूतनाथ को बड़ा ही आश्चर्य और खुटका हो गया था। यद्यपि भूतनाथ ने देखा था कि वह अपना चेहरा नकाब से ढके हुए नहीं है तथापि यह निश्चय हो गया था कि उसकी सूरत ज़रूर बदली हुई है। मेघराज को पहिचानने के लिए उसने उद्योग तो ज़रूर किया था मगर सफल-मनोरथ न हुआ। अब भी उसे यह आशा ज़रूर थी कि सफ़र करते हुए भैया राजा से मेघराज का भेद पूछेंगे और मुझे वे ज़रूर बता देंगे। मगर ऐसा न हुआ अर्थात् भैया राजा ने उसे दिलासा दे दिया मगर मेघराज का असल भेद नहीं बताया, इस बात की मज़बूरी दिखाई कि 'मेघराज ने अपना भेद छिपाने के लिए मुझसे कसम खिला ली है।'

छठा भाग

1

जमानिया में इस बात की धूम मची हुई थी कि दारोगा साहब सरे बाज़ार चौमुहानी पर बेहोश पाये गये, उनका मुँह काला था और दाहिना कान कटा हुआ था, गले में जूतों का हार था तथा बदन पर भी कई जगह तलवार के जख्म लगे हुए थे। इस ख़बर से उनके दोस्त डर गये और दुश्मनों के चेहरों पर हँसी दिखाई दे रही थी। आदमियों के झुंड-के-झुंड उनकी अवस्था देखने के लिए चले जा रहे थे और जो देखता था वही खुश होता था। प्राय: सौ में नब्बे यही कहते थे कि 'बहुत अच्छा हुआ, ऐसों की ऐसी ही सज़ा होनी चाहिए'!

यहाँ के राजा साहब सीधे-सादे रहमदिल और धर्मात्मा थे सही मगर बिलकुल ही बेपेंदी के लोटा थे। उनके आत्मीय मित्र और संबंधी लोग समय पड़ने पर जो कुछ उन्हें समझा देते थे वे उसी पर विश्वास कर लेते थे मगर जब कोई उसके विपरीत समझा देता तो वह पहिला ख़याल उनके दिल से निकल जाता, अपनी राय कुछ भी कायम नहीं कर सकते थे, और इस सबब से भी उनकी रिआया में एक तरह की बेचैनी रहा करती थी और दारोगा की खूब चल बनी थी। वह महाराज के नाक का बाल हो रहा था और महाराज समझते थे कि हमारा राज्य इसी दारोगा की बदौलत रौनक पर है। महाराज आसक्ती और आराम-पसन्द बहुत ज़्यादे थे और दारोगा उनकी इस आदत को बढ़ाने के लिए हमेशा कोशिश किया करता था।

होश में आकर दारोगा ने न तो अपना चेहरा साफ किया और न गले में से जूते का हार निकाला, उसी सूरत और हालत में सीधे महाराज की तरफ़ चला। ख़बर पाकर उसके कई नौकर-सिपाही भी वहाँ आ गये थे जिनकी जुबानी यह सुन कर कि महाराज का डेरा ख़ासबाग में गया है वह भी ख़ासबाग ही की तरफ़ रवाना हुआ।

जमानिया बाज़ार की चौमुहानी पर पहुँचा देने के पहिले दारोगा को भैया राजा होश में ले आए और आईने के जरिए से उसे बता दिया कि तेरी सूरत कैसी की गई है और यह भी कह दिया था कि इसी सूरत में तू जमानिया बाज़ार की चौमुहानी पर छोड़ा जाएगा जिसमें तमाम रिआया तेरी इस बेहूदी हालत को देखे, इसके बाद मैं बाई साहब के सामने पहुँचकर उसी जगह तुझसे बदला लूँगा! इसके बाद दारोगा को बेहोश करके बाज़ार की चौमुहानी पर पहुँचा दिया गया था।

होश में आने के साथ ही दारोगा को भैया राजा की बात याद आ गई और वह बिना कुछ जाँच किये सीधे महाराज की तरफ़ रवाना हो गया, ख़ासबाग के दरवाज़े तक

तो उसके साथ सैकड़ों आदमियों की भीड़ गई मगर आगे न जा सकी क्योंकि पहरे वाले किसी गैर की बिना आज्ञा के अंदर नहीं जाने देते थे। दारोगा को किसी ने नहीं रोका और वह सीधा महाराज के पास चला गया।

इस समय राजा साहब बाग़ के दूसरे दर्ज़े के नज़रबाग में बैठे मुँह धो रहे थे और तीन-चार मुसाहब उनके इर्द-गिर्द बैठे तमाम शहर की झूठी-सच्ची ख़बरें सुना रहे थे। यकायक दारोगा उनके सामने जा पहुँचा और उनके पैरों पर गिर कर ज़ोर-ज़ोर रोने लगा। राजा साहब उसकी विचित्र सूरत देखकर हैरान हो गये और क्रोध में होकर बोले, "यह तुम्हारी क्या दशा है? किसने तुम्हारी यह सूरत बनाई?"

दारोगा : **(गले से जूतों की माला निकालकर)** यह सब आपके भाई साहब भैया राजा की बदौलत है, उन्होंने ही मेरी यह दुर्दशा की है।

राजा : भैया राजा कहाँ हैं? ईश्वर उन्हें चिरायु करे। मैं तो उनके बिना अधमुआ हो रहा हूँ, अगर ईश्वर की कृपा से वे जीते-जागते हैं तो मेरे पास क्यों नहीं आते?

दारोगा : आपके सामने क्यों आवेंगे। वे आपसे बागी हो गये हैं और स्वयं जमानिया के राजा बनना चाहते हैं। अच्छा जो कुछ उनके जी में आवे करें, आप जानें, वे जानें, पर मेरी यह दुर्दशा क्यों हो रही है? केवल इसीलिए कि मैं आपका खैरख्वाह हूँ और आपके राज्य का कुछ बोझ मेरे ऊपर डाल रखा है, इसी से तो लोग डाह करते हैं। खैर जो कुछ होना था हो गया, अब आप जानिए और आपका राज्य जाने, अपना काम देखिए, मैं इस बेइज्ज़ती की नौकरी से इस्तीफा देता हूँ, मैं साधु और फकीरों की तरह ज़िंदगी बिताने वाला, सिर्फ़ आपकी मुहब्बत में फँसकर बार-बार इस तरह की बेहुर्मती बर्दाश्त कर रहा हूँ। घर-गृहस्थी को छोड़कर भी मुझे आराम नसीब नहीं।

राजा : खैर कुछ कहो भी तो सही क्या मामला है? भैया राजा तुम्हें कहाँ मिले और तुम्हारी ऐसी दशा उन्होंने क्यों की? आखिर इसका कुछ सबब भी तो होगा?

दारोगा : सबब तो मैं आपसे कह ही चुका कि वे जमानिया का राज्य लिया चाहते हैं और मेरे जीते जी उनकी यह आशा पूरी नहीं हो सकती।

राजा : उनकी यह आशा क्यों नहीं पूरी हो सकती? बड़ी खुशी से मैं उन्हें यह राज्य देने के लिए तैयार हूँ। यद्यपि इस राज्य का मालिक मेरा लड़का मौजूद है मगर वह मेरी इच्छा के विरुद्ध कोई कार्रवाई न करेगा। यदि मैं भैया राजा को यहाँ की गद्दी दे दूँगा तो गोपाल भी कुछ न बोलेगा।

दारोगा : तो आप भी यह करके देख लीजिए! जिसमें आपकी जान सलामत रहे मैं भी उसी में खुश हूँ, मगर मेरी जान क्यों आफत में डाली जाय और मेरे साथ ऐसा बुरा सलूक क्यों हो? अपने हाथ से जब आप कुँवर जी का हक मारने के लिए तैयार हैं तो दूसरे को बोलने की क्या गरज है? मेरा हाल जो आप सुनना चाहते हैं

तो सुनिए मैं बयान करता हूँ। परसो भैया राजा के भेजे हुए दो आदमी मेरे पास आये और एकान्त में मुलाकात करके इधर-उधर की बातें करने के बाद बोले कि 'भैया राजा ने आपको बुलाया है, वे आपसे कुछ बातें किया चाहते हैं।' मैं यह सुनकर प्रसन्न हुआ कि ईश्वर की कृपा से भैया राजा जीते हैं क्योंकि मुझको और आपको भी उनके मरने का विश्वास-सा हो रहा था, अस्तु मैंने सोचा अब विलंब करना ठीक नहीं है, जहाँ तब जल्द हो सके उनसे मिलना और समझा-बुझाकर उन्हें आपके पास ले आना चाहिए खैर उन आदमियों के इच्छानुसार संध्या हो जाने पर मैंने तीन घोड़े मँगवाए, एक पर आप सवार हुआ और दो पर उन दोनों को सवार कराके उनके पीछे-पीछे चल निकला। यहाँ से सात कोस की दूरी पर जो 'सुन्दर घाटी' नाम का आपका शिकारगाह है उसी में भैया राजा को देखकर बहुत ही खुशी हुआ और उनके पैरों पर गिर पड़ा। उन्होंने मुझे उठाकर गले लगा लिया और अपने बगल में बैठाकर बातचीत करने लगे। उस समय दस-बारह आदमी नंगी तलवार लिए उनके पास मौजूद थे। मुख्तसर यह कि मैंने उनके यकायक गायब हो जाने का कारण पूछा, उनकी जुदाई में आपका जो कुछ हाल हो रहा है उसे कहकर बहुत कुछ समझाया-बुझाया और यहाँ आने के लिए ज़ोर दिया, मगर मेरी बातों का उन पर कुछ असर न हुआ क्योंकि उनके दिल में राजा बनने का शौक उमड़ा था, अस्तु मेरी बात को काटकर वे मुझीं को समझाने और लालच में डालने लगे। मुझे तरह-तरह का सब्जबाग दिखाकर बोले कि 'तुम राजा साहब और गोपालसिंह को मार कर मुझे जमानिया का राजा बनाओ, जो कुछ तुम कहोगे मैं तुम्हें दूँगा और जन्मभर तुम्हारा गुलाम बना रहूँगा, इत्यादि।' बातें तो बहुत लंबी-चौड़ी हुई मगर मैं आपसे संक्षेप में बयान करता हूँ। मैंने उन्हें फिर भी बहुत धर्म-अधर्म की बातें समझाकर कहा कि आप घर चले चलिए, महाराज बड़ी खुशी से आपको गद्दी देने के लिए तैयार होंगे और अगर वे ऐसा न करेंगे तो मैं आपसे वादा करता हूँ कि जिस तरह बनेगा मैं आपको राजा बनाऊँगा। सब कुछ मैंने कहा और समझाया मगर उनके दिल में एक न बैठी, बोले कि 'उन दोनों के जीते रहते मैं निष्कंटक राज्य न कर सकूँगा, हमेशा खुटका बना रहेगा, इसलिए उन दोनों को मार डालना उत्तम है' इत्यादि बातें सुनते-सुनते मेरा जी ऊब गया और मैंने रंज हो उन्हें साफ जवाब दे दिया और कह दिया कि यह सब काम मेरे किये न होगा, मैं अपने मालिक के साथ नमकहरामी न करूँगा। मुझसे जवाब पाकर उन्हें क्रोध चढ़ आया और उन्होंने जो कुछ मेरे साथ किया उसका नमूना यही है जो कि आपने देखा। बहुत कुछ गाली-गुफ्तार के बाद मैं जबर्दस्ती बेहोश कर दिया गया और इस दर्ज़े को पहुँचाया गया।

दारोगा की बातें सुनकर राजा साहब को क्रोध चढ़ आया और भाई की मुहब्बत को एकदम भूलकर मारे क्रोध से काँपने लगे। एक चोबदार को कुँवर गोपालसिंह को बुला लाने की आज्ञा देकर दारोगा से बोला, "मैं नहीं जानता था कि भैया राजा के पेट में ऐसा ज़हर भरा हुआ है! मैं उन्हें बहुत ही नेक और सूधा समझता था!"

दारोगा : ख़याल तो ऐसा ही था मगर परसों जो कुछ मैंने उनकी जबान से सुना वह इस योग्य न था कि मेरे जैसा आदमी बर्दाश्त कर सके। छिः ऐ सूधे भाई से और ऐसी संगदिली!!"

राजा : ऐसे भाई का मुँह देखना न चाहिए! अरे मैं तो खुद उन्हें राज्य देने के लिए तैयार था, फिर ऐसी बदनीयती क्यों? बेचारे गोपालसिंह ने उनका क्या बिगाड़ा था!

दारोगा : कुछ न पूछिए, उनकी बातें सुनकर तो मेरे होश उड़ गये, मैंने जो कुछ कहा वह बहुत ही मुख्तसर में है, कहीं उनकी जुबान से निकली हुई सभी बातें आपसे कहूँ तो आपके दुश्मनों की तबीयत ही खराब हो जाय। मैं आपको रंज पहुँचाया नहीं चाहता, पर उन्होंने मुझे इस बात की भी धमकी दी कि मैं भैया के पास पहुँचकर अपने सामने तेरी दुर्गति कराऊँगा और तुझे बेईमान साबित करके जेलखाने की गंदी कोठरी में जन्मभर के लिए भेजवाऊँगा। अब देखिए परमात्मा क्या दिखाता है!

राजा : परमात्मा जो कुछ करेगा अच्छा ही करेगा। वह मेरे सामने आवे तो।

इसी तरह की बातें कह-कही कर दारोगा राजा साहब के गुस्से को बढ़ाता रहा, यहाँ तक कि कुँवर गोपालसिंह भी आ पहुँचे और दारोगा की अवस्था देखकर आश्चर्य करने लगे तथा अपने पिता को क्रोध में भरे देखकर बहुत ही बेचैन हुए। प्रणाम करने के बाद हाथ जोड़ कर खड़े हो गये और हुक्म का इंतज़ार करने लगे। राजा साहब ने मुहब्बत की निगाह से कुँवर साहब की तरफ़ देखा और अपने पास वाली कुर्सी पर बैठने का इशारा किया।

कुँवरसिंह : (**कुर्सी पर बैठ कर दारोगा से जो अभी तक ज़मीन पर बैठ कर आँसू गिरा रहा था**) यह क्या मामला है? आप ऐसी सूरत में क्यों दिखाई देते हैं?

राजा : तुम्हारे चाचा साहब ने इनकी यह दुर्दशा कर डाली है।

कुँवरसिंह : (**आश्चर्य से**) सो क्या! क्या चाचाजी की कुछ ख़बर मिली है?

राजा : हाँ, वे ईश्वर की कृपा से कुशलपूर्वक हैं मगर हमारे और तुम्हारे दुश्मन हो रहे हैं।

कुँवरसिंह : ऐसा क्यों? हम लोगों ने तो उनका कुछ भी नहीं बिगाड़ा! वे तो मुझ पर बड़ी कृपा रखते हैं और आपसे भी उन्हें अतीव स्नेह है!

राजा : वह सब दिखावा मामला था, नहीं तो इस बेचारे की ऐसी दुर्दशा वह न करते। इन्हें अपनी राय में मिलाना चाहते थे मगर जब इन्होंने हमारा पक्ष न छोड़ा तब इनके साथ ऐसा बर्त्ताव किया गया। यही सुनने के लिए तो हमने तुमको बुलाया है। (**दारोगा की तरफ़ देखकर**) हाँ, एक दफ़े वे सब बातें फिर बयान कर जाओ जिसमें गोपाल को भी मालूम हो जाय कि इनके चाचा साहब इन पर कैसे मेहरबान हैं।

राजा साहब की आज्ञा पाकर दारोगा ने पुनः वह किस्सा बयान किया जिसे पहिले सुना चुका था। उसे सुनकर कुँवर साहब हैरान हो गये, मगर उनके दिल में यह बात बैठी नहीं इसलिए दारोगा तथा अपने पिता को कुछ जवाब न दिया, केवल यही सोचते रह गये कि यह किस्सा कहाँ तक सच होगा? यदि चाचा साहब मिलें तो बातों का मुकाबला करके कोई राय कायम की जाय।

राजा : (**कुँवर से**) कहो चुप क्यों हो? जो कुछ हाल था तुमने सुन ही लिया।

कुँवरसिंह : जी हाँ सुना मगर यह भी मालूम हुआ कि चाचाजी स्वयं आने वाले हैं। यदि वे आ गये तो उनकी बातें सुनने पर अपनी राय कायम कर सकूँगा।

राजा : बाबाजी जो कुछ कहते हैं उसमें रत्ती बराबर झूठ नहीं होगा!

कुँवर : संभव है।

राजा साहब ने अपने हाथ से दारोगा को ज़मीन पर से उठाया, उसके आँसू पोंछे और अपन सामने ही सफाई करने का हुक्म दिया, उन दिनों यह नियम था कि जब राजा साहब का डेरा ख़ासबाग में जाता था तब दारोगा को भी उसी बाग़ के नियत स्थान में रहना पड़ता था। अस्तु राजा साहब ने उसे दिलासा देकर और समझा-बुझाकर उसके डेरे में भेजा और स्वयं स्नान इत्यादि की फिक्र में पड़े। कुँवर गोपालसिंह वहाँ से उठकर महल में गये और अपनी माता से मिलकर दारोगा का सब हाल तथा जो कुछ किस्सा उसने अपनी दुर्दशा का कहा था वह भी बयान किया। जवाब में रानी साहिबा ने कहा कि दारोगा ने भैया राजा के विषय में जो कुछ किस्सा कहा है वह सब झूठ है, असल में कसूर दारोगा ही का है, वह खुद भैया राजा को मारने की फिक्र में पड़ा हुआ है।

इतना कह रानी साहेबा ने वह सब हाल जो बहुरानी की जुबानी सुना था कुँवर गोपालसिंह से बयान किया जिसे सुनकर वे बहुत ही हैरान हुए, यद्यपि मुँह से कुछ न बोले मगर दिल में बड़े गौर के साथ सोचने लगे कि असल में भेद क्या है और बात कौन-सी सच है।

भोजन इत्यादि से छुट्टी पाकर कुँवर गोपालसिंह पुनः अपने पिता के पास गए और देर तक वहाँ बैठकर बातचीत करने बाद हाथ जोड़ कर बोले, "इधर बहुत दिनों से इन्द्रदेव जी से मुलाकात नहीं हुई, वे भी यहाँ न आए, न-मालूम क्या सबब है, उनसे मिलने को दिल चाहता है, आज्ञा हो तो एक दिन के लिए उनके पास जाऊँ।" महाराज ने यह कह इन्द्रदेव के पास जाने की इजाज़त दी कि 'जाओ मगर होशियार रहना। क्योंकि तुम्हारा चाचा तुम्हारे खून का प्यासा हो रहा है, ऐसा न हो कि कहीं रास्ते में मिले और तुम्हें धोखा दे। अपने साथ आदमी और सवार काफी तौर पर ले जाना।'

2

इन्द्रदेव अपने कैलाश-भवन से नज़रबाग में संध्या के समय क्यारियों में घूम-फिर कर गुलबूटों का आनन्द ले रहे थे जब कुँवर गोपालसिंह की आने की उन्हें इत्तिला मिली। वे खुशी-खुशी कदम बढ़ाए हुए दरवाज़े की तरफ़ गए तथा इस्तकबाल करके उन्हें अपने साथ पुनः उसी नज़रबाग में ले आये और एक चबूतरे पर जहाँ कई कुर्सियाँ बिछी हुई थीं, दोनों आदमी बैठकर बातें करने लगे।

इन्द्रदेव : आज तो आपके अनूठे दर्शन हुए! भला किसी तरह मेरी याद तो आयी!

कुँवरसिंह : **(मुस्कराते हुए)** अगर आप मुझे भूल गये तो क्या मैं भी आपको भूल जाऊँ!

इन्द्रदेव : असल में तो मित्रों और मुलाकातियों को भूल जाना आप ही लोगों का काम है, मैं तो गरीब आदमी हूँ जो किसी भी अपने अमीर मेहरबानों को भूल नहीं सकता।

कुँवरसिंह : यही सबब है कि इतने दिनों तक आपने मेरी ख़बर न ली। आखिर मैं अपनी ज़िंदगी से नाउम्मीद होकर आपके पास दौड़ा आया, सोचा कि क्या जाने कल को क्या हो जाय, एक दफ़े चल के मुलाकात तो कर लें।

इन्द्रदेव : इसका क्या अर्थ है? ज़िंदगी से नाउम्मीद हो जाना कैसा?

कुँवरसिंह : सुना है कि मेरे चाचा साहब मुझसे नाखुश हैं और मुझे तथा मेरे पिता को भी मार डालने की फिक्र में पड़े हैं।

इन्द्रदेव : **(हँसकर)** यह आपको किसने कह दिया? भैया राजा ऐसे महात्मा आदमी पर ऐसा कलंक लगाने वाला कौन निकल आया! स्वप्न में भी मुझे ऐसी बेतुकी बातों पर विश्वास नहीं हो सकता। क्या उनका कुछ पता लगा?

कुँवरसिंह : हाँ, आपके गुरुभाई साहब ने ही तो यह बात कही है!

इतना कहकर गोपालसिंह ने दारोगा साहब का कुल हाल जो हम ऊपर लिख आए हैं इन्द्रदेव से बयान किया और पूछा कि 'इस मामले में आपकी क्या राय है?'

इन्द्रदेव : असल में जो कुछ मामला है उसे मैं ख़ूब जानता हूँ मगर अपनी तरफ़ से मैं दारोगा को नुकसान पहुँचाना नहीं चाहता और आपसे भी ऐसी ही आशा रखता हूँ। परन्तु मैं यह ज़रूर कहूँगा कि आप अपने चाचा साहब की तरफ़ से बिलकुल ही बेफिक्र रहिए और दारोगा की तरफ़ से क्षण-भर के लिए भी गाफिल मत होइए। यह तो मुझे विश्वास नहीं है कि वह आपको तकलीफ़ देगा मगर इसमें कोई शक नहीं है कि वह आपके चाचा साहब की जानी दुश्मन है और एक दफ़े उन पर अच्छी तरह हाथ साफ कर चुका है मगर ईश्वर ने उनकी जान बचा ली।

कुँवरसिंह : अच्छा यह तो बताइए कि चाचाजी और दारोगा के बीच में दुश्मनी क्यों पैदा हो गई और चाचाजी ने एकदम से हम लोगों को क्यों छोड़ दिया?

इन्द्रदेव : मामला बड़ा पेचीदा है। असल में वह आपके चाचा साहब का दुश्मन न था, मगर मज़बूर होकर अपनी जान बचाने के लिए उनसे दुश्मनी करने की ज़रूरत पड़ी। यदि आप इस बात का वादा करें कि मेरी तरह से आप भी इस भेद को छिपाए रहेंगे और उन दोनों का फैसला उन्हीं दोनों की अकल पर छोड़ देंगे तो मैं आपसे यह रहस्य बयान करूँ। इसमें शक नहीं कि मेरी जुबानी जो आप सुनेंगे उससे आपको दारोगा पर क्रोध ज़रूर आवेगा परन्तु आपके लिए बेहतर यही होगा कि आप दोनों में से किसी का भी पक्ष न लें क्योंकि आपके पिता दारोगा साहब को इष्टदेव की तरह मानते हैं और हम लोगों के हज़ार कहने पर भी वे दारोगा को झूठा और नमकहराम नहीं समझेंगे, ऐसी अवस्था में अपनी जबान हिलाकर राजा साहब से बुरे बनना बुद्धिमानी के विरुद्ध है, मौका मिलने पर जो कुछ होगा देखा जाएगा।

कुँवरसिंह : आपका कहना बहुत ठीक है, आप भरोसा रखें कि मैं आपकी आज्ञा के विरुद्ध कभी कोई काम न करूँगा और इस भेद को जब तक आप न कहेंगे आप ही की तरह अपने दिल में छिपाए रहूँगा तथा दारोगा को भी मालूम न होने दूँगा कि मैं उससे होशियार हूँ।

इन्द्रदेव : ऐसा ही होना चाहिए, अच्छा सुनिए मैं आपसे असल भेद कहता हूँ। आपको दयाराम का कुछ हाल मालूम है?

कुँवरसिंह : इतना मुझे आप ही ने कहा था कि उन्हें राजसिंह क़ैद करके ले गया था और वे धोखे में भूतनाथ के हाथ से मारे गए। बस इससे ज़्यादा मुझे कुछ भी नहीं मालूम है।

इन्द्रदेव : हाँ बेशक् मैंने आपसे कहा था मगर यह नहीं कहा था कि उनकी दोनों स्त्रियाँ मेरे पास जीती-जागती मौजूद हैं क्योंकि उनके मरने की ख़बर तमाम दुनिया में फैल चुकी थी। यह भेद मैंने आपसे इसलिए छिपा रखा था कि उन दोनों ने भूतनाथ से अपने पति का बदला लेने के लिए प्रण कर लिया था मगर भूतनाथ का वे कुछ बिगाड़ नहीं सकती थी क्योंकि वह बड़ा ही होशियार है और मैं भी इस ख़याल से भूतनाथ का मारा जाना पसन्द नहीं करता था कि असल में उसका कोई कसूर नहीं है, उसने जान-बूझकर दयाराम को नहीं मारा था बल्कि धोखे में ऐसी घटना हो जाने का उसे बड़ा ही दुःख था मगर चूँकि दलीपशाह वगैरह को यह बात मालूम थी और दलीपशाह पर भूतनाथ का भरोसा नहीं था इसलिए भूतनाथ इस फिक्र में बराबर ही लगा रहता था कि भेद खुलने न पाए और मैं बदनाम न हो जाऊँ। दयाराम की दोनों स्त्रियों को मैंने इस बात की इजाज़त दे दी कि तुम लोग गदाधरसिंह से बदला लो और स्वयं उनकी मदद भी करता रहा पर इस बात की सख्त ताकीद कर दी कि गदाधरसिंह की जान पर कोई धक्का लगने न

पाए। मगर वे उस काम को बखूबी और ख़ूबसूरती के साथ न कर सकीं, यहाँ तक कि गदाधरसिंह पर उनका भेद खुल गया और वह उन दोनों को मार डालने की फिक्र में पड़ा, क्योंकि उसे उन दोनों के जरिए से अपनी बदनामी का ख़याल हो गया। इस काम में गदाधरसिंह ने दारोगा से मदद ली और दारोगा ने उन दोनों को तथा साथ ही उनके प्रभाकर सिंह और इन्दुमति कावे भी गिरफ्तार कर लिया। यह हाल भैया राजा को मालूम हो गया और वे उन सभा को छुड़ाने के लिए दारोगा पर टूट पड़े मगर दारोगा ने अपना भेद छिपाए रखने की नीयत से भैया राजा को भी क़ैद कर लिया। मैंने बड़ी मुश्किल से उन सभों को दारोगा और गदाधरसिंह के पंजे से छुड़ाया, ऐसे ढंग से कि अभी तक दारोगा तथा गदाधरसिंह को इस बात का गुमान भी न हुआ होगा कि मैंने ही उन सभों को उनके पंजे से छुड़ाया था।

कुँवरसिंह : **(आश्चर्य करते हुए)** यह तो बहुत ही अनूठा किस्सा आप बयान कर रहे हैं! मगर कहने के ढंग से मालूम होता है कि आप बहुत संक्षेप में कह रहे हैं, ऐसे नहीं, आप मेहरबानी करके खूब खुलासे तौर पर बयान कीजिए।

इन्द्रदेव : आप मेरे दिली दोस्त हैं इसलिए मैं आपसे यह भेद की बात कह रहा हूँ मगर ख़ूब होशियार रहें कि कोई आपके दिल के अंदर से यह भेद निकलने न पावे बल्कि किसी को गुमान भी न होने पावे कि यह हाल आपको मालूम है, मैं खुलासा बयान करता हूँ।

इतना कहकर इन्द्रदेव ने जमना, सरस्वती, इन्दुमति, प्रभाकर सिंह, दारोगा और भूतनाथ इत्यादि का तथा इनको अपने मदद करने का कुल हाल जो हम ऊपर लिख आए हैं, गोपालसिंह से बयान किया। दयाराम, निरंजनी, छन्नो और ध्यानसिंह वगैरह का हाल भी कहा, मगर यह नहीं कहा कि दयाराम को हम दारोगा की क़ैद से छुड़ा लाए हैं और वे अब फलानी जगह हैं।

सबके अंत में इन्द्रदेव ने अपनी तरफ़ की यह राय दी–"मेरी समझ में तो गदाधरसिंह और दारोगा वगैरह सभी बेकसूर समझे जा सकते है, क्योंकि सभी ने अपनी-अपनी जान बचाने के लिए ही ऐसे पाप किये। मगर फिर भी आपके दारोगा साहब की नीयत अच्छी नहीं है। हम नहीं कह सकते कि उनके पापों की गिनती कहाँ तक तरक्की करेगी मगर आपको अभी एकदम से सन्नाटा खींचे रहना चाहिए, क्योंकि अगर आप ऐसा न करेंगे तो राजा साहब की मुहब्बत आप पर से जाती रहेगी। देखिए भैया राजा से राजा साहब को कितनी मुहब्बत थी मगर अब इस समय दारोगा के सामने उस मुहब्बत की कुछ भी कदर न रही।"

कुँवरसिंह : आपका कहना बहुत ठीक है, जो कुछ आपने कहा। मैं वैसे ही करूँगा। मगर इस किस्से को सुनकर तो मैं हैरान हो गया, मेरी बुद्धि ठिकाने न रही! ताज्जुब नहीं कि कई दिनों तक मुझे रात को नींद न आवे! आह, दुनिया भी क्या चीज़ है और इसमें कैसी-कैसी घटनाओं का आविर्भाव हुआ करता है!

इन्द्रदेव : बेचारे भैया राजा बिलकुल ही निर्दोष हैं, उनका तो व्यर्थ ही होम करते हाथ जला है, थोड़ी-सी भूल ने उन्हें बर्बाद कर रखा है। बिना सोचे-विचारे जल्दी में जब आदमी से कोई चूक हो जाती है तो फिर उसको संभलना मुश्किल हो जाता है। इस दारोगा के पंजे से जब मैंने उन्हें छुड़ाया था उसी समय अगर वे महाराज के सामने आ पहुँचा तो ज़रूर अपना दिल ठंडा कर लेते मगर अब तो दारोगा ने अपना रंग जमा लिया। मुझे उनकी बड़ी ही फिक्र लगी हुई है, देखना चाहिए क्या होता है।

कुँवरसिंह : आपने बहुत ही अच्छा किया कि यह सब हाल मुझसे कह दिया नहीं तो क्या जाने मुझसे कोई भारी भूल हो जाती और पीछे पछताना पड़ता।

इन्द्रदेव : इसी ख़याल से तो मैंने आपको होशियार कर दिया, अब आपको बड़ी होशियारी और चालाकी से काम लेना चाहिए।

3

रात का समय है और दारोगा अपने ख़ासबाग वाले मकान में एकांत कमरे में बैठा हुआ जैपाल से बातें कर रहा है।

दारोगा : न मालूम क्या समझकर भैया राजा ने मेरी जान छोड़ दी नहीं तो मैं बड़े ही बेमौके जा फँसा था! कार्रवाई तो मैंने बहुत अच्छी की थी मगर इस बात की ख़बर न थी कि भैया राजा के पास तिलिस्मी तलवार मौजूद है।

जैपाल सिंह : खैर, जो कुछ होना था सो हो गया अब आपको बहुत सावधानी के साथ काम करना चाहिए, ताज्जुब नहीं कि भैया राजा अब खुद राजा साहब के पास आवे और आपका मुकाबला करें। यद्यपि मेरा तो ख़याल यही है कि अब राजा साहब उनकी बातों पर कदापि विश्वास न करेंगे क्योंकि आपने उनको ख़ूब ही दुरुस्त कर रखा है।

दारोगा : बेशक् अब राजा साहब उनका पक्ष न करेंगे, हाँ, गोपालसिंह का बंदोबस्त करना ज़रूरी है।

जैपाल सिंह : जबकि आप सोचते हैं कि भैया राजा और उनकी स्त्री को मार डालने के बाद रानी साहिबा और राजा साहब को भी मार डालेंगे तो गोपालसिंह को छोड़ने की क्या ज़रूरत है? उन्हें भी निपटाकर निष्कंटक राज्य कीजिए।

दारोगा : यह सोचना तुम्हारी भूल है। हमारी कमेटी के बड़े-बड़े रईस लोग जो अभी तक मेरी इज्ज़त करते हैं वे एकदम से मेरे दुश्मन हो जाएँगे और समझेंगे कि दारोगा ने राजा बनने की नीयत से यह कमेटी रची थी। वे मुझे कदापि राजा न बनने देंगे और तमाम फौज़ भी मेरी दुश्मन बन जाएगी। ऐसी अवस्था में ताज्जुब नहीं कि कोई दूसरा राजा आकर जमानिया में दखल जमा ले और अगर ऐसा हुआ तो मैं बड़ी दुर्दशा से मारा जाऊँगा। मुझे राजा बनने में सुख नहीं है, मैं नाममात्र के लिए गोपालसिंह को राजा

बनाऊँगा और खुद राज्य करूँगा। जब गोपालसिंह की शादी हेलासिंह की लड़की से हो जाएगी तब बेशक् गोपालसिंह मारे जाए तो कोई हर्ज़ नहीं। उस समय उनकी स्त्री को रानी बनाऊँगा और उसे ऐयाशी पर उतारू करके आप आनन्द करूँगा। फिर मेरा मुकाबला करने वाला कोई भी न होगा।

जैपाल सिंह : बात तो आपने बड़े दूर की सोची! मेरा ख़याल इन सब बारीकियों की तरफ़ नहीं गया था। बेशक् आपकी बुद्धि तेज़ है और आप नीति को ख़ूब समझते हैं।

दारोगा : अब तो गोपालसिंह को खुशामद से या जिस तरह बनेगा अपने ऊपर प्रसन्न करूँगा और तब देखूँगा कि किस्मत क्या दिखाती है। सबसे बड़ा काम तो यह है कि उनकी शादी हेलासिंह की लड़की से हो जाए।

जैपाल सिंह : बेशक्-बेशक् ईश्वर चाहेगा तो आपका काम बख़ूबी हो जाएगा। मगर राजा साहब के जीते-जी यह बात नहीं होने की।

दारोगा : मगर दयाराम वाला खुटका मेरे दिल को बहुत ही बेचैन किये हुए है। न-मालूम उसे कौन छुड़ा ले गया और अब वह कहाँ है। यह और भी ताज्जुब है कि वह अभी तक प्रकट नहीं हुआ। जब वह प्रकट होगा तो मुझे बड़ी कठिनाइयों का सामना करना पड़ेगा और उस समय इन्द्रदेव भी मेरा दुश्मन बन जाएगा।

जैपाल सिंह : बेशक् दयाराम का गायब हो जाना बहुत ही बुरा हुआ। मेरा तो ख़याल है कि खुद गदाधरसिंह उसे छुड़ा ले गया। जमना, सरस्वती, इन्दुमति और प्रभाकर सिंह का भी कुछ हाल मालूम नहीं हुआ, वे सब भी तो आपकी फिक्र में होंगे।

दारोगा : बेशक् उनके लिए भी मैं तरद्दुद में हूँ, हाँ, अगर गदाधरसिंह ने मेरा साथ दिया तो मैं उन सभी की तरफ़ से शायद बेफिक्र हो जाऊँगा।

जैपाल सिंह : गदाधरसिंह का तो खुद ही उन लोगों की बदौलत नाक में दम हो रहा है।

दारोगा : सही है, मगर फिर भी जब वह उन लोगों की फिक्र में है तो कुछ करके ही छोड़ेगा।

जैपाल सिंह : अगर वह ऐसा करे भी तो उसमें आपकी क्या भलाई हो सकती है जबकि वह स्वयं आपसे रंज है? इधर वाला मामला बहुत ही बुरा हो गया, भैया राजा के साथ-ही-साथ आप गदाधरसिंह पर भी वार कर बैठे सो अच्छा नहीं किया।

दारोगा : अगर मेरा वार खाली न जाता और भैया राजा तथा गदाधरसिंह मारे जाते तो तुम ऐसा न कहते बल्कि मेरी तारीफ़ करते, अब जब मामला बिगड़ गया है तो जो चाहे कहो, फिर भी मुझे इस बात से दिलजमई है कि गदाधरसिंह लालची है, दौलत के आगे वह धर्म, ईमान और इज्ज़त वगैरह कुछ नहीं समझता।

जैपाल सिंह : गदाधरसिंह को कब्जे में करने के लिए यह तरकीब बहुत अच्छी होगी कि आप उसके बागी ऐयारों और शागिर्दों को अपना पक्षपाती बनावें।

दारोगा : बात बहुत अच्छी है मगर मैं उन लोगों को खोजू क्योंकर! उन सभों का मिलना ही तो बड़ा कठिन है।

जैपाल सिंह : उनमें से एक आदमी मुझे मिला था और मैंने उससे आपके विषय में बातचीत भी की, अगर आप कहें तो मैं इस बारे में उद्योग करूँ।

दारोगा : ज़रूर कोशिश करनी चाहिए, खर्च करने के लिए मैं हर तरह से तैयार हूँ। बात यह है कि या तो गदाधरसिंह हमारे कब्जे में आ जाए और या फिर दुनिया से उठा दिया जाय। **(ऊँची साँस लेकर)** अफ़सोस! दयाराम का हमारे कब्जे से निकल जाना बहुत बुरा हुआ, नहीं तो गदाधरसिंह मेरे तलवे चाटा करता और जो कुछ मैं कहता वह झख मार के करता। तुम कहते हो कि दयाराम को गदाधरसिंह छुड़ा ले गया मगर मेरा दिल इस बात को कबूल नहीं करता। जब दयाराम के विषय में बातचीत करने के लिए वह मेरे पास आया था उसके पहिले ही कोई मेरी सूरत बनकर दयाराम को छुड़ा ले गया था, जैसाकि भूतनाथ ने भी मुझसे कहा था, और मैंने भूतनाथ से बहाना किया था कि वह दूसरा ही क़ैदी था।

जैपाल सिंह : हो सकता है, तो अगर गदाधरसिंह नहीं तो भैया राजा का यह काम होगा क्योंकि वे जमना और सरस्वती की दिलोजान से मदद कर रहे हैं।

दारोगा : संभव है कि भैया राजा ही ने ऐसा किया हो। अफ़सोस, यह कई दफ़े मेरे पंजे में आकर निकल गया है। अच्छा बकरे की माँ कब तक खैर मनावेगी। अबकी दफ़े तो भैया राजा को तिलिस्मी तलवार ने बचा लिया, जख्म लगते ही मैंने पहिचान लिया कि फलानी तलवार होगी, मैं बहुत जल्द उसे महाराज ने माँग लूँगा।

जैपाल सिंह : आप तिलिस्म के दारोगा ठहरे, आपके पास तो ज़रूर ऐसी तलवार होनी चाहिए। बल्कि मेरे पास भी होनी चाहिए क्योंकि मैं आपका मित्र हूँ।

दारोगा : अच्छा अब मैं उस काम की फिक्र करता हूँ जिसके लिए तुमने राय कही थी। तुम जाकर अपना रथ तैयार कराओ और खुद हाँकते हुए ख़ासबाग के पिछले दरवाज़े की तरफ़ जाकर मेरा इंतज़ार करो। ईश्वर चाहेगा तो आज ही मेरा वह काम हो जाएगा फिर दूसरे की फिक्र करूँगा।

जैपाल सिंह : बहुत अच्छा मैं जाता हूँ।

4

ख़ासबाग में महल के अंदर जो कमरा बहुरानी के लिए मुकर्रर था उसमें इस समय सिवा बहुरानी के कोई दूसरा दिखाई नहीं देता, यहाँ तक कि कोई लौंडी भी उस कमरे

में मौजूद नहीं है जो ज़रूरत पर काम आवे। हम आश्चर्य के साथ देखते हैं कि उस कमरे में दीवार के साथ जो आलमारियाँ बनी हुई हैं उनमें से इस समय एक आलमारी कुछ अधखुली-सी मालूम पड़ती है और उसके अंदर से एक आदमी सर निकालकर उस कमरे की अवस्था को बड़े गौर से देख रहा है।

आधी रात का समय है, कमरे के अंदर सन्नाटा छाया हुआ है, केवल एक सुन्दर मसहरी पर बहुरानी आराम की नींद सो रही हैं और उसकी नाक से कोमल खर्राटे की आवाज़ आ रही है। कमरे में पूरब और पश्चिम की तरफ़ की खिड़कियाँ खुली हुई हैं और पूरब तरफ़ वाली खिड़की से जो आम की बारी की तरफ़ पड़ती है, ठंडी-ठंडी हवा आ रही है जिससे बहुरानी की मसहरी का जालीदार नफीस पर्दा दरियाई लहरों की तरह झकोरे ने रहा है। कमरे की दीवारगिरों में से दो में मोमबत्ती की रोशनी हो रही है।

उस आदमी ने जो आलमारी के अंदर से सर निकालकर झाँक रहा है। देखा कि इस कमरे का सदर दरवाज़ा जिधर से लोग इस कमरे में आते-जाते हैं, खुला हुआ है मगर जहाँ तक बाहर की तरफ़ निगाह जाती है कोई आदमी दिखाई नहीं पड़ता।

धीरे-धीरे उस अलमारी के दोनों पल्ले अच्छी तरह खुल गये और वह आदमी जो सिर निकालकर झाँक रहा था और जिसके चेहरे पर नकाब पड़ी हुई थी, निकल कर कमरे में दाखिल हुआ। धीरे-धीरे पैर रखता हुआ वह सदर दरवाज़े के पास पहुँचा और उसे बहुत धीरे-से बंद करके अंदर से कुंडी चढ़ा ली और तब उस मसहरी के पास आया जिस पर बहुरानी को जगाया। बहुरानी जब चैतन्य हुई तो अपने सामने एक नकाबपोश को देखकर हैरान हो गई मगर दिल कहा करके बोली, "तुम कौन हो जी?"

इसके जवाब में नकाबपोश ने अपने चेहरे से नकाब हटाकर कहा, "देखो और पहिचानो कि मैं कौन हूँ।"

नकाब हटते ही भैया राजा की सूरत देख बहुरानी शरमा गई, मुस्कराती हुई उठ खड़ी हुई और बोली, "मैं कई दिन से तुम्हारा इंतज़ार कर रही हूँ, तुमने तो मुझे ऐसा छोड़ा कि मानो मैं तुम्हारी कुछ थी ही नहीं! ऐसा ही था तो मुझे भी अपने साथ ले जाते, जो कुछ मुसीबत आती उसके झेलने में मैं भी शरीक होती और खुशी-खुशी तुम्हारे साथ दिन बिताती!"

भैया राजा : **(मुस्कराते हुए)** यह तो ठीक है मगर बिना किसी तरह का बंदोबस्त किये तुम्हें ले जाना क्या सहज बात है? मैं तो मर्द ठहरा, हर तरह पर हर जगह जाकर समय बिता सकता हूँ मगर तुम्हारे लिए तो यह बात नहीं हो सकती। अब मौका देखकर मैं तुम्हारे पास आया हूँ और ख़ास करके इसलिए आया हूँ कि तुम्हें यहाँ से ले जाऊँ।

बहुरानी : खैर मैं चलने के लिए तैयार हूँ, मुझे अच्छा ही क्या हो सकता है, आराम से बैठो और सुनाओ तो सही कि इधर क्या-क्या मामले हुए? दारोगा कमबख़्त को तो

तुमने खूब ही छकाया! (**दरवाज़े की** तरफ़ **देखकर**) क्या इस दरवाज़े को तुमने बंद कर दिया है? मैं तो खुला छोड़ कर सोई थी।

भैया राजा : हाँ, मैंने ही बंद किया।

बहुरानी : अच्छा बैठिए और मेरी बातों का जवाब दीजिए।

भैया राजा : नहीं, मैं इसलिए नहीं आया हूँ कि आराम से तुम्हारे पास बैठूँ और बेफिक्री के साथ तुमसे बातें करूँ, समय बहुत नाजुक है, बस तुम्हें यहाँ से जल्द चल देना ही चाहिए!

बहुरानी : (**शोखी से**) अब इतनी जल्दी क्या पड़ गई? बैठो तो सही, मैं तो सोचे हुए थी कि अबकी दफ़े तम आओगे तो प्रकट रूप में अपने भाई के साथ मिलोगे और खुल्लमखुल्ला दारोगा का मुकाबला करता जैसाकि तुमने लिखा था। इस राय को मैं बहुत पसन्द करता हूँ और तुम्हारी भावज साहिबा भी ऐसा ही करने के लिए कहती हैं। उनसे मुलाकात तो कर लो। मैंने उनसे वादा किया है कि अबकी आवेंगे तो तुम्हारा सामना कराऊँगी।

भैया राजा : बेशक् मैं भी ऐसा ही चाहता था मगर अब मेरे दोस्तों की दूसरी राय हो गई है जो इससे बहुत अच्छी है। बस अब तुम किसी तरह का सोच-विचार मत करो और जल्दी से मेरे साथ चलो, किसी को खुटका हो जाएगा तो ठीक न होगा।

बहुरानी : तो क्या बस निश्चय हो गया कि मैं तुम्हारे साथ चली चलूँ?

भैया राजा : हाँ, मैं कहता हूँ कि चलने में जल्दी करो।

बहुरानी : अब इसी तरह? बिना कुछ सामान लिये!

भैया राजा : हाँ, बस इसी तरह!

बहुरानी : अच्छा चलो, मैं तुम्हारे साथ चलने में खुश हूँ, किस राह से चलोगे?

भैया राजा : जिस तिलिस्मी रास्ते से आया हूँ उसी गुप्त राह से तुम्हें ले चलूँगा। मैं तो इतनी देर भी न लगाता जितनी बातचीत में लग गई है और तुम्हें बेहोश करके अपनी पीठ पर लाद कर जल्दी से ले भागता मगर क्या करूँ रास्ता इस लायक नहीं है। मेरे पीछे-पीछे चली आओ, कुछ दूर तक अंधकार में चलना होगा।

बहुरानी : मैं हर तरह से चलने के लिए तैयार हूँ, चलो।

इतना कहकर बहुरानी तैयार हो गई और भैया राजा के पीछे-पीछे चल खड़ी हुई। भैया राजा जिस आलमारी के अंदर से निकले थे उसी में अपनी स्त्री को लिए हुए चले गये। भीतर से वह आलमारी बहुत लंबी-चौड़ी थी और उसमें नीचे की तरफ़ उतर जाने के लिए सीढ़ियाँ बनी हुई थीं। भीतर जाकर भैया राजा ने न मालूम किस झंग से दरवाज़ा बंद कर लिया और नीचे उतरने लगे। आगे-आगे भैया राजा और पीछे-पीछे पीठ पर हाथ

रखे हुए बहुरानी जाने लगी, रास्ता तंग और अंधकारमय था मगर सीढ़ियाँ बहुत छोटी थीं इसलिए उतरने में आसानी थी।

बहुत दूर तक नीचे उतर जाने के बाद वे दोनों एक कोठरी में पहुँचे जिसमें एक लालटेन की रोशनी हो रही थी। यह लालटेन भैया राजा ऊपर जाते समय छोड़ गये थे। इस कोठरी में पूरब और पश्चिम की तरफ़ से दो दरवाज़े थे जिनमें से पूरब तरफ़ वाला दरवाज़ा इस समय खुला हुआ था। भैया राजा ने वह लालटेन उठा ली और बहुरानी को साथ लिए हुए उस दरवाज़े के अंदर चले गये। भीतर जाकर उन्होंने दरवाज़ा बंद कर दिया। केवल दोनों पल्ला मिलाकर दबाने ही से एक खटके की आवाज़ हुई और यह दरवाज़ा मज़बूरी के साथ बंद हो गया। अब वे दोनों आदमी एक सुरंग में दाखिल हुए और चुपचाप बहुत दूर तक चले गये। आधी घड़ी के बाद पुनः एक कोठरी मिली जिसका दरवाज़ा भैया राजा ने एक पुरजा घुमाकर, जो उस दरवाज़े में लगा हुआ था, खोला। बहुरानी इस दरवाज़े के खोलने का ढंग भी अच्छी तरह समझ न सकी क्योंकि मुट्ठा घुमाने में भी कोई ख़ास तरकीब थी।

दरवाज़े के अंदर घुसकर भैया राजा ने लालटेन बुझा दी और अब पुनः बहुरानी को अंधकार में चलना पड़ा। यह बात बहुरानी को अच्छी नहीं मालूम हुई और उसने कुछ चिढ़ कर भैया राजा से कहा, "भला यहाँ पर लालटेन बुझा देने की क्या ज़रूरत थी? व्यर्थ ही अंधकार में चलाकर तकलीफ़ देना...!"

भैया राजा : घबड़ा मत, यहाँ पर दो-चार चीज़ें ऐसी हैं जिन्हें देखकर तुम डर जातीं इसीलिए मैंने लालटेन बुझा दी। तुम बेखटके मेरे पीछे-पीछे चली आओ, मगर देखो अगर कुछ दूर तक पानी में चलना पड़ेगा।

वास्तव में यही बात थी। बहुरानी के कान में पानी के बहने की मीठी-मीठी आवाज़ आई और चन्द कदम चलने के बाद पानी में पैर पड़ा जिससे वह कपड़ा कुछ उठाकर चलने लगीं। मालूम होता है कि सुन्दर चिकने फर्श पर पानी बह रहा हो जो कही बित्ता-भर, कहीं ज़्यादे और कहीं उससे कम होगा। वहाँ पर बहुरानी को कई दफ़ा चक्कर लगाना पड़ा और अंत में वह एक चौखट लांघ कर सूखी ज़मीन पर पहुँची और पीछे से पुनः दरवाज़ा बंद होने की आवाज़ आई।

यहाँ पर भैया राजा ने लालटेन जलाई और बहुरानी को साथ लिए हुए आगे की तरफ़ बढ़े। अब वे दोनों एक मामूली सुरंग में जा रहे थे और रास्ता ऊँचाई की तरफ़ चढ़ रहा था। कुछ दूर जाने के बाद पुनः एक दरवाज़े के पास पहुँचे और जब वह खोला गया तो दोनों आदमी ख़ासबाग के बाहर होकर मैदान में पहुँचे जहाँ ठंडी-ठंडी हवा के झोंके लग रहे थे और एक रथ जिसमें मज़बूत घोड़े जुड़े हुए थे सामने खड़ा था।

दरवाज़ा बंद करने के बाद भैया राजा ने बहुरानी को उस रथ पर सवार कराया और आप भी सवार होकर रथ हाँकने का हुक्म दिया। रथ कुछ दूर निकल जाने के बाद उन्होंने

बहुरानी से कहा, "मैं वास्तव में भैया राजा नहीं हूँ, मैं वही दारोगा हूँ जिसे भैया राजा ने बेइज्ज़त किया था। तुम्हें जहन्नुम की सैर कराने के वास्ते लिए जाता हूँ, ताज्जुब नहीं कि वहाँ बहुत जल्द असली भैया राजा से तुम्हारी मुलाकात हो। बस ख़बरदार, चिल्लाने की कोशिश मत करना!"

5

बहुरानी के फँस जाने के घंटे-भर बाद असली भैया राजा उसी राह से बहुरानी के कमरे में दाखिल हुए जिस राह से दारोगा उन्हें धोखा देकर ले गया था। बहुरानी की मसहरी खाली देखकर आश्चर्य हुआ और यह सोचकर कि कोई दुर्घटना ज़रूर हुई है उनका कलेजा धड़कने लगा। वे इधर-उधर की चीज़ों पर निगाह दौड़ाते हुए सदर दरवाज़े पर गये तो दरवाज़े को अंदर से बंद पाया जिससे उनका शक और भी मज़बूत हो गया और वे सोचने लगे कि ज़रूर बहुरानी इसी कमरे में थी। अगर यहाँ न होती तो यह दरवाज़ा अंदर से क्योंकर बंद होता तो क्या वह अपनी खुशी से कहीं बाहर चली गई? नहीं, बाहर जाने का यह तिलिस्म रास्ता तो उसे मालूम ही न था, वह क्योंकर बाहर गई होगी! तब वह ज़रूर किसी धोखे में डाली गई।

इसी प्रकार से कुछ देर सोचने के बाद पुनः भैया राजा सदर दरवाज़े के पास गये और उसकी कुंडी जो अंदर से बंद थी खोल कर उसी तिलिस्मी राह से दरवाज़े खोलते और बंद करते हुए मकान और बाग़ के बाहर निकल गये और उस जगह पर पहुँचे जहाँ दारोगा ने बहुरानी को रथ पर चढ़ाया था। वहाँ भूतनाथ खड़ा उनका इंतज़ार कर रहा था जिसे वे बाहर ही छोड़ गये थे।

भूतनाथ : **(आश्चर्य से)** आप बहुत जल्द बाहर चले आए।

भैया राजा : हाँ, जिस काम के लिए मैं गया था वह काम नहीं हुआ अर्थात् मेरी स्त्री मुझे नहीं मिली जो उसके रहने का स्थान था। मैं वहाँ कुछ देर तक ठहरकर उसका इंतज़ार करता अगर उस कमरे का दरवाज़ा खुला हुआ देखता मगर आश्चर्य तो यह है कि कमरे का दरवाज़ा अंदर से बंद था।

भूतनाथ : अगर दरवाज़ा अंदर से बंद था तो वे ज़रूर कमरे के अंदर ही रही होगी, अस्तु या तो वे अपनी इच्छानुसार किसी तिलिस्मी राह से बाहर निकल गई हैं या ताज्जुब नहीं किसी मुसीबत में फँस गई हों।

भैया राजा : मैं भी तुम्हारे दूसरे ख़याल का पक्षपाती हूँ, वह ज़रूर किसी मुसीबत में फँस गई हैं क्योंकि एक तो उसे वहाँ से बाहर निकल जाने का तिलिस्मी रास्ता मालूम न था, दूसरे...

भूतनाथ : तो ज़रूर कोई दुश्मन वहाँ पहुँचा जिसने उन्हें धोखा दिया।

भैया राजा : यह काम दारोगा के सिवाय और कौन कर सकता है? अगर वास्तव में वह कहीं गायब हो गई या उसे किसी दुश्मन ने फँसा लिया है तो कल मेरे जासूस इस बात की ख़बर देंगे।

भूतनाथ : मैं तो इस समय भी पता लगाने की कुछ कोशिश करूँगा।

इतना कहकर भूतनाथ ने अपने ऐयारी के बटुए में से सामान निकाल कर बत्ती जलाई और वहाँ की ज़मीन को गौर से देखने लगा। रथ के दोहरे पहिए का निशान ज़मीन पर देखकर वह चौंका और बोला, "देखिए यह चार पहिए का रथ का निशान यहाँ मौजूद है। ज़रूर वह यहाँ तक लाई गई हैं और यहाँ से रथ पर बैठाकर उन्हें कोई ले गया है। अब आप अपने डेरे पर जाइए और मुझे पता लगाने के लिए इसी जगह छोड़ दीजिए। मैं इसी निशान से दुश्मन का पता लगा लूँगा!"

भैया राजा : अगर मैं भी तुम्हारे साथ रहूँ तो क्या हर्ज है?

भूतनाथ : नहीं, मुझे इस काम में रोशनी का सहारा लेना पड़ेगा चाहे वह रोशनी किसी चिराग या मोमबत्ती की हो या चमकते हुए सूर्य भगवान की किरणों की। अगर मुझे कोई देख भी लेगा तो कुछ चिंता नहीं मगर आपको कोई देख ले तो आपकी इच्छा के विरुद्ध होगा।

भैया राजा : हाँ यह तो ठीक है, खैर तुम अपना काम करो, मैं कुछ देर तक तुम्हारे साथ रहूँ फिर मौका पा हट जाऊँगा और सवेरा होते-होते तक भाई साहब के पास पहुँचूँगा तथा मुकाबले में देखूँगा कि ईश्वर की तरफ़ से हमारा क्या फैसला होता है।

भूतनाथ : बहुत ख़ूब, इसमें कोई मुजायका नहीं।

उस रथ के पहियों का निशान बिना कहीं से बिगड़े या खराब हुए दारोगा के मकान तक चला गया था क्योंकि अभी तक उस रास्ते पर आमदरफ्त नहीं हुई थी जिससे कि वह निशान बिगड़ता और नष्ट होता, अस्तु भूतनाथ और भैया राजा को विश्वास हो गया कि बहुरानी को मुसीबत में डालने वाला दारोगा ही है।

भैया राजा : लो गदाधरसिंह, हम लोगों का गुमान बहुत ठीक निकला, अब तुमको चाहिए कि उस दुष्ट के कब्जे से मेरी स्त्री की जान बचाओ।

भूतनाथ : आप इस काम का बोझ मुझ पर डाल कर जाइए और राजा साहब से मिलने की फिक्र कीजिए, वहाँ जाने पर आपको महल के अंदर का हाल-चाल भी मालूम हो जाएगा जो आपकी स्त्री के गायब होने के बाद वहाँ पैदा हुआ होगा तथा घटना की सच्चाई जानी जाएगी।

"अच्छा" कह कर भैया राजा वहाँ से चले गए और सूर्य उदय होने के पहिले ही बिना रोक-टोक ख़ासबाग में दाखिल होकर राजा साहब के पास पहुँचे जो कि नज़रबाग के सामने एक चन्दन की चौकी पर बैठे हाथ-मुँह धो रहे थे। अभी तक बहुरानी के

गायब होने का हाल उन्हें मालूम नहीं हुआ था मगर महल के अंदर लौंडियों में कानाफूसी मची हुई थी।

भैया राजा पर निगाह पड़ते ही राजा साहब अपना काम छोड़ उठ खड़े हुए और चौकी से नीचे कूद कर नंगे ही पाँव उनकी तरफ़ झपटे जो राजा साहब को उठते देख तेज़ी के साथ उनकी तरफ़ बढ़ते जा रहे थे।

राजा साहब ने बड़े प्रेम से भैया राजा को गले लगा लिया और दोनों की आँखों से प्रेम के आँसू बहने लगे। कई आदमी दौड़े हुए कुँवर गोपालसिंह के पास चले गए और उन्हें भैया राजा के आने की ख़बर दी। कुछ देर बाद भैया राजा का हाथ पकड़े हुए राजा साहब दालान में आए जहाँ बहुत-सी कुर्सियों के अतिरिक्त चाँदी-सोने की भी दो कुर्सियाँ रखी हुई थीं जिन पर हाँ, नहीं करते हुए दोनों भाई बैठ गए और इस तरह बातचीत करने लगे-

राजासाहब : क्यों भाई, हमने क्या कसूर किया जो तुम इस तरह हमें छोड़कर चले गए थे?

भैया राजा : मैं तो सदा ही आपके चरणों का दास हूँ और जितना प्रेम आप मेरे साथ रखते हैं उसे भी मैं ख़ूब जानता हूँ, फिर यह कब हो सकता है कि मैं आपको कसूरवार समझूँ और रंज होकर चला जाऊँ। मगर इतना ज़रूर है कि आपने दारोगा के फेर में पड़ कर मेरी जान का कुछ ख़याल न किया। मैंने आपके कमरे में पहुँचकर यह प्रकट कर दिया कि दारोगा ने मुझे मार डाला है। मगर आपने इस पर कुछ भी ध्यान न दिया यद्यपि यह बात बहुत ही ठीक थी और वास्तव में दारोगा ने मुझे मार डाला था परन्तु ईश्वर ने एक मददगार पहुँचा दिया जिससे मेरी जान बचा ली और अपने घर ले जाकर मुझे आराम से रखा। मैं कई दिनों तक इस बात का इंतज़ार करता रहा कि देखें आप मेरे लिए क्या करते हैं मगर जब मैंने देखा कि मेरी बनिस्बत दारोगा पर आप ज़्यादे मुहब्बत रखते हैं तब मैं लाचार और हताश होकर रह गया।

राजासाहब : मेरे सोने वाले कमरे में पहुँचकर जो तुमने किया और ज़मीन पर लिखकर बताया उस पर मुझे कैसे विश्वास हो सकता था? मैं तो भूत प्रेत का तमाशा समझकर चुप रहा। फिर आश्चर्य है कि तुम दारोगा का शिकायत करते हो कि 'उसने मुझे मार डालने का प्रयत्न किया' मगर मेरी समझ में नहीं आया कि उसने तुम्हारे साथ ऐसा सलूक करने में अपना क्या फायदा समझ रखा था? आखिर यह भी कहो कि उसने ऐसा क्यों किया? मैं समझता हूँ कि इस मामले में तुम्हें धोखा हुआ है और इसी धोखे में पड़कर तुमने दारोगा के साथ बड़ी बेइंसाफी की। उनका कान काट डाला और मुँह काला करके जूतों का हार गले में डालकर सरे बज़ार छोड़ दिया।

भैया राजा : जी नहीं, मुझे धोखा नहीं हुआ और दारोगा के साथ जो मैंने यह कार्रवाई की वह भी बेजा नहीं की। असल में तो वह मार डालने के लायक था मगर इस ख़याल

से मैंने उसकी जान न ली थी कि आप उसे अपना दोस्त समझते हैं और मैं आपका दिल दुखाना नहीं चाहता। केवल थोड़ी-सी सज़ा देकर छोड़ दिया, सो भी ऐसी हालत में जब कि आपने मेरे बारे में उसकी करतूतों पर कुछ ध्यान नहीं दिया।

इसी बीच में कुंवर गोपालसिंह भी आ गये और अपने पिता और चाचा को प्रणाम करके आश्चर्य करते हुए एक कुर्सी पर बैठ गये।

राजा : फिर भी मैं यही कहता हूँ कि तुमको दारोगा के बारे में धोखा हुआ। जबकि इतने दिनों तक उसने तुम्हारे साथ कोई बुरा बर्त्ताव नहीं किया तो अब उसे ऐसी कौन-सी ज़रूरत आ पड़ी थी कि तुम्हें...

भैया राजा : **(बात काटकर)** जी उस दिन की घटना ही ऐसी बेढब थी कि दारोगा के लिए मुझे मार डालने की ज़रूरत आ पड़ी। मैं वह घटना बयान करता हूँ, आप सुनिए। इतना कहकर भैया राजा ने उस दिन का सब हाल बयान किया और जमना, सरस्वती और प्रभाकर सिंह का हाल भी कह सुनाया मगर यह नहीं कहा कि भूतनाथ को इस मामले से क्या संबंध था अर्थात् भूतनाथ को इस मामले से बिलकुल ही अछूता रखा। यहाँ तक कि इस किस्से में उसका नाम भी नहीं लिया।

भैया राजा की जुबानी सब हाल सुनकर राजा साहब को बड़ा ही आश्चर्य हुआ।

वे सिर झुकाकर कुछ सोचते रहे और तब बोले-

राजा : इस समय जमना, सरस्वती और प्रभाकर सिंह कहाँ हैं?

भैया राजासाहब : वे अपने उसी दोस्त के यहाँ हैं जिसने उनकी और उनके साथ ही साथ हमारी भी रक्षा की थी। उन्हें आपके सामने बुलाकर उनकी गवाह दिला सकता हूँ।

राजासाहब : नहीं-नहीं, गवाही की क्या ज़रूरत? अगर मैं तुम्हें झूठा समझूँगा तो उन्हें सच्चा क्यों समझूँगा? मगर तुमने बड़े ही आश्चर्य की बात कहीं। दारोगा ने तो तुम्हारी दुश्मनी के कारण मुझे कुछ और ही बयान किया था।

भैया राजा : उसने क्या कहा था?

इसके जवाब में सीधे-सादे राजा साहब ने वह सब हाल कह सुनाया जो दारोगा ने गढ़कर राजा साहब से कहा था अर्थात् भैया राजा आपको और कुँवर गोपालसिंह को मार कर स्वयं जमानिया के राजा बनना चाहते हैं और इसी काम में मदद माँगते थे, देने से इनकार किया तब मेरी यह दुर्दशा की गई इत्यादि।

भैया राजा : **(क्रोध में आकर)** क्या उस दुष्ट ने आपसे ऐसा कहा और आपके दिल में यह बात बैठ गई?

इसका जवाब राजा साहब ने कुछ भी न दिया जिससे भैया राजा समझ गये कि दारोगा की बातों पर भाई साहब को विश्वास हो गया है।

भैया राजा : खैर आप दारोगा को यहाँ बुलाइए, मैं जरा उससे पूछूँ तो सही।

राजासाहब : हमारी-तुम्हारी बातों में उसे बुलाने की ज़रूरत ही क्या है?

ऐसा जवाब राजा साहब ने इस ख़याल से दिया कि उन्हें इस बात का शक हो गया कि दारोगा यहाँ आवेगा तो भैयाराज उसे ज़रूर मारेंगे मगर भैया राजा को यह जवाब बहुत बुरा लगा वह राजा साहब का मतलब समझ गए। भैया राजा ने कुछ और कहा ही चाहते थे कि लौंडियों को कोलाहल सुनकर सब कोई चौंक पड़े और उस तरफ़ देखने लगे जिधर तीन-चार लौंडियाँ घबराई हुई आकर खड़ी हो गई थी। बहुरानी के गायब हो जाने से महल में कोलाहल मच चुका था और वही ख़बर सुनाने के लिए लौंडियाँ आई थीं।

राजा साहब ने बड़े ही आश्चर्य के साथ यह ख़बर सुनी और भैया राजा की तरफ़ देखकर कहा, "मैं समझता हूँ कि वह तुम्हारी ही इच्छानुसार यहाँ से चली गई होगी क्योंकि मैंने यह सुना है कि तुम कई दफ़े महल में उससे मिलने के लिए आए थे। पहिले तो मुझे यह बात मालूम न थी और महल में आने वाले को चोर या बदमाश समझता था मगर जब वह तुम्हारी भावज ने तुम्हारी स्त्री से सुन कर मुझसे कहा तब मुझे मालूम हुआ कि महल में आने वाले तुम्हीं हो और तब मैं एक तरह पर निश्चिन्त-सा हो गया।"

भैया राजा : **(कुछ क्रोध में आकर)** बेशक् यह काम भी आपके दारोगा साहब ही का है। जब तक अपने लिए कोई ठिकाना नहीं बना लेता तब तक मैं उसे यहाँ से क्योंकर ले जा सकता था? आप दारोगा को ज़रूर बुलाइए, बिना उसके आए मेरी बातों का कोई नतीज़ा नहीं निकलेगा। मुझे आपका और बेचारे गोपालसिंह का दुश्मन बनाया और आपने भी उस पर विश्वास कर लिया! ज़रूर मेरी स्त्री का चोर वही दुष्ट है। आप इस बात से निश्चिन्त रहिए, मैं कदापि जमानिया का राजा नहीं बनना चाहता। यदि आपको इस बात का विश्वास न होगा तो मैं अपने को आपके सामने ही मार कर आपके दिल से यह खुटका दूर कर दूँगा मगर अपने मरने से दारोगा को सुखी न होने दूँगा। पहिले दारोगा और अपनी स्त्री को मार कर निश्चिन्त हो जाऊँगा तब आपके चरणों में अपना सर अर्पण करूँगा। अपनी स्त्री को इसलिए मारूँगा कि मेरे बावजूद उसे किसी तरह का दुःख न भोगना पड़े।

राजा : नहीं-नहीं-नहीं, ऐसा न करो, मैं इस खून खराबे को पसन्द नहीं करता, मैं खुशी से तुम्हें यहाँ का राजा बनाने के लिए तैयार हूँ और मुझे विश्वास है कि गोपाल को भी इसमें कोई हर्ज न होगा क्योंकि वह बड़ा ही पितृ-भक्त है और मेरी आज्ञा को ईश्वर की आज्ञा के समान मानता है, साथ ही इसके दारोगा को भी इस राज्य से अलग करके तुम्हें बेफिक्र कर दूँगा और उसे अपने साथ जंगल में ले जाकर किसी ठिकाने निवास करूँगा क्योंकि वह मेरा साथ छोड़ना पसन्द न करेगा!

भैया राजा : अफ़सोस, आपकी सभी बातों से दारोगा की तरफ़दारी टपकती है। उसके सामने आपके दिल में मेरी कुछ भी कद्र नहीं है और उसकी बातों के आगे मेरी

बातें सच्ची नहीं समझी जाती हैं, अस्तु मैं वही करूँगा जो कह चुका हूँ क्योंकि इतना कह जाने पर भी मैं आपको ईश्वर के समान मानता हूँ। मैं इस बात को साबित करके दिखा दूँगा कि मेरी स्त्री का चोर भी वही है। बेशक् मुझसे भूल हुई कि इतने दिनों तक गायब रहकर आपकी मुहब्बत की जाँच करता रहा! आज मुझे मालूम हो गया कि दारोगा के सामने मेरी कितनी इज्ज़त है। मैं अब एक क्षण भी यहाँ रहना पसन्द नहीं करता और आपका चरण छूकर बिदा होता हूँ।

इतना कहकर भैया राजा उठ खड़े हुए और राजा साहब का चरण छूकर वहाँ से रवाना हुए। राजा साहब कितनी ही, "हाँ-हाँ, सुनो-सुनो!" कहते रहे मगर भैया राजा ने एक भी न सुनी, लाचार राजा साहब बैठे-के-बैठे रह गये मगर कुँवर गोपालसिंह उठ खड़े हुए और भैया राजा के पीछे-पीछे बाग के बाहर निकल गये। वहाँ पर गोपालसिंह ने भैया राजा का पैर पकड़ लिया और कहा, "आप जहाँ जी चाहे जाइए मगर मेरी दो-चार बातें सुनते जाइए! मैंने आपका कोई कसूर नहीं किया है और मैं आपको अपना दुश्मन समझता हूँ, अस्तु मुझ पर जो आपका प्रेम है उसका खून मत कीजिए!"

भैया राजा अटक गये, उन्होंने गोपालसिंह को उठाकर छाती के साथ लगा लिया और बोले, "नहीं बेटा, मुझे तुमसे रंज नहीं बल्कि तुम्हारे मिजाज़ और तुम्हारी लायकी से मैं बहुत ही प्रसन्न हूँ, तुम्हें होनहार समझता हूँ और तुम पर भरोसा रखता हूँ। कहो क्या कहते हो?"

गोपाल सिंह : मुझे जो कुछ कहना है एकांत में कहूँगा, यहाँ बहुत से आदमी हैं।

भैया राजा : अच्छा मैं तुम्हारे साथ एकांत में चलता हूँ।

6

दिन तीन पहर से ज़्यादे ढल चुका है और बाज़ारों में लोगों की आमदरफ्त बढ़ती जा रही है जो कि दोपहर के समय धीरे-धीरे घटती हुई बिलकुल कम हो गई थी। बाज़ार की बड़ी-बड़ी दुकानें भी धीरे-धीरे खुलती जा रही हैं जो सुबह से दोपहर तक व्यवहार करने के बाद बंद हो गई थीं और उन छोटी-छोटी दुकानों की भी रौनक बढ़ती जा रही है जिनके मालिक सुबह से खोलकर दो घंटे रात जाते तक भी बंद करना पसन्द नहीं करते।

जमानिया यद्यपि बहुत छोटा राज्य और मामूली शहर है मगर फिर भी यहाँ का चौक और महाजनी बाज़ार रौनक पर है और ज़रूरत की सभी चीज़ें मिल जाया करती हैं। महाजनों में लेन-देन हुँडी-पत्री का व्यवहार भी अच्छी तरह से होता है तथा अजाजे और बनारसी माल की दुकानें भी बहुत-सी हैं जिनको कभी इस बात की शिकायत करने का मौका नहीं मिलता कि 'बिक्री कम होती है और मुनाफे के लज़्जत नहीं है'! हाँ इस बात की शिकायत लोग ज़रूर करते हैं कि हमारे राजा साहब को किसी बात का शौक नहीं, अगर होता तो इस शहर की रौनक चौगुनी हो गई होती।

शहर की गलियाँ बहुत तंग और इमारतें मामूली दर्जे की हैं परन्तु चौक और महाजनी बाज़ार की सड़कें कुछ चौड़ी, इमारतें तथा दुकानें बड़ी-बड़ी हैं, क्योंकि इसके पास ही यहाँ के राजा साहब का महल है और बड़े-बड़े ओहदेदारों तथा कारिन्दों और फौज़ी अफसरों का रहना भी इस बाज़ार के पास ही होता है।

धीरे-धीरे चौक बाज़ार में भिश्तियों ने छिड़काव भी कर दिया जो कि दुकानदारों की तरफ़ से थे और दुकानें सब खुल गई तथा संध्या होने तक बाज़ार पूरी रौनक पर हो गया और सैलानी लोग भी टहलते हुए दिखाई देने लगे। ऐसे समय हम एक ऐसे आदमी को जो रंग-ढंग से कोई देहाती ज़मींदार मालूम होता था सड़क पर टहलते और इधर-उधर निगाहें दौड़ाते हुए देखते हैं।

इनकी पोशाक कुछ अजीब ढंग की है। सर पर बहुत बड़ी गुलेनार रंग की पगड़ी और बदन में घेरदार जामा है जिसके दोनों बगल ख़ूब चुन्नट पड़ी हुई है तथा पायजामे की मोहरी भी इतनी चौड़ी है कि एक-एक पैर में ख़ासा मोटा-ताज़ा आदमी बख़ूबी घुस जाय। बसन्ती का रंग बारह या चौदह हाथ लंबा कपड़ा जिसमें चारों तरफ़ सुनहरा गोटा टका हुआ है कमर में लपेटे हैं और उसमें एक खंजर भी खुँसा हुआ था। माथे में रामानन्दी तिलक और गले में तीन-चार छोटे-बड़े दानों की तुलसी की माला है और सबसे बढ़कर यह बात है कि हाथ में मोटा-सा माथे तक का लट्ठ लिए है जिस पर हर कदम पर अपने भद्दे पैरों के साथ-ही-साथ पटकता हुआ चल रहा है।

इस आदमी के पीछे-पीछे इनका एक नौकर भी है जिसके सर पर गंदा मटमैला साफा और बदन में जगह-जगह से फटी हुई मिरजई पड़ी हुई है। यद्यपि उसकी धोती का कपड़ा छोटा नहीं है मगर घुटने के ऊपर ही दिखाई देता है। कंधे पर छोटा-सा थैला जिसमें शायद लोटा, डोरी, कोयला तथा तंबाकू वगैरह होगा और हाथ में बड़ा-सा नारियल लिए कुछ पीछे-पीछे जा रहा है।

इस ज़मींदार सूरत वाले आदमी की निगाह चौक की एक बहुत बड़ी दुकान पर पड़ी जिसके ऊपर लटकते हुए तख्ते पर बड़े हर्फों में यह लिखा हुआ था-

"यहाँ पर ऐयारी का सभी सामान मिलता है,

ऐयारी सिखाई जाती है, और ऐयारों को

रोज़गार भी दिलाया जाता है। आइए

दुकान की सैर कीजिए-"

इस लिखावट को पढ़कर वह आदमी अटक गया और दुकान की तरफ़ गौर से देखने लगा। दुकान बड़ी ख़ूबसूरत रंगी हुई थी। खंभों पर रंग-बिरंगे कपड़ों के गिलाफ चढ़े हुए थे और आगे की तरफ़ एक सुन्दर सायबान बना हुआ था जिसके चबूतरे पर बैठने

के लिए छोटी-बड़ी बहुत-सी कुर्सियाँ रखी हुई थीं। कमरे में तलवारें लगाए चार-पाँच सिपाही भी काम करते हुए दिखाई देते थे।

कुछ देर देखने के बाद वह आदमी दुकान के अंदर चला गया और वहाँ की चीज़ों को बड़े गौर से देखने लगा। एक आदमी जो शायद सौदा बेचने के लिए मुकर्रर था उसके सामने आया और बड़ी लश्तरानी के साथ तारीफ़ करता हुआ तरह-तरह की चीज़ें दिखाने लगा जो कि शीशे की सुन्दर आलमारियों में करीने से सजाई हुई थीं, दुकानदार ने कहा-"देखिए तरह-तरह की दाढ़ी और मूँछें तैयार हैं, बीस वर्ष से लेकर सौ वर्ष का आदमी बनना चाहे तो बन सकता है, जो पूरी तरह ऐयारी नहीं जानते, बनावटी दाढ़ी-मूछे तैयार करने का जिन्हें इल्म नहीं वे इन दाढ़ी-मूँछों को बड़ी आसानी से लगाकर लोगों को धोखे में डाल सकते हैं, मगर जो काबिल ऐयार हैं और मनमानी सूरत बनाया करते हैं अथवा जो किसी की नकल उतारने में उस्ताद हैं उनके लिए तरह-तरह के खुले हुए बाल अलग रखे हुए हैं। (**लकड़ी के डिब्बों को खोल कर दिखाते हुए**) इन सफेद और स्याह बालों से वे अपनी मनमानी सूरतें बना सकते हैं, देखिए बारीक, मोटे, सादे और घुँघराले वगैरह सभी तरह के बाल मौजूद हैं, इसके अलावा यह देखिए (**दूसरी अलमारी की तरफ़ इशारा करके**) तरह-तरह की टोपियाँ जो कि पूरब, पश्चिम, उत्तर और दक्खिन के मुल्कों वाले पहिरा करते हैं तैयार हैं और इस तरह हर एक मुल्क की पोशाकें इधर-उधर खूँटियों पर देखिए तैयार लटक रही हैं। साफे, पगड़ी और मुडासों की भी कमी नहीं है, बस सर पर रख लेने की देर है! आइए इधर दूसरे कमरे में देखिए ये तरह-तरह के बटुए लटक रहे हैं जिनमें रखने के लिए हर एक तरह का सामान भी इस दुकान में मौजूद रहता है। (**तीसरे कमरे में जाकर**) इन छोटे-बड़े हलके-भारी सभी तरह के कमन्द और हर्बों की सैर कीजिए जिनकी प्राय: सभी ऐयारों को ज़रूरत पड़ती है, आप ऐयार हैं इसलिए मैं आपको यहाँ की हर एक चीज़ की सैर अच्छी तरह कराया चाहता हूँ।"

"आप ऐयार हैं" यह सुनकर वह ज़मींदार ठमक गया और दुकानदार का मुँह देखने लगा।

दुकानदार : आप आश्चर्य क्यों करते हैं। मैं अभी बहुत-सी चीज़ें आपको दिखलाऊँगा, क्योंकि ऐयार होने के साथ ही आप अमीर भी मालूम पड़ते हैं।

ज़मींदार : आपका ख़याल गलत है। आपने क्योंकर जाना कि हम ऐयार हैं और अमीर भी हैं?

दुकानदार : यह कोई आश्चर्य की बात नहीं। मेरा तो दिन-रात का यह काम ही ठहरा। मैं खुद ही ऐयार हूँ और हर घड़ी ऐयारों से वास्ता पड़ा ही करता है। अकसर ऐयार लोग मुझसे अपने काम में सलाह लेने आया करते हैं और मैं उन्हें अपनी फीस लेकर अच्छी सलाह दिया करता हूँ मगर किसी का भेद नहीं खोलता और एक की बात दूसरे से नहीं कहता। यह तो हमारी हाल ही में यह नई दुकान हुई है, लेकिन हर एक

बड़े शहर में हमारे मालिक की बड़ी-बड़ी दुकानें हैं जिनमें मेरे ऐसे-ऐसे सैकड़ों ऐयार काम करने के लिए नौकर हैं। ऐयारों से दिन-रात व्यवहार करके हम लोग पक्के हो गए हैं अतएव आपको पहिचान लिया तो यह कोई आश्चर्य की बात नहीं है और इसके लिए आप किसी तरह की चिंता न करें। आइए और इस कमरे की सैर कीजिए। जिसमें तरह-तरह की दवाइयाँ तैयार हैं और होती हैं।

दुकानदार की चलती-फिरती बातें सुनकर वह ज़मींदार दंग हो गया और फिर कुछ भी न बोला, उसके साथ उस दूसरे कमरे की सैर करने चला गया और वहाँ देखा कि तरह-तरह के बहुत-सी शीशे की आलमारियों में सोने, चाँदी, ताँबे और पीतल के छोटे-बड़े कई प्रकार के डिब्बे और डिबियाएँ सजाई रखी हैं और कई नौकर ज़मीन पर बैठा सलबट्टा चला रहे हैं जिनमें हरी, पीली, सफेद, काली तरह-तरह की दवाएँ घुट रही हैं।

दुकानदार : यह देखिए इन आलमारियों में जितने डिब्बे और डिबियाएँ आप देखते हैं सभी में तरह-तरह की दवाइयाँ मौजूद हैं जो कि ऐयारों के सुभीते के लिए बना कर रखी हुई हैं। हमारी दवाओं में इस बात की शर्त है कि पाँच बरस तक कुछ भी खराब नहीं होती और इनके इस्तेमाल में किसी का नुकसान नहीं पहुँचता। इस दुकान में कोई भी ऐसी दवा आपको नहीं मिलेगी जिसमें किसी तरह का जहरीला असर हो या जिससे किसी को किसी तरह का नुकसान पहुँचे क्योंकि किसी ऐयार का यह धर्म नहीं है कि अपने काम से सर्वसाधारण या ख़ास व्यक्ति को नुकसान पहुँचावे, अगर ऐसा करे तो वह ऐयार नहीं पूरा बेईमान और दगाबाज़ हैं। ऐयार का यही काम है कि अपने मालिक के लिए छिपे हुए मामले का पता लगाए; दुष्टों, चोरों और खूनियों का पता लगाए; राजाओं-रईसों की लड़ाइयों को जिनमें बहुत-से आदमियों का खून होना संभव है अपनी कारीगरी से रोके और सहज ही में मामला को तय कर डाले। जो लोग इसके विपरीत करते हैं उन्हें ऐयार नहीं समझता। वे चोर, बदमाश और डाकू हैं तथा किसी भले आदमी के पास बैठने लायक नहीं और उनका किसी रईस को भरोसा न करना चाहिए। अस्तु इस दुकान में जितनी चीज़ें हैं सब ईमानदार ऐयारों ही के लिए हैं, संभव है कि इन चीज़ों से कोई बुरा काम ले जिसमें कि हम लोगों का कोई कसूर नहीं है मगर हम लोग अगर किसी को ऐसा करते देखते और सुनते हैं तो सज़ा देने के लिए भी तैयार हो जाते हैं। हम लोग बहुत ठीक और कीमती दवाइयाँ रखते हैं। हमारे यहाँ की बेहोशी की दवा अगर किसी को ज़्यादे भी खिला-पिला-या सुँघा दी जाय तो उसका कुछ नुकसान नहीं होता या अगर पाँच-पाँच, सात-सात दिन तक भी उससे किसी आदमी को बेहोश रखा जाय तो दिल और दिमाग में किसी तरह की खराबी नहीं पहुँच सकती। इसी तरह चेहरे पर लगाने के लिए भी जितने तरह के रोगन हैं उनसे बदन की जिल्द में धब्बा नहीं पड़ने पाता और न चमड़े का रंग ही बदलता है। जिल्द में खुरदुरापन नहीं आता। इसके अलावा पक्का रोगन भी इस दुकान में मौजूद है जो कि एक ख़ास किस्म के अर्क में

अगर धोया न जाय तो महीनों तक अपना रंग कायम रखता है, मसा और तिल बनाने का मसाला भी इस दुकान में बहुत अच्छा तैयार है। तारीफ़ तो यह है कि हमारे यहाँ की किसी दवा में बदबू नहीं है, सभी खुशबूदार चीज़ों के पुट देकर तैयार की जाती हैं। आप इस दुकान की कोई चीज़ इस्तेमाल करके देखिए। हाँ इस दुकान में खाने की चीज़ें भी ऐसी बनती हैं कि जिन्हें आप महीनों तक ऐयारी के बटुए में रखकर सफ़र में काम ले सकते हैं और बिगड़ने नहीं पाती तथा उनमें किसी तरह की खराबी भी नहीं है अर्थात खालिस घी, चीनी, दूध और फल से बनाई जाती हैं, आप नमूने के तौर पर कुछ खाकर भी देख सकते हैं।

ज़मींदार : बेशक् अपनी दुकान बड़े काम की है, मगर मैं समझता हूँ कि वह अभी थोड़े ही दिनों से कायम हुई है।

दुकानदार : यह तो मैं खुद ही कह चुका हूँ कि बड़े शहरों में हमारे मालिक की बहुत-सी दुकानें हैं, यहाँ भी थोड़े दिनों से एक शाखा खोली गई है।

इतने ही में एक आदमी की सूरत देखकर वह ज़मींदार चौंक पड़ा जो कि आलमारियों के शीशों को रेशमी कपड़े से पोंछ कर साफ कर रहा था। यद्यपि ज़मींदार ने अपने दिल के भाव को छिपाने के लिए बड़ी कोशिश की मगर फिर भी दुकानदार समझ ही गया ओर बोला, "मगर इस शहर में हम लोगों को नौकरों को बड़ी तकलीफ़ हुई। हम सिर्फ़ सात आदमी ऐसे हैं जो कि एक साथ मालिक के भेजे हुए इस शहर में आए हुए हैं और जिनकी कि हम अपना साथी कह सकते हैं, बाकी के जितने आदमी आप देखते हैं सब इसी शहर में नौकर रखे गये हैं और इसीलिए हम लोग दवा के काम में इनसे मदद नहीं लेते।"

ज़मींदार : ठीक है, यह काम आपने बड़ी होशियारी का किया क्योंकि **(धीरे-से कान में मुँह लगाकर)** इस शहर के आदमी बड़े बेईमान होते हैं ख़ास कर इन दिनों तो...

दुकानदार : मैं उम्मीद करता हूँ कि आपसे इस काम में मुझे मदद मिला करेंगी।

ज़मींदार : ज़रूर, मैं अकसर आया करूँगा और अपने दोस्तों को भी लाऊँगा!

दुकानदार : कोई चीज़ खरीदने की इच्छा है?

ज़मींदार : हाँ, मुझे कुछ चीज़ों की ज़रूरत भी है जो कि मैं एकांत में आपसे कहूँगा, आप किसी दूसरे कमरे में चलिए।

ज़मींदार को साथ लिए दुकानदार साहब जिसका नाम रामेश्वर चंद्र था, एक दूसरे कमरे में चले गये जो ख़ास करके ग्राहकों और रइसों के बैठने व आराम करने के लिए मुकर्रर था। यह कमरा बहुत साफ और साधारण ढंग पर सजा हुआ था। इसकी दीवार और छाती आसमानी रंग की थी और ज़मीन पर सफेद फर्श बिछा हुआ था तथा बाहर कुर्सियाँ और चार-पाँच कोच भी रखे हुए थे जिनकी गद्दियों के ऊपर सफेद चाँदनी बंद

के सहारे बँधी हुई थी। छत में दस-बारह शीशे लटक रहे थे जिनमें इस समय रोशनी हो चुकी थी। रामेश्वर चंद्र ने ज़मींदार को ले जाकर एक कोच पर बैठा दिया तथा आप एक कुर्सी खैंच कर उनके पास ही बैठ गया और बातचीत करने लगा।

रामेश्वर चंद्र : हाँ, अब आप फरमाएँ आपको किस-किस चीज़ की ज़रूरत है?

ज़मींदार : एक तो मुझे ऐसी पोशाक की ज़रूरत है जो ख़ास काबुल के रहने वाले अमीर मुगल लोग पहिरते हैं।

रामेश्वर चंद्र : तैयार, मौजूद हैं, और फरमाइए?

ज़मींदार : ऐसी दवा भी चाहिए जो आदमी को कम-से-कम सात दिन तक के लिए गूँगा बना सके।

रामेश्वर चंद्र : करीब-करीब ऐसी ही दवा मैं दे सकता हूँ जो कि किसी की जुबान पर लगा देने से वह बोलने लायक न रहेगा। जुबान की शक्त बिलकुल जाती रहेगी मगर उसे खाने-पीने में किसी तरह की तकलीफ़ न होगी और न कोई चीज़ बदजायका मालूम पड़ेगी।

ज़मींदार : बस इस वक्त मैं बतौर आजमाइश के सिर्फ़ ये दो चीज़ ही आपके यहाँ से खरीदूँगा, अगर आपके यहाँ की दवा ठीक निकली तो मैं दो-तीन दिन में आपसे मिलकर बहुत-सी चीज़ें खरीदूँगा।

दुकानदार रामेश्वर चन्द्र ने थोड़ी ही देर में दोनों चीज़ें लाकर ज़मींदार के सामने रख दीं और दस अशर्फी उनकी कीमत माँगी जो कि उसी वक्त ज़मींदार ने अपनी कमर से निकालकर दे दी और कहा कि-'ये चीज़ें मेरे नौकर के हवाले कर दी जाएँ जिसे कि मैं दुकान के बाहर छोड़ आया हूँ।' दुकानदार ने ऐसा ही किया। चलते समय ज़मींदार ने दुकानदार से कहा-

ज़मींदार : दुकान के लिए यह मकान आपको बहुत अच्छा मिल गया है, असल में यह ऐयारों के ही रहने लायक है। मैं इसके हर एक दर्ज़े, कोठरियों, कमरों और तहखानों से वाकिफ हूँ।

रामेश्वरचंद्र : जी हाँ, यह मकान हमको बहुत अच्छा मिल गया है और मकान मालिक भी बहुत नेक आदमी हैं।

ज़मींदार : हाँ, मैं जानता हूँ। यह मकान यहाँ के एक ओहदेदार रईस दामोदर सिंह का है और उन्होंने अपने दामाद इन्द्रदेव को दहेज के साथ दे दिया है तो आपने इसे किससे किराए पर लिया है? दामोदर सिंह जी से या इन्द्रदेव से?

रामेश्वरचंद्र : मेरे साथ तो दामोदर सिंह जी ने इसका बंदोबस्त किया है, इन्द्रदेव जी की सूरत मैंने अभी तक नहीं देखी मगर सुना है कि यहाँ के दारोगा साहब के वे गुरुभाई हैं और बड़े लायक आदमी हैं?

ज़मींदार : ठीक है, वास्तव में ऐसा ही है।

इतना कहकर ज़मींदार वहाँ से रवाना हुआ मगर अभी दुकान के बाहर नहीं हुआ था कि सामने से दुकान के अंदर आते हुए गदाधरसिंह पर उसकी निगाह पड़ी जो कि इस समय अपनी असली सूरत में था। ज़मींदार भूतनाथ को देखकर सहम् गया लेकिन भूतनाथ ने उस पर एक मामूली निगाह डालने के अतिरिक्त और कुछ ख़याल नहीं किया। उस ज़मींदार के चले जाने के बाद रामेश्वर चन्द्र ने भूतनाथ को अंदर वाले एकांत के कमरे में बड़ी खातिर से बैठाया और पूछा, "कहिए कुशल तो हैं?"

भूतनाथ : हम लोगों से कुशल-मंगल पूछना तो व्यर्थ ही है। जब तक निद्रादेवी की गोद में हैं तब तक तो कुशल है और जहाँ उससे संबंध छूटा कि दिमाग में चक्कर आने लगे। तरह-तरह के ख़यालात, तरह-तरह के विचार और तरह-तरह के मनसूबों से दम-भर के लिए भी फुरसत नहीं। केवल इतना ही नहीं, शरीर का सुख भी मिलना कठिन ही होता है। न दिन को दिन गिनना पड़ता है न रात को रात, न जाड़े का ख़ौफ़ न गर्मी का ख़याल, न बरसात से डर न धूप से परहेज। बस केवल अपने काम की धुन लगी रहती है, जिस पर भी मेरे ऐसे कमबख़्त का तो पूछना ही क्या है जिसे मालिक के काम की फिक्र तो नाममात्र को ही है परन्तु बाहरी सैकड़ों तरफ़ की तरद्दुदों का शिकार हो रहा है। सच तो यों है कि ऐयारी का पेशा ही बहुत बुरा होता है।

रामेश्वरचंद्र : (**मुस्कराकर**) भला आपकी इस बात को मैं क्योंकर मान लूँगा?

भूतनाथ : सो क्यों?

रामेश्वरचंद्र : आपको ऐयारी पेशे में तो किसी तरह की तकलीफ़ हुई नहीं, हाँ मानसिक विकारों के कारण आप ज़रूर परेशान हो रहे हैं। इसमें ऐयारी पेशे का तो कोई कसूर है नहीं, इसे तो आप मुफ्त ही बदनाम कर रहे हैं।

भूतनाथ : एक तौर पर तुम्हारा कहना भी ठीक है मगर मेरे मानसिक विकारों की उत्पत्ति तो ऐयारी ही के सबब से है।

रामेश्वरचंद्र : सो भले ही हुआ करे। सभी ऐयारों का दिल तो एक-सा नहीं होता। इन्द्रदेव क्या ऐयार नहीं? फिर आपकी तरह तरद्दुद में क्यों नहीं फँसते?

भूतनाथ : (**मुस्कराकर**) उनकी बात जाने दो! वे महात्मा हैं बल्कि देवता हैं, हम लोग नालायक और अभागे हैं अतएव दुःख भी हमीं लोगों के हिस्से में पड़ा हुआ है। खैर इस बहस को जाने दो क्योंकि मुझे इस समय इतनी फुरसत नहीं है। यह बताओ कि तुमको भैया राजा की कुछ ख़बर है? मैं इस समय उन्हीं का पता लगाने के लिए तुम्हारे पास आया, तुम्हारी दुकान तो हम लोगों के लिए एक लाभदायक अड्डा है।

रामेश्वरचंद्र : इसी ख़याल से तो यह कारखाना खोला गया है। अच्छा तो आप इस समय भैया राजा का केवल पता ही पूछना चाहते हैं या उनसे मिलना भी चाहते हैं?

भूतनाथ : वाह वाह, अगर मुलाकात हो जाय तो फिर पूछना क्या है?

रामेश्वत्चंद्र : वे आज दोपहर के समय भेष बदले हुए मेरे पास आए थे! आपके नाम की एक चिट्ठी भी दे गये हैं और कह गये हैं कि आधी रात के समय हम पुनः यहाँ आवेंगे अगर गदाधरसिंह से मुलाकात हो जाय तो उन्हें उस समय यहाँ आकर मुझसे मिलने के लिए कह देना। **(एक चिट्ठी निकाल कर और भूतनाथ के हाथ में देकर)** लीजिए इस चिट्ठी को पढ़िए।

भूतनाथ ने रामेश्वरचंद्र के हाथ से चिट्ठी ले ली और बड़े उत्साह से उसे पढ़ना आरंभ किया। यह लिखा हुआ था-

"मेरे प्यारे गदाधरसिंह,

क्या उस बात का पता लगा जिसकी खोज में तुम मुझसे जुदा हुए थे? क्या वास्तव में वही शैतान उसका चोर है, जिस पर तुमने शक किया था? मैं आधी रात के समय यहाँ आऊँगा, अगर संभव हो तो मुझसे ज़रूर मुलाकात करो, यदि न मिल सको तो इस चिट्ठी का जवाब लिखकर रामेश्वर के पास रख दो, मैं आकर ले लूँगा!

तुम्हारा वही-भैया राजा"

चिट्ठी पढ़ने के बाद भूतनाथ ने भी उसी जगह से कलम-दवात और काग़ज़ उठा कर जवाब लिखा-

"मेरा ख़याल ठीक निकला, उसी शैतान ने यह काम किया है।

-भूतनाथ"

चिट्ठी लिफाफे में बंद करके भूतनाथ ने उस पर अपनी मोहर लगाई और रामेश्वर के हाथ में देकर कहा, "यह जवाब उनको दे देना और कह देना कि मैं रात को यहाँ उनसे ज़रूर मिलूँगा, अगर मेरे आने मैं देर हो जाय तो मेरा इंतज़ार करें।"

रामेश्वरचंद्र : **(चिट्ठी लेकर)** बहुत ख़ूब, मैं उन्हें तब तक रोके रहूँगा जब तक आप न आवेंगे। **(मुस्कराकर)** कहिए कुछ सौदा खरीदना है?

भूतनाथ : **(हँसकर)** हाँ तुम्हारा सर खरीदना है! अच्छा यह तो बताओ कि यह ज़मींदार कौन था जो अभी-अभी यहाँ गया है?

रामेश्वरचंद्र : इसमें तो कोई शक नहीं कि कोई ऐयार है मगर बेवकूफ है। ज़्यादे हाल अभी कुछ मालूम नहीं हुआ क्योंकि आज वह पहिले ही मर्तबे यहाँ आया है।

भूतनाथ : मुझे उस पर शक होता है कि वह ज़रूर मेरे बागी शागिर्दों में से है।

रामेश्वरचंद्र : आपके शक को हम लोग यकीन के दर्ज़े तक मानते हैं। अगर ऐसा भी हो तो कोई ताज्जुब की बात नहीं। देखिए दूसरी मुलाकात में कुछ-न-कुछ पता लग ही जाएगा।

भूतनाथ : अच्छा तो मैं जाता हूँ ज़्यादे देर तक नहीं ठहर सकता।

रामेश्वरचंद्र : क्या कोई ज़रूरी काम है? कुछ भंग-बूटी की नहीं ठहरेगी?

भूतनाथ : नहीं, इस समय मुझे भंग का कुछ ख़याल नहीं है क्योंकि एक कठिन काम का बाँधनू बाँध चुका हूँ जिसे आज ज़रूर पूरा करना है। हाँ भैया राजा से मिलने के समय जब रात को आऊँगा तो ज़रूर बूटी छानूँगा और स्नान करके तुम्हारा ही सर खाऊँगा भी।

रामेश्वरचंद्र : **(हँसकर)** बहुत अच्छा, मैं हाज़िर हूँ, बंदोबस्त कर छोड़ेगा।

भूतनाथ : **(कुछ सोचकर)** अच्छा एक काम करो, कुछ सामान दो तो मैं इसी जगह अपनी सूरत भी बदल लूँ नहीं तो तरद्दुद करना पड़ेगा।

रामेश्वरचंद्र : लीजिए हर तरह का सामान तो मौजूद ही है, चलिए फिर तहखाने में।

भूतनाथ : हाँ चलो!

दोनों आदमी उठ खड़े हुए और पास का एक दरवाज़ा खोलकर दूसरे कमरे में चले गये।

कुछ देर के बाद भूतनाथ एक साधू की सूरत बना हुआ हाथ में एक सुन्दर तानपूरा लिए उस कमरे के बाहर निकला। साथ में रामेश्वरचंद्र भी मौजूद था जिससे कुछ बातें करने के बाद भूतनाथ दूसरे दरवाज़े की राह से मकान के बाहर निकला।

भूतनाथ इस दुकान के अंदर अकेला आया था सही परन्तु उस बाज़ार में वह अकेला नहीं आया था बल्कि उसके साथ सूरत बदले हुए उसके दो शागिर्द भी थे जिन्हें वह दुकान के बाहर बल्कि दुकान से कुछ दूर हट के छोड़ गया था और कहा गया था कि इसी जगह घूमते-फिरते कुछ समय बिता और मेरे आने का इंतज़ार करो। मैं रामेश्वरचंद्र की दुकान में जाता हूँ, शायद कोई काम बन जाय, अस्तु जब भूतनाथ की दुकान में जाता हूँ, शायद कोई काम बन जाय, अस्तु जब भूतनाथ दुकान से निकल कर बाहर आया तो इशारे से अपने को प्रकट करके उन दोनों को साथ लिया और उस सड़क पर चल पड़ा जो ख़ासबाग की तरफ़ चली गई थी।

इसी सड़क पर कुछ दूर आगे जाकर नागर का मकान था जो एक छोटे-से बगीचे के अंदर बना हुआ था या यों कहिए कि उस मकान के चारों तरफ़ कुछ थोड़ी-सी ज़मीन छूटी हुई थी जिसमें उसने कुछ फूल-पत्ते और चन्द मेवों के दरख्त लगा रखे थे, और एक छोटी-सी चारदीवारी कायम करके सड़क की तरफ़ एक फाटक बनाया था जहाँ प्राय: उसके दो-एक नौकर रहा करते थे।

नागर के मकान के सामने एक महाजन का मकान था जिसके आगे ऊँचा और पक्का चबूतरा था जिस पर दस-पन्द्रह आदमी बख़ूबी बैठ सकते थे। इस समय जबकि

भूतनाथ वहाँ पहुँचा बिलकुल सन्नाटा था। चलता-चलता भूतनाथ वहाँ अटक गया और चबूतरे के पास खड़ा होकर नागर के मकान की तरफ़ देखने लगा। उस फाटक के बाहर निकलते हुए एक आदमी को भूतनाथ ने देखा और अपने एक शागिर्द से कहा कि मैं इसी जगह ठहरता हूँ तुम इसके पीछे-पीछे जाकर पता लगाओ कि यह आदमी कौन है। मुझे शक होता है कि यह दारोगा साहब का आदमी है।

आज्ञानुसार भूतनाथ का शागिर्द उस आदमी के पीछे-पीछे चला गया और थोड़ी ही देरी में लौट आकर बोला, "आपका ख़याल बहुत ठीक है, वह दारोगा साहब का ख़ास कृपापात्र (**नौकर**) टीमल है, आगे तम्बोली की दुकान पर बैठ कर पान बनवा रहा है।"

भूतनाथ : (**प्रसन्न होकर**) तो बस इसमें कोई सन्देह नहीं कि दारोगा साहब वहाँ आ गये हैं। सच तो यह है कि इस समय ईश्वर ही ने मेरी सहायता की, जिस काम के लिए मैं जा रहा था वह ईश्वर चाहेगा तो उसी जगह निकल जाएगा। अगर दारोगा के साथ-साथ जैपाल भी वहाँ आया हो तब तो कहना की क्या है।

शागिर्द : जैपाल ज़रूर आया होगा। ऐसे-ऐसे मौके पर दारोगा उसे अपना सहायक बना कर ज़रूर साथ रखता है और उसकी ताकत पर भरोसा करता है।

भूतनाथ : तुम्हारा कहना बहुत ठीक है। अच्छा मैं इसी वेष में इस मकान के अंदर जाने का उद्योग करता हूँ, जब जाऊँगा तुम दोनों को अपने साथ लेता जाऊँगा। वहाँ क्या करना होगा सो मैं अभी से इसी जगह तुम दोनों को समझाए देता हूँ।

भूतनाथ परले सिरे का गवैया था और इस फल को बहुत अच्छी तरह जानता था परन्तु सिवाय उसके अंतरंग मित्रों के और कोई विशेष इस बात को जानता न था और न हर एक के सामने वह कभी गाता ही था, यही तक कि दारोगा और नागर को भी इस बात का पूरा ज्ञान न था।

भूतनाथ ने बड़ी विज्ञता के साथ बागेश्वरी की एक तान लगाई जिसकी आवाज़ नागर के कान तक पहुँची और एक दफ़े उसका कलेजा हिल गया। नागर वेश्या थी और गाने-बजाने का काम करती थी। यद्यपि ओस्तादों के ख़याल से वह इस फन में औस्ताद नहीं मानी जाती थी परन्तु वास्तव में उसकी समझ अच्छी थी और गाने-बजाने का उसे बहुत शौक था। वह हमेशा इस फन के ओस्तादों को ढूँढ़ा करती थी। भूतनाथ भी इस सबब से कि नागर को संगीत का बहुत शौक है और वह बहुत अच्छा गाती है उसे जी-जान से प्यार करता था। दारोगा का नागर से मुहब्बत करना यद्यपि भूतनाथ को बुरा मालूम होता था मगर नागर भूतनाथ से यही प्रकट करती थी कि मैं मुहब्बत तुम ही से करती हूँ और दारोगा साहब को केवल रकम वसूल करने के लिए लगा रखा है, मगर वास्तव में क्या बात थी सो नागर ही जाने, रंडियों की माया बड़े-बड़े बुद्धिमानों को उल्लू बना डालती है।

निःसन्देह उस समय दारोगा साहब और उनके साथ जैपाल भी नागर ही के यहाँ बैठे हुए थे और भूतनाथ की तान ने उन दोनों का दिल भी अपनी तरफ़ खैंच लिया था।

कुछ देर तक तो वे तीनों सन्नाटे में आकर उस गीत को सुनते रहे इसके बाद नागर ने दारोगा से इजाज़त लेकर अपना आदमी यह देखने के लिए भेजा कि गाने वाला कौन है। जब उसे यह मालूम हुआ कि गाने वाला एक साधु है जो अपने दो शिष्यों के साथ सामने के चबूतरे पर बैठा गा रहा है तब उसने बड़े आग्रह के साथ साधुरूपी भूतनाथ को बुलाया, दो-चार नख़रे-तिल्ले तथा हाँ-नहीं के बाद भूतनाथ नागर के पास गया जहाँ दारोगा और जैपाल मस्त बैठे हुए नागर से बातें कर रहे थे।

भूतनाथ अपने दोनों शागिर्दों को बंगले के बाहर छोड़ गया जहाँ नागर के कई नौकर-सिपाही भी थे और खुद जब नागर के सामने गया तब उसे मालूम हुआ कि इस समय ये तीनों आदमी शराब के नशे में मस्त हैं, जाकर हमारे आने के पहले यहाँ बोतल और प्याले भी मौजूद रहे होंगे

तीन आदमियों ने साधुरूपी भूतनाथ को प्रणाम किया। नागर ने बड़ी खातिर से उसे अपने पास बैठाया और उसके गाने की तारीफ़ करने लगी।

नागर : **(साधु से)** कहिए महात्मा जी, आपका मकान कहाँ है?

साधु : भला साधुओं का भी कहीं मकान होता है?

नागर : क्यों नहीं, आखिर कहीं गुरु का स्थान या मठ वगैरह होता ही है।

साधु : जो अपना मठ और स्थल रखते हैं वे साधु नहीं है। हम उन लोगों में नहीं हैं जिन्हें आप पीछे का ख़याल रहता है। हम तो जहाँ रह गये वहीं हमारा स्थान है और जिसने हमें भोजन दे दिया वही हमारा गुरु और सर्वस्व है।

नागर : ठीक है, वास्तव में आप लोगों के लिए ऐसा ही होना चाहिए। अब यह बताइए कि इस समय आपका आना कहाँ से होता है?

साधु : हमें इस शहर में आए अभी तीन-चार घंटे से ज़्यादे नहीं हुए हैं, नेपाल से आ रहे हैं, वहाँ बड़े-बड़े गवैयों का जमघट हुआ था, बस गाना सुनने के शौक में वहाँ गये थे।

नागर : आखिर इस समय डेरा कहाँ किया है?

साधु : मैं तो पहिले ही कह चुका कि जहाँ बैठ गये, वहीं डेरा है।

नागर : तो बेहतर होगा कि आप मेरे ही मकान में डेरा डालें, यहाँ अकसर गाना-बजाना भी हुआ करता है और आप भी बहुत अच्छा गाते हैं।

साधु : खैर जैसा होगा देखा जाएगा।

नागर : मुझे आपकी आवाज़ बहुत ही भली मालूम हुई इसीलिए आपको तकलीफ़ दी है, अगर कृपा कर कुछ गाइए तो...

साधु : क्या हर्ज है, मैं गाता हूँ सुनिए, मालूम होता है कि आपको भी गाने का शौक है।

इतना कहकर साधु महाशय ने तानपूरा छेड़ा और मालकौस का एक पद गाने के बाद उसे ज़मीन पर रख दिया। इनका गाना सुनकर दारोगा, नागर और जैपाल सिंह तीनों ने ही बहुत प्रसन्न हुए और उनकी यही इच्छा हुई कि बाबाजी और कुछ गावें मगर जब उन्होंने बाबाजी से गाने के लिए कहा तब बाबाजी ने यह जवाब दिया कि 'अब तो गाँजे का एक दम लगा लेंगे तब गावेंगे।'

नागर : मैं आपके लिए भी गाँजे का बंदोबस्त करती हूँ।

साधु : बंदोबस्त करने की कोई ज़रूरत नहीं, मेरे पास सब सामान अर्थात् गांजा, सुर्ती, चिलम वगैरह तैयार है, आप केवल अग्नि मँगा दीजिए और कमरे के सब दरवाज़े बंद करके मेरा गाना सुनिये, दरवाज़ा बंद किए बिना आवाज़ कायम नहीं होती और गूँजती भी नहीं।

नागर : जैसा आप कहते हैं वैसा ही होगा।

नागर ने एक बर्तन के कंडे की आग मँगवा दी और तब अपने हाथ से कमरे में सब दरवाज़े बंद कर दिये। साधु ने अपनी कमर में से अनमोल अद्भुत गांजा जिसमें बेहोशी पैदा करने वाली एक प्रकार की दवा मिली हुई थी निकाला और चिलम तैयार कर धुएँ का गुब्बार बाँधने लगे, यहाँ तक कि धुएँ से तमाम कमरा भर गया। यद्यपि यह बात दारोगा साहब को कुछ बुरी मालूम हुई मगर नागर की खातिर से चुप रहे। साधु ने तानपूरा उठा लिया और गाना शुरू किया।

अबकी दफ़े गाना सुनकर सब-के-सब मदहोश हो गये। उस गाँजे के धुएँ ने भी सबका दिमाग बिगाड़ दिया और धीरे-धीरे नागर, दारोगा और जैपाल तीनों आदमी बेहोश होकर ज़मीन पर लंबे हो गये।

उस समय भूतनाथ कमरे के बाहर आया और अपने दोनों शागिर्दों को ढूँढ़ने लगा। थोड़ी दूर जाकर भूतनाथ ने देखा कि उसके दोनों शागिर्द वहाँ खड़े हैं और इधर-उधर कई लौंडी, गुलाम तथा सिपाही बेहोश पड़े हैं, भूतनाथ को देखते ही उनके शागिर्द ने कहा, "हम लोग अपना काम कर चुके हैं, अब यहाँ कोई आदमी ऐसा नहीं है जो होश में हो।"

भूतनाथ : शाबाश, ख़ूब काम किया! कमरे के अंदर मैं भी अपना काम कर चुका हूँ, अब तुम दोनों आदमी मेरे पीछे-पीछे चले आओ।

दोनों शागिर्दों को साथ लिए हुए भूतनाथ पुनः कमरे के अंदर गया। जैपाल के बदन पर से उसे तमाम कपड़े उतार कर उसने जैपाल को अपने शागिर्दों के हवाले किया और कहा, "बस इसे तुम दोनों आदी उठा कर लामा घाटी में ले जाओ और क़ैद कर रखो तथा यहाँ जितनी हल्की और कीमती चीज़ें दिखाई देती हैं सभी उठा कर लेते जाओ।"

भूतनाथ की आज्ञानुसार उसके दोनों शागिर्द वहाँ की कीमती चीज़ें और जैपाल को लेकर चले गये और तब भूतनाथ कमरे का दरवाज़ा बंद करके दीवार के साथ लगे हुए

एक आईने के सामने बैठ गया। बहुत चालाकी से उसने अपनी सूरत जैपाल की सूरत के समान बनाई और उसके तमाम कपड़े पहिर कर तथा कमरे का एक दरवाज़ा खोलकर उसी जगह दारोगा और नागर के पास लेट गया।

बची हुई रात और पहर-भर दिन चढ़े तक वे लोग बेहोश पड़े रहे।

भूतनाथ की आँखों में यद्यपि नींद न थी परन्तु वह मौके का इंतज़ार करता हुआ चुपचाप उसी जगह पर पड़ा रहा। इस बीच में भूतनाथ ने देखा कि नागर की लौंडियाँ और नौकर कई दफ़े कमरे के दरवाज़े पर उन लोगों को देखने के लिए आए परन्तु नागर और बाबाजी वगैरह को बेहोश देख चुपचाप लौट गए, उन लोगों को जगाने या होशियार करने की किसी ने हिम्मत नहीं की।

सबसे पहिले दारोगा की बेहोशी दूर हुई और वह उठकर बड़ी घबराहट के साथ चारों तरफ़ देखने लगा तथा पहर-भर दिन चढ़ा हुआ जान कर बहुत ही परेशान हुआ क्योंकि वह नागर के घर में बहुत चोरी के साथ छिपकर आया करता था। अब दिन के समय यहाँ से जाना उसे बड़ा कठिन मालूम हुआ तथा इस बात की भी चिंता नहीं हुई कि न-मालूम हमारे घर पर हमारे न रहने के सबब से लोगों को क्या गुमान हुआ होगा और राजा साहब ने भी मुझे याद किया होगा या नहीं, इत्यादि।

होश-हवास दुरुस्त करके दारोगा ने नागर और जैपाल को हिला-हिलाकर जगाया और जब वे दोनों भी उठकर बैठे तो इस तरह बातचीत होने लगी-

नागर : **(आश्चर्य से चारों तरफ़ देखकर)** यह हम दोनों को क्या हो गया था? **(दारोगा से)** आपने हमको जगाया क्यों नहीं?

दारोगा : मैं खुद जागता तब तो तुम्हें भी जगाता।

नागर : आखिर मामला क्या है

जैपाल सिंह : क्या उस साधु ने हम लोगों को धोखा दिया?

दारोगा : बेशक् यही बात है।

नागर : **(चारों तरफ़ देखकर)** ज़रूर वह कोई ऐयार था! देखिए मेरी बहुत-सी कीमती चीज़ें भी यहाँ से गायब हैं! सोने के गुलदस्ते, इत्रदान, पानदान, रिकाबियाँ इत्यादि सभी चीज़ें तो गायब हैं! उस खूँटी पर मेरी मोती की माला टँगी हुई थी वह भी दिखाई नहीं पड़ती बेशक् वही इन सब चीज़ों को भी उठा ले गया। कमबख़्त लौंडी, गुलाम और सिपाहियों ने भी हम लोगों की कुछ ख़बर नहीं ली!

दारोगा : मालूम होता है कि उस साधु ने उन लोगों पर भी कोई करामात की होगी। ज़रूर वह कोई ऐयार था मगर हम लोगों को यहाँ छोड़ क्यों गया, यही आश्चर्य है!

जैपाल सिंह : अजी वह ऐयार नहीं था बल्कि चोर था, तभी तो यहाँ की कीमती चीज़ें सब उठा ले गया। ऐयार लोग चोरी करने के लिए किसी के घर में नहीं घुसते, अगर वह ऐयार होता तो ज़रूर हम लोगों में से किसी-न-किसी को ले गया होता।

दारोगा : तुम्हारा कहना ठीक है, वह ज़रूर चोर था, ऐयार नहीं।

नागर : आखिर लौंडी, गुलाम और पहरे के सिपाही लोग क्या झख मार रहे थे? उन्हें बुला कर पूछूँ तो कुछ पता लगे।

इतना कहकर नागर वही से उठा और बाहर जाकर उसने दरियात किया तो मालूम हुआ कि उस साधु के साथ दो शागिर्द भी थे जिन्हें वह बंगले के बाहर छोड़ गया था। उन्हीं दोनों शागिर्दों ने अपनी कारीगरी से बाहर की लौंडी, गुलाम और सिपाहियों को बेहोश कर दिया था इसलिए किसी को भी इस बात की ख़बर नहीं है कि वह साधु कमरे के अंदर से क्या ले गया और कब चला गया।

अपने नौकरों की फजीहत करने के बाद नागर पुनः कमरे के अंदर आए और दारोगा साहब से बाहर का सब हाल सुना कर बोली, "आपकी हुकूमत इस जमानिया में बहुत ही अच्छी है। ऐसे-ऐसे चोर और बदमाश यहाँ बसते हैं और जब आप ही लोगों के साथ ऐसा बर्त्ताव करते हैं तो बेचारे रिआया लोगों की रक्षा तो बस विधाता ही के अधीन है। मेरी जितनी चीज़ें यहाँ से गईं सब आप ही को देनी पड़ेगी!"

दारोगा : (**शर्मिन्दगी के साथ**) बेशक् मैं दूँगा और तुम्हें दिखा दूँगा कि ऐसे बदमाशों के साथ मैं ऐसा सलूक करता हूँ। (**जैपाल की तरफ़ देख के**) अब यहाँ से घर जाना मेरे लिए बड़ा ही मुश्किल है। जितना मैं छिपकर रात के समय आता हूँ उतना ही मेरा परदा खुला चाहता है। अब दिन के समय मैं क्योंकर यहाँ से बाहर निकलूँगा? न-मालूम मेरे घर पर कितने आदमी आकर लौट गये होंगे और लोगों के दिल में क्या-क्या बातें पैदा हो रही होंगी अथवा लोग मेरी खोज में कैसा हैरान हो रहे होंगे। राजा साहब को अगर मेरे गायब हो जाने की ख़बर लगी होगी तो...

जैपाल सिंह : बेशक् बड़ी मुश्किल का सामना है। मेरी तो यह राय है कि आज दिन-भर आप इसी घर में रह जाइए। मैं जाकर सब तरह की आहट ले आता हूँ और आपके आदमियों को भी शान्ति दे आता हूँ। इसके अतिरिक्त यदि और कोई ज़रूरी काम हो तो कहिए मैं उसे भी ठीक कर आऊँ।

दारोगा : तुम्हारा कहना ठीक है, ऐसा ही करने से काम चलेगा।

इतना कह कर दारोगा ने जैपाल को एकांत में ले जाकर कुछ समझाया और अपनी कमर से तीन-चार तालियों का एक गुच्छा निकाल कर और जैपाल के हाथ में देकर कहा, "हमारे घर में तुम्हें कोई रोकने वाला है नहीं क्योंकि हमारे सभी आदमी जानते हैं कि दारोगा साहब और जैपाल में कोई भेद नहीं है, अस्तु तुम घर में जाकर एक दफ़े

कैदियों की ख़बर लेना और उनके लिए भोजन और पानी का बंदोबस्त अपने हाथ से कर देना। इसके बाद तुम राजा साहब से मेरे कहे मुताबिक कार्रवाई करना और रामेश्वरचंद्र की भी ख़बर लेना जिसने ऐयारी की दुकान खोल रखी है। असल में वह कौन है इस बात का पता लगाना बहुत ज़रूरी है। मैं अपने यहाँ के दोनों ऐयार बिहारीसिंह और हरनामसिंह को भी इस काम पर मुकर्रर कर आया था, शायद उन्होंने कुछ पता लगाया हो। शायद को जब तुम यहाँ आओगे और तुम्हारी जुबानी सब हालचाल मुझे मालूम हो जाएगा तब मैं यहाँ से घर चलूँगा।"

जैपाल सिंह, जो असल में भूतनाथ था, दारोगा से विदा होकर नागर के मकान से बाहर निकला और पहिले रामेश्वरचंद्र की दुकान की तरफ़ चला, क्योंकि वह रामेश्वरचंद्र से वादा कर आया था कि रात को जब भैया राजा यहाँ आवे तो उन्हें रोकना। मैं उनसे मिलने के लिए ज़रूर आऊँगा, अस्तु वह इस बात से बेचैन था कि वादे के मुताबिक भैया राजा से मिलने के लिए! रामेश्वरचंद्र की दुकान में न जा सका।

7

रामेश्वरचंद्र की दुकान की तरफ़ जाते-जाते रास्ते में भूतनाथ ने सोचा, "मैं रामेश्वरचंद्र से मिलने के लिए जाता तो हूँ परन्तु यदि मैं अपना परिचय न दूँ और जैपाल ही बना हुआ उससे मिलूँ तो क्या वह मुझसे सीधा-सादा और रुखा बर्त्ताव करेगा या दारोगा का दोस्त समझ कर डरेगा और खातिरदारी से मिलेगा? अथवा मुझे फँसाने की फिक्र करेगा? वह क्या करेगा इस बात को देखना चाहिए और कुछ देर तक जैपाल ही बने रहकर और जैपाल ही के ढंग पर बातचीत करके जाँचना चाहिए कि वह कैसा बर्त्ताव करता है।"

इन्हीं सब बातों को सोचता हुआ भूतनाथ रामेश्वरचंद्र की दुकान पर जा पहुँचा और जब उससे मुलाकात हुई तो जिस तरह पढ़े-लिखे दुकानदार लोग ग्राहकों की खातिरदारी करते हैं उसी तरह खातिरदारी के साथ वह नकली जैपाल को दुकान के अंदर ले गया और अपने एकांत वाले बैठने के कमरे में ले जाकर कुर्सी पर बैठा के बातचीत करने लगा।

रामेश्वरचंद्र : कहिए, मिजाज़ तो अच्छे हैं?

जैपाल सिंह : ईश्वर की कृपा से मैं बहुत अच्छा हूँ। (**मुस्कराकर**) आप अपनी दुकान का हाल कहिए, दिनोंदिन तरक्की तो हो रही है न?

रामेश्वरचंद्र : आप लोगों की कृपा रहेगी तो तरक्की में सन्देह ही क्या है? अभी तो यहाँ मुझे आठ पहर भी नहीं बीते हैं मगर फिर भी मैं यह ज़रूर कहूँगा कि आप और दारोगा साहब किस्मतवर हैं क्योंकि आने के साथ ही एक अनूठा शिकार हाथ लगा।

जैपाल सिंह : (**ताज्जुब और प्रसन्नता की सूरत बनाकर**) हाँ! किसको फाँसा सो तो कहो?

रामेश्वरचंद्र : यहाँ आकर हम लोगों ने असली रामेश्वर को ख़ूब ही धोखा दिया और उसे फँसा लेने के बाद खुद रामेश्वरचंद्र बनकर इस दुकान पर कब्जा कर लिया। उसके नौकरों को अभी तक इस बात की कुछ ख़बर नहीं लगी। इसके बाद रात को तीन बजे भैया राजा यहाँ आये। मालूम होता है कि उन्होंने गदाधरसिंह और रामेश्वरचंद्र से यहाँ आकर मिलने का वादा किया था। खैर, वे तो हमारी तरफ़ से बेफिक्र ही थे इसलिए सहज ही में फँस गये। कुछ खिला-पिला कर हमने उन्हें बेहोश कर दिया और गिरफ्तार कर लिया।

जैपाल सिंह : शाबाश-शाबाश, यह बड़ा ही काम हुआ। इस समय वे दोनों कहाँ हैं?

रामेश्वरचंद्र : इसी मकान में हैं। नीचे के तहखाने में मैंने उन्हें बंद कर रखा है, अब इस फिक्र में हूँ कि किसी तरह मौका देखकर उन्हें दारोगा साहब के घर पहुँचाया जाये और यहाँ के आदमियों को किसी तरह का गुमान न होने पावे।

जैपाल सिंह : ठीक है, तो इस काम को मैं अपने हाथ से करूँगा। रात को मैं कुछ आदमियों के साथ लेकर सौदा खरीदने के बहाने यहाँ आऊँगा और यह काम बड़ी ख़ूबसूरती के साथ कर दूँगा, तब तक उनकी हिफ़ाजत करो।

नकली जैपाल-अर्थात् भूतनाथ का तो यहाँ की अवस्था जान कर कलेजा हिल गया। यह तो सिर्फ़ इत्तिफाक की बात थी कि नकली रामेश्वरचंद्र ने भूतनाथ को असली जैपाल समझकर सब हाल कह दिया नहीं तो बड़ा ही बुरा होता और धोखे में पड़ कर स्वयं भूतनाथ भी शायद गिरफ्तार हो जाता मगर खैरियत गुजरी कि ऐसा नहीं होने पाया। असली रामेश्वरचंद्र वास्तव में भूतनाथ का शागिर्द है और जितने आदमी दुकान के मुखिया हैं सभी भूतनाथ और भैया राजा के शागिर्द और नौकर हैं।

भैया राजा ने इन्द्रदेव की मदद से और भूतनाथ के भरोसे पर यह ऐयारी की दुकान कायम की थी और निःसन्देह इस दुकान के जरिए ये लोग बड़े-बड़े अनूठे काम कर गुजरते मगर दारोगा के ऐयारों ने इनके काम में बाधा डाल दी जिससे भूतनाथ को बड़ा ही कष्ट हुआ और वह सोचने लगा कि अब क्या करना चाहिए। बहुरानी को छुड़ाने की फिक्र करते-करते भैया राजा से भी हाथ धो बैठे। अब किस तरकीब से इन सभों को छुड़ाया जाये? अगर खुल्लमखुल्ला नकली रामेश्वर से भिड़ जायें तो यह दुकानदारी चौपट हो जाएगी और फिर इस दुकान के जरिए से कुछ भी काम न निकलेगा। दुकानदारी तो सब चौपट हो ही जाएगी बल्कि चौपट हो गई क्योंकि दारोगा के ऐयारों को मालूम हो ही गया होगा कि यह जाल वास्तव में गदाधरसिंह का फैलाया हुआ है परन्तु फिर भी जब तक मैं जैपाल बना हुआ दारोगा को अपने कहने में रखूँगा तब तक इस दुकान से कुछ-न-कुछ काम निकलता रहेगा, या जब तक दारोगा को यह विश्वास रहेगा कि हमारा ही ऐयार रामेश्वरचंद्र बना हुआ उस दुकान पर है तब तक यह दुकान कायम रहेगी। अगर कोई ऐसी तरकीब निकल आवे कि हम इस ऐयार को

गिरफ्तार करके पुनः अपने रामेश्वरचंद्र के यहाँ कायम कर दें तो बड़ा ही काम हो। वह दारोगा के आदमियों के सामने दारोगा ही का एक ऐयार बना रहेगा और उन्हीं के ढब की बातें किया करेगा। ऐसी अवस्था में काम भी ज़्यादे निकलेगा, मगर समस्या जरा कठिन है। मेरे ज़्यादे देर तक यहाँ ठहरने से या विशेष बातचीत करने से कहीं इस ऐयार को मुझी पर शक न हो जाए। हाँ, यह भी मालूम होना चाहिए कि असल में यह ऐयार कौन है? क्या बिहारीसिंह और हरनामसिंह में से यह कोई है? चलते समय दारोगा ने मुझसे कहा था कि मैंने अपने दोनों ऐयारों को इस काम पर मुकर्रर किया है। ज़रूर यह उन्हीं दोनों में से कोई होगा। इस समय दारोगा के मकान पर मेरा जाना भी बहुत ज़रूरी है, अगर ऐसा न करूँगा तो बड़ा हर्ज होगा, मगर अब इसका पीछा छोड़ देना भी मुझे अच्छा नहीं मालूम होता। यद्यपि मैंने इससे यह कह दिया है कि रात को आकर दोनों कैदियों को ले जाऊँगा, मगर यह बात ठीक नहीं है। खैर मैं कोई-न-कोई तरकीब ऐसी ज़रूर करूँगा कि इसे फँसा लूँ।

इसी तरह की बातें भूतनाथ ने थोड़ी देर में सोची सो भी ऐसे ढंग से कि नकली रामेश्वरचंद्र को किसी तरह का शक नहीं हुआ और न उसने यह समझा कि जैपाल कुछ सोच रहा है।

नकली रामेश्वरचंद्र : अच्छा तो अब आपका इरादा क्या है सो कहिए।

भूतनाथ : इरादा तो यही था कि इस समय यहाँ से जाकर दारोगा साहब का ज़रूरी काम करूँ और रात को यहाँ आकर दोनों कैदियों को ले जाऊँ मगर फिर सोचता हूँ कि रात को मेरा यहाँ आना शायद कठिन हो जाये तो ताज्जुब नहीं क्योंकि एक ऐयार ने दारोगा साहब को बेढब धोखे में डाल कर उन्हें नागर के मकान में फँसा दिया और वे इस समय दिन होने के कारण अपने घर जा नहीं सकते, मैं उनके घर जाकर उनके बिगड़े हुए कामों को सुधारने की फिक्र करूँगा और उनके गायब होने से जो घबराहट फैली हुई होगी उसे शान्त करने के बाद राजा साहब से मिलूँगा क्योंकि उन्होंने दारोगा साहब को ज़रूर याद किया होगा।

नकली रामेश्वरचंद्र : **(आश्चर्य से)** किसी ऐयार ने दारोगा साहब को धोखे में डाला! क्या मामला हुआ सो तो कहिए

भूतनाथ : अजी ऐसी दिल्लगी हुई कि अगर सुनोगे तो हँसते-हँसते लोट जाओगे।

नकली रामेश्वरचंद्र : क्या-क्या, कुछ कहिए भी?

भूतनाथ : एक बड़े महात्मा बाबाजी आए थे, नागर के सामने वाले मकान के नीचे जो चबूतरा है उसी पर बैठ कर गाने लगे, गाना बेशक् मज़ेदार था, सुनने के साथ ही नागर का जी बेचैन हो गयी। उसने बाबाजी को अपने यहाँ बुलवाया, बड़े नख़रे-तिल्ले के साथ बाबाजी आए और सभों को उल्लू बना गये।

इतना कहकर नकली जैपाल अर्थात् भूतनाथ ने मसखरेपन के साथ यह सब हाल बयान किया जो उसकी बदौलत नागर के मकान पर हुआ था। उसे सुन कर नकली रामेश्वर पहिले तो बहुत हँसा और तब अफ़सोस करने लगा। इसके बाद दोनों आदमियों में देर तक बातचीत होती रही। अन्त में भूतनाथ ने रामेश्वर चंद्र से कहा कि 'अच्छा होता अगर इस समय मैं असली रामेश्वरचंद्र और भैया राजा से मुलाकात कर लेता, संभव है कि उनकी मुलाकात से कोई काम निकल जाये, फिर क्या जाने रात को आना हो या न हो।'

नकली रामेश्वरचंद्र ने इस बात को खुशी से मंजूर करा लिया और कमरे का दरवाज़ा बंद करके **(जिससे किसी को कुछ मालूम न हो)** भूतनाथ को उस कोठरी में ले गया जिसमें तहखाने का रास्ता दीवार में बहुत ही गुप्त ढंग से बना हुआ था और जिसका हाल-न मालूम किस ढंग से नकली रामेश्वरचंद्र को मालूम हो गया था, यद्यपि उस तहखाने में भी एक रास्ता तहखाने और मकान से बाहर निकल जाने के लिए था, अगर मालूम होता तो शायद उस तहखाने में कैदियों को बंद न करता यद्यपि उन दोनों के हाथ-पैर बँधे हुए थे और वे अपनी रिहाई के लिए कुछ उद्योग नहीं कर सकते थे।

नकली रामेश्वरचंद्र भूतनाथ को साथ लिए तहखाने के अंदर चला गया और वहाँ पहुँचकर भूतनाथ ने अपने शागिर्द रामेश्वरचंद्र और भैया राजा को हथकड़ी-बेड़ी से मज़बूर बैठे हुए देखा। एक मद्धिम चिराग की रोशनी तहखाने में हो रही थी और गर्मी के सबब से दोनों क़ैदी परेशान मालूम पड़ते थे।

भैया राजा को ऐसी अवस्था में देखकर भूतनाथ का जी बेचैन हो गया और क्रोध से उसकी आँखें लाल हो गई। पहिले तो भैया राजा के पास जाकर भूतनाथ ने कोई ऐसा बँधा हुआ इशारा किया जिससे भैया राजा को मालूम हो गया कि यह जैपाल नहीं बल्कि भूतनाथ है, इसके बाद भूतनाथ ने नकली रामेश्वरचंद्र की तरफ़ देख के कहा, "क्यों बे नमकहराम, तुझे अपने हाथों से भैया राजा को हथकड़ी और बेड़ी पहिनाते शर्म नहीं आई? जिसके नमक से तेरा शरीर पला हुआ है उसके साथ ऐसी कार्रवाई करते कलेजा हिल नहीं गया और अब इनके सामने आते तुझे शर्म नहीं मालूम हुई!" भूतनाथ की ऐसी बातें सुनकर नकली रामेश्वर को बड़ा ही आश्चर्य हुआ। वह गौर से नकली जैपाल अर्थात् भूतनाथ की सूरत देखने लगा, इसके बाद बोला, "मालूम होता है कि तुम कोई ऐयार हो, जैपाल सिंह नहीं!"

भूतनाथ : बेशक् यही बात है, अगर अभी तक तू नहीं समझा तो अब समझ जा कि मेरा नाम गदाधरसिंह है। बस-बस, भागने का उद्योग मत कर, मैं इसी जगह तेरा मुकाबला करने को तैयार हूँ।

रामेश्वरचंद्र : खैर अब सिवाय मुकाबले के और कुछ हो भी नहीं सकता। इतना कहकर नकली रामेश्वरचंद्र ने फुर्ती के साथ खंजर निकालकर भूतनाथ पर वार किया मगर

कुछ न कर सका। भूतनाथ ने उसका वार खाली कर दिया और पीछे पहुँचकर इतनी ज़ोर से उसकी कमर में लात जमाई कि वह संभल न सका ओर मुँह के बल ज़मीन पर गिर पड़ा। तुरन्त भूतनाथ ने उस पर कब्जा कर लिया और कमन्द के हाथ-पैर बाँधने के बाद एक किनारे रख दिया। इसके बाद वह भैया राजा के पास पहुँचा और उसके हाथ-पैर खोल देने के बाद असली रामेश्वरचंद्र को भी हथकड़ी-बेड़ी से रिहाई दी।

इतना करके भूतनाथ ने शागिर्द की मदद से अब नकली रामेश्वरचंद्र की जाँच की तो मालूम हुआ कि वह वास्तव में हरनामसिंह कमन्द खोलकर उसे हथकड़ी और बेड़ी पहिरा दी गई और उसी तहखाने में उसे छोड़कर तीनों आदमी बाहर निकल आए। ऊपर की कोठरी में पहुँचकर भूतनाथ ने भैया राजा की सूरत बदली और थोड़ी ही देर में वे तीनों आदमी दुकानदार के कमरे में खुले आम बैठ कर बातचीत करते हुए दिखाई देने लगे। उस समय भूतनाथ ने अपना सब हाल भैया राजा और रामेश्वरचंद्र से बयान किया और कह, "अब हमें बहुत जल्द कुछ काम करना चाहिए, समय बीतता चला जा रहा है।"

थोड़ी ही देर में तीनों आदमियों ने यह निश्चय कर लिया कि अब क्या करना चाहिए और इसके बाद रामेश्वरचंद्र को उसी दुकान में छोड़ अपने साथी शागिर्दों को कुछ समझाकर भूतनाथ और भैया राजा वहाँ से रवाना हुए। भूतनाथ जैपाल की सूरत में था और भैया राजा हरनामसिंह बने हुए थे। सबके पहिले इन दोनों ने दारोगा के मकान में जाने का इरादा किया क्योंकि वहाँ से भैया राजा की स्त्री को छुड़ाना बहुत ज़रूरी था। केवल इतना ही नहीं भूतनाथ यद्यपि इसके पहिले दारोगा के मकान में से सूखा लौटा लाया था तथापि अभी तक उसे इस बात का निश्चय था कि दयाराम ज़रूर दारोगा के मकान ही में क़ैद हैं अतएव उसकी दयाराम की भी धुन लगी हुई थी।

भूतनाथ और भैया राजा, रामेश्वरचंद्र की दुकान से बाहर निकलकर थोड़ी दूर आगे गये थे कि यकायक भूतनाथ की निगाह मेघराज पर पड़ी जिसे वह आज से कई दिन पहले एक तिलिस्मी पहाड़ी में विचित्र ढंग से देख चुका था और भैया राजा के साथ ही वह भी जिसका मेहमान बन चुका था।

इस समय मेघराज अकेला नहीं था। उसके साथ सिपाहियाना ठाठ का एक आदमी और था जिसे भूतनाथ ने नहीं पहिचाना मगर उसे इस बात का विश्वास ज़रूर हो गया कि मेघराज की तरह यह भी अपनी सूरत बदले हुए है। मेघराज को देखते ही भूतनाथ का कलेजा हिल गया और एक दफ़े रोमांच हो जाने के बाद ही कुछ देर के लिए उसके दिल में धड़कन पैदा हो गई। ऐसा क्या हुआ सो तो हम कह नहीं सकते ही इतना कह देना ज़रूरी है कि इस समय भी मेघराज की सूरत-शक्ल तथा पोशाक वैसी ही थी जैसी कि उस दिन भूतनाथ देख चुका था।

जिस तरह भूतनाथ और भैया राजा ने मेघराज और उसके साथी को देखा उसी तरह मेघराज ने भी इन दोनों को देखा परन्तु ये दोनों जैपाल और हरनामसिंह की सूरत में थे

इसलिए मेघराज ने इन दोनों की तरफ़ कुछ ध्यान नहीं दिया मगर मेघराज अपने को रोक न सके, उन्होंने आगे बढ़कर मेघराज का एक हाथ पकड़ लिया और धीरे-से कहा जिसे भूतनाथ ने भी सुना, "मेघराज, वाह-वाह ख़ूब पहुँचे। आज हम लोगों के साथ ही मिलकर गरजो। अपना परिचय दो तो और भी कुछ कहूँ। मैं हूँ इन्द्र भैया।"

मेघराज : पावस में 'तड़ित' की कमी नहीं है। आपने धोखा नहीं खाया। मेरे साथ वैद्य हैं।

भैया राजा : बस तो ठीक हैं जिस तरह मैं हरनामसिंह की सूरत में हूँ उसी तरह यह मेरा साथी भूतनाथ भी जैपाल की सूरत में है। बस अब जो कुछ कहना है वह निराले में कहूँगा। मौका अच्छा है, तुम भी मेरे साथी बन जाओ।

इतना कहकर भैया राजा आगे की तरफ़ बढ़े और उस तरफ़ चले जिधर कुछ सन्नाटा मिलने की उम्मीद थी और उनके पीछे-पीछे भूतनाथ तथा मेघराज और उसका साथी ये तीनों रवाना हुए।

भैया राजा ने इस समय मेघराज से जिस तरह की बातचीत की और अपना तथा भूतनाथ का भेद खोल दिया यह भूतनाथ को पसन्द न आया बल्कि बहुत बुरा मालूम हुआ मगर मौका मुनासिब न समझ वह कुछ न बोला और चुपचाप उनके पीछे चला गया। थोड़ी ही देर में वे चारों आदमी एक छोटे-से बगीचे में जा पहुँचे जहाँ इन लोगों के लायक अच्छा सन्नाटा था। भैया राजा ने भूतनाथ को एक पेड़ के नीचे बैठ जाने के लिए कहा और स्वयं वहाँ से कुछ दूर पर दूसरे पेड़ के नीचे मेघराज और उसके साथी को लेकर जा बैठे ओर बातचीत करने लगे।

भैया राजा की पहली कार्रवाई से भूतनाथ को रंज हो चुका था, अब यह दूसरी कार्रवाई भूतनाथ के लिए और भी दुःखदायी हुई। भूतनाथ को अलग छोड़कर तीनों आदमियों का एकांत में बातचीत करना भूतनाथ को सहन न हुआ और उसके अंदर क्रोधाग्नि एकदम भभक उठी, आँखों के साथ ही उसके चेहरे ने भी सुखी पकड़ ली। कुछ देर तक तो वह टेढ़ी निगाह से उन तीनों की तरफ़ देखता रहा और फिर दाँत पीस कर धीरे-से बोल उठा, "क्या मैं भैया राजा के हाथ बिक गया हूँ! वे मुझसे भेद रखें और मैं उनके लिए जान दूँ! गदाधरसिंह ऐसा उल्लू नहीं है।" इतना कहकर चुप हो गया और न-मालूम क्या सोचने लगा।

भैया राजा, मेघराज और उसके साथी के बीच आधे घंटे तक बातचीत होती रही, इसके बाद वे तीनों उठ खड़े हुए और भूतनाथ के पास आकर भैया राजा ने कहा, "चलो साहब, अब उठो और अपने काम की फिक्र करो।"

भूतनाथ : **(उठकर और मेघराज की तरफ़ बताकर)** ये दोनों साहब अब किधर जाएँगे?

भैया राजा : ये दोनों भी हमारे साथ ही रहेंगे।

भूतनाथ : तो क्या हम लोगों का भेद इनसे जाहिर कर या गया?

भैया राजा : हाँ, इनसे हम लोगों का कोई भेद छिपा नहीं रह सकता।

भूतनाथ : मगर इनका भेद हमसे छिपा ही रहेगा?

भैया राजा : हाँ, कुछ दिनों के लिए तो ऐसा ही रहेगा।

भूतनाथ : तो ऐसी हालत में हम लोगों का मिल-जुलकर काम करना बहुत कठिन है।

भैया राजा : कुछ भी कठिन नहीं है।

भूतनाथ : ज़रूर कठिन है बल्कि असंभव है!

भैया राजा : सो क्यों?

भूतनाथ : जबकि इनका भेद मुझसे छिपा रहेगा तो अपने भेद की बातें मैं इनसे क्यों कहूँगा? ऐसी अवस्था में ठीक काम भी न हो सकेगा।

भैया राजा : तुम इन्हें अपना दोस्त समझो और विश्वास रखो कि इनसे सिवाय नफे के नुकसान कभी न पहुँचेगा।

भूतनाथ : आप तो सब कुछ समझते हैं मगर मेरा दिल भी कुछ समझे तब तो।

भैया राजा : दिल को समझाओगे और दिलासा दोगे तो सब कुछ समझ लेगा।

भूतनाथ : मेरा दिल ऐसा कच्चा और नादान नहीं है।

भैया राजा : तब कैसे काम चलेगा?

भूतनाथ : काम चले या अटका रहे अथवा जहन्नुम में जाय। मैं उस आदमी के साथ क्षण-भर भी रहना पसन्द नहीं करता जिसका कुछ भी हाल अपने को मालूम न हो। पहिले दफ़े जब इनसे मुलाकात हुई थी तब आपने इनका परिचय मुझे नहीं दिया और आज भी वही हाल हो रहा है। केवल इतना ही नहीं, मुझे अलग छाँटकर आप इन लोगों से बात करते हैं और ऐसे काम में मुझे इनका साथी बनाते हैं जिसमें कदम-कदम पर जान जोखिम का सामान है। नहीं-नहीं, गदाधरसिंह ऐसा बेवकूफ नहीं है। हज़ारों दुश्मनों से अपने को बचाये रहने वाला गदाधरसिंह ऐसी बेवकूफी करके गंदी नादानी के साथ अपने गले पर अपने हाथ से छुरी नहीं चलावेगा।

भैया राजा : फिर तुम क्या चाहते हो?

भूतनाथ : बस इनका परिचय चाहते हैं!

भैया राजा : इनका परिचय तो अभी तुम्हें नहीं मिल सकता क्योंकि ये अपना भेद अभी प्रकट नहीं किया चाहते।

भूतनाथ : फिर आपको क्या हक था कि मेरी इच्छा के विरुद्ध आप मेरा भेद इनसे प्रकट कर दें?

भैया राजा : इसलिए कि मैं इन्हें ख़ूब जानता हूँ और मेरा इन पर विश्वास है।

भूतनाथ : आप इन पर भले ही विश्वास रखें मगर मैं इन पर भरोसा नहीं रखता, अस्तु मेरे भेद के मालिक ये कैसे हो सकते हैं? यह आपकी जबर्दस्ती है कि मेरा भेद मेरी मर्ज़ी के बिना आप इनसे कहते हैं और इनका परिचय तक भी मुझे नहीं देते।

मेघराज : गदाधरसिंह, मेरा भेद बहुत दिनों तक तुमसे छिपा न रहेगा और जब तुम मुझे जानोगे तो इतने दिनों तक भेद छिपाए रखने की शिकायत न करोगे।

भूतनाथ : चाहे ऐसा ही हो मगर जबकि मैं तुमको जानता ही नहीं तो तुम्हारी बातों पर क्योंकर विश्वास कर सकता हूँ।

मेघराज : **(कुछ तीखेपन से)** तुम्हारी इन बातों से रंज होकर मैं चला जाता और तुम्हारी साथी नहीं बनता मगर इसलिए जाना पसन्द नहीं करता कि दारोगा तथा दारोगा के मकान से जितना तुमको ओर भैया राजा को संबंध है उससे कहीं ज़्यादा मुझको संबंध है, इसलिए मैं दारोगा के मकान में ज़रूर जाऊँगा और अपना काम करूँगा।

भूतनाथ : हाँ-हाँ, तुम भले ही दारोगा के मकान में जाओ मगर मेरे बताए हुए रास्ते से क्यों जाओगे? अपने लिए खुद अपना बनाओ! मैंने जो कुछ मेहनत की है वह तुम जैसे एक अनजान आदमी के फायदा उठाने के लिए नहीं की है।

भैया राजा : सुनो गदाधरसिंह, तुम व्यर्थ ही क्रोध करते हो और मेरी बात मान कर कुछ दिनों के लिए सब्र नहीं करते। जबकि हम इन्हें और तुम्हें अपना समझते हैं तब हमारी-तुम्हारी कार्रवाई से अगर बिना नुकसान के हो सके तो ये भी फायदा उठा सकते हैं, इसके लिए तुम्हें रंज न होना...

भूतनाथ : **(बात काटकर)** मैं यह सब दिलासे की बातें नहीं सुनना चाहता, बात साफ कहिए कि इनका परिचय मुझे देंगे या नहीं?

भैया राजा : इस समय नहीं क्योंकि इनकी मर्ज़ी नहीं है।

भूतनाथ : तो बस मुझे भी इनके साथ रहना मंजूर नहीं। आपने बहुत ही बुरा किया है कि मेरी आज की कार्रवाई का हाल इनसे कह दिया। इस समय बातचीत करते हुए आपने ज़रूर यह कह दिया होगा, यह मुझे अंदाज़ से मालूम हो गया।

भैया राजा : हाँ कह तो दिया है।

भूतनाथ : तब बेशक् आपने बुरा किया। अच्छा अब जो आपके जी में आवे कीजिए, मैं जाता हूँ।

भैया राजा : कहाँ जाओगे?

भूतनाथ : जहाँ मेरे जी में आवेगा।

भैया राजा : मतलब यह है कि इस समय तुम मेरा साथ छोड़ते हो?

भूतनाथ : हाँ, साथ छोड़ता हूँ।

भैया राजा : अच्छा तो एक ठिकाने बैठकर हम लोगों का इंतज़ार करो और देखो कि हम लोग क्या करते हैं।

भूतनाथ : मैं इस बात का वादा नहीं कर सकता।

भैया राजा : तो तुम बना-बनाया काम बिगाड़ना चाहते हो!

भूतनाथ : मेरी नीयत तो यह नहीं थी मगर आप खुद अपने हाथ से सब काम चौपट किया चाहते हैं! मैं आपसे जो कुछ प्रतिज्ञा कर चुका था उसे निभाता रहा परन्तु आप अपनी प्रतिज्ञा भंग कर रहे हैं। जो हो, अब मैं स्वतंत्र होता और अपने मालिक के पास जाता हूँ तथा इन सब झंझटों को सदैव के लिए तिलांजलि देता हूँ।

भैया राजा : **(चलते भूतनाथ को रोककर)** सुनो-सुनो, जरा ठहरा तो! मैं एकांत में इन्हें समझाता हूँ और इनका भेद प्रकट करने के लिए इनसे आज्ञा लेता हूँ तब तक कुछ देर के लिए तुम इसी जगह खड़े रहो।

भूतनाथ को उसी जगह छोड़कर और मेघराज तथा उनके साथी को लेकर भैया राजा कुछ दूर पेड़ों की आड़ में चले गए और मेघराज से बातें करने लगे-

भैया राजा : गदाधरसिंह तो बेतरह हठ कर रहा है।

मेघराज : वह लड़कपन का हठी है, मगर आप खुद सोच सकते हैं कि इस समय मेरा भेद खोलना कहाँ तक उचित होगा।

भैया राजा : नहीं-नहीं, आपका भेद तो कभी खुलना ही नहीं चाहिए। परन्तु मालूम होता है कि भूतनाथ अब हम लोगों का साथ नहीं देगा।

मेघराज : केवल हम लोगों का साथ न देकर ही वह सब कर जाये तो कोई चिंता नहीं, मगर वह ज़रूर हम लोगों का दुश्मन बन जाएगा और दारोगा से जा मिलेगा, उससे अपने रुपये वसूल करेगा और हम लोगों का भेद खोल देगा, रामेश्वरचंद्र वाला मामला भी छिपा न रहने देगा।

भैया राजा अजी वह सब काम ही चौपट करेगा! ऐसी अवस्था में हम लोगों का दारोगा के घर में घुसना खतरे से खाली नहीं है और साथ ही इसके मेरी स्त्री को भी उसके पंजे से छुटकारा मिलना असंभव है।

मेघराज का साथी : और मेरी उम्मीदों पर भी बिलकुल ही पाला पड़ जाएगा। गदाधरसिंह बड़ा ही बेईमान है। चुप होकर बैठे रहना उससे कदापि न होगा, अस्तु बेहतर तो यह होगा कि उसे इसी जगह गिरफ्तार कर लिया जाये।

भैया राजा : **(मेघराज से)** आपके क्या राय है?

मेघराज : इसके सिवाय दूसरी तरकीब ही कौन है? अगर वह दारोगा के पास जाकर सब भेद कह देगा तो अनर्थ हो जाएगा।

कुछ देर तक उन तीनों में इसी तरह की बातें होती रहीं। अंत में यह निश्चय करके कि भूतनाथ को गिरफ्तार कर लिया जाय वे तीनों आदमी वहाँ पहुँचे जहाँ भूतनाथ को छोड़ गए थे, मगर अफ़सोस, भूतनाथ वहाँ से भाग गया था और उस जगह सिवाय पेड़-पत्तों के और कुछ भी दिखाई नहीं देता था।

8

भूतनाथ, क्या तू भूलकर नेक रास्ते पर चला आया था? क्या तू इस साफ और सुथरी राह को छोड़कर पुनः उस कंटीली पगडंडी पर चला चाहता है? अगर तू वास्तव में ऐसा करता है तो निःसन्देह बदकिस्मत है। अबकी दफ़े तू चूकेगा तो कहीं का भी न रहेगा, दुनिया में किसी को मुँह न दिखला सकेगा और जीते-जी क्रब के अंदर धकेल दिया जाएगा। खैर देखना चाहिए तेरी किस्मत में क्या है और तू क्या करता है!

भूतनाथ का वहाँ से चला जाना भैया राजा, मेघराज और उसके साथी को बहुत गढ़ाया और ये तीनों आदमी बड़े तरद्दुद में पड़ गए, तथापि मेघराज ने हिम्मत नहीं हारी और उसने अपने साथी तथा भैया राजा को भी अपने उमंग-भरी बातों से उत्साहित किया पर वे लोग अब जो कुछ करेंगे पीछे देखा जाएगा, हम इस समय भूतनाथ के साथ चलते और देखते हैं कि वह क्या करता है!

दिन लगभग तीन पहर के ढल चुका था और दारोगा साहब नागर के यहाँ बैठे हुए जैपाल के आने का इंतज़ार कर रहे थे। ज्यों-ज्यों जैपाल के आने में देर होती थी त्यों-त्यों उनका तरद्दुद बढ़ता जाता था। उन्होंने नागर के आदमियों को कई दफ़े बाहर भेजा कि आगे बढ़कर देखें कि जैपाल आता है या नहीं मगर किसी ने भी लौटकर कोई दिल खुश करने वाला जवाब न दिया, हाँ, आखिरी मरतबे जो आदमी भेजा गया उसने लौट कर एक चिट्ठी दारोगा साहब के हाथ में ज़रूर दी जिसे दारोगा ने उछलते हुए कलेजे के साथ लिया और पढ़ने लगा-

"आप यहाँ चुपचाप बैठे हुए किसका इंतज़ार कर रहे हैं? रात को आपका दुश्मन आपके दोस्त जैपाल को आपके पास ही से गिरफ्तार करके ले गया और आपको कुछ ख़बर तक न हुई! सुबह को जिस जैपाल को आपने कई काम सुपुर्द करके बाहर भेजा था वह वास्तव में आपका जैपाल नहीं बल्कि दुश्मन था। बस इसी से समझ जाइए कि आपने कितना बड़ा धोखा खाया और अब आपका काम किस तरह चौपट हुआ चाहता!

-आपका

(अगर आप मानें तो) दोस्त, गदाधरसिंह।"

इस चिट्ठी को पढ़ते ही दारोगा साहब के तो होश उड़ गए। घबराहट के मारे उनके सर में चक्कर आने लगा। उनकी ऐसी अवस्था देखकर नागर ने, जो उनके पास ही बैठी हुई थी पूछा, "कहिए क्या मामला है, यह चिट्ठी किसकी है?"

इसके जवाब में दारोगा ने हाथ बढ़ाकर वह चिट्ठी नागर को दे दी और बड़ी बेचैनी से उसका मुँह देखने लगा।

नागर : (**चिट्ठी पढ़कर**) बात तो ठीक मालूम होती है!

दारोगा : अब मैं सुबह के मामले पर ध्यान देता हूँ तो मुझे भी यही निश्चय होता है कि गदाधरसिंह का लिखना ठीक है। (**उस आदमी की तरफ़ देखकर जो चिट्ठी लाया था**) जिसने यह चिट्ठी तुम्हें दी वह है या गया?

आदमी : मैं समझता हूँ कि वह अभी तक बाहर खड़ा होगा।

दारोगा : तो उसे बहुत जल्द मेरे पास बुलाओ।

"जो आज्ञा!" कहकर आदमी बाहर चला गया और थोड़ी ही देर के बाद गदाधरसिंह को साथ लिए हुए पुनः उस कमरे में दाखिल हुआ।

दारोगा साहब ने उठकर और आगे बढ़कर बड़ी खातिर के साथ गदाधरसिंह को लिया और अपने पास बैठाने के बाद नौकरों को बिदा करके इस तरह बातचीत करने लगे-

गदाधरसिंह : कहिए मिजाज़ तो अच्छा है?

दारोगा : मिजाज़ क्या ख़ाक अच्छा होगा! आपकी बदौलत तरह-तरह की तकलीफ़ें उठा रहा हूँ।

गदाधरसिंह : (**आश्चर्य की सूरत बनाकर**) मेरी बदौलत! मैंने आपको क्या नुकसान पहुँचाया है!

दारोगा : हाँ-हाँ, बेशक् आपकी बदौलत! जितना मैं आपको मानता हूँ उसका चौथाई भी अगर आप मेरी खातिर करते तो मेरे बराबर दुनिया में कोई भी सुखी नहीं दिखाई देता और आपको भी किसी बात की कमी न होती। जब कभी आप कहते हैं, मैं आपकी मदद करता हूँ और भविष्य में भी मदद करने के लिए तैयार रहता हूँ, मगर आपको मेरा कुछ ख़याल नहीं होता।

गदाधरसिंह : यह आप कैसे कहते हैं? अगर आपका मुझे ख़याल न होता तो इस समय मैं यहाँ आकर आपको सचेत क्यों करता! और अगर मैं सचेत न करता तो क्या आप बेतरह मुसीबत में गिरफ्तार न हो जाते!

दारोगा : इसको मैं मानता हूँ और आपकी इस कृपा का धन्यवाद देता हूँ इसी से तो इतना कहने का मुझे हौसला भी हुआ, नहीं तो यदि मैं आपको बिलकुल बेगाना समझता तो उलाहना ही क्यों देता? मगर फिर मुझे कहने के लिए बहुत जगह है। अभी उस दिन

की बात है कि भैया राजा के साथ आपने मुझ पर और मेरे आदमियों पर हमला किया था और मेरी दुर्दशा में शरीक हुए थे।

गदाधरसिंह : यह आपका भ्रम है, आपकी शिकायत तब ठीक होती जब आप अपनी असली सूरत में होते, मैंने दारोगा साहब समझ के पीछा नहीं किया था, बल्कि भैया राजा का दुश्मन समझकर पीछा किया था। फिर भी जब उस घाटी में आपकी सूरत दिखाई पड़ी तब मैंने आपकी जान बचाने की चेष्टा की नहीं तो भैया राजा उस समय आपको जान से ही मार डालने के लिए तैयार थे, मैंने बड़ी कोशिश से आपको बचाया।

दारोगा : अगर आपका कहना ठीक है तो अब भी मैं अपने को धन्य मानूँगा।

गदाधरसिंह : बेशक् यही बात है। हाँ, इस बात का मैं दोषी ज़रूर हूँ कि भैयाराज के विरुद्ध आपकी मदद न कर सका और न कर सकूँगा क्योंकि उन्हें मित्रभाव से देखने के लिए प्रतिज्ञा कर चुका हूँ।

दारोगा : **(कुछ चिंता करके)** यह बात तो ठीक नहीं है, मैं आपसे बहुत बड़ी उम्मीद रखता हूँ और आपके लिए सब कुछ करने को तैयार हूँ!

गदाधरसिंह : माफ़ कीजिएगा, मेरी तरफ़ से आपका दिल भी स्वच्छ नहीं है, यदि स्वच्छ होता तो आप दयाराम वाला भेद मुझसे कदापि न छिपाते।

दारोगा : छिः छिः! आपके दिल से अभी तक यह भ्रम दूर नहीं होता! न-मालूम किस कमबख़्त ने आपसे कह दिया कि दयाराम अभी तक जीते हैं और मेरी क़ैद में हैं! इस काम के कर्त्ता-धर्ता तुम खुद होकर फिर ऐसी बात कहते हो!

गदाधरसिंह : स्वयं ध्यानसिंह ने यह बात मुझसे कही है और यह भी समझा दिया है कि दयाराम के विषय में मैं बिलकुल ही निर्दोष हूँ।

दारोगा : वह झक मारता है जो ऐसा कहता है। आपके और हमारे बीच में लड़ाई लगाकर फायदा उठाना चाहता है!

भूतनाथ : शायद ऐसा ही हो, खैर देखा जाएगा। अच्छा अब मैं अपना काम कर चुका, दुश्मनों की कार्रवाई से आपको सचेत कर दिया, अब जाता हूँ।

दारोगा : वाह वाह, अभी तो मैंने इस बारे मैं आपसे कुछ पूछा ही नहीं।

भूतनाथ : **(मुस्कराते हुए)** अच्छा पूछिए, पूछिए क्या पूछते हैं?

दारोगा : पहिले तो यह बताइए कि मेरा वह दुश्मन कौन है जिसने मेरे साथ ऐसी धूर्तता की, और जैपाल सिंह का क्या हाल है, दुश्मनों के हाथ से किस तरह उसकी जान बचेगी, और इस मामले में आप मेरी क्या मदद कर सकते हैं?

भूतनाथ : मैं आपके उस दुश्मन को अभी तक पहिचान न सका क्योंकि वह सदैव ही अपनी सूरत बदले रहता है। हाँ भैया राजा और इन्द्रदेव वगैरह उसे ज़रूर जानते होंगे

मगर उसका असल भेद वे लोग मुझसे कुछ भी नहीं कहते। मेघराज के नाम से वे लोग उसे संबोधन करते हैं बस इतना ही मुझे मालूम है। बड़ी मुश्किल से मैंने उसके स्थान का पता लगाया है मगर उस तक पहुँचना अथवा उसको धोखा देना बड़ा ही कठिन है।

दारोगा : तो इस समय जैपाल भी उसी के कब्जे में होंगे?

भूतनाथ : ज़रूर! जैपाल सिंह को ले जाने के समय वह अपने कई ऐयारों को लेकर खुद यहाँ आया हुआ था बल्कि अब भी वह इसी जगह इर्द-गिर्द घूम रहा है और आपके मकान में घुसा तथा आपको फँसाना चाहता है।

दारोगा : (**कुछ सोचकर**) तो आपको इस मामले में ज़रूर मेरी मदद करनी पड़ेगी, मैं आपका बहुत कुछ भरोसा रखता हूँ।

भूतनाथ : बेशक् मैं आपकी मदद करूँगा, मगर...

दारोगा : मगर की कसर अभी तक लगी हुई है!

भूतनाथ : खैर, मैं आपसे कुछ देर के लिए एकांत में बातें किया चाहता हूँ, इसके बाद (**नागर की तरफ़ देखकर**) इनसे भी दो-चार बातें एकांत में करूँगा।

दारोगा : (**मुस्कराता हुआ**) इनसे तो आप सदैव ही एकांत में बातें किया करते हैं और करेंगे, इन पर आपका हक है, मगर मैं अपने लिए अभी एकांत कराए देता हूँ। इतना कहकर दारोगा ने हँसते हुए नागर की तरफ़ देखा। नागर उठ खड़ी हुई और यह कहती हुई कमरे के बाहर चली गई कि 'ऐसी मुसीबत में भी दिल्लगी से बाज नहीं आते'!

करीब आधे घंटे तक भूतनाथ और दारोगा ने इस मामले की बातचीत होती रही। दोनों ने तरह-तरह के वादे किये, दोनों ने तरह-तरह की कसमें खाई, और अंत में दोनों ने एक-दूसरे को गले लगाकर अपनी-अपनी मुहब्बत दिखलाई, इसके बाद भूतनाथ दारोगा से बिदा होकर कमरे के बाहर निकला जहाँ नागर चहलकदमी करती हुई उसके आने का इंतज़ार कर रही थी। नागर ने भूतनाथ की कलाई पकड़ ली और अठखेलियों के साथ चलती हुई उसे एक दूसरे कमरे में ले गई।

9

दारोगा को तो भूतनाथ ने ठीक कर लिया और अच्छी तरह धोखे में डालकर उसका दोस्त भी बन बैठा, मगर जब वह दारोगा से बिदा होकर नागर के मकान से बाहर निकला तो उसका ध्यान रामेश्वरचंद्र वाली दुकान की तरफ़ गया और वह सोचने लगा कि वहाँ मैं हरनामसिंह को क़ैद कर आया हूँ और अपने को उस पर प्रकट भी कर चुका हूँ, वह इस बात को जान चुका है कि उसे गदाधरसिंह ने क़ैद किया है, ऐसी अवस्था में मुझे उचित है कि अगर मैं अपने को दारोगा का दोस्त बनाया चाहता हूँ तो हरनामसिंह से भी दोस्ती का ढंग रचूँ और उसके दिल से इस ख़याल को दूर कर दूँ कि उसे क़ैद

करने वाला भूतनाथ है। अगर ऐसा न हुआ तो जब कभी हरनामसिंह छूटेगा और दारोगा के पास पहुँचेगा तो मेरी चालबाज़ी प्रकट हो जाएगी और दारोगा मुझे झूठा और दगाबाज़ समझकर मुझसे खटक जाएगा, अस्तु ऐसी तरकीब करनी चाहिए कि हरनामसिंह के दिल में मेरी तरफ़ से दुश्मनी का ख़याल न रहे और उसे विश्वास हो जाय कि मेरा क़ैद करने वाला भूतनाथ नहीं बल्कि कोई दूसरा ही है।

रास्ते में चलते-ही-चलते भूतनाथ ने इन बातों पर विचार किया और कोई तरकीब सूझ जाने पर पीछे की तरफ़ लौटे कर पुनः दारोगा से मुलाकात करने के लिए नागर के मकान में घुस गया।

आधे घंटे के बाद जब भूतनाथ अपनी असली सूरत में नागर के मकान के बारह निकला तो तेज़ी के साथ चलकर सीधा रामेश्वरचंद्र वाली ऐयारी की दुकान में पहुँचा। अबकी दफ़े भूतनाथ ने रामेश्वरचंद्र से मिलने के लिए एक परिचय का शब्द बना लिया था जिसमें किसी तरह का धोखा न हो। अस्तु सामना होने पर भूतनाथ रामेश्वरचंद्र को एकांत में ले गया और परिचय देने तथा लेने के बाद जो कुछ घटना हुई थी सब बयान करके अंत में बोला, "इस समय मैं इसीलिए यहाँ आया हूँ कि हरनामसिंह को क़ैद से छुड़ा कर अपना दोस्त बनाऊँ। यद्यपि मैं अपने हाथ से उसे क़ैद कर चुका हूँ परन्तु उसे धोखा देने के लिए अच्छा सामान भी अपने साथ लाया हूँ। तुम जल्द ताला खोलकर मुझे उसके पास तहखाने में ले चलो। (**कुछ सोचकर**) नहीं, मैं अकेला ही उसके पास जाऊँगा।"

इतना कहकर भूतनाथ ने अपना जो कुछ इरादा था और भविष्य में जो कुछ किया चाहता था पुनः रामेश्वरचंद्र ने बयान किया और इसके बाद तहखाने का ताला खोलकर हरनामसिंह के पास पहुँचा और बोला-

भूतनाथ : वाह-वाह हरनामसिंह, तुम इतने बड़े ऐयार होकर इस तरह क़ैदखाने की हवा खा रहे हो!

हरनामसिंह : यह सब तुम्हारी ही बदौलत है! यद्यपि मैं ऐयार हूँ परन्तु तुम्हारा मुकाबला किसी तरह भी नहीं कर सकता।

भूतनाथ : भला तुम इस विषय में मुझे क्यों बदनाम करते हो? यद्यपि तुमने मेरे शागिर्द को धोखा देकर भैया राजा के साथ-ही-साथ उसे भी क़ैद कर लिया था, परन्तु मैंने तुमसे उसका बदला कुछ भी नहीं लिया बल्कि इस समय तुम्हें इस क़ैद से छुड़ाने के लिए आया हूँ।

हरनामसिंह : यदि तुम वास्तव में गदाधरसिंह हो तो मैंने जो कुछ कहा है वह निःसन्देह सच है। परन्तु तुम्हारी बातों से मुझे आश्चर्य होता है। तुम खुद अपने हाथ से मुझे क़ैद कर गये हो और अब कहते हो कि मैं तुम्हें छुड़ाने के लिए आया हूँ!

भूतनाथ : बेशक् तुम्हें आश्चर्य होगा, परन्तु मैं तुम्हारे इस आश्चर्य को अभी-अभी दूर किये देता हूँ। मेरी बातें सुनने से तुम्हें अच्छी तरह संतोष हो जाएगा। मैं कई दिनों के बाद इस दुकान में आया हूँ। रामेश्वरचंद्र से मुलाकात होने पर मुझे सब हाल मालूम हो गया। भैया राजा और रामेश्वरचंद्र को क़ैद से छुड़ाने और तुम्हें यहाँ क़ैद करने वाला वास्तव में भैया राजा का दोस्त दलीपशाह था जिसने अपने को गदाधरसिंह बनाकर तुम्हें धोखे में डाला और अपने मित्र भैया राजा को छुड़ा कर ले गया। मेरे शागिर्द को इस क़ैद से छुड़ा कर उसने बेशक मुझ पर भी अहसान किया परन्तु तुम्हारे ऊपर मेरी शिकायत शुरू से बनी रही है। इस समय मैं दारोगा साहब का काम कर रहा हूँ इसीलिए तुम्हारे साथ भी दोस्ताना ही बर्त्ताव करना पड़ता है। लो पहिले तुम इस चिट्ठी को पढ़ो।

इतना कहकर भूतनाथ ने हरनामसिंह के हाथ-पैर खोल दिये और दारोगा साहब को लिखी हुई एक चिट्ठी उसके हाथ में दी जिसे उसने चिराग की रोशनी के सामने ले जाकर अच्छी तरह पढ़ा।

हरनामसिंह : इस चिट्ठी के पढ़ने से मुझे विश्वास हो गया कि तुम्हारा कहना ठीक है। नि:सन्देह दारोगा साहब ने बुरा धोखा खाया, परन्तु यदि तुम बराबर उसका साथ दोगे तो उन पर किसी तरह की आँच न आ सकेगी और यह तुम्हारे तथा उन दोनों ही के लिए सौभाग्य की बात होगी। इस समय जैपाल सिंह का पता लगाना बहुत ज़रूरी है, अस्तु अब हम तुम जल्द इस तहखाने के बाहर निकलो और मेरे साथ जैपाल की खोज में चलो। मुझे जैपाल का कुछ पता लग भी चुका है अस्तु रास्ते में सब बातें होती रहेंगी और उधर जो कुछ घटना हो चुकी है वह सब मैं तुमसे बयान करूँगा।

हरनामसिंह : मैं हर तरह से तुम्हारा साथ देने के लिए तैयार हूँ।

भूतनाथ : अच्छा तो आओ, मेरे पीछे चले आओ।

10

ऊपर लिखी घटना के दूसरे ही दिन जमानिया में बेढब कोहराम मच गया और सब तरफ़ उदासी छा जाने के साथ-ही-साथ सभों के चेहरे पर शोक के चिह्न दिखाई देने लगे। सबब इसका यह था कि रात को एकाएक राजरानी, यानी कुँवर गोपालसिंह की माता का देहाँत हो गया। आश्चर्य इस बात का था कि वे न कुछ बीमार थीं और न किसी कारण से किसी को उनके यकायक इस तरह मर जाने की आशंका थी।

बेचारी रानी साहेबा बहुत ही नेक, रहमदिल और धर्मात्मा थी। घर के लोग तो उन्हें जी-जान से चाहते और मुहब्बत करते ही थे, उनकी रिआया भी उन्हें माता ही के समान मानती थी, क्योंकि समय-समय पर उनकी तरफ़ से रिआया को अच्छी तरह मदद पहुँचा करती थी और यही सबब था कि उनके यकायक मर जाने का गम तमाम शहर में छा

गया था, यहाँ तक कि छोटे-छोटे लड़के और लड़कियों की भी सूरत उदास और आँखें नम दिखाई देती थी।

राजा साहब का दिल इस बात से एकदम टूट गया और कुँवर गोपालसिंह की उदासी का तो कहना ही क्या है, उनके लिए तो मानो आज उनके सुख का सौभाग्य का जहाज ही डूब गया।

जाहिर में यह एक मामूली घटना थी और इस विषय में विस्तार के साथ लिखने की कुछ ज़रूरत भी नहीं है, अगर लिखने की कोई बात है भी तो केवल इतनी ही कि कुँवर गोपालसिंह ने बड़े दु:ख के साथ उनकी क्रिया की, घर में और बाहर बहुत दिनों तक उदासी छाई रही, कुँवर गोपालसिंह बहुत दिनों तक अपने कमरे से बाहर निकले ही नहीं और राजा साहब ने भी दारोगा पर भरोसा करके राज्य के काम से एक तरह पर दिल ही खैंच लिया जिससे कुछ दिनों के लिए दारोगा का भाग्य उदय हो गया और उसे दौलत जमाकर लेने का अच्छा मौका हाथ लगा।

मातमपुर्सी के लिए बहुत-से लोग जमानिया आये और गये, उन्हीं में से एक भैया राजा भी थे, यद्यपि वे इस घर से बहुत दुखी होकर चले गये थे और पुन: आने की इच्छा नहीं थी, परन्तु इस मौके पर उन्होंने अपने भाई-भतीजे के पास आना बहुत ज़रूरी समझा और यही उनके लिए मुनासिब भी था, यद्यपि उनसे घर में रहने के लिए बहुत आग्रह किया गया मगर वे तीन दिन से ज़्यादे न रहे और पुन: अपने गुप्त स्थान की ओर चले गये। मातमपुर्सी के लिए अपने मालिक की तरफ़ से भूतनाथ को भी जमानिया जाना पड़ा और इन्द्रदेव भी गये और कई दिनों तक रहे मगर प्रभाकर सिंह जमानिया नहीं गये और न राजा साहब या कुँवर गोपालसिंह ही से मुलाकात की, यथा उनके और राजा साहब से किसी तरह की रिश्तेदारी भी थी।

आगे चल कर हमारे किस्से को कदाचित् इस घटना से कुछ संबंध पड़ जाय इसलिए हमने मुख्तसर में यहाँ पर इसका बयान कर दिया।

11

अब कुछ समय के लिए इन्द्रदेव की तिलिस्मी घाटी की तरफ़ चलते तथा अपने पाठकों को वहाँ की सैर कराते और दिखाते हैं कि वह वहाँ के रहने वाले इन्द्रदेव के नये मेहमान और रिश्तेदार लोग किस धुन में हैं और क्या कर रहे हैं।

पाठक महाशय भूले न होंगे कि उस तिलिस्मी घाटी में जमना, सरस्वती, इन्दुमति, प्रभाकर सिंह और दयाराम को हम लोग छोड़ आए हैं जो वहाँ बड़ी ही बेफिक्री और स्वतंत्रता के साथ रहकर उस मलामत को सुख के साबुन से धो रहे हैं जो कि बहुत दिनों तक मुसीबत झेलने और दुश्मनों के सताने से उनके दिलों पर बैठ गई थीं, परन्तु

अब देखना चाहिए कि वे लोग वहाँ बैठे क्या कर रहे हैं। अपने सुख के आगे दुनिया को बिलकुल ही भूल गए हैं या उस घाटी के बाहर भी कुछ फिक्र रखते हैं?

इन सभों को उस घाटी में रहते बहुत दिन बीत गये और इस बीच में इन्द्रदेव की तालीम और उनकी सच्ची मदद ने उनका दिल ही मज़बूत नहीं कर दिया बल्कि हिम्मत और उत्साह की दौलत से भी वे मालामाल हो रहे। ऐयारी का भरोसा हो जाने के अतिरिक्त इन्द्रदेव ने उन सभों की सूरत की कुछ ऐसी हिकमत से बदल दी कि सूरत के लिहाज से कई दिनों तक साथ रहने पर भी कोई उनको पहिचान नहीं सकता और न कोई ऐयार ही उनकी सूरत धोकर उसके पक्के रंग की सफाई कर सकता है, अर्थात् उनकी सूरत-शक्ल बल्कि तमाम बदन की हालत में ऐसा फर्क डाल दिया था कि अब अगर वे चाहें तो बिना कुछ ऐयारी ढंग किये ही हर तरफ़ घूम-फिर सकें और पहिचाने जाने का कुछ ख़ौफ़ न रहे।

यह सूरत की तब्दीली कुछ कच्चे ढंग की थी बल्कि पक्के तौर से थी जो कि मुद्दत तक बिना दवा की मदद के कायम रह सकती थी और जिससे ख़ूबसूरती और सुघड़ता में भी किसी तरह का फर्क नहीं आता था।

यद्यपि इन लोगों को इस घाटी से बाहर निकलने की कोई ख़ास ज़रूरत न थी परन्तु प्रभाकर सिंह का एक बड़ा ज़रूरी काम रुका हुआ था जिसका पूरा होना भैया राजा की मदद के भरोसे पर ही निर्भर था अर्थात् भैया राजा की मदद के वह काम हो ही नहीं सकता था और भैया राजा आजकल स्वयं संकट में पड़े हुए थे। उन्हें स्वयं दूसरे की मदद की ज़रूरत थी, अतएव प्रभाकर सिंह को उस घाटी से बाहर निकलने की ज़रूरत थी और दयाराम भी दिलोजान से उनकी मदद किया चाहते थे।

पाठकों को याद होगा और वे भूले न होंगे कि प्रभाकर सिंह को एक महात्मा बाबाजी ने इस बात का विश्वास दिलाया था कि ईश्वर की कृपा से तुम अपने माता-पिता से मिल जाओगे जिनके मिलने की प्रभाकर सिंह को कुछ भी आशा नहीं थी और जिन्हें वे पंचतत्व में मिल गया जानते थे। अस्तु इस समय प्रभाकर सिंह को यही धुन लगी हुई है कि किसी तरह भैया राजा के इष्ट की सिद्धि हो और उनकी मदद से उन्हें अपने माता-पिता के दर्शन हो।

सूर्य भगवान अस्त होने के लिए उतावली कर रहे हैं और अपनी लालिमा को अपने स्थान पर छोड़ जो की इच्छा करते हैं परन्तु नहीं, वह लालिमा जो संध्या होने के कुछ पहिले ही उनकी सेवा में उपस्थित हो जाती है उनका अनुकरण कर रही है और साथ नहीं छोड़ना चाहती। इस समय इन्द्रदेव की उस तिलिस्मी घाटी की कुछ विचित्र ही शोभा हो रही है। पहाड़ी की चोटी पर लालिमा की एक सुनहरी लकीर इस प्रकार की खिंच गई है मानो सूर्य भगवान ने इस काले पहाड़ को सोने का यज्ञोपवीत पहिरा दिया है जिसे देख चारों तरफ़ के गुलबूटे बहुत ही प्रसन्न हो रहे हैं और यही के रहने वाले

जमना, सरस्वती, इन्दुमति, दयाराम और प्रभाकर सिंह भी एक साफ-सुथरे स्थान पर बैठे उस अपूर्व शोभा को देख रहे हैं तथा कुछ बातें करते जाते हैं। बातें सुनने लायक हैं और इनसे कई भेदों का पता लग जाएगा।

प्रभाकर सिंह : भैया राजा मुझे विश्वास दिलाते हैं कि तुम अपने माता-पिता से अवश्य मिलोगे, मैं अपने काम से निश्चिन्त होकर उनका पता लगा दूँगा जो कि निःसन्देह दारोगा के कब्जे में हैं।

दयाराम : कोई बात मालूम हुई होगी तभी तो ऐसा कहते हैं, मुझे विश्वास नहीं होता कि वे किसी तरह पर झूठ बोलकर तुम्हारा दिल बहलावेंगे, वे ऐसे आदमी नहीं।

प्रभाकर सिंह : बेशक् मेरा भी यही ख़याल है, अस्तु किसी तरह उनकी स्त्री का पता लग जाय और वह दारोगा के कब्जे से निकाल ली जाय तब भैया राजा का दिल ठिकाने हो और वे हमारे लिए कुछ उद्योग करें।

दयाराम : आशा है कि यह काम बहुत जल्द हो जाएगा। काम तो परसों ही हो गया होता मगर कमबख़्त भूतनाथ ने हम लोगों से चिढ़कर और दारोगा से मिल कर सब मेहनत बर्बाद कर दी और भैया राजा के काम में बाधक बन बैठा, खैर कोई चिंता नहीं, अबकी दफ़े **(अपनी छाती ठोंककर)** मेघराज बिना कोई काम किए कदापि घर न आवेगा। कल सवेरे तुम भी तैयार होकर मेरे साथ चलो और देखो तो सही कि मैं क्या करता हूँ!

प्रभाकर सिंह : बेशक् मैं तुम्हारे साथ चलूँगा, भैया राजा बड़ी उत्कंठा के साथ हम लोगों का इंतज़ार करेंगे। भूतनाथ के इस तरह पर फिसल जाने का उन्हें बड़ा ही दुःख है, इसके अतिरिक्त आशा है कि उनके दोस्त नन्दराम ने दारोगा के किसी आदमी को ज़रूर गिरफ्तार कर लिया होगा और स्वयं उसकी सूरत बन कर कोई काम करते होंगे।

दयाराम : आशा तो मुझे भी ऐसी ही है क्योंकि उनकी मदद पूरे तौर पर कर दी गई थी।

प्रभाकर सिंह : इसके अतिरिक्त अब तो आपको उस तिलिस्म के अंदर घूमने की ताकत भी हो गई है जिसमें भैया राजा ने मेरी मदद की थी, अतएव आप वहाँ के कई स्थलों से घूमकर दारोगा के कैदियों को तलाश कर सकते हैं।

दयाराम : बेशक् तलाश कर सकता हूँ मगर दारोगा ऐसा उल्लू नहीं है जो अपने कैदियों को उस जगह में रखे जो तिलिस्म का बाहरी हिस्सा है और जहाँ हमारे-तुम्हारे ऐसे बहुत-से आदमी आ-जा सकते हैं। उसने अपने कैदियों के लिए ज़रूर कोई ख़ास जगह मुकर्रर की होगी और इसका सबूत इससे बढ़कर और क्या होगा कि मुझे ऐसे क़ैदी को भी उसने तिलिस्म में नहीं पहुँचाया और न निश्चिन्ती से कुछ दिन तक एक जगह रहने दिया, बराबर स्थान बदलता ही रहा, फिर भी जो कुछ हो मैं प्रतिज्ञा करता हूँ कि अबकी बिना कोई काम निकाले कभी घर लौट कर न आऊँगा।

प्रभाकर सिंह : ईश्वर तुम्हारी मदद करे। इन्द्रदेव जी ने तुम्हें सब लायक बना दिया और तुम जो चाहे कर सकते हो। जिस समय तुम मेघराज की सूरत में सज कर और तन कर खड़े हो जाते हो उस समय तुम्हारे ऊपर ऐसा रोआब छा जाता है कि यकायक दुश्मन निगाह भर कर तुम्हारी तरफ़ देख नहीं सकता। उस दिन तुम्हें देखकर भूतनाथ कैसा चक्कर में आया!

दयाराम : निःसन्देह मेरे चाचा (**इन्द्रदेव**) की मुझ पर बड़ी कृपा है और उनकी बदौलत आज मैं अपने दुश्मनों से अच्छी तरह बदला लेने लायक हो गया हूँ, परन्तु सब कुछ कर सकने पर भी कोई काम ऐसा न करूँगा जिसमें उनके बँधे हुए मार्ग में किसी तरह का काँटा पैदा हो। हर तरह से अपने को और चाचाजी के प्रण को बचाता हुआ मैं तुम्हारा और भैया राजा का काम करूँगा। भैया राजा के कथन पर मुझे भी विश्वास होता है, अब जो मैं अपने क़ैद के ज़माने को याद करता हुआ अपने साथी कैदियों की अवस्था सोचता हूँ तो निश्चय होता है कि मेरे साथ तुम्हारे माता-पिता भी अवश्य कमबख़्त दारोगा के यहाँ क़ैद थे।

प्रभाकर सिंह : (**आश्चर्य और उत्कंठा के साथ**) क्या तुमने अपने साथ और भी किसी क़ैदी को देखा था जिस पर कि आज इस तरह का शक तुम्हें होता है?

दयाराम : हाँ, बेशक् देखा था। अफ़सोस है कि मैं तुम्हारे माता-पिता को नहीं पहिचानता था और न ही वे मुझे पहिचान सके, नहीं तो मैं उनके विषय में बहुत कुछ तुमसे कहता।

प्रभाकर सिंह : तथापि उन कैदियों का हुलिया अथवा नख-शिख यदि कुछ बयान करोगे तो मैं उस पर गौर करूँगा।

दयाराम : मेरे साथ ही साथ दारोगा के यहाँ चार क़ैदी और थे जिसमें एक स्त्री और तीन मर्द थे, उन मर्दों में एक का चेहरा वृद्धावस्था होने पर भी बहुत ही सुन्दर और गंभीर तथा रोबीला था। क़ैद की सख़्तियाँ सहने पर भी उसकी हिम्मत ने उसका साथ नहीं छोड़ा था और जब कभी दारोगा का सामना होता तो वह उसे तुच्छ समझता था और उसकी धमकियों से उसका दिल नहीं टूटता था। उम्र उस आदमी की लगभग पैंसठ वर्ष की होगी। रंग यद्यपि गोरा था मगर मुद्दत तक अँधेरे क़ैदखाने में बंद रहने के कारण पीला पड़ गया था। लंबा कद और बदन की हड्डियाँ मज़बूत तथा मोटी मालूम पड़ती थी। बदन के लिहाज से सर उनका बहुत बड़ा था और बाल बारीक और घुँघराले थे। यद्यपि क़ैद की अवस्था में हजामत न बनने के कारण उखरने बाल बहुत बढ़ गये थे परन्तु उनमें ऐंठन इतना ज़्यादे थी कि कभी कंधे से नीचे लटकते हुए दिखाई न पड़े। बातचीत के समय बनिस्बत ऊपर के निचले दाँत ज़्यादे दिखाई देते थे और कुछ रुकता और हकलाता भी था। दाहिनी कनपटी में एक जख्म का निशान था जिसके बारे में उसने कहा था कि किसी समय में नेजे की चोट लगी है। 'हर हर' शब्द का उच्चारण वह

बहुत किया करता था और कभी-कभी यह भी कहता था कि 'हाय मन्नो पर न-मालूम क्या गुजरी होगी'! कई दफ़े पूछने पर भी उसने अपना परिचय न दिया और न ही यह बताया कि मन्नो उसका कौन था। यद्यपि हम क़ैदी लोग अलग रखे गये थे मगर एक दफ़े चार-पाँच महीने के लिए हम लोगों को एक साथ रहना पड़ा था इसलिए उसके विषय में आज मैं इतना कह सका। अब बताओ कि उस क़ैदी के विषय में तुम क्या ख़याल करते हो?

दयाराम की बातें सुनते-सुनते प्रभाकर सिंह का जी उमड़ आया और उनकी आँखें से आँसुओं की धारा बहने लगी। जब दयाराम की बात खतम हुई तब आखिरी जुमले के जवाब में प्रभाकर सिंह ने रूमाल से आँसू पोंछ कर कहा-

प्रभाकर सिंह : निःसन्देह वे मेरे पिता ही थे। कनपटी का दाग और 'मन्ना' शब्द का उच्चारण किसी तरह का शक रहने नहीं देता। उनका मन्नो नामी कमबख़्त बेटा मैं ही हूँ और मुझको वे हद से ज़्यादे प्यार करते थे। हाय, क्या मैं उनका दर्शन पा सकता हूँ! मैं उन्हें मरा हुआ समझता था इसलिए निश्चिन्त था, बेफिक्र था, मगर अब इस समय मेरे दिल की क्या अवस्था हो रही हे सो मेरे प्यारे भाई दयाराम, तुम खुद समझ सकते हो मैं क्या कहूँ।

दयाराम : (**बेचैनी से**) क्या तुम्हें विश्वास होता है कि वे ही तुम्हारे पिता होंगे?

प्रभाकर सिंह : इसमें किसी तरह का भी सन्देह मत समझो। अफ़सोस, इन्द्रदेव जी को ये बातें मालूम न हुईं! अगर हो जाती तो कदाचित् वे तुम्हारे साथ-ही-साथ उनको भी क़ैद से छुड़ा ही लाते।

दयाराम : बेशक् उन्हें ये बातें मालूम न होंगी मगर साथ ही इसके यह भी तो है कि इधर साल-भर से वे मुझसे अलग हो रहे हैं अर्थात् दारोगा ने उन्हें किसी दूसरी जगह ले जाकर रख दिया है तथा और क़ैदी लोग भी वहाँ नहीं थे जहाँ मैं था!

प्रभाकर सिंह : बेशक् इन्द्रदेव जी को भी मेरी तरह विश्वास था कि उनका देहाँत हो चुका है और भैया राजा की बातों पर भी मुझे पूरा विश्वास न था जो उनसे कुछ कहता। इस समय मुझसे और तुमसे जो कुछ बातें हुई हैं उन्हें जब इन्द्रदेव जी सुनेंगे तो उन्हें भी विश्वास हो जाएगा कि मेरे माता-पिता अभी तक जीते हैं और दारोगा की क़ैद में हैं।

दयाराम : बेशक् उन्हें भी विश्वास हो जाएगा और वे मदद करने के लिए तैयार हो जाएँगे। मेरा ख़याल है कि भैया राजा को पहिले से इस बात की ख़बर नहीं थी, इन्हीं दिनों में उन्हें भी इस मामले की कुछ आहट लगी है।

प्रभाकर सिंह : मैं भी ऐसा ही समझता हूँ।

दयाराम : अच्छा तो अब रात-भर में हम लोगों को हर तरह से तैयार हो जाना चाहिए, प्रातःकाल यहाँ से हम दोनों आदमी श्री गणेश जी का ध्यान करे विदा होंगे और

चाचाजी से सब हाल कह कर...देखो-देखो, चाचाजी तो स्वयं यहाँ चले आ रहे हैं। लक्षण अच्छे मालूम पड़ते हैं, हमारा काम ज़रूर सिद्ध होगा!

इन्द्रदेव को आते हुए देख सब कोई उठ खड़े हुए और इस्तकबाल के लिये उस तरफ़ बढ़े जिधर से वे आ रहे थे। पास पहुँचने पर सभों ने उन्हें दंड-प्रणाम किया और बातचीत करते हुए सब कोई धीरे-धीरे बँगले की तरफ़ रवाना हुए।

12

दोपहर की कड़ी धूप में भी भूतनाथ को चैन नहीं। देखिए किस तेज़ी के साथ सन्नाटे मैदान में सर पर कपड़ा रखे हुए चला जा रहा है। जमानिया को छः-सात कोस पीछे छोड़ आया है और दक्खिन झुकता हुआ पश्चिम की तरफ़ चला जा रहा है। सामने कोस-डेढ़ कोस की दूरी पर एक जंगल है जिसकी तरफ़ वह कभी-कभी सर उठाकर देख लेता है और पुनः सर झुका तेज़ी के साथ रवाना होता है।

जंगल के पास पहुँचकर उसने अपनी चाल धीमी कर दी और चौकन्ना हो कर इधर-उधर देखता हुआ जंगल के भीतर जाने लगा। एक कोस से ज़्यादा न गया होगा कि बहुत घने ओर भयानक जंगल में जा घूमता-फिरता ऐसे ठिकाने पर पहुँचा जहाँ पानी का एक सुन्दर चश्मा बह रहा था और किनारे पर बड़े-बड़े साखू और शीशम के पेड़ बहुतायत के साथ मौजूद थे जिनके नीचे पत्थर के बड़े-बड़े चट्टान थे जो इस समय पेड़ों की सूखी पत्तियों से प्रायः ढके-से दिखाई दे रहे थे।

चारों तरफ़ अच्छी निगाह दौड़ाने के बाद भूतनाथ एक पत्थर की चट्टान पर बैठ गया और सर झुकाकर कुछ सोचने तथा किसी के आने का इंतज़ार करने लगा। थोड़ी-थोड़ी देर में जब कभी पत्तों के खड़खड़ाने की आवाज़ उसके कान में पड़ती तो वह सिर उठाकर उस तरफ़ देख लेता और जब किसी पर निगाह न पड़ती तो फिर सिर झुकाकर सोचने लग जाता।

इसी तरह सर उठाकर देखते और सोचते हुए उसे डेढ़ घंटे से ज़्यादे बीत गया और तब घबड़ा कर इधर-उधर घूमने के लिए उठा और यह कहता हुआ सामने की तरफ़ बढ़ा, 'ओफ उसके आने में बड़ी देर हो गई। कदाचित् कोई विघ्न तो नहीं पड़ा'! इसी समय सामने से उसका एक शागिर्द आता हुआ दिखाई पड़ा जिसका चेहरा खून से रंगा हुआ था और कपड़े भी खून से तरबतर थे।

पास पहुँचने पर भूतनाथ ने ताज्जुब के साथ उसकी तरफ़ देखा और कहा, "पारस, यह क्या मामला है, तुम इस तरह पर जख्मी क्यों हो रहे हो?"

पारस : आपकी आज्ञानुसार हम तीनों आदमी जैपाल सिंह की गठरी बारी-बारी से पीठ पर लादे हुए इस तरफ़ आ रहे थे। जब यहाँ से सिर्फ़ एक कोस की दूरी पर रह गए तब एक सवार ने वहाँ पहुँचकर हम लोगों का मुकाबला किया जो बहुत ही बहादुर और

नौजवान जान पड़ता था तथा उसका घोड़ा भी बहुत ही अनमोल, ख़ूबसूरत और ताकतवर था। उसने हम लोगों से डपट कर पूछा, "तुम लोग कौन हो?" परन्तु हम लोगों ने उसे किसी तरह का साफ और सच्चा जवाब न दिया, इस पर उसने रंज होकर हम लोगों पर चाबुक का वार किया। मैंने जैपाल की गठरी ज़मीन पर रख दी और तीनों आदमी एक साथ उस पर टूट पड़े मगर उसका कुछ भी न बिगाड़ सके। उसने भी तलवार म्यान से निकाल ली और हम तीनों के हमले का अच्छी तरह जवाब दिया। हम तीनों उसके हाथ से जख्मी हुए मगर उसके करारेपन में कुछ भी फर्क न पड़ा, हम लोगों के सामने खड़ा रहा और अंत में बोला कि 'तुम लोग कौन हो इसे हम ख़ूब जानते हैं।' इतना कहकर वह घोड़े से नीचे उतरा और जैपाल की गठरी खोल कर उसने उसे अच्छी तरह देखा, तब अपनी जेब में से लखलखे की डिबिया निकालकर जैपाल को सुँघाया और जब वह होश में आया तो उसे कहा कि 'उठो और जल्दी से भाग जाओ। क्या तुम्हें मालूम नहीं है कि गदाधरसिंह ने तुम्हें क़ैद कर लिया और ये तीनों गदाधरसिंह के आदमी हैं जो तुम्हें कहीं लिए जा रहे हैं मैंने तुम्हें इस आफत से रिहाई दिलाई है, अब तुम जाकर दारोगा से कह दो कि गदाधरसिंह पर कदापि भरोसा न करे। उठो और जल्दी के साथ यहाँ से भागो'!

उस सवार की बातें सुनकर जैपाल चैतन्य हो गया और बड़े गौर से हम लोगों को देखकर सवार से बोला, "मैं ख़ूब अच्छी तरह से पहिचान गया, बेशक् ये लोग गदाधरसिंह के शागिर्द हैं, आपने मुझ पर बड़ी ही कृपा की कि इस आफत से मेरी जान बचाई। क्या आप अपना परिचय मुझको दे सकते हैं?" इसके जवाब में सवार ने कहा कि "हम अपना परिचय तुम्हें नहीं दे सकते हाँ, इस घोड़े पर अपने साथ सवार करा तुम्हें कुछ दूर तक पहुँचा तो सकते हैं जिससे ये लोग तुम्हारा पीछा करके तुम्हें पुनः गिरफ्तार न कर सकें।"

हम लोगों में इतनी हिम्मत न थी कि उठकर उस सवार का मुकाबला करते या उससे कुछ कहते। देखते-ही-देखते उस सवार ने जैपाल को अपने घोड़े पर बैठा लिया और एक तरफ़ का रास्ता लिया। घंटे भर बाद हम लोगों में उठने की ताकत हुई, मैं यहाँ आपके पास पहुँचा और मेरे साथी भी पीछे-पीछे आ रहे हैं।

पारस की बातें सुनकर भूतनाथ ने उदासी के साथ कहा, "यह बहुत ही बुरा हुआ! हम जैपाल के दिल में यह बात जमा दिया चाहते थे कि तुम्हें तुम्हारे एक दुश्मन मेघराज नामी ने गिरफ्तार कर लिया था और हमने उसके हाथ से तुम्हारी जान बचाई है, मगर अफ़सोस, तुम लोगों के लिए कुछ न हुआ।"

पारस : आखिर हम लोग करते ही क्या?

भूतनाथ : तुम लोग तीन ऐयार होकर एक आदमी का मुकाबला न कर सके तो अब क्या कहा जाय!

पारस : दुश्मन ही ऐसा जबर्दस्त था, अगर आपका उसका मुकाबला हो जाता तो आपको भी मालूम हो जाता कि उसका मुकाबला...

भूतनाथ : **(चिढ़कर)** अजी रहने भी दो। अगर मेरा उसका मुकाबला हो जाता तो उसे मज़ा भी चखा देता और तुम लोगों को भी दिखा देता कि ऐयारी और बहादुरी किसे कहते हैं।

पारस : शायद ऐसा ही हो। मगर आपकी बराबरी हम लोग क्योंकर कर सकते हैं। **(घबराहट के साथ सामने की तरफ़ देखता हुआ)** ईश्वर कुशल करे, लीजिए वह यहाँ भी आ पहुँचा! अब आप भी इसका मुकाबला करके अपने दिल का हौसला मिटा लीजिए।

भूतनाथ ने चौकन्ने होकर उस तरफ़ देखा जिधर पारस ने इशारा किया था। एक खुशरू नौजवान और बहादुर शहसवार पर उसकी निगाह पड़ी जिसका घोड़ा भी बहुत खूबसूरत और ताकतवर मालूम होता था और अठखेलियाँ करता हुआ भूतनाथ की तरफ़ बढ़ा आता था।

उस सवार की पोशाक अमीराना थी और कई तरह के हर्बों से वह अपने को सजाए हुए था। रंग गोरा, चेहरा साफ और सुडौल तथा बड़ी-बड़ी आँखों में हिम्मत और मर्दानगी की झलक पाई जाती थी। पर उसकी सिकुड़ी हुई चौड़ी पेशानी की मददगार चढ़ी भृकुटी की तरफ़ ध्यान देने से मालूम होता था कि इस समय वह बड़े ही क्रोध में है। यद्यपि ढाल-तलवार, खंजर, नेजा, कमान और तीर इत्यादि उसके पास सभी कुछ थे परन्तु हाथ में वह एक मज़बूत कोड़ा ही लिए था जिसकी सुनहरी डंडी पर नेहायत ही नफीस जड़ाऊ काम किया हुआ था और उसमें जड़े हुए कीमती हीरे दूर से ही अपनी चमक-दमक दिखा रहे थे।

देखते-ही-देखते वह सवार भूतनाथ के पास आकर खड़ा हो गया और मीठी परन्तु गंभीर आवाज़ में बोला, "तुम्हारे पास सिर्फ़ एक ही शागिर्द को देखता हूँ। बाकी के दो कहाँ गये जो मेरे हाथ में जख्मी हुए थे?"

भूतनाथ : **(बड़े क्रोध के साथ सवार की तरफ़ देखता हुआ)** यद्यपि तुम्हारे चेहरे पर नकाब नहीं है तथापि मैं तुम्हें पहिचान न सका। तुम कौन हो और मेरे साथ ऐसी बेअदबी करने का कारण क्या है?

सवार : यद्यपि तुम मुझे पहिचानते नहीं मगर मेरा और तुम्हारा कई दफ़े सामना हो चुका है! मेरी और तुम्हारी दुश्मनी पुरानी है, यद्यपि तुम मुझे नहीं पहिचानते मैं तुम्हारा पुराना खैरख्वाह मगर अब बदख्वाह हूँ, यद्यपि तुम मुझे नहीं पहिचानते मैंने तुम्हारा बहुत कुछ भला किया है और अब बुरा करने के लिए तैयार हूँ यद्यपि तुम मुझे नहीं पहिचानते तुम्हारी हर एक कार्रवाई को जानता हूँ, तुम्हारी नीयत को पहिचानता हूँ, तुम्हारी चालबाजियों का हाल रोज़ ही सुना और समझा करता हूँ यद्यपि तुम मुझे नहीं पहिचानते भैया राजा के साथ जिस तरह पर दारोगा से मिल कर तुमने दुश्मनी की और पुनः भैया राजा के कब्जे में फँसकर तथा उनकी कुदरत को जान कर उनके ताबेदार बने और सदैव ताबेदार बने रहने की कसम खाई, वह भी मुझसे छिपा हुआ नहीं है, और अब जो तुम

एक अदनी बात पर भैया राजा से चिढ़ गये और दारोगा को अंधा बनाकर उसे धोखा देते हुए अपना काम सिद्ध किया चाहते हो उसे भी मैं देख-सुन रहा हुए यद्यपि तुम मुझे नहीं पहिचानते मैंने ही तुम्हारे कब्जे से जैपाल को छुड़ाकर दारोगा के पास भेज दिया है और अब पुनः तुम्हारा सामना करने के लिए तैयार हूँ, यद्यपि...

भूतनाथ : (**झुँझलाकर**) मगर इन बातों से तुम्हें मतलब ही क्या? तुम कौन हो सो बताओ।

सवार : मैं वही हूँ जिसे तुम जानते हो मगर पहिचानते नहीं, मैं वही हूँ जिसने तुम्हारी वह बस दौलत छीन ली जो किसी महात्मा ने तुम्हें दी थी, मैं वही हूँ जिसने भोलासिंह बन कर तुम्हारी क़ैद से प्रभाकर सिंह को छुड़ाया, और मैं वही हूँ जिसके अधीन तुम्हारे वे सब शागिर्द काम कर रहे हैं जिनके साथ तुमने उस खोह में बड़ी ही बेइज्ज़ती का बर्त्ताव किया था। मगर अफ़सोस, मैं तुम्हें अभी अपना नाम नहीं बता सकता।

भूतनाथ : (**म्यान से तलवार खैंच कर**) खैर तो मालूम हो गया कि मेरे सबसे बड़े दुश्मन तुम हो और तुमसे मुझे ज़रूर बदला लेना चाहिए।

इतना कह कर भूतनाथ ने उस सवार पर तलवार से हमला किया जिसे उसने बड़ी ख़ूबी के साथ अपने चाबुक की डंडी पर रोका और तब उसी से भूतनाथ की गर्दन पर ऐसा हाथ मारा कि भूतनाथ का सिर घूम गया और वह बेचैन होकर ज़मीन पर बैठ गया। सवार ने ललकारा और कहा, "बस सिर्फ़ एक ही चाबुक मैं तुम्हारा यह हाल है! मैं तुमसे लड़ने और तुम्हारा हौसला देखने के लिए आया हूँ। तुम्हारी बहादुरी की बड़ी तारीफ़ सुनता था, मगर अब जो देखता हूँ तो मालूम होता है कि तुम्हारे लिए मुझे तलवार या खंजर निकालने की ज़रूरत न पड़ेगी और सिर्फ़ इस चाबुक ही से अच्छी तरह तुम्हारा मुकाबला कर सकूँगा!"

भूतनाथ फिर संभल कर उठ खड़ा हुआ और बोला, "खैर यह इत्तिफाक की बात थी कि तुम्हारी एक जरा-सी लकड़ी से मैं चोट खा गया, आओ मैं अब अच्छी तरह तुमसे मुकाबला करने के लिए तैयार हूँ।"

सवार : मगर गदाधरसिंह, तुम इस बात का भी ख़याल कर लेना कि इस समय मेरे पास यह तलवार भी मौजूद है जो तुमने धोखा देकर प्रभाकर सिंह की कमर से निकाल ली थी और जिसे तुम्हारे एक शागिर्द ने तुम्हें उल्लू बनाकर तुम्हारे कब्जे से ले लिया था। (**तलवार निकालकर और दिखाकर**) देखो यह वही तलवार है और इसके जोड़ की यह अँगूठी। मगर संभव है कि तुम्हारे लिए इसे काम में लाने की ज़रूरत न पड़े। लो उस तरफ़ देखो, तुम्हारे वे दोनों शागिर्द भी वहाँ आ पहुँचे जो मेरे हाथ से जख्मी हुए थे।

सवार की बातें सुन कर और उस अजीब तलवार की सूरत देखकर भूतनाथ का कलेजा काँप उठा और वह घबड़ाकर उस सवार का मुँह देखने लगा। सवार ने पुनः

भूतनाथ से कहा, "तुम्हारा वह शागिर्द भी मेरे साथ है जिसने यह तलवार ले ली थी और जो चन्द्रशेखर के नाम से तुम्हारी ख़बर लिया करता है।"

भूतनाथ : मेरे साथ तुम्हारे दुश्मनी करने का सबब क्या है?

सवार : यही कि मैं भैया राजा और प्रभाकर सिंह का दोस्त हूँ।

भूतनाथ : क्या तुम्हें यह नहीं मालूम है कि भैया राजा और प्रभाकर सिंह से अच्छा बर्त्ताव रखने के लिए मैं कसम खा चुका हूँ और भैया राजा से प्रतिज्ञा कर चुका हूँ कि अब कदापि आप लोगों के साथ बुरा बर्त्ताव न करूँगा।

सवार : हाँ मालूम है, मगर अब जो तुम्हारी नीयत पुनः खराब हो गई है क्या किया जाय?

भूतनाथ : मेरी नीयत कुछ खराब नहीं है। आपको कोई भी बात ऐसी मालूम नहीं होगी जो कि इन दिनों में उन लोगों को नुकसान पहुँचाने के ख़याल से की हो।

सवार : उस दिन मेघराज का परिचय न पाने के कारण जो तुम भैया राजा से रूठकर और तन करके चले ये क्या वह मामूली बात थी! उसके बाद तुम जाकर दारोगा के दोस्त बन बैठे और हरनामसिंह को क़ैद से छुड़ाने के बाद जैपाल को जिसे तुमने खुद गिरफ्तार किया था दोस्त बना दारोगा के पास ले चले थे, वह क्या ध्यान देने योग्य नहीं है?

भूतनाथ : मगर तुम नहीं समझ सकते कि ये सब काम मैं किस नीयत से कर रहा हूँ।

सवार : मैं ख़ूब जानता हूँ। तुम्हारी नीयत का हाल किसी से छिपा हुआ नहीं है। लालच, बदनीयती और बेईमानी तो मानो तुम्हारे ही लिए बनाई गई है। अब हम लोग तुम्हारे धोखे में कभी नहीं आ सकते।

भूतनाथ : खैर जब तुम्हारी ऐसी ही समझ है तो तुम्हारे साथ बहस करने की कोई ज़रूरत नहीं।

भूतनाथ ने इतना कहने को तो कह दिया मगर वास्तव में वह बहुत ही डरा हुआ था और आश्चर्य के साथ सोच रहा था कि यह सवार कौन है और मेरे भेद की बातें इसे कैसे मालूम हुई तथा अब देखना चाहिए कि यह मेरे साथ कैसा बर्त्ताव करता है।

इतने में भूतनाथ की निगाह मैदान की तरफ़ जा पड़ी और उसने दो नकाबपोश सवारों को अपनी तरफ़ आते देखा। उसे विश्वास हो गया कि वे दोनों नकाबपोश सवार भी ज़रूर इस सवार के साथी और मददगार ही होंगे। भूतनाथ को उत्कंठा के साथ मैदान की तरफ़ देखते पा उस सवार ने भी घूमकर देखा और कहा, "लो गदाधरसिंह, मेरे दोनों साथी भी यहाँ आ पहुँचे, अब तो तुम्हारी हिम्मत बिलकुल ही टूट गई होगी!"

भूतनाथ : अगर ईमानदारी और धर्म का मार्ग छोड़ा न जाय तो मेरी हिम्मत कभी टूट नहीं सकती।

सवार : इसका क्या मतलब? ईमानदारी और धर्म की क्या बात है?

भूतनाथ : इसका मतलब यह है कि अगर मुकाबिले की लड़ाई की जाय, एक पर दो टूट न पड़े। पैदल के मुकाबले में सवार न लड़े और मामूली हर्बे के मुकाबले में तिलिस्मी हर्बा न बर्त्ताव जाय-तो मेरी हिम्मत कभी नहीं टूट सकती, यों तो आप तीनों सवारों के मुकाबले में मैं अभी से हार मानता हूँ, हर्बा छोड़े देता हूँ और आपका हुक्म मानने के लिए तैयार हूँ परन्तु यदि आपको बहादुरी का घमंड है और मेरी बहादुरी भी देखना चाहते हैं तो उन दोनों सवारों को दूर खड़ा कीजिए, तिलिस्मी तलवार कमर में रखिए और घोड़े से नीचे उतर कर मुकाबिले मैं आइए।

सवार : बेशक् मैं ऐसा ही करूँगा।

इतने ही में वे दोनों सवार भी वहाँ आ पहुँचे। पहिले सवार ने उनसे अपनी ख़ास भाषा में जिसे भूतनाथ समझ न सका कुछ कहा जिसे सुनते ही वह दोनों कुछ दूर हट कर खड़े हो गये और तब पहिला सवार तिलिस्मी तलवार कमर में रख कर घोड़े से नीचे उतर पड़ा और खंजर हाथ में लेकर भूतनाथ के सामने आया।

भूतनाथ : हाँ, अब आप मेरे हौंसले को देख सकते हैं।

सवार : खैर वार करो, मैं जवाब देने के लिए तैयार हूँ।

भूतनाथ और सवार में लड़ाई होने लगी। यद्यपि वह सवार बहादुर और लड़ाका था परन्तु भूतनाथ ने भी उसका ख़ूब ही मुकाबिला किया। पूरे घंटे-भर तक लड़ाई हुई मगर कोई किसी को परास्त न कर सका, दोनों बहादुर कुछ-कुछ जख्मी ज़रूर हुए मगर हताश न हुए।

लड़ते और पैंतरा बदलते हुए भूतनाथ ने कई चक्कर काटे और मौका देखता हुआ सवार के घोड़े के पास जा पहुँचा जो बिना बँधे हुए चुपचाप खड़ा अपने टापों से ज़मीन खोद रहा था। फुर्ती के साथ छलाँग मार कर भूतनाथ उस घोड़े पर सवार हो गया और एक तरफ़ से भाग निकला।

यह सवार जो भूतनाथ से लड़ रहा था पैदल होने के कारण भूतनाथ का पीछा न कर सका मगर उसके दोनों दोस्त नकाबपोश सवारों ने फौरन बड़ी तेज़ी के साथ भूतनाथ का पीछा किया।

वह घोड़ा बहुत ही उम्दा था जिस पर सवार होकर भूतनाथ भाग निकला था परन्तु इन दोनों नकाबपोशों के घोड़े भी उससे कम न थे इसलिए बराबर भूतनाथ का पीछा किये चले गये, यद्यपि उसके पास नहीं पहुँच सके परन्तु उसके और अपने बीच में फासला भी न बढ़ने दिया। जब नकाबपोशों ने देखा कि भूतनाथ हम लोगों को अपने

पास पहुँचने नहीं देता और सोचा कि अगर इसी तरह हम लोग पीछा किये चले जाएँगे तो तीनों घोड़े बेकार हो जाएँगे, और अपने साथी से भी **(जो भूतनाथ से लड़ा था)** बहुत दूर निकल जाएँगे, लौट कर पुनः उसके पास पहुँचना कठिन हो जायेगा, तब उन दोनों में से एक ने घोड़े की लगाम तो काठी के साथ अड़ा दी और तीर-कमान निकाल कर वार करने के लिए तैयार हो गया। यह देखकर दूसरे नकाबपोश ने आवाज़ दी और कहा, "देखना मेघराज, गदाधरसिंह पर तीर मत चलाना।" इसके जवाब में मेघराज ने कहा, "नहीं, गदाधरसिंह को नहीं मारूँगा बल्कि घोड़े को कुछ जख्मी करूँगा, यद्यपि वह अपना ही घोड़ा है मगर लाचारी है!" इतना कह कर मेघराज ने तीर चलाया जो कि भूतनाथ के घोड़े के पिछले पैर में लगा और जख्मी हो जाने के कारण उसकी चाल भी धीमी पड़ गई।

कुछ ही मौका मिलना इन दोनों पीछा करने वालों के लिए काफी था। बात-ही-बात में ये दोनों भूतनाथ के पास जा पहुँचे और उसको ललकारा। जब भूतनाथ ने देखा कि अब भागना व्यर्थ है और घोड़ा भी जिस पर वह सवार था बेकार हो गया और तब वह खड़ा हो गया और न-मालूम क्या-क्या सोचता हुआ उन दोनों सवारों की तरफ़ देखने लगा।

मेघराज : क्यों जी गदाधरसिंह, तुम तो अपने को बहादुर कहते थे और एक-पर-एक लड़ने के लिए ललकारते थे, इस तरह धोखा देकर भागने की क्या ज़रूरत थी?

भूतनाथ : जब मैंने देखा कि तुम तीनों आदमी नाहक मेरे पीछे पड़े हुए हो और इंसाफ पर कुछ भी ध्यान नहीं देते तब मुझे यही रास्ता अच्छा मालूम हुआ।

मेघराज : ईश्वर को धन्यवाद दो कि हम तीनों आदमी तुम्हारे दोस्त हैं, अगर इस समय हमारे बदले कोई तुम्हारा दुश्मन होता तो जान से तुम्हें मारे बिना न रहता।

भूतनाथ : **(हँसकर)** क्या अच्छे दोस्तों से सामना पड़ा है! यद्यपि मेरा दिल भी यही गवाही देता है कि आप लोग मेरे दुश्मन नहीं हैं परन्तु उस दोस्ती की बलिहारी है कि नाहक मेरे बने-बनाये काम को आप लोगों ने बिगाड़ दिया और बहादुर भैया राजा के पुनः कुछ दिनों तक संकट में पड़े रहने का सामान कर दिया।

मेघराज : सो क्योंकर? कौन-सा तुम्हारा काम हम लोगों ने बिगाड़ दिया?

भूतनाथ : यही कि जैपाल को मेरे कब्जे से बाहर कर दिया जिसकी बदौलत मैं आज ही किसी समय भैया राजा की स्त्री को दारोगा के पंजे से रिहाई दिलाने वाला था।

मेघराज : मगर हम लोगों को कैसे विश्वास हो सकता है कि जो कुछ तुम कह रहे हो वह सच है और तुम हम लोगों को धोखे में नहीं डाला चाहते।

भूतनाथ : अब आप लोगों को विश्वास हो, या न हो हमारा काम तो बिगड़ ही गया।

मेघराज : ऐसा तुम नहीं कह सकते, क्योंकि यद्यपि हमारे दोस्त ने जैपाल को तुम्हारे कब्जे से बाहर निकाल दिया मगर अपने कब्जे से बाहर नहीं निकाला।

भूतनाथ : (**आश्चर्य और कुछ भरोसे के साथ**) क्या वास्तव में जैपाल अभी आप लोगों के कब्जे में है?

मेघराज : बेशक्!

भूतनाथ : तब आप लोग अपना ठीक-ठीक परिचय मुझे क्यों नहीं देती कि मैं भी अपना खुलासा हाल आप लोगों से बयान करूँ? जैपाल का आपके कब्जे में बने रहना मेरे लिए खुशी की बात होगी यदि आप लोग वास्तव में मेरे विपक्षी न होंगे।

इतना सुनकर मेघराज के साथी ने भूतनाथ से कहा, "और कोई चाहे अपना परिचय तुम्हें दे या न दे परन्तु मैं अपना परिचय तुम्हें ज़रूर दूँगा। यद्यपि तुम बड़े बेमौके मुझसे रूठकर भाग गये और मेरे बने-बनाये काम में बाधा डाल कर तुमने मेरा मन मैला कर दिया तथापि मैं इसी समय अपना परिचय देता हूँ!"

इतना कह कर उस सवार ने जो वास्तव में भैया राजा थे, अपने चेहरे पर से तिलिस्मी झिल्ली उतार दी और भूतनाथ से कहा-"देखो और पहिचानो कि मैं कौन हूँ!"

भैया राजा को पहिचान कर भूतनाथ हँसा और झुककर सलाम करने के बाद बोला, "बस सिर्फ़ एक मौके पर रूठकर मेरे चले जाने से आपका दिल इतना बदल गया! अच्छा अब इसके पहिले कि मैं आपसे कोई मौके की बात कहूँ आप अपना निशान भी दीजिए, सिर्फ़ इस झिल्ली के उतर जाने से मेरा संतोष नहीं होता।"

भैया राजा : क्या अब मैं शंखध्वनि करूँ?

भूतनाथ : नहीं, कोई ज़रूरत नहीं, मुझे विश्वास हो गया। अब यह बताइए कि ये आपके साथी साहब कौन हैं?

भैया राजा : इन्हीं का परिचय न पाने से तुम रूठ गये थे, और इस समय भी तुम इनका परिचय नहीं पा सकते।

भैया राजा की यह आखिरी बात सुनकर भूतनाथ बड़ा ही क्रोधित हुआ परन्तु अपने दिल के इस भाव को भी उसने ख़ूब दबाया और कहा, "खैर इनका परिचय पाने की मुझे ज़रूरत भी नहीं, अब मैं इनके बारे में कभी कुछ न पूछेगा, हाँ उन साहब के बारे में आप कुछ कहिएगा जिनसे लड़ता हुआ मैं भाग आया हूँ?"

भैया राजा : नहीं, उनके बारे में भी में कुछ नहीं कह सकता जब तक कि वे खुद अपना परिचय देने के लिए तैयार न हो जाएँ।

भूतनाथ : खैर उन्हें भी जाने दीजिए और यह बताइए कि मेरे साथ अब आप कैसा सलूक किया चाहते हैं?

भैया राजा : इसका जवाब देना तब तक मुश्किल है जब तक तुम्हारी नीयत का ठीक-ठीक हाल न मालूम हो जाय। सच तो यह है कि मैं अभी तक तुम पर भरोसा

करता हूँ और तुम्हारी कसमों पर विश्वास रखता हूँ मगर तुम्हारी करतूतों को देखकर मुझे लोगों के सामने शर्मिन्दा होना पड़ता है। लोग यही कहते हैं कि "तुम्हारा गदाधरसिंह पर भरोसा करना परले सिरे की बेवकूफी है, तुम उसके हाथ से ज़रूर सताए जाओगे और धोखा उठाओगे।"

भूतनाथ : बेशक् लोग आपसे ऐसा कहते हों और मैं अपने ऊपर ध्यान देता हूँ तो यही निश्चय होता है कि जो कुछ मैं कर रहा हूँ वह मेरी नादानी और बेवकूफी है। बैठे-बैठाए नाहक जी तोड़ कर मेहनत करना और उसके बदले में बदनामी उठाना बस इसके सिवाय और कुछ भी नहीं होता। मेरे सिर पर जो पाप का टोकरा लदा हुआ है उसका बोझ दिनों-दिन बढ़ता ही जाता है। दोस्तों के दिल में मैल बैठती जाती है और दुश्मनों की गिनती तरक्की कर रही है। जिसके साथ नेकी करो वही बदी करने के लिए तैयार हो जाता है, जिसकी खिदमत करो वही नालायक बनाता है और जिसका साथ करो वही घृणा करता है। ऐसी अवस्था में मैं यह नहीं समझता कि मेरे लिए अब क्या कर्तव्य है। यदि मैं सब झंझटों को छोड़कर अपने घर बैठता हूँ तो लोग आराम से बैठने भी नहीं देते। इसके अतिरिक्त पेशा ऐयारी का भी ऐसा खराब है कि बिना मालिक का या अपना काम किए चुपचाप बैठ ही नहीं सकता और जब काम करने के लिए निकलूँगा तो किसी से दोस्ती और किसी से दुश्मनी ज़रूर ही पैदा होगी। अस्तु क्योंकर कह सकता हूँ कि मेरी ज़िंदगी किसी तरह आराम से बीत सकती है। आप ही देखिए कि आपके लिए मैं कितनी मेहनत कर रहा हूँ और मेहनत का अच्छा फल भी पा चुका हूँ मगर इस समय आप ही को मेरी बातों पर विश्वास नहीं होता और मेरी सच्चाई का आप सबूत खोजते हैं जिसका मुझे बड़ा ही दुःख है। मैं खूब समझता हूँ कि जिस तरह आप मेरी बातों पर विश्वास नहीं करते उसी तरह मेरी कसमों पर भी विश्वास न करेंगे परन्तु कोई चिंता नहीं, मैं बहुत अच्छा सबूत देकर आपको अपनी बातों पर विश्वास दिलाऊँगा और फिर इसके बाद ही से दुनिया कि सब मामलों से हाथ धो बैठूँगा। आज से आप गदाधरसिंह को किसी काम में हाथ डालते न देखेंगे। अच्छा आप लोग घोड़ों के नीचे उतरें और मैं जो कुछ अपनी सफाई का सबूत दिखाता हूँ उसे देखें।

भैया राजा : **(मुस्कराते हुए)** इस समय तो तुम बड़े ज्ञानी मालूम पड़ते हो! ईश्वर करे तुम्हारा यह तान बराबर बना रहे और तुम्हारे सिर पाप का बोझ बढ़ने न पावे। अगर इस समय तुमने कोई वाजिब सबूत देकर अपने को सच्चा साबित कर दिया तो बेशक् मैं तुमको अपना दोस्त मानूँगा और तुम्हारी तरफ़ से जो कुछ मैल मेरे दिल में बैठ गई उसे साफ कर दूँगा।

इतना कहकर भैया राजा घोड़े से नीचे उतर पड़े। भूतनाथ और मेघराज भी घोड़े से नीचे उतरे और तीनों आदमी घोड़ों का उचित प्रबंध करने के बाद एक साएदार पेड़ के नीचे बैठ कर पुनः बातचीत करने लगे।

भूतनाथ : बेशक् मैं अपनी सच्चाई के लिए जो कुछ सबूत दूँगा उसे आप किसी तरह भी रद्द न कर सकेंगे। आप लोगों के ख़याल से मैं दारोगा का दोस्त बना हूँ, यह

सही है मगर मेरे दिए सबूत को देखकर आपका यह ख़याल भी बदल जाएगा और आपको विश्वास भी हो जाएगा कि जो कुछ मैं कर रहा हूँ वह केवल आपकी स्त्री को उस दुष्ट के पंजे से छुड़ाने के लिए, बस अब मेरे लिए इस दुनिया में इतना ही काम बाकी है। फिर मैं किसी का मुँह न देखूँगा और न मेरा ही मुँह कोई देख सकेगा। सबूत ढूँढ़ने के लिए भी मुझे कहीं दूर जाने की ज़रूरत नहीं है, सब इसी जगह मेरे बटुए के अंदर मौजूद है। इतना कहकर भूतनाथ अपने ऐयारी के बटुए को खोल कर उसकी हर एक चीज़ देखने, जाँचने और इधर-उधर करने लगा, साथ-ही-साथ बात भी करता जाता था।

भूतनाथ : सबसे पहिले मुझे इस बात का बंदोबस्त करना है कि आपका शक दूर करने के बाद फिर मुझे कोई काम न करना पड़े। **(अपने बटुए में से कोई दवा निकाल कर और अपने मुँह में रखकर)** मेरे और दारोगा के बीच जो एकरारनामा हुआ है वह इसी बटुए में मौजूद है। जैपाल ने आपकी स्त्री का पता जिस चिट्ठी में लिखकर मेरे पास भेजा था वह भी इस बटुए के अंदर है और उस अजायबघर में जिसमें आपकी स्त्री क़ैद कर मुझे किस तरह पहुँचकर उसे छुड़ाना चाहिए यह भी एक काग़ज़ पर लिखा हुआ इसी बटुए में रखा है जिसे आप स्वयं निकाल कर देख सकते हैं।

इतना कहते हुए भूतनाथ ने दवा की एक शीशी जिसमें किसी तरह का अर्क भरा हुआ था जो उसी बटुए में थी, खोल कर उसकी दवा उसी बटुए के अंदर लुढ़का दी और इसके बाद एक चिट्ठी निकालकर भैया राजा के हाथ में देते हुए कहा, "लीजिए, इस चिट्ठी को पढ़िए, आप तो दारोगा के अक्षर अच्छी तरह पहिचानते हैं, देखिए उसी के हाथ का लिखा हुआ है या नहीं?"

भैया राज़ा : **(चिट्ठी देखकर)** बेशक यह उसी कमबख़्त के हाथ का लिखा हुआ है।

इतना कह कर भैया राजा ने वह चिट्ठी पढ़ी, यह लिखा हुआ था-

"मेरे प्यारे गदाधरसिंह,

देखो, मैं तुम्हारी बात नहीं टालता, मगर तुम्हें भी हमारी इज़्ज़त का ख़याल रखना चाहिए! परसों शाम को तुम मुझसे मिलो, मैं भैया राजा की स्त्री को तुम्हारे हवाले कर दूँगा, मगर ख़ूब होशियार! शिकार खराब न जाय।

वही-दा"

भैया राजा : यह चिट्ठी तुम्हें कब मिली थी?

भूतनाथ : परसों।

भैया राजा : तो आज तुम उसे लेने के लिए दारोगा के पास जाओगे?

भूतनाथ : हाँ, मैं ज़रूर जाने वाला था।

भैया राजा : तो अब क्या हुआ?

भूतनाथ : अब तो जो होना था हो गया। आपने देखा नहीं कि मैंने इस बटुए में से एक दवा निकाल कर खा ली है। वह ज़हर कातिल है जो कि मेरा प्राण लिये बिना कभी न रहेगा। एक दवा और इसी बटुए में थी जिससे उस ज़हर का असर दूर हो सकता था, मैंने वह दवा इसी बटुए में उँड़ेल कर बर्बाद कर दी, इस ख़याल से कि कहीं आप लोग ज़हर उतारने के लिए मुझे जबर्दस्ती कर दी, इस ख़याल से कि कहीं आप लोग ज़हर उतारने के लिए मुझे जबर्दस्ती वह दवा पिला न दें क्योंकि मैं अब इस दुनिया में रहना नहीं चाहता। **(बटुए में से खाली शीशी निकाल और भैया राजा को दिखाकर)** देखिए यह शीशी खाली हो गई। इस पर लिखा हुआ है, "यह दवा सब तरह के ज़हरों को दूर करती है।" अब यह दवा भी इस दुनिया से उठ गई, सिर्फ़ इसकी गमक थोड़ी देर के लिए रहेगी। इसी बटुए में और भी कई चिट्ठियाँ हैं।

भैया राजा : **(बात काटकर)** भला यह दवा तुमने बटुए के अंदर क्यों उँड़ेल दी?

भूतनाथ : अगर मैं बाहर फेंकता तो शायद आप लोग मेरा हाथ पकड़ लेते और शीशी में कुछ दवा बची रहती तो ताज्जुब नहीं कि आप लोग मुझे बचा लेते। जो हो अब मैं जीते रहना नहीं चाहता...

भैया राजा : गदाधरसिंह, यह तुमने बहुत बुरा किया कि...

भूतनाथ : खैर बुरा तो जो कुछ होना था हो गया। **(भयानक चेहरा बना कर)** ओफ! अब मुझे तकलीफ़ हो रही है। मेरी थोड़ी बातें और सुन लीजिए, शायद थोड़ी देर बाद मैं कुछ भी न बोल सकूँ। मेरे इस बटुए में बहुत-सी चिट्ठियाँ हैं जो दारोगा और जैपाल के हाथ की लिखी हुई हैं। कोई खुली हैं, कोई डिबिया में है, कोई कपड़े में बँधी हुई है, जिनके देखने से आपको मालूम हो जाएगा कि मैंने दारोगा के साथ मिलकर आपका नुकसान किया था या...ओफ! अब मेरा हाथ नहीं चलता, आप लोग स्वयं इस बटुए में...आह! इतना कहकर भूतनाथ चुप हो गया और सर पर हाथ रख कर आँखें बंद कर लीं परन्तु यह अवस्था भी उसकी ज़्यादे देर तक न रही और कुछ ही देर में वह ज़मीन पर लेट कर लंबी साँसें लेने लगा।

मेघराज **(जो वास्तव में दयाराम थे)** और भैया राजा को उसकी इस अवस्था पर बहुत दुःख हुआ और दोनों आदमी इस ख़याल से उनके बटुए की तलाशी लेने लगे कि शायद कोई चीज़ ऐसी निकल आए जिससे गदाधरसिंह की हालत कुछ सुधर जाय। थोड़ी देर बाद उन्होंने गौर किया तो मालूम हुआ कि गदाधरसिंह बिलकुल ही बेहोश है, ताज्जुब नहीं कि थोड़ी ही देर में उसका दम निकल जाय।

यह सब कुछ तो हुआ मगर मेघराज और भैया राजा की अवस्था भी अच्छी न रही। भूतनाथ ने जो दवा बटुए के अंदर उँड़ेल दी थी उसकी तेज़ महक ने इन दोनों का दिमाग फिरा दिया और भूतनाथ के बटुए की तलाश लेते-लेते ये दोनों भी बेहोश होकर ज़मीन पर लेट गये। उस समय भूतनाथ मुस्कराता हुआ उठ बैठा और खड़े होकर मूँछों

पर ताव देता हुआ बोला, "वह मारा! कैसा छकाया है बच्चा जी को, अपने को बड़ा होशियार मानते थे।"

13

बेशक् भूतनाथ ने मेघराज और भैया राजा को बुरा धोखा दिया। उसे इस बात की प्रबल इच्छा थी कि किसी तरह मेघराज और उसके साथी का परिचय मिले परन्तु यह बात इस समय भी असंभव जान पड़ती थी।

भूतनाथ ने पहिले चाहा कि भैया राजा के चेहरे पर से झिल्ली ले ले परन्तु फिर यह सोचकर छोड़ दिया कि ऐसी झिल्ली तो मेरे पास मौजूद ही है, फिर भैया राजा से बुराई लेने की ज़रूरत ही क्या है। अस्तु वह भैया राजा को छोड़ कर मेघराज की तरफ़ झपका और चाहा कि किसी तरह उन्हें पहिचाने परन्तु इस बात का विश्वास हो जाने पर कि उनके चेहरे पर तिलिस्मी झिल्ली नहीं है वह रूका और इधर-उधर देखकर धीरे से बोला, "यहाँ तो नज़दीक में कोई कुआँ भी नहीं है कि मैं जल भर कर लाऊँ और इसका चेहरा धोकर पहिचानने का उद्योग करूँ। खैर जाने दो। इन दोनों को यहीं पड़ा रहने दो और पहिले उस दुष्ट पर कब्जा करो जो मुझे नीचा दिखा चुका है और जिसे अपने साथियों के साथ छोड़ कर मैं यहाँ भाग आया हूँ। ये दोनों अभी कई घंटे तक होश में न आवेंगे और न यहाँ कोई मुसाफ़िर ही पहुँचकर दोनों की मदद कर सकेगा।"

भूतनाथ ने अपने बटुए में से आग पैदा करने वाला सामान निकाला और सूखे पत्ते बटोर कर आग सुलगाने के बाद उस पर अपने ऐयारी के बटुए को सेंक कर सुखाया तथा उस बेहोशी वाली दवा के असर को दूर किया और उस बटुए का सामान भी जो बहुत छितर-बितर हो गया था अपने कायदे के साथ ठीक करके पुनः सोचने लगा कि क्या करना चाहिए। एक दफ़े उसका ध्यान पुनः अपने शागिर्दों और उस दुश्मन की हरफ गया जिससे लड़ता हुआ हारकर वह इस तरफ़ भाग आया था और वह उस पर कब्जा करने का ढंग सोचने लगा मगर फिर विचार किया कि कदाचित् इस समय वह मेरे ढंग पर न चढ़ा या पुनः मुझ ही को नीचा देखना पड़ा तो इधर की मेहनत बिलकुल बर्बाद हो जाएगी और मेघराज पर भी पुनः कब्जा करना कठिन ही नहीं बल्कि असंभव हो जाएगा मुझे इस बात का पता लगाना बहुत ही ज़रूरी है कि यह मेघराज वास्तव में कौन है और भैया राजा से इसका क्या संबंध है। साथ ही इसके भैया राजा को भी मैं किसी तरह का नुकसान नहीं पहुँचाना चाहता, मेघराज को पहिचान लेने के बाद मैं भैया राजा से माफ़ी माँग लूँगा और यदि वे माफ़ी न देंगे तो मैं उनकी खिदमत करके उन्हें खुश कर लूँगा। मगर क्या मेरे शागिर्द उस जगह फँसे ही रह जाएँगे और वह दुश्मन इस समय मेरे कब्जे में न आवेगा? मेरे पास और भी कई तरह की दवाइयाँ हैं जिनसे मैं इन दोनों को कई दिनों तक बेहोश रख सकता हूँ। तो इनकी बेहोशी बढ़ाकर और इन्हें इसी जगह छोड़ कर उस दुश्मन की तरफ़ मेरा इस समय जाना उचित होगा? नहीं, अब दिन बहुत कम

रह गया है, थोड़ी ही देर में अंधकार अपना दखल जमा लेगा, इतने थोड़े समय में ही वह काम नहीं हो सकता, इन दोनों को भी इस जगह पड़े रहने देना ठीक न होगा अस्तु भैया राजा को तो उनकी बेहोशी कम करके इसी जगह छोड़ दिया जाय जिसमें घंटे-भर के अंदर ही वे होश में आकर जहाँ जो चाहे चले जाए और इस मेघराज को घोड़े पर लाद कर अपने अड्डे पर ले चलें, फिर जो कुछ होगा देखा जाएगा।

इसी तरह की बातें कुछ देर तक भूतनाथ सोचता रहा, अंत में वह मेघराज के पास गया और गैर से उनकी सूरत देखकर आप-ही-आप बोला, "मगर पानी का यहाँ बिलकुल ही अभाव है खैर अपने डेरे पर ही चल कर इनका चेहरा साफ कर। अब इन्हें घोड़े पर लादना चाहिए!" इतना सोचकर भूतनाथ एक घोड़ा खोल आया और उस पर मेघराज को लादने की फिक्र करने लगा, मगर अफ़सोस, भूतनाथ का इरादे पूरा नहीं हुआ। जैसे ही भूतनाथ ने मेघराज के बदन पर हाथ रखा वैसे ही इसके बदन में एक बिजली-सी दौड़ गई। उसका तमाम शरीर काँप गया और वह बेहोश होकर ज़मीन पर गिर पड़ा।

भूतनाथ की यह बेहोश बहुत देर तक कायम नहीं रही। आधी घड़ी के अंदर ही वह होश में आ गया और उठकर बड़े गौर और आश्चर्य से मेघराज को देखने लगा। उसने देखा कि मेघराज के सिर से पैर तक अजीब किस्म का कपड़ा पहिरा हुआ है जो कि बहुत ही बारीक तार का बुना हुआ है और वह सुनहरा तार इतना पतला और मुलायम है कि सूत की तरह से उसका कपड़ा बुना गया है। उस कपड़े के ऊपर से सूत का एक बारीक कपड़ा मेघराज पहिरे हुए है जिसके अंदर से उस तार के कपड़े की चमक छनकर बाहर निकलती और बहुत ही भली मालूम होती है। आश्चर्य के साथ भूतनाथ ने कुछ दर तक उस कपड़े को देखा और पुनः उसे छुआ। छूने के साथ ही वह फिर बेहोश हो गया और आधी घड़ी तक बेहोश रहा।

जब भूतनाथ होश में आकर उठा तो धीरे से बोला, "अफ़सोस, मैं इसे किसी तरह भी अपने कब्जे में नहीं कर सकता। मेरी तमाम मेहनत ही व्यर्थ हो गई। अब मुझे भैया राजा और इन्द्रदेव के सामने भी शर्मिन्दगी उठानी पड़ेगी। तो क्या मैं भैया राजा और इस मेघराज दोनों ही को इस दुनिया से उठा दूँ? इन्द्रदेव को क्या मालूम हो सकता है कि मैंने इन दोनों को मार डाला!!"

इतने ही में भूतनाथ ने सामने से अपने उस दुश्मन को आते हुए देखा जिससे लड़ कर और भाग कर वह यहाँ तक चला आया था।

14

अब हम अपने पाठकों को एक क़ैदखाने के अंदर ले चल कर थोड़ी देर के लिए वहाँ का दृश्य दिखाना चाहते हैं। इस क़ैदखाने में इस समय केवल जैपाल ही क़ैद है जिसे इस बात की कुछ भी ख़बर नहीं कि यह क़ैदखाना किस शहर में है, इसका मालिक कौन है, तथा उसे किसने गिरफ्तार करके क़ैद कर रखा है।

उसके हाथों में हथकड़ी और पैर में बेड़ी पड़ी हुई है। कपड़े बिलकुल ही मामूली दर्ज़े के हैं। एक कंबल बिछाने के लिए तथा दूसरा ओढ़ने के लिए उसे दिया गया है। उससे सिर्फ़ चार-पाँच हाथ की दूरी पर पानी से भरा हुआ एक मिट्टी का घड़ा तथा पीतल का एक गिलास दिखाई दे रहा है। बस इसके अतिरिक्त उस क़ैदखाने में कुछ भी नहीं है। हाँ, एक तरफ़ चिराग ज़रूर जल रहा है जिसकी रोशनी इस क़ैदखाने के अंधकार को दूर कर रही है।

क़ैदखाने की यह कोठरी लगभग पाँच हाथ चौड़ी और आठ या दस हाथ लंबी होगी। तीन तरफ़ संगीन दीवार और चौथी तरफ़ लोहे का जंगला है और उसी जंगले में जाने के लिए छोटा-सा एक दरवाज़ा भी बना हुआ है।

जंगले के आगे एक मुख्तसर-सा दालान, मोरी और दोनों तरफ़ दो कोठरियाँ हैं तथा कोने में ऊपर चढ़ जाने के लिए छोटी-छोटी सीढ़ियाँ भी दिखाई दे रही हैं जिससे मालूम होता है कि यह क़ैदखाना किसी मकान के निचले हिस्से में बना हुआ है।

जैपाल कदाचित् इस बात को जानता है कि यह समय रात का है और कुछ ही समय बाद उसकी दुर्घटना होने वाली है। वह सर झुकाए हुए किसी गंभीर चिंता में निमग्न है मगर थोड़ी-सी देर में उन सीढ़ियों की तरफ़ देख लेता है जो बाहर दालान में ऊपर चढ़ जाने के लिए बनी हुई थीं।

क़ैदखाने के ऊपर वाली छत पर कुछ धमधमाहट की आवाज़ हुई और जैपाल ने पुनः सर उठा कर सीढ़ियों की तरफ़ देखा। एक औरत कोड़ा लिए हुए नीचे उतरी तथा उसके बाद दूसरी और फिर तीसरी औरत भी नीचे उतरी जिनके हाथों में नंगी तलवारें थीं। इन्हें देखकर एक दफ़े जैपाल थर्रा उठा और उसके चेहरे पर मुर्दनी छा गई। हम नहीं कह सकते कि उन औरतों को वह पहिचानता था या नहीं।

उन औरतों के चेहरे पर नकाब पड़ी हुई थी और उनका तमाम बदन स्याह लबादों से ढका हुआ था। तीनों औरतें दरवाज़ा खोल कर क़ैदखाने के अंदर आ गईं। जिस औरत के हाथ में कोड़ा था वह आगे बढ़ी और जैपाल के पास खड़ी होकर बोली, "कहिए आपने सोच-विचारकर क्या नतीज़ा निकला? मेरी बातों का ठीक-ठीक जवाब दोगे या नहीं?"

जैपाल सिंह : हाँ, जो कुछ मैं जानता हूँ वह ज़रूर कह दूँगा, मगर जिन बातों का मुझे गुमान भी नहीं है उनके विषय में मैं क्या कह सकता हूँ।

औरत : मैं ख़ूब जानती हूँ कि तुम्हें क्या-क्या भेद मालूम है, इसलिए मैं वही बात पूछूँगी जिसका जवाब तुम दे सकते हो। यह बात हम लोगों से छिपी हुई नहीं है कि तुम दारोगा के कैसे दोस्त हो, दारोगा तुम्हें कितना मानता है और अपने पापकर्म तथा भेदों में तुम्हें कहाँ तक साथी बनाता है।

जैपाल सिंह : दुनिया में गप्पें बहुत उड़ा करती हैं मगर उनमें सार कुछ भी नहीं होता या बहुत ही कम होता है। दारोगा साहब का दोस्त बनने के लिए जितनी हैसियत,

ताकत, होशियारी, बुद्धिमानी और ऐयारी की ज़रूरत है उसका सौवीं हिस्सा भी मुझमें नहीं हैं, ऐसी अवस्था में वे क्योंकर मुझे अपना सच्चा हितैषी या दोस्त मान सकते हैं? मगर हाँ, गप्प उड़ाने वालों की जुबान रोकी नहीं जा सकती और न उसमें से असल तत्व को छाँटकर कोई अपनी दिलजमयी कर सकता है।

औरत : बुरे और दुष्ट तथा दुराचारी लोगों के दोस्त बनने में पंडित होने की कोई आवश्यकता नहीं, कोई विद्वान, बुद्धिमान, होशियार और सच्चा ऐयार दारोगा जैसे पतित और दुष्ट प्रकृति के आदमी का दोस्त नहीं बन सकता। जो तुम्हारे ऐसे अदूरदर्शी और नालायक हैं वे ही उसके साथी बन सकते हैं। इसी तरह गप्पें भी बेबुनियाद नहीं हुआ करतीं, बिना एकवचन के बहुवचन का होना असंभव है। किसी विद्वान का कथन है कि जब तक कोई एक चीज़ नहीं होती तब तक लोग उसे बहुत चीज़ें कह कर मशहूर नहीं कर सकते। अस्तु मेरी कही बातों की पुष्टि करके मैं कहती हूँ कि तुझमें किसी तरह की हैसियत, ताकत, होशियारी और बुद्धिमानी नहीं और तू सच्चा ऐयार ही है इसलिए दारोगा से तेरी पटती है और तुझे वह उल्लू समझ कर अपने पाप का साथी और भागी बनाए हुए हैं और वास्तव में तू उसी के योग्य है भी। इसके अतिरिक्त जिस बात को हम लोग जानते हैं उसके छिपाने की कोशिश करना भी तेरा व्यर्थ है।

जैपाल सिंह : (**कुछ सोचकर**) मैं भी आप लोगों से बहस करना नहीं चाहता, जो कुछ जानता हूँ, उसे सच-सच कह दूँगा क्योंकि आपके हाथ का कोड़ा मुझे किसी तरह पर भी बहाना नहीं करने देगा यह मैं खूब समझता हूँ, मगर आप लोग भी व्यर्थ अन्याय करके मुझे दु:ख नहीं दोगी इसका भरोसा है।

औरत : अच्छा पहिले यह बता कि दयाराम जी कितने दिनों तक दारोगा के क़ैदखाने में रहे और इन दिनों वे कहाँ हैं?

जैपाल सिंह : इन दिनों वे कहाँ हैं सो तो मैं नहीं जानता मगर यह कह सकता हूँ कि दारोगा के क़ैदखाने में वे चार-पाँच वर्ष से ज़्यादे ही दिनों तक रहे, अभी हाल में उनका कोई दोस्त उन्हें छुड़ा ले गया।

औरत : बेशक यह बात तूने सच कही, अच्छा यह ना बता कि आजकल उसके क़ैदखाने में कौन-कौन हैं?

जैपाल सिंह : मेरी जानकारी में तो इन दिनों उसके यहाँ कोई भी क़ैद नहीं है।

औरत : बिगड़कर, क़ैद है और ज़रूर है! तू इस बात को खूब जानता है और कैदियों को अच्छी तरह पहिचानता भी है।

जैपाल सिंह : नहीं नहीं, मैं सच कहता हूँ कि और किसी क़ैदी के विषय में मैं कुछ भी नहीं जानता, हाँ, भैया राजा की स्त्री ज़रूर उनके कब्जे में हैं।

औरत : उन्हें उसने कहाँ पर रखा है?

जैपाल सिंह : सो मैं नहीं जानता।

औरत : **(सिर हिलाकर)** बेशक् तू नहीं जानता, क्योंकि कल की मार तुझे याद नहीं है। खैर कोई चिंता नहीं, मेरे हाथ का यह कोड़ा पता लगा लेगा कि कमबख़्त दारोगा ने उन्हें कहाँ पर क़ैद रखा है, मगर पहिले तुझे यह बताना पड़ेगा कि उसे कितने आदमियों को दारोगा ने क़ैद कर रखा है और वे इस समय कहाँ हैं! इस विषय में बहाना करना तेरे हक में अच्छा नहीं। कैदियों का हाल ठीक-ठीक बता देने ही से मैं तुझे छोड़ दूँगी, नहीं तो समझ रख कि इस क़ैदखाने में तेरी ज़िंदगी समाप्त हो जाएगी और इस कोई से हर रोज़ तेरी खातिर की जाएगी।

जैपाल सिंह : **(कुछ देर तक सोचकर)** मैं नहीं कह सकता कि मेरी बातों पर किस तरह आपको विश्वास होगा तथापि जो कुछ मैं जानता हूँ वह साफ कहे देता हूँ, दारोगा साहब के यहाँ अब भी चार-पाँच क़ैदी हैं मगर सिवाय भैया राजा की स्त्री के आगे और किसी को भी मैं नहीं पहिचानाता। पहिले तो वे क़ैदी उनके घर ही में तहखाने के अंदर क़ैद थे परन्तु जब ये दयाराम को कोई छुड़ा कर ले गया है तब से अपने मकान में वे किसी क़ैदी को नहीं रखते। महाराज से उन्हें अजायबघर की ताली ले ली है और सब कैदियों को उसी अजायबघर में पहुँचा दिया है।

औरत : मैंने भी ऐसा ही सुना है परन्तु तेरी इस बात को मैं आजमाऊँगी, अगर तू सच्चा निकला तो ज़रूर तुझे छोड़ दूँगी!

जैपाल सिंह : क्या उस अजायबघर को तुम जानती हो?

औरत : मैं ख़ूब जानती हूँ।

जैपाल सिंह : मगर उसके अंदर जाना बिलकुल ही असंभव है।

औरत : कदाचित् ऐसा ही हो मगर मुझे तुझसे कोई मतलब नहीं, तेरा कहना ठीक होने से ही मैं। तुझे छोड़ दूँगी।

जैपाल सिंह : जबकि वहाँ तक तुम पहुँच ही नहीं सकती हो बल्कि और भी किसी का पहुँचना असंभव है तब मेरी बातों को सच्चाई का हाल तुम्हें जल्दी कैसे मालूम हो सकता है। ऐसी अवस्था में सच कह देने पर भी मैं व्यर्थ की मुसीबत झेलता रहूँगा।

औरत : नहीं, ऐसा नहीं होगा, मैं वहाँ पहुँचने का बंदोबस्त कर लूँगी और तुझे ज़्यादे दिनों तक यहाँ सड़ना न पड़ेगा।

जैपाल सिंह : अगर मुझे अपने साथ ले चलो तो मैं इस काम में तुम्हारी मदद भी कर सकूँगा।

औरत : **(हँसकर)** तेरी मदद की मुझे कोई ज़रूरत नहीं तथापि मैं सोच कर कल इस बात का जवाब तुझको दूँगी।

इतना कहकर वह औरत वहाँ से हट गई। क़ैदखाने का दरवाज़ा बंद कर दिया गया और तीनों औरतें जिस राह से आई थीं ऊपर चली गई। ये तीनों औरतें जमना, सरस्वती और इन्दुमति थी जो कि आजकल इन्द्रदेव के कैलाश-भवन में दिखाई दे रही हैं और जैपाल कैलाश-भवन ही के एक क़ैदखाने में बंद है जिसे दयाराम, भैया राजा और प्रभाकर सिंह ने भूतनाथ के कब्जे से निकालकर यहाँ भेज दिया था तथा जिसका कुछ हाल ऊपर बयान हो चुक है और होगा।

उस समय दो-ढाई घंटे रात जा चुकी थी, क़ैदखाने से निकल कर वे तीनों इन्द्रदेव के पास पहुँची जो कि इस समय अपने पूजा वाले कमरे में संगमरमर की एक चौकी पर बैठे श्रीमद्भगवद्गीता का पाठ करते हुए उनकी गुत्थियों को सुलझाने का उद्योग कर रहे थे।

जमना, सरस्वती और इन्दुमति उसके पास जाकर चौकी के नीचे दाहिनी तरफ़ बैठ गई। इन्द्रदेव ने मुस्कराते हुए उनकी तरफ़ देखा और पूछा, "कहो तुम तीनों जैपाल से मिल आई?"

जमना : जी हाँ, वह तो बड़ा ही डरपोक है, उसमें इतनी हिम्मत कहाँ कि अपने मित्रों के भेदों को छिपाने के लिए जान समर्पण करे या कष्ट उठाये!

इन्द्रदेव : दुनिया में जितने लोभी-लालची और खुदगर्ज आदमी हैं उन सभी का यही हाल है। अच्छा कुछ हाल उसकी जुबानी मालूम हुआ?

मना : जी हाँ, यह भी उसी बात की पुष्टि करता है अर्थात् कहता है कि 'दारोगा ने अपने सब कैदियों को अजायबघर में ले जाकर बंद कर दिया है।'

इन्द्रदेव : वास्तव में यही बात ठीक है। जिस दिन मुझे यह ख़बर लगी कि दारोगा ने अजायबघर की ताली राजा साहब से ले ली है उसी दिन मैं समझ गया कि अब वह अपने कैदियों को वहाँ ले जाकर रखेगा। पर कोई चिंता नहीं, दयाराम, प्रभाकर सिंह और भैया राजा जिस उत्साह के साथ गये हैं आशा है कि अपने काम में अवश्य सफल-मनोरथ होंगे। यद्यपि वे तीनों बहुत कुछ कर गुजरने के योग्य हैं तथापि मुझे विश्वास नहीं हुआ, आज सवेरे मैंने अपने दो शिष्यों को भी उनकी मदद के लिए भेज दिया है।

जमना : तो क्या मेरा मनोरथ सिद्ध न होगा?

इन्द्रदेव : तुम तो व्यर्थ ही इस मामले में पड़ना चाहती हो। बहुत दिनों तक दुःख भोगने के बाद ईश्वर ने तुम्हारे लिए अपूर्व सुख का सामान कर दिया है तो अब तुम पुनः दुःख भोगने का बंदोबस्त करती हो! भला दारोगा और गदाधरसिंह का मुकाबला करना और अजायबघर के अंदर जाना तुम औरतों का काम है? मैंने तुम दोनों के वास्ते गदाधरसिंह का मुकाबला करने के लिए कितना बड़ा सामान पैदा कर दिया था, और उस समय भूतनाथ को इस का गुमान भी था कि तुम इस दुनिया में हो, तब तो तुम लोगों के लिए कुछ हुआ ही नहीं। आज गदाधरसिंह हर तरह से होशियार और जानकार

हो रहा है तब तुम भला इस समय क्या कर सकती हो? मैं तुम्हारे इस इरादे को कदापि पसन्द नहीं करता।

जमना : **(हाथ जोड़कर)** आपका कहना बहुत ठीक है। मैं उसी शर्मिन्दगी को मिटाने के लिए इस समय आपसे प्रार्थना कर रही हूँ और दारोगा तथा गदाधरसिंह ने जो कुछ मुझे दु:ख दिया है उसका बदला अपने हाथ से लिया चाहती हूँ अगर मैं ऐसा न कर सकी तो सब तरह का सुख पाने पर भी ज़िंदगी-भर मेरे दिल में यह दाग बना ही रहेगा। उस समय यदि हम लोगों से भूल हो गई तो क्या सदैव ही भूल हुआ करेगी? इसके अतिरिक्त ज़माने का दु:ख-सुख भोग कर पहिले की बनिस्बत आज हम लोग होशियार हो रही हैं तथा हर तरह का तजुर्बा भी हो गया और सबसे बढ़ कर यह कि आपका भरोसा हम लोगों के साथ हैं।

इन्द्रदेव : बेशक् पहिले की बनिस्बत आज तुम लोगों की शक्ति बढ़ी हुई है मगर गदाधरसिंह भी पहिले की अपेक्षा आज चैतन्य है और दारोगा जैसे दुष्ट को अपना साथी बनाए हुए है। क्या दारोगा की होशियारी, मक्कारी और शैतानी गदाधरसिंह से कम है?

जमना : यह सब कुछ सच है परन्तु यदि मेरे दिल की अभिलाषा पूरी न हुई तो इस दुनिया में मेरी ज़िंदगी व्यर्थ है, तब तो मुझमें और एक नि:सहाय कंगाल अबला में कुछ भी भेद न रहा।

जमना और सरस्वती की आँखों में आँसुओं की धारा बह चली।

इन्द्रदेव : उन दोनों ने जो कुछ तकलीफ़ें तुम्हें दी हैं उनका बदला यदि तुम्हारे पति अपने हाथ से लेंगे तो क्या इससे तुम दोनों को सन्तुष्टि न होगी!

जमना : नहीं, कुछ भी नहीं, इसके अतिरिक्त उनका भी दिल और दिमाग कुछ आप ही-सा है, वे गदाधरसिंह को कभी भी दु:ख न देंगे।

इन्द्रदेव : मैं तो अजीब संकट में पड़ रहा हूँ, सभी जिद्दियों से वास्ता पड़ा है।

जमना : नहीं-नहीं, यदि आपको संकट है तो मैं जिद न करूँगी और अब इस विषय में कुछ न कहूँगी।

इसके बाद कई पल तक सन्नाटा रहा और तब पुनः इन्द्रदेव ने कहा-

इन्द्रदेव : अच्छा तुम दोनों जाओ और अपना हौसला निकालो परन्तु और हर तरह का बंदोबस्त करने के अतिरिक्त मैं अपना एक आदमी तुम्हारे साथ कर दूँगा।

जमना : **(प्रसन्नता के साथ)** कौन मेरे साथ रहेगा?

इन्द्रदेव : उसे तुम नहीं पहिचानती और न पहिचान सकोगी।

जमना : तो फिर किस तरह उस पर हम लोगों का विश्वास होगा?

इन्द्रदेव : जिस आदमी को मैं तुम दोनों के साथ करूँगा उस पर विश्वास करने की कोई ज़रूरत नहीं। मैं स्वयं उस आदमी को तुम्हारे सुपुर्द कर देता परन्तु इस समय वह यहाँ है नहीं और मैं घंटे-दो-घंटे में किसी काम के लिए बाहर जाने वाला हूँ, अस्तु मैं उसके घर पर से होता हुआ जाऊँगा और सब बातें उसे समझा दूँगा। प्रातःकाल जब घंटा-भर रात रहते ही तुम दोनों वहाँ से बाहर निकलोगी तो दरवाज़े ही पर वह आदमी तुम्हें मिलेगा। 'दत्त' के नाम से वह तुमको परिचय देगा और दो अदद तिलिस्मी खंजर भी तुम दोनों को देगा जिसका गुण वह स्वयं तुम्हें बताएगा। उस आदमी को अपने साथ ले लेना और उसकी राय के ख़िलाफ़ कभी कोई काम मत करना!

जमना : **(प्रसन्नता से हाथ जोड़कर)** बहुत अच्छा, ऐसा ही होगा।

कुछ देर तक उन लोगों में बातें होती रहीं। इसके बाद इन्द्रदेव की आज्ञानुसार वे सब उठकर अपने ठिकाने चली गई और सफ़र का इंतज़ाम करने लगीं।

15

हम नहीं कह सकते कि इन्द्रदेव ने जमना और सरस्वती को इतने बड़े कठिन और साहस का काम करने के लिए इजाज़त क्योंकर दे दी। जब तक दयाराम मरे हुए समझे जाते थे और जमना तथा सरस्वती बिलकुल इन्द्रदेव के अधीन थी तब तक जो कुछ इन्द्रदेव ने मुनासिब समझा किया और कर सकते थे परन्तु ऐसी अवस्था में जबकि दयाराम प्रकट हो गये और वे दोनों अपने पति के पास पहुँचा दी गई, तब उन पर सिवाय दयाराम के और किसी का अधिकार न रह गया, अस्तु न जमना और सरस्वती ही को दयाराम की आज्ञा के बिना घर के बाहर निकलने और ऐसे काम में हाथ डालना उचित था और न इन्द्रदेव ही को ऐसी आज्ञा देने और उनका उत्साह बढ़ाने की ज़रूरत थी। संभव है कि इसमें इन्द्रदेव ने किसी तरह का फायदा समझ लिया हो, अस्तु।

सुबह की सफेदी आसमान पर कुछ-कुछ फैल चुकी थी जब जमना और सरस्वती अपने सामान से हर तरह से दुरुस्त हो मरदाने भेष में तिलिस्मी झिल्ली चेहरे पर लगाए हुए घर से बाहर निकली। मकान के सदर फाटक पर दो कसे-कसाये घोड़े लिए साईस तैयार था, तथा और भी एक आदमी घोड़े पर सवार इन दोनों के आने का इंतज़ार कर रहा था। जमना और सरस्वती दोनों घोड़ों पर सवार हो गई और मैदान की तरफ़ चल निकली। वह आदमी से भी पूछने पर 'दत्त' के नाम का परिचय देकर दोनों के साथ हो गया। दो-तीन जगह ठहर दिनभर बल्कि आधी रात तक सफ़र करने के बाद ये तीनों आदमी उस जंगल में जा पहुँचे जिसमें कि अजायबघर की इमारत थी।

इस अजायबघर का खुलासा हाल चन्द्रकान्ता सन्तति में पूरा-पूरा लिख जा चुका है, आशा है उसे हमारे पाठक भूले न होंगे, इसलिए यहाँ दोहरा कर उसके लिखने की कोई ज़रूरत नहीं जान पड़ती।

जब ये तीनों उस अजायबघर के पास पहुँचे तो वह कुछ दूर पहिले ही घोड़ों पर से नीचे उतर पड़े और घोड़ों को पेड़ के साथ बाँध कर पैदल अजायबघर की तरफ़ चल पड़े। जब उस चश्मे के पास पहुँचे जो अजायबघर के नीचे से होकर बहता था तब इन तीनों को अजायबघर के बंगले के बाहर निकलती हुई एक रोशनी दिखाई दी। यह लोग अटक कर बड़े गौर से उस रोशनी की तरफ़ देखने लगे। यद्यपि ये लोग पास पहुँच चुके थे मगर पेड़ों के ऐसे झुरमुट में खड़े थे कि इस अँधेरी रात के समय किसी के देख लेने का इन लोगों को बिलकुल ही डर न था अस्तु बड़ी बेफिक्री के साथ ये लोग उस रोशनी की तरफ़ देखने लगे। कुछ ही क्षण में भूतनाथ पर इन लोगों की निगाह पड़ी जो कि अपने हाथ में रोशनी लिए हुए अजायबघर की सीढ़ियों के नीचे उतर रहा था। उसके पीछे-पीछे चलते हुए जमानिया के दारोगा भी दिखाई पड़े। ये दोनों सीढ़ियों के नीचे नहीं उतरे थे कि तीनों लाशों के लिए और भी आदमी मकान के अंदर से निकल कर इनके पीछे-पीछे आते दिखाई पड़े।

इन सभों को देखकर जमना, सरस्वती और दत्त तीनों घबड़ा उठे और उनके दिल में तरह-तरह के सोच-विचार पैदा और नष्ट होने लगे। जमना ने दत्त की तरफ़ घूम कर कहा-

जमना : क्या यह संभव है कि यह सब उन्हीं लोगों को निकाल कर लिए जाते हों जिनको छुड़ाने के लिए हम लोग यहाँ आए हैं?

दत्त : मुझे तो विश्वास होता है, क्योंकि जैपाल का गिरफ्तार होकर तुम लोगों के कब्जे में पहुँचना ही इस बात की पुष्टि करता है कि भैया राजा, प्रभाकर सिंह और दयाराम ने भूतनाथ के कब्जे से जैपाल को छुड़ा कर इन्द्रदेव के यहाँ भेज दिया और भूतनाथ को छोड़ दिया। तो ताज्जुब नहीं कि भूतनाथ ने दारोगा से मिलकर यह सब हाल नमक-मिर्च लगा कर बयान किया हो और दारोगा यह ख़याल करके कि शायद जैपाल सिंह की जुबानी किसी तरह वे लोग हमारे कैदियों का पता लगा लें और हमारे कैदियों को छुड़ाकर ले जाए, अपने कैदियों को दूसरी जगह रखने के लिये यहाँ से निकाल कर लिए जाता हो।

जमना : बेशक् यही बात है, वह देखो बंगले के अंदर से एक आदमी और निकला, इसके हाथ में नंगी तलवार भी है।

दत्त : यह आदमी बहादुर मालूम पड़ता है और जान पड़ता है कि इन सभों का निगहबान है।

जमना : ऐसी हालत में जिस तरह बन पड़े इन लोगों को रोकना और कैदियों को इनके कब्जे से छुड़ाना चाहिए नहीं तो हम लोगों की मेहनत बिलकुल बर्बाद जाएगी और पुनः कैदियों का पता लगाना बहुत मुश्किल हो जाएगा।

दत्त : यह तो ठीक है मगर इतने आदमियों के कब्जे से इन कैदियों को छुड़ा लेना मुझ अकेले के लिए बहुत ही कठिन हैं भूतनाथ साधारण ऐयार नहीं है, दारोगा भी लड़े

बिना रह नहीं सकता और इनके पीछे-पीछे जो आदमी चला जा रहा है वह भी मुझे उन दोनों से बढ़ कर ताकतवर और बहादुर जान पड़ता है। इसके अतिरिक्त जो लोग तीनों कैदियों को उठा कर लिये जा रहे हैं वे भी मुकाबला करने से बाज न आवेंगे।

जमना : आप अकेले क्यों हैं? हम दोनों भी तो आपका साथ दे सकती हैं! यद्यपि हम दोनों औरतें हैं मगर जो तिलिस्मी खंजर इंद्रदेव ने हम लोगों को दे रखे हैं उसका मुकाबला करना इन सभों के लिए कठिन ही नहीं, असंभव है।

दत्त : हाँ ठीक है, मुझे भी इन्द्रदेव जी ने एक ऐसे ही गुण की तिलिस्मी तलवार दी है जिसके भरोसे पर मैं अकेला ही इन सभों का मुकाबला कर सकता हूँ यदि इन लोगों के पास कोई उसके मुकाबले का हर्बा न हो तो।

जमना : इन लोगों के पास भला इसके मुकाबले का हरबा कहाँ से आवेगा!

दत्त : नहीं की हालत में तो कोई बात ही नहीं है, हम लोग ज़रूर फतह पावेंगे, परन्तु यदि कोई हर्बा इसके जोड़ का इन लोगों के पास हुआ तो बड़ी ही मुश्किल होगी, हम लोग बिना गिरफ्तार हुए बाकी न रहेंगे। **(कुछ रुककर)** अच्छा देखो मैं इनका मुकाबला करता हूँ, जरा इन लोगों को और आगे बढ़ लेने दो। तुम दोनों मेरी मदद के लिए तैयार रहना मगर दूर रहना, अगर देखना कि ये भी ऐसे ही तिलिस्मी हर्बे से मेरा मुकाबला करने के लिए तैयार हो गये हैं तो तुम दोनों ज़रूर यहाँ से भाग जाना, मेरे लिए किसी तरह की चिंता न करना।

जमना : मैं आपको ऐसे संकट में अकेले छोड़कर...

दत्त : नहीं-नहीं, मैं जो कहता हूँ कि तुम दोनों किसी बात का विचार न करके एकदम यहाँ से भाग जाना, मैं अपने को किसी-न-किसी तरह बचा ही लूँगा।

जमना : खैर, जैसा आप कहते हैं मैं वैसा ही करूँगी।

भूतनाथ और दारोगा वगैरह कैदियों को लिए हुए लगभग दो-ढाई सौ कदम के आगे न बढ़े होंगे कि दत्त तेज़ी के साथ आगे बढ़ा और भूतनाथ का रास्ता रोक सामने खड़ा होकर बोला, "बस ख़बरदार, कदम रोक लो, बिना मेरी बात का जवाब दिये आगे मत बढ़ना नहीं तो अपनी जान से हाथ धो बैठोगे।"

भूतनाथ : **(रुककर ओर मशाल की रोशनी में अच्छी तरह दत्त का चेहरा देखकर)** तुम कौन हो जो इस तरह से आकर मेरा रास्ता रोकते हो? तुम नहीं जानते कि मैं कौन हूँ और मेरे साथ इस समय कितने आदमी हैं?

दत्त : मैं तुम्हें ख़ूब जानता हूँ और तुम्हारे साथियों को भी देख रहा हूँ।

भूतनाथ : तो क्या तुम हम लोगों का मुकाबला करने के लिए तैयार हो?

दत्त : बेशक् अगर तुम मेरी बातों का साफ-साफ जवाब न दोगे तो मैं अकेला तुम सब का मुकाबला करूँगा।

भूतनाथ : तुम क्या पूछना चाहते हो?

दत्त : सिर्फ़ इतना जानना चाहता हूँ कि तुम लोग किस-किस को उठा कर कहाँ लिए जा रहे हो?

भूतनाथ : इसका जवाब तुम कदापि नहीं पा सकते।

दत्त : तो मैं तुम लोगों को जीता छोड़ भी नहीं सकता।

इतना कहकर दत्त ने म्यान से तलवार निकाल ली और मुकाबला करने के लिए भूतनाथ को ललकारा। भूतनाथ ने घूम कर दारोगा की तरफ़ देखकर कुछ इशारा किया और तब पीछे की तरफ़ हट मशाल ऊँची करके अपनी ख़ास बोली में कुछ कहा। दारोगा ने म्यान से तलवार निकाल ली और दत्त के मुकाबले में आ खड़ा हुआ। भूतनाथ की आवाज़ सुन कर वह आदमी भी आगे बढ़ आया जो सबके पीछे-पीछे आ रहा था, इसके अतिरिक्त वे लोग भी जो तीनों लाशों को उठाए हुए थे अपना बोझ ज़मीन पर रख कर आगे बढ़ आए और दत्त को पकड़ने के लिए तैयार हो गये। दारोगा ने दत्त पर तलवार का वार किया मगर उसका कोई नतीज़ा न निकला। दत्त ने हँस कर दारोगा से कहा, "दारोगा साहब, क्या आप भी अपना नाम बहादुरों में लिखवाना चाहते हैं?"

दारोगा : क्या मैं मर्द नहीं हूँ?

दत्त : आज तक तो कोई काम मर्दानेपन का आपने नहीं किया।

दारोगा : खैर बहस की कोई ज़रूरत नहीं, तुम जो कुछ किया चाहते हो करो और समझ रखो कि **(हाथ के इशारे से बताकर)** इतने आदमियों का तुम कदापि मुकाबला नहीं कर सकते।

इतना कहकर दारोगा ने पुनः दत्त पर तलवार से वार किया और दत्त ने भी इसका जवाब तलवार से ही दिया। दत्त ने समझा था कि ये लोग सब बेईमान हैं, ज़रूर एक साथ मुझ पर हमला करेंगे, मगर ऐसा न हुआ, सब अलग खड़े तमाशा देखने लगे और दत्त तथा दारोगा साहब में लड़ाई होने लगी।

दत्त को बड़ा ही आश्चर्य हुआ जब दारोगा साहब ने बड़ी मर्दानगी और दिलावरी के साथ उसका मुकाबला किया। दत्त यही जानता था कि दारोगा अपने घर के अंदर ही के बहादुर हैं, किसी वीर के साथ वीरता प्रकट नहीं कर सकते।

लगभग आधे घंटे की लड़ाई होती रही मगर दारोगा साहब को दत्त किसी तरह से नीचा दिखा न सका। लाचार होकर दत्त ने कमर से तिलिस्मी तलवार निकाली और उससे दारोगा पर वार किया जिससे दारोगा के बदन पर एक छोटा-सा जख्म तो लगा मगर वह बेहोश नहीं हुआ। यह तिलिस्मी तलवार वैसी ही थी जैसी कि प्रभाकर सिंह के पास थी और जो कुछ दिनों के लिए भूतनाथ के पास भी चली गई थी। इस समय दारोगा के पास भी वैसी ही तलवार और उसके जोड़ की अँगूठी मौजूद थी और यही सबब था कि दारोगा

साहब जख्म खाकर भी बेहोश नहीं हुए मगर यह जान गये कि यह तलवार तिलिस्मी है और दत्त को भी विश्वास हो गया कि इसके पास कोई तिलिस्मी हर्बा ज़रूर है।

मज़बूर होकर दत्त ने यह तलवार भी म्यान के अंदर रख ली और मुकाबला करने के लिए तिलिस्मी खंजर कमर से निकाला।

यह खंजर वैसा था जैसा कुँवर इन्द्रजीत सिंह और आनन्द सिंह को कमलिनी ने दिया था और जिसका खुलासा बयान चन्द्रकान्ता सन्तति में लिखा जा चुका है अर्थात् जिसका कब्जा दबाने से बिजली की तरह रोशनी पैदा होती थी और दुश्मनों की आँखें झिप जाती थीं अथवा बदन के साथ लगाने से आदमी बेहोश हो सकता था।

दत्त ने खंजर का कन्या दबाया और इसमें से बिजली की तरह रोशनी पैदा हुई जिससे दारोगा और भूतनाथ वगैरह सभों की आँखें बंद हो गई। मगर उस आदमी पर, जो इन सभों के पीछे आया था, और जब आगे बढ़कर दत्त के पास पहुँच चुका था, इस रोशनी का कुछ असर न हुआ। थोड़ी देर के लिए हम इस आदमी का नाम भीम रख देते हैं क्योंकि इस जगह पर कह नहीं सकते कि वास्तव में उसका क्या नाम था।

दत्त के खंजर की अवस्था देखकर भीम आगे आया और दत्त के मुकाबले में खड़ा होकर बोला, "तुम्हारे इस खंजर का जवाब मैं दूँगा और साबित कर दूँगा कि तुम इससे भी हम लोगों पर फतह नहीं पा सकते। क्यों व्यर्थ अपनी जान के दुश्मन बनते हो और हमारा हर्ज कर रहे हो!"

भीम ने वैसा ही तिलिस्मी खंजर कमर से निकाला और दत्त का मुकाबला किया अर्थात् दत्त और भीम में तिलिस्मी खंजर से लड़ाई होने लगी। खंजरबाज़ी में दोनों ही निपुण और होशियार मालूम पड़ते थे। लगभग आधा घंटे दोनों में लड़ाई होती रही मगर दोनों में से कोई एक-दूसरे पर फतह न पा सका। भीम अथवा दारोगा के साथियों में से कोई भी इस बहादुराना और अजीब लड़ाई का लुत्फ उठा न सका क्योंकि खंजरों की चमक से उन सभों की बल्कि दारोगा तक की आँखें बंद हो जाती थीं। हाँ जमना और सरस्वती ज़रूर उन लोगों की लड़ाई ताज्जुब के साथ देख रही थी जो कि उन सभों से थोड़ी ही दूर पर झुर-मुट में छिपी हुई थी।

जब खंजरों की लड़ाई का कुछ भी नतीज़ा न निकला तब दत्त और भीम दोनों एक-दूसरे का मुकाबला छोड़ कर खड़े हो गये और खंजरों की चमक से एक-दूसरे का मुँह देखने लगे। भीम ने धीरे-से दत्त से कहा, "मालूम होता है कि बादलों में अब बरसने की ताकत नहीं रही।"

दत्त : बेशक् ऐसा ही है क्योंकि हवा-पानी और धुएँ का सच्चा जमावड़ा नहीं हो सका।

दत्त का जवाब सुनते ही भीम उसके पैरों पर गिर पड़ा और दत्त ने उसे उठा कर छाती से लगा लिया। इसके बाद वे दोनों आदमी वहाँ से कुछ दूर हट कर खड़े हो गये

और आपस में धीरे-धीरे कुछ बातें करने लगे। इस मामले को सभों ने आश्चर्य और खेद के साथ देखा तथा जमना और सरस्वती को उन दोनों का ऐसा करना बहुत ही बुरा मालूम हुआ। केवल इतना ही नहीं बल्कि उन दोनों को दत्त पर एक तरह का शक पैदा हो गया। सरस्वती ने जमना से हाँ, "यद्यपि हम लोगों ने उन दोनों की बातें नहीं सुनीं मगर उनके ढंग से मालूम होता है कि दत्त ने अपने को कमज़ोर पाकर गिरफ्तार हो जाने के डर से दुश्मनों को दोस्त बना लिया।"

जमना : मेरा भी यही ख़याल है, अगर यह बात सच है तो हम दोनों के लिए भी खैरियत नहीं है।

सरस्वती : बेहतर तो यही होगा कि हम दोनों यहाँ से हट जाएँ और किसी दूसरी जगह छिपकर तमाशा देखें, जिसमें दत्त हमारे दुश्मनों को लेकर अगर यहाँ आवे तो यकायक हम दोनों को पा न सके।

जमना : हाँ, ऐसा ही करो।

इतना कह वे दोनों वहाँ से हट गईं और बहुत धीरे-धीरे कदम उठाती हुई दूसरी तरफ़ चलीं।

जब दत्त और भीम की बातें समाप्त हो गई तब वे दोनों पुन: उसी जगह पहुँचे जहाँ भीम के साथ लोग खड़े थे। भीम ने भूतनाथ और दारोगा का हाथ पकड़ कर कहा-"आओ-आओ। जरा जमना और सरस्वती से मुलाकात करो। वे दोनों भी तुम लोगों को गिरफ्तार करने के लिए इसी जगह आई हुई हैं!"

दत्त, भीम, दारोगा और भूतनाथ उधर रवाना हुए जहाँ जमना और सरस्वती को दत्त छोड़ गया था, मगर ठिकाने पहुँचकर जब जमना और सरस्वती को नहीं पाया तब दत्त को बड़ा ही आश्चर्य हुआ और वह खंजर की अद्‌भुत रोशनी में घूम-घूमकर जमना और सरस्वती को छूने लगा। उसी समय बहुत-से आदमी हाथ में नंगी तलवारें लिए हुए वहाँ आ पहुँचे जिन्होंने उस सारी ज़मीन को घेर लिया जहाँ दत्त, भीम, दारोगा, भूतनाथ और उनके साथी लोग थे तथा एक जगह मौका देखकर जमना और सरस्वती भी छिपी हुई थी।

16

भूतनाथ अपने दुश्मन को सामने से आते हुए देखकर एक दफ़े तो घबड़ा उठा मगर तुरन्त ही उसकी हिम्मत और दिलेरी ने उसकी पीठ ठोंकी और वह बड़ी दिलावरी के साथ मुस्कराता हुआ दुश्मन के पास आ जाने का इंतज़ार करने लगा।

थोड़ी ही देर में उसका दुश्मन उसके सामने आकर खड़ा हो गया और आश्चर्य से तथा जाँच की निगाह से भूतनाथ भैया राजा और मेघराज की तरफ़ देखने लगा।

भूतनाथ को यह निश्चय हो गया कि मेरा दुश्मन ज़रूर प्रभाकर सिंह ही है क्योंकि वह भैया राजा का साथी है, भैया राजा ने उसकी मदद की थी, और इन दोनों में इस समय बहुत गहरी मित्रता हो रही है।

वास्तव में बात भी यही थी। इस समय प्रभाकर सिंह भूतनाथ के सामने पहुँच कर ताज्जुब के साथ सोच रहे थे कि क्योंकर गदाधरसिंह ने मेघराज और भैया राजा पर कब्जा कर लिया जो कि हर हालत में भूतनाथ को दबा सकते थे। भूतनाथ ने मुस्कराकर प्रभाकर सिंह को कहा-

भूतनाथ : आप ज़रूर ताज्जुब करते होंगे कि इन दोनों को मैंने क्योंकर बेहोश कर दिया!

प्रभाकर सिंह : बेशक् यही बात है क्योंकि इन दोनों से तुम किसी तरह भी जीत नहीं सकते थे।

भूतनाथ : अब भी मैं यही कहूँगा कि इनको जीतने की ताकत मुझमें नहीं है मगर अपनी चालाकी और ऐयारी का नमूना दिखा देने की इच्छा प्रबल होने ही से मैंने वह कार्रवाई की।

प्रभाकर सिंह : इन दोनों को बेहोश कर देने के बाद तुम यहाँ से भाग क्यों नहीं गये?

भूतनाथ : भागने की तो मुझे कोई ज़रूरत नहीं थी। आप लोग चाहे मुझे जिस निगाह से देखें मैं आप लोगों से अब दुश्मनी का बर्त्ताव नहीं रखता मुझे विश्वास है कि आप लोग मेरे साथ कदापि बुराई नहीं करेंगे, इसी से इन दोनों को बेहोश करने के बाद भी बेफिक्री के साथ यहाँ खड़ा आपके आने का इंतज़ार कर रहा था।

प्रभाकर सिंह : तुम हम लोगों को जानते-पहिचानते भी हो या यों-ही दोस्त मान बैठे?

भूतनाथ : हाँ, इन मेघराज को तो मैं नहीं जान सका कि कौन है मगर आपको प्रभाकर सिंह और **(हाथ का इशारा करके)** इनके भैया राजा समझ लेने मैं मैं किसी तरह की भूल नहीं करता।

प्रभाकर सिंह : तुम्हारी धूर्तता और चालाकी की मैं ज़रूर तारीफ़ कर सकता हूँ, मगर इसमें कोई सन्देह नहीं कि तुम्हारी नीयत बहुत ही खराब है और तुम्हारा दिल साफ नहीं है।

भूतनाथ : यही शक तो आप लोगों का नुकसान कर रहा है, नहीं तो अभी तक कितना काम हो चुका होता और भैया राजा की स्त्री को भी दुश्मनों की क़ैद से छुटकारा मिल गया होगा।

प्रभाकर सिंह : खैर, मैं तब तक तुमसे विशेष बातें न करूँगा जब तक कि ये दोनों होश में न आ जाएँगे क्योंकि इन दोनों के सामने ही बातचीत करा मुनासिब होगा।

भूतनाथ : आशा है कि बहुत जल्दी ये दोनों होश में आ जाएँगे।

प्रभाकर सिंह : तुम लखलखा सुँघाकर इन दोनों की बेहोशी क्यों नहीं दूर करते?

भूतनाथ : बेहतर होगा कि आप ही अपने हाथ से यह काम कीजिए।

प्रभाकर सिंह : (**मुस्कराकर**) मालूम होता है कि मेघराज के बदन पर हाथ लगा कर तुम धोखा खा चुके हो इसी से ऐसा कहते हो। खैर कोई चिंता नहीं-मैं खुद इन दोनों की बेहोशी दूर करने की कोशिश करता हूँ।

इतना कहकर प्रभाकर सिंह ने अपने ऐयारी के सामान में से निहायत उम्दा लखलखा निकाल कर भैया राजा और मेघराज को सुँघाया जिससे बात-ही-बात में दोनों की बेहोशी दूर हो गई और वे आश्चर्य के साथ अपने चारों तरफ़ निगाह दौड़ा कर देखने लगे।

●●●

नोट्स

9789395242950
FCW - #0274 - 061026 - C0 - 216/140/28 - PB - 9789395242950 - Gloss Lamination